扬葩振藻集

陕西师范大学中国古代文学博士点
建立三十周年毕业博士代表论文集

（上册）

主　编　张新科
副主编　刘锋焘　高益荣　曹胜高

陕西师范大学出版总社

图书代号：WX16N1128

图书在版编目（CIP）数据

扬葩振藻集：陕西师范大学中国古代文学博士点建立三十周年/张新科主编.—西安：陕西师范大学出版总社有限公司，2016.10
ISBN 978-7-5613-8661-3

Ⅰ.①扬… Ⅱ.①张… Ⅲ.①中国文学—古典文学研究—文集 Ⅳ.①I206.2-53

中国版本图书馆CIP数据核字（2016）第233075号

扬葩振藻集 YANGPA ZHENZAO JI

陕西师范大学中国古代文学博士点建立三十周年毕业博士代表论文集

张新科　主编

选题策划	善书坊
责任编辑	郭永新
特约编辑	巩亚男
装帧设计	李　飞
出版发行	陕西师范大学出版总社
	（西安市长安南路199号　邮编：710062）
网　　址	http://www.snupg.com
印　　刷	中煤地西安地图制印有限公司
开　　本	787mm×1092mm　1/16
印　　张	81.25
插　　页	8
字　　数	1100千
版　　次	2016年10月第1版
印　　次	2016年10月第1次印刷
书　　号	ISBN 978-7-5613-8661-3
定　　价	268.00元（上、下册）

读者购书、书店添货或发现印装质量问题，请与本公司营销部联系、调换。
电话：（029）85307864　85303629　传真：（029）85303879

前 言

今年，是陕西师范大学中国古代文学学科博士点创立三十周年。为了纪念这一盛事，检阅我们三十年来博士点人才培养的成果，我们编辑了这本论文集。

1986年7月，国务院学位委员会批准第三批博士学位授予单位和学科专业，陕西师范大学中国古代文学博士点名列其中。当时的博士导师由国务院学位委员会审批，本博士点的首位导师是霍松林教授。此后十余年，本博士点一直是霍先生一人招收培养博士研究生。后来，指导教师逐渐增加，而霍先生还一直坚持招生，辛勤耕耘，直到去年（2015），霍先生的最后三名博士生圆满毕业。可以说，从博士点的创立一直到博士点的兴盛壮大，倾注了霍松林先生一生的心血，我们向霍先生表示深深的敬意！

上世纪末本世纪初，本博士点有杨恩成、马歌东、王志武、张学忠、魏耕原等先生先后招收博士生，为博士点的发展付出了辛勤劳动，他们荣退后仍然笔耕不辍。尚永亮教授曾作为博士导师协助霍松林先生培养博士，后调入武汉大学任教。另外，按照教育部的要求，陕西师范大学对口支援青海师范大学，所以，青海师范大学董家平教授曾增列为本博士点的博士导师并招生。还有一大批前辈学者和年轻教师都为中国古代文学学科发展做出了重要贡献，使本学科的声誉不断扩大。目前，本学科在职博生导师有十二人，分别是：霍松林、张新科、刘生良、高一农、曹胜高、刘锋焘、吴言生、傅绍良、柏俊才、霍有明、赵望秦、高益荣等，在读的博士生有三十七人。

　　本博士点根据教学和科研的需要，本着完善基础学科、突出区域特色、强化学术个性的原则开展学术研究，形成了四个主要研究方向和博士招生方向：先秦汉魏六朝文学研究、唐宋文学研究、元明清文学研究、古代文学与宗教研究。近年来根据学科发展需要，还在中文一级学科下自主设立了文体研究与文学教育专业方向。在博士培养方面，以质量为根本，以创新为目标，注重知能并重，博与专相结合，还专门为古代文学学科设立以霍松林先生名字命名的"松林奖学金"，鼓励博士研究生创新。20世纪90年代，台湾文津出版社出版《大陆地区博士论文丛刊》一百种，包括文史哲诸多学科，其中本学科点就有六篇入选。中国社会科学院编选的《中国社会科学博士论文文库》中，本学科点目前也有六篇入选。博士中有两篇论文入选全国优秀博士论文提名奖，七篇入选陕西省优秀博士论文奖。三十年来，本学科点为国家培养了大批高层次优秀人才。毕业的博士，基本都在高校和科研部门工作，很多人已经成为本单位的教学、科研骨干，也有不少人成了著名学者，其中有国务院学位委员会中文学科评议组成员两人，教育部长江学者三人，青年长江学者一人，其他各类人才称号以及各种级别的学术团体负责人更多。尤其是霍松林先生培养的博士遍布全国各地，被人们称为"霍家军"，在学界有较大的影响。

　　这本论文集，是从已经毕业的一百多位博士中征集而来的。论文集内容丰富，范围广泛，展现了从先秦到明清时期古代文学研究的各个方面。论文的编排，依据研究对象的年代先后为次序。三十年来我们博士点的人才培养成果，由此可见一斑。霍松林先生曾为文学院题词"扬葩振藻，绣虎雕龙"，勉励我们激扬文字，彰显个性，培育英才，潜心学术。本论文集即取名于此。

　　陕西师范大学中国古代文学学科，1981年获硕士学位授予权，1986年获博士学位授予权，1997年被批准为陕西省重点学科，2007年被批准为国家重点学科。本学科所承担的《中国古代文学》课程2008年被评为国家级和省级精品课程，2013年被评为国家级和省级精品资源共享课。中国古代文学团队2010年被评为陕西省优秀教学团队。可以看出，我们的中国古代文学学科踏踏实实，一步一个脚印，不断上升发展。目前，随着国家"一带一路"的发展战略和一流大学、一流学科建设的总体规划实施，我们的博士点建设也面临新的机遇和挑战。我们将不忘初心，继续努力，发扬我们的优良传统，发挥我们的优势特色，加强学术交流，拓宽学术视野，不仅争取培养更多的博士生，而且力争培养更多高质量和高水平的博士生，为国家的文化教育事业做出我们应有的贡献。

《扬葩振藻集》编委会

2016年9月20日

目 录

上 册

英雄·孝子·准弃子 / 尚永亮 ·················· 001
春秋前鲁史概述考辨 / 沈意 ·················· 016
商周文学语言因革论 / 陈桐生 ·················· 024
对话圣贤与经典 / 钟书林 ·················· 047
《庄子》——赋的滥觞 / 刘生良 ·················· 074
从古代评点看《檀弓》的文学阐释 / 卢静 ·················· 087
睡虎地秦简《日书》"梦"篇考释 / 刘银昌 ·················· 097
两汉时期屈原的崇高化与《离骚》经典化历程 / 刘向斌 ·················· 107
《史记》文学特质研究中的几个问题 / 张强 ·················· 118
《史记·魏公子列传》的取材及撰写 / 任刚 ·················· 130
《史记》文学经典的建构过程及其意义 / 张新科 ·················· 141
天人思想与《史记》 / 段永升 ·················· 170
两汉都邑赋述论 / 高一农 ·················· 184
道路与政治 / 李乃龙 ·················· 188

高祖还乡故事的文化意蕴及其接受方式 / 黄晓芳	204
西汉娱乐之风昌炽的时代动因 / 王渭清	216
西汉统治集团政治作为与奏议文嬗变 / 王长顺	227
《陌上桑》的接受历程 / 唐会霞	251
"水"与"马"：汉唐辞赋中的西域意象 / 侯立兵	262
论邺下后期宴集活动对建安诗歌的影响 / 刘怀荣	276
曹植动物赋艺术探论 / 韦运韬	290
音乐的本质与自然之道 / 祝菊贤	299
傅畅著述考 / 杨学娟	311
中古河东薛氏与文学概述 / 梁静	322
"悠然望南山"：一句陶诗文本的证据链 / 范子烨	334
论陶渊明诗文中的乐生思想 / 李红岩	348
从"隐逸"到"隐逸"：史传文本中陶渊明形象的常与变 / 田恩铭	359
颜延之与刘宋宫廷文学 / 孙明君	370
北朝四言诗研究 / 牛香兰	387
唐前班马优劣并称演变轨迹的梳理与考辨 / 陈莹	402
"四唐"说源流考论 / 张红运	418
文化地理视野中的诗美境界 / 康震	429
唐代士族转型的新案例 / 李浩	445
"上官体"考辨二题 / 聂永华	461
试论禅宗思想对王维绘画创作的积极影响 / 杨晓慧	474
百韵五言长律嬗变考述 / 沈文凡	487
中华书局本《杜诗详注》文字标点疑误 / 朱大银	497
论杜甫和白居易谏诤心态差异的文化模型意义 / 傅绍良	504
唐人咏侠诗刍论 / 汪聚应	516
唐代士人的社会心态与隐逸的嬗变 / 李红霞	536
依附与背离 / 郭海文	548
白居易的科考及科举观 / 付兴林	564
《白居易集》"纪宦诗"辑证（节选）/ 肖伟韬	581
《元氏长庆集》版本源流考 / 周相录	590

论李商隐诗歌的佛学意趣 / 吴言生 ………………………………………… 599
论唐人小说对史传传统的内在超越 / 李钊平 …………………………… 615
论唐五代笔记小说中的官吏形象 / 蔡静波 ……………………………… 628
灵与肉：唐诗与唐传奇的爱情观比较 / 陈思 …………………………… 639

下　册

永王璘案真相 / 邓小军 …………………………………………………… 647
论元和至元祐文学的创新与建构 / 田耕宇 ……………………………… 670
简论陇右唐人小说中的道、佛、儒思想 / 徐芳 ………………………… 693
唐代长安佛教佛教传播的社会文化心理 / 王早鹍 ……………………… 705
论唐代的对日文学传播 / 柯卓英 ………………………………………… 712
晏殊二题 / 魏玮 …………………………………………………………… 724
王安石《唐百家诗选》版本源流考 / 张倩 ……………………………… 736
从李煜到苏轼 / 刘锋焘 …………………………………………………… 746
论苏轼对白居易"闲适"人生观的受容 / 毛妍君 ……………………… 758
《周易》与苏轼的审美鉴赏论 / 徐建芳 ………………………………… 767
论张载的文艺观及其诗文创作 / 刘宁 …………………………………… 779
论宋代文人对白居易的接受 / 殷海卫 …………………………………… 790
郑樵、朱熹《诗》学传承关系考论 / 汪祚民 …………………………… 802
宋词中的双城叙事 / 张文利 ……………………………………………… 817
论宋词中的西楼意象 / 李世忠 …………………………………………… 831
稼轩词题序研究 / 张晓宁 ………………………………………………… 840
"当行""自在"论与顾随的苏、辛词研究刍议 / 王作良 ……………… 853
论宋词章法中"疏密"与"虚实"的美学内涵 / 谷青 ………………… 869
江湖诗派的姚贾余绪 / 白爱平 …………………………………………… 881
"雾失楼台，月迷津渡，桃源望断无寻处"考论 / 许兴宝 …………… 890
金代前中期赋钩沉与探析 / 牛海蓉 ……………………………………… 898
近年来宋代笔记研究述评 / 郑继猛 ……………………………………… 912

· III ·

论贞祐南渡视域下之诗风丕变 / 刘福燕	924
元好问对传统丧乱诗的突破 / 王素美	937
"律意虽远，人情可推" / 高益荣	955
史的价值诗的意蕴 / 曾小梦	969
论明代前七子的关学品性 / 史小军	983
袁宏道佛教思想之检讨 / 刘飞滨	996
吕柟文章特质考释 / 蒋鹏举	1010
"以诗解诗"与《诗经》的祛魅 / 纳秀艳	1018
论汉水流域的水浒戏及其传播意义 / 王建科	1029
明杂剧曲体论 / 徐子方	1047
"以意逆志"：从儒道佛对《西游记》渗透臆测其成书过程 / 兰拉成	1066
论明清女性作家戏曲创作之艺术建构 / 刘军华	1079
明清士人园林戏场与戏曲的生态变迁 / 董雁	1095
辨两个傅汝舟之混淆与误用 / 王承丹　尚永亮	1109
清代黔灵山诗文中之赤松法师形象略疏 / 杨锋兵	1118
龙绍讷之竹枝辞及其文化性格的文学人类学解读 / 吴玲玲	1127
论清代《史记》文学阐释的特点 / 王晓玲	1139
报：侠义小说中的交往行为与人情法则 / 冯媛媛	1152
清末民国鼓词文献综述 / 孙鸿亮	1161
论戏曲脸谱的美学特征与创构依据 / 陈刚	1171
制度视域下的隐士群体 / 霍建波	1183
中国古典散文义味说 / 马茂军	1193
中国古代小说传"奇"的史传渊源及内涵变迁 / 何悦玲	1210
重写：文学文本的经典化途径 / 黄大宏	1226
语言与文字之华："隐喻"•"比兴" / 白晓东	1238
文学人类学视野下的谣言、流言及叙述大传统 / 李永平	1250
战争空袭与诗歌叙事 / 葛付柳	1266
论茅盾对中国古代文学的研究 / 钟海波	1276

英雄·孝子·准弃子

——虞舜被害故事的文化解读

尚永亮

内容摘要： 虞舜三次被害的故事贯穿着两条基线，一是借助一连串迫害，在对人物的考验中彰显其英雄本色；二是通过人物对父母兄弟终始如一的情感和日常性描写，突出其孝子行为。考验是上古英雄型弃子得以成为英雄的必备环节，孝行则融入了更多家庭伦理的因子，从而展示出相关传说由不乏神话色彩之英雄向极具平民特点之孝子转化的过程。至于舜之孝而被害的遭遇，也与广义的弃子故事具有深刻的类同性，由此形成一个迫害（弃逐）—救助—回归的逻辑链条，赋予舜以准弃子的身份特征。与之相关，此一故事的结构特点、角色定位、考验性质，以及舜之孝行所兼具的顺事父母、善于权变、合理逃避、敢于哀怨等内涵，则以其特殊性和典范性，在弃逐文化中发挥着开先河的功用。

关键词： 虞舜被害故事；英雄孝子；准弃子

虞舜，又名重华，黄帝的八世孙，司马迁在《史记》中将其列为上古五帝之一，今人则多谓其为"传说中父系氏族社会后期部落联盟领袖"[1]。而征之文献，在舜身上，实兼具神性和人性、英雄和孝子两大特征；至于其被害故事的结构形态，他的准弃子身份，以及面对多次迫害所表现出的自我保护本能、怨慕心态等特点，均在弃逐文化中占有不可忽视的地位，值得重新考察。

---

[1] 《辞海》（缩印本），上海辞书出版社，1980年版，第1495页。

一、英雄与孝子：虞舜故事的演变及其双重品性

所谓英雄，固然指舜由一位数世微贱的平民在经磨历劫后，最终成长为古之圣君，展现出其超人的雄才大略；但另一方面，在上古神话传说中，舜又是一位驯象能手，曾经驯服野象，使之耕耘。闻一多释《楚辞·天问》"舜服厥弟，终然为害"句广引古籍"舜封象曰有鼻""舜葬苍梧，象为之耕"等相关记载，认为："舜弟曰象，即长鼻兽之象，故其封国曰有鼻。""'舜服厥弟'，犹言舜服象耳。"[1]袁珂注《山海经·海内经》"舜之所葬"句亦据象之封地、葬所、神祠等推论，谓其皆以"鼻"为名，"则此'鼻'者岂非最古神话中野生长鼻大耳象之鼻之残留乎？"并由此进一步指出："舜亦古神话中之神性英雄，如羿禹然。其一生之功业，厥为驯服野象。"[2]闻氏、袁氏这一推论能否成立，还可再议，但在上古早期传说中，舜所具有的"神性英雄"的某些特点，却依稀可见，而且在此后舜三度逃避祸患的故事中，也一再展示出来。

所谓孝子，是古人将舜整合到历史框架之后所形成的共同认识。西周以还，各种史书如《尚书》《左传》《国语》《国策》及《论语》《墨子》等先秦子书涉及舜事者日趋增多，舜的家庭生活和政治举措等相关记载已颇为完备，而在《孟子》中，舜的孝道则得到了最突出的展现。如谓："舜尽事亲之道而瞽瞍厎豫，瞽瞍厎豫而天下化，瞽瞍厎豫而天下之为父子者定，此之谓大孝。"[3]"大孝终身慕父母。五十而慕者，予于大舜见之矣。"[4]与这些对舜之孝道的彰扬相同时，舜之父瞽瞍、弟象对舜的迫害也频繁出现在孟子与其弟子的对话中：

> 万章曰："父母使舜完廪，捐阶，瞽瞍焚廪。使浚井，出，从而掩之。象曰：'谟盖都君咸我绩。牛羊父母，仓廪父母，干戈朕，琴

---

[1] 闻一多：《天问疏证》，见《闻一多全集》五，湖北人民出版社，1993年版，第592页。
[2] 《山海经·海经新释》卷十三《海内经》，见袁珂《山海经校注》，上海古籍出版社，1980年版，第461、459页。
[3] 《孟子·离娄章句上》，《孟子注疏》卷七下，见《十三经注疏》下，中华书局，1980年版，第2723页。
[4] 《孟子·万章章句上》，《孟子注疏》卷九上，见《十三经注疏》下，中华书局，1980年版，第2734页。

朕，弤朕，二嫂使治朕栖。'象往入舜宫，舜在床琴。象曰：'郁陶思君尔。'忸怩。舜曰：'惟兹臣庶，汝其于予治。'不识舜不知象之将杀己与？"曰："奚而不知也？象忧亦忧，象喜亦喜。"万章问曰："象日以杀舜为事，立为天子，则放之，何也？"孟子曰："封之也，或曰放焉。"①

这里，完廪捐阶、浚井掩土等后世盛传的故事情节均已出现，而象作为舜之弟，虽已脱去了神话中的形貌，但其"日以杀舜为事"的本质特征并未改变。至于舜对象的态度，则主要出之以友爱仁悌，借友爱仁悌以感化之、降服之，并在立为天子后以地"封之"。

《孟子》以后，记载舜事较周详的文献当推《史记》和《列女传》。在《史记·五帝本纪》中，司马迁综合上古传说和史料，首次为虞舜立传，一方面承接《尚书·尧典》中"父顽、母嚚（嚣）、象傲"②的说法，将其置于复杂险恶的家庭关系之中；一方面以生动的笔墨，详细描述了舜屡遭迫害的经历：

> 舜父瞽叟盲，而舜母死。瞽叟更娶妻而生象，象傲。瞽叟爱后妻子，常欲杀舜，舜避逃；及有小过，则受罪。顺事父及后母与弟，日以笃谨，匪有解……舜年二十以孝闻，三十而帝尧问可用者，四岳咸荐虞舜，曰可。于是尧乃以二女妻舜以观其内……乃赐舜絺衣，与琴，为筑仓廪，予牛羊。瞽叟尚复欲杀之，使舜上涂廪，瞽叟从下纵火焚廪。舜乃以两笠自扞而下，去，得不死。后瞽叟又使舜穿井，舜穿井为匿空旁出。舜既入深，瞽叟与象共下土实井，舜从匿空出，去。瞽叟、象喜，以舜为已死。象曰："本谋者象。"象与其父母分，于是曰："舜妻尧二女，与琴，象取之。牛羊仓廪予父母。"象乃止舜宫居，鼓其琴。舜往见之，象鄂不怿，曰："我思舜正郁陶！"舜曰："然，尔其庶矣！"舜复事瞽叟爱弟弥谨。于是尧乃试舜五典百官，皆治。③

在《史记》的基础上，《列女传·有虞二妃》将舜之被迫害由两次延展到三

---

① 《孟子·万章章句上》，《孟子注疏》卷九上，见《十三经注疏》下，中华书局，1980年版，第2734—2735页。
② 《尚书正义》卷二，见《十三经注疏》上，中华书局，1980年版，第123页。
③ 《史记》卷一《五帝本纪》，中华书局，1982年版，第1册，第32—34页。

次，并突出强调了二妃对舜的帮助：

> 有虞二妃者，帝尧之二女也。长娥皇，次女英。舜父顽母嚚。父号瞽叟，弟曰象，敖游于嫚，舜能谐柔之，承事瞽叟以孝。母憎舜而爱象，舜犹内治，靡有奸意。四岳荐之于尧，尧乃妻以二女，以观厥内。二女承事舜于畎亩之中，不以天子之女故而骄盈怠嫚，犹谦谦恭俭，思尽妇道。瞽叟与象谋杀舜，使涂廪，舜归告二女曰："父母使我涂廪，我其往。"二女曰："往哉！"舜既治廪，乃捐阶，瞽叟焚廪，舜往飞出。象复与父母谋，使舜浚井。舜乃告二女，二女曰："俞，往哉！"舜往浚井，格其出入，从掩，舜潜出。时既不能杀舜，瞽叟又速舜饮酒，醉将杀之，舜告二女，二女乃与舜药浴汪，遂往，舜终日饮酒不醉。舜之女弟系怜之，与二嫂谐。父母欲杀舜，舜犹不怨，怒之不已。舜往于田号泣，日呼旻天，呼父母。惟害若兹，思慕不已。不怨其弟，笃厚不怠。既纳于百揆，宾于四门，选于林木，入于大麓，尧试之百方，每事常谋于二女。舜既嗣位，升为天子，娥皇为后，女英为妃。封象于有庳，事瞽叟犹若（初）焉。①

从这两则记载，已可大致了解舜受迫害的来龙去脉。概而言之，舜父瞽叟双目失明而性情愚顽，继母阴险不仁，异母弟象狂傲狠毒，他们三人串通一气，一次次欲加害于舜。面对如此恶劣的生存环境，舜一如既往，尽孝道于双亲，施友爱于其弟，这种孝悌行为在他二十岁时便传播远近，并被帝尧了解。尧便将自己的两个女儿娥皇和女英嫁给了舜，并赏赐缔衣、琴、仓廪、牛羊等物，准备让他日后接掌帝位。然而，舜所处境遇的转换和得到的好处，对其父母和异母弟更形成了强烈的刺激，他们遂加紧了谋害舜的步伐。先是在舜涂廪时把梯子抽掉，放火烧廪；接着通过密谋，让舜浚井，而后以土掩井②；最后又让舜饮酒，欲趁其醉而杀之。可是，由于舜的机敏以及尧之二女的帮助，舜均一次次化险为夷，成功躲过来自父母兄弟的迫害，终于登上了天子之位。

---

① [汉]刘向：《古列女传》卷一，见《景印文渊阁四库全书》，台湾商务印书馆，1983年版，第448册，第8—9页。

② 对于舜遭迫害的情节，也有文献将其置于舜得到尧的信任并妻以二女之前，如《论衡》卷二《吉验》即谓："舜未逢尧，鲧在侧陋，瞽瞍与象谋欲杀之。使之完廪，火燔其下；令之浚井，土掩其上。舜得下廪，不被火灾；穿井旁出，不触土害。"

如果对上述故事内涵稍予解析，不难发现，三次迫害中的涂廪、浚井、饮酒都是发生在家庭范围的日常性事件，也是下层民众最为熟悉的劳作和生活情景，因而极具平民色彩；而舜的三次避患手段，或如《史记》所谓"以两笠自扞而下""匿空旁出"，或如《列女传》所谓"飞出""潜出""终日饮酒不醉"，均呈现出非常人所能及的神异特点[①]。由此形成现实与传说、日常性与神异性的相互糅合，使得故事于平淡中见神奇，虽神奇而又不乏日常，在一定程度上展示了由神话到历史、由传说到现实过渡的痕迹。

进一步看，舜的身上还呈现出双重品性。一方面，他经历重重磨难，均能化险为夷，成功避祸，终于成为古之圣君，在功业上堪称上古第一英雄；另一方面，他逆来顺受，在父母兄弟的一再迫害下既未改变孝悌心性，又避祸保身以免陷父母于不义，在伦理上成为古今第一孝子。简言之，他是孝子中的英雄，英雄中的孝子。这样一种孝子兼英雄的双重品性，在故事中通过贯穿首尾的两条主线得到强化：其一是不断的加害所喻示的对人物的考验，其二是面对迫害仍不改初衷的孝行。考验是上古英雄型弃子得以成为英雄的必备环节，因为只有在其人生路途设置重重艰险，使之经磨历劫，才能具备英雄的心性和能力。这在后稷、徐偃王、朱蒙、昆莫以及亚、欧诸国英雄人物一再被害被弃的大量故事中广泛存在[②]，几乎已形成一个不可或缺的要项。至于孝行，则被融入了更多家庭伦理的因子，它既适用于英雄，也适用于庶民，既具有属于个体的独特性，也具有属于公众的普泛性。更重要的是，它将人性由平面向深度掘进，由外在行为向内在心理拓展，并以孝而被害、虽害仍孝为主轴，极度凸显了在人物身上已完全内化了的伦理道德情操。将舜的英雄属性和孝子特点结合起来看，似乎可以认为，有关舜的上古传说，正处于由不乏神话色彩之英雄向极具平民特点之孝子转化的过程之中，而且相比之下，后者所占分量更重，所

[①] 唐人刘知几曾指责司马迁记舜入井"匿空出去"等情节，是将舜当作懂得鬼神幻化之术的"左慈、刘根之类"来写，而非"姬伯、孔父之徒"所当为（《史通·暗惑》，见《史通通释》卷二〇，上海古籍出版社，1978年版，第572页）。这实在是误解了史迁，因为史迁所依据的材料多为上古传说，而在这些传说中，正残留着若干神话的因子，其中反映的，多属于平民化之前作为英雄的舜的特点。而且较之《列女传》的描写，《史记》已尽可能地淡化了两次避患手段中的神秘色彩。

[②] 参见尚永亮《东西方早期弃逐故事的基本形态及其文化内涵》，《陕西师范大学学报》（哲学社会科学版），2011年第6期。

具有的伦理意味和实践意味更浓。换言之，与身为古之圣君而被后人崇仰的英雄虞舜相比，作为一个难以逾越的孝悌标杆而被后人效法的孝子虞舜，在中国文化史上发挥着更为深远的影响。

二、准弃子身份与虞舜故事的结构形态

在上述虞舜故事中，虽然没有被弃的情节，舜也算不得严格意义上的弃子。然而，他不见容于父母和兄弟、屡屡受到迫害的遭遇，又与广泛意义上的弃子事件具有深刻的类同性。也就是说，"弃"只是一种手段和形式，而不见容于父母和受迫害才是其实质内容，舜与上古弃子的差别只表现在形式层面，而在内容层面二者则深相关合。因而，我们有理由将之视为一位与标准弃子貌异而实同的准弃子。

与通常弃逐故事相比，舜遭迫害的事件也包含施动者、受动者和救助者三种角色。其中的施动者（迫害者以及进谗者）为父亲、后母和异母弟，受动者（被迫害者）为失去母爱的舜，救助者则为尧赐于舜的二妃，由此形成虽非弃逐但与弃逐故事如出一辙且更为明晰的结构形态。

作为施动者，舜父瞽叟之厌恶舜并欲致之于死地，主要受到来自后妻及后妻之子象的蛊惑。从故事交代的情节看，瞽叟身为盲人，前妻早死，舜又至孝，本应对舜更加慈爱才是，但问题就出在他又续娶了后妻，而在一般情况下，后妻是难以处理好与前妻之子的关系的，何况这位后妻又育有一子，即舜的异母弟象。就亲疏关系言，后妻亲近己子而疏远前妻之子是人之常情；就家庭利益言，后妻欲令己子获得利益最大值就必须排斥甚或除掉前妻所生、身为长子的舜。于是，后妻与象便结成一个利益共同体，既向瞽叟进谗以诋毁舜，又千方百计以谋害之。当此之际，作为一家之主的瞽叟不仅不能明辨是非，反而偏听偏信，"爱后妻子，常欲杀舜"，这就大大纵容了后妻的阴谋和私欲，同时，也导致象益发贪婪悖狠、狂傲不端。象是家庭利益的主要争夺者和受益者，所以他对舜的加害不遗余力。史书所载纵火焚廪、下土实井诸事虽都有瞽叟参与，但考虑到盲人行动上的诸多不便，故其主要实施者舍象莫属。前引《史记·五帝本纪》叙象"以舜为已死"之后所说"本谋者象"的话，已证明了这一点；而从深层次看，在象的身上，似还残留着来自远古神话中长鼻之象

的若干狂野凶悍的特征。

作为受动者，舜的一次次被迫害固然缘于父顽、母嚚、弟傲等家庭成员的恶劣本性，但细究起来，与他以孝事亲、远近闻名并因此获得尧的赏赐也不无关联。孝，本是为人子者的美德，但当这种孝行过于突出、以致构成对同列竞争者的威胁时，美德便成为祸端，孝子便成了被小人攻击、迫害的对象。从史书所载看，自"舜母死，瞽叟更娶妻而生象"后，舜即为其亲所不容；而至"二十以孝闻，三十而帝尧问可用者，四岳咸荐虞舜"，并因此而获得尧之二女及绨衣、琴、仓廪、牛羊等赏赐后，其父与后母、异母弟对他的谋害行动便骤然升级，先使其涂廪而纵火，继令其浚井而掩土，复邀其饮酒而欲醉杀之。这接二连三的谋害行动，说到底缘于谋害者特别是后母与象对舜"以孝闻"之善名的嫉妒，缘于对舜所获赏赐的觊觎，而在根本上，则缘于谋害者心理的龌龊和人性的险恶。反过来看，舜笃于孝亲，正道以行，却不仅得不到父母的肯定和表彰，反而落得个屡遭迫害的结局，这其中蕴含的，不正是后代无数弃子逐臣"信而见疑，忠而被谤"的悲剧因子么？

作为救助者，尧所赐二女对舜的一次次脱险发挥了大的功用。二女本是神话中人物，《山海经》即有"洞庭之山……帝之二女居之"的记载。清人汪绂谓"二女"乃"尧之二女以妻舜者娥皇女英也"[①]，还只是从历史传说角度做出的解释；今人袁珂进一步指出："最古之神话，二女盖天女也，虞人之舜（虞舜）得天女之助而使凶悍狡谲之野象驯服。"[②]则已接近远古神话的本来面目。倘若将相关文献连缀起来，那么，从神话中居于洞庭之山的两位天女，到历史上因追寻舜而泪洒洞庭君山的娥皇、女英，从两位天女协助舜驯服野象，到娥皇、女英协助舜逃脱其父瞽叟和异母弟象的迫害，上古史脱胎于神话而渐次生成的若干印记是斑斑可见的。不过，在记录舜受迫害较早的《孟子》和《史记》中，二女嫁舜事虽已出现，却还无救助舜的情节，只是到了汉人所撰《列女传》中，救助情节才得以浓墨重染，并以不同版本的文字展现出来。据前引《列女传》所载，舜的三次遇害都曾得到了二女的点拨或救助，只是除

---

① 《山海经·山经柬释》卷五《中山经·中次十二经》，见袁珂校注《山海经校注》，上海古籍出版社，1980年版，第176页。
② 《山海经·海经新释》卷一三《海内经》，见袁珂校注《山海经校注》，上海古籍出版社，1980年版，第460页。

第三次外，前两次施救之举措均不详。而据洪兴祖《楚辞补注》引古本《列女传》，则有如下记载：

> 瞽叟与象谋杀舜，使涂廪，舜告二女。二女曰："时唯其戕汝，时唯其焚汝，鹊如汝裳衣，鸟工往。"舜既治廪，戕旋阶，瞽叟焚廪，舜往飞。复使浚井，舜告二女。二女曰："时亦唯其戕汝，时其掩汝。汝去裳衣，龙工往。"舜往浚井，格其入出，从掩，舜潜出。①

由此可知，当舜将涂廪、浚井事告知二女时，都得到了二女的具体点拨，并借助于"鸟工""龙工"的直接帮助顺利脱险。需要注意的是，这里的"鸟工""龙工"虽具体内容不详，但已颇具可助人飞翔或潜游的神秘色彩②；而二女可以指使此二神物或用其法，则其本身的神异品性也不言自明。联系到前引《山海经》"帝之二女"居于洞庭之山的神话记载，则二女在古本《列女传》中的神性特征似尚未完全消隐，只是到了今本《列女传》，大概是为了使故事更为人间化，才去除了这类超现实的神异品性，而仅存留了舜第三次遇险时"二女乃与舜药浴汪"的记载。那么，什么是"药浴汪"呢？据《路史》引《列女传》，此句作"二女与药浴汪豕，往，终日不醉"③；陆龟蒙《杂说》引先儒之言作"二女教之以鸟工龙工，药浴注豕，而后免矣"④。细审此数种异文不难发现，所谓"药浴汪"之"汪"，当为"注"之误笔，"注"后又漏一"豕"字，遂致文意不可通晓。近人闻一多《天问疏证》对此详加考订，既改"汪"为"注"，复谓"豕"为"矢"之声误，将原文还原为"二女乃与舜药浴注矢"；并据《韩非子·内储说》下篇关于燕人妻"浴之以狗矢"以除"惑易"的记载，认为："夫惑易者浴矢则解，则是先浴矢，亦足以御惑也。

---

① [宋]洪兴祖：《楚辞补注》卷三，中华书局，1983年版，第104页。又，司马贞《史记索隐》亦引古本《列女传》"二女教舜鸟工上廪""龙工入井"事，惜未展开；张守节《史记正义》则引《通史》语，唯文字与《列女传》略有出入。详见《史记》卷一《五帝本纪》，中华书局，1982版，第1册，第34—35页。

② 后世也有人释"鸟工""龙工"为"鸟工衣""龙工衣"者。如《宋书》卷二十七《符瑞上》即谓："舜父母憎舜，使其涂廪，自下焚之，舜服鸟工衣服飞去。又使浚井，自上填之以石，舜服龙工衣自傍而出。"

③ [宋]罗泌：《路史》卷三十六，见《景印文渊阁四库全书》，台湾商务印书馆，1983年版，第383册，第530页。

④ [唐]陆龟蒙：《杂说》，《甫里集》卷十九，见《景印文渊阁四库全书》，台湾商务印书馆，1983年版，第1083册，第407页。按："浴"，原作"俗"，据别本改。

醉与惑易同，故二女教舜药（濯）注矢，则饮酒不醉。注者灌也，言濯浴之后灌之以矢也。"[①]这就是说，在舜第三次遇险之前，二女即授之以解醉避祸之法，那就是先用搀上狗之粪便的药水浴身，即可获"终日饮酒不醉"之效。倘若这种解说可以成立，那么就可发现，在二女身上确是存在某种神性的，她们既可以借助"鸟工""龙工"，又善用解惑不醉之术，从而使得舜的三次脱险均呈现出一种超现实的特点，而来自他者的救助，在整个故事中也就占有了益发突出的地位。

在以上由施动者、受动者、救助者所组成的故事结构中，有三点需要特别注意。其一是由施动者与受动者的关系，深刻表现了舜作为孝子的无辜和在逆境中坚持孝行的难能可贵，其准弃子身份和孝子品性在饱含悲剧因子的被迫害事件中得到凸显。其二是由受动者与救助者的关系，艺术地展示了舜作为英雄的异禀和能力，其所进行的自我救助和与之相关的他者救助，则是形成这种能力并最终超越苦难的先决条件。其三是由施动、受动、救助三者的关联互动，构成了一个迫害—救助—回归的逻辑链条，这一链条与我们多次论述过的抛弃—救助—回归的弃逐母题相比[②]，其不同处在于一为被父母抛弃，置身荒远，一为虽遭到来自父母的一次次迫害，却未远离家门；其相同处在于二者在遭到迫害后，都经历过自我救助和他者救助的环节，最后以不同的方式实现了回归。前引《史记》所载舜历经磨难，终被父母认可，"复事瞽叟爱弟弥谨。于是尧乃试舜五典百官，皆治"，便是对舜之回归的一个具体说明。据此而言，虞舜故事之结构形态及其所展示的主题，在一定程度上已实现了与弃逐母题的成功对接。

三、虞舜故事的角色定位与"孝"之内涵

从现存文献看，虞舜故事的最后完型未必早于上古其他弃子故事，甚至有可能受到后者的某些影响，但作为"神性英雄"和中国文明史的开端人物之

---

① 闻一多：《天问疏证》，见《闻一多全集》五，湖北人民出版社，1993年版，第593页。

② 参见尚永亮：《后稷之弃与弃逐文化的母题构成》，《华中师范大学学报》（人文社会科学版），2011第4期；《上古弃子废后的经典案例与经典文本——对宜臼、申后之弃废及〈诗经〉相关作品的文化阐释》，《学术研究》，2012年第4期；《弃逐视野下的骊姬之乱及其文化意义——以申生之死、重耳出亡为中心》，《江汉论坛》，2013年第7期。

一，有关虞舜之传说无疑起源更早，在其故事流变过程中，既存有早期神话的痕迹，也不无散佚脱略或后人的改易增补。有鉴于此，我们不妨将其完型后的故事文本稍予前置，对其结构形态和人物孝亲之文化内涵再予解析，借以从中发现若干与其他弃逐故事相通的规律性现象。

首先，后母、异母弟在故事中的角色定位及其离间作用，是虞舜受害事件最为鲜明的一大特点。从早期英雄型弃逐故事看，无论是后稷，还是徐偃王、东明、若敖、昆莫等，其被弃的原因都相对简单，施动者也多为一人，由此导致弃逐事件缺乏家庭成员间的关联性和情节上的丰富性。而在虞舜故事中，施动者除了一家之主瞽叟之外，又添加了后母和异母弟两个角色，从而不仅使得被害事件展示出鲜明的家庭伦理特点，而且丰富、强化了施动者间的相互关联和迫害动因的内在理路。换言之，由于后母的介入，遂构成家庭成员间必然的亲疏之分和矛盾冲突；由于异母弟的出现，遂使得后妻之子与前妻之子基于利益争夺的一系列争斗得以展开。更为重要的是，后母与异母弟既与父权的代表瞽叟相结合，共同组成如前所述的施动者的阵营，又作为施动者与受动者之间的中间环节，发挥着大进谗言、挑拨离间的独特作用。这种情形，在早期孝子型弃逐故事中屡见不鲜，诸如孝已、伯奇、宜臼、申生、重耳之被弃被害，均有后母或异母弟从中作祟，由此形成上古弃逐事件的一个基本套路，即父、君昏昧，后母进谗，异母弟争夺利益或权位，最终导致前妻之子孤立无援，屡受迫害，直至被弃荒远。由此可见，后妻与异母弟是弃逐故事不可或缺的重要角色，而随着历史的发展，此类角色已被成功地置换为君王身边的后妃、佞臣之流，其嫉贤妒能、善于进谗的特点也一无改易地得到了承袭，并发挥着较前者更为复杂和严重的破坏作用。

其次，舜的三次被害三次脱逃，呈现出某种以考验为内核的仪式化特征，并凸显了受难主体对人生逆境的克服精神。从《孟子》《史记》的记载看，舜之被害只有两次，即完廪捐阶、浚井掩土；但到了《列女传》，便增添了速其饮酒以醉杀之的第三个环节。此一环节，可能是后人所加，也可能早就存在[①]，但无论哪种情况，都说明对故事传说者、编写者而言，"三"是一个非

[①] 《楚辞·天问》所谓"舜服厥弟，终然为害。何肆犬豕，而厥身不危败"，据闻一多《天问疏证》所释，便已展示出舜第三次遇害的基本情形。故我们认为，醉杀情节渊源当甚早，其后一定程度地湮没散佚，以致《孟子》《史记》均未记载，而在《列女传》中，也只保留了"二女乃与舜药浴汪"的错漏文字。

常重要的数字。在中国文化中,"三"既表示多,又有数之极的意味①,《老子》所谓"一生二,二生三,三生万物",民间所谓"一而再,再而三",所谓"事不过三",都可从侧面印证此一认识的文化渊源。联系到《诗经·生民》篇后稷被"三弃三收"的故事,可以发现虞舜的三次被害、三次脱逃并非孤立的现象。由此一现象向前后推导,是否可以认为在上古某些弃逐、迫害类故事中,已存在一种以"三"为多为极、将受难次数予以定格的仪式化倾向?倘若此点可以成立,那么,通过这种富于仪式化的被弃被害事件,既强调人生考验的必要性,又展示英雄对苦难的克服精神及其所具有的超凡能力,便是此类故事的题中应有之义了。在解释《生民》篇后稷无父而生、又被三弃三收之事时,《毛序》认为是"尊祖也","故推以配天焉。"②清人马瑞辰进一步指出:"盖周祖后稷以上更无可推,惟知后稷母为姜嫄,相传为无夫履大人迹而生;又因后稷名弃,遂作诗以神其事耳。"③这里的"尊祖""配天""神其事",已准确地揭示了后人欲神化先祖的创作心理;由此来看虞舜的被害和脱险,又何尝不是如此?其三次被害,第一次的涂廪是高空作业,第二次的浚井是深水作业,迫害者或焚烧或填土,都被舜以"飞出"或"潜出"的方式躲过了,这就从上、下两个维度见出其"上天入地"的无所不能。接着,第三个迫害情节出现了,它通过饮酒不醉,由前两次更重外在空间之避患能力转向舜内在体魄之修持能力,从而内外上下兼顾,全方位地展现了舜的神赋异禀。虽然舜对这几次迫害的躲避均缘于二女的救助,但其所以能得到二女的救助,不是益发显示出他本即具有超凡入圣的资质么?就此而言,这三次不同方式的迫害,从故事编写者的角度讲,又意在表现对将要成为圣君之舜所进行的考验,并赋予其人生以经受苦难、超越苦难的更为普遍的文化意义。用《孟子·告子》中论及虞舜等先贤的一段话说,便是"天将降大任于是人也,必先苦其心志,劳其筋骨,饿其体肤,空乏其身,行拂乱其所为,所以动心忍性,曾益其

---

① 参见叶舒宪、田大宪《中国古代神秘数字》,社会科学文献出版社,1996年版,第38—41页。

② [唐]孔颖达:《毛诗正义》卷一七,见《十三经注疏》上,中华书局,1980年版,第528页。

③ [清]马瑞辰:《毛诗传笺通释》卷二五,中华书局,1989年版,第872页。

所不能"①。

最后，需要我们特别关注的是，舜虽是一位英雄，但更是一位孝子，接二连三的迫害情节，固然一定程度地展示了其英雄特征，但通过其无辜被害和受害仍不改孝悌的行为，历代故事编写者所欲着力表现的，却是舜终始如一、笃厚不殆的孝子品性。仔细研读相关文献可以发现，舜之孝并不如前人理解的那样单一，它分别体现在实践层面和心理层面，并呈现出若干既相关又有别的意义内涵。

内涵之一，是顺事父母，使其欢心。孟子屡次以"得乎亲""顺乎亲""舜尽事亲之道而瞽瞍厎豫"称誉舜为"大孝"，司马迁说他"顺事父及后母与弟，日以笃谨，匪有解"，强调的都是其对父母的尽心顺事、恭谨不懈，由此可见这是舜之孝道的主要特点。

内涵之二，是在顺事父母的前提下，不乏权变。其典型例证是舜不告而娶二女事。孟子弟子万章曾引《诗经》"娶妻如之何？必告父母"的话向老师质问舜不告而娶的原因，言外之意是舜不告而娶，有违孝道。孟子答曰："告则不得娶。男女居室，人之大伦也。如告，则废人之大伦，以怼父母，是以不告也。"②并在别一处所更为显豁地说道："不孝有三，无后为大。舜不告而娶，为无后也，君子以为犹告也。"③这就是说，屡受父母迫害的舜清楚地知道，如果将娶妻事明确告知父母，肯定会被拒绝；但不娶妻就会无后，无后又是最大的不孝，所以宁可暂时违背父母意愿，不告而娶，也要保证"人之大伦"不废。在孟子看来，这是一种弃小孝而从大孝的行为；在我们看来，这实质上体现了舜既坚守孝道又不盲从父母的态度，其中似已含有某种现代意义上的自主因子。

内涵之三，表现在舜对来自父母残酷迫害的合理逃避。如前所言，舜的顺事父母，不仅没有得到应有的关爱，反而招致来自父母一次次的残酷迫害，当此之际，摆在舜面前的选择只有两种：或是不加躲避，接受迫害；或是躲开祸

---

① 《孟子·告子章句下》，《孟子注疏》卷一二下，见《十三经注疏》下，中华书局，1980年版，第2762页。
② 《孟子·万章章句上》，《孟子注疏》卷九上，见《十三经注疏》下，中华书局，1980年版，第2734页。
③ 《孟子·离娄章句上》，《孟子注疏》卷七下，见《十三经注疏》下，中华书局，1980年版，第2723页。

患，不做无谓牺牲。如果选择前者，表面看是依从了父母，但却要以丧失生命为代价，并增加了父母不慈的恶名；如果选择后者，则既可自我保护，又不致陷父母于不义。于是，不断躲避来自父母的迫害，"欲杀，不可得；即求，尝在侧"①，便成了舜之孝道的又一显著特点。这种逃避，使舜之孝出离了后儒所谓"君要臣死，臣不得不死；父要子亡，子不得不亡"的愚忠愚孝，而一定程度地展现出原始孝道的真实面目。对此一选择，孔子非常欣赏，在责备弟子曾参甘受其父杖责的愚蠢行为时，曾以舜为例指出："舜之事瞽叟，欲使之，未尝不在于侧；索而杀之，未尝可得。小棰则待过，大杖则逃走，故瞽叟不犯不父之罪，而舜不失烝烝之孝。今参事父，委身以待暴怒，殪而不避，既身死而陷父于不义，其不孝孰大焉？"②由此可见，遇到来自父母超越常情的责罚或迫害，即使孝子也是可以逃避的，这既是一种人的自我保护本能，也是成全孝道的合理选择。而舜以其亲身经历证明了这一点，从而使得"大杖则逃"成为原始儒家倡扬孝道的一条准则，也为后世专制制度下大量不见容于父君的孽子孤臣开辟了一条求生的通道。

内涵之四，是躲避迫害后的怨慕心态。怨，指哀怨；慕，指恋慕。具体来说，舜顺事父母，却孝而被害，自不能无怨，于是就有了来到田野"号泣于旻天"的传说。这是合乎人之常情的一种反应，也是古来孽子孤臣遭受迫害后宣泄郁塞的必然结果。其中容或存有一些因血缘亲情而对父母的恋慕情感，但包含更多的无疑是孝而见害的哀怨，否则他就用不着跑到田野向天号泣了。联系到司马迁在《屈原列传》中由"人穷则反本，故劳苦倦极，未尝不呼天也；疾痛惨怛，未尝不呼父母也"的情形，论及屈原"信而见疑，忠而被谤，能无怨乎"③的心理，可以更深入地感知舜这种由孝至怨、怨而复慕的心路变化。然而，舜的这样一种于史无载、本为后人依据常理推测出的心态，在孟子这里首先发生了侧重点的变化：

> 万章问曰："舜往于田，号泣于旻天，何为其号泣也？"孟子曰："怨慕也。"万章曰："父母爱之，喜而不忘；父母恶之，劳而

---

① 《史记》卷一《五帝本纪》，中华书局，1982年版，第1册，第32页。
② 《孔子家语》卷四，见《景印文渊阁四库全书》，台湾商务印书馆，1983年版，第695册，第38页。又，《韩诗外传》卷八、《说苑》卷三均有此记载，唯文字略有不同。
③ 《史记》卷八四《屈原列传》，中华书局，1982年版，第2482页。

不怨。然则舜怨乎？"曰："长息问于公明高曰：'舜往于田，则吾既得闻命矣；号泣于旻天，于父母，则吾不知也。'公明高曰：'是非尔所知也。'夫公明高以孝子之心，为不若是恝，我竭力耕田，共为子职而已矣，父母之不我爱，于我何哉？……大孝终身慕父母。五十而慕者，予于大舜见之矣。"①

这里，孟子将舜之"号泣"的原因归于"怨慕"，大致是不错的。其所谓"怨"，重点指对父母的哀怨，这由《孟子·告子下》所谓"《小弁》，亲之过大者也。亲之过大而不怨，是愈疏也"的说法可以得到证实，而且万章也是这样理解的。但当他回答万章"然则舜怨乎"的进一步追问时，却引公明高之语，置"怨"于不顾，仅围绕"慕"字做文章了。细详孟子当时情态，本是肯定舜之"号泣"有"怨"的成分的，但因万章在问"怨"前所说"父母恶之，劳而不怨"乃曾参语②，而孟子自忖不宜与曾子的观点相悖，故改口作答，遂将"怨"之一义蒙混过去。后人未解此理，释"怨慕"或为"言舜自怨遭父母见恶之厄而思慕也"③，或为"怨己之不得其亲而思慕也"④，将舜外向的对父母之"怨"转为内向的对自我之"怨"，实在是欲粉饰舜之孝道却离题愈远的一种做法。由此而言，孟子最早揭示出舜的"怨慕"心态，一定程度地展示了这位亚圣的真性情，也大致符合舜遭迫害后的心理，是值得肯定的；但因其迫于万章依据曾子之语所发的诘问，在回答时舍"怨"而只言"慕"，遂造成后儒的曲解，以至于刘向《列女传》叙舜之父母欲杀舜时，谓"舜犹不怨"，且"往于田号泣，日呼旻天，呼父母。惟害若兹，思慕不已。不怨其弟，笃厚不怠"。而《毛传》解释《诗经·小弁》首章"何辜于天，我罪伊何"句时，亦引"舜之怨慕，日号泣于旻天、于父母"以为说，其意盖"嫌子不当怨父以

---

① 《孟子·万章章句上》，《孟子注疏》卷九上，见《十三经注疏》下，中华书局，1980年版，第2733—2734页。
② 《礼记·祭义》引曾子曰："父母爱之，嘉而弗忘；父母恶之，惧而无怨。"见《十三经注疏》下，中华书局，1980年版，第1598页。
③ [东汉]赵岐注：《孟子注疏》卷九上，见《十三经注疏》下，中华书局，1980年版，第2733页。
④ [明]朱熹注：《四书大全·孟子集注大全》卷九，见《景印文渊阁四库全书》，台湾商务印书馆，1983年版，第205册，第723页。

诉天，故引舜事以明之"。①表面看来，这种只强调"慕"而忽视"怨"以及对"怨"的曲解是为了美化舜之孝，但实质上却抽取了人物内在的七情六欲，使舜成为一个风干了的只会"慕"不会"怨"的伪孝子标本。

综上所言，后母和异母弟的角色定位及其发挥的离间作用，由三次迫害定格的仪式化环节及其内含的考验性质、受害主体对人生逆境的克服精神，舜之孝行所兼具的顺事父母、善于权变、合理逃避、敢于哀怨等独特内涵，共同构成了虞舜被害故事的几个要项。这些要项，不仅在结构形态、创作动因、人物心性等方面大大丰富了其自身的特点，而且在弃逐文化层面展示出极具典范性的昭示作用。凡此，都需要我们站在历史发展的角度认真思考，而不宜轻易放过。

（本文发表于《文学遗产》2014年第3期）

尚永亮，1956年生，1990年毕业于陕西师范大学中文系，文学博士，师从霍松林先生，现为武汉大学教授，兼任教育部高等学校中文学科教学指导委员会副主任委员。

---

① [唐]孔颖达疏：《毛诗正义》卷一二，见《十三经注疏》上，中华书局，1980年版，第452页。

春秋前鲁史概述考辨

沈 意

内容摘要：春秋前之鲁国史，由于史料阙如，今日已不得其详。现据《史记》等零星记载，大致勾勒出春秋前之鲁国概况，主要包括国君世系和大事记两个方面；并对其中的一些问题进行简单考辨，主要包括始封、继承制等内容。

关键词：前春秋；鲁国史；概述；考辨

孔子修《春秋》，起自鲁隐公元年（前722），此即春秋时期之起点。然鲁建国在西周初年，至隐公时已历三百余年、十余位国君，此皆在春秋时期以前。此段史事，孔子所据《鲁春秋》当有详细记载，然该书早已亡佚，故时至今日吾人对鲁国此段之历史知之甚少。今仅于《史记·鲁世家》中有简略记载，其他如《尚书》《诗经》《国语》等古籍中尚有零星史料。现即以《鲁世家》为据，结合其他史料对春秋前鲁国之历史做一简要概述，并对其中一些问题进行粗浅考辨。

一、春秋前鲁国历史概述

（一）国君世系

伯禽，周公旦嫡长子，在位四十六年（《鲁世家》未言其在位年数，此据裴骃《集解》徐广引皇甫谧云）。

考公酋，伯禽子，在位四年。

炀公熙，考公弟，在位六年。

幽公宰，炀公子，在位十四年。

魏公溃（《集解》引徐广云《世本》做"微公"；司马贞《索隐》亦引《系本》云"魏"作"微"，"溃"作"弗"，音沸），幽公弟，在位五十年。

厉公擢，魏公子，在位三十七年。

献公具，厉公弟，在位三十二年（《集解》徐广引刘歆云五十年，皇甫谧云三十六年）。

真公濞，献公子，在位三十年。

武公敖，真公弟，在位九年。

懿公戏，武公子，在位九年。

伯御，懿公兄括子（《国语·周语上》"仲山甫谏宣王立戏"[①]条，韦昭注云"伯御，括也"，则韦昭以为伯御即懿公兄括，与《鲁世家》不同，未知孰是），在位十一年。

孝公称，懿公弟，在位二十七年。

惠公弗湟，孝公子，在位四十六年。

综上，至鲁隐公前，鲁历君十三，历年三百二十一。由惠公去世之年，前723年，上推至伯禽即位，时当前1044年。

（二）大事记

《鲁世家》曰："伯禽即位之后，有管、蔡等反也，淮夷、徐戎亦并兴反。于是伯禽率师伐之于肸，作《肸誓》。"[②]前1044年，周公嫡长子伯禽受封为鲁侯（鲁之始封详见后考辨）。同年或明年，管叔、蔡叔挟纣王子武庚叛乱，周公东征。伯禽率师击败管、蔡盟友淮夷、徐戎，打击了叛军，亦稳定了鲁国。《尚书》中有《费誓》，即伯禽于费誓师讨伐徐戎之辞。

《鲁世家》曰："炀公筑茅阙门。"[③]《集解》引徐广曰："一作'第'，又作'夷'。《世本》曰'炀公徙鲁'，宋忠曰'今鲁国'。"由此可知，炀公时，鲁国经历过一次迁都，筑新城而举国搬迁，必是当时头等大

[①] [三国·吴]韦昭注：《国语》，上海古籍出版社，2008年版，第10页。
[②] [西汉]司马迁撰，[南朝·宋]裴骃集解，[唐]司马贞索隐，[唐]张守节正义：《史记》，中华书局，1959年版，第1524页。
[③] [西汉]司马迁撰，[南朝·宋]裴骃集解，[唐]司马贞索隐，[唐]张守节正义：《史记》，中华书局，1959年版，第1525页。

事，然今已不能知其详矣。

《鲁世家》云："幽公十四年，幽公弟溃杀幽公而自立，是为魏公。"①此亦不得知其详也。

《鲁世家》载，武公九年，武公率长子括和少子戏到镐京朝见周宣王，宣王喜欢少子戏，故强令鲁武公立戏为太子。回国后不久，武公就去世了，少子戏便继位，是为鲁懿公。懿公九年，武公长子括之子伯御不甘心君位被夺，杀懿公而自立。伯御即位十一年，周宣王率兵讨伐鲁国，杀掉了伯御，另立懿公之弟称为鲁君，是为孝公。这场由周宣王引起的围绕鲁国君位的血腥大争夺一直持续了二十年，堪称前春秋时期鲁国历史上最大的一个事件。（《国语》中亦有较详细记载，文与《鲁世家》多同，但亦有明显差异，详见后考辨。）

二、春秋前鲁史考辨

（一）鲁之始封

鲁国始封君为谁，其始封又在何时，《鲁世家》同一篇中却有相矛盾之说法，一则曰："（武王）遍封功臣同姓戚者。封周公旦于少昊之墟曲阜，是为鲁公。周公不就封，留佐武王。"②此言鲁之始封者为周公旦，时当武王灭商后不久；然周公未之鲁，而是留在周庭，辅佐武王。二则曰："周公卒，子伯禽固已前受封，是为鲁公。"③则周公卒前，其子伯禽已受封为鲁公矣，前言周公受封为鲁公，焉有周公未死而其子伯禽已为鲁公之理？故《索隐》释之曰："周公元子就封于鲁，次子留相王室，代为周公。"然则始受封为鲁公者，非周公也，其长子伯禽也。此则《诗·鲁颂·閟宫》可以为证，其中有句曰："王曰叔父，建尔元子，俾侯于鲁。"④诗中之"王"乃成王，其所称"叔父"者，周公旦也；周公旦之"元子"，即伯禽。此不仅可证鲁之始封君

---

① [西汉]司马迁撰，[南朝·宋]裴骃集解，[唐]司马贞索隐，[唐]张守节正义：《史记》，中华书局，1959年版，第1525页。
② [西汉]司马迁撰，[南朝·宋]裴骃集解，[唐]司马贞索隐，[唐]张守节正义：《史记》，中华书局，1959年版，第1515页。
③ [西汉]司马迁撰，[南朝·宋]裴骃集解，[唐]司马贞索隐，[唐]张守节正义：《史记》，中华书局，1959年版，第1524页。
④ 《十三经注疏·毛诗正义》，中华书局，1980年版，第615页。

为伯禽，亦可说明封伯禽者乃成王也。《左传·定公四年》亦曰："昔武王克商，成王定之，选建明德，以蕃屏周。故周公相王室，以尹天下，于周为睦。分鲁公以大路、大旂，夏后氏之璜，封父之繁弱，殷民六族，条氏、徐氏、萧氏、索氏、长勺氏、尾勺氏，使帅其宗氏，辑其分族，将其类丑，以法则周公。用即命于周。是使之职事于鲁，以昭周公之明德。分之土田陪敦，祝、宗、卜、史，备物、典策，官司、彝器；因商奄之民，命以《伯禽》而封于少皞之墟。"①此明言首受封为鲁君者为伯禽，《鲁世家》所言武王封周公旦于鲁，似不确。

又，封伯禽于鲁者，似亦非成王。《鲁世家》曰："武王既崩，成王少，在强葆之中。周公恐天下闻武王崩而畔，周公乃践阼代成王摄行当国。"②成王尚在襁褓之中，周公代行王权，则封伯禽者当是周公。周公封长子为诸侯，以示己不欲专有王位，终将还政于成王，此虽推论，然于理则或然。

（二）兄终弟及

如前概述所言，春秋前鲁历十三君，君位有十二次传递，其中有六次为兄终弟及（懿公戏越过兄长括而直接即位，亦算是本质上的兄终弟及），正好占了君位传递次数的一半，可知此种继承形式，并非偶然，实乃当时众人认可之制度。

炀公熙乃考公酋之弟，魏公溃乃幽公宰之弟，献公具乃厉公擢之弟，武公敖乃真公濞之弟，懿公戏越过兄括而为君，孝公乃懿公戏之弟。以上六次兄终弟及中，有三次颇引人注意。一为魏公。魏公为幽公弟，却杀兄而自立，杀兄自立乃大逆不道之事，此时周王室尚强，却不见讨伐，亦不见国人反对，以致魏公安坐君位达五十年之久，此似乎不仅可以说明幽公确实是个暴君，理应被杀，还可证明弟继兄位乃事之当然。二为懿公。懿公为周宣王所立，宣王立其为鲁太子时，虽遭樊仲山父之谏止，所言亦是不应废长立少之理，但细绎其谏言可知，其所反对者乃兄在而先立弟，乱了承继次序而已，并非反对兄终弟及之制度；另外，宣王天下共主，鲁亦最亲贵之诸侯，影响甚巨，其立少子戏为鲁太子若毫无道理可言，宣王断不会为之，既便为之，鲁亦绝不可能接受，故其所依据之理即兄终弟及之制。三为孝公。孝公

---

① 杨伯峻编著：《春秋左传注》，中华书局，1990年版，第1536—1537页。
② [西汉]司马迁撰，[南朝·宋]裴骃集解，[唐]司马贞索隐，[唐]张守节正义：《史记》，中华书局，1959年版，第1518页。

乃懿公之弟，其继位事颇复杂，具体过程已见前概述之大事记，此处所须强调者，唯以孝公乃宣王所立，宣王不立懿公子而立懿公弟，则应是周庭对鲁国君位继承制之认可与尊重。由上可知，鲁国君位之承继，当是有弟则传弟，无弟则传子，传子则必传嫡长子。兄、弟当同为嫡妻所生，故兄弟不过二三人而已；若以所有兄弟计，则人数往往数十乃至上百，君位何以尽传？此亦事之必然也。

鲁国此种君位继承制似乎正是来自周国之传统。据《史记·周本纪》，可知周之先祖弃为帝喾之子，从弃至武王，其间时长不啻千年，而君位传递仅有十六代，则每君在位时间平均在六十年以上，这是绝对不可能的。故《周本纪》"后稷卒，子不窋立"①句下《索隐》曰："若以不窋亲弃之子，至文王千余岁唯十四代，实亦不合事情。"②《正义》引《毛诗疏》曰："虞及夏、殷共有千二百岁。每世在位皆八十年，乃可充其数耳。命之短长，古今一也，而使十五世君在位皆八十许载，子必将老始生，不近人情之甚。以理而推，实难据信也。"③司马贞、张守节二人只做怀疑，而未进一步探究，此处稍做推理。先看其从弃至武王之世系：

弃——不窋——鞠——公刘——庆节——皇仆——差弗——毁隃——公非——高圉——亚圉——公叔祖类——古公亶父——季历——文王——武王

"公非"处《索隐》曰："《系本》云：'公非、辟方。'皇甫谧云：'公非字辟方也。'"④"高圉"处《索隐》曰："《系本》云：'高圉、侯侔。'"⑤"亚圉"处《集解》曰："《世本》云：'亚圉、云都。'皇甫谧云：'云都，亚圉字。'"《索隐》曰："《汉书·古今表》曰：'云

---

① [西汉]司马迁撰，[南朝·宋]裴骃集解，[唐]司马贞索隐，[唐]张守节正义：《史记》，中华书局，1959年版，第112页。
② [西汉]司马迁撰，[南朝·宋]裴骃集解，[唐]司马贞索隐，[唐]张守节正义：《史记》，中华书局，1959年版，第113页。
③ [西汉]司马迁撰，[南朝·宋]裴骃集解，[唐]司马贞索隐，[唐]张守节正义：《史记》，中华书局，1959年版，第113页。
④ [西汉]司马迁撰，[南朝·宋]裴骃集解，[唐]司马贞索隐，[唐]张守节正义：《史记》，中华书局，1959年版，第114页。
⑤ [西汉]司马迁撰，[南朝·宋]裴骃集解，[唐]司马贞索隐，[唐]张守节正义：《史记》，中华书局，1959年版，第114页。

都，亚圉弟。'按：如此说，则辟方、侯侔亦皆二人之名，实未能详。"① 《世本》（唐避太宗讳，改称《系本》）记上古帝王世系，成于先秦，为《史记》所本，其权威性不言而喻，其曰公非下有辟方，高圉下有侯侔，亚圉下有云都，皇甫谧云是字，班固云是弟之名。班固时处东汉前期，又为兰台令史，博览群书、学风谨严；皇甫谧乃三国时人，世积乱离、书阙有间；二者所云当以班氏为确。由此可知，《周本纪》所记先周世系至少阙如三人，此三人均为上位国君之弟，此乃先周时期实行兄终弟及之铁证。又，"公叔祖类"，《索隐》曰："《系本》云：'太公、组绀、诸盩。'《三代世表》称叔类，凡四名。皇甫谧云：'公祖一名组绀诸盩，字叔类，号曰太公。'"②皇甫谧所云无乃太迂乎？四名即指四人，何必巧说以弥缝之。故"公叔祖类"，极有可能是指太公、组绀、诸盩、祖类四人，其中三人必是其中另一人之母弟。想来周统天下之后正式确立嫡长子继承制，先周时期世系中兄终弟及之情况多被改写，或兄弟被归为一世，后人误读方成《史记》中之十六世。综上可知，先周时期，君位之继承中，兄终弟及的情况是普遍存在的。再，鲁国始祖周公以武王之弟代成王践阼，其实亦是兄终弟及。《鲁世家》所云周公与成王之关系颇有不可理解之处，二人围绕王位似有激烈斗争。又据《史记·管蔡世家》，文王娶太姒，生子十人，武王行二，管叔行三，周公行四，若以兄终弟及论，武王崩后，继王位者应是管叔，今周公践阼，管叔乃反。管叔之反，非恐周公不利于成王也，实乃不服也。故知周公代成王践阼、管叔反叛、周公东征及还政于成王此一系列之事件，当是兄终弟及与嫡长子继承制之斗争，此事过后，嫡长子继承制在周庭正式确立。而鲁国出于对祖先之尊重仍然保持着兄终弟及。

非但鲁国如此，考之《史记》中之《殷本纪》《吴太伯世家》及《宋微子世家》等，兄终弟及之事亦多有之。想来此是原始社会时期传统之遗留，彼时以兄终弟及为主，无弟可传时则传子，然同母兄弟亦各有子，传于何子，既无明文规定，便易发生流血冲突，故周国最终确立了嫡长子继承制。然千百年

---

① [西汉]司马迁撰，[南朝·宋]裴骃集解，[唐]司马贞索隐，[唐]张守节正义：《史记》，中华书局，1959年版，第114页。
② [西汉]司马迁撰，[南朝·宋]裴骃集解，[唐]司马贞索隐，[唐]张守节正义：《史记》，中华书局，1959年版，第114页。

来所形成之制度固不能一旦而抹杀，故于前春秋时期乃至春秋时期仍于多国流行，鲁即其中之显例也。

（三）孝公称之立

此事前文概述大事记已言及，宣王伐鲁杀伯御，立孝公之事，《鲁世家》曰：

> 周宣王伐鲁，杀其君伯御，而问鲁公子能道顺诸侯者，以为鲁后。樊穆仲曰："鲁懿侯之弟称，肃恭明神，敬事耆老；赋事行刑，必问于遗训而咨于固实；不干所问，不犯所咨。"宣王曰："然，能训治其民矣。"乃立称于夷宫，是为孝公。自是后，诸侯多畔王命。①

《国语·周语》中亦有类似记载：

> 三十二年春，宣王伐鲁，立孝公，诸侯从是而不睦。宣王欲得国子之能导训诸侯者，樊穆仲曰："鲁侯孝。"王曰："何以知之？"对曰："肃恭明神而敬事耇老。赋事行刑，必问于遗训而咨于故实。不干所问，不犯所咨。"王曰："然则能训治其民矣。"乃命鲁孝公于夷公。②

两段引文初读似无大异，细绎之则义实极不同。《国语》言已立鲁孝公后，方寻能训导诸侯者，樊穆仲遂荐之。《鲁世家》中樊穆仲所言虽与《国语》几乎全同，实则为荐立称为鲁君而发。故所谓"命于夷宫"者，《国语》谓命鲁孝公为侯伯，《鲁世家》则只立称为鲁君耳。

二文相较，当以《国语》所言更优，其理由有三。观《鲁世家》樊穆仲语与《国语》几乎全同，《国语》早出，则《鲁世家》当以《国语》为本，以权威性言，《鲁世家》不如《国语》，此其一。《鲁世家》云宣王问"鲁公子能顺道诸侯者，以为鲁后"，能训导诸侯者，方伯也，若仅立鲁君，则不必具备如此之条件。此其二。"夷宫"者，《集解》引韦昭注曰："宣王祖父夷王之庙。古者爵命必于祖庙"，全引《国语》韦昭注。周代始封诸侯，必于祖庙，且有烦琐隆重之仪式，而立公子称为鲁君则非始封，宣王伐鲁，于鲁即立称可也，何以又不远千里携称回周，再立之于夷宫？而若命其为侯伯则不然，受命

---

① ［西汉］司马迁撰，［南朝·宋］裴骃集解，［唐］司马贞索隐，［唐］张守节正义：《史记》，中华书局，1959年版，第1528页。

② ［三国·吴］韦昭注：《国语》，上海古籍出版社，2008年版，第11页。

者必至王所，史有册命，王有赏赐、宴飨，方可成命，齐桓、晋文之命俱是如此。故"于夷宫"者，必命方伯也。此其三。综上可知，立鲁君与立鲁君为方伯是两回事，《史记》却似将之混为一谈。

沈意，1970年生，2007年毕业于陕西师范大学文学院，文学博士，师从张新科教授，现为内蒙古大学讲师。

商周文学语言因革论

陈桐生

内容摘要：殷商时期文学语言的代表文献是殷商甲骨卜辞、铭文和《尚书·商书》，这些文献的语言可以被称为"殷商古语"，特点是艰深古奥。西周时期存在两套书面语言：一是沿袭前朝的"殷商古语"，另一是周人通过扬弃"殷商古语"并提炼周人口语而形成的"文言"。这两套语言，一主一次，一雅一俗，一难一易，一因一革，区分十分明显。西周铭文、周原甲骨卜辞、《周书》《周颂》《大雅》语言因袭"殷商古语"，《周易》卦爻辞、《国语》中西周散文和《诗经》西周风诗则采用相对平易的"文言"。随着历史文化条件的变迁，"殷商古语"逐渐走向衰落，"文言"因其接近时代、贴近生活、易懂易写、便于交流而广为人们接受，成为春秋战国以后的主流文学语言。

关键词：文学语言；殷商古语；文言

中国文学史上有两个时期语言变化最大：一是在商周时期，中国文学语言在殷商起步并定型，形成了"殷商古语"艰深古奥的特色。西周时期，"殷商古语"继续占据文坛主流地位，但亦有部分作品尝试运用周人的"文言"。随着历史文化条件的变迁，周人"文言"逐渐取代具有七八百年历史的"殷商古语"，成为自春秋战国至中国现代"新文化运动"以前的文学语言，这是中国文学语言第一次大变革；二是在中国现代"新文化运动"时期，"白话"取代"文言"。第二次文学语言大变革是由当时文坛领袖胡适、陈独秀等人振臂提倡，它来得迅猛而剧烈，堪称是一种"断崖式"巨变，而第一次语言变革则呈现出一个长期的、自然的、渐变的过程。唯其如此，第二次文学语言变革广为人知，而第一次文学语言巨变却少有人论及。因此，揭示商周时期中国文学语言的巨变是非常必要的。

一、中国文学语言的起点：殷商古语

什么是文学语言？学术界将文学语言划分为广义和狭义两个层次。"广义的文学语言，泛指在民族共同语基础上经过加工提炼而成的规范化语言，它包括文学作品的语言，也包括科学著作、政治论文和报刊上所用的一切书面语言，以及经过加工的口头语言。""狭义的文学语言，是指文学作品的语言，即诗歌、小说、戏剧文学、散文等文学创作中的语言，以及人民大众口头创作中经过加工的语言。"[①]文学性和审美性是文学语言的两大特性，"文学语言是对普通语言的语音、语义等的审美特性的运用、加工与升华"（《文学语言学》，第4页）。本文所指的商周时期文学语言大都是在广义层面上而言的。

殷商甲骨文是迄今为止最早的成熟的中国文字，因此我们将中国文学语言的起点定在商朝。现存殷商文献有甲骨卜辞、铜器铭文和《尚书·商书》，此外还有后人对其存在不少疑问的《诗经·商颂》。甲骨卜辞与铭文是可靠的第一手殷商语言资料，而著于简帛的《商书》和《商颂》就要复杂得多，因为它们在传播过程中或多或少地经过后人的改动。《商书》中的五篇文章，《盘庚》（上、中、下）是古今学者公认的殷商文献，但即便如此，《盘庚》中也有后人羼入的文字。其他四篇殷商文诰中也有周人的文字[②]。因此我们在论述时要特别谨慎小心，尽量避免将《商书》中的周代语汇作为殷商语言来讨论。情况最复杂的是《商颂》，古今学者对《商颂》有"商诗"和"春秋宋诗"

---

① 李荣启：《文学语言学》，人民出版社，2005年版，第3页。
②《商书》中羼入了少数周代文字，如《汤誓》中"尔""庶""天""台""予"，《盘庚》中"而""则""天""德"，《微子》中"殷"等。既然如此，《商书》能否作为"殷商古语"文献？本文认为是可以的。理由是：（1）《商书》五篇文章约二千三百字，被专家发掘出来的周代文字只有二十多个，其中有些字（如"德""天"等）究竟是商代字还是周代字还存在争议。（2）殷商甲骨文还有几千个文字未被认出，目前被指认的周代文字或许存在于未被认出的殷商甲骨文字之中。（3）文献记载殷商有文献典籍传到周代。《周书·多士》载周公曰："惟殷先人有册有典。"《墨子·贵义》载："周公旦朝读《书》百篇。"这表明殷人的"册""典""《书》"是在殷商写定的。（4）先秦文献在传播过程中多少都会渗入若干后代文字，但后代渗入的文字毕竟是少数，这些文献的主体文字仍属于写定时代的语言。

两说。从现有文献来看，"宋诗说"遇到强有力的反证材料[①]；但如果将《商颂》视为商诗，它的语言难度又明显低于《诗经·周颂》；若要将它视为周诗，文献又不足以证明。为了行文的严谨，本文采用阙闻则疑的方法，暂不将《商颂》作为殷商语言的论述对象。

殷商文献中有相当多的生僻词语，语汇底色相当古老，殷商文法在大的方面与后世文言相近，但也有不少特殊之处。奇异的文字符号，古老艰深的语汇，具有特定含义的成语，大量的通假字、假借字，似通非通的语句，没有规律的浓缩，间或出现的特殊文法，程式化的行文，还有因为甲骨断残和青铜器锈蚀而造成的文字残缺，这些因素使殷商文献很难读懂。殷商文献语言与春秋战国以后的语言差异甚大，为了区别起见，本文将殷商文献语言以及西周时期仿古的文献语言称为"殷商古语"，将从周民族兴起并逐渐流行的语言称为"文言"。卜辞、铭文、《尚书》文诰三者语言差异甚大，但它们仍然存在某些相同的时代特色，古奥艰深是"殷商古语"的共同点，其中各体文献语言又有自己的特点。

甲骨卜辞是殷商文献中难度最大的语言。现存殷商卜辞始于盘庚迄于帝辛。完整的卜辞有叙辞、命辞、占辞、验辞几个部分，格式固定，有一套不易理解的占卜术语。例如："癸巳卜，争，贞有白麑于妣癸，不左。王占曰：'吉，勿左。'"[②]在这条卜辞中，"有"通"侑"，是商代祭名。"左"意为"吉利"。不懂得"有""左"就无法读懂这条卜辞。又如："戊申卜，贞：其品司于王出？"（《甲骨文合集》23712，第3038页）"品"是商代祭名，"司"是神名。这条卜辞贞问：在商王出去的时候，以品祭方式来祭祀司神好不好。卜辞有一些属于自己的特有词汇，如未来名词"羽""生"，车马单位名词"丙"，语气副词"惠""气""骨"，否定副词"弱""妹"，情态副词"迟""迅"，时间副词"鼎"，范围副词"同""历"，介词

---

① 《商颂》最早的文献记载，见于《国语·鲁语下》："昔正考父校商之名颂十二篇于周太师，以《那》为首。"此事发生在周宣王时期，正考父生活在宋襄公之前一百多年，不可能作诗歌颂春秋时期的宋襄公；《左传·隐公三年》引《商颂》"殷受命咸宜，百禄是何"来赞美宋宣公，此事发生在宋襄公即位之前七十年，这说明《商颂》不是歌颂宋襄公之作；《国语·晋语四》载公孙固引《商颂》"汤降不迟，圣敬日跻"来劝谏宋襄公，这说明《商颂》早在宋襄公之前就已是传世经典。因此将《商颂》视为春秋宋诗，是不适合的。

②胡厚宣主编：《甲骨文合集》2496，中华书局，1999年版，第486页。

"邲""挛",连词"兄""氐""延",语气词"执"等,都不见于殷商其他文献[①]。卜辞中还有一些成语,如"兹卜""求年""大启"等等[②]。卜辞文法与后来"文言"大体一致,但也有一些特殊文法,例如,卜辞以"勿"作为否定句代词宾语前置词,用"惠"提示宾语前置,将副词"其"用在动词和宾语之间,一个动词带三个宾语,等等(《甲骨文语法学》,第291—296页)。

甲骨卜辞具有某些文学因素,但对它的文学成就不能估计过高。卜辞往往从东南西北几个方位进行贞问,构成整齐的句子排列,例如:"癸卯卜,今日雨?其自西来雨?其自东来雨?其自北来雨?其自南来雨?"(《甲骨文合集》12870,第1816页)有些论者将这条卜辞与汉乐府《江南》比附,视其为歌谣,其实四方贞问是卜辞的格式要求,与《江南》只是偶然的形式巧合,虽然这类卜辞句式整齐,但不能将它们视为古代歌谣。此类卜辞每句最后一字相同,也不能将其看作是押韵。不过,有些卜辞善于描写事物,例如:"王占曰:有祟。八日,庚戌,有各云自东,宦母。昃,亦有出虹,自北饮于河。"(《甲骨文合集》10405,第1532、1533页)卜辞大意是,商王占卜说,有灾祸。到了八日庚戌,东边乌云弥漫,天空昏暗。到日头偏西时,天上出现彩虹,彩虹的一头在天空北面,另一头直插黄河,如同巨龙饮水。卜辞从乌云弥漫写到彩虹出现,特别彩虹饮河的描写,充满了想象力,"饮"字尤其传神。

卜辞并非通体难解,它有一批浅易的基本词汇。如"日""月""星""麦""禾""粟""牛""羊""马"等,它们在"文言"和"白话"中仍然继续运用。

殷商铭文出现的时代较甲骨卜辞要晚一些。现存最早的青铜器铭文是武丁晚期作品。从武丁晚期到文丁时期的铭文语言比较简单,少则一两个字,多则三五个字。有些铭文记载族名,如"亚矣(疑)"(《殷周金文集成》2.380,第13页)、"亚弜"(《殷周金文集成》2.383,第13页)等。有些铭文记载器主之名,如"子妥"(《殷周金文集成》3.1301,第287页)、"妇好"(《殷周金文集成》3.1337,第295页)等。有些铭文记载被祭者之名,如"且(祖)丁"(《殷周金文集成》3.798,第41页)、"司(一说"司"当为"后")母戊"(《殷周金文集成》4.1706,第52页)等。有些铭文标记铜器所放位置,如侯家庄西北冈1001号商代墓葬出土的三件盉,铭文分别为"左"(《殷

[①] 张玉金:《甲骨文语法学》,学林出版社,2001年版,第35—63页。
[②] 林政华:《甲骨文成语集释》,《书目季刊》,第17卷第4期,第63—104页。

周金文集成》15.9315，第71页）、"中"（《殷周金文集成》15.9316，第71页）、"又（右）"（《殷周金文集成》15.9317，第71页），这三条铭文就是标明三件盉在墓室摆放的位置。有些铭文记载职官，如"夫册"（《殷周金文集成》2.392，第14页）。这些早期铭文只是青铜器上的标记，还不能算是一种独立文体，谈不上有什么文学性。到帝乙、帝辛时期，开始出现三四十个字的记事铭文，如《我方鼎》四十一字，《四祀卣》四十二字。此时铭文重点渐渐落在记载功烈祭祀先祖之上，并有"用乍（作）某尊彝"等套语。如《小臣缶方鼎》："王易（锡）小臣缶湡责（积）五年，缶用乍（作）享大子乙家祀尊。"①商王将湡地五年的赋税赏赐给小臣缶，缶为此作祭祀礼器。又如《小臣邑斝》："癸子（巳），王易小臣邑贝十朋，用乍（作）母癸尊彝，隹（唯）王六祀，彡（肜）日，才（在）四月。亚矣（疑）。"（《商周青铜器铭文选》，第3卷，第6页）癸巳日，商王赐小臣邑贝十朋。小臣邑为此铸作祭祀母癸的斝。时在帝辛六年四月，族徽"亚疑"。殷商铭文中多用通假字和假借字。通假字如"隹"通"唯"，"彡"通"肜"等。假借字如"锡"借为"易"，"泛"借为"凡"等。殷商铭文中不少人名、地名、官名、祭名、物名难以辨认。从总体上看，殷商铭文语言简朴，尚处于起步阶段。

对后世散文影响最大、传播最广、最有代表性的"殷商古语"，还要算《商书》语言。传世的《商书》有五篇：《汤誓》、《盘庚》（上中下）、《高宗肜日》、《西伯戡黎》和《微子》。殷商古老语汇构成了《商书》语言的艰深底色。这些古老语汇分两种情形：一是文字生僻，如"憼憼"（意为"拒绝善意"）、"敉"（意为"体察"）、"憸"（意为"小"，以上见《盘庚上》）、"底"（意为"致"）、"咈"（意为"违背"）、"颠隮"（意为"陨坠"，以上见《微子》）等。二是常字古义，即词语是后世"文言"中常见的词语，但词义却是殷商古义，读者往往识其字而不知其义。名词如称国都为"邑"（《盘庚上》），称年轻人为"冲人"，称天子为"天胤"（《高宗肜日》），称众位官员为"师师"（《微子》）。动词如用"刘"（《盘庚上》）表示杀戮，用"底绥"（《盘庚上》）表示安定，用"和"（《盘庚上》）表示宣布，用"猷"（《盘庚上》）表示谋

---

① 马承源主编：《商周青铜器铭文选》，文物出版社，1988年版，第3卷，第7页。

划,用"话"(《盘庚中》)表示会合,用"臭"(《盘庚中》)表示枯朽。形容词如把"大"说成"丕"(《盘庚中》)或"图""戎"(《盘庚上》)。代词如把"如何"说成"如台"。连词如把"于是"说成"越其"(《盘庚上》)或"丕乃"(《盘庚中》,等等。《商书》所用的语助词是"越""式""诞""肆""猷""丕"等,与春秋战国以后的"之""乎""者""也"等完全不同。将这些古老语汇组成句子,读者便会觉得如读天书。例如:《盘庚下》"吊由灵各"①:吊,淑、善;灵各,神灵。"吊由灵各"意为"迁殷之善是由于上帝的神灵"。《微子》:"我其发出狂,吾家耄逊于荒?"(《尚书校释译论》,第2册,第1076页)发,起;出,出逃;狂,读为"往";吾家,我;耄,昏乱;逊,顺;荒,读为"亡"。这两句是说:"我是选择出逃呢,还是昏昏然随同殷朝一起灭亡呢?"《商书》古老语汇多如此类。

《商书》中有些语汇是殷商成语。王国维指出,"古人颇用成语,其成语之意义,与其中单语分别之意义又不同。"②古代不少注家未能认识到这一点,他们往往从"单语"角度解释《商书》中的成语。例如《盘庚中》"咸造勿亵在王庭",伪孔安国传:"众皆至王庭,无亵慢。"③伪孔传把"勿"解为"无",把"亵"释为"亵慢",这虽然勉强可以说得通,但却与上古礼俗不符:在商王掌握臣民生杀予夺大权的时代,焉有臣民敢在王庭亵慢之理?刘起釪指出,"勿亵"是古成语,意为"不安"(《尚书校释译论》,第2册,第903页)。这个解释准确地描绘了臣民在王庭紧张、惶恐、局促、不安的情态,比"无亵慢"之说强多了。近现代学者相继发掘出《商书》中一些殷商成语,诸如"罔知"(见《盘庚上》,意为"不保",用杨树达说)、"感鲜"(见《盘庚中》,意为"保护",用刘起釪说)、"在上"(见《盘庚中》,意为"在上天那里",用刘起釪说)、"爽德"(见《盘庚中》,意为"离心离德",用刘起釪说)、"小大"(见《微子》,意为"从下至上许多人",用刘起釪说),等等。"殷商古语"中的成语与"文言""白话"中的成语有

---

① 刘起釪:《尚书校释译论》,中华书局,2005年版,第2册,第925页。
② 王国维:《与友人论〈诗〉〈书〉中成语书》,见《观堂集林》,河北教育出版社,2001年版,第40页。
③ [汉]孔安国传,[唐]孔颖达疏:《尚书正义》,北京大学出版社,1999年版,第235页。

四点不同：一是"殷商古语"中的成语多为两字，而"文言""白话"中的成语多为四字；二是"殷商古语"中的成语往往用通假字或音近字表示，形成同一成语多种字符的情形，如"致告"（见《盘庚上》和《微子》，意为"传达、相告"，用刘起釪说）又作"指告"，"文言""白话"中的成语字符则基本是稳定的；三是成语来源不同，"殷商古语"中的成语是直接从口语中提炼的，而"文言""白话"中的成语则一般来源于文献典籍；四是"殷商古语"中的成语到秦汉以后就不再有人使用，而"文言"中许多成语至今仍活在"白话"之中。

《商书》某些语句因其过于浓缩而导致理解困难。如《盘庚上》"无傲从康"，盘庚语意是"你们不要骄傲，不要放纵，不要贪图安逸"，史官本应写成"无傲，无从（纵），无康"，但他省略了后两个"无"。今人可用顿号来表明这是三层意思，写成"无傲、从、康"，但古代没有句读，阅读难度可想而知。同样的例子又见于《盘庚下》"予其懋简相尔"：懋，勉励；简，挑选；相，视才而用。这一句意为："我将会勉励你们，从你们当中挑选人才，视你们的才能而加以任用。"三层意思被史官浓缩为一句。再如《盘庚下》"鞠人谋人之保居叙钦"，从东汉郑玄到宋人蔡沈都未能把此句讲清楚，直到近人戴钧衡《书传补商》，才把这一句话意思讲通。鞠，养育；谋，谋划；保，安；居，居住；叙，任用；钦，尊敬。这一句意为："凡是那些能够养育民众的人，以及那些为民众安居谋划的人，我都会叙用他们，尊敬他们。"这些意思今天要用四句话才能表达清楚，却被《盘庚下》作者浓缩在一个九字句之中。以上是记言句的例子，语句浓缩的情形也见于《商书》的叙述句。如《盘庚上》"率吁众戚出矢言"：率，因；吁，呼；众戚，众位贵戚；矢言，誓言。此句因过于简略而导致注家不同解释：伪孔传以为是盘庚对众忧之人讲话，吴澄、姚鼐以为是盘庚对不愿迁都之臣讲话，牟庭主张是不愿迁都大臣对盘庚讲话，俞樾认为是盘庚呼贵戚出来，让他们向民众传达自己的讲话（《尚书校释译论》，第2册，第935、927、927、930页）。从上下语境来看，当以俞樾解释为正确。这句话有三层意思：一是盘庚呼贵戚出来；二是盘庚向贵戚发表讲话；三是盘庚要求贵戚将自己的誓言传达给民众。《盘庚上》作者或许没有想到，他的一个叙述句竟让后人猜了三千多年。

《商书》大量运用通假字和假借字[①]。例如,《西伯戡黎》"天既讫我殷命":俞樾指出,当时殷朝尚未灭亡,"既"不能解为"已经",而应解为"其",意为"将要"。"天既讫我殷命",意谓"上天将要终止我们殷国的大命"[②]。又如《微子》"天毒降灾荒殷邦",《史记·宋微子世家》写作"天笃下灾亡殷国"[③]。"毒"与"笃"通,笃,厚也。"荒"与"亡"通。"天毒降灾荒殷邦",意谓"天厚降灾来灭亡殷国"。《商书》常用假借字。例如,"修"是"攸"的假借(见《盘庚上》,用孙诒让说),"则"为"贼"的假借,"倚"是"踦"的假借(见《盘庚中》,用陈乔枞说),"冲"为"童"的假借(见《盘庚下》,用刘起釪说),等等。《商书》古注中那些"读为"某音的字也是假借字,如"选"读为"纂"(用俞樾说),"昏"读为"敏"(用刘起釪说。以上见《盘庚上》),"失"读为"佚"(用刘起釪说),"浮"读为"佛"(用俞樾说。以上见《盘庚中》),"怠"读为"怡"(用于省吾说),"懋"读为"勖"(用刘起釪说),"多"读为"侈"(用吴汝纶说),"绥"读为"佗"(用杨筠如说),"庸"读为"封"(用杨筠如说。以上见《盘庚下》),"方"读为"傍"(用段玉裁说),"雠"读为"稠"(用郑玄说),等等。识读《商书》这些通假字和假借字,需要有足够的学力和才力,《商书》中不少通假字、假借字是在千百年之后才被那些饱学之士认出来的。

　　以古老语汇作为语言底色,于古语之中多用殷商成语、通假字和假借字,组合成句时又高度浓缩,古奥艰深的《商书》文诰语言就是这样炼成的。

　　"殷商古语"是中国最早的文学语言,它奠定了书面汉语语音、文字、词汇、语法的基本格局,其开创之功不可埋没。作为发轫期的文学语言,"殷商古语"的难度也是最高的。迄今为止,还有几千个甲骨文、铭文的字符未被辨识。《商书》虽然经过历代学者考释而基本可以讲通,但是并不能保证这些训释完全正确。拿文学性、审美性标准来审视卜辞、铭文和《商书》语言,显然它们在这两方面都还缺乏。有必要说明,"殷商古语"中多

[①] 上古通假字、假借字颇易混淆。有人认为上古多用假借字,通假字是在战国以后才有。本文根据《尚书》权威注本,将注家"某字'通'某字"视为通假字,将注家"某字'借'某字"以及"读为"视为假借字。

[②] [清]俞樾:《群经平议》,见《续修四库全书》,上海古籍出版社,2002年版,第63页。

[③] [西汉]司马迁:《史记》卷三八《宋微子世家》,中华书局,1959年版,第5册,第1607页。

少也有简易的因素,"殷商古语"中的部分浅易语汇在"文言"乃至"白话"中被继续使用,"殷商古语"文法与后世的"文言""白话"大体一致,《商书》中偶尔有一些生动的比喻,如"若火之燎于原""无起秽以自臭"等,都能给人留下深刻印象。

二、西周对"殷商古语"的因袭和新变

在中国文学语言发展史上,西周是一个非常重要的阶段,文学语言在此时正经历着重要的因革。西周存在着两套文学语言:一是相对简洁平易的周人"文言";二是晦涩艰深的"殷商古语"。两套语言系统,一主一次,一雅一俗,一难一易,一因一革,区分十分明显。在西周前中期,"殷商古语"占据文坛主流地位,周人的"文言"处于次要地位。"文言"的情形留待下文讨论,本节专论西周的"殷商古语"。周人在祭祀、誓师、训诰、册命、纪勋、占卜等重大典礼场合都运用"殷商古语",西周重要文献如《周书》、《周颂》《大雅》、卜辞、铭文的语言都是沿袭殷商。《诗经·大雅·文王》说:"周虽旧邦,其命维新。"[1]周人既然自信以旧邦而获新命,为何不能开一代语言新风,大胆地运用周人的"文言",而要沿袭深奥的"殷商古语"呢?这其中的原因是多方面的。

先说历史文化因素。据《史记·周本纪》载,周是夏、商主盟下的一个西方诸侯小国,从后稷之子不窋奔窜戎狄以下十二代,周人都是处于戎狄之间,过着亦夏亦夷的生活,直到后稷十三世孙古公亶父由豳迁岐,周人才开始有意识地"贬戎狄之俗,而营筑城郭室屋,而邑别居之,作五官有司"(《史记》卷四《周本纪》,第1册,第114页)。经过太王、王季特别是姬昌几代人的经营拓展,到殷商末年,周人的政治、军事势力迅速扩展,达到"三分天下有其二"(《论语·泰伯》)的程度。尽管如此,周人的成就主要体现在政治、军事领域,在文化上要远远落后于有着近六百年发展史的殷商。唯其如此,周人对殷商文化抱有一份敬畏心理。殷商末年,在记载周人向殷商进贡方物的甲骨文中,周人自称"小邦周",对商则称"大邑商",这两个称呼道尽了周人面

---

[1] [西汉]毛亨传,[东汉]郑玄笺,[唐]孔颖达疏:《毛诗正义》,北京大学出版社,1999年版,第957页。

对具有悠久文化传统的殷商的谦卑心理。灭商以后，周人虽然在意识形态和礼乐制度上多有革新，但仍在很多方面因袭殷商。论者指出，在周初二十种祭礼中，有十七种祭祖礼都是殷周同名。①杨宽《西周史》指出，先周文化只有陶鬲而没有陶鼎，周人的铜鼎是从商文化中学来的。郭沫若在《青铜时代》中，将殷商末年和西周成、康、昭、穆时期的青铜器划为同一时期彝器。他们从文物考古角度证明了商周之际的文化传承。周公制礼作乐，诗人歌咏王季、姬昌与大邦殷商的联姻，《诗经·大雅·大明》说："挚仲氏任，自彼殷商，来嫁于周，曰嫔于京，乃及王季，维德之行。大任有身，生此文王。"王季娶殷商女子太任为妃，太任生文王姬昌，她在周民族文化中有着圣母一般的地位。《大明》又说："文王嘉止，大邦有子。大邦有子，伣天之妹。文定厥祥，亲迎于渭。"（《毛诗正义》，第967、968、970页）诗中歌咏的这位大邦之子就是来自殷商的文王之妃太姒。从这些诗句可以深切地体味到，周人认为"大邑商"血统高贵，即使是在灭商之后，周人仍以能够与"大邑商"联姻为莫大的荣耀，从而在国家大典中予以歌颂。了解商周之际两个民族的历史文化差异以及在这种特定历史情境下的周人心理，就不难理解周人为何沿用"殷商古语"。

其次，商周之际，有一批学养深厚的殷商史官因不满纣王残暴统治而由商奔周，成为周人文诰、颂诗、铭文、卜辞创作的主体力量。例如，辛甲就是归周的殷商著名史官。《史记·周本纪》载："辛甲大夫之徒皆往归之。"《史记集解》引刘向《别录》说："辛甲，故殷之臣，事纣。盖七十五谏而不听，去至周，召公与语，贤之，告文王，文王亲自迎之，以为公卿，封长子。"（《史记》卷四《周本纪》，第1册，第116页）辛甲归周之后，被任命为周国太史，成为周文王的股肱之臣。西周初期另一著名史官尹佚（又称史佚、史逸）可能也是从商朝而来。商代晚期铜器有《尹光鼎》，西周早期铜器有《尹伯甗》，透露出尹氏由商转周的轨迹。尹佚归周当在文王之世，他历仕文、武、成三朝。据《逸周书·克殷解》载，周人克殷之后，他在武王代殷仪式中宣读受命文书，并主持"迁九鼎三巫"之礼。《逸周书·世俘解》载，周武王举行献俘礼，命史佚在"天室"宣读册书。商周之际的著名寿星彭祖也是由商

---

① 刘雨：《西周金文中的祭祖礼》，《考古学报》，1989年第4期。

归周的史官，他在商为守藏史，在周为柱下史①。《吕氏春秋·先识览》载："殷内史向挚见纣之愈乱迷惑也，于是载其图法，出亡之周。武王大说，以告诸侯。"②向挚奔周时带来了殷朝的"图法"，作为见面礼献给新主。《史墙盘》载："于武王既埶殷，微史剌且遒来见武王，武王则令周公舍于周，卑（俾）处。"（《商周青铜器铭文选》，第3卷，第154页）这位微史是归顺周武王的众多殷商史官之一。殷商史官由商奔周，直接将"殷商古语"带到西周。西周初年某些重要文诰就是出于辛、尹等史官之手。《尚书·洛诰》载："王命作册逸祝册，惟告周公其后。"同篇又载："王命周公后，作册逸诰。"（《尚书校释译论》，第3册，第1497页）这两处的"逸"即尹佚，《洛诰》即是尹佚之作。《左传·襄公四年》载魏绛之语云："昔周辛甲之为大史也，命百官，官箴王阙。"③《周书》中一批语言艰深的篇章，诸如《大诰》《康诰》《酒诰》《召诰》《多士》《多方》《君奭》《立政》等都作于西周初年，它们很可能是由商奔周的史官的作品。

第三，文学语言本身有其稳定性和延续性。在文化诸要素之中，语言的变化最为缓慢，不会因为改朝换代而轻易改变。易代可以给文学语言增添若干新的词汇，但不会使语言发生质变。这是因为，语言只是一种思想交流工具，这一个政治集团可以用它，另一个对立的政治集团同样可以用它。因此，"殷商古语"并没有因为殷商王朝的覆灭而被丢弃，反而在新生的政权之下重获生机。

周人卜辞、铭文、雅颂和文诰都在不同程度上因袭"殷商古语"。周原卜辞的刻写风格接近帝乙、帝辛时期的殷人卜辞，以至于有些学者怀疑它们就是出于殷人之手④。西周铭文是沿着殷商铭文的路子走下来的。某些殷商铭文套语在西周得到沿用，如"用乍某尊彝""隹王某祀"等，西周铭文也像殷商一样多用通假字和假借字，如"苟"通"敬"，"或"通"国"，"尸"通

---

① 胡新生：《异姓史官与周代文化》，《历史研究》，1994年第3期。
② [东汉]高诱注：《吕氏春秋》，中华书局，1954年版，第179页。
③ [东周]左丘明传，[西晋]杜预注，[唐]孔颖达疏：《春秋左传正义》，北京大学出版社，1999年版，第838页。
④ 周原卜辞自20世纪50年代起才陆续面世，比较重要的是1977年陕西岐山凤雏村和2004至2008年陕西岐山周公庙出土的甲骨文，有刻辞的甲骨大约近千片，其中既有武王克商以前的作品，也有少量成、康、昭、穆时期之作，每片甲骨上刻写的文字较少，字迹纤小。

"夷",等等。《诗经》雅颂语言像殷商文献一样晦涩艰深。兹举一例,《国语·周语下》载晋国大夫叔向逐字解说《周颂·昊天有成命》:"其诗曰:'昊天有成命,二后受之,成王不敢康,夙夜基命宥密,於缉熙!亶厥心肆其靖之。'……夫道成命者,而称昊天,翼其上也。二后受之,让于德也。成王不敢康,敬百姓也。夙夜,恭也。基,始也。命,信也。宥,宽也。密,宁也。缉,明也。熙,广也。亶,厚也。肆,固也。靖,龢也。"①叔向之所以要逐字训释,是因为到春秋时期,人们就已经读不懂《周颂》了。《周书》语言尤其深得《商书》的神髓,《商书》语言的几大核心要素——古老语汇、成语、通假、假借、浓缩——都在《周书》中得到完满的继承。《周书》语言底色一如《商书》古老,例如《大诰》称"政权长久"为"大历",把"高官厚禄"称作"大服",将"不可相信"称为"棐忱",等等。《周书》的语助词如"越惟""爽惟""迪惟""诞惟""洪惟"等,在"文言"中是看不到的。《周书》运用了不少成语。经王引之、孙诒让、王国维、杨筠如、于省吾、刘起釪等人发掘的成语有:"昧爽"(意为"天快亮之时")、"昏弃"(意为"背弃")、"敷佑"(意为"普有")、"由哲"(意为"昌明")、"迪知"(意为"用知")、"丕丕基"(意为"伟大的基业")、"作求"(意为"仇匹")、"初基"(意为"开始")、"保乂"(意为"保有并治理")、"速由"(意为"赶快按照")、"敬忌"(意为"敬畏")、"丕显"(意为"伟大光辉")、"冒闻"(意为"上闻")、"天显"(意为"天命")、"迪屡"(意为"屡次兴作")、"要囚"(意为"幽囚")、"所其"(意为"自始")、"监兹"(意为"鉴戒")、"灵承"(意为"善受")、"庸释"(意为"用厌")、"丕时"(意为"大承")、"答扬"(意为"答谢颂扬")、"降格"(意为"神来享佑")、"昭登"(意为"往来"),等等。《周书》多用通假字,如在《康诰》中,"眚"通"省","懋"通"茂","衣"通"殷"。《周书》多用假借字,如在《大诰》中,"明"是"命"的假借,"棐"是"匪"的假借,"逝"是"誓"的假借,"吊"是"淑"的假借,"极"是"丞"的假借,"兄"是"贶"的假借,等等。《周书》中有一些浓缩句,如《梓材》"肆亦见厥君事

---

① 吴绍烈等校点:《国语》,上海古籍出版社,1978年版,第116—118页。

戕人宥"（《尚书校释译论》，第3册，第1422页），此句意谓臣下看到君主任用戕害人者，且宽宥其罪，史官将两层意思缩为一句，第二层意思仅用一个"宥"字表示，且省略主语。又如《无逸》："继自今嗣王则其无淫于观，于逸，于游，于田。"（《尚书校释译论》，第3册，第1539页）完整句子应该是："继自今嗣王则其无淫于观，无淫于逸，无淫于遊，无淫于田。"周初诸诰的语言难度并不在《盘庚》之下。

周人对"殷商古语"并非亦步亦趋，而是在因袭基础上锐意开拓，使"殷商古语"在西周呈现出两大新变。

新变之一，是某些殷商文体语言在周人手中得到全面发展。典型的例子是铭文。铭文在殷商起步，它的真正黄金时代是在西周。西周铭文篇幅比殷商要长得多，特别是到了西周中晚期，长篇铭文大量涌现，如《曶鼎》三百八十字，《毛公鼎》四百九十七字。西周铭文内容远比殷商广泛，举凡祭祀、赏赐、训诰、燕飨、田猎、征伐、册命、纪勋、诉讼、盟誓、订契、买奴等，都见于彝器铭文。铭文篇幅与内容的拓展，自然会带来语言变化。西周武、成时期铭文用词比较简单朴素，以单音节词汇为主。从西周康王时期开始，铭文中的双音节语汇渐渐增多，词汇呈现出逐步丰富的趋势。以《大盂鼎》为例，文中就有"不（丕）显""四方""妹（昧）晨""朝夕""奔走""召夹""罚讼""人鬲"等双音节词。西周铭文的词汇比殷商要丰富得多，例如，西周铭文中仅表示赏赐、给予意思的动词，就有"畀""兄""赍""商""易""厘""馈""贿""赠""授""禀""遗""绥""惠""匄"等。其他如"对扬"和"答扬"、"皇休"与"鲁休"，都是用不同词语来表达相同意思。颂扬性语汇在西周铭文中大量涌现，如颂扬王侯时多用"不（丕）显""休善""穆穆""懿鳌"，称颂天命时用"冬（终）命"，赞美祖考时称"文人""文祖""文考""文母"，赞美先祖美德时用"渊克""竞敏""休宕""恭纯"，祝福尊者长寿用"万年寿考""黄耇""黄发台背"等语。周恭王时期的《史墙盘》历颂文、武、成、康、昭、穆等先王功绩，作者对每一位周王都用了一个修饰语，用"强圉"修饰武王，用"宪圣"修饰成王，用"睿哲"修饰康王，用"宏鲁"修饰昭王，等等。西周铭文语法结构与后世大体相同，但也有少数特殊语法现象。有些铭文用补语承担定语功能，如《御正卫簋铭》："懋父赏御正卫马匹自王。"（《商周青铜器铭文选》，第3卷，第84页）此句意谓伯懋父将王赏赐的马转赐给御正卫。补语"自王"放在双宾语"御正卫""马匹"之后。铭文中被动句的结构也与后世不尽相同，如《臣卿鼎铭》："臣卿易（锡）金。"（《商周青铜器铭文选》，第3卷，第88页）此句意为公赐臣卿金，臣卿是此句的受赐者。铭文还有倒文现象，如《王臣簋铭》："不敢显天子对扬休。"（《商周青铜器铭文选》，第3卷，第177页）正常的语序是"敢对扬天子不显休"。西周铭文格式套语不仅增多而且变长，出现"某拜稽首，对扬王休，用乍某尊彝，其眉寿万年，子子孙孙永宝用"之类的组合性套语。辞藻的丰富，用语的典雅，篇幅的扩展，内涵的厚重，使西周铭文语言呈现出博约温润的风格，其艺术成就明显超越殷商。

　　新变之二，是《周书》、《周颂》、《大雅》、西周铭文语言互相渗透。例如，《周颂·清庙》中"多士""奔走""丕显""对越""无射"等词语多见于《周书》和西周铭文。《大雅·皇矣》："帝作邦作对。""作邦"一语又见于《大盂鼎》，意为"建国"。《大雅·大明》："天难忱斯，不易维王。""天难忱"即《君奭》"天难谌"，意为"天不可信"。《大雅·下武》中的"作求"一词又见于《康诰》，意为"作匹"。《大雅·卷阿》中的"弥尔性"与《尨姞敦》《齐子仲姜镈》"弥生"意义相同，意为"永命"。《大雅·韩奕》中的"不庭方"又见于《毛公鼎》，意为"不朝之国"。《大雅·江汉》中的"戎公"即《虢季子白盘》"戎工"，指的是兵事。《大雅·江汉》："天子万年。"此句又见于《剌鼎》。《大雅·抑》中的"远猷"一语见于《史墙盘》。《大雅·民劳》"柔远能迩"之语见于《大克鼎》。《周书》中的语气词如"乌虖""繇""巳"等也见于铭文。西周成、康时期铭文以散句为主，间或出现韵语，如康王时期的《大盂鼎》。大约从恭王时代起，有些铭文多用带韵的四言句，这些用韵的四言铭文颇似《诗经》中的雅颂诗句，如周懿王时期《史免簋》："史免乍旅簋，从王征行，用盛稻粱。其子子孙孙永宝用享。"（《商周青铜器铭文选》，第3卷，第181页）"行""粱""享"三字押阳韵。恭王时期的《史墙盘铭》，也是一篇杂用四言句的铭文，文中"王""邦""方""疆""行"诸字押阳韵。再如宣王时期的《虢季子白盘》："王睗（赐）乘马，是用左（佐）王。睗（赐）用弓，彤矢，其央。睗（赐）用钺，用政（征）蛮方。子子孙孙万年无疆。"（《商周青铜器铭文选》，第3卷，第308页）"王""央""方""疆"押阳韵。西周铭文用韵以之、幽、东、阳、真几部为主，这与《周颂》的用韵情况大致相符①。一方面是铭文运用诗歌韵律，另一方面是某些颂诗吸取铭文、文诰的散文句式。如《周颂》中的《清庙》《维天之命》《维清》《昊天有成命》《小毖》《赉》《般》等作品都有不同程度的散文化倾向，诗中一句表达一个完整的意思，上一句与下一句之间跳跃性较大，这些作品以言志为主，不追求诗歌意象的营造，且不用韵，与文诰语言相近。

周人沿袭"殷商古语"的古老底色和文体风格，创作了一大批作品，促成了西周前期"殷商古语"的繁荣。西周某些文体（例如铭文），其语言艺术成就要远超殷商。不过，"殷商古语"在西周并非长盛不衰。西周中叶是一个文化转折点，周人到此时建立了属于自己的文化体系。西周中期以后的文诰，如《周书》中《吕刑》《文侯之命》《秦誓》，其语言已较周初诸诰为易，特点是具有古老语义的语汇、通假、假借、语句浓缩等现象有所减少。《大雅》中的"变雅"语言，也要较"正雅"略浅一些。这说明在西周文化变革的背景之下，史官对"殷商古语"的热情已经有所减退，"殷商古语"自身也在慢慢褪色。

三、西周另一种书面语："文言"

所谓"文言"，是西周时期区别于"殷商古语"的另一种书面语言②。"文言"的形成，主要取决于两个因素。一是"殷商古语"的影响。先周作为商王主盟下的一个诸侯邦国，长期受到"殷商古语"的浸润。"殷商古语"并非通体困难，它还有一批与普通民众所共用的基本语汇，它的文法与后世"文言"基本相同。"文言"就抛弃了"殷商古语"的艰深成分，吸取了其中的平易因素。二是周民族有着自己的语言文化传统。周人处于西方，有自己的方言口语，与处于东方的殷商存在着语言地域差异。周人目标是与殷商争夺天下，激烈的军事政治斗争使周人在语言表达上追求准确、简洁、易懂，由此形成了周人在语言表达上追

---

① 陈致：《从周颂与金文中成语的运用来看古歌诗之用韵及四言诗体的形成》，见陈致主编《跨学科视野下的诗经研究》，上海古籍出版社，2010年版，第17—59页。

② "文言"本指"以先秦口语为基础而形成的上古汉语书面语言以及后来历代作家仿古的作品中的语言"（王力：《古代汉语》，中华书局，1999年版，第1页）。本文将"殷商古语"从传统所说的"文言"中区分开来。

求简易的特点。一方面继承"殷商古语"中的平易因素，另一方面发挥周民族自身崇尚简易的传统，这两方面因素的结合，一种与"殷商古语"不尽相同的书面语言——"文言"应运而生。这是周民族对中国文学语言的伟大贡献。

"殷商古语"和周人"文言"都是经过提炼的书面语言，两者的区别是：在文字上，前者有一套特殊的书写符号（如甲骨文），生僻字、通假字和假借字较多，后者使用正常的书写符号，通假字和假借字使用频率较前者低；在词汇上，前者语汇底色古老，多用两字成语，后者语汇底色相对平易，所用成语多为四字；在句式上，前者高度凝练浓缩，不少句意难解，后者通顺流畅，虽有省略但不影响读者的理解；在文法上，前者有若干特殊的文法，后者使用规范的文法；在用途上，前者多用于祭祀、训诰、誓师、册命、纪勋、占卜等重要典礼，后者用于燕、射等娱乐礼仪和普通政治文化生活；在风格上，前者庄重肃穆，后者轻松随意；在与口语关系上，前者远离当代口语，后者接近当代口语。①

"文言"形成于何时？根据现存文献，可以追溯到《周易》中的"易经"②。本文将"易经"视为"文言"代表作，主要基于以下理由。首先，"易经"中的生僻字较少。"易经"大约五千多字，其中的生僻字仅有"遹""禠""挈""羑""旰""顚""胏"等二十来个，生僻字占全书的比例要远远低于"殷商古语"文献。其次，"易经"用语相对平易。例如，"西南得朋，东北丧朋。"（《坤卦》）"舆说（脱）辐，夫妻反目。"（《小畜》）"利西南，不利东北；利见大人，贞吉。"（《蹇卦》）"得敌，或鼓或罢，或泣或歌。"（《中孚》）"可小事，不可大事。"（《小过》）这些句子明白如话，几乎不用多少解释就能令人读懂字面意义。第三，"易经"多用描述、比喻或历史故事等感性方式来表达思想，这有助于降低语言难度。例如："密云不雨，自我西郊"（《小畜卦》），"帝乙归妹"（《泰卦》），"鸣鹤在阴，其子和之。我有好

---

① 目前学术界还缺乏一种比较异质语言的形态学理论，因此只能通过比较来区分"殷商古语"和"文言"。

② 关于《周易》的作者与写作年代，《汉书·艺文志》有"人更三圣，世历三古"之说，即伏羲画八卦，周文王将八卦重为六十四卦并作卦爻辞（易经），孔子作"十翼"（易传）。周文王在殷末作"易经"，是古今学者的共识。《周易·系辞下》说："《易》之兴也，其当殷之末世、周之盛德邪？当文王与纣之事邪？"《史记·太史公自序》说："昔西伯拘羑里，演《周易》。"司马迁《报任安书》说："盖文王拘而演《周易》。"

爵，吾与尔靡之"（《中孚卦》），"高宗伐鬼方，三年克之"（《既济卦》）①。有些卦爻辞通篇运用比喻，如《乾卦》以龙象的演进来说明卦意的进展，以形象的语言引导读者去理解卦象、卦爻辞之后的喻义。与此情形类似的还有《渐卦》。第四，"易经"有些句子虽然高度凝练，但却不像《尚书》那样语言晦涩。例如："师出以律，否臧凶。"（《师卦》）"无平不陂，无往不复。"（《泰卦》）"不事王侯，高尚其事。"（《周易正义》，第50、67、94页）这些语言像格言一样精炼简洁，但又不显得艰深古奥。第五，"易经"语言的文学性较"殷商古语"有所提升。"易经"吉凶之"意"寄寓在"象"（卦象）和"言"（卦爻辞）之中，这使"象""言"之中蕴含着丰富而又神秘的信息密码，"象""言""意"的奇妙组合构成一种诗意的空间，作为《周易》重要组成部分的卦爻辞也就因此具备了一定的诗性。阅读《周易》确有不小难度，它的难点在于如何结合卦象和卦爻辞去揣摩吉凶之意，而不是卦爻辞本身。

西周"文言"另一代表作是《诗经》中的西周风诗②。风诗语言的"文

---

① ［三国·魏］王弼注，［唐］孔颖达疏：《周易正义》，北京大学出版社，1999年版，第58、69、243、251页。

② 载于文献的西周风诗仅有《豳风·鸱鸮》（见《尚书·金縢》），但这并不意味着西周只有一首风诗。主要理由是：（1）除郑、秦之外，其他十三国风的名称都来自先周或周初封国。《周南》之"周"、《召南》之"召"是周文王将岐周分封给周公、召公的采邑。"邶""鄘""卫"是武王灭商后封给纣子武庚、管叔、蔡叔的封国，其中"邶国""鄘国"只存在几年时间。"王"是西周东都洛邑，为成王、周公所建。"齐"是太公望的封国。"唐"是周成王之弟叔虞的封国，其子燮改国号为晋。"陈"为周初胡公满的封国。"桧"为周初妘姓封国。"曹"是周武王之弟振铎的封国。"豳"是公刘的封国。从这些名称可知，《诗经》风诗中应有西周甚至是先周作品。（2）早在春秋前期，士大夫就在评论中征引风诗。《左传·隐公三年》载君子曰"《风》有《采蘩》《采蘋》"，这一年是公元前720年，上距西周仅五十年。从周太师采集风诗到颁发各诸侯国，再到士大夫娴熟地征引，应该有一段时间，据此可以推论部分风诗作于西周。（3）《仪礼·乡饮酒礼》载："乃合乐，《周南》：《关雎》《葛覃》《卷耳》，《召南》：《鹊巢》《采蘩》《采蘋》。"《乡射礼》和《燕礼》也有近似记载。这可能是西周古礼的遗留。（4）郑玄《诗谱》将五十首风诗定为西周作品：《周南》十一首诗作于周文王时期，《召南》十四首诗中，有十二首作于周文王时期，二首作于周武王时期，《豳风》七首诗均作于周成王时期，《齐风》中有五首作于周懿王时期，《邶风》《鄘风》《卫风》中有一首作于周夷王时期，《桧风》四首诗作于夷、厉之际，《陈风》中有二首作于周厉王时期，《唐风》中有一首作于共和时期，作于周宣王时期的有《齐风》一首、《陈风》三首、《秦风》一首。本文采用郑玄之说。

言"特征是：第一，风诗用语比雅颂要浅近、通俗、平易得多。兹以《召南·甘棠》为例："蔽芾甘棠，勿翦勿伐，召伯所茇。蔽芾甘棠，勿翦勿败，召伯所憩。蔽芾甘棠，勿翦勿拜，召伯所说。"（《毛诗正义》，第78页）诗中只有"蔽芾（盛貌）""茇（草舍）""败（折）""拜（拔）"几个字需要解释，其余都明白如话。第二，风诗中某些诗句接近口语。像"求之不得，寤寐思服"（《关雎》），"未见君子，忧心忡忡"（《草虫》），"求我庶士，迨其吉兮"（《摽有梅》），这些诗句都是脱口而出，"求之不得""忧心忡忡"至今仍活在人们口语之中。第三，风诗多用比兴，而诗人用来比兴的都是人们日常生活中的常见事物，因此它起到浅化语言的作用。例如《周南·桃夭》："桃之夭夭，灼灼其华。之子于归，宜其室家。"诗人以红艳艳的桃花起兴，让人联想到女子结婚的红火场面，语句变得浅显易懂。又如《周南·汉广》用"南有乔木，不可休思"来兴起"汉有游女，不可求思"，用不着诠释，读者即可把握诗人的情思。再如《豳风·鸱鸮》以一只心力交瘁的母鸟的口吻哀求鸱鸮放过自己，联系周初三监反叛、流言四起、周公忍辱负重的历史背景来读这首诗，自然会感受到不尽情味。第四，不少风诗采用重章复沓的章法，它的妙处是用字少，重复多，由此降低了语言的难度。例如，《周南·芣苢》仅换了"采""有""掇""捋""袺""襭"六个动词，就写出农妇采摘芣苢过程的种种情状。风诗语言平易的奥秘在于上古天子"观风"。在通讯、交通不发达的上古时代，天子通过"陈诗""采风"各种途径，从风诗中了解各诸侯国的政治好坏和民风厚薄。由于天子要"观风"，所以风诗务必要原汁原味地保留民众生活原貌，包括保留民众口语。风诗用于天子闲居之时观赏，以及用于燕、射等娱乐性礼仪，朝廷对风诗歌词的典雅要求远不及雅颂之高，而这反而成就了风诗语言的浅易生动。

西周穆王时期，出现一种用"文言"写成的"语"体散文——《国语》。《国语》共收录二百三十五篇散文，其中西周散文有十一篇（《周语上》十篇、《郑语》一篇）。这些西周散文的语言底色较《周书》要浅易得多，它的记言文字大体可以被读懂，它的叙述文字尤其明白流畅。《国语》的语汇不像《周书》那样古老，如《周书》中"百工"意为"百官"，《国语》的"百工"则是指"各种工匠"；《周书》中周王自称"予一人"，《国语》

中周厉王则自称"吾"。《周书》中某些双音节动词，《国语》直接用一个单音节动词表示，如《周书》用"言曰"，《国语》用"曰"；《周书》用"格知"，《国语》用"知"；《周书》用"殄戮"，《国语》用"戮"。《周书》中"立""正""巳""昏""忘"等通假字，《国语》直接使用"位""征""祀""闻""亡"本字。《周书》中的语助词是"猷大""洪惟""越若""越惟""迪惟"等，《国语》中的语助词是"之""乎""者也"等。我们从《周书》和《国语》十一篇西周散文中，找到一批意义相同或相近的词汇进行比较：

周书	国语	周书	国语	周书	国语	周书	国语	周书	国语	周书	国语
敷	布	怿	说	协	合	叙	顺	暨	与	爰	乃
愆	过	相	观	达	灭	戮	懈	基	其	俾	从
畋	耕	造	遭	诰	告	戎	大	攸	所	罔	无
菑	耨	祗	敬	伻	使	休	美	克	能	念闻	虑
殛	诛	率	用	所	始	哲	吉	惟时	于是	卒	成
祗惧	怵惕	叨	贪	格	至	延	久	矧	况	固	故
师	效	图	败	胤	继	厥	其	肆	今	比	近
释	弃	陟	烝	弋	有	辞	我	丕	不	奉	将
疾	恶	宁	恃	寅	敬	时	是	棐	非	刘	杀
邦	国	师	众	辟	君	朔	北	化诱	教诲	时	是

两者都是西周时期历史散文作品，而后者语言远比前者浅近平易，可知《国语》作者确实是在运用一种不同于《尚书》的语言从事写作。我们还找到了两书中语意相近的句子，例如：

> 在今后嗣王诞罔显于天，矧曰其有听念于先王勤家；诞淫厥泆，罔顾于天显民祗。惟时上帝不保，降若兹大丧。（《尚书校释译论》，第3册，第1513页）

> 商王帝辛，大恶于民。庶民不忍，欣戴武王，以致戎于商牧。（《国语》，第3页）

这两节文字大意都是说，殷纣王暴政导致天怒人怨，最终走向覆灭。《多士》如果不经过专家训释，是没有办法被读懂的。《国语》的语言则基本不需要解释就可以被理解，它的语言与春秋战国以后的文言没有多少差别。

从《易经》、《诗经》之西周风诗、《国语》之西周散文来看，在先周和西周前期，"文言"就已经用在诗文及卜筮文献中。虽然"文言"在西周属于次要文学语言，但它接近民众口语，作者易写，读者易懂。"文言"用语生动形象，自然灵活，长于叙述和描写，文学艺术性要远远高出于"殷商古语"作品，因而它比"殷商古语"有着更旺盛的生命力。无论从哪个方面来看，"文言"都有取代"殷商古语"的优越条件，剩下的就是等待时日了。

四、历史性的巨变："文言"成为主流文学语言

"文言"成为文坛主流文学语言，应该是进入春秋以后的事情。

现存的春秋文献有《国语》中二百一十四篇春秋散文、鲁国《春秋》《诗经》中的春秋风诗以及铭文等。《国语》中的春秋散文、《诗经》中的春秋风诗以及春秋铭文的语言虽然各有不同程度的新进展，但大体是同类西周文献语言的延续，此节不再讨论。《春秋》是这一时期新出现的历史散文文体，它是用"文言"写成的历史大事记。它的语汇不像《尚书》那样古老，也不像《尚书》那样多用商周成语以及通假、假借，它的语句高度精练，但却不会像《尚书》浓缩那样影响读者理解。《春秋》的记事方式是：在某年、某月、某日、某地发生某事。书中多用名词、动词、数词、代词、连词、介词，尽量省略描述性的形容词、修饰性的副词和表示语气的助词。兹以《春秋·隐公元年》为例："元年春王正月。三月，公及邾仪父盟于蔑。夏五月，郑伯克段于鄢。秋七月，天王使宰咺来归惠公、仲子之赗。九月，及宋人盟于宿。冬十有二月，祭伯来。公子益师卒。"①读此可知《春秋》语言精而易懂，简而不古。《春秋》用语的最大特色，是寓褒贬于语汇之中。例如，对于以下杀上的行为，《春秋》用一个专门动词"弑"，不用谴责而诛讨之义自见。作者多从礼义出发维护王侯尊严，如公元前694年鲁桓公被齐襄公谋杀，《春秋·桓公十八年》载"公薨于齐"，"薨"表示诸侯正常死亡，作者用"薨"字是讳言鲁桓公被奸人谋杀之事。又如公元前632年，晋文公在温地召集周王和诸侯会盟，开启了以臣召君的恶例，《春秋·僖公二十八年》讳称"天王狩于河阳"，一

---

① 杨伯峻：《春秋左传注》，中华书局，1981年版，第5—8页。

个"狩"字为周天子遮羞。不过《春秋》对周王的非礼行为同样予以讥刺，如《春秋·文公九年》："九年春，毛伯来求金。"（《春秋左传注》，第151、450、569页）天子不私求财，此次周王却派大夫毛伯赴鲁求金，《春秋》用一个"求"字讥刺周王非礼行为。《春秋》寓褒贬于字句之中，不书爱憎而情感态度自见，这种用语方式丰富了语言的内涵，后人将《春秋》这种用语方式称之为"春秋笔法"。

春秋时期主要文学作品是以《国语》《春秋》为代表的历史散文和《诗经》风诗，它们都是用"文言"写成，这表明"文言"已经取代"殷商古语"。

与"白话"取代"文言"相比，"文言"取代"殷商古语"，既没有经过任何学术较量，也没有文坛领袖出面提倡。"殷商古语"从表面上看是自动退出文坛，实则其中有着深刻的宗教、政治、审美风尚、文人心理等原因。

从宗教方面看，神学地位动摇直接导致卜辞刻写的终结。一部商周史堪称是人神易位的历史。殷商卜辞是殷人敬天事神的产物。克商之后的周人虽然没有也不可能完全否定神学，但周人确实看到了天命靡常的无情现实，认识到民心在社会变革中的伟大力量，他们一再发出"天难忱斯"（《大雅·大明》）、"天棐忱"、"天不可信"、"天难谌"（《周书·君奭》）的呼声。虽然西周春秋时期筮占、龟卜活动绵绵不绝，但与昔日殷商那种诸事问卜的情形已经不可同日而语，而且不必将占卜结果刻于龟甲兽骨。在这种新的历史形势之下，在殷商和先周曾经盛极一时的甲骨卜辞刻写也就自然寿终正寝。

从政治方面看，王权盛衰直接影响到"殷商古语"的命运。西周初年，周公发表了《大诰》等一系列文诰，这些文诰宣示新兴王朝的大政方针，在稳定政局斗争中发挥了巨大威力。平叛胜利之后，西周政治进入黄金时代，周公在此情况下制礼作乐，《周颂》就是周公制礼作乐的产物。不过，颂诗制作是新兴王朝阶段性的行为，不可能无限期延续下去，实际上康、昭之后便不再有颂诗制作。随着西周王权由盛转衰，王朝颁布的文诰日趋减少，文诰的书写载体从简帛转移到彝器，供贵胄子孙赏玩。从平王东迁到春秋末年，东周王朝史官因对王室失望而重新演绎夏、商末年史官奔逃故事。《左传·昭公十五年》载："及辛有之二子董之晋，于是乎有董史。"辛有是辛甲的后人，为周平王时期史官，其子由周奔晋，应该是在平王前后。《左传·昭公二十六年》载：

"王子朝及召氏之族、毛伯得、尹氏固、南宫嚚奉周之典籍以奔楚。"(《春秋左传正义》,第1344、1472页)尹氏固是尹佚之后。从辛、尹后人的举动可以看出当时史官的心态。《史记·太史公自序》载:"惠、襄之间,司马氏去周适晋。晋中军随会奔秦,而司马氏入少梁。"(《史记》卷一三〇《太史公自序》,第10册,第3285、3286页)《史记·老子韩非列传》载,东周王室柱下史老子"居周久之,见周之衰,乃遂去"(《史记》卷六三《老子韩非列传》,第7册,第2141页)。与殷末奔周的史官不同,东周奔逃史官不是走向新生和希望。他们或放弃史官职守,或走向隐逸。史官人散了,心也散了,还能靠谁来恪守"殷商古语"呢?

从审美风尚来看,王侯卿士大夫的审美情趣在春秋战国之际发生重大变化。《礼记·乐记》载魏文侯曰:"吾端冕而听古乐,则唯恐卧。听郑卫之音,则不知倦。"(《礼记正义》,第1119页)魏文侯受子夏经艺,可是他却厌倦古乐,喜听郑卫之音,这在当时有相当的代表性,昭示着王侯卿士大夫的审美风尚正在经历着由崇尚古代艺术到欣赏当代艺术的变化。"殷商古语"是商周古文化艺术的一个组成部分,而今王侯卿士大夫竞相抛弃商周古艺术,喜爱新艺术,"殷商古语"还有什么艺术魅力可言!

从创作和接受心理来看,春秋以后作家不愿再用"殷商古语"写作,读者也不愿读"殷商古语"。《春秋》运用"文言"已如前述。《诗经·鲁颂》是春秋鲁僖公时期的作品,它名为颂诗,语言却向风诗靠拢。孔颖达在评论《鲁颂·駉》时说:"此虽借名为《颂》,而实体《国风》。"(《毛诗正义》,第1385页)《鲁颂》是最应该用"殷商古语"创作的,因为鲁国享有天子礼乐,《鲁颂》应该像《周颂》一样写得古色古香,但事实上《鲁颂》作者用的是风诗语言。读者也对"殷商古语"深为不满。据《孔丛子·居卫》记载,战国初年,年仅十六岁的孔子之孙子思到宋国游学,宋国大夫乐朔对子思抱怨《尚书》"故作难知之辞"。乐朔说:"凡书之作,欲以喻民也,简易为上。"[①]乐朔希望读简易的文章,这个说法也是当时士大夫的共同愿望。

在经历了七八百年辉煌之后,"殷商古语"终于在春秋时期结束了它的历

---

① [秦]孔鲋:《孔丛子》,上海古籍出版社,1990年版,第23页。

史使命，悄然退出中国文坛，让位于"文言"。这场历史性语言变革，标志着中国文学语言的第一次大变革。"文言"取代"殷商古语"，它的意义不亚于中国现代文学语言革命。开弓没有回头箭，从春秋战国到中国现代文学革命，几千年的文学语言就是沿着《周易》、《国语》、《诗经》风诗、《春秋》的"文言"走下来的。

（本文发表于《文学遗产》2016年第4期）

陈桐生，1955年生，1992年毕业于陕西师范大学中文系，文学博士，师从霍松林先生，现为广州市广东外语外贸大学中文学院教授。

对话圣贤与经典

——孔子成圣之路与先秦诸子经典的形成

钟书林

内容摘要：孔子的形象在后世被赋予太多的色彩，从平民孔子到圣人孔子，从某种程度上说，春秋战国时期孔子形象的神化、成圣之路，也就是先秦诸子经典文本的形成过程。从原生态孔子的描述与《论语》经典，到《孟子》《荀子》《庄子》《韩非子》等经典借助孔子的言论或形象作为自己学说的立论之本，再到孔子形象的客观描绘与《吕氏春秋》经典的生成，以及孔子的负面形象与《晏子春秋》《墨子》等经典的形成，都深刻体现了先秦时期的孔子形象变化与先秦诸子经典文本形成之间极为密切的内在关系。

关键词：孔子形象；神化；先秦诸子

孔子的形象在后世被赋予太多的色彩，从平民孔子到圣人孔子，再到谶纬中的孔子；孔子的思想，在后世也被改造得太多，正如梁启超先生所说，孔子渐渐地变为董仲舒、何休，渐渐地变为马融、郑玄，渐渐地变为韩愈、欧阳修，渐渐地变为程颐、朱熹，渐渐地变为陆九渊、王守仁，渐渐地变为顾炎武、戴震。[1]鉴于后世孔子形象的真假难辨，周予同先生的《谶纬中的孔圣与他的门徒》[2]，也曾对谶纬文献中的孔子及其弟子形象详加梳理，试图还原孔

---

[1] 梁启超：《清代学术概论》，上海古籍出版社，1998年版，第87—88页。
[2] 周予同著，朱维铮编校：《孔子、孔圣和朱熹》，上海人民出版社，2012年版，第83—109页。

子的真相。本文拟在前贤研究的基础上,以先秦诸子及《史记》等史料为中心,勾勒先秦时期的孔子形象,探寻其从一位凡夫俗子到木铎圣人的形象变化历程,探寻其形象变化与先秦诸子经典文本形成之间的密切关系。

一、孔子相貌的神化

孔子的相貌,在《论语》中并没有直接具体的描绘。仅是对孔子的神态仪容,多有描述,尤以《乡党》篇最为集中,如"孔子于乡党,恂恂如也,似不能言者。其在宗庙朝庭,便便言,唯谨尔。朝,与下大夫言,侃侃如也;与上大夫言,訚訚如也。君在,踧踖如也,与与如也。君召使摈,色勃如也,足躩如也"①。《乡党》全篇一改《学而》以来的行文语气,纯用客观描述,以带有鲜明传记色彩的笔触,为我们勾画出一个彬彬好礼的孔子形象。而对于孔子相貌的描摹,则语焉不详。到司马迁《史记·孔子世家》中,却详细记载了孔子相貌的三个突出特征:

(一)孔子"生而首上圩顶"。这是对孔子相貌的直接描绘。所谓"圩顶",司马贞《史记索隐》云:"圩顶,言顶上窳也,故孔子顶如反宇。反宇者,若屋宇之反,中低而四傍高也。"②后世的很多孔子画像,即从这一相貌。司马迁有关孔子头上"圩顶"相貌的记载,从何而来,详情虽难知,但绝非向壁虚造。司马迁《史记·孔子世家》论曰:"余读孔氏书,想见其为人。适鲁,观仲尼庙堂车服礼器,诸生以时习礼其家,余祗回留之不能去云。"③司马迁长时间驻足孔庙,想必他对孔子"圩顶"相貌的描写,或源于亲睹的孔子图像。如其《史记·留侯世家》所云:"余以为其人计魁梧奇伟,至见其图,状貌如妇人好女。"④他对张良相貌的了解,是通过画图得知。据此推测,司马迁对孔子相貌的描绘,很可能是从他当时所见到的孔子图像得知的。

(二)孔子"长九尺有六寸"。《史记·孔子世家》记载:"孔子长

---

① 杨伯峻:《论语译注》,中华书局,2009年版,第96页。本文中以下《论语》引文,皆出自此版本。
② [西汉]司马迁:《史记》卷四十七《孔子世家》,中华书局,1982年版,第1905、1906页。
③ [西汉]司马迁:《史记》卷四十七《孔子世家》,中华书局,1982年版,第1947页。
④ [西汉]司马迁:《史记》卷五十五《留侯世家》,中华书局,1982年版,第2049页。

九尺有六寸,人皆谓之'长人'而异之。"①按孔子身高,先秦典籍亦不见载。不过据《庄子·盗跖》推断,孔子身长而时人"异之",应大抵符合事实。《庄子·盗跖》篇以寓言形式,叙述孔子拜谒盗跖说:"丘闻之,凡天下有三德:生而长大,美好无双,少长贵贱见而皆说之,此上德也;……今将军兼此三者,身长八尺二寸,面目有光,唇如激丹,齿如齐贝。"②不料孔子的这番话却遭到盗跖的怒斥说:"今长大美好,人见而悦之者,此吾父母之遗德也。"③从这个角度分析,孔子身长应当属实,"人皆谓之'长人'而异之"也是事实。不然,庄子借助盗跖长篇发论,"以诋訾孔子之徒,以明老子之术",就成了无的放矢。借孔子身长之"异",来推广儒家思想,这大致是当时孔门弟子采取的一种策略,因此遭到老庄"绌儒学"之徒的痛斥。

面对这样的形势,荀子又创作《非相》专文,讨论身长相貌与圣贤与否并没有必然联系。《非相》开篇即说:"相人,古之人无有也,学者不道也。"他并举例说:"盖帝尧长,帝舜短;文王长,周公短;仲尼长,子弓短。"由此得出身长身短,都不足以影响圣人。换言之,以孔子身长的特征作为儒学宣传的手段,显然是"督儒"之举。荀子还进一步指出说:"仲尼之状,面如蒙倛;周公之状,身如断菑;皋陶之状,色如削瓜……"④,孔子虽有身长的异相,但也有"面如蒙倛"的恶相。面如蒙倛,意谓脸方而丑,发多而乱,形状凶恶。所以后世儒家典籍中,往往对孔子的面部相貌不细加描述。透过荀子《非相》篇,可以看到当时孔门弟子借助尧、舜、孔子等圣贤相貌,来推广儒学的大致情形。孔子不仅身长,并集有尧、禹等圣贤之貌,此类说法大致也成形于七十子及其后学之手,并对《史记》等产生影响。

(三)孔子集圣贤之貌。《史记·孔子世家》记载:"孔子适郑,与弟子相失,孔子独立郭东门。郑人或谓子贡曰:'东门有人,其颡似尧,其项类皋陶,其肩类子产,然自要以下不及禹三寸。累累若丧家之狗。'"⑤《史记》

---

① [西汉]司马迁:《史记》卷四十七《孔子世家》,中华书局,1982年版,第1909页。
② 陈鼓应:《庄子今注今译》,中华书局,2009年版,第775页。
③ [清]郭庆藩撰,王孝鱼点校:《庄子集释》,中华书局,1961年版,第933—944页。
④ [清]王先谦撰,沈啸寰、王星贤点校:《荀子集解》,中华书局,1988年版,第74页。
⑤ [西汉]司马迁:《史记》卷四十七《孔子世家》,中华书局,1982年版,第1921页。

这一记载和《孔子家语》大致相同。《史记索隐》云:"《家语》:'姑布子卿谓子贡曰。'"①即《孔子家语》比《史记》多出了这八个字。姑布子卿,是古代相人。《荀子·非相》中提及说:"古者有姑布子卿,今之世,梁有唐举,相人之形状颜色而知其吉凶妖祥,世俗称之。"《孔子家语》作者说法不一,或云七十子后学,或云孔安国,或云王肃,但不论作者是谁,"姑布子卿谓子贡曰"的记载②,借助世俗流传信奉的古相人姑布子卿,来抬升孔子的贤圣相貌,此类做法则是一致的。而司马迁之"郑人或谓子贡曰",以模糊的方式,更反映了世俗之人对孔子相貌的描叙和体会,带有更广泛的民间色彩。

自荀子、司马迁之后,孔子的相貌不断得到神化,而且越到后世,反而越具体而细微。在《荀子》《史记》中,我们仅知孔子身长九尺六寸,"面如蒙倛""圩顶",《史记》中郑人为我们描述的孔子相貌"颡似尧,其项类皋陶,其肩类子产,然自要以下不及禹三寸",仍然是模糊的。但在《史记》之后,《孔丛子》中却对其圣贤相貌有了清晰的描绘:"夫子适周见苌弘,言终退。苌弘语刘文公曰:'吾观孔仲尼有圣人之表。河目而隆颡,黄帝之形貌也;修肱而龟背,长九尺有六寸,成汤之容体也。'"③这些记载与《史记》有明显区别,对孔子"河目"等形象有了具体而明确的描述。对《史记》记载的"圩顶"相貌,后世也有阐发。《白虎通·圣人》说:"孔子反宇,是谓尼甫丘德泽所兴,藏元通流。圣人所以能独见前睹与神通精者,盖皆天所生也。"④明人所编《古微书》中也有同样记载,不过没有注明出处,径归入《礼纬》篇⑤,据此推断《白虎通》记载似出自当时流行的谶纬之说。其牵强附会之处,自不待辩。而纬书对于孔子相貌增饰附会的热衷与流行,有力地折射出后世对孔子圣人的"异相"崇拜。正是这些附会,乃至顶礼膜拜,造成孔子形象的严重失真。这也就是现代学者所强调的:汉代以后,孔子形象已渐失其本真的具体体现;研究真的孔子,必须回归到

---

① [西汉]司马迁:《史记》卷四十七《孔子世家》,中华书局,1982年版,第1922页。
② "姑布子卿谓子贡曰",今本《孔子家语》同《史记》,作"或人谓子贡曰",不提"姑布子卿"。
③ [秦]孔鲋:《孔丛子》卷上《嘉言》,见孙少华《孔丛子研究》,中国社会科学出版社,2011年版,第544—545页。
④ [清]陈立撰,吴则虞点校:《白虎通疏证》,中华书局,1994年版,第340页。
⑤ [清]孙瑴编:《古微书》卷十七《礼纬》,文渊阁《四库全书》本。

《论语》等重要文献中去。

二、成圣之路：从孔子自述到弟子追念

《论语》中的孔子极富生活气息，情感丰富，喜怒哀乐，毫不掩饰。他达观幽默，人情味足，饱含生命的愁苦悲欣。在他自评、自嘲、自得、自谦的语气中，我们能够切身地体味到一位凡夫俗子数十年成长的生命历程。

孔子三岁丧父，十六七岁丧母①，残酷的现实生活锻炼了他"多能鄙事"，以至于世俗人怀疑他"圣者"的美誉。《论语·子罕》记载："太宰问于子贡曰：'夫子圣者与？何其多能也？'子贡曰：'固天纵之将圣，又多能也。'子闻之，曰：'太宰知我乎！吾少也贱，故多能鄙事。君子多乎哉？不多也！'"这段对话，生动地展现了孔子从"多能鄙事"的孤贫者成为圣者的人生经历。对于孔子自称的"吾少也贱，故多能鄙事"，孟子尝以"予未得为孔子徒也，予私淑诸人也"②（《孟子·离娄下》）自谓，他也早年丧父、孤贫，以孔子为膜拜的偶像，他的"故天将降大任于是人也，必先苦其心志，劳其筋骨，饿其体肤，空乏其身"（《孟子·告子下》）等论断，似乎也有他心仪偶像——孔子的身影，只不过没有表露于笔端，而是掩藏在心底了。因此，"多能鄙事"，成就了孔子从凡夫到圣者的传奇。

孔子刻苦好学，物质生活虽然艰辛，却不改其乐。他自谓："饭疏食，饮水，曲肱而枕之，乐亦在其中矣。"（《论语·述而》）孔子自言"我非生而知之者，好古，敏以求之者也"（《论语·述而》），强调自己也并非"生而知之"的天才，而是通过"学而知之"才到达这般才学的。谈到好学时，他会一改一贯的谦让，自信满满地说："十室之邑，必有忠信如丘者焉，不如丘之好学也。"（《论语·公冶长》）并教导子路可以评价他："其为人也，发愤忘食，乐以忘忧，不知老之将至云尔。"（《论语·述而》）孔子的"好学"在当时以及后世都备受关注。《论语》第一篇是《学而》，《论语》记载

---

① 关于孔子母丧"要绖"，《史记·孔子世家》中并未有明确时间记载，兹从钱穆、匡亚明等先生的说法（钱穆：《孔子传·孔子年表》，三联书店，2012年版，第135页；匡亚明：《孔子评传》，南京大学出版社，1990年版，第25页）。

② 杨伯峻：《孟子译注》，中华书局，1960年版，第298页。本文中以下《孟子》引文，皆出自此版本。

孔子所说的话第一个字就是"学"字,《论语》全书"学"字共64个(见杨伯峻《论语词典》统计)。明代理学家刘宗周也说:"'学'字是孔门第一义,孔子一生精神,开万古门庭阃奥,实画于此。"①钱穆先生也说:孔子生平所最重视者,在于自学与教人。②孔子的人格魅力、一生精神、儒家教义,皆实赖于此。正如清人孙奇逢所说:"夫子以七十年之学习学成一个千古之木铎位置。"③因此,"学习"成就了孔子从凡夫到圣者的飞跃。

孔子一生坎坷、困顿,饱受世人的白眼和欺凌,脚步却从未停歇,也始终未改变过弘道的决心和勇气,"造次必于是,颠沛必于是"(《论语·里仁》)。他十七岁"要绖"赴季氏,被阳虎绌退,之后"去鲁,斥乎齐,逐乎宋、卫,困于陈、蔡之间"(《史记·孔子世家》),遭匡人拘难,险为桓魋所害。他曾先后"以奸者七十二君,论先王之道而明周、召之迹,一君无所钩用"(《庄子·天运》)。众口铄金,逸谤接踵,使得孔子壮志难酬。他不由地慨叹道:"甚矣吾衰也!久矣吾不复梦见周公!"(《论语·述而》)及至晚年,颜渊死,他痛哭说:"天丧予!"(《论语·先进》)鲁哀公西狩获麟,他又伤感说:"吾道穷矣!"(《论语·宪问》)然而,当他在遭遇匡人、桓魋之难时,却又说:"天之未丧斯文也,匡人其如予何?"(《论语·子罕》)"天生德于予,桓魋其如予何!"(《论语·述而》)所有这些,无疑为他的困顿人生又增添了许多神奇色彩,成为后来神化孔子的源泉和基石。

孔子对自己的政治能力期许甚高,他说:"苟有用我者,期月而已可也,三年有成。"(《论语·子路》)又说:"如有用我者,吾其为东周乎!"(《论语·子路》)按《史记·孔子世家》记载,孔子由司空擢为大司寇后,鲁定公十年(前500)夏,即有齐国大夫黎鉏对齐景公说:"鲁用孔丘,其势危齐。"④建议齐、鲁会盟和好。在夹谷会盟中,由于孔子智勇双全,以大国傲居的齐国反而陷于被动,鲁国不动一兵一卒,促使齐国主动归还了所侵占鲁国的郓、汶阳、龟阴等领土。外交胜利之后,鲁定公十三年(前497),孔

---

① [明]刘宗周:《论语学案》,见《刘宗周全集》第一册《经术》,浙江古籍出版社,2007年版,第270页。
② 钱穆:《孔子传·序言》,三联书店,2012年版,第3页。
③ [清]孙奇逢:《四书近指》卷五"封人请见章",文渊阁《四库全书》本。
④ [西汉]司马迁:《史记》卷四十七《孔子世家》,中华书局,1982年版,第1915页。

子又着手解决鲁国内政"堕三都",严重削弱季氏、叔孙氏、孟孙氏三家军事实力,在一定程度上提升了鲁国公室的威望。鲁定公十四年(前496),孔子"由大司寇行摄相事","齐人闻而惧,曰:'孔子为政必霸,霸则吾地近焉,我之为先并矣。盍致地焉?'黎鉏曰:'请先尝沮之;沮之而不可则致地,庸迟乎!'"①从齐人的恐惧中,可以推断出他们对孔子政治能力的真切体会,所谓"孔子为政必霸",绝非虚言。鲁定公十三年,孔子以大司寇"堕三都";鲁定公十四年,孔子"行摄相事",都不满一年,所以他说:"苟有用我者,期月而已可也,三年有成。""如有用我者,吾其为东周乎!"可惜竟被齐人以女乐离间了鲁国君臣关系,以致鲁国权臣季桓子死不瞑目,充满懊恼与悔恨,临终前"喟然叹曰:'昔此国几兴矣,以吾获罪于孔子,故不兴也。'"并交代其子嗣季康子说:"我即死,若必相鲁;相鲁,必召仲尼。"②因此,尽管孔子仕鲁、干求七十二君,遭遇百般坎坷,但他的政治期许,以及他的实际政治才干所产生的巨大影响,也造就了孔子的政治神话。

正因为如此,孔子的人生与成就,便逐渐具有了传奇色彩,散发出巨大魅力。尤其是与他朝夕相处的弟子,他们和他走得最近,对他的了解也最为透彻。颜渊曾喟然而叹:"仰之弥高,钻之弥坚。瞻之在前,忽焉在后。夫子循循然善诱人,博我以文,约我以礼,欲罢不能。既竭吾才,如有所立卓尔,虽欲从之,末由也已。"(《论语·子罕》)孔子好学进取的精神,连好学贤能的颜回都慨叹"瞻之在前,忽焉在后",遑论其他孔门弟子。孔子曾讲述说:"君子道者三,我无能焉:仁者不忧,知者不惑,勇者不惧。"子贡就此评论说:"夫子自道也。"(《论语·宪问》)足见他与孔子精神深处的心灵契合。在春秋末世混乱无序的社会中,孔子成了他们精神上的导师,成了凝聚弟子们力量和智慧的圣贤与仁者。孔子对此谦逊地说:"若圣与仁,则吾岂敢?抑为之不厌,诲人不倦,则可谓云尔已矣。"而公西华回答:"正唯弟子不能学也。"(《论语·述而》)《孟子·公孙丑上》也记载了子贡对这事的看法:"学不厌,智也;教不倦,仁也。仁且智,夫子既圣矣。"可见当时的学生就已把孔子看成圣人。公西华、子贡的言论,则代表了孔门弟子的共同心声。总之,透过这些言论,可以窥探孔子形象和精神在孔门弟子之中的流传与神化。

---

① [西汉]司马迁:《史记》卷四十七《孔子世家》,中华书局,1982年版,第1918页。
② [西汉]司马迁:《史记》卷四十七《孔子世家》,中华书局,1982年版,第1927页。

在春秋末世混乱无序的社会中，孔子成为凝聚他们力量和智慧的导师，他们矢志不渝的追随，成就了孔子的圣者盛名。《论语·八佾》记载："仪封人请见，曰：'君子之至于斯也，吾未尝不得见也。'从者见之。出曰：'二三子何患于丧乎？天下之无道也久矣，天将以夫子为木铎。'"这位边防官请求孔子接见他，并且盛情地称赞"天将以夫子为木铎"，对其仰慕至极。《论语·宪问》还记载："子路宿于石门。晨门曰：'奚自？'子路曰：'自孔氏。'曰：'是知其不可而为之者与？'"这位司门者不仅知晓孔子，而且称誉他为"知其不可而为之者"，这代表着当时社会对孔子的普遍评价，其肃然起敬的情景，千载犹若面睹。

孔子曾说："自吾有回，门人益亲。"又说："自吾得由，恶言不闻于耳。"（均见《史记·仲尼弟子列传》）子贡更将孔子比作数仞高墙、比作日月，比作"天之不可阶而升"（《论语·子张》），并强调孔子的思想精神已经深入民心，尊孔子者，得乎民心，称誉孔子"其生也荣，其死也哀"，将孔子的身份、地位及影响推至极致。《史记·货殖列传》云："夫使孔子名布扬于天下者，子贡先后之也。此所谓得埶而益彰者乎？"①司马迁高度赞誉子贡使孔子名扬天下的功劳。众多弟子的忠心追随和热捧，孔子和他的一切，便渐为世人所瞩目，由传奇而渐趋神化。渐渐地，他从一介凡夫俗子成为圣人，从孔门弟子的狭小天地中，扩大到普天之下的广袤宇宙。

三、孔子的神化之续：先秦诸子中的孔子形象

康有为说："庄子称孔子为神明圣王，四通六辟，其运无乎不在。孟子称孔子，圣而不可测之为神。"②先秦诸子有关孔子史料及形象的描述，可分为两种类型：小部分或为《论语》编纂之残遗；大部分则不免增饰虚构之嫌。

东汉王充《论衡》云："夫《论语》者，弟子共纪孔子之言行，敕记之时甚多，数十百篇，……今时称《论语》二十篇，又失齐、鲁、河间九篇。本

---

① [西汉]司马迁：《史记》卷一二九《货殖列传》，中华书局，1982年版，第3258页。前一个"子贡"，《史记》原文作"子赣"，子贡、子赣，实为一人。今为读者理解方便，统一改为"子贡"。

② 康有为：《论语注》，中华书局，1984年版，第295页。

三十篇，分布亡失，或二十一篇。"①按此所述，《论语》最早编纂时有"数十百篇"之多，经秦火至汉初，尚传三十篇，后亡失至二十一篇。倘若上述说法可靠，那么《论语》在传播过程中有不少亡佚的篇章。

清代学者曾以《孟子》为参照，加以探究。顾炎武说："《孟子》引孔子之言凡二十九，其载于《论语》者八，又多大同而小异。然则，夫子之言，其不传于后世者多矣。故曰：仲尼没而微言绝。"②陈澧从具体文本入手，也有所阐发："《论语》记圣人之言，有但记其要语，其余则删节之者，如《孟子》云：'孔子曰：过我门而不入我室者，我不憾焉者，其唯乡愿乎！乡愿，德之贼也。'据此，则《论语》所记，节去上三句也。以此推之，如'君子不器''有教无类'，四字为一章，何太简乎？必有节去之语矣。"③可惜像这样能够具体探考的毕竟极少。

与此同时，《礼记·檀弓》作为孔子研究的一手材料，一般认为出于七十子或其后学之手，可靠性较高，④其中有不少孔子及弟子事迹的记载。总体而言，《礼记·檀弓》不少内容，可能是《论语》亡佚的章句，也不免有七十子及后学的增饰虚构。究竟哪些可能是亡佚的，哪些是虚饰的，恐也难以甄辨得清。

先秦诸子中对于孔子形象的增饰虚构和经典文本的形成，大体可分为三种类别。

（一）进一步神化、抬升孔子及弟子的圣贤形象。这一情形主要体现在儒家学派的著述中，尤以《孟子》为典型。《孟子》反复强调："自有生民以来，未有孔子也"，"自生民以来，未有盛于孔子也。"同时又说："孔子，圣之时者也。孔子之谓集大成。"从而将孔子的圣人地位推上无以复加的极致。

《孟子》对七十子的形象和地位，也不遗余力地升格，如在孔子称誉颜回基础上，将颜回形象抬升至和大禹、后稷并誉的高度，奠定了后世孔、颜并称，视颜回为"亚圣"的舆论基础。孟子强调"禹、稷、颜回同道"，"禹、稷、颜子

---

① 黄晖：《论衡校释》卷二十八《正说》，中华书局，1990年版，第1137—1139页。
② [明]顾炎武著，[清]黄汝成集释，秦克诚点校：《日知录集释》卷七"孟子引语"，岳麓书社，1994年版，第263页。
③ [清]陈澧：《东塾读书记》，四部备要本。
④ 王梦鸥先生云："檀弓，今据篇中所记的事推之，当是孔子、子游同时人。……盖为战国时代学者，捃拾诸说礼者之不同意见，荟蕞成篇。"（《礼记今注今译》，台湾商务出版社，1979年版，第61页）

易地则皆然",将颜回的圣贤形象和盘托出,可见孟子为抬升儒家地位的不遗余力。同时,孟子以儒家学说继承者自居,他自叙说:"予未得为孔子徒也,予私淑诸人也。"(《孟子·离娄下》)体现出他的自觉和担当。众所熟知,也正因为有了孟子的传承,孔子的圣者形象得以进一步延续、巩固和弘扬开来。

(二)将孔子形象打扮成著书立说的依据。这是先秦诸子中孔子形象的主要表现形态。战国时代诸子争雄、异说纷呈,借助孔子的言论或形象,作为自己学说的立论之本,似乎成为一种潮流。他们提出的观点,自己去加以肯定和赞扬,说服力就小;如果借重孔子的言论和事迹,为自己的观点或学说作印证,就颇具有权威力量,容易使人信服。在这种形势之下,孔子便被异化为一个可以任意修饰或打扮的虚构形象。这也是导致后世对于孔子言论真假难辨的根源所在。

《荀子·儒效》:"客有道曰:'孔子曰:"周公其盛乎!身贵而愈恭,家富而愈俭,胜敌而愈戒。"'应之曰:'是殆非周公之行,非孔子之言也。'"[1]此处"客"所引"孔子曰"即是冒用孔子名义而杜撰的话,管中窥豹,可以想见当时冒用孔子之言"以逞私说"的普遍情形。针对"客"的"假言",荀子断然肯定:此"非周公之行,非孔子之言",可见他对这一现象的关注和警惕,同时也体现出他对孔子形象的精心维护。

总体而言,在这股潮流和风气中,先秦诸子大多应时而动,紧随大局,纷纷将孔子形象打扮成自己著书立说的依据。其中《孟子》《荀子》《庄子》《韩非子》等诸家,打扮得较为成功,在当时以及后世影响较大。

《孟子》把孔子虚饰为王道的代言人。《孟子·公孙丑上》以"七十子之服孔子"为例,为其王道政治学说张本。在尧、舜、禹禅让美政的构建中,孟子对孔子形象及言论也作有增饰,强调"匹夫而有天下者,德必若舜禹,而又有天子荐之者,故仲尼不有天下"(《孟子·万章上》),他以孔子为例,认为孔子虽然贵为圣人,由于没有尧、舜这样的天子举荐,便不能得到天下。他引用"孔子曰:'唐虞禅,夏后殷周继,其义一也。'"(《孟子·万章上》),借用"孔子曰"为他的尧舜禹禅让说寻求依据。

其实,以孟子为代表的尧舜禹禅让说,在先秦时期已有不同的版本和说

---

[1] [清]王先谦撰,沈啸寰、王星贤点校:《荀子集解》,中华书局,2009年版,第134页。

法。《韩非子》有关尧舜禅让的记载，与《孟子》相异，而与西晋汲冢出土的《竹书纪年》有颇多吻合之处。按《竹书纪年》记载，益、启、太甲、伊尹、文丁、季历等事，在权力的交接中，充满了血腥的篡逆和杀戮。其中如法琳《对傅奕废佛僧事》引《汲冢竹书》云："舜囚尧于平阳，取之帝位。"①《苏鹗演义》引《汲冢竹书》云："舜篡尧位，立丹朱城，俄又夺之。"又云："尧禅位后，为舜王之。舜禅位后，为禹王之。"②读来怵目惊心，仅一个"篡"或"囚"字，就赤裸裸地将孟子美化的尧、舜禅让仁政外衣剥去。

步入现代社会，没有了古代儒家意识形态的干扰，不少学者已经充分重视《竹书纪年》的史料价值。如范祥雍先生说："先秦典籍，传世不多，有些书又经过汉儒改动，已非本来面目。纪年是从出土竹简中写定的，尚保存战国时魏史的直接记录。"日本学者小川琢治也说："（汲冢书《穆天子传》等）与《山海经》均未被先秦以后儒家之润色，尚能保存其真面目于今日。比《尚书》《春秋》，根本史料之价值尤高。"③因此汲冢《竹书纪年》"舜篡尧位"等记载，值得珍视。透过《韩非子》《竹书纪年》等非儒家文献，可以看到《孟子》等儒家典籍对尧舜禹禅让仁政增饰虚构的情形。这一情形，是建立在虚饰孔子形象基础上的进一步延伸和拓展。

《荀子》把孔子虚饰为霸道的代言人。《荀子》有《非十二子》《仲尼》等篇章，意在正本清源，通过批判子思、孟子等七十子及后学，确立自身在儒学传承中的地位。荀子在《儒效》等篇章中，以孔子将任司寇等为例，强调"儒者在本朝则美政，在下位则美俗"，阐明儒学有益于天下的道理。他将治国之士分为俗人、俗儒、雅儒、大儒四个层次，强调说："人主用俗人则万乘之国亡，用俗儒则万乘之国存，用雅儒则千乘之国安，用大儒则百里之地久而后三年，天下为一，诸侯为臣；用万乘之国举错而定，一朝而伯。"（《荀子·儒效》）而孔子就是这样的大儒。在这里，他灵活地运用并发挥了孔子"苟有用我者，期月而已可也，三年有成"的政治期许，出色地回答了秦昭王

---

① [南朝·梁]僧佑：《广弘明集》卷十一，上海古籍出版社，1991年版，影宋碛砂藏本。

② 其他例证，兹不赘举，请详参范祥雍《古本竹书纪年辑校订补》（上海人民出版社，1957年版，第6—8页）；方诗铭、王修龄《古本竹书纪年辑证》（上海古籍出版社，1981年版，第63—65页）。

③【日】小川琢治：《穆天子传·绪言》，转引于王天海《穆天子传全译》，贵州人民出版社，1997年版，第174页。

"儒无益于人之国"的疑问。

在《王霸》中,荀子提出"用国者,义立而王,信立而霸"的道理。他指出:"仲尼无置锥之地,诚义乎志意,加义乎身行,著之言语,济之日,不隐乎天下,名垂乎后世。……故曰:以国齐义,一日而白,汤、武是也。汤以亳,武王以鄗,皆百里之地也,天下为一,诸侯为臣,通达之属莫不从服,无它故焉,以济义矣。是所谓义立而王也。"认为能够修行孔子所说的儒家道义,就可以称霸天下,从而把孔子儒家之"义"作为其霸道学说重要依据。

《庄子》把孔子增饰虚构为道家的圣人。司马谈《论六家要旨》说:"道家者……因阴阳之大顺,采儒墨之善,撮名法之要。"①《庄子》作为先秦道家思想的重要典籍,博采儒、墨之善,也为其著述应有之义。《庄子·寓言》自言:"寓言十九,重言十七,……寓言十九,藉外论之。亲父不为其子媒。亲父誉之,不若非其父者也;非吾罪也,人之罪也。与己同则应,不与己同则反;同于己为是之,异于己为非之。重言十七,所以已言也,是为耆艾。"②儒学作为当时显学,孔子又作为圣者、宗师,自然成为《庄子》"寓言""重言"关注的重心。由于《庄子》一书并非成于一人之手,其内、外、杂三篇思想并不统一,所以《庄子》书中对于孔子形象的虚饰、评价,有时赞赏,有时同情,有时批判,或褒或贬,不尽一致,颇为复杂。本文仅就《庄子》把孔子虚饰为道家圣人形象略作叙述。

孔子及弟子被匡人拘困,《论语·子罕》等先秦儒家典籍仅有"子畏于匡……天之未丧斯文也,匡人其如予何?"等数句记载,而到《庄子·秋水》中,却虚饰出当时的具体情形,做了较多的发挥,《庄子》立于穷通、时命的高度说:"知穷之有命,知通之有时,临大难而不惧者,圣人之勇也。"称誉孔子的"圣人之勇",超迈渔夫、猎夫、烈士之勇,为众勇表率。对孔子厄于陈、蔡一事,《庄子》发挥得更为淋漓尽致,增饰虚构当时情形。在《庄子》中,孔子在"七日不火食"生死存亡关头,不改弦歌鼓琴之乐,成为"穷亦乐,通亦乐"的"得道者"。《庄子》这些描述,内容比《论语》更为丰富,孔子及弟子形象也更为精彩、突出。在战国末期即被《吕氏春秋·孝行览》悉数采录,足见它在当时的流行。

---

① [西汉]司马迁:《史记》卷一三〇《太史公自序》,中华书局,1982年版,第3289页。
② [清]郭庆藩撰,王孝鱼点校:《庄子集释》,中华书局,1961年版,第948—949页。

《庄子》有时也将其安贫乐道的思想熔铸于孔子及弟子形象之中，让他们来传达自己的心声。《庄子·让王》中，庄子把《论语》中孔子所称誉的颜回形象"一箪食，一瓢饮，在陋巷，人不堪其忧，回也不改其乐。贤哉回也"（《雍也》）加以发挥，将颜回增饰为"家贫居卑"却不愿出仕的"得道者"，连孔子也受其感化。总之，孔子及弟子颜渊、子贡、子路形象，成为《庄子》"寓言""重言"的重要对象，不少重要的道家义理都透过他们的言行表现出来，他们出现的频率极高，孔子作为道家"得道"者，地位也仅次于老聃，由此可见《庄子》借重儒家显学推行道家思想的努力。

　　《韩非子》把孔子增饰虚构为法家思想的代言人。在《韩非子》笔下，孔子首先被虚饰打扮为博通古法、礼法的理论家。在《内储说上七术》中，以子贡和孔子对话的方式，展现出孔子对殷商律法的丰富知识；并以"一曰"的方式，表示这一记载存有两个不同的版本，以坚其说之可信。①《外储说左下》载，鲁哀公赏赐桃和黍，孔子"先饭黍而后啖桃"，鲁哀公左右"掩口而笑"，当鲁哀公告之：黍不是用来吃，而是用来擦拭桃子时，孔子却振振有词地讲出一番礼法的大道理：黍是五谷之长，是极好的祭祖供品；而桃是水果中的下品，连作为祭祀供品的资格都没有，"君子贱雪贵，不闻以贵雪贱"。②在这里，《韩非子》又将孔子塑造为一位谙熟尊卑贵贱、礼法等级的法理学圣人。

　　其次，《韩非子》将孔子及弟子虚饰塑造为一位法家思想的传播者、实践者。据《内储说上七术》记载，当鲁国大火时，众人"逐兽"而不救火，孔子为鲁哀公分析其中原因："逐兽者乐而无罚，救火者苦而无赏"，所以造成这种局面。同时孔子指出，在这种危急形势下，赏赐远不如惩罚好，因此下令对"不救火者""逐兽者"皆予以重罚，号令一出，火很快就被扑灭了。在这里，孔子完全被虚饰化为一位法家人物了。

　　又《外储说左下》记载，孔子弟子子皋为狱吏时，曾刖守门者足，而守门者认为子皋依法公正，自己"悦而德"之，所以后来子皋在逃难中，不仅没有遭到他的报复，还通过他的帮助得以逃脱。通过这件事，孔子评论说"善为吏者树德"，"治国者，不可失平"，强调"平量""平法"的重要性。在这里，孔子及弟子被塑造为法家思想中秉公执法的典型。而法家思想中"刑政虽

---

① [清]王先慎撰，钟哲点校：《韩非子集解》，中华书局，1998年版，第299页。
② [清]王先慎撰，钟哲点校：《韩非子集解》，中华书局，1998年版，第299页。

峻而无怨者,以其用心平而劝戒明"的理想模式,在此被完美地展现出来。也由此可见《韩非子》借重儒家显学推行法家思想的种种努力。

(三)孔子神化过程中的虚饰形象的客观记载。《吕氏春秋》杂烩诸子百家,较多保留了先秦诸子在神化、虚饰孔子进程中的一些材料,由于它杂取各家语料而自成一书,以"纪治乱存亡","知寿夭吉凶"(《序意》),"备天地万物古今之事"(《史记·吕不韦列传》),并不偏主某一家学说,所以相对较为客观。

孔子周游列国,未曾到过秦国;荀子曾游说秦昭王,未得重用,但都并不影响孔子及儒家思想在秦国的传播。《战国策·秦三》记载:"蔡泽曰:'夫待死之后可以立忠成名,是微左不足仁,孔子不足圣,管仲不足大也。'于是应侯称善。"据此,秦国君臣对于孔子被称为圣人,是有及时了解的。

《四库全书总目提要》评《吕氏春秋》:"是书较诸子之言独为醇正,大抵以儒为主,而参以道家、墨家,故多引六籍之文与孔子、曾子之言。"[①]因此《吕氏春秋》虽然成于吕不韦门客众手,而儒家学派为此次编纂主要力量。《史记·吕不韦传》记载:"当是时,魏有信陵君,楚有春申君,赵有平原君,齐有孟尝君,皆下士喜宾客以相倾。吕不韦以秦之彊,羞不如,亦招致士,厚遇之,至食客三千人。是时诸侯多辩士,如荀卿之徒,著书布天下。吕不韦乃使其客人人著所闻,集论以为八览、六论、十二纪,二十余万言。"可见《吕氏春秋》的编纂意在扩大儒家思想在秦国的影响和传播,一雪秦国"无儒"而"羞不如"之耻。

荀子西入秦国,针对秦昭王"儒无益于人之国"的偏见,力陈儒学之益:"用国者,义立而王,信立而霸。"虽然没有最终为秦昭王所重用,但荀子所直斥的秦"无儒"之短,却显然刺痛了秦国君臣。《荀子·强国》云:"兼是数具者而尽有之,然而县之以王者之功名,则倜倜然其不及远矣!是何也?则其殆无儒邪!故曰:'粹而王,驳而霸,无一焉而亡。此亦秦之所短也。'"[②]这是当时《吕氏春秋》编纂"大抵以儒为主"的背景。所以,《吕氏春秋》对于孔子及弟子形象的描述或记载,在一定程度上客观反映了当时儒

---

① [清]永瑢、纪昀等撰,四库全书研究所整理:《四库全书总目提要》卷一一七,中华书局,1997年版,第1568页。

② [清]王先谦撰,沈啸寰、王星贤点校:《荀子集解》,中华书局,2009年版,第303—304页。

家传播的实际情形。

在《吕氏春秋》中,还增饰了孔子对《易》的关注。孔子与《易》的关系,曾有不少学者持否定性意见。而《吕氏春秋·慎行论》却记载一则孔子占卜的材料:"孔子卜,得贲。孔子曰:'不吉。'子贡曰:'夫贲亦好矣,何谓不吉乎?'孔子曰:'夫白而白,黑而黑,夫贲又何好乎?'"这表明了孔子对《易》的领会和掌握。

在《吕氏春秋》中,增饰了孔子对弟子"礼"的要求。《孟冬纪》记载:"孔子之弟子从远方来者,孔子荷杖而问之曰:'子之公不有恙乎?'搏杖而揖之,问曰:'子之父母不有恙乎?'置杖而问曰:'子之兄弟不有恙乎?'杙步而倍之,问曰:'子之妻子不有恙乎?'"此处将孔子对于"礼"的教育描述得极为细致、生动,并称誉孔子"以六尺之杖谕贵贱之等,辨疏亲之义"。

在《吕氏春秋》中,也增饰了孔子对弟子"法"的教育。《先识览》记载:"鲁国之法,鲁人为人臣妾于诸侯,有能赎之者,取其金于府。子贡赎鲁人于诸侯,来而让,不取其金。孔子曰:'赐失之矣。自今以往,鲁人不赎人矣。'"孔子以"富而好礼"为君子之道,子贡赎人却"不取其金",破坏了礼法,是为"富而不礼",因此虽然表面看来子贡值得称赞,但他破坏了"鲁国之法","自今以往,鲁人不赎人矣",贻害匪浅。

更重要的是,《吕氏春秋》非常注重对孔子言语的引用,已有"以孔子之是非为是非"的趋势。仅以《恃君览》为例,可以窥见一斑。该篇每叙述完一个事件之后,就仿照"《春秋》三传"的体例,以"孔子曰"的形式,加以褒贬评价,以定是非。如叙述楚人次非舍宝剑而杀蛟龙一事后,引孔子之语赞誉,孔子闻之曰:"夫善哉!不以腐肉朽骨而弃剑者,其次非之谓乎";叙述宋国司城子罕智退楚军一事后,引孔子语为赞:"孔子闻之曰:'夫修之于庙堂之上,而折冲乎千里之外者,其司城子罕之谓乎'";叙述鲁邴成子厚待右宰谷一事后,引孔子语为赞:"孔子闻之,曰:'夫智可以微谋、仁可以托财者,其邴成子之谓乎'"。这些"孔子曰"言论,均不见载于其他典籍,在情感、语气上,和"《春秋》三传"中的"孔子曰"颇相类似。因此,在这些编纂意图上,显然已经和"《春秋》三传"的"以孔子之是非为是非"非常接近。这大致也是《四库全书总目提要》称誉《吕氏春秋》"较诸子之言独为醇正"的原因所在。

以参纂《吕氏春秋》为契机,儒家思想在秦国得到较为快速而深入的传播。据《史记·秦始皇本纪》记载,始皇三十五年(前212),坑杀儒生时,秦始皇称:"卢生等吾尊赐之甚厚,今乃诽谤我,以重吾不德也。"可见他此前对儒生的尊重。当秦始皇坑杀四百六十多名儒生后,将其余儒生谪徙发配,其长子扶苏劝谏说:"天下初定,远方黔首未集,诸生皆诵法孔子,今上皆重法绳之,臣恐天下不安。唯上察之。"从"诸生皆诵法孔子"可以看到孔子在当时秦国儒生心目中的分量,以及对秦国政治所带来的影响。从扶苏的劝谏中,也能看到他对儒家思想的认可,对儒生命运的同情和支持。据《吕氏春秋·序意》"维秦八年,岁在涒滩"记载,该书编纂于始皇八年(前239),至始皇三十五年(前212),仅短短二十七年时间,儒学势力发展之快,以及当时孔子的形象与威望在秦国的情形,均可以大致想见。

战国时代,墨家《非儒》,以攻击儒家为要;道家以老子为宗,"世之学老子者则绌儒学"(《史记·老子列传》),可见当时墨、道两家对于儒学的攻击。虽然《吕氏春秋》"大抵以儒为主,参以道家、墨家","所引庄列之言皆不取其放诞恣肆者,墨翟之言不取其非儒明鬼者,而纵横之术刑名之说一无及焉"[①],但仍然不免杂入道、墨两家对于孔子及儒家的批判和攻击的言论。这些言论,虽然今天已经无从判定出自哪家哪派之手,但他们对于孔子形象的抨击,却鲜明可睹。

《吕氏春秋·审分览》记载:"孔子穷乎陈、蔡之间,藜羹不斟,七日不尝粒。昼寝。颜回索米,得而爨之,几熟,孔子望见颜回攫其甑中而食之。选间,食熟,谒孔子而进食。孔子佯为不见之。孔子起曰:'今者梦见先君,食洁而后馈。'颜回对曰:'不可。向者煤炱入甑中,弃食不祥,回攫而饭之。'孔子叹曰:'所信者目也,而目犹不可信;所恃者心也,而心犹不足恃。弟子记之:知人固不易矣。'故知非难也,孔子之所以知人难也。"在先秦其他典籍中,孔子一向以"知人"的智者、圣贤著称。《论语·颜渊》记载,当樊迟"问知"时,孔子回答:"知人。"而且一向以孔子对颜回的称誉最为典型,而在《吕氏春秋》上述记载中却故意反其道而行之,丑化孔子及颜回形象,其攻伐之心,不言自明。倘若不认真通览《论语》中诸多关于孔子评鉴颜回的记载,就容易被其末尾"孔子叹曰"等语所蒙骗,误以为实有其事。

---

① [清]永瑢、纪昀等撰,四库全书研究所整理:《四库全书总目提要》卷一一七,中华书局,1997年版,第1568页。

倘若再细审此处记载，其丑化孔子及颜回形象之处，与儒家典籍有颇多相悖之处。一是载孔子"昼寝"，与《庄子》等描述的孔子"弦歌"自乐情形相去甚远，也与《论语》记载相悖。孔子极其痛恨"昼寝"，按《论语》记载，孔子曾对宰予昼寝极为不满："宰予昼寝。子曰：'朽木不可雕也，粪土之墙，不可杇也；于予与何诛？'"（《论语·公冶长》）孔子非常珍惜时间，"发愤忘食，乐以忘忧，不知老之将至云尔"（《论语·述而》）；面对时间的流逝，慨然长叹："子在川上曰：'逝者如斯夫，不舍昼夜！'"（《论语·子罕》）而此处却偏偏说孔子"昼寝"，可见编纂者的用心。二是按《论语》记载，孔子视颜回"犹子"、颜回视孔子"犹父"（《论语·先进》），师徒两人亲密无间，情同父子，而此处"颜回攫其甑中而食之"，"孔子佯为不见之"等记载，编纂者有意地丑化孔子、颜回形象，将孔子塑造为多疑、虚伪，颜回亦非贤、仁之人，其不良用心可见。

又《吕氏春秋·孝行览》记载："孔子行道而息，马逸，食人之稼，野人取其马。子贡请往说之，毕辞，野人不听。有鄙人始事孔子者，曰：'请往说之。'因谓野人曰：'子不耕于东海，吾不耕于西海也。吾马何得不食子之禾？'其野人大说，相谓曰：'说亦皆如此其辩也！独如向之人？'解马而与之。"孔门弟子中，子贡擅长辞令，闻于天下。在田常乱齐、危鲁之际，子贡奉孔子之命，游说齐、晋、吴、越之间，改变当时的政治格局，《史记》称誉："子贡一出，存鲁，乱齐，破吴，彊晋而霸越。子贡一使，使势相破，十年之中，五国各有变。"（《仲尼弟子列传》）而按此处记载，子贡的游说水平，竟然不及一个"始事孔子"的"鄙人"，反遭到"野人"的奚落和嘲讽，这显然颇不合乎常理。因而此处有意丑化孔子、子贡形象的编纂意图，也昭然若揭。但是，如果换个角度来看，《吕氏春秋》中这些丑化孔子及弟子形象的记载，却客观再现了当时墨家、道家等对孔子及儒家学说的批判和抨击。不过，这些不和谐的"声音"，大多被淹没在孔子形象神化、升格的时代大潮中，有些甚至连"乱章"都算不上。

如上所述，在异说纷呈、诸子争雄的战国时代，诸子借助孔子的言论或形象，作为自己学说的立论之本，似乎成为一种潮流。在这样的时代风气里，一些增饰虚构的内容不免带有小说家言的色彩，使孔子及弟子形象出现小说化的倾向，从而招来后世的怀疑或批评。兹以《论衡》为例，可见一斑。其《书虚》篇记载："传书或言：颜渊与孔子俱上鲁太山，孔子东南望，吴阊门外有系白马，引颜渊指以示之曰：'若见吴昌门乎？'颜渊曰：'见之。'孔子曰：'门外何有？'曰：'有如系练之状。'孔子抚其目而正之，因与俱下。下而颜渊发白齿落，遂以病死。盖以精神不能若孔子，强力自极，精华竭尽，故早夭死。世俗闻之，皆以为然。如实论之，殆虚言也。案《论语》之文，不见此言。考《六经》之传，亦无此语。"其《书虚》篇又载："传书言：孔子当泗水而葬，泗水为之却流。此言孔子之德，能使水却，不濡其墓也。世人信之。是故儒者称论，皆言孔子之后当封，以泗水却流为证。如原省之，殆虚言也。"① 前一则叙述，从试图解说颜渊早夭的原因入手，意在神化孔子的圣贤体质，远非一般凡夫可比；后一则描叙孔子葬泗水，泗水为之倒流。这些言论或记载，其初衷意在强调孔子的圣者气象，却有些过头，因而被王充斥为"虚言"。不过，即使是这些不免荒诞的"虚言"，却"世俗闻之，皆以为然"，"世人信之"，由此可见，以先秦诸子为代表的增饰虚构、神化孔子圣人形象所获得的巨大成功，所形成的深远影响。

（四）孔子神化成圣的促成原因分析。纵观春秋战国之世，孔子由一介贫贱之民，升格为公认的木铎、圣贤。其促成的原因是多方面的，从孔子到孔门弟子，从孔门追念到社会公捧，从当世沾溉到后世余响，从时代大局到个我小体等诸多因素逐渐发展形成合力的结果。

一是孔子超乎常人的努力和成就。孔子成长之路充满传奇，三岁丧父，十七岁丧母，孤贫而博学；广开教育之门，其思想、人格魅力等吸引广大学生。孔子"少也贱，故多能鄙事"，被学生追捧为"固天纵之将圣，又多能也"（《子罕》）；孔子学习进步神速，连好学第一的颜回都慨叹"瞻之在前，忽焉在后"。这样的崇拜和追捧，在《论语》中记载很多。

二是学生对孔子的追随和热捧。这是构成孔子由凡夫到圣人跨越的重要一步。如前文所述，当世俗称誉子贡贤于孔子时，子贡却将孔子比作高墙，比作日月，从而奠定了孔子神圣不同凡夫的高大形象。以子贡为代表的孔门弟子对孔子的尊崇和追捧，为孔子的成圣之路铺下坚不可摧的基石。

三是家族承传和社会赞誉。孔子为殷商"圣王之裔"②，其先世是商代的

---

① 黄晖：《论衡校释》卷四，中华书局，2006年版，第170—171页。
② [清]陈士珂：《孔子家语疏证》卷九《本姓解》，上海书店，1987年版，第234页。

王室，周灭商，周成王封微子启于宋，遂从王室转成为诸侯。四传至宋湣公，长子弗父何，次子鲋祀。湣公不传子而传弟，是为炀公；鲋祀弑炀公自立，是为厉公。在炀公、厉公政权争夺中，作为长子的弗父何，始终以卿事鲁君，所以在当时声誉极佳。孔子父亲叔梁纥，在偪阳之战、鲁国防邑保卫战中，都立有战功，在当时"以武力闻于诸侯"①。《史记·孔子世家》记载："孔子长九尺有六寸，人皆谓之'长人'而异之。"而孔子父亲更是身长十尺，加之"武力绝伦"，更为世人称奇："颜父问三女曰：'陬大夫虽父祖为士，然其先圣王之裔。今其人身长十尺，武力绝伦，吾甚贪之。'"②叔梁纥做过郰（鄹、陬）邑长官，又称"鄹人纥"，所以在《论语》中人们仍然亲切地称孔子为"鄹人之子"，表示敬重之意。因而孔子虽然年幼丧父，但父亲在当时所具有的影响力对孔子形象的升格还是起到了一定作用的。在孔子先辈中，对孔子形象升格、神化影响最大的，应是其七世祖正考父。

《左传·昭公七年》记载："九月，公至自楚。孟僖子病不能相礼，乃讲学之，苟能礼者从之。及其将死也，召其大夫曰：'礼，人之干也。无礼，无以立。吾闻将有达者曰孔丘，圣人之后也，而灭于宋。其祖弗父何，以有宋而授厉公。及正考父，佐戴、武、宣，三命兹益共。故其鼎铭云："一命而偻，再命而伛，三命而俯。循墙而走，亦莫余敢侮。饘于是，鬻于是，以糊余口。"其共也如是。臧孙纥有言曰："圣人有明德者，若不当世，其后必有达人。"今其将在孔丘乎？我若获没，必属说与何忌于夫子，使事之，而学礼焉，以定其位。'故孟懿子与南宫敬叔师事仲尼。"③鲁昭公七年（前535），孔子年仅十七岁④，而作为当时鲁国政治巨头之一的孟僖子，称誉孔

---

① [南宋]胡仔：《孔子编年》，文渊阁四库全书本。
② [清]陈士珂：《孔子家语疏证》卷九《本姓解》，上海书店，1987年版，第235页。
③ 杨伯峻：《春秋左传注》，中华书局，1981年版，第1295—1296页。
④ 《史记·孔子世家》记载："孔子年十七，鲁大夫孟釐子病且死。"《史记索隐》："昭公七年《左传》云'孟僖子病不能相礼，乃讲学之，及其将死，召大夫'云云。按：谓病者，不能礼为病，非疾困之谓也。至二十四年僖子卒，贾逵云'仲尼时年三十五矣'。是此文误也。"又按《左传》昭公十一年，孟僖子"生懿子及南宫敬叔于泉丘人"，据此，倘若按昭公七年，是时孟懿子、南宫敬叔，尚未出生，因此相较之下，以昭公二十四年孟僖子病重将死时的嘱咐，于情理更通。是年孔子三十五岁，孟懿子、南宫敬叔十三四岁，将近孔子所说的"十五有志于学"之龄。因而才有孟僖子对孟懿子、南宫敬叔"师事"孔子的慎重嘱咐。因此，《史记》"孔子年十七"之说，因沿用《左传》昭公七年而误，疏于失察；"病且死"，记载可靠属实。

子为"圣人之后"的"达者"。由于孔子先辈正考父的忠厚明德,臧孙纥称颂"其后必有达人",孟僖子进而断定:这位圣人之后的"达人"就是孔丘。并且在病危时,他嘱咐两个儿子孟懿子、南宫敬叔"师事"孔子。在当时,孟僖子、孟懿子父子与季桓子等,并为鲁国政治巨头,孟僖子的赞誉、孟懿子兄弟的"师事"孔子,在当时所产生的社会声誉及反响可以想见。其后,"南宫敬叔言鲁君曰:'请与孔子适周。'鲁君与之一乘车,两马,一竖子俱,适周问礼,……孔子自周反于鲁,弟子稍益进焉"①。由此可见,孟懿子、南宫敬叔兄弟"师事"孔子后,对孔子招收门徒、扩大孔子影响而起到的促进作用。

四是社会有识之士的推波助澜。上文所谈及的孟僖子,应是第一位有识之士。其后典型的还有仪封人、晨门。《论语·八佾》:"仪封人请见,曰:'君子之至于斯也,吾未尝不得见也。'从者见之。出曰:'二三子何患于丧乎?天下之无道也久矣,天将以夫子为木铎。'"《论语·宪问》:"子路宿于石门。晨门曰:'奚自?'子路曰:'自孔氏。'曰:'是知其不可而为之者与?'"无论是仪封人称誉"天下之无道也久矣,天将以夫子为木铎",还是晨门称誉孔子为"知其不可而为之者",都体现了当时社会已有一批有识之士开始认识到孔子形象的高大和精神的可贵。他们的言论,为孔子圣人形象的塑造都起到了很好的推进作用。

正是基于当时孔子形象以及社会舆论的影响,楚令尹子西心存忌惮,极力劝阻楚昭王封赐孔子。《史记·孔子世家》记载,孔子困于陈、蔡之间,"于是使子贡至楚。楚昭王兴师迎孔子,然后得免。昭王将以书社地七百里封孔子。楚令尹子西曰:'王之使使诸侯有如子贡者乎?'曰:'无有。''王之辅相有如颜回者乎?'曰:'无有。''王之将率有如子路者乎?'曰:'无有。''王之官尹有如宰予者乎?'曰:'无有。''且楚之祖封于周,号为子男五十里。今孔丘述三五之法,明周召之业,王若用之,则楚安得世世堂堂方数千里乎?夫文王在丰,武王在镐,百里之君卒王天下。今孔丘得据土壤,贤弟子为佐,非楚之福也。'昭王乃止。其秋,楚昭王卒于城父。"②在这里,楚令尹子西意在诋毁孔子,但透过其言论,足见孔子及弟子在当时诸侯国中的形象、地位。楚国不封赐孔子,不是别的原因,而是孔子及弟子的能力

---

① [西汉]司马迁:《史记》卷四十七《孔子世家》,中华书局,1982年版,第1909页。
② [西汉]司马迁:《史记》卷四十七《孔子世家》,中华书局,1982年版,第1932页。

太强，一旦据有封地，势必会威胁楚国。这和二十多年前①，齐相晏婴诋毁孔子的情形大相径庭了。孔子年三十五时，季平子乱鲁，鲁昭公奔齐，随后孔子赴齐，齐景公"将欲以尼溪田封孔子"，遭到晏婴的劝阻，晏婴攻击孔子说："夫儒者滑稽而不可轨法，倨傲自顺，不可以为下；崇丧遂哀，破产厚葬，不可以为俗；游说乞贷，不可以为国。自大贤之息，周室既衰，礼乐缺有间。今孔子盛容饰，繁登降之礼，趋详之节，累世不能殚其学，当年不能究其礼。君欲用之以移齐俗，非所以先细民也。"②同是攻击、诋毁孔子，从晏婴到子西，对孔子及儒学的评价却发生了极大变化，这反映出前后二十多年间，孔子学说影响之大，个人形象升格之快。这与孔子东游列国，社会有识之士的推波助澜，有着相当密切的关系。

在这样的形势之下，楚令尹子西倘若还采取当年晏婴那样否定孔子及学说的方式，势必不能取信于国君，所以子西采用的是"将欲毁之，必重累之；将欲蹈之，必高举之"③策略方式，他在言语上高度肯定孔子，岂止是肯定，简直是夸大其词，将孔子及弟子能力夸大到极致，使楚王意识到危害，从而打消了封赐孔子的念头。

虽然在当时诸侯国，有类如楚令尹子西这样的劝阻之举，但孔子圣贤形象及学说的传播，已成为不可遏抑的潮流。《史记·儒林列传》记载：

> 自孔子卒后，七十子之徒散游诸侯，大者为师傅卿相，小者友教士大夫，或隐而不见。故子路居卫，子张居陈，澹台子羽居楚，子夏居西河，子贡终于齐。如田子方、段干木、吴起、禽滑厘之属，皆受业于子夏之伦，为王者师。是时独魏文侯好学。后陵迟以至于始皇，天下并争于战国，儒术既绌焉，然齐鲁之间，学者独不废也。于威、宣之际，孟子、荀卿之列，咸遵夫子之业而润色之，以学显于当世。④

所以司马迁论赞曰："《诗》有之：'高山仰止，景行行止。'虽不能至，然心乡往之。余读孔氏书，想见其为人。……天下君王至于贤人众矣，当时则

---

① 鲁昭公二十五年（前517），孔子适齐；鲁哀公六年（前489），孔子见楚王。参考钱穆《孔子传·孔子年表》，三联书店，2012年版，第136—137页。
② [西汉]司马迁：《史记》卷四十七《孔子世家》，中华书局，1982年版，第1911页。
③ 陈奇猷：《吕氏春秋校释·恃君览》，上海古籍出版社，2002年版，第1399页。
④ [西汉]司马迁：《史记》卷一二一《儒林列传》，中华书局，1982年版，第3116页。

荣，没则已焉。孔子布衣，传十余世，学者宗之。自天子王侯，中国言六艺者折中于夫子，可谓至圣矣！"①自春秋，降战国，历秦汉，孔子由布衣而"至圣"，显荣当世及后世，早已是合力所趋，众势所成。

四、孔子的负面形象

"木秀于林，风必摧之；行高于人，众必非之。"②孔子由布衣而"至圣"的成长之路，不乏险阻艰辛，毁谤和打击随之，关于他的负面形象也是有的。

一是孔子在世时，政治当权者的否定。最典型的为齐相晏婴对孔子的否定。《史记·孔子世家》记载：孔子三十五岁后，曾赴齐国，齐景公"将欲以尼谿田封孔子"，遭到晏婴的反对，他批评说："今孔子盛容饰，繁登降之礼，趋详之节。累世不能殚其学，当年不能究其礼。"③而孔子却对晏婴印象极好，评价甚高，《论语·公冶长》记载："子曰：'晏平仲善与人交，久而敬之。'"在《晏子春秋》中，多记载晏子毁谤孔子事，而孔子及弟子多讥笑晏子不知礼仪事，可见当时两种学说之间的矛盾。《晏子春秋》由于成书年代和作者问题，还存在一些分歧，但据吴则虞先生研究推断，《晏子春秋》的成书年代当在秦国统一六国后的一段时间之内。④笔者认为这一推论，契合战国、秦国始皇初年诸子争鸣的史实。

关于孔子见齐景公，《吕氏春秋·离俗览》还记载有一种说法："孔子见齐景公，景公致廪丘以为养。孔子辞不受，入谓弟子曰：'吾闻君子当功以受禄。今说景公，景公未之行而赐之廪丘，其不知丘亦甚矣！'令弟子趣驾，辞而行。"这一记载，与《史记》《晏子春秋》均不同，由此可知关于孔子见齐景公一事，在当时流传甚广，说法也不一。《吕氏春秋》记载，回避了晏婴对孔子及儒家的否定和抨击，或出于当时在秦儒生之手。通过与《史记》《晏子春秋》等比较，此处有意维护孔子及儒家形象的意图颇为鲜明。

二是孔子积极奔走，"知其不可而为之"，也不免招来一些世俗的非议，

---

① [西汉]司马迁：《史记》卷四十七《孔子世家》，中华书局，1959年版，第1947页。
② [三国·魏]李康：《运命论》，见[清]严可均辑《全三国文》卷四十三，中华书局，1958年版，第1295页。
③ [西汉]司马迁：《史记》卷四十七《孔子世家》，中华书局，1959年版，第1911页。
④ 吴则虞：《晏子春秋集释·序言》，中华书局，1962年版，第20页。

甚或嘲讽。仅以《论语·微子》记载为例，如楚狂接舆借歌而讽："今之从政者殆而"；又如当孔子、子路"问津"时，长沮嘲讽："是知津矣"，桀溺嘲讽："滔滔者天下皆是也，而谁以易之"；杖荷丈人也非议孔子："四体不勤，五谷不分"。甚至有人当面质问孔子："丘何为是栖栖者与？无乃为佞乎？"（《论语·宪问》）

三是孔子殁后，孔门弟子的自我否定。孔子晚年，弟子分散，在一些弟子的心目中威信有所下降；一些弟子或昧于利益，不从孔子之说；诽谤孔子的事情，也多有发生。

孔子晚年，返回鲁国，弟子分散各地，或隐或仕，以致孔子感慨说："从我于陈、蔡者，皆不及门也。"孔子晚年，冉有（冉求）为季氏家臣，为政治利益计，对孔子的尊崇也不免有所下降。《左传·哀公十一年》记载，冉有为替季氏敛财，对孔子的教诲置若罔闻，以致孔子非常生气，当着其他学生的面，训斥说："（求）非吾徒也，小子鸣鼓而攻之，可也。"（《论语·先进》）此外，《论语》中还有"季氏旅于泰山"（《八佾》）、"季氏将伐颛臾"（《季氏》）等章句，都能看到孔子对冉有严厉的批评，以及冉有对季氏的阿附。

孔子殁后，弟子不从其说的情形，渐趋严重，以致使"予未得为孔子徒"的孟子颇感痛心。《孟子·滕文公上》：

> 陈良，楚产也，悦周公、仲尼之道，北学于中国。北方之学者，未能或之先也。彼所谓豪杰之士也。子之兄弟事之数十年，师死而遂倍之！……他日，子夏、子张、子游以有若似圣人，欲以所事孔子事之，强曾子。曾子曰："不可。江、汉以濯之，秋阳以暴之，皜皜乎不可尚已。"今也南蛮鴃舌之人，非先王之道，子倍子之师而学之，亦异于曾子矣。

在这里，孟子提到孔子殁后，弟子对待孔子的情况，有两点特别值得注意。

（一）子夏、子张、子游师事孔子数十年，孔子殁后，转而师事孔子的学生有若，并强迫孔门其他弟子加入，这般做法，有辱孔子教诲，不禁让人寒心。孟子以"吾闻出于幽谷迁于乔木者，未闻下乔木而入于幽谷者"，加以含蓄批评。孟子自谓私淑子思，而子思师法曾子（《孟子·离娄下》），大约含有与子夏、子张、子游划分界限之意。《荀子·非十二子》将子夏、子张、子游三家，归入"贱儒"之列，加以批判。可见孟子、荀子对子夏、子张、子游师事有若，背叛孔子师门的声讨。

从《论语》编纂成书来看，孔子殁后，子夏、子张、子游师事有若的一派，似乎占据上风。按《孟子》记载，尽管子夏、子张、子游师事有若，遭到曾子反对，但这并不影响有若在《论语》中的地位和形象。《论语》首篇为《学而》"子曰"，接下第二篇为"有子"，有若之语，紧承孔子之后，并被尊称为"有子"，仅从这一点，就足以看出当时孔门师事、尊崇有若的情形。

（二）孔子殁后，弟子不能很好地继承、光大其学问，甚至出现不及楚人的衰微状况。这是孟子很感慨的。孔子周游列国，仅到过楚国北部边境城父，因此孔子的学问对于楚国的影响相对有限，而孟子却强调：陈良作为楚国本土学者，"悦周公、仲尼之道，北学于中国。北方之学者，未能或之先也"。这里的"北方之学者"，从《孟子》举例看来，当实指子夏、子张、子游等孔门弟子。春秋战国时期，楚国位处南方，文明教化较晚，惯常为北方士人所轻鄙，但现在却出现"北方之学者，未能或之先也"的倒置现象，那么，在孔子殁后，北方学问之衰落，情形可知。

孔子殁后，子夏等除师事有若外，也不能谨守孔子教诲。子夏晚年，曾居于西河，"以学显于当世"，为魏文侯所礼遇。曾子数落子夏的罪过：居亲之丧，没有树立什么榜样给百姓知道，有违当年孔子孝道的教诲；上了年纪后，子夏居西河，西河之民将他比作孔子（见《礼记·檀弓上》）。因此，从孟子、曾子等言论中，我们可以窥见孔子殁后，子夏等弟子怠慢师训、有违圣人之教的大致情形。

四是孔子殁后，学术劲敌墨家的批判和否定。由于墨子曾"学儒者之业，受孔子之术"（《淮南子·要略》），因而从这个角度看，它实际是上述孔门弟子自我否定的继续，即孔门后学否定的扩大化。墨子虽然"学儒者之业，受孔子之术"，但毕竟已经开宗立派，与儒家公开对立，所以一般多将他们从孔门弟子自我否定中划分出来，而视作儒、墨两家的交锋。

儒、墨作为"世之显学"（《韩非子·显学》），其"后学显荣于天下者众矣，不可胜数"（《吕氏春秋·仲春纪》），因此墨子虽然受业于孔门，但作为学术思想之劲敌，他对孔子及儒家的批判和否定，也最为激烈。《墨子》

有《非儒》上下两篇,是最早批判孔子及儒学的专论。今仅存其下篇,在《非儒下》中,又用三分之一篇幅两次叙述晏婴对孔子的评价,以致后世有人怀疑《晏子春秋》也出自墨家之手。①

在《墨子·非儒下》中,借助晏子之口,对孔子的为人做出评价,指责孔子"深虑周谋以奉贼,劳思尽知以行邪,劝下乱上,教臣杀君"②,将孔子描摹为"非贤""非义""非仁"的恶人形象,颇多诋毁之辞。同时,又以齐景公欲封孔子以尼溪田、晏子出面劝阻未得受封为话头,继而对孔子形象肆意诋毁。

墨子指出"孔丘志怒于景公与晏子",发动门人弟子,挑拨田常乱齐、伐吴,并最后指责说:"齐、吴破国之难,伏尸以亿术数,孔丘之诛也。"③《墨子》所谓的孔子发动门人弟子,挑拨田常乱齐、伐吴事,按诸其他文献记载,实际正是孔子及弟子智慧的体现,而《墨子》不究其事理,反将这些野心家的祸水泼洒在孔子身上。田常乱齐,过不在孔丘,而罪在齐国君臣自身。这在《韩非子》中多有论述。其《二柄》载:"故田常上请爵禄而行之群臣,下大斗斛而施于百姓,此简公失德而田常用之也,故简公见弑。"④此谓齐简公失德见杀,田常用德而霸。又《外储说右上》:"今田常之为乱,有渐见矣,而君不诛。晏子不使其君禁侵陵之臣,而使其主行惠,故简公受其祸。"⑤此谓田常之乱,为齐简公、晏婴纵容所致。又《人主》:"宋君失其爪牙于子罕,简公失其爪牙于田常,而不蚤夺之,故身死国亡。今无术之主,皆明知宋、简之过也,而不悟其失。"⑥此谓齐简公养虎为患所致。孔子发动弟子,将田常乱齐的祸水东引至吴,是在当时形势下,为保全弱小的鲁国,不得不采取的办法。其实,田常和吴、越君王,都是各怀鬼胎。田常想通过对外战争来树立自己的国内威望,为弑君夺权做准备;吴王击败越国后,野心勃勃,也早有西征齐、晋,争霸天下的计划;越王勾践,卧薪尝胆,立誓报吴仇;孔子只不过派子贡为使者,穿针引线而已,整个战争所带来的灾难,实际与子贡、孔子无尤,乃是田常、吴王夫差、越王勾践各人的野心所致。此事起因经过,

---

① 详细请参阅吴则虞《晏子春秋集释》,中华书局,1962年版,第17页、第602—605页。
② [清]孙诒让撰,孙启治点校:《墨子间诂》,中华书局,2001年版,第299页。
③ [清]孙诒让撰,孙启治点校:《墨子间诂》,中华书局,2001年版,第301—302页。
④ [清]王先慎撰,钟哲点校,《韩非子集解》,中华书局,1998年版,第40页。
⑤ [清]王先慎撰,钟哲点校,《韩非子集解》,中华书局,1998年版,第314页。
⑥ [清]王先慎撰,钟哲点校,《韩非子集解》,中华书局,1998年版,第470页。

《史记·仲尼弟子列传》有详细记载。《史记》称誉说:"子贡一出,存鲁,乱齐,破吴,彊晋而霸越。子贡一使,使势相破,十年之中,五国各有变。"这场出色的外交胜利,曾使孔子、子贡名噪一时,儒家思想大行其时。而墨家为争夺"显学"优势,《墨子》声称这是孔子"志怒于景公与晏子"的报复之举,极尽攻击、诋毁之能,其出发点可知。

《墨子·非儒下》还多次攻击、诋毁孔子的为人品质。一方面说孔子枉法、徇私情,指责孔子为鲁国司寇时,不顾公家,事奉季孙氏;当季孙氏出逃时,孔子还凭着自己力气大,把国门托起来,帮助季孙氏逃跑。其实,《论语》中多记载孔子对季孙氏(季氏)的不满,如"孔子谓季氏,'八佾舞于庭,是可忍也,孰不可忍也?'"(《论语·八佾》)又如"季氏富于周公,而求也为之聚敛而附益之。子曰:'非吾徒也,小子鸣鼓而攻之,可也。'"都可以见出孔子对季孙氏的态度,足见《墨子》所谓的"舍公家而于季孙",实是无稽之谈。至于孔子力气大,那是遗传于他父亲叔梁纥的气力,这是当时天下周知的事,故《吕氏春秋·慎大览》云:"孔子之劲,举国门之关,而不肯以力闻。"孔子父亲叔梁纥以武力闻于诸侯,称孔子不再走父亲的老路,而以儒学立世。

另一方面说孔子为人卑污诈伪。《墨子》攻击孔子在陈、蔡断粮之时,"不问肉之所由来而食","不问酒之所由来而饮",而到了鲁哀公应接孔子摆宴席时,又摆出"席不端弗坐,割不正弗食"的架子,《墨子》由此抨击孔子"饥约则不辞妄取以活身,赢饱则伪行以自饰","污邪诈伪,孰大于此"[①],说他在饥困中不惜妄取以求生,在能吃饱时就伪装来抬高自己,卑污诈伪,无人过之。平心而论,当时儒、墨并为显学,互相争斗,在所难免。以上《墨子》如此评价孔子,不免抨击过甚,言语太过。

值得注意的是,《墨子》虽然"非儒",有时对孔子抨击得极其厉害,但是当其阐述墨家思想主张时,仍然和其他先秦诸子一样,会借重孔子言论,作为自己学说的立论之本。《墨子·公孟》记载:

> 子墨子与程子辩,称于孔子。程子曰:"非儒,何故称于孔子也?"子墨子曰:"是亦(其)当而不可易者也。今鸟闻热旱之忧则

---

① [清]孙诒让撰,孙启治点校:《墨子间诂》,中华书局,2001年版,第303—305页。

高，鱼闻热旱之忧则下，当此，虽禹、汤为之谋，必不能易矣。鸟鱼可谓愚矣，禹、汤犹云因焉。今翟曾无称于孔子乎？"[1]

由此可见，墨家的"非儒"，对孔子及儒家学说的抨击和否定，都不是他们的最终目的，其最终目的在于阐扬墨家学说。换而言之，随着形势的不同需要，他们有时称述孔子，有时抨击孔子，完全都是根据墨家学说的需要。《墨子》称述孔子时，与《孟子》《荀子》等先秦诸子增益虚饰孔子形象的情形，完全类似；《墨子》诋毁孔子时，往往反其道而行之，竭尽丑化之能，其实也不妨看作是增益虚饰孔子形象的一个变种。

因此，以《墨子》为代表的对孔子负面形象的增益虚饰，也并没有走出战国诸子借助孔子的言论或形象为自己学说张本的时代潮流。从这个意义上看，春秋战国时期所出现的孔子正面或负面形象，都真实再现了孔子及其思想在当时的影响及传播，值得我们珍视和进一步探讨。

"青山遮不住，毕竟东流去。"自春秋战国以降，否定孔子的呼声或浪潮，从未止息过，但孔子始终受到人们的敬重，其形象，其言说，其人格，历经两千多年，魅力依旧。回顾春秋战国时期孔子形象的神化、成圣之路，有助于更好地了解孔子形象变化与先秦诸子经典文本形成之间的内在关系，"高山仰止，景行行止"。

（本文发表于《文史哲》2016年第2期）

钟书林，1978年生，2007年毕业于陕西师范大学中文系，文学博士，师从魏耕原教授，现为武汉大学文学院教授。

---

[1] [清]孙诒让撰，孙启治点校：《墨子间诂》，中华书局，2001年版，第460—461页。

《庄子》——赋的滥觞

刘生良

内容摘要： 赋起源于以铺陈为特征的诗化散文。考察先秦文库之珍存，对赋体的形成和诞生关系最大者莫若《庄子》。与"命赋之厥初"的荀况和"以赋见称"的宋玉相比，《庄子》虽未形成赋的完整体制，却颇富赋的雏形，已看得见荀、宋赋的端倪。《庄子》颇多铺陈文字，并形成相对独立的篇章，具备了赋的基本特征；它亦诗亦文，散韵结合，奠定了赋的特有机制；它那假设问对的结构模式、对比映衬的铺陈方式、虚拟寄托的构思特点、富丽奇僻的文辞词汇等为后世赋家所祖式，影响了赋体尤其是汉大赋的形式特征。由此可见，《庄子》不愧为赋家之祖和赋之滥觞。

关键词： 《庄子》；赋的滥觞；赋体模式

赋是一种以铺陈为特征的介于诗歌和散文之间的特殊文体。它起于先秦，盛于两汉，蔚为一代文学之正宗；其后虽屡径演变，却一直生生不已，流行不衰。关于赋的起源，刘勰在《文心雕龙·诠赋》篇有一段总结性的论述：

《诗》有六义，其二曰赋。赋者，铺采摛文，体物写志也。昔邵公称公卿献诗，师箴赋。《诗》云登高能赋，可为大夫。《诗序》则同义，《传》说则异体，总其归途，实相枝干。刘向云明不歌而诵，班固称古诗之流也。至如郑庄之赋"大隧"，士蒍之赋"狐裘"，结言短韵，词自己作，虽合赋体，明而未融。及灵均唱骚，始广声貌。然赋也者，受命于诗人，拓宇于楚辞也。于是荀况《礼》《智》，宋玉《风》

>《钓》，爰锡名号，与诗画境，六义附庸，蔚成大国，述客主以首引，极声貌以穷文，斯盖别诗之原始，命赋之厥初也。

这段话追源溯流，阐述了"赋自诗出"及其流衍形成过程，有其一定贡献。但是，由于赋是诗、文结合体，它绝不可能在某个单一的母体上生成，而刘勰却囿于"宗经"思想和摒先秦诸子著作于文学之外的观念①，单就诗歌一途立说，且在赋体起源上，把《诗经》六义之一的"赋"，特别是把"登高能赋"的"赋"和诵读方式之一的"赋"与作为文体之一的"赋"混为一谈，这就不仅是片面的，而且是错误的。②

这种观点影响了一千多年的赋论，直到清代章学诚才奋起为之补正，他在《文史通义·校雠通义》卷三《汉志诗赋》中说：

>古之赋家者流，原本诗骚，出入战国诸子。假设问对，《庄》《列》寓言之遗也；恢廓声势，苏、张纵横之体也，排比谐隐，韩非《储说》之属也：征材聚事，《吕览》类辑之义也。

且不说他"假设问对"之属能否对号，"原本诗骚"之说是否确当，其"出入战国诸子"之言确是慧眼独具，见识卓异，大开学人视野。

近年来，关于赋体渊源的论辩甚夥，除在上述刘、章学说基础上提出的源于诗骚、源于散文诸说外，还有所谓多源说等。受诸贤启发，笔者在此也贡献自己的一点拙见。我认为，赋与古诗有关，但却不是它的嫡传；赋"拓宇于楚辞"，但也只是受其影响而"始广声貌"，因为荀赋与楚辞无涉，足证赋体早已先之而存在。赋"出入战国诸子"，但也不能将之一概而论，或排队入座，再说，章学诚所说也不是纯就赋体起源而论，实包含其发展壮大在内。赋既非一源，也不是多源的简单凑集；既是对所有旧文体一切可用形式的面性吸收与融合，又不是突然间实现的，而有其可资探寻的直接滥觞。由于赋的体裁特点是诗与散文的结合，它的艺术本质是铺陈的表现手法，赋体形成的关键，"在

---

① 摒先秦诸子著作于文学之外的观念，刘勰《文心雕龙》本身的倾向即可证明。同时，萧统《文选序》明言：老庄之作"盖以立意为宗，不以能文为本"，把它排斥在《文选》之外。刘勰盖受到这一观念的影响。

② 赋、比、兴之"赋"，是指与比、兴不同的直陈，而不是铺陈，因为"比"也可用作铺陈，如《卫风·硕人》第三章即是。"升高能赋"，据孔疏："谓升高有所见，能为诗，赋其形状，铺陈其事势也"，与赋体更不相干。诵读方式之"赋"，即所谓"不歌而诵谓之赋"，与赋体也无直接关系。

于铺陈的成熟并独立成篇,而铺陈的成熟首先取决于语言自觉意识的觉醒程度"①,所以笔者认为,赋起源于以铺陈为特征的诗化散文。说得具体一点,那就是它与诗歌、散文同胎孕育于"卜辞"的母体,啜养于周初有关旧文体的铺陈手法,催生于春秋战国时代的语言自觉,而主要滥觞于善事铺陈的诗化散文《庄子》。

甲骨卜辞作为我国最早的文字记录,其中的"癸卯卜:今日雨。其自西来雨?其自东来雨?其自北来雨?其自南来雨?"等片文字,现今常被看作诗歌和散文的萌芽,其实也何尝不是诗文一体的赋体的萌芽?《尚书》《周易》尤其是《诗经》等早期文籍中日趋发展的铺陈描写,也成为赋的艺术要素和渊源。春秋时代的行人辞令和贵臣谏辞(包括赋诗明志),机智灵巧,揭开了语言自觉的序幕;而战国策士们的纵横驰说,滔滔陈辞,则在几百万平方公里的华夏故土上同时掀起一场空前的语言艺术的大演习、大竞赛,他们那铺张扬厉、夸夸其谈的说辞不胫而走,在社会上广为流传,给文学的发展以极大的推动和影响。受时代风气的熏染,诸子文章中的铺陈也日趋繁丽丰富和成熟。《论语》中"暮春者,春服既成,冠者五六人,童子六七人,浴乎沂,风乎舞雩,咏而归"的生动描述,《孟子》中"五亩之宅,树之以桑"诸段热情铺绘,已具有赋的性质。散文诗《老子》中更有肖似赋体的文字,如:

有物混成,先天地生。寂兮寥兮,独立而不改,周行而不殆,可以为天下母。吾不知其名,字之曰道。吾强为之名曰大。(第二十五章)

古之善为士者,微妙玄通,深不可识,夫唯不可识,故强为之容:豫焉若冬涉川,犹若畏四邻,俨若容,涣若冰将释,敦若朴,混若浊,旷若谷。……(第十五章)

众人熙熙,若享太牢,若春登台。我魄未兆,若婴儿未孩。乘乘无所归!众人皆有余,我独若遗。我畏人之心,纯纯。俗人昭昭,我独若昏。俗人察察,我独闷闷。淡若海,漂无所止。众人皆有已,我独顽似鄙。我独异于人,而贵母。(第二十章)

---

① 冯俊杰:《赋体四论》四,《山西师大学报》(社会科学版),1986年第4期。

从这些章节中,已分明看得见赋的形影了。特别是纵横家苏秦、张仪的说辞,口若悬河,恣肆辩丽,言形势则东西南北,道利害则纵横上下,侃侃娓娓,极力铺陈,耸人听闻,把语言的技艺和功能推向了高峰,实为汉代赋家所规模。但可惜的是,《论语》多片言只语,不成大观;《孟子》以雄辩为能,不以铺陈见称;《老子》抽象高谈太多,而形象铺写无几;纵横家的事迹和言辞由口头流传到被添油加醋地写成文字,最早也在战国末期,故《战国策》和《楚辞》一样,只能是对赋的发展演变发生影响。考诸先秦文库之珍存,对赋体的形成和诞生关系最大者,莫若《庄子》。郭沫若说它"立意每异想天开,行文多铿锵有韵,汉代的辞赋分明导源于这儿"[①],实在是一个天才的发见!

诚如众所周知,赋之命名始于荀况、宋玉,然而文学史上常会出现这样的现象:荀子《赋篇》"纯用隐语,虽始构赋名,君子略之"[②],而淳于髡"不以文名,更无赋传",却被认为是"有实无名的赋手"[③]。正像"人们远在散文这一名词出现以前,就已经在用散文讲话"[④]一样,在赋这一名称出现之前,庄子已有大量有实而无名的赋作了。

请看《齐物论》对风的描写:

> 夫大块噫气,其名为风。是唯无作,作则万窍怒呺,而独不闻之翏翏乎?山林之畏佳,大木百围之窍穴,似鼻,似口,似耳,似枅,似圈,似臼,似洼者,似污者;激者,謞者,叱者,吸者,叫者,嚎者,宎者,咬者,前者唱于而随者唱喁,泠风则小和,飘风则大和,厉风济则众窍为虚,而独不见之调调之刁刁乎?

这里,作者挥润赋笔,以其天才的体验和神思,把看不见摸不着的风写得有动有静,有起有落,绘声绘色,摹形摹影,尤把稍纵即逝的风声烘托、刻画得逼真传神。杨慎曾说:"庄子地籁一段,笔端能画风,掩卷而坐,

---

① 郭沫若:《蒲剑集·庄子与鲁迅》,见《郭沫若全集》(文学编第19卷),人民文学出版社,1992年版,第67页。
② [清]程廷祚:《青溪文集》卷三《骚赋论》中。
③ 冯沅君:《冯沅君古典文学论文集》,山东人民出版社,1980年版,第88页。
④ 【德】恩格斯:《反杜林论》,见《马克思恩格斯选集》第3卷,人民出版社,1995年第2版,第485页。

犹觉翏翏之在耳。简妙含蓄，庄子画风之祖。"①方以智更说："此是一篇天风赋。"②把它和宋玉《风赋》相比，不仅形体逼似，而且笔致高妙多了。因为"《风赋》只写了风的表象"，而这里"写的是风的自身"③，充满了诗情画意。

再如《逍遥游》所写藐姑射神人："肌肤若冰雪，绰约若处子，不食五谷，吸风饮露，乘云气，御飞龙，而游乎四海之外，其神凝，使物不疵疠而年谷熟。……"我们把它比之于宋玉的《神女赋》如何？宋玉写的是高唐神女的丽颜盛饰，庄周写的是姑射神人的精神风度；高唐神女缠绵悱恻，柔情似水，正是人间情态，姑射神人冷艳飘逸，不食烟火，俨然天上仙姿；宋玉以之寄托深情，微含讽谏，庄周借此表达理想，独开境界。庄周的描写虽不及宋玉的色彩斑斓，雅丽精工，然而各有千秋，同臻极致，其内容、体式颇有类似焉。

再如《人间世》写支离疏"颐隐于脐，肩高于顶，会撮指天，五管在上，两髀为胁。挫针治繲，足以糊口；鼓筴播精，足以食十人。上征武士，则支离攘臂而游于其间；上有大役，则支离以有常疾不受功；上与病者粟，则受三钟与十束薪"。这里的描写，又与宋玉《登徒子好色赋》"其妻蓬头挛耳，龈唇历齿，旁行踽偻，又疥且痔。而登徒子悦之，使有五子"的笔法何其相似，而且更多铺陈滋衍，名之"支离疏赋"可也。宋玉以丑为丑，骋辞强诬登徒子好色，立意庸陋；庄周丑中寓美，旨在说明畸人全性，意出尘外，平心而论，庄周反胜于宋玉，不知其几何矣！

由此看来，被称为"楚辞之变体，汉赋之权舆"④的宋玉赋，既有浓重的骚影，又以《庄子》为嚆矢。宋玉生活于顷襄王后期，至少晚于庄子七十年。其时楚已迁都于陈（今河南淮阳），与宋蒙（今河南商丘）毗邻。宋赋式法庄文，不只从上述客观联系可以推出，从时代和地理条件考虑，也是极为可能的。

《文心雕龙·诠赋》云："苟结隐语，事数自环。"今人多据以推原荀

---

① [明]杨慎：《丹铅摘录》卷十一，文渊阁四库全书本。
② [明]方以智：《药地炮庄·齐物论第二》，华夏出版社，2011年版，第125页。
③ 闻一多：《庄子》，见《闻一多全集》第2卷，三联书店，1982年版，第287页。
④ [明]陈第：《屈宋古音义》卷三《题高唐》。

赋出于民间隐语。所谓隐语，刘勰解释为"遁辞以隐意，谲譬以指事"，并举"伍举刺荆王以大鸟""齐客讥薛公以海鱼"[①]等为例证。又谓隐语自魏代以来，"化为谜语"，而"荀卿《蚕赋》，已兆其体"（《文心雕龙·谐隐》）。隐语起源于民间，这是不成问题的。《诗经》民歌中的"鱼""饥渴"等语，早已有人考证属于隐语。《国语·晋语五》有"秦客廋辞于朝"的记载，廋辞亦即隐语（韦昭注云："廋，隐也"）。春秋战国时代，"楚庄齐威，性好隐语"，故有优孟之谏庄王葬马，淳于髡之对齐王问（见《史记·滑稽列传》）。这两篇文辞，摘采体物，有声有色，都接近赋体。这些滑稽之士的谈片，确实推动了赋体的诞生，"命赋之厥初"的荀赋正是受这种隐语的影响而产生的。《汉书·艺文志》将先秦《隐书》十八篇列入杂赋类中，大概也出于这样的缘故。

但是可别忘了，在荀况之前、淳于髡同时或稍后，还有一位居住在宋蒙乡间"穷闾陋巷"中的大滑稽家——庄周，他在僻处用"谬悠之说，荒唐之言，无端崖之辞"讽世刺时，著书洋洋"十余万言"。他生活在民间，对隐语的运用，更是近水楼台，便利而精熟。他的书中，可以说遍布着隐语。像齧缺、王倪、支离疏、泰清、无为、少知、无足、知和、无有、方明、谆芒等人名物名，都是明显的字谜。最突出的是《大宗师》中的"副墨之子（文字）闻诸洛诵之孙（诵读），洛诵之孙闻之瞻明（见解），瞻明闻之聂许（心得），聂许闻之需役（实行），需役闻之于讴（咏歌），于讴闻之玄冥（静默），玄冥闻之参寥（邈远），参寥闻之疑始（迷茫之始）"。这简直是一连串的谜语。更有意义的是，庄子往往将所要讲的道理隐于形象、故事和言谈之中，让读者去"射"，这就是他所谓的"寓言"。例如《天运》篇的"黄帝遗玄珠"：

> 黄帝游乎赤水之北，登乎昆仑之丘而南望。还归，遗其玄珠。使知索之而不得，使离朱索之而不得，使吃诟索之而不得也。乃使象罔，象罔得之。

这里的"赤水之北"，隐喻人生之彼岸，即道之玄境；"昆仑之丘"隐喻玄境之极致；"玄珠"即道，而"南望"隐喻迷恋世俗之此岸，故曰"遗其玄

---

① 分别见《史记·楚世家》和《战国策·齐策》。

珠"。"知"谓智慧,"离朱"隐明目,"吃诟"隐聪耳巧舌,"象罔"乃无形无心的真性之谓。前三者索之皆不得,唯象罔找回了玄珠,这是隐喻求道当去智慧、黜聪明的深奥哲理。这种"寓言",与其说是对比喻的发展,毋宁说是隐语的扩张更确切些。《庄子》"寓言十九",便注定了它有较多的由隐语发展而来的以铺陈谜面为特征的赋的雏形。荀况有《知》《云》二赋,庄子也早就赋予知、云(云将)以形象和生命,让它们参与哲学思辨,把它们当作隐语式的人物来描绘了。庄子的隐语,虽不具备荀赋那样的完整体制,但远比荀赋广泛而深刻,从实质讲,庄周远远走在了荀况的前边。而且荀况说庄子"蔽于天而不知人"(《荀子·解蔽》),并引用过《庄》书中的文字,他显然是读过《庄子》的。他的《赋篇》除受稷下士人(如淳于髡)和其他学子(如老聃)隐语赋文的影响外,不能排除受极善"遯辞以隐意,谲譬以指事"的隐语大师、铺陈高手庄周影响之可能。

翻开《庄子》,其中近似或属于赋体的文字比比皆是,所赋的对象也多种多样。除上举各例外,再如《逍遥游》开篇,即可视为"大鹏赋";《马蹄》对马的描写,似可称为"马之赋";《人间世》所写栎社树和商丘大木,可以看作"恶木赋";《大宗师》有长长的"真人赋";《在宥》《刻意》各有"圣人赋";《说剑》叙天子、诸侯、庶人三剑,可谓之"剑赋";《田子方》写列御寇为伯昏无人射,相当于"射赋";《外物》叙任公子钓大鱼,算得上"钓赋";《达生》有一"髑髅赋";《秋水》骈出"河海赋";还有玄妙虚廓的"道"与"至道"之赋(《大宗师》《在宥》)……总之,作者以其卓越的才能,赋天赋地、赋神赋鬼、赋人赋物、赋影赋梦、赋心赋智、赋理赋道,林林总总,洋洋洒洒,波诡云谲,光怪陆离,实乃赋之大观。而全书以自然无为为宗,幻生奇迹,罗列怪象,铺采摛文,体物写志——一切围绕着这一要言妙道铺展开来,生发出去,无乃天地间最大之赋乎!

从以上可以看出,《庄》文虽未形成赋的完整体制,像荀、宋赋那样与诗画境,与文分家,然而在它那诗、文、赋的浑然一体中,却颇富赋的雏形,已看得见荀、宋赋的端倪,透露了赋体诞生的信息。它无疑如同躁动于母腹中的胎儿,预示着赋这种新文体离呱呱坠地为时不远了。显而易见,庄子是我国赋体文学的拓源者和开山祖,不仅荀、宋步其踪迹,始命赋篇,而且汉人乃至后代赋家也多受其滋溉。其筚路蓝缕的开拓之功和对赋体定型、发展尤其对汉赋兴盛的深刻影响，是难以抹杀的。

那么，《庄子》已具备了赋的哪些特征，在哪些方面对赋体的形成和发展以影响呢？

首先，《庄子》颇多铺陈文字，并形成相对独立的篇章，具备了赋的基本特征。铺陈，是与赋体共存，最能反映其本质特征的内层要素，是赋的艺术生命之腱。庄周的文章"善属书离辞，指事类情"，"汪洋辟阖，仪态万方"，这早已成了定论。他虽非纵横家，但却有纵横家的文风，且有诙谐幽默之长。他虽无辞赋家的冠冕，却有其极善铺张的本色，且是大量铺绘的第一家。汪洋恣肆的铺陈，使庄子与纵横家、辞赋家站到了一起。

赋家的铺陈终究与纵横家有所不同。他们不仅需要对天下大势的宏观瞰视，而且需要对各种事物的细致观察。庄子正是这样的。他既放眼宇宙，鸟瞰人间，透视几千年，又对自然界的一草一木、一鸟一虫、一声一影以及人的一喜一怒体察精微。如《秋水》写蛙之洋洋自喜，《齐物论》写风之呜呜翏翏，《马蹄》写马之天然喜怒，《徐无鬼》写流人思亲之愈久愈浓，无不细腻入微。故林云铭说他"体物肖似"（《庄子因·养生主》篇末评语），刘熙载说他"体物入微"[①]。要成为赋家，首先得成为博物君子，而恰如宣颖所说："古今格物君子，无过庄子。其傅色揣称，写景摛情，真有化工之妙"（《南华经解·庄解小言》）。且庄子"不随人观物"，只眼独具，才识过人，因此能画他人难画之物，有别人未有的铺陈之文。

在许许多多独立成章的铺绘文字中，《天运》篇黄帝与北门成关于咸池之乐的问答是值得注意的。北门成问黄帝："帝张咸池之乐于洞庭之野，吾始闻之惧，复闻之怠，卒闻之而惑，荡荡默默，乃不自得。"黄帝就此作答，说明为何会"始惧""复怠""卒惑"，形成三段极富波澜的长长的铺陈文字：

> 帝曰："汝殆其然哉！吾奏之以人，征之以天，行之以礼义，建之以大清。夫至乐者，先应之以人事，顺之以天理，行之以五德，应之以自然，然后调理四时，太和万物。四时迭起，万物循生；一盛一衰，文武伦经；一清一浊，阴阳调和，流光其声；蛰虫始作吾惊之以雷霆；其卒无尾，其始无首；一死一生，一偾一起；所常无穷，而一

---

① [清]刘熙载：《艺概·文概》，上海古籍出版社，1978年版，第8页。

不可待。汝故惧也。

"吾又奏之以阴阳之和，烛之以日月之明；其声能短能长，能柔能刚；变化齐一，不主故常；在谷满谷，在阬满阬，涂卻隙守神，以物为量。其声挥绰，其名高明。是故鬼神守其幽，日月星辰行其纪。吾止之于有穷，流之于无止。予欲虑之而不能知也，望之而不能见也，逐之而不能及也；傥然立于四虚之道，倚于槁梧而吟。目知穷乎所欲见，力屈乎所欲逐，吾既不及已夫！形充空虚，乃至委蛇。汝委蛇，故怠。

"吾又奏之以无怠之声，调之以自然之命，故若混逐丛生，林乐而无形；布挥而不曳，幽昏而无声。动于无方，居于窈冥；或谓之死，或谓之生；或谓之实，或谓之荣；行流散徙，不主常声。世疑之，稽于圣人。圣也者，达于情而遂于命也。天机不张而五官皆备，此之谓天乐，无言而心悦。故有焱氏为颂曰：'听之不闻其声，视之不见其形，充满天地，苞裹六极。'汝欲听之而无接焉，而故惑也。"

每段文字既是说理，又是抒情，更用一系列形象和概念烘托、描绘音乐形象，边描绘边欣赏，俨然是三部曲，三部曲又构成三种境界，愈转愈玄，愈出愈奇，不可思议。三段文字同属铺陈，但因其节奏、韵律、情感与所描绘的不同境界相契合，风格显然有异：始如江涌三峡，复如漫逝平野，卒如缓归大壑。作者不愧为铺写高手！像这样的众多铺绘章节，实在已与赋略无二致。

其次，《庄子》亦诗亦文，散韵结合，奠定了赋的特有机制。是赋便少不了诗和文两种因子——在散文的肌理上须流淌着诗的神韵。《庄子》在散文的母体上注入诗的精神和气韵，具有浓郁的抒情性、葱茏的想象力、奇妙的象征、闳深的意境及诗的语言和韵律，从内容到形式都诗歌化，从而形成一种亦诗亦文的诗化散文的新体制，这正是赋体所要求的。这种诗化的散文，在它以前的历史散文和诸子散文中，除《老子》而外，是没有过的。加之它又颇善铺陈，自然成为赋体的直接滥觞。关于《庄子》的诗化特征，笔者已有专文论述[①]，故此处从略。

---

① 刘生良：《〈庄子〉——绝妙的诗》，《中州学刊》，1990年第1期。

第三，《庄子》运用多种铺陈方式和写作方法，为后世赋家所祖式，影响了赋体尤其是汉大赋的形式特征。这主要有以下方面：

（一）假设问对的结构模式。荀况《礼》《智》诸赋，都由制谜（设问）与射谜（解答）两部分组成，即先把所赋的对象作为谜面进行描摹，然后假装不知，请对方解答；对方就此推理猜测，铺陈一番，揭出谜底。这就是所谓"苟结隐语，事数自环"，"述客主以首引，极声貌以穷文"。后来宋玉《高唐》《神女》诸篇，汉人《七发》《子虚》《羽猎》及《京》《都》诸赋，莫不踵其步武，从而形成一种模式。究其原始，问对形式在《论语》《孟子》中已经常使用，但都属于纪实；而真正开创并大量运用假设问对这种结构方式的，便是《庄子》，其寓言大都是由假设问对的形式构成的。如《逍遥游》中"肩吾问于连叔"一章，肩吾不理解接舆关于姑射神人的言论，向连叔陈述了一番，以求解答；连叔闻言在此基础上又再番铺陈，以释其惑："之人也，之德也，将磅礴万物以为一世蕲乎乱"云，这与荀赋的结构何其相似乃尔！章学诚谓赋之假设问对源出《庄子》①，诚乃灼见。

（二）对比映衬的铺陈方式。《庄子》中的铺陈较多采用对比方式，相互映衬。如"鲲鹏与小雀""坎井之蛙与东海之鳖""天子剑、诸侯剑与庶人剑""至德之世与方今之时"，等等。而宋玉的《风赋》《登徒子好色赋》特别是汉大赋作品，也大都采用这一方式，喜用对照铺陈以形成对比差和衬托效应，体现了相同的写作方法和审美兴趣。很显然，这一方式也源于《庄子》。在这一点上，后世赋家也分明受到《庄子》的影响。如司马相如的《子虚》《上林》和庄子《逍遥游》前一部分的描写方式就很相似，都是先用对比描写形成一个层面，然后推出另一境界，与前文形成另一对比层面。后者虽陵越前者，但又囊括涵盖前者。二人的作品在铺陈分量和程度上有很大差别，文体也不尽相同，但他们在对铺陈的布局和整体构思上，却沿着大致相同的轨迹。至于宋玉所赋大王、庶人之雄雌二风，与庄子所说天子、诸侯、庶人三剑更是如出一辙。

（三）虚拟寄托的构思特点。赋是具有虚拟特点的文人文学，无论荀、宋、枚、马、班、扬、王、张，其赋作多是虚拟之辞。而追溯起来，为文大开

---

① [清]章学诚：《文史通义·校雠通义》卷三《汉志诗赋》。

此风的正是庄子。他笔下的人物故事，"皆空语无事实"，都是用想象虚摹的。其中一些人名也是虚构的，如无名人、无人、无穷、无为、无始、无有等。从无名人、无人、无有到子虚、乌有、亡是公、凭虚公子、安处先生，岂不是一脉相承吗？不过，庄子虚构的人名，往往包含某种理念，与后世纯属无谓的虚构有所不同。他的"胡思乱想"，其中皆隐藏着要言妙道。庄子著书旨在明道破惑，讽喻当世，赋作家也是讲求讽喻的。他们都用了寄托手法，且都寄托于笔下的人事。只是庄子放言无惮，含蓄而不含糊，赋家却因其特殊处境，往往扭扭捏捏，含糊其词，不免有"劝百讽一"之消。还应注意的是，赋家曲终奏雅、卒章显志的构思特点，恐怕也是受庄子某些篇章篇末点题的启示而来的，因为它是最早的范例。

（四）富丽奇僻的文辞词汇

《庄》书文辞词汇之丰富，是不待多言的。作者更创造了许多新奇的词语，爱用别人不用或从未使用过的生僻字词。如《齐物论》写风一节，《养生主》写解牛一节，《人间世》写大木一节，都有很多怪僻词语。这在书中俯仰皆是，不胜枚举，以致成为人们阅读《庄子》的障碍之一。在这一点上，后世赋家也正好承其绪风，只是有过之而无不及罢了。但总的说来，《庄子》文辞词汇虽富丽奇僻，然似乎信手拈来，毫不费力，且辞理并胜，文质相称，"虽瑰玮而连犿无伤"，"虽参差而諔诡可观"，绝不像司马相如那样绞尽脑汁，搜索枯肠，搞得恍恍惚惚，病病怏怏，造出那"丽以淫"的"文妖字林"以"鬻声钓世"（《文心雕龙·诠赋》）。不论后继者的功过如何，要之，《庄子》对赋体特别是汉赋语言风格之影响，是不容否认的。

还有，章学诚说赋家"出入战国诸子"，指出"假设问对"为《庄子》之遗，其实他所说的"恢廓声势""排比谐隐""征材聚事"也都为《庄子》所兼赅。可见，赋体的诸多外在特征，《庄子》差不多都具备了。且《战国策》《韩非子》《吕览》均比《庄子》晚出，赋家者流，正是导源于《庄子》。尤需指出的，庄子任乎自然、无为自守的哲学思想，深刻地影响了汉赋的世界观，并进而影响到汉赋的创作指归；庄子"以大为美"的美学思想，影响了汉赋家的审美观，从而创作出了颇能显示"大美"特征的汉大赋。因此完全可以说，"如果谓赋之出于诗骚犹陈完之育于姜，而因代有其国的话，那么赋之出于《庄子》，则犹如王者之支庶封建为列侯也"①。

另外，《庄子》在后代赋作中还留下多方面的影迹。除上面说到的"命赋之厥初"的荀况、"以赋见称"的宋玉和有关汉大赋作品外，贾谊《鵩鸟赋》就多处引用《庄子》文句，其《吊屈原赋》也与《则阳》篇柏矩吊辜人的情形相仿佛。枚乘《七发》假设吴客以七事启发楚太子，与《达生》篇皇子为桓公除"鬼"病，《徐无鬼》中无鬼以相狗相马讽魏武侯的描写不无关系；其中对音乐的描写以及王褒等人关于声乐的赋作，大概也受到《庄子》"地籁""咸池之乐"诸章的启示。张衡的《髑髅赋》与《庄子·至乐》篇关于髑髅的描写，其内容、结构、语言大同小异，显然是从中脱胎出来的。张衡的《思玄赋》《归田赋》，赵壹的《穷鸟赋》《刺世嫉邪赋》等也无不与《庄子》的精神和手法相关。《汉志·诗赋略》将赋分为屈原类（主抒情）、陆贾类（主效物）、荀卿类（主说辞）和杂赋类，顾实先生认为杂赋："盖多杂诙谐，如庄子寓言者欤"。②据此可知，秦代以来的杂赋③，与《庄子》有着更为直接的亲缘关系。把《庄子》归入杂赋，亦无不可。有趣的是，《庄子》和楚辞都有《渔父》篇，二者的线索和写法大体相同，已有人怀疑它们存在影响关系④。由此看来，说楚人辞赋受《庄子》影响，不为无据。更奇怪者，汉初赋家枚乘、邹阳、庄忌等人，都出入于梁孝王门下；"卓绝汉代"的司马相如，其作赋生涯也自此发端。而梁王都于睢阳，其地正是宋国故都、庄周故里，这些赋家都从此地崛起，岂不是个伟大的秘密吗？从"子虚""乌有"等名称的由来等，是否可以看出煌煌汉赋与《庄子》之隐秘关系的信息和密码呢？

综上所述，《庄子》不愧为古诗、散文与辞赋之间的一块里程碑，不愧为赋家之祖和赋之滥觞。既如此，笔者不避狂肆，不揣浅陋，在此放胆效刘勰《诠赋》并为之妄续几笔，作为本节的结束：

赋从诗出，更自文来，亦诗亦文，铺言摘采。卜辞孕胎，《诗》《书》哺育。而行人修辞，近臣进谏，俳优制隐，策士聘辞，皆发扬蹈厉，宏壮身

---

① 徐宗文：《庄子与汉赋》，《安庆师院学报》，1987年第4期。
② 顾实：《汉书艺文志讲疏》，上海古籍出版社，1987年版，第183页。
③ 刘勰《文心雕龙·诠赋》云："秦世不文，颇有杂赋。"
④ 见徐志啸《诸子散文与屈骚》，《中州学刊》，1986年第5期。

躯。至如《论》《孟》语体，亦有铺文；《老子》韵文，不无赋章。荀况沿波而命赋，宋玉顺流以使才。若乃《庄子》，瑰玮连犿，汪洋自恣，包举宇宙，虚设人事，工于画物，尤善摛辞，繁类铺比，妙契赋心。《知》《云》《风》《钓》，浑涵其中；子虚乌有，自此出焉。虽无赋名，亦非定体，然乃荀宋之先声，汉赋之滥觞也。

（本文发表于《陕西师范大学学报》〔哲学社会科学版〕1993年第2期，《新华文摘》1993年8期做了论点摘编）

刘生良，1957年生，2003年毕业于陕西师范大学中文系，文学博士，师从霍松林先生，现为陕西师范大学文学院教授、博士生导师。

从古代评点看《檀弓》的文学阐释

卢 静

内容摘要：古代《檀弓》的文学阐释主要以评点的方式呈现，自南朝发端，唐宋有所发展，明代出现从文章方面评点《檀弓》的专著和古文选本，在文学阐释方面创获颇丰，至清代达到鼎盛。纵观其历程，特点有三：评点数量逐时而增；宋代以前的评点载体比较单一，至明清一变，或选或评，或兼而有之，蔚为大观；评点内容从零星的概而言之，逐渐微观化、细密化。梳理《檀弓》的文学阐释历程可以彰显经学与文学的相互演进关系。

关键词：文学阐释；《檀弓》；评点；古文选本

《檀弓》是《礼记》中的著名篇章，分上、下两篇，历为学人所重。其中的片段，如"苛政猛于虎""嗟来之食"等都是以前必读的名文。其作者，孙希旦认为"盖七十子之弟子所作，篇首记檀弓事，故以《檀弓》名篇，非因其善《礼》著之也"[①]。

古代对《檀弓》的文学阐释与《礼记》的文学研究密不可分。历代研究《礼记》者多着眼于《礼记》的经书性质。据统计，自汉代至1999年，中外研究《礼记》的专著有八百余部，论文近千篇。[②]近年来，也不断有研究著作或论文问世。在古代，文学意义上的《礼记》研究突出表现在：以评注的方式，展示出《礼记》文学阐释的独特风貌和历程。笔者初步统计，评点《礼记》自

[①] [清]孙希旦撰，沈啸寰、王星贤点校：《礼记集解》，中华书局，1989年版，第163页。
[②] 参阅王锷《三礼研究论著提要》，甘肃教育出版社，2001年版。

南朝发端，至清代繁盛，而专门的评点著作、古文选本有三十二种①。从各古文选本评注的篇目来看，多半集中在《檀弓》上、下篇的著名片断，如晋献公杀世子申生、曾子易箦、苛政猛于虎、杜蒉扬觯、晋献文子成室等。前代学人高度评价了《礼记》尤其是《檀弓》的艺术成就，如明代徐师曾评价说，《檀弓》"文章委曲条畅，繁简得宜，可为后世作家之祖"②。明代闵齐伋在《檀弓批点》序文中亦评曰："若夫语简而赅，旨微而达，峻如悬崖峙石，捷于疋电流光，自是古今第一伟观也。"③

《檀弓》的文学阐释也主要以评点的方式呈现，其历程可细分为四个时期：南朝是发轫期；唐宋属于发展期；明代为创获期，较前有所突破；至清代达到鼎盛。

一、南朝：发轫期

《檀弓》文学意义的探寻者首推南朝刘勰。在此之前，学人多以《檀弓》是《礼记》的篇章，因而注重其"经"的属性，刘勰则已经注意到《檀弓》的文体价值。《文心雕龙》云："故论、说、辞、序，则《易》统其首；诏、策、章、奏，则《书》发其源；赋、颂、歌、赞，则《诗》文其本；铭、诔、箴、祝，则《礼》总其端；纪、传、盟、檄，则《春秋》为根；并穷高以树表，极远以启疆；所以百家腾跃，终入环内者也。"（《宗经》）"读诔定谥，其节文大矣。"（《诔碑》）"至于张老成室，致美于歌哭之祷；蒯聩临战，获祐于筋骨之请；虽造次颠沛，必于祝矣。"（《祝盟》）"又'蚕蟹'鄙谚，'狸首'淫哇，苟可箴戒，载于礼典。故知谐辞讔言，亦无弃矣。"（《谐隐》）刘勰所说的"《礼》总其端"都与《檀弓》有关，提到的四种古

---

① 除表中所列外，《两浙著述考》还著录两种书：[清]姜炳璋《檀弓钺》一卷、[清]谢佑琦《檀弓评注》。今皆存佚不详。参阅宋慈抱原著，项士元审订《两浙著述考》，浙江人民出版社，1985年版，第345页。另外，黎勉亭辑《礼记精华录》（台湾中华书局，1966年版），今台湾图书馆有存。这三种书，惜笔者未见，仅录以备考。
② [明]徐师曾：《礼记集注》，见四库全书存目丛书编纂委员会编《四库全书存目丛书》，经部第88册，齐鲁书社，1997年版，第465页。
③ [宋]谢枋得：《檀弓批点》，见四库全书存目丛书编纂委员会编《四库全书存目丛书》，经部第88册，齐鲁书社，1997年版，第292—293页。

代文体在《檀弓》中已见范式。①

至北朝，颜之推有类似的说法：

> 夫文章者，原出五经：诏命策檄，生于《书》者也；序述议论，生于《易》者也；歌咏赋颂，生于《诗》者也；祭祀哀诔，生于《礼》者也；书奏箴铭，生于《春秋》者也。②

二人都指出了《檀弓》在文体方面的始创意义，差异也是明显的：颜氏认同"诔"源于《礼记》，而将"铭""箴""祝"之体归源于他者。清代孙濩孙认为，"以文论《檀弓》始于苏文忠公"③。实际上，刘勰、颜氏之论虽未涉及艺术特点的分析，然而已经疏离了经学的视野，当视为《檀弓》文学阐释的开始。

二、唐宋：发展期

这一时期评点《檀弓》者渐多，开始关注到其艺术特点，所论散见于论著或笔记中。

唐代刘知几已经注意到《檀弓》的艺术成就。《史通·叙事》云："昔《礼记·檀弓》，工言物始。"④虽然只言片语提及，却开启了探讨《檀弓》文法的端绪。

此后的宋代不乏踵武者，其中，引人注目的是苏轼对《檀弓》的推重：

> 往年尝请问东坡先生作文章之法，东坡云："但熟读《礼记·檀弓》，当得之。"既而取《檀弓》二篇读数百过，然后知后世作文章不及古人之病，如观日月也。⑤

> 东坡曰："凡为文记事尝患意晦而词不达，语虽蔓衍而终不能发

---

① [南朝·梁]刘勰著，詹锳义证：《文心雕龙义证》，上海古籍出版社，1989年版，第78—79、427、429、366、527页。
② [隋]颜之推：《颜氏家训》，见《四库全书》，上海古籍出版社，1987年版，第848册，第959页。
③ [清]孙濩孙：《檀弓论文》，见四库全书存目丛书编纂委员会编《四库全书存目丛书》，经部第102册，齐鲁书社，1997年版，第565页。
④ [明]郭孔延等：《史通评释》，上海古籍出版社，2006年版，第83页。
⑤ [宋]黄庭坚：《山谷集》，见《四库全书》，上海古籍出版社，1987年版，第1113册，第184页。

明。惟《檀弓》多则数句书一事，少则或一二句书一事，竟有两字书一事者。语极简而味长，事不相涉而意脉贯串，经纬错综，成自然之文，故精妙可法也。"①

这些时人及后人的记载都可以见出《檀弓》对苏轼的创作有着影响。

苏轼之后，宋人极为重视《檀弓》的文学成就，并给予高度评价。洪迈在《容斋三笔》中评曰："《檀弓》上下篇，皆孔门高第弟子在战国之前所论次。其文章雄健精工，虽楚、汉间诸人不能及也。"②除了指出《檀弓》的文章特点外，宋代一些学者也以比较的视野来审视《檀弓》。如李涂评价说：

《易》《诗》《书》《仪礼》《春秋》《论语》《大学》《中庸》《孟子》，皆圣贤明道经世之书；虽非为作文设，而千万世文章从是出焉。《国语》不如《左传》，《左传》不如《檀弓》，叙晋献公骊姬申生一事，繁简可见。③

吕居仁曰：

韩退之《答李翊书》、老苏《上欧公书》最见学文养气妙处。西汉自王褒以下，文字专事词藻，不复简古，而谷永等书，杂引经传，无复己见，而古学远矣，此学者所宜深戒。《檀弓》与左氏纪太子申生事，详略不同，读左氏，然后知《檀弓》之高远也。④

"太子申生之事"是《檀弓》的名篇之一，论者所评都集中于比较它与《国语》《左传》叙事繁简的优劣。宋人的这些零星评点，都侧重于分析《檀弓》的叙事艺术，所评析的篇章也较为集中，论述简略。

三、明代：创获期

与前代大不相同的是，明代不仅有一些笔记、著作论及《檀弓》，而且，出现了从文章方面评点《檀弓》的专著和两种古文选本，在文学阐释上多有创获。

---

① [清]匡援：《古文拔萃》卷一，民国间抄本。
② [宋]洪迈：《容斋随笔》，上海古籍出版社，1978年版，第580页。
③ [宋]李涂著，王利器校点：《文章精义》，人民文学出版社，1960年版，第59页。
④ [宋]王正德：《余师录》，见《丛书集成初编》，中华书局，1985年版，第2616册，第44页。

此时的评点专著有九部：《批点檀弓》、陈与郊《檀弓辑注》、孙鑛《孙月峰评经十六卷·批评〈礼记〉六卷》、姚应仁《檀弓原》、徐昭庆《檀弓通》、牛斗星《檀弓评》、杨慎《檀弓丛训》、林兆珂《檀弓述注》、徐师曾《礼记集注》。

其中，《批点檀弓》堪称开端之作。是书题为宋代谢枋得撰。《四库全书总目》认为："书中圈点甚密，而评则但标章法、句法等字。似孙鑛等评书之法，不类宋人体例。疑因枋得有文章轨范，依托为之。"①今以明代为断。至以为《檀弓述注》"集郑注及诸家之说而断以己意。……惟经文加以评点，非先儒训诂之法"②，则又是清人囿于经学视野之见。实际上，这些论著在文章评点方面有独到之处。它们剖析《檀弓》的字法、句法、章法，梳理文义，推求语气，间或总叙全篇主题，已经完全将《檀弓》作为精品散文来赏读。如杨慎《檀弓丛训叙录》云：

> 医有四术，神、圣、工、巧，予欲借之以喻文矣。《易》之文，神；《诗》《书》《春秋》，圣也；《檀弓》《三传》《考工记》，工矣；《庄》《列》九流而下，其巧有差。复以《檀弓》斠诸明、高、赤、德，又群工中都料匠也。③

《檀弓述注》云：

> 《檀弓》之文，或省而蓄，或叠而波，或错而奇，或复而隽。④

这类专著多数圈点甚密，常常在精彩断语中体现出著作本身的价值，从中能够见出著者对《檀弓》文章有深入的理解和鉴识。

明代的古文选本有《周文归》《文章薪火》。《周文归》由钟惺选，陈灏子辑，卷五选评《檀弓》中的六十多个片段。该书博采诸家之论，既有语言、章法的批点，也有总评发挥。是书有顾锡畴序，其文曰：

> 左氏及公谷氏先经后经错经各有精义，然而依经翼经绝不臆断附会，此传经之朴也。若哀悼涕洟溢于纸上则朴莫若《檀弓》；叙事属

---

① [清]永瑢、纪昀等：《四库全书总目》，中华书局，1965年版，第192页。
② [清]永瑢、纪昀等：《四库全书总目》，中华书局，1965年版，第194页。
③ [明]杨慎：《檀弓丛训》，见四库全书存目丛书编纂委员会编《四库全书存目丛书》，经部第88册，齐鲁书社，1997年版，第355页。
④ [明]林兆珂：《檀弓述注》，见四库全书存目丛书编纂委员会编《四库全书存目丛书》，经部第91册，齐鲁书社，1997年版，第560页。

词，列国兴灭燦于掌指，则朴莫若《国语》；至于纵横其舌，羊虎质
蒙，改马头为长人之类，不可言朴已。①

序文在与《国语》等的比较中，尤其看重《檀弓》的至情朴质。明末方以智的《文章薪火》则着重指出《檀弓》行文简练的特点："《考工》《檀弓》《仪礼》叙事状物，俱以简尽。"②这两种古文选本是笔者所见较早收录《檀弓》的选本，由此可以说，在明代的经学研究视阈中，已经出现纯文学理念的转向。

明代一些很有影响的著作、笔记也充分肯定了《檀弓》的文章价值。如王世贞《艺苑卮言》云：

《檀弓》《考工记》《孟子》《左氏》《战国策》、司马迁圣于文者乎？其叙事则化工之肖物。③

袁中道云：

天下之文，莫妙于言有尽而意无穷，其次则能言其意之所欲言。《左传》《檀弓》《史记》之文，一唱三叹，言外之旨蔼如也。④

屠隆《由拳集》：

若《礼·檀弓》《周礼·考工记》等篇，则又峰峦峭拔，波涛层起，而姿态横出，信文章之大观也。⑤

不管是《檀弓》的叙事艺术、跌宕文法，还是曲妙布局，在明代学者的视野里，都成为经学文本中的文学经典。

四、清代：鼎盛期

清代评点的数量和规模大大超过了明代，在古代《檀弓》的文学阐释方面

---

① [明]钟惺选，陈灏子辑：《周文归》，见四库全书存目丛书编纂委员会编《四库全书存目丛书》，集部第339册，齐鲁书社，1997年版，第423页。
② [明]方以智：《文章薪火》，见[清]张潮《昭代丛书》，世楷堂清道光十三年（1833）年版，第10册，第59页。
③ [明]王世贞：《弇州四部稿·艺苑卮言》，见《四库全书》，上海古籍出版社，1987年版，第1281册，第366页。
④ [明]袁中道著，钱伯城点校：《珂雪斋集》，上海古籍出版社，1989年版，第485页。
⑤ [明]屠隆：《由拳集》，见四库全书存目丛书编纂委员会编《四库全书存目丛书》，集部第180册，齐鲁书社，1997年版，第674页。

具有总结性意义。

此期出现了十六种古文选本，数量上远为前代所不及。像其中的《古文观止》《古文释义》等是当时影响很大的选本，都选评了《檀弓》的篇章。不仅如此，这些选本还充分肯定了《檀弓》的文学成就。如王符曾辑评《古文小品咀华》云：

> 择焉精者，语焉不详；至约之中，至博存焉。世有会心人，决不河汉斯言也。是以庖牺氏之画卦也，始以一画而万象包涵乎其中；《虞书》载两朝之事，仅比夏商什之一二，然云灿星华，辉映万祀。《左》《国》《公》《谷》《檀弓》，皆以简贵胜，若出后人手，摘其片言只字，可衍为万语千言。①

清代林云铭《古文析义初编》曰：

> 《檀弓》《公》《榖》等书皆文字中最称神奇者。②

正是这些古文选本的选评和推重，《檀弓》在清代得以广泛传诵与研读，成为时人必读的名文。

评点专著有孙鑛孙《檀弓论文》、张习孔《檀弓问》、汪有光《批檀弓》、冉觐祖《礼记详说》和吴曾祺《礼记菁华录》五种。其中，孙鑛孙《檀弓论文》圈点旁批章法、句法之妙，每章下又以总评附注其文义，在评点方面的成就最高。《四库全书总目》所云"其《凡例》谓《檀弓》有益举业，凡制义中大小题格局法律无一不备，是为时文而设，非诂经之书也"③，也正点明此书评点之细密。孙氏自云四十年来研习《檀弓》，见浅见深，以为"《檀弓》文无美不臻，学古梯航，当推第一"④，对《檀弓》极为推崇。

此期的一些笔记体论著对《檀弓》的文章特点，也多有论及。如刘熙载《艺概》曰："《檀弓》诚恳顾至，《考工》朴属微至。"⑤吴德旋《初月楼古文绪论》曰："柳州碑志中，其少作尚沿六朝余习，多东汉字句，而风骨未

---

① [清]王符曾辑评，杨扬标校：《古文小品咀华·序》，书目文献出版社，1983年版。
② [清]林云铭：《古文析义初编·凡例》，上海文华书局，1915年版。
③ [清]永瑢、纪昀等：《四库全书总目》，中华书局，1965年版，第198页。
④ [清]孙濩孙：《檀弓论文》，见四库全书存目丛书编纂委员会编《四库全书存目丛书》，经部第102册，齐鲁书社，1997年版，第637页。
⑤ [清]刘熙载：《艺概》，上海古籍出版社，1978年版，第4页。

超,此不可学。贬谪后之文,则篇篇古雅,而短篇尤妙,盖得力于《檀弓》《左》《国》最深。"[1]这类论著高度评价《檀弓》的文学成就,并指出其对后世创作的影响。

另外,一些文体类著作如姚鼐纂集的《古文辞类纂》分文体为十三类,虽未选《檀弓》之文,然其《序目》提及:"赠序类者,老子曰:'君子赠人以言。'颜渊、子路之相违,则以言相赠处。"[2]姚氏所云颜渊、子路相赠之语见于《礼记·檀弓下》:"子路去鲁,谓颜渊曰:'何以赠我?'曰:'吾闻之也,去国则哭于墓而后行,反其国不哭,展墓而入。'谓子路曰:'何以处我?'子路曰:'吾闻之也,过墓则式,过祀则下。'"颜渊和子路各言礼制相赠,颇有特色。有评曰:"动以怀归,却含蓄不露。后人赠别诗不能到此。'何以处我'一转,绝处逢生,意议如环。"[3]姚鼐归之为赠序类,彰显了《檀弓》中的这一段互赠之语的文体示范意义。

五、古代评点情况分析

笔者统计发现,南朝仅有笔记、著作二种;唐宋有笔记、著作五种;明代有笔记、著作三种,评点专著九种,古文选本二种,计有十四种;清代有笔记、著作二种,评点专著五种,古文选本十六种,计有二十三种。

纵观古代《檀弓》的文学阐释历程,其特点有三:评点数量逐时而增;宋代以前的评点载体比较单一,至明清一变,或选或评,或兼而有之,蔚为大观;评点内容从零星的概而言之,逐渐微观化,进行细密的品评。

从历时性分析,可以发现,古代《檀弓》的文学阐释与时代背景、文学的演进密不可分。

魏晋以来,"文学的自觉"使得对"文"的诸端探求日益深入。在这种意识浸染下,南朝刘勰等人讲究文体的划分,进而关注经典文本中的《檀弓》,就成为历史必然。

---

[1] [清]吴德旋:《初月楼古文绪论》,人民文学出版社,1959年版,第26页。
[2] [清]姚鼐纂集,胡士明、李祚唐标校:《古文辞类纂》,上海古籍出版社,1998年版,第8页。
[3] [清]汪有光:《批檀弓》,清光绪十三年(1887)刻本,第49页。

宋代理学兴盛，儒家学者多注重阐发经文中的义理，兼及文辞的探讨，然而，受其经学视阈的局限，对《檀弓》的文学阐释有所发展，但难以形成规模。宋代叶适说：

> 世之学者，于《檀弓》有三好：□古明变，推三代有虞，一也；本其义理，与《中庸》《大学》相出入，二也；习于文词，谓他书笔墨皆不足进，三也。以余考之，则多妄意于古初，肤率于义理，而誊缩于文词，后有君子，必能辨之。①

所云指出了宋人研习《檀弓》的原因，虽然多有批评，却能见出时人对《檀弓》文辞的重视。

明代中后期对文学主体性的强调，以及小品文的盛行，助推了当时的《檀弓》文学研究。像明代中叶的杨慎、明代后期屠隆、公安派的袁中道、竟陵派代表人物之一钟惺等都写有隽秀的小品文。他们重视创作清新的散文，具有鲜明的时代个性。受这种风气的影响，出现了评点《檀弓》的专著和古文选本。如孙鑛《孙月峰评经十六卷·批评〈礼记〉六卷》被指为"经本不可以文论，苏洵评《孟子》，本属伪书；谢枋得批点《檀弓》，亦非古义。鑛乃竟用评阅时文之式，一一标举其字句之法。词意纤仄，钟、谭流派，此已兆其先声矣"②。当时风气的影响可见一斑。由钟惺选，陈灏子辑的《周文归》评点《檀弓》以文学文本看待，便与竟陵派主张抒写性灵有关。《四库全书总目》谓其书"以时文之法评点之。明末士习，轻佻放诞，至敢于刊削圣经，亦可谓悍然不顾矣"③，则是经学视野之下的偏见。

清代古文兴盛，对古文的重视、研读成为一代之风气，像桐城派的中心人物姚鼐纂集的《古文辞类纂》就论及《檀弓》。作为儒家经典中的典范之文——《檀弓》，被十六种古文选本选评，是当时士子诵读的重要篇目。其深刻原因何在？孙镳孙《檀弓论文》中有精辟的论述：

> 《檀弓》最利举业，其所记多孔门咸仪，文辞拟之，作《论语》文则气象口吻摹画刻肖，一也。说理精实幽深而出之以空灵隽快，师其用意用笔作《学》《庸》文，则不落学究窠白，二也。议论波澜奇

---

① [宋]叶适：《习学记言序目》，中华书局，1977年版，第100页。
② [清]永瑢、纪昀等：《四库全书总目》，中华书局，1965年版，第283页。
③ [清]永瑢、纪昀等：《四库全书总目》，中华书局，1965年版，第1759页。

变百出而醇乎其醇，无战国纵横之习，作《孟子》文又当效之，三也。至于单句排比，截讲挨叙，起伏照应，盈缩吞吐，钩联映带，凡制艺中大小题所有格局法律无一不备。能读《檀弓》则于守溪荆川之以古文为时文者思过半矣。①

孙氏详细分析了《檀弓》文章的成就，指出其"最利举业"之语，正道出《檀弓》文学阐释何以在清代大盛的原因。

综上所述，许多古代的古文评注本都选评了《檀弓》中的篇章，其中，像清中叶以来最为流行的《古文观止》和《古文释义》，都是古人必读的古文选本，这从侧面也雄辩地说明了《檀弓》深远的文学影响。因此，从文学的角度来看，《檀弓》中的不少篇章无疑是优秀的，此其一。《檀弓》的文学阐释自南朝发端，至清代而盛，期间与时人的文学观念、应制需要等大有关联。各人所评多零散，往往集中在文意、章法的品评上，因此，古代的《檀弓》文学研究缺乏全面、系统的开掘，此其二。其三，《檀弓》以一个个短篇故事，生动地诠释了"礼"的内涵和精神，其中所承载的思想也影响到文人的社会政治态度、文学创作精神（如批判精神），乃至思维方式，反映在创作上，文学品质也会随之呈现出独特风貌。而且，《檀弓》的一些篇章与中国文学母题如思乡、爱国等的关系，也值得思考。所以，回归古代实际，审视《礼记》对古代文人精神层面等的影响，有助于更深入地探讨《檀弓》的文学成就。

（本文发表于《求索》2012年第6期）

卢静，1978年生，2007年毕业于陕西师范大学中文系，文学博士，师从霍松林先生，现为陕西师范大学民族教育学院副教授。

---

① [清]孙濩孙：《檀弓论文》，见四库全书存目丛书编纂委员会编《四库全书存目丛书》，经部第102册，齐鲁书社，1997年版，第565页。

睡虎地秦简《日书》"梦"篇考释

刘银昌

内容摘要：睡虎地秦简《日书》中的"梦"篇是目前所见最早的占梦文献，对于研究我国早期术数文化具有一定意义。其中的"菁""訾""绎""择""择""祷""皋""幅""駧""畐"等字的释读以及残文部分，需要进一步地训释和补充；其中记载的食梦之神，正如学者所指出，与《白泽精怪图》中的伯奇有一定的联系。《日书》"梦"篇中的"推导理论"已经具备后世术数原理的雏形。

关键词：睡虎地秦简；日书；梦篇

占梦是中国古代术数文化中起源较早且流传最广的一个分支。据考古发现，在甲骨文卜辞中就有殷商帝王占梦的记载。《周易》中的《剥》卦，也有占梦的记录，而先秦史书如《左传》《国语》等，更是记载了许多神秘的占梦事件，即使是像司马迁这样带有理性精神和自觉史官意识的人，在《史记》中也同样记载了一些奇怪的梦[①]。可见占梦在秦汉乃至先秦一直都有很大影响。

---

① 参见拙文《史记术数学管窥》，见《长安学术》第四辑，商务印书馆，2013年版，第85—94页。

一

做梦是每个人都会经历的事情。古人对于梦的形成以及梦境的内涵，无法客观地加以解释说明，因此就有神秘之感，甚至于科学昌明的今天，解梦占梦在社会上还有一定的影响。作为术数文化的占梦，在古代上层社会也被格外重视，《周礼》中就记载有占梦之官。《周礼·春官·太卜》曰："掌三梦之法，一曰《致梦》，二曰《觭梦》，三曰《咸陟》。其经运十，其别九十。"《周礼·春官·占梦》曰："占梦，掌其岁时观天地之会，辨阴阳之气，以日月星辰占六梦之吉凶：一曰正梦，二曰噩梦，三曰思梦，四曰寤梦，五曰喜梦，六曰惧梦。"薛季宣注曰："占梦者以其十二岁、十二月观之，日月所会之辰，因其升降往来之度而合其吉凶休咎之证。"[①] 可见，当时已经对梦的内容和性质做了较为详细的划分，所以"占六梦之吉凶"，而且，占梦的方法和依据的权威文献已有三种，所以说"掌三梦之法"，犹似易占中的"掌三易之法"。根据《周礼》的记载，我们还可以知道，彼时占梦要依据日月星辰和岁时的不同，即把梦的吉凶和时间因素联系起来进行占断。并且，所谓的"三梦之法"，根据笔者的理解，《致梦》是解释得梦的原由，《觭梦》是解释那些奇奇怪怪的梦，包括噩梦，《咸陟》是禳除噩梦带来的不详，咸乃古时著名巫师，又叫巫咸，陟是由人间上升至天界、神界。由此可知，当时占梦的系统已经基本完备。汉代，刘向、刘歆父子整理典籍，梳理学术源流，撰写《七略》，班固将其吸收入《汉书·艺文志》，其《术数略》曰："杂占者，纪百事之象，候善恶之徵，《易》曰：'占事知来。'众占非一，而梦为大，故周有其官。"可知占梦属于术数中的杂占之一，且占梦最为重要。

占梦虽然在先秦就被受到重视，且形成了一定的解释体系，残留了一些占梦案例，但占梦用书却没有保留下来，给我们研究早期占梦文化带来了许多困难。值得庆幸的是，睡虎地秦简《日书》的出土，为我们研究先秦占梦文化提供了一线契机，其中的"梦篇"，应该是先秦梦书的辑录。《日书》内容，是辑录众多术数门类的拼盘，内有梦书、堪舆书、占候书、风角书、医术等，多和时日有关。传世文献中对梦书的记录，最早见于《晏子春秋·内篇杂下》，

---

① [宋]薛季宣撰，张良权点校：《薛季宣集》，上海社会科学院出版社，2003年版，第578页。

其中记载晏子请占梦者为齐景公占梦，占梦者"请反具书"，学者认为应读为"请翻其书"，则"其书"为占梦书无疑，可惜失传。西晋太康年间，于战国魏襄王墓中发现一批竹简，史称《汲冢竹书》，内有《琐语》一篇，据《晋书·束皙传》说，乃"诸国卜梦、妖怪、相书也"。可知在战国竹简中，占梦一类术数文献的存在。惜乎此类早期梦书皆已失传，现存最早的梦书是后人辑佚的三国时期周宣梦书和敦煌文献中的梦书。这就更显出睡虎地秦简《日书》中梦书残文的文献价值。

二

睡虎地秦简《日书》有两段梦书文字，分别见于《日书》甲种和乙种。这两段"梦篇"文字均不完整，可以相互补充校勘。为便于探讨，姑列举如下：

甲种

夢：

人有惡䜓（夢），覺（覺）。乃繹（釋）髮西北面坐，鏐（禱）之曰："皋！敢告亶（爾）豼𤝭，某有惡䜓（夢），走歸豼𤝭之所。豼𤝭強飲強食，賜某大幅（富），非錢乃布，非繭一三背乃絮。"則止矣。一四背壹①

乙种

夢：

甲乙夢被黑裘衣寇（冠），喜，人（入）水中及谷，得也。一八九壹

丙丁夢□，喜也，木金得也。一九〇壹

戊己夢黑，吉，得喜也。一九一壹

庚辛夢青黑，喜也，木水得也。一九二壹

壬癸夢日，喜也，金得也。一九三壹

凡人有惡夢，覺而擇（釋）之，西北鄉（嚮）擇（釋）髮而駟（呬），祝曰："镍（皋）！敢告亶（爾）宛奇，某有惡夢，老來□一九四之，宛奇強飲食，賜某大畐（富），不錢則布，不繭則絮。九五壹②

---

① 睡虎地秦墓竹简整理小组：《睡虎地秦墓竹简》，文物出版社，1990年版，第210页。
② 睡虎地秦墓竹简整理小组：《睡虎地秦墓竹简》，文物出版社，1990年版，第247页。

从甲乙两段简文可知，甲文只是乙文的最后一部分，属于禳除噩梦之法。乙文相对来说较为详细，除了末尾的禳除噩梦之法外，尚有"十干日得梦"吉凶解释。

甲文乙文篇名均作"梦"，但甲文的正文却作"瞢"，整理小组认为"瞢"是"梦"的借字是可行的，这两个字在古籍中通用。除了整理小组所举的"《周礼·职方氏》其泽薮曰云瞢，即云梦"之外，《晏子春秋·谏上二二》也有例证："景公举兵将伐宋，师过泰山，公瞢见二丈夫，立而怒，其怒甚盛。"此处"瞢"亦为"梦"之假借字。在乙文正文中，凡甲文用"瞢"处，乙文均作"梦"，亦可证文中"瞢"义为梦。然而，甲文标题作"梦"，正文却作"瞢"，这能有两种原因：一是图方便将"梦"写作"瞢"（其实在写法上并不比"梦"简单），用了一个假借字；二是有意用"瞢"而不用"梦"，因为二者在含义上尚有区别。《说文解字·目部》："瞢，目不明也。"可见"瞢"只是一种视觉的状态。梦却是一种意识活动，正如《墨子·经上》所说："梦，卧而以为然也。"由此可见，在春秋时期，古人已经认识到梦就是在人躺卧睡着之后觉得是真实情况的意识活动。可知"梦"和"瞢"有别。《说文解字·夕部》"梦"字曰："梦，不明也。从夕，瞢省声。"清人王夫之《说文广义》三："梦，从瞢省，从夕。目既瞢矣，而又当夕，梦然益无所见矣。故训云'不明也'。"则"梦"与"瞢"同义，均有不明之义。

简文中"瞢"与"恶"连用，即"恶梦"，后世常作"噩梦"。《周礼·春官·占梦》云："以日月星辰占六梦之吉凶，一曰正梦，二曰噩梦。"郑玄注引杜子春云："噩，当为'惊愕'之'愕'，谓惊愕而梦。"孙诒让《正义》："惊愕则心为之感动，故因而成梦。"可见噩梦之"噩"是惊愕之意，而"恶"有可怖、不祥之意。所以，恶梦与噩梦在字面与含义上有所区别。但后世混用，噩梦也便具有了惊愕与不祥两种含义。甲文用"恶瞢"，自然是可怖不祥之梦。瞢又有眼睛看不见的意思，所以这种梦是指眼睛未睁开时的一种恐怖之梦，也就是我们常说的梦魇。古人把这种梦又叫作"寤梦"。如《说苑·敬慎》云："恶梦者，所以警士大夫也。"《孔子家语·五仪解》则作"寤梦征怪，所以儆人臣也"，可知恶梦即寤梦。寤梦，顾名思义，就是在清醒状态的梦，其实就是半清醒状态的梦魇。这种梦在诸梦之中最为恐怖，所以成为占梦者的首选对象。

"瞮",整理小组释为"觉",可通,乙文正是作"觉"。但"瞮"不必作通假解。《集韵·觉韵》:"瞮,目明也。"则"瞮"正与"瞢"相对。由瞢到瞮,也就是由闭眼状态到睁眼状态,用觉醒之"觉"来理解,此义可通。

"绎发",整理小组作"释发"。案,绎亦有疏解之义。《汉书·循吏传·黄霸》:"吏民见者,语次寻绎。"颜师古注:"绎谓抽引而出也。"三国时期刘劭《人物志·体别》:"论辨理绎,能在释结,失在流宕。"刘劭将"理绎"与"释结"并举,则绎的作用正是在于"释结"。所以,绎可以解释为抽引而出,绎发,也就是将头发从挽结的状态抽引而出,即将挽结的头发解开、散开。绎发即文献中所谓的"解发""散发",如《韩诗外传》卷六"解发佯狂而去",《后汉书·袁闳传》"闳遂散发绝世,欲投迹深林",李白"明朝散发弄扁舟"等皆是。

与甲文相对应,乙文用"择发",并比甲文多出"而择之"三字。整理小组将"择"字均释为"释","觉而择之"的"择",通"释",解除之义。"择发"的"择"通"释",择发即释发,释发即散发。整理小组的两种意见均可取。案,"择"通"释",有舍弃、抛弃之义。如《墨子·经说上》:"取此择彼,问故观宜。"孙诒让《墨子间诂》:"择读为释,释、舍古通……言取此法则舍彼法也。"《吕氏春秋·察今》:"故择先王之成法,而法其所以为法。"许维遹《集释》:"择,释声,两字通。"《史记·李斯列传》:"是以太山不让土壤,故能成其大;河海不择细流,故能就其深。"均以"择"通"释"。"觉而择之"的"择",正为抛弃、舍弃之义,意为将噩梦丢掉。

"鐯",整理小组读为"祷",正解。案,"鐯"字左边的"金"部,极易和"祷"字左边的"示"部混淆,二字古写法形近。"鐯"字的右部,其实就是"煮"字,右上部分为"寿"之异体写法。因此,"鐯"字极有可能就是"祷"(禂)字的误写,或者图片不清,本是"祷"字,而误释为"鐯",又做形近通假解。考之古文献,"铸""祷"未见通假例。

在祷告之辞中,整理小组对"皋"字也进行了注解:"《仪礼·士丧礼》:'升自前东荣中屋,北面招以衣,曰:皋!某复。'注:'皋,长声也。'"①整理小组的解释是正确的。类似的例子如《礼记·礼运》："及其死也,升屋而号,告曰:'皋!某复。'"孔颖达疏:"皋,引声之言。"黄侃《经传释词笺识》卷五:"皋,发语之长声也。皋,号之借。"可见这里的"皋",和嗥、号、嚎等义相当。《说文解字》曰:"礼祝曰皋。"更说明了"皋"是祝祷之中的常用拟声词。乙文作"镍",整理小组直接读为"皋"。此外,"皋"字的这种用法在睡虎地秦简《日书》中还有两次出现,都是在实施禹步巫术中的祝祷之辞,分别见于甲种一一一背至一一二背和乙种一〇二叁至一〇七贰。

在甲乙两段文字中,都出现了祷告禳除噩梦之神,甲文作"豹㙉",乙文作"宛奇"。学者们对此神灵已做颇多探讨。如刘乐贤认为:"《日书》'梦篇'之豹㙉在《续汉书·仪礼志》及敦煌本《白泽精怪图》中作伯奇。而在《日书》乙种的'梦篇'里,这位食梦之神又写作宛奇。更有甚者,饶宗颐、高国藩二氏认为这位食梦之神还与文献中的穷奇有关。"②在《续汉书·仪礼志》中,说到"伯奇食梦",伯奇是专吃噩梦的神灵。多数学者在研读"梦篇"时都提到敦煌本《白泽精怪图》(伯6282),因为该文献中禳除噩梦的方式与《日书》非常相似。兹摘录如下:

人夜得恶梦,旦起于舍,向东北被发呪曰:伯奇!伯奇!不饮酒食宍,常食高兴地,其恶梦归于伯奇,厌梦息,兴大福。如此七咒,无咎也。

可见《日书》中的"走归豹㙉之所",与《白泽精怪图》中的"其恶梦归于伯奇"意思相同,都是希望噩梦统统回到食梦之神那里被吃掉。但是,《日书》中食梦之神的两种写法与伯奇之间是如何演变的,至今不得确解。

"强饮强食"一句,乙文作"强饮食",意思相同。整理小组对此句注释:"《考工记·梓人》祭侯之辞亦有'强饮强食'之语。"③结合上下简文,可知这是希望食梦之神痛快地、狠狠地吃掉噩梦。

"幅",整理小组读为"富",估计是根据后文"非钱乃布,非茧乃絮"两句,因为钱、布和茧、絮都是物质财富。但正如王子今先生所说,"'幅'

---

① 睡虎地秦墓竹简整理小组:《睡虎地秦墓竹简》,文物出版社,1990年版,第210页。
② 刘乐贤:《睡虎地秦简日书研究》,台湾文津出版社,1994年版,第216页。
③ 睡虎地秦墓竹简整理小组:《睡虎地秦墓竹简》,文物出版社,1990年版,第210页。

读为'福'亦可通。"①其实,"幅"理应为"福",简文"幅"的左边"巾",和"福"字的左边"示",古文字写法形近,简文误"福"为"幅"或整理者将"福"误释为"幅"。结合前文《白泽精怪图》中的"兴大福",可知"幅"其实就是"福"。在古汉语中,福的意思是各种好的东西都齐备,如《礼记·祭统》所说的"贤者之祭也,必受其福,非世所谓福也。福者,备也。备者,百顺之名也,无所不顺者谓之备",所以福的含义自然就包含物质充裕。如果是"富",则仅指物质财富的多,而缺少吉祥无灾的含义。古人祈神,一般求福,很少有单独祈求物质富有的。虽然,在古文献中,"富"可以通"福",如《诗·大雅·瞻卬》:"天何以刺?何神不富?"《毛传》:"富,福。"《墨子·非命》:"(商汤)尊天事鬼,是以天鬼富之。"于省吾《双剑誃诸子新证·墨子二》:"按富、福古字通。"但不可能将"幅"读为"富",再辗转通假为"福",如此则过于烦琐。

结合甲文,乙文最后一段就很容易考释了。

比较两段文字,可发现其内容基本相同,均为禳除噩梦的方法,且文字大同小异。乙文"择发而驷",其中"驷"整理小组读为"呬",乃形近假借,可取。呬,语气词,后来成为道教吐纳术中六字诀之一,《云笈七签》卷六一:"天师云:'内气一,吐气有六。气道成乃可为之吐气。六者:吹、呼、嘻、呵、嘘、呬皆出气也……嘘以散滞,呬以解热。'"可见"呬"的发音也被赋予宗教、巫术的神圣意义。《日书》禳除噩梦巫术咒语中使用"呬",正是后世道教采纳此词的较早源头。

乙文中"老来□之"一句,根据公布的释文可知有阙文,整理小组用□来表示,应该是从简文推测缺一字。但是根据甲文的"走归豹蓊之所"推测,"老"为"走"字,两字形近而误。此句阙文处应为"宛奇","之"字后应漏写一"所"字,完整的句子应为"老(走)来宛奇之〔所〕"。

"赐某大畐"一句,整理小组读"畐"为"富"。其读为"富"的原因及不当之处,前文已述,此不赘。若简文为"畐"字,畐是容器名,即无足鬲。清人倪涛《六艺之一录》卷二一四云:"畐,无足鬲也。"甲骨文中的"畐"字象形,是一种炊器,似和"福""富"关系不大。倘以"畐"为"福"之省

---

① 王子今:《睡虎地秦简日书甲种疏证》,湖北教育出版社,2003年版,第327页。

形，读为"福"，亦无不可。但根据古文字学，再结合《日书》竹简图版，推测"畐"当为"富"，形近而误，"富"上面一点极易模糊难辨而与"畐"发生混淆。而"富"正是"福"的古字。所以，乙文中"赐某大畐"一句中的"畐"应该是误释，不当读为"富"，而应该是"赐某大富"，也即"赐某大福"。

乙种《日书》"梦篇"比甲种尚多出一段文字，这段文字乃是对具体梦境的占断。由于《日书》性质的特殊性，笔者认为它只是选取了梦书中和时日密切相关的内容以满足《日书》的要求。正如前文所引《周礼·春官·太卜》所说："占梦，掌其岁时观天地之会，辨阴阳之气，以日月星辰占六梦之吉凶。"可见古人很早就以时间因素来判断梦之吉凶。这种传统在后来的梦书中尚有保留，如敦煌文书P.3908《新集周公解梦书》中就有"十二支日得梦章""十二时得梦章"和"建除满日得梦章"，如"十二支日得梦章"中说："子日梦者，主失脱；东家口舌。丑日梦者，主财入宅及喜悦。"这与《日书》同一思路。尤其值得注意者，其最后有"厌攘噩梦章"，所用乃是符咒，但其咒语与《日书》不同。可见，以时日之不同占测梦境吉凶，并在最后介绍禳除噩梦之法，乃是梦书的基本内容和格式。睡虎地秦简《日书》"梦篇"的结构和内容，恰好说明了这一问题。按照敦煌本《新集周公解梦书》的内容章节格式，可以把《日书》乙种"梦篇"前一段有关具体梦境吉凶占断的文字叫作"十干日得梦"。也正是基于这种思路，笔者认为《日书》"梦篇"内容不全。因为在《日书》中有关于十二地支日和十天干日得病吉凶的论述，结合敦煌本《新集周公解梦书》来推测，《日书》中的"梦篇"大概至少还应有"十二支日得梦"或"建除得梦"，即分别论述十二地支日或十二建除日做梦的吉凶。

《日书》乙种"梦篇"前一部分的"十干日得梦"亦有阙文。十干每两个为一组，共五组，分别和五行对应，其吉凶也是按照五行生克来判断。关于天干和五行的相配，《日书》乙种有明确的记载：

> 丙丁火，火胜金。戊己土，土胜水。庚辛金，金胜水（笔者按：应为木，整理者因形近误释）。壬癸水，水胜火。[①]

[①] 睡虎地秦墓竹简整理小组：《睡虎地秦墓竹简》，文物出版社，1990年版，第239页。

上面文字缺少甲乙二干，由其他文字很容易补出"甲乙木，木胜土"。由天干五行的关系，可将"梦篇""十干日得梦"的吉凶原理诠释清楚。

"甲乙梦被黑裘衣寇（冠），喜，入水中及谷，得也。"甲乙五行为木，天干为甲乙的日子梦见穿戴黑色的衣帽，因为黑色和五行的水对应，水生木，所以喜，有喜庆之事发生。"入水中及谷，得也"，因为水生木，谷属于土，木克土，所以会在这两种地方有收获。

"丙丁梦囗，喜也，木金得也。"根据上一条的原理，梦见的事物颜色五行所属，生做梦日的天干五行才能喜，所以，再结合简文另外几条表示颜色的词语，此句当补一"青"字。丙丁属于火，青色和五行中的木相对应，木生火，所以喜，有高兴的事情发生。"木金得也"，和前面一条句法一样，只是做了省略，因为木生火，火克金，所以会在五行属于木和金的地方有收获。此句补足的青色，自然也和上一条一样，是说梦见穿戴青色的衣帽。下面三条均同此例。

"戊己梦黑，吉，得喜也。"此条表面看文字完整，其实不合整段的体例。依前面五行原理，此处的"黑"当为"赤"之误，或者当处于"得"之前。戊己属于土，黑色和五行中的水相对应，土克水，不合前面相生则喜的体例，而赤色五行为火，火生土，与前面原理一致。此条与其他四条相比，多出一个占断辞"吉"，但是却少了得财（收获）地方。依照其他条的原理，可以补足为"火水得也"。该条简文完整的表述应为"戊己梦赤，吉，喜也，火水得也"。意思是说，天干是戊己的日子梦见穿戴红色的衣帽，吉利，会有高兴的事情发生，会在五行属于火和水的地方有收获。

"庚辛梦青黑，喜也，木水得也。"其余四条只涉及一种颜色，此条却有两种，于体例不合，明显有误。依照前面的原理，应为"庚辛梦黄"，庚辛属金，黄色和五行中的土对应，土生金，所以"喜也"。后文的"木水得也"，依原理也应为"土木得也"，因土生金，金克木。简文的意思是说，天干是庚辛的日子梦见穿戴黄色的衣帽，会有高兴的事情发生，将会在五行属于土（如前文的谷）和木（如林子）的地方有收获。

"壬癸梦日，喜也，金得也。" 此条简文亦有错误。"日"不表示色彩，当为"白"，二字形近易误。壬癸属于水，白色和五行中的金相对应，金生水，所以"喜也"。依体例，"金得也"一句漏写一字，应为"金火得也"。因金生水，水克火。

三

通过对"梦"篇的简单考释可知,原简文字本身就有误写或漏写之处(类似的情况在《日书》其他篇目也有发生),这也是难以避免的事情,再加上其年代久远,文字模糊,形近之字误释也无可非议。但考释校正之后的"梦篇"占断原理还是比较清晰的,即五行生克,天干和颜色的联系正是通过五行的纽带才产生的。这种五行生克和联系,是后世术数操作的基本原理。并且,通过"梦篇"还可以发现,梦的五行属性生做梦日子的天干五行就喜,因为在后世术数学看来,被生其实就是一种增加和补益,所以要有收获,是喜事。得财或有收获的地方,应该是生日干的五行之地,生与被生构成一种母子关系,被生的一方为子,生的一方为母,如水生木,水是母,木是子,木被水生,木就得到好处,所以"梦篇"甲乙日说在和水相关的地方可以有收获。此外,除了相生,还有相克的关系。在后世术数学看来,被克的一方就是施克一方的财,六爻卦叫作妻财,八字命理叫作财(有正财和偏财之分),而在"梦篇"中,得财的另一个地方正好就是被日干所克之处,如甲乙日的谷中,谷属于土,木克土,土就是甲乙木的财。这充分说明,《日书》"梦篇"已经包含了后世术数原理的雏形。

值得一提的是,"梦篇"将五行思想和梦境颜色相联系,类似的原理还见于《黄帝内经素问·方盛衰论篇第八十》。孙思邈继承这种思想,在《备急千金要方》中论述五脏时,分别论述了五脏气虚实不同的梦境变化,如说"肺气虚则梦见白物,见人斩血籍籍,得其时则梦见兵战,肺气盛则梦恐惧哭泣"[1],而"梦篇"甲乙条"入水中及谷",则可以和《备急千金要方》中的肾脏之梦相比较。此二者均以五行为基础,只不过"梦篇"是把天干和颜色用五行联系起来,孙思邈是把五脏和颜色用五行对应起来而已。

(本文发表于《延安大学学报》〔社会学科版〕2016年第4期)

刘银昌,1976年生,2006年毕业于陕西师范大学文学院,文学博士,师从张新科教授,现为陕西师范大学文学院副教授。

---

[1] [唐]孙思邈著,李景荣等校释:《备急千金要方校释》,人民卫生出版社,1997年版,第585页。

两汉时期屈原的崇高化与《离骚》经典化历程

刘向斌

内容摘要：根据屈原与《离骚》在汉代的地位衍变历程，可推断统治者的政治需求是导致屈原地位崇高化、《离骚》经典化的关键性因素。总体看，屈原与《离骚》在汉代的地位衍变经历了西汉初年、汉武之世、西汉后期和东汉时期四个阶段。在此期间，屈原由凡人而贤臣，由贤臣而圣人，而《离骚》也随之由"赋"而"经"，最终成为文学经典。从此，屈原便以"伟大的爱国主义诗人"典范而被载入史册，历久未变。

关键词：屈原；《离骚》；经典化

屈原及其作品在汉前并未产生太大的影响。在汉代，屈原因其"忠君爱国"精神而受到统治者的重视，也因其颇具忧国忧民意识的《离骚》而受到汉代文人的追慕。从现存史料来看，有关屈原的生平、创作等的介绍首见于《史记》，而屈原及其《离骚》首先受到汉代人的称美与赞誉。汉代文人们将他当作隔代知己和倾诉衷肠的对象化存在。他们同情屈原的政治遭遇，也仰慕他的为人，更钦佩其忠君爱国精神。从此，屈原便以一种楷模，一种精神，一种政治符号而存在。总体看，屈原与《离骚》在汉代的地位衍变大体经历了四个阶段：西汉初年、武汉之世、西汉后期和东汉时期。在此期间,随着屈原地位的崇高化(凡人→贤臣→圣人),《离骚》也由"赋"而"经",并最终成为文学经典。

一、屈原及其《离骚》在西汉初年的地位

据《史记·屈原贾生列传》,屈原为楚贵族,他始终以楚国的利益为立足点,坚持主张与东部诸国联合抗秦,反对秦楚结盟。秦王朝建立后,与他相关的史书或许因这个缘故而被焚毁。[①]可以说,政治得意使屈原遭谗被疏,而政治失意又迫使他选择了自杀。因此终其一生,屈原的命运总与政治相伴。

关于屈原事迹在汉代传播的时间,《史记》收录有贾谊《吊屈原赋》,这说明至少在汉文帝前元三年(前177)[②],屈原事迹已为贾谊所熟知。贾谊因谗被疏,于赴任长沙途中在湘水边祭吊屈原,创作了此赋[③]。作者将屈原当作隔代知己,表达了"不遇"感叹和生命忧惧。他认为,屈原"遭世罔极""乃殒厥身",实在是"逢时不祥"所致。贾谊以鸾凤、贤圣、方正、莫邪、骐骥等称誉屈原,其实有高自称誉的意味。他批评屈原不该自杀,认为屈原完全可以到别的国家施展才能,所谓"般纷纷离此忧兮,亦夫子之故也。历九州而相其君兮,何必怀此都也"。贾谊指出,"凤凰翔于千仞之上兮,览德辉而下之;见细德之险征兮,遥曾击而去之。彼寻常之污渎兮,岂能容夫吞舟之巨鱼?横江湖之鳣鲸兮,固将制于蝼蚁。"这种书生意气式的评价,显示了贾谊耿介不阿的文人性格和强烈的自我悲悼情绪。尽管他尊称屈原为"先生",但屈原并未因此而获得道德榜样的"身份",而不过是与他一样被流放的政治失意者。

关于《离骚》在汉代流传的年代,据考证,《离骚》在汉初即传播于长安

[①] 据《史记》卷六《秦始皇本纪》载,李斯建议说:"臣请史官非秦记皆烧之。非博士官所职,天下敢有藏《诗》、《书》、百家语者,悉诣守尉杂烧之。"(中华书局,1982年版,第一册,第255页)如此看来,则有关屈原传记及其作品,也应在禁毁之列。

[②] 据刘跃进《秦汉文学编年史》(商务印书馆,2006年版,第91页)载,《吊屈原赋》作于汉文帝前元三年(前177),其时贾谊二十四岁。

[③] 据《史记》卷八十四《屈原贾生列传》,贾谊"既辞往行,闻长沙卑湿,自以寿不得长,又以谪去,意不自得。及渡湘水,为赋以吊屈原"。(第8册,第2492页)这说明贾谊对屈原的评价,也只是有感而发,并不见得推崇屈原的为人或品德。

和寿春地区①。1983年考古发现的阜阳汉墓中发现有《离骚》汉简残片,说明在文帝前元十五年(前165)《离骚》已广为流传。②而贾谊《吊屈原赋》作于文帝前元三年(前177),且化用了《离骚》中的诗句,③则《离骚》在汉代流传的上限,有年代可考者当为公元前177年。另据《史记·高祖本纪》,汉高祖九年(前198)曾"徙贵族楚昭、屈、景、怀,齐田氏关中。"则《离骚》等很可能在此次迁徙中流入关中。所以,大约在公元前200年,屈原事迹及《离骚》可能已在长安等地传播开来。④

就《离骚》在汉初的影响力而言,其也可能体现在政治方面,而不是文学方面。其一,汉高祖"乐楚声"(《汉书·礼乐志》),而《离骚》等楚辞作品具有文化纽带的政治作用,可满足其楚文化依恋心理。其二,《离骚》等如果在汉初的大迁徙中被带入关中,必在旧楚贵族间传播,所以汉统治者是不会忽视其政治影响力的。其三,《离骚》宣扬忠君爱国思想,这也是统治者所期盼的。从《离骚》在武帝时的政治地位来看,这种推测应当是合理的。

二、屈原及其《离骚》在汉武之世的地位确立

如果说屈原及其《离骚》在汉前湮没无闻与政治有关,则其在汉武之世名声大振也与政治有关。据《史记·平准书》,随着汉初经济的繁荣,社会上出现了一大批"自爱"者。他们重钱财而舍礼仪,"役财骄溢",不顾法度,甚至"以武断于乡曲"。这显然不利于大一统政权的稳定。因此,培育士人的忠君爱国意识尤显重要。而如何将才士之心收拢起来,使他们效忠于自己,更

---

① 尚永亮认为,包括《离骚》在内的"楚辞"作品在汉初已在京都长安及其周边地区和以寿春为中心的九江郡及其周边地区传播开来。(见赵敏俐主编:《中国诗歌研究》第三辑,中华书局,2005年版,第30页)

② 据《文物》1983年第2期载《阜阳汉简简介》介绍,阜阳简中"发现有两片《楚辞》,一为《离骚》残句,仅存四字;一为《涉江》残句,仅存五字"。而夏侯灶卒于汉文帝十五年(前165),故阜阳汉简的下限不会晚于这一年。

③ 《吊屈原赋》有"已矣!国其莫我知兮,独壹郁其谁语",化用《离骚》"已矣哉!国无人,莫我知兮"。

④ 尚永亮认为,汉初曾将楚昭、屈、景三姓徙往长安西部的长陵,所以"以屈原赋为代表的楚辞极有可能就是上述昭、屈、景三姓在迁徙时携带入秦的"。(见《中国诗歌研究》第3辑,第30页)

是汉武帝最关心、也是最需要解决的政治问题。所以，他一方面奖掖与惩处并用，教育士人要效忠于自己；另一方面，他也需要树立文化英雄，以达到教化的目的。屈原事迹及其《离骚》文本广泛流传于此时，应与这种政治需要有关。因为正是在汉武之世，屈原才逐渐成为"忠君爱国"的典型而为人称慕。

据《汉书·淮南王传》，刘安受诏作《离骚传》，其部分内容保存在《史记·屈原贾生列传》中[①]。刘安用"志洁""行廉"等道德词来评价屈原，高度称誉屈原志向远大，可"与日月争光"。他认为《离骚》兼有风、雅中和之美，也相应地拉近了屈原及其《离骚》与主流意识形态间的距离。刘安并不好儒，而好黄老、神仙之言，因此他的评价显然有趋媚当下的倾向性。据史料记载，刘安于建元二年（前139）首次朝见汉武帝。[②]此时，即位不久的刘彻心向"儒术"，征用儒士。因此，深谙政治的刘安自然明白武帝让其作《离骚传》的真实用意，故从政治实用的立场上进行评价，提高了屈原与《离骚》的政治、文化地位。

当然，司马迁真正将屈原当作忠君爱国的典型来看待。据《史记·屈原贾生列传》，司马迁首先介绍屈原的身份、所担任的官职。他援引刘安之语，认为《离骚》有"刺世事"的风雅精神。随后，他重点介绍了屈原的政治才能。因此，我们所看到的屈原，具有超前的政治洞察力和强烈的政治伦理责任感。他认为，屈原既有忠君爱国思想，也有政治家的治世才能。当然，我们在《史记》中也看到了屈原执拗的性格与自命清高的文人秉性。例如，《渔父》中的屈原以"独清""独醒"者自任；《怀沙》中的屈原则高呼："世溷不吾知，心不可谓兮。知死不可让兮，愿勿爱兮。"这说明屈原具有不屈服于邪恶的政治品格和文人式的狂狷。

[①] 尚永亮认为，刘安所论当从"《离骚》者，犹离忧也"开始（《中国诗歌研究》第三辑，第30页）。而班固《离骚序》有"淮南王安序《离骚传》，以'《国风》好色而不淫，《小雅》怨悱而不乱，若《离骚》者，可谓兼之。蝉蜕污秽之中，浮游尘埃之外，皭然泥而不滓者也。推此志也，虽与日月争光可也。'斯论似过其真。"（参见郭绍虞主编《历代文论选》，上海古籍出版社，2001年10月版，第一册，第89页）刘勰《文心雕龙·辨骚》有"昔汉武爱骚而淮南作传，以为'《国风》好色而不淫，《小雅》怨诽而不乱。若《离骚》者，可谓兼之矣。'"（参见郭绍虞主编《历代文论选》，第一册，第156页）

[②] 《史记》卷一百一十八《淮南衡山列传》称："及建元二年，淮南王入朝。"（第10册，第3082页）刘跃进《秦汉文学编年史》据此认为，"（建元二年）十月，淮南王刘安来朝。"（第133页）

其实，司马迁将屈原与贾谊合传有其史家用意。如果说屈原的悲剧具有历史典型性，则贾谊的悲剧具有现实典型性。他借屈原之事告诫统治者必须"知人"善用，否则将会重蹈楚怀王覆辙，而"为天下笑"[①]。对于屈原之自杀，司马迁感慨道："余读《离骚》《天问》《招魂》《哀郢》，悲其志。适长沙，观屈原所自沉渊，未尝不垂涕，想见其为人。及见贾生吊之，又怪屈原以彼其材，游诸侯，何国不容，而自令若是。"其间所蕴含的暗示，恰恰是统治者所不愿看到的臣子内心的冷漠与不遇其时的愤慨。太史公认为，《离骚》是屈原政治失意后的"发愤之所为作"，也具有"作辞以讽谏，连类以争义"的政治意识（《史记·太史公自序》）。

　　司马迁的评论与述说，凸显了屈原的政治崇高与道德崇高。屈原既是"正道直行，竭忠尽智以事其君"的忠君爱国之士，也是敢于直谏、勇于抗争的仁人君子。他有高洁的志向、清廉的品行和强烈的政治伦理责任感。司马迁收录屈赋，是因为他认为"赋作小则应该含有表达忠贞爱国的真实感情及感发高尚道德的品德的'言志'成分，大则应该负起批判社会、鞭笞时代的'讽谏'使命；象屈原及贾谊的赋，就符合了这个主张。"[②]因此，司马迁已经将屈原定位为忠君爱国的典型，和值得效仿的道德榜样与政治楷模。

　　总之，武帝让刘安作《离骚传》，刘安尽管不好儒，但仍以儒家思想推求《离骚》之微言大义，从而将志洁、行廉的道德榜样树立了起来。随后，司马迁又将屈原树立为忠君爱国的典型，具有贤明的治世才能，也强化了屈原的政治地位。而这正是汉武帝所期待的。可以推测，武帝很可能从贾谊《吊屈原赋》中看到了汉代士人们的怨愤，也使他看到了屈原与《离骚》的政治价值。所以，他诏令刘安作《离骚传》，并非只是"喜好艺文"，而有推出榜样以示范臣子的用意。[③]而从刘安、司马迁等人的评价来看，汉武之

[①] 据《史记》卷八十四《屈原贾生列传》，"人君无愚智贤不肖，莫不欲求忠以自为，举贤以自佐。然亡国破家相随属，而圣君治国累世而不见者，其所谓忠者不忠，而所谓贤者不贤也。怀王以不知忠臣之分，故内惑于郑袖，外欺于张仪，疏屈平而信上官大夫、令尹子兰。兵挫地削，亡其六郡，身客死于秦，为天下笑。此不知人之祸也。"（第8册，第2485页）很明显，作者的用意在于警诫当下统治者。

[②] 郑良树：《司马迁的赋学》，见《辞赋论集》，台湾学生书局，1998年版，第168页。

[③] 据王逸《楚辞章句叙》，"孝武帝恢廓道训，使淮南王安作《离骚经章句》，则大义粲然。"（参见郭绍虞主编《历代文论选》，第一册，第149页）这说明，汉武帝让刘安作《离骚传》是有政治意图的，并非单纯地喜好艺文。

世对屈原的定位集中于两点：德与能。德，即品行高洁、忠君爱国，偏于政治伦理；能，指超凡出众、深谙治国之道，偏于责任伦理。而这恰恰是汉代大一统政治所需要的。

三、西汉后期文人对屈原及其《离骚》的评价

如果说贾谊、刘安、司马迁等奠定了《离骚》经典化的政治基础，则刘向等奠定了其文化基础。刘向曾编辑《楚辞》十六卷，重点收录屈、宋等人的楚辞作品，显然有利于《离骚》的经典化。他将辞赋分为四类，而以屈赋为首①，并称屈赋为"贤人失志之赋"（《汉书·艺文志》），也在于强调屈原的文化地位。

刘向对屈原的评价主要见于《新序·节士》。他认为，屈原"有博通之知，清洁之行"，显然是道德化的评价。关于屈原被放逐的原因，他认为主要因上官大夫、靳尚、令尹子兰、司马子椒及怀王宠妃郑袖等共同谗诟。②关于《离骚》的创作时间，刘向称屈原被"放"之后作《离骚》。显然，刘向以皇族身份发论，认为君主的贤明决定臣子的命运。刘向曾作《九叹》，从中约略可知他对《离骚》的评价。他主张"垂文扬采，遗将来兮"的生命价值观（《逢纷》），认为创作在于"舒情陈诗，冀以自免"（《远逝》）。在《惜贤》中，刘向自称"览屈氏之《离骚》兮，心哀哀而怫郁"；在《忧苦》中，他又说"叹《离骚》以扬意兮，犹未殚于《九章》"。这种评价满含同情意味，其间时时可见司马迁的影响。

扬雄作《反离骚》，对屈原的评价与前代不同。他不赞同屈原的自杀行为，认为屈原应随遇而安（《汉书·扬雄传》）。扬雄的观点与贾谊、司马迁等相近，但立足点有别。贾谊认为屈原"逢时不祥"，但选择自杀并非明智之举，因为他完全可以选择别国施展才能。这显然是战国时期"良禽择木而栖，贤臣择主而仕"价值观之延续。司马迁的立足点是肯定屈原的忠与贤，故对其自杀深表遗憾。自然，遗憾中含有同情性责备。而扬雄既对屈原的遭遇表

---

① 班固在《汉书》卷三十《艺文志》中，将赋分为"屈原赋""陆贾赋""孙卿赋"和"杂赋"四类。（中华书局，1962年版，第6册，第1747—1753页）

② 石光瑛：《新序校释》，中华书局，2001年版，第936—946页。

示同情，又对他沉江自尽给予激烈批评，认为是不合时宜、不能审时度势的迂腐[1]。他对屈赋的评价集中于两点：首先，他竭力模仿屈赋，这本身就是一种赞同与尊崇；其次，他又立足于儒家的"经世致用"立场，认为屈赋"过浮"[2]，显然又带有批评的意味。

总之，刘向在《七略》中将屈赋（包括《离骚》）置于诸赋之首，意在说明其源头地位，从而确立了屈原在赋史上的地位。他将屈原传列于《新序·节士》，其实也是一种褒扬，尽管这种褒扬带有道德化倾向。他还将屈原的悲剧归咎于统治者的昏聩，也是从道德角度立论的，因为这是在强调君明臣贤的道德伦理关系。而扬雄否定屈原遵从君臣伦理关系的迂腐行为，认为"遇"与"不遇"皆由命定，所谓"君子得时则大行，不得时则龙蛇"。这其实是基于自我保护的道德伦理评价。这种着眼于道德的评价方式，在东汉得到了响应。东汉文人步其后尘，最终确立了屈原的道德榜样地位，同时也确立了《离骚》的经典地位。

四、东汉文人对屈原及其《离骚》的评价

生活于两汉之际的班彪作《悼骚赋》，表达了与扬雄等人一脉相承的观点。他认为仕途穷达皆由"命"定，"达"则施展才能，"穷"则隐居避世[3]。与扬雄一样，班彪亦主张身处逆境时应明哲保身，故而不赞成屈原的自沉行为。贾谊和司马迁认为屈原不该选择自杀，其间自然含有汉代士人不能自由入仕的幽怨和无奈。而扬雄则主张随遇而安、明哲保身，显然立足于自我角

---

[1] 据扬雄《法言》，"或问：'屈原智乎？'曰：'如玉如莹，爰变丹青。如其智！如其智！'"（参见张少康、卢永璘《先秦两汉文论选》，人民文学出版社，1996年版，上册，第468页）这说明扬雄认为屈原不知变通。另据《汉书》卷八十七上《扬雄传》，扬雄在《反离骚》中批评屈原："知众嫭嫉妒兮，何必扬累之娥眉？""览四荒而顾怀兮，奚必云女彼高丘？"（第11册，第3518页、第3521页）这也说明，扬雄认为屈原不能审时度势，并批评其行为很迂腐。

[2] 张少康等《先秦两汉文论选》（上册，第468页）引录《文选·宋书·谢灵运传论》李善注引用扬雄语云，"或问：'屈原、相如之赋，孰愈？'曰：'原也过于浮，如也过于虚。过浮者蹈云天，过虚者华无根。'"

[3] 据刘跃进《秦汉文学编年史》所载，班彪《悼骚赋》有"圣哲之有穷达，亦命之故也。惟达人进止得时，行以遂伸，否则屈而坏蠖，体龙蛇以幽潜。"（第376页）

度看待所应承担的社会责任。在这一点上,班彪显然继承了扬雄的观点。

东汉中期,梁竦、班固、贾逵等先后对屈原及其《离骚》作过评价。汉明帝永平四年(61),梁竦因受其兄梁松事受牵连,"与弟恭俱徙九真。既徂南土,历江、湖,济沅、湘,感悼子胥、屈原以非辜沉身,乃作《悼骚赋》,系玄石而沉之。"①在《悼骚赋》中,梁竦追悼往圣前贤如仲尼、尹伊等,认为他们之后也有大量的后继者,诸如屈平、介子推、乐毅、武安、范增等。他给予屈原以高度评价,所谓"屈平濯德兮,洁显芬香。"梁竦认为,屈原等人皆有"忠孝"之节。他们既然不能匡救时弊,便选择殒命成仁的自我解救方式并非不合适。基于此,他批评贾谊和扬雄并没有理解屈原的苦衷,因而是不公正的,所谓"惟贾生之违指兮,何杨生之欺真。"如此评价,也是基于作者遭受挫折之后的悲愤。

班固对屈原及其《离骚》的评价主要见于《汉书·艺文志》、《汉书·贾谊传》、《离骚序》和《离骚赞序》中。在《艺文志》中,班固沿袭刘向等人的看法,认为屈赋继承了《诗经》的"言志"传统,显然将屈原赋纳入了儒家文学行列。在《汉书·贾谊传》中,班固称屈原为"楚贤臣",认为他"被谗放逐,作《离骚赋》"。而在《离骚序》中,他认为刘安的观点"似过其真",并批评屈原不能像蘧瑗、宁武那样"全命避害,不受世患",甚至认为屈原"露才扬己",是"贬絜狂狷景行之士"。对于《离骚》,班固认为尽管《离骚》"弘博丽雅",可"为辞赋宗",但"多称昆仑、冥婚、宓妃虚无之语,皆非法度之政,经义所载",因此屈原"虽非明智之器,可谓妙才"。可见,班固在《汉书·艺文志》和《离骚序》中对屈原的评价并不一致。前者说屈原是贤人,将其与大儒孙卿等列,后者则说是"狂狷景行之士";前者说屈赋有"讽谏"精神和"恻隐古诗之义",后者却说《离骚》多虚无语,不合"法度""经义",甚至认为刘安评价《离骚》"兼诗风雅,而与日月争光"的观点言过其实。由于班固在《汉志》中沿袭了刘向、刘歆父子的观点,因而更关注屈原的道德示范价值。但基于现实政治氛围,他又从忠君颂上的正统思想出发,批评屈原不懂明哲保身、全命避害,旨在强调臣子应有"服从"与依

---

① 据《后汉书》卷三十四《梁统传》载,"(梁)松数为私书请托郡县,二年,发觉免官,遂怀怨望。四年冬,乃悬飞书诽谤,下狱死,国除"(中华书局,1965年版,第5册,第1170页)。可见,汉明帝永平四年(61)冬,梁竦兄梁松获罪,则《悼骚赋》当作于本年。

附意识。这也从一个侧面反映了东汉统治者对知识分子的要求。在《离骚赞序》中，他基本上沿袭了前人的看法，并无新见。不过，他强调屈原死后，"秦果灭楚"，似乎对屈原的政治敏感性深为赞赏。

事实上，班固评价屈原及《离骚》的观念基础是"保身遗名"和"颂述功德"。他早年作《幽通赋》，即提出"保身遗名"的生命价值观。[①]而据班固《典引序》，汉明帝曾于永平十七年召见班固，当面批评司马迁"微文讥刺，贬损当世"，褒扬司马相如尽管"但有浮华之辞，不周于用"，却能"颂述功德"，而为"忠臣"效仿。所以《离骚序》从批评者的角度，依"明哲保身"批评屈原"非为明智之器"；依"颂述功德"批评屈原为"贬絜狂狷"之士。而《离骚赞序》则从叙事者的角度看待屈原自杀及创作《离骚》的动因，自然更多沿袭了前人的看法。不过，班固从维护汉王朝利益的角度出发，提请统治者应远离佞臣奸人，倚重忠臣贤士，显然尤其史家用意。另，王逸《楚辞章句叙》称，"孝章即位，深弘道艺。而班固、贾逵复以所见，改易前疑，各作《离骚经章句》。"贾逵之作今已不传，他对屈原及《离骚》的评价不得而知。

王逸在"顺帝时，为侍中，著《楚辞章句》行于世"（《后汉书·文苑传》）。在《楚辞章句叙》中，他介绍了屈原之前的古圣前贤们的述作情况，认为屈原在"大义乖而微言绝"之时，"履忠被逸，忧悲愁思，独依诗人之义而作《离骚》。上以讽谏，下以自慰。"他分别评价了刘安《离骚传》、刘向《楚辞》、班固《离骚章句》、贾逵《离骚章句》，认为刘安使《离骚》"大义粲然"，其后各家"莫不瞻仰，摅舒妙思，缵述其词"。王逸指出：

> 且人臣之义，以忠正为高，以伏节为贤。故有危言以存国，杀身以成仁。是以伍子胥不恨于浮江，比干不悔于剖心，然后德立而行成，荣显而名称。若夫怀道以迷国，佯愚而不言，颠则不能扶，危则不能安，婉娩以顺上，逡巡以避患，虽保黄耇，终寿百年，盖志士之所耻，愚夫之所贱也。今若屈原，膺忠贞之质，体清洁之性，直若砥矢，言若丹青。进不隐其谋，退不顾其命。此诚绝世之行，俊彦之英也。而班固谓之"露才扬己，竞于群小之中，怨恨怀王，讥刺椒兰。苟欲求进，强非其人，不见容纳，忿恚自沈"，是亏其高明而损其清

---

① 据刘跃进《秦汉文学编年史》所载，班固于建武三十年（54）二十三岁时作此赋（第376页）。

洁者。……故智弥盛者，其言博；才益劭者，其识远。屈原之词，诚博远矣。自孔丘终没以来，名儒博达之士着造词赋，莫不拟则其仪表，祖式其模范，取其要妙，窃其华藻。所谓金相玉质，百岁无匹，名垂罔极，永不刊灭者也。（《楚辞章句序》）

可见，王逸立足于人臣之义，认为屈原有"忠正"之高、"伏节"之贤。他从"忠贞"、"清洁"、不全命避害等方面，认为屈原是"俊彦之英"，从而全面驳斥了班固的观点，指责班固"亏其高明而损其清洁"。他认为，《离骚》"依托《五经》以立义"，是"博远"之作，为后世"名儒博达之士"所"拟则"和"祖式"。他充满深情地展望说，屈原与《离骚》必将"百世无匹，名垂罔极，永不刊灭"。王逸以极其崇敬的心情，给屈原以很高的评价，已突破了政治家的界限，而将其置于道德之楷模、文章之祖师的地位。

尤其是王逸将《离骚》置于"经"的行列。在《楚辞章句·离骚经章句叙》中，他首称《离骚》为"经"："《离骚经》者，屈原之所作也。……屈原执履忠贞而被谗衺（邪），忧心烦乱，不知所愬，乃作《离骚经》。离，别也；骚，愁也；经，径也。言已放逐离别，中心愁思，犹依道径，以风谏君也。"可见，王逸将屈原《离骚》与儒家经典比列，以示尊崇与仰慕。他认为，屈原被楚怀王"疏"远后作《离骚经》，楚顷襄王时又被"迁"江南，"不忍以清白久居浊世，遂赴汨渊自沈而死。"因此，他认为《离骚》"依《诗》取兴，引类譬喻"，自然将其纳入了儒家正统文学的范畴。所以，《离骚》"其词温而雅，其义皎而朗。凡百君子，莫不慕其清高，嘉其文采，哀其不遇，而闵其志焉"。总之，两汉以来，先后有贾谊、严忌、东方朔、淮南小山、王褒、刘向、扬雄、王逸等先后作赋，追愍屈原，悲悼自我，从而使屈原精神代代相传。

五、余论

汉前尚不知名的屈原在汉代受到推重，与当时的政治需要密切相关。总体看，两汉文人对屈原的评价是以褒扬为主的。从汉代文人的祭吊方式来看，屈原在两汉时期经历了由凡人而贤臣、由贤臣而圣人的地位衍变。贾谊作赋吊屈，只是把屈原当作"同类"来看待。扬雄作《反离骚》，"自岷山投诸江流以吊屈原"，这种投书祭吊的方式意味着屈原正在被神圣化。梁竦在迁谪途中

"感悼子胥、屈原以非辜沉身,乃作《悼骚赋》,系玄石而沉之"(《后汉书·梁统传》),进一步使屈原神圣化。东汉末,屈原已成为在庙中接受香火祭奠的"神"了![①]于此可见屈原在两汉时期的地位崇高化历程。

从《离骚》的经典化来看,文学的消费趋向对文学的经典化具有积极作用。两汉时期,首先因为时代需要忠君爱国的典型,而屈原恰恰符合这种政治需要。其次,屈原是楚人,而《离骚》等符合汉代人的消费口味。其三,屈原作为怀才不遇的典型而为汉代文士所普遍接受,因而成为他们抒发不遇之痛的隔代知己。可见,接受者的消费期待推动了文学的经典化。而《离骚》的接受者既包括皇帝、诸侯与卿相、大夫,也包括普通的读书人,尽管他们的消费需求有别,却共同成为文学作品经典化的合理依据。汉代人尤其关注《离骚》与儒家经典之间的关系,似乎与两汉时期儒学昌明有关。比如,刘安认为《离骚》兼有风雅精神,司马迁、班固等皆表示赞同。这正是王逸评价《离骚》"依五经立义"的理论基础。

所以,虽然王逸最终将屈原推向道德主义的典范,但结论的形成却经历了相当长的时间,而且是王逸最终表达了两汉文人的共同心愿。从此,屈原因其《离骚》而为文学史上的"诗人"典范,也因其"忠君爱国"精神而成为政治史上的"爱国者"典范。直至今天,屈原仍以"伟大的爱国主义诗人"的双重身份而为世人所仰慕。自然,始作俑者是汉代的文人们。他们依从汉王朝的政治需要,最终使屈原崇高化、使《离骚》经典化。

(本文发表于《西北大学学报》〔哲学社会科学版〕2008年第4期)

刘向斌,1968年生,毕业于陕西师范大学文学院,文学博士,师从张新科教授。现为延安大学文学院副教授、硕士生导师,中国辞赋研究会理事,陕西司马迁研究会理事,延安大学西安创新学院中文系主任。

[①] 据《后汉书》卷六十四《吴延史卢赵列传》,汉桓帝永康元年(167),延笃病卒,"乡里图其形于屈原之庙。"(第8册,第2108页)可见,东汉时期已有屈原庙。这说明屈原已今非昔比,而被神圣化了。

《史记》文学特质研究中的几个问题

张　强

内容摘要：司马迁是以文学笔法担当历史叙述的，是以生动的艺术形象承担博大精深的历史哲学观的。在以文学的笔法叙述历史时，司马迁重点关注的对象是人，是强调人在社会运动中的作用。在《史记》人物传记叙述时，司马迁有意识地建立了"通古今之变"与"原始察终，见盛观衰"之间的关系。司马迁在叙述"天人之际，承敝通变"的过程中，始终扣住人物的言行，用以小见大的叙述方式揭示一个王朝之所以被另一个王朝取代，是因为社会运动中有"敝"的存在。司马迁在表述其通变思想时还吸收了孔子的文质思想。为了把文质互变的理念贯穿到历史事件和人物的叙述中，司马迁别开生面地采用议论的方式，将人物活动放到社会历史变化的大背景下。司马迁以六经为最高范本含义：展示了中国传统文化及文学的风貌。司马迁通过反省记言、记事的局限性，通过为人物立传以文学笔法提出了新史学追求的文化目标。司马迁建立的新史学秩序，大大地改变了先秦史学旧有的结构。这一改变主要是在历史叙述真实性的基础上，选择典型事件、典型细节，用充满了文学气息的笔法和生动形象的语言展示人物的精神风貌，关注他们在历史中的价值。

关键词：司马迁；《史记》；文学特质；历史哲学

长期以来，人们大都是从史学和文学的角度来认识和评价《史记》的。认为《史记》是中国的第一部通史，《史记》开创了中国史学的新纪元；认为《史记》是一部伟大的纪传体作品，有很强的文学性，是一部前无古人的传记文学。这种认识自然是正确的。然而，这样做无疑是忽略了司马迁自身的期许，忽略了司马迁以文学笔法书写史学著作的基本原则，忽略了史官的文化使命和历史担当。这种种情况的存在，直接影响到我们对《史记》的正确解读，同时也有降低司马迁及《史记》文学及文化品质的倾向。那么，司马迁对《史记》的历史及文学期待是什么？是如何以文学的笔法赋予历史以生动形象的生命的？为此，打算就这话题谈一些看法，求教于方家学者。

一、司马迁以文学承担历史哲学观的表达

司马迁是以文学笔法担当历史叙述的，是以生动的艺术形象承担博大精深的历史哲学观的。具体地讲，司马迁对《史记》的期许主要有两个：一是他在《报任少卿书》中提出的"欲究天人之际，通古今之变，成一家之言"[1]；一是他在《史记·太史公自序》中强调的"罔罗天下放失旧闻，王迹所兴，原始察终，见盛观衰"。"原始察终，见盛观衰"的落实之处是"罔罗天下放失旧闻，考之行事，稽其成败兴坏之理"（《报任少卿书》）。这两个期许构成了司马迁的历史哲学观。问题是如何才能把深奥的道理叙述得深入浅出？司马迁采用的笔法是，从历史人物的生动事迹入手，选择典型事件或言行，采用以小见大的方式揭示最深刻的道理。

所谓"究天人之际"，是指探究天道和人道之间的对应关系，揭示社会运动的规律。汉代是宗教神学盛行的时代，天人关系是汉代人关心的大问题。不过，在以文学的笔法叙述历史时，司马迁重点关注的对象是人，是强调人在社会运动中的作用。关于这点，从司马迁的言论及《史记》五体排列秩序中可得到证明。如司马迁在《白起王翦列传》《廉颇蔺相如列传》中选择典型事例叙述了只会纸上谈兵的赵括。如果赵王能听进赵括母亲的意见，那么，赵军将不会因赵括指挥失误在长平惨败，导致四十万士兵被秦将白起坑杀。长平之战是赵国由盛而衰的转折点，在这里，司马迁选择典型事例详细地叙述了人在历史活动中的作用。在表达中，主要是通过描述生动鲜活的人物和言行来承担其历史哲学观的。

所谓"通古今之变"，是指以变化为视点考察古今社会运动的历史，从叙

---

[1] ［西汉］司马迁：《报任少卿书》，见［东汉］班固《汉书·司马迁传》，中华书局，1962年版，第2735页。

述古今人物事迹入笔强调为现实服务的精神。具体地讲，在《史记》人物传记叙述时，司马迁有意识地建立了"通古今之变"与"原始察终，见盛观衰"之间的关系。司马迁历史哲学思想的核心是历史循环论。从大的方面讲，司马迁的历史循环论思想主要有四个来源：一是《周易》（包括《易传》）；二是邹衍的五德终始说；三是孔孟学说；四是董仲舒的三统说[①]。这四个来源作为司马迁历史哲学思想的基石，不但承担了司马迁"通古今之变"的史学思想，而且与"本纪"形成了特殊的表达关系。如在历史的叙述中，司马迁分别以《秦始皇本纪》《陈涉世家》等为叙述载体，选择能揭示事物本质的典型事件和人物言论，深刻地揭示了秦兴也勃、其亡也速的历史。

从历史的角度看，变是自然及宇宙的永恒法则。当不变或部分量变积累到一定的程度或达到某一极限时，就会发生质变。"《易》著天地阴阳四时五行，故长于变"（《史记·太史公自序》），《易》是司马迁关注天道与人事之间变化的基本前提，是司马迁"通古今之变"的基本前提。司马迁总结汉兴的原因时指出："故汉兴，承敝易变，使人不倦，得天统矣。"（《史记·高祖本纪》）在总结历史运动规律时又指出："余读牒记，黄帝以来皆有年数。稽其历谱牒终始五德之传。"（《史记·三代世表》）从这些表述中可见，《易》作为司马迁研究历史及其规律的方法，在《史记》五体中得到了充分的展示。特别是司马迁在叙述"天人之际，承敝通变"（《史记·太史公自序》）的过程中，始终扣住人物的言行，用以小见大的叙述方式揭示一个王朝之所以被另一个王朝取代，是因为社会运动中有"敝"的存在。那么，如何才能革除已有的弊端，使社会向健康的方向及更高的层次发展呢？司马迁在描述社会运动的形式时善于以《易》的通变理论来阐释社会运动的规律，注意通过描绘人物在历史中的生动活动来形象地阐释其通变思想。如司马迁在表达"承敝易变"的思想时，在《高祖本纪》中选择典型事件建立了刘邦夺取天下与其审时度势之间的关系。进而言之，在历史的叙述中，司马迁以生动的形象的语言紧紧地抓住"变"与"不变"这两个关键点，从兴衰的历史中总结出社会历史变化的规律。

司马迁"承敝通变""承敝易变"的历史哲学思想除了与《易》一脉相承

[①] 张强：《司马迁学术思想探源》，人民出版社，2004年版，第141—142页。

外，还与邹衍的五德终始说有直接的联系。邹衍以五德终始说推演社会运动给司马迁以直接的影响。司马迁在《史记》中一再地表示对五德终始说的关注，并且把这一思想贯穿于《史记》的撰写之中。如司马迁认为黄帝"有土德之瑞，故号黄帝"（《五帝本纪》）；商汤为宣示取代夏王朝的真理性，"乃改正朔，易服色"（《殷本纪》）；秦始皇为表明受命于天，于是"推终始五德之传，以为周得火德，秦代周德，从所不胜"（《秦始皇本纪》）。特别是在叙述贾谊不幸的遭遇时，司马迁有意识从改制度入笔，塑造了贾谊"悉更秦之法"（《屈原贾生列传》）锐意改革的形象。然而，终因周勃等攻击贾谊"年少初学，专欲擅权，纷乱诸事"（《屈原贾生列传》），贾谊因此不再受到重用。经此，人物的命运悲剧遂与"承敝通变""承敝易变"联系在一起了。进而言之，将社会运动和历史变化归结为五德终始循环的过程是司马迁考察历史的逻辑起点，为了贯彻这一思想，司马迁主要是通过塑造人物形象实现的。这一系列的情况表明，在阐释五德终始理论这一历史叙述和研究的方法时，司马迁是以人物传记为载体的。

司马迁在表述其通变思想时还吸收了孔子的文质思想。较早地注意到文质之间关系的是孔子。《论语·雍也》引孔子语云："质胜文则野，文胜质则史。文质彬彬，然后君子。"《论语·八佾》引孔子语云："周监于二代，郁郁乎文哉！吾从周。"《史记·孔子世家》引孔子之语云："后虽百世可知也，以一文一质。周监二代，郁郁乎文哉。吾从周。"文与质受到司马迁的重视与孔子的文质思想有密切的关系。此外，还与《易传》、董仲舒的文质思想有直接的联系。《易·贲·彖》云："刚柔交错，天文也。文明以止，人文也。观乎天文，以察时变；观乎人文，以化成天下。"这里的"文"包含了"人文"与"天文"两个方面，这两个方面作为"究天人之际，通古今之变"的依据，与司马迁文质互变的思想有直接的关系。司马迁认为，《易传》出自孔子之手，他指出："孔子晚而喜《易》，序《彖》《系》《象》《说卦》《文言》。"（《史记·孔子世家》）就是说，《易传》的文质思想实际上就是孔子的文质思想。至于董仲舒，其文质思想源于孔子甚明，这里就不再专门论述。总之，司马迁在表述其通变思想时主要是从孔子入手的。

那么，如何才能把文质互变的理念贯穿到历史事件和人物的叙述中呢？司马迁别开生面地采用议论的方式，将人物活动放到社会历史变化的大背景下。

如司马迁为刘邦立传时以"太史公曰"的方式直抒胸臆,提醒读者关注作《高祖本纪》的真实意图。

> 夏之政忠。忠之敝,小人以野,故殷人承之以敬。敬之敝,小人以鬼,故周人承之以文。文之敝,小人以僿,故救僿莫若以忠。三王之道若循环,终而复始。周秦之间,可谓文敝矣。秦政不改,反酷刑法,岂不缪乎?故汉兴,承敝易变,使人不倦,得天统矣。(《史记·高祖本纪》)

文的基本形态是尊尊,是通过尚文的形式补救世风日下带来的危害;质的基本形态是亲亲,是通过慈爱的形式补救刑法过度带来的弊端。文过必然会出现敝败,具体补救的方法是用质来纠正存在的偏颇。质过也会出现敝败,具体补救的措施是用文加以纠正。就是说,文质之间既存在着互补的关系,同时也包含了互变的关系,两者之间的互动在一定的程度上规定了社会运动的大势。在司马迁看来,周秦之间,文极而生敝,解决的方法是以质的形式进行补救,然而秦统治者不明此理,不但不改弦易辙,反而施行严刑峻法,终于因暴虐天下造成自身灭亡的恶果。至于汉何以兴?司马迁认为,刘邦承敝易变,采取与民休养生息的政策才出现了国泰民安的局面。在具体事件和历史的叙述中,司马迁紧紧地抓住历史变化的转折点,通过人物形象和历史事件的叙述表达其历史通变观,进而以"物盛则衰,时极而转,一质一文,终始之变"(《平准书》)总结了社会运动和发展变化的规律。也就是说,文质互变作为司马迁历史哲学观的具体内容,在《史记》人物传记中得到了充分的展现。

司马迁生活的年代,正是以董仲舒为代表的新儒学战胜道家学派的思想成为官方学术的时代。在这中间,董仲舒抱着为汉家天下寻找立命依据的目的,结合阴阳五行说,在《公羊春秋》学的基础上倡言天人感应提出了三统循环论。三统循环理论的要点是"法本奉天,执端要以统天下"(《春秋繁露·三代改制质文》),如何才能做到"法本奉天"呢?董仲舒建立了以黑、白、赤三色为三统的理论框架,他认为三统终始循环,新王兴必建新统,以示承天受命,进而区别于旧王。又认为三统之变是应天之变,应天之变集中表现在制度之变方面。制度之变的外化形式是黑、白、赤,忠、敬、文以及天、地、人,这些外化形式之间不但存在着对应的关系,而且在与阴阳理论的结合中又可简化为文质互变的形式。故云:"一商一夏,一质一文。商质者主天,夏文者主地。……主天法商而王,其道佚阳,亲亲而多仁朴。……主地法夏而王,其道进阴,尊尊而多义节。"(《春秋繁露·三代改制质文》)董仲舒的这一思想直接影响到司马迁的历史哲学观,影响到司马迁撰写"本纪"时的结构方式。如司马迁认为,汉得天下是终始循环的必然结果,历史发展的大势是"三十岁一小变,百年中变,五百载大变"(《史记·天官书》),从秦并六国到汉建天下约三十年,从汉建天下到司马迁生活的时代约百年,从春秋战国到汉取天下的约数是五百年。从天变的角度研究历史,司马迁指出汉之所以得天下,是因为受命而王,为此,他迫切地希望把"通古今之变"坐实在为新王立法方面。为此,司马迁积极地赞成改制,进而把赞成改制的思想集中地表达在"本纪"之中。

从叙述历代王朝的兴衰中探索社会运动的规律,是司马迁一以贯之的历史哲学思想。在表述方面,《史记》虽有五体,但司马迁更注重从"本纪"叙述入手来阐释社会变革和历史变化的兴衰之理。仔细分析其中的原因,这与司马迁以"本纪"强调历史发展变化的主线有密切的关系。从另一个层面看,司马迁的历史哲学思想是在历史循环论的基础上实现的,从这样的角度看,以终始循环的方法认识历史,其思想境界自然是不高的。然而,当司马迁将社会运动及规律的发现落实在"盛"与"衰"这两个转折点时,因叙述的过程注意人事的客观性,因此,对终始循环的思想还是有所超越的。从大的方面讲,司马迁的历史哲学思想得到进一步的完善是在李陵之祸以后。李陵之祸是司马迁的人生转折点,因切肤之痛,司马迁有机会对盛世下的危机做进一步的思考。如为了准确地揭示"通古今之变"历史哲学的精髓及内涵,在接受五德终始说的过程中,司马迁又提出了"原始察终,见盛观衰"的原则。这一原则作为"通古今之变"的补充,从理论的角度极大地丰富了司马迁的历史哲学思想。为了深刻地阐释这一思想,司马迁独具匠心地以人物传记为载体,以生动形象的语言和典型的事件来表达这一诉求。

二、《史记》以六经为最高范本

司马迁以六经为最高范本,有两层含义:一是六经是撰写《史记》的思想原则;二是六经是《史记》文学叙述的最高范本。

从文献的角度看,司马迁最放心使用的史料是六经。具体地讲,"考信于六艺"(《史记·伯夷列传》)是司马迁撰写《史记》的基本原则。这种格局的形成是有一定的历史原因的，司马迁生活在儒学显于朝廷、定于一尊的年代，经过长时期的积淀，六经为先王政典的观念已牢固地树立在汉人的心目之中了。早在孔子撰写《春秋》之前，除《春秋》之外，其他五经作为先王留下的政典已成为最高的法典。这一时间断限明显地早于儒家推崇六经的年代。退一步讲，即便是到了儒学已成为"显学"的年代，率先发明"六经"这一名词的也不是儒家。如《庄子·天运》有"丘治《诗》《书》《礼》《乐》《易》《春秋》六经"语。进而言之，起初，除《春秋》以外的五经并不是儒家的文化专利，儒家只是取法于现成，在竭力推崇孔子及《春秋》的过程中才把六经的解释权攫取到自己的手中。因为此，汉初，"五经"作为先王政典与儒家学派没有必然的联系，如新道家陆贾论治国之道时，经常在汉高祖刘邦面前称说《诗》《书》[1]。又如汉初的官方哲学是黄老学说，但"好刑名之言"（《史记·儒林列传》）的汉文帝已在朝廷立一经博士。这些情况表明，五经显于朝廷是与其具有先王政典的品质有密切的关系。然而，在诸子中，没有一家像儒家那样重视文化传统和讲究家学，当诸子们出于自身学说和政治观念的原因，表现出轻视文化传统的时候，这一时期，儒家通过师传和家传开始把六经尊崇为治国之理的经典。

进入汉代以后，大力提倡六经的主要是儒家，特别是到了汉武帝的时候，儒学已彻底地战胜黄老学说成为一枝独秀的官方学说。当司马迁把六经视为先王政典时，其思想虽然不是完全地源于儒家，但建立的人物评价标准和价值取向与他接受和认同儒家学说是有着内在的联系的。事实上，"儒者以六艺为法"（《史记·太史公自序》）的观念对司马迁的影响是十分深刻的。如历史人物和事件的叙述中，司马迁始终是以六经为最高思想准则的。

在历史的传承中，与诸子百家的学说相比，儒家有更加关心六经治道之理的倾向。如司马迁在《太史公自序》中借其父之口明确地表达了"孔子修旧起

---

[1] 司马迁《史记·郦生陆贾列传》云："陆生时时前说称诗书。高帝骂之曰：'乃公居马上而得之，安事诗书！'陆生曰：'居马上得之，宁可以马上治之乎？且汤武逆取而以顺守之，文武并用，长久之术也。昔者吴王夫差、智伯极武而亡；秦任刑法不变，卒灭赵氏。乡使秦已并天下，行仁义，法先圣，陛下安得而有之？'高帝不怿而有惭色，乃谓陆生曰：'试为我著秦所以失天下，吾所以得之者何，及古成败之国。'陆生乃粗述存亡之征，凡著十二篇。每奏一篇，高帝未尝不称善，左右呼万岁，号其书曰'新语'。"（中华书局，1982年版，第2699页）

废,论《诗》《书》,作《春秋》,则学者至今则之"的意愿。从这里出发,司马迁"论考之行事"及叙述历史人物时是以六经为思想原则的。毋庸讳言,司马迁认同六经不但因为六经可信有权威性,还因为六经阐述的统治大法早已成了研究治道之理的思想灵魂。

司马迁撰写《史记》是以六经为最高范本的,具体地讲,无论是为人物立传还是评判是非都是以六经为思想原则的。六经对《史记》的指导作用主要集中在三个方面。一是六经皆史,六经是可信的文献资料。如司马迁声称作《史记》是为了"绍明世,正《易传》,继《春秋》,本《诗》《书》《礼》《乐》"(《史记·太史公自序》)。二是孔子的《春秋》本身就是一部专门意义上的史著,司马迁以《春秋》为师法的对象,视《春秋》为高于一切的史学范本,包含了对其体例和叙事方式的学习。如司马迁认为:"《春秋》以道义。拨乱反之正,莫近于《春秋》。"(《史记·太史公自序》)因为此,司马迁以孔子激励自己,视自己为文化自觉的传承者。"自周公卒五百岁而有孔子,孔子卒后至于今五百岁"(《史记·太史公自序》),在司马迁看来,周公与孔子之间的联系是文化上的传承,那么,孔子之后有谁能成为中国文化的直接传人呢?司马迁表示要像孔子著《春秋》那样来建立自己的文化伟业,进而写出一部可以与《春秋》相比肩的《史记》。这就是说,《史记》绝不是一般意义上的历史著作,而是一部传达"究天人之际,通古今之变,成一家之言"(《报任少卿书》)的思想巨著。三是司马迁以六经是文学范本,如《史记》力求语言生动、准确、形象,与六经有直接的关系。又如《史记》采取的叙事方式、强调历史叙述的客观性等都从六经中得到丰富的营养。

六经是先王政典,是中国历代统治者治民要术的经验总结。由于这样的原因,司马迁赋予《史记》的基本思想是,"罔罗天下放失旧闻,王迹所兴,原始察终,见盛观衰"(《史记·太史公自序》)。司马迁给《史记》的定位是总结天下兴亡之理,问题是,如何才能承担这一崇高的文化使命?怎样才能将深刻的道理寓于生动形象的叙述之中?客观地讲,六经在给司马迁提供研究天下兴衰之理的思想武器的同时,又为其提供了丰富的文史资料,还为司马迁在历史叙述时以文学的笔法叙述铺平了道路。如司马迁探讨夏桀、商纣失国原因及关注成汤、周武得天下的事迹时,都是以鲜活的故事叙述表达的。可以说,司马迁对一代之兴亡的终极关怀及对现实政治的深邃思考,是以深入细微的笔法捕捉典型事件的过程中完成的。进而言之，司马迁给《史记》确立的思想原则是在文学的表达中实现的。

顺便补充的是，与"考信于六艺"相配合的写作原则是"折中于夫子"（《史记·孔子世家》）。所谓"折中于夫子"是指司马迁撰写《史记》时以孔子的思想为评价是非的标准。由于这一标准的本质是"考信于六艺"，故不展开讨论。"孔子修旧起废，论《诗》《书》，作《春秋》，则学者至今则之。"（《史记·太史公自序》）总之，儒家以"六经"为先王政典的思维方式直接支配了司马迁的思想和行为，进而成为司马迁撰写《史记》的最高准则。

三、司马迁与史官文化传统及史学革命

中国有悠久的史学传统，其文化传承与史官秉笔直书的品格有莫大的关系。《礼记·玉藻》云："动则左史书之，言则右史书之。"稍后，班固阐释道："古之王者世有史官，君举必书，所以慎言行，昭法式也。左史记言，右史记事。事为《春秋》，言为《尚书》。帝王靡不同之。"[①]记言、记事是中国史学书写的基本体例。在这一历史进程中，史官揭开了中国历史叙述的序幕，生动形象地记录展示了中国传统文化及文学的风貌。

记言、记事是史官的职责。这种情况持续到司马谈、司马迁父子生活的时代，开始发生重大的变化。司马谈临终时教导司马迁说："幽、厉之后，王道缺，礼乐衰，孔子修旧起废，论《诗》《书》，作《春秋》，则学者至今则之。自获麟以来四百有余岁，而诸侯相兼，史记放绝。今汉兴，海内一统，明主贤君忠臣死义之士，余为太史而弗论载，废天下之史文，余甚惧焉，汝其念哉！"[②]司马谈的思想给司马迁以深刻的影响。"小子不敏，请悉论先人所次旧闻，弗敢阙"（《史记·太史公自序》），通过清算"君举必书"的缺陷，司马迁以"究天人之际，通古今之变，成一家之言"为逻辑起点，赋予《史记》以新的文化使命。在这中间，司马迁通过反省记言、记事的局限性，通过为人物立传以文学笔法提出了新史学追求的文化目标。具体地讲，一是以"本纪"为纲，以"世家""列传"为目，在丰富帝王政迹的基础上关注人事与社

---

① [东汉]班固：《汉书·艺文志》，中华书局，1962年版，第1715页。
② [西汉]司马迁：《史记·太史公自序》，中华书局，1982年版，第3295页。

会运动变化的规律；二是创立"表"，通过大事记来联络和补充纪传，郑重地提出"表"记载的大事是历史进程中应关注的重点；三是通过分述天文、历法、兵律、水利、经济、文化、艺术等专门史，从新的视角提醒人们关注社会进程中容易忽视的方面。这三条拧结在一起，既承担了司马迁"一家之言"（《报任少卿书》）的史学诉求，同时也从体例上为后世史学树立起新的标尺。清人赵翼指出："司马迁参酌古今，发凡起例，创为全史。本纪以序帝王，世家以记侯国，十表以系时事，八书以详制度，列传以志人物，然后一代君臣政事，贤否得失，总汇于一编之中。自此例一定，历代作史者遂不能出其范围，信史家之极则也。"①如果没有司马迁确立的新史学叙述原则，中国的史学水平及文学水平也许会停留在先秦阶段；如果没有《史记》，"二十四史"的体例很可能是多元的，无法形成划一的叙述格式和文化秩序。

司马迁建立的新史学秩序，大大地改变了先秦史学旧有的结构。这一改变主要是在历史叙述真实性的基础上，选择典型事件、典型细节，用充满了文学气息的笔法和生动形象的语言展示人物的精神风貌，关注他们在历史中的价值。在历史叙述中，司马迁与旧史学"君举必书"最大的区别，是以"原始察终，见盛观衰"（《史记·太史公自序》）承担了发现社会运动规律的责任，以"稽其成败兴坏之理"（《报任少卿书》）提出了史述应在总结历史经验和教训的基础上为后世服务的政治主张。从这样的角度看，真正给史学带来一场前所未有的深刻的革命的是司马迁。

司马迁的新史学是在反省和清算旧史学的过程中建立起来的。在历史的进程中，史为什么能率先成为文化的掌握者？这与史的前身是巫觋有莫大的关系。女巫为巫，男巫为觋。巫觋是神职人员，负责氏族的祭祀活动。在神灵信仰盛行的年代，巫觋是沟通人与神之间的桥梁。当人类无法解释山川万物枯荣生死的自然现象时，因相信万物有灵，于是创造了异己的世界即神祇世界。神祇世界出现以后，由谁来传达神乃至上帝的旨意？由谁来建立人与神之间的联系？在历史的寻找中，人类把这一使命交给了巫觋。在神灵信仰的年代，为了从人生此岸到达神祇彼岸，人类不断地用自身的活动续写着神祇新篇，用文化描绘神祇世界中的美妙。在他们看来，凡是现实世界没有的，神祇世界那里肯

---

① [清]赵翼：《廿二史札记·各史例目异同》，见王树民校证《廿二史札记校证》上册，中华书局，1984年版，第3页。

定会有，而且会比想象的更加美好。既然人类对神祇世界充满了期待，那么，就应该努力地寻找到达的途径。在这中间，巫觋扮演了重要角色。经过苦苦的求索，文化求索的必然结果是创造出天梯神话。当天梯架起了人神交通的桥梁时，人类为取得的文化成果而欣喜鼓舞。遗憾的是，现实世界永远造不出通向神祇世界的天梯，也永远不会出现上帝为欢迎人类主动地放下天梯。尽管如此，寄托人类理想的神祇世界实在是太美丽了，美丽得让人心动。这样一来，人类需要用新的诉求来填补失缺的文化心理。在这一过程中，最容易办到的只能是取之现存，通过巫觋来传达神的指示。巫觋是神职人员，当他们煞有介事地娱神祭神、自觉地为世俗政权服务时，因宣示君权神授，受到君主的优待和重视。巫觋的称谓繁多。据《周礼》等先秦文献，巫觋有大祝、小祝、大史、小史、卜人、占人等称谓。祭神如神在，巫觋煞有其事的祭祀，一方面使宗教祭祀成为世俗生活中不可或缺的内容，另一方面由宗教祭祀延伸出来的活动又不断地增添新的文化诉求。

上古时期"巫史"并称，这一事实表明，巫觋作为知识的传播者和文化的传承者，经历了从巫觋到巫官，再从巫官到史官的历程。"文史星历，近乎卜祝之间"（《报任少卿书》），司马迁虽是为自己的境遇鸣不平，但从一个侧面道出了巫觋与史官之间的天然联系。在世俗化的进程中，巫觋由侍奉神灵到为君主服务，神职人员身份的变化是以文化诉求为先导的。具体地讲，国家制度建立以后，由祭神到祭祖，祭祀活动的世俗化和职事分工的细致化拧结在一起，史官遂成为为君主服务的掌书人员。王国维指出："史为掌书之官，自古为要职。殷商以前，其官之尊卑虽不可知，然大小官名及职事之名，多由史出，则史之位尊地要可知矣。"[1]史官记言、记事遂确立了旧史学的文化传统。很有意味的是，这一传统一经确立，便不再有人提出新的文化诉求。

对旧史学率先提出质疑的是司马谈、司马迁父子。汉初是个充满了人文气息的年代。从战国后期起，经过反复的确证，六经在诸子百家的共同努力下开始被尊崇为先王政典（先王留下的统治大法）。在这一文化背景下，当司马迁接受其父的史学思想，对"君举必书"的旧史学秩序提出质疑时，六经自身的史学品质、文化品质和思想品质必然要成为新史学及传记文学尊

---

[1] 王国维：《观堂集林·释史》，河北教育出版社，2001年版，第163页。

崇的最高范本。司马迁在选择史料方面是持审慎态度的，一方面以典章制度及历史文献为史述的依据，另一方面为印证这些文献的可靠性，又深入实地"采风"。文献与实地考察间的相互印证，使司马迁在信古与疑古之间作出选择，同时也使他的史述更具有真实性和可靠性。如他在《五帝本纪》中深有体会地写道："学者多称五帝，尚矣。然《尚书》独载尧以来，而百家言黄帝，其文不雅驯，荐绅先生难言之。孔子所传宰予问《五帝德》及《帝系姓》，儒者或不传。余尝西至空桐，北过涿鹿，东渐于海，南浮江淮矣，至长老皆各往往称黄帝、尧、舜之处，风教固殊焉，总之不离古文者近是。予观《春秋》《国语》，其发明《五帝德》《帝系姓》章矣，顾弟弗深考，其所表见皆不虚。《书》缺有间矣，其轶乃时时见于他说。非好学深思，心知其意，固难为浅见寡闻道也。余并论次，择其言尤雅者，故著为本纪书首。"从司马迁的交代中大体上可以看到这两种意向：一是使用史料时应持慎重的态度，应充分地考虑资料的可靠性。在史料众说纷纭的情况下，主要通过文献与实地考察相互印证的办法来进行资料取舍；二是疑古的目的是为了还原历史的本来面目，印证文献的目的是为了使史述有更为可信依据。那么，是否可以说司马迁就不相信文献呢？这种说法是不对的。如司马迁明确地表示《史记·殷本纪》系"采于《诗》《书》"，又如他在《三代世表》中指出："于是以《五帝系牒》《尚书》集世纪黄帝以来讫共和为《世表》。"像这样的例子在《史记》中比比皆是，这就告诉我们，司马迁在撰写《史记》时，是十分尊重已有的文化及文学成果的。

（本文发表于《陕西师范大学学报》〔哲学社会科学版〕2016年第1期，《新华文摘》2016年第7期论点摘编）

张强，1956年生，1997年毕业于陕西师范大学中国古代文学专业，文学博士，师从霍松林先生，现为淮阴师范学院副院长，同时兼任中国社会科学院研究生院兼职教授、《中国文学年鉴》编委。

《史记·魏公子列传》的取材及撰写

任 刚

内容摘要：通过将《史记·魏公子列传》和《魏策四·信陵君杀晋鄙》、《荀子·臣道》有关材料进行对照后可知：以"窃符救赵"为中心的有关故事当出于有关文字记载。到大梁的考察，既使司马迁了解了一些重要的有关信息，也深化并激活了他对有关的文字材料的理解，影响了本传的立意和构思。

关键词：《史记·魏公子列传》；取材；撰写；文字材料；非文字材料

《史记·魏公子列传》中的主要事迹不见于今本《战国策》，也不见于其他先秦典籍。对此，学者多有说法。本文从有关材料出发，利用梁启超《中国历史研究法》中的文字材料和非文字材料的理论，对《史记》中魏公子的有关材料来源做一点探讨。

一、有关文字材料的推断

《史记》材料的来源往往在《史记》传赞中有交代，研究《史记》传赞中的有关信息对于探讨《史记》取材往往有一些启发和帮助。司马迁在《魏公子列传·赞》中说："吾过大梁之墟，求问其所谓夷门。夷门者，城之东门也。天下诸公子亦有喜士者矣，然信陵君之接岩穴隐者，不耻下交，有以也。名冠诸侯，不虚耳。高祖每过之而令民奉祠不绝也。"[①]

---

① [西汉]司马迁：《史记》，中华书局，1959年版，第2385页。

这段话主要说信陵君以至诚之心待客。细绎文意，大意是说对信陵君待客的事迹司马迁早已知悉，到大梁实地考察后更加印证了有关说法，同时也解释了其心中有关"夷门"的疑惑。司马迁为什么要搞清楚"夷门"？因为有个"夷门侯生"的故事。"夷门"是"城之东门"，七十岁的侯生是大梁城东门的一个守关者，地位极低下，但信陵君却给了他至大至真的尊重。可以断定，"夷门侯生"的故事就是本传中所载侯生的故事。东方朔《与公孙弘书》云："盖闻爵禄不相责以礼，同类之游，不以远近为是。故东门先生居蓬户空穴之中，而魏公子一朝以百骑日造之……"[1]王叔岷认为这里的"东门先生"就是夷门侯生[2]。东方朔、公孙弘和司马迁是同时代的人，从这段材料可见有关信陵君厚待侯生事迹的流传之盛、普及之广，也为本传有关记载提供了一个旁证。但司马迁对于"夷门"的疑惑是怎么来的，是得自社会上的传说还是得自典籍记载？实际生活中的情形常常是这样的：在人们潜意识中，文字的记录是可信的；而社会上的传说往往在可信不可信之间徘徊。同样是一件惊天动地的事情，出自文字记录，人们趋向于信；出自社会流传，则易以为诞。一般来说，由文字记录激起的好奇相对社会上的传说而言，往往更大。调查研究中不懂之处可以直接向被调查者请教；传世文献中不懂的材料可以请教有关专家学者，还可以查阅有关材料，如还不懂，往往就成为疑问；这疑问的解决途径往往就只能去实地考察。《史记》中有不少这样的事例，典型的如黄帝地位的确定等。王国维以为，去大梁实地考察，是司马迁二十岁时的事，[3]则知"夷门侯生"事当在其二十岁以前，正是司马迁读万卷书的时期。从司马迁对"夷门"的疑惑不解，可以推断，这材料当来源于传世的文献。是什么传世文献呢？从故事产生的时代背景（战国末年）看，或许如同《史记》中关于四公子的一些材料来源于"战国之权变"一样，本传有关侯生的材料也应当来源于"战国之权变"，《战国策·魏策四·信陵君杀晋鄙》云："信陵君杀晋鄙，救邯郸，破秦人，存赵国，赵王自郊迎。"作为说辞的背景材料，突出的是说辞，不必明言侯生、朱亥，但与侯生、朱亥事迹密切相关，可作为本论点的有

---

[1] [唐]徐坚等：《初学记》，中华书局，2004年第2版，第436页。《太平御览》卷四〇六、四一〇亦载。

[2] 王叔岷：《史记斠证》，中华书局，2007年版，第2379页。

[3] 王国维：《观堂集林》卷十一《太史公行年考》，上海古籍出版社，1983年版，第4页。

力旁证。或许以后还可见更加直接的证据。从《史记》战国文字材料主要来自"战国之权变"看，我总觉得战国四公子的材料也来源于"战国之权变"，只是有的后来散佚了。当然，也有可能是不同于"战国之权变"的另外的著作。战国是一个著述的时代，四公子的门客又多，其中当不乏有文采、善著书者，这类人把四公子的言论、事迹记录下来的可能性很大。事实上，魏公子有兵书传世，吕不韦也效仿战国四公子，《吕氏春秋》即其门客集体智慧的结晶。从今本《战国策》的成书、版本流传情况看，完全拿今本《战国策》比勘以定《史记》材料之有无，说服力并不是很强。如果是这样的话，与"夷门"有关的一系列诸如厚待侯生、窃符救赵、椎杀晋鄙等震撼千古的材料当出自传世文献，属于文字材料。这样才可以和"信陵君之接岩穴隐者，不耻下交，有以也。名冠诸侯，不虚耳"一气贯通。不仅如此，从"信陵君之接岩穴隐者，不耻下交，有以也。名冠诸侯，不虚耳"还可推而广之，所有关于信陵君待客的记录，从这次司马迁对大梁的实地调查中都得到了印证，而本传所载仅仅是其中两例而已①。"有以也""不虚耳"，属上句还是属下句，学术界有不同的看法，本文上引为通行本标点法；刘盼遂标点为："然信陵君之接岩穴隐者，不耻下交。有以也，名冠诸侯；不虚耳，高祖每过之而令民奉祠不绝也。"韩兆琦持此说；②张文虎以为"疑为衍'也'字，'有以'二字错简，当在末'奉祠不绝'下。"③中井积德说同张文虎。④此皆以"高祖每过之而令民奉祠不绝也"文意不完而发。沈家本认为"'有以'者，言公子之不耻下交，非若诸公子之徒为豪举，欲得岩穴之士为魏用也。三字之内含蓄不尽。如《札记》说（即张文虎《校勘史记集解索隐正义札记》）于文则明白，然恐非史公

---

① 《列士传》曰：魏公子无忌方食，有鸠飞入案下，公子使人顾望，见一鹞在屋上飞去，公子乃纵鸠，鹞逐而杀之，公子暮为不食，曰：鸠避患归无忌，竟（《太平御览》九百二十六作竟。）为鹞所得，吾负之，为吾捕得此鹞者，无忌无所爱，于是左右宣公子慈声旁国，左右捕得鹞二百余头，以奉公子，公子欲尽杀之，恐有辜，乃自按剑至其笯上曰：谁获罪无忌者耶，一鹞独低头，不敢仰视，乃取杀之，尽放其余，名声流布，天下归焉。（《艺文类聚》，卷九一，上海古籍出版社，1999年版，第1589页）由此可见信陵君待客之心。

② 见韩兆琦《史记笺证》，江西人民出版社，2004年版。第4292页。

③ [清]张文虎：《校勘史记集解索隐正义札记》，北京图书馆出版社，2004年版，第164页。

④ 【日】中井积德：《史记会注考证》，北岳文艺出版社，1999年版影印本，第3678页。

之意也，此以后人之文法绳古人而转失其旨者也。"①窃以沈家本所言为是。从上下文意看，"有以也"三字确实"含蓄不尽"，可意译为"的确是这样啊"，即有关典籍上的记载是准确的。魏公子死后十五年，即前225年，大梁破，魏国灭。可以推想魏公子为了挽救魏国想尽了办法，认为只有大量的人才才可以解除或缓解魏国面临的绝境（我以为魏公子之所以在救不救魏其事上犹豫，和魏其侮辱范雎有直接关系），也可看出他"窃符救赵"的原因是以六国为一体。面临着同样的命运时，只有魏公子是鞠躬尽瘁，知其不可而为之，做到了无以复加的地步！同时，大梁之行也印证了信陵君"名冠诸侯"的观点。"名冠诸侯"意思是信陵君的名声超过了当时的国君，是当时六国的精神领袖，这是一个非常高的评价。故司马迁曰"不虚耳！"意即有关典籍上的记载是有根据的，不是虚构，与《五帝本纪·赞》中"其所表见皆不虚"之"不虚"同。信陵君"窃符救赵"之事在当时社会上引起的反响非常剧烈，可谓惊天动地！然而，更让人吃惊的是这件事情的主谋是夷门抱关者侯嬴，完成人是市井鼓刀屠者朱亥。因此，从文意上看，"有以也！""不虚耳！"属上句似乎更契司马迁原意，我们也因此从这两句感叹的话，推断出调查研究对于文字材料的印证和深化。

从《史记》中有关取材的论述看，司马迁凡有"有以也！""不虚耳！"之类的感慨处，大多因文字材料而发。如《五帝本纪·赞》："其所表见皆不虚。"《三代世表·赞》："夫子之弗论次其年月，岂虚哉！"《惠景间侯者年表·赞》："太史公读列封至便侯曰：有以也夫！"《商君列传·赞》："余尝读商君《开塞》《耕战》书，与其人行事相类。卒受恶名于秦，有以也夫！"这也可以从一个侧面说明我以上的推断是有道理的。如果把《信陵君列传·赞》与《五帝本纪·赞》等对取材的叙述进行比较，就会发现司马迁在这些传记中对取材叙述的思路如出一辙，司马迁总是在文字材料之间和实地调查之间进行对接、印证。从今本《战国策》有关记载看，"天下诸公子亦有喜士者矣"这句话是有文字依据的。不同之处，只在于有的未说明出处，有的说明了出处。

从以上简单分析可知，有关"夷门侯生"故事出自文字材料的可能性比较

---

① [清]沈惟贤：《史记琐言》，见徐蜀编《史记订补文献汇编》，北京图书馆出版社，2004年版，第375页。

大。因此,"求问其所谓夷门"之"其",这与《魏世家·赞》中的"说者皆曰魏以不用信陵君故"之"说者"同,应当译为"学者",或者"研究者",显然,"其"所代表的内容应当为相关的文章或著作。各种注本、今译本对"其"字不解释、不翻译,应当说是一个小小的纰漏。

《魏公子列传》可见的文字材料,今本《战国策》最主要的有五则。其中《赵策三·秦攻赵平原君使人请救于魏》:"秦攻赵,平原君使人请救于魏。信陵君发兵至邯郸城下,秦兵罢。"关于解邯郸之围,非常简略。《魏策四·信陵君杀晋鄙》:

> 信陵君杀晋鄙,救邯郸,破秦人,存赵国,赵王自郊迎。唐且谓信陵君曰:"臣闻之曰,事有不可知者,有不可不知者;有不可忘者,有不可不忘者。"信陵君曰:"何谓也?"对曰:"人之憎我也,不可不知也;吾憎人也,不可得而知也。人之有德于我也,不可忘也;吾有德于人也,不可不忘也。今君杀晋鄙,救邯郸,破秦人,存赵国,此大德也。今赵王自郊迎,卒然见赵王,臣愿君之忘之也。"信陵君曰:"无忌谨受教。"

"唐且之说"及其背景。"唐且之说",《魏公子列传》为"客有说公子",二者说词内容大致一样、情节大致一样。"《策》词详于事,《史》事、词并详,此其异也。"《策》可以看作史公所本。这是《魏公子列传》中现在可以确定的唯一有情节的材料。

《魏四·魏攻管而不下》中记载,信陵君想通过安陵君、缩高得到管地,遭到拒绝。与好客关系不十分密切,故本传不载。

关于《魏公子列传》的材料来源,我们还可以从《荀子·臣道》中做大致的推断。《荀子·臣道》:"有能抗君之命,窃君之重,反君之事,以安国之危,除君之辱,功伐足以成国之大利,谓之拂。""信陵君之於魏,可谓拂矣。"[1]从荀卿对"拂"的定义看,仿佛专指信陵君在大是大非面前不顾国君而"窃符救赵"的事迹:"抗君之命"谓杀晋鄙而带八万精兵赴秦,"窃君之重"谓窃符救赵,"反君之事"谓信陵君替国君做了应做的事。这三者正和"窃符救赵"前后故事相同,只不过是概括,而无具体史实。《臣道》中还分

---

[1] [清]王先谦:《荀子集解》,见《诸子集成》,上海书店,1996年版,第166页。

别论述了孟尝君、平原君，也基本上是专指。荀卿所指"拂"，只有信陵君一人，可谓专指信陵君而言。

《荀子·臣道》还说："通忠之顺，权险之平，祸乱之从声，三者，非明主莫之能知也。争然后善，戾然后功，出死无私，致忠而公，夫是之谓通忠之顺，信陵君似之矣。"①从荀子的论述和史实可知"通忠之顺"者极少，而荀卿许信陵君。王先谦认为荀子这个结论从"窃符救赵"得出，从概括和史实的符合程度看，其说为是。

荀子对"窃符救赵"的关注程度以及对信陵君的高度评价，既从一个侧面说明本赞"名冠诸侯"的含义，也从一个侧面看出司马迁的这个结论的文字依据。

荀子生卒之年不可考，其大约生活于公元前298—238年之间，是经历过长平之战、邯郸之围的，而且是在人生精力最充沛时经历的。虽不知他在这个巨大的历史事件中的表现，但是荀子是一个非常关心现实的学者，对于这个战国时期前所未有的大事件，一定是非常关注，从这个角度说，他也可以是"窃符救赵"的见证人。

假定公元前238年是荀卿的卒年的话，"窃符救赵"在公元前257年，距荀卿卒年19年。一般认为，前238年是最后的荀卿活动的时间，或许还可能在此之前，也就是说，信陵君"窃符救赵"时，荀卿在楚国的可能性是有的。他是春申君的座上客，春申君是赴赵救邯郸之围的楚军的主将，说不定当是荀卿就已经定居于楚国，所以，荀卿这里专指的有关信陵君的"窃符救赵"之举，一定是可靠的史实。退一步说，即使荀卿当时不在楚国，他也会非常关注这个重大的历史事件的；后来到楚国后，对此事也一定有比较详细的了解。由此，《魏公子列传》的相关故事，也一定是可靠的史实。作为一个试图解决现实问题又面向未来的严谨的大学者，荀卿不可能根据道听途说立论。

从《魏策四·信陵君杀晋鄙》《荀子·臣道》中有关信陵君事迹可以断定："窃符救赵"是有事实和文字依据的，与此相关的"夷门侯生"故事也当有事实和文字依据。

信陵君在赵好客的故事出处待考。

---

① [清]王先谦：《荀子集解》，见《诸子集成》，上海书店，1996年版，第170页。

二、非文字材料对本传取材的影响

关于魏公子的非文字材料大致有两个来源：一是社会上的广为流传，一是司马迁的实地考察。

社会上流传的信息源，大致有两个：一是历史人物的后代，一是有关知情人。

关于信陵君的后代，《史记》中没有记载。后世史书中有一些蛛丝马迹，不知确否，列出如下。《唐书·京兆王氏世系表》："信陵君无忌生闲忧，袭信陵君。闲忧子卑子，逃难泰山，汉高祖招为中涓，封兰陵侯。"①《孔丛子·执节篇》："魏公子无忌死，韩君将亲吊焉，其子荣之以告子顺。子顺曰：'必辞之。'礼，邻国君吊君主之，今君不命子，则子无所受其君也。其子辞韩，韩君乃止。"②《陈丞相世家》载陈平因魏无知见高祖，《索隐》："《汉书〈张敞与朱邑书〉》云'陈平须魏倩而后进'孟康云即无知也。"③陈平魏人，高祖敬魏公子，魏无知从高祖，其宠信程度可知。陈平求魏无忌向高祖举荐自己，在情理之中；而魏无忌无疑也是举荐陈平的最佳人选。陈直说："《北魏书·魏收自序》，称魏公子无忌孙无知，封高粱侯。《元和姓纂》《新唐书·丞相世系表》并同。虽出家谍，比较可信。"④按《北魏书·魏收自序》虽非原魏收之《自序》⑤，又《史记·高祖功臣后者年表》载高粱侯为郦疥，载之凿凿，魏无知是否为高粱侯也成问题。但基本事实，即魏无知为魏公子孙，在汉代受尊宠（陈平深得汉高、吕后信任，文帝时任右丞相，以荣名终，称贤相，不忘无忌举荐之德）当没有问题。信陵君的后代对自己家族的事情了解得比较多。

知情人。张耳曾为魏公子门客，后张耳学魏公子广招门客，高祖年轻时数从张耳游，客数月。高祖后来厚待张耳，也一直尊崇魏公子，这就为魏公子的事迹的传播提供了有利的环境和条件。

---

① [宋]欧阳修、宋祁：《新唐书·丞相世系二中》，中华书局，1975年版，第2651页。
② [宋]李昉等：《太平御览》卷九二六，中华书局，1960年版，第4116页。
③ [西汉]司马迁：《史记》，中华书局，1959年版，第2054页。
④ 陈直：《史记新证》，天津人民出版社，1979年版，第112页。《汉书新证》所载同。
⑤ [北齐]魏收：《魏书·自序》，中华书局，1974年版，第2327页。

一个历史事件发生后，就开始传播。就《史记》的实际情况看，由家族和知情人输出的信息，成为在社会上广为流传的信息。这些信息有的被整理成书，变成文字材料。有的则仍然在社会上流传，流传过程中会出现一些不同的版本。这种情况在《史记》中是普遍的。就本传而言，如上而言，"夷门侯生""窃符救赵"是有文字依据的，个别细微的地方可能有一些夸大和修饰，这些夸大和修饰具体是什么，现在不好考知了。

古人有读万卷书行万里路的传统，从司马迁从小受的教育和二十岁后的漫游可以看出，司马谈对司马迁的教育是这种教育理念的典型范例。就本传而言，从有关材料看，司马迁在去大梁调查之前就对魏公子的事迹相当熟悉，司马迁是带着极高的崇敬和极大的好奇到大梁的，目的十分明确。司马迁两次提到他到大梁的考察，一在《魏世家·赞》，一在《魏公子列传·赞》，二"赞"都以魏公子为中心，可推断他到大梁有重大收获，大致表现为两个方面：一是有关魏的最后岁月，一是有关魏公子的。这种收获我以为主要表现为大梁所看到听到的一切，对于本传取材而言，主要表现为：第一印证了有关文字材料，第二，进一步激活了文字材料。就印证文字材料而言，如前所述司马迁之感叹"有以也！""不虚耳！"大大加深了对有关文字材料的理解。这里主要谈第二点。

就激活而言，主要表现为如下几点：

首先，加深了对魏亡的认识。《魏世家·赞》："吾适故大梁之墟，墟中人曰：'秦之破梁，引河沟而灌大梁，三月城坏，王请降，遂灭魏。'说者皆曰魏以不用信陵君故，国削弱至于亡，余以为不然。天方令秦平海内，其业未成，魏虽得阿衡之佐，曷益乎？"主要有二点：一是魏的最后岁月是在水灌大梁三月度过的，最后城坏投降而亡的。魏是坚持到实在没有办法的情况下投降的，可谓悲壮。这个关于魏亡的说法在司马迁之前未见记载，《史记》首先记载了这一史实。第二，纠正了一些流行的说法。有的学者认为魏以不用魏公子而亡，司马迁通过这次大梁之行否定了这种说法。认为魏公子及魏国最高统治集团为挽救魏国的命运想尽了办法，进行了艰苦卓绝的努力，最终无济于事。这说明秦统一中国是大势所趋，任何个人的努力都是徒劳枉然的，最理想的结果无非就是苟延残喘而已。魏公子礼贤下士达到了卓绝古今的地步，最后只能做一些同归于尽的努力，大大强化了魏公子面对颓势无奈而又誓死捍卫祖国的可歌可泣的心性。论者多以为魏公子最后岁月的饮醇酒、近妇人是魏王疑心所致，岂止如此啊！实际上在他心底有更加深广巨大的黑暗与恐惧，这就是急速的祖宗江山的江河日下、无可挽回败亡趋势。魏公子病于酒，大梁城毁于水，真是落木萧萧无边，凄风苦雨正浓啊！《信陵君列传》写得极生动极感人的心理机制就在此处。

其次，刺激了司马迁的创作灵感。在一定程度上说，《史记》不同于其他史书的内在之处就在于《史记》是文字材料和非文字材料的有机组合。《史记》中写得生动如在目前的篇章尤其如此。二者的结合使得司马迁进入了一种最理想的创作状态，文字材料为其基础，访古问故的目前场景使得文字材料变得活动起来，使司马迁进入自在的、挥洒的状态。这种状态激发出一种司马迁叫作"想见"的本领，这种"想见"常常出现，如"想见"孔子，"想见"屈原等，这种冲动太强了，以至于能想象出在几百年以前的一幕一幕的情景。就本传而言，我们完全可以想见司马迁站在大梁城的废墟上，脑海里闪现的一幕一幕生动鲜活的历史画面，来到"夷门"旧址，看到了他在本传为我们展现的信陵君厚待侯生等一系列震撼千古的情景。也使我们看到了信陵君那尊敬、真诚、执着、无畏，那平静而又彻底的保卫祖国的类似宗教情感的心性。

再次，影响了本传的立意和构思。立意和构思就是写什么和怎么写的问题。每一个作家和史家都会遇到这类问题。写什么、怎么写是衡量一个史家和作家及其作品水平、质量高低的最重要的标尺。传记的写作被认为是各文体中写作难度最大的一种，难就难在作者必须对传主有透彻的了解，这是传记的核心；而人是最难了解的，历史长河中的人更难了解，特别是历史上有影响的人物。这些历史人物本身就很复杂，随着历史的流逝，这些历史人物的许多事迹已消失在历史长河中了，而司马迁偏偏选择了他们作为对象，其创作的难度可想而知。《史记》是一部期望很高、主旨甚明的纪传体著作，这对司马迁的挑战也是可想而知。因为写什么、怎么写，不仅仅事关某一历史人物本身的事业功名，还要顾及整部著作的主旨，还要尽量地还原历史本真。

为此，司马迁大量研究某某历史人物的"为人"（某个历史人物是一个什么样的人）。司马迁对历史人物的了悟能力古今罕有其比。这既是历史的幸运，也是中华民族的幸运，使得后世看清了"天人之际，古今之变"，也看清了历史人物的本来面目，忠奸优劣，昭然若揭。有一句话说：传记作家找到了适合他的传主，是传记家的幸运，也是传主的幸运。就司马迁而言，这似乎有些片面。司马迁似乎适合所有的传主，而有的传主是幸运的，有的则是不幸运的。比如李斯，汉人认为他"极忠而死"，司马迁充分证明他是为维护一己富贵而死，从而为李斯在历史上定了性，这真是令乱臣贼子惧。而对于历史上与司马迁神契的传主，这真是一种幸运，比如项羽，比如魏公子等。

对于"名冠诸侯"的信陵君该写什么、怎么写，是一件颇费踌躇和挑战的事情。梁启超《中国历史研究法补编》总结得非常精彩："信陵君就是这样一个人，胸襟很大，声名很远。从正面写，未尝不可以，总结得很费力而且不易出色。太史公就用旁敲侧击的方法，用力写侯生，写毛公、薛公，都在这些小人物身上着笔，本人反为很少。因为如此，信陵君的为人格外显得伟大，格外显得奇特。这种写法不录文章，不写功业，专从小处落墨，把大处烘托出来，除却太史公以外，别的人能够做到的很少。"①

梁先生总结得固然精彩，但本传写小人物仅仅是衬托信陵君为人的伟大吗？如从《史记》全书着眼分析的话，就会觉得不仅仅如此，梁先生还有未及之处。这未及之处，钱穆先生在《现代中国学术论衡》中道出："迁书记孟尝、平原、信陵、春申四公子故事，均不见于《战国策》，而如孟尝君门下之冯谖，平原君门下之毛遂，信陵君门下之侯嬴，此皆三公子三千食客中所稀遘难得之杰出人才。然世人亦仅知孟尝、平原、信陵而已，自经迁书之详载乃知孟尝、平原、信陵之得为孟尝、平原、信陵，其背后皆大有人在。此乃一番决大提示，决大指点。"②

梁先生、钱先生可谓知司马迁者。他们看出了司马迁眼光之深邃、笔力之雄浑。司马迁有将魏国以及其他五国的安危系于魏公子的意思。魏公子与安釐王死于同一年。魏公子一死，秦使蒙骜攻魏，拔二十城，置东郡。后秦稍蚕食魏，十八岁而虏魏王，屠大梁。魏灭后，二年楚灭，三年赵、燕灭，四年齐灭，而秦始皇统一天下。本传首先展示的是乱世中的一盘棋，战国末年六国与秦国的纷争，何尝不是一盘棋？就魏公子而言，他是在竭忠尽智地维持着六国与秦国的这场博弈不至于很快输掉，以求万一之变。而这种苦撑，又是在安釐

---
① 梁启超：《中国历史研究法补编》，上海古籍出版社，2001年版，第201页。
② 钱穆：《现代中国学术论衡》，三联书店，2001年版，第102页。

王的怀疑猜忌中进行的。这就是本传的立意和构思。天人之际，古今之变，人情世态，皆汇于此传，可谓力透纸背。末世总会有一点黑色幽默。

（本文发表于《安康学院学报》2012年第5期）

任刚，1963年生，2007年毕业于陕西师范大学文学院，文学博士，师从霍松林先生。现为西安工程大学人文学院教授。

《史记》文学经典的建构过程及其意义

张新科

内容摘要：司马迁的史学巨著《史记》成为中国文学的经典之作，其原因是多方面的，除了它本身具有独特的文学价值外，还在于历代读者对其文学价值的阐释、认可与接受，即文学经典的建构。汉至唐，是《史记》文学经典地位的奠定时期；宋元则是《史记》文学经典地位的确立时期；到了明清，《史记》文学经典地位进一步巩固；至近现代，《史记》文学经典地位不断加强。《史记》文学经典的建构，扩大了《史记》的文化价值，促进了中国文学的发展，并且使《史记》中有价值的历史人物走向永恒的时间和无穷的空间。在历时与共时的存在范畴里，《史记》不断实现着自我的保值与增值。这种保值与增值，就是《史记》不断被经典化的过程。

关键词：《史记》；文学经典；经典化

司马迁的《史记》是中国文化史上的经典之作。作为史学名著，它成为不朽经典，自有其许多道理，我们姑且不论。那么，一部史学著作为什么能跨出历史的门槛而成为文学领域的经典，以至于各种版本的《中国文学史》都要把《史记》作为汉代文学的重点进行论述？这是需要我们深思的。所谓经典不是作者自封的，而是由读者认可、肯定的。文学经典的建构，是一个长期的过程，而且有许多要素，如文本自身的价值、文本的传播、读者的消费与接受，等等。《史记》之所以能成为文学经典，首先在于它本身具有独特的文学价值，这是成为经典的根本和基础，尤其是《史记》中的本纪、世家、列传三种体例的叙事、写人，最能体现它的文学价值，对此学界已有较多的研究①。我们也姑且不论。本文主要探讨《史记》文学经典建构的外部原因。《史记》作为文本产生以后，后代不同的读者对它产生不同的认识，而且经过不同时代的反复检验，《史记》作为文学经典逐渐被建构起来。在这个建构过程中，读者始终是主体。如果借用接受美学理论来认识这个过程，那么它包括普通读者阅读欣赏《史记》的"审美效果史"、评论家对《史记》的"意义阐释史"、文学家对《史记》学习而进行创作的"经典影响史"。这些方面综合在一起，共同促进了《史记》文学经典的建构。

一、汉至唐：《史记》文学经典地位的奠定

《史记》文学经典的建构从汉代起步，而且是与它史学地位的变化密切联系，因为《史记》首先是历史著作。总体来看，起步较为艰难。司马迁《史记》完成之日，正是汉武帝"罢黜百家、独尊儒术"的思想确立之时，在当时正统思想家眼里，《史记》是离经叛道之作，是"谤书"，东汉司徒王允说："昔武帝不杀司马迁，使作谤书，流于后世。"②魏明帝说："司马迁以受刑之故，内怀隐切，非贬孝武，令人切齿。"③视《史记》为洪水猛兽，因此，《史记》不可能成为经典，这是政治势力对经典建构的干预。同时，史学在两汉时期还没有它独立的地位，它被作为经学的附庸而列入《春秋》类中，这种文化背景也影响到《史记》文学经典的建构。再者，当时的文人学士，舞文弄墨，喜欢的是铺张扬厉、对偶工整、语言华丽的辞赋，而司马迁的《史记》则是用一种自由奔放、参差不齐的散体长短句，这就使得它的流传受到影响。司马贞《史记索隐序》称："（《史记》）比于班书，微为古质，故汉晋名贤未知见重，所以魏文侯听古乐则唯恐卧，良有以也。"本此，《史记》的传播遇到很大的阻力，一般读者无法见到这部著作，读者对《史记》的消费受到限

---

① 当代《史记》研究学者季镇淮、白寿彝、冯其庸、施丁、杨燕起、聂石樵、徐朔方、可永雪、宋嗣廉、郭双城、韩兆琦、张大可、吴汝煜、李少雍、赵生群、俞樟华、张强等，在他们的《史记》研究论著中，从不同角度挖掘了《史记》的文学特征及其价值，笔者拙作《史记与中国文学》对此也进行了探讨。限于篇幅，这里不一一罗列。

② 《后汉书·蔡邕传》，中华书局，1965年版，第2006页。

③ 《三国志·王肃传》，中华书局，1959年版，第418页。

制,其文学价值难以被挖掘和欣赏,也就影响它的文学阐释以及经典的建构。直到东汉中期以后,《史记》才在社会上得到比较广泛的流传①。魏晋以来,强大的思想解放潮流冲击着儒家的传统思想,人们从禁锢中解放出来,思想认识有了新的变化。与此同时,学术上的一大变化就是:史学摆脱了经学附庸地位,在学术领域内形成一门独立的学科,《史记》史学的身价得以提高。同时,文学也走上自己独立的道路,此时被学界称为"文学的自觉时代"。曹丕《典论·论文》称"文章者,经国之大业,不朽之盛事",充分肯定文学的价值。范晔《后汉书》在《儒林列传》之外另设《文苑列传》,把文学与学术区别开来。《南史·宋文帝本纪》:"元嘉十五年,立儒学馆于北郊,命雷次宗居之。十六年,上好儒雅,又命丹阳尹何尚之立玄学,著作左郎何承天立史学,司徒参军谢元立文学。各聚门徒,多就业者。"文学与儒学、玄学、史学并立学馆。文学自觉,使《史记》的文学价值得以展现,此期的史传和各种形式的杂传以及志人小说大都学习《史记》的写人方法。一些咏史诗也从《史记》中取材,如班固《咏史》、陶渊明《咏荆轲》、虞羲《咏霍将军北伐》等。以诗的形式歌咏历史人物,使历史人物身上具有了诗的意味,进入文学的殿堂。

汉魏六朝时期,就《史记》传播而言,司马迁的外孙杨恽是《史记》的第一个传播者②。后来,《史记》在流传中有所残缺,褚少孙又补续了某些篇章,使《史记》成为完璧。另据《汉书·艺文志》《史通·正史篇》等资料,在班彪、班固父子之前,续写《史记》的还有冯商、卫衡等十六人。桓宽《盐铁论》、刘向《别录》已开始节引或直接引用《史记》原文,高诱用《史记》注释《吕氏春秋》《战国策》,他们对《史记》的传播都做出了一定的贡献。有了传播,就有了读者的消费阅读。魏晋以后,读《史记》的风气愈来愈浓,如《梁书·曹景宗传》说曹景宗"颇爱史书,每读穰苴、乐毅传,辄放卷叹息曰:丈夫当如是!"《梁书·文学传》说袁峻"抄《史记》《汉书》,名为

---

① 据陈直先生《太史公书名考》一文考证,《史记》原名《太史公书》,称《史记》开始于东汉桓帝之时(《文史哲》,1956年第6期)。清人梁玉绳《史记志疑》云:"取古'史记'之名以命迁书,尊之也。"(中华书局,1981年版,第1489页)书名的变化表示人们对《史记》的尊崇,也说明此期《史记》的传播较为广泛。

② [东汉]班固《汉书·司马迁传》:"迁死之后,其书稍出。宣帝时,迁外孙平通侯杨恽祖述其书,遂宣布焉。"中华书局,1962年版,第2737页。

二十卷。"《隋书·李密传》：李密师事包恺，"受《史记》《汉书》，励精忘倦，恺门徒皆出其下。"《晋书·孝友传》："刘殷有七子，五子各授一经，一子授《太史公》，一子授《汉书》。一门之内，七业俱兴。北州之学，殷门为盛。"而且，据李延寿《北史·高丽传》载高丽"书有五经、三史、《三国志》《晋阳秋》"，可见唐以前《史记》已流传异国。

《史记》流传之广，与当时文人的积极评价分不开。扬雄、班氏父子、王充、张辅、葛洪、刘勰等人都对《史记》进行了评论。例如，刘勰《文心雕龙·史传》把《史记》列入大文学范围进行评述。萧统《文选》不收历史记载，但收录"事出于沉思，义归乎翰藻"的史论十三篇，却没有《史记》论赞，可见萧统对《史记》文学价值的认识有一定偏颇。从各家对《史记》评论方面看，主要涉及以下几个方面的问题。

第一，对司马迁叙事才能的认可。尽管当时人们对《史记》有许多不同的看法，但对司马迁的叙事有比较一致的意见。扬雄《法言·重黎篇》："或曰：《周官》，曰立事；《左氏》，曰品藻；《太史迁》，曰实录。"范晔《后汉书·班彪传》记载班彪说司马迁"善述序事理，辨而不华，质而不野，文质相称，盖良史之才也。"班固《汉书·司马迁传》云："自刘向、扬雄博极群书，皆称迁有良史之才，服其善序事理，辨而不华，质而不俚，其文直，其事核，不虚美，不隐恶，故谓之实录。"这些评论，肯定了司马迁的叙事才能，尤其是肯定了司马迁秉笔直书的实录精神。这些评论也说明《史记》的叙事成就是建立在历史真实之上的，这是《史记》成为文学经典的基础，也是异于一般纯虚构文学作品的关键点。

第二，对《史记》"爱奇"倾向的认识。扬雄《法言·君子》："多爱不忍，子长也。仲尼多爱，爱义也；子长多爱，爱奇也。"谯周也曾说司马迁"爱奇之甚"[①]。刘勰《文心雕龙·史传篇》则说《史记》有"爱奇反经之尤"。以上各家，初步认识到《史记》独特的文学审美倾向，但没有深入到"奇"的真正内涵，只认识到"奇"的表面现象，甚至把"奇"与"义"、"奇"与"经"对立看待。

第三，班氏父子提出"史公三失"问题。扬雄曾指出，司马迁"不与圣

[①] [西汉]司马迁：《史记·孟子荀卿列传》司马贞《索隐》引，中华书局，1959年版，第2346页。

人同，是非颇谬于经。"①可以说看出了《史记》一书的独特之处，但带有贬义。班彪、班固继承了扬雄的观点，更明确地说司马迁有三个方面的失误："是非颇谬于圣人，论大道则先黄老而后六经，序游侠则退处士而进奸雄，述货殖则崇势利而羞贱贫，此其所蔽也。"②他们的评价对后代影响很大，以至于成为整个封建社会《史记》研究的一条主线③。这种评论，实质上也涉及《史记》的人物选择问题，司马迁选择游侠、货殖人物入传，以表现一家之言，这既是史学问题，也是文学问题。

第四，班马优劣之论。《史记》《汉书》是汉代两部有代表性的史传著作，汉魏六朝时期，人们已经开始对它们进行比较研究了，在比较中较多地涉及文学方面。"王充著书，既甲班而乙马，张辅持论，又劣固而优迁"④。王充《论衡》中说班氏父子"文义浃备，纪事详赡，观者以为胜于《史记》"，着眼于"文义"和"叙事"。晋人张辅撰《班马优劣论》，认为"迁之著述，辞约而事举，叙三千年事，唯五十万言；班固叙二百年事，乃八十万言，烦省不同，不如迁一也。"⑤这是以文字的多少、叙事的详略来判断《史记》《汉书》的优劣。范晔《后汉书·班固传》曰："迁文直而事核，固文赡而事详"，较公允地指出了两书的不同特征，也特别注重文学叙事。他们的评论，在后代也引起了无休止的争议，甚至成为一门学问。

另外，魏晋南北朝时期是中国古代文学理论发展的重要时期。司马迁在《史记·太史公自序》和《报任安书》中提出的"发愤著书"理论在文学理论方面得到新的发展和提升。钟嵘《诗品》提出"怨愤说"、刘勰《文心雕龙》提出"蓄愤说"，都是继承和发展司马迁的思想，说明司马迁的著述理论已进入文学的领域而被人接受。⑥

汉魏六朝时期对《史记》文学经典的建构刚刚起步，初步显示出一定的

---

① [东汉]班固：《汉书·扬雄传》，中华书局，1962年版，第3580页。
② [东汉]班固：《汉书·扬雄传》，中华书局，1962年版，第2737—2738页。
③ 鹿谞慧：《试论封建社会史记研究的主线》，《学术月刊》，1986年第1期。
④ [唐]刘知几：《史通·鉴识》，见浦起龙《史通通释》上，上海古籍出版社，1978年版，第204页。
⑤ 《晋书·张辅传》，中华书局，1974年版，第1640页。
⑥ 笔者《六朝新文学理论的先声——司马迁对魏晋南北朝文论影响三题》一文对此有详述，《陕西师范大学学报》，1997年第2期。

文学认可。到了唐代情况有了很大变化，《史记》文学经典的地位得以正式奠定。主要原因在于：

第一，从文化背景来看，由于统治者对修史的重视，史学地位的提高，尤其是"正史"地位之尊，使《史记》备受尊崇，纪传体成为修史之宗。唐代编纂的八部史书（《晋书》《梁书》《陈书》《北齐书》《周书》《隋书》《南史》《北史》）全都采用纪传体。这是从实践上对《史记》纪传体的肯定。从文学角度看，纪传体的长处在于以人为核心组织材料，故事完整，情节生动。特别值得注意的是，唐代以《史记》《汉书》《后汉书》为"三史"，并把三史作为科举考试的一科，可以说从制度方面有力促进了《史记》的广泛传播，①形成了学习《史记》的良好风气，如《旧唐书·儒学传》载李元植、高子贡等精学《史记》，《新唐书·孝友传》载陆士季学习《史记》之事，等等。

第二，对《史记》文学特点的评论，加快了《史记》的文学经典化进程。司马贞、张守节、刘知几、皇甫湜等人，对司马迁易编年为纪传的创新精神做出了许多肯定性的评论。尤其是皇甫湜，旗帜鲜明地提出废除编年而弘扬纪传的主张，认为司马迁"革旧典，开新程，为纪为传为表为志，首尾具叙述，表里相发明，庶为得中，将以垂不朽"②。刘知几是历史上第一个广泛评论《史记》的史学理论家，他的《史通》尽管有"抑马扬班"倾向，但对《史记》的评论有许多精彩的见解，对《史记》纪传体的优点也予以肯定："《史记》者，纪以包举大端，传以委曲细事，表以谱列年爵，志以总括遗漏，逮于天文、地理、国典朝章，显隐必该，洪纤靡失，此其所以为长也。"③尤其是对"六家""二体"的总结，以及对每部史传著作的总结，都显示了他独特的眼

---

① 中唐时期殷侑《请试史学奏》云："历代史书，皆记当时善恶，系以褒贬，垂谕劝戒。其司马迁《史记》，班固、范蔚宗两《汉书》，旨义详明，惩恶劝善，亚于六经，堪为代教。伏惟国朝故事，国子学有文史直者，宏文馆宏文生并试以《史记》、两《汉书》、《三国志》。又有一史科，近日已来，史学都废。……伏请量前件史科，每史问大义一百条、策三道，义通七、策通二以上为及第。能通一史者，白身请同五经一传例处分。其有出身及前资官应者，请同学究一经别处分。其有出身及前资官，稍优与处分。其三史皆通者，请奏闻，特加奖擢。仍请班下两都国子监，任生徒习。"《全唐文》卷七百五十七，中华书局，1985年版，第8册，第7855页。

② [唐]皇甫湜：《皇甫持正集》卷二，见《四部丛刊初编》第158册，第7页。

③ [唐]刘知几：《史通·二体》，见浦起龙《史通通释》上，上海古籍出版社，1978年版，第28页。

光，对于文学性较强的《左传》《史记》《汉书》等多有评论。他还总结了史传写法、史传目的、史传语言等方面的问题，对于读者认识史传的文学价值具有积极意义。

第三，唐代注释《史记》是其文学经典化的重要因素，如顾柳言《史记音解》三十卷，许子儒注《史记》一百三十卷、《史记音》三卷，刘伯庄《史记音义》二十卷、《史记地名》二十卷，王元感注《史记》一百三十卷，李镇注《史记》一百三十卷，徐坚注《史记》一百三十卷，裴安时《史记纂训》二十卷等（这些注本都已散佚），而成就最大的是司马贞的《史记索隐》与张守节的《史记正义》。这两部书和南朝刘宋年间裴骃所作的《史记集解》，被后人合称为《史记》三家注，三家注的形成是《史记》研究史上第一座里程碑。三家注涉及文字考证、注音释义，到注人、注事、注天文历法、山川草木、鸟兽虫鱼、典章制度等，无所不备，成为后人阅读理解《史记》的重要参考书，对于《史记》的广泛传播具有积极意义。关于《史记》人物的选择与安排，司马贞认为《秦本纪》《项羽本纪》不当列入本纪；对于世家，司马贞、刘知几认为它有当立不立、不当立而立等升降失序之病，如《陈涉世家》《孔子世家》等。对于列传，司马贞、刘知几也提出一些不同意见。唐人对《史记》人物选择问题的认识，具有史学、文学双重内容。

第四，唐代掀起的古文运动，举起了向《史记》文章学习的旗帜，使《史记》所蕴藏的丰富的文学宝藏得到空前未有的认识和开发，这是《史记》文学经典建构的重要因素。韩愈爱好《史记》的文章，如柳宗元所说："退之所敬者，司马迁、扬雄而已。"[1]韩愈自己在《答刘正夫书》中也说："汉朝人莫不能文，独司马相如、太史公、刘向、扬雄之为最。"在《进学解》中说自己作文时，"上规姚姒，浑浑无涯；下逮庄骚、太史所录"。清人刘熙载说："昌黎谓柳州文雄深雅健，似司马子长。观此评，非独可知柳州，并可知昌黎所得于子长处。""太史公文，韩得其雄。"[2]如韩愈的《毛颖传》《圬者王承福传》等作品，宋代李涂《文章精义》说："退之《圬者王承福传》，叙事议论相间，颇有太史公《伯夷传》之风。"[3]可见，韩愈文章的雄健风格来自

---

[1] [唐]柳宗元：《柳宗元集》卷三四，中华书局，1979年版，第3册，第882页。
[2] [清]刘熙载：《艺概·文概》，上海古籍出版社，1978年版，第13页。
[3] [宋]李涂：《文章精义》，人民文学出版社，1998年版，第64页。

于司马迁。柳宗元以"峻洁"称赞《史记》的总体风貌，在《报袁君陈秀才避师名书》中说"太史公甚峻洁，可以出入"，在《答韦中立书》中说"参之太史以著其洁"，在《与杨凭兆书》中说"峻如马迁"，可见司马迁对柳宗元的影响。尤其是韩愈、柳宗元等人从文学实践上学习《史记》，从人物传记的类型到文章的章法结构，从创作风格到语言的运用，都向《史记》学习，奠定了《史记》在文学史上的地位。

还应注意的是，唐诗中许多作品运用《史记》人物和事迹的典故，如涉及《李将军列传》的典故就有一百多篇，有的咏史诗直接取材于《史记》，如胡曾《咏史》组诗等[①]。大量的咏史诗进一步扩大了历史人物在文学领域中的影响。唐代传奇小说，在人物刻画、形式结构上学习《史记》人物传记的特点[②]。唐代类书《初学记》《艺文类聚》等大量引用《史记》，如《艺文类聚》有180多处引用《史记》的人和事。这些都说明《史记》在唐代已得到广泛的流传，并且产生了多方面的影响。宋人王应麟《玉海》卷四六《唐十七家正史》云："司马氏《史记》有裴骃、徐广、邹诞生、许子儒、刘伯庄之音解。……《史记》之学，则有王元感、徐坚、李镇、陈伯宣、韩琬、司马贞、刘伯庄、张守节、窦群、裴安时。"称"史记学"为《史记》之学，并认为形成于唐代，基本符合事实。可以说，从汉魏六朝到唐代，《史记》作为文学经典逐渐被建构起来，尤其是唐代的科举考试、古文运动以及文学作品对《史记》的学习借鉴，对《史记》文学经典建构具有重要作用。

二、宋元：《史记》文学经典地位的确立

宋元时期，《史记》文学经典的建构步入一个新的阶段。宋代由于统治者

[①] 赵望秦《唐代咏史组诗考论》（三秦出版社，2003年版）、《胡曾咏史诗研究》（中国社会科学出版社，2008年版）以及《史记与咏史诗》（三秦出版社，2012年版）等著作对此问题进行了全面研究，可供参考。

[②] 李少雍《司马迁传记文学论稿》（重庆出版社，1987年版）一书，对《史记》与唐传奇的关系问题进行了全面而深入的探讨。

对修史的重视,加之活字印刷术的发明,刊刻印行《史记》较为普遍①,为人们研读《史记》提供了方便。而且,科举考试也促进了《史记》的广泛流传。据《玉海》卷四九引《两朝志》:"国初承唐旧制,以《史记》、两《汉书》为三史,列于科举。有患传写多误,雍熙中,始诏三馆校定摹印。"这种文化背景对于《史记》的广泛传播起了促进作用,我们看宋代文学家对《史记》人和事的评论,就可以知道他们学习《史记》的热情②。

宋代文学家也注重学习《史记》的作文之法,这是"经典影响史"的具体体现。欧阳修、曾巩、王安石、"三苏"等人都是宋代古文大家,他们继承唐代古文运动的传统,提倡学习《史记》,并身体力行,取得了可喜成果,《史记》在文学史上的地位有了进一步提高。欧阳修作为文坛领袖,其创作深受《史记》影响。如他编纂的《新五代史》,学习《史记》纪传体写人艺术,成就突出,《四库全书总目提要》评价曰:"褒贬祖《春秋》,故义例谨严;叙述祖《史记》,故文章高简。"③而其大量的杂传作品,在艺术上也颇得《史记》精髓④。

宋代始开评论《史记》之风气,或论史事,或评人物,或谈文章,有褒有贬,不宗一派。大部分学者对《史记》持肯定态度。尤其注意用"通"的思想认识历史、认识《史记》,如司马光的《资治通鉴》、郑樵的《通志》。郑樵对《史记》甚为推崇,在《通志·总序》中称《史记》为"六经之后,惟有此作",指出司马迁的重大贡献在于"通",这是第一个在理论上从"通"的角度评论《史记》的人。黄震的《黄氏日钞·史记》、叶适的《习学纪言·史记》也都是评论《史记》的重要著作。就文学评论而言,宋人在前人研究的基础上,提出了两个新的重要课题。

---

① 张玉春《史记版本研究》(商务印书馆,2001年出版)对两宋时期的《史记》刻本有细致研究,可参看。
② 如人物评论,苏洵有《项籍论》等3篇,苏轼有《留侯论》等10余篇,王安石有《读孟尝君传》等9篇,张耒有《司马相如论》等17篇,等等。这些人物评论,从一个侧面反映出宋代文学家学习《史记》的风气。
③ [清]永瑢、纪昀等:《四库全书总目提要》卷四十六,中华书局,1963年版,第411页。
④ 关于欧阳修《新五代史》的传记特征,笔者《褒贬祖〈春秋〉,叙述祖〈史记〉——欧阳修〈新五代史〉传记风格探微》一文有详述(《陕西师范大学学报》〔哲学社会科学版〕,2012年第2期)。欧阳修杂传的成就及特点,笔者亦有专文论述,收入刘德清等编《欧阳修研究》(学林出版社,2008年版)。

其一，苏洵首先发明司马迁写人叙事的"互见法"：

> 迁之传廉颇也，议救阏与之失不载焉，见之赵奢传；传郦食其也，谋挠楚权之缪不载焉，见之留侯传。……夫颇、食其……皆功十而过一者也，苟列一以疵十，后之庸人必曰："智如廉颇，辩如郦食其，……而十功不能赎一过。"则将苦其难而怠矣。是故本传晦之，而他传发之，则其与善也，不亦隐而彰乎！①

"本传晦之，而他传发之"，这就是《史记》的互见法。这个发现，开拓了《史记》文学研究新领域，为人们进一步认识《史记》的写人叙事、褒贬色彩提供了新的思路。

其二，苏辙、马存认为，司马迁壮游天下的阅历对他性情的陶冶、文章风格的形成产生极大的影响，这是知人论世的剀切之言。苏辙《上枢密韩太尉书》认为，"太史公行天下，周览四海名山大川，与燕赵间豪俊交游，故其文疏荡，颇有奇气。"马存说：

> 子长平生喜游，方少年自负之时，足迹不肯一日休，非直为景物役也，将以尽天下大观，以助吾气，然后吐而为书。今于其书观之，则其生平所尝游者皆在焉。南浮长淮，溯大江，见狂澜惊波，阴风怒号，逆走而横击，故其文奔放而浩漫；望云梦洞庭之波，彭蠡之渚，涵混太虚，呼吸万壑而不见介量，故其文停蓄而渊深；见九嶷之芊绵，巫山之嵯峨，阳台朝云，苍梧暮烟，态度无定，靡蔓绰约，春装如浓，秋饰如薄，故其文妍媚而蔚纡；泛沅渡湘，吊大夫之魂，悼妃子之恨，竹上犹有斑斑，而不知鱼腹之骨尚无恙者乎？故其文感愤而伤激；北过大梁之墟，观楚汉之战场，想见项羽之喑恶，高帝之谩骂。龙跳虎跃，千兵万马，大弓长戟，俱游而齐呼，故其文雄勇猛健，使人心悸而胆栗；世家龙门，念神禹之大功，西使巴蜀，跨剑阁之鸟道，上有摩云之崖，不见斧凿之痕，故其文斩绝峻拔而不可攀跻；讲业齐鲁之都，睹夫子之遗风，乡射邹峄，彷徨乎汶阳洙泗之上，故其文典重温雅，有似乎正人君子之容貌。②

《史记》奔放而浩漫、停蓄而渊深、妍媚而蔚纡、感愤而伤激、雄勇猛

---

① [宋]苏洵著，曾枣庄等笺注：《嘉祐集笺注》，上海古籍出版社，1993年版，第232页。
② [明]凌稚隆：《史记评林》卷首引，天津古籍出版社，1998年版，第161页。

健、斩绝峻拔、典重温雅等文章风格都与司马迁的经历密切相关。把司马迁的经历与《史记》文章风格联系在一起的评论方法和观点,也是《史记》文学评论中一个新的亮点。其他一些评论也能切中要害,如李涂《文章精义》评《项羽本纪》:"史迁项籍传最好,立义帝以后一日气魄一日;杀义帝以后,一日衰飒一日,是一篇大纲领。至其笔力驰骤处,有喑噁叱咤之风。"[1]类似的评论已经特别注意从文学角度认识《史记》了。

本时期的评论,还把汉魏六朝时期提出的"班马优劣"问题发展到一个新的阶段,苏洵、郑樵、朱熹、叶适、黄履翁、洪迈、王若虚等人都发表过评论,各种看法都有。郑樵《通志·总序》:"自《春秋》之后,惟《史记》擅制作之规模,不幸班固非其人,遂失会通之旨,司马氏之门户自此衰矣。班固者,浮华之士也,全无学术,专事剽窃,……"明显扬马抑班。而王若虚《史记辨惑》却扬班抑马:"迁记事疏略而剩语甚多,固记事详备而删削精当,然则迁似简而实繁,固似繁而实简也。"在宋代,出现了倪思、刘辰翁《班马异同评》、娄机《班马字类》这样的专门著作,使这一问题的研究向前推进一步。《汉书》中有四篇纪、六篇表、三篇书、四十篇传根据《史记》改写而成,倪思的《班马异同》将这些篇目逐字逐句加以比较,让读者看到班固是怎样修改《史记》的。在此基础上,刘辰翁又加以评点,从中分析优劣,并且对《史记》的文法有专门的品评,如评《项羽本纪》:"叙楚汉会鸿门事,历历如目睹,无毫发渗漉,非十分笔力,模写不出。"可以说,《班马异同评》是较早把《史记》当作艺术品进行鉴赏的,许多结论也较为公允,其研究方法也颇有独特之处。当然,从总的倾向上看,对《史记》还是比较偏爱,对《汉书》修改《史记》的地方往往讽刺为"儿童之见"。《班马字类》采摘《史记》《汉书》中的古字、假字,辨别声音,考证训诂,对于阅读《史记》亦有帮助。宋代对班马优劣问题的研究,为明清乃至于当代《史记》研究产生了重要影响。

以《班马异同评》为代表,可以说是评论家细读文本的开始。这种特点,也体现在古文选本对《史记》作品的选择和点评,如真德秀《文章正宗》选《史记》叙事、议论的作品五十四篇(段)作为散文的典范,这种做法对明清

---

[1] [宋]李涂:《文章精义》,人民文学出版社,1998年版,第72页。

古文选本有一定影响。

由于时代的局限,本时期对司马迁和《史记》也有进行批评和指责的。如苏轼评说司马迁:"吾尝以为迁有大罪二,其先黄老,后六经,退处士,进奸雄,盖其小者耳。所谓大罪二,则论商鞅、桑弘羊之功也。……秦之所以富强者,孝公务本力穑之效,非鞅流血刻骨之功也。而秦之所以见疾于民,如豹虎毒药,一夫作难而子孙无遗种,则鞅实为之。至于桑弘羊,斗筲之材,穿窬之智,无足言者。"[①]对司马迁《史记》人物选择进行指责。王若虚撰《史记辨惑》分采撅失误、取舍不当、议论不当、文势不相承接、姓名冗复、字语冗复、重叠载事、疑误、用虚字多不安、杂辨十类,对《史记》的取材、立论、体例、文字等方面的失误,广为疑惑,并略作辨证,多有偏激之辞。尽管这些评论着眼点不在文学,但实际上仍与文学有关,尤其是人物选择、材料选择、文势字句等方面,都是文学的重要体现。这些评论,在一定程度上对《史记》文学经典的建构起了消解作用。

元代在《史记》文学经典建构方面有两大成就。一是刊刻《史记》和评论《史记》,如彭寅翁刊刻的《史记集解索隐正义》,在《史记》版本史上具有重要意义[②]。评论方面继承前代并有所发展,如刘因、马端陵、王恽等人肯定司马迁的史才和创造新体例之功。二是在于把《史记》中的历史人物、历史事件搬上戏剧舞台,进行广泛的传播。元代是中国戏曲成熟的黄金时期,许多戏剧的剧目取材于《史记》,仅据傅惜华《元代杂剧全目》所载就有一百八十多种,如《渑池会》《追韩信》《霸王别姬》《田单复齐》等,这些剧目的流传,反过来又扩大了《史记》的影响。这是前代所没有的成就,这是《史记》文学经典化的重要途径,接受的群体进一步扩大,《史记》不再局限于高雅的文士之中,普通大众可以通过戏曲认识《史记》,元代的这一成就是值得肯定的。

总之,宋元时期各个层次的读者以不同的方式学习《史记》、评论《史记》、传播《史记》,使《史记》的文学经典地位得以确立。

---

① [宋]苏轼:《东坡志林》卷五,中华书局,1981年版,第107—108页。
② 详见张玉春:《史记版本研究》,商务印书馆,2001年版,第264页。

三、明清：《史记》文学经典地位的进一步巩固

《史记》文学经典地位在明清时期得到进一步巩固。明代前期，由于文化上实行高压政策，禁锢了人们的思想，因而学术空疏。中叶以后，文化思想方面发生重要变化，出现了以王艮为代表的"王学左派"，他们发展了王守仁哲学中的反道学的积极因素，富有叛逆精神，在思想文化界引起震动，产生了积极影响，文化学术也出现了新的局面，《史记》文学经典化随之进一步加强。

明代由于印刷技术的提高，给刻印《史记》提供了有利条件，明代刻印《史记》达二十多种，如南北两监本、北京都察院本、陕西及山西两布司本、苏州府本、徽州府本、福州府学本、秦定王朱惟焯翻刻宋建安黄善夫本、丰城游明翻雕元中统本、震泽王延喆本、凌稚隆《史记评林》本，等等[1]，对于推动《史记》研究起了积极的作用。尤其是套版印刷的兴起，给评点《史记》提供了方便。万历四十八年（1620）闵振业等人辑刻的《史记钞》九十一卷，套版印刷技术已到非常精湛的地步了，陈继儒《史记钞》序文云："自冯道、毋昭裔为宰相，一变而为雕版，布衣毕昇再变而为活版，闵氏三变而为朱评，书日富亦日精。吴兴朱评书既出，无问贫富好丑，垂涎购之，然不过一二卷或数卷而止；若《史记》卷帙既重，而品骘尤真。"把套版印刷的意义与冯道推行印儒经、毕昇发明活字印刷相提并论。另外如凌森美刻印《史记纂》二十四卷，也是套版印刷《史记》方面的重要著作。

明代由于文学复古运动的出现，使得《史记》的文学声价随之提高，其文学经典的建构更加突出。如前后七子李梦阳、何景明等人，"文称左、迁，赋尚屈、宋，诗古体尚汉、魏，近律则法李、杜。"[2]"文自西京，诗自中唐而下，一切吐弃，操觚谈艺之士翕然宗之。"[3]《史记》成为他们效法、学习的榜样。唐宋派代表人物唐顺之、归有光、茅坤、王慎中等人，也对《史记》推崇备至，并且都评点或评钞过《史记》。方苞《书归震川文集后》说归有光：

---

[1] 参见张秀民著、韩琦增订《中国印刷史》上，浙江古籍出版社，2006年版，第321页。

[2] [明]李贽：《续藏书·何景明传》，见张建业主编《李贽文集》，社会科学出版社，2000年版，第4卷，第577页。

[3] [清]张廷玉：《明史·文苑传序》，中华书局，1974年版，第7307页。

"其气韵盖得之子长，故能取法于欧、曾而少更其形貌耳。"①文学家对《史记》的学习促进了经典传记的流传。

宋代形成的文本细读、评点风气，到明代达到兴盛阶段。除综合性评论外，大部分是逐篇评点批注，即"评点""评钞"，这种著作在明代多达三十余种，如杨慎的《史记题评》、唐顺之的《荆川先生精选批点史记》、何孟春的《史记评钞》、王慎中《史记评钞》、董份的《史记评钞》、钟惺的《钟敬伯评史记》等，其中最有代表性的是茅坤的《史记钞》和归有光的《归震川评点史记》。随着各种评点的出现，辑评工作应运而生。《史记评林》搜集整理历代百余家的评论，汇为一编，给研究者提供了便利，茅坤在序中称之为"渡海之筏"。当然，凌氏除了集各家之说外，许多地方还有自己的评论，且能启人耳目。后来，明代的李光缙在《评林》基础上进行了增补，使该书更加完备。另外，朱东观《史记集评》，葛鼎、金蟠《史记汇评》，陈子龙、徐孚远《史记测义》也进行了辑评工作，且大都着眼于文学方面，为后人的研究提供了一定的资料。总的来看，明代《史记》文学评论的主要成就有：

传统评论课题的进一步发展。汉魏以来的评论，或评司马迁的史才，或评历史人物，或评历史事实，或评编纂思想与体例，或评文学手法，这些方面明代继续发展。评论中涉及许多传统课题，但有新的进展。如班马异同问题，许相卿《史汉方驾》一书，是对宋代《班马异同评》著作的发展，从文字比较中分析《史记》《汉书》的特点。在具体评论中，各有不同看法，如凌约言说："子长之文豪，如老将用兵，纵骋不可羁，而自中于律；孟坚之文整，方之武事，其游奇布列不爽尺寸，而部勒雍容可观，殆有儒将之风焉。"②认为两人各有风格。茅坤《刻汉书评林序》认为："《史记》以风神胜，而《汉书》以矩矱胜。惟其以风神胜，故其遒逸疏宕如餐霞，如啮雪，往往自眉睫之所及，而指次心思之所不及，令人读之，解颐不已；惟其以矩矱胜，故其规划布置，如绳引，如斧劘，亦往往于其复乱庞杂之间，而有以极其首尾节奏之密，令人读之，鲜不濯筋而洞髓者。"而在《史记钞·序》说《史记》"指次古今，出风入骚，譬之韩、白提兵而战山河之

---

① [清]方苞著，刘季高校点：《方苞集》，上海古籍出版社，1983年版，第117页。
② [明]凌稚隆：《史记评林》卷首引，天津古籍出版社，1998年版，第172页。

间，当其壁垒部曲，旌旗钲鼓，左提右挈，中权后劲，起伏翱翔，倏忽变化，若一夫舞剑于曲旃之上，而无不如意者，西京以来，千古绝调也。即如班掾《汉书》，严密过之，而所当疏宕遒逸，令人读之，杳然神游于云幢羽衣之间，所可望而不可挹者，予窃疑班掾犹不能登其堂而洞其窍也，而况其下乎！"胡应麟《少室山房笔丛》卷十三评《史记》《汉书》的长短："子长叙事喜驰骋，故其词芜蔓者多。谓繁于孟坚可也，然而胜孟坚者，以其驰骋也。孟坚叙事尚剪裁，故其词芜蔓者寡，谓简于子长可也，然而逊于子长者，以其剪裁也。执前说可与概诸史之是非，通后说可与较二史之优劣。"可见，明代在班马异同问题上表现出一定的矛盾性，但从大的方面看，仍然比较肯定司马迁，尤其是肯定《史记》的文学成就。

明代对于《史记》的创作目的、审美价值、刻画人物形象的方法、多样化的艺术风格等都进行了有益的探索①。如对于《史记》文章的审美价值，许多评论注意到它叙事的简练、褒贬倾向的寄寓、多变的手法。凌约言说："太史公叙事，每一人一事，自成一片境界。"②茅坤《史记钞》卷首《读史记法》："于中欲损益一句一字处，便如于匹练中抽一缕，自难下手。"王维桢评《史记》笔法说："或由本以之末，或操末以续颠，或繁条而约言，或一传而数事，或从中变，或自旁入。意到笔随，思余语止。"③对于《史记》刻画人物的成就，茅坤《史记钞》卷首《读史记法》从个性化角度总体上分析了《史记》中的历史人物形象，指出："言人人殊，各得其解，譬如善写生者，春华秋卉，并中神理矣。"并且用"太史公所得之悲歌慨者尤多""文多感""太史公所慨于心者"指明太史公写人物时充满着强烈的感情。茅坤特别说到读《史记》的效果："读游侠传即欲轻生，读屈原、贾谊传即欲流涕，读庄周、鲁仲连传即欲遗世，读李广传即欲力斗，读石建传即欲俯躬，读信陵、平原君传即欲好士。"李贽说："《史记》者，迁发愤之所为也，其不为后世是非而作也，明矣。其为一人之独见也者，信非班氏之所能窥也欤。"④视

---

① 详参张新科、俞樟华《史记研究史略》第四章《明人评点史记的杰出成就》，三秦出版社，1990年出版。
② [明]凌稚隆：《史记评林》卷四引，天津古籍出版社，1998年版，第225页。
③ [明]凌稚隆：《史记评林》卷四引，天津古籍出版社，1998年版，第171页。
④ [明]李贽：《藏书》卷四十，见张建业主编《李贽文集》，社会科学文献出版社，2000年版，第3卷，第795页。

《史记》为发愤之作，这是有一定道理的。对于《史记》的艺术风格，方孝孺《与舒君》一文认为，《史记》之文，"如决江河而注之海，不劳余力，顺流直趋，终焉万里。势之所触，裂山转石，襄陵荡壑，鼓之如雷霆，蒸之如烟云，澄之如太空，攒之如绮縠，回旋曲折，抑扬喷伏，而不见艰难辛苦之态，必至于极而后止。"①王世贞《弇州山人四部稿》中用"衍而虚""畅而杂""雄而肆""宏而壮""核而详""婉而多风""精严而工笃、磊落而多感慨"等概括《史记》的多种风格。屠隆评《史记》艺术风格："贾马之文，疏朗豪宕，雄健隽古，其苍雅也如公孤大臣，庞眉华美，峨冠大带，鹄立殿庭之上，而非若山夫野老之翛然清枯也；其葩艳也如王公后妃，珠冠绣服，华轩翠羽，光采射人，而非若妖姬艳倡之翩翩轻妙也。"②在具体篇目评点时，他们都看到了《史记》文章多样化的风格。如：

《曹相国世家》："'清静''宁一'四字，一篇之大旨也。"（茅坤《史记钞》卷二八）

《陈丞相世家》："太史公通篇以'奇计'两字作案。"（茅坤《史记钞》卷三十）

《万石张叔列传》："传中凡用'恭敬''醇谨''孝谨'字皆一篇领袖。"（唐顺之《精选批点史记》卷二）

《酷吏列传》："'法令者治之具，而非制治清浊之源'，一篇大纲。"（唐顺之《精选批点史记》卷五）

《孙子吴起列传》："通篇以'兵法'二字作骨。"（《史记评林》卷六五）

《商君列传》："通篇以'法'字作骨，……血脉何等贯串！"（《史记评林》卷六八）

《樗里子甘茂列传》："滑稽多智是一篇骨子。"（《史记评林》卷七一）

《外戚世家》："总叙中突出一'命'字，作全篇主意，逐节叙事，不必明言命字，而起伏颠倒，隐然有一命字散于一篇之中，而使

---

① [明]方孝孺：《逊志斋集》卷十一，见《四部丛刊初编》第324册，第274页。
② [明]屠隆：《由拳集》卷二十三，见《四库全书存目丛书》，集部第180册，齐鲁书社，1997年版，第674页。

人自得之。"(葛鼎、金蟠《史记》卷四九)

《李将军列传》:"以'不遇时'三字为主。"(陈仁锡《陈评史记》卷一百九)《卫将军骠骑列传》:"以'天幸'二字为主。"(同上)

这些评点,抓住了作品的特征,对于读者阅读《史记》很有帮助。

由于明代小说的繁荣,使得人们对《史记》的文学认识也开辟了新的角度,探讨《史记》与小说的关系,这是前所未有的新成就。天都外臣《水浒传序》把《史记》与《水浒传》从精神到艺术都进行了比较,甚至把《水浒传》中:"警策"之处与《史记》的"最犀利者"相提并论,认为有相同之处。李贽不仅指出《史记》是发愤之作,而且在容与堂刊百回本《忠义水浒传序》中也说"太史公曰:《说难》《孤愤》,圣贤发愤之所作,……《水浒传》,发愤之所作也",把《水浒传》看作与《史记》一样是发愤之作。金圣叹虽然没有留下一部完整的《史记》评本,但在他评点的《才子古文》中保存了他评选的《史记》序赞九十余篇,而且在《水浒传》和《西厢记》评点中多处涉及《史记》,对《史记》的发愤之作有充分的认识,对《史记》的艺术手法也多有赞扬,尤其是对《史记》与小说关系的认识在当时是独树一帜的。他用读《水浒传》的方法读《史记》,又用读《史记》的方法读《水浒传》,令人耳目一新。如《读第五才子书法》中他说:

《水浒传》方法,都从《史记》出来,却有许多胜似《史记》处。

《史记》是以文运事,《水浒》是因文生事。以文运事,是先有事生成如此如此,却要算计出一篇文字来,虽是史公高才,也毕竟是吃苦事。因文生事却不然,只是顺着笔性去,削高补低都由我。

《水浒传》一个人出来分明便是一篇列传,至于中间事迹,又逐段逐段自成文字。[①]

金圣叹肯定了《史记》写法对《水浒传》的影响,并且指出了历史与小说的不同之处。他在《水浒传序一》《水浒传序三》,乃至于整个《水浒传》的回评、夹评中常常把二者相提并论,如第三十四回回评:"读清风寨起行一节,要看他将车数、马数、人数通记一遍,分调一遍,分明是一段《史

---

① [清]金圣叹:《读第五才子书法》,见林乾主编《金圣叹评点才子全集》,光明日报出版社,1997年版,第3卷,第19页。

记》。"这些评论，为后代进一步认识《史记》与小说的关系问题奠定了良好的基础。

明代的古文选本，如陈仁锡《先秦两汉文脍》《古文奇赏》、冯有翼《秦汉文钞》等，都对《史记》作品有收录和点评，这是宋代以来古文选本、古文学习的进一步发展，也从一个侧面加强了《史记》文学经典的建构。

清代是《史记》文学经典化的高峰期。从文化背景来说，有两点值得注意。第一，统治者为了加强修史工作，钦定前代的二十四部史书为正史，《史记》是"二十四史"之首。并且编纂《四库全书》时放在史部最前面。这种做法，虽是着眼于历史，但同样对《史记》的文学经典化具有积极的促进作用，使《史记》在更广的范围传播。第二，由于统治者实行高压政策，屡兴文字狱，文人学者只好埋头于古籍之中，以免遭祸，于是，考证、细读点评《史记》蔚然成风。由于这样的文化背景，《史记》得到各方面的重视。据统计，清代研究《史记》并有文章著作的学者达300多人，著作如储欣《史记选》、何焯《读史记》、王鸣盛《史记商榷》、赵翼《史记札记》、王念孙《史记札记》、吴见思《史记论文》、王治皞《史记榷参》、方苞《史记注补正》、王又朴《史记七篇读法》、汤谐《史记半解》、牛运震《史记评注》、邱逢年《史记阐要》、丁晏《史记余论》、林伯桐《史记蠡测》、梁玉绳《史记志疑》、张文虎《校勘史记集解索隐正义札记》、郭嵩焘《史记札记》、李慈铭《史记札记》、尚镕《史记辨证》等，都是颇有特色的著作，其他如顾炎武《日知录》、李晚芳《读史管见》、刘大櫆《论文偶记》、章学诚《文史通义》、刘熙载《艺概》等，也对《史记》发表了许多值得重视的评论。考证姑且不说，就文学评论而言，也颇有特点。许多学者是考中有评，如章学诚《文史通义》虽不是专门评论《史记》的著作，但其中多处涉及对《史记》的评论，且有创新意义，如他认为"《骚》与《史》，千古之至文也；其文之所以至者，皆抗怀于三代之英，而经纬乎天人之际者也。"①赵翼说："司马迁参酌古今，发凡起例，创为全史，本纪以序帝王，世家以记侯国，十表以系时事，八书以详制度，列传以志

---

① [清]章学诚著，叶瑛校注：《文史通义校注》上，中华书局，1985年版，第222页。

人物","自此例一定,历代作史者,遂不能出其范围,信史家之极则也"。①顾炎武在《日知录》卷二十六中曾赞叹说:"古人作史,有不待论断而于序事之中既然见其指者,惟太史公能之。《平准书》末载卜式语,《王翦传》末载客语,《荆轲传》末载鲁勾践语,《晁错传》末载邓公与景帝语,《武安侯田蚡列传》末载武帝语,皆史家于序事中寓论断法也。"顾炎武的评论,提出一个重要话题,即《史记》"寓论断于叙事之中",作者把自己的思想、感情寄寓在字里行间。②

　　清人《史记》文学评论的问题十分广泛,有些是传统课题,有些是新出课题,许多见解十分精辟。如《史记》中的"太史公曰",前代对此评论不一,清人对此却十分重视,牛运震《史记评注》卷一说:"太史公论赞或隐括全篇,或偏举一事,或考诸涉历所亲见,或征诸典记所参合,或于类传之中摘一人以例其余,或于正传之外摭轶事以补其漏,皆有深义运神,诚为千古绝笔。"牛氏的评论,对"太史公曰"的作用进行了精辟的概括。又如班马异同问题,前代对此多有评论,清代进一步发展。杨于果《史汉笺论》、杨琪光《史汉求是》是两部专门研究马班异同的著作。蒋中和、徐乾学、沈德潜、浦起龙、邱逢年等都有专文论述,其他如钱谦益、顾炎武、牛运震、王鸣盛、赵翼、章学诚等也有一定的评说。涉及马班思想比较、文字比较、体例比较、风格比较等方面。有宏观,有微观。钱谦益说:"读马班之书,辨论其同异,当知其大段落、大关键,来龙何处,结局何处,手中有手,眼中有眼,一字一句,龙脉历然。又当知太史公所以上下五千年纵横独绝者何处,班孟坚所以整齐《史记》之文而瞠乎其后不可及者又在何处。"③提出辨别马班异同的关键所在。浦起龙《班马异同》指出两书"体制不同""格力不同""意致不同"等,"然固之书,实有未及迁者。"④邱逢年《史记

---

① [清]赵翼著,王树民校证:《廿二史札记校证》上,中华书局,1984年版,第3页。
② 白寿彝《司马迁寓论断于序事》(载《北京师范大学学报》〔社会科学版〕,1961年第4期)一文对顾炎武提出的问题进行了深入探讨,后收入《史记新论》(求实出版社,1981年版)。
③ [清]钱谦益:《牧斋有学集》卷三八,见《钱牧斋全集》六,上海古籍出版社,2003年版,第1310页。
④ [清]浦起龙:《酿蜜集》卷二,见清代诗文集汇编编纂委员会《清代诗文集汇编》,上海古籍出版社,2010年版,第246册,第26页。

阐要·班马优劣》说:"故夫甲班乙马,与夫甲马乙班之已甚,皆非平心之论也。然则二史无所为优劣乎?又非是。分而观之,各有得失之互见,合而观之,量其得失之多少,吾知其得之多者必在马,失之多者必在班。"指出两人的不同特点,但总体上还是认为《史记》高于《汉书》。章学诚《文史通义·书教下》的评论可以说是最为精彩的:"马则近于圆而神,班则近于方以智","迁书通变化,而班氏守绳墨。"对两人的不同特点进行了高度概括,至今仍具有权威性。再如《史记》与小说关系问题,明代提出这一问题,清代进一步探讨,主要是一些小说理论家的认识。如戚蓼生《红楼梦序》说《红楼梦》:"殆稗官野史中之盲左、腐迁",看出《红楼梦》与《左传》《史记》在艺术上有相似之处。冯镇峦《读聊斋杂说》:"《聊斋》以传记体叙小说之事,仿《史》《汉》遗法。"何彤文《注聊斋志异序》:"《聊斋》胎息《史》《汉》,浸淫魏晋六朝,……至其每篇后异史氏曰一段,则直与太史公列传神与古会,登其堂而入其室。"看出《聊斋志异》与《史记》的关系。樵余《水浒后传论略》:"有一人一传者,有一人附见数传者,有数人并见一传者,映带有情,转折不测,深得太史公笔法。"张竹坡《批评第一奇书金瓶梅读法》:"《金瓶梅》是一部《史记》。然而《史记》有独传,有合传,却是分开做的。《金瓶梅》却是一百回共成一传,而千百人总合一传,内却有断断续续、各人自有一传。固知作《金瓶梅》者,必能作《史记》也。""《金瓶梅》到底有一种愤懑的气象,然则《金瓶梅》断断是龙门(按:指司马迁)再世。"毛宗岗评《三国演义》第四十一回张飞大闹长坂坡:"予尝读《史记》,至项羽垓下一战,写项羽,写虞姬,写楚歌,写九里山,写八千子弟,写韩信调兵,写众将十面埋伏,写乌江自刎,以为文章纪事之妙莫有奇于此者,及见《三国》当阳长坡之文,不觉叹龙门之复生也。"这些评论,是对明代《史记》与小说关系认识的进一步发展。

清人对《史记》文学成就进行了多方面的评述。如桐城派代表人物方苞用"义法"论《史记》,他在《又书货殖传后》中说:"《春秋》之制义法,自太史公发之,而后之深于文者亦具焉。义即《易》之所谓言有物也,法即《易》之所谓言有序也。"在《古文约选序例》中又说:"义法最精者莫如《左传》《史记》。"刘大櫆《论文偶记》中用

"奇""高""大""疏""远""变"来概括《史记》文章的特点。除桐城派外,许多学者对司马迁变化多端的叙事、高超的写人艺术等进行评论。刘熙载说:"《史记》叙事,文外无穷,虽一溪一壑,皆与长江大河相若。"① 汤谐说:"《史记》之文,一篇自有一法,或一篇兼具数法。烟云缭绕处,几于勺水不漏,而寄托遥深,迷离变幻,使人莫可端倪。一片惨澹经营之意匠,皆藏于浑浑沦沦浩浩落落之中,所以为微密之至,而其貌反似阔疏也。"② 李晚芳《史记管见》、吴见思《史记论文》、牛运震《史记评注》等,都在评论《史记》艺术美方面做出成就。如李晚芳《读史管见》评《项羽本纪》:"羽纪字字是写霸王气概,电掣雷轰,万夫辟易,大者如会稽斩守、巨鹿破秦、鸿门会沛公、睢水围汉王三匝;小者浙江观秦皇、广武叱楼烦、垓下叱赤泉侯、斩将刘旗,至死犹不失本色。或正写,或旁写,处处活现出一拔山盖世之雄,笔力直透纸背,真是色色可人。"可见《史记》写人艺术的高超。吴见思评《高祖本纪》:"高祖开创之时,事务极多,多则便难抟捖矣。看他东穿西插,纵横不乱,如绣错,如花分,突起忽往,络绎不绝,如马迹,如蛛丝。或一齐乱起,如野火,如骤雨;或一段独下,如澄波,如皓月。万余字组成一片,非有神力,安能辨此。"将《高祖本纪》叙事特征揭示无余。牛运震《史记评注》评《魏公子列传》:"太史公出力写魏公子,善于旁处衬托,虚处描摹,复处萦绕,情致有余而光景如生,真佳传也。"评《酷吏列传赞》:"赞语与列传意义各别,列传多深疾酷吏之词,满腹痛愤;赞语即摘酷吏之长,以为节取,此褒贬之互见,而抑扬之并出者也。"评《廉颇蔺相如列传》中"完璧归赵"一节中的"璧"字:"一璧耳,变出易璧、奉璧、完璧、授璧、得璧、求璧、取璧、持璧、破璧、送璧、归璧、留璧,字虽非经意,却有多少生情处。"孙琮《山晓阁史记选》选《史记》作品一〇五篇,许多评点着眼于文学手法,在评论方面具有一定的代表性。

清代由于评点《史记》的人愈来愈多,辑评工作继续发展。其中有代表性的如程余庆的《史记集说》,继承了《史记评林》的传统,但所集大都是《评林》后如徐与乔、方苞、吴见思、牛运震等人之说,亦往往间有程氏之自

---

① [清]刘熙载:《艺概·文概》,上海古籍出版社,1978年版,第12页。
② [清]汤谐:《史记半解·杂述》,康熙慎余堂刻本。

评①。邵晋涵《史记辑评》收录《史记》九十五篇作品的评点，亦间以己意，如评《蒙恬列传赞》说："轻百姓力易见也，阿意兴功难见也，深文定案，使贤者不能以才与功自解罪，此史家眼力高处。"这些辑评著作，大都偏重于文学方面，对《史记》文学经典的建构具有积极意义。

清代许多古文选本都收录《史记》作品并予以评论。如吴调侯、吴楚材《古文观止》收十四篇、姚鼐《古文辞类纂》收七篇，《古文渊鉴》收十四篇，浦起龙《古文眉诠》四十四篇，汪基《古文喈凤新编》八篇，林云铭《古文析义》初编、二编共收三十六篇，蔡世远《古文雅正》收十篇，李光地《古文精藻》收五篇，等等。这些评论基本以文学为主，也很有见地，如《古文观止》评《项羽本纪》的"太史公曰"："前后'兴''亡'二字相照，'三年''五年'，并见兴亡之速，俱关键。'过矣''谬哉'，唤应绝韵。一赞中，五层转折，唱叹不穷，而一纪之神情已尽。"颇能抓住《史记》文章的要害进行评点。

总之，清代的《史记》文学评论、评点，主要涉及叙事和写人两大方面。叙事而言，评论者说《史记》有整叙、散叙、虚叙、实叙、单叙、双叙、分叙、合叙、插叙、补叙，夹叙夹议、以议代叙、以叙为议、即事以寓情、寓论断于叙事等多种手法。就写人而言，评论者谓《史记》有正面写人、侧面写人、大处写人、细处写人等方法。

清代文学家对《史记》的学习，尤其是桐城派对《史记》笔法的学习，以及历史小说对《史记》题材的挖掘和艺术手法的借鉴，也都是《史记》文学经典建构中重要组成部分。

明清以来，大量的"史抄""史评"等风气盛行，于是，出现了各种形式的《史记》选本，如《史记纂》《史记萃宝评林》《史记钞》《史记选》《史记菁华录》《山晓阁史记选》等。《史记》选本对《史记》文学经典地位的巩固起了重要作用。总体来说，历代建构起来的《史记》文学经典是整部著作，不是具体哪一篇。当然，每个人都有自己心目中最有文学色彩的篇目，我们举明清以来的四种选本以见基本面貌，如下所示：

---

① 关于《史记集说》的价值，详见高益荣《〈史记集说〉初评》（《陕西师范大学学报》〔社会科学版〕，1994年第1期）。《史记集说》（三秦出版社，2011年版）一书由高益荣、赵光勇、张新科标点整理。

茅坤《史记钞》（100篇）	储欣《史记选》（57篇）	姚苎田《史记菁华录》（51篇）	汤谐《史记半解》（68篇）
五帝本纪、周本纪、秦始皇本纪、项羽本纪、高祖本纪、吕太后本纪、孝文本纪、三代世表、十二诸侯年表、六国年表、秦楚之际月表、汉兴以来诸侯王年表、高祖功臣侯者年表、惠景间侯者年表、建元以来侯者年表、建元已来王子侯者年表、汉兴以来将相名臣年表、礼书、乐书、律书、历书、天官书、封禅书、河渠书、平准书、吴太伯世家、卫康叔世家、晋世家、越王句践世家、赵世家、魏世家、田敬仲完世家、陈涉世家、齐悼惠王世家、萧相国世家、曹相国世家、留侯世家、陈丞相世家、绛侯周勃世家、三王世家、伯夷列传、管晏列传、老子韩非列传、司马穰苴列传、孙子吴起列传、伍子胥列传、商君列传、苏秦列传、张仪列传、白起王翦列传、孟尝君列传、平原君虞卿列传、魏公子列传、春申君列传、范雎蔡泽列传、乐毅列传、廉颇蔺相如列传、田单列传、鲁仲连邹阳列传、屈原贾生列传、吕不韦列传、刺客列传、李斯列传、蒙恬列传、张耳陈馀列传、黥布列传、淮阴侯列传、韩信卢绾列传、田儋列传、樊郦滕灌列传、郦生陆贾列传、傅靳蒯成列传、刘敬叔孙通列传、季布栾布列传、袁盎晁错列传、张释之冯唐列传、万石张叔列传、田叔列传、吴王濞列传、魏其武安侯列传、韩长孺列传、李将军列传、匈奴列传、卫将军骠骑列传、平津侯主父列传、南越列传、东越列传、朝鲜列传、西南夷列传、司马相如列传、淮南衡山列传、汲郑列传、儒林列传、酷吏列传、大宛列传、游侠列传、滑稽列传、货殖列传、太史公自序	五帝本纪、项羽本纪、高祖本纪、三代世表、十二诸侯年表、六国年表、秦楚之际月表、汉兴以来诸侯王年表、高祖功臣侯者年表、建元以来侯者年表、封禅书、平准书、齐太公世家、鲁周公世家、燕召公世家、郑世家、魏世家、孔子世家、陈涉世家、外戚世家、萧相国世家、曹相国世家、留侯世家、陈丞相世家、绛侯周勃世家、伯夷列传、管晏列传、老子韩非列传、孙子吴起列传、伍子胥列传、商君列传、苏秦列传、张仪列传、白起王翦列传、孟子荀卿列传、孟尝君列传、平原君虞卿列传、魏公子列传、范雎蔡泽列传、廉颇蔺相如列传、屈原贾生列传、李斯列传、蒙恬列传、张耳陈馀列传、魏豹彭越列传、淮阴侯列传、刘敬叔孙通列传、季布栾布列传、张释之冯唐列传、魏其武安侯列传、李将军列传、司马相如列传、儒林列传、酷吏列传、游侠列传、货殖列传、太史公自序	秦始皇本纪、项羽本纪、高祖本纪、六国年表、秦楚之际月表、高祖功臣侯者年表、封禅书、河渠书、平准书、越王句践世家、陈涉世家、外戚世家、齐悼惠王世家、萧相国世家、曹相国世家、留侯世家、陈丞相世家、绛侯周勃世家、伯夷列传、老子韩非列传、司马穰苴列传、商君列传、张仪列传、孟子荀卿列传、孟尝君列传、平原君虞卿列传、魏公子列传、范雎蔡泽列传、廉颇蔺相如列传、屈原贾生列传、刺客列传、张耳陈馀列传、淮阴侯列传、韩信卢绾列传、郦生陆贾列传、刘敬叔孙通列传、季布栾布列传、张释之冯唐列传、扁鹊仓公列传、魏其武安侯列传、李将军列传、匈奴列传、卫将军骠骑列传、司马相如列传、淮南衡山列传、汲郑列传、酷吏列传、游侠列传、滑稽列传、货殖列传、太史公自序	秦始皇本纪、项羽本纪、孝文本纪、孝景本纪、孝武本纪、三代世表、十二诸侯年表、六国年表、秦楚之际月表、汉兴以来诸侯王年表、高祖功臣侯者年表、惠景间侯者年表、建元以来侯者年表、律书、封禅书、河渠书、平准书、外戚世家、萧相国世家、曹相国世家、留侯世家、绛侯周勃世家、梁孝王世家、伯夷列传、管晏列传、老子韩非列传、司马穰苴列传、商君列传、孟子荀卿列传、魏公子列传、范雎蔡泽列传、乐毅列传、廉颇蔺相如列传、田单列传、屈原贾生列传、吕不韦列传、刺客列传、李斯列传、张耳陈馀列传、黥布列传、淮阴侯列传、田儋列传、张丞相列传、郦生陆贾列传、刘敬叔孙通列传、季布栾布列传、张释之冯唐列传、万石张叔列传、田叔列传、扁鹊仓公列传、吴王濞列传、魏其武安侯列传、韩长孺列传、李将军列传、卫将军骠骑列传、平津侯主父列传、司马相如列传、淮南衡山列传、循吏列传、汲郑列传、儒林列传、酷吏列传、大宛列传、游侠列传、佞幸列传、滑稽列传、日者列传、货殖列传、太史公自序

163

在以上四种选本中都被选录的作品有三十一篇，它们是：《项羽本纪》《六国年表序》《秦楚之际月表序》《高祖功臣侯者年表序》《封禅书》《平准书》《陈涉世家》《萧相国世家》《曹相国世家》《留侯世家》《陈丞相世家》《绛侯周勃世家》《伯夷列传》《老子韩非列传》《商君列传》《魏公子列传》《范雎蔡泽列传》《廉颇蔺相如列传》《屈原贾生列传》《张耳陈馀列传》《淮阴侯列传》《刘敬叔孙通列传》《季布栾布列传》《张释之冯唐列传》《魏其武安侯列传》《李将军列传》《司马相如列传》《酷吏列传》《游侠列传》《货殖列传》《太史公自序》。这些作品基本都是文学色彩较浓厚的作品，这说明这些篇章经过不同时代、不同读者的检验，仍然受到人们的欢迎。

四、近现代：《史记》文学经典地位的加强

近现代时期是《史记》作为文学经典的加强时期。学者们一方面沿袭"乾嘉之学"，在校勘、考证、训诂意义、评注诸个方面用力较勤，另一方面此时的史学界正经历着一场翻天覆地的变化，梁启超提倡"史界革命"，顾颉刚等形成"古史辨学派"，都对传统史学进行了批判。梁启超主张来一场彻底的革命，以新史学代替旧史学。顾颉刚等"古史辨学派"，以"疑古"为旗帜，以考辨古史资料为职志，大胆疑古辨伪，认为先秦史书多不可信，或不可尽信，特别是顾颉刚的"积累的造成的中国古史"观，张扬了理性的怀疑精神。

与史学的怀疑之风不同，《史记》文学经典的建构却进一步加强，人们对《史记》的文学成就仍予以极大关注。吴汝纶《点勘史记读本》、曾国藩《求阙斋读书录》、庄适《史记选》、魏元旷《史记达旨》、李笠《史记订补》、杨启高《史记通论》、刘咸炘《太史公书知意》、齐树楷《史记意》、李景星《史记评议》、靳德峻《史记释例》、郑鹤声《史汉研究》、施章《史记新论》、李长之《司马迁之人格与风格》等，都是有影响的著作。其他如章炳麟、梁启超、王国维、顾颉刚、鲁迅、范文澜、吕思勉、余嘉锡、罗根泽、郭沫若、翦伯赞、周谷城、郑振铎等著名学者，在自己的著作中不同程度地论述了《史记》的文学价值。

此期关于《史记》文学的总体评价，在前人基础上取得了一定的新认识。多数学者认为，司马迁创作《史记》，是对中华民族三千年历史文化的全面系统清理总结，其气魄之宏伟，识力之超人，态度之严谨，罕有其匹。除整体上充分评价《史记》的价值之外，在一些具体问题的认识上，也比前人有了进步。就纪传体体例而言，梁启超的《要籍解题及其读法》认为《史记》体例的意义有四个方面：第一，以人物为中心写史；第二，具有历史的整体观念；第三，组织之复杂及其联络，五体之间互相调和、互保联络；第四，叙列之扼要而美妙。蔡尚思《中国历史新研究法》列举《史记》纪传体所包含的编年体、纪事本末体、政书体、史评体、史论体等七个方面的内容，认为《史记》体例包罗万象，是"纵通"的通古史，又是"横通"的社会史。他们不仅充分肯定了《史记》创造纪传体通史这一贡献，而且初步挖掘了《史记》体例的丰富内涵及其五体结构在社会史等角度上的结构意义。关于《史记》的成因，徐浩、杨启高、李长之等从司马谈遗命，司马迁壮游各地，李陵之祸影响，司马迁个人素质，汉代大一统的时代背景各个方面进行考察，比前代更为周全细致。林纾是桐城派最后一位代表人物，他在《春觉斋论文》中，对《史记》文章情韵之美的分析，对司马迁委曲逼真地描绘人情世态的分析，对重要篇章"筋脉""风趣""收笔"艺术的分析，都颇有新意。李景星的《史记评议》，在继承前代评点成就基础上，重点从文学方面分析《史记》的文章结构、写人艺术等，颇有特色，如评《李斯列传》："行文以五叹为筋节，……'于是李斯乃叹曰人之贤不肖'云云，是其未遇时而叹不得富贵也；'李斯喟然而叹曰嗟乎'云云，是其志满时而叹物极将衰也；'斯乃仰天而叹，垂泪大息曰'云云，是已坠赵高计中不能自主而叹也；'仰天而叹曰嗟乎悲夫'云云，是已居囹圄之中不胜怨悔而叹也；'顾谓其中子曰'云云，是临死时无可奈何，以不叹为叹也，以上所谓'五叹'也。"评《魏其武安侯列传》："以魏其武安为经，以灌夫为纬，以窦王两太后为眼目，以宾客为线索，以梁王、淮南王、条侯……许多人为点染，以鬼报为收束，分合联络，错综周密，使恩怨相结，权势相倾，杯酒相争，情形宛然在目。"类似评论非常精彩。而像《史记》文章风格，李长之《司马迁之人格与风格》一书可以说是第一部系统研究《史记》文章风格的著作，认为司马迁人格和《史记》的风格是一事，那就是浪漫的自然主义精神。作者对《史记》的美学风格也进行了细致分析，并探讨了《史记》的史诗特征、《史记》与中国小说戏剧的关系、《史记》的讽刺艺术等问题，在此基础上高度评价《史记》在中国文学史上的地位。作者突破了传统的研究方法，使《史记》文学研究大大向前推进了一步。

此时，各种版本的《史记》相继出现，如影印殿本、国学基本丛书本、万有文库本、四部备要本等，还有胡怀琛《史记选注》、高步瀛《史记举要》等通俗本的出现，为广泛传播《史记》起了积极作用。梁启超《要籍解题及其读法》《中学作文教学法》等对《史记》读法的论述、指导，也有积极的意义。梁启超在《史记》一百三十篇中独具慧眼挑出"十大名篇"。他认为《史记》中《项羽本纪》《信陵君列传》《廉颇蔺相如列传》《鲁仲连邹阳列传》《淮阴侯列传》《魏其武安侯列传》《李将军列传》《匈奴列传》《货殖列传》《太史公自序》等十篇"皆肃括宏深，实叙事文永远之标范"①。可以说这是文学经典的再次加强。除了这些作品的思想价值外，主要还是"叙事文永远之标范"，这是文学经典的高度概括。

此期值得注意的是《中国文学史》著作的编纂。如林传甲《中国文学史》，学界对其是否为国人所著的第一部《中国文学史》有不同看法，对此我们姑且不论，就著作本身而言，作者用大文学史观念认识文学，其中"史汉三国四史文体"题目下，对《史记》格外重视，"《史记》为经天纬地之文、《史记》通六经自成一家之文体、《史记》本纪世家文体之辨、《史记》世家列传文体之辨、《史记》十表创统计学之文体、《史记》列传文体之奇特、褚少孙裴骃司马贞张守节诸家增补《史记》文体、归震川评点《史记》之文体"等，全面论述《史记》的价值，尤其是文学价值。鲁迅《汉文学史纲要》高度评价《史记》是"史家之绝唱，无韵之离骚"，既是史学评价，也是文学评价。此期其他文学史著作，如郑振铎《插图本中国文学史》（1932）、陆侃如和冯沅君《中国文学史简编》（1932）、刘大杰《中国文学发展史》（1941）、谭丕模《中国文学史纲》、林庚《中国文学史》（1947）等，都程度不同地对《史记》文学成就进行论述。把《史记》列入中国文学史，这是

---

① 梁启超：《要籍解题及其读法》，见《饮冰室全集》（第九册）之《饮冰室专集》（72），中华书局，1989年版，第31页。

《史记》文学经典建构的重要途径。《史记》通过各种不同形式、不同时期、不同作者的文学史论述，名正言顺地成为中国文学的经典著作，其文学地位更加稳固。

五、《史记》文学经典建构的意义

《史记》文学经典的建构，从汉代起步，到近现代写入中国文学史，走过了漫长的道路。经过不同时代的读者认可，其经典榜样已经树立。到二十世纪后期，对《史记》文学特征的认识更加丰富，更加深入，[①]而且随着中外文化交流，《史记》在海外的影响也日益广泛。从《史记》文学经典的建构过程可以看出，《史记》文学经典的建构是与其史学经典的建构密切相关，起步阶段比较艰难，唐代以后，其文学价值逐渐得到挖掘和普遍认可，愈来愈受到人们的重视。文学经典的建构过程与史学经典的建构过程基本一致，但由于是文学家视域中的《史记》，所以又与史学的经典建构有不同之处。经典建构过程是与社会政治、文化背景等有密切关系，如唐宋古文运动、明代复古运动等。经典建构过程也是多元化的，从建构方式说，有直接的，有间接的；有明显的，有隐蔽的。从体裁说，传记、散文、小说、戏剧、诗歌等不同的文体都从《史记》中汲取营养，又促进《史记》进入这些文学家园之中。从建构的读者层次来说，既有文学家的学习、评论家的引导、文选家的传播，也有普通百姓的欣赏与接受。经过不同时代、不同读者对《史记》的消费与接受，《史记》的文学经典地位得以建构，并愈来愈稳固。

《史记》文学经典建构的意义首先在于扩大了《史记》的文化价值。随着《史记》文学经典的建构，受众面不断扩大，不仅雅文化、主流文化学习它，视之为经典，而且俗文化也从中吸收许多有用的东西，在民间有较大的影响，一些说唱作品、戏曲、小说等或多或少、或直接或间接学习《史记》。史学著作被文学化，而且成为文学经典，这并不影响《史记》的史学价值。从某种意义来说，反而促进了《史记》的史学经典化。因为《史记》不是纯文学，它与

---

① 20世纪50年代以后的《史记》文学经典建构，取得了丰硕成果，《史记》作为文学经典的地位更加巩固，受众更加广泛，认识也更深刻，对此，笔者将另文论述。

历史密切联系,它的文学表现受历史真实的限制,如同"戴着镣铐跳舞"。所以,在历史真实的前提下,把《史记》纳入文学领域,更显示了《史记》多方面的价值。

《史记》文学经典建构的意义还在于促进了中国文学的发展。从经典影响史来说,中国文学中的传记、散文、小说、戏曲乃至于诗歌等文体,都受《史记》的影响,有些甚至直接取材于《史记》。正如李景星《史记评议序》所说:"由《史记》以上,为经为传诸子百家,流传虽多,要皆于《史记》括之;由《史记》以下,无论官私记载,其体例之常变,文法之正奇,千变万化,难以悉述,要皆于《史记》启之。"如果从文学主题说,《游侠列传》《刺客列传》所引发的侠客文学,《伍子胥列传》为代表的复仇文学,《屈原列传》所表现的忠奸斗争,《司马相如列传》描写的才子佳人故事,《秦始皇本纪》《吕太后本纪》所展现的宫闱秘史、宫廷斗争,《伯夷列传》所引发的隐士文学,以及大量描写战争的作品所展现的军事文学,等等,都显示了《史记》文学经典的影响力。

《史记》文学经典建构的意义还在于使有价值的历史人物走向永恒的时间和无穷的空间。"子长同叙智者,子房有子房风姿,陈平有陈平风姿。同叙勇者,廉颇有廉颇面目,樊哙有樊哙面目。同叙刺客,豫让之与专诸,聂政之于荆轲,才出一语,乃觉口气各不相同。高祖本纪,见宽仁之气动于纸上;项羽本纪,觉喑噁叱咤来薄人。"[1]司马迁把死的人物变成活的生命体,随着文学经典化过程,《史记》中所描绘的人物不只是历史人物,也成为文学典型,具有永久的艺术魅力。

从文学价值学角度看,从文学创造到文学消费的过程,又是文学价值产生、确立和确证的过程。"所谓价值,是指客体对主体需要的满足或效应,也就是说,是指客体对主体的价值。"[2]《史记》作为读者(主体)欣赏的对象(客体),显然对读者具有特殊的价值和意义,这种价值是一种特殊的艺术价值。这种艺术价值存在于整个文学活动的大周期中。《史记》文学的经典建构过程,在这个大周期中并没有停止在原点,而是在历时与共时的存在范畴里,不断实现着自我的保值与增值的过程。应该说,

---

[1] 【日】泷川资言:《史记会注考证·史记文章》引,上海古籍出版社,1986年版。
[2] 敏泽、党圣元:《文学价值论》,社会科学文献出版社,1997年版,第197页。

读者的消费与接受，使《史记》的文学价值得以实现，而且也是《史记》不断增值的重要渠道。这种增值与保值，说到底，就是《史记》不断被经典化的过程。

（本文发表于《文学遗产》2012年第5期）

张新科，1959年生，1998年毕业于陕西师范大学中文系，文学博士，师从霍松林先生，现为陕西师范大学教授。

天人思想与《史记》

段永升

内容摘要:《史记》具有明确的"究天人之际"的创作目的,深刻全面地体现了司马迁的天人关系思想。君命天授思想反映了《史记》为汉王朝大一统政权服务的现实功利性;以天合人的人本思想深刻体现了司马迁于天人之际对人的个体生命意识的强化和生命价值的凸显;以人法天的文法观念,不仅是以人事合天道的天人合一散文创作思想的体现,而且还是天人思想对其散文创作思维规定性的体现。

关键词: 天人思想;《史记》;司马迁;天人合一

司马迁《史记》是在继承先秦史传散文创作经验的基础上,以"究天人之际"的创作理念,以包罗古今、总揽宇宙的心胸与气度创造出的新的纪传体史书体例,从而成为后世史传文学的圭臬。鲁迅曾云:"武帝时文人,赋莫若司马相如,文莫若司马迁,而一则寥寂,一则被刑。盖雄于文者,常桀骜不欲迎雄主之意,故遇合常不及凡文人。"[1]这里,鲁迅对两司马的文采给予了很高的评价,然对他们的人生际遇——时运却深表同情,同时也揭示了他们不遇的主要原因在于"常桀骜不欲迎雄主之意",可谓切中肯綮。《史记》的出现创造了西汉史传文学的高峰。司马迁在《报任安书》中揭示了《史记》的创作思路和宗旨:"网罗天下放失旧闻,考之行事,稽其成败兴坏之理,凡百三十篇,亦欲以究天人之际,通古今之变,成一家之言。"[2]这样的胸襟气度与魄

---

[1] 鲁迅:《汉文学史纲要》,人民文学出版社,2005年版,第431页。
[2] [东汉]班固:《汉书》卷六二,中华书局,1962年版,第2735页。

力,唯有强盛无比、寰区大定、海县清一的大汉王朝才能孕育得出来。

司马迁的《史记》创作于汉武帝时期,正是董仲舒天人感应理论风行之时。司马迁曾师从董仲舒学习公羊《春秋》。因此,司马迁文学思想也深受董仲舒天人关系思想的影响,表现在《史记》创作中,有如下诸端。

一、君命天授的天命思想与《史记》

司马迁生活在西汉国力最为强盛的汉武帝时代,对于帝国的长治久安抱有极强的责任感和使命感。司马迁曾从学于董仲舒,对董仲舒的天人思想多有接受。《史记》之中,也同样体现出了对君命天授思想的重视,并多次阐发,以维护西汉皇权的神圣性与合法性。

《史记》对天人思想的体现首先是在其对"君命天授"思想的阐发上。《史记·高祖本纪》云:"故汉兴,承敝易变,使人不倦,得天统矣"①,即明确宣扬汉朝立国,乃是得了天意。此外,司马迁在《史记》的《殷本纪》《周本纪》《秦本纪》《高祖本纪》等篇中对于商、周、秦、汉等王权由来的叙述里,也充分体现了他的"君命天授"思想。且看如下两段引文:

> 及西伯伐饥国,灭之,纣之臣祖伊闻之而咎周,恐,奔告纣曰:"天既讫我殷命,假人元龟,无敢知吉,非先王不相我后人,维王淫虐用自绝,故天弃我,不有安食,不虞知天性,不迪率典。今我民罔不欲丧,曰'天曷不降威,大命胡不至'?今王其奈何?"纣曰:"我生不有命在天乎!"祖伊反,曰:"纣不可谏矣。"西伯既卒,周武王之东伐,至盟津,诸侯叛殷会周者八百。诸侯皆曰:"纣可伐矣。"武王曰:"尔未知天命。"乃复归②。

> 始皇推终始五德之传,以为周得火德,秦代周德,从所不胜。方今水德之始,改年始,朝贺皆自十月朔。衣服旄旌节旗皆上黑。数以六为纪,符、法冠皆六寸,而舆六尺,六尺为步,乘六马。更名河曰德水,以为水德之始。刚毅戾深,事皆决于法,刻削毋仁恩和义,然

---

① [西汉]司马迁:《史记》卷八,中华书局,1959年版,第394页。
② [西汉]司马迁:《史记》卷八,中华书局,1959年版,第107—108页。

后合五德之数①。

这里无论是殷纣王相信自己的君权乃上天所授，还是周武王讨伐殷纣王时所宣扬的"尔未知天命"，拟或是秦始皇所信奉的五德终始之说，都是将天子的统治权与上天联系起来，以表明其皇权源于天意的合法性。

司马迁在《史记》中反复宣扬这种"君权神授"的思想，是有其明确的现实政治目的的。那就是，为大汉王朝皇权合法性寻求理论依据，服务于现实政权。这一君权神授思想表现最为突出的则是对大汉天子政权合法性的宣扬。具体表现在两个方面：

首先，神化高祖刘邦的出身、相貌与经历。《史记·高祖本纪》②开篇即记载了刘邦出世的古朴浪漫的神话："高祖，沛丰邑中阳里人，姓刘氏，字季。父曰太公，母曰刘媪。其先刘媪尝息大泽之陂，梦与神遇。是时雷电晦冥，太公往视，则见蛟龙于其上。已而有身，遂产高祖。"这是说刘邦乃蛟龙之子，宣扬其乃真龙天子。随后又云："高祖为人，隆准而龙颜，美须髯，左股有七十二黑子"，进一步从相貌上神化刘邦。这样的宣扬有些近乎赤裸，于是《史记》又借助他人之口，进行侧面包装："（刘邦）常从王媪、武负贳酒，醉卧，武负、王媪见其上常有龙，怪之。高祖每酤留饮，酒雠数倍。及见怪，岁竟，此两家常折券弃责。"这是借王媪、武负两酒家之口对高祖进行神化，高祖不仅醉酒休息时有龙盘踞其上，而且只要每次留高祖于店内饮酒，酒店卖酒所得的钱就会翻倍，于是这两个酒店老板，每到年末则将高祖赊酒的账券全部撕毁，放弃酒债。此外，《高祖本纪》还通过吕公嫁女、老夫相面、"天子之气"等方法来神化高祖。在这些神话故事中，将高祖真命天子的身份神化到极点的则是"赤帝子斩白帝子"的故事：

> 高祖被酒，夜径泽中，令一人行前。行前者还报曰："前有大蛇当径，愿还。"高祖醉，曰："壮士行，何畏！"乃前，拔剑击斩蛇。蛇遂分为两，径开。行数里，醉，因卧。后人来至蛇所，有一老妪夜哭。人问何哭，妪曰："人杀吾子，故哭之。"人曰："妪子何为见杀？"妪曰："吾子，白帝子也，化为蛇，当道，今为赤帝子斩

---

① [西汉]司马迁：《史记》卷六，北京：中华书局，1959年版，第237—238页。
② [西汉]司马迁：《史记》卷六，北京：中华书局，1959年版，第341—347页。

之，故哭。"人乃以姬为不诚，欲告之，姬因忽不见①。

其次，是以五德终始之说来论证汉天子政权的合法性。在秦汉之际，最为人们所普遍接受的君命天授思想是五德终始之说，此外还有三统说和明堂制度等。五德终始之说是阴阳五行学说的一部分，是专门以五行相胜原理来解释王朝更迭的一套理论。这一套理论，最初由战国时期齐国人邹衍创立，被秦汉间人所广泛接受，并且将其运用到改朝换代的实际斗争中去。正如顾颉刚所云："汉代人的思想的骨干，是阴阳五行。无论在宗教上，在政治上，在学术上，没有不用这套方式的。……但他们的分类法与今日不同，今日是用归纳法，把逐件个别的事物即异求同；他们用的演绎法，先定了一种公式而支配一切个别的事物。其结果，用阴阳之说以统辖天地、昼夜、男女等自然现象，以及尊卑、动静、刚柔等抽象概念；五行之说，以木、火、土、金、水五种物质与其作用统辖时令、方向、神灵、音律、服色、食物、臭味、道德等等，以至于帝王的系统和国家的制度。"②可见，阴阳五行思想已成为汉人的思维模式，渗透到汉人社会生活的方方面面。

司马迁《史记》也以五德终始之说来解释大汉政权合理性与合法性，从而为汉王朝的政权寻找到君命天授的神学依据。《汉书·郊祀志》载：

> 二年冬，东击项籍而还入关，问："故秦时上帝祠何帝也？"对曰："四帝，有白、青、黄、赤之祠。"高祖曰："吾闻天有五帝祠，而四，何也？"莫知其说。于是高祖曰："吾知之矣，乃待我而具五也。"乃立黑帝祠，名曰北畤。③

从这段生动的记载中，我们可以看出刘邦对于阴阳家的五帝系统相当熟悉。接着，刘邦就以邹衍的五德终始之说来解释自己政权的合法性。依据邹衍的理论，做天子的一定是得了五行中的一德，且这一德是能够克胜前一王朝的那一德的，此乃五行相胜原理。五行相生的顺序是：木生火，火生土，土生金，金生水，水生木，……其相胜（即相克）的顺序则为：木胜土，土胜水，水胜火，火胜金，金胜木，……如周为火德，秦取而代之，则秦为水德。依此而推，则汉当为土德。而刘邦或许因为秦朝国祚短命，不配在五德的大循环之

---

① [西汉]司马迁：《史记》卷八，中华书局，1959年版，第347页。
② 顾颉刚：《汉代学术史略》，东方出版社，1996年版，第1页。
③ [东汉]班固：《汉书》卷二五上，中华书局，1962年版，第1210页。

中占有一席之地，故而以水德而自居，表明自己是直接克胜周之火德而来，遂沿袭了秦朝的服色制度。

汉文帝时，有儒士贾谊、公孙臣等便认为高祖之做法不妥，于是纷纷提出了改德的建议。他们认为秦得水德，汉受而代之，汉当为土德，并各自草拟了新的仪法。只因当时有张苍等一批老臣的反对，土德制度未能施行。

汉武帝时期，诏贤良对策，首先策问的就是天子受命问题。汉武帝向董仲舒提出天人关系的问题："三代授命，其符安在？灾异之变，何缘而起？性命之情，或夭或寿，或仁或鄙，习闻其号，未烛厥理。"[1]因此，受天命而改德仍然是汉帝国首先必须解决的问题。于是，汉武帝重用赵绾、王臧等大臣重新讨论改历法、易服色之事，因窦太后笃信"黄老之学"，从旁阻止，故改德之事一直未得施行。直到窦太后去世后，汉武帝才将改德付诸行动，并宣布公元前104年为太初元年，"以正月为岁首。色上黄，数用五，定官名，协音律"[2]，最终确立了土德之制。

那么，受命天子何以要改正朔，易服色呢？"就因新王是受命于天的，不是继承前王的。倘使一切照了前王的制度，那和继承前王的还有什么分别？受命的王原是上天所特别提拔的人，一个人奉事他的父亲尚且要先意承旨，何况是天。现在上天特别提拔了你，然而你竟没有把旧制度变更一点，显不出这提拔的好意，这是天的意思吗！所以迁都城、换称号、改正朔、易服色，都不为别的，只是为着上天的意思，表示自己是新受天命的人罢了。"[3]如此说来，受命天子即位后，所做的这些改制之事，目的只有一个，那就是以上天的名义宣告自己接受大统的合法性。

司马迁的君权神授思想与先秦时期所不同的是：他认为天意即为民心，统治者只有施行仁政，仁爱百姓，以百姓心为心，才有资格君临天下。司马迁在《秦始皇本纪》中引用贾谊《过秦论》全文就充分地论证了"天意即民心"的问题，民心向背决定了君权的稳固与否。司马迁的这一天人思想，在《史记》的其他篇章中也多有表现。

---

[1] [东汉]班固：《汉书》卷五六，中华书局，1962年版，第2496页。
[2] [东汉]班固：《汉书》卷五六，中华书局，1962年版，第199页。
[3] 顾颉刚：《汉代学术史略》，东方出版社，1996年版，第44页。

二、以天合人的人本思想与《史记》

以天合人的人本思想在《史记》中有充分的表现。《史记》是西汉史传散文的最高代表，以本纪、世家、列传、书和表五种体例相互配合，相互补充，构成一个有机整体。《史记》所开创的史传散文传统，既有极高的史学价值，又具有极高的文学价值。正如胡适评价自传文学价值时说："给史家作材料，给文学开生路。"[①]这话也同样适用于对《史记》史传之文的评价。《史记》创作体现出了鲜明的人本主义倾向。从天人关系思想角度来看，则是天人之际，以人为本。这主要体现在以下三个方面：

首先，以人物为中心，结撰全书的著述思想。《史记》五体之中《本纪》《世家》《列传》三部分占了全书五分之四的篇幅，皆以人物为中心，结构散文，安排事件。这些人物传记的编排，有以人物名号命名者，如《高祖本纪》《吴太伯世家》《伯夷列传》；有以类命名者，如《五帝本纪》《外戚世家》《刺客列传》；有以朝代或国家命名者，如《夏本纪》《殷本纪》《楚世家》等，都从篇章结构上显示出《史记》的人本思想。司马迁以《史记》窃比《春秋》，但又能突破《春秋》的局限，对历史的记载由以事件为中心转移到以人物为中心，通过对人物命运的记叙和描写来表达自己对人生命运的思考和体验。朱自清曾云："《史记》共一百三十篇，列传占了全书的过半数；司马迁的史观是以人物为中心的。他最长于描写：首先，以人物为中心结撰全书。从结构上看，《史记》五体中《本纪》《世家》靠了他的笔，古代许多重要人物的面形，至今还活现在纸上。"[②]再者，从史书的角度来看，《史记》之纪传体与之前的编年体、国别体、语录体等史书皆不同，以人物为主体来结撰全书，本身就是对人的重视，凸显了《史记》的人本精神。

司马迁生活于汉武帝时代，是儒家独尊地位尚未巩固之时，再加上其以儒、道为主博采众家之长的治学理念，使得其思想成分并非纯粹的儒家。因此，司马迁对人物的评价标准也自然不是纯儒家的。正如班固《汉书·司马迁传》中所批评的那样："其是非颇谬于圣人，论大道则先黄老而后六经，序游

---

① 胡适：《四十自述·自序》，中国华侨出版社，1994年版，第4页。
② 朱自清：《经典常谈》，中华书局，2009年版，第65页。

侠则退处士而进奸雄，述货殖则崇势利而羞贱贫，此其所蔽也。"①《史记》臧否人物并非以纯儒家伦理要求，而是以人性美丑为准据；并非以社会地位高卑，而是以历史功绩之大小为旨归；并非以穷通成败，而是以人格优劣为标准。班固对司马迁的批评正好从反面说明司马迁对人自身价值的重视。如项羽是一个失败者，俗语云"成者王侯败者寇"，然而《史记》却将项羽列于本纪之中，以表彰其灭秦的历史功绩，并且将《项羽本纪》置于《高祖本纪》之前，司马迁对项羽和刘邦之评价便在这次序的排列上得以体现。再者，"文中又把项羽写成一个虽暴躁却又浑憨可爱的角色，其英雄末路，令人怜惜。与之相较，刘邦反像一个伪君子。"②不唯刘邦和项羽，《史记》中对于不得志的英雄如屈原、贾谊、李广等深切同情；对于失败的英雄如李陵、项羽等的扼腕叹息；对于成功的英雄如终军、傅介子、卫青、霍去病、苏武等大加赞赏。这些英雄人物身上所体现出来的都是人性之美与人格之高尚。《史记》所歌颂和赞扬的乃是纯美的人性，是对汉民族精神、民族正气的彰显与高扬。黄仁宇也说："司马迁和班固一样，自称是周公和孔子的信徒。可是今日我们一打开《史记》，随意翻阅三五处，即可以体会到作者带着一种浪漫主义（romanticism）和个人主义的作风，爽快淋漓，不拘形迹，无腐儒气息。"③司马迁对人物的评价虽"不拘形迹"，但有其一以贯之的标准。那便是人性的真善美。

其次，天意即民心，天下兴亡得失，在人不在天。《史记》在记述帝王朝代更替时，尤其强调统治者的人为，也就是修德。五帝三王均以修德而得天下，而桀、纣、幽三位暴君均以无德而失天下。《史记·殷本纪》云：

> 汤出，见野张网四面，祝曰："自天下四方皆入吾网。"汤曰："嘻，尽之矣！"乃去其三面，祝曰："欲左，左。欲右，右。不用命，乃入吾网。"诸侯闻之，曰："汤德至矣，及禽兽。"

> 西伯归，乃阴修德行善，诸侯多叛纣而往归西伯。西伯滋大，纣由是稍失权重。……纣愈淫乱不止。微子数谏不听，乃与大师、少师谋，遂去。……周武王于是遂率诸侯伐纣。纣亦发兵距之牧野。甲子

---

① [东汉]班固：《汉书》卷六二，中华书局，1962年版，第2737—2738页。
② 黄仁宇：《赫逊河畔谈中国历史》，三联书店，1992年版，第17页。
③ 黄仁宇：《赫逊河畔谈中国历史》，三联书店，1992年版，第17页。

日,纣兵败。纣走入,登鹿台,衣其宝玉衣,赴火而死。①

由此可知,汤与西伯之所以能够得天下,皆因能够修德以保民,而纣王之所以失天下,则因其淫乱而不纳谏。因此,司马迁认为天下得失的关键在于统治者的德行。这种思想其实就是对董仲舒的天人感应和符瑞灾异思想的继承。如《史记·天官书》云:"日变修德,月变省刑,星变结和。凡天变,过度乃占。国君彊大,有德者昌;弱小,饰诈者亡。太上修德,其次修政,其次修救,其次修禳,正下无之"②,也是强调统治者在"天变"的情况下,修德、修政的重要性,即修德、修政甚至可以改变天意。

在《史记》中,司马迁有时直接将民心表述为天意。如《史记·六国年表》云:"秦始小国僻远,……然卒并天下,非必险固便形势利也,盖若天所助焉。"③这里所说的"天助"即是民心向背,秦国之所以能够统一天下,完全是因为其统治者能够修德,天下贤才归顺的原因。这一点我们可以通过《史记》的人物传记得到证明。《史记》七十列传中,为秦将所作的就有《商君列传》《苏秦列传》《樗里子甘茂列传》《穰侯列传》《李斯列传》《蒙恬列传》《范雎蔡泽列传》《吕不韦列传》《白起王翦列传》等九传,占到了全部列传的八分之一强。而这些秦将,大多数都不是秦国人,却能为秦国所用,在秦国一展宏图,秦国统一天下当然就是"天助"的结果了。

关于这一点,《史记》借刘邦之口,表达得最清楚。刘邦在总结自己何以得天下,而项羽何以失天下的原因时说:"夫运筹帷帐之中,决胜于千里之外,吾不如子房。镇国家,抚百姓,给馈饷,不绝粮道,吾不如萧何。连百万之军,战必胜,攻必取,吾不如韩信。此三者,皆人杰也,吾能用之,此吾所以取天下也。项羽有一范增而不能用,此其所以为我擒也。"④不仅仅是这三位人杰愿意归顺刘邦,还有如曹参、留侯、陈平、绛侯、张耳、彭越、黥布、淮阴侯、韩王信等贤臣良将,皆归于刘邦麾下,为其打天下、治天下。司马迁通过自己对历史事实的叙述,对历史演变的剖析,对天人关系做出了新的诠释:天意即是人心,得天之助就是得人之助,天意就是人的集体意志的体现。

---

① [西汉]司马迁:《史记》卷三,中华书局,1959年版,第95、107—109页。
② [西汉]司马迁:《史记》卷三,中华书局,1959年版,第1351页。
③ [西汉]司马迁:《史记》卷三,中华书局,1959年版,第685页。
④ [西汉]司马迁:《史记》卷三,中华书局,1959年版,第381页。

司马迁"究天人之际"正是通过探究天人之间关系的方式，确立起了他自己"以人为本"的史传散文创作思想。

再次，对个体生命价值和意义的凸显。司马迁《报任安书》云："人固有一死，死有重于泰山，或轻于鸿毛，用之所趣异也。"[1]司马迁对孔子所说的"君子疾没世而名不称"非常赞赏，还特别主张"君子"当排除一切艰难困苦，建功立业，扬名后世。司马迁对那些"倜傥非常之人"极为推崇：

> 昔西伯拘羑里，演《周易》；孔子厄陈蔡，作《春秋》；屈原放逐，著《离骚》；左丘失明，厥有《国语》；孙子膑脚，而论兵法；不韦迁蜀，世传《吕览》；韩非囚秦，《说难》《孤愤》；《诗》三百篇，大抵圣贤发愤之所为作也。此人皆意有所郁结，不得通其道也，故述往事，思来者。（《史记·太史公自序》）[2]

> 太史公曰："先人有言：'自周公卒五百岁而有孔子，孔子至于今五百岁，有能绍而明之，正《易传》，继《春秋》，本《诗》《书》《礼》《乐》之际。'意在斯乎！意在斯乎！小子何敢让焉！"（《汉书·司马迁传》）[3]

> 所以隐忍苟活，函粪土之中而不辞者，恨私心有所不尽，鄙没世而文采不表于后也。（《汉书·司马迁传》）[4]

这说明司马迁不仅对历史人物著书立说的个人价值的实现有着极高的评价，而且对自己个人人生价值的实现也极为重视。司马迁极为自信，认为自己就是继周公、孔子之后五百岁而诞生的能"正《易传》，继《春秋》，本《诗》《书》《礼》《乐》之际"且"能绍而明之"的那个人。这也是司马迁在遭到腐刑之后，能够隐忍苟活的真正原因：他的使命没有完成，他的"私心"没有满足，其人生价值和意义就在于要著述"成一家之言"的《史记》。不仅如此，司马迁对建立不世功勋的历史人物也是满怀激情地予以歌颂，诸如管仲、伍子胥、商鞅、苏武、卫青、霍去病等，而写得最精彩的则是那些失败的英雄，如陈涉、项羽、李广，等等。司马迁史传散文对倜傥非常的英雄人物

---

[1] [东汉]班固：《汉书》，中华书局，1962年版，第2732页。
[2] [西汉]司马迁：《史记》卷一三○，中华书局，1959年版，第3300页。
[3] [东汉]班固：《汉书》，中华书局，1962年版，第2717页。
[4] [东汉]班固：《汉书》，中华书局，1962年版，第2733页。

的塑造和歌颂，本身就是对人的个体生命价值的体认和凸显。

《史记》的人物来源相当广泛，上至帝王将相，宫嫔后妃，下至贩夫游勇，市井俚俗等，无不刻画得惟妙惟肖，入木三分。可以这样说，一部《史记》就是一个上古三千年间历史人物的画廊，不仅塑造了大汉精神的脊梁，彰显了人性之美，同时也成为后世文学如戏剧、小说等文学样式的题材宝库。

三、以人法天的文法观念与《史记》

《史记》的结构深刻地体现了司马迁以人法天的文法观念。汉人的思想大都处于天人思想的影响之下，司马迁也不例外，以人法天的文法观念已内化为他的一种思维模式。

首先，"史记五体"各体之数目均依据古代的神秘数字而排定。这种依数编纂的结构框架和与天地并生、参天地之心而成章生文的思维模式，本身就体现了《史记》之结构安排具有"究天人之际"的沟通天道与人事、自然与社会的目的性。如《文心雕龙·原道》云：

> 文之为德也大矣，与天地并生者何哉！夫玄黄色杂，方圆体分，日月叠璧，以垂丽天之象；山川焕绮，以铺理地之形；此盖道之文也。仰观吐曜，俯察含章，高卑定位，故两仪既生矣。惟人参之，性灵所钟，是谓三才。为五行之秀，实天地之心，心生而言立，言立而文明，自然之道也。①

刘勰认为文之德极其广大普遍，与天地并生，日月乃天之文，山川为地之文。只有万物之灵的人与日月山川的大自然之文相配合，才能彰明文采。这讲的也是天人合一的问题。关于《史记》天人合一的结构思想，司马迁自己有着充分的自觉。因此，《史记》的总体构思有着明显的法天思想，以人事合天道，从而达到天人合一的境界。对此，《太史公自序》有一段明确的表述：

> 罔罗天下放失旧闻，王迹所兴，原始察终，见盛观衰，论考之行事，略推三代，录秦汉，上记轩辕，下至于兹，著十二本纪，既科条之矣。并时异世，年差不明，作十表。礼乐损益，律历改易，兵权山川鬼神，天人之际，承敝通变，作八书。二十八宿环北辰，三十辐

---

① [南朝·梁]刘勰著，范文澜注：《文心雕龙注》，人民文学出版社，1962年版，第1页。

共一毂，运行无穷，辅拂股肱之臣配焉，忠信行道，以奉主上，作三十世家。扶义俶傥，不令己失时，立功名于天下，作七十列传。凡百三十篇，五十二万六千五百字，为太史公书。①

这是司马迁撰十二本纪、十表、八书、三十世家、七十列传的整体构想，其目的是以人事变迁与天道运行相吻合，充分体现出司马迁的法天思想。司马迁以众星拱月、车辐环轴来说明人间帝王之轴心和至尊地位，无论世道如何变化，君王的至尊地位永远不会改变。人间天子统御万民与神圣之天统御万物相对应，旨在阐明天子像天一样拥有统御人间权利的合理合法性。对此，张守节《史记正义·论史例》云：

作本纪十二，象岁十二月也。作表十，象天之刚柔十日，以记封建世代终始也。作八书，象一岁八节，以记天地日月山川礼乐也。作世家三十，象一月三十日，三十辐共一毂，以记世禄之家辅弼股肱之臣忠孝得失也。作列传七十，象一行七十二日，言七十者举全数也，余二日象闰余也，以记王侯将相英贤略立功名于天下，可序列也。合百三十篇，象一岁十二月及闰余也。而太史公作此五品，废一不可，以统理天地，劝奖箴诫，为后世之楷模也②。

张守节指出《史记》结构的以人法天思想是司马迁的自觉行为。司马迁通过撰写《史记》来探究天道与人事之间关系的目的相当明确。关于这一点，司马贞《补史记序》也有类似的看法："本纪十二，象岁星之一周，八书有八篇，法天时之八节，十表放刚柔十日，三十世家比月有三旬，七十列传取悬车之暮齿，百三十篇象闰余而成岁。"③司马迁《史记》结构对数理的运用，使得后代的阐释者见仁见智，直到现代，朱自清也给出了自己的看法："十二是十二月，是地支。十是天干，八是卦数，三十取老子'三十共一毂'的意思，表示那些'辅弼股肱之臣''忠信行道，以奉主上'。七十是人寿之大齐，因为列传是记载人物的。这也是用数目的哲学作系统，并非逻辑的秩序，和《吕氏春秋》一样。"④无论古今学者看法是否相合，都说明了一个问题，即司马

---

① [西汉]司马迁：《史记》，中华书局，1959年版，第3319页。
② [唐]张守节：《史记正义》，见《史记》，中华书局，1959年版，第10册，第13页。
③ 杨燕起、陈可青、赖长扬汇辑：《史记集评》，华文出版社，2005年版，第88页。
④ 朱自清：《经典常谈》，上海古籍出版社，1999年版，第100页。

迁《史记》结构对"五品"数字的选择，是完全符合古代数理理论的，是中国古代文化思想的反映，其深层次的理论背景则是以阴阳、五行、术数为基础的天人关系思想，也就是以人事合天道的天人合一思想。

以上是对《史记》结构宏观构思的讨论。若从微观角度来看，司马迁的天人关系思想实际上是贯穿于《史记》的字里行间的。如《史记·天官书》云："自初生民以来，世主曷尝不历日月星辰？及至五家、三代，绍而明之，内冠带，外夷狄，分中国为十有二州，仰则观象于天，俯则法类于地。天则有日月，地则有阴阳。天有五星，地有五行。天则有列宿，地则有州域。三光者，阴阳之精，气本在地，而圣人统理之。"[①]司马迁的这种思想使得他将天与人视作同类，故两者可以合二为一。如顾颉刚所云：司马迁的"《天官书》，简直把天上的星写成了一个国家：人的方面有天王、太子、庶子、正妃、后宫、藩臣、诸侯、骑官、羽林天军；屋的方面有端门、掖门、阁道、明堂、清庙、天市、车舍、天仓、天库楼；物的方面又有帝车、天驷、枪棓、矛盾、旌旗之属。至于星辰示象，如南极老人星见则治安，不见则兵起；岁星色赤则国昌，赤黄则大穰，青白而赤灰则有忧；狼星变色则多盗贼；附耳星摇动则谗臣在侧；木星犯了土星要内乱；火星犯了土星要战败"[②]，诸如此类，很多很多。司马迁用以人法天的方式把天上的星辰组成一个系统，然后在天道与人事（社会）之间建立起一一对应的关系，使得天人之间发生着密切的感应。

可以说，《天官书》整个就是对司马迁以人法天文法观念的反映。据赵继宁统计，《天官书》所记星官共九十七个。司马迁在记述这些星官时，总是将天上的星官与人世间的各种事物一一对应起来，并用这些事物的名称作为星官名称。赵继宁从"星官和人间社会的对应"与"星官和地域的对应（分野观）"两个方面，详细论述了司马迁天人感应思想在《天官书》中的体现。最后，得出结论"司马迁是相信'天命'的，换言之，在'天命'和'人事'特别是王权更迭之间是否存在联系的问题上，他持承认态度而陷入了神秘主义的'天命论'。"[③]对于这样的结论，我们认为有待商榷，暂且

---

① [西汉]司马迁：《史记》，中华书局，1959年版，第1342页。
② 顾颉刚：《秦汉的方士与儒生》，上海古籍出版社，2005年版，第18—19页。
③ 参赵继宁《试论司马迁的天人感应观——以〈史记·天官书〉为视角》，《湖北社会科学》，2014年第2期，第109—113页。

不论。而文中指出的天官与人事之间的对应关系则反映了其天人合一的散文文法观念。且看《天官书》：

> 角、亢、氐，兖州。房、心，豫州。尾、箕，幽州。斗，江、湖。牵牛、婺女，杨州。虚、危，青州。营室至东壁，并州。奎、娄、胃，徐州。昴、毕，冀州。觜觽、参，益州。东井、舆鬼，雍州。柳、七星、张，三河。翼、轸，荆州。①

这说明是司马迁用二十八宿来描述十三州分野情况。《史记正义》引《括地志》云："汉武帝置十三州，改梁州为益州、广汉。广汉，今益州咨县是也。分今河内、上党、云中。"②由是观之，司马迁描述的人间分野正是汉武帝时期的状况。其实，在司马迁看来，以天上的二十八宿来描述人间分野的观念古已有之："二十八舍主十二州，斗秉兼之，所从来久矣。"③古代占星家为了借星象来观察地面州国的吉凶，所以将天上的星宿分别指配于地上的州国，使其互相对应。这便是汉人以星宿代指地域分野的天人思想表现方式，是典型的以人法天思想的体现。

其次，司马迁《史记》作为西汉史传散文之代表，表现出了西汉王朝极盛时期散文作家海涵地负，雄视天下，苞括宇宙万物的心胸和气度。

这一点，清赵翼《廿二史札记》早有评说："司马迁参酌古今，发凡起例，创为全史。本纪以叙帝王，世家以记侯国，十表以系时事，八书以详制度，列传以志人物，然后一代君臣政事，贤否得失，总汇于一编之中。自此例一定，历代作史者遂不能出其范围，信史家之极则也。"④就史传散文的体制而言，《史记》开创了以本纪、世家、列传、表、书五种体例为"极则"的史书范型，后世之通史、纪传、纪事本末等各种史书体例均导源于此。就其散文内容的涉猎范围而言，十二本纪、三十世家、七十列传、十表、八书，将帝王、诸侯、人臣、典制等各个方面内容全部囊括在内。这种参天两地，苞括宇宙的胸襟与气魄既与大汉王朝的声威气势有关，也与社会上风行的天人思想密切相关。对此，李长之在讨论《史记》的史诗性质时

---

① [西汉]司马迁：《史记》，中华书局，1959年版，第1330页。
② [西汉]司马迁：《史记》，中华书局，1959年版，第1330页。
③ [西汉]司马迁：《史记》，中华书局，1959年版，第1346页。
④ [清]赵翼著，王树民校证：《廿二史札记校证》卷一，中华书局，1984年版，第3页。

也说:"试想史诗性的文艺之本质首先是全体性,这就是其中有一种包罗万有的欲求。照我们看,司马迁的《史记》是做到了的。他所写的社会是全社会,他所写的人类生活是人类生活的整体,他所写的世界乃是这个世界的各个角落。"[1]班固虽批评司马迁《史记》"是非颇谬于圣人",但也服膺其《史记》体制规模之宏大,搜罗之完备,涉猎之广博:"司马迁据《左氏》《国语》,采《世本》《战国策》,述《楚汉春秋》,接其后事,讫于天汉。……其涉猎者广博,贯穿经传,驰骋古今,上下数千载间,斯亦勤矣"[2]。今人张大可也指出:"《史记》是一部体大思精的历史著作。体大,指《史记》的五体结构和系统性;思精,指《史记》内容的全面性和进步性。《史记》体例完备,内容丰富,囊括中外,贯通古今。它上起黄帝,下迄太初,汇总古今典籍,'网罗天下放失旧闻',成为一部百科全书式的中国通史,从内容到形式都是划时代的伟大创新。"[3]这都是对《史记》海涵地负,苞括宇宙的宏大散文构思与体制的评价。

综上所论,司马迁《史记》具有明确的"究天人之际"的创作目的,深刻全面地体现了司马迁的天人关系思想。君命天授思想反映了《史记》为汉王朝大一统政权服务的现实功利性;以天合人的人本思想深刻体现了司马迁于天人之际对人的个体生命意识的强化和生命价值的凸显;以人法天的文法观念,不仅是以人事合天道的天人合一散文创作思想的体现,而且还是天人思想对其散文创作思维规定性的体现。

段永升,1976年生,2016年毕业于陕西师范大学文学院,文学博士,师从张新科教授,现为咸阳师范学院文学与传播学院讲师。

---

[1] 李长之:《司马迁之人格与风格》,三联书店,1984年版,第300页。
[2] [东汉]班固:《汉书》卷六二,中华书局,1962年版,第2737页。
[3] 张大可:《司马迁评传》,华文出版社,2005年版,第133页。

两汉都邑赋述论

高一农

内容摘要：针对"都邑"题材的赋作集中出现在后汉两百年的原因进行了深入的分析，且与其他题材的大赋进行比较，认为"都邑"赋的审美价值及文章结构特征，具有创作里程碑式的创新意义。

关键词：汉大赋；两都赋；创作题材

秦朝虽然是中国第一个大一统的王朝，然而无奈其存在的时日太短，到了汉代才真正显示出大一统天下繁荣开放的局面。经济的恢复，文化的建设，社会生产力的发展，人们建功立业的心情，无一不反映在最具汉代文学特色的汉赋当中，涌现出一批在汉代文学史上颇有影响的都邑赋作。都邑为什么会在汉代成为赋家笔下一个重要的创作题材？为什么此类题材的赋作集中在东汉时期，而西汉只有扬雄《蜀都赋》一篇？从城市发展的历史角度看，西汉是在秦末农民大起义的基础上建立起来的，战争破坏了秦朝的大部分建筑，在西汉统治的二百多年里，所谓城市建设主要是以宫殿、园林为主。长乐宫是在秦兴乐宫的基础上修葺而成的；未央宫则是刘邦七年（前200）由萧何亲自为刘邦入主长安而修建的。中经"文景之治"，武帝时国富民强，"七十年间，国家无事，都内之钱贯朽而不可校"[1]，于是大兴土木。武帝太初元年（前104）兴建的建章宫就是由一组庞大的宫殿群构成，周围三十里，宫内殿宇台阁林立，号称"千门万户"[2]，同时又将秦代旧苑上林苑大加扩充，"举籍阿城以南，盩

---

[1] [东汉]班固：《汉书》卷二十四《食货志》，中华书局，1984年版。
[2] [东汉]班固：《汉书》卷六十五《东方朔传》，中华书局，1984年版。

厔以东，宜春以西，提封顷亩，及其贾直，欲除以为上林苑，属之南山"①，约四百多里，专供皇帝游猎。因此西汉赋家把注意力主要都集中在对宫殿与园林的歌颂和描写上，例如司马相如的《子虚赋》《上林赋》；扬雄的《甘泉赋》《羽猎赋》《长杨赋》等。这时都市作为一个独立的审美对象引起作家们的关注，只是时机还不够成熟。在西汉只有扬雄写了一篇《蜀都赋》，热情地歌颂了家乡成都的都市风貌。这篇赋虽是偶一为之，但在汉代都邑赋的创作演进过程中具有首开以都邑为创作题材先例的功绩，成为"都邑赋"的滥觞。

东汉光武帝建国之初，围绕着定都洛阳还是长安，展开了一场激烈的政治讨论。都城的选择历来是中国古代政治生活中一件非常重大的事件，围绕着这一问题的讨论，前后七十年间产生了多篇著名的都邑赋作。杜笃的《论都赋》是其中最早的一篇，据陆侃如《中古文学系年》论证，当作于东汉光武建武二十四年（48）。虽然此赋文采平平，政论色彩非常浓厚，却从客观上强化了以都邑为主题的赋的创作以及将长安与洛阳进行对比的写法，对班、张二人的都邑赋创作产生了直接的影响。大约三十年后的明帝永平年间，长安一些士大夫继杜笃之论希望皇帝从洛阳迁都长安。班固认为迁都不利于政权的稳定，上《两都赋》表达自己的见解。他一方面运用大赋体制为建都洛阳的东汉以儒术治天下的美政唱赞歌，另一方面从用什么思想建国的角度阐述了自己的治国观点。此后班固还作有《耿恭守疏勒城赋》（已佚）。与《两都赋》同时代的还有傅毅的《反都赋》《洛都赋》，崔骃的《反都赋》《武都赋》（已佚），此时东汉的都邑赋创作可以说进入了一个全盛时期。四十年后，张衡的《二京赋》问世，更是给东汉的都邑赋创作增添了璀璨的一笔。东汉都邑赋的突然增多，既是社会经济和城市发展的必然结果，也是作家创作题材的开拓和审美意识高扬的结果。如果说杜笃的作品主要是为是否定都长安或洛阳而进行的单纯的政治争论，那么张衡的作品则继班固《两都赋》之后，不仅继续保留政论风格，而且更多地从客观的角度为后人保留了西汉长安以及东汉末期洛阳繁荣热闹的都市生活画卷。他在赋中细致地描写了皇家宫殿、宫廷贵族的宴乐、繁忙的街市、商旅、游侠，还绘声绘色地描绘了平乐观广场上的百戏表演，充分展示了汉代普通市民的生活。这一切如若不是出自汉代人的手笔，我们很难想象两千年前都市普通人的生活和娱乐，竟是那么

---

① [东汉]班固：《汉书》卷六十五《东方朔传》，中华书局，1984年版。

一种样子，张衡的都邑赋已充分反映出东汉作家创作和审美的独立性和自觉性，扩大了赋的表现内容，突破了"体国经野，义尚光大"（刘勰《文心雕龙·诠赋》）的西汉大赋的创作模式。

　　这是一种至大至美的境界，内容丰富，总揽万物。张衡的《东京赋》从"周姬之末，不能厥政"，到"七雄并争"，再到"高祖膺箓受图，顺天行诛，杖朱旗而建大号"；从"昔先王之经邑也，掩观九隩，靡地不营"，到"我世祖忿之，乃龙飞白水，凤翔参墟"，一直到"逮至显宗，六合殷昌"。从城内到城外，从皇宫到市井，从衣着到饮食，从山川草木到江河湖海，从宫廷宴乐到街头杂耍，小至一花一木，大至千门万户，凡是能看到、能想到、能读到、能听到的无所不尽其全，极尽所能把一个城市的历史、环境、物产、文化娱乐等全面反映出来，也只有这样的描写才能与那样的大美相匹配。但是，内容上的"苞括宇宙""错综古今"，还需要从组织结构上将它编织包罗到文章里去，并且要安排得十分有序。因此，东汉赋家在总结和学习前人创作经验的基础上确立了自己的写作方法和结构方式。都邑赋在行文过程中一个突出的特点，就是往往以某一点作为描写的中心，逐步向四面辐射开去，形成一种平面结构，从不同方位入手安排内容的写作顺序。例如《蜀都赋》首段便有"东有巴賨，绵亘百濮"，"其中则有玉石嶜岑，丹青玲珑"，"南则有犍牂潜夷，昆明峨嵋"，"西有盐泉铁冶，橘林铜陵"，"北则有岷山，外羌白马"。班固的《西都赋》描写长安城外是"若乃观其四郊，浮游近县，则南望杜霸，北眺五陵"，"东郊则有通沟大漕"，"西郊则有上囿禁苑，林麓薮泽"。这种写法直接受到司马相如大赋的影响。另外一种结构形式则是都邑赋特有的，它展现了都市的空间内容，这种形式在都邑赋的创作中运用得比较普遍。如张衡的《南都赋》，不仅要介绍南阳四周的环境，还要介绍南阳的物产、风俗、建筑等，因此他采用了"其地势""其宝利珍怪""其山""其木""其水""其厨膳""其宫室"等叙写模式，以进行空间位移。这两种显性结构方式使得作品的描写和叙述线条十分清晰，同时也反映出汉人在大一统帝国下业已形成的中心辐射心理。朱光潜曾这样评价汉代的赋作，他说，汉赋"有诗的绵密而无诗的含蓄，有散文的流畅而无散文的直截"[①]。正是这种显性结构方式使得都邑赋形成一种绵密而流畅的风韵。东汉都邑赋与西汉大赋之间另一个明显的区别就

---

① 朱光潜：《诗论》，三联书店，1984年版，第204页。

是，都邑赋在很大程度上是作者用来阐发自己政治见解的，例如杜笃主张国家应像高祖和武帝那样王霸杂用，"得御外理内之术"。而班固认为治国应循三代之风，重在德治，因此他非常强调礼制与法度，认为其思想控制远胜于长安"四塞以为固"的军事控制。因为要以充分的理由论证自己观点的合理性，所以他们必定要选择大赋的体例，目的是以丰富、生动的内容和层层深入的说理来打动人主，陈述两地的利弊。所以那些显性结构多出现在铺陈描写的部分，加之丰富华丽的辞藻，就能很好地起到烘托环境，铺垫行为的作用。而当真正需要阐发高论的时候，东汉都邑赋家与西汉大赋作家的议论方式也有所不同。西汉大赋作家的观点常常只出现在篇尾的几句劝谕之中，而东汉都邑赋家采用的是边叙边写边议的论说方式。如杜笃《论都赋》认为迁都有这么几条理由：其一，长安是高祖始建的都城，中经"文景之治"和汉武大治而"传世十一，历载三百"；其二，长安"宫室寝庙，山陵相望，高显弘丽，可思可荣"；其三，长安不仅物产丰富，土地肥沃，而且地势险要，军事价值高，因此他力主建都长安。但是班固却认为"痛乎，风俗之移人也"，"大汉之开元也，奋布衣以登皇位，由数期而创万代，盖六籍所不能谈，前圣靡得言焉"。然而，"王莽作逆，汉祚中缺。天人致诛，六合相灭"，"于是圣皇乃握乾符"，"赫然发愤，应若兴云"，"超大河，跨北岳，立号高邑。建都河洛"，认为建都洛阳是"顺天应人"的选择。类似于这样的论述在班固的《东都赋》、张衡的《东京赋》中俯拾皆是。通过这种论说方式，东都主人以古论今，层层剖析，驳斥西都宾的淫侈之论，文中环环相扣，风格严谨。正因为在结构上能够做到"一经一纬"，纵横交错，所以才能在文章中包罗万象，尽情地发挥作者的思想和才情。东汉都邑赋在内容上比西汉的大赋更加丰富多彩；在结构上更加庞大有序；在表现手法上有西汉大赋的铺陈而少了许多的夸张，更注重内在逻辑性，文笔也要朴实一些，因而也就少了西汉大赋的那种浪漫情怀，形成了东汉都邑赋与西汉大赋的明显差异。

（此文发表于《文学遗产》2002年第6期）

高一农，1966年生，2003年毕业于陕西师范大学文学院，文学博士，师从霍松林先生，现为陕西师范大学教授。

道路与政治

——论司马相如"喻难"文的政治史价值

李乃龙

内容摘要：司马相如的《喻巴蜀檄》和《难蜀父老》被任昉的《文章缘起》立为"喻难"体，萧统《文选》将"喻难"文本具录于"檄"类。"喻难"价值在于：作者用文学的手段，饱含浓烈的乡情，在文化史上首次从君权的抵达、贡赋的上输、人力的征调等层次深刻地反映了道路与政治的多维关系；它们是在民主政治习见、而在下行文以官僚为下限对象的专制政治时代仅见的以平民百姓为对象的成功说理文；作者在撮括前代观念的基础上，以纵横家为理论底色，以雄主强汉为背景，首次明确地提出了"非常"政治的新鲜命题，产生了深远的影响，具有多重而独特的政治史价值。

关键词：司马相如；道路；政治；"喻难"

司马相如的《喻巴蜀檄》（下称《喻》）和《难蜀父老》（下称《难》）是应汉武帝之命而撰。[①]一般而言，由于作者是被动表达，应命之作缺乏情感沸点，因而导致作品缺乏成为文学名作的必备条件。但司马相如与他的《喻》和《难》却是难得的例外，深为历代所重视：齐梁文章大家任昉撰《文章缘起》，将"喻难"列为所收的八十四类文体之一，以"汉司马相如《喻巴蜀

---

① 《喻巴蜀檄》载于梁萧统编、唐李善注《文选》，上海古籍出版社，1987年版，第1963—1965页；《难蜀父老》载于同书第1992—1995页。为行文省便，下引此二文不另注出页码。

并难蜀父老文》"为文例①,体类名称显然从篇名撮括而来,因文而立体,任昉对"喻难"的激赏不问可知。其后,激赏任昉文章的萧统编《文选》②,把"喻难"文本具录于卷四十四。其中的《喻》为"檄"类之首,而《难》则成为"难"体的唯一选文。③现代文学史家或注意到《难》"对沟通汉与西南少数民族的关系起了积极作用"④,或指出《喻》和《难》表现出西汉中期散文"追求对偶工整的趋向"⑤,或作为司马相如的行迹佐证加以介绍⑥,或对二文的结构加以描述⑦。

本文使用"喻难"概念,仅为文字简省之需,并非同意任昉的文体观,故题曰"'喻难'文"而非"'喻难'体"。合而论之,亦非作"檄"与"难"的文体比较,而是因为"喻难"具有《文选序》所谓"事出于沈思"的典型特色:作者用文学的手段,在文化史上首次深刻地反映了道路与政治的多维关系,同时也是数千年专制政治下仅见的以平民百姓为对象的成功说理文,并明确地提出了"非常"政治的新鲜命题,具有多重而独特的政治史价值。

一、道路与政治

"喻难"因汉武帝令唐蒙通西南夷而起:因修路而引发民变,因民变而有使臣宣慰,"喻难"即为司马相如宣慰的文字纪录。很明显,开通西南道路并非出于发展经济的基础建设考虑,而是政治统治的需要。"喻难"所反映的道

---

① 《丛书集成初编》本,中华书局,1985年版,第14页。
② 任昉(460—508),萧统(501—531)。《文选》选录任昉文章多达十七篇,涉及令、文、表、启、弹事、笺、序、墓志、行状等九种文体,数量居齐梁诸子之冠。其中的令、墓志、行状三类各录一篇选文和启类三篇选文,均为任昉之作。可知任昉的《文章缘起》必为萧统所寓目,但对任氏文体说未予认同。
③ 据《文选序》选文"各以时代相次"说,果无"难"体,则《难》必系于同一作者的《喻》之下,断不会系于晋人钟会的《檄吴文》之后。同时,《文选》编目也不存在"失序",参看力之《关于〈文选〉编目次第的"失序"问题》,《中国社会科学院研究生院学报》,2004年第1期。"难"为独立文体的说法演变与其他文献支持,详参傅刚《〈昭明文选〉研究》下编第二章第三节"《文选》的分类",中国社会科学出版社,2000年版,第187—192页。
④ 游国恩等主编:《中国文学史》修订本,人民文学出版社,1963年版,第1册,第142页。
⑤ 章培恒等主编:《中国文学史》上册,复旦大学出版社,1996年版,第200页。
⑥ 袁行霈主编:《中国文学史》第一卷,高等教育出版社,1999年版,第189页。
⑦ 郭预衡:《中国散文史》上册,上海古籍出版社,1986年版,第248—249页。

路与政治关系，因缘深长。

政治的主体和客体从来都是人：由人治理人构成的社会，核心是利益的控制和分配，目标是国力的强盛和中央集权控制力的最大化。在我国农耕文明时代，国力和统治力都以人口及其人口所占据的国土面积为主要衡量指标，于是有《诗经·小雅·北山》"溥天之下，莫非王土；率土之滨，莫非王臣"的歌唱。事实上，君临四海作为人君最高理想，在远古传说时代就已然存在：舜帝念念不忘的就是"道吾德"直至"外簿四海"①，即控制中原朝廷四周边远的少数民族地区。显然，统治力到达的前提是道路抵达，"外簿四海"的途径唯有开路，这自然成为帝舜之臣大禹的职责②。大禹"披九山，通九泽，决九河，定九州，各以其职来贡，不失厥宜。方五千里，至于荒服。南抚交趾、北发、西戎、析枝、渠廋、氐、羌，北山戎、发、息慎，东长、鸟夷，四海之内，咸戴帝舜之功"③。可以看出，"至于荒服"的道路和"四海之内，咸戴帝舜之功"之间存在逻辑联系。道路更实在的用处是地方贡赋运输之需，大禹修路就有这方面的考虑，《史记·夏本纪》指出："于是九州攸同，四奥既居，九山栞旅，三川涤原，九泽既陂，四海合同。六府甚修，从土交正，致慎财赋，咸则三壤成赋。"④贡赋的征收、上输，是地方臣服朝廷的体现，与政令的下达、贯彻，构成政治的两个侧面，都有赖道路的开通。否则，"四海合同"就只能流为空言。夏禹意识到的道路与政治的关系，司马相如"心有戚戚焉"，《难》举禹之例以喻蜀父老曰："昔者洪水沸出，泛滥衍溢，民人升降移徙，崎岖而不安。夏后氏戚之，乃堙塞源，决江疏河，洒沉澹灾，东归之于海，而天下永宁。"明确地指出了夏后氏治理崎岖的陆路、泛滥的洪水，其目

---

① 《史记·夏本纪》载"禹曰：'……辅成五服，至于五千里，州十二师，外簿四海，咸建五长，各道有功。苗顽不即功，帝其念哉。'帝曰：'道吾德，乃女功序之也。'"《正义》"外簿四海"引《尔雅》曰："九夷八狄七戎六蛮谓之四海。"（[西汉]司马迁：《史记》，中华书局，1959年版，第80页）四海亦指东海、西海（今青海湖）、南海、北海（今渤海），但先民轻领海而重领土，故政治学意义上的"四海"多指四海之内的陆地而非四海本身。

② 《史记·夏本纪》："禹乃遂与益、后稷奉帝命，命诸侯百姓兴人徒以傅土，行山表木，定高山大川。禹伤先人父鲧功之不成受诛，乃劳身焦思……左准绳，右规矩，载四时，以开九州，通九道，陂九泽，度九山。"（[西汉]司马迁：《史记》，中华书局，1959年版，第51页）

③ [西汉]司马迁：《史记》，中华书局，1959年版，第43页。

④ [西汉]司马迁：《史记》，中华书局，1959年版，第75页。

的就是"天下永宁"。

时至秦朝,道路与政治关系的重要性更是被空前重视。早在武王元年,武王就有"寡人欲容车通三川,窥周室,死不恨矣"之言并付诸行动[①];秦始皇得天下,把"治驰道""车同轨"放在和"一法度衡石丈尺""书同文字"同等重要的位置。[②]李斯《琅邪台石刻》夸言"六合之内,皇帝之土:西涉流沙,南尺北户,东有东海,北过大夏。人迹所至,无不臣者"[③],实际上,始皇的皇威是通过"为驰道于天下,东穷燕齐,南极吴楚,江湖之上,滨海之观毕至"[④]来实现的,并不存在"人迹所至,无不臣者"的自觉与自动。

"喻难"关注的略通西南夷,自古即然,其因大略有四:

(一) 西南夷是化外顽民

《书·大禹谟》载禹征有苗无功而返,而西南正是有苗主要聚居地域。《史记·夏本纪》也记大禹发现了"各道有功,苗顽不即功"的情况,西南正是有苗的主要聚居区。而"苗顽不即功,帝其念哉"之间构成的因果关系,又成为大禹披山开道的前因:普天之下,不能容许存在不臣的西南夷。据《史记·西南夷列传》载:"始威王时,使将军庄𫏋,将兵循江上,略巴、黔中以西……会秦击夺楚巴、黔中郡,道塞不通,因还,以其众王滇,变服,从其俗,以长之。秦时常頞略通五尺道,诸此国颇置吏焉。十余岁,秦灭。及汉兴,皆弃此国而开蜀徼。"说明西南夷曾经在秦控制之下,西汉初年重新脱离汉室版图而与蜀为边界,并时常内犯蜀地。《喻》开篇即指出:"告巴、蜀太守:蛮夷自擅,不讨之日久矣。时侵犯边境,劳士大夫。"《难》使者(即作者)指责西南夷"内之则时犯义侵礼于边境,外之则邪行横作,放杀其上。君臣易位,尊卑失序,父老不辜,幼孤为奴虏,系缧号泣,内向而怨"。这说明"及汉兴,皆弃此国而开蜀徼"乃是西南夷不服王化而不得已弃之。西南夷不仅时犯蜀境,在境内也"邪行横作,放杀其上",反过来印证西南夷的邪顽不化。而这又证明了开通西南夷道路的必要性。《难》中"耆老大夫搢绅先生之徒"反对开通西南夷,作者反驳云:"乌谓此乎? 必若所云,则是蜀不变服

---

① [西汉]司马迁:《史记》,中华书局,1959年版,第209页。
② [西汉]司马迁:《史记》,中华书局,1959年版,第239—241页。
③ [西汉]司马迁:《史记》,中华书局,1959年版,第245页。
④ [西汉]贾山:《至言》,见[东汉]班固《汉书》,中华书局,1962年版,第2328页。

而巴不化俗也。"其潜逻辑是：巴蜀在道路未开通时也处在"不变服""不化俗"的冥顽状态。反过来说，而今的巴蜀之所以变服易俗是道路开通、接受教化的结果，巴蜀西面的西南夷当然不能例外。

（二）西南道路艰险，皇威难以抵达

早在秦汉之交，就存在"巴、蜀道险，秦之迁人皆居蜀"[①]的情况。道险既是包括巴蜀在内的西南夷成为化外之区的天然屏障，同时也是"秦之迁人皆居蜀"以避祸的原因，反过来强化了该地区的冥顽。《史记·西南夷列传》就有"夜郎旁小邑皆贪汉缯帛，以为汉道险，终不能有也，乃且听蒙约"的记载，透露出了西南夷众对道险的依恃心理。因此，略通西南夷就成为皇权覆盖的先决条件，这是一个难以完成但又必须完成的任务。"喻难"明确地指出了这一点——《喻》云："南夷之君，西僰之长，常效贡职，不敢惰怠，延颈举踵喁喁然，皆向风慕义，欲为臣妾，道里辽远，山川阻深，不能自致。"《难》云："且《诗》不云乎？'普天之下，莫非王土；率土之滨，莫非王臣'。是以六合之内，八方之外，浸淫衍溢，怀生之物有不浸润于泽者，贤君耻之。今封疆之内，冠带之伦，咸获嘉祉，靡有厥遗矣。而夷狄殊俗之国，辽绝异党之域，舟车不通，人迹罕至，政教未加。"前者谓"山川阻深，不能自致"，后者谓"舟车不通，人迹罕至，政教未加"，都点出了道路不通是皇威不达的自然地理原因。故《难》开篇即谓："汉兴七十有八载，德茂存乎六世，威武纷纭，湛恩汪濊，群生沾濡，洋溢乎方外。于是乃命使西征，随流而攘，风之所被，罔不披靡。因朝冉从駹，定筰存邛，略斯榆，举苞蒲，结轨还辕，东乡还报，至于蜀都。"皇恩浩荡，"洋溢乎方外"，西南夷不能成为例外。作者一路风尘，为的正是普施"威武纷纭"的"汉德"。更大规模、更为长效的"汉德"覆盖，势必仰仗道路的开通。

（三）西南是富饶之区

《华阳国志·巴志》谓巴郡"厥贡璆、铁、银、镂砮、熊罴、狐狸、织皮"。[②]同书《蜀志》曰："其宝则有璧、玉、金、银、珠、碧、铜、铁、铅、锡、赭、垩、锦绣、罽氂、犀、象、氍毹、丹黄、空青、桑、漆、麻、纻之

[①] 《史记·项羽本纪》记项羽与范增"阴谋"语，见[西汉]司马迁《史记》，中华书局，1959年版，第316页。

[②] [东晋]常璩：《华阳国志》卷一，丛书集成初编本，中华书局，1985年版，第1页。

饶。"①巴蜀矿物、动物、植物、人造物，遍地皆宝。西南夷作为巴蜀的边缘地带，也是这些宝贝的产地。因此，早在战国时代，西南就先后成为楚、秦的略取目标，《史记·西南夷列传》载楚威王使将军庄蹻"略巴、黔中以西。……肥饶数千里，以兵威定属楚。……及汉兴，皆弃此国而开蜀徼。巴蜀民或窃出商贾，取其笮马、僰僮、髦牛，以此巴蜀殷富"。②西南夷是巴蜀商贾的市场笮马、僰僮、髦牛作为巴蜀商贾的贸易物，给巴蜀带来了殷富。"肥饶数千里"曾经是"以兵威定属楚"的直接原因，无疑也是汉武帝略通西南夷的原因。

（四）西南夷人力资源丰富

《史记·西南夷列传》载唐蒙上书武帝有云："南越王黄屋左纛，地东西万余里，名为外臣，实一州主也。今以长沙、豫章往，水道多绝，难行。窃闻夜郎所有精兵，可得十余万，浮船牂柯江，出其不意，此越一奇也。"夜郎十万精兵，这对于经略南越是不可多得的重要力量。

于是，唐蒙上书汉武帝，认为"诚以汉之强，巴蜀之饶，通夜郎道，为置吏，甚易"，结果"上许之。乃拜蒙为郎中将。将千人，食重万余人，从巴蜀笮关入……发巴蜀卒治道，自僰道指牂柯江"。③《史记·司马相如列传》说得更详细："除边关，关愈斥，西至沫、若水，南至牂柯为徼，通灵关道，桥孙水，以通邛都，还报，天子大悦。"④无路开路，有路拓宽⑤，遇水架桥，太公史以"通"字为中心，展示了汉廷开通西南夷的决心。

在某种程度上说，《史记·西南夷列传》反映的是内地王朝控制西南的历史，道路成为控制成败的关键因素。"喻难"则艺术而多维地展示了道路与政治的深刻关系。

二、专制政治与晓慰百姓

专制政治的任何权力都是拜上所赐得来：九五大位被视为也自视为上天

---

① [东晋]常璩：《华阳国志》卷三，丛书集成初编本，中华书局，1985年版，第27页。
② [西汉]司马迁：《史记》，中华书局，1959年版，第2993页。
③ [西汉]司马迁：《史记》，中华书局，1959年版，第2994页。
④ [西汉]司马迁：《史记》，中华书局，1959年版，第3047页。
⑤ "关愈斥"，《史记》"索隐"引张揖曰："斥，广也。"《汉书》卷五十七下《司马相如传》"除边关愈斥"，颜师古曰："斥，开广也。"

所赐，故谓君权神授并被称为天子；高级官僚的名位直接由君王所赐，故退休称为"致仕"——把君王恩赐的官职交还君王。中下级官僚同样不是民选产生而是由上司任命，《孟子·尽心下》云："是故得乎丘民而为天子，得乎天子为诸侯，得乎诸侯为大夫。"①表面上看，得民心者得天下并没有错误，但事实上，没有任何一个君王真正认为自身的大位是由民众推举，而是认为受命于天；得天子赏识者为诸侯，得诸侯赏识者为大夫，孟子在肯定民心向背是天下得失前提的同时，深刻地指出了专制政治权力自上而下的来源特征。

天子君临天下，朕言即法，但法令须有执行者和监督者，因而皇权必须通过臣权来实现，故汉太守每称"州牧""使君"。由于臣权乃皇权派生，所以臣权只对皇权负责而不对民众负责。因此，与权力来自民众、擅长对票仓作演说的民主时代政治家相比，我国专制政治时代的人君的下行文一般只以官僚为下限对象，通过官僚这一中介工具将政令传达至下民；而官僚由于唯上的原因，于章表奏疏之类的上行文用力最勤，成果最著，《文选》的"表"类选文凡十三人十九篇，数量高居应用文体的选文之首，即为明证。

显而易见，治国平天下的根本是治民，但民众在思想界中大抵是以愚昧群体形象出现的，《孟子·尽心上》曰："行之而不著焉，习矣而不察焉，终身由之而不知其道者，众也。"②因为民愚，所以尊上对微民只需驱使而无须解释，《论语·泰伯第八》载："子曰：民可使由之，不可使知之。"③这是儒家；《商君书·更法第一》谓"民不可与虑始，而可与乐成"④，这是法家；《孙子兵法·更法第一》谓"能愚士卒耳目，使之无知……若驱群羊，驱而往，驱而来，莫知所之。聚三军之众，投之以险，此将军之事也"⑤，这是兵家。精英文化界异口同声地肯定因为民愚而必须愚民，为专制政治提供了理论和舆论支持。

---

① [东汉]赵岐注，[宋]孙奭疏：《孟子注疏》，中华书局，1980年版，影印阮元校刻《十三经注疏》本，第2774页。

② [东汉]赵岐注，[宋]孙奭疏：《孟子注疏》，中华书局，1980年版，影印阮元校刻《十三经注疏》本，第2764页。

③ [三国·魏]何晏注，[宋]邢昺疏：《论语注疏》，中华书局，1980年版，影印阮元校刻《十三经注疏》本，第2487页。

④ 高亨：《商君书注译》，中华书局，1974年版，第14页。

⑤ 郭化若编译：《孙子兵法》，中华书局，1962年版，第128页。

"劳力者"只有贡献力气的义务而没有知情权利,"劳心者"只需对上而不是对下负责,共同导致了文体史对最广大阶层的冷落,"喻难"却因此获得了另一层独特的政治史价值。

"喻难"罕见地以普通百姓为说理对象①。本来,汉武帝为了皇威、财赋、兵源等需要开通西南夷,但开路所需的人力和物力却就近取自巴蜀民众:据《史记·司马相如列传》"因巴蜀吏币物以赂西夷"和《史记·西南夷列传》"遂见夜郎侯多同,(唐)蒙厚赐",知唐蒙所奉以赂西南夷的币帛亦为巴蜀之财。更重要的是,开山辟路所需的大量人力皆由巴蜀子弟承担:据《史记·司马相如列传》"唐蒙使略通夜郎西僰中,发巴蜀吏卒千人,郡又多为发转漕万余人,用兴法诛其渠帅,巴蜀民大惊恐……唐蒙已略通夜郎,因通西南夷道,发巴、蜀、广汉卒,作者数万人,治道二岁,道不成,士卒多物故,费以巨万计",费时费力,巴蜀民众从上到下付出了血的代价:"兴法诛其渠帅","士卒多物故",造成了巨大的社会动荡。因此,宣抚蜀民成了通西南夷之必须:《喻》虽以"告巴、蜀太守"开篇,却以"方今田时,重烦百姓,已亲见近县,恐远所溪谷山泽之民不遍闻"为落脚点;《难》则直接与"俨然造焉"的"耆老大夫搢绅先生之徒二十有七人"对话,显示了作者对民间舆论领袖作用的自觉重视。

略通西南夷是既定的君命国策,其正确性不容置疑,这是晓喻巴蜀民众的逻辑起点。《喻》:"夫不顺者已诛,而为善者未赏,故遣中郎将往宾之,发巴、蜀之士各五百人,以奉币帛,卫使者不然。靡有兵革之事,战斗之患。今闻其乃发军兴制,惊惧子弟,忧患长老,郡又擅为转粟运输,皆非陛下之意也。当行者或亡逃自贼杀,亦非人臣之节也。"首先肯定唐蒙是衔着诛逆赏顺的使命略通西南夷,借用蜀地民力也有正当用途,但他采用的"发军兴制"的方法欠妥,引起的"惊惧子弟,忧患长老"的负面效果,连带引发的"郡又擅为转粟运输"事件给负面社会效果火上浇油,唐蒙的方法和引起的效果"皆非陛下之意",这就既维护了君王的威严,也对引起蜀民惊惧忧患的唐蒙作了批评。钦差使臣批评朝廷命官和地方官在历史上并不少见,但形诸文字特别是在文学中则前所未闻。

---

① 《尚书·盘庚》为将都城从奄迁至殷而告谕众戚,对象是贵族,与晓喻草民百姓有别。

显然，肯定君上方略之正确、批评唐蒙措施之错误，都是晓喻题中应有之义，但晓喻的对象是巴蜀民众，他们在略通西南夷中牺牲很大，怨气很重，《难》记父老责难云："今罢三郡之士，通夜郎之涂，三年于兹，而功不竟，士卒劳倦，万民不赡。今又接之以西夷，百姓力屈，恐不能卒业，此亦使者之累也。窃为左右患之。"蜀地父老对使者的控诉，虽然只说"士卒劳倦"而讳言"士卒多物故"的事实，给司马相如这位同乡的钦差使臣留了面子，但从"通夜郎之涂"说到"今又接之以西夷"，旷日持久，劳民伤财，围绕一个"患"字："罢（疲）三郡之士""百姓力屈"，语语含愤，情绪激动。《喻》则指出了发卒修路时"当行者或亡逃自贼杀"的对抗行为。面对激烈的指责和对抗，《喻》从人臣角度、《难》从人君角度分别进行了极具匠心的晓喻：为君国牺牲是为人臣的义务，逃避和消极对抗是错误的。

《喻》用两种对比为言：

> 夫边郡之士，闻烽起燧燔，皆摄弓而驰，荷兵而走。流汗相属，唯恐居后，触白刃，冒流矢，议不反顾，计不旋踵，人怀怒心，如报私仇。彼岂乐死恶生，非编列之民，而与巴、蜀异主哉？计深虑远，急国家之难，而乐尽人臣之道也。故有剖符之封，析珪而爵，位为通侯，处列东第。终则遗显号于后世，传土地于子孙，行事甚忠敬，居位甚安逸，名声施于无穷，功烈著而不灭。是以贤人君子，肝脑涂中原，膏液润野草而不辞也。今奉币役至南夷，即自贼杀，或亡逃抵诛，身死无名，谥为至愚，耻及父母，为天下笑。人之度量相越，岂不远哉！然此非独行者之罪也。父兄之教不先，子弟之率不谨，寡廉鲜耻，而俗不长厚也。其被刑戮，不亦宜乎！

第一种是"急国家之难，而乐尽人臣之道"的边郡之士与"即自贼杀，或亡逃抵诛"的巴蜀之民对比，第二种是"有剖符之封，析珪而爵，位为通侯，处列东第。终则遗显号于后世，传土地于子孙"与"身死无名，谥为至愚，耻及父母，为天下笑"之比。前文指责"当行者或亡逃自贼杀，亦非人臣之节也"，本段正面肯定"急国家之难，而乐尽人臣之道"，可知彼与此、利与害的对比都以"人臣之道"为轴心；以"边郡之士"衬托巴蜀之民，以尽忠之利衬托不忠之害，并分析成因，归结到文末"陛下患使者有司之若彼，悼不肖愚民之如此，故遣信使，晓谕百姓以发卒之事，因数之以不忠死亡之罪，让三老孝悌以不教诲之过"主旨。

《难》对蜀父老怨气的排解角度有二：一是"拯民于沉溺"的需要。"夷狄殊俗之国"横行不法，西南夷众水深火热，"父老不辜，幼孤为奴虏，系缧号泣，内向而怨，曰：'盖闻中国有至仁焉，德洋恩普，物靡不得其所，今独曷为遗己？举踵思慕，若枯旱之望雨。'"二是出于"遐迩一体，中外禔福"的需要。"故乃关沫、若，徼牂柯，镂灵山，梁孙原"，总之，开通西南夷势是"天子之亟务也，百姓虽劳，又恶可以已乎哉"？为君上分忧担既是人臣之职分，同时这也是解西南夷民于倒悬的必要牺牲。

与《史记》的《西南夷列传》和《司马相如列传》相比，不难看出："喻难"对略通西南夷必要性的阐述，既不言朝廷财赋之需，不谈夜郎精兵之用，更不提西南夷对于攻略南越的意义，因为这些国家大政与百姓生活无关；论人君之职是为论人臣之道，作彼此利害之比是因为事关巴蜀之民的切身利益。同理，唐蒙上书武帝提出的"巴蜀之饶，通夜郎道，为置吏"的建议，在司马相如的"喻难"文中却无一字提及，也是因为避免触及蜀民利益所致。

总之，从现实上看，略通西南夷引发了巴蜀社会的动荡，反过来又阻碍了西南夷的略通，间接影响了攻略南越的战略。从理论上看，孔子说过"民可使由之，不可使知之"，但也说过"小人学道则易使"[①]，小人即草民，只是作为专制政治的对象和工具存在，在一般情况下的"不可使知之"，是用愚民为手段达到巩固专制政治的目的；而"喻难"作为晓喻百姓的特例，实质上还是专制政治的需要。

顺便提及，檄之为体，原本就有军民两用的特点，《文心雕龙·檄移》指出："檄移为用，事兼文武。"[②]初唐高僧玄应为姚秦鸠摩罗什翻译的《十住毘婆沙论》作《音义》，其"符檄"条有云："檄书者，所以罪责当伐者也。又陈彼之恶，说此之德，晓慰百姓之书也。"[③]玄应所谓"罪责当伐"即刘勰所谓的武檄，所谓"晓慰百姓"即文檄。两种檄的对象、态度和目的各有不

[①] 《论语·阳货》，见[三国·魏]何晏注，[宋]邢昺疏《论语注疏》，中华书局，1980年版，影印阮元校刻《十三经注疏》本，第2524页。

[②] 范文澜：《文心雕龙注》上册，人民文学出版社，1958年版，第379页。

[③] 《一切经音义》卷四十九，《大正新修大藏经》，台北新文丰出版公司，1985年版，影印本，第54册，第635页。

同:武檄是以正义的名义讨伐奸邪,文檄是以智慧的代表开导蒙昧《文选》归《喻》于"檄"类,正是其来有自,宜乎其然。

三、非常政治与纵横家风

《喻》论"人臣之节""人臣之道"是正常,指斥"当行者或亡逃自贼杀""即自贼杀,或亡逃抵诛"是反常,西南夷"时侵犯边境"是逆常,语语以正常政治——强调君王绝对权威和臣民绝对忠诚的角色稳定性为逻辑起点。而《难》则着重提出非常政治观念,二文对同一对象从两个不同角度进行晓喻。后者在"请为大夫粗陈其略"时指出:

> 盖世必有非常之人,然后有非常之事;有非常之事,然后有非常之功。夫非常者,固常人之所异也。故曰:非常之原,黎民惧焉;及臻厥成,天下晏如也。昔者洪水沸出,泛滥衍溢,民人升降移徙,崎岖而不安。夏后氏戚之,乃堙塞源,决江流河,乃沉澹灾,东归之于海,而天下永宁。当斯之勤,岂惟民哉?心烦于虑,而身亲其劳;躬腠胝无胈,肤不生毛。故休烈显乎无穷,声称浃乎于兹。且夫贤君之践位也,岂特委琐喔龊,拘文牵俗,修诵习传,当世取说云尔哉?必将崇论闳议,创业垂统,为万世规。故驰骛乎兼容并包,而勤思乎参天贰地。

有序地论述了非常政治的主体、绩效,界定了"非常"的内涵。所举"非常之人",有古之夏后氏、今之贤君;所述非常事功,既有夏后氏开路治水的宏伟实践,又有"崇论闳议"的深刻阐释。足见司马相如对提倡的非常政治有自觉而完整的认知,其主要内涵有三:一是实践上的君民同勤,二是思维上的超越常规,三是效果上的造福天下并垂声万世。非常是超常,因而非常政治的核心是反对守常苟安,不从俗,不尚古,其志雄,其心坚,在施行时能于"黎民惧焉"而不为所动,不考虑为"当世取说"。超越当下,着眼于未来的"天下永宁""创业垂统,为万世规"。相比之下,正常政治是以君臣尊卑的规范达到治国平天下的目的,从手段到目标都注重稳定性,以温和为特征。而非常政治的目标和正常政治并无二致,但手段以激烈为特征。要之,正常政治是守成型的政治,非常政治是一种开拓型的政治。

非常政治本身是异乎寻常的政治，但它的被提出却很正常。从直接语境上看，是由蜀父老的指责而引发："盖闻天子之牧夷狄也，其义羁縻勿绝而已。……仁者不以德来，强者不以力并，意者其殆不可乎！今割齐民以附夷狄，敝所恃以事无用，鄙人固陋，不知所谓。"在父老看来，天子作为"牧夷狄"政治的主导者，一是应该区别实际控制和名义统治，对巴蜀需要控制，但"牧夷狄"只需"羁縻勿绝而已"；二是对"夷狄"的来归应该顺其自然，既"不以德来"，也"不以力并"；三是应该据亲疏而有取舍，对巴蜀"齐民"要珍惜呵护，"割齐民以附夷狄"是损亲而益疏，有悖常理；四是应该区分有用无用，巴蜀民力对朝廷有用，开通西南夷道路无用，徒费巴蜀民力。一言以蔽之，蜀父老要求的是保境安民、平静守规，这种正常政治观念已成为通西南夷的障碍，司马相如以非常政治观念扫除之，实属必要。

实质上，无论是非常还是正常的政治，都属于专制政治的范围，其思想显然都取资于强调君尊臣卑的儒家。非常政治的核心是要建非常之功，垂声万世，其实也不出儒家藩篱，《左传·襄公二十四年》："太上有立德，其次有立功，其次有立言。"《论语·卫灵公》载孔子曰："君子疾没世而名不称焉。"这正是《难》"休烈显乎无穷，声称浃乎于兹""创业垂统，为万世规"的观念源头。但儒家实现政治目标的手段是复古，《论语·八佾》载孔子曰："周监于二代，郁郁乎文哉，吾从周。"夏商二代的周朝制度是其景仰仿效的对象。而非常政治却反其道而行之，《难》曰："岂特委琐喔龊，拘文牵俗，修诵习传，当世取说云尔哉！"公然否定传统，与动辄以三代为圭臬的儒家相去不可以道里计。

非常政治的特征是超越凡庸，向往崇高，强调政治主导者睥睨天下："夫非常者，固常人之所异也。"谁足以当之？曰当今圣上汉武帝，《喻》："陛下即位，存抚天下，安集中国。然后兴师出兵，北征匈奴，单于怖骇，交臂受事，屈膝请和。康居西域，重译纳贡，稽颡来享。移师东指，闽越相诛。右吊番禺，太子入朝。"《难》："汉兴七十有八载，德茂存乎六世，威武纷纭，湛恩汪濊，群生沾濡，洋溢乎方外。……故北出师以讨强胡，南驰使以诮劲越。四面风德，二方之君，鳞集仰流，愿得受号者以亿计。"单纯就颂圣而言，儒家和法家都有可能，后者如李斯的刻石文足可证明。但儒家崇尚儒雅人格，法家崇高峻烈人格，都难以"非常"拟之，显然，只有崇尚英雄人格的纵横家才成为政治的思想渊源，《战国策·赵策二·武灵王平昼间居》载肥义语曰："夫论至德者，不和于俗；成大功者，不谋于众。"[1]对俗众持居高临下态度，这正是《难》所歌颂的王者气魄："且夫王者固未有不始于忧勤，而终于逸乐者也。然则受命之符，合在于此。方将增太山之封，加梁父之事，鸣和鸾，扬乐颂，上减五，下登三。观者未睹旨，听者未闻音，犹鹪已翔乎寥廓之宇，而罗者犹视乎薮泽，悲夫！"凌铄古今，贬抑一切，独尊今上，将王者比喻为"翔乎寥廓之宇"的鹪，将俗众比喻为"视乎薮泽"、视界没有高空而只有地面的凡夫俗子。蔑视的语气里是对非凡人物及其创造的非凡功业的无限歆羡，这一切又都与"一怒而诸侯惧，安居而天下熄"[2]的纵横家英雄人格形成因果关系。

纵横家气息在着重阐述正常政治的《喻》中也依稀可见，"计深虑远，急国家之难，而乐尽人臣之道也。故有剖符之封，析珪而爵，位为通侯，处列东第。终则遗显号于后世，传土地于子孙，行事甚忠敬，居位甚安逸，名声施于无穷，功烈著而不灭。是以贤人君子，肝脑涂中原，膏液润野草而不辞也"。人臣之道的实践者"贤人君子"是儒家雅士，而以纵横家的英雄心态为底蕴，宣扬追求势位富贵则更是纵横家的独门观念。

司马相如接受纵横家是当时社会风气使然。汉初分封藩王，客观上为纵横家的延续提供了类似战国的社会条件。惠帝四年（前191）三月"除《挟书律》"[3]，为纵横家在内的诸家迎来了复苏的空间。景帝三年（前154）平定吴楚七国之乱，藩国从此有名无实，但纵横家思想并不随政治土壤的弱化而消减。建元元年（前140）武帝继位后，丞相卫绾奏言："所举贤良，或治申、商、韩非、苏秦、张仪之言，乱国政，请皆罢。"[4]反面说明了纵横家风气之炽，而这竟与武帝有关："武帝初即位，征天下举方正贤良文学材力之士，待

---

[1] 《战国策》卷十九，上海古籍出版社，1985年版，第655页。
[2] [汉]赵岐注，[宋]孙奭疏：《孟子注疏》，中华书局，1980年版，影印阮元校刻《十三经注疏》本，第2710页。
[3] [东汉]班固：《汉书》，中华书局，1962年版，第90页。颜师古注"除《挟书律》"引张晏曰："秦律：敢有挟书者族。"
[4] [东汉]班固：《汉书》，中华书局，1962年版，第156页。

以不次之位，四方士多上书言得失，自炫鬻者以千数"①，武帝的政策措施客观上为纵横思想的再度滋生创造了适宜的土壤——按"自炫"不是儒家本色而是纵横家特色，其具体表现为自美其德，自高其学，自诩其才，自矜其计，自夸其效，东方朔的自荐书即为典型②。元光元年（前134）武帝又诏贤良，董仲舒建议："诸不在六艺之科孔子之术者，皆绝其道，勿使并进。"③矛头对准阻碍儒学独尊地位的包括纵横家在内的"邪辟之说"；其后，武帝赐严助之书中仍有"具以《春秋》对，毋以苏秦纵横"④之嘱，可知时士是以纵横术相尚的。从东方朔等人的上书自炫，卫绾、董仲舒和武帝的反对，严助之被诫勉，都反映了纵横家思想在当时的盛行。

司马相如正是热衷于纵横家的群体中的一员，据《史记·司马相如列传》载："相如既学，慕蔺相如之为人，更名相如"，少年即向往战国谋臣风范。"事孝景帝，为武骑常侍，非其好也。会景帝不好辞赋，是时梁孝王来朝，从游说之士齐人邹阳、淮阴枚乘、吴庄忌夫子之徒，相如见而说之，因病免，客游梁。"⑤不合者去，弃官游藩，效仿战国游士，身体力行。非常政治观念由司马相如在武帝朝提出，良有以也。

司马相如的非常政治观念在后代引起过长久的共鸣。元封五年（前106），武帝有诏曰："盖有非常之功，必待非常之人"，期待"有负俗之累而立功名"之士，而武帝本人自信"夫泛驾之马，跅弛之士，亦在御之而已"⑥，以驾驭非常之人自命。这时距《难》之撰已时隔二十四年⑦，说明相如所谓"盖世必有非常之人，然后有非常之事；有非常之事，然后有非常之功"一直激荡在武帝心头。据《汉书·武帝纪》，元光元年（前134）五月有诏贤良，有

---

① [东汉]班固：《汉书》，中华书局，1962年版，第2841页。
② 东方朔自荐文见《汉书》本传，中华书局，1962年版，第2841页。文中自述自学成才，文武兼精，并从年龄、身材、长相、品格各个角度夸言自身之优长出众处。东方朔接受纵横家的具体情况，请参拙文《论〈文选〉"设论"类的文体特征》，《长江学术》，2008年第4期。
③ [东汉]班固：《汉书》，中华书局，1962年版，第2523页。
④ [东汉]班固：《汉书》，中华书局，1962年版，第2789页。
⑤ [西汉]司马迁：《史记》，中华书局，1959年版，第2999页。
⑥ [东汉]班固：《汉书》，中华书局，1962年版，第197页。此诏收入《文选》卷三十五"诏"类。
⑦ 据《难》首句"汉兴七十有八载"，从汉王元年（前206）始算，相如之文作于元光六年（前129）。

"何行而可以章先帝洪业休德，上参尧舜，下配三王"之语①，六年之后，相如之《难》即谓武帝功德"上减五，下登三"，意即"五帝之德，比汉为减；三王之德，汉出其上"②，琥帝以英雄自期，旋为相如推许。尽管武帝不以纵横家为然，但纵横家的英雄人格一直为武帝所向往，因为这和他的好大喜功心态恰相契合，英雄需要英雄的理论。建安五年（200），陈琳有《为袁绍檄豫州》问世③，首起即云："左将军领豫州刺史郡国相守。盖闻明主图危以制变，忠臣虑难以立权。是以有非常之人，然后有非常之事；有非常之事，然后立非常之功。夫非常者，故非常人所拟也。"时隔三百三十年后，纵横家早已湮没，但司马相如的英雄呼唤却再一次于天下板荡中有了响亮的回声。当然，相如的非常之人指君王，而武帝是指"吏民有茂才异等，可为将相及使绝国者"，陈琳则指讨伐权奸的"左将军领豫州刺史郡国相守"，虽所指有别，但建立不世之功的英雄情怀则一脉相承。

四、余论：大国与大路及其文学

大国需要大路，秦汉如此，何代不然！在通讯处于原始状态、交通缺少空路的情况下，家天下实施统治只剩下陆路和水路两种选择，而陆路无疑是第一选择。之所以如此，原因有三：一是陆路虽然比水路代价昂贵但相对更安全，二是陆路可以修达预想的地区而水路不由人控制，三是陆路比水路更易于展示统治者的等级威仪——这才是最根本的原因。早在上古时期，为表明对"天下"这个"家"的有效控制，君主循守天下的定制就已然产生④。后代天子虽鲜有能遵循守古制者，但君权需要臣权去具体落实则无疑问。从君到臣权

---

① [东汉]班固：《汉书》，中华书局，1962年版，第161页。
② 李善注"上减五，下登三"引李寄语，见[南朝·梁]萧统编，[唐]李善注《昭明文选》注本，上海古籍出版社，1987年版，第1995页。
③ 陈琳《为袁绍檄豫州》撰于建安五年，说见陆侃如《中古文学系年》"建安五年"条，人民文学出版社，1985年版，第339页。
④ 《礼记·王制》："天子五年一巡守。""正义"曰："天子以海内为家，时一巡省之。五年者，虞夏之制也，周则十二岁一巡守。"见[汉]郑玄注，[唐]孔颖达正义《礼记正义》卷十一，中华书局，1980年版，影印阮元校刻《十三经注疏》本，第1327页。

的不同威仪都需要通过舆服等形式体现①，大官需要大车，大车需要大路。大路承载着从天子到封疆大吏不同规格的车马、不同规模的仪仗，皇威君恩具体地播向大路两侧和尽头。

大路在大矛盾中延伸：大禹开路疏水，要克服的是人和自然的矛盾；武帝通西南，要克服的是朝廷和民众的矛盾。解决矛盾的方法之一便是用强制手段压迫百姓就范，唐蒙"发军兴制"即为典型。方法之二是以理服人，司马相如的"喻难"文即为典范。从君王的主观愿望看，道路是落实并加强统治之必需，但客观上也对当地百姓生活带来便利。尽管这类便利和民主时代的发展经济、关怀民生不相干，但未来的利益是以牺牲当前利益为代价的，因而《喻》晓之以人臣之节、《难》晓之以"始于忧勤，而终于逸乐"之理，使当地群众领袖自发产生"百姓虽劳，请身先之"的愿望，从而带动百姓主动地至少是心甘情愿地参与修路大军。毕竟，在手工劳动条件下的大路是需要大量的百姓血汗乃至身躯铺就的。

大路产生大文学，其重要条件是矛盾的尖锐性。随着科学生产力的提高，人在与自然的矛盾中获得更多主动性；民主政治时代的政府和人民的利益的逐渐趋同，这一切都使由大路衍生的文学逐渐失去了经典化的可能性。因此，"喻难"已然成为不可复制的美丽。

（本文发表于《南阳师范学院学报》2012年第8期）

李乃龙，1957年生，2000年毕业于陕西师范大学中文系，文学博士，师从霍松林先生，现为广西师范大学文学院教授。

---

① 《后汉书·舆服志》载："所御驾六，余驾四，后从为副车。"李贤注引《逸礼·王度记》曰："天子驾六马，诸侯驾四，大夫三，士二，庶人一。"见[南朝·宋]范晔《后汉书》，中华书局，1965年版，第3645页。

高祖还乡故事的文化意蕴及其接受方式

黄晓芳

内容摘要：高祖还乡故事具有丰富深厚的文化意蕴，衣锦还乡的得意契合了富贵功名思想，酒酣耳热《大风》起体现着浓浓的诗酒情怀，游子思乡叶归根展现出人类心灵深处永恒的"家园"意识，此生有限忧难尽表达着深深的人生之忧。后世在接受中对其文化意蕴进行传承、拓展、剖析、升华、消解、新变，因此故事的接受方式亦呈现出多样性，主要表现为：效仿与模拟，歌咏与评论，戏谑与变异。

关键词：高祖还乡；文化意蕴；接受方式

《史记·高祖本纪》中详细记载了高祖还乡的故事："高祖还归，过沛，留。置酒沛宫，悉召故人父老子弟纵酒，发沛中儿得百二十人，教之歌。酒酣，高祖击筑，自为歌诗曰：'大风起兮云飞扬，威加海内兮归故乡，安得猛士兮守四方！'令儿皆和习之。高祖乃起舞，慷慨伤怀，泣数行下。谓沛父兄曰：'游子悲故乡。吾虽都关中，万岁后吾魂魄犹乐思沛。且朕自沛公以诛暴逆，遂有天下，其以沛为朕汤沐邑，复其民，世世无有所与。'沛父兄诸母故人日乐饮极欢，道旧故为笑乐……沛父兄固请，乃并复丰，比沛……"[①]班固

---

① [西汉]司马迁撰，[南朝·宋]裴骃集解，[唐]司马贞索隐，[唐]张守节正义：《史记》，中华书局，1982年版，第389—390页。

在《汉书·高帝纪》中对此事的叙述基本上依照司马迁的记载。史书中关于高祖还乡的记载真实、朴素而又丰富、生动。

高祖还乡的故事之所以能深入人心，千古不衰，这与故事多重立体的文化意蕴密切相关。刘邦功成名就而返乡，正是衣锦还乡得意处，其中包含着富贵功名思想，还乡之际，刘邦兴致颇高，酒酣耳热《大风》起，体现出浓浓的诗酒情怀，而游子思乡叶归根的真情流露，则展现出人类心灵深处永恒的"家园"意识，即使身为帝王，也是此生有限忧难尽，还乡故事中也表达着深深的人生之忧。后世在接受高祖还乡故事的过程中，或效仿与模拟，对其文化意蕴进行传承与拓展；或歌咏与评论，对其文化意蕴进行剖析、阐释与升华；或戏谑与变异，对其文化意蕴进行消解与新变。因此，高祖还乡故事的接受方式亦呈现出多样性。

一、文化意蕴

高祖还乡的故事中，刘邦具有多重身份，既是胜利得意的开国皇帝，又是久别还归的思乡游子，同时也是忧虑重重的晚年帝王，这大大扩展了故事的内涵。故事本身的文化意蕴是丰富深厚的，主要体现在以下几方面。

（一）衣锦还乡得意处——功名思想

刘邦返乡，这是一个胜利得意的开国皇帝的衣锦还乡，引人瞩目。胜利者的得意，是众多衣锦还乡故事中较为普遍的心态，刘邦自然也不例外。在推翻秦王朝的风起云涌的时代浪潮中，刘邦顺时而起，经过多年的艰辛努力终于取得胜利，成功地建立大汉，成为至尊帝王，功成名就之际，衣锦还乡，这是他付出多年的打拼和无数的心血才达到的，面对着家乡父老的热情和殷勤，刘邦此时的胜利得意之情是在所难免的。从传统文化看，中国人有着较为浓厚的衣锦还乡意识，如《史记》中所记载的，苏秦、韩信、主父偃、司马相如等人也都有衣锦还乡的经历，而刘邦最大的对手项羽也曾一直渴望着能衣锦还乡："富贵不归故乡，如衣绣夜行，谁知之者！"[1]衣锦还乡的观念可谓深入人心，史书中多有记载，如汉武帝对朱买臣说："富贵不归故乡，如衣绣夜行，

---

[1] [西汉]司马迁撰，[南朝·宋]裴骃集解，[唐]司马贞索隐，[唐]张守节正义：《史记》，中华书局，1982年版，第315页。

今子何如？"①光武帝对景丹说："今关东故王国，虽数县，不过栎阳万户邑。夫'富贵不归故乡，如衣绣夜行'，故以封卿耳。"②魏太祖对张既说："还君本州，可谓衣绣昼行矣。"③衣锦还乡契合了人们的功名思想，往往意味着功成名就、人生得意、梦想成真、光宗耀祖等，为许多人所向往。刘邦作为从布衣登上帝位的大汉开国皇帝，他的还乡，与其他人相比，更具典型性，更具影响力，也更震撼人心。

（二）酒酣耳热《大风》起——诗酒情怀

古往今来，诗酒情怀承载了人们丰富而细腻的情感，直通人的内心深处。酒和诗在中国古代文化中有着重要地位，与政治、社交等都有着密切的关系，与人的情感也息息相关，喜悦、得意时可以借诗酒助兴，忧愁、失落时亦可借诗酒浇愁。酒和诗，成为还乡宴会的关键元素，体现出刘邦的诗酒情怀。刘邦与酒有着不解之缘，刘邦早年就"好酒及色"，④刘邦与吕雉的婚姻也是源于一次酒宴，刘邦斩白蛇的神异故事也发生在他酒醉之后。登上帝位后，刘邦回到阔别已久的家乡，以酒助兴，与民同乐，酒酣之际唱出了被称为"天纵之英作"⑤的《大风歌》。《大风歌》不仅是高祖还乡故事的高潮，也是整个《高祖本纪》的高潮。刘邦歌唱《大风歌》的时刻，是一个胜利得意的时刻，也是一个忧愁悲伤的时刻。他的矛盾心理和复杂情愫，赋予了这个故事多重意蕴。打江山难，守江山更难，刘邦为了使刘氏江山稳固，不惜杀害多位开国功臣，这使他极为矛盾，若不杀韩信等人，则他们军事才能过人，势力咄咄逼人，时刻威胁着刘氏江山，而杀了这些卓越的帅才、将才，谁又来保卫刘家天下？《大风歌》凝聚了这种种复杂的情感，既充满着一代帝王的英气，又隐含着无尽的忧虑，耐人寻味，影响深远。刘邦还乡所流露出的诗酒情怀，意味深长，这也是高祖还乡故事深入人心的重要原因之一。

（三）游子思乡叶归根——"家园"意识

贵为皇帝的刘邦，也是一个久别还归的思乡游子，心底有着浓浓的乡情，

---

① [东汉]班固撰，[唐]颜师古注：《汉书》，中华书局，1962年版，第2792页。
② [南朝·宋]范晔撰，[唐]李贤等注：《后汉书》，中华书局，1965年版，第773页。
③ [西晋]陈寿撰，[南朝·宋]裴松之注：《三国志》，中华书局，1982年版，第472页。
④ [西汉]司马迁撰，[南朝·宋]裴骃集解，[唐]司马贞索隐，[唐]张守节正义：《史记》，中华书局，1982年版，第343页。
⑤ [南朝·梁]刘勰：《文心雕龙》，中华书局，1985年版，第60页。

面对乡亲，道出了游子真情，为整个故事抹上了一层浓郁的人文底蕴。游子作为一种特殊的身份，从外在看，是身不在故乡，不论成功与否，都是处在异乡的天地中；从内在看，是心灵的劳顿和疲惫，没能栖居在自在无忧的"家园"，心灵得不到诗意的安放。人生也是一趟旅程，浓浓的思乡情，体现出人对自身归宿的探寻，寄寓着叶落归根的生命归属感。故乡是人生旅程的起点，是游子的出发地，是梦想和希望开始的地方，而游子叶落归根的情结，又表明故乡也是人生诗意的归宿，起点与归宿融于一体，形成游子心中的生命之圆。叶落归根，不仅代表着游子外在旅途的回归，也代表着内在精神之旅的回归，身与心都回归故里，将灵魂安放在真正属于自己的"家园"，思乡之情也是文学中的重要主题。故乡情，游子意，"家园"意识，是人类心灵深处永恒的情怀，高祖还乡的故事也因此而亲切感倍增，容易引起人情感上的共鸣，所以能经久传诵，魅力不减。

（四）此生有限忧难尽——人生之忧

衣锦还乡时刘邦已到人生的晚年，又在平叛战争中受伤，离去世的时间也不远了，"四月甲辰，高祖崩长乐宫。"[1]刘邦对自己的生命将要走到尽头应该是有所思考、有所预感的，"病甚，吕后迎良医。医入见，高祖问医。医曰：'病可治。'于是高祖嫚骂之曰：'吾以布衣提三尺剑取天下，此非天命乎？命乃在天，虽扁鹊何益！'遂不使治病，赐金五十斤罢之。"[2]刘邦晚年的这段岁月堪称内忧外患。这里所谓外患是指刘邦对如何铲除异己、巩固刘氏江山的担忧，为了诛杀那些谋反的或者被逼谋反的昔日功臣，刘邦不得已多次亲征，已经消耗了太多的心力、体力，有些筋疲力尽了，而天下仍旧不太平，这让他忧心忡忡。内忧则是指易太子一事让刘邦左右为难，刘邦想要废掉太子刘盈，而立宠妃戚夫人之子赵王如意为太子，但遭到大臣反对，周昌强争，张良劝谏，叔孙通更是以死力保太子，刘邦难以如愿实施，吕后用张良计策请商山四皓出面，迫使刘邦最终无奈地放弃了易太子的想法。身为皇帝，刘邦在易太子之事上却难以做主，不能保护宠妃和爱子，最后只得屈从于吕后的势力。

---

[1] [西汉]司马迁撰，[南朝·宋]裴骃集解，[唐]司马贞索隐，[唐]张守节正义：《史记》，中华书局，1982年版，第392页。

[2] [西汉]司马迁撰，[南朝·宋]裴骃集解，[唐]司马贞索隐，[唐]张守节正义：《史记》，中华书局，1982年版，第391页。

生命将要走向终点本来就令人忧伤，内忧外患皆使刘邦的晚年颇不如意，身前身后忧虑重重。结合还乡故事及其前后叙事，可以感受到刘邦晚年深深的无奈与忧伤，这为整个故事增添了浓浓的悲剧意蕴。

二、接受方式

刘邦作为大汉的开国皇帝，他的一举一动都更容易引起关注，在汉初社会，高祖还乡应该算是一件大事，还乡的重要成就之一——他所作的《大风歌》当时就被"沛中儿"传唱，刘邦去世后，还乡故事依然余音袅袅，《史记·乐书》记载："高祖过沛诗《三侯之章》，令小儿歌之。高祖崩，令沛得以四时歌舞宗庙。"[①]《汉书·礼乐志》亦载："初，高祖既定天下，过沛，与故人父老相乐，醉酒欢哀，作'风起'之诗，令沛中僮儿百二十人习而歌之。至孝惠时，以沛宫为原庙，皆令歌儿习吹以相和，常以百二十人为员。"[②]《大风歌》承载着高祖还乡的故事，久久回荡在汉代的历史天空中，从民间到朝廷、到祖庙，影响巨大。刘邦还乡高唱《大风歌》，"沛县父老筑台纪念，名曰'歌风台'，并在台上树碑，用大篆刻《大风歌》。大风歌碑共存三块。"[③]歌风台、大风歌碑如同历史的见证人，向人们诉说着高祖还乡与父老乡亲畅饮，酒酣而歌《大风》的往事，有力推动了高祖还乡故事的传播接受。总体来看，后人对高祖还乡故事的接受方式主要有：效仿与模拟、歌咏与评论、戏谑与变异。

（一）效仿与模拟

刘邦开启了一种帝王还乡的模式，其中包含的主要元素有还乡、宴会、畅饮、诗歌、免赋税、得意、思乡、忧愁等。以此观之，后世帝王对高祖还乡故事的效仿与模拟也往往包含了这个模式中的某个或某几个关键元素。

秦末农民起义领袖陈胜曾大呼："王侯将相宁有种乎！"[④]而刘邦则真正

---

① ［西汉］司马迁撰，［南朝·宋］裴骃集解，［唐］司马贞索隐，［唐］张守节正义：《史记》，中华书局，1982年版，第1177页。
② ［东汉］班固撰，［唐］颜师古注：《汉书》，中华书局，1962年版，第1045页。
③ 沛县地方志编纂委员会编：《沛县年鉴2005》，方志出版社，2006年版，第151页。
④ ［西汉］司马迁撰，［南朝·宋］裴骃集解，［唐］司马贞索隐，［唐］张守节正义：《史记》，中华书局，1982年版，第1952页。

实现了从布衣到皇帝的传奇，成为中国历史上第一位布衣皇帝，他开创大汉基业，功勋卓著，声名赫赫。功成名就之后的衣锦还乡本来就是许多人梦寐以求之事，刘邦一生充满传奇色彩，他的衣锦还乡尤为引人关注。刘邦是大汉的开国皇帝，又是布衣出身，他以其特殊的身份开了帝王衣锦还乡的先河，引起后世帝王的效仿模拟，史书中多有记载。

《后汉书》记载，东汉光武帝刘秀是"南阳蔡阳人，高祖九世之孙"①，建武十九年，刘秀还乡，"壬申，幸南阳，进幸汝南南顿县舍，置酒会，赐吏人，复南顿田租岁。父老前叩头言：'……愿赐复十年。'……帝大笑，复增一岁"。②刘秀衣锦还乡，与父老乡亲大摆酒宴，免赋税，这与其祖先刘邦的做法甚为相似。且史书的记载也有异曲同工之处，刘邦还乡免赋税时起初只免除了沛地的，后在乡亲的请求下才免除了丰地的；刘秀免赋税起初只免除了一年的，后在乡亲的请求下又增加了一年。刘秀还乡也是宴饮、赏赐、免赋税。可以说，刘邦对后世帝王的衣锦还乡具有典范意义。

后世效仿模拟高祖还乡的诸多帝王中，较为典型的是唐太宗李世民。"太宗生于庆善宫，贞观六年幸之，宴从臣，赏赐闾里，同汉沛、宛。帝欢甚，赋诗……"③李世民还乡也是摆酒设宴，与民同乐，赏赐乡里，并即兴赋诗，史书还特意点出"同汉沛、宛"。④李世民不仅在还乡的行为上效仿模拟刘邦，就是在还乡所赋之诗《幸武功庆善宫》中也明确指出"欢比《大风》诗"⑤。李世民的还乡不止一次，所作诗歌也有多首，《重幸武功》中的"列筵欢故老，高宴聚新丰""于焉欢击筑"⑥仍是对刘邦还乡念念不忘，《过旧宅二首》中又提到"新丰"和《大风歌》⑦。可见李世民对刘邦衣锦还乡之事是颇为欣赏的，并亲身效仿，还乡赋诗中也是屡屡提及，李世民还乡也是宴饮、赏赐、赋诗、与民同乐，足见其所受刘邦还乡故事的影响之大之深。

---

① [南朝·宋]范晔撰，[唐]李贤等注：《后汉书》，中华书局，1965年版，第1页。
② [南朝·宋]范晔撰，[唐]李贤等注：《后汉书》，中华书局，1965年版，第71页。
③ [宋]欧阳修、宋祁撰：《新唐书》，中华书局，1975年版，第468页。
④ [宋]欧阳修、宋祁撰：《新唐书》，中华书局，1975年版，第468页。
⑤ 中华书局编辑部点校：《全唐诗》（增订本），中华书局，1999年版，第4页。
⑥ 中华书局编辑部点校：《全唐诗》（增订本），中华书局，1999年版，第4页。
⑦ 中华书局编辑部点校：《全唐诗》（增订本），中华书局，1999年版，第5页。

高祖还乡的故事在不同朝代、不同民族都产生了很大的影响。不仅汉族的帝王效仿高祖还乡，少数民族的帝王也不例外。

如南北朝时期北周明帝宇文毓也曾效仿刘邦还乡，《周书》和《北史》都有记载。《周书》："丁未，幸同州。过故宅，赋诗曰：'玉烛调秋气，金舆历旧宫。还如过白水，更似入新丰。霜潭渍晚菊，寒井落疏桐。举杯延故老，令闻歌《大风》。'"①《北史》："丁未，行幸同州故宅，赋诗。"②宇文毓还乡也有赋诗，其中"更似入新丰""令闻歌《大风》"③直接显示出深受刘邦还乡故事的影响。

金世宗完颜雍也曾效仿刘邦还乡，《金史》："二十五年四月，幸上京，宴宗室于皇武殿，饮酒乐，上谕之曰：'今日甚欲成醉，此乐不易得也。昔汉高祖过故乡，与父老欢饮，击筑而歌，令诸儿和之……朕巡幸至此，何不乐饮。'……歌毕，泣下数行……"④完颜雍直接点明学古之意，他回到故乡，又是宴饮，又是悲歌，与刘邦还乡颇为神似。

效仿和模拟汉高祖刘邦衣锦还乡的还有准帝王，如西晋的奠基者司马懿，在行军途中路过家乡温县，"见父老故旧，宴饮累日。帝叹息，怅然有感，为歌曰……"⑤司马懿虽未称帝，却是魏国后期朝政大权的实际掌控者，是西晋王朝的开创者，死后被追尊为宣皇帝。司马懿的还乡与刘邦亦有诸多相似之处，返乡的背景都是行军路过家乡，回乡后都是与父老旧识宴饮数日，且都有感而作歌，何其相似。

高祖还乡的故事在后世接受极广，不仅体现在帝王、准帝王具体的还乡事件中，也对后世帝王的一些行为产生了影响，如明太祖朱元璋在洪武十六年（1383）免除故乡凤阳、临淮的徭赋，也是模仿刘邦还乡时免除故乡赋税的做法，《明史》记载："复凤阳、临淮二县民徭赋，世世无所与。"⑥《明太祖实录》中明确记载朱元璋谓户部臣曰："凤阳，朕故乡，皇陵在焉。昔汉高帝生于丰，起于沛，既成帝业，而丰、沛之民终汉世受惠。朕今永免凤阳、临淮

---

① [唐]令狐德棻等：《周书》，中华书局，1971年版，第56页。
② [唐]李延寿：《北史》，中华书局，1974年版，第335页。
③ [唐]令狐德棻等：《周书》，中华书局，1971年版，第56页。
④ [元]脱脱等：《金史》，中华书局，1975年版，第891—892页。
⑤ [唐]房玄龄等：《晋书》，中华书局，1974年版，第10页。
⑥ [清]张廷玉等：《明史》，中华书局，1974年版，第40页。

二县税粮徭役。宜榜谕其民,使知朕意。"①这里直接点明效仿刘邦之意。

(二)歌咏与评论

高祖还乡的故事被广泛接受,不仅得到后世帝王、准帝王的效仿与模拟,也得到文人墨客的高度关注,历代文人对高祖还乡之事进行歌咏与评论的作品有很多,如南北朝时期大文学家庾信的《汉高祖置酒沛宫赞》:"游子思旧,来归沛宫。还迎故老,更召歌童。虽欣入沛,方念移丰。酒酣自舞,先歌《大风》。"②这表明早在南北朝时期,文人就已经在作品中歌咏和评论高祖还乡的故事了。

唐代大诗人李白在《登广武古战场怀古》中对汉高祖刘邦完成统一大业的历史功绩进行肯定和赞美,其中的诗句就写到刘邦还乡酒酣作《大风歌》之事:"楚灭无英图,汉兴有成功。按剑清八极,归酣歌大风。"③鲍溶的《沛中怀古》一诗,歌咏刘邦还乡之事,汉高祖当年回到故乡与父老乡亲们欢聚宴饮,并高唱《大风歌》,昔日汉高祖的一派雄风和一身豪气,令人怀念,也令人向往。胡曾的《沛公》:"汉高辛苦事干戈,帝业兴隆俊杰多。犹恨四方无壮士,还乡悲唱大风歌。"④诗人对刘邦重视人才、知人善任、创立千秋功业表示钦佩和热情的颂扬,并通过高祖还乡悲唱《大风歌》之事对刘邦取得天下后仍然求贤若渴的态度进一步肯定和赞扬。林宽的《歌风台》:"蒿棘空存百尺基,酒酣曾唱大风词。莫言马上得天下,自古英雄尽解诗。"⑤诗人感慨古今,表达了对刘邦的欣赏和歌颂。高祖还乡,酒酣而作《大风歌》,刘邦不仅是具有雄才大略的英雄,而且也具有诗人情怀,懂得以诗歌抒情。

宋代张方平的《过沛题歌风台》:"落托刘郎作帝归,樽前感慨大风诗。淮阴反接英彭族,更欲多求猛士为?"⑥布衣出身的刘邦,终能统一天下,建

---

① 《明实录·明太祖实录》,"中央研究院"历史语言研究所,据国立北平图书馆红格抄本微卷影印,1930—1961年,编撰,第2394页。

② [南宋·梁]庾信撰,[清]倪璠注,许逸民校点:《庾子山集注》,中华书局,1980年版,第632—633页。

③ 中华书局编辑部点校:《全唐诗》(增订本),中华书局,1999年版,第1846页。

④ 中华书局编辑部点校:《全唐诗》(增订本),中华书局,1999年版,第7472页。

⑤ 中华书局编辑部点校:《全唐诗》(增订本),中华书局,1999年版,第7057页。

⑥ 张鸣选注:《宋诗选》,人民文学出版社,2004年版,第103页。

立大汉，功业卓著，刘邦还乡宴饮作诗的豪迈壮举，在历代歌咏评论的作品中，多有歌颂赞美之声。张方平在此诗中却能一反常见，认为刘邦迫害韩信、英布、彭越之类的功臣，还乡时却又作《大风歌》以求猛士，可见其言行矛盾，这首诗对刘邦充满讽刺之意，颇具新见。汪元量的《歌风台》一诗中，用"沛上风云汉帝归"①直接点出刘邦在建立汉朝、实现一统、功成名就之际衣锦还乡这件历史上的盛事。

元代傅若金的《沛公亭》，诗人由眼前之景追怀英雄，刘邦统一天下、建立大汉的卓越历史功绩，高祖还乡酒酣而歌《大风》、思猛士的豪迈壮举，都令诗人无限感怀。张昱的《过歌风台》一诗，先写刘邦返乡的得意，刘邦由小小的亭长而成为建立大汉、主宰天下的天子，其衣锦还乡正是胜利帝王志得意满的外在流露。诗人又从刘邦酒酣所作《大风歌》中表达的思猛士情怀出发，挖苦和讥讽了刘邦不择手段屠戮韩信、彭越、英布等功臣的行为。刘邦在还乡宴饮的一片欢愉中，仍然流露出思乡归根之情，人生有限，帝王也不例外，悲从中来。诗人由咏史怀古而感慨古今。

明代朱朴的《歌风台》，诗中点出汉高祖衣锦还乡的历史事件，不仅提到"酒阑歌彻《大风》词"，还点出"高皇犹有故乡思"。②陶望龄的《沛县过高帝庙》："路经旧沛山川古，龙起中原战斗多。一代雄图开赤帝，千秋遗庙傍黄河。云归尚识真人气，风起犹传猛士歌。魂魄来游长此地，汉宫秋色近如何？"③诗中赞颂刘邦的功业，肯定刘邦是"真人"，点出汉高祖还乡酒酣击筑作《大风歌》之事。

清代袁枚的《歌风台二首》基本上都是本于史书对高祖还乡史实的记载，诗句中多直接涉及史实，诗人观歌风台时有感而发，遥想汉高祖昔日还乡的历史盛事，诗人赞颂刘邦的不朽功业、英雄气魄，也肯定和推崇刘邦的诗才，刘邦酒酣而作的《大风歌》是非常出色的，同时，诗人也被刘邦浓浓的思乡情所感染。又如孙原湘的《歌风台》："韩、彭戮尽淮南反，泣下龙颜慷慨歌。一代大风从此起，四方猛士已无多。英雄得志犹情累，富贵还乡奈老何！此去

---

① [宋]汪元量著，胡才甫校注：《汪元量集校注》，浙江古籍出版社，1999年版，第52页。
② 杜贵晨选注：《明诗选》，人民文学出版社，2003年版，第274页。
③ 宋鸣主编：《元明清诗词曲九百首》，广西民族出版社，1995年版，第253页。

关中莫回首,只应魂魄恋山河。"①高祖还乡的史实本身蕴含着丰富的文化意蕴,诗人从史实出发,并非一味地歌颂或者讽刺高祖还乡,而是深深体味到了身为开国帝王的刘邦在衣锦还乡之际的种种复杂情愫。刘邦为了铲除异己,不惜想方设法消灭开国功臣,还乡宴饮的欢愉之际,却不禁为缺少保家卫国的猛士而忧愁、落泪,其忧国之心、思猛士之念,在酒酣而作的《大风歌》中更是有着直接的抒发。刘邦是在功成名就的得意之时富贵还乡的,但其游子思乡、叶落归根的情怀仍然非常浓烈,其中也流露出人生易老、生命有限,而故土难忘的感慨。可见诗人对高祖还乡的史实所蕴含的丰富深厚的文化意蕴有着深刻的体会和理解。

(三)戏谑与变异

后世对高祖还乡这一真实历史故事的接受方式,不仅有效仿与模拟、歌咏与评论,还体现出戏谑与变异。

如唐代李玫所撰《纂异记》中的《三史王生》记载:"尝游沛,因醉,入高祖庙。顾其神座,笑而言曰:'提三尺剑,灭暴秦,剪强楚,而不能免其母"媪"之称,徒歌"大风起兮云飞扬",曷能威加四海哉!'"②其中的"大风起兮云飞扬""威加四海"之说,就出自高祖还乡作《大风歌》的故事。小说与史书不同,史书以实录为准则,《三史王生》则从史实出发,又充分运用想象夸张等手法,通过写王生梦境中与刘邦的争辩,表现了对汉高祖的讽刺批判。小说中的王生精通三史,对史书中关于刘邦的记载非常熟悉,王生醉游高祖庙,对刘邦一番揶揄和嘲笑,其中包含对刘邦还乡所作《大风歌》的戏谑和嘲弄。

又如据《渑水燕谈录》记载:"贡父晚苦风疾,鬓眉皆落,鼻梁且断,一日与子瞻数人小酌,各引古人语相戏,子瞻戏贡父云:'大风起兮眉飞扬,安得壮士兮守鼻梁?'座中大噱,贡父恨怅不已。"③刘攽晚年得麻风病,须眉皆落,鼻梁也快断裂了,刘攽与苏轼等人相互引古语开玩笑,苏轼戏谑修改刘邦还乡时所作《大风歌》中的诗句,巧加变化,以此来取笑刘

---

① 钱仲联、章培恒、陈祥耀、潘啸龙等撰:《元明清诗鉴赏辞典清·近代》,上海辞书出版社,1994年版,第1356页。
② [唐]李玫、袁郊撰,李宗为校点:《纂异记甘泽谣》,上海古籍出版社,1991年版,第20页。
③ [宋]王辟之撰:《渑水燕谈录》,中华书局,1985年版,第87页。

放,诙谐幽默。

后人对高祖还乡故事的戏谑与变异,最突出地体现在元曲中。元曲中以高祖还乡故事为题材的作品很多,如白朴《高祖归庄》、张国宾《汉高祖衣锦还乡》等,其中最为新奇和出色的是睢景臣的《般涉调·哨遍·高祖还乡》。钟嗣成《录鬼薄》称:"维扬诸公俱作《高祖还乡》套数,公《哨遍》制作新奇,诸公者皆出其下。"[①]睢景臣的《般涉调·哨遍·高祖还乡》是对汉高祖刘邦还乡故事戏谑与变异的典型代表。睢景臣的这套散曲名为《高祖还乡》,实际上完全颠覆了史书中对高祖还乡故事的记载,作品幽默嘲讽,喜剧性强,如"一面旗白胡阑套住个迎霜兔,一面旗红曲连打着个毕月乌。一面旗鸡学舞,一面旗狗生双翅,一面旗蛇缠葫芦""那大汉下的车,众人施礼数,那大汉觑得人如无物。众乡老展脚舒腰拜,那大汉挪身着手扶。猛可里抬头觑,觑多时认得,险气破我胸脯""少我的钱差发内旋拨还,欠我的粟税粮中私准除。只道刘三谁肯把你揪摔住,白甚么改了姓更了名、唤做汉高祖",[②]在这篇作品中,汉高祖刘邦衣锦还乡的气派和帝王的尊严不复存在,免除徭役赋税的浩荡皇恩不复存在,诗酒宴会的酣畅尽兴不复存在,游子思乡的家园情怀不复存在,忧愁难解的悲剧意蕴亦不复存在。这套散曲运用一个没有文化、没见过世面而又深知刘邦底细的乡民的口吻来写,皇帝还乡兴师动众,张扬卖弄,大摆排场,这一切通过乡民的观察和叙述,显得无比荒唐、滑稽可笑,皇帝还乡的神圣庄严荡然无存,顿时成为一场闹剧,全篇构思大胆新奇,对高高在上的统治者抱以轻蔑嘲弄的态度,对高祖还乡之事极尽戏谑与讽刺,生动活泼,诙谐幽默。睢景臣身处元代这样一个民族矛盾、社会矛盾尖锐的特殊朝代,这套散曲是对历史上高祖还乡故事的戏谑与变异,作者不受高祖还乡史实的束缚,大胆进行想象和虚构,运用漫画式的夸张手法,巧妙地进行了陌生化的艺术处理,妙趣横生,充满喜剧色彩,实际上也是借古讽今,表达对元蒙统治者的不满和蔑视。

后世文人在接受高祖还乡故事时,通过戏谑与变异的方式,从而使史书所记载真实故事的主要文化意蕴呈现出消解趋势,而这种接受方式又会赋予

---

① [元]钟嗣成等著:《录鬼簿(外四种)》,上海古籍出版社,1978年版,第36页。
② 隋树森编:《全元散曲》,中华书局,1964年版,第544—545页。

故事新的文化意蕴。文人们以史实为基础，又突破史实的束缚，对原故事进行大胆的戏谑与变异，这种对高祖还乡故事的接受方式是完全服务于现实创作需要的。

高祖还乡，看似简单的故事，却拥有丰富深厚的文化意蕴，具有震撼人心的力量，不断地被传诵、评论、歌咏、改写，千百年来激荡人心，后世在接受时对其文化意蕴或传承与拓展、或剖析与升华、或消解与新变，所以故事的接受方式亦具有多样性。

（本文发表于《文艺评论》2014年第10期）

黄晓芳，1985年生，2016年毕业于陕西师范大学，文学博士，师从张新科教授，现为西安体育学院教师。

西汉娱乐之风昌炽的时代动因

王渭清

内容摘要: 西汉俗文化的昌盛为史家之公认,它与汉代崇雅的文化大传统相并行。西汉俗文化的盛行集中表现在娱乐之风的昌炽。考察西汉娱乐之风昌炽的时代动因,主要有四个方面的原因:一是雅乐衰微,楚风劲吹,这一文化背景为娱乐之风的勃兴提供了肥土沃壤;二是皇帝雅好,身体力行,皇室成员成为娱乐之风的强劲推手;三是炎汉盛世,经济发达,娱乐需求的激增促成了娱乐之风大炽。四是经学昌明,神话政治,歌舞娱乐发挥着安世化民的政治功能。

关键词: 西汉;娱乐之风;成因

一

长期以来,学术界对于娱乐文化、娱乐艺术的关注主要着眼于有唐以后的状貌,特别是宋以后。事实上,在汉代,娱乐之风昌炽,上至帝王豪族,下及庶民百姓都爱好俗文艺,俗乐风靡于整个社会结构的各个阶层。娱乐艺术生产者群体的规模空前壮大,除了在朝廷雅乐的传承和演唱中培养起的一大批懂得歌舞音乐的官僚子弟之外,在宫廷,"内有掖庭材人,外有上林乐府",供养着数以千计的歌舞娱乐艺人,在王侯贵族的府邸豢养着为数众多的女乐,在民间有专门从事歌舞技艺的倡伎世家,甚至有些地区的百姓以此作为谋生的手段,最为典型的莫过于燕赵中山之地。其他如邯郸鼓员、江南鼓员、淮南鼓员、巴渝鼓员、楚鼓员、沛鼓吹员、秦倡员、蔡讴员等，这些虽是乐府成员的名单，但我们不难想象他们应是不同地区的艺人，因身怀绝技而被吸纳进京城。

这些为数众多的艺术生产者创造出了层出不穷的艺术门类。其中重要的艺术门类有歌，最流行的是"相和歌"，其形式为"一人唱余人和"的演唱方式，阵容强大，气氛热烈，娱乐气息浓郁。来自于西域的鼓吹乐也非常流行。有舞，汉代女舞以"抗袖""奋袖""踏地""连臂"为主要特征，又以"折腰舞""巾舞""七盘舞""踏鞠舞"等舞最盛，演出阵容强大，往往是单人舞和群舞错落相间，连篇络绎，形成一个舞蹈的整体，舞蹈者有特定的服装、体态，均为"长袖""细腰"，装扮往往是白衣红鞋，舞姿轻柔，体态飘忽，给人一种惊鸿翩跹，青燕纷飞，霜鹤婉转的灵动之美，历史上盛传的"飞燕能为掌中舞"便是对汉舞最好的阐释。汉代男舞也非常发达，从汉画像石、画像砖中得知，主要有《剑舞》《刀舞》《棍舞》《干舞》《戚舞》《拳舞》等。歌舞艺术之外还有杂技，张衡《西京赋》中汇集了九种汉代流行的杂技，分别是：（一）乌获扛鼎，乌获是秦国的大力士，其表演类似于今人的举重。（二）都卢寻橦，都卢是古国名，其表演类似于今人的爬杆。（三）冲狭，类似于今人的钻圈。（四）燕濯，其表演是将装有水的盘子放在前面，表演者坐在盘子之后，然后跃身张臂至盘前，双足从盘中越过，坐于盘前。（五）胸突铦锋，类似于今人的气功表演。（六）跳丸飞剑，表演者将剑、丸轮番抛入空中，保持剑、丸不落地，是一种高难度的手技。（七）走索，类似于今人的空中走丝。索又有平索、双索、斜索三种形态，其中斜索难度最大。有时为了增加表演的刺激性，会在索下立有数把尖刀，这就要求艺人必须有极高的平衡能力和高超的技巧。（八）戏车，是多种单项节目组合构成的一个杂技表演整体。（九）幻术，有吞刀吐火、异貌分形、画地成川等。与歌舞、杂技相并列的是"戏"。戏又分为两类：一类是以武术竞技为主要内容的角抵戏。另一类是"总会仙唱"的"仙戏"，实际上是一种表演神话故事、神话人物，有歌、舞、扮相、布景的"神仙歌舞剧"[1]，为增加演出的神秘效果，戏中还穿插了类似于魔术的歌舞表演——"鱼龙曼延"。

如此众多的表演艺术形式展示出了汉代娱乐之风的昌炽。俗乐的兴盛可以上

---

[1] 钱志熙：《汉乐府与"百戏"众艺之关系考论》，《文学遗产》，1992年第5期。

溯到春秋战国之际，然而降及汉代，伴随着汉帝国的强盛、城市的繁荣、市民阶层的壮大、宫廷的奢华，汉代歌舞娱乐之风的盛行已远非战国时期可比，娱乐艺术消费已渐趋广泛，虽然宫廷皇室、显宦贵戚是消费的主力，但歌舞娱乐从上至下普及开来，甚至走入寻常百姓之家，娱乐消费成为日常生活的一部分。

二

探究西汉娱乐之风昌炽的时代动因，雅乐衰微，楚风劲吹是西汉娱乐之风勃兴的一个重要原因。西周时期，音乐与政治相结合，音乐制度经过武王、成王、康王之世的丰富完备，逐渐形成了我国第一个完整、成熟的雅乐系统。春秋以降，礼崩乐坏，民间兴起的以"郑卫之音"为代表的俗乐异军突起并对正统雅乐体系产生了强大的冲击，在社会生活中产生了广泛的影响，甚至连好古的魏文侯也说"端冕听古乐，则唯恐卧，听郑卫之音则不知倦"，[1]齐宣王则更是坦言"直好世俗之乐"[2]。春秋战国俗乐的飞速发展，加速了雅乐的衰微。秦汉之际，西周雅乐大多已散失，《汉书·礼乐志》云："汉兴，乐家有制氏，以雅乐声律世世在大乐官，但能纪其铿锵鼓舞，而不能言其义。"从这段文字中可以看到，在汉代，周乐师所具备的高超的声律技艺及厚重的文化修养已经丧失，留下的只是知其然不知其所以然的粗略的音乐演奏。尽管汉初，叔孙通"因秦乐人，制《宗庙迎神之乐》"[3]，高祖时唐山夫人作《安世房中歌》十七章，高祖、文帝、武帝各庙有祭祀舞乐，然而也只不过是因循秦制，略论律吕，以合八音之调。西汉立国之后，也有好古之士努力搜寻雅乐，如河间献王所集河间乐，河间乐虽被武帝采纳"下大乐官"，"然不常御，常御及郊庙皆非雅声"[4]。成帝时，河间乐又被极力推荐，但最终"以为久远难分明"[5]而搁置。由此可以看出雅乐在西汉统治阶层中并没有受到重视和追捧，所以班固在《汉书·礼乐志》之中一直在否认汉代有真正的雅乐，司马迁《史记·乐书》对汉代雅乐亦避而不谈。与此相反，西汉俗乐的发展却蔚为壮观，

---

[1] [清]阮元：《十三经注疏》，中华书局，1979年版，影印本，第2673页。
[2] [清]阮元：《十三经注疏》，中华书局，1979年版，影印本，第1342页。
[3] [东汉]班固：《汉书》，中华书局，1962年版，第1043页。
[4] [东汉]班固：《汉书》，中华书局，1962年版，第1070页。
[5] [东汉]班固：《汉书》，中华书局，1962年版，第1072页。

皇室"内有掖庭才人，外有上林乐府，皆以郑声施于朝廷"①，不仅如此"贵戚五侯定陵，富平外戚之家，淫侈过度，至于人主争女乐"。②

在雅乐衰微的同时，汉初楚风劲吹。刘汉政权的建立从某种意义上来说意味着楚人宰制天下，西汉帝国的开国皇帝及股肱之臣皆为楚人。在楚国，俗乐一直非常发达，《文选·宋玉〈对楚王问〉》中记载："客有歌于郢中者，其始曰《下里》《巴人》，国中属而和者数千人。其为阳阿薤露，国中属而和者数百人。其为《阳春》《白雪》，国中属而和者，不过数十人。引商刻羽，杂以流徵，国中属而和者，不过数人而已。是其曲弥高，其和弥寡"，由此可以看到俗乐在郢都是多么的流行。京城尚且如此，民间的情况更是可想而知。在马承源先生根据上博楚简整理的《上海博物馆馆藏战国楚竹书》（四）中收录了三十六首较为完整的楚国乐官保存的采风曲目。马先生进一步分析说："本曲目虽不见有下里巴人，但下里巴人是大众可和的通俗歌曲，本篇中所列曲目的流俗和放浪的字句，相信也是郢歌的一部分"③，不仅郢歌俗乐如此，楚地祭神乐歌的娱乐色彩也非常浓郁。楚人"信鬼好祠，巫风甚盛"，这一点为史家所公认。楚自立国之初直至战国时代，在上层建筑和意识形态领域一直盛行着相当浓厚的"巫风"，即使是在北方理性主义蓬勃发展的时候，楚人仍然坚守着自己的精神阵地，沉浸在巫术宗教的神雾中。楚地巫风的一个重要特点是"民神杂糅""民神同娱"，人神往来，人神相恋，通过巫觋降神、扮神演绎出富于表演性质，有一定情节的祭祀歌舞。例如《九歌》，按王逸的说法，本是楚"沅、湘之间""俗人祭祀鬼神"的乐歌，只是因为屈原放逐于此，才有机会接触到当地的祭神乐歌，并嫌"其词鄙陋"而为之改作，然其并未改变《九歌》的民间祭歌性质。因此，和"喤喤厥声，肃雝和鸣"的北方庙堂之音有着严格的乐律规范并兼有浓厚的伦理教化不同，楚地的祭祀音乐奔放而热烈，具有浓郁的抒情效果。正是由于在楚国，俗乐一直在社会生活中占据着主导地位，歌舞艺术广泛盛行，高祖刘邦又出身寒微，蔑视儒家，对楚乐侵染很深，能歌能舞，因此在汉代初年，楚风借助于大一统政权的力量，突破南北界限，大肆北袭，风靡中原，即便是祭祀雅乐，也被深深打上了楚歌的印记，

---

① [东汉]班固：《汉书》，中华书局，1962年版，第1071页。
② [东汉]班固：《汉书》，中华书局，1962年版，第1072页。
③ 马承源：《上海博物馆馆藏战国楚竹书》，上海古籍出版社，2004年版，第177—178页。

《汉书·礼乐志》云："高祖乐楚声，故《房中乐》楚声也"，凡此为娱乐之风的勃然而兴提供了肥沃的土壤。

三

西汉王朝自高祖刘邦立国，至王莽篡权，历十五帝。除去少帝刘恭、刘弘、昌邑王刘贺这三位被废的皇帝以及汉孺子婴，以及十四岁驾崩，在位期间"政由莽出"的傀儡皇帝汉平帝，实际上践帝位的是十位皇帝。在这十位皇帝中，有妙善音律者；雅好楚歌者；有精通民间才艺者，不好音好武戏者，作为帝王，他们的身体力行，躬身实践对西汉娱乐之风的形成起到了强有力的促进作用。有关情况兹列表如下：

表一　西汉帝王的才艺及娱乐趣尚

帝序	帝名	娱乐趣尚	文献出处
高祖	刘邦	高祖自蜀汉将定三秦，阆中范因率賨人以从帝，为前锋。及定秦中，封因为阆中侯，复賨人七姓。其俗善舞，高祖乐其猛锐，数观其舞，后使乐人唱之。	《晋书·乐志》
		高祖好楚歌，初定天下，过沛，与故人父老相乐，醉酒欢哀，作《风起》之诗，亲击筑，起舞，令沛中童儿百二十人习而歌之。	《汉书·礼乐志》
		高祖谓戚夫人曰："为我楚舞，吾为若楚歌"。	《史记·留侯世家》
惠帝	刘盈	惠帝受戚夫人"人彘"事件的惊吓之后，沉溺于歌舞宴饮，"孝惠以此日饮为淫乐，不听政，故有病也"。	《汉书·惠帝纪》
		惠帝驾崩后，徙关东倡优乐人五千户以为陵邑，善为啁戏，故俗称女啁陵也。	《关中记》
文帝	刘恒	文帝从行至霸陵，居北临厕。是时慎夫人从，上指示慎夫人新丰道，曰："此走邯郸道也。"使慎夫人鼓瑟，上自倚瑟而歌，意惨凄悲怀……	《史记·张释之传》
景帝	刘启	即位初即立《昭德》之舞以明孝文帝之圣德，郡国诸侯各为孝文皇帝立太宗之庙。	《汉书·景帝纪》
武帝	刘彻	定郊祀之礼，立乐府，以李延年为协律都尉，作十九章之歌。以正月上辛用事甘泉圜丘，使童男七十人俱歌，昏祠至明。武帝亲作《天马歌》《芝房之歌》《瓠子歌》。建元三年扩建上林苑，规模宏伟，宫室众多，有多种功能和游乐内容。	《汉书·武帝纪》《汉书·礼乐志》

续表

帝序	帝名	娱乐趣尚	文献出处
昭帝	刘弗陵	始元元年，黄鹄下临太液池。帝作《黄鹄歌》，建淋池，作《淋池歌》，令宫人歌唱，以至通夜。	《拾遗记》
宣帝	刘询	宣帝身世坎坷，饱受忧患，养于民间、掖庭，对民间斗鸡走狗娱乐游艺十分熟稔，坦言"音乐有郑卫，世俗皆以此虞悦耳目"。五凤二年八月下《嫁娶不禁具酒食诏》，鼓励民有所乐。	《汉书·外戚传》《汉书·王褒传》《汉书·宣帝纪》
元帝	刘奭	元帝多才艺，善史书，鼓琴瑟，吹洞箫，自度曲，被歌声，分刌节度，穷极幼眇。 帝或置鼙鼓于殿下，自临轩槛上，隤铜丸以摘鼓，声中严鼓之节。	《汉纪·元帝纪》 《汉书·史丹传》
成帝	刘骜	成帝乐燕乐，湛于酒色。	《汉书·成帝纪》
哀帝	刘欣	雅性不好声色，时览卞射武戏。	《汉书·哀帝纪》

不唯如此，西汉帝王的后妃亦妙善歌舞，成为这一时期杰出的艺术家，引领时尚。兹列表如下：

表二 西汉后妃的才艺

后妃	才艺	文献出处
高祖戚夫人	戚夫人善鼓琴击筑，……善为翘袖折腰之舞，歌《出塞》《入塞》《望归》之曲，侍妇数百皆习之。后宫齐首高唱，声入云霄。在宫内时，尝以弦管歌舞相欢娱，竞为妖服以趋。良时十月十五日，共入灵女庙，以豚黍乐神，吹笛击筑，歌《上灵》之曲，既而相与连臂踏地为节，歌《赤凤凰来》。至七月七日，临百子池作《于阗乐》。乐毕，以五色缕相羁谓之相连爱……三月上巳，张乐于流水，如此终岁焉。	《西京杂记》
高祖唐山夫人	作《安世房中歌》十七章。	《汉书·礼乐志》
孝文慎夫人	能歌舞，擅鼓瑟。	《史记·张释之传》

续表

后妃	才艺	文献出处
孝武卫皇后	出身微贱，为平阳主讴者。能歌善舞。	《汉书·外戚传》
孝武李夫人	孝武李夫人，本以倡进。初，夫人兄延年性知音，善歌舞，武帝爱之。每为新声变曲，闻者莫不感动。延年侍上起舞，歌曰："北方有佳人，绝世而独立，一顾倾人城，再顾倾人国。宁不知倾城与倾国，佳人难再得！"上叹息曰："善！世岂有此人乎？"平阳主因言延年有女弟，上乃召见之，实妙丽善舞。	《汉书·外戚传》
孝成许皇后	后聪慧，善史书。	《汉书·外戚传》
孝成赵皇后 孝成赵昭仪	孝成赵皇后，本长安宫人。初生时，父母不举，三日不死，乃收养之。及壮，属阳阿主家，学歌舞，号曰飞燕。成帝尝微行出。过阳阿主，作乐，上见飞燕而说之，召入宫，大幸。有女弟复召入，俱为婕妤，贵倾后宫。 帝每忧轻荡以惊飞燕，命佽飞之士以金锁缆云舟于波上。每轻风时至，飞燕殆欲随风入水，帝以翠缨结飞燕之裾。常恐曰："妾微贱，何复得预结缨据之游？"今太液池尚有避风台，即飞燕结裾之处。	《汉书·外戚传》 《三辅黄图》

从表一、表二可以看出，西汉王朝的帝王们大多钟情于歌舞，甚至可以自度曲，创制新声，他们本身就是音乐歌舞艺术的生产者、实践者。在这些帝王的后妃中涌现出了大量出色的音乐舞蹈家，她们引领时尚，娱乐之风蔚为大观。西汉成帝时，俗乐发展到了顶峰，史载："内有掖庭才人，外有上林乐府，皆以郑声施于朝廷……是时（成帝时）郑声尤盛，黄门名倡丙疆、景武之蜀，富显于世，贵戚五侯、定陵、富平、外戚之家，淫侈过渡，至与人主争女乐。"[1]又桓谭《新论·离事》载其父为乐府令时所见"余在孝成帝时为乐府令，凡所典领倡、伎乐，盖有千人之多也"[2]，可见当时歌舞之盛况。西汉哀帝虽曾有罢乐府的举措，"然百姓渐渍日久，又不置雅乐以相变，豪富吏民，湛沔自若"[3]，可知世风如此。更何况哀帝虽不好音，然好

---

[1] [东汉]班固：《汉书》，中华书局，1962年版，第1072页。
[2] [东汉]桓谭：《新论·离事》，见[清]严可均辑《全后汉文》，商务印书馆，1999年版，第156页。
[3] [东汉]班固：《汉书》，中华书局，1962年版，第1074页。

武戏，《汉书·哀帝纪》虽没有明言哀帝所爱武戏为何，然而应不出于以武术竞技为主并带有一定故事情节类似于角抵的表演技艺。事实上，"戏"在汉代的发达情况仅次于"乐"，然就其娱乐性和趣味性而言则更甚于"乐"。这两种艺术形式在汉代既相互独立又互相融合渗透，共同构成了两汉娱乐之大观。

四

炎汉盛世，经济发达刺激了西汉娱乐需求的激增。西汉商品经济的发展大体经历了三个阶段：高祖—景帝朝为第一阶段。高祖立国之初，社会凋敝，百业萧条，为恢复社会生产，曾采取过"重农抑商"的政策，但至惠帝、高后之时，政策发生了改变，颁布了"复驰商贾之律"①，虽规定市井之子孙，不得仕宦为吏，但商贾的经济力量得到了发展。文帝之时又驰"山泽之禁"②，纵民冶铁、煮盐，令民戍边开垦，根据纳粮的多少获取社会地位，开放关市，便利商旅，在这一系列宽松、优惠政策的引领下，社会经济得到了快速发展。武帝朝是第二阶段。由于连年战争，国家财政吃紧，富商大贾大发国难财，针对这一情况，政府采取了强化官营，打击、限制私营工商业的政策，私营商品经济落入到一个间歇期。昭、宣—成、哀朝是第三个阶段，武帝之后，昭、宣二帝在打击私商的政策方面有所松动，私营工商业逐步恢复，出现了一批新的富商大贾，《汉书·货殖传》："自元、成讫王莽，京师富人杜陵樊嘉，茂陵挚网，平陵如氏、苴氏，长安丹王君房，豉樊少翁、王孙大卿，为天下高訾。樊嘉五千万，其余皆巨万矣。"经济的活跃带来的是城市的发展与市场的勃兴。高祖刘邦"令天下县邑城"③。城市建设由此拉开序幕，除了老城之外，还涌现了一批新兴城市，根据《汉书·地理志》的记载，至西汉末期，全国县邑以上的城市达到1587个之多。在这些城市群中，京城长安无疑是最繁盛的，根据张衡《西京赋》的描述：城中大开九个集市，墙垣环绕，街道畅通。奇特的货物从四方各地汇集于此。商

---

① [西汉]司马迁：《史记》，中华书局，2006年版，第182页。
② [东汉]班固：《汉书》，中华书局，1962年版，第131页。
③ [东汉]班固：《汉书》，中华书局，1962年版，第59页。

人们衣着华丽，生活豪奢。班固《西都赋》亦云："于且既庶且富，娱乐无疆，都人士女，殊异乎五。游士拟于公侯，列肆侈于姬臣。"除了京城长安，区域性的都市也得到了蓬勃发展，在全国涌现出的名都中，有五座城市异常繁盛。正因如此，在王莽时期，选定洛阳、邯郸、临淄、宛、成都为"五都"，在这些城市中都有商业区及娱乐场所。其他郡、县城市也应类此。不仅如此，随着"关市"①的开放，对外贸易得以兴起和发展。加之武帝朝张骞"凿空"，开辟丝绸之路后，中外商旅交往频繁，西方各国的文化随之而来，中外文化交流日趋紧密。张衡《西京赋》在描绘平乐观百戏时有"奇幻倏忽，易貌分形。吞刀吐火，云雾杳冥。画地成川，流渭通泾"的描述。其中"吞刀吐火""易貌分形""画地成川"都是一种幻术的表演，而这些幻术都是来自于西域的舶来品，并非中土所固有。

经济的繁荣促进了消费结构的改善及消费水平的提升。娱乐消费是其中重要的内容。乐府诗《古歌》有"入门黄金堂，东厨具肴膳，椎牛烹猪羊，主人前进酒，琴瑟为请商，投壶时弹棋、博弈并复行"的描写，可见在饮食消费中娱乐性的增强。《汉书·田蚡传》载："治宅假诸第，田园极膏腴，市买郡县器物相属于道。前堂罗钟鼓，立曲旃；后方妇女以百数。诸奏珍物狗马玩好，不可胜数。"不仅是田蚡，富门大第的豪宅中均设有歌舞娱乐的人员及设施。不单是饮食消费，汉代婚丧嫁娶的消费也大为提高，《盐铁论·散不足篇》曰：

> 古者，邻有丧，舂不相杵，巷不歌谣。孔子食于有丧者之侧，未尝饱也，子于是日哭，则不歌。今俗因人之丧以求酒肉，幸与小坐而责辨，歌舞俳优，连笑伎戏。

与物质消费的激增相伴随，精神消费的水平也大为提升。

> 《盐铁论·散不足篇》曰：古者，土鼓块枹，击木拊石，以尽其欢。及其后，卿大夫有管磬，士有琴瑟。

> 往者，民间酒会，各以党俗，弹筝鼓缶而已。无要妙之音，变羽之转。今富者钟鼓五乐，歌儿数曹。中者鸣筝调瑟，郑舞赵讴。

总之，西汉经济的繁荣，带来了消费的增长，消费的增长直接刺激了娱乐

---

① 汉族与边境少数民族进行贸易活动的场所，西汉时谓之关市。

艺术生产的繁盛，加之雅乐不兴，俗乐兴盛以及帝王的爱好推动，娱乐之风勃然而兴，大炽于天下。

五

除了上述因素之外，西汉娱乐之风昌炽还和国家意识形态——经学不无关系。自武帝"罢黜百家，独尊儒术"，经学便成为绵延两汉的官方哲学。汉代经学的一个核心内容是对"天意"或"天命"的概念进行实用主义的道德诠释，使之详尽化、世俗化。天意不仅在王朝兴衰的特殊时刻显现，也会不定期地在人间以灾异或祥瑞的形式出现，这就使得汉代政治有了浓郁的神学色彩。为了表示对天意的敬畏，国家要举行虔诚的祭祀，要用歌舞来娱神，而在汉代，即使是祭祀中重中之重的郊祭乐已非西周雅乐，而是新声变曲，其世俗娱乐的色彩大为增强，这一时期国家政治生活的活跃造成了对音乐作品的大量需求。在民间，出于对灾异的恐惧，各种方术、宗教祭祀、请神疗病、禳灾却祸、送葬求雨等民俗活动非常繁盛，这些活动仪式往往与民间事神歌舞、杂耍技艺相结合，一定程度上促成了民间歌舞技艺的流行。

经学的繁荣极大地促进了汉代的文化教育，特别是学校的发达，全国自上而下有各级各类学校，中央有太学，地方有郡国学校，县有校，乡有庠，聚有序，在这样一个以教授五经六艺之学为主的教育链条中，对歌舞音乐通晓的人数剧增，更为重要的是依据五经六艺之学而设置的礼乐制度层层普及开来，成为圣君安世化民的主要途径，因而礼乐活动相当频繁。值得注意的是，在西汉，政府鼓励百姓以酒食相互朝贺，并认为："酒食之会，所以行礼乐也"①。认为饮酒歌舞是礼乐教化的重要内容，发挥着"与民同乐""天下太平"的政治功能。

经学对西汉的民族政策也影响颇深。武帝征讨匈奴，下诏曰"高皇帝遗朕平城之忧，高后时单于书绝悖逆。昔齐襄公复九世之仇，《春秋》大之"，直取《春秋公羊传》之义。此外如通西域、征西南夷、征大宛等都可以在经学中找到合理性的辩护，都可以称之为实现四海为一升平之世的壮举。这一政策带

---

① [东汉]班固：《汉书》。中华书局，1962年版，第265页。

来的是与周边地区音乐文化交流的增强。新的音乐、乐器、歌辞传入并流行开来，极大地丰富了中国固有的音乐歌舞形式。

纵观西汉二百余年的历史，娱乐之风经高祖倡导奠基，始广其貌，中经武帝立乐府推波助澜，至元、成之世，娱乐之风大炽。其生成既是文化融通、经济繁荣的产物，又深刻地受到了西汉经学及文化政策的影响，同时西汉历朝帝王的推动作用也不容忽视，正是他们对俗文艺的认同，才使得西汉帝国呈现出如此丰富斑斓的娱乐艺术景观。

（本文发表于《江西社会科学》2013年第8期）

王渭清，1974年生，2009年毕业于陕西师范大学文学院，师从霍松林先生，文学博士，现为咸阳师范学院教授。

西汉统治集团政治作为与奏议文嬗变

王长顺

内容摘要：西汉时期的奏议文与汉代政治环境以及统治者的政治作为有着极为密切的关系，帝王政治作为的情况影响着奏议文的嬗变。汉初国家凋敝的状况以及统治者的"布衣将相之局"，政治上想有所作为，就要求文士群臣建言献策，出现了言治国之策的"奏议文"的丰富；然随着"黄老""休息无为"方略的实施，朝廷重用"重厚长者"与"木讷于文辞"者，于是，"奏议文"呈"晏息"之势；汉武帝的大有作为，又刺激了"奏议文"的"丰长"；西汉末政治的衰弊，文人们再次上书以陈政事，"奏议文"就再次繁盛。

关键词：名臣奏议；统治集团；政治生态

"奏议"或称"奏疏"，本是一种言语行为，是臣下向皇帝以语言形式进谏或请示的活动。在古代君主专制社会，皇帝大权独揽，是国家的最高权威，臣下从军国大事、治国策略、政令实施，到日常事务、行政管理，都要向皇帝汇报或请示。这样的汇报或请示，有口头和书面两种形式。口头上的奏议称为"奏言"，书面的奏议称为"奏章"。后来，这种"奏言"或"奏章"逐渐有了固定的格式，成了一种文体——奏议文。这种文体形式就成了臣下向帝王陈述政事己见文书的总称，也是封建君主专制社会实施管理，上下沟通的一种方式。

从历史上看，口头奏议的存在和出现是在上古时代，而书面形式的奏议，产生于春秋战国时期，定型于秦汉。因其历史渊源久远，所以品类繁盛。历朝历代的奏议,名称称谓繁多①。尽管如此,然其功能基本未变。因此,我们可将其总称为"奏议文"②。西汉一代,奏议文兴盛,并随着统治集团的政治作为而发生着嬗变。

一、奏议文在策略"饥饿"到无为政治环境下的嬗变

任何一种"文"都有着一定的社会功能,作为"文"的"奏议"也不外乎此。实用性较强的"奏议文",其基本的功用是谏议、汇告、请示、议事、陈情、表意、对策、建言申斥、谢恩、乞恩、谏诤、游说、驳斥、弹劾、认罪、告假等,而这些繁杂的功能基本上都是臣下与皇帝在政治活动中发生的,因此,我们可以说,奏议文最为突出的功能则是社会政治功能。

从奏议文的历史来看,春秋战国时期应当是奏议文的生发期,西汉则是奏议文的成熟期。这一时期,西汉文章中奏议文相对于其他文体来说,所占比重较大。而这样的繁盛局面,与当时的政治形势有着极为密切的关系,可以说,西汉初年治理策略的需求,刺激了当时"奏议"文的"茂盛"。这便是奏议文生长的政治生态。刘开在《与阮芸台宫保论文书》中说:"文莫盛于西汉,而汉人所谓文者,但有奏对封事。"可见汉代奏议写作之盛。

西汉初期,政治经济百废待兴,《汉书·食货志》云:

> 汉兴,接秦之敝,诸侯并起,民失作业,而大饥馑。凡米石五千,人相食,死者过半。高祖乃令民得卖子,就食蜀汉。天下既定,民亡盖臧,自天子不能具醇驷,而将相或乘牛车③。

---

① 在各代,奏议名称繁多。如议、疏、条陈、札子、手片、露布、对策、万言书、笺;奏对、奏言、奏说、奏条、奏疏、奏陈、奏本、奏折、奏谏、奏阐、奏策、奏启、奏劾、奏状;谏、进谏、谏言、谏诤;表、上表、谢表、劝进表、让表;上书、事书、上陈、上疏;弹章、驳议、便宜、封事、封驳、状、参,等等。

② 王充《论衡·佚文》云:"文人宜遵五经六艺为文,诸子传书为文,造论著说为文,上书奏记为文,文德之操为文。"这里已经明确,"上书奏记"乃为"文"之一种。又曹丕《典论·论文》把当时的文体分为四类八种,并概括总结其特征:"夫文本同而末异,盖奏议宜雅,书论宜理,铭诔尚实,诗赋欲丽。"他把"奏议"列为"文"之一种,并指出"雅"乃是其基本要求。晋人陆机《文赋》论及诗、赋、碑、诔、铭、箴、颂、论、奏、说十种文体,"奏"即在列,可见"奏议"作为"文"的重要。

③ [东汉]班固:《汉书》,中华书局,1962年版,第1127页。

在这种形势下，刚刚取得政权的政治集团，面临着许多政治问题：如何改变连年战争造成的经济凋敝状况，如何解决中央集权的统治与诸侯封国之间的权力矛盾，如何处理大汉一统与匈奴等周边少数民族的关系，如何处理地主土地兼并与农民的矛盾，这一切都成了汉高祖刘邦统治集团亟待解决的一系列现实政治问题。除此之外，国家确定怎样的治国方略，实施什么样的策略才能长治久安，以什么思想作为政治意识形态等一系列的"时代课题"，都成了统治集团着力思考的头等大事。而这些问题和课题的解决，对于起自布衣，文化水平不高的刘邦统治集团来说，确实是一个难题。

刘邦称帝后，追随其左右的文臣武将均成为开国元勋。通过分封、赐官、赏爵，他们皆身居显职，组成地主阶级的统治集团。这一统治集团中，大多数人出身下层或中小地主。推翻秦王朝、建立西汉政权的功臣，多系秦代社会中的下层人物。如刘邦就是出身于"泗水亭长"的一个小官吏，家中虽有田产，但其妻吕雉及父太公仍须"居田中"参加劳动，而这个"好酒及色"的亭长，还常常欠别人的酒钱无力偿付使人不得不"折券弃责（债）"。由此可见，参加起义前的刘邦，决非大地主贵族。至于随从刘邦起事的，辅佐他开创汉王朝基业的大臣中，只有张良为韩国公子，属于贵族；其次是张苍，曾任秦御史，叔孙通曾为秦待诏博士，属于秦代上层官僚。其余诸将相、大臣，多出自社会底层，如萧何曾为"主吏掾"[1]，曹参曾为"狱掾"[2]，任敖也曾任狱吏，傅宽为骑将，申屠嘉为材官，均是小官吏或士卒出身。周勃在参加起义军前"以屠狗为事"，灌婴曾以贩缯为生。此外，陈平、王陵、陆贾、郦商、郦食其、夏侯婴等皆是一般百姓。这些原来当过小官吏、小手工业者，或中小地主及出自社会下层的平民，在刚刚建立的西汉王朝最高统治集团中，占有相当大的比重，形成了汉初"布衣将相之局"。正如清人赵翼所论："汉初诸臣，惟张良出身最贵，韩相之子也。其次则张苍，秦御史；叔孙通，秦待诏博士。次则萧何，沛主吏掾；曹参，狱掾；任敖，狱吏；周苛，泗水卒史；傅宽，魏骑将；申屠嘉，材官。其余陈平、王陵、陆贾、郦商、郦食其、夏侯婴等，皆白徒。樊哙则屠狗者，周勃则织薄曲吹箫给丧事者，灌婴则贩缯者，娄敬则挽车者。一时人才皆出其中，致身将相，前此所未有也。盖秦、汉间为天地一大变

---

[1] [西汉]司马迁：《史记》，中华书局，1982年版，第2013页。
[2] [西汉]司马迁：《史记》，中华书局，1982年版，第2021页。

局。……汉祖以匹夫起事，角群雄而定一尊。其君既起自布衣，其臣亦自多亡命无赖之徒，立功以取将相。此气运为之也。天之变局，至是始定。"①

另外一种情况是，更多的关东地主进入最高统治集团。刘邦原籍沛县丰邑，除最早随他一同起义的萧何、曹参、樊哙等"丰沛集团"外，在后来陆续加入到刘邦军事阵营的，也多系关东地区人。因此，西汉王朝建立时，进入最高统治层的多是关东地主，来自关中的地主只是极个别的。至于被封为"功臣"的开国元勋，则全部来自关东。现据《汉书·高惠高后文功臣表》列十八侯之原籍、出身如下表。

汉初统治集团成分表②

姓名	官爵	原籍	出身或原职业
萧何	丞相酂侯	沛、丰	沛主吏掾
曹参	相国平阳侯	沛	沛狱掾
张敖	赵王宣平侯	大梁	贵族张耳之子
周勃	绛侯	沛	织薄曲为生
樊哙	舞阳侯	沛	以屠狗为事
郦商	曲周景侯	高阳	家贫落魄
奚涓	鲁侯	沛	舍人
夏侯婴	汝阴侯	沛	沛厩司御
灌婴	颍阴侯	睢阳	曾以贩缯为生
傅宽	阳陵侯	横阳	舍人
靳歙	信武侯	宛朐	中涓
王陵	安国侯	沛	县豪
陈武	棘蒲侯	薛	不明
王吸	将军清河定侯	丰	中涓
薛欧	将军广平侯	丰	舍人
周昌	御史大夫汾阴侯	沛	卒史
丁复	大将军阳都侯	薛	越将
虫达	曲成侯	砀	户将

---

① 王树民校证，[清]赵翼：《廿二史札记》卷三《汉初布衣将相之局》，中华书局，1984年版，第36页。
② 参见林剑鸣《秦汉史》，上海人民出版社，2003年版，第250页。

这十八人虽不能包括创建西汉王朝的全部重要功臣或官僚，但以此分析汉初"布衣将相"的统治集团成分，则是具有代表性的。从出身或原职业看，十八人中出身小官吏或"中涓""舍人"的十名，出身"织薄曲为生"等小手工业者或"家贫"的下层人四人，其余四人一名为张耳之子张敖，一名为不明出身的陈武。明确标明社会地位较高的只有丁复为"越将"，王陵为"县豪"，在十八人中仅占九分之一。

在这种局势下，"一种政治行为的合理性有待于探讨和推敲，一个政权的合法性有待于阐发和论证，它们都不能离开'辩'。中国人在把其行为或意念归结到一个什么学说体系的时候，他们特别能获得心理上的稳定感和正当感；尽管这种归结的逻辑实际存在着非常复杂的情况。无论如何，这种状况是使'指导思想'经常成为必要了。"①然而，以刘邦为首的统治集团，对此想有所作为，但却苦于无贤才良臣为其出谋划策，就出现了策略"饥饿"。

要之，这种"布衣将相之局"，面对前述难题和时代课题，对治国策略有一种必然的要求。而要解决国家治理的政治难题，也就只能依赖于文人学士了。因此，"学士臣民的规劝便也获得了充分的正当性。"②这种政治需求便让皇帝广开言路，寻求良方。国家最高统治者首先从法令制度上许可文人学士直言敢谏。主要是汉惠帝除挟书律，《汉书·惠帝纪》载"三月甲子，皇帝冠，赦天下。省法令妨吏民者；除挟书律"。还有吕后除妖言，《汉书·高后纪》载：

> 元年春正月，诏曰："前日孝惠皇帝言欲除三族皋、妖言令，议未决而崩。今除之。③

汉文帝下令除诽谤、妖言之法。《汉书·文帝纪》：

> 古之治天下，朝有进善之旌，诽谤之木，所以通治道而来谏者也。今法有诽谤妖言之罪，是使众臣不敢尽情，而上无由闻过失也。将何以来远方之贤良？④

除诽谤、妖言之法，名义上是让众臣"尽情"，使皇帝能够认识到自己的

---

① 阎步克：《士大夫政治演生史稿》，北京大学出版社，1996年版，第271页。
② 阎步克：《士大夫政治演生史稿》，北京大学出版社，1996年版，第340页。
③ [东汉]班固：《汉书》，中华书局，1962年版，第96页。
④ [东汉]班固：《汉书》，中华书局，1962年版，第118页。

过失，但是，我个人认为，这实质上是皇帝在向官员们寻找"思想"，又大致相当于"问计于民"或"问计于官"，只是皇帝有碍于面子而不愿直说罢了。《汉书·文帝纪》载文帝二年（前178）发布《举贤良诏》：

> 十一月癸卯晦，日有食之。诏曰："朕闻之，天生民，为之置君以养治之。人主不德，布政不均，则天示之灾以戒不治。乃十一月晦，日有食之，适见于天，灾孰大焉！朕获保宗庙，以微眇之身托于士民君王之上，天下治乱，在予一人，唯二三执政犹吾股肱也。朕下不能治育群生，上以累三光之明，其不德大矣。令至，其悉思朕之过失，及知见之所不及，匄以启告朕。及举贤良方正能直言极谏者，以匡朕之不逮。因各敕以职任，务省徭费以便民。朕既不能远德，故憪然念外人之有非，是以设备未息。今纵不能罢边屯戍，又饬兵厚卫，其罢卫将军军。太仆见马遗财足，余皆以给传置。"①

这里，文帝以出现灾异为借口，反悔自己代天养民，却"布政不均"，天以警戒，但由于"朕之过失，及知见之所不及"，因之，"举贤良方正能直言极谏者"，以匡正自己的失误。这就说明皇帝需要"直言极谏之臣"的"谏议"。这可以说是文帝行贤良方正之策寻对策以陈政事之法。文帝还曾发布策贤良诏。《汉书·爰盎晁错传》载：

> 后诏有司举贤良文学士，错在选中。上亲策诏之，曰：惟十有五年九月壬子，皇帝曰：昔者大禹勤求贤士，施及方外，四极之内，舟车所至，人迹所及，靡不闻命，以辅其不逮；近者献其明，远者通厥聪，比善戮力，以翼天子。是以大禹能亡失德，夏以长楙。高皇帝亲除大害，去乱从，并建豪英，以为官师，为谏争，辅天子之阙，而翼戴汉宗也。赖天之灵，宗庙之福，方内以安，泽及四夷。今朕获执天子之正，以承宗庙之祀，朕既不德，又不敏，明弗能烛，而智不能治，此大夫之所著闻也。故诏有司、诸侯王、三公、九卿及主郡吏，各帅其志，以选贤良明于国家之大体，通于人事之终始，及能直言极谏者，各有人数，将以匡朕之不逮。二三大夫之行当此三道，朕甚嘉之，故登大夫于朝，亲谕朕志。大夫其上

---

① [东汉]班固：《汉书》，中华书局，1962年版，第116页。

三道之要，及永惟朕之不德，吏之不平，政之不宣，民之不宁，四者之阙，悉陈其志，毋有所隐。上以荐先帝之宗庙，下以兴愚民之休利，著之于篇，朕亲览焉，观大夫所以佐朕，至与不至。书之，周之密之，重之闭之。兴自朕躬，大夫其正论，毋枉执事。乌乎，戒之！二三大夫其帅志毋怠！①

文帝在诏文中，先列举史实：大禹求贤士以为辅佐，使夏长治；前代的高祖皇帝用谏诤之官，以为辅翼，使"方内以安，泽及四夷"，由于"执天子之正，以承宗庙之祀"，加上自己"不德""不敏"，"明弗能烛，而智不能治"，所以需要"诏有司、诸侯王、三公、九卿及主郡吏，各帅其志，以选贤良明于国家之大体，通于人事之终始，及能直言极谏者，各有人数，将以匡朕之不逮"。

这也是在向"贤良"们要治国的"主意"。正如阎步克所说："在那古老而深厚的政治文化传统中，君主不被认为、也不自认为是神明，他承认自己有'过失''不得'之可能以及'知见不及'之处，于是他就不能不向学士和臣民的规谏求助了。"②

因此，汉代帝王非常重视吏民、官吏、书生们的上书奏议和谏诤，而且从行政制度上肯定了下来。清代赵翼曾在《廿二史札记》卷二中说，"汉诏多惧词"，皇帝的诏书中经常会有"朕甚自愧""朕晻于王道""是皆朕之不明""朕以无德，奉承大业，……涉道日寡，又选举乖实，俗吏伤人，官职耗乱，刑章不中，可不忧欤！"等词句。这也道出了当时的皇帝对于国家治理之道，确有不明之处。

所以说，汉初政治现实的需求，皇帝大开言路，这就刺激了奏议文的"丰长"。"奏议中论史、论政内容一时多了起来。"③此一时期，奏议作者的主要代表有：陆贾、贾谊、晁错、贾山、邹阳等。此外，又有张良、韩信、陈平、刘敬、郦食其、张苍、张释之等谋士、将领、丞相。

---

① [东汉]班固：《汉书》，中华书局，1962年版，第2290页。
② 阎步克：《士大夫政治演生史稿》，北京大学出版社，1996年版，第340页。
③ 王启才：《汉代奏议的文化意蕴与文化精神》，人民出版社，2009年版，第47页。

西汉前期奏议文情况表[①]

作者	篇名	出处	数量
陆贾	《新语》	《两汉全书》	12篇
贾谊	《陈政事疏》《上疏请封建子弟》《上疏谏王淮南诸子》《论积贮疏》《谏除盗钱令使民放铸疏》《上都输疏》《论定制度与礼乐疏》《论吏平政宣民宁之道在帝王躬亲》	《汉书·贾谊传》《汉书·食货志》《通典》《汉书·礼乐志》《历代名臣奏议》	8篇
晁错	《贤良文学对策》《上书言皇太子宜知术数》《上书言兵事》《言守边备塞务农力本当世急务二事》《复言募民徙塞下》《说文帝令民入粟受爵》《复奏勿收农民租》《说景帝削吴》《请诛楚王》	《汉书·晁错传》《汉书·食货志》《汉书·吴王濞传》	9篇
贾山	《至言》《对诘谏除盗铸钱令》	《汉书·贾山传》	2篇
邹阳	《上书吴王》《狱中上书自明》	《汉书·邹阳传》或《文选》或《艺文类聚》二十四、五十八	2篇
张良	《论不可立六国后》、《谏西归》（与陈平合奏）、《请捐地韩信彭越各自为战》、《请从娄敬言都关中》、《论封赏》（与陈平合奏）、《请急封雍齿》、《请听樊哙言出舍》、《请令郦食其持重宝啗秦将》	《历代名臣奏汉》	8篇
韩信	《论楚汉得失疏》《上尊号疏》《论将兵多多益善》《议定三秦》	《史记·淮阴侯列传》《汉书·高帝纪》《历代名臣奏议》	4篇
陈平	《奏议定列侯功次》《上代王即位议》《奉诏除连坐法议》《请伪游云梦》	《汉书·高后纪》《汉书·文帝纪》《汉书·刑法志》《历代名臣奏议》	4篇
娄敬	《上书谏高祖》《请徙六国后及豪杰名家居关中》《请都关中议》《请与匈奴结和亲议》	《晋书·段灼传》《历代名臣奏议》《史记·娄敬列传》	4篇
郦食其	《踵军门上谒》《奏请说齐王》《说齐王》《请立六国后》《请往说陈留》	《史记·郦生陆贾列传》《汉书·郦食其传》《汉书·张陈王周传》《历代名臣奏议》	5篇
张苍	《奏论淮南王长罪》《奏驳公孙臣汉应土德议》《奏议除肉刑》	《史记·淮南王传》《史记·封禅书》《汉书·刑法志》	3篇
张释之	《论山陵》《谏拜啬夫为上林令》《奏犯跸者罚金盗高庙前玉环者弃市》	《历代名臣奏议》	3篇
合计			64篇

[①] 王启才：《汉代奏议的文化意蕴与文化精神》，人民出版社，2009年版，第294—315页。

从表中可以看出，文人学士、官吏臣下都纷纷上奏疏，以陈政事，其奏议文的数量是比较多的。这些奏议涉及到以下问题：一是政治事务。如《陈政事疏》《上疏请封建子弟》《论吏平政宣民宁之道在帝王躬亲》《请从娄敬言都关中》《议定三秦》《请徙六国后及豪杰名家居关中》《请都关中议》等；二是经济问题。如《论积贮疏》《谏除盗钱令使民放铸》《上都输疏》《言守边备塞务农力本当世急务二事》《复言募民徙塞下》《说文帝令民入粟受爵》《复奏勿收农民租》《对诘谏除盗铸钱令》等；三是藩国问题。如《上疏谏王淮南诸子》《说景帝削吴》《请诛楚王》《论不可立六国后》《奏论淮南王长罪》等；四是匈奴问题。如《请与匈奴结和亲议》《请立六国后》等；五是文化建设。如《论定制度与礼乐疏》《上书言皇太子宜知术数》等；六是尚德宽刑。如《奏犯跸者罚金盗高庙前玉环者弃市》《奉诏除连坐法议》《奏议除肉刑》；七是军事问题。如《上书言兵事》《论将兵多多益善》《踵军门上谒》等。从这里也可以看出，奏议涉及最多的问题当是经济问题。

到了实施"休息无为"之治的汉惠帝、高后时期，统治者行"黄老"之术。在"无为"的政治环境下，奏议的生产就相应减少了。关于"黄老""无为"之治。《史记·吕太后本纪》载：

> 孝惠皇帝、高后之时，黎民得离战争之苦，君臣俱欲休息乎无为，故惠帝垂拱，高后女主称制，政不出房户，天下晏然①。

《史记·儒林列传》说："孝文帝本好刑名之言"，《史记·外戚世家》载，景帝之时，其母"窦太后好黄帝、老子言，帝及太子诸窦不得不读《黄帝》《老子》，尊其术。"因此，这一时期，黄老之学占据了相当地位。阎步克曾分析说：

> 在汉初，一方面有萧何次律令、韩信申军法、张苍定章程、叔孙通制礼仪，另一方面又有"政不出房户""不治事""不言""清静无为""卧闺阁内一出"。秦末的酷政战火后社会凋敝至极，"户口可得而数者十之二""半石五千，人相食，死者过半""民亡盖臧，自天子不能具均驷，而将相或乘牛车"。在感到有必要求助于学士政见之时，统治者只能在既存的诸家中择善而从。此时最先打动他们的

---

① [西汉]司马迁：《史记·吕太后本纪》，中华书局，1982年版，第412页。

是黄老"清静无为"之说，因为承秦之制而又使这一体制的转速降至最低，在当时是最为"易行""易操"的。客观的政治需要经过道论的精致阐释，就更显得有充分的正当性了[①]。

这是说，汉初实行"清静无为"的"黄老"之说，乃是当时经济、政治局势的需要。

由于统治者对黄帝、老子的尊奉和推崇，逐渐形成了一个黄老学派，而这一学派，其渊源乃是道家。而"道家使人精神专一，动合无形，赡足万物。其为术也，因阴阳之大顺，采儒墨之善，撮名法之要，与时迁移，应物变化，立俗施事，无所不宜，指约而易操，事少而功多。儒者则不然。以为人主天下之仪表也，主倡而臣和，主先而臣随。如此则主劳而臣逸。至于大道之要，去健羡，绌聪明，释此而任术。夫神大用则竭，形大劳则敝。形神骚动，欲与天地长久，非所闻也"[②]，这是道家的基本精神及其特征，然而统治者所实行的"黄老"之学的"道"，又是从中吸取了有用并且切合当时政治实际的成分，可以说，汉初黄老政治就是在这个思潮指导之下的政治。那么，尊奉"黄老"的统治者，在汉初又是怎样的政治作为呢？这种政治作为对用人又有怎样的影响？再者，这类被用之"人"在特定的政治环境下，其表现又是如何？对奏议文又是怎样的一种影响呢？

《后汉书·樊宏阴识列传》载樊准曾在上疏中曰：

昔孝文窦后性好黄老，而清静之化流景武之间[③]。

《史记·礼书》载：

孝文即位，有司议欲定仪礼，孝文好道家之学，以为繁礼饰貌，无益于治，躬化谓何耳，故罢去之[④]。

《史记·孝文本纪》载文帝遗诏，"死者天地之理，物之自然者，奚甚可哀。"以薄葬轻服。上列"繁礼饰貌无益于治""躬化节俭""薄葬轻服"，这都合于道家之义。

不唯如此，郡国也在实行黄老之治。《史记·曹相国世家》载，曹参初为

[①] 阎步克：《士大夫政治演生史稿》，北京大学出版社，1996年版，第277页。
[②] [西汉]司马迁：《史记·太史公自序》，中华书局，1962年版，第3289—3290页。
[③] [南朝·宋]范晔：《后汉书》，中华书局，1965年版，第1126页。
[④] [西汉]司马迁：《史记》，中华书局，1962年版，第1160页。

齐相时，即采纳治黄老之学的盖公之见，以黄老治国：

> 参之相齐，齐七十城。天下初定，悼惠王富于春秋，参尽召长老诸生，问所以安集百姓，如齐故（俗）诸儒以百数，言人人殊，参未知所定。闻胶西有盖公，善治黄老言，使人厚币请之。既见盖公，盖公为言治道贵清静而民自定，推此类具言之。参于是避正堂，舍盖公焉。其治要用黄老术，故相齐九年，齐国安集，大称贤相①。

曹参用盖公"治道贵清静"的黄老之术，取得了明显的治理效果，得到了齐国百姓的称赞和肯定。

以黄老之术治齐者，还有石庆。《史记·万石张叔列传》载：

> 郎中令王臧以文学获罪。皇太后以为儒者文多质少，今万石君家不言而躬行，乃以长子建为郎中令，少子庆为内史②。

这与推崇黄老的窦太后有着一定的关系。史载石奋"无文学，恭谨无与比"，被"不任儒者"的景帝尊之为"万石君"，家族世传"恭谨"之风。石庆为齐相时，"举齐国皆慕其家行，不言而齐国大治"。《汉书》中对此也有记载，颜师古为其作注，对"不治而齐国大治"中"不治"解释为"言无所治罚。"这里的"不言""不治"与《老子》中"圣人处无为之事，行不言之教"相一致。再看还有其他行黄老之术者，其处事特征和主张颇为相似。在推行黄老之术的过程中，出现了"举事无所变更，一遵萧何约束"，"择郡国吏木讷于文辞，重厚长者，即召除为丞相史。吏之言文刻深，欲务声名者，辄斥去之"③的局面。《史记·张释之冯唐列传》载：

> 释之曰："夫绛侯、东阳侯称为长者，此二人言事曾不能出口，岂斅此啬夫谍谍利口捷给哉！且秦以任刀笔之吏，吏争以亟疾苛察相高，然其敝徒文具耳，无恻隐之实，以故不闻其过，陵迟而至于二世，天下土崩。今陛下以啬夫口辩而超迁之，臣恐天下随风靡靡，争为口辩而无其实。"④

他推崇"言事曾不能出口"的"长者"绛侯周勃、东阳侯张相如。与此

---

① [西汉]司马迁：《史记》，中华书局，1962年版，第2028—2029页。
② [西汉]司马迁：《史记》，中华书局，1962年版，第2765页。
③ [西汉]司马迁：《史记》，中华书局，1962年版，第2029页。
④ [西汉]司马迁：《史记》，中华书局，1962年版，第2752页。

类人相似的还有直不疑,《史记·万石张叔列传》记道:直不疑"学《老子》言。其所临,为官如故,唯恐人知其为吏迹也。不好立名称,称为长者"。《史记·汲郑列传》记载,郑当时"好黄老之言,其慕长者如恐不见","每朝,候上之间,说未尝不言天下之长者"。《史记·田叔列传》载,田叔"学黄老术于乐巨公所。"这些人,或"不言",或"不治",或称许"言事曾不能出口",或"行谨厚",都与汉初推行黄老之术的政治策略有关。阎步克认为,"这都反映了黄老政治在理想治国角色方面的选择"。他还说:

> 相应地,斥去"吏之言文刻深。欲务声名者""谍谍利口捷给"之人,宁可选用"木讪于文辞""言事曾不能出口"的"重厚长者",也不能不说是从秦代文吏政治之"税民深者为能吏""杀人众者为忠臣"走向了另一个极端。行政官僚的吏能,本是官僚制度赖以运作的最基本前提;然而当时的统治者在未能找到更合适的统治之术时,宁可牺牲官僚的行政能力和行政效率,也不敢轻举妄动以避免失误。[①]

也就是说,皇帝在选择"无为"政治的同时,用人则是某种意义上所谓的"无能"之臣。无为政治所用无能之臣,奏议自然就少,见表所列。

孝、惠皇帝,高后时期奏议情况表[②](不完全)

作者	篇名	出处	数量
杜业	《上书追劾翟方进》《上书言王氏世权》《奏事》《说成帝绍封功臣》	《汉书·杜周附传》《汉名臣奏议》《汉书·高惠高后文功臣表序》	4篇
叔孙生	《请筑原庙兴果献》(汉惠帝时)	《历代名臣奏议》	1篇
合计			5篇

由此可见,"在'百姓新免毒螫,人欲长老养亲'之时,社会普遍厌恶好大喜功、繁文宏论,厌恶秦式的能吏而向往着'长者'"。[③]那么,这些"少文多质"而又"木讪于文辞"的"重厚长者",在"清静无为"的政治环境中,既不会有过多的"有为"策力,也不可能在政治形势不需要的情况下逆之

[①] 阎步克:《士大夫政治演生史稿》,北京大学出版社,1996年版,第275页。
[②] 王启才:《汉代奏议的文化意蕴与文化精神》,人民出版社,2009年版,第294—315页。
[③] 阎步克:《士大夫政治演生史稿》,北京大学出版社,1996年版,第278页。

而动,去上书言事,因此,这一时期的奏议写作及流传就比较少。

二、奏议文在有为政治到衰败政局环境下的嬗变

到了汉武帝时期,国势强盛。此时的社会政治经济形势发生了较大变化,经济状况大为改善,政治上随着"推恩令"的实施,中央集权得到进一步加强,藩国与中央的矛盾,大汉与匈奴的矛盾也逐渐得到解决。此时,汉武帝在景帝加强集权的基础上,进一步采取措施,巩固汉家天下。他把儒学作为政治"指导思想",继承汉初诸帝鼓励士人言说治理之策、上书直谏的传统。建元元年(前140)冬十月,下诏丞相、御史、列侯及地方官吏推举贤良方正直言极谏之士。《汉书·武帝纪》载:

> 建元元年冬十月,诏丞相、御史、列侯、中二千石、二千石、诸侯相举贤良方正直言极谏之士。丞相绾奏:"所举贤良,或治申、商、韩非、苏秦、张仪之言,乱国政,请皆罢。"奏可[①]。

由此可以看出武帝对于"直言极谏"之士的渴求。后来又有《求贤诏》:

> 盖有非常之功,必待非常之人,故马或奔踶而致千里,士或有负俗之累而立功名。夫泛驾之马,跅弛之士,亦在御之而已。其令州郡察吏民有茂材异等可为将相及使绝国者[②]。

这是为国家招揽贤良"茂材异"的人才。正如司马相如在《难蜀父老》中说:"盖世必有非常之人,然后有非常之事;有非常之事,然后有非常之功。非常者,固常人之所异也。"在某种意义上说,这当是国家政治统治的需要。班固在《汉书·公孙弘卜式倪宽传》中陈述汉武时期所得奇人异才之盛与其文治武功的关系时说:

> 是时,汉兴六十余载,海内艾安,府库充实,而四夷未宾,制度多阙。上方欲用文武,求之如弗及,始以蒲轮迎枚生,见主父而叹息。群士慕响,异人并出。卜式拔于刍牧,弘羊擢于贾竖,卫青奋于奴仆,日䃅出于降虏,斯亦曩时版筑饭牛之(明)[朋]已。汉之得人,于兹为盛,儒雅则公孙弘、董仲舒、兒宽,笃行则石建、石庆,质直则汲黯、卜式,推

[①] [东汉]班固:《汉书》,中华书局,1962年版,第155—156页。
[②] [东汉]班固:《汉书》,中华书局,1962年版,第197页。

贤则韩安国、郑当时，定令则赵禹、张汤，文章则司马迁、相如，滑稽则东方朔、枚皋，应对则严助、朱买臣，历数则唐都、洛下闳，协律则李延年，运筹则桑弘羊，奉使则张骞、苏武，将率则卫青、霍去病，受遗则霍光、金日磾，其余不可胜记。是以兴造功业，制度遗文，后世莫及①。

汉武帝延揽各方面的非常之人，出现了"群士慕响，异人并出""汉之得人，于兹为盛"和"兴造功业，制度遗文，后世莫及"的局面。又《汉书·严朱吾丘主父徐严终王贾传》也有类似的记载：

> 郡举贤良，对策百余人，武帝善助对，繇是独擢助为中大夫。后得朱买臣、吾丘寿王、司马相如、主父偃、徐乐、严安、东方朔、枚皋、胶仓、终军、严葱奇等，并在左右。是时征伐四夷，开置边郡，军旅数发，内改制度，朝廷多事，屡举贤良文学之士。公孙弘起徒步，数年至丞相，开东阁，延贤人与谋议，朝觐奏事，因言国家便宜。上令助等与大臣辩论，中外相应以义理之文，大臣数诎。②

这是说征得贤良对策百余人，其中严助等的特长是善于对策、辩论，其他公卿大臣莫能及。《文心雕龙·时序》也描述汉武时期文士腾踊之盛况：

> 逮孝武崇儒，润色鸿业，礼乐争辉，辞藻竞骛。柏梁展朝宴之诗，金堤制恤民之咏，征枚乘以蒲轮，申主父以鼎食，擢公孙之对策，叹兒宽之拟奏，买臣负薪而衣锦，相如涤器而被诱；于是史迁、寿王之徒，严终、枚皋之属，应对固无方，篇章亦不匮，遗风余采，莫与比盛。③

文士众多且才能出众的局面，不能不说与汉武帝积极有为的政治谋略有着必然的联系，他在对人才重视的同时，也有着对治国策略的需求，以致"四方士多上书言得失，自衒鬻者以千数"。④因此，这种政治需求，又再一次刺激对策奏议的繁盛。此后一个时期又一次出现了奏议写作的高峰，其主要作者有徐乐、严安、霍去病、严青翟、吾丘寿王、主父偃、东方朔、韩安国、田蚡、公孙弘、董仲舒、司马相如、汲黯、张骞、卜式、令狐茂、桑弘羊等人，具体情况见下表。

---

① [东汉]班固：《汉书》，中华书局，1962年版，第2633—2634页。
② [东汉]班固：《汉书》，中华书局，1962年版，第2775页。
③ [南朝·宋]刘勰：《文心雕龙·时序》，上海世纪出版集团，2008年版，第91页。
④ [东汉]班固：《汉书》，中华书局，1962年版，第2841页。

西汉中期奏议文情况表[①]

序号	作者	篇名	出处	数量
1	徐乐	《上武帝书言事务》	《汉书·徐乐传》	1篇
2	严安	《上书言事务》《论天下长策》	《史记·严安传》《历代名臣奏议》	2篇
3	霍去病	《请立皇子为诸侯王疏》	《史记·三王世家》	1篇
4	严青翟	《奏请立皇子为诸侯王》	《史记·三王世家》	1篇
5	吾丘寿王	《议禁民不得挟弓弩对》	《汉书·吾丘寿王传》	1篇
6	主父偃	《上书谏伐匈奴》《说武帝令诸侯得分封子弟》《说武帝徙豪桀茂陵》	《史记·主父偃传》《汉书·主父偃传》	3篇
7	东方朔	《上书自荐》、《上寿言圣王为政》《谏除上林苑》、《化民有道对》、《临终谏天子》（片断）、《论董偃有斩罪三》	《汉书·东方朔传》、《史记》褚先生补传、《历史名臣奏议》	6篇
8	韩安国	《上书言罢屯》《匈奴和亲议》	《史记·韩安国传》	2篇
9	田蚡	《上言勿塞决河》（片断）、《论东瓯不足烦中国往救》	《汉书·沟洫志》《历代名臣奏议》	2篇
10	公孙弘	《元光五年举贤良对策》《上疏言治道》《对册书问治道》《上书乞骸骨》《上言徙汲黯为右内史》《奏禁民挟弓对》《郭解罪议》《请为博士置弟子员议》	《汉书·公孙弘传》《史记·公孙弘传》《汉书·吾丘寿王传》《汉书·郭解传》《汉书·儒林传序》	8篇
11	董仲舒	《元光元年举贤良对策》《雨雹对》《郊事对》《说武帝使关中民种麦》《又言限民名田》《庙殿火灾对》《论御匈奴》	《汉书·董仲舒传》、《春秋繁露》十五、《汉书·食货志》、《汉书·五行志上》、《汉书·匈奴传赞》	7篇
12	司马相如	《谏猎疏》	《汉书·司马相如传》或《文选》或《艺文类聚》二十四	1篇
13	汲黯	《谏杀士大夫》《矫制发河南仓粟以赈贫民》《请斩长安令》	《历代名臣奏议》	3篇
14	张骞	《具言西域地形》《言通大夏宜从蜀》《请诏乌孙居浑邪故地》《请连乌孙》	《史记·大宛传》《汉书·张骞传》	4篇
15	卜式	《上书请死节南越》《论勿使恶者败群》《上言官求雨》《论治民》	《汉书·卜式传》《史记·平准书》《历代名臣奏议》	4篇
16	令狐茂	《上书理太子》	《汉书·武五子传》	1篇
17	桑弘羊	《奏屯田轮台》《请县置均输盐铁官》《伐匈奴议》《论商鞅相秦》《未可与儒论治也》《治国本末议》《礼制议》	《汉书·西域传下》《历代名臣奏议》《盐铁论·本议》《盐铁论·非鞅》《盐铁论·相刺》《盐铁论·利议》	7篇
合计				54篇

[①] 王启才：《汉代奏议的文化意蕴与文化精神》，人民出版社，2009年版，第294—315页。

从表中可以看出，奏议作者和数量是比较多的。这一时期的奏议，内容很多。有言治理事务的，如《上武帝书言事务》《上书言事务》《论天下长策》《说武帝徙豪桀茂陵》《上寿言对王圣为政》《上疏言治道》《对册书问治道》《论商鞅相秦》《未可与儒论也》《治国本末议》《化民有道对》等；有言诸侯国问题的，如《请立皇子为诸侯王疏》《奏请立皇子为诸侯王》《说武帝令诸侯得分封子弟》等；有论治安的，如《议禁民不得挟弓弩对》《奏禁民挟弓对》等；有谈及少数民族问题的，如《上书谏伐匈奴》《匈奴和亲议》《论东瓯不足烦中国往救》《论御匈奴》《伐匈奴议》《具言西域地形》《言通大夏宜从蜀》《请诏乌孙居浑邪故地》《请连乌孙》《上书请死节南越》等；有向皇帝谏言的，《谏除上林苑》、《临终谏天子》（片断）、《谏猎疏》等；有论及经济问题的，如《上书言罢屯》《奏屯田轮台》《请县置均输盐铁官》《说武帝使关中民种麦》《又言限民名田》等；有论文化教育的，如《请为博士置弟子员议》《礼制议》等；有论用人的，如《上言徙汲黯为右内史》《上书自荐》等；有建议处置人的，如《谏杀士大夫》《论董偃有斩罪三》《郭解罪议》《请斩长安令》等。总之，这些奏议都与政治有关。

到了西汉末期，社会政治状况与前中期相比已经有了很大的不同。政治混乱，皇权受到削弱和威胁，中央政权渐趋衰落，政治权力逐渐被外戚和宦官所篡夺，而且外戚、宦官、官僚既互相斗争，又互相勾结和利用，出现了朝政腐败、政治黑暗的局面。这种政治上的混乱使得社会出现了危机和灾难，赋税、徭役繁重，外戚、官僚掠夺社会财富，兼并土地，商人、高利贷者、地方豪强的剥削，大批农民流离失所，社会问题非常严重。在思想方面，儒家思想已经取得了绝对的统治地位，经学炽盛，儒士们对儒学的信奉极为虔诚，他们试图用儒家的社会政治理论来改造汉朝的社会现实政治。与此同时，阴阳灾异说盛极当时。《汉书·五行志》云："汉兴，承秦灭学之后，景武之世，董仲舒治《公羊春秋》，始推阴阳，为儒者宗。"此后直到汉元帝时，阴阳灾异说繁盛且泛滥了起来。在这种情势下，儒生用儒学理论对汉代礼制进行改造并且言说阴阳灾异就成了议论的着力点。正如钱穆先生在《秦汉史·禅让论之实现》中所说："盖晚汉学风，一言礼制，渊源鲁学，重恤民生；一言灾异，本自齐学，好测天意。"

《汉书·元帝纪》载："（元帝）少而好儒，及即位，征用儒生，委之以政。"此时，今文经学走向兴盛，谶纬之学开始产生。到宣帝，则是"好儒术文辞"，"言事者多进见，人人自以为得上意"。元帝时，儒士参政得到提倡，士人参政渐多，竟然出现评判朝廷政务，相互之间捧吹的现象，甚至于形成了左右朝政的势力。皮锡瑞《经学历史》云："上无异教，下无义学，皇帝诏书，君臣奏议，莫不援引经义，以为据依。"

王夫之《读通鉴论》云："朋党之兴，始于元帝之世。"因此，汉末社会的黑暗腐朽，儒士们对之评判批评；他们希望以儒学对礼制进行改造，于是文人谏议以儒治国；帝王之"好文辞"，则又引起士人的兴趣。于是奏议又多了起来，其作者主要有：匡衡、贡禹、诸葛丰、尹忠、京房、韦玄成、鲍宣、贾捐之、谷永、尹更始、翟方进、平当、王尊、冯逡、张忠、刘辅、孔衍、涓勋、薛宣、梅福、刘向、刘歆、郭舜、谯玄、耿育、孔光、朱博、夏贺良、王嘉、毋将隆、杨宣、师丹、郭钦、息夫躬、孙宝、李寻、郑崇、解光、扬雄（哀帝时）、彭宣等。如表所列。

西汉后期奏议文情况表[①]

序号	作者	篇名	出处	数量
1	匡衡	《上疏言政治得失》、《上疏言治性正家》、《上疏戒妃匹劝经学威仪之则》、《奏免陈汤》、《奏徙南北郊》（与张谭合奏）、《上言罢郊坛伪饰》、《又言罢雍鄜密上下祠》、《复条奏罢群祠》、《奏罢诸毁庙》、《华阴守丞嘉封事对》、《以孔子世为殷后议》、《郅支县头稿街议》、《甘延寿·陈汤封爵议》（片断）、《告谢毁庙》	《汉书·匡衡传》《汉书·陈汤传》《汉书·郊祀志下》《汉书·韦玄成传》《汉书·朱云传》《汉书·梅福传》	14篇
2	贡禹	《上书乞骸骨》、《上书言得失》、《奏宜放古自节》、《宜罢采珠玉金钱铸钱之官议》、《灭宫卫免诸婢议》、《禁官吏私贩卖书》、《奏请正定庙制》（片断）、《送匈奴侍子议》（片断）、《言风俗书》	《汉书·贡禹传》《汉书·韦玄成传》《汉书·陈汤传》	9篇
3	诸葛丰	《上书谢恩》《复上书》	《汉书·诸葛丰传》	2篇

[①] 王启才：《汉代奏议的文化意蕴与文化精神》，人民出版社，2009年版，第294—315页。

续表

序号	作者	篇名	出处	数量
4	尹忠	《毁庙议》（片断）	《汉书·韦玄成传》	1篇
5	京房	《拜魏郡太守上封事》《因邮上封事》《至陕复上封事》《奏考功课吏法》《别对灾异》《律术对》《论石显专权》	《汉书·京房传》《开元占经》《太平御览》《续汉书·律历志上》《历代名臣奏议》	7篇
6	韦玄成	《劾刘更生》《奏发陈咸朱云事》《罢郡国庙议》《毁庙议》《毁庙迁主议》《复言罢文昭太后寝祠园》	《汉书·楚元王交附传》《汉书·朱云传》《汉书·韦贤传》	6篇
7	鲍宣	《上书谏哀帝》《复上书》	《汉书·鲍宣传》	2篇
8	贾捐之	《弃珠崖议》《与杨兴共为荐石显奏》《又共为荐杨兴奏》	《汉书·贾捐之传》	3篇
9	谷永	《建始三年举方正对策》、《对策毕复言灾异》、《复对》、《三月雨雹对》、《黑龙见东莱对》、《日食对》、《星陨对》、《又日食对》、《灾异对》、《门牡自亡对》（片断）、《日食上书》、《上疏讼陈汤》、《上疏荐薛宣》、《请赐谥郑宽中疏》、《上书理梁王立》、《受降议》、《塞河议》、《谏成帝微行》、《说成帝拒绝祭祀方术》	《汉书·谷永传》《汉书·五行志》《续汉·五行志》注补六、《汉书·陈汤传》《汉书·薛宣传》《汉书·儒林传·张山附传》《汉书·梁怀王揖附传》《汉书·匈奴传下》《汉书·沟洫志》《汉书·郊祀志下》	19篇
10	尹更始	《毁庙议》（片断）	《汉书·韦玄成传》	1篇
11	翟方进	《劾陈庆》、《奏劾涓勋》、《奏免陈咸逢信》、《复奏免陈咸》、《劾红阳侯王立》（片断）、《复奏王立党友》《荐薛宣》（片断）、《立嗣议》（片断）、《淳于长小妻酒始等坐罪议》、《请罢刺史更置州牧》	《汉书·翟方进传》《汉书·薛宣传》《汉书·孔光传》《历代名臣奏议》	10篇
12	平当	《上书请复太上皇寝庙园》《奏劾翟方进》《奏求治河策》《乐议》	《汉书·平当传》《汉书·翟方进传》《汉书·沟渠志》《汉书·礼乐志》	4篇
13	王尊	《劾奏匡衡》、《行县还上奏事》（片断）	《汉书·王尊传》	2篇
14	冯逡	《奏请浚屯氏河》	《汉书·沟洫志》	1篇
15	张忠	《奏免王尊》	《汉书·王尊传》	1篇
16	刘辅	《上书谏立赵后》	《汉书·刘辅传》	1篇
17	孔衍	《上成帝书辩家语宜记录》	《家语后叙》，疑为伪托	1篇
18	涓勋	《奏劾薛宣》	《汉书·翟方进传》	1篇
19	薛宣	《上疏言吏多苛政》《奏免张放》《奏事》	《汉书·薛宣传》《汉书·张汤附传》《汉名臣奏议》	3篇
20	梅福	《上书言王凤专擅》《上书请封孔子子孙为殷后》	《汉书·梅福传》	2篇

续表

序号	作者	篇名	出处	数量
21	刘向	《使外亲上变事》、《条灾异封事》、《极谏用外戚封事》、《谏营昌陵疏》、《复上奏灾异》、《理甘延寿陈汤疏》、《奏劾甘忠可》（片断）、《对成帝甘泉泰畤问》、《日食对》、《说成帝定礼乐》、《请强公族》、《战国策书录》、《管子书录》、《晏子叙录》、《孙卿书录》、《韩非子书录》、《列子书录》、《管子书录》、《邓析书录》、《关尹子书录》（疑为宋人依托）、《子华子书录》（疑为宋人依托）、《说苑叙录》	《汉书·楚元王交传附传》、《汉书·陈汤传》、《汉书·李寻传》、《汉书·郊祀志下》、《汉书·五行传》、《汉书·礼乐志》、《历代名臣奏议》、《战国策》剡川姚氏宋刻本、《管子》明刻本、《晏子》宋刻本、《荀子》宋刻本、《韩非子》宋本、《列子》宋刻本、《邓析子》明刻本、宋本《说苑》	23篇（其中学术类奏书10篇）
22	刘歆	《上山海经表》《孝武庙不毁议》《惠景及太上皇寝园议》《功显君丧服议》	宋本《山海经》《汉书·韦玄成传》《汉书·王莽传上》	4篇
23	郭舜	《上言宜绝康居》	《历代名臣奏议》	1篇
24	谯玄	《上书谏成帝》	《汉书·独行列传》	1篇
25	耿育	《上书言便宜因冤讼陈汤》《上疏请宽赵氏》	《汉书·陈汤传》《汉书·外戚下·孝成赵皇后传》	2篇
26	孔光	《上书对问日蚀事》、《举成公敞封事》、《奏罢减乐人员》、《条奏限名田奴婢》、《奏请议毁庙》（与何武合奏）、《奏谏复留傅迁》、《奏劾王嘉》、《奏徙毋将隆》、《奏徙张由史立》、《奏徙董贤家属》、《奏遣红阳侯王立就国》、《奏不听王莽让宰衡》、《立嗣议》、《淳于长小妻乃始等坐罪议》	《汉书·孔光传》《汉书·礼乐志》《汉书·哀帝纪》《汉书·食货志》《汉书·韦玄成传》《汉书·王嘉传》《汉书·毋将隆传》《汉书·孝元冯昭仪传》《汉书·佞幸传》《汉书·王莽传上》	14篇
27	朱博	《上书让封邑》（片断）、《奏复置御史大夫》、《奏复置刺史》、《奏封事免孔光傅喜》（片断）、《奏免师丹爵邑》、《奏免傅喜何武爵土》、《奏免王莽爵土》	《汉书·朱博传》《汉书·师丹传》《汉书·王莽传上》	7篇
28	王嘉	《上疏请养材》、《谏封董贤等封事》（与贾延合奏）、《因日食举直言复奏封事》、《因大赦奏荐梁相鞫谭宗伯凤封事》（片断）、《谏益封董贤等封事》、《遣将行边对》	《汉书·王嘉传》《汉书·息夫躬传》	6篇
29	毋将隆	《奏征定陶王封事》《奏请收还武库兵器》	《汉书·毋将隆传》	2篇

续表

序号	作者	篇名	出处	数量
30	杨宣	《上封事理王氏》《灾异对》	《汉书·元皇后传》《汉书·五行传下》	2篇
31	师丹	《上书言封丁傅》《建言限民田奴婢》《劾奏董宏》（片断）、《共皇庙议》	《汉书·师丹传》《汉书·食货志》	4篇
32	郭钦	《奏劾豫州牧鲍宣》（片断）	《汉书·鲍宣传》	1篇
33	息夫躬	《上疏诋公卿大臣》《上言开言渠》《奏间匈奴乌孙》《建言厌应变异》	《汉书·息夫躬传》	4篇
34	孙宝	《上书理郑崇》	《汉书·孙宝传》	1篇
35	李寻	《对诏问灾异》《又对诏问灾异》《塞河议》	《汉书·李寻传》《汉书·五行志中》《汉书·沟洫志》	3篇
36	郑崇	《谏封傅商》	《汉书·郑崇传》	1篇
37	解光	《奏劾王根王况》《奏劾赵皇后姊娣》	《汉书·元后传》《汉书·外戚下·孝成赵皇后传》	2篇
38	扬雄	《上书谏勿许单于朝》《对诏问灾异》	《御览》八百十一引《扬雄集》《汉忆·五行志》	2篇
39	彭宣	《上书求退》《劾奏朱博赵玄傅晏》《毁庙议》（片断）	《汉书·朱博传》《汉书·韦玄成传》	3篇
40	张竦	（为陈宠草奏）《称莽功德疏》《为刘嘉作奏称莽功德》	《汉书·王莽传》	2篇
总计				173篇[①]

由表中可以看出西汉后期奏议数量是相当多的。然从内容来看，涉及政治治理的许多方面。一是关于郊庙祭祀。如《奏徙南北郊》（与张谭合奏）、《上言罢郊坛伪饰》、《又言罢雍鄜密上下祠》、《复条奏罢群祠》、《奏罢诸毁庙》、《告谢毁庙》、《奏请正定庙制》、《毁庙议》、《罢郡国庙议》、《复言罢文昭太后寝祠园》、《毁庙议》、《上书请复太上皇寝庙园》、《以孔子世为殷后议》、《对成帝甘泉畴问》、《孝武庙不毁议》、《惠景及太上皇寝园议》、《功显君丧服议》、《奏请议毁庙》、《共皇庙议》、《毁庙议》等；二是关于谏言朝政。如《上疏言政治得失》《上疏言治性正家》《上书言得失》《奏宜放古自节》《上书谏哀帝》《谏成帝微行》《说成帝拒绝祭祀方术》《上书谏立赵后》《上成帝书辩家语宜记录》《上疏言吏多苛政》《上书请封孔子子孙为殷后》《谏营昌陵疏》《上书谏成帝》等；三是关于守边固防及军事。如《送匈奴侍子议》《遣将行边对》

[①] 含刘向十篇学术性论说文。

《奏请收还武库兵器》《奏间匈奴乌孙》《上书谏勿许单于朝》等；四是关于阴阳灾异。如《别对灾异》、《对策毕复言灾异》、《复对》、《三月雨雹对》、《黑龙见东莱对》、《日食对》、《星陨对》、《又日食对》、《灾异对》、《门牡自亡对》（片断）、《日食上书》、《条灾异封事》、《复上奏灾异》、《日食对》、《上书对问日蚀事》、《因日食举直言复奏封事》、《灾异对》、《对诏问灾异》、《又对诏问灾异》、《对诏问灾异》等；五是关于文化建设及经学。如《禁官吏私贩卖书》《乐议》《说成帝定礼乐》《战国策书录》《管子书录》《晏子叙录》《孙卿书录》《韩非子书录》《列子书录》《邓析书录》《关尹子书录》《子华子书录》《说苑叙录》《上山海经表》《奏罢减乐人员》《上疏请养材》《言风俗书》《上疏戒妃匹劝经学威仪之则》等；六是关于用人及外戚专权。如《奏免陈汤》、《甘延寿陈汤封爵议》、《奏考功课吏法》、《论石显专擅》、《劾刘更生》、《奏发陈咸朱云事》、《与杨兴共为荐石显奏》、《又共为荐杨兴奏》、《上疏讼陈汤》、《上疏荐薛宣》、《请赐谥郑宽中疏》、《劾陈庆》、《奏劾涓勋》、《奏免陈咸逢信》、《复奏免陈咸》、《劾红阳侯王立》、《复奏王立党友》、《荐薛宣》、《请罢刺史更置州牧》、《奏劾翟方进》、《劾奏匡衡》、《奏免王尊》、《奏劾薛宣》、《奏免张放》、《上书言王凤擅》、《极谏用外戚封事》、《理甘延寿陈汤疏》、《奏劾甘忠可》、《上书言便宜因冤讼陈汤》、《上疏请宽赵氏》、《举成公敞封事》、《奏谏复留傅迁》、《奏劾王嘉》、《奏徙毋将隆》、《奏徙张由史立》、《奏徙董贤家属》、《奏遣红阳侯王立就国》、《奏不听王莽让宰衡》、《奏复置御史大夫》、《奏复置刺史》、《奏封事免孔光傅喜》、《奏免师丹爵邑》、《奏免王莽爵土》、《谏封董贤等封事》、《因大赦奏荐梁相鞫谭宗伯凤封事》（片断）、《谏益封董贤等封事》、《上封事理王氏》、《上书言封丁傅》、《劾奏董宏》、《奏劾豫州牧鲍宣》、《上疏诋公卿大臣》、《上书理郑崇》、《谏封傅商》、《奏劾王根王况》、《奏劾赵皇后姊娣》、《劾奏朱博赵玄傅晏》等；七是关于经济民生。如《宜罢采珠玉金钱铸钱之官议》《条奏限名田奴婢》《建言限民田奴婢》《塞河议》《奏求治河策》《奏请浚屯氏河》等。

如前文所述，汉初的奏议文，更多地涉及经济发展问题，西汉中期，奏议文言及匈奴问题的则较多，与这两个时期相比，西汉后期奏议文言及最多的是用人和外戚专权问题，其次是阴阳灾异，由此可见，这与当时政治背景相吻合，是奏议对于政治形势的适应。

总观西汉一朝，奏议文数量很多，且各个时期多寡不一。因此，我们说，统治者的治理策略需求和政治作为，乃是西汉时期奏议散文生长的重要因素。或者说，帝王出于政治统治稳固和长治久安的需要，刺激了奏议散文的"丰长"，然随着"黄老""休息无为"方略的实施，"奏议文"呈"晏息"之势；汉武帝的大有作为，又刺激了"奏议文"的"丰长"；西汉末政治的衰弊，文人们再次上书以陈政事，"奏议文"就又一次繁盛。正如有学者所论：

> 西汉文士的书疏表奏之文，是西汉散文的重要组成部分。西汉紧承先秦，所以许多文体是由他们首创，其所取得的艺术成就，为后人所称道。西汉的书疏表奏之文，不仅数量较多，而且质量很高，成为后人学习的典范。可以说，西汉文士的书疏表奏之文，准确而充分地反映了西汉政治形势的发展演变过程和适应大一统专治政治的伦理道德的建立过程，以及文士们在思想状态精神风貌上的变化过程。[①]

要之，西汉时期的奏议文与汉代政治环境以及统治者的政治作为有着极为密切的关系。汉初国家凋敝的状况以及统治者的"布衣将相之局"，政治上想有所作为，就要求文士群臣建言献策，出现了言治国之策的奏议文的丰富；然随着"黄老""休息无为"方略的实施，朝廷重用"重厚长者"，"木讷于文辞"者，于是，"奏议文"呈"晏息"之势；汉武帝的大有作为，又刺激了"奏议文"的"丰长"；西汉末政治的衰弊，文人们再次上书以陈政事，"奏议文"就再次繁盛。这就是说，政治生态的变化，影响着奏议文的生长和发展；反过来，奏议文也对统治者的政治作为产生影响，从而又改变了政治生态。

三、政治生态与奏议文

生物种群之间有着互利共生的关系。如地衣中菌藻相依为生，大型草食动物依赖胃肠道中寄生的微生物帮助消化，以及蚁和蚜虫的共生关系等，都表现了物种间的相互依赖的关系，如同生物界的这种关系一样，文学离不开政治这

[①] 王琳、邢培顺：《西汉文章论稿》，齐鲁书社，2006年版，第311页。

一环境。作为与政治关系最为密切的奏议文,在政治的生态环境中,受到的影响最大。因为,奏议文的目的在于奏明"政"事。这样一来,奏议文与统治者的政治作为状况就有了一种同构的生态关系。

政治生态之于奏议文,虽不能用生物生态学中的原理去完全套用,然而,却是可以类比的。因为,我们完全可以把文学的生态学研究看成一种真正生态学的隐喻。由此,我们说,奏议文与政治生态有着如下的关系。

首先,奏议文主动地适应政治生态环境。自古及今,作为有着道义传统和责任承当精神的文人士子,总是把自己的命运与国家的治乱兴衰紧紧地联系在一起,把自我实现的功业意识置于民族兴旺发达的理想之中,他们与政治结下了不解之缘,无时无刻不在关注着政治,奏议文则就是他们对国家社稷兴衰存亡关怀并思考的产物。而这一精神产物,就会随着政治局势的变化而主动适应,以期实现自己的社会功能。西汉,政治上继承了秦大一统体制。《后汉书·班彪传》记班彪云:"昔周爵五等,诸侯从政,本根既微,枝叶强大,故其末流有从横之事,执数然也。汉承秦制,改立郡县,主有专己之威,臣无百年之柄。"[①] "汉承秦制"主要指汉代继承了秦帝国的大一统及中央集权的政体。承秦之制,对统治者来说,最怕的是重蹈秦王的覆辙,对此,士人们也表示担忧。那么,如何使国家长治久安,保证中央集权的汉帝国能够国泰民安,就成了政治大局。此时,有着远见卓识的臣子文人就拿起笔,以奏议的形式阐说治国安邦的大计,这便是奏议文对政治的适应。现实政治的状况是奏议文变化的现实基础,文人们是根据现实政治作为的变化来"调整"自己所论。

其次,政治生态的变化影响奏议文的变化。可以说,越是复杂的政治局势,奏议文越发兴盛。因为,复杂多变的政治形势,需要更多的奏议文从不同的方面想方设法为其稳定出主意,想办法。汉初,"接秦之弊",统治者面临着种种矛盾,此时的奏议文呈勃兴之势,奏议文除了反思秦亡的教训之外,还提出具体的治理措施。如果没有这样的政治形势,或者说是政治生态的话,就不会有那么多的奏议文章来谈论政治。西汉末年的政治与汉初相比,虽说前者是百事待举,后者乃是强盛后的衰败之局,然其实质上都是政治局势不稳,一个是大一统的政治需要加强,另一个是大一统的政治遭到破坏,但不管怎样,

---

① [南朝·宋]范晔:《后汉书·班彪列传》,中华书局,1965年版,第1323页。

都为奏议文的生产创造了"良好的"生态环境。另外，统治者的政治作为影响着奏议文的发展。帝王的政治作为改变着奏议文的存在环境，无所作为的政治统治者，是不需要奏议文为其出谋划策，这种形势也不会有文人对政治问题发表见解。反之，统治集团的"多欲"政治，力图国力强盛，就会有许许多多的政治事务需要治理，国家政治、经济、文化都需要建设，这就为文人写奏疏文以议"政"提供了用"文"之地和广阔的生产空间。

最后，奏议文与政治局势互相促进，形成了同构关系。政治生态中的"有为"政治、政治的多难局势，都会促进奏议文的繁盛；反之，则相反。那么，奏议文的兴盛，又会对政治治理发生作用，因为其满篇皆治理之策，无论统治者采纳的态度和程度如何，总归会对政治产生影响，从而改善自己所处的政治生态环境。当奏议文与政治在某个时候达成一个平衡状态，二者则形成了同构状况。

如同生物界的生态一样，奏议文与政治生态之间如若表现出复杂而稳定的结构，即生态平衡，二者则共同繁荣；那么，如果平衡被破坏，在生物界，则有可能导致某种生物资源的永久性丧失；而对奏议文和政治来说，虽不会有某一方面的消失，但必然会遭到破坏却是毋庸置疑的。

（本文发表于《文学评论》2012年第4期）

王长顺，1969年生，2011年毕业于陕西师范大学文学院，文学博士，师从张新科教授，现为咸阳师范学院科技处处长，兼任陕西省司马迁研究会常务理事、副秘书长。

《陌上桑》的接受历程

唐会霞

内容摘要：《陌上桑》在汉代被采入乐府，西晋崔豹首先揭开研究它的序幕，梁代沈约《宋书·乐志》首次将其收入，成为《陌上桑》接受史上的里程碑。随着时代的发展，审美趣味和思想观念的变化，越来越多的读者喜爱和推崇它。因而它的传播日益广泛，研究不断深入。同时，历代的作者也纷纷在创作中借鉴和模拟它，或者将它化成典故用在诗文里，写出了内容丰富、风格多样的作品，并进而更有力地推动了学者对它的研究。经过各代读者不同层次的传播和接受，《陌上桑》逐渐由汉代的"街陌谣讴"变成为我国文学史上的经典之作。

关键词：陌上桑；接受；经典

《陌上桑》是汉乐府中的名篇，它始见于梁代沈约的《宋书·乐志》，题为《艳歌罗敷行》。但是，它的接受史则始于汉代被采入乐府之前的民间传唱时期。从汉代开始直到清代的两千年里，经过各代读者的传播、赏鉴、评价，《陌上桑》终于由一首普通的民歌变成我国文学史上的经典名篇。通过对它的接受史的探讨，我们可以更深入地理解它的审美内涵，认识它的艺术价值，并了解各时代读者不同的审美趣味。

一、汉魏六朝时期：载入史书，研究起步

《陌上桑》的具体写作时间一直颇具争议。萧涤非先生曾推断早于《孔雀

东南飞》,即应在东汉,但未提出确凿证据。①游国恩先生列举三条论据推断《陌上桑》应该产生于西汉末东汉初。②笔者以为,游先生的推测是合理的。《陌上桑》产生后在民间盛传,随后与其他民歌一起被采入乐府。从班固《汉书·礼乐志》和《艺文志》中记载的情况,我们约略知道《陌上桑》在被采入乐府后是"被之管弦",以乐舞结合的形式在宫廷、贵族以及文人之间流传的。至于更详细的情况,现存古代文献没有记载。使人遗憾的是,班固在《汉书·礼乐志》中将房中歌、郊祀歌一字不遗全部收入,于乐府民歌却只字不录。因而《陌上桑》这一脍炙人口的诗篇迟至五百年后被录入《宋书》,才使后世人得以见其庐山真面目。

虽然《陌上桑》在被采入乐府后几百年间一直没有书面的记载,但它在创作上的被接受却在东汉初年就已开始,如辛延年的《羽林郎》就是一首明显借鉴《陌上桑》的文人乐府诗歌,清贺贻孙曾论:"'日出东南隅'与'昔有霍家奴'二篇章法颇类。"③游国恩先生也认为:"《羽林郎》的蓝本,怕十有八九就是《陌上桑》了。"④曹植的《美女篇》也是借鉴了《陌上桑》写作手法的优秀诗歌。但是,《陌上桑》之题名一直到汉魏之际才出现在曹操的诗里。后来曹丕和曹植各有一首同题的拟作⑤。虽然这是三首借古题写游仙之意或军旅之苦的诗歌,和后来我们见到的《陌上桑》在内容和风格上都毫无关系,但是这是《陌上桑》这一古题第一次出现在历史上,因而在其接受史上仍显得很重要。曹魏时提到过《陌上桑》的还有诗人应璩的《百一诗》。其诗云:"汉末桓帝时,郎有马子侯。自谓识音律,使客奏笙竽。为作《陌上桑》,反言《凤将雏》。左右伪称善,亦复自摇头。"这首诗不但提到了《陌上桑》,而且给我们提供了贵族中演奏和欣赏《陌上桑》的信息,很值得注意。

西晋时期,崔豹的《古今注》揭开了历史上研究《陌上桑》的序幕。其云:"《陌上桑》者,出秦氏女子。秦氏,邯郸人,有女名罗敷,为邑人千乘王仁妻。王仁后为赵王家令。罗敷出采桑于陌上,赵王登台见而悦之,因饮酒

---

① 萧涤非:《汉魏六朝乐府文学史》,人民文学出版社,1998年版,第89页。
② 游国恩:《游国恩学术论文集》,中华书局,1989年版,第386页。
③ 郭绍虞:《清诗话续编》上册,上海古籍出版社,1983年版,第151页。
④ 游国恩:《游国恩学术论文集》,中华书局,1989年版,第384页。
⑤ 曹植拟作《陌上桑》仅存五句:"望云际,有真人,安得轻举继清尘。执电鞭,驰飞麟。"见傅亚庶《三曹诗全集译注》,吉林文史出版社,1997年版,第706页。

欲夺焉。罗敷巧弹筝，乃作《陌上桑》之歌以自明，赵王乃止。"①这段话，说明了《陌上桑》的作者和本事，对后世学者具有重要的参考价值。虽然其可靠程度值得怀疑，但是它是最早考察《陌上桑》本事和作者的资料，被后来各种研究《陌上桑》本事的著作以及各种类书、史书、杂书、诗话、诗歌总集、选集等因袭，影响极大。另外，从《乐府诗集》所引的资料可知，晋荀勖的《荀氏录》、刘宋张永所著《元嘉正声技录》、萧齐王僧虔的《大明三年宴乐技录》也记载了《陌上桑》和其他汉魏乐府诗的情况。可惜这三部书于唐前即已失传，我们今天已无从得见。但是它们在当时的流传对《陌上桑》的传播也起到了一定的推动作用，陈代的《古今乐录》就采用了它们的很多资料。

时至梁代，《陌上桑》的命运有了第一次重大转机，这就是沈约在《宋书·乐志》中第一次全文收录了《陌上桑》，题为"《艳歌罗敷行》古词"，分为三解，入相和歌之大曲。②《陌上桑》终于在问世约五百年后真正地进入历史，显现芳姿。推测沈约收录《陌上桑》及其他汉代乐府古辞的原因，大致有以下几点：一是因为在这一时期文学逐渐取得了独立的地位，凡真正具有文学价值的作品自然会引起学者的重视。二是文学家的身份使沈约具有了班固这位史学家所不具有的敏锐目光。三是经过漫长的五百年历史的浸渍，汉代的街陌谣讴自然具有了古色古香的气质，从而引起沈约的重视。四是当时文人借鉴和拟作《陌上桑》的热潮提高了《陌上桑》的地位。据《乐府诗集》收录，魏晋南北朝时模仿《陌上桑》的诗人有傅玄、陆机、鲍照、谢灵运、吴均、王筠、张率、萧子显、萧子范等二十余位，留下了近三十余篇拟作，是汉乐府古题中得拟作最多的一篇，这种风尚无疑加强了沈约重视《陌上桑》的程度。这样，沈约将其载入《宋书》就是自然而然的了。进入正史，是《陌上桑》本辞得以流传至今的重要因素，是其接受史上的重要里程碑。

稍后于《宋书》，《陌上桑》又一次被专收闺情题材的陈代徐陵的《玉台新咏》收入，题为《日出东南隅行》。这是《陌上桑》在历史上第一次进入诗集，其意义也极为重大。

除《玉台新咏》外，陈代还有释智匠的《古今乐录》一书问世，"原书

---

① [宋]郭茂倩：《乐府诗集》卷二十八，中华书局，1979年版，第410页。
② [南朝·宋]沈约：《宋书·乐志》，中华书局，1974年版，第617页。

十三卷,大约兼录歌辞"。①从《乐府诗集》的引用可知,此书是一部极重要的乐府专著,可惜于赵宋后失佚,我们今天所见到的是从后代各书的引用中缀录而成的,并不完备。它是南北朝时期人们接受包括《陌上桑》在内的乐府诗歌的重要成果,也为隋唐五代以及两宋时期人们对《陌上桑》的接受起到了极大的作用。《乐府诗集》的成书便得到了它很大的帮助。

总之,汉魏六朝时期,《陌上桑》从民间传唱到被采入乐府,开始进入世人视野,随后被学者研究,被史书、选集和其他文献收录,受众范围日趋扩大,接受过程中理性的成分逐步增加。诗人们的模拟、借鉴和引用,使它的被接受在南北朝时达到了第一个高潮。这些都表明《陌上桑》开始了迈向经典的步伐。

二、隋唐两宋时期:传播更加广泛,进入评家视野

时至隋唐时期,经过战火,从古代流传下来的音乐系统已经散佚,人们接受《陌上桑》除了借助于前代的《宋书》《玉台新咏》和《古今乐录》等外,尚无其他诗集或选本。但是,唐代类书和题解之类的书籍兴盛起来,《陌上桑》诗句被它们大量收录,崔豹的题解也被收录或考证,这些都促使《陌上桑》更为广泛地传播开来。

唐代类书收录《陌上桑》诗句和题解的计有虞世南的《北堂书钞》、徐坚的《初学记》、欧阳询的《艺文类聚》、白居易的《白氏六帖》。宋代收录《陌上桑》诗句的更多,计有《册府元龟》《海录碎事》《太平御览》《记纂渊海》等九部之多,数量大大超过唐代。宋代类书与唐代类书只收录诗句不同,表现出一种新变。它们有些收录了《陌上桑》全文,如《册府元龟》《古今事文类聚》《古今合壁事类备要》等;有些还收入了《陌上桑》部分拟作。这些都表明了《陌上桑》在宋代的影响超过了唐代。唐宋两代以诗赋取士,这些类书是士子必备的工具书,因而它们无疑推动了《陌上桑》的传播,增强了它的影响。

同时,随着拟古乐府诗的兴盛,唐代题解类乐府书也大量出现,先有吴兢

---

① 王运熙:《乐府诗论丛》,上海古籍出版社,1996第318页。

的《乐府古题要解》，稍后又有刘餗的《乐府解题》和郗昂的《乐府题解》。这些著作都有对《陌上桑》本事的论述和对崔豹关于《陌上桑》题解的考证。其中以吴兢所言流传最广。吴兢的题解在引用了崔豹的说法后说："案其歌词，称罗敷采桑陌上，为使君所邀，罗敷盛夸其夫为侍中郎以拒之，与旧说不同。若晋陆士衡'扶桑升朝晖'等，但歌佳人好会，与古调始同而末异。"①吴兢此说表现了对崔豹题解与本辞不符的不满。阮阅对此评论说："论者病其不同。大抵诗人感咏，随所命意，不必尽当其事，所谓不以辞害意也。且'发乎情，止乎礼义'，辞之风也。今次是诗盖将体原其迹而以辨丽，是逞约之以义，殆有所未合。"②此说对于崔豹《陌上桑》本辞与题解不同的原因做出合理的推测，相比之下，吴兢的说法过于拘泥。后面几种书对《陌上桑》本事的解释与吴书相类，概不出《古今注》范围。

而进一步奠定了《陌上桑》经典地位的则是郭茂倩的《乐府诗集》的出现。在乐府接受史上，宋人郭茂倩编集的《乐府诗集》是个极大的突破：乐府诗产生流传了近千余年，终于有了专门的总集！"此书收录上古至五代之歌辞，网罗宏富，编排精当，被《四库提要》评为'征引浩博，援据精审，宋以来考乐府者，无出其范围'。"③它对《陌上桑》接受史最大的贡献是，除了收录《陌上桑》古辞和《古今乐录》《古今注》《乐府解题》的题解外，还收录了四十篇余篇唐代及以前诗人的拟作和六朝相关资料，给我们研究《陌上桑》提供了极为便利的条件。由于它在后代流传极广，是乐府诗影响最大的总集，《陌上桑》一诗借此而流传更广，其经典地位也更加巩固。

与以上情况相伴随的是，诗人们在创作上主动接受《陌上桑》影响的现象更为普遍，留下了大量的拟作和使用《陌上桑》典故的诗歌。在这一高潮的推动下，对《陌上桑》的研究也由仅仅对其本事的考证这一初级阶段发展到了一个新的境界，即历史上首次出现了评家对诗歌的人物特点、艺术风格所做的简短分析。现举要如下：

（一）刘克庄评曰："'共载'之间，何使君之佻易也，岂亦寓言如金吾

---

① 丁福保：《历代诗话续编》上册，中华书局，1983年版，第27页。
② [宋]阮阅：《诗话总龟》卷七，人民文学出版社，1987年版，第79页。
③ 王运熙：《乐府诗论丛》，上海古籍出版社，1996年版，第300页。

子之类耶！"①对人物形象做出评价。"佻"，轻薄放纵，不庄重。"易"，简慢，轻率。刘克庄认为使君之问太过轻薄放荡，并认为和辛延年《羽林郎》中的霍家奴才冯子都一样无耻。刘克庄准确地指出了使君这个人物形象的性格特征，并揭示了《陌上桑》与《羽林郎》的相似之点。这是历史上第一次有评家对《陌上桑》从理论的层面上进行的评价。

（二）阮阅在《诗话总龟》卷七中，也评论了《陌上桑》及其拟作。上文所引的一段是阮阅从儒家角度对诗与本事之不合的原因做出的解释。阮阅认为《陌上桑》古辞是"约之以义"，同时认为后代拟作没有理解到这一层，只从表面去理解，去拟写，他批评道："而卢思道、傅縡、张正见复不究明，更为祖述。使若其夫不有东方骑，不为侍中郎，不作专城居，乃得从使君载欤？如刘邈、王筠之作，蚕不饥，日未暮，亦安得彷徨为使君留哉？萧捴、殷谋曾不足道，而沈君攸所谓'看金怯举意，求心自可知'者庶几哉！"在阮阅看来，罗敷就应该如《秋胡行》中的秋胡妻那样对使君严词拒绝。他赞美秋胡妻曰："故秋胡妇曰：'妇人当采桑力作以养舅姑，亦不顾他人之金。'此真烈妇之辞耳！"②他认为只有这样和男人应答才合乎礼义，才是真正的烈女。同时，阮阅还作诗一首以为表率。诗中后两句为"调笑一不顾，东风摇百草"。阮阅的观点完全反映了他的正统儒家观，也表明了程朱理学在当时的影响。

（三）朱熹在《朱子语类》中说："乐府中《罗敷行》，罗敷即使君之妻，使君即罗敷之夫。其曰'使君自有妇，罗敷自有夫'，正相戏之辞。"又说："'夫婿从东来，千骑居上头'观其气象，即使君也。后人亦错解了。须得其辞意，方见好笑处。"③这一评价表明了朱熹对《陌上桑》诙谐性的认识，并认为秋胡故事和罗敷故事应该是合而为一的。但这一观点遭到了今人郑文的严厉批评。他在《汉诗选笺》里《陌上桑》后的评论中批驳到："混二为一，殆不欲官民之对峙耳，于罗敷之坚贞与机智有损，于荒淫之官僚则尽其维护之能事也。"④这是从诗歌主旨和罗敷形象的角度对朱熹进行批驳的。而朱熹之说从诗歌风格的角度来说未尝不可以成立。

---

① [宋]刘克庄：《后村诗话》续集卷一，中华书局，1983年版，第82页。
② [宋]阮阅：《诗话总龟》卷七，人民文学出版社，1987年版，第79页。
③ [宋]朱熹：《朱子语类》，中华书局，1986年版，第2085页。
④ 郑文笺注：《汉诗选笺》，上海古籍出版社，1986年版，第19页。

以上是宋人从理论层面对《陌上桑》人物形象、艺术风格等的研究、分析与评价,成为《陌上桑》接受史上新的、重要的突破。

综上所述,隋唐五代和两宋时期,《陌上桑》的传播更为广泛,人们接受它的方法也更为多样。《乐府诗集》的收录使它的经典地位得以确立和巩固。从理论的层面上看,研究《陌上桑》的学者增多,历史上第一次出现了对《陌上桑》艺术风格和人物形象所进行的评论。《陌上桑》的诙谐性也得到了人们的认识。这是《陌上桑》理论层面的接受史在前代研究基础上的深入,是又一次新的突破。

三、元明清时期:文本细读和评析的深入

元明清时期,《陌上桑》的接受更为广泛和深入。除了诗人们仍然以极大的热情模拟、借鉴以及使用来自它的典故和代表意象外,更具特色的接受行为是收录《陌上桑》的选本成倍增长,对文本也有了细致深入的解读,《陌上桑》的艺术价值被充分地挖掘了出来。[①]《陌上桑》已经成为人们心中永远的经典。

元代以前,收录《陌上桑》的史书只有《宋书》,诗集仅有《玉台新咏》和《乐府诗集》。到了元明清三代,除了大量的类书、笔记和一些地方志、农书依旧收录《陌上桑》全诗或部分诗句外,专门的诗集大增,如元代左克明的《古乐府》,明代冯惟讷《古诗纪》,梅鼎祚《古乐苑》,李攀龙《古今诗删》,陆时雍《古诗镜》,徐献忠《乐府原》,曹学佺《石仓历代诗选》,钟惺、谭元春《诗归》,清代朱嘉征的《乐府广序》,顾有孝的《乐府英华》,朱乾的《乐府正义》,曾廷枚的《乐府津逮》,陈祚明的《采菽堂古诗选》,沈德潜的《古诗源》,闻人倓的《古诗笺》,张琦的《宛邻书屋古诗录》,张玉谷的《古诗赏析》,王夫之的《古诗评选》,李因笃的《汉诗音注》,等等。其中,钟惺、谭元春的《诗归》和清代的绝大部分诗集还对《陌上桑》进行注释、考订、评析,是集选集和研究于一体的论著。在这些选集中,《陌上桑》的内容、含义、写作手法、人物特征、艺术价值等都得到了深入地研究,

---

[①] 元明清古代有拟作四十余篇,其中著名诗人杨维桢、刘诜、胡布、李祯、王燧、胡应麟、李攀龙、高启、王世贞、施闰章等都有拟作。

这正是这一时期学者们深入研究古代经典的风尚之典型表现。

对《陌上桑》本文进行逐字逐句详细解读的有钟惺、谭元春的《诗归》，陈祚明的《采菽堂古诗选》和张玉谷的《古诗赏析》。他们从诗歌主旨、写作手法、人物特征、遣词用句和结尾的巧妙之处等等全面地分析和高度地赞扬了《陌上桑》，向世人展现了《陌上桑》之所以成为经典名篇的深层原因。其他评论家有些仍就其本事进行了考证，如左克明、徐师曾、汪汲等，但都不出崔豹《古今注》范围，另有一些对其进行了简短而深刻的评论，使《陌上桑》的接受达到了理性层面前所未有的高度。

总结三代评家对《陌上桑》的研究成果，其主要成就有以下几个方面：

（一）对罗敷"情深"的认识

对罗敷的性格特征从理论上进行细致分析和评论，钟惺和谭元春是首位。他们以充满赞赏的笔调肯定了罗敷的聪慧、艳丽、风流和贞静，如"慧心艳质""真艳丽人，胸中自有一段志节""罗敷不特表贞，亦可谓善言情矣"等，与宋儒阮阅对罗敷的不满形成鲜明对比。

更重要的是，二人强调了罗敷"情深"这一特点。"'为人洁白皙'，女人情深在此"。这是历史上第一次有评家从"情"的角度来评价罗敷，较之前人单纯赞美罗敷美貌贞洁是一个极大的进步，是一个革命，体现了明人在诗词评说中崇情主情的特点。他们还认为《陌上桑》之特点是"妙在贞静之情即以风流艳词发之。艳亦何妨于正也"。①即描写罗敷的风艳并不妨碍罗敷的"正"即贞的贞节形象，这种观念的确是一种极大的进步。

（二）对《陌上桑》叙事体和乐府与古诗不同特点的认识

《陌上桑》为古乐府中的叙事诗，但这一特点直至清代才被揭示出来。沈德潜在《古诗源·例言》里说："《庐江小吏妻》《羽林郎》《陌上桑》之类，乐府体也。昭明独尚雅言，略于乐府。然措词叙事，乐府为长。兹特补昭明选未及。"②这段话一则指出了《陌上桑》的叙事诗特征，二则表明了对《文选》舍弃此等叙事体裁诗歌的不满。朱嘉征《乐府广序》并对《陌上桑》叙事方法进行了评析："《陌上桑》古辞用直叙，风义悠扬绝胜，《孔雀东南飞》

---

① 姚大业：《汉乐府小论》，百花文艺出版社，1984年版，第60页。
② [清]沈德潜：《古诗源》卷一，中华书局，1963年版，第1页。

《日出东南隅》并长篇佳手。中间闲叙、复叙、忽接、忽收,都是结撰。"①

同时,评论家们还指出《陌上桑》善于铺陈的特点和乐府体与古诗的不同特点,如沈德潜评曰:"铺陈浓至,与辛延年《羽林郎》一副笔墨。此乐府体别于古诗者在此。"②陈祚明在评析《陌上桑》时也说:"乐府体总以铺陈艳异为工,与古诗确分两种。"③张玉谷《古诗赏析》也云:"前后同一铺陈浓至。"④

评家们还对其章法、结尾等进行了详细分析,高度肯定了它的艺术价值。⑤如李因笃在《汉诗音注》卷六中说:"住得高绝,罗敷之不可犯,更不必言。初极写罗敷之艳,终盛夸其夫之贤,其拒使君止数语耳,此所谓争上流法。诗之高浑自然,横绝两京矣。"⑥这些精彩的评析进一步挖掘出了《陌上桑》的艺术魅力,揭示了《陌上桑》深受喜爱的原因。

(三)指出《陌上桑》的主题、寓意及风格特征

张琦评说:"此贤者不从权要之词。'日出'二句,言所处光大;'青丝'六句,言志行修洁;'行者'八句,见众望归之;'罗敷自有夫',峻节严辞;'东方千余骑'以下,特为使君言之,所谓不可与庄语也,恰与'使君从南来'二语相比照。"⑦这段话把传统观点中"贞女不从二夫"之主题引申为志行修洁的贤者不屈从权要的主题,应该说也不为牵强。朱嘉征认为此诗主题是"妇人以礼自防也",认为《陌上桑》"情亦正,惟言罗敷有夫而止,皆正风也。风调自然名俊,若以诗声别之,亦独《周南》之于《郑》《卫》也。"⑧肯定了《陌上桑》的诗格,与班固视此类诗为"街陌谣讴"而弃之不取的态度截然相反,表明了时代的变化所带来的审美观的不同。

---

① 姚大业:《汉乐府小论》,百花文艺出版社,1984年版,第61页。
② [清]沈德潜《古诗源》,中华书局,1963年版,第73页。
③ 姚大业:《汉乐府小论》,百花文艺出版社,1984年版,第61页。
④ 张玉谷:《古诗赏析》,上海古籍出版社,2000年版,第114页。
⑤ 如张玉谷云"神来之笔!……末二句以人皆艳羡作结,妙绝!"(《古诗赏析》,上海古籍出版社,2000年版,第114页);沈德潜云:"若有章法,若无章法,是古人入神处。"(《古诗源》,中华书局,1963年版,第73页)王夫之也认为结尾甚妙,如果于"皆言夫婿殊"之下"必再作峻拒语,即永落恶道也"。见张玉谷《古诗评选》,北京文化艺术出版社,1997年版,第4页。
⑥ 姚大业:《汉乐府小论》,百花文艺出版社,1984年版,第61页。
⑦ 姚大业:《汉乐府小论》,百花文艺出版社,1984年版,第63页。
⑧ 姚大业:《汉乐府小论》,百花文艺出版社,1984年版,第61页。

关于诗歌的风格特征，朱乾说："《陌上桑》艳歌也，故但叙其男女赠答之词，若《秋胡行》，则必寓褒贬之意，非艳歌之比，所以别出也。"[1]他指出《陌上桑》是写男女之情的艳歌，而《秋胡行》则是褒扬贞妇的严肃作品。但是顾茂伦对《陌上桑》的风艳似有不满，他在《乐府英华》卷五中说："全诗俱作风艳，何尝发狷洁语"，和张琦、朱嘉征二人观点差异很大。[2]

（四）对《陌上桑》价值的肯定

费锡璜在《汉诗总说》里对《陌上桑》等乐府诗给予了高度评价。他说："《陌上桑》……等诗，有情有致，学者明径可寻，的是诗家正宗，才人鼻祖……""《日出东南隅行》诸诗，情词并丽，意旨殊工，皆诗家之正则，学者所当揣摩。[3]唐之卢、骆、王、岑、钱、刘，皆于此数诗中得力。"[4]又云："三代而后，惟汉家风俗犹为近古。三代礼乐，庶几未衰，吾于读汉诗见之。如《陌上桑》《羽林郎》《陇西行》，始皆艳羡，终止于礼。……好色而不淫，怨而不怒，惟汉诗有焉。"[5]至此，《陌上桑》终于由班固不屑于收录的"郑卫淫哇"变成了世人心目中"情词并丽""诗家正宗，才人鼻祖"的经典。

经过近两千年读者多层次、多角度的接受，包括乐府在内的汉诗在明代地位已经名列古诗之首位。明胡应麟《诗薮》云："汉，品之神也；……汉人诗，质中有文，文中有质，浑然天成，绝无痕迹，所以冠绝古今。……无意于工，而无不工者，汉之诗也。"[6]而作为汉乐府名篇的《陌上桑》，正是神品之一，"无意于工"而工的代表，成为经典名篇，实属必然。

结　语

我国自古以来都非常重视农业，采桑养蚕是古代妇女的主要工作。文学作品是对现实生活的反映，因而采桑题材一直是我国古代文人反复表现的题材之

---

[1] 姚大业：《汉乐府小论》，百花文艺出版社，1984年版，第61页。
[2] 姚大业：《汉乐府小论》，百花文艺出版社，1984年版，第61页。
[3] [明]王夫之等：《清诗话》下册，上海古籍出版社，1978年版，第943页。
[4] [明]王夫之等：《清诗话》下册，上海古籍出版社，1978年版，第945页。
[5] [明]王夫之等：《清诗话》下册，上海古籍出版社，1978年版，第947页。
[6] [明]胡应麟：《诗薮·内编》卷三，上海古籍出版社，1958年版，第22页。

一。《陌上桑》产生于汉代，它巧妙地承袭了先秦文学作品中的桑林主题，又对故事情节做了符合汉代文明要求的修改，即既让美艳风流的女主人公尽情地展露了自己的风情，满足了人类爱慕美色的心理需求，又让她委婉风趣地回绝了男子违背伦理的追求，从而应和了人类文明对女子贞节的理性要求，因而在整个古代历史上一直倍受喜爱与推崇。在新的世纪里，人们对它的喜爱仍丝毫不减。

经典是作者和读者共同创造的。《陌上桑》因为运用了高超的写作手法，描写了人们熟悉的题材，歌颂了美貌坚贞的女主人公，从而具备了成为经典的基础。在读者近两千年的选录、研究和品评下，它终于成为公认的经典。由此我们可以看出，读者的参与，是经典形成过程中不可或缺的。

（本文发表于《社会科学家》2007年第2期）

唐会霞，1967年生，2007年毕业于陕西师范大学文学院，文学博士，师从张新科教授，现为咸阳师范学院文学与传播学院教授，古代文学教研室主任，陕西理工学院古代文学专业硕士生导师。

"水"与"马":汉唐辞赋中的西域意象

侯立兵

内容摘要:"水"与"马"是汉唐辞赋中典型的西域自然意象。汉人西进,胡马东来,地理空间互易,人文在双向流动中碰撞交融,衍生出颇具异域体验的文化风采。基于主客心态各异,内地人以"客场"心态表述焦渴至极、危及生命的水荒体验,而在土著民族自我的文学表达中西域则常是水草丰盈的温馨家园。胡马东渐之后,历经从"天马"到"舞马"的嬗变,在这一历程中天马所象征的尚武精神与英雄文化逐步消解。盛唐之后,赋家又常借马审政,对崇马尚武的传统进行反思。

关键词:辞赋;水;马;汉唐;意象

西域意象在唐诗研究领域中已然备受垂青,与此判然有别的是,学界对于辞赋中的西域意象却鲜有关注。事实上,由于"赋兼才学"且具有百科全书的文体特性,汉唐辞赋承载着丰富的西域文明,进而也滋生了繁多而颇具异彩的西域意象。本文从中撷取"水""马"两种自然意象[①]加以讨论,以期对辞赋中的西域文化收到窥斑知豹的效果。作为迥异于内地地理环境中的自然物象,西域的"水"与"马"因为关联着人们深刻而独特的生存和生命体验而积淀了深刻的人文精神。从总体而言,西域乏水源而多良马,"水""马"两种意象由此受到汉唐辞赋作家的青睐。在汉唐关涉西域的辞赋中,"水"意象多源于

[①] 杨义先生根据物象来源不同,分意象为自然、社会、民俗、文化、神话诸类。参阅《杨义文存》第一卷《中国叙事学》,人民出版社,1997年版,第289—304页。

内地人在西域地理中的生存体验，"马"意象则多源于内地人在本土环境中对西域良马的感知。在这些辞赋中留存有乏水将亡、得水逢生的生命体验，亦有汗血宝马远涉流沙到达东土之后的身份与命运变迁。内地人员西进，西域胡马东来，人流与物流的交互位移，地理空间互相转换，使得"水""马"意象在汉唐辞赋中积淀着历经坎坷而色彩斑斓的异域人文体验。

一、耿恭井、贰师泉与水荒体验

由于特殊的地理气候原因，长久以来水一直是西域游牧民族、绿洲城邦的生存所依、生命所系，也是耕种、游牧、武备不可或缺的稀有资源。诚如清人徐松《西域水道记》自序所言："西域二万里既隶版图，耕牧所资，守捉所扼，襟带形势，厥赖导川。"[1]在这样的生存环境下，水常常成为战争的导火线，有时候又成为决定战争胜负之关键。"逐水草而居"的游牧生活方式正是在缺水环境下为了解决好生活与生产用水而采取的手段。张骞出使西域回国之后不久曾作为向导"从大将军击匈奴，知水草处，军得以不乏"。可见，在远征西域途中"知水草处"[2]至关紧要。自汉武遣张骞凿空西域以后，中原与西域的人员交流日趋频繁。汉唐盛世，在前往西域的人流中使节、商贾、戍边将士占据了主要成分。然而，缺水也一直是内地人进入西域后极为深刻的地理感知。在汉唐关涉西域的辞赋中，有两种"水荒"的意象反复出现，那就是"耿恭井"与"贰师泉"。

东汉班固的《耿恭守疏勒城赋》与唐代罗让《耿恭拜井赋》都是直接描写耿恭在极端缺水情况下坚守孤城疏勒，最终拜井得水的故事。地处塔里木盆地西部的疏勒，为丝绸之路南北两道交接点，东北、东南与龟兹、于阗相通，历来是匈奴与汉军争夺的战略要地。汉明帝永平十八年（75）耿恭据守疏勒，当年七月遭到匈奴围攻。匈奴"于城下拥绝涧水"，水源断绝，"吏士渴乏"[3]，情势万分危急。班固《耿恭守疏勒城赋》所存残句有云"日兮月兮厄重围"，描述的正是当时极端危急的形势。耿恭令"笮马粪汁而饮之"，同时

---

[1] 徐松：《西域水道记（外二种）》，中华书局，2005年版。
[2] ［西汉］司马迁：《史记》卷一二三《大宛列传》。中华书局，1959年版，第123页。
[3] ［南朝·宋］范晔：《后汉书》卷一九《耿恭传》。中华书局，1962年版。

率众于城中掘深井取水，挖到十五丈之深还没有见到泉水。耿恭于井旁跪拜祈祷，不久有泉喷涌，战争局势顷刻间得以扭转。匈奴以为汉军有神相助，便引军自退。自此以后耿恭与疏勒泉水成为后世诗赋中的数见不鲜的历史典故，也在一定程度上定格为内地人的西域体验。仅就辞赋而言，对疏勒泉的咏叹从汉迄唐未有断绝。《庾信拟连珠四十四首》："盖闻秋之为气，惆怅自怜，耿恭之悲疏勒，班超之念酒泉。"① 释真观《愁赋》："箭既尽于晋阳，水复乾于疏勒。"② 郑惟忠《泥赋》："涂城则疏勒解围，封关则崤函致阻。"③ 王勃《春思赋》："疏勒井泉寒尚竭，燕山烽火夜应明。"④ 罗让在《耿恭拜井赋》以"感通厚地，神启甘井"为主旨，对耿恭"奋长策以讨虏，由至诚而感神"⑤的传奇故事予以了详陈，堪称耿恭拜井得水的一篇全景"赋史"。难能可贵的是，汉代的疏勒古城没有像罗布泊地区的楼兰古城那样被淹没在漫漫黄沙之下，时至今日这座绿洲城市的遗迹尚能在地表找到它的清晰遗迹。杨镰先生近年曾多次到新疆昌吉回族自治州奇台县半截沟乡的石城子（疏勒城）实地考察，发现当年耿恭井遗迹犹存，疏勒城旁的涧水依然细流潺潺⑥。也许这正是对历代层出不穷的《耿恭井赋》或《疏勒泉赋》的生动注解。

无独有偶，除了后汉耿恭经历了刻骨铭心的"水"体验之外，前汉的贰师将军李广利也曾有过类似遭遇。《敦煌遗书》中存有一篇大致产生于晚唐时期的《贰师泉赋》⑦，描写李广利征讨大宛凯旋途中的渴乏遭遇。赋中详细描述了当时将士极度干渴的惨状：

于是回戈天堑，朱夏方兼。经敦煌之东鄙，涉西裔之危阽。皑皑大碛，穹隆岩岩。前无指梅之麓，后无濡溇之沾。三军告渴，涸困胡

---

① [清]严可均：《全后周文》卷十一，中华书局，1959年版。
② [清]严可均：《全隋文》卷三四，中华书局，1959年版。
③ [清]董诰：《全唐文》卷一六八，中华书局，1983年版。
④ [清]董诰：《全唐文》一七七，中华书局，1983年版。
⑤ [清]董诰：《全唐文》五二五，中华书局，1983年版。
⑥ 参阅杨镰《发现新疆——寻找失落的绿洲文明》，北岳文艺出版社，2009年版。
⑦ 《贰师泉赋》在《敦煌遗书》中有伯2712、伯2488、伯2621三个抄卷，其中两个写卷题署"乡贡进士张侠撰"，而"张侠"两字原卷书写不清，学界对此有两派认识：王重民《伯希和劫经录》录其作者为"乡贡进士张侠"；郑炳林、颜延亮则主张原卷当为"张俅（球）"。据考证，张俅大约生于长庆四年（824）。本文将该作大抵归为晚唐作品。见伏俊琏《俗赋研究》，中华书局，2008年版，第374—379页。

髻。枯山赤坂,火薄生炎。

面对危急情势,于是"我贰师兮精诚仰天,拔佩刀兮叱咤而前……刺崖面而霹雳,随刀势而流泉"。在因干渴而兵临绝境、生死攸关的危急时刻,天赐甘泉化解了危机。

唐代王起的《佩刀出飞泉赋》也是一篇描写贰师将军李广利在征途中遭遇干渴,结果诚心感动天地,以佩刀击崖壁而生水的传奇故事。赋云:

> 贰师之伐大宛也,耀武经,阐王灵。入绝域,讨不庭。近取诸身,拔宝刀之错落;上善若水,出山溜而清泠。则诚之所至,危无不宁……此画地之成川,如开流之纳泉。(《全唐文》卷六四三)

赋中有云"岂一勺之多,实一瓢为贵",揭示了水在西征途中乃至在整个西域的特殊重要性。无论是"拜井求水",抑或是"佩刀出水"作为神灵感应之说当不足信,但是这却真实反映了人们在处于西域这样的特殊地理环境中时对充沛水源的渴求。

汉代李广利、耿恭的乏水遭遇,在唐代出使西域的使团中亦有类似的情形。唐高宗仪凤二年(677),拟册封波斯王质于长安的儿子泥涅师师,裴行俭受命出使波斯。据张悦《赠太尉裴公神道碑》:

> 公之送波斯也,入莫贺延碛中,遇风沙大起,天地暝晦,引导皆迷,因命息徒,至诚虔祷,狗於众曰:"井泉不远。"须臾,风止氛开,有香泉丰草,宛在营侧,后来之人,莫知其处。此迺耿恭之拜井,商人之化城也。[①](《全唐文》卷二二八)

《旧唐书》卷八四《裴行俭传》亦记载了裴行俭在西域途中的这一遭遇。由此看来,内地人在西域屡遭水荒,濒临绝境,结果有如神助、天赐神水,这是汉唐史书和文学中一种较为普遍的叙事模式。

二、"客场"心态下的异域感知

从中原前往西域的人们,无论是征夫、使节、商贾,还是被贬谪的官吏、和亲的公主,大都是从内地故土走向边塞他乡的,他们的旅程艰险而遥远,这

---

① [清]董诰:《全唐文》,中华书局,1983年版。

不仅是指地理、气候等地域环境的剧变，在对陌生民族、民俗环境的全新感知过程中，人们还要完成生理与心理的双重跨越。一些汉唐辞赋承载了这种独特的"客场"心态下的西域体验。汉武帝时远嫁乌孙和亲的细君公主所作的《悲愁歌》就反映了地理、语言与风俗差异给她带来的凄苦感受。

前文论述的东汉班固《耿恭守疏勒城赋》、唐代罗让《耿恭拜井赋》、王起《佩刀出飞泉赋》，以及《敦煌遗书》中的《贰师泉赋》都是描写在战争环境下对水的极端渴求，即可视为内地人在西域特殊地理状况下的一种"客场"文化体验。其实，此种地域变换导致的特殊文化心理在两汉以前早有发端。最晚成书于战国的《穆天子传》①记述周穆王西巡史事，其中记载了穆王在西域沙漠之中因干渴而不得不刺马颈饮血解渴的故事：

辛丑，天子渴于沙衍，求饮未至。七萃之士曰高奔戎刺其左骖之颈，取其清血以饮天子。天子美之，乃赐奔戎佩玉一只，奔戎再拜稽首。②

虽然《穆天子传》含有传奇和神话成分，但这对于借此窥探内地人士对西域的"水"想象和"水"体验则无大碍。

内地人在西域常常会有乏水几至危及生命和生存的体验，从中原通向西域诸国的迢迢丝路也常被视为艰辛而恐惧的畏途。然而，内地人此种对西域地理环境"畏途"式的想象和感知与西域本土诸民族对西域地理环境的感知却常常又大相径庭。或许，我们很难从留存的辞赋作品中找到西域土著人对当地环境的认知和体验，但是可以从他们流传下来的一些谚语和诗歌中找到印证。喀什葛里的《突厥语大词典》所引用的一些诗歌表现了西域诸民族对家乡地理和自然的由衷赞美：

山头被绿色笼罩，遮盖了隔年的甘草，湖泊盈溢着春水，公母牛哞哞欢叫。③（第二卷，第77页）

雨点儿纷纷扬扬，百花儿茁壮成长，珍珠脱壳而出，檀麝交融飘香。（第二卷，第122页）

---

① 《穆天子传》于西晋初年（太康二年）出土于河南汲县的战国时期魏国墓葬，对于其成书年代学界尚有争议，但言其至晚成书于战国时期，大抵不误。

② 《穆天子传》卷三。

③ [宋]麻赫穆德·喀什葛里：《突厥语大词典》，民族出版社，2002年版。

亦的勒河奔驰骤,浪拍两岸夹一流,但见湖水盈盈处,鱼儿成群蛙亦稠。(第一卷,第79页)

从这些西域少数民族对当地环境的描述中,我们感觉到的是田园牧歌式的温馨与惬意,这里水草丰足,万物生机勃勃,全然没有内地人笔下西域的荒凉、萧瑟与凄苦。在一些比较成熟的聚居地或绿洲城邦,人们既然已经"逐水草而居",解决了水源问题,找到了水草丰盈的居所,那么他们以主人翁的心态对家乡生存环境的描述自然也就充满了家园式的快乐。

当然,我们在探讨内地人与西域人基于主客心态的不同而导致对西域地理感受不同之余,也并不否定即便是西域本地人也会有遭受水荒的体验。这一方面缘于商贸、战争等原因,他们也会有离开故园而远涉流沙的时候;另一方面也缘于西域迥异于内地的水文状况。《皇舆西域图志》曾有意将西域之水与内地之水进行比较:"盖内地之水东流就下,而西域之水则东西并流者也;内地之水堤防宣泄兼赖人功,而西域之水则高下浮沉专凭地势者也;内地之水深浅有定,而西域之水则时因冰雪消融成渠冬夏盈亏者也。"[1]同样是水,而西域之水与内地之水在地理特性上却迥然有别。整体性的水资源匮乏,加之区域与季节分布的不平衡,导致西域人也常有对水的关切与焦虑。

或有论者问,以上无论是贰师、耿恭还是穆王在西域渴乏求水的生存考验,均是内地人西进的遭遇,那么汉唐文学作品中有无西域本土人士的类似"水"体验呢?虽然我们没有在汉唐辞赋中找到线索,但是若将汉唐辞赋中的西域之"水"与唐代小说中一些胡人识宝故事参读,则会有殊途同归之感。胡人识宝故事在唐代小说中甚为常见,《太平广记》中载有一篇《水珠》。在小说中,一粒为中原人视为平凡的宝珠结果被来自大食国的胡人认出是至宝。胡人曰:

吾大食国人也。王贞观初通好,来贡此珠。后吾国常念之,募有得之者,当授相位。求之七八十岁,今幸得之。此水珠也。每军行休时,掘地二尺,埋珠于其中,水泉立出,可给数千人,故军行常不乏水。自亡珠后,行军每苦渴乏。[2](《太平广记》卷四〇二)

有的研究者认为在这则故事中唐人不以胡人之宝为宝,其主旨是为了彰

---

[1] 《钦定皇舆西域图志》卷二十四,四库全书本。
[2] 《太平广记》,中华书局,1961年版。

显盛唐气象。不过，若进行本义还原，这则小说实际上表现的是西域缺水的主题。若将之与以上赋作比读，则可发现小说与赋作的呼应。在西域行军打仗，"水"具有关系生死成败的关键作用。可见，"水"作为一种稀缺资源是西域特殊地理环境中人们共同的深刻体验。

"水"是中国古代文学中常见的意象，尤其是诗词中的意象宠儿。然而，汉唐辞赋中的西域之"水"，却与诗词中的常见之"水"的意蕴大相径庭。古典诗词中的"水"意象常有两种意蕴：一是暗指时间，以示时光匆匆而无可逆转；一是暗指心绪，以示愁绪缠绵而未可断绝。[1]相比之下，汉唐辞赋中的西域之"水"，既非缥缈难求的时光，也不是捉摸不定的思绪，而是人们在西域地理环境中真真切切的生存体验，"水"作为西域生活的一面镜子映照出恶劣环境下人们对生命的真实渴求。

三、"胡马"东渐：从"天马"到"舞马"

汉唐辞赋中的西域"马"意象大体可分为天马和舞马两种基本范型，这又表现为一种历时性的嬗变过程。汉唐时期中原与大宛、楼兰、车师、龟兹、月氏等西域古国的物种交流频繁。《汉书》卷九六《西域传》赞曰："自是之后，明珠、文甲、通犀、翠羽之珍盈于后宫，蒲梢、龙文、鱼目、汗血之马充于黄门，钜象、师子、猛犬、大雀之群食于外囿。殊方异物，四面而至。"这段记载表明张骞凿空使得西域诸国的物产纷纷涌入内地。汉唐辞赋中留存有大量的西域物质文化，关涉的西域动物、植物以及器皿等不胜枚举。其中，最为引人注目的是以汗血马为代表的西域马匹和马种的引入。尚武崇马的汉武帝决计对匈奴用兵，为改良中原传统的马种颇费心思。张骞出使西域为汉武帝带来了大宛国出产汗血马的信息。据《史记》载，汉武帝曾先后得到来自乌孙和大宛的西域名马。"得乌孙马好，名曰'天马'。及得大宛汗血马，益壮，更名乌孙马曰'西极'，名大宛马曰'天马'云。"[2]相传，汗血马一日千里，

---

[1] 赵惠霞：《古典诗词中的"水""花"意象探析》，《山西师范大学学报》（社会科学版），2006年第2期，第60—62页。

[2] [西汉]司马迁：《史记》卷一二三《大宛列传》，中华书局，1959年版。

"蹑石汗血"①。

汉武帝作有咏叹西域"天马"的辞。《史记·乐记》载:"(武帝)尝得神马渥洼水中。复次以为太一之歌。"其歌曰:"太一贡兮天马下,沾赤汗兮沫流赭。骋容与兮跇万里,今安匹兮龙为友。"在汉唐信仰中,天马与龙是有亲缘关系的。《大唐西域记·屈支国》:"国东境城北天祠前,有大龙池,诸龙易形,交合牝马,遂生龙驹。"②太初四年(前101),贰师将军李广利斩大宛王首,获汗血马。汉武帝甚为高兴,作有《西极天马之歌》:"天马徕从西极,经万里兮归有德。承灵威兮降外国,涉流沙兮四夷服。"汉武帝在这两首辞中表现出的除了获得良马的喜悦之外,还有一统天下的豪情壮志和蓬勃昂扬的大汉气象。

据笔者考察,汉代以后直至隋朝的正史中多次记载西域诸国进献汗血马。兹录几则如下:《晋书》卷三《世祖武帝纪》:"(泰始六年,270)九月,大宛献汗血马,焉耆来贡方物。"《魏书》卷四《世祖太武帝纪》:"太炎三年(437)"冬十月癸卯,行幸云中。十有一月壬申,车驾还宫。甲申,破洛那、者舌国各遣使朝献,奉汗血马。"《隋书》卷三《炀帝杨广纪上》:"大业四年(608)二月己卯,遣司朝谒者崔毅使突厥处罗,致汗血马。"这些史料表明魏晋六朝时期亦常有汗血马从西域进献至中原。据《旧唐书》《唐会要》《册府元龟》《玉海》等文献记载,有唐一代大食、康国、罽宾、疏勒、安国、拔汗那、石国、史国、曹国、米国、骨咄国先后二十多次向唐朝贡马,多集中于贞元、开元和天宝初年,盛唐时期是西域各国贡马的频率最高的。③

西域宝马不仅在汉代被奉为圣物,在唐代亦备受推崇。陈寅恪先生曾云:

---

① 《汉书》卷六《武帝纪》:"四年春,贰师将军广利斩大宛王首,获汗血马来。"应劭曰:"大宛旧有天马种,蹑石汗血。汗从前肩髆出,如血。号一日千里。"师古曰:"蹑石者,谓蹑石而有迹,言其蹄坚利。"见[东汉]班固《汉书》,中华书局,1962年版。

② [唐]玄奘:《大唐西域记》,广西师范大学出版社,2007年版,第5页。屈支国,即龟兹,今新疆库车。

③ 参阅马建春《大食·西域与古代中国》,上海古籍出版社,2008年版,第314—315页。大食,阿拉伯帝国;康国,今乌兹别克斯坦撒马尔罕一带;罽宾,今兴都库什山以南阿富汗境内喀布尔河流域;安国,今乌兹别克斯坦布哈拉一带;拔汗那,即破洛那,在今中亚费尔干纳盆地;石国,今乌兹别克斯坦塔什干一带;史国,今乌兹别克斯坦撒马尔罕以南;曹国,今乌兹别克斯坦撒马尔罕以北和东北方一带;米国,今乌兹别克斯坦撒马尔罕的西南方;骨咄国,今塔吉克斯坦南部。

"汉武帝之求良马,史乘记载甚详,后世论之者亦多。……唐代之武功亦与胡地出生之马及汉地杂有胡种之马有密切关系,自无待言。"[1]初唐时期,由于太宗的喜爱,西域马在当时备受推崇。著名的昭陵六骏皆具有西域马的血统,有的甚至具有明显的汗血马的生理特征。唐太宗《六马图赞》对六骏之一"什伐赤"有"朱汗骋足,青旌凯归"[2]的赞词。昭陵六骏石雕的马鬃皆成经过修剪或是捆扎成束的式样,像是齿状的雉堞。美国汉学家爱德华·谢弗就此指出这种形式最初可能起源于伊朗,认为是中亚和西伯利亚古时的风气[3]。唐代描写西域马的赋作甚多,其中直接以西域之马入题的就有四篇[4]:分别是乔彝的《渥洼马赋》王损之的《汗血马赋》、谢观的《吴坂马赋》、胡直钧《获大宛马赋》。此外,牛上士作有《古骏赋》(《全唐文》卷三九八),从赋中"渥水龙媒,朱旄逸才"的语句来看应当也是描写西域汗血马的作品。在这些赋篇中来自西域的宝马是以"天马""神马"的意象出现的,作为一种从西域东进的物种,汗血马的身上寄托了内地人对西域的想象,具有超常的力量与神幻的色彩。

两汉以降,"马"赋除写西域千里马之外,开始描写舞马。这些赋作中的"舞马"堪称西域文化渗入中原娱乐生活的艺术化石。从汉迄唐辞赋直接以"舞马"入题者今存四篇:谢庄《舞马赋应诏》(《全宋文》卷三四)、张率《河南国献舞马赋应诏》(《全梁文》卷五四)、钱起《千秋节勤政楼下观舞马赋》(《全唐文》卷三七九)、无名氏《舞马赋》(两首)(《全唐文》卷九六一)。

开元盛世,每年千秋节即玄宗生日朝廷都要开展各种盛大庆祝活动,其中一项重要活动便是舞马。钱起作品与两篇无名氏的《舞马赋》就是直接描写玄宗千秋节舞马盛况的。舞马艺术盛行于唐代,尤其是玄宗时期,但是起源确应远远早于此。正史之中明确记载舞马者始于南朝刘宋,且贡自西域。据《宋书·孝武帝纪》载,大明三年(459)"十一月己巳……西域献舞马"。《宋书·鲜卑吐谷浑传》:"世祖大明五年(461),拾寅遣使献善舞马、四

---

[1] 陈寅恪:《金明馆丛稿初编》,上海古籍出版社,1980年版,第269页。
[2] [清]董诰:《全唐文》卷十,中华书局,1983年版,第20页。
[3] 【美】爱德华·谢弗著,吴玉贵译:《唐代的外来文明》,陕西师范大学出版社,2005年版,第106页。
[4] [清]陈元龙:《历代赋汇》卷一三五,四库全书本。

角羊。皇太子、王公以下上《舞马歌》者二十七首。"《梁书·张率传》："（天监）四年（505）三月，禊饮华光殿。其日，河南国（吐谷浑政权的封号）献舞马，诏率赋之。"又据《梁书·周兴嗣传》："其年，河南献舞马，诏兴嗣与待诏到沆、张率为赋，高祖以兴嗣为工。"由此可知，天监四年河南国献舞马之时，梁武帝萧衍曾诏周兴嗣、张率、到沆同时作赋，惜今仅存张赋。通过上述考察，舞马以及马舞艺术主要从西域传入，当无异议。唐代舞马盛行，而舞马源自西域也成为唐人之共识。唐人张悦《舞马千秋万岁乐府词》有云："圣王至德与天齐，天马来仪自海西。"诗中所言"海西"泛指西域一带。

由于国力强盛，再加之帝王与上层贵族的喜好，中原的舞马在唐代开元年间盛极一时。玄宗时代宫廷舞马的规模之巨令人叹为观止，唐人郑处诲《明皇杂录补遗》云：

> 玄宗尝命教舞马四百蹄，各为左右，分为部目，为某家宠，某家娇。时塞外亦有善马来贡者，上俾之教习，无不曲尽其妙。因命衣以文秀，络以金银，饰其鬃鬣，间杂朱玉。其曲谓之倾盆乐者数十回，奋首鼓尾，纵横应节。又施三层板床，乘马而上，旋转如飞。或命壮士举一榻，马舞于榻上，乐工数人立于左右，皆衣淡黄衫，文玉带，必求少年而姿貌美秀者。每千秋节，命舞于勤政楼下。其后上既幸蜀，舞马亦散在人间。

1970年，在陕西西安南郊何家村出土的唐代舞马衔杯仿皮囊式银壶（现藏陕西省历史博物馆），其上即有舞马后蹄下蹲，衔杯敬酒的图案，生动再现了开元时期的舞马艺术，是对上述记载的直接印证。

舞马离不开音乐，唐代舞马与宫廷乐更是直接相关。《新唐书·礼乐志十二》："玄宗又尝以马百匹，盛饰分左右，施三重榻，舞《倾盃》数十曲。""倾杯乐"乃为唐教坊名曲，后成为词牌名。钱起《千秋节勤政楼下观舞马赋》云："须臾，金鼓奏，玉管传。忽兮龙踞，愕尔鸿翻；顿缨而电落朱鬣，骧首而星流白颠。动容合雅，度曲遗妍。"无名氏《舞马赋》亦云："聆音却立，赴节腾凑。"可见，舞马动作合乎音乐的节奏。

四、"英雄"的踌躇:"尚武"抑或"崇德"?

胡马东渐,历经了从"天马"到"舞马"的嬗变,若将有关辞赋与具体时代的政治社会环境结合起来考察,我们发现此种嬗变实则为英雄文化向享乐文化的转变。西汉武帝时期和唐代太宗时期的文学作品的"马"意象多蕴含尚武精神,充满血性与阳刚,体现昂扬进取的英雄文化。唐玄宗时期"天马"渐退而"舞马"盛行,西域宝马从疆场走向舞场,世人寄寓在马身上的"英雄"情结逐渐被消解,马的娱乐化功用得以凸显。天宝之后舞马消散人间,大致在德宗贞元年间一些赋家开始借马审政,对"马"反思,或重倡阳刚而摒弃阴柔,或诟病尚武而力导崇德。

中国古代常以西域的神马来隐喻英雄,这一点爱德华·谢弗就曾论及,他在解释穆天子的神奇坐骑"八骏"时说:"'骏'在古代汉语中用来指称纯种和健壮的马,这个字常常具有超自然血统的含义,即指那些出自神秘的西方神马种系的名马,甚至它还隐喻地表示具有人性的英雄。"[1]

汉唐辞赋中的"天马"意象何以彰显英雄文化?其根源在于马自身在国家政治军事活动中扮演着重要的角色。在冷兵器时代,战马的品质和数量直接关系到国家安全和民族地位,这种认识在汉武时代以及初盛唐时期都曾上升到国家舆论的层次。武帝当年不惜劳师远征以求西域宝马的真正意图是为了增强对北方匈奴的作战能力,因此虽然西域马被赋予了神话的色彩,但是作为战马才是其意象的核心本质,所谓"一日千里"则是将军与骑士对快速奔袭能力的向往。1969年出土于甘肃武威的"马踏飞燕",以轻盈动感的身姿体现出超凡的力量与速度之美,这既彰显了奔腾进取的大汉气象,也是大汉王朝"天马"崇拜的实证。

武帝时代对优质战马的地位推崇备至,初唐时期亦是如此。唐高宗永隆二年(681),死亡了十八万匹监牧马,《新唐书》以为:"马者,国之武备,天去其备,国将危亡。"[2]显然,在这里优质马匹的储备被提升到了关系到国家的生死存亡的高度。与此相关,武帝时代及初盛唐时期的"天马"意象充满

---

[1] 【美】爱德华·谢弗著,吴玉贵译:《唐代的外来文明》,陕西师范大学出版社,2005年版,第94页。

[2] 《新唐书》卷三六《五行志》。

了血性与阳刚，普遍具有力量与速度的审美特征。唐人王损之《汗血马赋》云："当其武皇耀兵，贰师服猛，破大宛之殊俗，获斯马於绝境。"赋家在此乃是借汉写唐，颂扬的是驰骋疆场、征服天下的战马形象。

武帝所作"天马歌"可以与高祖刘邦的"大风歌"媲美，两者在彰显臣服四宇、纵横天下的雄心与气度方面可谓异曲同工。由于对西域汗血马的向往与崇拜，在汉武帝所作《太一歌》与《西极天马之歌》之中西域马被赋予了神话的色彩，以区分于中原所常见的凡马。唐人乔彝《渥洼马赋》则直接以传说中的渥洼池神马入题，赋云："域中之宝，生乎天涯。天子之马，产乎渥洼。泽出腾黄，独降精于太乙；神开滇壑，固不涉于流沙。"唐人王损之《汗血马赋》："傥遂越都，甚追风而更疾；如风过隙，似奔电以潜流。"牛上士《古骏赋》（《全唐文》卷三九八）："超腾绝壑，走及奔箭。疑隔汉之流星，似披云而出电。"此种风驰电掣的神速，正是在瞬息万变战场上获取先机与形成威势的关键所在。

如前所论，武帝《天马歌》与唐人的《汗血马赋》中的"天马"意象乃是尚武精神的体现，实则是英雄文化的象征。值得注意的是，此种图腾式的"天马"崇拜，在汗血马的原产地西域也能找到与汉唐辞赋共通的文学表达。在西域少数民族的民谚和诗歌中，骏马与英雄往往密不可分。《突厥语大词典》在解释"马"时引用了这样的谚语："鸟靠翅膀飞翔，英雄靠骏马驰骋"（卷一，第48页）。此外，该词典中引用的一首关于马的诗歌也值得注意："骏马在疾驰飞奔，马蹄下溅出火星，火星点燃了枯草，火焰在熊熊燃烧"（卷二，第137页）。飞驰的骏马蹄下溅出火星，与《史记》所载"蹋石汗血"的天马特征甚为相似。

唐玄宗时期，承平日久，国力强盛，皇室贵族生活日趋奢华。开元年间，舞马活跃在玄宗宫廷娱乐生活中。这一时期，汉唐辞赋中的西域之马逐步从战场淡出，走进了舞场，温驯善舞成为其典型特征。钱起等人的《舞马赋》创作于这一时期。舞马见证了开元盛世承平日久的繁华与安逸，不久又历经天宝战乱散落民间以致消亡。天宝之乱以后，赋家已经不再热衷于写温顺的舞马了，马意象的内蕴也出现了变化。这其中最为值得注意的嬗变趋势有两点：

其一，辞赋中的"马"与开元年间舞马的阴柔形象道别。由于舞马是开元盛世宫廷享乐生活方式的集中体现，而又最终几乎成为一个王朝走向衰落的文化标记，所以"舞马"意象在玄宗以后的辞赋中很少出现。与此相关，赋家似乎有意恢复大汉时期西域汗血马的赳赳雄风。一则关于唐人乔彝的赋话或许能折射这一时期赋家们舍阴柔求阳刚的审美倾向。唐张固《幽闲鼓吹》载：

> 乔彝，京兆府解试时，有二试官。彝日午扣门，试官令引入，则已瞢醉。视题曰"幽兰赋"，彝不肯作曰："两个汉相对，作得此题，速改之。"遂改"渥洼马赋"。曰："此可矣。"奋笔斯须而成。便欲首送。……京兆曰："乔彝峥嵘甚，以解副荐之可也。"①

乔彝见赋题为"幽兰"，似嫌过于阴柔，非汉子所愿为，易题为"渥洼马"之后，创作欲望得以激发，思如泉涌，一蹴而就。酒能解放人的天性，乔彝当时的醉态思维展现了真性情，那就是对阳刚之美的真挚追求。从其赋作中的警句"四蹄曳练，翻瀚海之惊澜；一喷生风，下湘山之乱叶"也可读出虎虎生威的烈马雄风。

其二，辞赋中出现了以马喻人、审马知政的历史反思。德宗贞元年间出现了几篇有关西域马的赋作，此时离安史之乱只有几十年，赋家们刚刚从感时伤乱的情绪中挣脱出来，以理性的态度开始进行历史的反思。他们不再撰写歌舞升平的舞马，也不愿描述沙场征战的烈马，转而描写太平盛世良马之无用武之地，借此表现出对长久以来武力崇尚的消解。谢观所作的《却走马赋》以"天下有道，无所用之"为主旨，描写贞元初年，天下太平之后，让战马回归原野的景象。赋云："贞元初既平凶丑，海县安阜。归戍人于田里，却战马于陇亩。所以示力争之无益，昭静胜之足有。""吉行之乘，存六驳而有余；无战之时，惜万蹄而空老。"

这一时期的赋家开始对汉武帝以来尚武崇马传统进行反思，提出了治国以武不如治国以德、选良马不如重贤人的为政理念。德宗年间的独孤申叔《却千里马赋》以汉文帝却千里马的历史典故来彰显治国以德为尊的道理。乔彝则在《渥洼马赋》中提出"愿以求马之人为求贤之使，待马之意为待贤之心。"胡直钧《获大宛马赋》在回顾汉武帝"穷贰师於海外"以获取汗血马的历史经过之后，笔锋一转，指出"黩兵者耗财之本"，进而提出"退术士""宝贤者""罢征战于戎夷"主张。其主张与同时代的另一位赋家谢观所作《以贤为

---

① 《太平广记》卷一七九，中华书局，1961年版。

宝赋》不谋而合，可见此种从"宝良马"到"宝贤者"的转变已成为德宗贞元年间文士们的共识，这自然也是经历动乱之后时人的共同愿景。

（本文发表于《文学遗产》2010年第3期）

侯立兵，1972年生，2005年毕业于陕西师范大学文学院，文学博士，师从张新科教授，现为广东第二师范学院中文系教授。

论邺下后期宴集活动对建安诗歌的影响

刘怀荣

内容摘要： 邺下后期，文士宴集活动非常频繁，与之相关的歌诗创作和表演也格外引人注目。这不仅为他们表达真情、挥洒才思提供了良好的创作环境，构成了其创作争巧求奇的直接动力，而且其中的歌诗表演和欣赏活动，还在很大程度上制约着建安诗人的审美情趣和创作习惯，对建安歌诗和诗歌"慷慨悲凉"美学特征的形成，产生了非常重要的影响。

关键词： 邺下；宴集；歌诗表演；清商曲；慷慨

一

从建安九年（204）曹操占据邺城，到建安二十二年（217）建安七子相继辞世的十余年间，被文学史家称为邺下时期。这一时期又以建安十五年（210）铜雀台的建成为界，可分为前后两个阶段，前一阶段是建安诗歌和歌诗艺术发展的准备期，而后一阶段即本文所说的邺下后期，则是诗歌和歌诗艺术的兴盛期。

从史籍记载可知，曹操在建立邺城大本营之前，就已经网罗了一批能文之士，如孔融、杨修、繁钦、吴质及丁仪、丁廙兄弟等。在建安十三年（208）赤壁之战前后，又有陈琳、阮瑀、路粹、徐干、应瑒、刘桢、王粲、刘廙、仲长统、缪袭等一大批文士为曹操所用，①钟嵘在《诗品序》中曾对建安文坛这一兴盛的局面做过如下的描述："降及建安，曹公父子，笃好斯文，平原兄弟，郁为文栋；刘桢、王粲，为其羽翼。次有攀龙托凤，自致于属车者，盖将百计。彬彬之盛，大备于时矣。"虽然史传中留下姓名的文士远远没有百人之多，有诗歌作品传世的文士更是少数，但是，当时人才济济的盛况却是可以想见的。赤壁之战后，三国鼎立的局面形成，北方基本统一，战乱虽然还没有完全平息，但是邺都却已是一派太平景象。曹操的屯田政策经过十余年的施行，此时也收到了显著的效果。因此，建安十三年（208）以后，诗歌发展必要的外部条件，即社会的安定、经济的发展和文学人才的大会合已基本具备。而建安十五年（210）铜雀台的建成则标志着诗歌和歌诗发展的外部条件进一步成熟。因为铜雀台在很大程度上是曹操本人歌舞爱好的产物，它对邺都的歌诗创作和歌舞活动无疑起了示范和推动的作用。

从建安十六年（211）起，建安诗歌开始进入了兴盛期。据《三国志》卷一《魏书·武帝纪》载，建安十六年春正月，曹丕被任命"为五官中郎将，置官属，为丞相副"。曹植被封为平原侯，曹氏诸子同时被封侯者有好几位。依照当时的体制，封侯之后可"置官属"、选文士。《三国志》卷十二《魏书·邢颙传》称"是时太祖诸子高选官属"，邢颙被任命为平原侯家丞。当时曹丕手下设有五官将文学之职，最早担任这一职务的有徐干、刘廙、邯郸淳等人；曹植手下设有平原侯庶子之职，最早担任这一职务的有应玚、刘桢等人。这些文士大多曾在丞相府任过职，如徐干约在建安九年（204）前后即任曹操司空军谋祭酒掾属；刘廙、应玚、刘桢在建安十三年为曹操丞相掾属，邯郸淳亦在本年即已受到曹操的召见，曹操对他"甚敬异之"②。而此时曹操将辅佐曹丕、曹植的重任交给他们，对曹操而言，这是他对两个儿子、也是对这些下属官员的重视，但从建安诗歌的发展来说，却标志着一个热闹非凡的诗歌创作阶段的正式到来。

从现存文献的记载可知，邺下后期，即建安十六年（211）到二十二年（217）这一段时间，围绕在曹操父子周围的一批文人常常被召集到一起聚

---

① 陆侃如：《中古文学系年》建安四年至建安八年系年，人民文学出版社，1998年版，第335—348页。

② 《三国志》卷二十一《魏书·王粲传》裴松之注引《魏略》，岳麓书社，1992年版。

会，而此时宴集的核心人物是曹丕、曹植兄弟二人。这除了曹操公务繁忙外，曹氏兄弟手下已各自聚集了一批能文之士也是不可忽略的原因之一。每当文士宴集之时，赋诗作文，或创作与演奏歌诗，往往成为他们逞才斗智和宴会佐酒助兴的必备节目。从现存作品来看，参加宴集的文士以"建安七子"（其中孔融已于建安十三年被杀）为主体，但当时实际参加过宴集的文士远不止这几人，只不过他们没有作品流传下来罢了。如《三国志》卷二十九《魏书·朱建平传》曰："文帝为五官将，坐上会客三十余人。"其中就有应玚之弟应璩，但今存应璩诗中却不见有与七子相类的公宴之作。又《三国志》卷二十一《魏书·王粲传》裴注引《典略》曰："其后太子尝请诸文学，酒酣坐欢，命夫人甄氏出拜。坐中众人咸伏，而桢独平视。太祖闻之；乃收桢，减死，输作。"又同卷裴注引《魏略》曰："质与刘桢等并在坐席，桢坐谴之际，质出为朝歌长。"说明这一次宴请诸文士，吴质也参加了，但吴质也没有相关诗歌流传下来。又曹丕《答繁钦书》中也提到曾在北园"博延众贤"，举行过一次以守宫王孙世之女孙琐为主角的歌舞娱乐活动，①此处所宴请的"众贤"虽未留下姓名，但人数也当不少。这说明实际参加过宴集活动而没有诗作流传的文士还有不少。

二

从现存诗文可知，当时的大多数宴会都是由曹氏兄弟主持的。曹丕的诗集中有不少诗篇即记载了当时宴集的实况。"良辰启初节，高会构欢娱，……清歌发妙曲，乐正奏笙竽。"（《孟津诗》）"比坐高阁下，延宾作明倡。弦歌随风厉，吐羽含徵商。……棋局纵横陈，博弈合双扬。……从朝至日夕，安知夏节长。"（《夏日诗》）"清夜延贵客，明烛发高光。丰膳漫星陈，旨酒盈玉觞。弦歌奏新曲，游响拂丹梁。余音赴迅节，慷慨时激扬。……穆穆众君子，和合同乐康。"（《于谯作诗》）②从中可以看出，宴会或在清夜举行，

---

① [清]严可均：《全上古三代秦汉三国六朝文》，见《全三国文》卷七《魏七》，中华书局，1958年版。以下所引三国两晋文均见此书。
② 文中引先秦汉魏晋南北朝诗，凡不注出处者均以逯钦立《先秦汉魏晋南北朝诗》为准，中华书局，1984年版。

有时甚至夜以继日,持续的时间较长,与会嘉宾人数不少,宴集中除了美酒佳肴、棋局博弈外,轻歌曼舞等娱乐活动尤其是不可少的,歌舞表演人员中还有国家乐府官署中的"乐正"。

曹植也有不少诗歌为我们展示了他自己或他与曹丕共同主持的一些歌舞宴会。其《赠丁翼诗》曰:"嘉宾填城阙,丰膳出中厨。吾与二三子,曲宴此城隅。秦筝发西气,齐瑟扬东讴。"《野田黄雀行》(《宋书》作《箜篌引》)曰:"置酒高殿上,亲友从我游。中厨办丰膳,烹羊宰肥牛。秦筝何慷慨,齐瑟和且柔。阳阿奏奇舞,京洛出名讴。"这里描写的是曹植作为主人招待亲友的情形。还有些诗歌中则写到了由曹丕主持的宴集活动,"清醴盈金觞,肴馔纵横陈。齐人进奇乐,歌者出西秦。翩翩我公子,机巧忽若神。"(《侍太子坐诗》)"公子敬爱客,终宴(《御览》作夜)不知疲。清夜游西园,飞盖相追随。"(《公宴诗》)可见,曹丕、曹植均是好客之人,他们常常作为主人召集众文士,有时由他们中的一人主持,有时是兄弟二人同时参加。在宴集过程中,一般都是歌、乐、舞同时或先后交叉表演。由于参与者包括两位贤能的主人均是能文之士,他们对"奇舞""清歌""新曲""妙曲"的欣赏都有着高雅独特的情趣,这实际上构成了宴会表演的主导思想,这种审美观反过来又影响了歌舞艺人求新的艺术创造,也有效地决定着文人们歌诗创作的发展方向。

作为宴集的主要嘉宾,"建安七子"存世的诗歌也为我们再现了这种雅集的盛况。"嘉肴充圆方,旨酒盈金罍。管弦发徽音,曲度清且悲。合坐同所乐,但觉杯行迟。"(王粲《公宴诗》)"众宾会广坐,明灯熺炎光。清歌制妙曲,万舞在中堂。"(刘桢《赠五官中郎将四首》其一)"明月照缇幕,花灯三炎辉。赋诗连篇章,极夜不知归。君侯多壮思,文雅纵横飞。"(刘桢《赠五官中郎将四首》其四)"开馆延群士,置酒于斯堂。辨论释郁结,援笔兴文章。穆穆众君子,好合同欢康。"(应玚《公宴诗》)此外,陈琳、刘桢、阮瑀的同题之作《公宴诗》及应玚《侍五官中郎将建章台集诗》等诗歌,也对当时宴集活动及歌诗表演的情况有所反映。

从上引诗歌可知,在曹氏兄弟主持的宴集活动中,美酒佳肴、轻歌曼舞固不可少,但由于是文士宴集,高谈阔论、赋诗作文也是常有的节目。上引诗作中所谓"赋诗连篇章""文雅纵横飞""辨论释郁结,援笔兴文章",就是这种即兴创作活动的真实写照。而对于曹氏兄弟和他们能文的属下来说，他们赋诗和欣赏歌舞的同时，绝不会仅仅满足于欣赏他人创作的歌诗。在这方面，曹操早就给他们做出了榜样，他的很多诗歌在当时就已配乐演唱，《三国志》卷一《魏书·武帝纪》裴注引《魏书》说他"登高必赋，及造新诗，被之管弦，皆成乐章"。从《宋书·乐志》《乐府诗集》等典籍可知，曹操《气出唱》、《精列》、《度关山》、《薤露》、《蒿里》、《对酒》、《短歌行》（对酒）、《塘上行》、《秋胡行》（愿登）、《善哉行》（古公）（自惜）、《步出夏门行》（碣石）、《却东西门行》（鸿雁）等歌诗在魏代就已配乐演唱。而曹丕的歌诗在当时配乐的也有不少，如《短歌行》（仰瞻帷幕）一首，《乐府诗集》卷三十引《古今乐录》曰：

> 王僧虔《技录》云："《短歌行》（仰瞻）一曲，魏氏遗令，使节朔奏乐，魏文制此辞，自抚筝和歌。歌者云'贵官弹筝'，贵官即魏文也。此曲声制最美，辞不可入宴乐。"

这是曹丕作歌后交付歌者演唱而自己弹筝伴奏的明证。《善哉行》（朝日）云："朝日乐相乐，酣饮不知醉。悲弦激新声，长笛吐清气。弦歌感人肠，四坐皆欢悦……众宾饱满归，主人苦不悉。"正是诗人宴请众宾的实录。这首诗是否配乐不得而知，但以曹丕热爱"新声""新曲"的个性，此类诗歌配乐演唱的可能性是很大的。此外，从《宋书·乐志》《乐府诗集》等典籍还可知道，曹丕的《短歌行》（仰瞻）、《折杨柳行》（西山）、《善哉行》（朝日）（上山）（朝游）等歌诗，也都在魏代就已配乐演唱。又前引曹丕《于谯作诗》中有"弦歌奏新曲"，奏新曲势必要配新歌，这种现实的需求也会给诗人们提出创作新歌诗的要求。另刘桢《公宴诗》也提到："生平未始闻，歌之安能详。投翰长叹息，绮丽不可忘。"说明建安文人在宴集时确有将所见所思"歌之"的习惯。这些歌诗可能是徒歌，也可能如曹操和曹丕的歌诗一样配乐。虽然，由于史料的缺失，对当时作于宴集活动中而又被配乐演唱的其他诗人的歌诗，我们今天已经很难确切地加以说明了，但是从曹操和曹丕歌诗的情况还是可以肯定，当时宴集活动中所赋新诗的一部分的确在配乐以后又成了宴集表演的重要节目之一。

在吴质与曹丕的几封往来书信中，都充满深情地追忆了当年的游赏活动，表现出无限的感慨和眷恋。曹丕《与朝歌令吴季重书》曰:"每念昔日南皮之游,诚不可忘。既妙思六经,逍遥百氏,弹棋间设,终以博弈,高谈娱心,哀筝顺耳。……皦日既没,继以朗月,……清风夜起,悲笳微吟,乐往哀来,凄然伤怀。"又《与吴季重书》亦曰:"昔日游处,行则同舆,止则接席,何尝须臾相失!每至觞酌流行,丝竹并奏,酒酣耳热,仰而赋诗。当此之时,忽然不自知乐也。"①而吴质在回信中也说:"昔侍左右,厕坐众贤,出有微行之游,入有管弦之欢,置酒乐饮,赋诗称寿,……游宴之欢,难可再遇;盛年一过,实不可追。"②"前蒙延纳,侍宴终日,耀灵匿景,继以华灯。虽虞卿适赵,平原入秦,受赠千金,浮舡旬日,无以过也。"③从中亦可见当时宴集中的赋诗和歌舞表演活动之一斑。

三

对于建安文人的游宴之作,古人早就注意到了。吴质《答魏太子笺》曰:"陈、徐、应、刘,才学所著,于雍容侍从,实其人也。"对七子之所长已有很准确的认识,但是,二十世纪以来的文学史研究,在谈到建安文学的艺术成就时,大多忽略了这类作品,或对它们做出基本否定的评判,这是不符合文学史实际的。如果从诗歌唱和与歌诗艺术表演的双重视角来重新审视这一问题,则不难发现,宴集对建安歌诗与诗歌所产生的影响是绝对不可忽略的。

首先,宴集为建安文士表达真情、挥洒才思提供了一个良好的创作环境。宴集是没有直接功利目的的娱乐性活动,曹氏兄弟当时也只是贵公子而不是君主,他们与众文士之间大都有着真挚密切的友谊。这就决定了建安诸子是在一种比较自由宽松的环境中,以朋友和嘉宾的身份、以游戏和逗才的态度参与创作的。因此,这种频繁而富于诗意的集会,充溢着创造的

---

① 以上两段文字均见《三国志》卷二十一《魏书》二十一《吴质传》裴注引《魏略》,岳麓书社,1992年版。
② [三国]吴质:《答魏太子笺》,见《全三国文》卷三十《魏三十》。
③ [三国]吴质:《在元城与魏太子笺》,见《全三国文》卷三十《魏三十》。另曹植《与吴季重书》及吴质的回信中也都提到了宴集中的歌舞活动,见《全三国文》卷十六《魏十六》及《魏三十》。

生机和情感的活力。文士们可以尽情地展现自我真实的情感和体验，而不必有太多的顾忌。因此，"愿我贤主人，与天享巍巍。克符周公业，奕世不可追"（王粲《公宴诗》）式的称颂和祝愿显然是饱含真情，毫不做作，就是描写外在景物时，也总是"笼罩着浓重的情感""突出地表现了强烈的抒情性"[①]，流露出他们热爱生活、热爱生命的深情和对未来的向往、期待。从创作心理上来说，这大约正是因为游戏的心态与虚静自由的审美心态比较接近的缘故吧。与后来类似的官方宴集相比，建安诸子宴集活动的这一特点更为明显。在西晋以后的宴集活动中，这种生机和活力逐渐地为官场应酬和个人享乐所销蚀和冲淡。西晋时期也有类似的文人集会和相关的歌诗或诗歌创作，如应贞《晋武帝华林园集诗》、荀勖《从武帝华林园眼会诗》、张华《太康六年三月三日后园会诗》等，均是侍皇帝宴所作，皆四言体，质木无文，缺乏生气。即便是当时著名的金谷园集会，尽管与会者达三十人之多，而且"昼夜游晏"，并以"琴瑟笙筑，合载车中，道路并作。及住，令与鼓吹递奏，遂各赋诗，以叙中怀"，[②]但从保存完整的潘岳的《金谷集作诗》来看，实在缺乏建安诸子公宴诗中的那种真情和激情。

这一点对于歌诗也是非常重要的，当时与会诸人中，歌诗保存最多的是曹丕，他的歌诗大多能写出内心深处真切细腻的感受，"有客从南来，为我弹清琴。……乐极哀情来，寥亮摧肝心"（《善哉行》"朝游"），写的是对音乐的真实感受；"众宾饱满归，主人苦不悉"（《善哉行》"朝日"），写的是宾散宴空后的空虚失落；"为乐常苦迟，岁月逝，忽若飞。何为自苦，使我心悲"（《大墙上蒿行》），写的是人生苦短的悲哀。均能自由地抒发心灵深处真实的颤动，既具有强烈的个性，又带有相当的普遍性。将这样的诗作配乐演唱，当然要比一般的徒诗更能打动人。从现存的歌诗和诗歌来看，真情的吐露也是邺下后期诗歌与歌诗共同的特点。

其次，宴集为文士们创作中的争巧求奇提供了直接的动力。在宴集活动中，诗歌和歌诗创作，无疑是文士们表现自我才华的最佳方式，因此，激烈的竞争是难免的，文士们不能不全力以赴，以严肃认真的态度来对待。由于众文士创作的背景是相同的，而娱乐本身却有求新求奇的要求，这就决定了"新

---

① 王钟陵：《中国中古诗歌史》，江苏教育出版社，1988年版，第256、258页。
② [西晋]石崇：《金谷诗序》，见《全晋文》卷三十三。

奇"之美的表现除了通过音乐的渠道实现外，诗歌题材和体裁的翻新，以及语言的锤炼，必然成为文士们展露自我才情和个性的主要途径。

以往的研究大多只把公宴诗作为宴集的副产品，其实当时新出现的一些其他题材也与宴集游戏活动有着密切的关系。如赠别诗，有不少即写于送别的宴会上，如阮瑀失题诗曰："我行自素秋，季冬乃来归。置酒高堂上，友朋集光辉。念当复离别，涉路险且夷。思虑益惆怅，泪下沾裳衣。"曹植《送应氏二首》其二曰："亲昵并集送，置酒此河阳。"均点明是于送别宴席上所作，既然友朋、亲昵均来相送，则写作赠别诗者当不止一人，而应当是多人同作。而应玚《别诗二首》称"悠悠千里道，未知何时旋"，"临河累叹息，五内怀伤忧"，既称"未知何时旋"，又有"临河叹息"之句，当与曹植诗作于同时，这进一步说明了多人同作确是事实。

咏史诗，阮瑀有《咏史二首》，一咏三良，一咏荆轲；王粲有《咏史诗》一首也咏三良，另有失题诗一首咏荆轲；曹植则有《三良诗》一首咏三良。显见为同时所赋，只可惜其他人的诗作均未保存下来，曹植咏荆轲的另一篇也已失传。

斗鸡诗，刘桢、应玚、曹植皆有作品传世，应诗中称："兄弟游戏场，命驾迎众宾。"可见此次斗鸡不仅曹氏兄弟亲自到场，而且还邀请了不少贵宾。当然三人所赋未必是一次斗鸡活动的记录，果真如此，则当时写斗鸡诗的文士当不在少数。

从后代文人宴集的情况来看，咏物诗也是宴集常见的题目。现存建安文人的咏物诗，王粲有咏鸾鸟（联翮飞鸾鸟）和鸷鸟（鸷鸟化为鸠）的两首失题诗，刘桢有咏女萝草（青青女萝草）、青雀（翩翩野青雀）和素木（昔君错畦时）的三首失题诗，繁钦有《咏蕙诗》《槐树诗》。这些咏物诗的出现，也当与宴集有关。

建安诸子还保存了不少西园纪游诗，各人诗篇虽题目不同，但基本可以肯定是同时之作。曹丕诗题为《芙蓉池作诗》，首句曰："乘辇夜行游，逍遥步西园。"王粲、刘桢诗均题为《杂诗》，王诗有"日暮游西园""曲池扬素波"之句，刘诗则称"日昃不知晏""释此出西城""方塘含白水"，所谓"曲池""方塘"当即曹丕《芙蓉池作诗》中的芙蓉池，而地点"西园""西城"，时间"日暮""日昃"，在几首诗中也都相合。曹植诗题为

《公宴诗》，开首曰："公子敬爱客，终宴不知疲。清夜游西园，飞盖相追随。"以上四人诗作中又均写到"栖鸟""凫雁""飞鸟""好鸟"，故这些诗作可能是建安诸子游西园的一次唱和。但西园唱和却不止这一次，王粲失题《诗》曰："吉日简清时，从君出西园。"所写显然不是此次西园之游。

如果说上述几类诗歌是宴集活动中诗歌唱和的产物，那么，建安文人现存诗作中颇为引人注目的一批代言体诗，则当与歌诗表演有关。这些诗歌多代女性立言，又多以思妇口吻写成，如曹丕《代刘勋妻王氏杂诗》《寡妇诗》《见挽船士兄弟辞别诗》，徐干《情诗》《室思六首》《于清河见挽船士新婚与妻别诗》，曹植《七哀诗》、《杂诗七首》（其三、其四、其七）、《寡妇诗》残篇、《弃妇诗》及《代刘勋妻王氏杂诗》，繁钦《定情诗》等。在当时之所以会出现这样一批表现游子、思妇主题的诗歌，从题材特点来看，无疑是受《古诗十九首》影响的结果。但与《古诗十九首》不同的是，建安诗人代女性立言的诗篇在这一时期占了绝对多数。①

那么，为什么这时期会出现这么多代女性立言的诗作呢？我们以为这类诗歌产生的现实基础即是当时宴集中频繁的歌诗表演活动。众所周知，曹氏父子均是清商乐的爱好者，专门管理女乐的清商署虽可能成立于曹丕代汉之后，但从建安十五年建立铜雀台后，曹氏父子身边就已集中了为数不少的一批女乐。清商乐本是由女性艺人来表演的，以清商乐为宴集活动助兴的歌舞艺人也必然以女性为主，因此，这些代女性立言的诗作中，有些是在文人为女艺人的表演活动进行创作的前提下产生的。《乐府诗集》卷四十一载有曹植《怨诗行》，其下又载有《怨诗行》本辞，后者即曹植《七哀诗》，前者是在此诗基础上增删改写而成的乐府歌辞，《乐府诗集》注明此曲为"晋乐所奏"，而晋乐多承魏乐之旧，我们说此诗是为歌伎所写的歌辞，当不会离题太远。因此，以上诗作中以女性口吻立言，实际即是代歌者立言，这与唐宋词兴起以后的情形颇为相似。

上述公宴诗、赠别诗、咏史诗、斗鸡诗、咏物诗、西园纪游诗及代言体诗

---

① 也有少数诗篇是代游子立言，以游子的口吻抒情，如曹丕《杂诗》二首、曹植《情诗》、《杂诗七首》（其一、其二）及《杂诗》残篇一首等，但数量比代思妇立言的诗作要少得多。

等几类诗歌题材，都体现了建安诗人对五言诗题材的拓展。从实际情形推测，各类诗作中还应有其他文士的不少同类之作，可惜都没有流传下来。这些诗歌或为歌诗表演而作，或是宴集中诗歌唱和的产物，其题材的扩展、叙述方式的新变均与宴集活动有非常密切的关系。此外，建安文人在体裁方面对四言、五言、七言和杂言各种诗体的尝试，以及对"词采华茂"这一审美理想的追求，前人论之甚详，我们在此想特别指出的是，这些特点的形成在很大程度上也与宴集活动有直接的关系。

四

宴集活动中的歌诗表演和欣赏活动，还在很大程度上制约着建安诗人的审美情趣和创作习惯，并对建安歌诗和诗歌"慷慨悲凉"美学特征的形成产生了极为重要的影响。

以往学者论到建安文学的特点时，多喜欢引用刘勰《文心雕龙》中的两段话，一曰："（建安诸子）傲雅觞豆之前，雍容衽席之上，洒笔以成酣歌，和墨以藉谈笑。观其时文，雅好慷慨，良由世积乱离，风衰俗怨，并志深而笔长，故梗概而多气也。"（《时序》）二曰："暨建安之初，五言腾踊：文帝、陈思，纵辔以骋节；王、徐、应、刘，望路而争驱。并怜风月，狎池苑，述恩荣，叙酣宴，慷慨以任气，磊落以使才。"（《明诗》）但是，各家所重视的几乎都是两段话的"慷慨"一句，对于第一段引文中"傲雅"以下四句和第二段引文中"怜风月"以下四句却往往重视不够。因此，各家据此以"慷慨任气"，或直接以"慷慨"来概括建安文学的特点，并认为形成这一特点的原因主要是两个方面，"战乱的环境，一方面给建立功业提供了可能，激发起士人建立功业的强烈愿望；一方面又是人命危浅，朝不虑夕，给士人带来了岁月不居、人生无常的深沉叹息。这样的环境，形成了慷慨任气的风尚，也给士人带来了一种慷慨悲凉的情调，以慷慨悲凉为美，就成了此时自然而然、被普遍接受的情趣。"[①]这当然是非常正确的，但我们认为，对于建安诗歌美学特征的成因来说，以往的研究明显地遗漏了一个基本的事实，那就是来自宴集和歌

[①] 罗宗强：《魏晋南北朝文学思想史》，中华书局，1996年版，第36页。

诗表演的影响。

已有不少学指出,"慷慨"一词在建安文人的诗文创作中出现频率颇高。这说明建安文人对"慷慨"之美已经有了自觉的认识和着意的追求,我们在此即想通过对"慷慨"一词的分析来讨论建安文学的"慷慨"之美与歌诗表演和欣赏的关系。

东汉以来,清商曲在社会上已广泛流传,但此时还处于重声不重辞的阶段。到了建安中后期,在文人们普遍参与创作的情况下,清商三调更为流行,并开始进入声辞并重的阶段。①三曹七子传世的歌诗除少部分为相和旧曲外,大多属于清商三调曲。由于清商曲的伴奏乐器主要是笙、笛、琴、瑟、筝、琵琶、节等丝竹乐器②,其音乐本身即具有凄唳、悲哀、萧瑟等特征,对此,古人在诗文中多有论及,如《礼记·乐记》曰:"丝声哀,竹声滥。"《吴越春秋·王僚使公子光传》中伍举谏楚灵王语中也把"凄唳"作为丝竹乐器的特点。曹植《释愁文》说:"丝竹增悲。"《节游赋》说:"丝竹发而响厉,悲风激于中流。"傅玄《却东西门行》称:"丝竹声大悲。"谢混《送二王在领军府集诗》也说:"明窗通朝晖,丝竹盛萧瑟。"因此,凄唳、悲哀、萧瑟也是以丝竹演奏的清商曲的特征之一。而从汉魏时期文人们的描述可知,清商乐的另一个重要特征是"慷慨":

……上有弦歌声,音响一何悲。谁能为此曲,无乃杞梁妻。清商随风发,中曲正徘徊。一弹再三叹,慷慨有余哀。……(《古诗十九首·西北有高楼》)

……幸有弦歌曲,可以喻中怀。请为游子吟,泠泠一何悲。丝竹厉清声,慷慨有余哀。长歌正激烈,中心怆以摧。欲展清商曲,念子不得归。俯仰内伤心,泪下不可挥。……(《李陵录别诗二十一首》其六)

寂寂君子坐,奕奕合众芳。……乃令丝竹音,列席无(当作抚)高唱。悲意何慷慨,清歌正激扬。长哀发华屋,四坐莫不伤。(《李陵录别诗二十一首》其十)

---

① 参王运熙:《乐府诗述论》,上海古籍出版社,1996年版,第382—383页。
② 其中,平调曲不用"节"而用"筑",清调曲多用"麓"。参《乐府诗集》卷三十、三十三及三十六。

十九首伪"苏李诗",现代学者一般认为产生于东汉。这一时期,西汉以来就已形成的崇尚悲音的审美追求,与清商曲相互促进,后者不仅迎合了这种社会审美需求,很快成为社会普遍喜爱的新声,而且它的广泛流行又反过来使崇尚悲音的审美追求进一步得到了强化。上引三首诗表明,至晚在东汉时期,热爱清商新声、崇尚慷慨悲凉之美的风气已经完全形成。在理论上,前则有王充"悲音不共声,皆快于耳"(《论衡·超奇篇》)、"文音者皆欲为悲"(《论衡·自纪篇》)的高论,后则有嵇康"称其材干,则以危苦为上;赋其声音,则以悲哀为主"(《琴赋》)的总结。建安文人生活于两位理论家的中间地带,又适逢清商三调最为兴盛的时期,在频繁的歌诗审美娱乐活动中,他们也接受了东汉文人的美学观,常常以"慷慨"来概括清商新声的美学特征。如曹丕《于谯作诗》:"弦歌奏新曲,游响拂丹梁。余音赴迅节,慷慨时激扬。"曹植《杂诗七首其六》:"弦急悲声发,聆我慷慨音。"繁钦《与魏文帝笺》:"暨其清激悲吟,杂以怨慕,咏北狄之遐征,奏胡马之长思,凄入肝脾,哀感顽艳。……同坐仰叹,观者俯听,莫不泫泣殒涕,悲怀慷慨。"(《文选》卷四十)均表达了对清商曲"慷慨"之美的共同体认。从这一时期文人的诗文中我们还发现,在清商曲的诸种乐器和各地俗乐中,又以筝和秦声最能表现慷慨之美。曹植《弃妇诗》:"抚节弹鸣筝,慷慨有余音。"《箜篌引》:"秦筝何慷慨,齐瑟和且柔。"孙该《琵琶赋》:"于是酒酣日晚,改为秦声。壮谅抗忾(慷慨),土风所生。"卞兰《许昌宫赋》:"赵女抚琴,楚媛清讴。秦筝慷慨,齐舞绝殊。众技并奏,挠巧骋奇。千变万化,不可胜知。"

由上所论可知,"慷慨"在建安时代的重要含义之一,即是指清商三调曲的音乐美感特征。虽然,对这种音乐美的崇尚并不始于建安文人,但是只有到了心中充满了建功立业之豪情和人生无常之悲慨的建安文人手中,"慷慨"这一音乐美学概念才被赋予了全新的现实人生内涵。我们与其说建安文人是借凄唳、悲哀、萧瑟的清商三调曲来发抒他们"烈士暮年,壮心不已"(曹操《步出夏门行》)的昂扬之情,来消释他们"盛时不可再,百年忽我遒。生存华屋处,零落归山丘"(曹植《箜篌引》)的悲怆之怀,倒不如说他们是借这激越悲怆之声来实现他们的自我肯定,来完成他们自我生命力的对象化,而宴集娱乐活动则是其间必不可少的中介。在此意义上，建安文人对歌诗艺术的激赏，实质上未尝不可以看作是对他们人生理想和自我品格的讴歌。于是，本为音乐美学概念的"慷慨"，在他们那里也常常被用来指一种独特的情感状态和自我心境：

  收念还寝房，慷慨咏坟经。（陈琳《失题诗》）

  贫士感此时，慷慨不能眠。（应璩《杂诗》）

  慷慨自俯仰，庶几烈丈夫。（吴质《思慕诗》）

  慷慨有悲心，兴文自成篇。（曹植《赠徐干诗》）

  怀此王佐才，慷慨独不群。（曹植《薤露行》）

  慷慨对嘉宾，凄怆内伤悲。（曹植《情诗》）

"慷慨"一词，就是这样生动地表述了建安文人将音乐的美学时空和人生的理想境界合二为一的精神追求。因此，建安文人频繁的宴集，不仅仅是一种奢侈的享乐行为，在很大程度上，还是一种心灵表现的需求。因此，无论从清商曲的乐曲要求，还是从他们自我情感的表达需求，他们的歌诗创作都必然将表现"慷慨"的美学理想作为一种自觉的审美追求。曹植在其《前录序》中早就说："余少而好赋，其所尚也，雅好慷慨。"这几句话可谓道出了一代文人的心声。刘勰所谓"观其时文，雅好慷慨"，"慷慨以任气，磊落以使才"，只不过以理论家的敏锐把握住了这一时代特点而已。而文章、诗赋、歌诗艺术中所表现的"雅好慷慨"，固然都根源于建功立业和人的觉醒所引发的激情与深情，但清商曲慷慨悲凉的美学特征也无疑在客观上对歌辞审美提出了相应的要求，而且喜爱清商曲的建安诗人在创作出"慷慨"激越的歌辞的同时，还必然将这种独特的美扩展至所有诗文作品的创作中，使之成为一代文学的美学特征。因此，清商曲在建安文学美学特征形成过程中所起的作用，就绝不是功业意识和人生悲慨可以代替的。这一点在以往的研究中却被明显地忽视了。

  总之，邺下后期文人们宾主和谐、以文会友的宴集活动，为歌诗和诗歌的创作提供了一个良好的环境，其集体唱和、求奇求新、各尽其才的创作方式和要求，则对歌诗和诗歌题材的扩展、语言的锤炼及体裁的追新等等产生了直接的影响。而在宴集活动中，由于受清商曲美学特征的制约，歌诗创作及歌诗艺术表演、欣赏均以"慷慨悲凉"为尚的特点，既与建安文人普遍的内在情感具有精神上的高度一致性,又反过来影响到整个建安诗歌乃至建安文学的创作,并对建安文学之美学特征的形成产生了重大的影响。

(本文发表于《文学遗产》2005年第2期)

刘怀荣,1965年生,1992年毕业于陕西师范大学文学院,文学博士,师从霍松林先生,现为青岛大学教授、国学研究院院长。

曹植动物赋艺术探论

韦运韬

内容摘要：曹植是建安时期动物赋的代表作家，其动物赋作语言简练、辞采华茂，状物细腻，篇幅则渐趋短小。题材上选材飘逸脱俗，言志以情纬文。内容上既有个人情致的抒发，对现实生活的寓言，也有对当政者对其迫害的隐喻讽刺。在动物与书写者间的"物""我"相照上，深化了作家的艺术表达及审美体验。在赋篇的结构和语言运用上，取得了较高的艺术成就。有些赋作用四言写成，有明显的诗化特点，为后代动物赋的发展奠定了良好的基础，也为两汉体物大赋向魏晋抒情小赋的转变，以及赋体向骈赋发展做出了贡献。曹植动物赋艺术成就，可谓独领风骚。

关键词：曹植；动物赋；艺术手法；结构；语言

笔者根据赵幼文《曹植集校注》所做的统计看，曹植所作咏物小赋有十六篇。其中以动物为名之赋者有十篇，除尚有真伪难辨几篇外包括残篇，现可见者八篇，分别是《鹞赋》《鹦鹉赋》《白鹤赋》《蝉赋》《离缴雁赋》《鹖雀赋》《神龟赋》《蝙蝠赋》。现笔者就以上述八篇曹植动物赋作，略论以下三点。望能达到更全面了解曹植动物赋作之艺术成就的目的。

一、物我相照、情生其间

在赋体文学庞杂的家庭中，咏物之作颖然突出，独树一帜，这给缺乏感情,日趋萎缩、僵化的赋体注入了一片生机。咏物赋的特点在于睹物生情,体物言志。作家凭借这种文学形式,继承咏物言志的文学传统,驰骋想象、浮想联翩,正可以抒发胸中的郁闷和激情,赞叹崇高的节操和远大的志向。曹植咏动物为主的辞赋,也是"以情纬文",饱含情感抒发的。

(一)慷慨阳刚之情怀

作于建安时期的《鹖赋》更多地吐露出了曹植慷慨之情,这一时期曹植特见宠爱,胸中抱有"捐躯赴国难,誓死忽如归"的情怀。曹植曾在其诗中写道:"国仇亮不塞,甘心思丧元。"(《杂诗·其六》)。"捐躯赴国难,誓死忽如归。"(《白马篇》)又在其散文《与杨德祖书》中写道:"戮力上国,流惠下民,建永世之业,流金石之功"。在其《求自试表》中写道:"欲呈其才力,输能于明君也。"都表达出了这位王侯的雄心壮志及不甘沉默、阳刚向上的精神面貌。诚然,这样的阳刚慷慨之情,在咏动物赋作中也有明显地体现。在《鹖赋》中作者赞美了鹖的贞烈孤高、勇猛顽强的品质。"体贞刚之烈性,亮乾(金)德之辅"的鹖鸡有着"猛气其斗,终无胜负,期于必死"的刚烈个性,虽然"游不同岭,栖必异林","而独行特立,但一遇劲敌,便长鸣挑敌,鼓翼专场;逾高越壑,双站只僵"。其勇赴战场,勇猛无比。此赋同样表达了曹植渴望试才于国,效命战场,达到建功立业"捐躯赴国难"的目的。阳刚慷慨的"幽并游侠儿"情怀,使人感受到了时代的脉搏和作者阳刚慷慨的情怀。另一篇《鹦鹉赋》,则是体现出了悲凉阳刚之情怀。作者在赋咏鹦鹉,"离群丧侣,闭以雕笼"的遭遇和"长鸣远慕,哀鸣感类"的心境的同时,深层次地寄托了作者希望不受约束,戮力为国建立功业,而非如"困兽之养",虽受"蒙含育之厚德",却患壮志难酬的忧叹。所以发出了"常戢心怀惧,虽处安其若危"的感慨。作者将自己慷慨向上为国出力的情怀,用赋之鹦鹉的形式寄予表达出来,昭示出试才为国力,但恐无所为的悲凉阳刚之情怀。

(二)忧伤凄苦之情怀

曹植的《白鹤赋》《鹞雀赋》《蝉赋》,这三篇虽无确切系年可考,谅当作于曹丕得势之后。从赋中抒发的情怀方面来看,笔者认为曹植在争夺太子之位失利后,因受极为沉重的政治迫害,幽禁独处,生死莫测,唯一希望是如何能够解除法制的控制,且借以消除曹丕的怀疑心理,争取人身自由。

曹植书写了《白鹤赋》这篇忧伤凄苦之作，此赋通过对皓丽之素鸟"遘严灾而逢殃"的描写，以借喻白鹤，象征自己品德的纯正。词语直抒胸臆，流露出作者对统治者不顾骨肉亲情，反而骨肉相残的凄苦情绪。同时也表达出了自身遭受迫害的忧伤情怀。曹植的《鹞雀赋》残脱不全，仅就现存部分进行探索，赋中展示了鹞与雀生死搏斗的过程。通过鹞、雀的生动对话，发表作者对弱肉强食的看法，作者处处对雀流露出同情。曹植在其诗《野田黄雀行》中写道："高树多悲风，海水扬其波。利剑不在掌，结友何须多？不见篱间雀，见鹞自投罗。罗家得雀喜，少年见雀悲。拔剑捎罗网，黄雀得飞飞。飞飞摩苍天，来下谢少年。"不少研究者认为，其诗是曹植在有感于好友丁仪被曹丕所杀却不能营救而作。这篇《鹞雀赋》可与诗互参，托物言情、用托言禽的寓意来表达出作者的"忧生之嗟"。可谓情深意切，忧伤之情跃然而生。而曹植的另两篇《蝙蝠赋》，仅存十七句，从这些残存的辞句中仍可看出"嫉邪愤俗"之辞。赋的首句作者就愤激地指出"吁何奸气"，象灌均之流为合当权统治者，不惜颠倒黑白，构陷善良之人。确乎是充斥"奸气"的它们"形殊性诡，每变常式"，且经常"明伏暗动"，更把这些小人的嘴脸刻画得毕露无遗。在仅存的赋篇中末几句中称其"不容毛群，斥逐族羽"，痛斥尤甚。在《蝉赋》中以蝉自喻，更是自己的写照，尤为生动。曹植通过对蝉时刻担心遭受"黄雀""螳螂""蜘蛛"残害的描写，来抒发自己忧谗畏讥的思想感情。这两篇赋，既有形象逼真的刻画，又抒发了不同的情感，表达出了作者的忧生之嗟，忧伤凄苦之情怀。曹植动物赋中阴柔凄婉的情怀抒发，既是自身情感的印记，也是"世积乱离，风衰俗怨"（刘勰《文心雕龙·时序》）的时代特色。

（三）体物托哲理的生命情怀

曹植的动物赋并非只是刻画描摹物象，而是寓情于物，在物象的描写中寄托了生命情怀。刘勰所谓"体物写志"，正是此意。而曹植不但在其诗歌中有哲理、生命情怀的抒发，更是以动物赋的形式加以诠释。曹植的《神龟赋》和《离缴雁赋》就很好地说明了这一点。《神龟赋》其序曰："龟者千岁，时有遗余龟者，数日而死，肌肉消尽，唯甲存焉！余感而赋之。"此赋从龟之死，而怀疑龟寿千年的传说，从而推断黄帝、乔松所谓成仙，疑似龟之解壳，这预示曹植否定神仙的思想。否定神仙必然就会关注现实的人生，

"余感而赋之"什么呢？当然应该是体悟出的人生哲理。从中我们不难看出曹植在赋篇中想要表达的是一种对人生终有时，时不待我的感慨以及对天道法则的探究。笔者认为此赋与曹植的父亲曹操所作的诗《神龟虽寿》中"神龟"之喻，所表达的时不待我、老而弥坚的事业进取精神和人生思考，有着异曲同工之妙。这种哲理情怀的出发在曹操封魏王时所作的《变道论》里又作了比较全面的阐述，曹植从赋龟出发，进而谈论自然之法是不可违背的真理事实。体物托哲理进而抒发出对人生生命情怀的探讨，应该是此赋字面意义之外的深层意义。曹植的另一篇赋作《离缴雁赋》，笔者认为也是一篇表达哲理生命情怀的作品。赋中雁的独白似乎是从"感节运之复至兮"到"渴饮清流"，而"拼微躯之轻翼兮，忽颓落而离群"这两句，除了字面的意思以外，还表示了长久以来困厄着的挫折感。曹植生活在政局不稳、社会离乱的魏晋之际，国家不安定，社会的动荡，使得这一时代的文人们都具有很强的生命忧患意识。他们常常发出人生如朝露、时不待我的感慨。此时代文人们开始用诗歌来表达对人生价值及生命意义的关照。曹植以《离缴雁赋》这种形式生动地折射出挫折孤独、前途未卜、壮志难酬的矛盾思考；同时也唱出了建安文人们追求社会人生价值的共同心声。

二、着彩多样、锦上添花

曹植的动物赋无论从思想上，还是从艺术上都造诣很深，从其动物赋中所运用的艺术手法上来看，他不愧是建安之杰。钟嵘在《诗品》中评说："其源出于《国风》，骨气奇高，词采华茂，情兼雅怨。"这里虽然是对曹植诗歌的评价，但我们同样可以从曹植的动物赋作中窥见一斑。

（一）拟人、寓言

曹植的动物赋作中不仅有很强的抒情性，而且运笔手法多样，巧夺天工地使其笔下的物象鲜活生动起来，更加贴近生活的情趣。我国从《诗经》时代起就有"禽言诗"。曹植在其《鹞雀赋》中分别运用拟人和寓言的高超艺术手法，通过鹞与雀拟人式地对话，"雀微贱，身体些小。肌肉府瘦，所得盖少。君欲相吱，实不足饱。哀苦之声，令人怜惜"，表达出了作者对弱小者的同情。又以鹞却不改本性，露出狰狞之态："三日不食,略思死鼠。今日相得,宁复置汝二。"诙谐的对话方式,委婉曲折地揭露出强者的凶狠面目以及作者对恃强凌弱不合理现象的批判。曹植在此赋中运用拟人式的对话、心理及动作描写,写出了鹞与雀之间生死对抗的情节过程。拟人化的生动性格形象的塑造,得以给读者"展示一幅雀与鹞生死搏斗的过程"(赵幼文《曹植集校注》);同时寓言指出,以弱抗强中所需的智慧和韧性及统治阶级内部残酷倾轧、迫害乃至残杀的丑恶现实。曹植用拟人、寓言的手法,更进一步地赋予了作品一种蕴藉隽永的艺术美。《蝉赋》最明显的特色是拟人化独白与对话。钟优民曰:"《蝉赋》中蝉的周围,出现一系列人物的影子。曹植笔下的蝉'清素''淡泊''寡欲''似贞士之介心',是一个安分守己、中正平和的善良柔弱者的形象,可是它的周围却聚集着'黄雀''蜻蜓''蜘蛛''草虫'等一大群天敌,伺机向它发起猛烈的进攻,它时时担心会成为对手的口中物;还有那'捷于称猿'的'妓童'千方百计地追捕,真是四面楚歌、处境险恶之极。"曹植把争夺太子之位失利后受到的歧视和迫害巧妙地隐喻于《蝉赋》中,将自身与身处险境的蝉关联在一起,可谓寓出了曹植的心境和处境。

(二)隐喻、暗喻

《蝙蝠赋》仅存十七句,但从这些残存的辞句中仍可看出"嫉邪愤俗"之辞,明显地运用了隐喻的艺术手法加以刻画。作者愤激地指出"吁何奸气"。赵幼文认为《蝙蝠赋》有言外之意,认为《蝙蝠赋》是为了批评恶人(如监国谒者灌均等)。这篇赋仅残存了十几句,就残存描写蝙蝠的词句而言,对它们"明伏暗动""形殊性诡,每变常式"的刻画上,显然是有深意的。根据隐喻反映的是不同现实现象之间的相似关系,一般是以较具体的意义为基础来构建较抽象的意义,在不同的意义领域之间建立起相似关系。笔者认为作者这里运用了隐喻的手法,来批评恶人或如监国谒者。把统治者构陷善良之人,不惜颠倒黑白的本质揭露出来,可谓痛斥尤甚。如果说曹植在《赠白马王彪》中表达的是对监国使者灌均之流、谗谤之人的指斥,那么笔者认为,在这篇赋中应有更深层次的隐喻作用,应该同样是对此种人物的鞭笞。其中把蝙蝠与恶人或如监国谒者,以不同现实现象之间的相似关系来构建较抽象的意义的手法是很明显的。而在《神龟赋》中看似作者是纯咏物的，但在感情上却表现出了对动物的痛苦和死亡的强烈同情和关切。除了字面的意思以外，还隐含有更深的意义。钟优民说："这类咏物赋所描写的对象，即物即人……曹植不是为咏物而咏物，而是把自己的体会添加进作品里。"所谓"暗喻"，是将本体的表述，在逻辑和感情意义上化作喻体的形象单位，从而在本体不现的情况下，让喻体凝练、集中地说出本体表述难明的意义。而这里"神龟"应该是暗喻（喻体），而人的生命年岁，笔者认为应是本体的体现。中国自古就有乌龟比喻人寿的习俗，曹植又在《神龟赋》序曰："龟寿千岁。时有遗余龟者，数日而死，肌肉消尽，唯甲存焉！余感而赋之。"可见在曹植的作品里，喻体与喻旨（本体）的重要性是相当对等的。从他的序和咏物赋的写作场合观之，他对动物所表露的同情和关切是让喻体凝练集中地说出本体表述人生生命终有时的深层含义。

（三）比喻、象征、自喻

我们再看看曹植《鹞赋》《鹦鹉赋》《白鹤赋》《离缴雁赋》这几篇动物赋作所运用的艺术手法。几篇赋作均有一个共同的特点，那就是运用比喻、象征、自喻等艺术手法。钟优民认为：《鹞赋》中"所歌颂的鹞，是一个驰骋沙场的勇士象征，抒发了作者对英雄事业的憧憬和向往……"（钟优民《曹植新探》）曹植通过比喻的艺术方法，把自己的理想形象化地象征表达出来。据《汉书·文苑传》载："（赵壹）屡低罪，几至死。友人救得免。壹乃贻书谢恩。"在其信的结尾说："余畏禁，不敢斑斑显言，切为《穷鸟赋》一篇。"赵壹《穷鸟赋》中的"穷鸟"乃作者的切身自喻，篇中描摹的穷鸟窘迫危急之状当是作者的自身遭遇。建安时代当时以《鹦鹉赋》为题的还有祢衡、王粲、应玚、陈琳和阮瑀，这些作家都是继承和效法了《穷鸟赋》中自喻的手法。曹植是《鹦鹉赋》的回应者，篇中成功地运用自喻的手法，表露出他的"忧惧悲愤心情"，其产生的艺术效果在其诗歌名篇《野田黄雀行》中也有所运用。同样，在《白鹤赋》《离缴雁赋》中，比喻多以自喻的形式来表达不同的情感，《白鹤赋》里没有独白，曹植以白鹤自喻、象征自己的高洁的品质与纯正的心灵。在《离缴雁赋》中又以雁自喻，生动巧妙地阐发曹植本人的生活经验和感受，并以此来满足自己的抒情心理。我们可以说，他是用"以雁自喻"的方式，来述说自己的遭遇。其中雁的独白，仿佛就是作者自身的表白与真情的流露。丁晏的《曹集铨评》卷三中曰:"伤本离群,皆自喻也。"从上述曹植的赋篇中,虽然某些篇幅中多少也有些拟人化手法的运用,但笔者认为,其比喻、象征、自喻的手法更为凸显。

三、结构新颖、语言通俗流畅

曹植从少年时就喜好辞赋,《三国志·陈思王传》中记载,曹植少时能读辞赋数十万言。《前录自序》云:"余少好赋,其所尚也。"在《答东阿王书》中,曹植曾被吴质称为"赋颂之宗,作者之师",可见他在当时就有很大的影响。由此可知,曹植在赋的创作方面具有雄厚的功底。从其动物赋的结构和用词方面来看,可谓是结构新颖,符采相胜。

(一)篇幅短小

曹植的动物赋除了在情感、思想、艺术手法上都有一定的特点外,其篇幅还特显短小,有铺陈堆砌少的特点。赋自汉代以来,在篇章结构方面多以鸿篇巨制、铺陈扬厉为主。到东汉后期出现了张衡的《归田赋》和赵壹的《刺世嫉邪赋》,以真实的思想感情、短小精悍的篇幅、清新明丽的语言,展开了抒情小赋的先河,之后咏物小赋得以大量涌现。魏晋时期国家虽处在分裂战乱的形势下,但却呼唤来了"文学的自觉"和"人的觉醒"时代。士人们抛弃了汉朝大一统下的鸿篇巨赋,却在赋中多了情志与生命的意趣。士人们普遍带着强烈的生命意识关照自身,正像曹植把握住时代的脉搏,以篇幅短小,铺陈堆砌少的结构进行赋体创作。用以小见大的构思,从小小的物象中去发现生命的意趣与哲理,去寄情言志。这完全可以理解为作者自身觉醒的生命意识在外在物象上的显露,通过这些物象正可以反观作者内在的情志与品性。虽然是小的事物,但却总是能引起人们的关注,寄予人类的情感。曹植的动物赋以小物为描写对象,在篇幅构思上就得短小,少铺陈堆砌。这样的体式结构不但容易寄托情感,而且与之前的雄壮之气转变为后来的纤柔、哀婉的时代审美观相符合。动物赋篇幅都不大,但在他笔下的动物总显得那样的玲珑剔透,生机盎然,它们都蕴涵着无限的生机,都充满了灵性与生命。曹植动物赋这种体式取得了很大的成功,为建安时期抒情小赋的繁荣,注入了寄情、纤小、柔婉的文人化特征。

(二) 语言通俗流畅

刘勰《文心雕龙·诠赋》云："拟诸形容，则务求纤密"，"象其物宜，则理贵侧附"，明确地指出赋创作中的精雕细琢及运用辞采的问题。曹植的动物篇中，语言通俗流畅、状物细腻。笔下的动物都是先摹写对象的形状、习性，而后通过它们的行为动作、语言等来进行或讽或喻的写实与寄托情志。在《答东阿王笺》里，陈琳曾在评论曹植的《神龟赋》时指出其"音义既远，清辞妙句，焱绝焰炳"。这就是说曹植的作品佳音高义深远，并且有清辞妙句，使得文章光彩流畅。为什么会有"清辞妙句"呢？我想是由于建安时期，文人们多以用辞赋来寄托自我情感的抒发，辞采繁缛的铺陈已不适应时代的潮流以及感情的抒发。另外，这个时期的文人们很注意向民间学习语言技法，曹植也不例外地运用习得的技法进行赋体创作，因而使得其动物赋作品有芙蓉出水、毫无雕饰之美。《鹞雀赋》一共六十句，二百三十八字，通篇语言通俗，清新明丽，无一奇字怪句通俗易懂。钱锺书《管锥编》中云："按游戏之作，不为华缛，而尽致达情"，颇予此赋好评。并指出了曹植动物赋中"不华缛"的语言特点。另外，按照中国古典诗论的理解，诗有两个基本因素：一是意象；二是声律。所谓"寻声律而定墨""窥意象而运斤"（刘勰《文心雕龙·神思》）。曹植的《鹞雀赋》《蝙蝠赋》用四言写成，明显具有诗化的追求。此二赋，不但在语言上有押韵和谐的声律美，而且意象深远附有内涵。这种结构上用四言句，赋中出现大量的对偶工整句式，改变了以往赋体多用杂言为写作主体的模式，对赋体向骈赋发展做出了有意义的尝试。四言两字一韵，更显铿锵有力，读起来更像是一首四言诗。马积高先生在《赋史》中说："这种讽刺小赋，完全是曹植的首创，到唐以后，逐渐发展成为赋体作品中最富于现实意义的一种。"因此，曹植动物赋的诗化倾向是很明显的。

结语

曹植经历了从得宠到失宠以及到最后遭到迫害这三种不同的人生历程。由于作者境遇的变换，因而表现出不同的情感和志向。这就使得其动物赋作中，更多地将自身的境遇和感情投注到了客体动物身上，从而寄予了作者的主观情感与自身品格。所谓："人禀七情，应物斯感；感物言志，莫非自然。"（刘勰《文心雕龙·明诗》）除此之外，曹植的动物赋，艺术手法多样，结构新颖，语言通俗流畅，在赋中具有诗化的追求。这种赋体形式为两汉体物大赋向魏晋抒情小赋的转变，以及赋体向骈赋发展做出了贡献。曹植动物赋之艺术成就，可谓独领风骚。

（本文发表于《西北民族大学学报》〔哲学社会科学版〕2012年第3期）

韦运韬，1977年生，2013年毕业于陕西师范大学文学院，文学博士，师从董家平教授，现为青海师范大学人文学院副教授。

音乐的本质与自然之道

——嵇康《声无哀乐论》美学思想研究

祝菊贤

内容摘要： "自然之道"在魏晋时代包含着浓郁的人文关怀和清明的理性精神。崇尚自然之道对嵇康的音乐美学思想产生了重要影响。在《声无哀乐论》中，嵇康以理性的科学的态度，推翻了从西周、春秋以来人们对音乐艺术的种种名实不符的定论，否定了音乐移风易俗的政教功能；他把无声之乐的大和境界阐释为万物生命自然、自由、和谐、本真的存在状态，为中国古代审美与艺术活动开拓出新的价值和境界；他把音乐艺术的本体确立为声音形式的"自然之和"，并天才地揭示了这种形式与情感之间的同构对应关系。这些光辉思想，对于我们今天探求审美与艺术活动的本质具有深刻的启示作用。

关键词： 嵇康；声无哀乐；音乐的本质；自然之道

崇尚自然之道是魏晋美学的哲学根基。"自然之道"在魏晋时代包含着对人文和科学（古典时代的科学思想）两种精神的追求："自然"既是指自由、和谐的审美理想和社会理想，是浓郁的人文关怀；又是指事物自然而然的本来面目，它包含着尊重事物自然本性和自然规律，反对虚妄迷信和人类文化符号对事物本性遮蔽的清明的理性精神。对自然之道的崇尚对嵇康的音乐美学思想产生了重要影响。

首先，追求自然之道使嵇康在对音乐艺术的研究中具有大胆的怀疑精神，探索真理的勇气和科学、理性的态度。嵇康说："夫推类辨物，当先求之自然之理；理已定，然后借古义以明之耳，今未得之于心而多持前言以为谈证，自此以往，恐巧历不能纪耳。"① "求之自然之理"就是从研究对象的实际出发，探求其规律和道理。《声无哀乐论》正是他以科学的态度探索音乐艺术真理的杰作。从西周、春秋以来，儒家音乐美学带着原始宗教和政治道德的双重威力，根深蒂固地影响着中国古代美学和所有的艺术审美活动。这双重的威力主要体现在两个方面：一是移风易俗莫善于乐的政教音乐观，二是盛衰吉凶莫不存乎声音的音乐亡国祸邦论。在西周以来儒家的礼乐文化中，音乐艺术承担着政治教化和完善道德风俗的重要功能。一个时代的音乐可以表现出该时代人情感、心理的某些特征，"治世之音安以乐……亡国之音哀以思"②。但是，儒家乐论把音乐与社会政治和道德状况的关系夸大到荒谬的程度，认为"治乱在政，而音声应之"③，"盛衰吉凶，莫不存乎声音"④，"仲尼闻《韶》识虞舜之德"⑤，"季扎听弦，知众国之风"⑥，"师旷吹律，知南风不竞，楚多死声"⑦，葛卢闻牛鸣而知其犊用作祭品。甚至颠倒因果，认为听哀思之乐可以导致亡国，奏郑卫之音会贻祸于邦。魏晋是审美意识独立和自觉的时代，音乐艺术却还被作为移风易俗的政教工具；而且，由于人们对音乐政治、道德功能的过分夸大和音乐亡国的"罪名"，导致音乐批评中对除先王雅乐之外的所有新乐、悲美音乐和民间音乐的否定。这不仅完全违背了当时人们的音乐审美实践，也严重制约着音乐艺术的发展。这一习惯势力一直影响到几百年后的唐代，李世民等人还曾为音乐是否会导致亡国而辩论过。

---

① [晋]：嵇康《声无哀乐论》，见戴明扬校注《嵇康集校注》，人民文学出版社，1962年版，第204页。
② [汉]《毛诗序》，见中央音乐学院中国音乐研究所《中国古代乐论选辑》，1962年版，第145页。
③ [晋]嵇康：《声无哀乐论》，见戴明扬校注《嵇康集校注》，人民文学出版社，1962年版，第196页。
④ [晋]嵇康：《声无哀乐论》，见戴明扬校注《嵇康集校注》，人民文学出版社，1962年版，第209页。
⑤ [晋]嵇康：《声无哀乐论》，见戴明扬校注《嵇康集校注》，人民文学出版社，1962年版，第197页。
⑥ [晋]嵇康：《声无哀乐论》，见戴明扬校注《嵇康集校注》，人民文学出版社，1962年版，第197页。
⑦ [晋]嵇康：《声无哀乐论》，见戴明扬校注《嵇康集校注》，人民文学出版社，1962年版，第209页。

在《声无哀乐论》中，嵇康首先区分了作为审美境界、社会理想的无声之乐与具体的有声之音乐作品的不同，他指出，无声之乐可以使风俗移易，有声的音乐作品则不能直接用来移风易俗，作用于政教道德。"乐"在中国古代有两个基本含义，一是指音乐艺术，二是指一切审美和艺术活动，包括人类文化活动所追求的和谐的社会理想和审美境界，后者即无声之乐。所谓"乐者，乐也"，既指音乐等艺术作品审美愉悦的特性，也指人在社会生活中快乐和谐的生存境界；这种生存境界正是审美和艺术活动所要达到的最高理想。这是在存在论意义上对审美与艺术活动本质的界定。无声之乐怎样移风易俗呢？嵇康和同时代的另一位思想家阮籍一样，他们对这一儒家音乐美学的传统命题做出具有时代精神的新的阐释。嵇康说：

> 古之王者，承天理物，必崇简易之教，御无为之治，君静于上，臣顺于下……天人交泰……群生安逸……默然从道，怀忠抱义，而不觉其所以然也。和心足于内，和气见于外，故歌以序志，舞以宣情。……播之以八音……大道之隆，莫盛于兹，太平之业，莫显于此。故曰："移风易俗，莫善于乐。"然乐之为体，以心为主。故"无声之乐，民之父母也"。（《声无哀乐论》）

阮籍的论述可以和嵇康的观点互相补充。阮籍说：

> 夫乐者，天地之体，万物之性也。合其体，得其性，则和；离其体，失其性，则乖。昔者圣人之作乐也，将以顺天地之体，成万物之性也。故定天地八方之音，以迎阴阳八方之声，均黄钟中和之律，开群生万物之情气。……天地合其德，则万物合其性，刑赏不用，而民自安矣。乾坤易简，故雅乐不烦；道德平淡，故无声无味。不烦则阴阳自通，无味则百物自乐。日迁善成化，而不自知，风俗移易，而同于是乐；此自然之道，乐之所始也。（《乐论》）

这是音乐等一切审美和艺术活动所要达到的最高境界。阮籍在《乐论》中虽然也肯定审美和谐境界中"男女不易其所，君臣不犯其位"[①]的封建等级关系，但他总体上是强调"顺天地之体，成万物之性"，"道德平淡，无声无味"，万物自然自由、自安自乐的和谐境界的。在嵇康和阮籍的美学思想中，天地之体是

---

① ［晋］嵇康：《声无哀乐论》，见戴明扬校注《嵇康集校注》，人民文学出版社，1962年版，第224页。

阴阳自通，自然而化生万物；万物之性是生命自然、和谐、自由的本真状态。音乐以其和谐有序的形式象征了天地万物自然和谐的运动状态，体现了天地万物自然、自由的本性，象征了最高的社会理想。审美活动正是要使人和社会回归到这种百物自乐的状态。在此境界中，群生万物自由生长，社会和谐，人人情感快乐，刑赏不用而民自安，人们日迁善成化而不自知。阮籍和嵇康认为，这就是移风易俗莫善于乐的含义。这里的"乐"，是无声之至乐，是人类社会所追求的真、善、美高度统一的理想境界。嵇康和阮籍不是像汉儒那样用具体的人伦道德规范去阐释音乐艺术移风易俗的功用，而是以体现天地之德，回归万物生命自然、自由、和谐快乐的本性和存在状态，去解释音乐艺术的本质和审美功能，把音乐的大和境界与宇宙的本体自然之道联系起来，表现了魏晋以来新的美学思想，为中国古代审美与艺术活动开拓出新的价值和新的境界。由于生命状态的自然、自由、和谐快乐永远具有否定和超越现存文化权力和意识形态局限性的潜能，所以，把自然之道作为审美和艺术活动的本质和最高理想，就在不同程度上使审美与艺术活动也具有了摆脱束缚，解放生命的意义和价值。

无声之乐是一种审美境界和社会的最高理想，先秦两汉时代，人们把这种审美境界仅仅诠释为君臣、长幼、上下、尊卑之间关系和顺，政治的安定和道德风俗的淳厚，并以此为批评标准，要求有声的音乐艺术承担起移风易俗的政治功能和道德教化的使命。在艺术批评中，人们只肯定平和中正，能使上下和顺的雅乐，而否定其他风格的音乐艺术。当音乐伴有诗、舞，并和各种重要的社会政治礼仪活动密切结合时，音乐可以在一定程度上协调人伦关系，培养人庄敬和善的礼让之习，使人性雅化。诚如嵇康所说："丝竹与俎豆并存，羽毛与揖让俱用，正言与和声同发。使将听是声也，必闻此言；将观是容也，必崇此礼。……于是言语之节，声音之度，揖让之仪，动止之数，进退相须，共为一体。君臣用之于朝，庶士用之于家，少而习之，长而不怠，心安志固，从善日迁，然后临之以敬，持之以久而不变，然后化成。"[①]魏晋时期，政治的动荡造成国家礼乐演奏组织和机构的瓦解，音乐在很大程度上脱离了宗教祭祀和国家重大的政治典礼仪式，纯音乐作品也没有了歌颂王者之德和表现人伦关系的歌词，它主要成为广大文士娱情遣兴，表达个人生命体验的艺术形式。这

---

① ［晋］嵇康：《声无哀乐论》，见戴明扬校注《嵇康集校注》，人民文学出版社，1962年版，第223页。

一时代,"礼"与"乐"的功能已经分开。礼是维护社会人伦关系的"为政之具"[①],金石丝竹等音乐是用来抒发个人情感,使人获得审美享受的艺术作品;脱离了典礼仪式和歌词内容的纯音乐难以为政治教化、人伦道德服务,儒家政教音乐观面临着新的审美实践的挑战。

嵇康以理性的科学的态度,否定了延续千年的儒家的政教音乐观。他明确指出独立的音乐艺术,尤其是纯音乐作品是不能移风易俗,服务于人伦道德和政治的。嵇康说:"至八音会谐,人之所悦,亦总谓之乐,然风俗移易,不在此也。"[②]作为"八音会谐,人之所悦"的纯音乐作品,它可以愉悦情性,却难以直接表现和影响社会的治乱与道德,不能完成移风易俗的政教功用,因为它所使用的媒介是无表意和描写功能的声音。这种声音之美有自己独立于人情和社会治乱之外的形式组合规律:"音声之作,其犹臭味在于天地之间,其善与不善,虽遭遇浊乱,其体自若而不变也。岂以爱憎易操,哀乐改度哉?及宫商集比,声音克谐,此人心至愿,情欲之所钟。"[③]正因为声音之美遵循客观、自然、抽象的形式组合规律,它不以政治治乱改度,也无哀乐之象,所以,不能直接反映和表现政治及道德风俗。嵇康指出,儒家乐论中"治乱在政,而音声应之"[④],"盛衰吉凶,莫不存乎声音"[⑤]等种种神秘说法,"此皆俗儒妄记,欲神其事而追为耳,欲令天下惑声音之道……斯所以大罔后生也"[⑥]。自然之道尊重事物的本来面目和自然规律。嵇康是杰出的音乐理论家和演奏家,他从音乐艺术的实际特征和自己音乐创造的实践中得出"声无哀乐"的观点,使西周以来人们加予音乐艺术的名实不符之论,失去了存在的基础。

[①] [晋]阮籍:《乐论》,中央音乐学院中国音乐研究所《中国古代乐论选辑》,1962年版,第149页。

[②] [晋]嵇康:《声无哀乐论》,见戴明扬校注《嵇康集校注》,人民文学出版社,1962年版,第197页。

[③] [晋]嵇康:《声无哀乐论》,见戴明扬校注《嵇康集校注》,人民文学出版社,1962年版,第176页。

[④] [晋]嵇康:《声无哀乐论》,见戴明扬校注《嵇康集校注》,人民文学出版社,1962年版,第209页。

[⑤] [晋]嵇康:《声无哀乐论》,见戴明扬校注《嵇康集校注》,人民文学出版社,1962年版,第203页。

[⑥] [晋]嵇康:《声无哀乐论》,见戴明扬校注《嵇康集校注》,人民文学出版社,1962年版,第224页。

不仅如此，嵇康还由此顺理成章地肯定了儒家所批评的郑、卫之音。他说："若夫郑声，是音声之至妙，妙音感人，犹美色惑志，耽槃荒酒，易以丧业，自非至人，孰能御之？"①郑声和美色、美酒一样，都是让人愉悦的事物，而淫正之心和风俗的产生则是人自己的表现和作为。"若上失其道，国丧其纪，男女奔随，淫荒无度，则风以此变，俗以好成。……风俗一成，因而名之。然所名之声，无中于淫邪也。淫之与正同乎心，雅郑之体，亦足以观矣。"②风俗的轻荡是社会现实，音乐艺术虽然和这种民风民情有一定关系，但音乐自身只是声音的组合，无所谓淫邪；更何况淫与正都同样是人心中情感的自然表现，所以，雅乐与郑乐都有它们可肯定的审美价值。嵇康彻底把儒家加予音乐的莫须有罪名洗刷干净。不是音乐使风俗淫奔，国家衰亡，而是国丧其纪，政治黑暗造成人哀以思的情感和轻荡的风俗。能唤起这种情感的声音，只要它符合"大和"的形式规律，就依然是美妙动人的，它们就有自己的审美价值。

"声无哀乐"理论更重要的贡献还在于嵇康由此而对音乐艺术形式本体的揭示和对音乐形式结构与情感之间同构对应关系的论述。在公元三世纪的魏晋时代，这样的音乐思想是天才的洞见。嵇康认为，声音只是金石丝竹的振动，它有自然之和，而无哀乐之情。他说："夫五色有好丑，五声有善恶（善恶指声音的"和"与"不和"——笔者），此物之自然也。"③ "声音有自然之和，而无系于人情。克谐之音，成于金石；至和之声，得于管弦也。"④ "声音自当以善恶为主，则无关于哀乐，哀乐自当以情感，则无系于声音。"⑤那么，音乐艺术中丰富的情感体验是怎样产生的？嵇康说："至夫哀乐，自以事

---

① [晋]嵇康：《声无哀乐论》，见戴明扬校注《嵇康集校注》，人民文学出版社，1962年版，第225页。

② [晋]嵇康：《声无哀乐论》，见戴明扬校注《嵇康集校注》，人民文学出版社，1962年版，第204页。

③ [晋]嵇康：《声无哀乐论》，见戴明扬校注《嵇康集校注》，人民文学出版社，1962年版，第208页。

④ [晋]嵇康：《声无哀乐论》，见戴明扬校注《嵇康集校注》，人民文学出版社，1962年版，第200页。

⑤ [晋]嵇康：《声无哀乐论》，见戴明扬校注《嵇康集校注》，人民文学出版社，1962年版，第204页。

会，先遘于心，但因和声以自显发。"①声音与情感"外内殊用，彼我异名"。②

声音的"自然之和"是指构成音乐艺术的媒介和各种形式因素之间和谐有序的组合规律。嵇康认为，声音媒介的和谐动听，音乐形式的和谐组合，都有自己自然、客观的规律，这种规律来自天地自然，因而它们与宇宙的本体——自然之道相通，具有生生不已的天地之德和使生命和谐快乐的审美价值。嵇康说："夫天地合德，万物贵生，寒暑代往，五行以成。故章为五色，发为五音。……及宫商集比，声音克谐，此人心之至愿，情欲之所钟。"③不管人们赋予音乐艺术多少情感与精神的内涵，落实到声音媒介中，依然遵循客观自然的"平"与"和"的组合规律。这"平"与"和"的组合规律因其客观和自然，因其体现了天地万物和谐的运动状态，因而与宇宙本体相通，具有无限生成的审美潜能。把音乐形式之美提到形而上的高度，看作音乐艺术的本体，这是具有现代色彩的合理而又深刻的美学思想。

音乐艺术中这种和谐的声音组合形式，可以唤起人内心丰富的情感。嵇康发现了音乐艺术具有独立的抽象形式美，同时又揭示了这种抽象形式与人情感之间的对应和显发关系。嵇康说："然声音和比，感人之最深者也。"④"夫哀心藏于内，遇和声而后发，和声无象而哀心有主。"⑤声音的形式规律和人的情感发生在两个领域，但它们之间有一种同构对应关系。"琵琶、筝、笛，间促而声高，变众而节数，以高声御数节，故使人形躁而志越。犹铃铎警耳，而钟鼓骇心……盖以声音有大小，故动人有猛静也。琴瑟之体，间辽而音埤……是以听静而心闲也。……然皆以单复、高埤、善恶为体，而人情以躁静、专散为应……此为声音之体，尽于舒疾，情之应声，亦止于躁静耳。"嵇

---

① [晋]嵇康：《声无哀乐论》，见戴明扬校注《嵇康集校注》，人民文学出版社，1962年版，第200页。

② [晋]嵇康：《声无哀乐论》，见戴明扬校注《嵇康集校注》，人民文学出版社，1962年版，第197页。

③ [晋]嵇康：《声无哀乐论》，见戴明扬校注《嵇康集校注》，人民文学出版社，1962年版，第198页。

④ [晋]嵇康：《声无哀乐论》，见戴明扬校注《嵇康集校注》，人民文学出版社，1962年版，第199页。

⑤ [晋]嵇康：《声无哀乐论》，见戴明扬校注《嵇康集校注》，人民文学出版社，1962年版，第216页。

康"声无哀乐"论中所说的声音,是指音乐艺术所使用的媒介、艺术手段和艺术语言,它们是构成音乐艺术的抽象形式。"声无哀乐"中的"哀乐",是指音乐中声音形式组合所引起的因人而异的情感体验;这种情感来自主体的生活经历。乐曲以其大小、单复、高埤、舒疾的运动特点,引发人躁静、专散等相对应的情感反应。躁静、专散是与声音对应的情感运动状态,它们唤起主体什么样的哀乐体验,是因时因地因主体人生阅历、情感积累的不同而不同的。人类用七个音符,用有限的艺术语言和手段可以组合出无穷的乐曲,表达无限的情感,正是因为这些音符和艺术语言(即音乐的抽象形式)并不局限和固定于某一种情感。嵇康对此做了精辟地论述。他说:

> 声音虽有猛静,猛静各有一和,和之所感,莫不自发。……若资偏固之音,含一致之声,其所发明各当其分,则焉能兼御群理,总发众情邪?由是说,声音以平和为体,而感物无常;心志以所俟为主,应感而发。然则声之与心,殊途异轨,不相经纬,焉得染太和于欢戚,缀虚名于哀乐哉。(《声无哀乐论》)

嵇康说:"声音以平和为体。"这里的"平和"不是指音乐作品情感和风格的平和中正,更不是指下上和顺的教化功能,而是指声音形式和谐的组合规律。在中国古代音乐美学中,"平""和"是指对立或不同因素之间的相济相泄和相互作用,它们是万事万物运动、变化、存在的结构形式,也是音乐艺术中声音的组合规律以及这种组合规律带来的和谐动听的美感。在音乐艺术中,这种和谐的形式组合规律是不可穷尽的。同为竹林玄学代表人物的阮籍就把声音形式组合规律的和谐与音乐情感的中正平和完全等同,所以,他认为只有先王的雅乐才符合平和的标准。嵇康则指出,"平和"是抽象的形式组合规律,"且声音虽有猛静,猛静各有一和","若言平和,哀乐正等"。[1]"声音以平和为体,而感物无常",和之为体,可以"兼御群理,总发众情"。这就为音乐艺术表现情感的扩大和解放奠定了理论基础,为音乐风格的丰富多彩和音乐艺术的发展开辟了广阔的天地。在嵇康那里,"铃铎警耳,钟鼓骇心"[2]是

---

[1] [晋]嵇康:《声无哀乐论》,见戴明扬校注《嵇康集校注》,人民文学出版社,1962年版,第215页。
[2] [晋]嵇康:《声无哀乐论》,见戴明扬校注《嵇康集校注》,人民文学出版社,1962年版,第214页。

美的音乐;"姣弄之音……欢放而欲惬"也是美的音乐;郑声则是音声之至妙。"夫曲用每殊,而情之处变,犹滋味异美,而口辄识之也。五味万殊,而大同于美;曲变虽众,亦大同于和"。①这里的"大同于和",既指声音形式的和谐组合,也指各种风格的音乐作品都能通往无声之乐的大和境界,它是有声之音乐艺术形而上的体验和追求。任何风格的音乐艺术作品,只要它能使人超越现实功利,获得心灵的自然、自由、和谐、愉悦,使人体悟到宇宙人生的和谐美好,它就达到了大和的审美境界。儒家乐论所否定的慷慨悲伤的音乐,在使人感叹唏嘘之后,也可以使人获得情感抒发、心灵净化后的宁静和谐,并体悟到宇宙人生更丰富的意蕴,通往"道"的大和境界。而且,声音形式的和谐组合是无比丰富多样,层出不穷的;人生理、心理、精神对音乐形式的和谐感也是不断丰富发展变化的。桑间濮上之音,赴水蹈火之歌,只要它们的声音律动在人生理、心理可接受和适应的范围之内,表达了人真挚的情感体验,悦耳悦心,它们就都是与雅乐风格不同的和谐动听的音乐艺术。至此,困扰中国古代音乐美学的悲哀之乐能否称之为乐的问题,警耳骇心的音乐是否平和的问题,桑间濮上之郑声是否有审美价值的问题,在嵇康这里统统都不再成为问题。因为它们的声音形式组合都是"平和"的,都体现了自然之道,因而都具有和谐动听和"大和"的审美价值。

中国古代哲学认为,和实生物,同则不济。天地之大德曰生,就在于天地阴阳和合而自然化生出万物。声音也是这样,它以和为体,无确定的哀乐,才能生成和涵纳无穷的哀乐体验。所谓"总中和以统物,咸日用而不失,其感人动物,盖亦弘矣!"②嵇康能发现声音组合规律的和谐是音乐艺术的本体,能揭示声无哀乐;至和之声,无所不感;和之所感,莫不自发的音乐美学原理,得力于玄学以"无"为本和其对"有""无"关系的探讨。以"无"为本,也就是以自然之道为本。自然之道体现在人心中是人情感的自然抒发,体现在音乐形式上是声音的和谐组合,具有自然、客观,不以人的主观意愿改度的规律。这规律因其客观、自然而体现了"至德之和平"。所以嵇康说,声音含

---

① [晋]嵇康:《声无哀乐论》,见戴明扬校注《嵇康集校注》,人民文学出版社,1962年版,第216页。

② [晋]嵇康:《琴赋》,见中央音乐学院中国音乐研究所《中国古代乐论选辑》,1962年版,第157页。

"至德之和平"①，音乐艺术以客观自然的"大和"为本体。这至德之和是天地万物存在的本然和理想的状态，它是音乐艺术形式构成的规律，也是音乐艺术审美价值的本源，是音乐艺术通往无声之至乐的根据。至德之和正是宇宙之道在音乐艺术中的呈现，它是无限的至美，表现了哀乐之情的具体的音乐作品则是有限的美。这种有限之美中由于包含了形式之太和，即宇宙和谐的本体，所以，它才具有了无限的生命力和艺术感染力。儒家乐论把音乐和谐形式之至美等同于政治盛衰，道德善恶，风俗淳薄，这显然是把表现天地之至德、宇宙之本体的音乐艺术局限于狭隘的人事成败和名教范围。声音无偏定之哀乐，它才能成就和表达生命中千变万化的哀乐之情；声音以客观、自然的大和为"体"，音乐艺术才与宇宙和谐自然的本体——"道"相通，并能最终达到无声之乐的"大和"境界。中国古代乐论尤其是儒家乐论把音乐的功用推崇到神圣的地步，但他们把音乐艺术紧紧捆绑在政教风俗的拴马桩上，局限于劝善惩恶、移风易俗的层面，其实质则大大缩小了音乐艺术广阔的审美天地。

正是遵循着自然之道的科学理性精神，嵇康从人们欣赏音乐艺术的实际经验出发，总结和阐发了音乐审美接受的意向性特征。嵇康说"和声无象"②，"和之所感，莫不自发"③，"是故怀戚者闻之，莫不憯懔惨凄……其康乐者闻之，则欣愉欢释……若和平者听之，则怡养悦愉，淑穆玄真……"，④指出了音乐艺术情感与形象的不确定性、多义性、宽泛性及其审美体验的主体性特征。他说："夫会宾盈堂，酒酣奏琴，或忻然而欢，或惨尔而泣，非进哀于彼，导乐于此也。"⑤"其所以会之，皆自有由。"⑥一首乐曲所唤起的是各人特有的生命体验，这种体验是因时因地而变动不居的。一些儒家之徒为了

---

① [晋]嵇康：《琴赋》，见中央音乐学院中国音乐研究所《中国古代乐论选辑》，1962年版，第157页。
② [晋]嵇康：《声无哀乐论》，见戴明扬校注《嵇康集校注》，人民文学出版社，1962年版，第199页。
③ [晋]嵇康：《声无哀乐论》，见戴明扬校注《嵇康集校注》，人民文学出版社，1962年版，第219页。
④ [晋]嵇康：《琴赋》，见中央音乐学院中国音乐研究所《中国古代乐论选辑》，1962年版，第157页。
⑤ [晋]嵇康：《声无哀乐论》，见戴明扬校注《嵇康集校注》，人民文学出版社，1962年版，第217页。
⑥ [晋]嵇康：《声无哀乐论》，见戴明扬校注《嵇康集校注》，人民文学出版社，1962年版，第219页。

政治教化的需要，偏要把音乐抽象的情感和形象明确化、固定化，把音乐宽泛多义的情感体验坐实为具体的风俗和道德之象，所谓"季子听声，以知众国之风；师襄奏操，而仲尼睹文王之容"①，以为文王之功德与风俗之盛衰，皆可象之于声音，并移于后世。正因为音乐艺术的本体是具有"平和"特点的形式，声音无固定的哀乐之情，它遵循和谐的形式组合规律，所以，它才能生成不同的乐曲，表达人类深广而永恒的审美体验。嵇康说，声音"含至德之和平，诚可以感荡心志，而发泄幽情矣"②。音乐的本体是抽象的声音形式的"太和"，所以，音乐艺术审美接受和体验中主体的意向性最为突出。"是以伯夷以之廉，颜回以之仁，比干以之忠，尾生以之信，惠施以之辩给，万石以之讷慎，其余触类而长，所致非一，同归殊途，或文或质"③，音乐艺术才有无比广阔和永久的生命力，它对人精神的影响才会如此左右逢源，游刃有余。如果哀乐之象形于管弦，盛衰吉凶存乎声音，音乐艺术就会滞于一隅，定于一情，而不能不断创造、变化和发展了。

组成乐曲的声音无固定的哀乐之情，但一首具体的音乐艺术作品，作为审美对象，它对人情感的引发也是有意向性的。音乐艺术的审美接受既有因人而异的多样性的一面，也有同一乐曲，人的情感反应近似的共同性的一面。"齐楚之曲多重，故情一，变妙，故思专；姣弄之音……其体赡而用博，故心侈于众理。……此为声音之体，尽于舒疾；情之应声，亦止于躁静耳。"④这实际上已谈到不同音乐作品对听众不同的情感导向性。嵇康为了突出声无哀乐的观点，他没有更多论述音乐审美体验中特定乐曲的情感导向性，没有阐述音乐艺术是以其抽象的声音形式组合对时代和人的情感运动状态的模拟。所以，他在反驳秦客关于"闻齐、楚之曲者，唯睹其哀涕之容时"⑤，论证便有些牵强和

---

① [晋]嵇康：《声无哀乐论》，见戴明扬校注《嵇康集校注》，人民文学出版社，1962年版，第202页。
② [晋]嵇康：《琴赋》，见中央音乐学院中国音乐研究所《中国古代乐论选辑》，1962年版，第157页。
③ [晋]嵇康：《琴赋》，见中央音乐学院中国音乐研究所《中国古代乐论选辑》，1962年版，第157页。
④ [晋]嵇康：《声无哀乐论》，见戴明扬校注《嵇康集校注》，人民文学出版社，1962年版，第216页。
⑤ [晋]嵇康：《声无哀乐论》，见戴明扬校注《嵇康集校注》，人民文学出版社，1962年版，第219页。

支吾。白璧微瑕，不掩美玉之质。

《声无哀乐论》至今仍是一篇熠熠生辉的音乐美学论文，它代表了魏晋南北朝时期音乐美学思想的高峰；表现了中古时代玄学美学人文精神与科学理性、生命体验与艺术形式和谐统一的特点，其思想对于我们今天探讨审美与艺术活动的本质具有深刻的启示作用。

（本文发表于《文学理论研究》2008年4期）

祝菊贤，1956年生，1997年毕业于陕西师范大学文学研究所，文学博士，师从霍松林教授，现为西北大学文学院教授。

傅畅著述考

杨学娟

内容摘要：傅畅是西晋北地傅氏家族的成员，有重名，曾官至秘书丞，后没于石勒，颇受重用。史载傅畅有《晋诸公赞》《晋公卿礼秩故事》《傅畅集》《裴氏家记》《晋历》等多种著述，均已佚，唯《晋诸公赞》《晋公卿礼秩故事》有辑本传世。本文通过考辨，理清了傅畅著述的基本情况，特别是他的《晋诸公赞》与《晋公卿礼秩故事》的文献著录、版本、主要内容等问题。

关键词：傅畅；著述；《晋诸公赞》；《晋公卿礼秩》

傅畅（？—330），字世道。西晋北地灵州（今宁夏灵武）人[1]，一说北地泥阳（今陕西铜川耀州区）人[2]。曹魏太常傅嘏孙，西晋司徒、灵州公傅祇子。有重名。官至秘书丞，后没于石勒，为大将军右司马。幼时便已扬名。散骑常侍扶风鲁叔虎与其父交往甚厚，喜与傅畅开玩笑。傅畅回忆其五岁时，鲁叔虎"尝解余衣褶披其背，脱余金环与侍者"[3]，以为傅畅会吝惜，不料幼小的傅畅不仅没有吝啬，反而"笑与之，经数日不索"[4]。其实对于五岁的孩子来说，有时可能并不会过于在意和吝惜自己的东西，也不会意识到这个随身所戴的金环的意义，但在推崇和追求"魏晋风度"的时代，这无疑可以显示出

---

[1] 霍昇平：《灵州傅氏试探》，《宁夏社会科学》，1990年第3期。
[2] 安朝辉：《汉晋北地傅氏家族与文学》，广西师范大学博士学位论文，2011年4月，第38页。
[3] [宋]李昉等：《太平御览》卷六百九十五，《四部丛刊三编》景宋本。
[4] [宋]李昉等：《太平御览》卷六百九十五，《四部丛刊三编》景宋本。

这个孩子的大度与超俗,傅畅"遂于此见名,言论甚重"①。年未弱冠,"以选入侍讲东宫"②,陪伴太子读书,后又为秘书丞。不仅如此,傅畅的父祖辈"历代掌州乡之论",兄长傅宣"年三十五,立为州都令",傅畅不无自豪地说,"余以少年,复为此任,故至于上品",可见其父祖、兄长均曾担任过中正之职,自己少年时亦任此职,列于上品,且能够做到"以宿年为先,是以乡里素滞屈者,渐得叙也"。③

永嘉之乱后,傅畅陷于石勒。石勒以其为大将军右司马,因其"谙识朝仪,恒居机密,勒甚重之"。④据《晋书·刘群传》记载,当时没于石勒的公卿人士多被杀,而"终至大官者,唯有河东裴宪,渤海石璞,荥阳郑系,颍川荀绰,北地傅畅及群、悦、谌等十余人而已"。⑤由此,傅畅虽入仕伪朝,却颇受重用。

石勒建平元年,即晋咸和五年(330),傅畅卒于后赵。其子咏,过江为交州刺史、太子右率。

根据文献记载,傅畅有著述《晋诸公赞》《晋公卿礼秩故事》《傅畅集》《裴氏家记》《晋历》等多种,均已佚。其中《晋诸公赞》《晋公卿礼秩故事》有辑本传世。

一、《晋诸公赞》

(一)《晋诸公赞》的文献著录情况

此书是一部记载西晋时期的帝王诸侯、名公贵族、社会贤达及名媛贵妇言行事迹的著作。历代典籍对其多有著录,《晋书·傅玄传》载:"(傅畅)作《晋诸公叙赞》二十二卷。"⑥《三国志·傅嘏传》:"(傅畅)著《晋诸公赞》及《晋公卿礼秩故事》。"⑦未言卷数。《十六国春秋·傅畅》:"(傅

---

① [宋]李昉等:《太平御览》卷三百八十五,《四部丛刊三编》景宋本。
② [唐]房玄龄等:《晋书》卷四十七,清乾隆武英殿刻本。
③ [宋]李昉等:《太平御览》卷二百六十五,《四部丛刊三编》景宋本。
④ [唐]房玄龄等:《晋书》卷四十七,清乾隆武英殿刻本。
⑤ [唐]房玄龄等:《晋书》卷六十二,清乾隆武英殿刻本。
⑥ [唐]房玄龄等:《晋书》卷四十七,清乾隆武英殿刻本。
⑦ [晋]陈寿:《三国志》卷二十二,百衲本景宋绍熙刊本。

畅）作《晋诸公叙赞》二十卷。"①《隋书》卷三十三《志第二十八》："《晋诸公赞》二十一卷，晋秘书监傅畅撰。"②除此，《旧唐书》《新唐书》《史略》《通志》《册府元龟》《玉海》《（雍正）陕西通志》《清史稿》等书均对傅畅的《晋诸公赞》有过著录。③从文献著录情况看，对《晋诸公赞》的作者为傅畅没有异议，但在书名、卷数和归类上有差异。

（二）《晋诸公赞》的名称

关于《晋诸公赞》的名称，《晋书》《十六国春秋》《册府元龟》《（雍正）陕西通志》载为《晋诸公叙赞》，其他典籍均称《晋诸公赞》。除此，还有误称或省称的情况。清章宗源在《隋书经籍志考证》中说："《水经·谷水注》：都水使者陈狼凿运渠事题傅畅《晋书》。"④查《水经·谷水注》，确有章氏所叙内容："阳渠……亦谓之九曲渎。《河南十二县境簿》云，九曲渎在河南巩县西，西至洛阳。又按，傅畅《晋书》云：都水使者陈狼凿运渠，从洛口入注九曲，至东阳门。"⑤至于《水经注》为何题作"傅畅《晋书》"，章氏并未做考辨。之后清代另一学者吴士鉴在其《晋书斠注》中提及此问题并推测："《水经·谷水注》引都水使者陈狼凿运渠事称傅畅《晋书》，疑即《诸公叙赞》之文，畅未尝著《晋书》也。"⑥查正史、野史均未见傅畅著《晋书》的任何记载，故吴氏的推测是有道理的。章宗源又说："《左传·庄公》正义：司隶傅祇于王恺家得鸩鸟，奏烧于都街，题《晋语诸公赞》，'语'字误增。"⑦梁学昌在他的《庭立记闻》中也有这样的论述："《左·庄卅二年》疏引晋司隶傅祇于王恺家得鸩鸟一事，引《晋语诸公赞》

---

① [南北朝]崔鸿：《十六国春秋》卷二十二，明万历刻本。
② [唐]魏征：《隋书》卷三十三，清乾隆武英殿刻本。
③ [后晋]刘昫等：《旧唐书》卷四十六，清乾隆武英殿刻本；[宋]欧阳修：《新唐书》卷五十八，清乾隆武英殿刻本；[宋]高似孙：《史略》卷四，《古逸丛书》景宋本；[宋]郑樵：《通志》卷六十五，清文渊阁四库全书本；[宋]王钦若《册府元龟》卷八百三十八，明刻初印本；[宋]王应麟：《玉海》卷六十二，清文渊阁四库全书本；[清]沈青峰：《（雍正）陕西通志》卷七十四，清文渊阁四库全书本；[民国]赵尔巽：《清史稿》卷第一百四十六，民国十七年（1928）清史馆本。
④ [清]章宗源：《隋书经籍志考证》卷三，清光绪元年湖北崇文书局刻三十三种丛书本。
⑤ [清]赵一清：《水经注释》卷十六，清文渊阁四库全书本。
⑥ [清]吴士鉴：《晋书斠注》卷四十七，民国嘉业堂刻本。
⑦ [清]章宗源：《隋书经籍志考证》卷三，清光绪元年湖北崇文书局刻三十三种丛书本。

是何书？曰此晋傅畅撰《晋诸公叙赞》也。见《晋书》。'语'字当衍。"①章氏、梁氏均认为《左传·庄公》正义里言及的《晋语诸公赞》中的"语"字属于衍文。此外，章宗源还注意到"他书征引或称傅畅《晋赞》，省'诸公'二字"。②有些作品征引《晋诸公赞》时省去"诸公"二字，只称呼《晋赞》是确有其事的。如《北堂书钞》卷第六十载："傅畅《晋赞》云许奇字子泰，为尚书左丞，有准绳节操。"③《太平御览》卷二百三十九曰："傅畅《晋赞》曰：晋文王，晋台置强弩将军，掌宿卫。"④

综上，《晋诸公赞》又名《晋诸公叙赞》，也省称为《晋赞》《诸公叙赞》；《晋语诸公赞》为误称；称《晋书》者，显谬，疑为《晋赞》之误。

（三）《晋诸公赞》的卷数

历代典籍对《晋诸公赞》的卷数记载略有出入。《清史稿》所著录为黄奭的辑本，故为一卷。《十六国春秋》载原书二十卷，此说未见载于他处，故可信度不高。《隋书·经籍志》记二十一卷，其他如《三国志》《晋书》《旧唐书》《新唐书》《史略》等均载二十二卷。关于此，沈涛《铜熨斗斋随笔》曾曰："《隋书·经籍志》：《晋诸公赞》二十一卷，晋秘书监傅畅撰。案：《晋书》畅传作《晋诸公叙赞》二十二卷，卷数不同，盖《隋志》不数其《叙》之一卷。"⑤我们现在看到的辑本没有《叙》，故无法判断沈涛推测的对错。但据黄奭《晋诸公赞》辑本中所列每则材料出处可知，《三国志》（裴松之注）、《世说新语》（刘孝标注）、《北堂书钞》、《文选》（李善注）、《艺文类聚》、《初学记》、《太平御览》等诸多作品均曾征引过其中的内容，可见，至迟宋代此书还行于世。因此，《三国志》《晋书》《旧唐书》《新唐书》《史略》等著录《晋诸公赞》为二十二卷是可信的。至于《隋书·经籍志》著录为二十一卷，或如沈涛所推测，或为误记。

（四）《晋诸公赞》的归类

对于《晋诸公赞》归类，历代学者略有分歧。《史略》卷四与《玉海》

---

① [清]梁学昌：《庭立记闻》卷一，清嘉庆刻清白士集本。
② [清]章宗源：《隋书经籍志考证》卷三，清光绪元年（1875）湖北崇文书局刻三十三种丛书本。
③ [唐]虞世南：《北堂书钞》卷第六十，清文渊阁四库全书本。
④ [宋]李昉等：《太平御览》卷二百三十九，《四部丛刊三编》景宋本。
⑤ [清]沈涛：《铜熨斗斋随笔》卷五，清光绪会稽章氏刻本。

卷六十二分别将其归入"史赞"与"序赞"。清姚振宗《隋书经籍志考证》曰："（傅畅）本传称叙赞者，各为叙传于前，而系以赞，犹刘中垒《列女传》'赞'之体。"①姚振宗推测《晋诸公赞》的体例和刘向《列女传》的赞体相似，前面是人物的叙传，后面是用赞体评价人物。清佚名的《〈唐书·艺文志〉注》说傅畅《晋诸公赞》"叙事于前而系以赞"。②今传黄奭所辑《晋诸公赞》残缺严重，我们难睹其原貌与全貌，不好断言原书的体例，但从是书的另一名称《晋诸公叙赞》以及魏晋时期品藻之风的盛行来看，姚振宗所言似是。《通志》将其归入"正史"，而《隋书》《旧唐书》《新唐书》《清史稿》等均入"杂史"。《隋书·经籍志》首次将傅畅《晋诸公赞》、皇甫谧《帝王世纪》等七十三部史书归为杂史，并于其后附文："体制不经，又有委巷之说，迂怪妄诞，真虚莫测。然其大抵皆帝王之事，通人君子，必博采广览，以酌其要。故备而存之，谓之杂史。"③从《晋诸公赞》的内容来看，确如《隋书·经籍志》所言。如"世祖武帝"条曰："世祖时，西域献三足乌，遂累有赤乌来集此昌陵县。按昌字重日，乌者日中之乌，有托体阳精，应期曜质，以显至德者也。""世祖时，西域献孔雀，解人语，弹指应声起舞。"显然，所谓"三足乌"是古代神话中的神鸟，现实中并不存在，纯属"迂怪妄诞"。孔雀经过驯服，可以按照人的指示做各种动作，至于"解人语"则多属"真虚莫测"了。由此，将其归入杂史是恰当合理的，又因其主要介绍晋代公卿世族，故属人物传记类杂史。

（五）《晋诸公赞》辑本的版本

《晋诸公赞》原本已佚。《古佚收辑本目录》曾云："傅以礼以宋代尚引此书，则其（《晋诸公赞》）湮散或在元代未可知也。"④《晋诸公赞》具体亡佚于何时，已不可确考，但幸有《三国志》（裴松之注）、《太平御览》、《艺文类聚》、《初学记》等诸多典籍曾征引此书，清代辑佚家黄奭、傅以礼苦心搜罗，辑录成卷，为后世的研究奠定了基础。

《晋诸公赞》辑本有两种。其一为清黄奭辑本，一卷，收在《汉学堂丛

---

① [清]姚振宗：《隋书经籍志考证》，二十五史刊行委员会编辑《二十五史补编》（全六册），上海开明书店，1936年版，第5279页。
② [清]佚名：《唐书艺文志注》卷二，清藕香簃钞本。
③ [唐]魏征等：《隋书》卷三十三，清乾隆武英殿刻本。
④ 孙启冶、陈建华编：《古佚收辑本目录（附考证）》，中华书局，1997年版，第175页。

书·子史钩沉·史部杂史类》和《黄氏逸书考·子史钩沉》里。其中,《黄氏逸书考》今常见版本有民国十四年(1925)王鉴修补印本,民国二十三年朱长圻补刻本,1996年上海古籍出版社影印本等版本。其二为傅以礼辑本,两卷,收在其《傅氏家书》中,惜《傅氏家书》今不见传。孙启治、陈建华编《古佚收辑本目录》曾考证说:"黄奭、傅以礼皆据诸类书传注采得百余人事迹,傅本凡三百余节,较黄本为详。"①

另,安朝辉在他的博士论文中说:"张鹏一《北地傅氏遗书》中也辑佚傅畅《晋诸公叙赞》。"②此说有误。所谓张鹏一《北地傅氏遗书》六卷见诸《关陇丛书》③。查《北地傅氏遗书》六卷《总目》,卷一为《三傅集》,卷二为《傅子》,卷三为《傅子校补》,卷四为《鹑觚集》,卷五为《中丞集》,卷六为《晋诸公叙赞》(续出)。细检《北地傅氏遗书》正文,则卷一为傅幹、傅巽、傅嘏《三傅集》一卷(补一卷),并附《傅氏事实》及其他有关史料。卷二为傅玄《傅子》及《方本傅子校勘记》。卷三同《总目》。卷四、卷五均为傅玄《鹑觚集》,其中卷四分上下两部分,上部主要收录赋、墓志铭、疏、议等多种文体,下部主要收录乐府。卷五主要收录诗。卷六为傅咸《中丞集》。故《北地傅氏遗书》实际上未辑傅畅《晋诸公叙赞》。关于《北地傅氏遗书》六卷内容,《山西公立图书馆目录初编》也有著录且无误。④盖因安朝辉只是检索到了《北地傅氏遗书》的《总目》,未能翻阅和核对正文,且未注意到《总目》中所列卷六《晋诸公叙赞》目下有"续出"二字。再查《关陇丛书》其余九册,并无傅畅《晋诸公叙赞》,⑤也就是说,《关陇丛书》原计划后出《晋诸公叙赞》,最终未能完成。

---

① 孙启治、陈建华编:《古佚收辑本目录(附考证)》,中华书局,1997年版,第175页。
② 安朝辉:《汉晋北地傅氏家族与文学》,广西师范大学博士学位论文,2011年4月,第82页。
③ 张鹏一:《北地傅氏遗书》六卷,陕西文献征辑处民国十二年(1923)刊本。
④ 阳城、田九德、庆系、聂光甫编:《山西公立图书馆目录初编》,山西公立图书馆1931年7月,第303页。
⑤ 《关陇丛书》其他九册分别为《冯曲阳集》一卷(汉冯衍撰、民国张鹏一校补)、《扶风班氏佚书》三卷(民国张鹏一辑,含《叔皮集》一卷、《兰台集》一卷、《曹大家集》一卷)、《傅司马集》一卷(汉傅毅撰)、《兰泉老人遗集》一卷(金张建撰)、《杨晦叟遗集》一卷(金杨庭秀撰)、《杨文宪公考岁略》一卷(明宋廷佐编)、《赵计吏集》一卷(汉赵壹撰)、《赵太常集》一卷(汉赵岐撰)、《挚太常遗书》三卷(晋挚虞撰、民国张鹏一辑,含《挚太常文集》一卷、《决疑要注》一卷、《文章流别志论》一卷)。

（六）《晋诸公赞》黄奭辑本的主要内容

《晋诸公赞》记载和介绍了形色各异的人物，单从书中的条目名称看已有一百三十多位，实际上远不止这些，因为此书写某人往往会交代其父祖辈、兄弟行、子侄辈、其他的族人及其友朋同僚等。在这些众多的人物当中，大体有三类：第一类是帝王诸侯。如太祖文帝司马昭、世祖武帝司马炎、义阳王司马望、高阳王司马珪、南阳王司马模等。第二类是公卿豪族。这是《晋诸公赞》中数量最多、内容最丰富的一类。人物大都个性比较鲜明，有的德高才贤，如"正身率职，朝论归美"的武陔，"有体量局干，美于当世"的邢乔；有的崇尚玄谈理趣，如"谈理与王夷甫不相推下"的裴颜，"有俊才，能清言"的王济等。第三类为名媛贵妇。这类形象为数不多，只有繁昌公主，宣华公主，贾充妻李氏、郭氏等。

二、《晋公卿礼秩故事》

（一）《晋公卿礼秩故事》的文献著录情况

《晋公卿礼秩故事》又名《晋公卿礼秩》《公卿故事》，历代典籍对此书多有著录，《三国志》卷二十二、《晋书》卷四十七、《十六国春秋》卷二十二、《隋书》卷三十三、《旧唐书》卷四十六、《新唐书》卷五十八、《册府元龟》卷五百六十四、《通志》卷六十五、《国史经籍志》卷三、《（雍正）陕西通志》卷七十四、《全上古三代秦汉三国六朝文·全晋文》卷五十三等均著录傅畅《晋公卿礼秩故事》[①]，九卷。综合各家著录情况，所载内容基本相同，并无太大差异。

（二）《晋公卿礼秩故事》辑本的版本

原书九卷，已佚。有辑本传世。

[①] [晋]陈寿：《三国志》卷二十二，百衲本景宋绍熙刊本；[唐]房玄龄等：《晋书》卷四十七，清乾隆武英殿刻本；[南北朝]崔鸿：《十六国春秋》卷二十二，明万历刻本；[唐]魏征等：《隋书》卷三十三，清乾隆武英殿刻本；[后晋]刘昫等：《旧唐书》卷四十六，清乾隆武英殿刻本；[宋]欧阳修：《新唐书》卷五十八，清乾隆武英殿刻本；[宋]王钦若等：《册府元龟》卷五百六十四，明刻初印本；[宋]郑樵：《通志》卷六十五，清文渊阁四库全书本；[明]焦竑：《国史经籍志》卷三，明徐象枟刻本；[清]沈青峰：《（雍正）陕西通志》卷七十四，清文渊阁四库全书本；[清]严可均：《全上古三代秦汉三国六朝文·全晋文》，民国十九年（1930）景清光绪二十年（1895）黄冈王氏刻本。

《晋公卿礼秩故事》有四种辑本：一为清黄奭辑本《晋公卿礼秩》一卷附《晋故事》一卷，见诸《汉学堂丛书·子史钩沉·史部·职官类》与《黄氏逸书考·子史钩沉》；二为清傅以礼《晋公卿礼秩故事》辑本一卷，收于《傅氏家书·晋诸公叙赞（附）》，今不见传；三为清劳格辑本《〈晋公卿礼秩〉校》，收于《读书杂识》卷六[①]；四为清王仁俊辑本《晋公卿礼秩》一卷，收入《玉函山房辑佚书续编·史编·总类》。劳格与王仁俊实际仅从《太平御览》中辑得一小节。只是劳格在辑录原文之后有校，且"以意校"[②]。王仁俊在辑录原文之后引劳格的校记。

目前，学界对傅畅《晋公卿礼秩故事》辑本的版本数量说法不一。如孙启冶、陈建华编《古佚收辑本目录》记载只有黄奭、傅以礼两个辑本，但在注释中又介绍了劳格的辑录情况[③]，意即不承认劳格的辑录内容为一个辑本；赵文润、赵吉惠主编的《两唐书辞典》认为只有傅以礼辑本一卷[④]；明文书局编《中国史学史辞典》则列黄奭、傅以礼、王仁俊所辑的三个版本[⑤]。此外，《古佚收辑本目录》载："劳格从《御览》卷七百七十三采得一节，为黄、傅所失采。"[⑥]此说有误，查黄奭辑本第二十六条"车"下的内容正是从《太平御览》卷七百七十三中所采，与劳格所辑内容完全一致。

综上，《晋公卿礼秩故事》虽有四种辑本，但傅本不传于世，劳氏与王氏本仅为一小节，内容与黄本同，故黄奭所辑《晋公卿礼秩》一卷，附《晋故事》一卷实为最善之本，笔者所据即为此本。

（三）《晋公卿礼秩故事》黄奭辑本的主要内容

此书最前面辑有一小段傅畅的《自序》。正文分为两部分：第一部分为晋公卿礼秩，共辑有二十七条内容；第二部分为晋故事，仅辑出了五条内容。每一条目后面均标明所辑内容的出处，同时黄氏还根据自己的理解和判断对错误的内容进行校勘。辑本条目主要介绍了晋代一些朝官的名称、来源及沿革情况，记录了一些朝官在晋代的设置、执掌、品秩、待遇和赏赐情况，有些还涉

---

① [清]劳格等：《月河精舍丛钞》卷三，光绪六年苕溪丁氏刊本。
② [清]劳格等：《月河精舍丛钞》卷三，光绪六年苕溪丁氏刊本。
③ 孙启冶、陈建华编：《古佚收辑本目录》，中华书局，1997年版，第183页。
④ 赵文润、赵吉惠主编：《两唐书辞典》，山东教育出版社，2004年版，第819页。
⑤ 明文书局编：《中国史学史辞典》，明文书局，1986年版，第303页。
⑥ 孙启冶、陈建华编：《古佚收辑本目录（附考证）》，中华书局，1997年版，第183页。

及晋代礼仪、赋税制度。

虽然《晋公卿礼秩故事》所辑内容很少，较原书残缺严重，但其中保存下来的官职名称、执掌、品秩、礼仪、制度等方面的内容，为后世研究古代尤其是晋代职官制、礼仪制、赋税制等有极大的参考价值，如"租赋"一条内容是现在学者研究西晋"户调法"最重要的依据之一。

三、傅畅其他著述

除上述两种外，傅畅还曾有多部著述，均佚。

（一）《傅畅集》

《隋书·经籍志》载："晋秘书丞《傅畅集》五卷，梁有录一卷。"①《旧唐书》《通志》《补〈晋书·艺文志〉》《（雍正）陕西通志》《全上古三代秦汉三国六朝文》等均载傅畅有集五卷，②《国史经籍志》又载："《傅畅集》十五卷。"③由是而观，除《国史经籍志》外，其他历代史书均著《傅畅集》为五卷，疑《国史经籍志》在传抄过程中出现讹误。

（二）《裴氏家记》

关于《裴氏家记》的记载最早见于晋陈寿《三国志》："傅畅《裴氏家记》曰：'儁字奉先，魏尚书令潜弟也。'"④清章宗源《隋书经籍志考证》卷十三亦载："《裴氏家记》卷亡。傅畅撰，不著录。"⑤清姚振宗《隋书经籍志考证》卷二十《史部十》："《裴氏家记》，傅畅……以上凡二十五家皆散见诸书者，卷数并无考。"⑥可见，史学家认为傅畅确曾著有《裴氏家

---

① [唐]魏征等：《隋书》卷三十五，清乾隆武英殿刻本。
② [后晋]刘昫等：《旧唐书》卷四十七，清乾隆武英殿刻本；[宋]郑樵：《通志略·艺文略》卷六十九，清文渊阁四库全书本；[清]丁辰：《补〈晋书·艺文志〉》卷四，清光绪刻、常熟丁氏丛书本；[清]沈青峰：《（雍正）陕西通志》卷七十五，清文渊阁四库全书本；[清]严可均：《全上古三代秦汉三国六朝文·全晋文》，民国十九年（1930）景清光绪二十年（1895）黄冈王氏刻本。
③ [明]焦竑：《国史经籍志》卷五，明徐象橒刻本。
④ [晋]陈寿：《三国志》卷四十二《蜀书十二》，百衲本景宋绍熙刊本。
⑤ [清]章宗源：《隋经籍志考证》，清光绪元年（1875）湖北崇文书局刻三十三种丛书本。
⑥ [清]姚振宗：《隋书经籍志考证》卷二十，民国师石山房丛书本。

记》，但卷数不详。不过，姚振宗又有一个推测："傅畅《裴氏家记》载裴潜弟儁、儁子越事。案：裴松之注史自引傅畅《裴氏家记》盖即《晋诸公赞》中之一节，后松之为家传，至曾孙子野又从而续之也。"①《晋诸公赞》中的确记载了晋代裴氏一族的诸多名人，如裴秀、裴頠、裴楷、裴瓒等，《隋书·经籍志》亦有"《裴氏家传》四卷，裴松之撰"语②，《梁书·裴子野列传》曰："子野少时，《集注丧服》《续裴氏家传》各二卷。"③姚氏依据这些史料所做的推测可谓大胆，但毕竟《晋诸公赞》残缺不全，《裴氏家记》又亡，且无其他强有力的实证，故《裴氏家记》是否为《晋诸公赞》中之一节，裴松之及其曾孙裴子野的《裴氏家传》和《续裴氏家传》与《晋诸公赞》有无直接的关系，实难臆断。

（三）《晋历》

关于傅畅曾著《晋历》，历代只有两部典籍著录；《新唐书》卷五十八云："傅畅……《晋历》二卷。"④清沈青峰《（雍正）陕西通志》卷七十四载："……《晋历》二卷……秘书丞泥阳傅畅撰。"⑤两书对《晋历》二卷著录无异说。

此外，据《（雍正）陕西通志》卷七十四载："……《百官名》十四卷……秘书丞泥阳傅畅撰。"⑥傅畅作《百官名》之记载仅见此，不著录于历代其他书目文献，唯《新唐书》卷五十八《艺文志第四十八》在著录了傅畅《晋公卿礼秩故事》后，有"《百官名》十四卷"语，但未载撰者。⑦疑《（雍正）陕西通志》据此误将《百官名》十四卷录在傅畅名下。故无法确定《百官名》十四卷是否确为傅畅之作。

另据刘知几《史通》载："后赵石勒令其臣徐光、宗历、傅畅、郭愔等撰《上党国记》《起居注》《赵书》……至石虎，并令刊削，使勒功业不

---

① [清]姚振宗：《隋书经籍志考证》卷二十，民国师石山房丛书本。
② [唐]魏征等：《隋书》卷三十三，清乾隆武英殿刻本。
③ [唐]姚思廉：《梁书》卷三十，清乾隆武英殿刻本。
④ [宋]欧阳修等：《新唐书》卷五十八，清乾隆武英殿刻本。
⑤ [清]沈青峰：《（雍正）陕西通志》卷七十四，清文渊阁四库全书本。
⑥ [清]沈青峰：《（雍正）陕西通志》卷七十四，清文渊阁四库全书本。
⑦ [宋]欧阳修等：《新唐书》卷五十八，清乾隆武英殿刻本。

传。"① 从石勒对傅畅的器重并使其"恒居机密"来看，傅畅曾奉命参与《上党国记》等诸史书的撰写是有可能的，只可惜石虎执政时，为使石勒功业不传而将这些著作"刊削"，及至失传。再者，《史通》所载《上党国记》等多部著述为石勒令多位大臣所作，根据现有史料，无法确定傅畅所作何书，也无法确定其在此次修书过程中所起的作用。姑录于此。

（本文发表于《宁夏社会科学》2015年第5期）

杨学娟，1974年生，2016年毕业于陕西师范大学文学院，文学博士，师从傅绍良教授，现为宁夏大学人文学院副教授。

---

① [唐]刘知几：《史通》卷第十二，《四部丛刊》景明万历刊本。

中古河东薛氏与文学概述

梁 静

内容摘要：河东薛氏是中古时期重要的世家大族，随着家族性质由武力强宗向士族的转变，其家族成员大都具备了较深的文化修养，显现出鲜明的士族特征。特别是隋唐时期，河东薛氏还涌现出不少重要的文学家，成为名副其实的"文学世家"，其中某些成员对于仕途偃蹇的咏叹带有鲜明的"家族烙印"。

关键词：中古；河东薛氏；文学

河东薛氏与裴氏、柳氏并称"河东三姓"，但是，薛氏并非世居河东的土著，而是在魏晋之际由蜀地迁徙到此的。根据《新唐书》所载，河东薛氏分为南祖、西祖两支。起初，作为具有浓厚豪强色彩的豪族，河东薛氏凭借强大的地方势力、相当规模的武装力量和家族成员出色的军事才能得到统治者的重用，并逐渐确立了家族的政治地位。之后，这两支的发展道路呈现出截然不同的特点：南祖依然具有浓厚的豪强性质并继续沿着典型的武力豪族的道路发展，其作用多集中在军事方面；西祖则逐渐由武力强宗向文化士族转变，并沿着高级士族的道路发展，其成员大都具备了相当深厚的文化修养，其影响多集中在政治、文学、艺术等方面。特别是隋唐之际，薛氏西祖不仅迎来了政治发展的鼎盛时期，同时也迎来了家族文学创作的辉煌时期。本文通过对河东薛氏文学创作的描述，以期更全面地展现河东薛氏家族的面貌。

一、魏晋南北朝时期的河东薛氏与文学

前面已指出,河东薛氏南祖、西祖的发展道路完全不同。南祖最重要的人物薛安都就是凭借军功出仕的典型代表,而其子孙也大都以军功入仕。由于南祖成员长期担任军职,并主要活动于危险的军事斗争环境,长久的戎马生涯根本无法给其带来任何文化熏陶,因此,南祖仍然保持着浓厚的武勇豪侠之风。

不过,南祖中有一人例外,那就是薛憕。史书载其"早丧父,家贫,躬耕以养祖母,有暇则览文籍"[1],由于在政治上没有任何可以依凭的条件,再加上江表取人多以世族,所以薛憕一直未被擢用,为此他常发出感叹,表示不愿低头倾首,俯仰向人,而是要有所作为。当回归河东后,他"不交人物,终日读书,手自抄略,将二百卷"[2],努力提升自己的文化修养,他的这一举动还引来族人的冷嘲热讽,对此他毫不介意,依然整日苦读。而他所做的一切最终改变了他的人生。此后,他的仕途变得通达了:普泰中,拜给事中、加伏波将军;武帝西迁,授征虏将军、中散大夫,封夏阳县男;文帝即位,拜中书侍郎,加安东将军,进爵为伯。不仅如此,他还曾为朝廷参订仪制,也曾在大统四年(538),为宣光、清徽殿的建成以及置于清徽殿前的两件奇器做颂。虽然颂文的内容我们无法看到,但是能够为此做颂,其文才一定不凡,正如史书所说"学称该博,文擅雕龙"[3]。

西祖则不然。最初,西祖的发展依然要凭借军功,但是,当其获得一定政治地位后,提高自身文化水平便成为家族成员的主动选择。而这一选择与其所处的环境也大有关系。据张华《博物志》所载,河东地区在两汉时期还很落后,但是,从曹魏开始,河东的文化得到显著发展。建安十年(205),杜畿出任河东太守之时,开始大力推行教化,"民富矣,不可不教也,于是冬月修戎讲武,又开学宫,亲自执经教授,郡中化之"[4]。此外,河东大儒乐详对于河东地区浓厚文化氛围的形成也做出了重要贡献。《三国志·魏书·杜恕传》

---

[1] [唐]李延寿等:《北史》卷三六《薛憕传》,中华书局,1974年版,第5册,第1344页。
[2] [唐]李延寿等:《北史》卷三六《薛憕传》,中华书局,1974年版,第5册,第1345页。
[3] [唐]李延寿等:《北史》卷三六《薛憕传》,中华书局,1974年版,第5册,第1346页。
[4] [晋]陈寿:《三国志》卷六《杜畿传》,中华书局,1959年版,第2册,第496页。

裴注引《魏略》曰:"少好学……归乡里,时杜畿为太守……署详文学祭酒,使教后进,于是河东学业大兴"①。正是在杜畿、乐详的引导、教育与影响下,河东地区的文化水平得到了很大程度的提高。

身处河东浓厚的文化氛围中,再加上以诗礼传家的衣冠大族裴氏、柳氏潜移默化的影响,河东薛氏西祖深受文化的熏陶,而家族性质就在这一进程中缓慢地发生变化。到了东晋十六国时期,河东薛氏西祖的部分成员已经具备了一定的文化修养:"薛辩,字允白,河东汾阴人也。曾祖兴,晋尚书右仆射、冀州刺史、安邑公,谥曰庄。祖涛袭爵,位梁州刺史,谥曰忠惠。京都倾覆,皆以义烈著闻。父强,字威明,幼有大志,怀军国筹略。……辩幼而俊爽,倜傥多大略,由是豪杰多归慕之。……子谨,字法顺。容貌魁伟,高才博学。……谨自郡迁州,威恩兼被,风化大行。时兵荒之后,儒雅道息,谨命立庠序,教以诗书。三农之暇,悉令受业,躬巡邑里,亲加考试,河汾之地,儒道更兴。"②由此可知,从薛兴、薛涛、薛强、薛辩到薛谨,性质已由"以义烈著闻"的豪强特征向"高才博学"的士族特征转变,而这一转变也深刻地影响了后世子孙的发展轨迹。

首先,谨长子初古拔一支。初古拔,本名洪祚,"沈毅有器识"③;拔弟洪隆长子骠驹,"好读书,举秀才,除中书博士";骠驹长子庆之,"颇有学业,闲解几案"④;庆之弟英集子端,"有志操","与弟裕励精笃学,不交人事"⑤;端子胄,"少聪明,每览异书,便晓其义。常叹训注者不会圣人深旨,辄以意辩之,诸儒莫不称善"⑥;胄从祖弟濬,"幼好学,有志行"⑦。

其次,洪隆弟湖支。湖,"少有节操,笃志于学;专精讲习,不干时务;与物无竞,好以德义服人";湖子聪,"博览坟籍,精力过人,至于前言往行,多所究悉。词辩占对,尤是所长"⑧;聪子孝通,"博学有俊才"⑨,

---

① [晋]陈寿:《三国志》卷六《杜恕传》,中华书局,1959年版,第2册,第507页。
② [唐]李延寿等:《北史》卷三六《薛辩传》,中华书局,1974年版,第5册,第1324—1325页。
③ [唐]李延寿等:《北史》卷三六《薛辩传》,中华书局,1974年版,第5册,第1325页。
④ [唐]李延寿等:《北史》卷三六《薛辩传》,中华书局,1974年版,第5册,第1326页。
⑤ [唐]李延寿等:《北史》卷三六《薛辩传》,中华书局,1974年版,第5册,第1327页。
⑥ [唐]李延寿等:《北史》卷三六《薛辩传》,中华书局,1974年版,第5册,第1329页。
⑦ [唐]李延寿等:《北史》卷三六《薛辩传》,中华书局,1974年版,第5册,第1330页。
⑧ [唐]李延寿等:《北史》卷三六《薛辩传》,中华书局,1974年版,第5册,第1332页。
⑨ [唐]李延寿等:《北史》卷三六《薛辩传》,中华书局,1974年版,第5册,第1334页。

且有文集六卷；善弟慎，"好学，能属文，善草书"，"有文集，颇为世所传"①。

另外，薛寘，"幼览篇籍，好属文……所著文笔二十余卷，行于世。又撰《西京记》三卷，引据该洽，世称其博闻焉"②。

这些充分说明河东薛氏西祖成员大都博学多识，文化水平得到了较大提升，甚至某些成员能够从事文学创作，且有文集传世，惜已散佚。同时，这些材料充分证明，西祖的大多数成员在魏晋南北朝时期具备了一定的文学创作才能，而且这种才能在个别成员身上表现得尤为突出，而这又与家族的士族化互为因果。可见，河东薛氏西祖性质的转变已势不可挡，从而为以后其成员在文学方面出众的表现奠定了坚实基础。

二、隋唐时期的河东薛氏与文学

隋唐之际，河东薛氏在文学方面取得了突出成就，无论是文学家的数量与文学作品的数量，还是文学作品的质量与成就，都远远超过了魏晋南北朝时期。这充分说明，经过了魏晋南北朝时期的积累，河东薛氏已发展成为名副其实的"文学世家"。其中，最具示范意义与影响力的当属薛道衡，他以自身的文学才华以及创作实践为子孙开辟了一片崭新的天地。

薛道衡，"专精好学。年十岁，讲《左传》，见子产相郑之功，作《国侨赞》，颇有词致，见者奇之。其后才名益著"③，而且其诗作因接近南朝诗歌的风格，深得南朝士人的喜爱，"每有所作，南人无不吟诵焉"④。虽然，他留存的作品数量非常少，但足以确立他在隋代诗坛的地位。《昔昔盐》历来被认为是薛道衡的代表作之一，此诗带有浓郁的南朝色彩，将闺怨表现得既细腻又缠绵。"恒敛千金笑，长垂双玉啼"就把女子自丈夫别后的生活状态描绘出来，而"飞魂同夜鹊，倦寝忆晨鸡。暗牖悬蛛网，空梁落燕泥"则传达出女子独居的孤寂与凄凉，其悲苦情怀被衬托出来。整首诗歌深切地表达了妇人对征

---

① [唐]李延寿等：《北史》卷三六《薛辩传》，中华书局，1974年版，第5册，第1342—1343页。
② [唐]李延寿等：《北史》卷三六《薛寘传》，中华书局，1974年版，第5册，第1343—1344页。
③ [唐]李延寿等：《北史》卷三六《薛辩传》，中华书局，1974年版，第5册，第1337页。
④ [唐]李延寿等：《北史》卷三六《薛辩传》，中华书局，1974年版，第5册，第1338页。

人的思念，情感真挚，风格清新，而"暗牖悬蛛网，空梁落燕泥"一联向来为人称道。

薛道衡不仅创作出具有南朝诗歌特征的作品，同时还创作出带有浓郁北方色彩的作品，而最具代表性的是《出塞二首》，真实地刻画出边塞独特气候特征以及风貌，展现出边塞激烈的军事斗争场景，诗人赞美了那些身处恶劣自然环境中的将士们，特别是展现了将士们斗志昂扬、信心百倍的精神状态。总之，"他的主要成就是能在融合南北诗风的基础上创造自己的风格，寻找新巧的构思方式和新颖的艺术形象。尤其乐府，对于当时沿袭旧题旧意的格套有较大的突破"。①

由此可见，薛道衡在诗歌方面所取得的成就是相当突出的，不仅成为隋代诗坛成就最大的一位文学家，也成为河东薛氏家族中文学成就卓著的成员之一，从而奠定了其在家族极为重要的文学地位。他以自身的文学才华以及创作实践为子孙开辟了一片崭新的天地。

薛收，道衡子，才思敏捷、才华横溢，为文一蹴而就，不假思索。当太宗陪高祖游后园获一条白鱼时，命其作献表，他"援笔立就，不复停思"，时人推其"赡而速"②。《旧唐书·经籍志下》《新唐书·艺文志四》著录"薛收集十卷"，惜其诗歌已佚，只有《全唐文》收录文三篇。薛收所作《白牛溪赋》曾得到初唐诗人王绩的高度评价："韵趣高奇，词义旷远，嵯峨萧瑟，真不可言。壮哉邈乎，扬班之俦也。高人姚义尝语吾曰：'薛生此文，不可多得，登太行，俯沧海，高深极矣。'"（《答冯子华处士书》）③这足以表明薛收的文学才能非同一般。

薛元超，收子，好学，善属文，文思非常敏捷，即刻成章。《旧唐书·经籍志》《新唐书·艺文志》著录其文集三十卷，惜已散佚。对于薛元超的文学成就，崔融撰《墓志》（上世纪70年代陕西乾陵出土）云："唯公神韵潇洒，天才磊落。陈琳许其大巫，阮籍称其王佐。立辞比事，润色太平之业；述礼正乐，歌颂先王之道。擅一时之羽仪，光百代之宗匠。"

---

① 葛晓音：《八代诗史》，陕西人民出版社，1989年版，第323页。
② [唐]欧阳修、宋祁等：《旧唐书》卷七三《薛收传》，中华书局，1975年版，第8册，第2588页。
③ [清]董诰等：《全唐文》卷一三一，中华书局，1983年版，第1323页。

薛曜，元超子，亦以文学知名，《新唐书·艺文志四》著录"薛曜集二十卷"。《全唐诗》收录八首诗。

薛稷，薛收孙。《新唐书·艺文志四》著录"薛稷集三十卷"。《全唐诗》收录十三首。其中，《秋日还京陕西十里作》尤为出色，被视为初唐五古名篇，深得杜甫称赞。张说曾高度评价其文学才能，"如良金美玉，无施不可"[①]。

薛奇童，元超孙。《全唐诗》收录诗七首。其中，《拟古》《塞下曲》《云中行》三首，颇具北方文学的特质，而《吴声子夜歌》则具有南方文学的气质。可见，在薛奇童的诗歌创作中兼具南北文学之风。

薛据，早孤，为伯母林氏抚养。由于林氏博涉文史，薛据从小就接受了良好教育，以文学闻名，"雄辞变文名，高价喧时议。下笔盈万言，皆合古人意"（刘长卿《送薛据宰涉县》）[②]。高适也评价其"隐轸经济具，纵横建安作"（高适《淇上酬薛三据兼寄郭少府微》）[③]。

薛逢，进士及第。《新唐书·艺文志四》著录诗集十卷、别纸十三卷、赋集十四卷，只是大部分已散佚，极少数作品存世。

薛廷珪，逢子。中和年间，登进士第，亦以文学知名，尤长于辞赋制诰，著有《凤阁书词》十卷。

薛涛，精通声律，工于书法，更以工诗著称于世。她不仅与历任西川的节度使有酬唱，如韦皋、高崇文、武元衡、王播、段文昌、李德裕等，还与当时著名的诗人元稹、白居易、王建等彼此唱和。与这些中唐时期重要的政治、文学精英的交往、唱和，使跻身其中的薛涛耳濡目染，不仅得以洞悉西川政局，了解时政得失，而且也潜移默化地影响着她的创作。《郡斋读书志》卷四中著录《锦江集》五卷；《直斋书录解题》卷十九录《薛涛集》一卷。薛涛的文学创作不仅数量可观，而且成就突出，深得诗评家的赞赏。胡震亨称其"工绝句，无雌声"[④]；钟惺则云"缥缈幽秀，绝句一派，为今所难"[⑤]；章学诚称赞其诗"雅而有则，真而不秽"[⑥]。其代表作《春望词》四首写得含蓄委婉，

---

① [唐]刘肃：《大唐新语》卷八，中华书局，1984年版，第130页。
② [清]彭定求：《全唐诗》卷一五○，中华书局，1960年版，第1552页。
③ [清]彭定求：《全唐诗》卷二二一，中华书局，1960年版，第2197页。
④ [明]胡震亨：《唐音癸签》卷八，上海古籍出版社，1981年版，第83页。
⑤ [明]钟惺：《名媛诗归》，四库全书存目丛书·集部339，齐鲁书社，1997年版。
⑥ 《妇学》，见章学诚《文史通义》卷五，古籍出版社，1956年版，第172页。

将内心深处对爱的渴望以及爱而不能的无奈抒写得深沉、细腻,诗中融入了对自身命运多舛、身世飘零的无限感慨,真实地表达出在那个时代作为"乐妓"的孤独与凄凉。既是"望春",诗人应当被春天的勃勃生机所感染,而恰恰相反,诗人在望春时流露出了无限的悲愁:当花开花落时无人与其同悲喜;当容颜渐衰时佳期却依然渺渺;揽草欲遗知音以结同心,结果却是独自神伤。"愁""哀"两字正是诗人内心的写照。

薛涛的诗歌不仅真切地展现了风尘女子丰富、复杂的内心世界,而且还表达了她对社会政治的关心、对人生的理性思考与评判。如《筹边楼》:"平临云鸟八窗秋,壮压西川四十州。诸将莫贪羌族马,最高层处见边头。"①就表达了她对时局的关注,规劝诸将一切应以国事为重,切勿贪图一己之利。《四库全书总目提要》对此诗给予高度评价:"其托意深远,有鲁嫠不恤纬,漆室女坐啸之思,非寻常裙裾所及,宜其名重一时。"正因为如此,薛涛不仅在唐代女性文学创作领域占有一席之地,而且也确立了她在薛氏家族中举足轻重的文学地位。

三、河东薛氏文学创作的主要特色

隋唐时期,河东薛氏取得了较高的文学创作成就,这与唐代的社会文化环境有着密切关系。特别是武后时期开科举尤重诗赋的风气,对于其家族成员文学创作才能的培养无疑起到了积极的推动作用。值得注意的是,河东薛氏家族的兴衰深刻地影响着其家族成员的诗歌创作,从而形成了鲜明的"家族特色"。

隋唐是河东薛氏发展的鼎盛时期,而这种上升的发展态势在开元元年(713)发生了转折。这一年,李隆基剿灭太平公主一党,参与其中的薛稷、薛崇简两支遭受重创。薛稷被赐死,其子因尚公主之故,免死流放,却在途中自杀。薛崇简虽免一死,官爵如故,但从此销声匿迹。至此,河东薛氏走向衰落。

对于河东薛氏来说,这次打击异常沉重且影响深远。从此,河东薛氏成员的仕进之路不再通达如故,更重要的是给子孙内心留下了难以抹去的创伤。由于昔日家族的辉煌历史,因而给后世子孙带来巨大的影响:一方面,曾经的

---

① [清]彭定求:《全唐诗》卷八〇三,中华书局,1960年版,第9142页。

辉煌不仅成为后世子孙拥有强烈自豪感的源泉，另一方面，又成为其巨大精神压力的直接根源。作为河东薛氏后辈，他们依旧想通过努力再次实现家族的兴旺与鼎盛，再次铸就家族的辉煌，并不想因为自身的缘故有损于家族曾经的声誉。但是，现实中仕途的偃蹇使得这种愿望难以实现，而这又成为薛氏子孙精神苦闷的直接来源。相应地，他们在诗歌中尽情抒发薛氏子弟特有的情怀，即对于仕途偃蹇的咏叹。这种咏叹充分说明河东薛氏家族曾经拥有的显赫的政治地位、政治威望给后世子孙留下了极为深刻的印记。

而这种"家族特色"在薛据、薛逢的身上表现得尤为突出。就薛据来说，虽然他具有"天资青云器"，且才华横溢，声名大噪，但是"数载犹卑位"（刘长卿《送薛据宰涉县》）①。因此，他用诗歌表达了自己内心的失落。如《怀哉行》：

> 明时无废人，广厦无弃材。良工不我顾，有用宁自媒。怀策望君门，岁晏空迟回。秦城多车马，日夕飞尘埃。伐鼓千门启，鸣珂双阙来。我闻雷雨施，天泽罔不该。何意斯人徒，弃之如死灰。主好臣必效，时禁权不开。俗流实骄矜，得志轻草莱。文王赖多士，汉帝资群才。一言并拜相，片善咸居台。夫君何不遇，为泣黄金台。②

首先，诗人指明所处的时代是政治清明的时代，士人都能够为上用、尽其才，而自己只能独自谋求出路。之后，诗人运用文王、汉武帝广延人才为我所用的典故，进一步衬托出自己的孤立无援、为人主所弃。通过这首诗歌，我们能够充分地感受到薛据内心巨大的失落，这种失落最主要来源于自身政治前途的渺茫与河东薛氏曾经显赫的政治地位之间所形成的巨大反差。

再如《初去郡斋书怀》：

> 肃徒辞汝颍，怀古独凄然。尚想文王化，犹思巢父贤。时移多谗巧，大道竟谁传。况是疾风起，悠悠旌旆悬。征鸟无返翼，归流不停川。已经霜雪下，乃验松柏坚。回首望城邑，迢迢间云烟。志士不伤物，小人皆自妍。感时惟责己，在道非怨天。从此适乐土，东归知几年。③

---

① [清]彭定求：《全唐诗》卷一五〇，中华书局，1960年版，第1552页。
② [清]彭定求：《全唐诗》卷二五三，中华书局，1960年版，第2852页。
③ [清]彭定求：《全唐诗》卷二五三，中华书局，1960年版，第2853页。

诗人告别汝颖这块古老而又充满深厚历史文化底蕴的土地,当回想起这里曾经有过的文明,曾经有过的贤君忠臣——文王、巢父,再与自己所处时代相比较,诗人内心感到无比凄凉,古时那些能够礼贤下士的明君早已不复存在。如今,自己虽有报国之心,却无报国之门,因为世道浇漓,王道沦丧。"时移多谗巧,大道竟谁传"表达了诗人对时局的不满,对世风的失望。此刻,诗人将自我不遇归于己身。最后,诗人试图摆脱失意带来的痛苦,不得不自我安慰,决心重新回归乐土,重新寻找自己的快乐。但是,所有这些也不足以真正消解其失意的痛苦、苦闷的情怀,诗人注定要为仕途的偃蹇而哭泣:"投珠恐见疑,抱玉但垂泣。道在君不举,功成叹何及。"(《古兴》)[①]

可见,薛据的诗歌用来吟唱自我的坎坷遭际,用来抒写内心巨大的伤感,因为他毕竟是河东薛氏家族的子孙,家族曾经的辉煌永远笼罩心头,而且变成巨大压力,成为其永远无法甩掉的精神包袱。

如上所说,河东薛氏由往日显赫到今日衰落造成的巨大落差,成为薛氏子孙内心无法挥去的阴影,并造成其内心巨大的失落感。同时,这种失落感也成为他们沉重精神压力的直接根源,特别是在遭遇仕途坎坷时,这种失落感会比一般文人士子更强烈,更刺痛人心,更难以接受。有时,甚至为了寻求精神安慰,薛氏子孙将这种失落感转化为一种狂妄自负,以此掩盖现实中的坎坷遭遇,来填平内心的创伤。晚唐诗人薛逢就是如此。

薛逢生性耿介,恃才倨傲,自称"于家必孝,于国必忠,于事必勤,于身必正"(《上中书李舍人启》)[②],而且颇有豪气,曾作《画像自赞》云:"壮哉薛逢,长七尺五寸,手把金锥,凿开混沌",强烈的自信溢于言表,甚至给人以狂放之感。所有这些助长了他的自负:"持论鲠切,以谋略高自标显"[③],"论议激切,自负经画之略"[④]。

薛逢深知"某家望陵迟,眇然孤藐。飘流勤苦,垂三十年。分分自登,粒粒自啄。取第不因於故旧,蒙知皆自於隽贤"(《上中书李舍人启》)[⑤],家

[①] [清]彭定求:《全唐诗》卷二五三,中华书局,1960年版,第2854页。
[②] [清]董诰等:《全唐文》卷七六六,中华书局,1983年版,第7970—7971页。
[③] [唐]欧阳修、宋祁等:《新唐书》卷二〇三《薛逢传》,中华书局,1975年版,第18册,第5793页。
[④] [后晋]刘昫:《旧唐书》卷一九〇《薛逢传》,中华书局,1975年版,第15册,第5079页。
[⑤] [清]董诰等:《全唐文》卷七六六,中华书局,1983年版,第7970页。

族曾经的影响已荡然无存，只能凭借自身的隽贤去获得仕途的通达。不过，他的功名欲望没有因家族的衰落而有所消歇，反而愈加强烈。这种强烈的功名欲望促使他频繁上书，乞求他人汲引。在《全唐文》中，薛逢仅存文十五篇，其中《上白相公启》《上崔相公启》《上翰林韦学士启》《上宰相启》《上虢州崔相公启》《上崔相公罢相启》《上中书李舍人启》等七篇都是希求援引的。但是，这丝毫未给他的仕途带来多大的改变，他的一生大部分时间都是担任一些诸如万年尉、县令等官职。这显然与他对自我的期望相距甚远，仕途的艰辛坎坷使他不由地发出"昔日凌云之志，自觉泥蟠；今兹失路之人，谁为乡导"（《与崔况秀才书》）[1]的感慨。

由于付出的努力与得到的结果之间形成的巨大反差，愈发增加了薛逢内心的孤独感、凄凉感。"平生坎𡒄，难自梯媒。进退嗫嚅，终莫上达。亦犹魇者梦逐，声愈哀而言愈不宣，足愈勤而身愈不进。孤影无援，危灯在旁。幽忧旅魂，逼迫中夜。"（《上白相公启》）[2]仕途的失败犹如噩梦，萦绕心头，挥散不去。在此，河东薛氏家族曾经的显赫成为其沉重的精神负担：一方面，他以出身颇具影响力的"关中士族"之一的薛氏家族感到自豪，并使之成为其强烈功名欲望的直接动力；另一方面，先人曾经的地位、名望又成为其难以摆脱的阴影，特别是自身宦途的坎坷无形中加重了自我的心理压力，带给他更大的精神苦闷。

这种精神苦闷随着时间的推移日益积聚，由积极追求功名到逐渐消磨自我意志再到最后的彻底绝望，情感也由积极乐观到逐渐消沉再到最后的愤怒。薛逢选择了形式更为自由的歌行体，如《镊白曲》《君不见》《老去也》《追昔行》《醉春风》等，抒发"人生如梦""时不我待"的主题。通过这些诗作，我们可以明显地感受到薛逢内心的焦虑，这种焦虑来自于对时间无情流逝与人生有限的无奈，特别是对自己功名未就的沉重慨叹。他不仅对时光流逝感到异常敏感："朝光如飞犹尚可，暮更如箭不容卧。犍为穿城更漏频，一一皆从枕边过。一夕凡几更，一更凡几声"（《追昔行》），"光阴自旦还将暮，草木从春又到秋"（《悼古》）；而且深刻地感受到容颜的衰老："去年镊白鬓，

---

[1] [清]董诰等：《全唐文》卷七六六，中华书局，1983年版，第7967页。
[2] [清]董诰等：《全唐文》卷七六六，中华书局，1983年版，第7968页。

镜里犹堪认年少。今年镊白发,两眼昏昏手战跳"(《镊白曲》)①。

面对时光无情的流逝,面对无法抗拒的容颜衰老,面对现实坎坷的仕途,薛逢不得不为自己重新寻求精神的支点,寻求精神解脱的良方,而结果只能是否定功名本身,因为它是导致诗人内心痛苦的根源所在:"一朝冥漠归下泉,功业声名两憔悴……人生倏忽一梦中,何必深深固权位"(《君不见》),"河上关门日日开,古今名利旋堪哀"(《潼关驿亭》),"不愁故国归无日,却恨浮名苦有涯"(《九日嘉州发军亭即事》),"尺组挂身何用处,古来名利尽丘墟"(《重送徐州李从事商隐》)。

诗人已经充分认识到名利的虚幻性、暂时性。同时,诗人也洞察了历史的真相:"盛去衰来片时事"(《君不见》),"细推今古事堪愁,贵贱同归土一丘。汉武玉堂人岂在,石家金古水空流"(《悼古》),"满壁存亡俱是梦,百年荣辱尽堪愁"(《题白马驿》)②。

无论人们曾经的身份、地位是高贵还是卑贱,死亡是没有差别的,是不分贵贱的,死亡是人们共同的命运,也是最后的归宿;无论是汉武时造就的辉煌,还是盛极一时的石崇"金谷雅集",最终都会在时间的流逝中消亡,曾经所有的记忆也都将被时间冲刷得一干二净,这就是时间的残酷,历史的无情。

既然历史本身充满了太多的无情与无奈,而功名又是虚妄的、短暂的,因此,唯有现实的快乐才是可以真正把握的。于是,诗人向醉乡、向庄子、向田园寻求人生快乐的真谛:"闲事与时俱不了,且将身暂醉乡游"(《悼古》),"未学苏秦荣佩印,却思平子赋归田"(《座中走笔送前萧使君》)③,"也知留滞年华晚,争那樽前乐未央"(《春晚东园晓思》)④。

不过,所有这些都是短暂的,诗人依然并未获得真正的解脱。他愈是表现得旷达,愈是见出其内心巨大的痛苦。无论是独处之时,还是送别友人之时,诗人总是不忘抒发自己失落、怅惘、无奈的情怀:"自笑无成今老大,送君垂泪郭门前"(《座中走笔送前萧使君》),"胸中愤气文难遣,强指丰碑哭武侯"(《题白马驿》),"薄宦未甘霜发改,夹衣犹耐水风寒"(《芙蓉溪送

---

① [清]彭定求:《全唐诗》卷五四八,中华书局,1960年版,第6320、6327、6319页。
② [清]彭定求:《全唐诗》卷五四八,中华书局,1960年版,第6319—6330页。
③ [清]彭定求:《全唐诗》卷五四八,中华书局,1960年版,第6327、6329页。
④ [清]彭定求:《全唐诗》卷五四八,中华书局,1960年版,第6332页。

前资州裴使君归京宁拜户部裴侍郎》）[1]。可见，在薛逢内心深处，强烈的功名之心、仕进之心是始终如一的，是根深蒂固的，是从未改变的。虽然，他曾勘破历史的真相，参透盛衰的短暂，也曾看破功名的虚幻，并且找到了精神解脱的途径。但是，所有这一切也未能真正改变其强烈的功名之心。毕竟，他出身于政治地位显赫的士族之家，家族成员曾经的辉煌成为他永远无法抹去的深刻记忆，同时，这也将注定薛逢一生无法摆脱仕途失意的梦魇。

综上所述，河东薛氏成员的人生目标因家族的荣耀而起，悲苦情怀也因家族的衰败而生，他们的一生始终被家族的光环与阴影所笼罩，他们也始终难以抗拒这股强大的精神压力，也注定要为家族的荣誉付出惨重的精神代价。

（本文发表在《山西大学学报》〔哲学社会科学版〕2009年第5期）

梁静，1977年生，2006年毕业于陕西师范大学文学院，文学博士，师从霍松林先生，现就职于西安外国语大学汉学院。

---

[1] [清]彭定求：《全唐诗》卷五四八，中华书局，1960年版，第6329、6330、6332页。

"悠然望南山"：一句陶诗文本的证据链

范子烨

内容摘要：从北宋开始，随着陶集的大量刊刻与广泛流传以及诗学批评的蓬勃发展，关于陶渊明《饮酒》其五这篇经典名作，便产生了"悠然望南山"与"悠然见南山"的异文之争，一代文学巨擘苏轼首发其唱，产生了深远的影响。本文从这首诗在唐代以前和唐宋时代的流传情况出发，结合对陶渊明诗文内证的深入发掘和历史语言学角度的还原审查以及对这首诗文学渊源的认真求索，充分揭示了一条"悠然望南山"作为陶诗原始文本的证据链；同时，本文也彰显了苏轼在文本抉择上的矛盾态度，指出了苏轼的错误判断产生的禅学背景及其所具有的特殊美学意义。

关键词："悠然望南山"；"悠然见南山"；苏轼；《文选》；文本；证据链

在陶诗的诸多名篇中，《饮酒》二十首其五尤为人们所爱赏所耽味：那自然流丽的语言，那超尘脱俗的情致，那高洁纯美的境界，那精警渊懿的哲理，千百年来流照艺林，光景常新。但是，从北宋开始，随着陶集的大量刊刻与广泛流传以及诗学批评的蓬勃发展，"悠然望南山"与"悠然见南山"的异文之争就出现了。一代文学巨擘苏轼（1036—1101）对陶渊明的推崇，使陶渊明的文学史地位日丽中天，而他对"悠然见南山"的倡导，也使这一陶诗文本深入人心。宋晁补之（1053—1110）《鸡肋集》卷三十三《题陶渊明诗后》：

> 记在广陵日，见东坡，云："陶渊明意不在诗，诗以寄其意耳。'采菊东篱下，悠然望南山'，则既采菊，又望山，意尽于此，无余蕴矣，非渊明意也。'采菊东篱下，悠然见南山'，则本自采菊，无意望山，适举首而见之，故悠然忘情，趣闲而心远。此未可于文字精粗间求之，以比碱砆美玉不类。"

对这一观点，苏轼曾经在不同场合反复加以申述，并常常被后人所称道所秉承，而美学家朱光潜所做的阐释无疑代表了现代人关于这个问题的基本认识：

> 一篇好文章一定是一个完整的有机体，其中全体与部分都息息相关，不能稍有移动或增减。一字一句之中都可以见出全篇精神的关注。比如陶渊明的《饮酒》诗本来是"采菊东篱下，悠然见南山"，后人把"见"字误印为"望"字，原文的自然与物相遇相得的神情便完全丧失。①

其实，就"见""望"二字而言，无论是字形，还是字音，抑或是字义，都相差甚远，而"把'见'字误印为'望'字"，求之千年古籍，殆无一例可援；尽管如此，大量的古典诗歌选本乃至中学语文教科书基本上都显示了对"悠然见南山"这一陶诗文本的遵从，是这一文本成为当代人眼中不争的事实。但是，当我们以客观的学术态度和严密的科学思维来审视这个"小问题"的时候，我们发现"悠然望南山"才是原汁原味的陶诗文本，而所谓"小问题"也是别有洞天的大问题。

一、唐前《饮酒》其五的流传

在现存的古代文献中，《昭明文选》（今本卷三十）最先著录了这首陶诗（题为《杂诗》）。检核《文选》的所有版本，包括日本所藏《唐抄文选集注》残卷②和《日本足利学校藏宋刊明州本六臣注文选》③乃至韩国奎章

---

① 朱光潜：《朱光潜美学文集》第1卷，上海文艺出版社，1982年版，第533页。
② 周勋初：《唐抄文选课注汇存》卷五九，上海古籍出版社，2000年版，第469页。
③ [南朝·梁]萧统选编、[唐]吕延济等注：《日本足利学校藏宋刊明州本六臣注文选》，人民文学出版社，2008年版，影印本，第462页。

阁本（现存宋本《文选》中最早的版本）等等，可以发现这句陶诗的文本都是"悠然望南山"。而众所周知的是，《文选》的主编萧统（501—531）曾经编纂八卷本《陶渊明集》，他还为陶集作序，为陶渊明立传，所以，《文选》中这首陶诗的文本情况是绝对不容忽视的。清何焯（1661—1722）《义门读书记》卷四十七"《文选》"条称"悠然望南山"：

"望"，一作"见"。就一句而言，"望"字诚不若"见"字为近自然，然山气飞鸟，皆望中所有，非复偶然见此也。"悠然"二字从上"心远"来。东坡之论不必附会。

黄侃（1886—1935）更明确指出："望字不误。不望南山，何由知其佳邪？无故改古以申其谬见，此宋人之病。"而曹虹在《读〈文选平点〉》一文中则进一步申论黄氏的观点[1]，并分析苏轼力倡"悠然见南山"之文本与禅学思想影响的关系；徐复（1912—2006）也重申了黄氏的意见，并批评了"后代的诗评家，常常喜欢用自己的兴趣爱好去改造古人，改造古人的作品"[2]的不良风气；顾农《宋朝人妄改陶诗》一文则以此为核心[3]，对宋人改动陶诗文本的做法进行了批评。其实，即使对《文选》的相关情况忽略不计，我们也仍然能够找到"悠然望南山"早期传播的踪迹，试读谢朓（464—499）诗：

1. 远树暧仟仟，生烟纷漠漠。鱼戏新荷动，鸟散余花落。不对芳春酒，还望青山郭。（《游东田》）[4]

2. 檐隙自周流。房栊闲且肃。苍翠望寒山。峥嵘瞰平陆。已惕慕归心。复伤千里目。风霜旦夕甚。蕙草无芬馥……愿言税逸驾。临潭饵秋菊。（《冬季晚郡事隙》）

例1，"远树"二句意本《归园田居》五首其一："暧暧远人村，依依墟里烟。""不对"二句，化用《饮酒》其五"悠然望南山"。例2，"房栊"句，意本《归园田居》五首其一："户庭无尘杂，虚室有余闲。""苍翠"句，意本《饮酒》其五"悠然望南山"，"已惕"二句，意本《始作镇军参军

---

[1] 曹虹：《读〈文选平点〉》，《南京大学学报》，1989年第4期。
[2] 徐复：《陶渊明杂诗之一"望南山"确解》，《南京师范大学文学院学报》，2006年第4期。
[3] 顾农：《宋朝人妄改陶诗》，《文汇报》（香港）2006年11月29日。
[4] [南朝·梁]萧统：《昭明文选》卷二十二。

经曲阿》"投策命晨装,暂与园田疏。眇眇孤舟逝,绵绵归思纡。我行岂不遥,登陟千里余","风霜"句,意本《己酉岁九月九日》:"靡靡秋已夕,凄凄风露交。蔓草不复荣,园木空自凋。""临泽"句,意本《饮酒》其五"采菊东篱下"。我们再读隋胡师耽(生卒年不详)《终南山拟古诗》:

> 结庐终南山,西北望帝京。烟霞乱鸟道,俯见长安城。宫雉互相映,双阙云间生。……望望未极已,瓮牖秋风惊。岩岫草木黄,飞雁遗寒声。坠叶积幽径,繁露垂荒庭。瓮中新酒熟,涧谷寒虫鸣。且对一壶酒,安知世间名。寄言朝市客,同君乐太平。

这首拟古诗,实际上模拟了以《饮酒》其五为主体的若干陶诗,模拟的方式是吸纳这些陶诗的语词和诗意入诗,正所谓人言己用。诗人极力突出陶诗中的"望"字,只是"望"的对象是"帝京",而不是"南山"。"结庐"句,本于《饮酒》其五"结庐在人境";"西北"句和"望望"句,本于《饮酒》其五"悠然望南山";"烟霞"句,本于《饮酒》其五"山气日夕佳,飞鸟相与还";"瓮牖""岩岫"二句本于陶潜《述酒》:"秋草虽未黄,融风久已分。""飞雁"句,本于《九日闲居》:"往燕无遗影,来雁有余声。""坠叶"句,本于《酬刘柴桑》:"榈庭多落叶,慨然已知秋。""繁露"句,本于《饮酒》二十首其十六:"弊庐交悲风,荒草没前庭。""瓮中"一句,本于《归园田居》五首其五:"漉我新熟酒。""涧谷"句,本于《己酉岁九月九日》:"哀蝉无归响,燕雁鸣云霄。""且对"二句,本于《饮酒》二十首其十四:"不觉知有我,安知物为贵。悠悠迷所留,酒中有深味。""寄言"句,本于《归园田居》五首其四:"一世异朝市。"这些情况表明,胡师耽的这首诗乃是杂拟陶诗而成,堪称"悠然望南山"文本的一个有力证据。

二、唐代《饮酒》其五的流传

我们试读以下四位著名诗人的作品:

1.出门见南山,引领意无限。秀色难为名,苍翠日在眼。有时白云起,天际自舒卷。(《李太白文集》卷十《望终南山寄紫阁隐者长安》)

2. 我有紫霞想，缅怀沧洲间。且对一壶酒，澹然万事闲。横琴倚高松，把酒望远山。长空去鸟没，落日孤云还。（《李太白文集》卷二十《春日独酌》二首其二）

子烨按：例1，诗题中含一"望"字，而首句曰"出门见南山"，正可为上引黄侃之说提供有力的旁证，而"有时"二句，则本于陶潜《和郭主簿》二首其一："遥遥望白云，怀古一何深。"例2，"且对"四句，本于《时运》："清琴横床，浊酒半壶。"以及《饮酒》其五："悠然望南山。""长空"二句，本于《饮酒》其五："山气日夕佳，飞鸟相与还。"

3. 风景日夕佳，与君赋新诗。澹然望远空，如意方支颐。（王维《赠裴十迪》）[①]

子烨按："风景"句，本于《饮酒》其五："山气日夕佳。""与君"句，本于陶潜《答庞参军》："乃陈好言，乃著新诗。"以及《移居》二首其二："春秋多佳日，登高赋新诗。""澹然"句，本于《饮酒》其五："悠然望南山。"

4. 江城高角动，沙洲夕鸟还。独坐高亭上，西南望远山。（白居易《晚望》，《白氏长庆集》卷七）

5. 种树当前轩，树高柯叶繁。惜哉远山色，隐此蒙笼间。……始有清风至，稍见飞鸟还。开怀东南望，目远心辽然。人各有偏好，物莫能两全。岂不爱柔条，不如见青山。（白居易《截树》，同上）

6. 我年日已老，我身日已闲。闲出都门望，但见水与山。……朝随浮云出，夕与飞鸟还。……（白居易《晚归香山寺因咏所怀》，同上，卷二十九）

子烨按：例4，本于《饮酒》其五"悠然望南山"以及"山气日夕佳，飞鸟相与还"，读者一望即知；而例5和例6以本于以上三句陶诗，其关于"望"与"见"的表达，也为上引黄侃之说提供了有力的旁证。

7. 携酒花林下，前有千载坟。于时不共酌，奈此泉下人。始自玩芳物，行当念徂春。聊舒远世踪，坐望还山云。且遂一欢笑，焉知贱与贫。（韦应物《与友生野饮效陶体》，《韦苏州集》卷一）

[①] [唐]王维著，[清]赵殿成笺注：《王右丞集笺注》，上海古籍出版社，1984年版，第27页。

8. 日夕思自退，出门望故山。君心傥如此，携手相与还。（韦应物《高陵书情寄三原卢少府》，同上，卷二）

9. 绝岸临西野，旷然尘事遥。清川下逶迤，茅栋上岧峣。玩月爱佳夕，望山属清朝。俯砌视归翼，开衿纳远飙。等陶辞小秩，效朱方负樵。闲游忽无累，心迹随景超。（韦应物《沣上西斋寄诸友》，同上）

子烨按：例7，此诗题明言"效陶体"，"携酒"句櫽栝了陶渊明《时运》诗"斯晨斯夕，言息其庐。花药分列，林竹翳如。清琴横床，浊酒半壶"六句的诗意，而前四句总体上融汇了陶渊明《诸人共游周家墓柏下》"今日天气佳，清吹与鸣弹。感彼柏下人，安得不为欢"的诗意；"聊舒"句，本于《饮酒》二十首其七"远我达世情"；"且遂"二句，融汇了《咏贫士》七首其四"安贫守贱者，自古有黔娄。好爵吾不荣，厚馈吾不酬"的诗意。例8，"君心"二句融化《拟古》九首其三的诗意："仲春遘时雨，始雷发东隅。众蛰各潜骇，草木从横舒。翩翩新来燕，双双入我庐。先巢故尚在，相将还旧居。自从分别来，门庭日荒芜。我心固匪石，君情定何如？"又"携手相与还"，语本《饮酒》其五"飞鸟相与还"。例9，"玩月"句，"佳夕"，语本《饮酒》其五"山气日夕佳"；"俯砌"句，"归翼"，语本《归鸟》"翼翼归鸟"；"开衿"句，意本《和郭主簿》二首其一"凯风因时来，回飙开我襟"；"等陶"句，用陶渊明不为五斗米折腰事（《宋书·陶潜传》）以自况。

三、宋代《饮酒》其五的流传

元陶宗仪（1316—?）《说郛》卷八十一苏轼《东坡诗话》"题渊明《饮酒》诗后"：

"采菊东篱下，悠然见南山。"因采菊而见山，境与意会，此句正有妙处。近岁俗本皆作"望南山"，则此一篇神气多索然矣。古人用意深微，而俗士率然妄以意改，此最可疾。

据此可知，在苏轼时代，陶集通行本《饮酒》其五"悠然望南山"并无异文。田晓菲据此分析说："苏轼称'近岁俗本皆作望南山'，这告诉我们当时关于陶渊明的南山诗存在着一种得到普遍承认的标准解读,这种解读采取的是'望',不是'见'。"[1]其实,这并不是什么"解读标准",而是陶诗版本在当时的实际情况。我们检查现存宋代所有的陶诗版本,包括著名的宋刻递修本(南宋刻本),可以发现在"悠然见南山"的"见"字下有校记曰:"一作望。"因此,苏轼的"见南山"之说虽然得到多数人的赞赏,却未能一统天下,"望南山"的文本依然得到遵从,如王安石(1021—1086)的诗句:

　　晨兴望南山,不见南山根。(《临川文集》卷八《晨兴望南山》)

　　遥望南山堪散释,故寻西路一登高。(《临川文集》卷二十九《成字说后与曲江谭君丹阳蔡君同游齐安》)

王荆公酷爱陶诗,二诗皆称"望南山",自然与"悠然望南山"有关。我们再读这些诗句:

　　出岫无心倦即还,悠然信马望南山。(宋胡寅《斐然集》卷三《自胜业寺过铨德观》)

　　东篱采菊隐君子,悠然凝望南山赊。(宋王十朋《梅溪前集》卷八《题郭庄路》)

子烨按:"出岫"句,本于《归去来兮辞》"云无心以出岫,鸟倦飞而知还","东篱"句,本于"采菊东篱下",而两个"悠然"句,则本于"悠然望南山"。尤其值得注意的是,就创作而论,苏轼也并不排斥"悠然望南山",如《东坡全集》卷二十八《歇白塔铺》诗:

　　甘山庐阜郁长望,林隙依稀漏日光。吴国晚蚕初断叶,占城早稻欲移秧。迢迢涧水随人急,冉冉岩花扑马香。望眼尽从飞鸟远,白云深处是吾乡。

庐阜就是庐山,"郁长望",就是痴情地远望。而"望眼尽从飞鸟远"一句,则从"飞鸟相与还"脱化而来。这里明显地透露出苏东坡对"悠然望南山"的遵从,而与其"见南山"之说自相矛盾。他本人也具有浓郁的望山情结:

---

[1] 田晓菲:《尘几录——陶渊明与手抄本文化研究》,中华书局,2007年版,第31页。

西望穆陵关，东望琅邪台，南望九仙山，北望空飞埃。(《东坡全集》卷七《登常山绝顶广丽亭》)

北临飞槛卷黄流，南望青山如岘首。(《送孔郎中赴陕郊》，《东坡全集》卷九)

老去上书还北阙，朝来拄笏望西山。(《次韵胡完夫》，同上，卷十五)

如果我们把诗中的"望"字都改成"见"字，不知东坡当作何想？当然，苏轼力倡"悠然见南山"，也是有依据的。宋蔡正孙（生卒年不详）编《诗林广记》卷一《陶渊明》引东坡评《饮酒》其五：

此诗景与意会，故可喜也。无识者以"见"为"望"，白乐天效渊明诗有云："时倾一樽酒，坐望东南山。"则流俗之失久矣。惟韦苏州《答长安丞裴说》诗云："采菊露未晞，举头见秋山。"乃真得渊明诗意。

东坡所举韦应物（737？—？）《答长安丞裴说》诗见于《韦苏州集》卷五：

出身忝时士，于世本无机。爱以林壑趣，遂成顽钝姿。临流意已凄，采菊露未晞。举头见秋山，万事都若遗。独践幽人踪，邈将亲友违。

"出身"以下四句，化用《归园田居》五首其一"少无适俗韵，性本爱丘山"的诗意；"临流"句，本于《归去来兮辞》"临清流而赋诗"；"采菊"句，本于《饮酒》其五"采菊东篱下"；"独践"二句，反用《和刘柴桑》"山泽久见招，胡事乃踌躇？直为亲旧故，未忍言索居"的诗意。据此可知，韦应物的这两句诗就是苏轼"悠然见南山"的文本依据，通过比较，他认为这首韦诗反映了陶诗文本的原貌，那就是"悠然见南山"，这远远胜过白诗所反映的"悠然望南山"的传统文本。显然，他是通过诗学批评的方式来判断陶诗原始文本的真相的。这种近似于校勘学所谓"理校"的研究方法本来无可厚非，但是，上文引述的其他三首韦诗却被他忘在脑后了，可见他的依据具有片面性，这就像在一头黑熊的身上发现一簇白毛就认定黑熊的本色为白色一样，局部的真理有时就是整体的谬误。此外，关于东坡"悠然见南山"版本依据，我过去感觉可能与所谓东林寺大字本陶集有关，现在看来，这种直觉性的认识

也是错的。东坡《书渊明羲农去我久诗》一文说:

> 余闻江州东林寺,有陶渊明诗集,方欲遣人求之,而李江州忽送一部遗予,字大纸厚,甚可喜也。每体中不佳,辄取读,不过一篇,惟恐读尽,后无以自遣耳。①

但据宋马永卿(约公元1114年前后在世)《懒真子》卷一所载,陶潜《游斜川》诗"开岁倏五十"一句,"五十","庐山东林旧本作'五日'",这是非常低级的错误,因为正如梁启超(1873—1929)《陶渊明年谱》所言:"'开岁倏五日,吾生行归休',此二语如何能相连成意?慨叹于岁月掷人者岂以日计耶?况序中明言'各疏年纪',若作'开岁五日',所疏年纪何在耶?"②由此可知,东林寺大字本既非善本,则自然亦非东坡"悠然见南山"的版本依据,否则,以东坡的性情,早就张扬得天下皆知了。

四、来自陶渊明诗文的内证

陶渊明是一个喜欢望山的诗人。《游斜川》诗序说:"临长流,望曾城。"《读〈山海经〉》十三首其三:"西南望昆墟,光气难与俦。""曾城"指彭蠡湖(今鄱阳湖)中的曾城山,而"昆墟"则是指想象中的昆仑山。诗人住宅附近的东园就是骋目远望的绝佳处所,如宋人洪迈(1123—1202)所言,陶渊明诗文具有极强的"纪实"特征:

> 渊明诗文率皆纪实,虽寓兴花竹间亦然。《归去来辞》云:"景翳翳以将入,抚孤松而盘桓。"其《饮酒》诗二十首中一篇云:"青松在东园,众草没奇姿。凝霜殄异类,卓然见高枝。连林人不觉,独树众乃奇。"所谓孤松者是已。此意盖以自况也。③

案陶渊明《停云》诗序:"樽湛新醪,园列初荣。"诗曰:"东园之树,枝条再荣。竞用新好,以招余情。"其东园多树,可补证洪氏之说。陶渊明笔下的孤松长在东园,而诗人平日远望之处也正在东园。在上引《饮酒》二十首

---

① 转引自《陶渊明研究资料汇编》,中华书局,1962年版,第28页。
② 许逸民:《陶渊明年谱》,中华书局,1986年版,第161页
③ [宋]洪迈著,孔凡礼点校:《容斋随笔·三笔》卷十"渊明孤松"条,中华书局,2005年版,第568—569页。

其八"独树"一句之后，诗人还写道：

　　提壶挂寒柯，远望时复为。

在这里，诗人已经非常明确地说自己喜欢在松树下远望，我们对此还有何疑虑？尤其是上引《归去来兮辞》"景翳"二句，在这两句赋语之上，诗人有自述云：

　　园日涉以成趣，门虽设而常关。
　　策扶老以流憩，时矫首而遐观。
　　云无心以出岫，鸟倦飞而知还。

"园"，指东园；"遐观"，就是远望；"时矫首而遐观"，就是不时翘首远望的意思；"云无"以下四句描写的景象，正是远望之所见，而"云无"等三句的描写，正是"山气日夕佳，飞鸟相与还"的同义翻版。据此推断，诗人"悠然望南山"的地点即在东园。东园之中有松有菊。《归去来兮辞》："三径就荒，松菊犹存。"而所谓"采菊东篱下"，"东篱"，就是指东园之篱。东园所在的位置地势比较高，《归去来兮辞》有"登东皋以舒啸"句，所以非常适合远望。这就是"采菊东篱下，悠然望南山"的自然地理背景！

五、历史语言学角度的审查

"悠然"一词在陶诗中还有另外三个用例："日夕气清，悠然其怀。"（《归鸟》）"寄心清尚，悠然自娱。"（《扇上画赞》）"是以植杖翁，悠然不复返。"（《癸卯岁始春怀古田舍二首》其一）它表现了自然、自在、自为的状态。但"悠然"作为形容词，与"见"是不能搭配的，因为"见"的意思是看见、看到，乃是"望"的结果，如《昭明文选》卷二十七谢朓《晚登三山还望京邑》："灞涘望长安，河阳视京县。白日丽飞甍，参差皆可见。"《周书》卷四十一《王褒传》载王褒（511？—574？）致梁处士周弘让（生卒年不详）书曰："霸陵南望，还见长安。"此二例"望""见"并用（参见上引黄侃之说以及李白诗例1和白居易诗例5、例6），因为"见"乃是"望"中之所见。"望"是一个动作过程，所以用"悠然"来形容，这是恰当的语言表达。

六、《饮酒》其五的文学渊源

"望南山"的动宾式语词组合已经见于前人诗文:

> 临曲江之隑州兮,望南山之参差。(汉司马相如《哀二世赋》)①
> 望南山之崔巍兮,顾北林之蓊菁。(三国魏阮籍《清思赋》)②
> 欲一见兮路无因,望南山兮发哀叹。(三国魏嵇康《思亲诗》)③

其中,嵇康(224—263)的《思亲诗》与陶诗关系最为密切:上句为陶渊明《示周掾祖谢》诗"道路邈何因"所本,是正用嵇诗的典故;下句为《饮酒》其五"悠然望南山"所本,是反用嵇诗的典故。又宋郭茂倩《乐府诗集》卷七十六《杂曲歌辞》十六晋杨方(公元323年前后在世)《合欢诗》五首其三:

> 独坐空室中,愁有数千端。
> 悲响答愁叹,哀涕应苦言。
> 彷徨四顾望,白日入西山。
> 不睹佳人来,但见飞鸟还。
> 飞鸟亦何乐,夕宿自作群。

这首诗与《饮酒》其五都是五言十句,用韵的韵部也相同(山韵)④,而杨诗"彷徨"以下六句正是陶诗"悠然望南山"以下五句的蓝本,因此,就艺术形式和修辞手法(顶真)而言,这首陶诗与这首乐府诗的影响是分不开的,我们也可以将《饮酒》其五视为一首拟乐府诗。当然,陶渊明青出于蓝而胜于蓝,杨方这首诗的思想和艺术价值与陶诗是不可同日而语的。

以上六个方面所蕴含的丰富证据构成了关于"悠然望南山"这一陶诗文本的证据链。

其实,苏东坡力主陶诗"望南山"为"见南山",可能与禅学的影响有关,这一点曹虹已经有所发明,兹略为申论。案《东坡全集》卷三十七《胜相院经藏记》:

---

① 金国永:《司马相如集校注》,上海古籍出版社,1993年版,第133页。
② 陈伯君:《阮籍集校注》,中华书局,1987年版,第31页。
③ 逯钦立辑:《魏诗》卷九,《先秦汉魏晋南北朝诗》,第490—491页。
④ 于安澜:《汉魏六朝韵谱》,河南人民出版社,1989年版,第162—163页。

> 元丰三年，岁在庚申，有大比丘惟简，号曰宝月。修行如幻，三摩钵提，在蜀成都大圣慈寺，故中和院，赐名胜相……有一居士，其先蜀人，与是比丘有大因缘。时此居士稽首西望而说偈言："我游众宝山，见山不见宝。岩谷及草木，虎豹诸龙蛇。虽知宝所在，欲取不可得。复有求宝者，自言已得宝。见宝不见山，亦未得宝故。譬如梦中人，未尝知是梦……"

或许，东坡在不自觉中以禅解陶，遂以"见"字为妙。而事实上，后世文人之所以尊奉东坡之说，除了对一代文学大师的推重外，也与东坡之说与中国诗学传统崇尚自然、反对矫饰的美学观念的契合有关。我们看清人吴淇（1615—1675）《六朝选诗定论》卷十一：

> "采菊"二句，俱偶尔之兴味，东篱有菊，偶尔持之，非必供下文佐饮之需，而南山之见，亦是偶尔凑趣。下四句，却单承南山说来。庐之结此，原因南山之佳，太远则喧，若竟在南山深处，又与人境绝。结庐之妙，正在不远不近，可望而见之间，所谓"在人境"也。若不从南山说起，何异阛阓？然直从南山说起，又少含蓄，故不曰"望"，而曰"见"。"望"有意，"见"无意。山且无意而见，菊岂有意而采，不过借东篱下以为见山之地，而取采菊为见山之由也。"悠"字且远、久二义，加一"然"字，则不取义而取意，乃自得之谓也。此意宜在南山之后，乃置于"见"字之上者，盖此自得之趣，在于吾心，不关南山之见与不见也。既见南山矣，只得就南山说起。南山之色，无时不佳，只因此见，适值日夕之时，故以为日夕佳耳。山中飞鸟，为日夕而归，非为山色之佳而归，但其归也，适值吾见南山之时，得此飞归之鸟点缀之，益增山色之佳，此亦偶凑之趣也。[①]

吴氏强调"偶尔之兴味"，正是秉承了东坡的衣钵，但由于强调过甚，遂使人如坠云雾，反而走向了"偶尔之兴味"的反面。实际上，苏轼对《饮酒》其五的文本的改动和解说在客观上向人们传达了一个重要的美学原则，那就是崇尚自然的诗风，反对矫揉造作的习气，从而对宋代以及宋代以后的文学创作产生了积极的影响。中国古典诗学批评往往都是与具体作品相结合的，而不像

[①] 汪俊、黄进德：《六朝选诗定论》，广陵书社，2009年版，第294—295页。

西方诗学那样更多地偏向于抽象的理论研讨。出于对这种文学传统的尊重，我们自然不可将苏轼的"悠然见南山"打入冷宫，当然，我们也绝不能仿效他的改诗行为。实际上，如果研究苏轼的文艺思想和美学观念，这倒确实是一个典型的案例。①所以，苏轼改动陶诗的行为也是很可以理解的。最近我读到友人普慧所作《禅宗六祖得名小考》一文，根据他的研究，"禅宗六祖之名的本来用字即为'惠能'"，"宋代赞宁等将六祖之名改用'慧能'，暗含有'六度'中的'般若'之意"②。此事与东坡之改动陶诗不无相似之点。又《史记》卷一百三十《太史公自序》：

> 夫《诗》《书》隐约者，欲遂其志之思也。昔西伯拘羑里，演《周易》；孔子厄陈蔡，作《春秋》；屈原放逐，著《离骚》；左丘失明，厥有《国语》；孙子膑脚，而论兵法；不韦迁蜀，世传《吕览》；韩非囚秦，《说难》、《孤愤》；《诗》三百篇，大抵圣贤发愤之所为作也。此人皆意有所郁结，不得通其道也，故述往事，思来者。

在这里，太史公之所言，未必都是信史，他本人作为一位治学严谨的伟大史家，对这一点应该是非常清楚的，但他意在传达"穷而后工"的观念，所以历史的真实性问题就退居其次了。又如近人康有为（1858—1927）所作《孔子改制考》，其书洋洋数万言，力倡孔子改制之说。然则孔子何尝改制？稽诸史实，康南海之说自然是站不住脚的。但如果据此否定此书在晚清时代的重大意义，则无疑也是荒唐的。此种现象颇为发人深思。

"悠然望南山"是一个极有意味的审美过程，这个过程就是以我观物、物我合一的过程。当诗人面对美丽的庐山骋其望眼的时候，诗人看见了葱茏的佳气，看见了落山的夕阳，看见了翩翩的归鸟。这是悠然的纵望，这是深情的凝望，这是诗人的骋望！正如唐代著名诗人刘禹锡（772—842）在《望赋》中所

---

① 此方面的研究，可参看王水照、朱刚：《苏轼评传》第五章"文艺成就与美学思想"，南京大学出版社，2004年版，第417-542页；冷金成：《苏轼的哲学观与文艺观》下篇"苏轼的文艺观"，学苑出版社，2003年版，第425-706页；[韩]朴永焕：《苏轼禅诗研究》第五章"苏轼禅诗表现之艺术风格"，中国社会科学出版社，1995年版，第159-209页。

② 这是普慧（即张弘）在西北大学文学院、陕西省社会科学院古籍整理研究所、三秦出版社联合举办的"中国语言文献暨文学文献学高端论坛"上宣读的学术论文，见《中国语言文献暨文学文献学高端论坛论文集》，第220-227页，未刊稿。本次会议于2007年11月23—26日在西安高新商务酒店召开。

描写的那样：

> 有目者必骋望以尽意，当望者必缘情而感时。……望如何？其望最乐。……望如何？其望且欢。……望如何？其望攸好。……望如何？其望有形。……望如何？其望且慕。……望如何？其望最伤。……望如何？伤怀孔多。……（《刘宾客文集》卷一）

"望"的过程，延伸着无限的美感，充满了无限的诗意，而"见"的瞬间，则是"望"的激情臻于顶点的顷刻，激荡着诗人心灵的回声！

（本文发表于《淮阴师范学院学报》〔哲学社会科学版〕2012年第4期）

范子烨，1964年生，1994年毕业于陕西师范大学文学院，文学博士，师从霍松林先生，现为黑龙江大学中文系教授、黑龙江大学中国文化研究所所长、中国社会科学院文学研究所研究员。

论陶渊明诗文中的乐生思想

——基于死亡视野下的考察

李红岩

内容摘要：陶渊明既是一位诗人，又是一位思想家，他的人生充满了困惑、艰辛，可他却以苦为乐，对人生不离不弃，表现出浓厚的乐生思想。他这种对生命快乐的体验，大多是在死亡视野下，通过归隐、躬耕、饮酒等途径获得。归隐、躬耕、饮酒就成了他思考人生，试图超越死亡的途径和方式。

关键词：陶渊明；乐生思想；死亡视野

一

中国传统文化中，不同的思想对于生命的态度实在有明显的差异。儒家主张积极用世，不惧死亡，仁厚坚毅，重视现世生命价值的实现，因此对生命十分珍重；同时，又认为身体发肤受之父母，不能毁伤，表现出对生命的爱惜，他们对生命的态度是"重生"派。道家崇尚隐逸与自由，有畏死保命的一面，也有超然待死的一面，他们是"养生"派。释家断然否定生命的意义和价值，相信因果报应，生命轮回，认为生命就是苦难，他们对生命的态度是"苦生"派。

陶渊明不仅是大诗人，也是大思想家："然则就其旧义革新，'孤明先发'而论，实为吾国中古时代之大思想家，岂仅文学品节居古今之第一流，为世所其知者而已哉！"①陶渊明有极高的哲学禀赋，对人生有通透的了悟，又对人生不离不弃。对此清方宗成评曰："陶公高于老庄，在不废人事人理，不离人情，只是志趣高远，能超然于境遇形骸之上耳。"陶公不仅高于老庄，也扬弃孔孟，砍断功名利欲，人生少了许多黏重，多了许多轻灵；但他又不废人事人理，不离人情，没有走入释家生命轮回和道教长生不死的泥潭。对儒道释思想进行合理扬弃之后，诗人紧贴大地，站在人生的此岸，以苦为乐，以生为乐，流露出浓浓的乐生思想。"檀道济说他'奈何自苦如此'，他到底苦不苦呢？他不惟不苦，而且可以说是世界上最快乐的一个人。他最能领略自然之美，最能感觉人生的妙味……虽写穷愁，也含有悠然自得的气象。"②在对生命的态度上，陶渊明应属"乐生"派。

陶渊明对人生快乐的体验又是以一种比较新颖而极端的方式获得，即通过对死亡的体验、描写来显现归隐、躬耕、饮酒的快乐，他人生的很大一部分快乐是在死亡的视野下获得的。那么，陶渊明是如何在死亡的视野下体悟到人生的快乐并艺术地表现于诗文之中的呢？

首先，在死亡视野下，诗文中表现了归隐之乐。陶渊明抒写归隐之乐最有名的就是被誉为"天下第一等轻松欢快的文字"③的《归去来兮辞》：

> 舟遥遥以轻飏，风飘飘而吹衣。问征夫以前路，恨晨光之熹微。乃瞻衡宇，载欣载奔。僮仆欢迎，稚子候门。三径就荒，松菊犹存。携幼入室，有酒盈樽。引壶觞以自酌，眄庭柯以怡颜。倚南窗以寄傲，审容膝之易安。园日涉以成趣，门虽设而常关。策扶老以流憩，时矫首而遐观。云无心以出岫，鸟倦飞而知还。景翳翳以将入，扶孤松而盘垣。

这首辞赋叙事、写景与抒情高度融于一体，凡景语皆为情语，凡述事都在抒情。诗人由于归隐"因事顺心"，如愿以偿，乐不可支；对于归隐田园有种急不可待、手舞足蹈的快乐。可就在充溢着十足的快乐气氛里，诗人竟然三次写到死亡，一篇之中三致死意："善万物之得时，感吾生之行休""寓形宇内复几时""聊乘化以归尽，乐夫天命复奚疑！"在这些看似悟透的言语里，可

---

① 陈寅恪：《金明馆丛稿初编》，三联书店，2001年版，第229页。
② 梁启超：《梁启超讲国学》，中国传媒大学出版社，2008年版，第271页。
③ 郭建平：《陶渊明集解评》，山西古籍出版社，2006年版，第230页。

以看出诗人归隐的坚定,亦可以看出其快乐乃是来自悲怆,细细体味,简直是慷慨而悲歌!

诗人在写给儿子们的遗书《与子俨等疏》开头就把死亡视野交待得很清楚:"天地赋命,生必有死;自古圣贤,谁能独免?"说明诗人对死亡有着十分清醒、理智的认识,可临终之前,对于儿子们的日后生活还是充满牵挂,小到柴水之劳,大到分财无猜,娓娓道来,一一安顿。在牵挂儿子们的同时,诗人不忘对自己归隐生活进行回味,一旦涉及归隐,诗人便忧愁顿扫,眉开眼笑,"少学琴书,偶爱闲静,开卷有得,便欣然忘食。见树木交荫,时鸟变声,亦复欢然有喜。尝言五六月中,北窗下卧,遇凉风暂至,自谓是羲皇上人"。在这里,诗人已经把归隐生活艺术化,被艺术化了的归隐生活有着极高的审美境界,这个境界不仅能提升人的生活品位,更能以恣情山水、归隐田园、耕灌田园的梦想方式忘却死亡,诗人在死亡视野下体悟到了生命的诗性价值,而这种诗性价值无疑是有一种艺术化生存的美学意义。人在这样的氛围中生活怎能感觉不到生命的快乐!因此梁启超说陶渊明是世界上最快乐的一个人,最能领略自然之美,就是在临终之前的遗书里也含有悠然自得的大气象。

宋元嘉四年(427)农历九月,大诗人真切地预感到自己的大限即将到来,于是自拟《自祭文》。比起以前对死亡世界的描摹、想象,这里的死亡意象就显得最为真切、凄凉:"天寒夜长,风气萧索,鸿雁于征,草木黄落;陶子将辞逆旅之馆,永归于本宅。"在《自祭文》里,诗人用整个篇幅总结了自己一生的最大事功——归隐生活,其中虽然也有箪瓢屡罄、絺绤冬陈的贫困时候,但诗人整体的归隐人生是快乐的,愉悦的:"含欢谷汲,行歌负薪,翳翳柴门,事我宵晨。春秋代谢,有务中园。载耘载耔,乃育乃繁。欣以素牍,和以七弦。冬曝其阳,夏濯其泉。勤靡余劳,心有常闲,乐天委分,以至百年。"诗人之所以能得到这样的快乐,是"捽兀穷庐,酣饮赋诗。识运知命,畴能罔眷,余今斯化,可以无恨",是自己坚守归隐、安贫乐道的结果,也是自己苦中作乐在酣饮赋诗中得来的,也是识远知命、乐天顺化得到的,这样的生活虽然充满艰辛、苦难,可真要离别,还是让人眷恋。在诗文的最后,诗人喟然叹道:"人生实难,死如之何!"这是诗人坚守志节累到极点后的愤慨之言,也是一场人生长跑竞赛达到终点后的如释重负,更是对剪不断、理还乱的人生做最后的了断:多少无奈,多少不甘,多少遗憾尽在其中,好便是了,了便是好，而一死百了。这是他终生不遇的哀叹，归隐田园的快乐，在这一声感叹中又增添了一层凄凉、悲悯和凝重：归隐之乐是诗人由衷而来，也是斩断仕途功业后用血泪浇灌的，其中滋味，谁人能解？

诗人不仅能在死亡的视野下读到归隐的快乐，有时还能读出一种从容、淡定、悠游。在《酬刘柴桑》中诗人写道："穷居寡人用，时忘四运周。榈庭多落叶，慨然已知秋。新葵郁北牖，嘉穟养南畴。今我不为乐，知有来岁不？命室携童弱，良日登远游。"从中我们可以见出诗人隐居得那么久，那么深，以致"时忘四运周"，时时忘记周而复始运行的四季，犹如"桃花源"中的人们"虽无纪历志，四时自成岁"，直到榈庭黄叶漫天，才慨然知晓新秋又至。但北边窗下，新长的葵菜很茂盛，南亩田地里，稻苗已然抽出美好的穗实。我现在不及时娱乐，谁知明年还活着不？于是，叫妻子拉着孩子们，在良辰吉日里远游，享受人生快乐。这里诗人一如既往地在死亡的视野和心态下看待人生，俯察万类："今生不为乐，知有来岁否？"死亡随时随地地可以到来，所以他总有一种死期不远的担忧，诗人不仅写出他隐居生活的诗意性，更写出他面对死亡时的淡定、从容和悠游。命运拖着死亡的手，慢慢向他走来，身后曳着长长的黑影，而诗人和妻子拉着孩子们的手，从容不迫地迎了上去，有种慨然，但更多的是静默。诗人的伟大不在于他不惧怕死亡，而在于他能在死亡的阴影中得到更多的人生感悟，获得更多的生命体验。

陶渊明是位田园诗人，一谈及田园、归隐就感到由衷的快乐，在死亡视野下的归隐更让诗人珍惜。他在《从都还阻风于规林》其二中写道："当年讵有几？纵心复何疑！"正因为有了这样的死亡意识，诗人才会说"静念园林好，人间良可辞"，死亡成了促使诗人归隐的直接动因。《九日闲居并序》《游斜川并序》《诸人共游周家墓柏下》都是在死亡之视野下摹写归隐之乐的优秀篇章。

其次，在死亡视野下，诗文中表现了躬耕之乐。躬耕是陶渊明的天道，"人生归有道，衣食固其端，孰是都不营，而以求自安"，是人生安身立命的根本。同时他主张，"舜既躬耕，禹也稼穑"（《劝农》），这是执政者取得天下的必要条件，又是保持社会公平、不出现剥削的有效措施。做到这些，就会"纷纷士女，趋时竞逐。桑妇晨兴，农夫野宿"，就会社会太平，天下大治。

基于这样的认识，陶渊明"守拙归园田，开荒南野际"，亲力亲耕。他深知劳动虽然辛苦，但可以获得宝贵的自由，"四体诚乃疲，庶无异患干"，所以诗人爱说："辛苦无此比，常有好容颜。"因此梁启超才会说陶渊明的快乐不是从安逸得来，完全从勤劳得来，从勤劳后的休息得来。①

有意味的是陶渊明依然喜欢在死亡的视野下思考躬耕，死亡既然是他哲学思考的工具，那自然可以运思诗人的躬耕。

在死亡视野下把躬耕之乐写得淋漓尽致的还属《归去来兮辞》："农人告余以春及，将有事于西畴。或命巾车，或棹孤舟。既窈窕以寻壑，亦崎岖而经丘。木欣欣以向荣，泉涓涓而始流"，"怀良辰以孤往，或植杖而耘耔"。诗人把农人眼里再也普通不过的春耕写得郑重其事，犹如帝王的祭祀大典，或诸侯的外交典礼，同时也创造出一种令人极为愉悦的阅读心理。可就是如此愉悦快乐的春耕之乐，也是在死亡的视野下体悟出的："善万物之得时，感吾生之行休""寓形宇内复几时""聊乘化以归尽"，死亡伴随着快乐，如影随形，寸步不离。

把死亡下的躬耕写得最富诗意的是《读〈山海经〉》其一："孟夏草木长，绕屋树扶疏。众鸟欣有托，吾亦爱吾庐。既耕亦已种，时还读我书。穷巷隔深辙，颇回故人车。欢言酌春酒，摘我园中蔬。微雨从东来，好风与之俱。泛览周王传，流观山海图。俯仰终宇宙，不乐复何如。"尽管有"俯仰终宇宙，不乐复何如"这样关于死亡的抒发、感慨，全诗依然飘逸着一种欢乐的气氛，微雨时降，和风送爽，一片悠游跃然纸上。"既耕亦已种，时还读我书"，先生一生酷爱读书，也以读书为人生一大乐趣，可他非常清楚读书只能是他的副业，耕种才是一生的大道，孰轻孰重、孰先孰后，先生明白得很。"欢言酌春酒，摘我园中蔬"，诗人此时不再有"草盛豆苗稀"的尴尬无奈，也没有"螟蜮肆中田"的天灾，有的是丰收后的喜悦、快乐。高明的诗人没有直接写耕种的快乐，而是用收获后的喜悦衬托出。当然诗人之所以能安然读书，欣然品酒，迎风送雨，全是因为"园蔬有余滋，旧谷犹储今"（《和郭主簿》）。他的快乐真真切切是从劳作后的休憩中得来，一点不假。

诗人的《于下潠田舍获》在今人、古人双重死亡的视野下摹写践行躬耕大道的悲欢之情："贫居依稼穑，戮力东林隈。不言春作苦，常恐负所怀。司田

---

① 梁启超：《梁启超讲国学》，中国传媒大学出版社，2008年版，第297页。

眷有秋,寄声与我谐。饥者欢初饱,束带候鸣鸡。扬楫越平湖,汎随清壑回。郁郁荒山里,猿声闲且哀。悲风爱静夜,林鸟喜晨开。曰余作此来,三四星火颓。姿年逝已老,其事未云乖。遥谢荷蓧翁,聊得从君栖。"诗末写道,我的风姿年华已然逝去了,转眼已成暮年老人,但亲力农耕的事从未放弃过,自己之所以能够有如此坚韧的操守,全靠的是千载上古荷蓧丈人给我的归隐决心。诗人此时已经五十二岁,依然躬耕不已,这是作者的志气所在,但已非往日气象。诗中虽亦有乐,却也不乏悲痛,悲喜交集;悲在于穷困不已,耕不自足;喜在于坚持节操,从未改变。躬耕已是诗人体道的同义语,是诗人一生的功业。

陶渊明可以明禅悟道,等齐生死,了悟穷通。即使在对知音从弟死亡的念悼中,也没有忘记去叙写躬耕的情景。于是诗人在《祭从弟敬远文》的死亡之境和知音远逝的双重悲痛中,回忆起自己的躬耕之乐:"每忆有秋,我将其刈。与汝偕行,舫舟同济。三宿水滨,乐饮川界。静月澄高,温风始逝。"躬耕是诗人的至高之道,知音相伴又是他的人生夙愿,如此快意的人生,何乐不为?可好景不长,敬远不久而亡,让诗人"抚杯而言,物久人脆;奈何吾弟,先我离世",伤感不已。

在死亡视野下,诗文中表现了饮酒之乐。萧统曾说,陶渊明诗篇篇有酒,诗人会饮,也善饮,能在酒中远情忘天,忘记人间烦恼,酒已是诗人思考人生的媒介物,在死亡视野下酒更成了诗人忘记世情、超越死亡的工具。"愿君取吾言,得酒莫苟辞","但恨在世时,饮酒不得足"。在诗人看来,仕途、生命都不足虑,唯有在世饮酒不足让他怅恨不已,饮酒好像成了诗人生命中最重要的事功,是人生最割舍不了的牵挂。"酒,已成为陶渊明生活和文学的标志。"[1]饮酒在刘伶、阮籍等人那里,更多的带有痛苦,是种变态般的自虐,而在陶渊明那儿则是一种愉悦。凭借酒这个对象,诗人"构思诗歌,营造一个精神麻醉、忘却生死,从而得以进入幻觉的自由天地,摒弃死亡之思,获得生命永恒的诗意快感",[2]诗人从而达到乐生的境地,酒已经成为陶渊明的诗意人生和审美智慧的象征品,饮酒也是忘忧超死的手段与工具。

陶渊明的《诸人共游周家墓柏下》一诗曰:"今日天气佳,清吹与鸣弹。

---

[1] 梁启超:《梁启超讲国学》,中国传媒大学出版社,2008年版,第271页。
[2] 颜翔林:《死亡美学》,上海人民出版社,2008年版,第304页。

感彼柏下人,安得不为欢。清歌散新声,绿酒开芳颜。未知明日事,余襟良已殚。"这首诗主题就是游周家墓柏,游览时感叹已经作古的柏下之人已经不得人生之乐,唱叹之余,诗人开导大家抓住今天纵情游乐。因为不知明天会发生什么,死亡说不准明天就会到来。死亡的阴影深深地笼罩在人们的心头,于是大家"清歌散新声,绿酒开芳颜",用酒后的朦胧来消释死亡来临前的恐惧,绿酒成了驱赶死亡的灵丹,联系今世的妙药。世界上哪有一个人在拜谒别人家的坟墓的时候喝得兴高采烈?诗人这样一种"怪异"的行为举动,正是他所处的时代投射给他内心深处的种种焦虑、不安的艺术化表现。这首诗颇有汉末文人诗的气韵,汉末文人的政治处境与陶渊明的政治处境何乃相似。这样的焦虑和不安在绿酒的抚慰之后,竟会产生意想不到的效果:死亡变远了,苦难变轻了,在麻醉和摇晃之中,人生变得快乐了起来,在酒精的催发下,生命有了诗性的价值,即使在坟墓前,即使在死亡的笼罩下,依然清歌飞扬,觥筹交错。诗人在《归园田居》其五中写道:"怅恨独策还,崎岖历榛曲。山涧清且浅,遇以濯吾足。漉我新熟酒,只鸡招近局。日入室中暗,荆薪代明烛。欢来苦夕短,已复至天旭。"此诗写诗人和邻人荆薪代烛、只鸡漉酒,夜以继日,畅饮不辍。诗中之所以有这样的不管不顾,狂欢般的群饮,是有"井灶有遗处,桑竹残朽株","死没无复余,一世异朝世","人生似幻化,终当归空无"的亲身经历。死亡和无常提醒了诗人,也教会了诗人如何珍惜生命,于醉乡日月另辟一世界,虽然酒粗菜少,黄昏降临,但荆薪代烛,夜以继日,人生命中的快乐,便有了持续、绵延,不至中断。人生便进入规避掉死亡、忘记了苦恼的状态,从而迈进纯而又纯的幸福之乡。

  在《答庞参军》中说:"或有数斗酒,闲饮自欢然。"在《连雨独饮》中他说:"试酌百情远,重觞忽忘天。"在《和刘柴桑》曰:"谷风转凄薄,春醪解饥劬。弱女(指粗酒)虽非男,慰情良胜无。"在《乙酉岁九月九日》曰:"何以称我情?浊酒且自陶。"在《拟古其七》中曰:"佳人美清夜,达曙酣且歌。"在《杂诗其四》中曰:"觞弦肆朝日,尊中酒不燥。"酒中的种种快乐,诗人体会得很明了,可细细一看,这种快乐的后面无一例外地拽着死亡的尾巴:"君其爱体素,来会在何年","去去百年外,身名同翳如","从古皆有没,念之中心焦","岂无一时好,不久当如何","百年归丘垄,用此空名道"。陶渊明借着抒写酒与沉醉以冲淡、稀释心头的死亡意识,以乐生保真和精神麻醉达到忘却死亡恐惧的目的,酒是他超越生死乃至人生万象的审美工具,也成为审美体验的手段和艺术创作的策略。

二

人们更多地注意到陶诗中的饮酒,说他诗中篇篇有酒,殊不知他诗中几乎篇篇涉及死亡和死亡意识。陶渊明的死亡意识形成原因颇为复杂。从他所处的社会背景而言,从东汉末年到晋宋易代,几百年间一直战乱不止。据史家统计,汉桓帝永寿三年(157),中国人口是五千六百多万,到晋武帝太康元年(280),减至一千六百多万。相隔不到一百二十年,人口减少这么多,这数目真是可惊。[1]残酷的现实给诗人内心以极大的震撼。另外,陶渊明接二连三地遭遇到亲人亡故的打击:父亲、庶母、从弟、母亲、小妹,这些亲人的过早离世,也给诗人心灵以巨大的创伤。从诗人自身而言,他一生多病,身体羸弱,以致几次他都自以为活不下去了。多病的身体,多次让他跨进死亡的门槛。最重要的一点是,陶渊明一生渗入骨髓的孤独感,这是催生他死亡意识的最大动因。陶渊明一生几乎悟透一切,可唯独对知音的企盼几近含泪祈求的地步。他在《寄从弟敬远文》中泣曰:"敛策归来,尔知我意;常愿携手,置彼众议。"说明诗人的归隐曾经引起很大的议论,世俗中没有谁理解诗人高洁的情怀和远大的志趣。知音的缺失,使终生被孤独包围的诗人更多地与死亡对话,与死亡沟通,这造成他的诗歌里几乎篇篇涉及死亡和死亡意识。这也说明诗人何以喜欢在死亡的视野下观察社会,体悟人生。

虽然诗人面对死亡有过焦虑和矛盾,但总体而言,陶渊明面对死亡抱有一种从容淡定的态度,他的死亡观十分豁达、通透:"死去何所道,托体同山阿","纵浪大化中,不喜亦不惧。应尽便须尽,无复独多虑","聊乘化以归尽,乐夫天命复奚疑"!有时他对死亡抱有一种甘之如饴、辩证智慧的态度:"自古皆有没,何人得灵长?不死复不老,万岁如平常。"诗人不相信来世,更不相信成神成仙,但却承认死亡。诗人认为死亡也是有价值的,如果没有死亡,那么所有的人都可以永生于世,生命就会变得无聊平淡。是死亡激

---

[1] 王仲荦:《魏晋南北朝史》,上海人民出版社,1979年版,第24—25页。

活、催醒人的生命意识和生命潜能，是死亡映衬出了生命的活力和价值。其实，成仙也很平常，是另一种形式的死亡，因为没有了生命的长度、生命的动力和起伏跌宕，那仙不如死。从另一个角度考虑，死亡也是另一种方式的成仙和永恒，是一种人性的解放和生命的彻底放归，和成仙一样，从此有种"万岁如平常"的永恒和沉寂，在时间长度上与成仙不差上下。在所谓的神仙世界的观照下，陶渊明反而喜欢死亡世界、田园世界、归隐生活、农耕生活，因为只有在这个世界里，才会有"既耕亦已种，时还读我书"，"欢然酌春酒，摘我园中蔬"的幸福生活，可见他对现实生活、生命是多么不舍。

有意味的是，陶渊明在诗歌中不写死亡，或者没有意识到死亡的时候，他的归隐、躬耕、饮酒有时就变得十分艰难、辛酸，有时竟至叫苦连天，撕心裂肺："炎火屡焚如，螟蜮恣中田。风雨纵横至，收敛不盈廛。夏日长抱饥，寒夜无被眠。造夕思鸡鸣，及晨愿乌迁。"（《怨诗楚调示庞主簿邓治中》）"饥来驱我去，不知竟何之！行行至斯里，叩门拙言辞。"（《乞食》）"凄厉岁云暮，拥被曝前轩。"（《咏贫士其二》）"岂期过满腹？但愿饱粳粮。"（《杂诗其八》）"流泪抱中叹，倾耳听司晨。"（《述酒》）这是写诗人隐居生活的艰辛；"种豆南山下，草盛豆苗稀"，"道狭草木长，夕露沾我衣"，"常恐霜霰至，零落同草莽"，"山中饶霜露，风气亦先寒"，这是写躬耕的尴尬与艰难；"一觞虽独进，杯尽壶自倾"，"欲言无予和，挥杯劝孤影"，"倾壶绝余沥，窥灶不见烟"，这是写独饮无绪、越饮越愁的苦闷。可一旦涉及死亡，在死亡的视野下观照归隐、躬耕、饮酒的时候，这一切就变得妙曼无比，诗人笔下的田园世界就变成一个诗化的世界，一个审美的世界。这是因为比起死亡，隐居中的生计艰难、躬耕中的身体倦累、独饮中的无趣无绪根本就算不得什么，死亡是人生的终结，大限的门槛，人生有苦，可比起死亡，还是甜美无比，让人留恋。死亡在陶渊明这里，反而成了让生命快乐的开心果、发酵粉。

诗人在死亡的视野下体悟到了归隐、躬耕、饮酒带来的人生快乐，反过来说，归隐、躬耕、饮酒又是诗人获得人生快乐的重要途径、审美手段，也是诗人试图超越死亡、忘却死亡的哲学工具，他们二而一、一而二地融通在诗人的诗文里、生命意识里，无法分解，也不能分解。在《归去来兮辞》序中诗人写道"于时风波未静，心惮远役"，说明归隐可以让他远离战乱，保全生命；

诗人又说"质性自然,非矫厉所得",并且这一切都是自己的"平生之志"。《阻风于规林》曰:"当年讵有几?纵心复何疑。"《夜行涂口》曰:"养真衡茅下,庶以善人名。"综而言之,诗人乐生思想落实在归隐上,应该是"自然""纵心""养真"。诗人在《庚戌岁九月中于西田获早稻》中曰:"人生归有道,衣食固其端。"在《劝农》曰:"傲然自足,抱朴含真","舜既躬耕,禹亦稼穑"。诗人乐生思想落实在"躬耕"上应是"衣食为道""朴真自足""舜耕禹稼"。诗人在《饮酒十四》中曰:"不觉知有我,安知物为贵?悠悠迷所留,酒中有深味。"在《连雨独饮》中曰:"试酌百情远,重觞忽忘天。"诗人落实在"饮酒"上的乐生应是"无我贱物""远情忘天"。大而言之,委任顺化,纵心养真;躬耕自足,衣食为道,舜耕禹稼;无我贱物,远情忘天应是陶渊明乐生思想的大要。这些既是诗人以生为乐的思想资源,又是诗人战胜自我、超越死亡的途径。

陶渊明的乐生思想深受时代思潮、哲学观念、社会政治之影响。"魏晋人虽都有厌世的观念,并没有厌生的观念。人生的意义虽是否定,生活的意义并没有否定。他们一样快乐,要求幸福,不过他们追求的途径与方法不同,观察人生的态度和前人有些分别而已。"[①]陶渊明无法在现实世界中获得实现政治理想抱负的机会,只好选择了在内心世界完善人生的路径。陶渊明是隐逸诗人之宗,是田园诗派的创始人,他的归隐意义在中国文化史上怎样评估都不为过;他也是第一个亲历农耕的大诗人,他对劳动的由衷赞美,劳动带来的绝对自由,和劳动后休憩的快乐描写,都让其他诗人无法企及;"在诗中集中写饮酒,以致形成一种文学的主题,应当说还是自陶渊明始。"[②]陶渊明受时代风气的影响,厌世不厌生,但他的乐生异于同时代的人,他没有谈玄说佛,放诞任性,炼丹服药,而是用隐逸、躬耕、饮酒的方式经营自己的人生,让自己的人生快乐起来,特别是当这些快乐与死亡拥抱在一起的时候,表现得更加浓烈、更加与众不同,这又是他超越时代的地方,也是他站成魏晋风流最高峰的原因。

其实,死亡、归隐、躬耕、饮酒在正常的年月、有作为的时代,对于一个有理想抱负的士人而言,都是生命价值的负向判断的无奈结果和滑落,是不

---

① 刘大杰:《魏晋思想论》,上海古籍出版社,1998年版,第113页。
② 袁行霈:《陶渊明研究》,北京大学出版社,2009年版,第96页。

得已的退守，可陶渊明不仅以生为乐，也以苦为乐，把它们写得充满诗意，成为完善生命的审美手段，思考生命、超越死亡的哲学工具。这其中体现出诗人的哲人智慧、人性温淳、责任担当，共同构建起诗人在士林中的"素王""教父"形象，从而使诗人站成魏晋风流的最高峰。陶渊明独步千古，不可重现，更不可复制。

（本文发表于《人文杂志》2010年第1期）

李红岩，1970年生，2011年毕业于陕西师范大学文学院，文学博士，师从张新科教授，现为西安工业大学人文学院陕西地方文化与文献研究中心主任兼中文系副主任，教授，硕士研究生导师。

从"隐逸"到"隐逸":
史传文本中陶渊明形象的常与变

田恩铭

内容摘要：陶渊明的部分诗文被六朝至初唐史家采撷入传，诗文塑造了一个向往田园、栖身田园而又惬意的隐者形象。沈约笔下的陶渊明形象并不是一个纯粹的隐者形象，而是独自过着隐逸生活，对世俗生活也未能决绝的个体形象。沈约刻画的陶渊明形象遵循了"孔门四科"的指导原则，以忠于国家的德行、意在归隐的政事、惬意自在的言语刻画了隐者的形象。《晋书》综合沈约、萧统的传记以整合内容，通过史家"去伪存真，去粗取精"的叙事重构，以"酒"为基本意象贯穿始终完成了陶渊明隐士形象的纯粹性书写过程。《南史》与《晋书》的书写倾向则完全不同，李延寿笔下的陶渊明形象又回到了梁代文人的接受场域，或者说又回到了沈约书写的起点。陶渊明的文学文本直接被看作是人生的主流部分，这种情况到中唐才开始发生变化，至北宋方才摆脱史传文本的全面影响，陶渊明所建构"人如其文"的特别审美形态得到更加深入的文化阐释。

关键词本：史传文；隐逸；陶渊明；形象书写

自晋至唐，陶渊明被看作标准的真隐士，《宋书》《晋书》都把他归于"隐逸传"就很能说明问题。他不仅能隐于田园，而且处于"人境"中犹可"心远"处之。何以如此？魏晋玄学的兴起为陶渊明提供了思想的空间。自汉末以来，儒学淡出，道家凸显，老、庄的观念开始弥漫开来。本末有无的讨论，名教与自然的激辩，言意之间的关系，都是思想的主题。"建安七子""竹林七贤"，都把生命体验写入诗歌之中了。三曹父子的五言作品把自己对于生活的理解融入其中，各有特色。蔡文姬笔下的母子诀别也写得痛人心扉，阮籍的苦闷夹杂着对自由的追寻，嵇康的坦荡也在打铁的对话中展示着自我的风采。"苟全性命于乱世"的，"不求闻达于诸侯"的，各有各的想法，各有各的活法，只是谁都无法掩饰内心的焦虑性体验。隐不得，也仕不得？到陶渊明这里就有了答案。本文以《宋书》《晋书》为主要考察对象，以探讨自刘宋到初唐对于陶渊明形象的接受状况。

一、陶渊明的自我形象书写

对于陶渊明的理解，大家往往突出他隐逸的一面，古今都有不一致的时候。鲁迅就认为陶渊明也"并非浑身静穆"，可是也不会是一个汲汲于富贵功名的人。冈村繁有本著作《陶渊明新论》就认为陶渊明有以安贫的姿态扬名之心理，他突出了陶渊明的"自我中心主义"和"对世俗名声的追求欲望"[1]。冈村繁反其道而行之的研究方式虽然刻意挖掘资料来追求新意，确实存有因对中国文化理解不深而造成的误解。陶渊明生活的时代，人与自然同在，神与物游的审美主潮，回归田园是很正常而又极不寻常的选择。

陶渊明经历了从入仕到出世的过程，"尘网"里的很多事务让他苦不堪言，"出仕又厌仕，始出便思归，这成了陶渊明每次出仕的心理模式"[2]。"不为五斗米而折腰"就是一个有说服力的故事，于是终于"羁鸟返旧林，池鱼思故渊"。《归去来兮辞》就是他的表白，这篇文章屡屡被史家采撷入传正说明其已成为陶渊明形象书写的组成部分。文曰：

归去来兮，田园将芜胡不归？既自以心为形役，奚惆怅而独悲？悟已往之不谏，知来者之可追。实迷途其未远，觉今是而昨非。

舟摇摇以轻扬，风飘飘而吹衣。问征夫以前路，恨晨光之熹微。乃瞻衡宇，载欣载奔。僮仆欢迎，稚子候门。三径就荒，松菊犹存。携幼入室，有酒盈樽。引壶觞以自酌，眄庭柯以怡颜。倚南窗以寄傲，审容

---

[1] 冈村繁认为如果仅仅以《五柳先生传》《归去来兮辞》《桃花源记》《饮酒》等作品来书写陶渊明形象，"那么渊明就成为一个远超俗尘，在田园中悠闲自在与世无争地生活的隐逸诗人了"。《陶渊明李白新论》，上海古籍出版社，2002年版，第13页。

[2] 戴建业：《文献考辨与文学阐释——戴建业自选集》，华中师范大学出版社，2012年版，第146页。

> 膝之易安。园日涉以成趣，门虽设而常关。策扶老以流憩，时矫首而遐观。云无心以出岫，鸟倦飞而知还。景翳翳以将入，抚孤松而盘桓。

因"耕植不足以自给"采取解决生计问题，"遂见用于小邑"，在彭泽饮酒赋诗的生活也没能遏制"眷然有归与之情"，"质性自然"的陶渊明又逢程氏妹的死，于是"去职"了。《归去来兮辞》就是在这样的背景下写出来的。迷途知返是陶渊明对自己所选择生活的认识，于是，快乐感油然而生。"舟摇摇以轻扬，风飘飘而吹衣"——如此惬意；"僮仆欢迎，稚子候门"——何等温暖；"引壶觞以自酌，眄庭柯以怡颜"——自然也养神。山水清音，自然使日常生活染上了诗意。他想过什么样的生活呢？他接着写道：

> 悦亲戚之情话，乐琴书以消忧。农人告余以春及，将有事乎西畴。或命巾车，或棹孤舟，既窈窕以寻壑，亦崎岖而经丘。木欣欣以向荣，泉涓涓而始流。羡万物之得时，感吾生之行休。
>
> 已矣乎！寓形宇内复几时？曷不委心任去留，胡为遑遑欲何之？富贵非吾愿，帝乡不可期。怀良辰以孤往，或植杖而耘耔。登东皋以舒啸，临清流而赋诗。聊乘化以归尽，乐夫天命复奚疑？

"晨兴理荒秽，带月荷锄归"不必说肯定是惬意的，也是最简单质朴的生活。正是这样水流花放的大自然消解了误落尘网的伤神，生活的自在程度是不能以贫富贵贱来相论的，安贫乐道是很高的境界。《五柳先生传》活画了一位"久在樊笼里，复得返自然"的世外高人形象。不知何许人，也不详其姓字，实在是没啥可束缚自己的了。不经意中放眼一看，宅边有五棵柳树，就叫自己五柳先生吧。这位先生不爱说话，不慕名利，爱读书也不求深意，读高兴了，连吃饭都忘了。爱喝酒，家穷有时候喝不起，亲旧就招待他，一喝就醉，醉了就走。家徒四壁，穿用简单，经常写写文章把自己的想法说出来。陶渊明把自己写成这样一个人，一个"忘怀得失"，自娱自乐的人。这样的人才会想出世间会有桃花源，不是谁都能找到的，只有"心远地自偏"的高人才能找到"真意"。从这个角度来说，陶渊明的文字是以明隐逸之志为主，算不上审美文本。因之钟嵘《诗品》中将他列为中品，并说他是"古今隐逸之宗也"。自刘宋至唐代，史家采摭此文入传也正在于《五柳先生传》成为陶渊明隐者形象的主体内容。

陶渊明说："盛年不重来，一日难再晨。及时当勉励，岁月不待人。"（《杂诗》）他没有"少壮不努力，老大徒伤悲"的焦虑感，珍惜时光是要过自己选择的生活,尽管这样的生活时常不免孤独和寂寞,让他觉得"日月掷人去,有志不获骋"。读书的时候,也会写出"精卫衔微木,将以填沧海。刑天舞干戚,猛志故常在"(《读山海经》)这样的句子。人生有限,陶渊明非常关注死亡现象,他给自己写了《自祭文》,还写了三首《拟挽歌辞》,他想象自己离世的情景:"天寒夜长,风气萧索。鸿雁于征,草木黄落。陶子将辞逆旅之馆,永归于本宅。故人凄其相悲,同祖行于今夕。"于是,"娇儿索父啼,良友抚我哭",可惜从此不能尽兴喝酒了。面对祭拜的情景,"欲语口无音,欲视眼无光。昔在高堂寝,今宿荒草乡",这是谁也不能改变的命运。《拟挽歌辞》的第三首是对送别和别后的描写:

> 荒草何茫茫,白杨亦萧萧。严霜九月中,送我出远郊。四面无人居,高坟正嶣峣。马为仰天鸣,风为自萧条。幽室一已闭,千年不复朝。千年不复朝,贤达无奈何。向来相送人,各自还其家。亲戚或余悲,他人亦已歌。死去何所道,托体同山阿。

这是一个富有想象力的世界,诗人把目光放在了送葬的场面上,凄凉的布景,大家的反应,自己的淡然都写出来了。鲁迅的《孤独者》、萧红的《呼兰河传》也很善于写这样的场面,在这一点上,叙事文本与抒情文本异曲同工。英国诗人史蒂文森有一首《安魂曲》:"在这寥廓的星空下面/掘一座坟墓让我安眠/我活得快乐,死也无怨/躺下的时候,心甘情愿//请把下面的诗句给我刻上/他躺在自己的心之向往的地方/好像水手离开大海归故乡/又像猎人下山回到了家园。"中英诗歌同样书写生死主题,同样寄托了人与物游的情思。擅长写这类作品的诗人为数不少,中国的陆机、鲍照、傅玄,俄罗斯的普希金、叶赛宁、马雅可夫斯基都有这样的作品。生乐于隐,死安于隐,陶渊明在诗文中塑造了一个向往田园、栖身田园而又惬意的隐者形象。通观这类作品,自然让阅读者认定其生活在"隐逸"的范畴之中。生活图景往往取代了诗歌书写者的身份。在隐者与诗人之间,陶渊明的隐者身份更容易被接受,而他所生活的时代,诗人需要在词语和措意这两个方面都具备审美的价值。所以他在文学创作上并未显示出超人的一面,他在叙事性诗文中的自我书写更容易被读者接受,文本里面隐含的人生出处的向往符合怀才不遇者的共通元素。总而言之,陶渊明本人的诗文中已经具有自传的性质,正因如此,川合康三在所撰《中国的自传文学》中就以陶渊明《五柳先生传》为中心讨论以陶渊明、王绩、白居易所形成的自我书写谱系。

刘宋时代,颜延之有《陶徵士诔》一文,"序"中描绘了陶渊明"道不偶物，弃官从好"的选择过程，从此过着"心好异书，性乐酒德"的隐逸生活。陶渊明的隐者身份至此已定。鲍照《学陶彭泽体》虽开效陶诗之先河，其诗在意而不在文，定位在"但使樽酒满，朋旧数相过"的隐趣之中。两位同朝代诗人的作品给陶渊明身份定了主基调，即他的诗是隐逸生活的直接反映。

可见，《归去来辞》《五柳先生传》《拟挽歌辞》等文本成为陶渊明自我认定的经典文本，同样也得到了史家的认可，这些文字重在隐逸，确认了陶渊明的隐者身份。相对于文学家身份而言，这要直接得多，而对文学家身份的确认需要时代、环境、文化等因素发生作用。在一定程度上，这些作品构成了史家将陶渊明入传的前提条件。

二、《宋书》中的陶渊明形象

一览史传文本，陶渊明竟然都是归入"隐逸"之中，尽管传记文本也列了他的作品，基本不离《五柳先生传》《桃花源记》《归去来辞》这三篇。隐士身份的陶渊明压倒了文学家的陶渊明，直到苏东坡，才开始改变。陶诗的朴素和精致是两位一体的，因其朴素而在当时声名不显，因其精致而在身后名声大噪。追求华彩的社会，朴素便被淹没了，也过于奢侈。史家入传带有盖棺论定的意味，史家如何将笔下的人物合理归类也就显得格外重要了。沈约对陶渊明的归类从未引起过争议，甚至后修的《晋书》《南史》也延续了这样的归类方式，陶渊明自刘宋至李唐并没有发生身份归属的变化[①]。

---

① 冈村繁分析了史书中陶渊明形象的一致性，认为："我认为《宋书》以后的诸传记之所以仅仅赋予渊明以高洁无欲的隐者性格，主要原因在于构成他传记的前提。这种前提具有不得不赋予那种形象的强制力。它制约并驱使着作者如此写。这种限制力首先表现在《宋书》《晋书》《南史》中。为了把当时有名的隐者全部收录入《隐逸传》中，作者竭力使其中有关隐者的每篇传记都具有符合隐者风貌的内容。"《陶渊明李白新论》，上海古籍出版社，2002年版，第15页。这种分析有其道理，有为书写人物形象的以偏概全之嫌，但是应不仅如此。陶渊明形象的稳定性还源于作品的被接受效应。田菱《解读陶渊明：历史接受的变化形式（427—1900）》一书中也对上述史传文本进行了细节分析，从故事性的演变分析陶渊明如何成为"超然不群的隐士形象"。参见吴伏生《英语世界的陶渊明研究》，学苑出版社，2013年版，第173—177页。田晓菲《尘几录——陶渊明与手抄本文化研究》一书中也专列"先生不知何许人也"一章探讨四篇陶渊明传记的源流与文本变化。中华书局，2007年版，第53—82页。作者撰写《尘几录——陶渊明与手抄本文化研究》的主要目的"是勾勒出手抄本文化中的陶渊明被逐渐构筑与塑造的轨迹"，参该书第18页。

梁代是陶渊明研究的一个高峰时期。昭明太子萧统、江淹、钟嵘、沈约等人都留下了关键性评价文字。萧统《陶渊明传》承袭沈约的文字,与沈约《宋书》中的传记并行,对于后世影响深远。钟嵘《诗品》对陶渊明的评价也是后来学人讨论的热点话题,曰:

> 其源出于应璩,又协左思风力,文体省净,殆无长语,笃意真古,辞兴婉惬。每观其诗,又想其人德。世叹其质直。至如"欢言酌春酒""日暮无天云",风华清靡,岂直为田家语耶?古今隐逸诗人之宗也。

"每观其诗,又想其人德"的原因正在"质直"之风格,这是互为关联也极为关键的一句话,诗与人很好地融合在一起①。"古今隐逸诗人之宗也"这句断语下的精准,《诗品》重在品诗,陶渊明作为诗人,也是隐逸诗人,虽有地位,却在"隐逸"一类。钟嵘与沈约算是同时代人,评价的趋同性自不可免,钟嵘的论断也有自己的参照标准②。江淹《拟陶征君田居》与鲍照诗相类,不外乎饮酒躬耕的隐者书写。稍后萧统《陶渊明传》承袭沈约之传文,基本是在讲故事,陶渊明与檀道济的对话、不为五斗米而折腰、饮酒抚无弦琴等种种情景展现的正是一心向隐的情怀③。萧统充分注意到了陶渊明诗文的文学价值,不仅在《陶渊明传》中写上"善属文"这样的文人身份认可,而且整理了陶集,并将陶渊明及与其相关的文章收入《文选》,这次编撰活动对陶渊明诗文及形象的传播影响极大。《陶渊明集序》中专门论及陶渊明之文章:

> 有疑陶渊明诗篇篇有酒,吾观其意不在酒,亦寄酒为迹者也。其文章不群,辞彩精拔,跌荡昭彰,独起众类,抑扬爽朗,莫之与京。横素波而傍流,干青云而直上。语时事则指而可想,论怀抱则旷而且真。加以贞志不休,安道苦节,不以躬耕为耻,不以无财为病,自非

---

① 王叔岷:《钟嵘诗品笺证稿》,中华书局,2007年版,第264页。
② 范子烨《春蚕与止酒——互文性视域下的陶渊明诗》中认为陶渊明的诗歌与曹植的风格有相承之处,其《拟古》是对曹植人生的叙写。参范子烨《春蚕与止酒——互文性视域下的陶渊明诗》,社会科学文献出版社,2012年版,第69页。按:《诗品》是以曹植为核心人物确定品第之高下的,钟嵘将曹植定位文学中的孔子,"文圣"的称号呼之欲出,论评诗人不免以之为标准权衡人物品次定位。
③ 萧统《陶渊明传》采撷陶渊明诗文多是仅有题目。采撷文本入传的只有《示周续之祖企谢景夷三郎》的部分句子。文中还提及陶渊明的妻子"与其同志",亦是沈约传记文本中所无者。

> 大贤笃志，与道污隆，孰能如此乎！

评语还在"笃意真古"一面，与后面所叙"余爱嗜其文，不能释手，尚想其德，恨不同时"结合起来，虽并未出钟嵘议论之范围，却高扬了陶渊明的文学地位。

以上的简要分析可见梁代对陶渊明的评价还在突出他的隐者情怀，与刘宋时代之描述并无本质区别，只是上升到品评范畴以内，有了相对准确的定位。沈约《宋书》将陶渊明纳入"隐逸"类中自然是顺从时评了。从众声喧哗到写入正史，正是趋于为之定评的过程。《宋书》并无文学之专传类别，文学家中荦荦大者获得了单独立传的资格，当然仅有文学的成就还不够，政事之成就也要到达一定地位。细读传记文本，沈约笔下的陶渊明并不是一个完整如一的隐者，而是存在着书写的矛盾定位。传记文本有三点值得关注[1]。第一是重在描绘仕隐之间的选择过程，以此展示传主的一生行事。"少有高趣"却为生存为官，为官却又不愿屈己，无法容忍而后终于归隐田园。第二是纪事以写人。不为五斗米而折腰、与王弘等人饮酒，俱是向隐之故事，符合人物的身份。第三是采摭诗文入传。陶渊明既然入"隐逸"，采摭诗文入传自然要追求特色，采摭《五柳先生传》《归去来兮辞》《与子俨等疏》等三篇文章，还有《命子》诗。可分两类：隐逸之志和训诫之言。两部分结合起来，可见矛盾之处。陶渊明有《责子》诗，责诸子懒惰，《与子俨等疏》是"勉诸子和谐相处"[2]，《命子》诗花费很大的篇幅述及家族的显赫荣耀[3]，"追述祖德"难免要反观自身，"日月掷人去，有志不获骋"也并非一时之感慨。采摭文章入传前后的语境书写值得重视，如采摭《五柳先生传》先说"潜少有高趣，尝著《五柳先生传》以自况"，将作品设置在"年少"

---

[1] 冈村繁认为沈约《宋书》里的陶渊明传记收到颜延之《陶徵士诔》的影响。《陶渊明李白新论》，上海古籍出版社，2002年版，第14页。

[2] 王叔岷：《陶渊明诗笺证稿》，中华书局，2007年版，第51页。

[3] 袁行霈《陶渊明年谱汇考》将《命子》诗系于太元十四年（389年），陶渊明是年三十八岁。《五柳先生传》系于义熙十一年（415），陶渊明六十四岁。则《宋书》以《五柳先生传》证陶"少有高趣"则不通也。魏耕原认为《五柳先生传》是陶渊明六十岁以后的作品，参魏耕原《陶渊明论》，北京大学出版社，2011年版，第252页。邓安生将《命子》诗系于太元二十一年（396），陶渊明二十八岁。参邓安生《陶渊明年谱》，天津古籍出版社，1991年版，第76页。龚斌《陶渊明传论》认为："《命子》诗反映了陶渊明青年时代的政治热情和光宗耀祖的思想。"参《陶渊明传论》，华东师范大学出版社，2001年版，第38页。

这个年龄段,说明作品是自我形象书写;采撷文章后,说"其自序如此,时人谓之实录",旨在说明陶渊明的自我形象书写得到了同时人的认可,这样就从自我认同到了公共认同。既非陶渊明的个案认识,也非史家的片面书写,更加符合客观事实。《归去来兮辞》是因事入传,是对"我不能为五斗米,折腰向乡里小人"的诠释。因此传记文本先是讲故事,仕宦与饮酒有干系,一旦与政务联系起来,就与饮酒相距甚远,反而不能惬意。于是,《归去来兮辞》在陶渊明的人生历程中就具有了转折意义。采撷此文后并无评论,而是接着叙事,所叙的故事沿袭《归去来兮辞》的命意。传记文本中有一段值得注意:"潜弱年薄宦不洁去就之迹,自以曾祖晋世宰辅,耻复屈身后代,自高祖王业渐隆,不复肯仕。所著文章,皆题其年月,义熙以前,则书晋世年号,自永初以来,唯云甲子而已。"这一段话是叙述陶渊明仕隐态度变化之因由,与家世家风颇有关联。于是,采撷文章为之一变,晚年的诗文得以采撷入传,这些"训诫之言"皆是有临终遗言性质的作品。

综合这些采撷文字来看,沈约笔下的陶渊明形象并不是一个纯粹的隐者形象,而是独自过着隐逸生活,对世俗生活也未能决绝的个体形象。沈约根据时流的观念,以纪事、采文的方式结构了一篇隐者陶渊明的传记,传文中陶渊明写给儿子的诗文占据了不小的篇幅,对于隐者身份并无增益之处,反倒映衬出荣耀身份下的自得与自责的矛盾状态。传主到底是要逍遥身外还是觉得愧对祖先呢?这恐怕要取决于阅读者的主观倾向了。有一点不可否认,沈约刻画的陶渊明形象遵循了"孔门四科"的指导原则,以忠于国家的德行、意在归隐的政事、惬意自在的言语刻画了隐者的形象,而关于文学则没有专门述及,仅以采撷诗文入传无意识地表现出来。作为第一篇陶渊明的传记,沈约的文字影响深远。而后陶渊明的形象就朝着愈加符合隐者身份的方向发展下来了。

三、《晋书》中的"袭"与"变"

梁代之后,评论陶渊明的并不多。阳休之《陶集序录》认为陶渊明的文章,"辞采虽未优,而往往有奇绝异语,放逸之致,栖托仍高"[①]。议论的范

[①] 北大中文系编:《陶渊明资料汇编》,中华书局,1962年版,第10页。

围并未出《宋书》之外。颜之推在《颜氏家训》中提到陶渊明，却并无论述。王通《中说》有云："或问陶元亮，子曰：'放人也。《归去来》有避地之心焉，《五柳先生传》则几于闭关也。'"①提及的篇目也并未超过沈约传记文本的范围。

修于贞观时期的《晋书》与《宋书》相比是后出的，《晋书》有"文苑"类，却未提到陶渊明的名字，这部新修的"正史"依然把陶渊明归入"隐逸"，传记文本则多多少少发生了一些文字上的变化。

首先，《晋书》综合沈约、萧统的传记以整合内容。重构是在《宋书》的基础上结合萧统《陶渊明传》完成的，虽然并不是遵循简单的加法规则。与《宋书》相比，关于陶渊明的姓、名、字有所不同，不过这不是我们要讨论的问题。增加了"善属文"，不能小瞧了这三个字，"善属文"虽然袭自萧统，与"所有文集并行于世"联系起来，却为陶渊明增加了文士或者文学家的一重身份。纪事的变化很少，故事性有所增强。萧统笔下的檀道济并没有被引入进来，沈约讲述的颜延之与陶渊明的关系也被省略了，虽然《晋书》减少了许多与酒有关的故事，关于酒的叙事份额并没有减少，而是随着其他元素的被删削而更加突出了。田晓菲认为："他（陶渊明）对酒的爱好不像其他传记那里得到强调，主要是因为送钱给酒店、重阳节酣醉、'我醉欲眠'以及葛巾漉酒的故事全部被省略了。"②从传记文本的字面上看确是如此，但是从通篇布局来看，又不尽如此。

其次，主题集中而明确了。《晋书》的陶渊明传记不论写陶渊明的仕宦生活，还是写其隐居生活，都结合一个"酒"字。传记文本介绍了陶渊明的家族背景之后，直接引入《五柳先生传》，《五柳先生传》成为传记文本的书写导向。政事活动写其饮酒之事，隐居生活亦写其饮酒之事。政事活动"令吾常醉于酒足矣"。隐居生活则"既绝州郡觐谒，其乡亲张野及周旋人羊松龄、宠遵等或有酒要之，或要之共至酒坐，虽不识主人，亦欣然无忤，酣醉便反"。传记文本写到王弘其人，陶渊明也是见酒不见人，有酒不厌人。末一段，酒与琴联系起来，更见隐者本色。传云："其亲朋好事，或载酒肴而往，潜亦无所辞焉。每一醉，则大适融然。又不营生业，家务悉委之儿仆。未尝有喜愠之色，

---

① 北大中文系编：《陶渊明资料汇编》，中华书局，1962年版，第11页。
② 田晓菲：《尘几录——陶渊明与手抄本文化研究》，中华书局，2007年版，第81页。

惟遇酒则饮，时或无酒，亦雅咏不辍。"至此一位安于隐的高人形象已经形成了。为了烘云托月，让传主的"高趣"更上层楼，便借以铺排叙事。传云："尝言夏月虚闲，高卧北窗之下，清风飒至，自谓羲皇上人。性不解音，而畜素琴一张，弦徽不具，每朋酒之会，则抚而和之，曰：'但识琴中趣，何劳弦上声！'""无弦琴"意象中表现隐趣的一面也突出出来了。

再者，传记文本值得注意的变化是在采撷诗文入传方面。《晋书》使用的是减法规则。《五柳先生传》《归去来兮辞》依然全文采撷入传，采撷文本的前后句子都没有变化。而《与子俨等疏》《命子》等文本被删去了，陶渊明"以言其志"的一面消失了，"耻复屈身后代"的一面也消失了。《晋书》通过史家"去伪存真，去粗取精"的叙事重构，以"酒"为基本意象贯穿始终完成了陶渊明隐士形象的纯粹性书写过程。

我们继续向后延伸，看看李延寿《南史》中是如何存录了陶渊明的隐者形象。在"隐逸"的序中，陶渊明被突出出来，成为被提名的唯一人物。如田菱所论："在一百七十年内，陶渊明已经被从《宋书》中的众多隐士当中提拔出来，成为《南史》中当代隐士的缩影。"[1]《南史·隐逸传》之陶渊明传记几乎完全取自沈约的传文，稍有改动，改动之处借鉴了萧统的传记。如"自以曾祖晋世宰辅，耻复屈身后代，自宋武帝王业渐隆，不复肯仕。所著文章，皆题其年月。义熙以前，明书晋氏年号，自永初以来，唯云甲子而已"，正是沈约、萧统传记文本的相加而形成的。"元嘉四年，将复征命，会卒"是后加的，形成了陶渊明形象的两面性，他的隐居生活似乎是为了消解痛苦，家族荣耀、"以言其志"的内容反而突出了。由此可见，《南史》与《晋书》的书写倾向是完全不同的。可以说李延寿笔下的陶渊明形象又回到了梁代文人的接受场境，或者说又回到了书写的起点。陶渊明"对于世事并没有遗忘和冷淡"[2]的一面再度被发掘出来。采撷诗文入传方面仅仅提及《命子》，并未采入传文。

《晋书》的广泛流传确定了陶渊明作为隐者的文学家地位，虽然隐者依然是他最终被确立的形象。正如田晓菲所说："我们甚至会忘记，陶渊明首先

---

[1] 吴伏生：《英语世界的陶渊明研究》，学苑出版社，2013年版，第175—176页。
[2] 鲁迅：《魏晋风度及文章与药及酒之关系》，见《鲁迅全集》第3卷，人民文学出版社，1981年版，第516页。

是一位诗人——无论我们多么颂扬他的'人格',如果没有他的诗,陶渊明首先是一个诗人,陶渊明不过是《宋书》《晋书》《南史》所记载下来的众多隐士中的一员。"①田晓菲的这段话只是针对陶渊明入"隐逸"来论定的,三篇传记比较起来还是有很大的变化的。盛唐时期,一方面陶渊明成为诸多文学家企慕的对象,另一方面却也成为他们无法企慕的对象。高适、李白、王维等人都在作品中提到陶渊明,向往陶渊明栖身田园的生存状态,却又无法为之。王维前后期人生态度的变化,也体现在对陶渊明形象的书写中,从《偶然作》到《与魏居士书》演示了从企慕到质疑的过程。这是由于所处环境的变化而导致的。陶渊明诗人的身份并未得到认可,文人关注的依然是陶诗中体现的隐逸情怀,立足点还在"隐逸"范围之内。对于本文来说,这些都是后话了。对陶渊明的理解和研究至北宋方蔚为大观,陶诗才获得关注,陶渊明才渐次被认可,终成为古今一流的大诗人。

总之,传记的用意在于写人,陶渊明文如其人,其人反而代替其文了。各种传记文本尽管存在着这样或那样的不同内容,有一点是不变的,那就是陶渊明的文学文本直接被看作是人生的主流部分,而非审美文本。这种情况到中唐开始发生变化,如白居易成规模的拟作即是一个例子。至北宋方才摆脱史传文本的全面影响,陶渊明所建构"人如其文"的特别审美形态得到了更加深入的文学阐释。

(本文发表于《中国文学研究》2016年第2期,题目稍作修改)

田恩铭,1973年生,2008年毕业于陕西师范大学文学院,文学博士,师从霍松林先生,现为黑龙江八一农垦大学教授、研究生导师。

---

① 田晓菲:《尘几录——陶渊明与手抄本文化研究》,中华书局,2007年版,第20页。

颜延之与刘宋宫廷文学

孙明君

内容摘要：宫廷文学是中国文学长河中的一条重要支流，历代帝王和贵族阶层皆颇为看重宫廷文学。在刘宋时代，颜延之是宫廷文学的巨匠。相对于对谢灵运与山水文学的研究，有关颜延之与宫廷文学的研究明显薄弱。颜延之宫廷文学乃是两晋士族文学的一种变体，它确立了南朝宫廷文学的范型，规定了南朝宫廷文学的走向，在中国古代宫廷文学发展史上占有一定位置。

关键词：颜延之；宫廷文学；庙堂大手笔；《应诏燕曲水作诗》；《三月三日曲水诗序》

刘宋时代，谢灵运与颜延之在文学创作方面双峰并峙，各有千秋。正如清人陈仪《竹林答问》所评："颜谢当日，已有定评。然谢工于山水，至庙堂大手笔，不能不推颜擅场，大家不必兼工也。大抵山林、廊庙两种，诗家作者，每分道而驰。"这里的"庙堂""廊庙"一体，今天通称为宫廷文学。谢灵运是山水文学的大家，颜延之是宫廷文学的巨匠。然而，相对于对谢灵运的研究，有关颜延之的研究明显薄弱。20世纪以来，颜延之研究长期问津乏人，直到20世纪80年代之后才有了一定的改观。近年来，作为颜延之创作主体的庙堂文学已经引起了学界的关注[①]，但这里还有值得进一步开拓的空间。笔者拟以颜延之的《应诏燕曲水作诗》（以下简称为《曲水诗》）与《三月三日曲水诗序》（以下简称为

---

① 例如：吴怀东的《颜延之诗歌与一段被忽略的诗潮》（《山东大学学报》〔社会科学版〕，1998年4期）；黄亚卓的《论颜延之公宴诗的复与变》（《上海师范大学学报》〔社会科学版〕，2003年3期）等。

《曲水诗序》）为中心，就其宫廷文学中的相关问题谈点看法。

一、颜延之"庙堂大手笔"地位的确立

裴子野《宋略》载："文帝元嘉十一年，三月丙申，禊饮于乐游苑，且祖道江夏王义恭、衡阳王义季，有诏会者咸作诗，诏太子中庶子颜延年作序。"①三月三日是南朝贵族一年一度的盛大节日。在宋文帝元嘉十一年的这一天，由文帝出面，邀请大臣一起禊饮，为江夏王刘义恭和衡阳王刘义季送行。文帝下诏命所有与会者都要赋诗，并且命颜延之为这次盛会的诗集作序。颜延之应诏而作，分别写出了诗与序，其诗即《曲水诗》，其序即《曲水诗序》。

颜延之《曲水诗》云：

道隐未形，治彰既乱，帝迹悬衡，皇流共贯。惟王创物，永锡洪算。仁固开周，义高登汉。

祚融世哲，业光列圣。太上正位，天临海镜。制以化裁，树之形性。惠浸萌生，信及翔泳。

崇虚非征，积实莫尚。岂伊人和，寔灵所贶。日完其朔，月不掩望。航琛越水，辇尽逾嶂。

帝体丽明，仪辰作贰。君彼东朝，金昭玉粹。德有润身，礼不愆器。柔中渊映，芳猷兰秘。

昔在文昭，今惟武穆。於赫王宰，方旦居叔。有眸蕃，爰履奠牧。宁极和钧，屏京维服。

胐魄双交，月气参变。开荣洒泽，舒虹烁电。化际无间，皇情爰眷。伊思镐饮，每惟洛宴。

郊饯有坛，君举有礼。幕帷兰甸，画流高陛。分庭荐乐，析波浮醴。豫同夏谚，事兼出济。

仰阅丰施，降惟微物。三妨储隶，五尘朝黻。途泰命屯，思充报屈。有悔可悛，滞瑕难拂。

其《曲水诗序》序云：

---

① [南朝·梁] 萧统：《文选》，上海古籍出版社，1986年版，第2049页。

夫方策既载，皇王之迹已殊；钟石毕陈，舞咏之情不一。虽渊流遂往，详略异闻。然其宅天衷，立民极，莫不崇尚其道，神明其位，拓世贻统，固万叶而为量者也。

有宋函夏，帝图弘远。高祖以圣武定鼎，规同造物；皇上以文承历，景属宸居。隆周之卜既永，宗汉之兆在焉。正体毓德于少阳，王宰宣哲于元辅。晷纬昭应，山渎效灵。五方杂沓，四隩来暨。选贤建威，则宅之于茂典；施命发号，必酌之于故实。大予协乐，上庠肆教。章程明密，品式周备。国容眡令而动，军政象物而具。箴阙记言，校文讲艺之官，采遗于内；车朱轩，怀荒振远之使，论德于外。赪茎素蕠，并柯共穗之瑞，史不绝书；栈山航海，逾沙轶漠之贡，府无虚月。烈燧千城，通驿万里。穹居之君，内首禀朔；卉服之酋，回面受吏。是以异人慕响，俊民间出；警跸清夷，表里悦穆。将徙县中宇，张乐岱郊。增类帝之宫，饬礼神之馆，涂歌邑诵，以望属车之尘者久矣。

日躔胃维，月轨青陆。皇祇发生之始，后王布和之辰，思对上灵之心，以惠庶萌之愿。加以二王于迈，出饯戒告，有诏掌故，爰命司历。献洛饮之礼，具上巳之仪。南除辇道，北清禁林，左关岩隥，右梁潮源。略亭皋，跨芝廛，苑太液，怀曾山。松石峻垝，葱翠阴烟，游泳之所攒萃，翔骤之所往还。于是离宫设卫，别殿周徼，旌门洞立，延帷接枑，阅水环阶，引池分席。春官联事，苍灵奉涂。然后升秘驾，胤缇骑，摇玉鸾，发流吹。天动神移，渊旋云被，以降于行所，礼也。

既而帝晖临幄，百司定列，凤盖俄轸，虹旗委斾。肴蔌芬藉，觞泛浮。妍歌妙舞之容，衔组树羽之器。三奏四上之调，六茎九成之曲。竞气繁声，合变争节。龙文饰辔，青翰侍御。华裔殷至，观听骛集。扬袂风山，举袖阴泽。靓庄藻野，袨服缛川。故以殷赈外区，焕衍都内者矣。

上膺万寿，下禔百福。筵禀和，闱堂依德。情盘景遽，欢洽日斜。金驾总驷，圣仪载仁。怅钧台之未临，慨酆宫之不县。方且排凤阙以高游，开爵园而广宴。并命在位，展诗发志。则夫诵美有章，陈

言无愧者欤?(《文选》)

《曲水诗》与《曲水诗序》旨在为刘宋帝国歌功颂德,是宫廷文学的典型代表。《曲水诗》分为八章,第一章写武帝创建宋国之功;第二、三章写文帝仁义之道超越了周汉,开创出一个太平盛世;第四章赞颂太子之德有如金玉;第五章颂美诸王。宰相刘义康同于周公,诸王为京师之屏障;第六、七两章写三月三日皇家宴会盛况,欢愉之事同于上古;第八章回顾自己的仕途,感谢皇帝的恩德。《曲水诗序》分为三个部分,其一,言帝王宴乐历代有之,宴乐之道在封建统治中极为重要。其二,正面歌颂大宋帝国。武帝以圣武定鼎,文帝以圣明之德继承武帝的事业,太子道德高尚,宰臣为国之栋梁。在文帝的英明领导下,国家空前强盛,符命祥瑞不断出现,四夷纷纷来朝。其三,描写当日皇帝组织、亲临宴会的盛况。从中可以看出皇室的威仪和歌舞升平的盛世情景。这一诗一序,写于同一时期,前者是颜延之个人的抒情之作,后者是颜延之代表群臣的颂歌,两者珠联璧合,相得益彰,构成了刘宋时代宫廷文学中的双璧,在整个南朝时期只有萧齐时代王融的《三月三日曲水诗序》可与之争衡。

对于颜延之而言,对于宋文帝而言,元嘉十一年(434)三月丙申禊饮于乐游苑并不只是一次皇家宴会这么简单。在这一天,由皇帝亲自确定了刘宋帝国的庙堂大手笔。这个大手笔正是颜延之。

邓绎《藻川堂谭艺·唐虞篇》云:"一代文辞之极盛,必待其时君之鼓舞与国运之昌皇,然后炳蔚当时,垂光万世。"[1]如果把这段话挪到宫廷文学创作上来说,似乎更加贴切。宫廷文学的兴盛需要两大必要条件:其一是君主对文学的爱好和提倡,其二是国运的昌盛。颜延之创作最为活跃的元嘉时期正是刘宋国运的鼎盛期,当时的最高统治者也甚为爱好文学艺术。有一个适合宫廷文学生长的环境固然重要,但是否可以形成宫廷文学的高潮还要看此期是否能够产生优秀的宫廷诗人。成为宫廷文学领袖的人物,通常会被奉为大手笔。宫廷大手笔的出现不是偶然的,除了时代的因素之外,作为大手笔的诗人应该具备数一数二的文学才华,并且是朝廷里的高级官员,拥护当今皇上的路线、方针、政策。在两晋南朝这个看重门户出身的时代,该大手笔还应该是出身于士族家庭的文化精英。

---

[1] 王水照:《历代文话》第7册,复旦大学出版社,2007年版,第6146页。

颜延之的应制诗开始写作于宋武帝刘裕时代,在宋文帝刘义隆时代达到了峰巅。宋武帝和宋文帝对文学艺术皆颇有兴致。刘勰在《文心雕龙·时序》篇中说:"自宋武爱文,文帝彬雅,秉文之德,孝武多才,英采云构。自明帝以下,文理替矣。尔其缙绅之林,霞蔚而飙起,王、袁联宗以龙章,颜、谢重叶以凤采,何、范、张、沈之徒,亦不可胜也。"[①]宋武帝虽然"本无术学",但他倾慕风流,极力提倡文学艺术。《南史·谢晦传》载:"帝于彭城大会,命纸笔赋诗……于是群臣并作。"宋文帝具有很高的文化素养,《宋书·索虏传》载文帝诏群臣曰:"吾少览篇籍,颇爱文义。游玄玩采,未能息卷。"由于最高统治者的爱好和提倡,刘宋的文学创作极为兴盛,缙绅阶层中活跃着许多文学世家,王氏家族、袁氏家族、颜氏家族、谢氏家族、何氏家族、范氏家族、张氏家族、沈氏家族是其中的八大家族,其中最出名的诗人当推谢灵运与颜延之。

在宋文帝时代,一度有希望成为朝廷大手笔者有三位作家,一位是傅亮,一位是谢灵运,一位是颜延之。据《宋书·颜延之传》载:"义熙十二年,高祖北伐,有宋公之授,府遣一使庆殊命,参起居;延之与同府王参军俱奉使至洛阳,道中作诗二首,文辞藻丽,为谢晦、傅亮所赏。"这时的傅亮已是朝廷重臣,颜延之还是一个初出茅庐的文学青年,对傅亮没有构成任何威胁。到宋朝建立之后,颜延之与傅亮之间发生了冲突:"时尚书令傅亮自以文义之美,一时莫及,延之负其才辞,不为之下,亮甚疾焉。庐陵王义真颇好辞义,待接甚厚。"政治斗争夹杂着文学竞争,一时剑拔弩张,势不两立。随着庐陵王的失势,颜延之也受到了冲击,被排挤出朝廷,担任始安太守。直到元嘉三年(426),文帝剪除了徐羡之、傅亮、谢晦集团,颜延之才得以再次回到朝廷。

谢灵运出身于东晋门阀士族家庭,是康乐公谢玄的唯一继承人,《宋书·谢灵运传》载:"灵运少好学,博览群书,文章之美,江左莫逮。"他隐居始宁别墅期间,"每有一诗至都邑,贵贱莫不竞写,宿昔之间,士庶皆遍,远近钦慕,名动京师"。元嘉三年,谢灵运也得到了启用。《宋书·谢灵运传》载:"太祖登祚,诛徐羡之等,征为秘书监,再召不起,上使光禄大夫范泰与灵运书敦奖之,乃出就职。……寻迁侍中,日夕引见,赏遇甚厚。"《宋

[①] 范文澜:《文心雕龙注》,人民文学出版社,1958年版,第675页。

书·颜延之传》载:"元嘉三年,羡之等诛,征为中书侍郎,寻转太子中庶子。顷之,领步兵校尉,赏遇甚厚。"当此之时,谢灵运与颜延之同时受到了文帝的赏识。

就谢灵运而言,他比颜延之更具有成为宫廷大手笔的先天条件,一是他的出身更为高贵,二是他在文学创作方面的声誉更高。但是,他自己无意于做一个宫廷文人。宋葛立方《韵语阳秋》卷二载:"颜延之、谢灵运各被旨拟《北上篇》,延之受诏即成,灵运久而方就。"[1]通常我们以这条材料为证,来说明有作家竞于先鸣,有作家不竞于先鸣。其实联系谢灵运当时的心态,他"久而方就"未尝不是有意为之,或者说他的心思压根就不在此处。作为康乐公的继承人,作为谢氏子弟中的领袖人物,他进入朝廷的目的不是为了做一个宫廷弄臣。据《宋书·谢灵运传》载:"既自以名辈,才能应参时政,初被召,便以此自许;既至,文帝唯以文义见接,每侍上宴,谈赏而已。王昙首、王华、殷景仁等,名位素不逾之,并见任遇,灵运意不平,多称疾不朝直。……上不欲伤大臣,讽旨令自解。灵运乃上表陈疾,上赐假东归。"谢灵运离开朝廷之后,终于在元嘉十年(433)被杀于广州。

除此两人之外,能够成为庙堂大手笔的非颜延之莫属。《宋书·颜延之传》载:"颜延之……曾祖含,右光禄大夫。祖约,零陵太守。父显,护军司马。延之少孤贫,居负郭,室巷甚陋。好读书,无所不览,文章之美,冠绝当时。"颜含虽然不属于门阀士族,但他也是衣冠南渡之际的侨姓大族,具有相当高的门第。颜延之的文学才华与谢灵运在伯仲之间。更重要的是颜延之认同当时的主流意识形态,愿意以自己的才华为朝廷服务,自愿做帝国宫廷的文人班头。元嘉三年延之被文帝召回朝廷,他在《和谢监灵运》中写道:"皇圣昭天德,丰泽振沈泥。惜无雀雉化,何用充海淮。"对文帝充满了感激之情。元嘉十年,延之作《应诏观北湖田收》,《文选》李注引《丹阳郡图经》曰:"乐游苑,晋时药园,元嘉中筑堤雍水,名为北湖。"[2]次年三月三日,颜延之等陪同文帝再次游于乐游苑,写作了《曲水诗》与《曲水诗序》。

命一位大臣为朝廷宴会的诗集作序,根据现存的文献记载,在整个元嘉三十年内,这是唯一一次。在整个刘宋时代也没有看见第二次。在南朝数百年

---

[1] [宋]葛立方:《韵语阳秋》卷二,上海古籍出版社,影印本,1979年版。
[2] [南朝·梁]萧统:《文选》,上海古籍出版社,1986年版,第1049页。

间，第二度出现类似的情况就是齐武帝永明九年（491）的三月三日，那一次王融写作了与颜延之同题的《三月三日曲水诗序》。显然它是对元嘉风流的一次模仿。当日虽然没有册封的仪式，但在宋文帝的心目中，在朝廷众臣们的心中，大家都公认：颜延之乃是元嘉文坛上当之无愧的领袖。

此后，颜延之虽然在仕途上并非一帆风顺，也曾经受到过刘义康集团的排挤与打击，但总体上看，他还是享受到了高官厚禄。不论是在顺境还是在逆境，他始终没有辜负宋文帝的厚爱，写作了多篇庙堂之作，成为刘宋乃至南朝著名的宫廷大手笔。据《南史·颜延之传》载："延之既以才学见遇，当时多相推服，惟袁淑年倍小于延之，不相推重。"可见颜延之很看重自己在文坛上的地位，除了小字辈的袁淑外，朝廷上下对他的文学才华颇为推服。

在颜延之的宫廷文学作品中，写于武帝时代的有：《车驾幸京口三月三日侍游曲阿后湖作诗》等；写于文帝时代的有：《曲水诗》《曲水诗序》《皇太子释奠会作诗》《为皇太子侍宴饯衡阳南平二王应诏诗》《车驾幸京口侍游蒜山作诗》《拜陵庙作诗》《侍东耕诗》《赭白马赋》等诗文。《新唐书·艺文志》（别集类）载有颜延之《元嘉西池宴会诗集》三卷，惜乎其作早已失传。

在宋文帝时代，傅亮因自身才华不足，且介入了朝廷政变，早在元嘉初年即被处死；谢灵运出身高贵，才华盖世，但他意在山林，不愿意作一个御用文人，为统治者摇旗呐喊，于元嘉十年被杀害。于是，在元嘉十一年三月，颜延之当仁不让，以其《曲水诗》与《曲水诗序》为标志，终于成为刘宋时代的庙堂大手笔。颜延之的宫廷诗文之所以受到皇帝的赏识，受到同时代大臣们的推服，最重要的原因有两点，一是他对刘宋帝国和当今皇上忠心耿耿，二是他在宫廷文学创作方面数量众多，在艺术上独领风骚。

二、颜延之庙堂文学的历史定位与文学价值

对于颜延之的宫廷文学，自古以来评价歧异，总体上看否定性看法占大多数。二十世纪以来一般文学史著作均认为：颜延之应制诗文的内容以宫廷生活为主，迎合帝王旨意，为朝廷歌功颂德；在形式上铺锦列绣，错彩镂金，雕缋满眼，缺乏生气。近年来也有学者以为：颜诗内容中正典雅，气象雍容华贵，体裁绮密，辞采藻丽，典故繁富，笔法工巧，诗体律化，应当在刘宋文坛占有

一席之地。这似乎是两种截然对立的看法，其实只是角度不同而已。

钟嵘在《诗品》中把谢灵运放在上品，将颜延之置于中品，显示出在钟嵘的审美体系中两人地位的差异。《诗品中》云："其源出于陆机。尚巧似，体裁绮密，情喻渊深，动无虚散，一句一字，皆致意焉。又喜用古事，弥见拘束，虽乖秀逸，是经纶文雅才。雅才减若人，则蹈于困踬矣。汤惠休曰：'谢诗如芙蓉出水，颜如错彩镂金。'颜终身病之。"①颜延之继承了陆机文学中"举体华美"、典雅工整的传统。正如钟嵘所评他是"经纶文雅才"，即宫廷文人的杰出代表。文采绮密，典故繁富，乃是颜延之宫廷文学在艺术方面的重要特征。

与颜延之同时代的鲍照和汤惠休都给予颜诗以负面评价。除了上引汤惠休之语外，据《南史·颜延之传》载："延之尝问鲍照，己与灵运优劣。照曰：'谢五言如初发芙蓉，自然可爱；君诗若铺锦列绣，亦雕缋满眼。'"鲍照与汤惠休的诗风偏向于通俗文学，与颜延之的文学观念不同，写作立场不同，彼此之间的评论也有文人相轻的嫌疑。

对颜延之诗歌评价最高的当推清人王寿昌。其《小清华园诗谈》云："诗有六要：心要忠厚，意要缠绵，语要含蓄，义要分明，气度要和雅，规模要广大。""何谓广大？曰：颜延年之《郊祀》《曲水》《释奠》，以及《侍游》诸作，气体崇闳，颇堪嗣响《雅》《颂》。近体则沈、宋、燕、许、右丞辈，亦时有宏壮之观。"②他用规模广大、气体崇闳来评价颜延之诗歌，其评语值得后人深思。

从当时的实际情况分析，颜延之这种"规模广大、气体崇闳"，与其浓厚的儒家思想密切相关。儒家文化具有一套复杂的礼乐制度，统治者要求文学作品也要符合礼乐的规范。《礼记·乐记》载："故乐者，审一以定和，比物以饰节，节奏合以成文，所以合和父子君臣，附亲万民也，是先王立乐之方也。故听其雅颂之声，志意得广焉……先王之道礼乐可谓盛矣。"③ 这里的"雅""颂"也就是《诗经》中的《雅》《颂》。《诗序》说："雅者，正也，言王政之所由废兴也"；"颂者，美盛德之形容，以其成功告于神明

---

① 曹旭：《诗品笺注》，人民文学出版社，2009年版，第160页。
② 郭绍虞编选：《清诗话续编》下册，上海古籍出版社，1983年版，第1849页。
③ 《礼记》，上海古籍出版社，1983年版，第1849页。

者也"。[1]北宋张表臣《珊瑚钩诗话》云:"《诗》三百六篇,其精深醇粹,博大宏远者,莫如《雅》《颂》。"[2]在历代儒士看来,《诗经》中的《雅》《颂》乃是儒家礼乐文化的集中体现,只有再现了《雅》《颂》精神、符合礼乐文化标准的作品才有可能达到博大宏远的境界。

宋武帝和文帝都非常重视儒家文化,大力提倡儒家礼乐文化和名教纲常。《宋书·臧焘传》载,刘裕在义熙初就曾说:"顷学尚废弛,后进颓业,衡门之内,清风辍响。良由戎车屡警,礼乐中息,浮夫恣志,情与事染,岂可不敷崇坟籍,敦厉风尚。"《宋书·武帝本纪》载,刘宋建国之后,武帝在永初三年(422)正月下诏曰:"便宜博延胄子,陶奖童蒙,选备儒官,弘振国学。"文帝比武帝走得更远,裴子野《宋略·总论》云:"上亦蕴藉义文,思弘儒府,庠序建于国都,四学闻乎家巷。……江东以来,有国有家,丰功茂德,未有如斯之盛者。"[3]文帝四学并建之举打破了两晋以来玄学在思想界占据主导地位的格局,标志着儒学在南朝开始走上了复兴之路,与之相伴,文学也取得了一定的社会地位。

颜延之从小服膺儒学,崇尚周汉礼乐,具有出众的学识和智慧。《宋书·周续之传》载:"周续之永初二年被征,武帝刘裕为周续之立馆建康城郊,曾率群臣亲临续之教馆,问以三义,并使颜延之与之对析。"《宋书·颜延之传》云:"上使(颜延之)问续之三义,续之雅仗辞辩,延之每折以简要。既连挫续之,上又使还自敷释,言约理畅,莫不称善。"颜延之不仅对儒学有深刻的认识,在现实生活中自觉地用文学艺术服务于封建帝王。颜延之《皇太子释奠会作》云:"国尚师位,家崇儒门。禀道毓德,讲艺立言。"在文学作品中,颜延之继承了汉儒的美颂诗学观,按照统治者的意愿去写作,意在写出新时代的《雅》《颂》之作。

颜延之在宫廷文学中经常提到上古朝代,大量使用儒家文献中的典故。其《车驾幸京口三月三日侍游曲阿后湖作》开篇云:"虞风载帝狩,夏谚颂王游。"其《应诏观北湖田收》云:"周御穷辙迹,夏载历山川。"其中写得最多的还是周和汉,其《曲水诗》云:"仁固开周,义高登汉。"写武帝的仁义

---

[1]《诗序》,中华书局,1985年版,第2页。
[2] [宋]张表臣:《珊瑚钩诗话》卷三,中华书局,1985年版,第26页。
[3] [南朝·宋]裴子野:《宋略·总论》,见《全梁文》卷五三。

之道超越了周汉皇帝；其《曲水诗》云："昔在文昭，今惟武穆。于赫王宰，方旦居叔。"再一次把宋武帝比为周文王，把宋文帝比喻为周武王，把宰相刘义康比喻为周公。周文王家族一门三圣，宋武帝家族同样如此。其《曲水诗》云："伊思镐饮，每惟洛宴，郊饯有坛，君举有礼。"《曲水诗序》中云："献洛饮之礼，具上巳之仪。"反复强调文帝君臣的举止符合古代礼仪。

在封建士人的眼里，所谓诗歌的中正典雅，其根源就在于诗人能够按照儒家礼教的规范去写作符合《雅颂》标准的文学作品。正因为颜延之的宫廷文学符合这样的标准，才被人视为规模广大、气体崇闳之作。

既然颜延之具有儒家的传统思想，他的宫廷文学作品主要以歌功颂德为主，就是可以理解的事情了。《曲水诗序》云："并命在位，展诗发志。则夫诵美有章，陈言无愧者欤？"吕向注曰："言今天子仁明，颂美德亦无愧也。"[①]宫廷文学乃是按照皇帝的要求在"展诗发志"，如此，臣下们的"志"自然不脱"颂美"一路。既然天子的行为与古代的圣君相同，天子的制度乃是古代礼乐的再现，所以无论怎么颂美也不算过分。

颜延之的宫廷文学中不乏对宋武帝和宋文帝的歌颂，《曲水诗序》写武帝说"圣武定鼎，规同造物"，将武帝抬高到造物主一样的高度。《曲水诗》写文帝说"惠浸萌生，信及翔泳"，文帝的恩泽广被万物，其盛德波及鱼鸟。《曲水诗序》云："正体毓德于少阳，王宰宣哲于元辅。"分别写了太子和王宰。在《曲水诗》中用"帝体丽明，仪辰作贰。君彼东朝，金昭玉粹。德有润身，礼不愆器。柔中渊映，芳猷兰秘"再写太子，另外有《皇太子释奠会作》写太子"继天接圣"，"怀仁""抱智"，在社会上有"庶士倾风，万流仰镜"的感召力。太子即刘劭，后来成为弑父的元凶。刘劭弑父，其因复杂，是另外一个话题，此处不拟展开论说。弑父事件发生在元嘉三十年（453）。在元嘉十一年（434）的文帝眼里，太子还是继承皇位的最佳人选。在《曲水诗》中，诗人用"昔在文昭，今惟武穆。于赫王宰，方旦居叔。有睟叡蕃，爰履奠牧。宁极和钧，屏京维服"来写宰相刘义康和诸王。刘义康集团当年迫害谢灵运，此后亦曾陷害颜延之。《宋书·颜延之传》载："（延之）见刘湛、殷景仁专当要任，意有不平……辞甚激扬，每犯权要。……湛深恨焉，言于彭

---

① [南朝·梁]萧统：《六臣注文选》，中华书局，1987年版，867页。

城王义康，出为永嘉太守。……湛及义康以其辞旨不逊，大怒。……屏居里巷，不豫人间者七载。"然元嘉十一年三月时，双方的矛盾尚未激化。

《曲水诗序》写元嘉时代日月星辰昭明，高山大海各示其灵。中国人数众多，四方蛮夷皆来朝拜。朝廷治国依据先王之道，采用上古的礼乐制度，广泛推行儒学思想。典章制度周密，军队威猛，文官敬业。天子之德传播到了天涯海角，太平祥瑞的征兆不断出现。远方的国君或者向我们进贡，烽火连接千城，驿站沟通万里。不论匈奴之君、南蛮之君皆俯首称臣。天下已经进入到了"异人慕响，俊民间出；警跸清夷，表里悦穆"的和谐盛世。作为宫廷文学的颜延之诗文，固然有很大的夸张成分。但元嘉年间的确是南朝最为兴盛的时代，《宋书·良吏传序》载："三十年间，氓庶蕃息，奉上供徭，止于岁赋。晨出暮归，自事而已"，"民有所系，吏无苟得。家给人足，即事虽难，转死沟渠，于时可免。凡百户之乡，有市之邑，歌谣舞蹈，触处成群，盖宋世之极盛也"。颜延之的歌颂也算有一定的现实依据。

这种规模广大、歌功颂德式的文学，在文学创作上的反映，首先体现在语言运用上的错彩镂金与铺锦列绣。葛立方《韵语阳秋》卷二所云："应制诗非他诗比，自是一家句法，大抵不出于典实富艳耳。"[1]谢榛《四溟诗话》卷一云："江淹拟颜延年，致辞典缛，得应制之体，但不变句法。"[2]应制诗应该致辞典缛是大家的共识。颜延之的宫廷文学作品，也具有这种文学特征。例如，其《车驾幸京口三月三日侍游曲阿后湖作》中写山水自然："山祇跸峤路，水若警沧流。"写帝王出游："神御出瑶轸，天仪降藻舟。万轴胤行卫，千翼汎飞浮。彤云丽璇盖，祥飚被彩斿。"其《应诏观北湖田收》中写冬日景色："阳陆团精气，阴谷曳寒烟。"其《车驾幸京口游蒜山作》写出游时所见："陟峰腾辇路，寻云抗瑶甍。春江壮风涛，兰野茂荑英。"凡此等等，莫不华丽绮靡。但是，颜延之诗歌也有不同的风格。沈德潜《古诗源》卷十评其《五君咏》《秋胡行》云："颜诗，惠休品为镂金错彩，然镂刻太甚，填缀求工，转伤真气。中间如《五君咏》《秋胡行》，皆清真高逸者也。"[3]评其《秋胡行》云："无古乐府之警健，然章法细密，

---

[1] [宋]葛立方：《韵语阳秋》卷二。
[2] [明]谢榛：《四溟诗话》，人民文学出版社，1961年版，第23页。
[3] [清]沈德潜：《古诗源》，辽宁教育出版社，1997年版，第157页。

布置稳顺,在延之为上乘矣。"①评其《北使洛》云:"黍离之感,行役之悲,情旨畅越。"②叶矫然《龙性堂诗话初集》评其《秋胡行》《五君咏》曰:"颜擅雕镂,而《秋胡行》《五君咏》不减芙蕖出水。"③刘熙载《诗概》评其《五君咏》云:"延年诗长于廊庙之体,然如《五君咏》,抑何善言林下风也。"④《还至梁城作》中的"故国多乔木,空城凝寒云"一联也因其高迈悲凉深受历代学者好评。可见,颜延之并非写不出清真高逸、芙蕖出水之作,大量写作错彩镂金、铺锦列绣乃是有意为之。

除了语言绮靡之外,宫廷文学中必然要大量使用典故。林晓光等先生把王融的《三月三日曲水诗序》视为金缕玉衣式的文学是非常贴切的。他们认为:"在《曲水诗序》中,用典是基本的手法,典故占据了核心性的位置。包括事典和语典的大量典故,远远超出一般文学中作为某种特殊手法应用的功能,而直接获得了分割层次、推进叙事的基本功能。"⑤王融之作,固然在典故的使用上登峰造极。颜延之诗文中的典故也不在少处。很多王融使用典故的手法,在颜延之这里已经初见端倪。正如张戒《岁寒堂诗话》所云:"诗以用事为博,始于颜光禄而极于杜子美。"⑥

其实,宫廷文学除了外在形式上的歌功颂德,也能反映当时的历史形势与文学状况。例如,值得肯定的是颜延之庙堂文学中反映了当时的政局,涉及了北伐战争。《曲水诗序》两次提到了北伐中原的意愿:"将徙县中宇,张乐岱郊。增类帝之宫,饬礼神之馆,涂歌邑诵,以望属车之尘者久矣。"写国家将要在洛阳建立首都,在泰山举行封禅大典。中原地区的民众正在翘首以待文帝北上。"怅钧台之未临,慨酆宫之不县。方且排凤阙以高游,开爵园而广宴。"钧台在洛阳,是夏启宴会诸侯之地;酆宫在长安,是周康王会见诸侯之宫。凤阙在关中,爵园在邺中。诗人感慨不能在两京建立国都并举行宴会。于此可见,颜延之宫廷文学能够反映当时南北分裂的社会现实,在一定程度上打

---

① [清]沈德潜:《古诗源》,辽宁教育出版社,1997年版,第163页。
② [清]沈德潜:《古诗源》,辽宁教育出版社,1997年版,第160页。
③ 郭绍虞:《清诗话续编》下册,上海古籍出版社,1983年版,第959页。
④ [清]刘熙载:《诗概》,上海古籍出版社,1978年版,第56页。
⑤ 林晓光、陈引驰:《金缕玉衣式的文学:王融〈曲水诗序〉析读》,《华东师范大学学报》2011年第2期。
⑥ [宋]张戒:《岁寒堂诗话》,中华书局,1985年版,第2页。

破了类型化的描写方式。从这里我们也能够看到文帝统一中原的信念和颜延之的爱国之心。

此外，颜延之也曾经在宫廷文学中进行了自我检讨。其《曲水诗》云："仰阅丰施，降惟微物。三妨储隶，五尘朝黻。途泰命屯，思充报屈。有悔可悛，滞瑕难拂。"他认为与浩荡的皇恩相比，个人微不足道。自己三次任职东宫，五次任朝官。对朝廷的器重，自己难以报答，愿意改正过悔之事，尽心为朝廷服务。如果把南朝的三月三日诗文与东晋的三月三日诗文对照，我们不难看到东晋时代兰亭诗人是以个体生命为中心的，到了南朝诗文中则以君王为中心，诗人的个性泯灭殆尽，丧失了东晋士族文学的基本特征。士族意识的进一步淡化，标明南朝士族阶层在政治领域的衰微。

宫廷文学既与最高统治者的心理相符合，也与作家的歌颂心态相吻合。作为帝王，对宫廷文学有一种心理预期，要求这种文体能够再现皇室气派。作为宫廷文人，一方面要讨好皇帝，一方面也要炫耀自己的才华。两种力量的凑泊必然形成这种辞藻华美、错彩镂金、典故繁富、对仗工稳的文体。如果作者没有较高的文学素养，就容易蹈袭前人，成为玩弄文字游戏之作，陷于"困踬"之境。这种文学是为皇帝而写作的，是为宫廷贵族阶层写作的，也正因为这样，它在宫廷官僚贵族阶层中会产生广泛的影响，但在社会中下层则难以找到知音。

三、颜延之宫廷文学的诗史地位

宫廷文学有它发生、发展的历程，颜延之宫廷文学渊源有自，也形成了自身的特点，他的作品在当时和后世的宫廷文学中起到了一定的示范作用。

颜延之宫廷文学继承了前代的宫廷文学传统。应该说自从有了宫廷，也就相应会形成宫廷文学。在中国的第一部诗歌总集《诗经》中，就已经产生了成熟的宫廷文学。《雅》《颂》文学既是中国古代宫廷文学的源头，也是古代宫廷文学的经典之作。特别是《大雅》中描写宣王中兴的十余首诗篇，歌颂了宣王时代的文治武功。《诗序》云："宣王内修政事，外攘夷狄，复会诸侯于东都"。[①]《江汉》写宣王讨伐徐国，《常武》赞美太师南仲皇父，无不铺张扬

---

① 《诗序》，中华书局，1985年版，第32页。

厉,兴高采烈。

两汉时代的宫廷文学首推汉大赋。班固《两都赋序》云:"故言语侍从之臣,若司马相如、虞丘寿王、东方朔、枚皋、王褒、刘向之属,朝夕论思,日月献纳。……或以抒下情而通讽谕,或以宣上德而尽忠孝,雍容揄扬,著于后嗣,抑亦雅颂之亚也。故孝成之世,论而录之,盖奏御者千有余篇。"①其实,"抒下情而通讽谕"者少,歌功颂德、粉饰太平者众。除了大赋之外,司马相如临终前留下了《封禅文》,《封禅文》颂扬"大汉之德",主张举行封禅典礼。作者颂扬了国家的兴旺、描摹出中央王朝的声威,具有周颂之遗风。

曹魏时代,邺下诸子为曹氏父子歌功颂德。王粲《公宴诗》云:"克符周公业,奕世不可追。"西晋时代,出现了带有"应诏""应令"标题的应制诗。晋武帝曾在华林园与群臣赋诗。东晋时代,门阀士族与皇权平分秋色,导致宫廷文学走向衰落。正如有学者所论:"东晋门阀政治使皇权衰微,并导致代表宫廷文学的应制诗的萧条。这种萧条,显示出最高统治阶层放弃了对文学的领导和干预,东汉后期开始动摇的儒家诗教至此衰落到历史最低谷。东晋文学遂呈现自由发展的多元化格局。"②

到了刘宋时代,皇室的地位得以强化,东晋一朝皇室暗弱的局面得以扭转。皇室恢复了对文学的领导。刘宋宫廷文学以颜延之为代表,谢灵运、鲍照、谢庄等人皆有宫廷文学之作。刘宋时代的宫廷文学承上启下,在宫廷文学发展史上占有重要位置。

刘宋宫廷文学是两晋士族文学的歧变。从士族文学的发展史来看,东晋的士族文学以玄言诗为标志,到了晋宋之际,士族文学发生了歧变,一条路是玄理与山水结合,发展为谢灵运的山水诗。谢灵运的山水诗中有一部分乃是庄园山水诗,当门阀士族难以进入政治高层去施展自己的抱负,寒族和次等士族已经掌握了政治军事大权之后,门阀士族子弟或会退守到自己的庄园,利用文化上的经济上的优势负隅顽抗,写出带有鲜明的士族文学印记的山水文学作品。另外一些门阀士族子弟和次等士族精英则不得不与朝廷合作,为朝廷歌功颂德,形成了一股庙堂文学的潮流。因此,刘宋时代士族文学发生了歧变:山水文学与庙堂文学分道扬镳。山水文学较多地保留了士族文学的纯正基因,而庙

---

① [南朝·梁]《文选》,上海古籍出版社,1986年版,第2页。
② 何诗海:《东晋应制诗之萧条及其文学史意蕴》,《文学遗产》,2011年第2期。

堂文学则已经发生了基因变异。这两条路的代表人物就是谢灵运和颜延之。沈约《宋书·谢灵运传论》说:"爰逮宋氏,颜谢腾声。灵运之兴会标举,延年之体裁明密,并方轨前秀,垂范后昆。"选择退缩至山水和庄园的谢灵运最终被杀,选择成为宫廷文人的颜延之则仕途通达,得以享其天年。然而,随着时光的推移,到了明清时代,谢灵运及其山水诗大放异彩;颜延之及其应制诗则趋于湮没无闻。

颜延之宫廷文学是南朝宫廷文学的典范。从政治的视角看,表现元嘉盛世的是以应制诗为代表的宫廷文学,而不是山水文学。颜延之宫廷文学是南朝隋唐宫廷文学复兴的号角。在颜延之之后的南朝宫廷诗人无不受到了颜延之宫廷文学的影响。

在颜延之同时,谢灵运、鲍照、谢庄等人也写作了一定数量的宫廷文学。谢灵运作有《三月三日侍宴西池》《从游京口北固应诏》等应制诗。他在《劝伐河北书》中,歌颂文帝是"聪明圣哲,天下归仁"的圣主,期盼在文帝的领导下早日统一华夏,实现"太平之道",完成"岱宗之封"。谢庄的应制诗有《和元日雪花应诏诗》《七夕夜咏牛女应制诗》《侍宴蒜山诗》《侍东耕诗》《从驾顿上诗》《八月侍宴华林园曜灵殿八关斋》《烝斋应诏诗》等。出身于寒门的鲍照,在孝武帝之世一度担任中书舍人。《宋书·鲍照传》载:"世祖以照为中书舍人。上好为文章,自谓物莫能及,照悟其旨,为文多鄙言累句,当时咸谓照才尽,实不然也。"这与文学史上那个"孤且直"的鲍照形象并不一致。在朝廷的鲍照也写作过一些宫廷文学作品。例如,《侍宴覆舟山诗》《三日游南苑诗》等。

大明、泰始年间,形成了一个"祖袭颜延"的诗人集团。据钟嵘《诗品下》记载,这个集团包括以下人员:齐黄门谢超宗,齐浔阳太守邱灵鞠,齐给事中郎刘祥,齐司徒长史檀超齐正员郎钟宪,齐诸暨令颜则,齐秀才顾则心。"檀、谢七君,并祖袭颜延,欣欣不倦,得士大夫之雅致乎!余从祖正员尝云:'大明、泰始中,鲍、休美文,殊已动俗,惟此诸人,傅颜陆体。用固执不如,颜诸暨最荷家声。'"[①]此时的文坛上有三种力量,一种是继承谢灵运路线的山水诗人,一种是学习鲍照的通俗诗人,一种是模仿颜延之的宫廷诗

---

① 曹旭:《诗品笺注》,人民文学出版社,2009年版,第273页。

人。从"鲍、休美文,殊已动俗"来看,谢灵运诗派已经江河日下,鲍照诗派如日中天,而"檀谢七君"坚持走颜延之诗派的路线。尤其值得注意的是谢灵运的孙子谢超宗是宫廷诗派的中坚人物。

钟嵘《诗品序》曰:"颜延、谢庄,尤为繁密,于时化之。大明、泰始中,文章殆同书抄。近任昉、王元长等,辞不贵奇,竟须新事。尔来作者,浸以成俗。"①萧齐时代最著名的宫廷文人有任昉、王融等人,王融的创作以《三月三日曲水诗序》为代表。《南齐书》卷四十七《王融传》载:

> (永明)九年,上幸芳林园,禊宴朝臣,使融为《曲水诗序》,文藻富丽,当世称之。上以融才辩,十一年,使兼主客,接房使房景高、宋弁。弁见融年少,问:"主客年几?"融曰:"五十之年,久逾其半。"因问:"在朝闻主客作《曲水诗序》。"景高又云:"在北闻主客此制,胜于颜延年,实愿一见。"融乃示之。后日,宋弁于瑶池堂谓融曰:"昔观相如《封禅》,以知汉武之德。今览王生《曲水诗序》,用见齐王之盛。"融曰:"皇家盛明,岂直比踪汉武?更惭鄙制,无以远匹相如。"

王融的《三月三日曲水诗序》意在超越颜延之,直追司马相如。然其主旨和结构模式明显照搬颜延之《曲水诗序》②。颜延之在南朝的巨大影响力是难以否认的。梁陈时代宫廷文学也较为兴盛,出现了沈约、刘孝绰、庾肩吾、江总等宫廷文人。在整个南朝,学习模仿颜延之的不是一个人,而是一代又一代的宫廷文人。

到了唐代,宫廷文学也迎来了一个黄金时代。沈佺期、宋之问、许敬宗是初唐的应制诗人;燕国公张说、许国公苏颋的文章形式严整,典雅宏丽,格调雄浑,气势恢宏,被称为"燕许大手笔";贤相张九龄部分应制诗中能够凸现出作者的独立人格。继二张(即张说、张九龄)之后,王维开创了应制诗的新天地,终于成为唐代宫廷诸人的集大成者。吴乔《围炉诗话》云:"应制诗,右丞胜于诸公。"③王维诸人的宫廷文学中不乏宏壮之作,为唐代诗坛中增添了一片雍容华贵的奇葩。

---

① 曹旭:《诗品笺注》,人民文学出版社,2009年版,第101页。
② 鉴于此一问题超出本文范围之外,笔者拟另外撰文论述。
③ [明]吴乔:《围炉诗话》,中华书局,1985年版,第74页。

随着时代的不同,文学标准和文学价值也会有一定的变化。在同一时代中,不同阶层之间也具有不同的文学标准和文学价值。宫廷文学属于贵族文学系统,在社会中下层影响不大,一般民众对其不感兴趣。后世的评论家对其不够重视,甚至有一定的成见,这是可以理解的。但是我们也应该看到,宫廷文学是中国文学长河中的一条重要支流,在中国文学史上曾经占有一席之地。作为历代帝王来说,作为簇拥在帝王身边的贵族大臣们来说,他们颇为看重宫廷文学。采用帝王和贵族的标准来衡量,在刘宋时代,颜延之是宫廷文学的巨匠。颜延之宫廷文学乃是两晋士族文学的一种变体,它确立了南朝宫廷文学的范型,规定了南朝宫廷文学的走向,在中国古代宫廷文学发展史上占有一定的位置。

(本文发表于《文学遗产》2012年2期)

孙明君,1962年生,1993年毕业于陕西师范大学中文系,文学博士,师从霍松林先生,现为清华大学人文学院中文系教授、博士生导师。

北朝四言诗研究

牛香兰

内容摘要： 在北朝，北方的正统儒家思想始终成为统治者有限采取的治国理论战略，而在文学体裁方面四言体就以它四言正体，则雅润为本、雅音之韵，四言为正，其余虽被曲折之体，而非音之正的绝对庄重气势成为统治者彰显王者气象的首选。四言体政治教化功能在北朝文学史上开始了它又一次轰轰烈烈的复兴。文之为用，上所以敷德教于下，下所以达情志于上。大则经纬天地，作训垂范；次则风谣歌颂，匡主和民。

关键字： 北朝；四言诗；北魏四言诗；庾信

对于"北朝"的定义胡适可谓是精准的，他说："司马氏统一中国，不到二三十年，北中国便发生大乱了……北方大乱了一百多年，后来鲜卑民族中的拓跋氏起来，逐渐打平了北方诸国，北方才渐渐的有点治安，是为北魏，又称北朝。"[1]北朝文学从公元316年长安陷落、晋愍帝被俘为始，到北周末年公元580年止。而后隋代初起，到公元618年隋炀帝被宇文化及所杀，而唐高祖在长安代隋称帝为止，彻底结束了南北分裂的局势。

地域的不同就已经从根本上决定了文学发展的不同，南北学派差别诚如刘师培所言："梁陈以降，文体日靡。惟北朝文人，舍文尚质。崔浩、高允之文，成硗角自雄。温子升长于碑版，叙事简直，得张、蔡之遗规；卢思道长于歌词，发音刚劲，嗣建安之逸响。子才、伯起，亦工记事之文，岂非北方文体

---

[1] 胡适：《白话文学史》，新月书店，1928年版，第108页。

固与南方不同哉！自子山、总持，身旅北方，而南方清绮之文，渐为北人所崇尚。又初明、子渊，身居北土，耻操南音，诗歌劲直，习为北鄙之声，而六朝文体，亦自是而稍更矣。隋炀诗文，远宗潘陆，一洗浮荡之言，惟吏事研词，尚近南方之体。杨、薛之作，间符隋炀，吐音近北，摛藻师南。故隋唐文体，力刚于颜、谢，采耨域潘、张，折衷南体北体之间，而别成一派。唐初诗文，与隋代同，制句切响，言务纤密。虽雅法六朝，然卑靡之音，于焉尽革。"①对于北朝文学世人都存在着偏见，我想可能是由于北朝统治者都为传统儒学观中所述的"外族"，对汉文化陌生的。北朝文学的价值应得到公允的社会反馈。

"在太武帝时，汉族士人已渐见重用。神嘉四年（431），太武帝下诏征用卢玄、崔绰、李灵、邢颖、高允、游雅、张伟等汉族士大夫，称他们'皆贤俊之胄，冠冕州邦，有羽仪之用'，平定北凉之后，又把凉州的大批士人迁到平城，加以任用。这些河北和凉州的士人是奠定北朝文化发展基础的重要力量。"②四言诗在北朝与北朝文学的几次政治复古运动是息息相关的：

> 北魏前、中期的文学处于低谷，士人大多从事军国文翰的写作，诗歌则少有人为之，即使有也多是四言诗，但还不是曹操所改革过的新四言诗，而是地道的先秦四言古诗，格调庄严，节奏舒缓，气势沉稳，体现的是王者气象。要知道，此时五言诗早已成熟，成为士人得心应手的文学表现形式之一。但它在北魏前中期却行不通。这是北朝首次复古主义。孝文帝迁洛之后，文学获得大发展，但好景不长。北齐接管政权，从北魏灭亡的历史教训中，高氏放弃了北魏的做法，重新启用先秦礼仪，共治天下，文学也受到一定的影响。只是这次复古运动波及有限，很快又不了了之。但文学复古运动在北周朝则大行其道，竟有苏绰的文章诰体革命，被当局施以政令推行，只因为'矫枉非适时之用，故莫能常行焉'。虽然如此，这些事例完全能够解释北朝文学的政治属性，这才引发隋初文帝采纳李谔的文学复古主义建议，复儒求实。③

---

① 刘师培：《刘申叔遗书》，江苏古籍出版社，1997年版，第561—562页。
② 曹道衡、沈玉成：《南北朝文学史》，人民文学出版社，1998年版，第341页。
③ 周建江：《北朝文学史》，中国社会科学出版社，1997年版，第9—10页。

四言诗就在此种运动风潮中"仿古"，并以最浓郁的复古气息展现在北朝文学史上，"也因为北朝人'尊儒'和'务实'，所以他们在文学方面的'仿古'和'复古'主张也远比南朝人激烈。北朝的文学兴起较南朝为晚，直到魏孝文帝时代出现的《吊比干文》以及郑道昭的一些诗，还多用古字古语，文体也追随摹仿先秦两汉。稍早的高允、宗钦等人的四言诗，则全取法《诗经》及汉韦孟《讽谏诗》等作品，与南朝四言诗大异其趣。"[①]北方士人积极参与到十六国政权中，以儒学的价值观为行为准则，巩固了儒学的传统，并以此来影响进入中原的少数民族。

北朝四言诗表

作者	篇名	句式	备注
赵整	酒德歌两首	四言	北魏诗卷一
宗钦	赠高允诗	四言	北魏诗卷一
段承根	赠李实诗	四言	北魏诗卷一
高允	答宗钦诗 咏贞妇刘氏诗	四言	北魏诗卷一
阳固	刺谗诗 疾幸诗	四言	北魏诗卷一
李谐	释奠诗		北魏诗卷二
袁曜	释奠诗		北魏诗卷二
阙名	河北民为裴侠歌 湘川渔者歌 时人为李崇元融语 时人为元颐钦语 时人为王嶷语 百姓为公孙轨语 时人为王遵语 桑干乡里为房景伯语 李彪引谚 杨衒之引京师语（二篇） 郦道元引语（二篇） 高允引谚 贾思勰引谚（三篇） 仇雪造妖言	四言杂歌谣辞	北魏诗卷三
	诸生为吕思礼语 周地图记引语	四言杂歌谣辞	北周诗卷四

[①] 曹道衡、沈玉成：《南北朝文学史》，人民文学出版社，1998年版，第353页。

续表

作者	篇名	句式	备注
陆卬等奉诏作	肆夏 高明乐 昭夏乐（7篇） 皇夏乐（8篇） 高明乐（3篇） 武德乐（2篇） 赤帝高明乐 白帝高明乐 黑底高明乐 肆夏乐2篇 高明登歌乐 登歌乐2篇 始基乐恢祚舞5篇 武德乐昭烈舞 文德乐宣政舞 文正乐光大舞	四言郊庙歌辞	北齐诗卷四
阙名	元会大飨歌十首	四言燕射歌辞	北齐诗卷四
阙名	文武舞歌四首	四言舞曲歌辞	北齐诗卷四
庾信	周祀圜丘歌十二首 周祀方泽歌四首 周祀五帝歌十二首 周宗庙歌十二首 周大袷歌二首	四言效庙歌辞	北周诗卷五
江总	释奠诗应令	四言	陈诗卷八
阙名	时人为张氏语	四言杂歌谣辞	陈诗卷九
阙名	陈太庙舞辞七首	四言郊庙歌辞	陈诗卷十
隋诗卷			
隋文帝杨坚	宴秦孝王于并州作诗	四言	隋试卷一
卢思道	仰赠特进阳休之诗	四言	隋试卷一
王胄	在陈释奠金石会应令诗	四言	隋试卷五
阙名	长孙平引鄙谚 幽州为卢昌衡卢思道语 时人为何妥萧睿语 时人为崔李语		隋试卷八

续表

作者	篇名	句式	备注
牛弘等奉诏作	圜丘歌八首 五郊歌五首 感帝歌 雩祭歌 蜡祭歌 方丘歌四首 社稷歌四首 先农歌 先圣先师歌 太庙乐歌九首	四言郊庙歌辞	隋试卷九
	元会大飨歌四首	四言燕射歌辞	
	凯乐歌辞三首	四言鼓吹曲辞	
	文武舞歌二首	四言舞曲歌辞	
沸大	媱泆曲	四言	隋试卷十
	委靡辞		
阙名	张丽英石鼓歌 王女配英灵凤歌 阴长生遗世诗		

一、北魏四言诗

赵整字文业，十六国前秦文人，生卒年不详。每以歌诗谏苻坚，有四言诗《酒德歌》两首。赵氏是苻秦时代的诗人，其诗即事而发，托体不一，雅俗随时，与魏晋专家诗人自然有所不同，实际上是趋于自然化的一种创作，其意在于讽谏，有古诗歌谣之义。当时的民间歌谣，也有多种风格，有激越质直的，也有较为雅润的。如王猛执政后整齐风俗，政理称举，学校渐兴，长安百姓四言歌曰："长安大街，夹树杨槐。下走朱轮，上有鸾栖。英彦云集，诲我萌黎。"士人借助儒学的制度化地位得到提升和巩固，诚如孔子所言"人能弘道，非道弘人"[1]。正是此时期汉族士人以儒学文化作为切入点，构建了北魏政权儒家文化传统。

此时期，在儒学看来作为"美刺"而存在的文学有着北朝特有的政治性：

---

[1] 杨伯峻译注：《论语译注》，中华书局，1980年版，第168页。

"始玄伯因苻坚乱，欲避地江南，于泰山为张愿所获。本图不遂，乃作诗以自伤，而不行于时，盖惧罪也。及浩诛，中书侍郎高允受敕收浩家，始见此诗。允知其意，允孙绰录于允集。始玄伯父潜为兄浑诔手笔草本，延昌初，著作佐郎王遵业买书于市而遇得之。计诔至今，将二百载，宝其书迹，深藏秘之。"① 敏感而又谨小慎微，个人化的文学存在的空间极其狭小，个人化的文学只能以一种半地下的方式存在于儒士文人的私密空间。太武帝时期，经过崔浩、高允等人的文学活动，以及受儒学影响下的士人响应，在孝文帝以后，儒学在北魏政权中地位急速上升，作为"美刺"的文学也得到了全面的发展。

宗钦（439—450），字钦若，金城人，仕沮渠蒙逊为中书郎、世子洗马，太武平凉州。入魏，拜著作郎。太平真君十一年（450）被诛。所存留的作品有在北凉所作的四言《东宫侍臣箴》，文章劝诫太子以前史为鉴，自我讽谏。宗钦与高允关系密切，入魏后，有《与高允书》和四言《赠高允诗》：

> 昔皇纲未振，华裔殊风，九服分隔，金兰莫遂，希怀寄契，延想积久。天遂其愿，爰遘京师。②

并得到高允的回复：

> 允答书曰：顷因行李，承足下高问，延伫之劳，为日久矣。王途一启，得叙其怀，欣于相遇，情无有已。③

从文章立意来看，首先一个重要内容在于"华裔殊风"，北凉为匈奴人建立的政权，宗钦称其与北魏俱为"华裔"，凉州政权的汉文化传统要比北魏更加深远，"华裔"这一称谓，本着称颂北魏的用意，突出儒学大一统观念的影响。其次在儒玄思想的否定态度，也符合北魏政治特点。

宗钦的四言《赠高允诗》，全诗长达十二章，表达了对高允的敬重，与其书信体现出相同的思想内容，诗的第六、七、八章写道：

> 山降则谦，含柔为信。林崇日渐，明升斯进。有邈夫子，兼兹四慎。弱而难胜，通而不峻。（其六）

> 南、董邈矣，史功不申。固倾佞窦，雄秽美新。迁以陵腐，邕由卓泯。时无逸勒，路盈摧轮。（其七）

---

① [北齐]魏收：《魏书》，中华书局，1974年版，第624页。
② [北齐]魏收：《魏书》，中华书局，1974年版，第1155页。
③ [北齐]魏收：《魏书》，中华书局，1974年版，第1156页。

尹佚谟周，孔、明述鲁。抑扬群致，宪章三五。昂昂高生，纂我遐武。勿谓古今，建规易矩。（其八）

第六章以《易》的卦象起兴，称颂高允之德。《谦》卦："《象》曰：地中有山，谦。君子以裒多益寡，称物平施。"①《杂卦》："中孚，信也。"②《中孚》卦："《象》曰：泽上有风，中孚。君子以议狱缓死。"③《渐》卦："《象》曰：山上有水，渐。君子以居贤德善俗。"④《升》卦："《象》曰：地中生木，升。君子以顺德，积小以成大。"⑤综观四卦之象，描绘了君子谦让柔顺，坚持正道，由隐而显的思想行为。第七章以古代史官的遭遇来说明作为史官，在复杂的现实政治下坚持高尚德操和全身远害难以兼得的危苦境地。第八章与第七章形成鲜明对比，称颂北魏政治与前代的区别，史官得以尽其职守，又以尹佚、孔子、左丘明为喻，称颂高允为北魏"建规易矩"之圣人。全诗风格典雅凝重，用典隶事也恰到好处，在四言诗写作上充分彰显了宗钦高超的文学水平。

在四言诗写作的诗艺修养上，作家性格的差异也是其决定因素。

段承根，"武威姑臧人，自云汉太尉颎九世孙也。承根好学机辩，有文思，而性行疏薄，有始无终。司徒崔浩见而奇之，以为才堪注述，言之世祖，请为著作郎，引与同事。世咸重其文而薄其行。甚为敦煌公李宝所敬待，承根赠宝诗。"⑥其四言《赠李宝诗》曰：

世道衰陵，淳风殆缅。衢交问鼎，路盈访玺。徇竞争驰，天机莫践。不有真宰，榛棘谁揃。

于皇我后，重明袭焕。文以息烦，武以静乱。剖蚌求珍，搜岩采干。野无投纶，朝盈逸翰。

自昔凉季，林焚渊涸。矫矫公子，鳞羽靡托。灵慧虽奋，祆氛未廓。凤戢昆丘，龙潜玄漠。

数不常扰，艰极则夷。奋翼幽裔，翰飞京师。珥蝉紫闼，杖节方

---

① [清]阮元校刻：《十三经注疏》，中华书局，1980年版，第31页。
② [清]阮元校刻：《十三经注疏》，中华书局，1980年版，第96页。
③ [清]阮元校刻：《十三经注疏》，中华书局，1980年版，第71页。
④ [清]阮元校刻：《十三经注疏》，中华书局，1980年版，第63页。
⑤ [清]阮元校刻：《十三经注疏》，中华书局，1980年版，第58页。
⑥ [北齐]魏收：《魏书》，中华书局，1974年版，第1158页。

畿。弼我王度,庶绩缉熙。

自余幽沦,眷参旧契。庶庇余光,优游卒岁。忻路未淹,离辔已际。顾难分歧,载张载继。

闻诸交旧,累圣叠曜。淳源虽漓,民怀余劭。思乐哲人,静以镇躁。蔼彼繁音,和此清调。

询下曰文,辨评曰明。化由礼治,政以宽成。勉崇仁教,播德简刑。倾首景风,迟闻休声。①

这首诗极少运用典故,而多用铺叙的手法,更多体现出简明流畅的风格。在四言的形式上虽有典雅的特征,但与宗钦诗相比,在凝重工稳上略逊之,其内涵在于剖白自己的一些身世之感慨,与宗钦、高允一味赞颂大不相同。

阳固,"字敬安。性散傥,不拘小节。少任侠,好剑客,弗事生产。年二十六,始折节好学,遂博览篇籍,有文才。"②"宣武末中尉王显当权。固每直言其过。以此衔固。又有人间之。显因奏固免官。遂阖门自守。作刺谗、疾幸诗二首"③:

巧佞巧佞,谗言兴兮。营营习习,似青绳兮。以白为黑,在汝口兮。汝非蝮虿,毒何厚兮。巧佞巧佞,一何工矣。伺间伺隙,言必从矣。朋党尊沓,自相同矣。浸润之谮,倾人墉矣。成人之美,君子贵焉。攻人之恶,君子愧焉。汝何人斯,谮毁日繁。予实无罪,何骋汝言。番番缉缉,谗言侧入。君子好谗,如或弗及。天疾谗说,汝其至矣。无妄之祸,行将及矣。泛泛游凫,弗制弗拘。行藏之徒,或智或愚。维余小子,未明兹理。毁与行俱,言与衅起。我其惩矣,我其悔矣。岂求人兮,思恕在己。彼谄谀兮,人之蠹兮。刺促昔粟,罔顾耻辱。以求媚兮,邪干侧入。如恐弗及,以自容兮。志行偏小,好习不道。朝挟其车,夕承其舆。或骑或徒,载奔载趋。或言或笑,曲事亲要。正路不由,邪径是蹈。不识大猷,不知话言。其朋其党,其徒实繁。有诡其行,有佞其音。既谗且后,以逞其心。是信是任,乱是以多。其始不慎,末如之何。习习宰之,营营无极。梁丘寡智,王鲥浅

---

① [北齐]魏收:《魏书》,中华书局,1974年版,第1158页。
② [北齐]魏收:《魏书》,中华书局,1974年版,第1610页。
③ [唐]李延寿等:《北史》,中华书局,1973年版,第1722页。

· 394 ·

识。伊戾息夫，异世同力。江充赵高，甘言似直。竖习上官，擅生羽翼。乃如之人，僭爽其德。岂徒丧邦，又亦覆国。嗟尔中下，其亲其昵。不谓其非，不觉其失。好之有年，宠之有日。我思古人，心焉若疾。百凡君子，宜其慎矣。覆车其鉴，近可信矣。言既备矣，事既至矣。反是不思，维尘及矣。

这两首四言诗都以楚辞体一气呵成，风格古质，作者感愤怒为诗，不求修辞之工，尚气十足。《北史》本传记载的相当准确："固刚直雅正，不畏强御，居官清洁，家无余财，终没之日，室徒四壁，无以供丧，亲故为其棺敛。"[1]阳固刚烈正直，儒雅，不畏惧强大的对手。居官清正廉洁，家中没有多余的财产。

北魏儒学的存在和发展，从士人活动到国家制度、礼仪风俗进而到思想学术的存在和发展过程，这个过程的初期，如同十六国时期，是通过汉族士人参与国家政治开始的，"太祖征慕容宝，次于常山。玄伯弃郡，东走海滨。太祖素闻其名，遣骑追求。执送于军门，引见与语，悦之。以为黄门侍郎，与张衮对总机要，草创制度。时司马德宗遣使来朝，太祖将报之，诏有司博议国号。玄伯议曰：三皇五帝之立号也，或因所生之土，或即封国之名。故虞夏商周始皆诸侯，及圣德既隆，万国宗戴，称号随本，不复更立。唯商人屡徙，改号曰殷，然犹兼行，不废始基之称。故《诗》云'殷商之旅'，又云'天命玄鸟，降而生商，宅殷土茫茫'。此其义也。昔汉高祖以汉王定三秦，灭强楚，故遂以汉为号。国家虽统北方广漠之土，逮于陛下，应运龙飞，虽曰旧邦，受命惟新，是以登国之初，改代曰魏。又慕容永亦奉魏土。夫'魏'者大名，神州之上国，斯乃革命之征验，利见之玄符也。臣愚以为宜号为魏。"太祖从之。于是四方宾王之贡，咸称大魏矣"[2]。北魏以儒学为文化内涵的政治制度，稳固了儒学强烈而又深远的文学影响。

高允（390—487），虽家室一般，但他"少孤夙成，有奇度，清河崔玄伯见而异之，叹曰：'高子黄中内润，文明外照，必为一代伟器，但恐吾不见耳。'年十余，奉祖父丧还本郡，推财与二弟而为沙门，名法净。未久而罢。性好文学，担笈负书，千里就业。博通经史天文术数，尤好《春秋公羊》。郡

---

[1] [唐]李延寿等：《北史》，中华书局，1973年版，第1722页。
[2] [北齐]魏收：《魏书》，中华书局，1974年版，第620页。

召功曹。"① 北魏本土作家基本上以四言为正体，赠答赞颂一般都为四言，高允诗中，除了两首乐府诗外，全部都是四言。《答宗钦诗》诗曰：

汤汤流汉，蔼蔼南都。载称多士，载耀灵珠。逸矣高族，世记丹图。启基郢城，振彩凉区。（其一）

吾生朗到，诞发英风。绍熙前绪，奕世克隆。方圆备体，淑德斯融。望倾群俊，响骇华戎。（其二）

响骇伊何？金声允着。匡赞西藩，拯厥时务。肃志琴书，恬心初素。潜思渊渟，秀藻云布。（其三）

上天降命，祚钟有代。协耀紫宸，与干作配。仁迈春阳，功隆覆载。招延隐叟，永贻大赉。（其四）

伊余栎散，才至庸微。遭缘幸会，忝与枢机。窃名华省，厕足丹墀。愧无萤烛，少益天晖。（其五）

明升非谕，信渐难兼。体卑处下，岂曰能谦。进不弘道，退失渊潜。既惭朱阙，亦愧闾阎。（其六）

史、班称达，杨、蔡致深。负荷典策，载蹈于心。四辙同轨，覆车相寻。敬承嘉诲，永佩明箴。（其七）

远思古贤，内寻诸己。仰谢丘明，长揖南史。遐武虽存，高踪难拟。夙兴夕惕，岂获恬止。（其八）

世之圮矣，灵运未通。风马殊隔，区域异封。有怀西望，路险莫从。王泽远洒，九服来同。（其九）

在昔平吴，二陆称宝。今也克凉，吾生独矫。道映儒林，义为群表。我思与之，均于纻缟。（其十）

仁乏田苏，量非叔度。韩生属降，林宗仍顾。千载旷游，遘兹一遇。藻咏风流，鄙心已悟。（其十一）

年时迅迈，物我俱逝。任之斯通，拥之则滞。结驷贻尘，屡空亦敝。两间可守，安有回、赐。（其十二）

诗以言志，志以表丹。慨哉列颈，义已中残。虽曰不敏，请事金兰。尔其励之，无忘岁寒。②（其十三）

---

① [北齐]魏收：《魏书》，中华书局，1974年版，第1067页。
② 逯钦立辑校：《先秦汉魏晋南北朝诗》，中华书局，1982年版，第2210页。

北魏儒学的存在和发展，经历了从士人活动到国家制度、礼仪风俗进而到思想学术的发展过程，这个过程的初期，如同十六国时期，是通过汉族士人参与国家政治开始的：

> 太祖征慕容宝，次于常山。玄伯弃郡，东走海滨。太祖素闻其名，遣骑追求。执送于军门，引见与语，悦之。以为黄门侍郎，与张衮对总机要，草创制度。时司马德宗遣使来朝，太祖将报之，诏有司博议国号。玄伯议曰：'三皇五帝之立号也，或因所生之土，或即封国之名。故虞夏商周始皆诸侯，及圣德既隆，万国宗戴，称号随本，不复更立。唯商人屡徙，改号曰殷，然犹兼行，不废始基之称。故《诗》云'殷商之旅'，又云'天命玄鸟，降而生商，宅殷土茫茫'。此其义也。昔汉高祖以汉王定三秦，灭强楚，故遂以汉为号。国家虽统北方广漠之土，逮于陛下，应运龙飞，虽曰旧邦，受命惟新，是以登国之初，改代曰魏。又慕容永亦奉魏土。夫'魏'者大名，神州之上国，斯乃革命之征验，利见之玄符也。臣愚以为宜号为魏。太祖从之。于是四方宾王之贡，咸称大魏矣。①

北魏以儒学为文化内涵的政治制度，稳固了儒学强烈而又深远的文学影响。道武帝对儒学是十分重视的，"太祖常引问古今旧事，王者制度，治世之则。玄伯陈古人制作之体，及明君贤臣，往代废兴之由，甚合上意。未尝謇谔忤旨，亦不谄谀苟容。及太祖季年，大臣多犯威怒，玄伯独无谴者，由于此也。太祖曾引玄伯讲《汉书》，至娄敬说汉祖欲以鲁元公主妻匈奴，善之，嗟叹者良久。是以诸公主皆厘降于宾附之国，朝臣子弟，虽名族美彦，不得尚焉"②，汉族士人也利用北魏政权的力量，使儒学的经典、文献借以保存传承。高允恭勤内敛，他认为对于儒学的保存和发扬，即在于以制度的形式，将儒学的文化价值加以保存，使其以较之士人活动更为稳定的系统方式得以延续。

宗钦、段承根、高允三家之作载于《魏书》，用的都是两晋之际流行的四言长篇雅诗的体制，错综名理，雕镌华藻，修辞技巧高超。高允四言诗还有《咏贞妇彭城刘氏诗》（八章）：

---

① [北齐]魏收：《魏书》，中华书局，1974年版，第620页。
② [北齐]魏收：《魏书》，中华书局，1974年版，第621页。

渤海封卓妻刘氏。彭城人。成婚一夕。卓官于京师。以事见法。刘氏在家。忽形梦想。知卓已死。哀泣不止。经旬凶问果至。遂愤叹而终。时人比之秦嘉妻云。高允念其义高而名不著,乃为之诗约:

两仪正位,人伦肇甄。爰制夫妇,统业承先。虽曰异族,气犹自然。生则同室,终契黄泉。

封生令达,卓为时彦。内协黄中,外兼三变。谁能作配,克应其选。□有华宗,诞生淑媛。

仰惟亲命,俯寻嘉好。谁谓会浅,义深情到。毕志守穷,誓不二醮。何以验之,殒身是效。

人之处世,孰不厚生。心存于义,所重则轻。结愤钟心,甘就幽冥。永捐堂宇,长辞母兄。

茫茫中野,翳翳孤丘。葛蒙蓉蓉,荆棘四周。理苟不昧,神必俱游。异哉贞妇,旷世靡俦。[①]

高允四言诗艺术成就较高,辞气条达,形象鲜明,将刘氏这一女子形象描绘的栩栩如生。

北魏著名诗人李谐和袁曜也有作四言诗。李谐,字虔和。顿丘人。受父前爵彭城侯。自太尉参军历尚书郎、北海王颢抚军司马。入为中书侍郎。加辅国将军、相州大中正、光禄大夫。除金紫光禄大夫。元颢入洛。以为给事黄门侍郎。孝静初,征为魏尹,兼散骑常侍。为聘使主,至石头,转秘书监。武定二年卒。年四十九。有录行于世。四言诗《释奠诗》:"沛泽南朝,峒山北面。帝曰师氏,陈牲委奠。神具醉止,薄言嘉宴。"[②]袁曜《释奠诗》:"南庠贵齿,东学尚亲。卑躬下问,降礼师臣。圆冠济济,方领恂恂。肄业既终,舍奠爰始。韶音递奏,笙镛间起。茨夏。德奢并惭,陈信焉耻。"[③]

综观北魏文学,重实用、尚雅正的特点是其文学发展中不同于南方的主要传统,也是形成《隋书》所言"河朔词义贞刚,重乎气质。气质则理胜其词,清绮则文过其意,理深者便于时用,文华者宜于咏歌,此其南北词人得失之大

---

① [北齐]魏收:《魏书》,中华书局,1974年版,第621页。
② 逯钦立辑校:《先秦汉魏晋南北朝诗》,中华书局,1982年版,第2211页。
③ 逯钦立辑校:《先秦汉魏晋南北朝诗》,中华书局,1982年版,第2218页。

较也"①的重要依据。

二、庾信所作四言郊庙歌辞

　　庾信(513—581)字子山,南阳新野(今属河南)人。庾信作为南北朝文学的集大成者,擅长融会众家之长,吸取前代作家的创作精华,并因其特殊的人生经历而形成了独特的文学风格。在四十二岁出使西魏之前的文风是典型的齐、梁空洞,只追求辞藻的华丽。在四十二岁之后文风发生变化,庾信"庄重儒雅和温文柔弱,本是一组既矛盾又统一的性格要素。广义地讲,在庾信身上,它们是中原文化与荆楚文化化合生成的结果。狭义地看,则是庾信后天对于先天性格规范的变异与纠正。同时,我们可以发现这一组性格要素,也是在当时历史条件下,每一个宫廷对于它的服务者要求具备的基本性格"②。《隋书·乐志》曰:

　　周太祖迎魏武生入关,乐声皆阙,恭帝元年,平荆州。大获梁氏乐器,以属有司。及建六官,乃诏曰:六乐尚矣,其声歌之节,舞蹈之容,寂寥已绝,不可得而详也。但方行古人之事,可不本于兹乎?自宜依准,制其歌舞,祀五帝日月星辰。于是有司详定:郊庙祀五帝日月星辰,用黄帝乐,歌大吕,舞《云门》。祭九州岛、社稷、水旱雩珊,用唐尧乐,歌应钟,舞《大咸》。祀四望,飨诸侯,用虞舜乐,歌南吕,舞《大韶》。祀四类,幸辟雍,用夏禹乐,歌函钟,舞《大夏》。祭山川,用殷汤乐,歌小吕,舞《大护》。享宗庙,用周武王乐,歌夹钟,舞《大武》。皇帝出入,奏《皇夏》。宾出入,奏《肆夏》。牲出入,奏《昭夏》。蕃国客出入,奏《纳夏》。有功臣出入,奏《章夏》。皇后进羞,奏《深夏》。宗室会聚,奏《族夏》。上酒宴乐,奏《陔夏》。诸侯相见,奏《骜夏》。皇帝大射,歌《驺虞》,诸侯歌《狸首》,大夫歌《采苹》,士歌《采蘩》。虽着其文,竟未之行也。及闵帝受禅,居位日浅。明帝践阼,虽革魏氏之乐,而未臻雅正。天和元年,武帝初造《山云舞》,以备六代。

---

① [唐]魏征等:《隋书》,中华书局,1973年版,第1730页。
② 张㠓、曹萌:《历史的庾信与庾信的文学》,辽宁教育出版社,1989年版,第86页。

南北郊、雩坛、太庙、禘祫、俱用六舞。南郊则《大夏》降神，《大护》献熟，次作《大武》《正德》《武德》《山云之舞》。北郊则《大护》降神，《大夏》献熟，次作《大武》《正德》《武德》《山云之舞》。雩坛以《大武》降神，《正德》献熟，次作《大夏》《大护》《武德》《山云之舞》。太庙祫帝，则《大武》降神，《山云》献熟，次作《正德》《大夏》《大护》《武德之舞》。时享太庙，以《山云》降神，《大夏》献熟，次作《武德之舞》。拜社，以《大护》降神，《大武》献熟，次作《正德之舞》。五郊朝日，以《大夏》降神，《大护》献熟。神州、夕月、籍田，以《正德》降神，《大护》献熟。建德二年十月甲辰，六代乐成，奏于崇信殿。群臣咸观。其宫悬，依梁三十六架。朝会则皇帝出入，奏《皇夏》。皇太子出入，奏《肆夏》。王公出入，奏《骜夏》。五等诸侯正日献玉帛，奏《纳夏》。宴族人，奏《族夏》。大会至尊执爵，奏登歌十八曲。食举，奏《深夏》，舞六代《大厦》《大护》《大武》《正德》《武德》《山云之舞》。于是正定雅音，为郊庙乐。创造钟律，颇得其宜。宣帝嗣位，郊庙皆循用之，无所改作。今采其辞云。[①]

作为南北朝时期的重要作家，庾信以其诗赋闻名于世。然而其文学方面的成就却成为他出使西魏后被强留于北方的重要原因。

纵观庾信于西魏、北周时期的文学活动，除了应制唱和与墓志碑铭的撰写外，雅乐歌词的写作也是其这一时期文学活动的重要内容。庾信乐府诗创作是在北朝社会历史和文化的直接影响下完成的。庾信的郊庙、燕射歌辞是北周礼乐制度建设的产物，道士步虚词的创作和北朝仙道思想的流行有密切关系，其他乐府诗亦洗去了南朝宫体诗的流靡格调。纵观庾信乐府诗创作，可以看出，从内容到形式都受到了北朝的历史和文化的影响。中国是礼仪之邦，西周已建立了体系完备的礼乐制度，此后历代皇权无不将礼乐建设视为国之大事。伴随历史的变迁，礼乐发生着沿革损益，如《礼记》曰："王者功成作乐，治定制礼。是以五帝殊时，不相沿乐，三王异世，不相袭礼。"[②]但同时，礼乐本身又带有因袭性和规定性，礼乐建设总在复古。

---

① [唐]魏征等：《隋书》，中华书局，1973年版，第387页。
② [清]阮元校刻：《十三经注疏》，中华书局，1980年版，第31页。

东晋及南朝玄风流行，而北朝统治者在政治文化上以儒家思想观念为主。这种观念的实践集中于两方面：其一，大力推行和学习儒家经典；其二，仿周礼制定各种礼仪制度。庾信所作北周郊庙、燕射歌辞，由于受到当时的政治环境、庾信个人的处境心态以及北周的音乐风尚等多种因素的影响，乐歌在内容上突出地表述了儒家政治观念，同时反映了北周政治局势的变动，形式上以四言句式为主，稍有散化现象，一定程度上突破了历代庙堂乐歌的程序化创作倾向。

（本文节选自作者博士毕业论文《汉魏六朝四言诗与赋研究》，陕西师范大学，2014年）

牛香兰，1985年生，2014年毕业于陕西师范大学文学院，文学博士，师从张新科教授，现为青海民族大学文学院讲师。

唐前班马优劣并称演变轨迹的梳理与考辨

陈 莹

内容摘要:《史记》和《汉书》并称为我国史学的双璧,司马迁与班固比较是传统史学批评中的重要问题,而且至今仍是学界研究的重点。《史记》问世之初被目为"谤书",统治阶级限制甚至阻碍《史记》的传播;而《汉书》撰成之后,"当世甚重其书,学者莫不讽诵焉",随之展开两部史书的优劣比较。历经汉魏六朝,到隋时,《史记》与《汉书》同样被列入封建正史,实现了班马优劣并称。但是,目前班马比较的权威说法是"扬班抑马为唐前班马比较的主流倾向,班马抑扬相当出现于宋明时期"。如果运用接受美学理论,从读者的角度梳理班马比较这一问题在唐前发展演变的轨迹,我们会发现班马优劣并称出现在南北朝而非宋明时期,"扬班抑马"只是东汉时期的主流倾向。

关键词:班马比较;接受美学;优劣并称;南北朝

班固与司马迁比较研究在文中简称"班马比较",自《汉书》问世后随之产生,至今仍然是史学批评史上的重要问题,不同时期的不同群体从不同角度进行比较研究,以此引出许多史学批评理论方面的问题。因为史学的变迁与时序和世情息息相关,不同时代对史学的发展要求不同,同一时代的不同时期,史学受社会发展变化的影响也是多姿多彩。班马比较就是因为受时代和社会变化的影响而采用的批评标准不同,在不同时代呈现出的主流倾向不同。目前比较权威的说法是班马比较大体经历了四个阶段:唐前的主流倾向是"扬班抑马";宋明时期的主流倾向是班马抑扬相当;清人虽然"扬马抑班",但也并言《史》《汉》为良史;今人全面总结二人的史学得失,更具体,更具科学精神。①笔者以为这种观点是值得商榷的。

重新梳理班马比较这一问题发展演变的轨迹,我们认为,班马比较大致应分为两个阶段:宋之前,比较的视角主要着重于从二者史学的政治及价值层面进行优劣的比较,没有深入文本;而从宋代起,则逐渐侧重于文本方面的异同比较,尽管唐前班马比较的资料较为匮乏零散,但也颇为明晰地呈现出班马优劣比较问题的演变轨迹。本文拟采用接受美学理论,以读者为中心,梳理汉魏六朝这一历史时期班马优劣比较的动态演变历程,指出班马优劣的并称实际是出现于南北朝而非宋明时期,"扬班抑马"只是东汉时期的主流倾向。

一、"扬班抑马":东汉时期班马优劣论的主流倾向

两汉最发达的是经学,其既是国家政治、社会生活指导准则的意识形态,也是学术评价的准则。据《汉书·隽不疑传》载汉宣帝曾与霍光说过:"公卿大臣当用经术明于大谊。"②这种价值取向,到了东汉,又有所发展,班固的《汉书·艺文志》明确将史学归入经学目录之下,这说明史学进一步依附于经学③,而在这样的政治文化背景下所展开的班马比较,自然也就很难逃脱政治的干预,所以东汉时期,班马史学的比较,最突出的特点是比较的政治化。

对班马二人的史学进行优劣的比较,其源头可追至汉明帝。其实,汉明帝授命班固撰写《汉书》,并为此专门于永平十七年(74)在云龙门召见班固与贾逵、傅毅、杜矩、展隆、郗萌等,询问司马迁为《秦始皇帝本纪》所下赞语是否合适,闻班固"具对素闻知状"后,汉明帝遂诏之曰:"司马迁著书成一家之言,扬名后世,至以身陷刑之故,反微文刺讥,贬损当世,非谊士也。司马相如洿行无节,但有浮华之辞,不周于用。至于疾病而遗忠,主上求取其书,竟得颂述功德,言封禅事,忠臣效也。至是贤迁远矣。"汉明帝此话义晰言明,所传达的意思就是借攻击司马迁的"不忠",提醒班固等史学家,修史

---

① 张大可:《司马迁评传》,南京大学出版社,1994年版,第446页。
② [汉]班固:《汉书·隽不疑传》,中华书局,1962年版,第3038页。
③ [汉]班固:《汉书·艺文志》,中华书局,1962年版,第1714页。

必须以经学为圭臬,要以为当今圣上服务为宗旨,当然,这也是汉明帝为班固等史学家规定的《汉书》的修撰主旨。班固深谙此话的利害关系:即如果不像司马相如那样"颂述功德",就会重蹈司马迁之覆辙。面对汉明帝的威胁与警告,班固申明自己修史的目的:"臣固常伏刻诵圣论,昭明好恶……窃作《典引》一篇,虽不足雍容明圣万分之一,犹启发愤满,觉悟童蒙,光扬大汉,轶声前代,然后退入沟壑,死而不朽。"①班固在诚惶诚恐中表达了自己的一片赤诚之心。诚如其所言,班固在具体的写作过程中,"斟酌前史而讥正得失"②,力矫迁书之弊,具体表现在取材、体例、思想倾向及著史目的方面,这些在班彪的《略论》③和班固的《司马迁传》④中皆有详细的论述。

班氏父子在内容上,针对《史记》"甚多疏略"进行了补充调整。其一,增写王室人物,如《汉书·武五子传》在《史记·三王世家》叙写齐怀王刘闳、燕刺王刘旦、广陵厉王刘胥三王的基础上,增加燕刺王子孙六王、广陵厉王子孙八王。其二,重新组织材料,如《汉书·高后纪》,班固把《史记·吕后本纪》所载吕后鸩杀赵王如意、残害戚夫人及欲王诸吕等事移入《外戚传》,把吕后幽杀赵王友、逼死赵王恢及大臣联合声讨诸吕、迎立文帝等事移入《高五王传》,详写陈平、周勃平诸吕之乱而载于《张陈周王传》。其三,补充重要史实,在《张陈王周传》中增加了周勃废诛少帝而迎立代王为皇帝的史实,在《萧何曹参传》中增加了萧何劝谏汉王刘邦称王汉中一段历史。其四,增加政论性文章,在《贾谊传》中增加了贾谊的三篇奏疏《陈政事疏》《处置淮阳各国疏》《谏封淮南厉王诸子疏》。其五,详写典章制度,班固将《八书》扩写为《十志》。在思想倾向上,他不满于司马迁将汉代诸帝"编于百王之末,厕于秦项之列"⑤的做法,提出"史公三失",即"论大道则先黄老而后六经,序游侠则退处士而进奸雄,述货殖则崇势利而羞贱贫"。班固的耿耿忠心和《汉书》"光扬大汉"的目的昭然天下,实际上这也是对汉明帝所言《史记》"微文刺讥,贬损当世"的进一步阐释和佐证。

---

① [汉]班固:《典引》,见[南朝·梁]萧统编,[唐]李善注《文选》,中华书局,1977年版,第682页。
② [南朝·宋]范晔:《后汉书·班彪传》,中华书局,1965年版,第1334页。
③ [南朝·宋]范晔:《后汉书·班彪传》,中华书局,1965年版,第1325—1327页。
④ [汉]班固:《汉书·司马迁传》,中华书局,1962年版,第2737—2738页。
⑤ [南朝·宋]范晔:《后汉书·班彪传》,中华书局,1965年版,第1334页。

《史记》孕育成书于西汉思想相对自由、经济鼎盛和政治稳固的文化多元化时期，体现的是司马迁自己独立的思想体系和学术观念，即"究天人之际，通古今之变，成一家之言"。《史记》与《汉书》，前者是为阐释自己的学术思想，后者是在政治的压力下著书，当然二书的内容也各异其趣，正如梁启超所言："《史记》以社会全体为史的中枢，故不失为国民的历史。《汉书》以下则以帝室为史的中枢，自是而史乃变为帝王家谱矣。"[1] 由此可见，班固奉旨完成的《汉书》实际上是汉明帝班优马劣核心思想具体化的代言作，与其说班固不如说是汉明帝第一次提出了班马优劣问题。汉明帝提出的班优马劣问题，虽然是个人行为，但是，这个个体背后是高高在上的皇权，是政治的最高权威，是当时意识形态的主导者，其结果就是使这种从政治立场出发提出的班优马劣的观点，很快成为班马史学比较的主流倾向。

　　关于《史记》是否违经的问题，颖容曾经批判《史记》违经之处比《汉书》多[2]，东汉光武帝曾与范升、陈元等人有过激烈的讨论。据《后汉书·范升传》载，范升反对《左传》立为博士的原因就是《左传》和《史记》皆有违戾五经的记录，如"《左氏》不祖于孔子"，"无有本师而多反异"，"非先帝所存"[3]，最后的结局就是"范升复与元相辩难，凡十余上。帝卒立《左氏》学，太常选博士四人，元为第一。帝以元新忿争，乃用其次司隶从事李封，于是诸儒以《左氏》之立，论议欢哗，自公卿以下，数廷争之。会封病卒，《左氏》复废"，光武帝立而又废的态度变化说明他支持范升而承认《史记》有违戾五经之处。陈元虽然认为范升所言"前后相违，皆断截小文，媟黩微辞，以年数小差，掇为巨谬，遗脱纤微，指为大尤"，但仅从材料的选取而未能从选材的目的和用途等方面提出有力的反驳论证，作用甚微。但这些表明，人们对《史记》有着不同的认识和评价。

　　第一次公开提出"班优马劣"的是东汉的思想家王充，《论衡·超奇》篇云："班叔皮续《太史公书》百篇以上，记事详悉，义浃理备。观读之者以为甲，而太史公乙。"我们不去分析甲在何处，乙在哪里，而仅一"观读之者"

---

[1] 梁启超：《中国历史研究法》，上海古籍出版社，1998年版，第17页。
[2] [汉]颖容：《春秋释例序》，见[宋]李昉等编《太平御览》卷六一八，中华书局，1985年版，第2667页。"著述之事，前有司马迁、扬雄、刘歆，后有郑众、贾逵、班固，近即马融、郑玄。其所著作违义正者，迁尤多。"
[3] [南朝·宋]范晔：《后汉书·范升传》，中华书局，1965年版，第1228页。

便暗示出"甲班乙马"绝非王充一人之见,而是当下社会风气尚且如此。还有,王充在《论衡》一书中,提及《史记》四十余处,《汉书》仅十余处,这表明司马迁对王充的影响不逊于班固,可在二书学术比较后,王充却提出"甲班乙马",一定程度上也可以说,王充从学术角度提出的"甲班乙马"说是受到了当时社会意识形态的影响。此外,《金石萃编》卷十二《汉执金吾丞武荣碑》的碑文也将《史记》列于《汉书》之后:"阙帻传讲《孝经》《论语》《汉书》《史记》《左氏》《国语》。"三国时魏明帝对司马迁的批评①也可从侧面说明三国魏以前"扬班抑马"是社会上流行的一般看法。由此可见,这种从政治立场所引发的"扬班抑马"的史学批评倾向,在东汉是非常普遍的。

就在班马比较在政治视野下进行的同时,人们也从史学学术的角度对二者进行了比较。《史记》作为纪传体的开山之作,其无与伦比的伟大史学成就,使得后来之人,即使是不赞成司马迁本人的政治见解和价值评价的,也不得不承认《史记》的开创之功,包括史著体例、实录精神、文章风格等,钦佩司马迁的才、学、识、德等。主要有这样几个方面:其一,体例上,郑玄②、张衡③等从不同角度赞扬了司马迁创作的纪传体体例;其二,史书的功能上,班彪等赞扬了《史记》所具有的鉴古知今的作用④;其三,史书的撰写要求上,班固等赞扬了《史记》的实录精神和叙事风格;其四,文学性上,王充等赞扬了《史记》所表达情感之真切与强烈;其五,史实的考据学方面,张衡等学者考证了《史记》所载史实的真实与否⑤;其六,文献方面,赞扬了司马迁保存

---

① [晋]陈寿:《三国志·魏书·王肃传》,中华书局,1959年版,第418页。
② [汉]郑玄:《诗谱叙》,见[清]阮元校刻:《十三经注疏·毛诗正义》,中华书局影印,1980年版,第263页。"夷、厉以上,岁数不明。太史《年表》,自共和始,历宣、幽、平王,而得《春秋》次第,以立斯《谱》。欲知源流清浊之所处,则循其上下而省之;欲知风化芳臭气泽之所及,则傍行而观之。此《诗》之大纲也。举一纲而万目张,解一卷而众篇明,于力则鲜,于思则寡,其诸君子,亦有乐于是与!"
③ [南朝·宋]范晔:《后汉书·张衡传》,中华书局,1965年版,第1904页。"衡作《应问》云:'故一介之策,各有攸建,子长谍之,烂然有第。'"
④ [南朝·宋]范晔:《后汉书·班彪传》,中华书局,1965年版,第1325—1327页。"夫百家之书,犹可法也。若《左氏》《国语》《世本》《战国策》《楚汉春秋》《太史公书》,今之所以知古,后之所由观前,圣人之耳目也。"
⑤ [南朝·宋]范晔:《后汉书·张衡传》,中华书局,1965年版,第1904页。"(衡)上疏请得专事东观,收检遗文,毕力补缀。又条上司马迁、班固所叙与典籍不合者十余事。"

资料的功绩[1]；其七，治学态度方面，王充赞扬了司马迁"疑则传疑"的严谨治学精神[2]；其八，作为史学家，司马迁获得了"良史之才"等众多殊誉。显然，对司马迁和《史记》的评价超越了经学范畴而进入史学批评的领域。

政治评价与学术评价的差异与不同，显现了不同的史学批评标准。但是在儒学独尊时代，依经立则，《史记》的学术性被政治性所淹没，这是因为"统治阶级的思想在每个时代都是占统治地位的思想。这就是说，一个阶级是社会上占统治地位的物质力量，同时也是社会上占统治地位的精神力量"[3]，这样"扬班抑马"成为东汉时期班马优劣论的主流倾向。但是，此期对于班马史学优劣所做的学术性批评，对后来史学的发展具有十分积极的推进作用。

二、"扬马抑班"：魏晋时期班马优劣论的主流倾向

魏晋时期，儒家的政治理想和动荡的社会现实发生剧烈的碰撞，从社会结构到学术流变都处于解构与重组之中，一方面，国家的分裂与动荡要求史学能够提供切实可行的统一天下的治国方针、理论依据和思想基础，另一方面，儒学式微，史学独立伊始，尚处于经史并称、文史合流阶段。[4]这说明史学虽然上升到与经学、文学同等地位，但依然处于与其他学科交互发展的状态中，当然也就没有形成完整而独立的史学批评体系。由此，班马优劣比较跨越了东汉单一的经学框架而进入了多元价值标准评定时期。由于时代的审美趣味和接受者期待视野的调整，班马比较呈现两种倾向：一是东汉以来的扬班抑马倾向受到质疑，出现扬马抑班倾向，这是此期的主要思潮；二是班马比较的学术性逐渐加强，评价也渐趋客观化，出现了《史》《汉》并称的现象。

---

[1] [汉]王充：《论衡·书解》，中华书局，2006年版，第274页。"世传《诗》家鲁申公，《书》家千乘欧阳、公孙，不遭太史公，世人不闻。"

[2] [汉]王充：《论衡·案书》，中华书局，2006年版，第277页。"太史公两纪，世人疑惑，不知所从。案张仪与苏秦同时，苏秦之死，仪固知之。仪知秦审，宜从仪言以定其实，而说不明，两传其文。"

[3] 【德】马克思、恩格斯：《马克思恩格斯选集》第1卷，人民出版社，1994年版，第98页。

[4] 逯耀东：《魏晋史学的思想与社会基础》，中华书局，2006年版，第22—50、178—194页。

"扬马抑班"倾向的出现,是将班马二人置于史学批评领域进行比较的结果。《史记》是对我国"以史为鉴"史学传统的继承和发扬,当然也就具有为当下社会服务的特点。关于这一点,东汉的王充早已指出,《论衡·须颂》篇云:"汉德不休,乱在百代之间,强笔之儒不著载也。高祖以来,著书非不讲论汉。司马长卿为《封禅书》,文约不具。司马子长纪黄帝以至孝武,扬子云录宣帝以至哀、平。陈平仲纪光武。班孟坚颂孝明。汉家功德,颇可观见。"①王充看到了《史记》的史学功能和社会作用,指出《史记》在宣扬汉家功德而非为"谤书",这与以汉明帝为首的王宫贵族将《史记》目为"谤书"针锋相对,但史学附庸于经学,《史记》的功能与作用并没有被统治阶级认识到。而魏晋学者以此为契机,另辟蹊径,从不同的角度体验和认识《史记》,产生了"扬马抑班"倾向。

第一,从史学的角度指出《史记》具有经世致用的经学特质。依经立则在某些领域或某些学者的视野中依然是评价准则,如谯周引经据典对司马迁"不专据正经"的材料进行考辨和批评②。学者虽然仍以经学为标准,但评价的角度由史入经而非此前由经介入。三国时魏国的王肃公然抨击"谤书说",据《三国志·魏书·王肃传》载:"(明)帝又问:'司马迁以受刑之故,内怀隐切,著《史记》非贬孝武,令人切齿。'对曰:'司马迁记事,不虚美,不隐恶。刘向、扬雄服其善叙事,有良史之才,谓之实录。汉武帝闻其述《史记》,取孝景及己本纪览之,于是大怒,削而投之。于今此两纪有录无书。后遭李陵事,遂下迁蚕室。此为隐切在孝武,而不在于史迁也。'"③王肃从史书的著述精神和撰写要求指出司马迁是在履行史家的职责与义务,本无诽谤之意,"谤书"是汉武帝心怀私愤而要治罪司马迁的一个借口,王肃的辩白为重新审视和评价《史记》的思想内容开辟了一个全新的角度,这在《史记》接受与传播的历程中具有重要意义。葛洪虽为道士,但他的思想核心也是重政教的,他也以"实录"为基质责难班固提出的"史公三失"无据可源:"班固以史迁先黄老而后六经,以迁为谬。夫迁之洽闻,旁综幽隐,沙汰事物之臧否,

---

① [汉]王充:《论衡·须颂》,中华书局,2006年版,第274页。
② [唐]房玄龄等:《晋书·司马彪传》,中华书局,1974年版,第2142页。"(晋散骑常侍巴西)谯周以司马迁《史记》书周秦已上,或采俗语百家之言,不专据正经,周于是作《古史考》二十五篇,皆凭旧典,以纠迁之谬。"
③ [晋]陈寿:《三国志·魏书·王肃传》,中华书局,1959年版,第418页。

核实古人之雅正。其评论也，实原本于自然，其褒贬也，皆准的乎至理。不虚美，不隐恶，不雷同以偶俗。刘向命世通人，谓为实录；而班固之所论未可据也。"①葛洪指出《史记》的臧否和褒贬是以"雅正"和"善恶"为标准的，《史记》是有益于教化的。韦昭指出《史记》被冠以罪名的原因是由于司马迁"述而不作"的"实录"著史精神所导致的："遭秦之乱，幽而复光，贾生史迁，颇综述焉。"②总之，"以史为鉴"的史学功能在当下社会也具有经世致用的价值与效用。

第二，从史学的角度指出《史记》的史学价值与意义。其一，杜预在《春秋左传后序》中指出《史记》和《春秋》一样具有褒善贬恶的效用与社会功能："哀王二十三年乃卒，故特不称谥，谓之今王，其著书文意，大似《春秋经》，推此足见古者国史策书之常也。"③刘隗在《奏请追除宋挺名》中亦做出相同的评价："昔郑人斫子家之棺，汉明追讨史迁，经传褒贬，皆追书先世数百年间。"④其二，杜弢认为司马迁是忠于汉室的，他为李陵辩护是出于对国家的忠诚而不是出于个人的私利："昔虞卿不荣大国之相，与魏齐同其安危；司马迁明言于李陵，虽刑残而无憾。足下抗威千里，声播汶衡，进宜微国思靖难之路，退与旧交措枉直之正，不亦绰然有余裕乎！"⑤又据《三国志·魏书·辛毗杨阜高堂隆传》载高堂隆以李斯为案例警告世人为国要忠诚而不应有私利，否则会得到报应的，他说："昔李斯教秦二世曰：'为人主而不恣睢，命之曰天下桎梏。'二世用之，秦国以覆，斯亦灭族。是以史迁议其不正谏，而为世诫。"从侧面肯定了司马迁的忠诚。其三，华核指出《史记》既具有史学的功能，又具有六经的性质，应与经同为传世，他说："臣闻五帝三王皆立史官，叙录功美，垂之无穷。汉时司马迁、班固，咸命世大才，所撰精

---

① [晋]葛洪撰，王明注：《抱朴子内篇校释》，中华书局，1985年版，第167页。
② [三国·吴]韦昭：《国语解叙》，见徐元诰撰《国语集解》，中华书局，2002年版，第594页。
③ [晋]杜预：《春秋左传后序》，见[清]阮元校刻《十三经注疏·春秋左传正义》，中华书局影印，1980年版，第2187页。
④ [晋]刘隗：《奏请追除宋挺名》，见[唐]房玄龄等编《晋书·刘隗传》，中华书局，1974年版，第1836页。
⑤ [晋]杜弢：《遗应詹书》，见[唐]房玄龄等编《晋书·杜弢传》，中华书局，1974年版，第2622页。

妙，与六经俱传。"①《史记》被抬升到经学的高度，获得了与《汉书》同等的地位，虽然没有明确贬抑《汉书》，但扬马味道十足。

第三，从文与史的双重角度表现出"扬马抑班"倾向。西晋傅玄在《傅子》一书中明确标示班书不如马书："吾观班固《汉书》，论国体，则饰主阙而抑忠臣；救世教，则贵取容而贱直节；述时务，则谨辞章而略事实，非良史。"作为史学家，班固不能像司马迁那样秉笔直书而采用春秋笔法，其批判精神不如司马迁强烈。从篇章结构布局看，《汉书》颇为严谨，但叙事简略，遗漏很多史实与细节；接着傅玄又从作家人格方面指出班固窃取其父成果而不言，其著述人格远远逊色于司马迁，"班固《汉书》，因父得成，遂没不言彪，殊异马迁也"②。东晋的张辅紧承傅玄，表现出鲜明的"扬马抑班"倾向："迁之著述，辞约而事举，叙三千年事唯五十万言；班固叙二百年事乃八十万言，烦省不同，不如迁一也。良史述事，善足以奖劝，恶足以监诫，人道之常。中流小事，亦无取焉，而班皆书之，不如二也。毁贬晁错，伤忠臣之道，不如三也。迁既造创，固又因循，难易益不同矣。又迁为苏秦、张仪、范雎、蔡泽作传，逞辞流离，亦足以明其大才。故述辩士则辞藻华靡，叙实录则隐核名检，此所以迁称良史也。"③张辅概括指出《汉书》在叙事繁省、取材标准、著史目的、史家史识、创作体例、文学色彩六个方面不如《史记》，具体优在哪里，劣在何处，只是宏观的比较而并未展开。从傅玄到张辅给后世研究者提供了可资研究的空间，但是，"扬马抑班"倾向的出现在班马比较这一史学批评问题的研究史上所起的作用不可小视。

随着"扬马抑班"倾向的出现，对于班马比较的史学批评也逐渐呈现出客观化的趋势。

魏晋时期，《史记》与《汉书》并言成为习俗，如《三国志·魏文帝纪》注引《典论·自叙》云："余是以少诵《诗》《论》，及长而备历五经四部，《史》《汉》、诸子百家之言，靡不毕览。"《三国志·蜀书·张裔传》记张裔"治《公羊春秋》，博涉《史》《汉》"，《晋书·孝友传》称刘殷"有七

---

① [三国·吴]华核：《上疏请召还薛莹》，见[宋]王钦若等编《册府元龟》卷五五四，中华书局，1982年版，第6646页。
② [晋]傅玄：《傅子》卷一，清风室清光绪七年（1881）刻本，第28—29页。
③ [唐]房玄龄等：《晋书·张辅传》，中华书局，1974年版，第1640页。

子,五子各授一经。一子授《太史公》,一子授《汉书》,一门之内,七业俱兴",《晋书·戴邈传》称戴邈"少好学,尤精《史》《汉》",《史记》和《汉书》同样成为教习的必修书目。《史记》全本的广泛传播使它所蕴含的文化价值的全貌得以完整而清晰地展现。在班马比较中,或人云亦云,或主观臆断,或单纯地扬此抑比等现象逐渐减少,学者从文本入手,多角度地加以分析比较。

袁宏在《后汉纪序》中云:"夫史传之兴,所以通古今而笃名教也。丘明之作,广大悉备。史迁剖判六家,建立十书,非徒纪事而已,信足扶明义教,网罗治体,然未尽之。班固源流周赡,近乎通人之作,然因藉史迁,无所甄明。"[1]首先,袁宏将《史记》与《左传》相提并论,指出《史记》具有兴邦治国的作用;然后,从文体上进行比较,赞扬司马迁首创纪传体之功,但叙事不够翔实,班固因袭,但完善之功不可否认,二人难分伯仲。华峤从文章的写作技巧和思想内容方面较为系统地评价二书说:"司马迁、班固父子,其言史官载籍之作,大义粲然著矣。议者咸称二子有良史之才。迁文直而事核,固文赡而事详。若固之序事,不激诡,不抑抗,赡而不秽,详而有体,使读之者亹亹而不厌,信哉其能成名也。彪、固讥迁,以为是非颇谬于圣人。然其论议常排死节,否正直,而不叙杀身成仁之为美,则轻仁义,贱守节愈矣。固伤迁博物洽闻,不能以智免极刑;然亦身陷大戮,智及之而不能守之。"[2]体例上,《汉书》整齐划一;写作技巧上,《汉书》叙事周密翔实,《史记》史实确凿;文学性上,《汉书》的艺术感染力远不如司马迁的《史记》强烈;思想倾向上,《史记》违戾五经的现象比《汉书》多,其"轻仁义,贱守节"的程度也超过了《汉书》。此后,这段文字又被范晔的《后汉书》所引用,显然,从华峤到范晔都认为《史》《汉》二书各有所长。比较,只有在同一标准下才能真正显现可比物之间孰优孰劣,但此期班马比较,由于比较的标准多奇不一,论点与论据之间缺乏严密的论证,因此说此期班马并称为下一个历史时期的班马优劣并称作为铺垫。班马比较在多元学术价值标准下形成的"扬马抑班"倾向及其客观化趋势,提醒世人班马孰优孰劣有待深入讨论。

---

[1] [晋]袁宏著,张烈点校:《后汉纪》序,中华书局,2002年版,第1页。
[2] [南朝·宋]范晔:《后汉书·班固传》,中华书局,1965年版,第1386页。

三、班马优劣相当：南北朝时班马优劣论的主流倾向

南北朝时，玄、儒、史、文四门独立，史学获得了独立的学术价值，逐步建立了史学评价体系，不仅在政治方面，而且在社会道德领域也发挥着劝谏和教育作用。在这种情况下，对于两部体大思精的史学著作《史记》和《汉书》比较的学术性日渐增强，班马的比较，在讨论与争辩当中，逐渐成为史学批评一个重要的批评范畴。

南北朝时期，有关班马优劣的比较依然进行，虽然各抒己见，但批评与评价的标准逐渐深入于包括史学的功用、史学的表述等史学的自身问题。其中"扬班抑马"者以刘勰、裴骃等为代表，基本上沿袭班固的观点，以经学为参照体系责难司马迁违戾五经。裴骃在《史记集解序》中说"固之所言，世称其当"[1]，可见裴骃及当下社会认同班固对司马迁的苛责。佛教徒释道安在《二教论》中也指明世俗普遍认为司马迁是推崇道家思想的，"史迁六氏，道家为先；班固九流，儒宗为上"[2]。羊深针对"是时胶序废替，名教陵迟"的社会风气也上疏指责《史记》违经越礼、无益于世风的树立，其疏云："陛下中兴纂历，理运惟新，方隅稍康，实惟文德。但礼贤崇让之科，沿世未备；还淳反朴之化，起言斯缪。夫先黄老而退《六经》，史迁终其成蠹。贵玄虚而贱儒术，应氏所以亢言。"[3]

在"扬班抑马"派当中，文史批评家刘勰的论述是比较全面的，也最具时代性。他在《文心雕龙·史传》篇中论述说："（《史记》）尔其实录无隐之旨，博雅弘辩之才，爱奇反经之尤，条例踳落之失，叔皮论之详矣。"可以看出，刘勰虽然接受了班固的观点，但在具体的比较过程中又有别于班固。刘勰的批评，概括说有以下两个方面的特点。

首先，刘勰没有简单地批评二者谁是谁非，孰优孰劣。如《史传》篇云："及班固述汉，因循前业，观司马迁之辞，思实过半。其十志该富，赞序弘丽，儒雅彬彬，信有遗味。至于宗经矩圣之典，端绪丰赡之功，遗亲攘美之

---

[1] [南朝·宋]裴骃：《史记集解序》，见[汉]司马迁《史记》，中华书局，1959年版，第3—4页。

[2] [后周]释道安：《广弘明集》卷八《二教论》，见《四部备要》子部，上海中华书局据明刻本校刊，第63页。

[3] [北齐]魏收：《魏书》卷七七，中华书局，1974年版，第1704—1705页。

罪，征贿鬻笔之愆，公理辨之究矣。"①内容上，《汉书》抄录《史记》过半；体例上，班固则有"端绪丰赡之功"；人格上，班固"遗亲攘美"，并"征贿鬻笔"；思想上，《汉书》被奉为"宗经矩圣之典"，二书各有千秋，并不存在扬马或扬班的倾向。其次，从著史目的出发，指出《史记》的"爱奇"是具有政治和社会批判取向的。针对司马迁立《滑稽列传》的目的，刘勰在《谐隐》篇云："谐之言皆也。辞浅会俗，皆悦笑也。昔齐威酣乐，而淳于说甘酒；楚襄宴集，而宋玉赋好色：意在微讽，有足观者。及优旃之讽漆城，优孟之谏葬马，并谲辞饰说，抑止昏暴。是以子长编史，列传滑稽，以其辞虽倾回，意归义正也。"刘勰指出"实录"是以著史目的贯穿的，"爱奇"是"实录"社会上的客观存在，因此立《滑稽列传》的目的是为著史目的服务的，这表明司马迁并非无原则的爱奇，而这样的"爱奇"符合儒家经世致用的原则，显然比班固对"实录"的理解深刻得多。但是，刘勰的观点存在一个悖论，他开始以经学规范史学，指责《史记》违经；其后又以史学权衡史学，指出《史记》的以史为鉴符合儒家经世致用的原则，并未违经，由于比较的标准不一致，导致其思想观点前后矛盾，使自己的理论出现纰漏。我们说，也正是刘勰理论所存在的矛盾，犹如釜底抽薪，大大地弱化了"扬班抑马"者的理论基础，从而为扬马抑班派的理论提供了拓展的空间。

对于另一派"扬马抑班"者来说，其史学批评的展开，主要是以史学标准来诠释司马迁其人其书。首先，魏澹在《〈魏史〉义例》中称司马迁是尊崇汉室的："即位之日，尊成君而不名，《春秋》之义，圣人之微旨也。至如马迁，周之太子并皆言名，汉之储两俱没其讳，以尊汉卑周，臣子之意也。"②其次，崔鸿在《呈奏〈十六国春秋〉表》中称司马迁极力颂扬汉家圣德："臣闻帝王之兴也，虽诞应图箓，然必有驱除，盖所以剪彼厌政，成此乐推。故战国纷纭，年过十纪，而汉祖夷殄群豪，开四百之业。历文景之怀柔蛮夏，世宗之奋扬威武，始得凉、朔同文，牂、越一轨。于是谈、迁感汉德之盛，痛诸史放绝，乃铨括旧书，著成《太史》，所谓缉兹人事，光彼天时之义也。"③再

---

① [南朝·梁]刘勰著，范文澜注：《文心雕龙·史传》，人民文学出版社，1958年版，第284页。
② [唐]魏征等：《隋书》卷五八，中华书局，1973年版，第1417页。
③ [后魏]崔鸿：《呈奏〈十六国春秋〉表》，见[北齐]魏收《魏书》卷五五，中华书局，1974年版，第1503页。

次，裴松之赞许司马迁秉笔直书的精神而驳斥"谤书"说，他说："史迁纪传，博有奇功于世，而云王允谓孝武应早杀迁，此非识者之言。但迁为不隐孝武之失，直书其事耳，何谤之有乎？"①复次，袁宏以"实录"为依据驳斥班固的"史公三失"，他解释司马迁未立处士传的原因时说："夫事关业用，方得列其名行。今栖遁之士，排斥皇王，陵轹将相，此偏介之行，不可长风移俗，故迁书未传，班史莫编。一介之善，无缘顿略，宜列其姓业，附出他篇。"②袁宏的意思很明确，一方面，因为处士是社会上实实在在存在的，司马迁如实地记录了他们的言行和思想，这符合"实录"的著史精神；另一方面，处士离群索居，排斥当权者，不利于统治，又无益于社会风气，将之附于他传而未立专传，这样的安排既可以建立良好的社会风气，也有利于当下的政治统治，符合"以史为鉴"的著史目的和经世致用的原则。袁宏通过对"实录"的剖析，有力地回击了班固对司马迁"史公三失"之一"序游侠则退处士而进奸雄"的指责，这说明《史记》在处理游侠与处士的问题上并没有违经。

与魏晋时期相比，南北朝时期班马论辩不再仅仅停留在编撰体例、思想观点、叙事方式等宏观问题上，而是具体到《史记》所载的史实、人物等微观层面，并且由政治层面扩展到社会生活的方方面面，《史》《汉》二书的功能与作用越来越明晰，为"班马优劣并言、抑扬相当"的史学批评观点，奠定了坚实的基础。

班马并称最早源于东汉王充的"甲班乙马"说，到魏晋时《史》《汉》并称发展成为一种习俗，期间也曾出现过"扬班抑马"和"扬马抑班"倾向，但是这些说法的评定标准或经学、或经史、或文史，唯独没有进入独立的史学评价领域，由于评定标准的驳杂，以己之长而度彼之短，因此两部史学巨著的文化内涵不能全面展现，难以折服人。范晔就认为"扬班抑马"和"扬马抑班"双方的观点都有失偏颇，他在《后汉书·班固传》中借华峤之语指出班马各具长短，不应像王充那样简单地以甲乙之别对二书进行排序："详观古今著述及评论，殆少可意者。班氏最有高名，既任情无例，不可甲乙辩，后赞于理近无所得，唯志可推耳。博赡不可及之，整理未必愧也。"③因此可以说，此前的

---

① [晋]陈寿，[南朝·宋]裴松之注：《三国志注》，中华书局，1959年版，第180页。
② [南朝·梁]萧子显：《南齐书》卷四八，中华书局，1972年版，第834页。
③ [南朝·宋]范晔：《后汉书·狱中与诸甥侄书》，中华书局，1962年版，第1页。

班马并称只是一种主观假象，而真正置于史学范畴内经过充分比较论证而得出的班马优劣相当才是具有实质意义的班马优劣并称，具体表现为：

首先，班马二人抑扬相当。其一，班马二人在才、学、识方面并列。崔鸿在《大考百寮议》中云"史才如班、马"①，《南齐书·文学列传》中谢朓赞扬崔慰祖的才气时云"假使班、马复生，无以过此"，江淹在《伤友人赋》中云"文攀渊、卿，史类迁、固"②，《魏书》卷六十二李彪云："臣窃谓史官之达者，大则与日月齐明，小则与四时并茂。其大者孔子、左丘是也，小者史迁、班固是也。"高祐在《奏请修国史》中云："逮司马迁、班固，皆博识大才。"③其二，班马二人同样被奉为后世学习的楷模，《周书》卷四十一云："自是著述滋繁，体制匪一。孝武之后，雅尚斯文，扬葩振藻者如林，而二马、王、杨为之杰；东京之朝，兹道愈扇，咀征含商者成市，而班、傅、张、蔡为之雄。当涂受命，尤好虫篆；金行勃兴，无替前烈。"④

其次，《史》《汉》二书优劣并称。其一，《史》《汉》二书通过所载文献而呈现出经世致用的经学特质和以史为鉴的史学特色，《梁书·文学列传》云："昔司马迁、班固书，并为《司马相如传》，相如不预汉廷大事，盖取其文章尤著也。固又为《贾邹枚路传》，亦取其能文传焉。范氏《后汉书》有《文苑传》，所载之人，其详已甚。然经礼乐而纬国家，通古今而述美恶，非文莫可也。"⑤其二，《史》《汉》二书的文采与内容并重，《文心雕龙·史传》篇云："唯陈寿《三志》，文质辨洽，荀张比之于迁固，非妄誉也。"李谐在《述身赋》中将《史》《汉》二书并论："惭班子之繁丽，微马生之简实。"⑥其三，《汉书》的赞与《史记》的"太史公曰"同样具有褒贬功能，《文心雕龙·颂赞》篇云："及迁史固书，托赞褒贬。约

---

① [后魏]崔鸿：《大考百寮议》，见[北魏]魏收《魏书》卷五，中华书局，1974年版，第1502页。
② [南朝·梁]江淹，（明）胡之骥注：《江文通集汇注·伤友人赋》，中华书局，1984年版，第69页。
③ [后魏]高祐：《奏请修国史》，见[北魏]魏收《魏书》卷四五，中华书局，1974年版，第1264页。
④ [唐]令狐德棻：《周书》卷四一，中华书局1971年版，第743页。
⑤ [唐]姚思廉：《梁书·文学列传》，中华书局1973年版，第685页。
⑥ [北魏]李谐：《述身赋》，见[北齐]魏收：《魏书》卷六五，中华书局，1974年版，第1458页。

文以总录,颂体以论辞,又纪传后评,亦同其名。"①其四,《史》《汉》二书的取材皆以"善恶偕总,腾褒裁贬"②的著史目的贯穿,为吕后立纪无益于社会风气的建立,同样遭到指责,《文心雕龙·史传》篇云:"庖牺以来,未闻女帝者也。汉运所值,难为后法。牝鸡无晨,武王首誓;妇无与国,齐桓著盟;宣后乱秦,吕氏危汉:岂唯政事难假,亦名号宜慎矣。张衡司史,而惑同迁固,元帝王后,欲为立纪,谬亦甚矣。"③总之,《史》《汉》二书具有诸多方面的相同点,李彪在《求复修国史表》中做以总结性地概括,系统地指出二者在题材内容、写作特色和社会功用等方面可以相提并论:"暨史、班之录,乃文穷于秦汉,事尽于哀平,惩劝两书,华实兼载,文质彬彬,富哉言也。令大汉之风,美类三代。"④

再次,班马二人对纪传体的贡献及其在史学史上的地位可以并驾齐驱。此期在创作体制上,虽然"扬马抑班"的倾向依然存在,强调司马迁的首创之功而班固因袭之,"迁有承考之言,固深资父之力,太初以前,班用《马史》,十志所因,实多往制"⑤,但更多是赞扬司马迁的首创之功,肯定班固的完善之绩,"昔司马迁作《史记》,爰建八书。班固因广,是曰十志。天人经纬,帝政纮维,区分源奥,开廓著述。创藏山之秘宝,肇刊石之遐贯,诚又繁于《春秋》,亦自敏于改作"⑥。高祐从纪传体的内容与特点方面赞叹班马二人的贡献:"愚谓自王业始基,庶事草创,皇始以降,光宅中土,宜依迁、固大体,令事类相从,纪传区别,表志殊贯,如此修缀,事可备尽。"⑦沈约从纪传体内容与体制的关系肯定了纪传体在史学发展史上的重要地位及影响,《宋书·志序历上》云:"司马迁制一家之言,始区别名题,至乎礼仪刑政,

---

① [南朝·梁]刘勰著,范文澜注:《文心雕龙·颂赞》,人民文学出版社,1958年版,第158页。
② [南朝·梁]刘勰著,范文澜注:《文心雕龙·史传》,人民文学出版社,1958年版,第287页。
③ [南朝·梁]刘勰著,范文澜注:《文心雕龙·史传》,人民文学出版社,1958年版,第285页。
④ [后魏]李彪:《求复修国史表》,见[北魏]魏收《魏书》卷五十,中华书局,1974年版,第1394页。
⑤ [南朝·梁]刘昭:《后汉书注补志序》,见《后汉书》,中华书局,1965年版,第1页。
⑥ [南朝·梁]刘昭:《后汉书注补志序》,见《后汉书》,中华书局,1965年版,第1页。
⑦ [后魏]高祐:《奏请修国史》,见[北齐]魏收《魏书》卷四五,中华书局,1974年版,第1264页。

有所不尽，乃于纪传之外，创立八书，片文只事，鸿纤备举。班氏因之，靡违前式，网罗一代，条流遂广。"同时，《史》《汉》二书达到了同样的国际声誉，远播朝鲜，《周书》卷四十九云："（朝鲜）书籍有《五经》《三史》《三国志》《晋阳秋》。"①

班马比较，由汉明帝发端的"班优马劣"开始，历经魏晋时的"扬马抑班"，然后到南北朝时"班马优劣并称"的出现，这是由于史学批评的标准由经学框架而回归史学的结果。两部巨著优劣比较的嬗变轨迹暗示出史学批评受时代的政治观、史学观、审美观和受众的期待视野等诸多因素的影响。中国古典史学批评，从某种意义上讲，也正是从班马优劣比较的讨论中逐渐展开的，并在展开的过程中逐渐生成史学批评的重要问题范畴，有力地推动了史学的理论与实践的不断进步。因此，知人论世，立足于古人所处的时代背景和具体境况，理清这一讨论的演进，应是史学史研究中一个有价值的问题。

（本文发表于《史学理论研究》2010年第3期）

陈莹，2009年毕业于陕西师范大学文学院，文学博士，师从张新科教授，现在首都医科大学从事思想政治教学工作。

---

① 逯耀东：《魏晋史学的思想与社会基础》，中华书局，2006年版，第29—31页。《三史》有两说：一是指《史记》《汉书》《东观汉记》三本史书，一是对当时史书的泛称，当然两种说法包括《史记》。

"四唐"说源流考论

张红运

内容摘要: "四唐"说萌芽于唐末评诗品诗的时代批评氛围。严羽受这种文化风气的影响,在论诗的过程中提出了"五唐"说,完成了对唐诗发展的大致分期。方回和杨士弘又将它运用到选诗和评诗的具体操作过程中,扩大了它的影响。到高棅,"四唐"说才得以完善和定型,并成为影响唐诗研究相对深远的一种分期学说。

关键词: "四唐"说;严羽;方回;杨士弘;高棅

所谓"四唐",指的是初唐、盛唐、中唐、晚唐,是对唐诗发展进程的阶段性划分,也是普遍流行的一种关于唐代诗歌发展分期的学说。任何事物的发展都具有阶段性,对阶段性的准确把握,是为了更好地描述过程,而不是要肢解、割散这个过程。反之,放弃对这个过程的描述,就是缘木求鱼的研究。因此,从一定的模式与原则出发将复杂多变的唐诗流程纳入到一定的时段结构中,是在借助于切割与斩断,使诗歌流程中的系统化特征得以阶段性彰显,其目的是为了更准确地把握诗歌发展史。唐诗分期研究的意义正在于此。目前,学术界一般认为,唐诗的分期肇始于宋之严羽,成形于明之高棅。这基本上是属实的,但并不全面。因为,"四唐"说的产生是集众人之智慧经历了一个从萌芽,到雏形,再到定型的演进过程的。对这个过程的把握,是我们认识唐诗及其分期问题不可或缺的源头活水。因此,本文拟对唐诗的分期问题做一个历时性的源流追寻。

一

　　早在严羽之前，已经有人在运用总体把握的方法评析唐诗，而这种总体把握，从某种意义上说，就是分期研究的渊源。严羽之前的人论诗，有意无意之间，总要先对前代以至于"今"的诗歌状况做一个粗略的历时性回顾。而这无疑符合文学批评的宏观把握原则。我们知道，"诗品"或"诗话"是一种随笔式的品评诗歌的形式，其长处并不在于勾勒史的线索，但人们总还是在有意无意之间显示出对诗史回顾的兴趣。

　　较早用这种总体把握的方法评析唐诗的是唐末的司空图。他在《与王驾评诗书》中说："国初主上好文雅，风流特盛。沈、宋始兴之后，杰出于江宁，宏肆于李杜，极矣。左丞苏州，趣味澄琼，若清风之出岫。大历十数公，抑又其次焉，力勍而气孱，乃都市豪估耳。刘公梦得，杨公巨源，亦各有胜会。阆仙东野、刘得仁辈，时得佳致，亦足涤烦。厥后所闻，逾褊浅矣。"①这已经将唐诗的发展历程粗略地勾勒了出来，而且对各个阶段的诗风和诗人还进行了宏观上的评价。北宋的宋祁在《新唐书》中评论唐诗说："唐兴，诗人承陈、隋风流，浮靡相矜。至宋之问、沈佺期等，研揣声音……逮开元间，稍裁以雅正……至甫，浑涵汪茫，千汇万状，兼古今而有之……"②又说"言诗则杜甫、李白、元稹、白居易、刘禹锡；谲怪则李贺、杜牧、李商隐。皆卓然以所长为一世冠。"③诗史的分期从根本上讲，应该是以诗人及其所创作的诗歌为最可靠的依据的，所以，尽管宋祁并没有明确提出初、盛、中、晚的具体分期名称，但综合考察这两段话，它实际上已经借助于对诗人创作的线性描述，大致勾勒出了唐诗发展的几个主要阶段，即："唐兴"之时，"诗人承陈、隋风流"，以宋、沈为代表，此为其一；"逮开元间"，诗风"雅正"，此为其二；到杜甫，则"又善陈时事，律切精深"，此为其三；"谲怪则李贺、杜牧、李商隐"，此为其四。稍后，宋胡仔在《渔隐丛话》前集卷二中引佚名的《雪浪斋日记》云："予尝与能诗者论书止于晋，而诗止于唐。盖唐自大历以

---

① [清]董诰等：《全唐文》，中华书局，1983年版，第8486页。
② [宋]欧阳修、宋祁等：《新唐书》，中华书局，1975年版，第5738页。
③ [宋]欧阳修、宋祁等：《新唐书》，中华书局，1975年版，第5725—5726页。

来，诗人无不可观者，特晚唐气象衰尒。"①这里对"大历"之后、"晚唐"之前的诗给予了肯定，"晚唐"之名已肇端；并且指出了"晚唐气象"与"大历以来"诗歌之间的区别和变化。但"大历以来"止于何时，即"晚唐气象"起于何时则是模糊的。元代王构在《修辞鉴衡》卷一的"诗体之变"条下引宋代理学家杨时在《龟山先生语录》中的话："诗之变，至唐而止。元和之诗极盛。诗有盛唐、中唐、晚唐；五代陋矣。"②从名称上讲，杨时之说已具备了"四唐"说中的盛、中、晚三期之名，但盛、中、晚之间的起始分界也是不明确的。另外他说"元和之诗极盛"，是出于何种考虑，也值得我们认真思索。元马端临的《文献通考》里收录了南宋朱熹论诗之流变的一段话："朱文公尝言，古今之诗凡三变。盖自《书》《传》所记，虞夏以来，下及汉魏，自为一等；自晋宋间颜、谢之后，下及唐初，自为一等；自沈、宋之后，定著律诗，下及今日，又为一等。然自唐初以前，其为诗者，固有高下，而法犹未变。至律诗出，而后诗之古法始为大变矣。"③这里，如果我们将沈、宋前后，"定著律诗"的时段理解为"唐初"，那么，流行后世以至于今的"四唐"之名已大体完备。

当然，这些粗略的梗概描述，只是"四唐"说的萌芽和雏形。我们应该注意到的是，这种历时性总体把握的文化批评心态对后世的引导作用。如欧阳修说："唐之晚年，诗人无复李杜豪放之格。"④这是由晚唐向盛唐的回溯；陈师道《后山诗话》评今古文之优劣时的历时性回顾更是明显："余以古文为三等，周为上，七国次之，汉为下；东汉而下，无取焉。"⑤严羽深受这种文学批评模式的影响。

在《沧浪诗话·诗辩》中，严羽以禅喻诗，对不同时期的唐诗给予了初步但又相当明确的划分："论诗如论禅，汉魏晋与盛唐之诗，则第一义也。大历以还之诗，则小乘禅也，已落第二义矣。晚唐之诗，则声闻辟支果也。学汉魏晋与盛唐诗者，临济下也。学大历以还之诗者，曹洞下也。"⑥

---

① 王大鹏：《中国历代诗话选》，岳麓书社，1985年版，第199页。
② 王大鹏：《中国历代诗话选》，岳麓书社，1985年版，第239页。
③ 蒋述卓：《宋代文艺理论集》，中国社会科学出版社，2000年版，第854页。
④ [清]何文焕：《历代诗话（上）》，中华书局，1981年版，第267页。
⑤ [清]何文焕：《历代诗话（上）》，中华书局，1981年版，第305页。
⑥ [宋]严羽：《沧浪诗话》，人民文学出版社，1983年版，第11—12页。

这里，严羽把"盛唐"诗的下限定了在"大历"初年，这是明确的。接下来，严羽又由禅喻而入诗道，并且按照时间的先后顺序依次列出了"汉魏之诗""晋宋之诗""南北朝之诗""沈宋王杨卢骆、陈拾遗之诗""开元、天宝诸家之诗""李、杜二公之诗""大历十才子之诗""元和之诗""晚唐诸家之诗"等十个名目，①这种历时性的罗列，实际上已经粗略地勾勒出了唐诗发展流程的五个阶段，即以"沈宋王杨卢骆陈拾遗"为代表的"唐初"；"开之天宝"时期以"李杜"为代表的"盛唐"；以及"大历""元和"和"晚唐"。以此为基础，严羽在《沧浪诗话·诗体》中以辨体的形式对唐诗的分期做了更细致的划分，并明确地对每一阶段的所包含的大致时限或诗歌特点做了界定："唐初体。唐初犹袭陈隋之体。盛唐体。景云以后，开元天宝诸公之诗。大历体。大历十才子之诗。元和体。元白诸公。晚唐体。"②至此，严羽在论诗的过程中完成了对唐诗发展分期的大致划分。这比此前司空图、宋祁、杨时、朱熹等人的笼统描述明显地显得更系统、更准确。所以，尽管严羽的初衷并不是在有意给唐诗分期，但其客观效果却出人意料。他旨在"辨体"的"五体"说被后世的诗评家不由分说就代换成了"五唐"说，并流播后世。如元代的赵著在为《双溪醉隐集》所作的序中，对唐代诗歌的发展过程勾勒为'武德再造'庚颓靡，尚且存焉，为陈子昂一变。……为李太白杜子美再变……及乎天宝乱息，大历、元和诗律再变，以至今日矣。呜呼，风雅不可复得见，唐人之余烈，斯可矣。"③这里的"武德再造""子昂一变"、李杜之"再变"、"大历、元和诗律再变"几个阶段，这几乎就是严羽"五唐"说的翻版。需要强调指出的是，第一，严羽"五唐"说的分期标准和司空图、宋祁、杨时、朱熹等人一样是纯诗学意义上的，这是他们读诗、评诗、选诗时纯粹的文学体悟。第二，如果将严羽的"大历""元和"二期合而为一，并名之曰"中唐"的话，严羽的"五唐"说实质上就是今天通行的初、盛、中、晚的"四唐"说了，而且各期之间均有大致明确的起始时间。

---

① [宋]严羽：《沧浪诗话》，人民文学出版社，1983年版，第12页。
② [宋]严羽：《沧浪诗话》，人民文学出版社1983年版，第53页。
③ [清]纪昀等：《四库全书》，上海古籍出版社，1987年版，第1199册，第357页。

二

严羽之后，在诗论界，几乎人人都在自觉或不自觉地运用着严羽的学说。这个运用过程，也就是"五唐"说的流变过程。值得庆幸的是，人们并不是机械地照搬严羽，而是不断发展和完善着它。在这方面做出突出贡献的，一个是宋、元之际的方回，一个是元代的杨士弘。

方回，字虚谷，歙县人。他选、评唐宋两代的五七言律诗2992首，于1282年编成《瀛奎律髓》，其中的很多资料对我们认识"四唐"说的流变具有重要的意义。具体说来，《瀛奎律髓》中"唐初"出现1次，"盛唐"出现17次，"中唐"出现5次，"晚唐"出现93次。这其中除了"唐初"与唐诗的分期无关之外，其他都关涉到唐诗的分期问题。可以说，方回无论评论唐诗还是宋诗，都是在注重诗歌发展之阶段性的前提下展开的。综合考察这些相关内容，笔者将方回对唐诗分期的贡献归纳为以下几点。1. 他首次提出了"中唐"的概念，并且明确了中唐的起始时间。如果把它和严羽的"唐初""盛唐"和"晚唐"结合起来，"四唐"说的名称从此得以完善和定型。他在评论许浑的《春日题韦曲野老村舍》时说："予选诗以老杜为主，老杜同时人，皆盛唐之作，亦皆取之。中唐则大历以后、元和以前，亦多取之。晚唐诸人，贾岛开一别派，姚合继之，沿而下亦非无作者，亦不容不取之。"[①]2. 由上面所引的话，我们约略可以推算出"四唐"说各个阶段的时限。中唐："中唐则大历以后元和以前"， 766—806，共计40年。盛唐：与杜甫相始终，即712—770。若据以上两期的时限向后、向前顺推的话，晚唐的时限应为806—907；初唐的时限就是618—712。这里除了盛唐之尾与中唐之首有四年的交叉之外，基本上是一个完整的唐诗发展流程。3. 在方回的评语里，多次把盛唐的时限延伸到了初唐，可见关于"唐初"的概念是模糊不清的。因为，方回在全书中没有使用过"初唐"的概念，"唐初"一词也仅出现一次，而且与唐诗的分期无关。另外，他说："圣俞诗一扫昆体，与盛唐杜审言、王维、岑参诸人合。"[②]他评陈子昂的《晚次乐乡县》时说："盛唐律诗，体浑大，格高语壮。"[③]他评陈子昂的

[①] 李庆甲：《瀛奎律髓汇评》，上海古籍出版社，1986年版，第338页。
[②] 李庆甲：《瀛奎律髓汇评》，上海古籍出版社，1986年版，第170页。
[③] 李庆甲：《瀛奎律髓汇评》，上海古籍出版社，1986年版，第529页。

《和陆明甫赠将军重出塞》用赞扬的口吻说："盛唐诗浑成。"[1]可见，方回是把杜审言、陈子昂和王维、岑参诸人都归入盛唐诗人之列的。

杨士弘，字伯谦，襄城人。他编选的《唐音》成书于1344年。这是一部以辨别"音"之"正""变"为宗旨的唐诗选本，是"元末至明中叶近两百年间，最有影响流行最广的唐诗选集"。[2]纪昀等人在《四库全书提要》里说："'始音'惟录王、杨、卢、骆四家。'正音'，则诗以体分，而以初唐、盛唐为一类，中唐为一类，晚唐为一类。'遗响'则诸家之作咸在。"[3]这个表述是十分准确的。但是，至于有的现代学者由此而得出的"唐诗发展的'四期'论于是定型"，以及（杨氏）"正式列出初、盛、中、晚的标目"的结论，便值得商榷了。因为，这里的初、盛、中、晚四期之说不是杨士弘的观点，而只是纪昀等人作"提要"时的理解。纪昀表述得很明白，"以初唐、盛唐为一类，中唐为一类，晚唐为一类"是针对"正音"而言的，与"始音"和"遗响"两类无关。杨士弘在该书中没有单独使用过"初唐"（或"唐初"）的概念。至于他所说的"得刘爱山家诸刻初盛唐诗，手自抄录，日夕涵泳，于是审其音律之正变，而择其精粹，分为'始音'、'正音'、'遗响。'"[4]只是针对唐、宋时期的诸种唐诗选本"多主于晚唐"而发出的慨叹，而他又有意补此不足，故才先辨唐音之"始"再辨唐音之"正"。因此，我们不能简单地得出"唐诗发展的'四期'论于是定型"、"正式列出初、盛、中、晚的标目"的结论。事实上杨士弘选诗时确实是以"始音""正音""遗响"相区别的，"始音"只录王、杨、卢、骆四家；"正音"按诗体共收录六类，处于《唐音》的卷二至卷七，具体诗歌体式依次为：五言古诗、七言古诗、五言律诗、七言律诗、五言绝句、七言绝句。"正音"中所入选的诗人，从唐初的"沈宋"、陈子昂，直到唐末的"小李杜"、许浑等人，基本上是一个在诗体相同的前提下按时间先后对有唐一代相关诗人诗作的线性排列。关键是我们要注意到，在《唐音》里，"始音""正音""遗响"与盛唐、中唐、晚唐并不是两组一一对应的概念，只有"正音"里反映着唐诗的历时性过程，而且"盛

---

[1] 李庆甲：《瀛奎律髓汇评》，上海古籍出版社，1986年版，第1303页。
[2] 陈伯海：《唐诗学史稿》，河北人民出版社，2004年版，第360页。
[3] [清]纪昀等：《四库全书》，上海古籍出版社，1987年版，第1368册，第173—174页。
[4] [清]纪昀等：《四库全书》，上海古籍出版社，1987年版，第1368册，第176页。

唐"的概念还涵盖着所谓的"初唐"。如果说"始音"对应着"初唐","正音"对应着"盛唐"的话,那么,"正音三"里有杜审言和沈佺期入选,"正音五"里有宋之问、东方虬入选,这些和"四杰"明显属于同一时期的诗人,却被排在"始音"之后的"正音"里,又该作何种解释呢?这就意味着,"始音"的意义仅在于标示唐诗之始,并不具备与"正音"相区别、为唐诗分段的意义。既然"始音"不等同于"初唐",而"遗响"又是"不分类"①的混合编制,所以,有人所说杨士弘的"始音""正音"和"遗响"所包含的是与唐诗分期相关的初盛唐、中唐和晚唐的三段分期的话,也是不确之论。正确的理解应该是:杨士弘在辨音的前提下选编唐诗,出于大力提倡正音的主观需要,他把有唐一代自己所认定的"正音"之诗收集在一起,并大致按照严羽"五唐"说的顺序排列。可见,杨士弘只是"五唐"说的实际运用者,而且,这个运用过程还处于"辨音"笼罩下的隐性状态。

事实上,方回和杨士弘都看到了初唐诗歌由六朝过渡而来的特色,而且已经明显觉察到了它的渐变性质。如方回在评杜审言的《登襄阳城》时说:"此杜子美乃祖诗也。……欲述杜诗源流故详及之。"②杨士弘说:"子美所尊许者,则杨、王、卢、骆;所推重者,则薛少保、贺知章;所赞咏者,则孟浩然、王摩诘;所友善者,则高适、岑参;所称道者,则王季友。……古之人不独自专其美,相与发明。"③这明显是在借助诗人之间的承继关系为唐诗探源。再从二人对唐诗的选评情况来看,他们对唐诗的流变情况也是了如指掌的,在此基础上,他们既运用严羽的分期学说,而又不被其所囿,自然也就显得通脱自如。可以说这是对严羽分期学说的最切实际的张扬。事实上,方回以"律"审诗之优劣、杨士弘以"音"辨诗之正变的选诗标准,比严氏感悟式的"熟参"是更便于操作的。

三

高棅选唐诗是在取杨氏之长弃杨氏之短的基础上完成的。高棅说:"观诸家

---

① [清]纪昀等:《四库全书》,上海古籍出版社,1987年版,第1368册,第176页。
② 李庆甲:《瀛奎律髓汇评》,上海古籍出版社,1986年版,第3页。
③ [清]纪昀等:《四库全书》,上海古籍出版社,1987年版,第1368册,第176页。

选本，详略不侔。……唯近代襄城杨伯谦氏《唐音》，集类能别体制之始终，审音律之正变，可谓得唐人之三尺矣。然而，李、杜大家不录，岑、刘古调微存，张籍、王建、许浑、李商隐律诗载诸正音，渤海高适、江宁王昌龄五言稍见遗响。每一披读，未尝不叹息于斯。"①看来高棅对杨氏不录李、杜和将张籍等人"载诸正音"是颇有微词的。不过，高棅在《唐诗品汇·总叙》中说：②

> 有唐三百年，诗众体备矣。……异而言之，则有初唐、盛唐、中唐、晚唐之不同。详而分之，贞观永徽之时，虞魏诸公稍离旧习，王杨卢骆因加美丽，刘希夷有闺帏之作，上官仪有婉媚之体，此初唐之始制也。神龙以还，洎开元初，陈子昂古风雅正，李巨山文章宿老，沈宋之新声，苏张之大手笔，此初唐之渐盛也。开元、天宝间，则有李翰林之飘逸，杜工部之沈郁，孟襄阳之清雅，王右丞之精致，储光羲之真率，王昌龄之声俊，高适、岑参之悲壮，李颀、常建之超凡，此盛唐之盛者也。大历、贞元中，则有韦苏州之雅淡，刘随州之开旷，钱郎之清淡，皇甫之冲秀，秦公绪之山林，李从一之台阁，此中唐之再盛也。下暨元和之际，则有柳愚溪之超然复古，韩昌黎之博大其词，张王乐府得其故实，元白序事务在分明，与夫李贺、卢仝之鬼怪，孟郊、贾岛之饥寒，此晚唐之变也。降而开成以后，则有杜牧之之豪纵，温飞卿之绮靡，李义山之隐僻，许用晦之偶对，他若刘沧、马戴、李频、李群玉辈，尚能黾勉气格，将迈时流，此晚唐变态之极；而遗风余韵，犹有存者焉。

现在综合严羽和高棅对唐诗流变的分期情况列成下表：

	名称	初唐	盛唐	大历	元和	晚唐
严羽"五唐"说	年号	※武德~先天	开元~天宝	大历	元和	※长庆~天佑
	公元	※618-712	713-756#	#766-779	806-820	※821-907
	诗人	宋王杨卢骆陈拾遗	李白杜甫诸家	大历十才子	※元白韩柳孟郊李贺贾岛等	※杜牧李商隐皮日休等

---

① [明]高棅：《唐诗品汇》，上海古籍出版社，1982年版，第10页。
② [明]高棅：《唐诗品汇》，上海古籍出版社，1982年版，第8页。

续表

名称		初唐		盛唐	中唐	晚唐	
高棣四唐说	性质	初唐之始制	初唐之渐盛	盛唐之盛	中唐之再盛	晚唐之变	晚唐之变态之极
	年号	贞观永徽之时	神龙以还自开元初	开元天宝间	大历贞元中	元和之际	开成以后
	公元	627—655	705—713	713—756#	#766—805	806—820#	#836—907
	诗人	王杨卢骆，刘希夷上官仪	陈子昂李巨山、沈宋苏张	李翰林杜工部孟襄阳王右丞储光曦王昌龄高适岑参李颀常建	韦苏州刘随州钱郎皇甫之秦公绪李从一	柳愚溪韩昌黎张王、元白李贺卢工孟郊贾岛	杜牧之温飞卿李义山刘沧马戴李频李群玉

说明：1. 表中凡带"※"号的内容均为本文作者据严、高之分期情况所做的推断。

2. 表中凡带"#"号的数字，表明该数字与下一数字之间存在着历史空白。

3. 表中凡无符号标示的文字（数字除外）均为《沧浪诗话》和《唐诗品汇》中的原文。

借助上表，严羽分期的粗略和高棣分期的细致，以及他们之间的异同，一目了然。在继承严氏的基础上，高棣兼顾诗人的风格，对唐诗进行了更加详尽而准确的历时性的动态描述，同时也对同一时期不同诗人之间的嬗变沿革与主从高下作了静态的共时性勾勒，从而细分出了初、盛、中、晚的"四唐"说，以及与之相对应的唐诗流变的六个阶段，即："初唐之始制"和"初唐之渐盛"、"盛唐之盛"、"中唐之再盛"、"晚唐之变"和"晚唐变态之极"。正如陈伯海在《唐诗学引论》中所言：高棣"确实做到了原委分明，秩序井然，不愧为严羽以来的唐诗分期说的合理发展。"[1]"唐诗分期至此进入圆熟的境地。"[2]不过他们共同的缺陷也暴露无遗，其中最关键的有两点。一是二人对天宝末年（756）至大历初年（766）的时段都没有作出明确的归属，这是一种缺失。因为杜甫近三分之一的作品作于这个时期，所以，这个缺失会直接影响到杜甫及其相关诗人的归属问题。应该给出一个明确的答案。二是严羽单列"元和体"，高棣将"元和体"归入"晚唐之变"，二人对"中唐"时限的划分处于错综含混状态。因此，严羽、高棣对唐诗的分期引来

---

[1] 陈伯海：《唐诗学引论》，知识出版社，1988年版，第98页。

[2] 陈伯海：《唐诗学引论》，知识出版社，1988年版，第99页。

人们的讥议、修正和完善，也就显得很正常了。

可见，严、高二人的分期说是长处和不足并存的。对诗歌发展史的研究，因为是个历时性和共时性同在的动态过程，所以，象严羽、方回、杨士弘等人对唐诗流变过程的勾勒，以及高棅以诗风和诗歌文本为基础的"四唐"说的建构，必定会受到直观式经验把握的局限，从而导致其相关结论与诗歌流变的实际情况之间的抵牾。

自严、高的分期说出现之后，反对之声就没有停歇过。钱谦益就认为气脉相贯的唐诗是不能作人为的截然断分的："唐人一代之诗，各有神髓，各有气候。今以初、盛、中、晚，厘为界分……甚矣，诗道之穷也。"①金圣叹在《答敦厚法师》一文中反对分期的态度也很鲜明："初唐、盛唐、中唐、晚唐，此等名目，皆是近日妄一先生所杜撰；其言出入，初无定准。今后万不可又提置口颊，甚足以见其不知诗。"袁枚在《随园诗话》卷七说："论诗区别唐、宋，判分中、晚，余雅不喜。"②更有意思的是，叶燮在《原诗》中，一边运用着"四唐"说品诗，如"盛唐之诗，春花也""晚唐之诗，秋花也"；③一边又说："唐宋以来，诸评诗者……最厌于听闻，锢蔽学者耳目心思者，则严羽、高棅、刘辰翁及李攀龙诸人是也。"④他的门生薛雪也承师说，在《一瓢诗话》中说："论唐人切不可分初、盛、中、晚，论宋人切不可分南、北。"⑤最典型的要数冯班，他在《钝吟杂录》中专列一卷，并名字曰"严氏纠谬"，对严羽的"以禅喻诗"和别分诗体的做法给予了尖刻的批评："以禅喻诗，沧浪自谓亲切、透彻者。自余论之，漫漶颠倒耳。"⑥"沧浪一生学问最得意处是分诸体制，观其'诗体'一篇，于诸家体制，浑然不知。"⑦"沧浪叙唐人……沈宋之前，不云李峤、苏味道；王右丞以后，不言钱郎、刘随州；李商隐以下，不言温飞卿；元白之下，不言刘梦得。皆缺也。""大略沧浪胸中不了了，每言诸公不指名何人为宗师，参学之功少

---

① [清]钱谦益：《何义门唐诗鼓吹评注》，河北大学出版社，2000年版，第1页。
② [清]袁枚：《随园诗话》，时代文艺出版社，2002年版，第198页。
③ [清]王夫之：《清诗话》，上海古籍出版社，1999年版，第605页。
④ [清]王夫之：《清诗话》，上海古籍出版社，1999年版，第599页。
⑤ [清]王夫之：《清诗话》，上海古籍出版社，1999年版，第707页。
⑥ [清]纪昀等：《四库全书》，上海古籍出版社，1987年版，第886册，第552页。
⑦ [清]纪昀等：《四库全书》，上海古籍出版社，1987年版，第886册，第553页。

也。"[1]指出分期说的不足，甚至批评它的失误，应该说都有利于它的进一步完善，但却不能全面否定它。因为诗学的宏观研究，如果离开分期的基础，必定会走入只见枝叶不见泰山的境地。因此，我们还必须充分把握着"四唐"说的合理因素，并使它尽可能地完善起来。事实是，"四唐"说的生命力是永久的，其对后世的影响也是久远的。在严羽、高棅之后，"初唐、盛唐、中唐、晚唐"是清之前的唐诗品评界和当今唐诗学界使用频率最高的一组词语。"五四"之后以至于今的关于唐诗分期的诸种学说几乎都是对"四唐"说的改装。可见其影响力之大。

  总之，借助以上纵向的浏览，我们看到，唐诗的分期问题，在严羽之前的诗评界已初露端倪。严羽的"五唐"说一经问世，便被诗评界普遍接受，被运用到选诗和评诗的具体操作过程中。历经方回、杨士弘等人，到高棅，"四唐"说才得以完善和定型，走过了一个相当长的在应用中演进、在演进中完善的路程，对我国古代诗歌研究也产生了极其深远的影响。但是，由于严羽的"五唐"说不是为分期而"分体"；而方回和杨士弘又只是在运用严氏之说来品评诗境，而且一诗一评，语言简略，缺乏系统性；高棅以此为基础建立起来的"四唐"说，尽管从整体上把握住了唐诗各个时期的风貌，但也不是尽善尽美的理论体系。所以，在20世纪的唐诗学界，唐诗的分期问题依然受到普遍的关注，并且在"四唐"说的基础上，相继提出了"两唐""三唐""五唐""六唐""八唐"等多种分期主张，这正是文学研究发展的必然趋势。

（本文发表于《贵州社会科学》2006年第4期）

  张红运，1965年生，2007年毕业于陕西师范大学文学院，文学博士，师从马歌东教授，现为黄淮学院教授，郑州大学文学院、陕西理工学院文学院古代文学专业硕士生导师。

---

[1] [清]王夫之：《清诗话》，上海古籍出版社，1999年版，第555页。

文化地理视野中的诗美境界

——唐长安城建筑与唐诗的审美、文化内涵

康 震

内容摘要：唐长安城是唐朝的国都[1]，是唐长安文化的重要载体与重要组成部分。作为唐朝国家意志的象征，长安城是唐代审美理想物化形态的典范，也是唐诗创作重要的人文环境。唐诗不仅承载着长安城的建筑思想与审美文化，也是不断充实、拓展长安城文化内涵的艺术形式。正是在承载与拓展的过程中，在与周边文化地理环境、都城建筑群体的交流互动中，诗人的创作心态日益成熟，诗歌的审美文化内涵日趋丰富，并呈现出丰富多元的审美形态与审美境界。

关键词：文化地理；长安城；唐诗；审美境界

唐长安城是唐代建筑艺术的美学典范。作为唐代诗歌的重要表现题材，长安城建筑对于唐诗审美与文化内涵的丰富发展有着重要影响。具体而言，关中地区的地理形胜，长安城的宫城、皇城、外郭城的建筑格局以及内在的建筑语言，长安城与终南山的城、阙关系等，都是促使唐诗审美与文化内涵走向成熟的重要因素。同时，唐代诗歌对唐长安城以及关中地区的抒写歌咏，也在不断丰富、深化长安城乃至长安文化的整体内涵，并

---

[1] 隋文帝在原汉长安城东南营造新都，名大兴城。唐高祖李渊因隋之后，定都大兴城，改名为长安城。唐长安城"因隋之旧，无所改创"（程大昌：《雍录》卷一《龙首山龙首原》，中华书局，2002年版，第21页）。为行文方便统一称作长安城。

因此成为唐长安城建筑文化不可分割的组成部分，成为长安城建筑美学的延伸与发展。

一、长安城的文化地理内涵与唐诗审美理想的表达

杜甫诗云："秦中自古帝王州。"（《秋兴》之六，《全唐诗》卷二三〇）[1]隋唐以前，曾有十一个王朝先后在关中立都[2]，这里是所谓"世统屡更，累起相袭，神灵所储"的"帝王之宅"[3]。郑樵《通志略·都邑略第一·都邑序》称："建邦设都，皆凭险阻。山川者，天之险阻也。城池者，人之险阻也。城池必依山川以为固。"[4]关中地区南背秦岭，北对北山，又有潼关诸塞环绕周边，"潏滈经其南，泾渭绕其后，灞浐界其左，沣涝合其右"[5]。如此雄奇险峻的地势，"其以下兵于诸侯，譬犹居高屋之上建瓴水也"[6]。这样的自然地理形势，在古代地缘政治角逐中具有明显的军事优势。

不仅如此，关中地区还便于繁衍民生，养殖五谷，具有突出的经济地理优势，所谓"左殽函，右陇蜀，沃野千里，南有巴蜀之饶，北有胡苑之利……河渭漕挽天下，西给京师；诸侯有变，顺流而下，足以委输。此所谓金城千里，天府之国也"[7]。就微观地理环境而言，关中地区也非常适宜建造都城。关中平原由北而南大体分为三个地理单元：第一个从渭滨至龙首原，第二个从龙首原至少陵原，第三个从少陵原至秦岭。第一与第三单元均不利于建造都城[8]。第二单元东西近二十公里，南北十余公里，高坡洼地交

---

[1] 本文所引唐诗均出自[清]彭定求等编《全唐诗》，中华书局，1960年版。
[2] 关于长安建都朝代的数量，参看牛致功：《关于西安建都的朝代问题》，《陕西师大学报》，1994年第1期。
[3] [宋]宋敏求：《长安志·原序》，《经训堂丛书》本。
[4] [宋]郑樵：《通志二十略》，中华书局1995年版，第561页。
[5] [清]毕沅：《关中胜迹图志》卷三，《关中丛书》本。
[6] 《高祖本纪》，见[汉]司马迁《史记》卷八，中华书局，1959年版，第382页。
[7] 《留侯世家》，见[汉]司马迁《史记》卷五十五，中华书局，1959年版，第2044页。
[8] 第一单元为西汉长安建都故地，"经今将八百岁，水皆碱卤，不甚宜人。"（魏征等《隋书·艺术列传》，中华书局，1973年版，第1766页）第三单元面积小而海拔提升过陡，亦不宜建都。

错且略有起伏，呈现出波澜壮阔又回旋变换的地理风貌，都城设计者有可能在平塬坡谷间寻求最大限度地拓展与纵深——唐长安城广大的面积已充分地诠释了这一特点[①]。

可见，唐长安城所处关中地区，具有两个突出的地理特点：一是雄奇险峻，易守难攻；二是险峻中尚有开阔肥沃的平原地带。前者以军事地理优势呈现君临天下的雄健壮美，后者以经济地理优势呈现养育苍生的舒展优美。它们与关中建都历史构成唐长安城独特的文化地理内涵，对唐诗审美形态与审美境界的形成产生重要影响。

唐太宗写道："秦川雄帝宅，函谷壮皇居。绮殿千寻起，离宫百雉余。连甍遥接汉，飞观迥凌虚。日月隐层阙，风烟出绮疏。"（《帝京篇》十首其一，《全唐诗》卷一）表面来看，它似乎是南朝张正见《帝王所居篇》的遗绪[②]。然而，历仕梁陈的张正见不可能见识京洛都城的现实景象与气象。《帝王所居篇》依靠传统的语汇、陈旧的意象组织京都诗赋题材，但其创作动力依然停留在宫体诗的窠臼中。《帝京篇》则不同，统领它的不再是魏晋南朝以来陈陈相因的宫廷咏物习气，而是新兴王朝崭新的政治观、历史观与文艺观："追踪百王之末，驰心千载之下，慷慨怀古，想彼哲人，庶以尧舜之风，荡秦汉之弊，用咸英之曲，变烂漫之音。……故述帝京篇，以名雅志云尔。"（《帝京篇·序》，《全唐诗》卷一）

显然，真正主宰、驱动《帝京篇》内在激情的并不是《帝王所居篇》这一类作品，而是漫游丰镐的慷慨情怀，驰心尧舜的哲思雅志。诗中的长安城不仅是太宗"万机之暇，游息艺文""观列代之皇王，考当时之行事"（《帝京篇·序》）的立足点、出发点，也是实践"观文教于六经，阅武功于七德"（《帝京篇·序》）的政治舞台。因此，《帝京篇》所呈现的是秦川函谷的雄奇地貌、帝宅皇居的壮美景观与文治武功的理想情怀汇聚而成的英雄主义崇高感。这与其说是美的境界，倒不如说是一种善的光辉，是借助长安城的地理、建筑形胜，对唐朝政教文治思想的阐发与表达。

---

① 隋唐长安城总面积约84平方公里，是当时世界上面积最大的都城。参见杨宽《西汉长安部局结构的探讨》，《文博》，1984年第1期；马正林《汉长安城总体布局的地理特征》，《陕西师大学学报》，1994年第4期。

② 逯钦立：《先秦汉魏晋南北朝诗·陈诗》卷二，中华书局，1983年版，第2475页。

与太宗诗中的雄奇壮美相比，唐玄宗与贺知章的诗作形成一种强烈的美学对照与和谐补充："太华见重岩，终南分叠嶂。郊原纷绮错，参差多异状。"（唐玄宗《春台望》，《全唐诗》卷三）"神皋类观赏，帝里如悬镜。缭绕八川浮，岩峣双阙映。"（贺知章《奉和御制春台望》，《全唐诗》卷一一二）它们无意表现山川田原的纯美意境，而是再现沃野良田的丰饶富足。它唤起我们对关中平原辽远开阔的审美想象，但驱动想象的并不是孤芳自赏的隐士情怀，而是孕育苍生万物的生命力与创造力，是殷实丰厚的关中土地。可见，关中平原之美的基础在于养育之善，它与太宗诗的政教之善相呼应，形成关中文化地理风貌的另一类审美形态。

如果说太宗诗更多是借助长安表达政治家的德政、善政理想，那么，卢照邻与骆宾王的全景式描述则更加细致深入，也更富于文学与审美的气质："北堂夜夜人如月，南陌朝朝骑如云。南陌北堂连北里，五剧三条控三市。"（卢照邻《长安古意》，《全唐诗》卷四一）"皇居帝里崤函谷，鹑野龙山侯甸服。五纬连影集星躔，八水分流横地轴。"（骆宾王《帝京篇》，《全唐诗》卷七七）这两首诗最大的特点在于，以长安城地理环境以及建筑格局为间架结构，以长安城的宫廷、市井风情为主要内容，以长安城的荣枯兴衰为基本格调，表现出有别于传统都城题材的新的审美态度与审美理想：它是一种活泼新鲜的生活，一种真实健朗的情感，一种盛衰无常的警觉与幻灭。诗中确实还有宫体诗的残影，但卢骆的创作毕竟完成了"一个破天荒的大转变。一手挽住衰老了的颓废，教给他如何回到健全的欲望；一手又指给他欲望的幻灭"①。

长安城显然是表达这情感、欲望与幻灭的典型意象。在初唐人眼中，魏晋南北朝的漫长历史似乎都可透过长安城的古今兴衰表现出来。卢骆诗中的长安城是见证历史文化命运的传统意象，它蓬勃的气象与格局也是唐士人突破门阀垄断、积极参与政治的美学象征。诗人一面沉醉于富艳景象，一面叹息贵贱无常，一面渴望融入贵戚行列，一面又要求人格的独立，这种两难的境地导致结尾转向对都城生活的质疑甚至否定。但全诗的主题并不是患得患失的隐忧，而是长安城的壮大、繁华以及诗人对这一切的独立思考。它的本质是"一种丰

---

① 闻一多：《唐诗杂论》，上海古籍出版社，1998年版，第13页。

满的、具有青春活力的热情和想象"。所以,"即使是享乐、颓废、忧郁、悲伤,也仍然闪灼着青春、自由和欢乐"①。他代表着上升中的世俗士人阶层的态度与理想。因此,卢骆的诗作不仅是唐太宗《帝京篇》的延伸与扩展,也是唐朝时代精神的文学象征。而唐长安城建筑的新基址、新格局、新观念便是支撑这时代精神的文化地理因素。

二、长安城的整体布局与唐诗的多元审美形态

关中地理形胜的特点是高峻中有开阔的伸展,唐长安城也因此显示出不同于前代都城的布局特点。

《类编长安志》卷二《京城·城制度》载:"(隋文帝)自开皇二年六月十八日,始诏规建制度。三年正月十五日,又诏用其月十八日移入新邑。所司依式先筑宫城,次筑皇城,亦曰子城,次筑外郭城。"《京城·再筑京兆城》载:"诏宇文恺,则建大兴城,先修宫城,以安帝居,次筑子城,以安百官,置台、省、寺、卫、不与民同居,又筑外郭京城一百一十坊两市,以处百姓。"②长安城按照宫城—皇城—外郭城顺序依次建造,宫城位于全城正北,皇城在宫城之南,外郭城则以皇城为中心向东、西、南三面展开。

对于宫城居郭之西而市在郭北的传统都城制度而言,长安城坐北朝南的格局是个重大突破。它使宫城雄踞龙首原高坡,造成独尊全城的气势。它符合天子据北而立,面南而治的儒家礼治思想③,也是朝廷举行元旦大朝会的实际需要④。长安城还一改城、郭混居的旧制⑤,在宫城之南专建皇城,设置行政衙

---

① 李泽厚:《美的历程》,天津社会科学院出版社,2001年版,第208页。
② [元]骆天骧:《类编长安志》,中华书局,1990年版,第40页,第44页。
③ 《礼记·礼器第十》曰:"是故圣人南面而立,而天下大治。"《孟子·万章上》曰:"舜南面而立,尧帅诸侯北面而朝之。"
④ 杨宽:《中国古代都城制度史研究》,上海人民出版社,2003年版,第186—193页。
⑤ 《长安志》卷七《唐皇城》载:"自两汉以后,至于晋齐梁陈,并有人家在宫阙之间,隋文帝以为不便于民。于是皇城之内,惟列府寺,不使杂人居止。公私有便,风俗齐肃,实隋文新意也。"

署,并大大扩展外郭城面积①,明确宫城、皇城、外郭城的界限与职能,形成北拥宫城,南临皇城,以南北向中轴线为准东西对称的棋盘式整体格局。作为唐诗创作最重要的基地与人文环境之一,唐长安城的建筑布局影响着唐代诗歌的艺术结构与审美形态。

如袁朗所作《和洗椽登城南坂望京邑》(以下简称《望京邑》):

二华连陌塞,九陇统金方。奥区称富贵,重险擅雄强。……

神皋多瑞迹,列代有兴王。我后膺灵命,爰求宅兹土。……

帝城何郁郁,佳气乃葱葱。……复道东西合,交衢南北通。

万国朝前殿,群公议宣室……鸣珮含早风,华蝉曜朝日。……

端拱肃严廊,思贤听琴瑟。逶迤万雉列,隐轸千闾布……

处处歌钟鸣,喧阗车马度。日落长楸间,含情两相顾。(《全唐诗》卷三十)

袁朗家族本为江左世胄,陈亡而徙居关中。《望京邑》开首借关中的雄强形胜称誉此地帝业隆兴,进而形容宫城佳气葱茏。从"万国朝前殿"开始,全诗重心由宫城推向皇城,渲染君臣议政的端庄肃穆。从"逶迤万雉列"以下数句则从皇城推向外郭城,展开活跃的市井生活画卷。

与唐太宗、卢骆的《帝京篇》相比,《望京邑》具有独特的审美与文化内涵。一,它以宫城—皇城—外郭城建筑格局作为构思全诗的框架,呈现出逐层推进、渐次开阔、错落有致的艺术结构。如果说长安城是一首凝固的诗,那么《望京邑》则是由长安城的建筑语言建造的诗化长安城。二,作者依据宫城、皇城、外郭城的方位、功能,依次描绘其建筑风貌及人文内涵,从而在整首诗中营造出多层次的审美形态,呈现出丰富的审美境界。三,它借助唐代真实之长安而非陈旧的都城题材,创造出一个新的审美空间,其语言、意象虽然还残留着宫体诗的气息,但它的艺术结构、审美趣味却代表着

---

① 长安外郭城面积74.6平方公里,占全城面积89%。隋唐统一后,各地士民移民京师,不得不扩展外郭城:"陈叔宝与其王公百司发建康,诣长安,大小在路,五百里累累不绝。帝命权分长安士民宅以俟之,内外修整,遣使迎劳。"([宋]司马光等:《资治通鉴》卷一七七,中华书局,1956年版,第5516页)本文所引长安城数据均采自:中国科学院考古研究所西安城发掘队《唐代长安考古纪略》,《考古》,1963年第11期;宿白《唐长安城和洛阳城》,《考古》,1978年第6期;曹尔琴《唐代长安城的里坊》,《人文杂志》,1981年第2期;马得志《唐长安兴庆宫发掘记》,《考古》,1959年第10期等。

时代的美学理想。

类似艺术结构与审美境界的诗还有不少。如:"四效秦汉国,八水帝王都。间阖雄里闬,城阙壮规模。"(李显《登骊山高顶寓目》,《全唐诗》卷二)"秦地平如掌,层城入云汉。楼阁九衢春,车马千门旦。"(沈佺期《长安道》,《全唐诗》卷九五),等等。它们的共同特点在于:由宫城高峻的龙首地势起笔,接着渲染皇居帝宅的壮美,再由皇城推及辽远的外郭城与郊野,由此形成一个开阔而整饬的审美空间——雄阔的地貌,错落的层城,尊贵的君臣,欢乐的百姓,它们表现出政治的和谐秩序,长安的和谐建筑,诗歌的和谐美感,其核心则在于一种新的社会秩序的形成与和谐[①]。

宫城是长安城的核心,皇城则是仅次于宫城的第二重城。它北仰宫城,南俯外郭,是百官理政的中央衙署。其建筑格局不仅便于拱卫宫城,也便于君臣处理政务。

皇城与百官关系如此密切,自然也成为诗人歌咏的对象。岑参《和刑部成员外秋夜寓直寄台省知己》云:"列宿光三署,仙郎值五霄。……长乐钟应近,明光漏不遥。……笔为题诗点,灯缘起草挑……微才喜同舍,何幸忽闻《韶》。"(《全唐诗》卷二〇一)按《唐两京城坊考》记载,刑部署在皇城承天门街之东,第四横街之北,尚书省都堂西面第二行。[②]岑诗首二句叙省中寓值,又二句言刑部迫近宫城。玩其诗意乃称誉圣上体恤礼遇郎官。"笔为"二句描述郎官的日常工作生活,最后二句表达幸蒙擢拔、忝列朝官的圆满心态。全诗语调平静,诗境祥和,透露出恭顺谨肃的生活气息。

再如苏颋《奉和崔尚书赠大理陆卿鸿胪刘卿见示之作》(《全唐诗》卷七四),诗云:"省中何赫奕,庭际满芳菲。"指吏部所属之尚书省位于皇城第三横街南承天门街东。吏部官署位于尚书省都堂以东,大理寺官署位于皇城第四横街北,故次二句云"吏部端清鉴,丞郎肃紫机"。鸿胪寺位于皇城以南朱雀门内,绿槐葱茏,故又二句云:"北寺邻玄阙,南城写翠微。"全诗融吏部、大理、鸿胪三官署之功能、方位于典丽平和的诗情中,达到"参差交隐

[①] 唐朝结束了南北的分裂与战争。南北朝的门阀望族开始走向没落,科举出身的庶族士人不断突破贵族的垄断,"一条充满希望前景的新道路在向更广大的知识分子开放,等待着他们去开拓。"(李泽厚:《美的历程》,天津社会科学院出版社,2001年版,第115页。)

[②]《西京·皇城》,见徐松《唐两京城坊考》卷一,中华书局,1985年版,第12页。

见，仿佛接光辉"的美学效果，并传达出"宾序尝柔德，刑孚已霁威"的德刑兼用之儒家治国理念。

这一类诗语言典雅精致，布局井然有序，情感平稳祥和。这与诗人的郎官府吏身份，与皇城的职能、环境，与其官舍整饬、外邻宫城的布局有关，同时又是规范的政治生活反映："朝日……御史大夫领属官至殿西庑，从官朱衣传呼，促百官就班，文武列于两观。……百官班于殿庭左右，巡使二人分涖于钟鼓楼下，先一品班，次二品班，次三品班，次四品班，次五品班。……朝罢，皇帝步入东序门，然后放仗。"①

繁缛隆重的早朝是政治生活的重要内容，也是政治情感的重要寄托："肃肃皆鹓鹭，济济盛簪绅。"（颜师古《奉和正日临朝》，《全唐诗》卷三〇）"逾沙纷在列，执玉俨相趋。"（岑文本《奉和正日临朝》，《全唐诗》卷三三）"辉辉睹明圣，济济行俊贤。"（韦应物《观早朝》，《全唐诗》卷一九二）这里展开了另一个美的天地，一种祥和、秩序的氛围，它传递出农业文明安宁、稳健的生活节奏与韵律，反映了唐士人饱满安谧的社会心态。它与皇城忠肃整饬的建筑语言相辅相成，形成一种端庄、典丽的诗美境界。

就是这同一类诗题，也会呈现出多元的美学风貌："万国仰宗周，衣冠拜冕旒。……祖席倾三省，褰帷向九州。"（王维《奉和圣制暮春送朝集使归郡应制》，《全唐诗》卷一二七）"百灵侍轩后，万国会涂山。……声教溢四海，朝宗引百川。"（魏征《奉和正日临朝应诏》，《全唐诗》卷三一）与刚才的祥和端庄不同，这里洋溢着万国朝宗的骄傲与壮美。其实，虔诚热烈的礼拜与谨肃恭顺的寓直本来就是唐长安政治生活的两个侧面，祥和精巧与恢宏洒脱本来也是皇城建筑美学的两种风貌，它们统一在丰富多元的长安文化中，成为支撑唐诗多元审美形态与情感个性的人文内涵。

需要指出的是，宫城、皇城建筑美学对唐诗的诸多影响，与唐长安城的建筑理念有直接关系。如前所述，关中地区高坡与洼地交错起伏，其中横亘着东西走向的六条高坡②。如何处置这六条高坡并突出宫城、皇城的位置，成为建

---

① 《仪卫上》，见[宋]欧阳修等编《新唐书》卷二十三上，中华书局，1975年版，第488—489页。

② 关于六条高坡的数据、方位，参见曹尔琴《唐长安与黄土原的利用》，载《中国历史地理论丛》，1998年增刊。

造长安城的一大难题。宇文恺解决难题的理论工具便是《周易》乾卦理论①。《元和郡县图志》卷一《关内道》载："隋氏营都，宇文恺以朱雀街南北有六条高坡，为乾卦之象，故以九二置宫殿，以当帝王之居，九三立百司，以应君子之数，九五贵位，不欲常人居之，故置玄都观及兴善寺以镇之。"②宇文恺将六条高坡看作上天设在长安城基址的六条乾卦爻辞，每条高坡上的建筑都能在乾卦中获得理论解释与归宿。

《周易·上经·乾卦》云："……九二：见龙在田，利见大人。九三：君子终日乾乾，夕惕若，厉，无咎。"③乾卦六爻的本质在于演示天道人事的盛衰规律。将六爻比作六条巨龙，象征乾卦在变化中孕育飞龙翔天的强健力量，而这正是隋初君临天下的精神写照，也是隋文帝君臣营造大兴城的真实意图。宇文恺以乾卦作为隋大兴城营构的理论基点，用意可谓深远。

宫城是长安城的核心。既然九二是"'见龙在田，利见大人'，君德也"（《周易·上经·乾卦》），象征真龙天子的出现，宫城就该建在"九二"高坡即龙首原的最高处。政府衙署是行政中心，应建在紧邻"九二"高坡的"九三"高坡上："九三：君子终日乾乾，夕惕若，厉，无咎。""何谓也？子曰：'君子进德修业。……居上位而不骄，在下位而不忧，故乾乾因其时而惕，虽危无咎矣。'"（《周易·上经·乾卦》）这爻辞是对忠肃辅政之百官的最佳描述，而百官寓直皇城的恭顺氛围，早朝、寓直诗的秩序与规范之美，也正是通过"九三"爻辞的深层内涵获得了与长安城建筑文化内在的联系。

三、长安城的建筑美学与唐诗胜景的形成

宫城、皇城是唐长安城的核心，外郭城则是长安城的主体，是百姓的生活区域。它的建筑布局有两个特点：第一，由于处在开阔舒缓的小平原，因而得以建成宽敞整齐对称的街衢里坊，展现出宽阔和谐的审美境界；第二，由于坡地起伏造成局部地理环境不和谐，需要修整改造部分洼地、高坡，使长安外郭

---

① 宇文恺，字安乐。隋建大兴城，任营新都副监，"凡所规画，皆出于恺"。参见《隋书·宇文恺传》，中华书局，1973年版，第1587页。
② [唐]李吉甫：《元和郡县图志》，中华书局，1983年版，第1—2页。
③ 《周易正义》，见《十三经注疏本》，上海古籍出版社，1990年版，第11—14页。

城的整体布局趋于和谐完善。

宋人吕大防说："隋氏设都,虽不能尽循先王之法,然畦分棋布,闾巷皆中绳墨……亦一代精制也。"[1]长安外郭城共有东西向十四条大街,南北向十一条大街,它们笔直宽敞,彼此平行又相互交错,将外郭城划分为一百余坊,呈现出"百千家似围棋局,十二街如种菜畦"(白居易《登观音台望城诗》,《全唐诗》卷四四八)的网状建筑布局。坊里则是封闭式方形布局,四周环筑坊墙,这固然有"逋亡奸伪,无所容足"的安全实用功能[2]。同时,这环环套筑、往复相连的坊墙与平直如弦的宫墙、街衢,也营造出稳固简约、单纯明快的美感氛围。人们在方正如一的宫墙、城墙、坊墙、街衢中行走,整齐、反复的节奏、韵律传递着强烈的秩序感、归属感与崇高感。大一统王朝的政治意志,大唐长安的审美理想,都在外郭城这平整、开阔、简明的布局里得到了尽情的发挥:"南陌北堂连百里,五剧三条控三市。弱柳青槐拂地垂,佳气红尘暗天起。"(卢照邻《长安古意》,《全唐诗》卷四一)"三条九陌丽城隈,万户千门平旦开。复道斜通鹓鹭观,交衢直指凤凰台。"(骆宾王《帝京篇》,《全唐诗》卷七七)

除了坊里街衢,名胜景区也是外郭城的重要组成部分,对它们的设计更见出宇文恺的独运匠心,也更能体会长安外郭城地理风貌与唐诗审美意境的微妙关系。曲江池是唐长安城的风景名胜,造就了不少的名篇佳句。如:"桃花细逐杨花落,黄鸟时兼白鸟飞。"(杜甫《曲江对酒》,《全唐诗》卷二二五)"更到无花最深处,玉楼金殿影参差"(卢纶《曲江春望》,《全唐诗》卷二七九)等等。其实,曲江最初并非名胜,只是经由宇文恺的精心设计,始得大放光彩。前文曾述,宇文恺巧妙利用高坡地形,突出宫城、皇城位置,并使局部建筑之间和谐统一。高坡的设计如是,坡间洼地也需精心规划方能化丑为美。曲江本是少陵原上的洼地,好似高坡上的疤痕。宇文恺"以其地在京城东南隅,地高不便,故阙此地,不为居人坊巷,而凿之为池,以厌胜之"[3]。因地制宜开凿成人工湖供百姓游览。从玄宗开元年起,朝廷不断扩建曲江池[4],

---

[1] [元]李好文:《长安志图》卷上,《经训堂丛书》本。
[2] [元]李好文:《长安志图》卷上,《经训堂丛书》本。
[3] 《唐曲江》,见[宋]程大昌《雍录》卷六,中华书局,2002年版,第132页。
[4] 参见新旧《唐书》、《玄宗本纪》、《资治通鉴·唐纪》、《唐摭言》有关记载。

以致"四岸皆有行宫台殿，百司廨署"①，"曲江亭子，安史未乱前，诸司皆列于岸浒……进士关宴，常寄其间"②。

在洼地修筑楼阁固然有助于宴游观赏，同时对凹陷地区也是一种地理补偿，并借此达到长安城整体和谐的美学效果——这正是宇文恺设计长安城的一个重要建筑美学原则："宇文恺以京城之西有昆明池，地势微下，乃奏于此建木浮图。"③屹立在长安西南低洼处的木塔，与周边的高大建筑争丽竞辉，弥补了地形上的缺陷，也给诗人俯瞰渭川南山提供了崭新的审美视角："半空跻宝塔，晴望尽京华。竹绕渭川遍，山连上苑斜。"（孟浩然《登总持寺浮图》，《全唐诗》卷一六〇）"高阁逼诸天，登临近日边……槛外低秦岭，窗中小渭川。"（岑参《登总持阁》，《全唐诗》卷二〇〇）

其实，即便同样是高坡，设计的原则也不尽相同。九五高坡乐游原虽然高于九二高坡龙首原，却无缘成为宫城、皇城基址，只能化为长安城的一道风景。因为按照宇文恺的设计理论，乐游原这条高坡对应《周易》乾卦中"九五：飞龙在天"的卦辞："九五贵位，不欲常人居之，故置玄都观及兴善寺以镇之。"④于是，宇文恺索性因势利导，将其供给京城士女游乐之用："其地居京城之最高，四望宽敞，京城之内，俯视指掌。每正月晦日、三月三日、九月九日，京城士女咸就此登赏祓褉。"⑤

登上乐游原，诗人的视野驰骋开去，神游万井，思接千载，将繁华的长安生活、庄严的宫掖皇城同悠远的秦汉故事融通一气，使本来就浑厚爽豁的乐游原更加雄迈、深沉："高原出东城，郁郁见咸阳。上有千载事，乃自汉宣皇……歌吹喧万井，车马塞康庄。"（韦应物《登乐游庙作》，《全唐诗》卷一九二）这超迈融通的诗风，固然得益于健朗的时代风会，而乐游原高屋建瓴的地理形胜也是催化诗心、诗风生成的重要因素。

乐游原还有另一番卓荦不群的气象。在《青龙寺昙璧上人兄院集》中，王维写道："眇眇孤烟起，芊芊远树齐。……眼界今无染，心空安可迷。"

---

① 《文宗纪》，见[宋]刘昫等《旧唐书》卷十七下，中华书局，1975年版，第561页。
② [宋]王定保：《唐摭言》卷三，上海古籍出版社，1978年版，第32页。
③ 《寺观》，见[元]骆天骧《类编长安志》卷五，中华书局，1990年版，第133页。
④ 《关内道》，见[唐]李吉甫《元和郡县图志》卷一，中华书局，1983年版，第2页。乐游原地势过高并不便于居住。如有人居住，也不利于宫城与皇城的安全。
⑤ 《西京》，见[清]徐松《唐两京城坊考》卷三，中华书局，1985年版，第79页。

(《全唐诗》卷一二七)与宏阔的《登乐游庙作》相比,这里弥漫着超然达观的散淡清妙。也许由于乐游原偏处一隅,远离宫苑且多有寺观①,此地的坊里宅院也便拥有了超逸清远的气质:"不觅他人爱,唯将自性便。等闲栽树木,随分占风烟。……迹慕青门隐,名惭紫禁仙。"(白居易《新昌新居书事四十韵,因寄元郎中、张博士》,《全唐诗》卷四四二)这是"穷则独善其身"的典型表白,其中不免有"省史嫌坊远""鬓发各苍然"的落寞无奈,但在远离宫苑、百司的新昌坊,这样的表白似乎更凸现了中唐士人行藏出处的两难境遇。不过,沉默的新昌新居不仅因此浸染了浓厚的人文情怀,成为诗人表达情怀最适宜的地理语境,并促使这表达更具有思想的深度与审美的感染力。曲江池与乐游原,由长安城的地理缺陷而成为长安城与唐诗中的胜景,进而成为长安城自然地理、人文景观与诗美境界和谐交融的代表。在这一转化的历程中,曲江池与乐游原不断走向人文意义的纵深,唐诗清新健朗的美学风神便借由江山之助力逐渐得以形成。

四、唐诗的都城意象与长安城文化内涵的拓展

诗歌艺术与表现对象的关系不是单向度的。地理形胜与建筑格局影响着诗美境界的生成,而诗歌创作一经完成,作为具有独立审美价值的文学作品,唐诗也必将影响到长安审美、文化内涵的拓展与深化。比如,唐诗对长安城历史文化的多元表现,形成了多层次的诗歌美学风貌——这里有天人相应的宇宙境界:"凭崖望咸阳,宫阙罗北极。"(李白《君子有所思行》,《全唐诗》卷一六四)有万方乐奏的神圣朝歌:"酆镐谁将敌,横汾未可方。"(宋若宪《奉和御制麟德殿宴百官》,《全唐诗》卷七)有天子蒙恩的傲然荣耀:"归来入咸阳,谈笑皆王公。"(李白《东武吟》,《全唐诗》卷一六四)有旌旆逶迤的浩荡军威:"陇路起丰镐,关云随旆旌。"(储光羲《哥舒大夫颂德》,《全唐诗》卷一三七)也有潇洒健朗的游侠气质:"新丰美酒斗十千,咸阳游侠多少年。"(王维《少年行》其一,《全唐诗》卷一二八)

它们的共同特点是:交叉、并列甚至替代使用丰镐、咸阳、长安等都城意

---

① 杨鸿年:《隋唐两京坊里谱》,上海古籍出版社,1999年版,第157、175、349页。

象。这些意象有时代表唐都长安，但有时并不确指某一座具体的都城，而是借用这些历史跨度很大的都城意象表达一种帝都与帝王的气象。事实上，周之丰镐、秦之咸阳、汉唐长安四座都城及其周边区域，历经数千年的积淀，已经形成了一个以关中地域文化为基础，以都城文化为核心的传统内涵深厚的古都文化圈。帝都与帝王气象其实就是这个文化圈所特有的文化个性。

但我们发现，精确的史学、地理学概念有时很难表达人们对帝都、帝王气象的细微体验，更难以替代诗歌艺术在情感深处引发的历史共鸣。这种共鸣也许很难再现历史的细节，却足以激发人们对帝都与帝王气象的历史情怀。的确，在唐诗的召唤下，人们更容易将关中、长安雄浑的地貌、雄伟的建筑、幽邃的历史与自己的人生、情感、命运联系在一起。这种联系并不强调人地关系的科学性，而更关注人与自然、建筑的思想共鸣与情感交流，它所点燃的恰恰是冷静的史学、地理学难以触及的审美空间，这也正是唐诗扮演的角色。在诗人的抒情歌咏中，长安城的历史传统被赋予浓厚的审美意味，宏伟坚硬的建筑在诗美的创造中展现丰厚的人文内涵，这就是唐诗吟咏长安城的美学意义。

事实上，唐代诗人正是借助"北阙""南山"等诗歌意象，在长安城与终南山之间构筑起一座更辽阔的"长安城"，在这个更丰富的审美空间中完成对长安城的美学阐释。唐诗中的"北阙""南山"意象有多种内涵。在"北阙千门外，南山午谷西"（杜牧《朱坡》，《全唐诗》卷五二一）中，"北阙"指拱卫大明宫含元殿的翔鸾、栖凤二阙，南山指终南山脉。"北阙南山是故乡，两枝仙桂一时芳"（杜牧《赠终南兰若僧》，《全唐诗》卷五二四），则将这对意象组合成一个词组，作为长安乃至唐王朝的代名词。在多数诗中，"北阙""南山"用不同的意象形式象征君臣之间的复杂关系："北阙临仙槛，南山送寿杯。"（赵彦昭《安乐公主移入新宅侍宴应制同用开字》，《全唐诗》卷一〇三）"北阙休上书，南山归敝庐。"（孟浩然《岁暮归南山》，《全唐诗》卷一六〇）"丹殿据龙首，崔嵬对南山。寒生千门里，日照双阙间。"（韦应物《观早朝》，《全唐诗》卷一九二）在这里，翔鸾、栖凤双阙不再是拱卫含元殿的臣属建筑，而成为长安城的象征；终南山也不再是遥远的风景，而是化作拱卫长安城的"双阙"："南山奕奕通丹禁，北阙峨峨连翠云。"（沈佺期《从幸香山寺应制》，《全唐诗》卷九六）"飞阁极层台，终南此路

回。山形朝阙去,河势抱关来。"(许浑《行次潼关题驿后轩》,《全唐诗》卷五二八)

这些诗篇以浪漫的想象、开阔的视野将龙首北阙与连绵终南联系在一起。它突破建筑构造的现实局限,将都城的外延一直扩展到终南山脉,使现实之长安城及其皇权意志从有限的人文建筑延伸向无限的自然时空,传递出"普天之下,莫非王土。率土之滨,莫非王臣"的建筑文化意旨[①]。使人间皇权与自然天阙在诗歌的吟咏中声息相通,从而使这座宏伟的"大长安城"跃然纸上——这是一座唐诗造就的长安城,一个唐诗开拓的新的审美空间,是现实长安城建筑美学、艺术审美的延伸与拓展。

当然,诗人们对"大长安城"的审美想象与创造并非空穴来风,而是根植于古代都城深厚的文化传统之中。在"大长安城"的文学创造中,"阙"的建筑文化内涵至为关键。作为一种拱卫宫门的建筑形态,阙本来源于帝王示礼布政的礼制[②],也与北朝汉人的坞堡生活有关[③]。翔鸾、栖凤双阙就具有礼教、军事的双重功能[④]。它们通过飞廊与含元殿组成"凹"字结构,连同东西两侧的系列建筑群,将含元殿拱卫在中心,造成一种高山仰止的瞻望视角,给拜谒者以强烈的心灵震撼:"左翔鸾而右栖凤,翘两阙而为翼;环阿阁以周墀,象龙行之曲直。"(李华《含元殿赋》)[⑤]

这种阙楼拱卫向心正殿的建筑格局遍布整个大明宫乃至长安城:中书省、门下省等行政衙署拱卫朝向宣政殿;翰林院、学士院等议政衙署拱卫朝向紫宸殿等中轴线建筑群;而外郭城则拱卫朝向皇城,皇城拱卫朝向宫城……其实,拱卫向心的建筑语言也体现在整个关中地区。作为人文之阙内涵的延伸,"天成之阙"是古代都城建筑格局中不可或缺的部分。《史记·秦始皇本纪》载:"(始皇)乃营作朝宫渭南上林苑中……自殿下直抵南山,表南山之巅以

[①] 《春秋左传正义·昭公七年》,见《十三经注疏本》,上海古籍出版社,1990年版,第759页上。

[②] [西晋]崔豹:《古今注》卷上"都邑第二",《四部丛刊》本。

[③] 万绳楠:《陈寅恪魏晋南北朝史讲演录》,黄山书社,1987年版,第130—145页。

[④] 《资治通鉴》卷二〇二载,"上御翔鸾阁,观大酺,分音乐为东西朋。"(中华书局,1956年版,第6373页)"大阅诸军于含元殿庭,上御栖鸾阁观之。"(《旧唐书·肃宗纪》,第251页)

[⑤] [清]董诰等:《全唐文》卷三一四,中华书局,1983年版,影印本,第3186页上。

为阙。"①《三辅黄图·秦宫》载:"始皇广具宫,规恢三百余里。……表南山之巅以为阙,络樊川以为池。"②这些环绕宫城的庞大山系是宫城的天设之阙。它体现了古代都城依山面水的传统格局,显示出大一统王朝治达天人的恢宏气魄。

这正是唐代诗人借助诗歌之美创造"大长安城"的文化基础,也是唐诗与长安城建筑相互默契的思想根源——通过"北阙""南山"意象,我们得以描述长安城及其地理环境的文化特征,得以揭示都城建筑与诗歌表现的象征意义;同时,唐代诗人的创作心态及其诗歌品质,又在与长安城建筑、地理格局互动、交流的过程中得以生成并不断走向成熟。

总之,唐长安城建筑与唐代诗歌的关系,再次印证了一个古老而朴素的真理:艺术的审美与创造来源于对生活不断的发现、提升当中。生活之所以能持续保持创新的活力与持久的魅力,就在于我们不断给它注入新鲜的血液,这血液就是我们对生活、对未来的理想与希望。而文学创造及其审美意境不仅是滋养理想与希望的血液,也是我们所期待达到的永恒不朽的精神境界③。关中、长安的历史文化是丰富深化唐诗审美、文化内涵的重要因素,而唐诗对关中、长安历史文化的再现、表现与诗化,也使关中、长安焕发更多的人文光彩、思想光辉与情感光华。关中与长安的历史并不是从唐诗开始,但唐诗的介入,为关中、长安的历史增添了新的内容,塑造了关中、长安新的历史、新的形象。

其实,关中、长安的文学塑造也经历了一个漫长的历史过程。周秦以来的丰镐、咸阳早已成为历史陈迹。秦汉以后文学中的丰镐、咸阳,大多是建立在文献与遗址基础上的文学想象,所抒发的也多是历史怀古的情绪。汉大赋对汉长安的描写与歌颂,象征着新文学形式对关中、长安的当代塑造。但东汉以后的长安屡经战乱,兴废无常,魏晋南北朝文学中的长安,则早已退缩成陈陈相因的历史符号,汉长安的雄风不复再现。

唐诗中的长安则不同,如前所述,唐长安城在地理基址、建筑格局、设计思想等方面均表现出创新的理念与时代的精神。而长安文化发展到唐代,无论

---

① 《秦始皇本纪》,见[汉]司马迁《史记》卷六,中华书局,1959年版,第256页。
② 陈直:《三辅黄图校证》,陕西人民出版社,1980年版,第14页。
③ 李泽厚:《美学四讲》第三部分"美感",三联书店,1989年版。

就其文化内涵的丰富与创新，文化传统的成熟与持久，都堪称这一时期中国文明乃至东亚文明的代表与象征[①]。唐诗在这一时期也逐渐走向成熟，成为《诗经》以来诗歌艺术最高的审美典范。唐诗与唐长安城，古代诗歌艺术与都城建筑艺术的集大成者，它们彼此交相辉映，相映成趣，相得益彰，共同表现唐朝蓬勃的时代气象，而文学艺术视野里的关中、长安，也就此开始了它全新的审美历程与审美境界。

（本文发表于《文艺研究》2007年第9期）

康震，1970年生，2000年毕业于陕西师范大学文学院，文学博士，师从霍松林先生，现为北京师范大学博士生导师，兼任北师大党委、校长办公室主任。

---

① 参见向达《唐代长安与西域文明》，三联书店，1957年版；史念海《中国古都和文化》，中华书局，1998年版；葛承雍《唐韵胡音与外来文明》，中华书局，2006年版。等著作。

唐代士族转型的新案例

——以赵郡李氏汉中房支三方墓志铭为重点的阐释

李 浩

内容摘要： 中古时期士族流动的历史线索，经过史家陈寅恪、毛汉光等的持续研究，已经产生了丰饶的成果和许多有意味的结论。但流动的复杂过程以及其中的许多细节，因史料缺乏，尚未能揭示出来。本文借用"转型"范畴，将新出唐初史学家、诗人李百药墓志铭与其祖父母碑志和相关史传数据进行对读，试图通过新出史料与传世文献的相互印证，对赵郡李氏汉中房支进行重新梳理，重点以丧葬地的改变来观察汉中房支的流动及中央化，以期对中古社会和士族转型有新的认知，对流行的"唐宋变革论"的起点也提出自己的独到看法。通过李氏家族几方碑志的比较，还抉发出中古时期大族家风家学的一些与众不同处，文章也对李百药的文史著述做一点新的评价。

关键词： 转型；李百药；山东士族；汉中房支；中央化；家风家学；文史著述

引 言

20世纪以来，中古隋唐时期的士族研究已经取得了长足的进展，陈寅恪、钱穆、岑仲勉、柳诒徵等史学巨擘的开创性研究导夫先路，王伊同《五朝门第》、伊沛霞《早期中华帝国的贵族家庭：博陵崔氏个案研究》、谷川道雄《中国中世社会与共同体》、毛汉光《中国中古社会史论》等名家著述均有许多新开拓①。"文革"后的大陆学者虽然起步较晚,但相关著述中涉及的论题多、数量大,特别是因不断出土的魏晋隋唐新文献,又使这一传统的研究领域在文史学科生机盎然,新史料的不断出现,新方法的不断引入,对陈说陋见的不断质疑,为研究注入了新的活力,新的成果层出不穷。②

笔者最近有幸从坊间看到唐代史学家、文学家李百药墓志铭拓片,为了让学界能及时了解并利用此新材料,曾不揣谫陋,做了初步的整理并将其公布出来③。根据拓片测知,碑志长73厘米,宽73厘米,字体为楷书,每行41字,加题目41行,共1600多字。碑石材为方形青石,碑盖长52厘米,宽53厘米。除个别地方略有漶漫外,碑面整体尚清晰,是近年所见唐初碑志较完整者。惜当时稿件送达较晚,安排的栏目有字数限制,许多问题未能展开。笔者的思考亦拘于就事论事,未能从隋唐士族转型的大视野解读史料,对一些宏大论题进行响应;更未能将已出赵郡李氏汉中房支的几方墓志放到一块进行比勘对读,对士族家族内部的变迁现象进行归纳和释读,深化相关研究。

本文是笔者前文的续写和进一步展开。结合已出土隋唐碑志等文献及相关研究成果,谈谈对赵郡李氏汉中房支的新认识,以期对隋唐士族转型等社会史上的大关节有新的理解,对学术界的一些流行说法做一点响应。

一、李百药家族的世系

据新出《李百药墓志铭》知,李百药字重规,博陵安平人,祖敬族,父德林,世子安期,等等。提供的有关家族世系的信息并不特别多。根据《新唐

---

① 王伊同《五朝门第》,1943年成都金陵大学中国文化研究所油印本,中华书局2006年新版。伊沛霞《早期中华帝国的贵族家庭:博陵崔氏个案研究》,上海古籍出版社2011年中文版。谷川道雄《中国中世社会与共同体》,上海古籍出版社2013年中文版。毛汉光《中国中古社会史论》,联经出版事业公司1988年繁体字本,上海书店出版社2002年简体字本。

② 相关成果的综述参见张广达《近年西方学者对中国中世纪世家大族的研究》,《中国史研究动态》1984年第12期;李浩《唐代三大地域文学士族研究(增订本)》绪论,中华书局2008年版。

③ 见《文学遗产》2015年第6期,题为《新发现唐李百药墓志铭及其价值》,本文所引李百药墓志铭亦据该篇录文。

书》卷七十二《宰相世系表二上》："赵郡李氏定着六房：其一曰南祖，二曰东祖，三曰西祖，四曰辽东，五曰江夏，六曰汉中。"李百药即出自汉中房支。"汉中李氏，汉东郡太守、太常卿武。孙颉，后汉博士，始居汉中南郑。生合，字孟节，司徒。生固，字子坚，太尉。生三子：基子宪公，兹字季公，燮子德公，安平相。十二世孙德林。"李德林即百药父亲。结合新、旧《唐书》本传及《新唐书·宰相世系表》《李敬族墓志铭》《赵氏（兰姿）墓志铭》（详见本文下一节引述）及《李百药墓志铭》等，可以大体知道百药家族的简表：

彭氏宗师—羲仲—泳莹

敬族德林—百药—安期宗臣莹

赵氏德文宗玄

僧猗宗墨

二女（适张氏）

三女（适赵氏）

据《新唐书·宰相世系表》知，赵郡李氏出宰相十七人，其中汉中房有李百药之子李安期，相高宗。毛汉光认为："有唐一代，在正史与墓志拓片出现者，以南祖、东祖、西祖为盛支。"①综合所出宰相及人物知，这一判断还是有根据的。但据《李敬族墓志铭》载，李敬族的"□□祖几，礼让著称，备于史册"②。李几，在《魏书》卷八七和《北史》卷八五均有传，两书均称其"七世共居同财，家有二十二房，一百九十八口，长幼济济，风礼着闻"，看来确实是一个望族，这个时期应是汉中房支的鼎盛时期，这样看来《李敬族墓志铭》中所说的"叶盛山东，荣光日平"，也可以从史书的叙述中得到印证。"七世共居同财""长幼济济""风礼着闻"，都是叙述高门大族时的用语，史书所述，当有所依据。《李百药墓志铭》中提及"志尚谦冲，奉之庭训；口绝臧否，禀之于家风"，对家族阀阅没有过多渲染，但这样一个大家族，能绵延几百年，应该在家风家教方面有其足以称道的

---

① 毛汉光：《中国中古社会史论》第八篇《从士族籍贯迁徙看唐代士族之中央化》，上海书店出版社，2002年版，第276页。

② 此处原碑有阙并模糊，"几"字，韩理洲《全随文补遗》录文为"正"字，此从罗新、叶炜着《新出魏晋南北朝墓志疏证》的录文，解释亦参考了罗新、叶炜的说法。见《新出魏晋南北朝墓志疏证》，中华书局，2005年版，第374—376页。

地方。

又据《旧唐书》卷七二《李百药传》："自德林至安期三世，皆掌制诰。安期孙羲仲，又为中书舍人。"《新唐书·李百药传》同（文字及标点断句微有不同，但不影响语意）。"三世掌制诰"，即三世为中书舍人，在有唐一代也是一桩美谈。《通典》卷二十一《职官三》中书舍人条："魏置中书通事舍人，或曰舍人通事，各为一职。晋江左乃合之，谓之通事舍人。武冠，绛朝服，掌呈奏案章。后省之，而以中书侍郎一人直西省，即侍郎兼其职，而掌其诏命。宋初，又置中书通事舍人四员，入直阁内，出宣诏命。凡有陈奏，皆舍人持入，参决于中，自是则中书侍郎之任轻矣。齐永明初，中书通事舍人四员，各住一省，时谓之'四户'，权倾天下，与给事中为一流。梁用人殊重，简以才能，不限资地，多以他官兼领。后除'通事'字，直曰中书舍人，专掌诏诰，兼呈奏之事。自是诏诰之任，舍人专之。陈置五人。后魏有舍人省，而不言其员。北齐舍人省掌署敕行下，宣旨劳问，领舍人十人。后周有小史上士二人，此其任也，属春官。隋内史舍人八员，专掌诏诰。炀帝减四人，后改为内书舍人。大唐初，为内史舍人，至武德三年，改为中书舍人，置六员。龙朔以后，随省改号，而舍人之名不易。专掌诏诰，侍从，署敕，宣旨，劳问，授纳诉讼，敷奏文表，分判省事。"又据《新唐书·百官志二》："（中书）舍人六人，正五品上。掌侍进奏，参议表章。武则天时称凤阁舍人。简称舍人。凡诏旨制敕、玺书册命，皆起草进画。"故杜佑感叹地说："自永淳已来，天下文章道盛，台阁髦彦，无不以文章达。故中书舍人为文士之极任，朝廷之盛选，诸官莫比焉。"[1]中书舍人之职位，对任职者的文章"艺能"有很高的要求，除了荣宠清要且有上升空间外，还曾一度权知贡举，故与有唐一代文学的发展关系也至为密切[2]。

---

[1] ［唐］杜佑：《通典》卷二十一《职官》三中书省中书舍人条，中华书局，1988年版，第564页。

[2] 有关唐宋中书舍人的研究成果较多，涉及官职执掌的较新成果，如张国刚《唐代官制》（三秦出版社，1987年版）、宋靖《唐宋中书舍人研究》（黑龙江大学出版社，2010年版）等；涉及与文学关系的，如鞠岩《唐代中书舍人与文学研究》（中国人民大学中国古代文学专业2011年博士论文）。

二、《李百药墓志铭》与其祖父母墓志的对读

  1963年在河北省饶阳县城南二十五里王桥村曾出土隋李敬族夫妇合葬墓。李敬族即李德林的父亲，李百药的祖父。墓葬清理情况曾有简报叙述，李敬族与其妻赵兰姿碑志的录文整理，也有学者完成，此不赘述。[①] 综合已有的成果，这两方墓志的出土解决了魏晋隋唐文史研究的许多问题，也使赵郡李氏汉中房支的一些细节清晰起来。比如这两方墓志的写作者问题，说法有歧义。现在看来，两方志的志文都是李德林所作，《李敬族墓志》的铭辞是陆开明所作，而《赵氏（兰姿）墓志》的铭辞则是古道子所作[②]。唯现代学者的录文整理，为了区别志文与铭辞的不同作者，将这两方墓志的志文与铭辞割裂开来，分别置于两处，似没有必要，建议志文与铭辞完整保留，仅在文末注释说明即可。关于李德林的生卒年问题，历来说法不一，有学者据《李敬族墓志》所述李敬族的卒年以及李德林"十六而孤"，可以确定李德林生于北魏孝武帝太昌元年（532），卒于隋文帝开皇十二年（592）[③]。

  但是也有些问题，学界展开不够，或认识上仍有许多歧见，笔者在此不避谫陋，谈谈自己的一些浅见。

  一是李敬族与其妻赵氏均与北魏大儒徐遵明过从甚密，互相揄扬。《李敬族墓志》："时燕赵数乱，坟素无遗，公家有旧书，学又精博，大儒徐遵明闻而远至，呼之侧，别构精庐，共业同心，声猷俱盛。"《赵氏（兰姿）墓志》："圣哲遗旨，又多启发，大儒徐遵明时在宾馆，俱相知委，常谓学者云：夫人是内德之师。"按，徐遵明是北魏后期北方的大儒，《魏书》和《北史》均有传。[④] 李敬族夫妇墓的志文均由其子李德林所撰，故两方志的内容互

[①] 参见刘玉杲《饶阳县王桥村隋唐墓清理简报》，《文物》，1964年第10期。碑志收录见《隋唐五代墓志汇编（河北卷）》第一册天津古籍出版社，1991年版，第3、4页。录文见韩理洲辑校《全隋文补遗》，三秦出版社，2004年版。相关研究见罗新、叶炜着《新出魏晋南北朝墓志疏证》，中华书局，2005年版；陆扬《从墓志的史料分析走向墓志的史学分析——以〈新出魏晋南北朝墓志疏证〉为中心》，载《中华文史论丛》2006年第4辑等。

[②] 陆扬：《从墓志的史料分析走向墓志的史学分析——以〈新出魏晋南北朝墓志疏证〉为中心》，载《中华文史论丛》2006年第4辑。

[③] 罗新、叶炜：《新出魏晋南北朝墓志疏证》，中华书局，2005年版，第378页。

[④] 见[北齐]魏收等编《魏书》卷八四《儒林传》，[北齐]李延寿等编《北史》卷八一《儒林传》上。

相呼应，似难免有拉名人以表彰其父母的嫌疑。但是至少透露出李氏家族与当时河北学界的闻人有广泛而密切的联系，像徐遵明这样颇有些狂傲的学者，都能对其父母礼敬有嘉，其他就更不说了。又包括李敬族在内的山东士族，素重经学、史学和礼学，其所交往与其所著述的重心，皆在于此一端。这一家学特点一直传到李百药这一代，仍能赓续不辍。

二是李敬族妻赵兰姿奉佛，学者以碑志体例为由，推广为李敬族亦奉佛，或有些过于简单化。据《赵氏墓志》载："大儒徐遵明时在宾馆，俱相知委，常谓学者云：夫人是内德之师。崇信佛法，戒行精苦，蔬食洁斋卅余载，行坐读讼，晨昏顶礼，家业廉俭，财货无余。凡见贫困，常必施赡。"铭文中也说："破被缠盖，弘兹明识，暮浴禅香，朝飡菲食。财兼法施，勤修慧力，恻隐自心，宽和表色。"其长女名叫僧猗，出家早亡。确实可以证明赵氏奉佛，其女出家为尼，也应与赵氏的应允有关。案，隋唐间贵族女性奉佛较为常见，著名诗人王维的母亲崔氏奉佛，笔者曾以碑志所见河东裴氏女性为例，做过专门的研究，撰成《裴氏与佛教信仰》一文，其中有一节专门讨论裴氏家族女性对佛教的修持[①]。李百药曾撰《大乘庄严经论序》，对佛典的理解颇深入，当亦与家族熏染有关。百药之得名，也与赵氏的文化背景有关。据载，李百药出生后年幼体弱，祖母赵氏为其取名百药，以冀健吉康强。按，百药的本意为各种药物。《逸周书·大聚》："乡立巫医，具百药，以备疾灾。畜五味，以备百草。"《吕氏春秋·孟夏》："（孟夏之月）聚蓄百药。" 宋代高承《事物纪原·伎术医卜部·百药》中也有："炎帝尝百药以治病，尝药之时，百死百生。"佛教中也有药师菩萨，百药之得名，寄托着祖母赵氏对晚辈健康长寿的无限希冀。

中国古代士人，思想相容并包，儒释道互补，达则兼济，穷则独善，根据出处行藏的环境需要，分别彰显其思想的某些侧面，较少一意孤行走极端。反倒是家庭女性，容易把思想与信仰不断践行，不断强化而成某种鲜明特色。

三是李德林、李百药父子两世掌史职，修史书。正如司马谈与司马迁父子先后执掌太史令一样，李德林、李百药父子也是先后执掌史职。李德林经历

---

① 李浩：《唐代三大地域文学士族研究》（增订本），中华书局，2008年版，第263—269页。

齐、周、隋三朝，在齐官至中书侍郎，在周官至御正下大夫，在隋官至内史令。他在北齐时就参加了"国史"的编写，写成记传二十七卷，隋时扩充为三十八篇。李百药的《北齐书》就是在其父的《齐书》与王劭的《齐志》的基础上，扩充改写而成的。很显然，"家有旧书"与史馆的丰富藏书为其能够在文史领域有所作为提供了基本条件，父子世代累积的材料是其成果的工作基础，而家风熏习、家学传承则是保证其能胜任此一工作的学术资质。这样看来，汉中房支中李德林、李百药家族，除了"七世共居同财""三世皆掌制诰"外，还曾两世掌史职，前赴后继，才完成《北齐书》的写作。

三、从葬地改变看汉中房支的转型

《李百药墓志铭》："昔京兆杜预托邙山而建茔，河内张文相牛亭而卜地。长彦亲无反鲁，时贤谓之通人；季札子不还吴，元圣以为达礼。今遵遗令，以其年十一月十九日迁厝于雍州万年县少陵原，礼也。"在迁葬事前引述了四位古人的事例，作为支撑"迁厝"的根据。在今天看来，似有些多此一举。但若稍了解隋唐时的丧葬习俗，特别是习俗背后所潜藏的家族迁徙流动信息，作为精神家园的旧图腾的暗淡与作为家族活动重心的新标杆的凸显，或许能从这些琐屑的叙述中找到重新理解的视角。

陈寅恪《论李栖筠自赵徙卫事》："吾国中古士人，其祖坟住宅及田产皆有连带关系。观李吉甫，即后来代表山东士族之李党党魁李德裕之父所撰《元和郡县图志》，详载其祖先之坟墓住宅所在，是其例证。其书虽未述及李氏田产，而田产当亦在其中，此可以中古社会情势推度而知者。故其家非万不得已，决无舍弃其祖茔旧宅与茔宅有关之田产而他徙之理。此又可不待详论者也。"[①]。值得玩味的是，史家陈寅恪论及中古社会史上这一重要现象，正是从丧葬地及迁葬这一习俗说开来的。他集中讨论的两个作为例证的个案[②]，恰好都是赵郡李氏，只不过他提及的李吉甫、李德裕属赵郡李氏西祖房，而本文拟讨论的李敬族、李百药则属赵郡李氏汉中房。

[①] 陈寅恪：《金明馆丛稿二编》，生活·读书·新知三联书店，2001年版，第2页。
[②] 另见陈寅恪《李德裕贬死年月及归葬传说辨证》，亦收入《金明馆丛稿二编》，生活·读书·新知三联书店，2001年版。

又据《李敬族墓志铭》："武定五年十一月十四日薨于邺城之宅，春秋五十三。十二月廿一日安厝旧里。……六年正月卅日，改葬于饶阳县城之东五里敬信乡。"《赵氏（兰姿）墓志铭》："齐武平二年二月五日，终于邺城之宅，春秋七十七。五月三日，安厝旧里。大隋开皇六年正月卅日，先君改葬，奉合泉宫。"这两块碑就是从葬地出土的。考虑到李敬族、李德林父子长期在北齐、北周及隋的朝廷任职，应在洛阳、长安有居住地，丧地又是邺城，但他们还是循旧例，选择由卒地邺城迁葬回河北饶阳。他们夫妇的归葬，原因与陈寅恪文中所述相同。李德林的墓志未见，其卒葬地的信息暂空缺。

到了李百药，情况就发生了重大的变化，他"迁厝于雍州万年县少陵原"。但是，他的"迁厝"，究竟是暂厝，还是改迁新葬地？如是改迁新葬地，则象征家族新贯或迁徙新标杆的正式形成，于社会史与移民史研究就有另外一番象征意义了。

我们看文献中对"迁厝"一语的习惯用法。颜之推《颜氏家训·终制》："先君、先夫人……旅葬江陵东郭，承圣末，已启求扬都，欲营迁厝。"《南史·孝义传下》："（沈崇傃）家贫无以迁厝，乃行乞经年，始获葬焉。"骆宾王《上吏部裴侍郎书》："粮无甘旨之膳，松槚阙迁厝之资。"可见，习惯上是将迁厝作为改迁归葬的替换词，与"权厝""暂厝"的用法还是有差别的。入唐以来，李氏汉中房支放置这一标杆的地点既不是饶阳旧茔，也不是祖父母所居的邺城，或河南府的洛阳，而是京兆府长安，似有一种特别的意义。

毛汉光在前人研究的基础上，归纳墓志及史传中的大量材料，提出中古士人迁徙的"双家型态"[1]，我本人在毛汉光的基础上通过翻检隋唐墓志数据进一步发现，"多家型态"应是士人迁徙的常态[2]。毛汉光将其理论模式用于讨论士族籍贯迁徙与唐代士族的中央化问题，并就唐代士族十姓十三家的迁徙进行了细致的梳理，述及赵郡李氏时，毛汉光的研究结论是，赵郡李氏九个着房支，五个在河南府，二个在京兆府，一个在郑州，一个在汝州[3]。毛汉光的研究同样是以墓志中的卒地、葬地作为关键点进行详细的计量统计归纳，有非常重要的意义，令中古社会史研究焕然一新。但若进一步推敲或吹毛求疵，则毛

---

[1] 毛汉光：《中国中古社会史论》，上海书店出版社，2002年版，第245页。
[2] 李浩：《唐代三大地域文学士族研究》（增订本），中华书局，2008年版，第259页。
[3] 毛汉光：《中国中古社会史论》，上海书店出版社，2002年版，第329页。

氏的罗列中并没有提及汉中房支。而李百药墓志的出土及本文的努力，可以补充完善并细化毛氏关于中央化的宏大叙述。当然，就汉中房支的更详细更全面的叙述，还有赖于更多的文献特别是更多的新史料的出土。

笔者以往的研究主要是用所讨论的材料和个案来印证陈寅恪、毛汉光诸位的观点，以为只要所引材料能佐证他们的看法，我的工作就大功告成了。最近不断思考，感觉我的阐释不能就此止步，应将陈氏对"祖茔地改变"的释读及毛氏关于"中央化"的论述再朝前推一步，如能将其与"唐宋变革"理论联系起来理解，或者放在更宏大的背景下，从中古社会转型、士族蜕变为家族的大视野来思考，许多碎片化的史料就会像铁屑围绕磁极一样，不仅活化起来，而且有了更多的整齐一致趋向。这也是笔者刻意在本文题目中嵌入"转型"这一范畴的用意。

首先，陈寅恪的例证旨在说明，一直到了中唐，山东旧族仍坚守旧习，把葬地置于祖茔之所在，这是在表彰旧族能守护慎终追远的本意。本文所提供材料，则是一个反证，说明即使在山东著姓赵郡李氏内部，这种坚守也并非铁板一块，一成不变。恰恰相反，早在初唐时期，以葬地的改变完成家族活动重心的变化，在汉中房支中已有例子。故本文捅破了士族保守性的窗纸，说明在时代变化后，士族也在随俗雅化，与时俱变。

其次，家族迁徙引出家族的社会流动，而社会流动的持续性与规模化，透露出社会转型的许多重要消息。唯研究社会史者受到"唐宋变革论"说法的局限，认为这种转型只能出现在中唐，完成于南北宋之交。本文无意质疑这一二十世纪的主流理论，唯通过李敬族—李百药祖孙葬地改变的案例，至少说明转型变化的上限可以朝前推。其实，毛汉光《中国中古社会史论》《中国中古政治史论》所涉及的例证更多，只是毛氏论述的重点不在于此，故好多人也对此习焉不察罢了。

其实，士族变迁流动从魏晋南北朝时期即已开始，按照田余庆的观点，严格意义上的门阀士族，只存在于东晋一朝[1]，故不光南朝的士族在变化，北朝的士族也在变。入唐以来，围绕着《氏族志》的编修、续修所引出的几场大讨论大交锋，说明旧族的影响力与新势力的此消彼长，只有这样，中唐以后贵族社

---

[1] 田余庆：《东晋门阀政治》，北京大学出版社，1996年版。

会逐渐转型为官僚社会才有可能。历史唯一不变的主题就是变化，于此亦可窥一斑。

当然，用"转型理论（transformation theory）"[①]来阐释中古社会政治的重大变革是一种新的尝试，这方面的成果还较少，故本文的立论能否圆融地解释中古时期错综复杂的社会文化现象，还需要学界方家加入讨论，我自己也愿意不懈地努力。

四、李百药的文学创作

旧时提及百药，仅称其五言诗，且多引明人胡震亨《唐音癸签》的评论："藻思沉郁，尤长五言，如'柳色迎三月，梅花隔二年'，含巧于硕，才壮意新，真不虚人主品目。"按，"柳色"两句出自《奉和初春出游应令》一篇，全诗为："鸣笳出望苑，飞盖下芝田。水光浮落照，霞彩淡轻烟。柳色迎三月，梅花隔二年。日斜旧骑动，余兴满山川。"写出游晚归，全篇匀称灵动，"柳色"两句，与王湾《次北固山下》"海日生残夜江春入旧年"，杜审言《和晋陵陆丞早春游望》"云霞出海曙，梅柳渡江春"，均写早春景象而各臻其妙，可以互相比较映衬。唯百药的作品出现较早，杜审言、王湾有可能受他

[①] 所谓转型，是指事物的结构形态、运转模型和人们观念的根本性转变过程。不同转型主体的状态及其与客观环境的适应程度，决定了转型内容和方向的多样性。"社会转型"（social transformation）是社会学家借用生物学的概念。在生物学家看来，"转型"是指种间的变异，即微生物细胞之间以裸露的脱氧核糖核酸的形式转移遗传物质的过程。社会学家David H. Harrison于1988年完成*The Sociology of Modernization and Development*一书，在书中已提出social transformation（社会转型）的概念。西方社会学家借用此概念来描述社会结构具有进化意义的转换和质变，借以说明传统社会向现代化范型（modernization paradigm）社会结构的转换。只不过生物学上的转型，来自环境的变异性，但社会转型则是一种集体意识下、自觉性选择和价值性追求的过程，一种社会的整体性变迁与发展。中国学人关于社会转型的论述颇多，但虽侧重于叙述当代社会的变迁，具体观点与见解差异颇大，此不赘述。实际上，中外学人已注意到用转型、社会转型来描述唐宋时期的这场变革。如1982年郝若贝（Robert M. Hartwell）发表《750—1550年中国的人口、政治、社会转型》（Robert M. Hartwell, "Demographic, Political, and Social Transformations of China, 750-1550", Harvard Journal of Asiatic Studies, 42.2, 1982），包弼德撰、刘宁译《唐宋转型的反思——以思想的变化为主》（刘东主编《中国学术》第1卷第3期，商务印书馆，2000年版），陈弱水《唐代文士与中国思想的转型》（增订本，台湾台大出版中心，2016年版）等。

作品启发后始有玲珑的兴象，清新的境界。

其实，百药受到皇帝称颂的还有《帝京篇》，据刘肃《大唐新语》卷八《文章》："太宗尝制《帝京篇》，命其和作，叹其精妙，手诏曰：卿何身之老而才之壮，何齿之宿而意之新！"新、旧《唐书》本传皆征引此段，后来的《唐诗纪事》《唐才子传》所引亦本于此。惜李百药的和作已佚，我们不能知道何以他的这首诗能引出太宗身老才壮、齿宿意新的评价。近现代人所编文学史、作品选或各种唐诗唐文选本对百药作品的介绍及选录极少，比历代诗文评中更吝其笔墨。所以有必要对他的创作稍加展开，做些评议。

从数量上来说，《全唐诗》录其诗二十六题二十七首（其中《火凤词》二首，辑句一首），加上《全唐诗补编》所辑三首，共三十首。《全唐文》卷一四二、卷一四三两卷共收文十四篇[①]，再加上《唐文拾遗》辑补三篇，共十七篇。这个数量放在整个唐代文学史上不算突出，但放在隋唐易代之际的作家中，还是不错的。

从题材上看，他的作品不仅仅是奉和应制，也不仅仅是咏怀古迹。以诗而言，还有纪行作品，也有送行赠别。以文而言，有咏物的《鹦鹉赋》《笙赋》；也有政论的《封建论》《赞道赋》。《旧唐书》本传抄录《封建论》原文，《新唐书》本传评论说："时议裂土与子弟功臣，百药《上封建论》，理据详切，帝纳其言而止。四年，太子右庶子。太子数戏媒无度，乃作《赞道赋》为讽。"特别是还有关于时事的《安置突厥议》《劝封禅表》《请放宫人封事》等。《墓志铭》称其"情忘宠辱，心混是非"，不过是盖棺后冠冕堂皇的表扬话。通过这些作品，可以看出，他有鲜明的是非判断标准。此外，他的《大乘庄严经论序》一文，可以看出他的佛学见解。

从体裁来看，除五言诗外，他传世的作品还有赋、颂、表、议、封事、序、论、塔铭、碑铭、哀册文等，当然还有著作类的《北齐书》。

《大唐新语》卷八："（百药）及悬车告老，怡然自得，穿池筑山，以诗酒自适，尽平生之间。"《旧唐书》本传亦援引此段材料，后代袭之。唯"穿池筑山"的细节不得而知。《全唐诗》中存有他的两首园林集会诗，一首是《安德山池宴集》，另一首是《和许侍郎游昆明池》。其中前首中的安德山

[①] 《中国文学家大辞典》（唐五代卷）对其诗、文数量的统计均有误，参见该书第273页，中华书局，1992年版。

池是杨师道山池,在长安。师道是隋宗室,尚桂阳公主,封安德郡公。每退朝后,必引当时英俊,宴集山池,而文会之盛,当时莫比①。据考证,参加宴集文会的除杨师道、李百药外,还有岑文本、刘洎、褚遂良、杨续、许敬宗、上官仪等②。我自己及时贤过去仅从雅集聚会角度关注这两篇作品③,实际上它们也是非常有特色的园林诗,从园林学角度来看,也有许多可圈点处。又,陆开明撰《李敬族墓铭》还提及李敬族"行歌枕石,筑石穿渠。弹琴汉简,狭鸟观鱼"④,似乎李百药的祖父也有泉石之好。唯李敬族、李百药祖孙在何处穿池筑山,营构园林,他们的园林究竟是大还是小,是奢华还是简朴,尚不能确定,只能等待更新的出土文献或传世资料来补充。

五、本文小结与进一步的推论

1.孤立起来看,《李百药墓志铭》提供了初唐社会文化政治的不少碎片信息;若将其与《李敬族墓志铭》《赵氏(兰姿)墓志铭》联系起来对读,信息量就更大;新出隋唐文物文献甚伙,如能做进一步梳理,并能结合传世文献,不仅做史料比勘,而且能做深入地史学分析,其意义将会逐渐显示出来,新文献的价值也会逐渐为人们所认知。

2.陈寅恪以赵郡李氏西祖房即李德裕祖孙丧葬地及祖茔所在分析山东高门大姓的变与不变,本文重点讨论李氏汉中房之丧葬地的改变。表面上看,似有模仿之嫌。但若注意到陈氏所选个案在中唐时代,与"唐宋变革论"的宏大叙事暗合,本文所举案例在隋末唐初时期,似乎与流行的各种社会政治史叙述模式没有关联,这又是同中之异。

3.本文拈出"转型"一语的微意,就是试图在已有的叙述话语系统和错综复

---

① 《旧唐书》卷六二《杨恭仁传》附传。考证见李浩《唐代园林别业考录》,上海古籍出版社,2005年版,第55页。
② 参见《全唐诗》卷三三、卷三五、卷四〇、卷四三,考证见李浩《唐代园林别业考论》,西北大学出版社,1998年版,第119页。
③ 参见李浩《唐代园林别业考论》第六章第一节,西北大学出版社,1998年版。较系统讨论唐代集会与文会的成果,参见贾晋华《唐代集会总集与诗人群研究》,北京大学出版社,2001年版。
④ 韩理洲辑校:《全隋文补遗》,三秦出版社,2004年版,第52页。

杂的新史料之间建立某种关联性。众所周知，"唐宋变革论"是以中唐作为社会变迁的开端，而在笔者看来，这个起点似可上推，笔者所选的这个案例以及毛汉光的系列研究已经证明，以丧葬地的改变来表征家族活动中心的变化，并不始于中唐，甚至也不始于初唐，在西魏北周或更早就已出现，这样"中央化"或转型的开始也随之可以朝前推，只不过这种变化并不是暴风骤雨，而是潜转暗换，而且还有数量上的多或少、规模上的大或小、性质上的显或隐的区别。

4.对士族转型或整个中古社会转型有重大影响的一系列变迁在初唐时期已露端倪。一是从乡村向城市的转变，即中古社会的城市化趋势。二是从南向北的迁徙流动。永嘉之乱，晋室渡江，大姓世族亦随之南迁，南朝自恃为正朔所在。隋末唐初以来，士人为了仕进，又由南返北，并将丧葬地及家族活动的中心也迁到了长安、洛阳一带。三是从桑梓故里向政治文化中心的转变，即毛汉光所谓"中央化"趋势。四是由经学世家向文史政事家族的转变。五是由文史家族向文学词臣家族（即陈寅恪所谓"进士词科阶层"）的转变，这几点均与李德林、李百药家族有关。六是由察举制向科举制的转变。此一转变与前列各点多有交叉重叠，出现于隋，制度化于初盛唐，对唐代乃至整个前现代的中国都发生重大影响，也是士族转型及中古社会转型的重要推手，唯因与本文重点讨论的李百药家族关系不大，故这里仅仅列出，不再赘述。

（本文发表于《中华文史论丛》2016年第3期）

李浩，1960年生，1998年毕业于陕西师范大学文学研究所，文学博士，师从霍松林先生，现为西北大学文学院教授。

附录一：李百药墓志铭碑盖图

附录二：李百药墓志铭图版

附录三：李敬族墓志铭正面图版（转引自《隋唐五代墓志铭（河北卷）》第一册，天津古籍出版社1991年出版）

附录四：李敬族墓志铭背面图版（转引自《隋唐五代墓志铭（河北卷）》第一册，天津古籍出版社1991年出版）

附录五：李敬族妻赵氏（兰姿）墓志铭图版（转引自《隋唐五代墓志铭（河北卷）》第一册，天津古籍出版社1991年出版）

"上官体"考辨二题

聂永华

内容摘要： 作为唐诗史上第一个以个人名义命名的风格称号，以"绮错婉媚"为特征的"上官体"虽曾贵显一时且衣被后代，对初唐宫廷诗风的流变乃至唐诗史的演进影响深远，然而从当代起即受到了众多的误解与责难。因此，广泛地勾稽索引，刮垢磨光，理清上官仪的生平履历，以见"上官体"生成的真实面貌；深入地辨证考订，拂尘去埃，重现以"绮错婉媚"为特征的"新变"诗风所体现的诗歌艺术演进内在趋势的合理性与先进性，就显得尤为必要。

关键词： 上官仪；贵显；绮错婉媚

初唐宫廷诗坛，继虞世南、李百药之后，上官仪卓然名家独擅一代诗名而成为主持诗坛的风雅之主。翻检两《唐书》及有关史料，上官仪于高宗朝渐涉中枢，虽然身居宰辅重位，然而除草废武后诏而被诬伏诛之举外，说不上什么可称道的"政绩"，所可称道者倒在他的诗歌活动。随着上官仪的贵显，在众多宫廷诗人的仿效崇奉下，形成了唐代诗人中第一个以个人命名的风格称号——"上官体"。"上官体"是社会文化新变的产物，顺应了诗歌艺术演进的内在趋势，对初唐宫廷诗风的流变乃至唐诗史的演进影响深远。然而，由于"政治原因"，上官仪其人和以他为代表的"上官体"在当代即倍受摧抑；长期以来，缘于某种难以摆脱的思维定式而形成的成见，"上官体"更受到了众多的误解与非议。因此，通过对"上官体"的生成及其真实内涵的考辨，以廓清偏见，恢复"上官体"应有的诗史价值与地位，就显得尤为必要。

一、"上官体"生成考

上官仪是伴随着唐王朝建立而成长起来的一代诗人。上官仪在隋末及唐初的生平履历史传叙之甚略。《旧唐书·上官仪传》云：

> 上官仪，本陕州陕人。父弘，隋江都宫副监，因家于江都。大业末，弘为将军陈陵所杀，仪时幼，藏匿获免。因私度为沙门。游情释典，尤精《三论》，兼涉猎经史，善属文。贞观初，杨仁恭为都督，深礼待之。举进士。太宗闻其名，召授弘文馆直学士。

上官仪生年，史无明载，闻一多先生定为608年[1]，未知何据。据《隋书》卷六四《陈陵传》，大业十三年（617）宇文化及谋弑炀帝，"引军北上，召陵守江都"。上官弘为江都副监，其见杀当在是年。《礼记·曲礼上》："人生十年曰幼。"本传称"仪时幼"，以此上推十年，当为大业三年（607）。这样一直到唐高祖武德年间的兵荒马乱中，上官仪得以匿迹沙门，广泛涉猎经史百家、释典佛说，蕴就了渊博的学识；幼年丧父的坎坷人生，酿成了其诗作情志的底蕴。贞观元年（629），因得时任雍州行扬州大都督府长史的杨仁恭的荐举，年甫及冠的上官仪得中进士第[2]，由"江左余风"盛行的人文荟萃之地——扬州进入贞观宫廷。从此便否极泰来，开始了意气风发的金色年华。此前上官仪一直生活于江南，因而从学术文化渊源看，上官仪承受的又是正宗的"江左之风"，加之陕州河洛的祖籍嫡传，为"上官体"的生成奠定了坚实的基础。

《旧唐书》本传叙上官仪登第后之官历云：

> 授弘文馆直学士，累迁秘书郎。时太宗雅好属文，每遣仪视草，又多令继和，凡有宴集，仪尝预焉。俄又预撰《晋书》成，转起居郎，加级赐帛。

稽其由从六品下之弘文馆直学士擢升至从六品上之秘书郎，其间"累迁"之时日虽不得详知，然以《晋书》修成之年月推之，亦可约略知之。据《旧唐书》卷七三《令狐德棻传》、卷六六《房玄龄传》，受诏重撰《晋书》事在贞观十八年（644），所列预撰者名单中已有"起居郎上官仪"；二十年书成，诏

---

[1] 闻一多：《唐诗大系》，见《闻一多全集》第四卷，湖北人民出版社，1993年版。
[2] [清]徐松：《登科记考》卷一列上官仪进士第于是年。

藏于秘府,"颁赐加级各有得差"。《唐会要》卷六十三"修前代史"条记受诏更撰《晋书》之时间为"贞观二十年闰三月四日",《唐大诏令集》卷八一载有李世民贞观二十年闰三月《修晋书诏》,则二十年为始撰之年,其撰成又当在其后。虽因资料不足难以确定,然《唐会要》所列参撰者名单中亦有"起居郎上官仪"在。据现残存的《翰林学士集》,贞观二十一年太宗李世民作有《五言咏棋二首》,题下录存许敬宗、刘子翼奉和应诏之作各一首,上官仪得存二首,署衔为"起居郎、弘文馆直学士"[①]。上官仪可能是以起居郎身份置身史馆,那么其任职又当在此前。可能也正是因为预撰《晋书》之功,上官仪得以从六品上之起居郎"加级"兼任正五品上之陈王忠王府谘议[②]。李世民对此书之修撰十分重视,亲自撰写了宣、武二帝及陆机、王羲之四篇传论,预撰者中,房玄龄、褚遂良、许敬宗、来济、令狐德棻、李义府、薛元超等均或是朝中重臣,或是一代文学之秀,上官仪已得厕身其中。

如上所作考辨,上官仪与贞观宫廷诗人大多出于前朝阀阅和显宦之门不同,亦非以儒学立身,而是"以文彩自达"。他凭借出类拔萃的文学之才,早在贞观初年即跻身宫廷文学圈内,且后来居上,超迈时流,继虞世南、李百药之后,深得赏识,成为李世民的又一诗学老师,"太宗依靠他润饰自己粗糙的诗稿"。[③]据《翰林学士集》所载,除贞观二十一年《五言奉和咏棋应诏》外,贞观年间上官仪参加的宫廷应诏应制诗会尚有:《辽东临秋同赋临韵》《春日临海同赋光韵》《浅水源观平薛举旧迹》《延庆殿同赋别题》等[④];《全唐诗》卷四十载有《奉和过旧宅应制》《早春桂林殿应制》《安德山池宴集》《奉和山夜临秋》《行经破薛举战地》诸作。可见,才华横溢的后进诗人上官仪已经优游活跃于贞观宫廷诗坛。从这些存诗已明显呈现出了延承中的新变特色,"上官体"的风格特征已是冰山初露。

---

① 陈尚君辑录,载傅璇琮主编:《唐人选唐诗新编》,陕西人民教育出版社,1996年版,第29页;编年据陶敏、傅璇琮《唐五代文学编年史·初盛唐卷》,辽海出版社,1998年版,第122页。现存《翰林学士集》收录贞观朝君臣唱和诗18人51首并序一首,分属13题,上官6首,是仅次于许敬宗(13首)、李世民(9首)的存诗最多者。

② 《新唐书·上官仪传》:"始忠为陈王时,仪为谘议,与王伏胜同府。"按,据《旧唐书》卷八六《高宗诸子》,李忠为高宗长子,后宫刘氏所生,贞观二十年封为陈王,上官仪以起居郎兼为陈王忠王府谘议当在其时或其后不久。

③ 【美】斯蒂芬·欧文:《初唐诗》中译本,贾晋华译,广西人民出版社,1987年版,第42页。

④ 傅璇琮:《唐人选唐诗新编》,陕西人民教育出版社,1996年版,第14—30页。

"上官体"不仅仅是一种个人的诗歌行为,更是一种复杂的文学现象。初唐宫廷诗风经过三十余年的演进,在文化氛围的微妙转换中已到了一个蜕变的转捩点。"上官体"应运而生,在纵向的诗史演进,与横向的时代文化氛围的交汇点,上官仪以其独特的气质与才华,集前辈所长而避其所短,在众多宫廷诗人的崇奉聚纳下,形成了"上官体"这一唐诗史上第一个以个人名义命名的风格称号。关于"上官体"的形成,《旧唐书·上官仪传》作了如此描述:

> 高宗即位,迁秘书少临。龙朔二年,加银青光禄大夫、西台侍郎、同东西台三品,兼弘文馆学士如故。本以词彩自达,工于五言诗,好以绮错婉媚为本。仪即贵显,故当时多有效其体者,时人谓为上官体。

显然,史书认为"上官体"的形成与诗人的贵显有直接关系。"贵显"一词,研究者多认为是指龙朔元年至麟德元年(661——664)一段时间。然而,笔者以为,以之指上官仪之官运不无道理,而用来描述一种诗歌风格却难以令人信服。一种诗风的形成决非一时所能奏效。如前所述,上官仪至迟于贞观二十年任起居郎前后,已成为宫廷诗坛的"活跃成员",以有异于前朝遗老的"新变"诗风,受到太宗李世民赏识,赢得了"视草"的殊遇。起居郎一职为从六品上,官阶不算高,然而其职掌是"录天子言动法度,以修记事之史"[①],地位十分重要,加之为太宗"视草",每有赐宴,未尚不预,俨然皇帝身边的亲近之臣。此时的上官仪年当不惑,正值创作的旺盛期,在已经开始的文化氛围的微妙转换中,以其颇具新意的诗风引起众多宫廷诗人的归趋崇奉而蔚为风气,亦自在情理之中。因此,从诗史的角度,所谓上官仪之贵显起码当溯至此时。上官仪右迁从四品上之秘书少监在贞观二十三年(649)六月[②],至龙朔二年(662)达其官运的造极时期,年方五十五岁,诗艺已臻炉火纯青境地,其诗"音韵清亮,群公望之,犹神仙焉"[③],加之政治上的贵显,风会所趋,此时的上官仪在宫廷诗坛的地位亦如众星捧月般成为独领一代的风雅之主,再加上署名上官仪的《笔札华梁》以及衍之而成的元兢《诗髓脑》等诗学著作,

---

① [后晋]刘昫:《旧唐书·职官志》。
② 陶敏、傅璇琮:《唐五代文学编年史·初盛唐卷》,第130页。
③ [唐]刘悚:《隋唐嘉话》卷中,中华书局,1979年版。

于对偶、声律等艺术手法乃至情志意兴等多所发明①,"上官体"已有了理论形态的文学主张,俨然一个颇具现代意义的文学流派。至麟德元年(664),上官仪在一场政治阴谋中被杀②,时年五十七岁,历时几近二十年,当为"上官体"畅行之时。作为唐诗史上的一个重要里程碑,"上官体"的影响当更为深远。闻一多先生认为:"上官仪伏诛,算是强行地把'江左余风'收束了。"③似乎"上官体"之兴衰全由"政治原因"所造成。虽然"草诏"事件后,因与上官仪"文章款密"者流贬甚众,然而深得南朝诗艺之精髓而又有所发展的"上官体",既是一个时代艺术风尚和审美趣味的反映,又是适应诗歌艺术演进内在趋势的必然产物,远非个人所能独善,当然既不会因诗人肉体的毁灭而收束,也无法因人事的变动而止息。曾预修上官仪主编的大型类书《芳林要览》的元兢撰有《古今诗人秀句》二卷,龙朔元年(661)始撰,历时十年到咸亨二年(671)完成,序称全书"时历十代,人将四百,自古诗为始,至上官仪为终"。这时距离麟德元年上官仪被杀已经七年,上官仪仍被作为当代诗人的代表而被提及。可见,在不见"上官体"的"上官体"中,潜流涌动,"上官体"一直在影响乃至规定着宫廷诗风的流变趋向。而且,随着当年流贬者的陆续还朝,"上官体"又由"地下"转为"地上",得以复兴,从而"托末契而推一变"④,宫廷上下又处在"上官体"的笼罩之下;更有甚者,上官仪父子同时伏诛,尚在襁褓之中的孙女上官婉儿随母配入掖庭,及长,以"有文词,明习吏事"而颇受宠于女皇武则天,"百司表奏,多令参决";大唐复辟,中宗即位,又"令专掌制命,深被信任"而显赫一时⑤。《太平广记》卷二百七十一引《景龙文馆记》云:

---

① 傅璇琮:《唐人选唐诗新编》第31—44页,第93—101页。
② 《旧唐书·高宗纪》上:麟德元年"十二月丙戌,杀西台侍郎上官仪。"上官仪之死,《旧传》谓其"恃才任势,故为当代所嫉",似未得其实;《新传》云:"初,武后得志,遂牵制帝,专威福,帝不能堪,又引道士行厌胜,中人王伏胜发之,帝因大怒,将废(武后)为庶人。召仪与议,仪曰:'皇后专恣,海内失望,宜废之以顺人心。'帝使草诏,左右奔相告后。后自申诉,帝乃悔。又恐后怨恚,乃曰:'上官仪教我。'后由是深仪。始(梁王)忠为陈王时,仪为咨议,与王伏胜同府,至是,许敬宗构仪与忠谋大逆。后志也。"显然,上官仪因得罪武后,为许敬宗所陷,被诬下狱而死。
③ 闻一多:《唐诗杂论·类书与诗》。
④ 杨炯:《王勃集序》。
⑤ [后晋]刘昫:《旧唐书·后妃上》。

（上官昭容）自通天后，建景龙前（696—706）恒掌宸翰。其军国谋猷，杀生大柄，多出其决。至幽求英俊，郁兴词藻，国有好文之士，朝无不学之臣，二十年间，野无遗贤，此其力也。

婉儿于政界诗坛之势位比其乃祖有过之而无不及①。上官仪正是赖婉儿之力而得以平反昭雪，被追赠为中书令、秦州都督、楚国公，大享哀荣②。婉儿诗风清丽，大得乃祖嫡传而复能因其女性气质而趋娴雅之致③。尤其是以婉儿为词宗，品第群臣所作，实绍祖风以为月旦之权衡，于是"上官体"又在宫廷上下靡然风从而得以发扬光大。"上官体"正是由婉儿之手而得以延承发展，"文章四友"、沈宋之属后来居上，经张说、张九龄之辈而影响及于王湾、祖咏、卢象而注于王维一脉，下开大历诗风，至晚唐司空图，形成源远流长之雅体，从而对初唐宫廷诗风的流变乃至唐诗风貌的形成产生正面推动。如此，对以"绮错婉媚"为特征的"上官体"，汰洗涂抹其上的历史尘垢，刮垢磨光，纠正误说，从而更为准确地把握其真实内涵，恢复其应有的诗史地位与价值，就非可有可无之举了。

二、"绮错婉媚"辨

"上官体"以"绮错婉媚"为本，理解"绮错婉媚"一词的真实内涵就成了把握"上官体"风格特征的一大关键。或是由于忽视诗歌艺术演进的内在趋势而就事论事，或是由于某种根深蒂固的偏见而形成的误解，或是由于不求甚解的望文生义，或是由于陈陈相因的人云亦云，长期以来，论者对"绮错婉媚"一语多所诟病，从而导致对"上官体"的认识偏差。然而对缘于古人思维方式而产生的语词的训释理解，差之毫厘就会谬以千里，因此，依据词语训诂，结合魏晋以来诗歌艺术演进的内在趋势及时代文化风尚，从这一四字考语入手，平章考镜，揭示其真实内涵，便成了拙文的任务。

---

① 先天二年（713）前后，张说在《唐昭容上官氏文集序》《昭容上官氏碑铭》等文中，对婉儿的政治权势、诗歌成就、诗坛领袖地位以及对诗风流变的影响等作了更为全面高度的评价，称她是"两朝专美，一日万机"，可见武周、中宗、睿宗和开元前期诗坛，一直处于"上官体"的笼罩之下。文载《全唐文》卷二百六十。

② [后晋]刘昫：《旧唐书·上官仪传》。

③ 《旧唐书·后妃上》："当时属词者，大抵虽浮靡，然所得皆可观，婉儿力也。"

由上节考论可知，上官仪的诗美追求渊自南朝，其近源则直接延承了虞世南、褚亮、李百药一系的诗美实践。上官仪在此基础上进一步深入体察南朝诗艺之精髓，对南朝声色作洗汰取舍，致力于对偶、声律等诗歌艺术手法的探讨和诗境的营构，以独具的风格特色造成了"龙朔变体"的诗史现象，从而体现了诗歌艺术演进的内在走向。事实上，上官仪也正是入唐以来最得南朝诗艺之精要而在理论与实践上有重大突破的第一人。笔者认为，整个魏晋南北朝时期对诗歌审美观念的认识，以陆机《文赋》"诗缘情而绮靡"云云最具代表性。至此也就不难看出上官体"绮错婉媚"风格特征与这一诗歌审美观念的血脉姻缘关系。近人在理解"缘情绮靡"时，较多地承袭了明清人的观点，认为其所"缘"之"情"是闺房儿女、玉体横陈之类"艳情"乃至"色情"，而"绮靡"也就成了"浮艳""侈丽"的代名词[①]，大加鞭挞，从而遮蔽了这一审美观的出现对诗歌艺术内在演进所具有的观念更新与深化的重大意义。

　　评文论诗衡之以"情"，陆机以前早已有之，然而源于独尊儒术文化语境之下的"情"与"志"混一，而"那'志'总是关联着政治或教化的"[②]，其所指也只能是群体意志之世情，汉儒"情动于中而形于言"的感物情动之说，其实质是社会政治作用于人心，人受其激发从而发而为诗，其效用在"动天地，感鬼神"，带有明显的天人共感、以天统君的政治色彩而非个体感受的情性心志[③]。而陆机"缘情"之情，则主要是"喜柔条于芳春，悲落叶于劲秋"，更多个体感受的性质，属于审美范畴的一己之情。从陆机现存作品看，其所"缘"之"情"更多的是内在情性的真实、自然抒发。《叹逝赋》："顾旧要于遗存，得十一于千百。乐瞆心其若忘，哀缘情而来宅"，亲朋凋零、

[①] 此类言论在明清人中比比皆是，如汪师韩《诗学纂闻》认为陆机之论是"不知礼义之所归"；沈德潜《说诗晬语》："《文赋》云'诗缘情而绮靡'，言志章教，惟资涂泽，失夫诗人之旨"；纪昀《云林诗钞序》："自陆平原'缘情'一语，引入歧途，其究乃至于绘画横陈，不诚亦甚欤！"

[②] 朱自清：《经典常谈·诗经第四》，见《朱自清全集》第6册，江苏教育出版社，1996年版。

[③] 关于天人感应之说，刘师培《中国民约精义》有云："……降及周初，民权益弱，欲伸民权，不得不取以天统君之说，所谓'天视自我民视，天听自我民听'者也。"（《刘申叔先生遗书》上册，江苏古籍出版社，1997年版，第565页）由于政治制度难以限制君权，臣民只得借天以统君，董仲舒公羊学对此多有发挥，《毛诗序》感鬼神动天地云云，其意旨当与董氏相通。

岁月流逝给作家带来伤时叹逝的无尽哀伤；《思归赋》："悲缘情以自诱，忧触物而生端。彼离思之在人，恒戚戚而无欢。昼辍食以发愤，宵假寝而兴言"，是作家于随"王师外征，职典中兵"①之时，思念故土与亲人的羁旅行役之苦。又如《春咏》诗："节运同可悲，莫若春气甚"，《赴洛二首》其二："载离多悲心，感物情凄恻"，《赠冯文罴》："悲情临川结，苦言随风吟"等等，均为因物兴感，因情感物，情与物接，此类诗赋作品在陆集中比比皆是，无一不是个人体验一己情感的抒发。可见陆机之"缘情"是以"悲""哀"之情为主调的个人情感体验。这既是时代文化背景所引发的士人心态的反映，又与屈宋以下"发愤以抒情"的文士抒情传统一脉相承。实际上，细读《文赋》不难发现，其所缘之情不外乎"遵四时而叹逝，瞻万物而思纷……咏世德之骏烈，诵先人之清芬"，即由对自然万物的感悟、社会人生的体验转化成的审美情感以及在对前人作品的涵咏中激发诗思灵感。按照"诗言志"的儒家文学观，文学只能被在它之上的东西——国家的政治道德状况所决定，文学自身的价值只有置于外在的、一般的社会价值尺度之上才能权衡判断；而"诗缘情"审美观则认为，文学重在抒发一己之内在情性，对文学价值的评判只有也只能由审美感受、个体体验来进行，从而使文学迈向了审美的、情感的世界。朱自清先生曾指出："即如诗本是'言志'的，陆机却说'诗缘情而绮靡'。'言志'实际就是载道，与'缘情'大不相同。陆机实在是用了新的尺度。"②

这一"新的尺度"的内涵及意义何在？显然只能从"文学的自觉"这一角度来理解。"缘情"是文学生发机制的关键环节，在激发创作主体的情绪冲动和思维的能动性的同时，也引发了创作主体的审美感受和审美表现欲，使文学朝着审美化的方向发展，因此伴随着"缘情"审美文学观的确立，魏晋南朝诗人在重情性表达的同时，对文学的内部规律和美感形式也投入了极大的热情。在"诗赋欲丽"文学观的基础上，陆机进一步将"丽"这一抽象的原则具体化，提出了实现"丽"的具有可操作性的途径——"绮靡"。鉴于对"绮靡"一词的颇多误解，这里拟不无词费对其作一番正本清源的考索。

---

① [晋]陆机：《叹逝赋序》。
② 朱自清：《文学的标准与尺度》，见《朱自清古典文学论文集》，上海古籍出版社，1980年版。

《说文》："绮，缯也。"《汉书》颜注："即今之所谓绫也。"《方言》："东方言布帛之细者曰'绮'，秦晋曰'靡'。""绮靡"连文，实为同义复词，本义是一种素白色织纹的丝织品。"靡"又有"丽"意，《汉书·司马相如传》："相如云：'所以娱耳目、乐心意者，丽靡烂漫于前'。"颜注："靡，丽也。"这样，"靡"又为修饰描述"绮"之美，陆机不过是借用来譬喻素淡精细、美好悦目的意思①。以此论文评诗乃是由对文学审美特质充分认识而产生的唯美意识的结果，而非后人所理解的藻饰之浮艳侈丽乃至"靡靡之音"，《文赋》即有所谓"言徒靡而弗华"之语，钟嵘《诗品》评陶渊明诗歌风格为"风华清靡"。唐人亦多是从诗歌艺术的角度来理解这一论断的。如芮挺章《国秀集·序》云："昔陆平原论文，曰'诗缘情而绮靡'，是彩色相宣，烟霞交映，风流婉丽之谓也。"②事实上，南朝人和唐人每以"绮靡"褒赞名家佳作。如刘勰《文心雕龙·时序》赞张华、陆机等"晋世群才"，"结藻清英，流韵绮靡"；梁王筠《昭明太子衣册文》称许萧统作品"属词婉约，缘情绮靡"；王维《上党苗公德政碑》誉扬苗晋卿"诗穷绮靡"。在后人对《文赋》"绮靡"一词的众多训释中，笔者认为，近人陈柱最为精解，其《讲陆士衡〈文赋〉自记》云："绮言其文采，靡言其声音。"③"绮"喻文采华美，不言而喻；"靡"与声韵相关，也是魏晋以来人的普遍认识。刘勰《文心雕龙·乐府》："魏之三祖，气爽才丽，宰割辞调，音靡节平。"沈约《答甄公书》云："作五言诗者，善用四声，则讽咏而流靡；能达八体，则陆离而华洁。"颜之推《颜氏家训·文章篇》："近世音律谐靡，章句偶对。"《梁书·庾肩吾传》："转拘声韵，弥尚丽靡，复逾于往时。"唐人以"丽靡"来称扬"沈宋"的"约句准篇"之功，更有明确称之为"缘情绮靡之功"者④。这表明，在魏晋初唐诗人的意识中，形式具有独立的审美价值，而要实现其价值，须讲究修辞美，包括辞藻色泽、声韵律式、骈丽偶对、使事用典等诸多方面。对此萧绎作了更为明确的表述："至如文者，惟须绮縠纷披，宫徵靡曼，

---

① 张少康：《文赋集释》，上海古籍出版社，1984年版，第77—80页。
② 傅璇琮编撰：《唐人选唐诗新编》，陕西人民教育出版社，1996年版。
③ 载《学术世界》一卷（1936）四期。
④ [唐]独孤及《唐故左补阙安定皇甫公集序》："五言诗之源，生于《国风》，广于《离骚》，著于苏李，盛于曹刘。……有千余年，至沈詹事、宋考功，始裁成六律，彰施五彩，使言之而中伦，歌之而成声，缘情绮靡之功，至是而备。"见《全唐文》卷三百八十八。

唇吻遒会，情灵摇荡"①，李善一语破的："绮靡，精妙之言也。"②这样，"绮靡"一语就是对业已相当完备的诗歌美感形式——南朝声色的绝妙描述了。

综上言之，"缘情绮靡"就是从审美内涵到美感形式对诗歌美学特质所做的双重"规定"。从诗歌艺术演进的内在趋势看，由"言志"到"缘情"，由"汉魏风骨"到"六朝绮靡"正是诗史演进的必然，是整个艺术风格、艺术文化形态的嬗变，而"性情"与"声色"的统一，就自然成了造就诗歌繁荣的关键所在③。"上官体"的形成与风行，正是顺应了这一基本走向，对诗歌审美观念和艺术特色做出的富于开创性的贡献，从而体现了"龙朔变体"的积极意义。在此基点上，把握"绮错婉媚"的真实内涵就是顺理成章的事情了。

"绮错"之"绮"，显然同《文赋》之"绮靡"，南朝人及唐人就每多有单用"绮"或"靡"以表"绮靡"者④。"错"，《后汉书·班固传》："缴道绮错"，颜注："错，交错也。"何晏《景福殿赋》："绮错鳞比"，《文选》李善注："错杂如鳞之相比次也。"《诗品》卷上评陆机："尚规矩，不贵绮错。"显然是认为陆机五言诗注重作法之法度规矩，而不善于错综变化⑤。综此可知，上官体之"绮错"，即是通过事典、偶对、声律等艺术手法的讲究，使诗歌体式既精致美丽，又错落有致，灵动多变，兼顾了意义与结构、审美内涵与美感形式两方面，从而形成了一种颇具"图案化结构"⑥的美感形式。这显然是对美感形式的新拓展，后人把近体律诗成熟定型后的体式概括为"锦绣成文"⑦，不难看出其与上官体之"绮错"的关系。

对"上官体"的误解与非议更多地来自"婉媚"一词，有的学者就认为其

---

① [南朝·梁]萧绎：《金楼子·立言》，见《全梁文》卷十七。
② [南朝·梁]萧统编，[唐]李善注：《文选》。
③ 袁行霈：《百年徘徊——初唐诗的创作趋势》，《北京大学学报》，1994年第4期。
④ 如曹丕《大墙行》："君剑良，绮难忘。"陆机《拟今日良宴会》："高谈一何绮。"司马相如《长门赋》："徒观靡靡而无穷。"班固《典引序》："相如《封禅》靡靡不典。"《世说新语·言语》引王济语："张茂《史》《汉》，靡靡可听。"《文心雕龙·诔碑》："辞靡调谐。"《文心雕龙·练字》："字靡易流，文阻难运。"
⑤ 曹旭：《诗品集注》陆机条注8，上海古籍出版社，1994年版。
⑥ 塞歇尔：《语言的艺术作品》，转引自葛兆光《汉字的魔方——中国古典诗歌语言学札记》一书，（香港）中华书局，1989年版。
⑦ [唐]欧阳修、宋祁等：《新唐书·宋之问传》。

含义是"讲究诗里有柔婉的媚态"①,乃至"于帝王婉转献媚"②。望文而生义,不足为训。现以元兢《古今诗人秀句序》的有关内容,再征引有关资料,试作如下考论。元氏序云:

> 至如王中书"霜气下孟津"及"游禽暮知返",前篇则使气飞动,后篇则缘情婉密,可谓五言之警策,六义之眉首。③

《文镜秘府论·西卷·调声》引王昌龄《诗格》云:

> 语不用合帖(任学良注:谓须开展也),须直道天真,婉媚为上(任学良注:语贵自然,宛而成章,乃云妙也)。④

元兢所称赏的两首诗乃王融《古意二首》⑤,皆写思妇闺怨之情,为论述方便,兹抄录如下。其一:

> 游禽暮知返,行人独不归。坐销芳草气,空度明月辉。颦容入朝镜,思泪点春衣。巫山彩云合,淇上绿条稀。待君竟不至,秋雁双双飞。

其二:

> 霜气下孟津,秋风度函谷。念君凄已凉,当轩卷罗縠。纤手废裁缝,曲鬓罢膏沐。千里不相闻,寸心郁纷蕴。况复夜萤飞,木叶乱纷纷。

前首以春起,以秋结,写思妇伤春悲秋,处处触目伤怀,结句以秋雁双飞反衬闺中的孤寂,其相思之情悠长而深至,情思郁结,不能自已;后首落笔于秋,起二句气势雄浑,给人以阔大劲挺之感,颇似谢朓诗之发端,结句以木叶纷飞的富于动感的画面创造出凄怆的氛围,言有尽而意无穷。两首诗均以景结情,诗味浓郁,元序分别以"使气飞动""缘情婉密"评之,又赞之为"五言之警策","六义之眉首"。其艺术特色与风格同中有异:前首融情于景,情景交融,寄意象外,风致宛然,即元氏所谓"缘情婉密";后首则直抒胸臆,冲口而出,质实朴素,即《诗格》所谓"直道天真"。王融是"永明体"的创始人之一,作诗重声律,其五言诗"词美英净"⑥,清新可喜。由此可知,"缘情宛密"即所谓"体物缘情",表现为情物融合无间、情思婉转的诗境

---

① 詹瑛:《唐诗》,上海古籍出版社,1979年版。
② 倪其心语,见《唐诗鉴赏词典》,上海辞书出版社,1983年版,第8页。
③ 《文镜秘府论校释》,第345页、第36—38页。
④ 《文镜秘府论校释》,第345页、第36—38页。
⑤ 逯之钦:《先秦汉魏晋南北朝诗》中华书局,1983年版。
⑥ [南朝·梁]钟嵘:《诗品》,见《曹旭集注》上海古籍出版社,1994年版。

创造。元兢誉其为"五言之警策",犹嫌不足,进而贵其身份为"六义之眉首"。魏晋以后人论诗尤重"诗六义"中之"兴"而置于首位①,且对"兴"的解释也一变汉儒政治色彩浓厚的功利主义的阐释而为韵味悠长的美学揭示②。眉、媚形近音同而义通,"六义"之首即"言有尽而义无穷"之"兴"也。因此,所谓"六义之眉首",即指以"眉(媚)"为特色之"兴",《诗格》直称之为"婉媚为上",语义甚明,即是承南朝以来的审美文学观而逢时代之风会的新的阐揭,把由物象激发的审美情感,以含蓄隐曲之笔,创造出情景相生,流转浑灏的意境,给人以韵味无穷的美感。如果再与刘勰《文心雕龙》的一些论语相比参,这一点就会更为明晰了。

  观夫兴之托喻,婉而成章,称名也小,联类也大。(《比兴篇》)

  写气图貌,既附物以婉转,属采附声,亦与心而徘徊。……并以少总多,情貌无遗矣。……吟咏所发,志惟深远;体物为妙,功在密附。(《物色篇》)

  婉转附物,怊怅切情。(《明诗篇》)

彦和所论"婉而成章""附物婉转"均与"称名也小,取类也大""与心徘徊""怊怅切情"相关联,不难看出,强调的是情物密合无间、触物起情、情物交合的言尽意无穷的诗歌意境。由此不难理解"上官体"之"婉媚"的合理性与先进性。龙朔宫廷诗人对此自是心领神会,凭借直觉体悟以作整体把握,时人神而明之,却为后人的误解与非议留下了余地,这恐怕是他们所始料未及的。

  综上所作辨析,以"绮错婉媚"为特征的"上官体",就是以"绮错"的形式来实现"婉媚"的审美内涵,即以精致而灵动的美感形式融入意蕴无穷的情志,以音韵谐畅的声律美感创造心物融合无间、情景宛然密合的诗境,达成浑成秀朗、滋味醇厚的韵致。这与元兢所标举的通由"情绪为先,直置为本,以物色留后,绮错为末;助之以质气,润之以流华,穷之以神似,开之以

---

① 汉儒论"六义"时将"兴"置于不显目的地位(参《毛诗序》及汉人有关论述),而魏晋以还人论"六义"却往往置"兴"于显目的地位,如钟嵘《诗品序》云:"故诗有六义焉:一曰兴,二曰比,三曰赋",即置"兴"于"眉首"。

② 汉儒论"兴"往往附会以政治功利性,如郑玄《周礼·春官·大师》注云:"兴,见今之美,嫌于媚谀,取善事以喻劝之。"而南朝人往往从纯文学的、审美的意义上予以掘发,如钟嵘《诗品序》:"言已尽而意无穷者,兴也。"

振跃"而达成的"事理俱惬,词调双飞"的诗美理想若合符契,从诗风流变的角度而言,已超越了唐初诗风之"学术化"趋向,而呈现出唐诗风貌的端倪。"诗之有体,成于时代,关乎性情,真气之所存,非可以剽拟,似可以陶冶得也。"①"上官体"风格特征的形成可谓是既得时代机遇之浸润,又是诗人尽其性情之沾染而孕就的宁馨儿。进一步考察了"上官体"的诗歌理论与创作实践,于此会得到更清晰的认识,容笔者另文论之。

(本文发表于《郑州大学学报》〔哲学社会科学版〕2001年第3期)

聂永华,1962年生,1997年毕业于陕西师范大学文学研究所,文学博士,师从霍松林先生,现为天津师范大学教授。

---

① [清]厉鄂:《查莲坡蔗塘未定稿序》,见《四库丛刊》本《樊榭山房集》卷三。

试论禅宗思想对王维绘画创作的积极影响

杨晓慧

内容摘要：隋唐以后，佛理禅趣大量融入书画之中。王维亦深受影响。禅宗对王维绘画的最大贡献之一就是自然的心相化及由此而来的"意到便成"的必然结果；王维画中有一种超凡脱俗之境界，这无疑也缘于佛教的熏陶；禅宗那种灵活自由、不受拘束的开拓精神，在王维绘画上的表现就是始用渲淡、破墨之法；禅宗对王维的身心优化有积极作用，从而也在一定程度上促进了其绘画技艺。

关键词：佛禅思想；王维；绘画

中国古代传统文化与佛教有着不解之缘。一方面，古代书画家多有着一定的佛学修养，他们以佛教来丰富自己的思想。另一方面，僧人禅师往往染指书画，很多佛教寺院常常成为书画名作的宝库，并以此扩大自己的影响，吸引众多的文人墨客、善男信女。隋唐以后，书画中融入了大量的佛理禅趣，禅机佛意流行于书坛画苑。这种风尚也深深地感染了王维。关于王维诗中的禅意禅趣前人已多有论述，而关于王维绘画的论述，多只是在绘画发展史的论述中片言只语地提及，几乎没有全面系统地论述。正缘于此，本文拟探讨佛教对王维绘画创作的积极影响，兼及王维绘画在唐宋的接受，以抛砖引玉，进一步推动王维研究的全面深入。

在唐代，统治者实行儒释道"三教"调和的思想，因而唐代文人也多受这些思想的影响，只不过各有侧重而已。就王维而言，早年也充满了积极入世的儒家理想，但随着张九龄的罢相，其佛禅思想日益占据统治地位，"王维所接受的道家思想、理论多具有与佛教的思想、理论接近或可以相通的特点。"①

隋唐时期，禅宗逐渐在宗派林立的佛教中脱颖而出，成为主流宗派，这对王维也有重要影响。受笃志奉佛的母亲影响，王维早年即信奉佛教，但占主导地位的当是儒家积极用世的精神，这从他早年周旋于王公大臣之间及积极地求仕活动等都可明显看出。然而入仕后政治上一系列的挫折与失意，使他的佛禅理念逐渐占据了支配地位，并且成功地体现于诗画作品中。正缘于此，时人及后人在谈及王维时都不忘佛禅。其友人苑咸云："王兄当代诗匠，又精禅理。"②《旧唐书·王维传》说："维弟兄俱奉佛，居常蔬食，不茹荤血。"③笃志奉佛后，在禅诵和山水游乐中，王维内心的郁闷得以排遣，恶浊政治的阴霾逐渐淡化，心灵重归平静。正是由于心灵的平静澄澈，使王维在繁忙的公务之后能够心无旁骛的陶醉于大自然的怀抱中，以闲静的心灵去感悟自然，进而形成了臻于造化的卓绝诗画作品。其中禅宗的影响自然功不可没。

一

禅宗对王维绘画的最大贡献之一就是自然的心相化及由此而来的"意到便成"的必然结果。

禅宗承继了佛教大乘空宗的心物观，认为万物皆空，心是真正的存在，即真如，而自然是假象或心相（心境），是"空""无"，这与传统儒道哲学中视自然为真实存在的观点是完全不同的。

自然的心相化是禅宗自然观的独特美学品格，惠昕本《坛经》中"风吹幡动"的著名公案，就揭示了禅宗自然观的这一本质特征。"风吹幡动"原是客观世界的一种自然现象，但在慧能眼里，自然的风和人造的幡都被空观孤离，脱离了客观的时空存在，被心境化了，成了超时空的主观的自然。在这里，慧能把客观世界的自然现象解释为禅宗的精神现象。禅宗著名开创者早期的这一则经典公案，为其自然观定下了基调。

---

① 陈铁民：《王维论稿》，人民文学出版社，2006年版，第231页。
② 《全唐诗》，上海古籍出版社，1986年版，第302页。
③ [后晋]刘昫等：《旧唐书》中华书局，1975年版，第5052页。

在万物皆空的前提下，禅宗坚决地摈弃偶像崇拜意识，它把自然作为体悟空观的手段和中介，以走向自然取代那个高悬俯视的"救世主"，自然作为色、相、界，被赋予了不可或缺的"唯心"的意义，是个体解脱的最直观的亲证。禅宗的这种自然观与庄子明显不同，但其精神实质却有着内在的联系。庄子是亲和自然，是在与自然的和谐中得到真正的自由。禅宗的自然因没有自性而只是证空的手段与现象，禅宗于自然中亲证的目的也是获得自由，所不同的是，庄子在自然中逍遥，禅宗在自然的亲证中解脱。

禅宗自然观的又一独特美学品格是打破自然界普遍的时空规律，对自然现象做任意地组合。由此，自然被空观孤离，其在时空中的具体规定性被彻底打破，自心可以根据主观心相对物象进行自由肢解与重新组合，形成新的禅境。六祖慧能早已为此立下了科范，临终前，他传授给众弟子法门"秘诀"三十六对云："举三科法门，动用三十六对，出没即离两边，说一切法，莫离于性相。若有人问法，出语尽双，皆取法对，来去相因，究竟二法尽除，更无去处。"[1]这是禅宗接引学僧，启人悟道的重要指导思想。是以有无穷组合的两极的、相对主义的方法来破除"我执""法执"等偏见。怀让的"佛非定相"[2]及慧能的"本来无一物"（偈），都是在破除色相，但并非彻底消灭色相，只是说色即是空，色相作为证空的现象与手段，自有其用，从美学上看，色相或心相就是喻象。

在禅宗哲学中，自然并非客观实在，自然缘于人心，自然是人的心相化、心境化，自然现象即为喻象，所以禅宗对自然物象可以进行任意的改造组合，如"石上栽花，空中挂剑""无柴猛烧火""岳顶浪滔天……三冬花木秀，九夏雪霜飞""红炉焰上碧波流""黄河无滴水，华岳总平沉""雪埋夜月深三尺，陆地行舟万里程"等等。如此荒诞不经的喻象组合，违背自然规律和生活常识，完全打破了自然规律和生活常识而强调主观感受。以其非理性的直觉感受，颠覆自然物象的客观规律，突破逻辑思维的理性观念和客观的时空意识，刻意颠覆人们司空见惯的意象组合，以主观心相肢解客观自然，这有悖于传统的中国哲学观念，但却绝对符合看空的般若学逻辑。

---

[1] [唐]慧能撰，郭朋校释：《坛经校释》，中华书局，1983年版，第92页。
[2] 苏渊雷，高振农选辑：《佛藏要籍选刊》，上海古籍出版社，1994年版，第544—578页。

王维深谙佛学，对禅宗的自然观烂熟于心，并把它引入到自己的绘画中，形成了自己独特的画风。纯粹的佛画自不必说，其他的作品也往往渗透着禅宗的参悟。如他的《袁安卧雪图》，竟将一丛芭蕉画在雪中，严重违反了自然时空的真实存在。芭蕉为冬萎之物，按传统思维，则觉其画不合理。然王维正是从禅宗的自然观中得到启示，使自然心相化，并打破其在时空的具体规定性，不粘不滞。中国艺术的核心之一不是拘之于色相以表现对象的多种关系，而是表现一种神髓。《袁安卧雪图》只在于取其神韵，展示袁安超凡脱俗的高人境界。画中的袁安，宁肯大雪天自己饿肚子"僵卧"家中，不肯出外乞食。洛阳令问："何以不出？""安曰：'大雪人皆饿，不宜干人。'令以为贤，举为孝廉也。"[1]王维的雪里芭蕉，似乎不符合自然界的真实存在，然而却契合情感的逻辑，实现了艺术的真实。这是一种超越自然时空的艺术创新与升华。今道友信在《关于美》中说："超越时空的限制，暗示出具有永久性象征意义的存在，并唤起宇宙的生命，这才是艺术的意义。"[2]虽然他是在评论别的画作，但却具有普遍意义。钱锺书先生在谈到王维画中的禅意时以为，假如雪里芭蕉含蕴什么"禅理"，那无非像井底红尘、山头白浪等等[3]。可见，王维的"雪中芭蕉"正是禅宗超时空感悟的体验和思维方式的形象表达，是王维把禅宗思想引入绘画的新创造。

沈括在他的《梦溪笔谈》谈书画中说："世之观画者多能指摘其间形象位置、彩色瑕疵而已；至于奥理冥造者，罕见其人。如彦远评画，言王维画多不问四时。如画花往往以桃、杏、芙蓉、莲花同画一景。余家所藏摩诘画《袁安卧雪图》，有雪中芭蕉，此乃得心应手，意到便成，故造理入神，迥得天意，此难可以与俗人论也。"沈括所言确是深得王维画中三昧。从沈括的话语中，我们还可以感觉到，这种意到便成的画在王维画品中不止"雪蕉"一副。"如彦远评画，言王维画多不问四时。如画花往往以桃、杏、芙蓉、莲花同画一景。"其中的"多""往往"就透露出这种现象绝非此一例。这正说明了王维的有意为之，对后来的文人画创作，有着深刻的启示作用。徐悲鸿先生《漫

---

[1] 苏渊雷，高振农选辑：《佛藏要籍选刊》，上海古籍出版社，1994年版，第544—578页。

[2]【日】今道友信著，王永丽等译：《关于美》黑龙江人民出版社，1983年版，第70页。

[3] 钱锺书：《谈艺录》，中华书局，1988年版，第101页。

谈山水画》指出："真正有中国性格之山水画，成于八世纪之水墨山水创作者王维。"①其中的"中国性格"蕴含丰富，但无疑包含着"自然的心境化"与"意到便成"的开创。

　　禅宗的自然心相化，及其将自然现象作任意组合的思维方式已被王维导入到绘画中。这种"意在笔先"及"意到便成"的灵活画风，自然非李思训父子的青绿山水所可比拟，也难怪董其昌要把王维从盛唐青绿山水绘画主流中抽离，另立南宗门派，而把李思训封为北宗始祖，王维为南宗始祖。"雪蕉"之说，竟成为画坛的著名掌故，也成为后代写意的代名词。王维也因其绘画的多方面创意成为文人画之祖。这其中禅宗的点化功不可没。正如赖永海先生所说："这种不循规格，直抒胸怀之画风，无疑受到禅学南宗不拘形式、注重心性思想的影响。"②中国山水画、写意画无疑受禅宗直观方式的启发，注重精神的深邃，从而心灵化、境界化。

二

　　王维受禅宗影响，使绘画心灵化、境界化，也正是缘于佛教的熏陶，王维画中有一种超凡脱俗之禅境。

　　首先从题材来看，除一些佛教人物画之外，王维的画作以山水居多，其中又多空山、雪景、远村等虚静之景。故元人汤垕曰："（王维）平生喜作雪景图、剑阁、栈道、骡纲、晓行、捕鱼、雪渡、村墟等图。其画《辋川图》，世之最著者，盖其胸次潇洒，意之所至，落笔便与庸史不同。"③由此可知，王维的山水画题材多是远离尘嚣的荒寒幽僻之景。这与禅宗思想一脉相承。禅宗破除偶像崇拜的行动最为激烈，认为自然是个体解脱的最直观的亲证，主张在自然中悟道。王维中年后笃志奉佛，于自然中体悟佛理，这使他对大自然有着特殊的情感，所以王维多以山水自然为绘画题材，远离世俗尘嚣。

　　其次我们来看看王维画作的意境。

---

　　① 徐悲鸿：《漫谈山水画》，见存萃学社编集《山水画史之研究》，大东图书公司，1978年版，第23页。
　　② 赖永海：《中国佛教文化论》，中国人民大学出版社，2007年版，第298页。
　　③ 《文渊阁四库全书》，台湾商务印书馆股份有限公司，1986年版。

由于王维作品已基本失传,所以我们只能从前人对王维画作的评论中窥斑知豹。好在前人对王维画作多有评论,细加甄别,我们还是可以得其风貌的。下面让我们按照时间顺序来看一下王维作品的后人评价。

天宝末年的进士封演评曰:"玄宗时,王维特妙山水,幽深之致,近古未有。"《封氏闻见记》谈到了很多画家,用笔全在评价,并未记一事,表现为评论家的观点,很有可取之处。"近古未有"说明王维画作卓然独立不同于时风。而"幽深之致"则指出了其画作中超尘脱俗的禅意,正如吴镇所云:"幽深自觉尘氛远,闲淡从教色相空。"①与白居易同时的李肇在《唐国史补》卷上评曰:"王维画品妙绝,于山水尤工平远,今昭国坊庾敬休屋壁有之……"李肇最早提到王维山水画"尤工平远",后来此说为两《唐书》采用。中国山水画之"三远"理论,至宋人有精当阐说,如郭熙认为"自近山而望远山谓之平远","平远之意冲融","平远者冲澹"②可见,平远之景深远、冲澹,给人以淡远空寂之感,使人的情思在"幽远"的境界中与天地相融相通,远离尘嚣,超凡脱俗。

至晚唐,出现了朱景玄的《唐朝名画录》、张彦远的《历代名画记》两部专门的画论著作,这两部书在画论界地位显赫,影响颇大。《唐朝名画录》评王维曰:"其画山水松石,踪似吴生,而风格标致特出……复画辋川图,山谷郁盘,云飞水动,意出尘外,怪生笔端。"从朱景玄的论述中,我们可明确看出,王维画类似于吴的写意,但风格又"标致特出",王画的"意出尘外,怪生笔端"正是其超尘脱俗的表现。《历代名画记》最早提到了王维画中为后人称道的"破墨山水",并且说到了王维画的"深重""笔力雄壮""笔迹劲爽",更多从技法等角度对王维画进行了总结。

五代集画家、画论家、诗人、隐士于一身的荆浩云:"王右丞笔墨宛丽,气韵高清,巧写象成,亦动真思。"从荆浩的画论中我们分明可以感受到王维画的逸出尘外,正所谓"气韵高清"。《旧唐书》中评说王维:"书画特臻其妙,笔踪措思,参于造化……如山水平远,云峰石色,绝迹天机,非绘者之所及也。"③其"参于造化""绝迹天机"正强调了王维画臻于自然的绝

---

① [清]顾嗣立:《元诗选》二集卷十四,中华书局,1987年版,第1468页。
② 《文渊阁四库全书》,(台湾)商务印书馆股份有限公司,1986年版。
③ [唐]王维著,[清]赵殿成笺注:《王右丞集笺注》,上海古籍出版社,2007年版,附录三·画录。

俗之美。

宋人沈括认为，书画之妙在于神，而不在于形。"书画之妙，当以神会，难以形器求也。"因此，他认为，王维的画"造理入神，迥得天意，此难可以与俗人论也"，深刻指出了王维画的神妙与超凡脱俗。

而苏轼《题王维吴道子画》云："摩诘本诗老，佩芷袭芳荪。今观此壁画，亦若其诗清且敦。……吴生虽妙绝，尤以画工论，摩诘得之于象外，有如仙翮谢笼樊，吾观二子皆神俊，又于维也敛衽无间言。"[1]苏轼工诗能文善画，他一语中的地指出了王维画如其诗，超以象外，寓超凡脱俗之境界。正所谓"得之于象外，有如仙翮谢笼樊"。

北宋末《宣和画谱》评王维画曰："数百年间，而流落无几，后来得其仿佛者，尤可绝俗也……"[2]《宣和画谱》作为官修画论，基本上概括和代表了当时人们对王维的总体评价，而"尤可绝俗也"无疑明确指出了王维画超尘绝俗的特点。

明代吴宽评王维曰："右丞胸次洒脱，中无障碍，如冰壶澄澈，水镜渊淳，洞鉴肌理，细现毫发，故落笔无尘俗之气。"[3]

明代张汝霖评王维曰："作画为不语之诗，大都品格超绝，清寂之妙，时露笔端，使庸史步趋，虽秃笔成冢，终不能及。"这种"超绝""清寂"显然不同于流俗。

明沈颢评王维画曰："画之简洁、高逸，曰士大夫画也。"清代方薰在《山静居画论》中评王维画曰："孤高绝俗，真士人画也。"[4]这些都不约而同地指出了王维画的超凡绝俗。

由以上考察我们可以确知，王维水墨山水画多选择大自然中最能表现宁静清旷的景物为素材，描绘河渡、雪景、村墟等虚静之景。其画冲淡玄远、虚和萧散、超凡绝俗，达到了一种常人难以企及的境界，这境界即是禅境。王维中年后笃志奉佛，深谙禅理，以禅家之心观照万物，其画难免不"禅意"盎然，"意出尘外"，"绝迹天机，非绘者之所及也"。正如其诗中穷于造化的禅

---

[1] [宋]苏轼：《苏东坡全集》上册，中国书店1986年影印世界书局本，第45页。
[2] [唐]王维著，[清]赵殿成笺注：《王右丞集笺注》，上海古籍出版社，2007年版，附录三·画录。
[3] 《文渊阁四库全书》，（台湾）商务印书馆股份有限公司，1986年版。
[4] [清]方薰：《山静居画论》人民美术出版社，1962年版，第27页。

意。以禅入画,使中国画的精神内涵与审美品位都得到了极大地丰富和提升,将中国画带入了一个新境界,对后世文人画影响很大。

再次,让我们来看王维绘画作品的表现方法。由于王维的绘画作品多表现一种超凡脱俗的禅境,因而用金碧青绿山水画法显然不适合。而吴道子的"墨踪"表现禅境又似乎粗狂。王维以他的灵心妙悟找到了适合自己风格的水墨渲淡之法,既不同于气势逼人的吴道子之雄壮洒脱,又不同于金碧辉煌的李思训之妙入毫芒。这主要是由其河渡、雪景、村墟等颇具禅意的虚静内容所决定的。禅家崇尚简淡、朴素,要想渐入禅境,则需远离浮华纷争、功名利禄。王维朴素、淡远的绘画内容和风格,选择水墨山水作为表现形式自然最为适宜,这并不是说王维刻意遵奉佛禅的某些理念,而是由于他长期受佛禅濡染,已经形成了具有禅心的审美倾向,无意识之中就会做出最能表现禅意的选择。

董其昌推崇南宗画派,因他们皆以"淡"为宗,在董其昌看来,这种"淡"的风格是无门径可入的,是性情的自然流露,是一种"禅明"的先验性质的心理感受。他认为王维代表的南宗山水画就是通过以简代繁、以拙代巧、以空代实、以少胜多的表现手法,来达到"萧散淡泊"的禅境。王维摒弃绚丽灿烂的五色,代以素朴的水墨,可谓"淡"之极也。

总之,王维的山水画多通过素淡的水墨,表现荒寒空寂的内容,呈现虚和萧散、冲淡玄远的禅境,呈现的是南宗画派的独特风貌,这与他精深的佛禅修养是分不开的。

三

禅宗那种灵活自由、不受拘束的精神对王维在艺术上的开拓精神也有启发。这种开拓精神在其绘画上的表现就是始用渲淡、破墨之法。

佛教的最终目的是破苦求乐,这种"破"的精神后来渗透到佛教的各个方面。"从达摩开始,禅宗就有破相犯戒之举。所谓'破相',就是破除一切限制而进入完美的境界。"[①]菩提达摩传法于慧可,慧可虽有印度"南宗"的特色,而当他传法时,当时的另一位禅师道恒,竟讥之为"魔语"[②]。可见佛教

---

① 顾伟康:《禅宗文化交融与历史选择》,知识出版社,1990年版,第74—75页。
② 刘墨:《禅学与艺境》,河北教育出版社,2002年版,第75页。

界最初就具有不墨守成规的精神。

至六祖慧能,更是高举禅宗革命的大旗。慧能顿悟成佛学说的提出,极大地缩短了人间和佛国、尘世与净土的距离,向人们提供了一条成佛的简便捷径。慧能提倡"即心即佛",把自心和佛性等同一体,成佛只需顿悟,自身本具佛性,不必外求。这有力地破除了人们对于偶像的迷信与崇拜。《六祖坛经》上说:"东方人造罪,念佛往生西方;西方人造罪,念佛求生何国?"这种大胆怀疑,独立思考以及离经叛道的言论,对摆脱原始佛教烦琐的经典理论和种种宗教礼仪,起到了积极的鼓动作用。慧能的顿悟法门,使成佛修行不需积累,不拘形式,自由灵活,这种开拓精神为禅宗注入了强大的生命活力,也为禅修的"利根"之人注入了开拓的精髓。此后,一些禅师就开始在行为上"释门事相,一切不行",而把礼忏、写经、画佛、诵读等等都废弃不置,且将这一切称为妄想。此后犯戒、自由、创新之举更多,甚至呵佛骂祖。至明清更发展成为个性解放、思想自由的洪流。

禅宗在破除一切执着的原则下,能够大大地活用,这是发自内心之妙悟的一种活泼创新。因此在同一个师门造就之下的许多弟子,成就后各有风格、各有机用、各有方法,而开创出各自不同的派别。其灵活多变的思维方式,斗机锋、参话头等做法都培养了一种灵动的心机,灵活的心智。"禅语的特征之一便是意在言外、意义多元,每一则公案、禅诗、评唱都可以有多解。"[1]禅宗不仅公案主旨的意义多元,禅诗意象的意义多元,一些经典文本的意义也是多元的,如《碧岩录》等。

此外,禅宗接引学僧的方式也是因人因时因地而多种多样、自由灵活。张志清等总结有"反诘教学法、答问不定法、间接暗示法、答非所问法、矛盾颠倒法、自觉悟道法、打骂教育法"[2]等等。著名的如德山宣鉴的"棒",临济义玄的"喝",而马祖道一接引学僧的手法竟有六种:"打、画地、打掴、吹耳、竖拂及喝、踏。"[3]

当然这不是说禅宗思想就无迹可寻,它是在活参的基础上达到禅悟。这种

---

[1] 吴言生:《禅宗哲学象征》,中华书局,2001年版,第4页。
[2] 张志清、林世田、刘秀红:《名师谈禅》,书目文献出版社,1993年版,第217页。
[3] 【日】忽滑谷快天著,朱谦之译:《中国禅学思想史》,上海古籍出版社,1994年版,第151—152页。

灵活顿悟的思维方式无疑促使王维在艺术活动中灵动而不拘泥，也无疑有助于他绘画艺术中开拓精神的萌发。

探讨王维在绘画方面的开拓之前，让我们先简单回顾一下中国山水画的发展脉络。中国绘画最初以人物画为主，山水画后兴。山水的出现虽然可追溯到汉代甚至更早，但发展缓慢。魏晋南北朝时，伴随着人们审美意识的提高，山水才逐渐为画家所关注。但由于资料缺乏，后人很难考究。隋代，山水画继续缓慢发展，初唐山水画还有许多弊病，至初、盛唐之交，李思训、吴道子出，山水画才发生了巨大变化。李思训使工笔的青绿金碧山水趋于成熟。而吴道子最擅长人物佛像，兼画山水。所以宋人谈唐代山水画家多不论吴，而以王维、李思训为例。吴道子一改传统模山范水之径，创图写意，传山水之神。童书业先生在《中国山水画起源考》中指出："吴、李两家实是唐代山水写意工致两大派的始祖。吴派代表线条美，李派代表色彩美。"①吴道子的线条是丢弃了传统的细笔之法而行笔纵放。朱景玄《唐朝名画录》称其"只以墨踪为之，近代莫能加其彩绘"。可见，他不仅线条为"墨踪"，且用墨极其生动，达到彩绘不能复加的地步。

王维出生于李思训和吴道子之后，有机会学习李、吴的画法。《唐朝名画录》记载："其画山水松石，踪似吴生，而风格标致特出。"可见王维的绘画风格近似于吴道子，但风韵更胜于吴道子。《历代名画记》中记述王维曰："工画山水，体涉古今。"这里的"古""今"，当主要指传统的青绿着色山水及新兴的"水墨"画法。王维显然更钟情于水墨画法，并对这种表现手法作了进一步完善，即"始用渲淡，一变钩斫之法"②。"渲淡"是墨加水后的变化，在当时以吴道子的"墨踪"及李思训的青绿山水为主宰的山水画坛，王维的"渲淡"之法更适于表现山水木石的结构肌理与空间层次，既提升了对客体的表现力又丰富了绘画作品的内涵。使绘画手法在传统的青绿着色画法与吴道子的"墨踪"画法之外，有了进一步创新。这无疑是对山水画的重要贡献。后人推测吴道子山水画可能"勾勒参用水墨法"，但史书只以"墨踪"记之，可见即使参用水墨之法，也未引起时人之关注。而王维则有意为之，且为唐人所

---

① 【日】忽滑谷快天著，朱谦之译：《中国禅学思想史》，上海古籍出版社，1994年版，第151-152页。

② [明]董其昌：《艺林名著丛刊画禅室随笔》，中国书店，1983年版，第43页。

关注，并第一次在画论中提到这种表现技法。张彦远论王维画曰："余曾见破墨山水。"[1]这是今日所能见到的有关"破墨山水"的最早记载。

王维的"破墨山水"即是后来的"水墨渲淡"。这种画法，摒弃色彩，在墨中加入不同比例的水，使墨呈现出不同的深浅层次，以此来呈现山石物像的阴阳细微之处，使墨如兼五彩，从而使作品呈现出一种淡泊、朴素、雅逸之美。王维弃彩用墨，由是"墨法"生焉，在表现机趣方面，墨比色更得心应手。"破墨"之法，奠定了中国文人画的根本创作方法。

王维的画水墨渲染，意到便成，超凡拔俗，正如相传为其所做的《山水诀》所言"水墨为上，肇自然之性，成造化之功"。破墨为色的创新奠定了王维在文人画历史上的初创之功。"水墨"的大量使用，无疑表现了王维在绘画方面的开拓精神。这种开拓精神是与禅宗的创新精神一脉相承的。正如铃木大拙所说："禅的真理就是把人们单调乏味的平凡生命，变成一种艺术的、充满真正内在创造性的生命。"[2]作为精通禅宗精神的王维，无疑从中受到了创造的启示，并把这种创新精神运用到自己的艺术创作中。

四

禅宗对王维的身心优化也有积极作用，从而也在一定程度上促进了其绘画技艺。禅宗修习讲求禅定，禅定是一种主动调控内心的修习方法，通过自身心理调摄，使修习者排除所有纷繁杂念，净化心理，从而达到气定神凝、心无旁骛之最高境界。这种优化身心的效果已被很多修习者所确证。据陈兵先生介绍，一些科学工作者利用脑电、心电等现代仪器测试，当禅定修习者锻炼入定之后，其新陈代谢以及身体各种系统功能都会发生良性变化。[3]

"禅定的价值，更在于其益智开慧、伏断烦恼、优化心理结构等心理效应。""佛法虽广，其要者无出于戒、定、慧三学。夫戒者，主要是收束身心，定者，则在专志凝神，而般若智慧，则使人穷妙极巧。"[4]禅定的主要目

---

[1]《文渊阁四库全书》，（台湾）商务印书馆股份有限公司，1986年版。
[2]【美】弗洛姆等著，王雷泉等译：《禅宗与精神分析》，贵州人民出版社，1998年版，第22页。
[3] 陈兵：《中国禅学》第一卷，中华书局2002年版，第13页。
[4] 赖永海：《中国佛教文化论》，中国青年出版社，1999年版，第298页。

的和最高功德是"因定生慧",《大智度论》卷十七云:"实智慧从一心禅定生。"①修行禅定之后,人们能排除各种纷繁杂念,使思维、精力高度集中,心智处于最佳状态,此时无论是返观内照还是处理各种世俗事务,都能取得意想不到的良好效果。

从实际情况来看,王维一生的主要时间都在做官,只有很少的时间从事艺文创作。据台湾皮述民先生统计,二十岁以前是王维求学及艺文学习的时代,二十一岁至六十一岁共四十一年,大部分时间都在做官;若扣除他二十七至三十三岁共七年隐居嵩山、终南、蓝田;四十八至五十岁约两年丁母氏之忧,五十六至五十七岁约两年安史之乱,总共十一年不算的话,他也有三十年的时间担任各种公职,实在是一个长期公务员的身份。没有天分,怕是难以在多方面出类拔萃。

但他的艺文却能取得如此成就,其中天资与勤勉固然是重要因素,而佛教禅宗的作用亦不可小觑。因为佛教使王维在各种纷繁的公务之余能够做到心定神宁,而这是王维从事各种以禅意为核心的艺文工作所必须具备的心理基础。现代心理学认为,禅修之人在锻炼入定之后,心理的各种紧张与压力都会得以缓解,情绪得以放松,生理机能也会因之改善。从而使人在处理各种事务中心无旁骛,全身心投入,因之可取得事半功倍的效果。王维是一个忙碌的公务员,又与奸相李林甫同朝听政,作为一个正直的文士,其心中的纠结当不会少,而正是禅宗的修行使它能够放下纠结,在听政之余专心从事艺文创作,从而在艺文方面取得骄人的成绩。

钱锺书先生在《中国诗与中国画》中说道:"在他(王维)身上,禅、诗、画三者可以算是一脉相贯。"②王维因参禅悟道使其诗画在审美情趣上与禅境相通,呈现出浓郁的禅意,其绘画心灵化、境界化,通过素淡的笔墨,表现荒寒空寂的内容,呈现萧散空寂、冲淡玄远的禅境,以润物细无声的方式把佛理禅意熔铸在其山水画中,使其山水画充溢着禅宗的意趣与情愫,有一种超凡脱俗之禅趣。禅宗那种灵活自由、不受拘束的精神对王维在艺术上的开拓精神也有启发。这种开拓精神在其绘画上的表现就是始用渲淡、破墨之法。水墨的大量使用,无疑表现了王维在绘画方面的开拓精神。这种开拓精神是与禅的

---

① 《大正藏》卷二五。
② 钱锺书:《七缀集》,三联书店,2002年版,第5页。

创新精神密切相关的。此外，禅宗对王维的身心优化也有积极作用，使其在繁忙的公务之余，能伏断烦恼，气定神闲，全身心投入艺文创作，在一定程度上促进了其绘画才能。因而，从某种意义上说，王维借禅宗成就了他的绘画。而其绘画艺术成就也深深地影响了身后众多的习禅诗人、画家。

杨晓慧，1970年生，2012年毕业于陕西师范大学文学院，文学博士，师从霍松林先生，现为西安文理学院人文学院教授。

百韵五言长律嬗变考述

沈文凡

内容摘要： 百韵五言长律（排律）诞生于唐代，在诗歌史上具有里程碑的意义。它不仅在唐代诗人五言排律创作的基础上增添了一种规模弘阔，能够如史诗般叙述而又保持短律抒情的特色，同时也引发了唐代及其后世百韵古诗的创作。宋元明清的百韵五言排律，虽然承载的内容有所不同，思想境界有高有低，但在力求开阖变化，错综恣肆，部伍森严，章法精密，表现大才华，展示大技巧上却与唐人之作有异曲同工之妙。

关键词： 百韵五言长律；诗体；嬗变；唐代；宋元明清

百韵五言长律由杜甫首创，元稹、白居易承继，张祜、韦庄通津，而后源流派别，正变两备，各臻其妙。杜甫《秋日夔府咏怀奉寄郑监李宾客一百韵》不仅在唐代诗人五言排律创作的基础上增添了一种规模庞大、叙事复杂多变而又保持了短律抒情的特色，同时也引发了唐代及其后世百韵七言长律和百韵五七言古诗的创作，其叙述、抒情、结构等方式还被其他文体所吸纳。诚可谓伐山导源，为百世师。宋元明清的百韵五言排律，虽然承载的内容有所不同，思想境界有高有低，但在力求开阖变化，错综恣肆，出于豪纵，入于谨严，表现大才华，展示大技巧上与杜诗有异曲同工之妙。

继杜甫《秋日夔府咏怀奉寄郑监李宾客一百韵》后，白居易、元稹、张祜、韦庄等都有百韵五言长律的创作。白居易、刘禹锡、温庭筠、李商隐、皮日休、陆龟蒙还都创作有百韵五言古诗。施肩吾曾作七言《百韵山居诗》，才情富赡。胡应麟认为施肩吾的诗是七言排律，并推断"其诗必不能佳"，"然亦异矣"。①郑嵎创作了百韵七言古诗《津阳门诗》。百韵五言排律产生于前，百韵七言排律，百韵五言古诗、百韵七言古诗步趋于后，这是值得注意的现象。白居易有百韵五言长律四首：《代书诗一百韵寄微之》《和梦游春诗一百韵》《渭村退居寄礼部崔侍郎翰林钱舍人诗一百韵》（下平阳韵）、《东南行一百韵寄通州元九侍御澧州李十一舍人果州崔二十二使君开州韦大员外庚三十二补阙杜十四拾遗李二十助教员外窦七校书》，其中《和梦游春诗一百韵》朱金城认为是"仄韵长律"②。元稹有五言百韵长律三首：《代曲江老人百韵》（上平真韵）、《酬翰林白学士代书一百韵》（上平支韵）、《酬乐天东南行诗一百韵》（上平虞韵）。元白唱和百韵长律，白居易为原唱，元稹为和作。白居易《代书诗一百韵寄微之》作于元和五年（810），元稹和篇当也作于此年。《东南行一百韵寄通州元九侍御澧州李十一舍人果州崔二十二使君开州韦大员外庚三十二补阙杜十四拾遗李二十助教员外窦七校书》作于元和十二年（817），元稹和诗作于元和十三年（818）。元白的唱和对百韵五言长律的影响是不言而喻的。尽管论者在将元白与杜甫的比较中，对杜甫给予更多推许，但同时对元和百韵长律体的推动之功也予以充分肯定。"长律百韵始于杜甫《夔府咏怀》一篇，继之者元微之、白居易。居易集中百韵凡三篇。杜甫排奡沉郁，局阵变化，其才气笔力，自非居易所及。居易法律井然，条畅流美，实可为后来之法。学者未能窥杜之阃奥，且从此问津，自无艰涩凌乱之病。"③相比之下，元白长律虽然同杜甫瑰奇宏丽、变动开合相比有流易有余、变化不足的缺点，但在属对整称、使事工稳，甚至是波澜壮阔、笔力沉雄方面也基本达到了与杜甫同样的艺术境界。故李重华认为："五言排律，至杜集观止；若多至百韵，杜老止存一首，末亦未免铺缀完局，缘险韵留剩后幅故也。白香山窥破此法，将险韵参前错后，略无痕迹，遂得绰有余裕。故百韵叙事，当以香山为法。"④杜甫而下，确实罕与为俪。而白居易的以诗代书在百韵长律中还是首次。尽管此前有张九龄《南还以诗代书赠京师旧寮》长律一

---

① 吴文治：《明诗话全编》，江苏古籍出版社，1997年版，第5484页。
② [唐]白居易著，朱金城笺：《白居易集校笺》，上海古籍出版社，1988年版，第866页。
③ [清]乾隆御选：《唐宋诗醇》卷二十二，中国三峡出版社，1997版，上册，第470页。
④ [清]李重华：《贞一斋诗说》，见丁福保编《清诗话》，上海古籍出版社，1982年影印版，下册，第925页。

篇，但它不足三十韵。所以元白百韵五言长律对后来亦有重要的范式作用。钱良择揭示道："百韵律诗少陵创之。字字次韵元白创之。前人和诗，和其意不用其韵，自元白创此格，皮陆继之，后人始以次韵为常矣。"①有先后次第皆循原诗者，被称为次韵。元白唱和的字字次韵，实可为后代典则。赵翼评价元白的次韵之作说："然近体中五言排律，或百韵，或数十韵，皆研炼精切，语工而词赡，气劲而神完，虽千百言，亦沛然有余，无一懈笔。当时元白唱和，雄视百代者正在此。"②杜甫《秋日夔府咏怀奉寄郑监李宾客一百韵》用下平先韵，白居易《代书诗一百韵寄微之》和元稹《酬翰林白学士代书一百韵》皆用上平支韵，而张祜《戊午年感事书怀二百韵谨寄献太原裴令公淮南李相公汉南李仆射宣武李尚书》（下平先韵）的出现，更预示了韵数更多的五言长律的即将出现已是历史的必然。张祜的二百韵五言排律虽属投献，但诗与史合，雄丽沉博，有少陵遗风。通过百韵律诗奉寄投献，能更充分地感事咏怀。它可以展示诗人的思想感情脉络，行踪交游的轨迹以及国家的沧桑变化。从这个角度可以说百韵五言排律是艺术化了的"史册"。晚唐百韵五言长律有韦庄的《和郑拾遗秋日感事一百韵》（下平阳韵）。韦庄在这首诗中，结合自己的遭遇反映了时代大动乱时的历史真实。白居易的五古《游悟真寺》一百三十韵，题后有诗人的注明。刘禹锡《游桃源一百韵》，《刘宾客文集》卷二十三列在"古调"中。但潘德舆却评云："其诗铺写宏富，词义华美，略与元白长律相似。吾不知乐天喜梦得诗而极称之耶？抑第美其律绝耶？"③李商隐《行次西郊作一百韵》（上平真韵），温庭筠《病中书怀呈友人并序》一百韵，《唐诗韵汇》卷之七五言排律误收。皮日休《吴中苦雨因书一百韵寄鲁望》，陆龟蒙《奉酬袭美先辈吴中苦雨一百韵》是百韵古诗。"百韵"概念产生于唐，故此百韵长律与百韵长古兼及之，以别源流。

其实，自从杜甫使用"百韵"概念后，到中唐已被诗人普遍接受，《酬翰林白学士代书一百韵》小序中两次提到"百韵"："玄元氏之下元日，会予家居至，枉乐天《代书诗一百韵》，鸿洞卓荦，令人兴起心情。且置别书，美予前和七章，章次用本韵，韵同意殊，谓为工巧，前古韵耳。不足难之，今复

---

① ［清］钱良：《唐音审体》，清康熙四十三年刻本。
② ［清］赵翼著，霍松林、胡主祐点校：《瓯北诗话》，人民文学出版社：1981年版，第38页。
③ 郭绍虞、富寿荪：《清诗话续编》，上海古籍出版社，1999年版，第2017页。

次排百韵，以答怀思之贶云"①可见元白二位大诗人用百韵五言排律互相酬唱的真实情景。《酬乐天东南行诗一百韵》也结合自己的遭遇提到元和十年至十三年"百韵律诗"等诗作的反复往还的唱和次韵情况："书中寄予百韵至两韵凡二十四章。"②元稹在《封书》中更提到了"三百韵"概念："书出步虚三百韵，蕊珠文字在人间"。白居易在《和梦游春诗一百韵》提到将元稹七十韵扩展为一百韵的创作情况："微之既到江陵，又以梦游春诗七十韵寄予……故广足下七十韵为一百韵，重为足下陈梦游之中。"③刘昫等评价道："（元稹）既以俊爽不容于朝，流放荆蛮者仅十年。俄而白居易亦贬江州司马，稹量移通州司马。虽通、江悬邈，而二人来往赠答，凡所为诗，有自三十、五十韵乃至百韵者。江南人士，传道讽诵，流闻阙下，里巷相传，为之纸贵。"④当时百韵排律流布就已经很广。诗人有时也用"千言律""千字律"这个概念来指称百韵律诗。白居易《重寄微之诗》"诗到元和体变新"句下自注"众称元白为千言律，或号元和格"。元稹《酬乐天余思不尽加为六韵之作》"乐天曾寄予千字律诗数首，余皆次用本韵酬和，后来遂以成风耳"⑤，就将"百韵"与"千言"作为同一概念来使用。在《上令狐相公诗启》⑥中，除辩驳人们对"元和体"的误解外，也对由于人们盲目仿效而招致司文者考变雅之由时往往归咎于元稹本人表示不满。但其着重介绍百韵五言长律创作的动因对我们把握元和体的内涵却有特殊意义。元稹与白居易友善，居易特别擅长作诗。在和元稹交往的过程中，往往将其驱驾文字、穷极声韵而创作的百韵五言排律或者五十韵五言排律投寄给元稹。而元稹自审不能超过白居易，就往往戏排旧韵，别创新词，名为次韵相酬，是想以难相挑。而为了说明问题，在此书启中特意提到向令狐相公进献古体歌诗一百首，百韵至两韵律诗一百首共五卷。温庭筠也在《病中书怀呈友人并序》（百韵古诗）诗前小序中使用了百韵概念："开成五年秋……兼呈袁郊、苗绅、李逸三友人一百韵。"⑦一种诗体的被认同，

---

① [唐]元稹著，杨军笺：《元稹集编年笺注》，三秦出版社，2002年版，第307页。
② [唐]元稹著，杨军笺：《元稹集编年笺注》，三秦出版社，2002年版，第676页。
③ [唐]白居易著，朱金城笺：《白居易集校笺》，上海古籍出版社，1988年版，第863页。
④ [后晋]刘昫等：《旧唐书》卷一百六十六《元稹传》，中华书局，1987年版，第4327页。
⑤ [唐]元稹著，冀勤点校：《元稹集》，中华书局，2000年版，第247页。
⑥ [唐]元稹著，冀勤点校：《元稹集》，中华书局，2000年版，第633页。
⑦ 陈贻焮等：《增订注释全唐诗》，文化艺术出版社，2001年版，第203页。

在当时也是有难度的。"铺陈终始，排比声韵，大或千言，次犹数百，辞气豪迈而风调清深，属对律切而脱弃凡近"，《唐杜工部员外郎杜君墓系铭并序》①一段话，揭示了杜甫在五言排律方面的创新，而"大或千言"，就是指百韵五言长律而言的。郑嵎，字宾先，大中五年（851）进士第。他的百韵古诗《津阳门诗》（并序）从七言的角度看，是首创，但也是受杜甫百韵五言长律的影响。唐之后百韵五言长律的创作也益趋繁盛。尽管人们认为，宋人编辑诗文集时喜欢以题材分类而不喜欢以体裁分类，但是宋代诗人对百韵五言长律（包括七言）却是非常认同的。初盛唐时期，诗人用中短篇排律与皇帝唱和的现象很普遍，但百韵五言排律尚无与皇帝唱和者。宋王安中1125年创作了《宣和七年九月二十三日睿谟殿赏橘曲燕诗（并序）》百韵五言长律。他在诗序中说："臣顷以不腆之文，仰误殊奖，归美报上，乃臣本志，敢不控竭芜陋。仰塞隆旨，谨斋沐课成'五言百韵律诗'一首，缮写上进，冒渎天威，臣无任。"②这一作品，由于是进奉给皇帝的，所以此种诗体也特别引起了关注与重视。徽宗政和八年（1118）进士朱翌的《送吏部张尚书帅成都一百韵》也是一首百韵五言排律。

由于诗体的独特要求，在内容方面，百韵律诗必然要融入大量的名物制度、典故成语，还有与诗有关的本事史实等，因此对创作者来讲，既要有闳深丰厚的学力，又要有声韵的纪律准绳，难度之大可想而知。《代曲江老人百韵》是元稹十六岁时所作，无独有偶，宋代的汤伯达在二十岁左右时也完成了一首百韵长律。张孝祥《汤伯达墓志》记载了汤伯达在自身重病的情况下，苦思寝食，自力为其父的寿诞献上"百韵律诗"一首。③但大多数诗人都是在饱经沧桑后才开始创作百韵长律的。经历丰富的诗人躬阅事物之变，益以江山之助，自然会心与境会，意随辞达。尽管篇长韵险，但韵逾险而反夷。尽管涉及很多故实，但事积故而逾新，对有才华的诗人来说，才思笔力，绰有余裕。百韵五言长律由于它的纪事性较短韵律诗大大增强，同时又没有失去诗歌的优美韵律意境等，所以这种艺术产品除了可供人品味赏玩、陶冶情操，又增加了实用的功能。特别是在大的文化活动场合，作用更加明显。王十朋《县学落成百韵》就是这类五言长律的代表

---

① [唐]元稹著，冀勤点校：《元稹集》，中华书局，2000年版，第600页。
② [宋]王安中：《初寮集》卷一，台湾商务印书馆，1986年影印《四库全书》文渊阁本。
③ [宋]张孝祥著，彭国忠点校：《张孝祥诗文集》，黄山书社，2001年版，第334页。

作。古代公学、私学发达，县学落成当然是大喜之事，用此诗体颂文明之举，是非常合适的承载体。故诗序云："新学告成，祀事既毕，贤大夫与邑之多士，讲乡饮酒礼，无愧鲁泮风，真一时伟观也。某非史克，虽不能作为歌颂，以揄扬盛德万一，辄不揆课成律诗一百韵。"①

历朝代替他人创作诗文者不少，作品数量也颇丰，而且不论什么体裁、题材都具备，但规模阔大的百韵五言长律却绝少见，因为难度太大。王阮百韵五言长律《代胡仓进圣德惠民诗一首（并序）》，就是非常好的尝试。王阮在诗序里，阐明了他的创作观点，认为从思想感情而言，士大夫极目所接，托兴喻物，创作声诗，可以渲导感情。而将臣属创作的作品投献给国君，也是君臣之间真情所在。所以他说此诗采用本地方言俚语，稍加隐括，便"比为近体诗一百韵"②。诗中所写为其所见与其所闻，字字必实，言言不诬。王阮整体创作特点确实是感物兴怀，酬唱嘲咏，笔力雄放，寓有深意，有似杜甫。从中也可以看出杜甫的《秋日夔府咏怀奉寄郑监李宾客一百韵》一直是宋元明清诗人五言长律创作的范本，当然继承中有变化。如方秋崖《式贤和杜夔府百韵过余秋崖下，大篇春容，笔力遒劲，于其归也，聊复效颦，方岳拜手》③。式贤是吴龙翰的字，《和夔府百韵》是他追和杜甫百韵长律的。他的诗清新隽永，具有思致。迥异浮滑，句老意新。有惊人语，足耐咀吟。而方岳这首诗又是和吴翰龙的。这种酬唱活动，又是对元白百韵律诗唱和的继承。

规模庞大的诗作，一般都具有史诗的性质。原本大题材的承载体百韵五言排律到元明清时也就向多极化发展：既记载惊天动地的历史事变，也刻录个人主观感受，甚至连怪异、梦幻、超现实的想象也进入到诗人的视野中。元代陈高（1315~1367）的五言排律《丁酉岁述怀一百韵》表达了"百年千变态，一日九回肠"④的坎坷遭遇。郝经其《仪真馆中暑一百韵》⑤五言长律就是从中暑切入，极

---

① [宋]王十朋：《梅溪集前集》卷二，（台湾）商务印书馆，1986年影印《四库全书》文渊阁本。
② [宋]王阮：《义丰集》（不分卷），（台湾）商务印书馆，1986年影印《四库全书》文渊阁本。
③ [宋]吴龙翰：《古梅吟稿》卷六，（台湾）商务印书馆，1986年影印《四库全书》文渊阁本。
④ [元]陈高：《不系舟渔集》卷六，（台湾）商务印书馆，1986年影印《四库全书》文渊阁本。
⑤ [元]郝经：《陵川集》卷十四，（台湾）商务印书馆，1986年影印《四库全书》文渊阁本。

尽铺陈中暑的各种感受，甚至用国家、民族、战争这类大意象来形容"中暑"后的各种痛苦感受。明孙蕡的《朝云（并序）》应该说是一篇用百韵五言排律创作的明代的《高唐赋》《洛神赋》。诗人假借与苏长公妾朝云的不期而遇，悼粉香零乱，写溟漠幽姿，非独慰朝云，亦聊以自悼。"为诗用纪其事，凡一百韵"①，从中可以看出其功能的扩大。当然，现实的内容，还是百韵五言排律表现的主体。孙蕡还有《琪林夜宿联句一百韵》。童轩《久雨一百韵》诗序介绍说："庚辰六月，淫雨四十余日，大水弥望，坏人屋壁轩，忧病中值此困薆可知。因成五言排律一百韵，以写予怀。"②这和陆龟蒙《奉酬袭美先辈吴中苦雨一百韵》五言古诗，内容、形式上都有联系。明代是我国百韵五言长律创作的丰盛期。这一时期，不但作品多，而且诗人创作百韵五言长律时还有理论认识做支撑。

明代著名诗评家、诗人胡应麟在《乙未仲冬朔舟次济南大雪百二十韵》诗序中追本溯源地阐释了这首百韵五言长律在题材、用韵、构思等方面的特点："呼酒豪兴，逸发信笔，缕缕复得千言，通前短章，凡一百二十韵。唐五言百韵昉于杜陵，韩白踵作。然皆历陈时事，未有咏物而韵百余者。又皆用宽韵四支一先之属，未有兹韵而至百余者。余不佞，实始滥觞。即构思荒幻，取证杂猥，大方之家，谅有余笑。顾邯郸之麠，粗竭于此。而用事之变，于词场亦庶几焉。因并前什，繁简互存，以敬俟后君子。且以为异日者，考见颠末浅深之。"③题材上，用百韵排律咏物，此诗确实是首创。用韵上，唐代诗人的百韵长律大都是宽韵四支一先之类，确实还没有将"上平东韵"用于百韵长律的。百韵五言长律用字用韵都难于篇幅短于百韵者。就是说，诗人采用宽韵而不用短韵时，也还要避免宽韵使用的恣意泛滥。与其将不能入诗的韵用上，莫不如使用形同义异的字韵。"而欲演绎千余言，非此何以措手足。如此篇，四空字，一实用，一虚用，一梵语，一官名，字虽同，而义亡，一同且其难用，尚有甚于字异者，故聊存之以备一体，兼以就正大方家，又前用惠能筛粟事，粟即杭稻之属，《坛经》自明，与后用燕丹天雨粟事，亦不同。"④在构思上，有

---

① [明]孙蕡：《西庵集》卷八，（台湾）商务印书馆，1986年影印《四库全书》文渊阁本。
② [明]童轩：《清风亭稿》卷五，（台湾）商务印书馆，1986年影印《四库全书》文渊阁本。
③ [明]胡应麟：《少室山房集》卷四十七，（台湾）商务印书馆，1986年影印《四库全书》文渊阁本。
④ [明]胡应麟：《少室山房集》卷四十，（台湾）商务印书馆，1986年影印《四库全书》文渊阁本。

超越现实的想象,使用诗料上,放得开,变化多,即作者所概括的构思荒幻,取证杂猥。《挽王元美先生二百四十韵》是胡应麟哭悼王世贞的百韵长律。哭悼哀挽类的长律此前超过百韵的极少。诗序说:"爰掎摭先生生平履历,闭户一月,勒成此篇。凡二百有四十韵二千有四百言,古排律至多不过百韵,至先生哭于鳞百二十韵而极。奈余之才,不能半古人,则先生履历,非藉此,固亡以征万一,而冗滥之诮,诚无逭于大方矣。"①于鳞是李攀龙的字,王世贞有《哭李于鳞一百二十韵》百韵长律,胡应麟仿效王世贞用百韵长律悼念李攀龙而哭挽王世贞,从中可见文坛风尚。胡应麟在《挽王元美先生二百四十韵》百韵长律中,用十段文字来悲悼王世贞,并在每段后有说明,这也是百韵长律写法上的补充:叙交游事、叙著作事、叙问学事、叙家难事、叙宾客事、叙燕会事、叙宦游事、叙焚修事、叙再出事、叙乞归事,简直就是百韵长韵体传记。胡应麟在《与王长公第二书》中透露了其百韵排律规模宏大的缘由:"近体排律,一章半简,无大逾人,至数百韵以还,数十篇而外,淋漓浩荡,点缀不穷,窃窥艺林,靡敢多让,而尤嗜读书,身所购藏,几等邺架,经史子集,网罗渔猎,时有发明。"②他还有《寄赵相国一百韵》。于慎行《述大司空镇山朱师治河功成百韵》③是一首社会现实意义较为重大的百韵五言长律。黎民表撰有五言排律《将之京师祇谒先陇述感一百韵》④。胡应麟评价同时代的诗人道:"近献吉、仲默,诸体必备。……排律百韵以上,滔滔莽莽,杳无际涯。"⑤李梦阳,字献吉,著有《空同集》66卷。何景明,字仲默,著有《大复集》38卷。检二人诗集,未见百韵长律。可见明人百韵长律遗失之多。

清代百韵五言长律创作继续繁盛。从唐代起,百韵排律的创作题目上标示奉承投赠字样的,既有独抒己怀的,但更多的是次韵酬唱。这种创作方式一直被后来的诗人所延续。到了清代,又有口述的,如《牧斋初学集》卷第十四

---

① [明]胡应麟:《少室山房集》卷四十八,(台湾)商务印书馆,1986年影印《四库全书》文渊阁本。
② [明]胡应麟:《少室山房集》卷一百十一,(台湾)商务印书馆,1986年影印《四库全书》文渊阁本。
③ [明]于慎行:《谷城山馆诗集》卷十七,(台湾)商务印书馆,1986年影印《四库全书》文渊阁本。
④ [明]黎民表:《瑶石山人稿》卷九,(台湾)商务印书馆,1986年影印《四库全书》文渊阁本。
⑤ 吴文治:《明诗话全编》,江苏古籍出版社,1997年版,第5731页。

《崇祯十一年九月十五日谒孔林越翼日谒先圣庙口述一百韵》，在百韵五言排律（或长古）体式上、承载的内容方面都有所创新。吴伟业《梅村集》卷十六载有《思陵长公主挽诗》百韵五言排律。施闰章在《寄魏凝叔》中称："五排动至百韵，又填词累寸，才情驱煽，前无古人，有道者私忧之。"①尽管对百韵创作泛滥不满，但他在《与吴梅村》中又举一例说明百韵长律的作用："愧未属和，抵沧州则与第五联舟灯下，读百韵诗，涕数行下，诗之能移人情至此，益追恨。"②吴绮，诗学李商隐、杜牧、温庭筠，集中有《寄上大司马公百韵》③。彭孙贻，其诗沉壮郁博，《东游纪行一百二十二韵往历下省觐作》《和南海屈翁山大均华岳百韵诗》都体现了这个特色。《帝京后篇百韵次答海昌朱人远》诗序中谈道："昔在都下赋燕京篇长律二百余韵，当湖陆子麟士见示帝京篇百三十六韵又复和之。"④而下一篇百韵五言长律的长标题，就显示了他有关五言百韵长律的学术观点：《帝京篇一百三十六韵和当湖陆麟士楸并步元韵，已赋燕京篇二百余韵，已而见陆子帝京篇，奥衍闳肆，逡巡小巫。夫长律盛于杜陵，滥于元白，近代弇州之哭历下，羡长之上王吴，或文不耳篇，或文无余劲，知兼才之难也。原夫义取乎排，斯连类有序，体存于律，必音响是谐。苟肤缀经句，既膴腐不灵；若多摭赋词，则艰深难会。况乎意本非奇，形标字易，必也筱骖虬户，何裨祭獭续貂乎？更步陆篇，抒其未尽，刻猿棘刺，盘马蚁封，虽险仄终乖要，工拙可睹已》。屈大均有《华岳》百韵五言排律。毛奇龄，其诗沉博绝丽，窈渺情深。然律严韵隽，思力亦沉。对百韵诗特殊的创作内容与方法予以肯定："大廷献颂，人竞进词赋，君独稡撷六经，攟摭其成文，纂为百韵诗，而集俪句于其前，以为序。东堂学士动容，咨嗟以为仅见。"⑤在《题王文叔诗页子》中还提到向选文叔诗，世人争诵其排律百韵

---

① [清]施闰章：《学余堂文集》卷二十八，（台湾）商务印书馆，1986年影印《四库全书》文渊阁本。
② [清]施闰章：《学余堂文集》卷二十七，（台湾）商务印书馆，1986年影印《四库全书》文渊阁本。
③ [清]吴绮：《林蕙堂全集》卷二十一，（台湾）商务印书馆，1986年影印《四库全书》文渊阁本。
④ [清]彭孙贻：《茗斋集》卷二十三，上海书店，1984年影印《四部丛刊续编》。
⑤ [宋]毛奇龄：《西河集》卷三十八，（台湾）商务印书馆，1986年影印《四库全书》文渊阁本。

的情况。①朱彝尊，与王士禛齐名，写了二百韵五言长律《风怀二百韵》以及作为《风怀二百韵》注脚的《静志居琴趣》，还有《十月二十一日丧子，老友梅君（文鼎）归自闽中，扁舟过慰，携别后所著书见示，部帙甚富。余亦以经义考相质并出亡儿摭韵遗稿，观之成诗百韵，次日送之还宣城兼寄孝廉（庚）》。②陈廷敬与王士禛、汪琬为友，论诗宗杜甫，有五言百韵长律《自题午亭山村图往年有卜居江南之意抚今追昔因兼寄怀访濂侍讲谨庸宫赞一百韵》③。李光地在《读明季魏孝子学洢赠鹿太公百韵诗摘四十韵》中，以摘百韵诗的方式进行再创作，也颇新颖。"诗辞盈百韵，才藻叹兼长"是对此种诗体热衷的表现，而"百韵篇在手，宝之琼瑶华"（《刘西谷馆丈宿负诗名罢官乃益攻苦遂造古人妙处方期鼓吹大雅奄疾不淑同道叹伤余久疡病丧不亲唁追作挽诗寓为盛世惜才之意》）④更是珍爱之情的流露。百韵五言排律创作始终是各时代诗坛上的竞技品，而明清两代诗人学博识高，才大思远，故托笔命篇，综括融通，体制悉备。

百韵五言长律的发展跨绝时流，备极大观。唐之后百韵长律体式，除自身的发展演变外，逐渐被弹词、小说等其他文体所接受与移植，而且对域外（如韩国、日本等）百韵五言长律的创作也产生了直接而深远的影响。值得专门研究。

（本文发表于《社会科学战略》2004年第2期）

沈文凡，1960年生，2005年毕业于陕西师范大学文学院，文学博士，师从霍松林先生，现为吉林大学文学院教授。

---

① [宋]毛奇龄：《西河集》卷五十九，（台湾）商务印书馆，1986年影印《四库全书》文渊阁本。

② [清]朱彝尊：《曝书亭集》卷十八，台湾商务印书馆，1986年影印《四库全书》文渊阁本。

③ [清]陈廷敬：《午亭文编》卷二十，（台湾）商务印书馆，1986年影印《四库全书》文渊阁本。

④ [清]李光地：《榕村集》卷三十六，（台湾）商务印书馆，1986年影印《四库全书》文渊阁本。

中华书局本《杜诗详注》文字标点疑误

朱大银

内容摘要：《杜诗详注》自1979年由中华书局标点出版以来，颇受读者欢迎，2009年又一次重印出版。这期间，书中不少文字标点讹误经学者指出已作修订，但就重印本阅读一过，仍发现有一些文字标点错误，今表而出之。

关键词：《杜诗详注》；文字；标点；讹误

中华书局标点本《杜诗详注》初版于1979年，2009年又一次重印。初版时，编者对仇注所据杜诗正文以及仇注注文中的讹误，正如初版《出版说明》所说"发现了就加以改正"；重印过程中，对所发现的文字标点错误也及时做了修正，如初版第1639页之"晋嵇《含瓜赋》"，经程毅中先生指出，已改正为"晋嵇含《瓜赋》"[1]。但翻阅一过，仍发现有不少文字讹误以及标点错误。现就翻检所及，按照原书次第录出，以就正于读者及点校者。

（一）《冬日洛城北谒玄元皇帝庙》，卷二，页94：且言汉文恭俭醇厚，深得五千言之旨，故经传致唾拱之治，今之崇尚，则异是矣，亦申明"道德付今王"之意也。

按："唾拱"当为"垂拱"之误。"垂拱"乃"垂衣拱手"略语，无为而

---

[1] 程毅中：《克服轻敌思想，努力减少标点错误》，国务院古籍整理出版规划小组编《古籍点校疑误汇录》第二辑，1985年版，第6页。

治之意。语出《尚书·武成》："惇信明义，崇德报功，垂拱而天下治。"孔颖达疏：谓所任得人，人皆称职，手无所营，下垂其拱，故美称"垂拱而天下治"也。

（二）《兵车行》，卷二，页115：阎璩曰：此谓华山以东，不指泰山之东，亦不指太行之东。

按：下文："阎若璩曰：旧注云：山东者，太行山之东，非也。"意者此处"阎璩""阎若璩"没有为不同二人之情理，姓名也无此省略方法，"阎璩"当为"阎若璩"，"若"字夺。

（三）《曲江三章章五句》，卷二，页139：《雍录》：樊川韦曲东十里，有南杜、北杜。杜固谓之南社，杜曲谓之北杜。

按："社"字显为"杜"字之误。

（四）《白丝行》，页146：《刘向传》：禹稷与皋陶，传相汲引，不为比周。

汲引难，难就荐引也，即记难进易退之难。

按："记"字衍出，当由于上文"即"字同音致讹误。

（五）《陪郑广文游何将军山林十首》其八，卷二，页153：刺（郎达切）船思郢客，解水乞吴儿。

按：注文引《庄子》"刺船而去"并山涛诗"刺船莲花浦，郢客思遨游"诗文、注文一字两书，殊觉别扭。"刺"字非"刺"字是，可无疑，应径改。《说文解字》"刺"字段注："用篙，曰刺船。"《古代汉语词典》"刺"字义项之一："用篙撑。"引《吕氏春秋·异宝》为例："见一丈人，刺小船，方将渔。"又引杨万里《十五日明发石口遇顺风》诗为例："溯流浅水刺楼船，百棹千篙只不前。"《钱注杜诗》正作"刺"，下注"七亦切"，是。

（六）《送韦十六评事充同谷防御判官》，卷五，页354：从交情聚散叙起。去，指韦留自谓。

按：此处注文意在解释诗句"王事有去留"中"去""留"二字所指，当分别言之，故应标断为：从交情聚散叙起。去，指韦；留，自谓。又同诗，页356：洙曰：湫水在泾州界，兴云雨土俗亢旱，每于此求之，相传云龙之所居，天下山川隈曲有之。

按：此处"兴云雨"三字承接上文而来，"土俗亢旱"四字则启下文，故

498

应标断为：洙曰：湫水在泾州界，兴云雨，土俗亢旱，每于此求之，相传云龙之所居，天下山川隈曲有之。

（七）《奉和贾至舍人早朝大明宫》，卷五，页428：《演义》初联，早朝之候；次联，大明宫景；三联……

按：此处"《演义》"二字总领下文，"初联"后均为"《演义》"中所载内容，应标断为：《演义》：初联，早朝之候；次联，大明宫景；三联……

（八）《紫宸殿退朝口号》，卷六，页436：杨慎曰□□□殿也，谓之衙，衙有仗，杜诗所谓"春旗簇仗齐"是也。

按：此处"杨慎曰"后空缺数字，原本不缺，对照检读，知所缺为"唐之朝制，宣政，前"七字，补全为：杨慎曰：唐之朝制，宣政，前殿也，谓之衙，衙有仗，杜诗所谓"春旗簇仗齐"是也。

（九）《曲江陪郑八丈南史饮》，卷六，页446：朱注那得更无家，即'笑为妻子累'意，时已有去官之志。

按："朱注"二字总领，"那得"后均为注文内容，应标断为：朱注：那得更无家，即"笑为妻子累"意，时已有去官之志。

（十）《曲江二首》，卷六，页448：《后汉书》款段马注：款，缓也。

按："款段马"为《后汉书·马援传》中注释条目，知此处"款段马"三字应加引号，标为：《后汉书》"款段马"注：款，缓也。

（十一）《堂成》，卷九，页735：林碍目，叶吟风，竹和烟，露滴梢，六字本相对，将风叶露梢倒转，则下半句变化矣。

按：对照诗句"桤林碍日吟风叶，笼竹和烟滴露梢"知注文"目"字乃"日"字之误。

（十二）《江亭》，卷十，页801：王嗣奭曰：中四，居然有道之言。公性禀高明，当闲适时，道机目露，故写得通透如此。

按："道机目露"四字殊难理解，检读王氏《杜臆》，原话为："盖当闲适时道机自露，非公说不得如此通透，更觉'云淡风轻'，无此深趣。"知"目"字乃"自"字之误。

（十三）《赴青城县出成都寄陶王二少尹》，卷十，页824：下截大意，言江出跋涉如此，则文章何救于贫乎。

按："江出跋涉如此"颇费解，玩全诗："老被樊笼役，贫嗟出入劳。

客情投异县，诗态忆吾曹。东郭沧江合，西山白雪高。文章差底病，回首兴滔滔。"知大意是说将赴青城，其间多山水跋涉，颇为辛苦，更念及文章不能济贫，便有如许感慨。据此，意者注文中"出"字乃"山"字之误，抑或"江"字为"将"字同音而误，"言将出跋涉如此"于义亦可通。

（十四）《屏迹三首》，卷十，页882：此首虽属古体，而无一句失拈，无一字失对，自是仄韵之律。

按：此处"拈"字应为"粘"字之误，"粘""对"为对文，乃诗学术语，"拈"字非。

（十五）《屏迹三首》其三，卷十，页883：上有"年荒乏酒价"句，则知"百年浑得醉"，尚属期望之词。

按：仇氏所谓"上有"是指首章而言，但不作"年荒乏酒价"而是"年荒酒价乏"。《钱注杜诗》正作"年荒酒价乏"。

（十六）《寄题杜二锦江夜亭（附严武诗）》，卷十，页885：谢景运诗：枕底失风湍。

按："枕底失风湍"乃唐方干《暮发七里滩夜泊严光台下》诗中句，意者仇氏误记为谢诗，又误书"灵"字为"景"字，可径改。

（十七）《随章留后新亭会送诸君》，卷十二，页1027。

按：此处注释标号错位，注标二应在"已堕岘山泪"句下，注标三应在"因题零雨诗"句下，"行子得良时"句下不应有注标。

（十八）《阆山歌》，卷十三，页1073：舆地图云：灵山峰多杂树，昔蜀王鳖灵登此，因名灵山。

按："舆地图"为图籍名，宋王象之撰。此处"舆地图"三字应加书名号为：《舆地图》云：灵山峰多杂树，昔蜀王鳖灵登此，因名灵山。

（十九）《奉寄别马巴州》，卷十三，页1099：宋之问诗：春湖。绕芳甸。

按："春湖绕芳甸"乃宋之问《郡宅中斋》诗句（此据《全唐诗》卷五十三），间隔句号衍，"宋之问诗：春湖绕芳甸"即可。

（二十）《将赴成都草堂途中有作先寄严郑公五首》，卷十三，页1107：醉习家池，在荆土。

按：《世说新语》"任诞"（19）"山季伦为荆州"条注引《襄阳记》曰："汉侍中习郁，于岘山南，依范蠡养鱼法作鱼池。池边有高堤，种竹及长楸、芙蓉、菱芡覆水，是游宴名处也。"此"习家池""习池"典故所自出，此处注文意在说明"习家池"所处位置在荆地，与醉酒无涉，"醉"字衍。

（二十一）《赠王二十四侍御契四十韵》，卷十三，页1127：此句王侯却指王姓，言犹李云李侯，程云程侯，不然侍御不得拟王侯也。

按：揆诗意及上下文义，此处"却"字当为"即"字，形似而误；"言犹"应为"犹言"，为训诂恒辞，意思是"等于说"，应乙正。

（二十二）《别唐十五诫因寄礼部贾侍郎》，卷十四，页1194：唐孟庄曰：子负经济四语，叙其沦落，为贾先容地。

按："为……先容"与"为……地"均为古语句式，其意思大同小异，即现代汉语"先为……关说、做好准备"之意。前者如汉邹阳《狱中上书自明》："蟠木根柢，轮囷离奇，而为万乘器者。何则？以左右先为之容也。"又，《新唐书》卷一百四"张行成"传："太宗以为能，谓房玄龄曰：'古今用人未尝不因介绍，若行成者，朕自举之，无先容也。'"后者如《新唐书》卷一八二"裴坦"传附"裴贽"传："帝每闻咸通事，必肃然敛衽，故偓称之为贽地。"又，《新唐书》卷一八六"刘巨容"传："巨容止曰：'朝家多负人，有危难，不爱惜官赏，事平即忘之，不如留贼，为富贵作地。'"合二句式观之，知"先容"后不当有"地"字，"地"字乃"也"字之误。

（二十三）《赤霄行》，卷十四，页1215：初春乃生，四月后凋与花蕊俱荣衰。

按：此处"四月后凋"四字承接上文"初春乃生"四字而来，知应标断为：初春乃生，四月后凋，与花蕊俱荣衰。

（二十四）《青丝》，卷十四，页1239：永泰元年九月，又诱回纥、吐蕃、吐谷潭、党项、奴剌俱入寇。

按：此诗与下《三绝句》为同时作，所言均是关于永泰元年羌浑入寇事。《三绝句》仇氏注（页1241）："羌浑，党项羌、吐谷浑也。"知此处"潭"字为"浑"之误无疑。

（二十五）《三绝句》，卷十四，页1240：此诗梁权道编在广德二年，鲁訔编在上元二年，黄鹤编在大历三月。

按："大历三月"意晦，与上文"广德二年""上元二年"亦不相接，

"月"字当是"年"字之误。

（二十六）《夜》（露下天高秋水清），卷十七，页1468：陆陲《钟山寺》诗："步檐时中宿，飞阶或上征。"

按："陲"字乃"倕"字之误。陆倕（470—526），字佐公，吴郡吴人。南朝齐梁诗人、骈文家，《梁书》卷二十七有传。仇注引陆倕诗文非一，唯此处"倕"字误书为"陲"字。

（二十七）《暮春题瀼西新赁草屋五首》其二，卷十八，页1611：此邦干树橘，不见比封君。

按：注文引《史记·货殖传》："封者食租税，千户之君岁率二十万，蜀汉江陵千树橘，其人皆与千户侯等。"知"干"字乃为"千"字之误。《钱注杜诗》正作"千"。

（二十八）《寄刘峡州伯华使君四十韵》，卷十九，页1721：潘岳《秋兴赋序》：余以太尉椽兼虎贲中郎将，寓直于散骑之省。

按：检读萧统《文选》，潘岳《秋兴赋序》："余春秋三十有二，始见二毛。以太尉掾兼虎贲中郎将，寓直于散骑之省。"知"椽"字乃"掾"字之误。晋时太尉掾为太尉属官。潘岳尝为荀顗太尉掾。

（二十九）《又作此奉卫王》，卷二十一，页1903—1904。

按：注标号五应标在"曳裾终日盛文儒"句后。

（三十）《秋日荆南送石首薛明府辞满告别奉寄薛尚书颂德叙怀斐然之作三十韵》，卷二十一，页1911：其功与萧何之转输关中相埒，不但如范雎之攻拔城邑也。旧注以萧相比郭令公，以范雎比诸将，未合。

按：史书"范雎""范睢"两存，仇注或作"范雎"者见本诗，或作"范睢"者见如《王阆州筵奉酬十一舅》《曲江二首》诸诗等，殊有碍阅读；再者，就通常而论，一书之内同字不宜异书，宜一致。

（三十一）《追酬故高蜀州人日见寄》，卷二十三，页2039。

按：注标号与所注内容错位。注二内容应并入注一之下；注三内容应一分为两注，分别标为二与三。

（三十二）《长沙送李十一》，卷二十三，页2091：洪容斋《随笔》：汉太尉李固、杜乔，皆以为相守正，为梁冀所杀。故椽杨生上书，乞李杜二公骸骨使得归葬。

按：检读中华书局本《容斋四笔》卷十五"四李杜"条，原文作"掾"，不作"椽"。

（本文发表于《巢湖学院学报》2015年第2期）

朱大银，1965年生，2008年毕业于陕西师范大学文学院，文学博士，师从霍松林先生，现为巢湖学院中文系副教授。

论杜甫和白居易谏诤心态差异的文化模型意义

傅绍良

内容摘要： 唐代设置了从八品至三品的谏官体系，谏官的制度化，一方面满足了文人谏政的政治愿望；另一方面又使得谏诤权力固化，削弱了文人谏政的政治使命感。这种现象在白居易的任职经历中表现得最为集中。与白居易相比，杜甫虽然最高官职仅是八品拾遗，但却终身未忘谏诤本色。而白居易任拾遗只是其政治生涯中的短暂时光，谏职期间，敢杀身进谏，而不任谏职之后，则再无谏臣风采。杜甫和白居易代表了唐代谏臣的两大类型。杜甫是使命性谏官，而白居易则是职务性谏官。

关键词： 杜甫；白居易；拾遗；谏诤心态

唐代是中国古代政治中谏官制度最为完备的时期，由八品至三品的谏官体系，从不同的官制层级构成对王朝为政过程的规谏，从理论上来说是较为可行的制度设计。制度设计的完备，意味着谏官职能的制度化，这种制度的规定，在很大程度上满足了文人规谏时政的政治愿望。然而，制度化的规定，又以一种固化的形态，削弱了文人谏政议政的人生使命感，将谏诤作为一种职务行为，当不担任谏职时，其职务行为也随之终止，而儒家政治观念赋予文人的谏诤使命也淡化了许多。这是谏官制度给入仕文人所带来的另一种政治影响，这种影响将唐代文人的谏臣心态分成了使命性谏官和职务性谏官两类，杜甫和白居就是这两类的代表，他们任拾遗和不任拾遗时的不同表现，典型地体现了唐代文人谏臣心态的两种文化类型。

一

杜甫和白居易都曾官拾遗,在他们的题咏中,都曾对初唐时期亦任拾遗的陈子昂有过评述。从他们题咏陈子昂的诗歌中,人们不仅能读出杜甫和白居易对陈子昂的敬重,而且还能读出他们不一样的情感寄托,并从这种不同中感受他们对任"拾遗"的不同价值评判。

公元762—764年,杜甫因避剑南兵马使徐知道乱,从成都流寓梓州,其间,寻访了前辈诗人陈子昂故居,对这位才高位卑的大诗人表达了极高的崇敬。其《陈拾遗故宅》云:

> 拾遗平昔居,大屋尚修椽。悠扬荒山日,惨淡故园烟。位下曷足伤,所贵者圣贤。有才继《骚》《雅》,哲匠不比肩。公生扬马后,名与日月悬。同游英俊人,多秉辅佐权。彦昭超玉价,郭振起通泉。到今素壁滑,洒翰银钩连。盛事会一时,此堂岂千年。终古立忠义,《感遇》有遗编。

公元809年(元和四年)白居易授左拾遗,充翰林学士,异常兴奋。不仅给唐宪宗上《初授拾遗献书》,而且还作《初授拾遗》诗以明志。诗云:

> 奉诏登左掖,束带参朝议。何言初命卑,且脱风尘吏。杜甫陈子昂,才名括天地。当时非不遇,尚无过斯位。况余蹇薄者,宠至不自意。惊近白日光,惭非青云器。天子方从谏,朝廷无忌讳。岂不思匪躬,适遇时无事。受命已旬月,饱食随班次。谏纸忽盈箱,对之终自愧。

从人生经历上来说,这两首诗写作的情感切入点有着明显的不同。杜甫与陈子昂的仕途经历相似,拾遗是其最高的官品,也几乎是他们政治人生的终点。而白居易则不一样,拾遗虽然只是八品的低层级官阶,但却是无数士人通往更高官阶的清望之官,所以,历经校书郎、周至尉的白居易,拜受左拾遗,正是踏上了一个通往更高官阶的台阶,是他远大政治前途的起点。这种差异,使得他们在诗中所对陈子昂的政治命运及遭遇的认识有所不同,这种不同集中体现在"遇"与"不遇"的感觉和表述上。

"士不遇"是中国古代文学作品中的一个共性主题，文人们感慨不遇的感情基础有三：其一是对自我高才的自负，所谓"怀才"；其二是对识才君王的期待，所谓"明主"；其三是对宏大功业的期许，所谓"不朽"。当未遇明主、难展才华时，便会生发"怀才不遇"的悲叹。

杜甫对陈子昂的评述，基本是从"士不遇"感慨出发的。"有才继《骚》《雅》，哲匠不比肩。公生扬马后，名与日月悬。"然而有如此才华，却沉沦下潦，虽然"同游英俊人，多秉辅佐权"，而他却只能以拾遗终身，所以才有开篇的"拾遗平昔居"的叙写。杜甫用笔讲究，以官职开篇，决非平常意义上的以职相称，而是包含着别一层怀才不遇的深意。其实，他以这种方式颂扬陈子昂，同情陈子昂，也暗含着对自我才能和命运的感伤，是对自己怀才不遇人生的悲叹。

而白居易在诗中对陈子昂和杜甫的评述则有异于斯。"杜甫陈子昂，才名括天地。当时非不遇，尚无过斯位。"仅从这四句人们似乎很难理解白居易的真实心态。因为他已陷入了一个难以自圆的矛盾表达中。如果从传统的士不遇的标准来论的话，陈子昂和杜甫以"括天地"之才名，才得八品微职，才与位不匹，显然是不遇者，这就是"尚不过斯位"所包含的情感。但这种明明是"不遇"的经历，白居易却称他们"非不遇"。如何解释这种矛盾呢？这首先得从诗歌呈示的对象来分析。杜甫的暮年漂泊，避乱梓州，以伤悼陈子昂来悲自己，是写给自己的。而三十多岁的白居易授拾遗之时，志得意满，此诗与《初授拾遗献书》一样，是写给宪宗皇帝的，所以诗歌抒情的重心在后半部分。杜甫、陈子昂的遇与不遇，其实并非白居易关注的焦点，他们只是因为"拾遗"之官职而成为白居易向君王陈情的比较对象，通过这种比较，他想表达两层意愿。其一，自己是幸运的；其二，君王是英明的。

应该说，白居易初授拾遗的这种心态是文人政治思维的一种定势，在帝王政治权力垄断的环境下，授受关系本身就是不平等的，受官者的感激甚至阿谀式的感恩也是可以理解的。但是，从杜甫和白居易对陈子昂的不同评述中，我们却能读出他们生命价值的另一种感悟，这种感悟则体现了他们对行政官职与生命价值认识的差别。

当然，白居易对陈子昂和杜甫的政治人生是同情的，其《与元九书》中云："诗人多蹇，如陈子昂、杜甫各授一拾遗，而迍剥至死。"但对于不甘滞于下潦的白居易来说，他的这一充满悲感的表述，却并没有展示陈子昂和杜甫"迍剥至死"的另一层精神境界。因为在杜甫的《陈拾遗故宅》中，他并没有对陈子昂(也包括他自己)至死只得一拾遗遗憾，相反，却是对"拾遗"之职所讽谏精神的一种崇高肯定，由这种肯定进而升华对生命不朽价值的赞颂："盛事会一时，此堂岂千年。终古立忠义，《感遇》有遗编"。虽只授一拾遗，但讽谏与忠贞的精神，千古不灭。这是一种基于职守的感慨，更是一种超于官职的生命颂歌。

二

如果从官品上来说，八品拾遗的确不能成为文人政治追求的最高目标，所以"遇"与"不遇"的感受也因各人的人生经历和政治际遇而不同。但拾遗"掌供奉讽谏"的职守，还十分契合士大夫以天下家国为怀的政治心态，进而激发其讽谏时弊、积极为政的政治热情。因此，一个有政治责任感的谏官，在此职位上都会有相应的表现，这种表现呈现在诗歌创作中，也给文坛带来一种新的气象。所以，从初唐到晚唐，谏诤意识强的诗人，其诗歌大都具有较明显的现实主义特征。

但由于政治经历的差异，当诗人将这种谏诤意识融入诗歌创作中时，其对现实的关注度以及用诗歌表达这种关注的表现形式也会有较明显的差别，这种差别在杜甫和白居易这里尤为明显。为了表述的方便，我们姑且将杜甫的现实主义诗歌称为"谏臣之诗"，而将白居易的现实主义诗歌称为"谏官之诗"。谏臣之诗是一种基于人生使命感的政治关怀，谏官之诗是一种基于官职责守的参政行为。二者的不同在于，谏臣之诗不全产生于谏官的职位上，在诗人人生的各个阶段都有这种讽谏之诗；谏官之诗产生于谏官的职位上，是谏官践行职守的产物，而当诗人不在其位时，这种讽谏之作便减少甚至消失。换言之，对陈子昂和杜甫这样具有谏臣心态的诗人而言，拾遗只是其作为谏官的政治符号，并不是谏臣人生的全部，所以，以讽谏政治为主的文学创作带有一种诗性的自觉；而对白居易这样具有谏官心态的诗人而言，拾遗似乎成了其获取更高官位的起点，他只有投入全部心血，才能让自己在拾遗的官位突显其才华，这种心态使得他以讽谏政治为主的文学创作带有极强的政治功利性。正是出于这种功利性的政治诉求，白居易给其讽谏诗提出了这样的目标："唯歌生民病，愿得天子知。"（《寄唐生》）。这种基于对儒家"采诗"传统的文学要求，在白居易任拾遗的为政经历中，更是落实到了以诗代谏的操作层面上，因而，在白居易的文学理论建构中，问题的核心便是如何让"天子知什么"和"如何让天子知"："其辞质而径，欲见之者易谕也。其言直而切，欲闻之者深诫也。其事核而实，使采之者传信也。其体顺而肆，可以播于乐章歌曲也。总而言之，为君、为臣、为民、为物、为事而作，不为文而作也。"

这是白居易元和四年任左拾遗时所写的"新乐府诗序"，其模仿"诗大序"，并将《诗经》感事比兴的讽喻传统细化为以诗代谏的职务行为，因而不仅其理论具有较强的政治功利色彩，而且认为唐代已处在一个"诗道崩坏"的时代，能创作出符合"代谏"诗的作家太少，连李白、杜甫也不例外：

> 诗之豪者，世称李、杜。李之作，才矣！奇矣！人不逮矣！索其风雅比兴，十无一焉。杜诗最多，可传者千余首。至于贯穿古今，靓缕格律，尽工尽善，又过于李焉。然撮其《新安》《石壕》《潼关吏》《芦子关》《花门》之章，"朱门酒肉臭，路有冻死骨"之句，亦不过十三四。杜尚如此，况不逮杜者乎？（《与元九书》）

如果仅仅将"以诗代谏"作为一种谏官的职务行为，那么，怎么强调其政治功利性都不为过，但"不为文而作"，虽然是一个响当当的文学旗号，可文学作品如果"无文"，那它是无法既完成其政治使命，又具有艺术魅力并成为一种人人都能接受和传播的作品的，所以，尽管作为谏官的白居易很重其"讽喻诗"，但时人却更重其有情有文的"感伤诗"。这种现象他不解，但艺术就是这样。

杜甫对现实的讽喻和关注，是一种植根于诗人人格操守的生命实践，他视诗歌为生命，也自然在诗歌中去验证这种人格操守，以诗歌的现实关怀完善其谏臣品质。其实，如果从时间段上来说，白居易所列举的杜甫的那几篇符合"风雅比兴"的诗歌和句子并不作于其任谏官时，而是他经历着从难进堂庙和走出堂庙之时，其诗歌所设置的阅读对象不是天子，而是包括他自己在内的有社会责任感的人，更包括其所书写的对象本身。如果套用白居易的诗句，白诗重在"天子知"，而杜诗则重在"歌生民病"。杜甫的歌生民病，是一种推己及人的仁者情怀；而白居易的歌生民病，是一种扶弱济弱的官员心态，这种差异，使得杜甫在如何歌生民病方面，较简单模仿《诗经》、追求直接政治效应的白居易的新题乐府有着更深厚的情感,更精湛的艺术,更恒久的魅力。

如果我们将杜甫"三吏""三别"和白居易"新题乐府"的叙事特征进行比较的话,还能更明确地感受谏臣之诗与谏官之诗的不同。

首先,杜甫和白居易诗中所记述事件的存在形态不一样。"三吏""三别"中之事,存在于战乱中的乡间,如果不是杜甫因出任华州司功参军时往返于此是不能感受得到的,它们只是杜甫个人的经历,不是尽人皆知的,具有杜甫本人所经历的唯一性。而白居易《新题乐府》中所叙之事,是唐德宗贞元年发生的诸多社会政治事件,如"宫市""宫女""农夫之困"等,这些社会和政治问题当时就有人进谏过。如关于农夫之困事,据《资治通鉴》卷二三六载:贞元十九年(803)"京兆尹嗣道王实务征求以给进奉,言于上曰:'今天岁虽旱而禾苗甚美。'由是租税皆不免,人空至坏屋瓦木、麦苗以输官。……监察御史韩愈上疏……坐贬阳山令。"而白居易任拾遗期间,这类社会问题依然存在着,对这诸种白居易只是从谏官的职守出发,将这些朝官皆知的事件用乐府诗的形式表现出来。所以,他所言之事,很大程度上并非亲历,而是用文学形式进行再叙或转述。显然,虽然杜甫和白居易都依循"感事而发"的古训,但杜甫所感之事类乎"振铎乡里"所得,更近于采诗精神,而白居易所感之事类乎"朝野皆传"所得,更近于言事职守。

其次,杜甫和白居易诗中叙事者的情感指向不一样。杜甫"三吏""三别"所涉及的人物主要是两类,一类是"吏",一类是下层民众。对下层民众之同情,已毋庸赘言。这里谈谈其对吏的情感。新安之吏、潼关之吏,作者都用"借问"的口吻,"借问新安吏,县小更无丁?""借问潼关吏,修关还备胡",问答之间,表现了这类小吏在战乱中的作为以及对战局的思虑。只有石壕之吏,作者未与之谋面,仅有"有吏夜捉人"和"吏呼一何怒"的表述,似乎刻画了一个凶悍的暴吏形象。其实,这是皮相之见,作者以较多的笔墨写"妇啼",而较少写吏怒的情形,真实地再现了相州兵败之后军情紧急,下层官吏应差的无奈和下层百姓被驱的痛苦,"公详述之,已默会到此矣"[①]。他之所以少写吏,就是因为理解"吏怒"的动机,通过少写其言语,隐含自己复杂的心情。总之,作者在"三吏""三别"中的情感指向是事件中的人,为那些生活在社会底层的官员和

[①] [明]王嗣奭:《杜臆》,上海古籍出版社,1983年排印本,卷三《石壕吏》。

百姓代言，甚或为作者自己代言。严格地说，白居易《新乐府》篇中，除《杜陵叟》《卖炭翁》诸篇人物形象较鲜明，有叙事特征，其余的诗歌均以言事为主，"美天子重惜人之财力也""刺封疆之臣也""鉴前王乱亡之由也"等等小序清楚表明，作者在这类诗中的情感指向不是民，也不是己，而是君。他以一个臣子的身份，揣度君王的需要，以治国之术为目标言事，以规谏或颂美之心言事。所谓"一吟悲一事"，只是其《秦中吟》的叙事情感，《新乐府》并非如此，《新乐府》的情感指向是言事官的讽喻理性。

要之，杜甫是在以诗人之心作诗，感事言志，缘自自身之经历，以诗言怀，人我合一。白居易是在以谏官之职作诗，感事言志，缘于时已有之时弊或自古为政者皆晓之理，以诗代谏，事我相离。

三

杜甫和白居易虽然都曾任拾遗，置身谏官行列，并且都以关注现实的人格特质为时所称道，但是他们在现实人生中所表现出的谏诤精神还是有较大的区别，这种区别就体现为政治角色转变后的政治意识的不同，换言之，这种区别不体现于任谏官时是否忠诚履职，而表现为离开谏职之后的政治情怀是否依然强烈。

杜甫和白居易离开谏职的性质是不一样的。杜甫因疏救房琯受牵连而由左拾遗被贬为华州司功参军，白居易则是左拾遗秩满后，转任为京兆府户曹参军。二人再受参军的心态，一悲一喜，从二人移官后的诗题及诗中就可见一斑。杜甫有《至德二载甫自京金光门出间道归凤翔，干元初从左拾遗移华州掾，与亲故别因出此门，有悲往事》："此道昔归顺，西郊胡正繁。至今犹破胆，应有未招魂。近侍归京邑，移官岂至尊。无才日衰老，驻马望千门。"白居易有《初除户曹喜而言志》："人生百岁期，七十有几人。浮荣及虚位，皆是身之客。唯有衣与食，此事粗关心。苟免饥寒外，余物尽浮云。"

值得注意的是，由于拾遗是杜甫政治的巅峰时期，华州之后，杜甫便远离了政坛，"近侍"的经历，既是他生命中的痛苦，也是他政治上的骄傲。在此后的岁月里，拾遗生涯也便成了他政治生活的回忆，成了他人生不变的政治情怀。

忆昨逍遥供奉班，去年今日侍龙颜。
麒麟不动炉烟上，孔雀徐开扇影还。
玉几由来天北极，朱衣只在殿中间。
孤城此日堪肠断，愁对寒云雪满山。①

蓬莱宫阙对南山，承露金茎霄汉间。
西望瑶池降王母，东来紫气满函关。
云移雉尾开宫扇，日绕龙鳞识圣颜。
一卧沧江惊岁晚，几回青锁点朝班。②

第一首作于干元二年（759）离谏职一年后，第二首作于大历元年（766）诗人离谏职已七年之久，但两首诗所描述的上朝细节多么具体，"侍龙颜""识圣颜"的情感多么深厚，"孤城""沧江"的漂泊多么伤感，多年不变的情怀，让世人看到了拾遗经历给杜甫心灵烙上的深深的烙印。

相对于杜甫，白居易是政治上的幸运儿。尽管他曾从太子左赞善大夫任上贬为江州司马，但当他悟得"安时顺命"③的处世哲学之后，白居易的仕途便十分通坦，官职的升迁和俸禄的增加，给白居易人生带来了惬意和知足。一路升官的风光，让白居易几乎没有回望谏职的经历，所以他离开谏职之后，没有像杜甫那样对谏官生涯充满深情，而是留下诸多除官感想。其《初着刺史绯答友人见赠》《初除尚书郎脱刺史绯》《初加朝散大夫又转上柱国》《去岁罢杭州今春领吴郡惭无善政聊写鄙怀》《初授秘监并赐金紫闲吟小酌偶写所怀》《六十拜河南尹》等，既记录了他升迁的轨迹，又留了他得意的吟唱。拾遗，是白居易政治高台下一个被遗忘的台阶。

在杜甫和白居易的政治情怀中，与对谏职的铭记和遗忘相对应的是文人谏诤精神的坚守和淡漠。杜甫之所以被宋人推为"一饭不忘其君"的儒者，不是因为他被贬华州司功参军以及弃官西南行之后与朝廷保持着多紧密的联系，

---

① [清]仇兆鳌：《杜诗详注》，中华书局，1979年排印本，卷六《至日遣兴奉寄北省旧阁老两院故人》之二。

② [清]杨伦：《杜诗镜铨》，上海古籍出版社，1998年排印本，卷十三《秋兴八首》其五。

③ [唐]白居易：《白氏长庆集》，四部丛刊景日本翻宋大字本，《白氏文集卷》第二十七《与杨虞卿书》。

而是他一直保有着谏臣的政治关怀,以尽谏职的心态关注国运,忧心天下。这主要体现为三个层面。其一,与官员唱和中的谏臣式的劝勉。其二,对时事的敏感和明显的态度。其三,植根于灵魂深处的悲悯情怀。这三个层面其实是一种精神,即尽谏职,求太平。早年杜甫就有"致君尧舜上"的政治理想,而"见时危急,敢爱生死"①则是他尽职为官的基本态度,这两种品质,杜甫一生未变,尽管经历政治挫折,个人的功名梦破灭了,但"致君尧舜上"的政治理想却深深地埋藏在心里,一遇合适的时机便吐露出来。如严武入朝他有《奉严公入朝》诗:"公若登台辅,临危莫爱身。"即使他晚年漂泊潭州(今湖南长沙)、与人唱和时,这种表述依然执着:"附书与裴因示苏,此生已愧须人扶。致君尧舜付公等,早据要路思捐躯。"②可以说,杜甫虽然离开了谏职,但他身上一直存有着"莫爱身"③"思捐躯"④的谏臣品质。

与杜甫形成鲜明对比的是,白居易离开左拾遗一职后,也遭遇了政治坎坷,被贬为江州司马。这次经历让白居易对政治进行了深刻的反思,而反思的结果,则是"悟前非":

乡国仍留念,功名已息机。

明朝四十九,应转悟前非。⑤

白居易所言之"前非"是什么呢?不是功名之心,而是敢言时病、不惧杀身的谏臣精神。正如他自己所言:"直道速我尤,诡遇非吾志。胸中十年内,消尽浩然气。""进士粗豪寻净尽,拾遗风彩近都无。"⑥因而,同样的"报恩"意识,当年,其弟白行简初授拾遗时,他曾这样写诗相勉:"近职诚为美,微才岂合当。纶言难下笔,谏纸易盈箱。老去何侥幸,时来不料量。唯求

---

① [清]浦起龙:《读杜心解》,中华书局,1961年排印本,卷三《祭故相国清河房公文》。
② [清]浦起龙:《读杜心解》,中华书局,1961年排印本,卷二《暮秋枉裴道州手札率尔遣兴因寄递呈苏涣侍御》。
③ [清]仇兆鳌:《杜诗详注》,中华书局,1979年排印本,卷十一《奉送严公入朝十韵》。
④ [清]仇兆鳌:《杜诗详注》,中华书局,1979年排印本,卷二十三《暮秋枉裴道州手札率尔遣兴寄递呈苏涣侍御》。
⑤ [唐]白居易:《白氏长庆集》,四部丛刊景日本翻宋大字本,《白氏文集》卷第十八《除夜》。
⑥ [唐]白居易:《白氏长庆集》,四部丛刊景日本翻宋大字本,《白氏文集》卷第十六《早春闻提壶鸟》。

杀身地，相誓答恩光。"① "醒悟"之后，白居易则以知足之心"报恩"，其任中书舍人时，感叹道："遇圣惜年衰，报恩愁力少"，力少如何报恩呢？

  量能私自省，所得已非少。

  五品不为贱，五十不为夭。

  若无知足心，贪求何日了。②

  显然，白居易离开谏职之后，谏臣心态已随着政治的风云变幻而消失。谏官职守上的尽职，让他深感"杀身"之地的危险，同时似乎更明白"杀身"尽职是一件愚蠢的事，所以，"悟非"之后的他变得聪明和圆滑起来，不再有拾遗风采，也就不再有政治锋芒。于是，在官场上的白居易过的是"游山弄水携诗卷，看月寻花把酒杯"③，远离政治斗争的漩涡，享受高官厚禄带来的舒适和闲在。

  杜甫和白居易离开拾遗一官之后的诗歌内容的最大区别是，杜甫诗中充满着忧和苦，"艰难苦恨繁霜鬓，潦倒新停浊酒杯。"而白居易则自得地称："苦词无一字，忧叹无一声。"④然而这种差别不仅仅体现于个人生活，透过其个人生活的表述，人们更能看到他们不同的政治胸怀。仅以其"卜居"诗即可见一斑。

  杜甫一生飘零，短暂的安宁只在成都和夔州，所以他的卜居诗也作于这两个时期。他的卜居虽然有一种知足的心理，但这种知足有两个层面。其一是经历艰难之后的欣慰："已知出郭少尘事，更有澄江销客愁。"⑤"归羡辽东鹤，吟同楚执珪。"⑥其二是贫困中的自嘲。从杜甫营草堂的一系列诗，如《王十五司马弟出郭相访遗营草堂赀》《萧八明府实处觅桃栽》《从韦二明府续处觅绵竹》《冯何十少府邕觅桤木栽》《又从韦处乞大邑瓷碗》等，可以看出杜甫卜

---

① [唐]白居易：《白氏长庆集》，四部丛刊景日本翻宋大字本，《白氏文集》卷第十九《行简初授拾遗同早朝入合因示十二韵》。

② [明]王嗣奭：《杜臆》，上海古籍出版社1983年排印本，卷四百三十四《西掖早秋直夜书意》。

③ [唐]白居易：《白氏长庆集》，四部丛刊景日本翻宋大字本，《白氏文集》卷第五十六《忆晦叔》。

④ [唐]白居易：《白氏长庆集》，四部丛刊景日本翻宋大字本，《白氏文集》卷第六十一《序洛诗》。

⑤ [清]仇兆鳌：《杜诗详注》，中华书局，1979年排印本，卷九《卜居》。

⑥ [明]王嗣奭：《杜臆》，上海古籍出版社，1983年排印本。

居之艰难,他几乎一无所有,全靠友人的资助。所以,杜甫形象地道出了他的这种自足感:"炙背可以献天子,美芹由来知野人。"①所以,杜甫卜居自乐的内心,依然隐藏深厚的伤己忧时的愁苦。《茅屋为秋风所破歌》的感叹自不待言,其在夔州所写的《暮春题瀼西新赁草屋五首》之四、五所抒更为强烈:

　　壮年学书剑,他日委泥沙。事主非无禄,浮生即有涯。
　　高斋依药饵,绝域改春华。丧乱丹心破,王臣未一家。

　　欲陈济世策,已老尚书郎。不息豺狼斗,空惭鸳鹭行。
　　时危人事急,风逆羽毛伤。落日悲江汉,中宵泪满床。

　　杜甫的卜居,只是一个漂泊者所获得暂时安闲,几间草屋,让他躲避了自然的风雨,却无法安抚他忧时伤己的心,诚如《杜臆》所云:"落日增悲,终宵流泪,则草屋亦非其安居之地矣。"时未平,民未安,杜甫难卜安居之所。眼前的战火、军声让他痛心伤感,曾经的"鸳鹭行"(朝班)使他难忘谏臣的职守,所以,杜甫无论是卜居中还是卜居之后,依然保有着谏诤的精神,用诗歌去表达自己的社会关怀和政治情怀。

　　应该说,白居易写居所的诗歌很早就有,但几首以卜居标目的诗主要作于其结束忠州刺史任期之后,也就是经历了贬谪而再还朝之后。这些诗歌从生活层面揭示了白居易的精神追求,形象地体现了白居易在官职晋升、俸禄增加、生活富足之时的知足心态,他把叹贫作为一种风度,把淡泊作为一种享受,"名为公器无多取,利是身灾合少求"②。官主客郎中知制诰时,他于新昌坊买一住所,心情是"游宦京都二十春,贫中无处可安贫。长羡蜗牛犹有舍,不如硕鼠解藏身。且求容立锥头地,免似漂流木偶人。但道吾庐心便足,敢辞湫隘与嚣尘。"③而晚年的白居易虽然秉持"但问适意无,岂论官冷热"④的超然,但依然享受着高官厚禄,他洛阳时期的两首卜居诗,不再叹贫了,而是

---

　　① [清]仇兆鳌:《杜诗详注》,中华书局,1979年排印本,卷十八《赤甲》。
　　② [唐]白居易:《白氏长庆集》,四部丛刊景日本翻宋大字本,《白氏文集》卷第六十五《感兴二首》之一。
　　③ [唐]白居易:《白氏长庆集》,四部丛刊景日本翻宋大字本,《白氏文集》卷第十九《卜居》。
　　④ [唐]白居易:《白氏长庆集》,四部丛刊景日本翻宋大字本,《白氏文集》卷第六十二《再授宾客分司》。

抒写远离尘嚣的闲适和潇散，《洛下卜居》写他卜居的动机是当年从杭州带来了天竺石和华亭鹤，特意选中了"有水宅"："东南得幽境，树老寒泉碧。池畔多竹阴，门前少人迹。未请中庶禄，且脱双骖易。岂独为身谋，安吾鹤与石。"而《香山下卜居》更是表达了白居易息心人间、深藏静寂的释然："乱藤遮石壁，绝涧护云林。若要深藏处，无如此处深。"白氏卜居，是一种功名圆满者的精神自慰，他的仕途避开了朝廷党争的风云而顺坦，他的谏诤精神也因这种回避而完全消失。民生关怀，除了"惭愧"之心[①]，再无"唯歌生民病"的胆气。

可见，作为谏官的白居易确曾尽过职守，是一个称职的谏臣。但离开谏职之后的白居易，则没有像杜甫那样以谏臣的姿态面向政治。杜甫是身在江湖，心存魏阙，而白居易则是身在魏阙，心存江湖。

结　语

从杜甫和白居易任谏职与不任谏职的心态和作为的考察可以看出，唐代谏官制度的设置，从制度上完善了对以君权为主的朝廷政治的监督和规谏，确定了任谏职的官员的政治职责，在一定程度上对朝政有干预和较正作用。然而，制度的设置，容易滋生狭隘的官位意识，淡忘文人士大夫关注民生、救济天下的社会使命。白居易是职务性谏官，而杜甫是使命性谏官，他们的不同经历和表现，演绎了在不同人生际遇中的文人的政治情怀，显现了使命性谏官和职务性谏官的精神追求，对我们认识中国传统文人的政治人生有一定的典型意义。

（本文发表于《陕西师范大学学报》〔哲学社会科学版〕2015年第1期）

傅绍良，1962年生，2002年毕业于陕西师范大学文学院，师从霍松林先生，现为陕西师范大学文学院教授、博士生导师、中国李白研究会理事。

[①] 白居易《岁暮》："洛城士与庶，比屋多饥贫。何处有炉火，谁家甑无尘。如我饱暖者，百人无一人。安得不惭愧，放歌聊自陈。"（见[唐]白居易：《白氏长庆集》，《白氏文集》卷第六十二，四部丛刊景日本翻宋大字本）

唐人咏侠诗刍论

汪聚应

内容摘要： 本文在全面搜集整理了《全唐诗》、唐人史料、笔记、传奇小说中四百多首咏侠诗的基础上，以侠文化和历代咏侠诗为参照，从社会文化渊源、思想内容和艺术审美理想等方面宏观考察了唐人咏侠诗，挖掘了其中体现出的时代精神、文人的独特心态以及侠文化在唐代的承传与发展。认为唐人咏侠诗和高昂的任侠风气、边塞战事、文人建功立业等现实内容紧密结合在一起，形成了一个较为完整的价值体系，又在对魏晋六朝咏侠文学传统的继承创新和近体诗新的艺术形式下提高了艺术品位和审美效果，从而成为咏侠诗发展阶段上的一座高峰。

关键词： 唐人；任侠风气；咏侠诗

唐诗，从分类研究的角度看，学术界对于边塞诗和山水田园诗等积累丰厚，创获良多，而对唐代任侠风气下出现的咏侠诗潮却无多少关注，甚而混迹于边塞诗中。但就咏侠诗的创变来看，游侠题材汉魏时已进入诗歌领域，然汉代咏侠诗篇什零星，只不过几首歌谣或残句。魏晋六朝时，游侠题材已成为乐府诗的传统主题之一，佳构渐多。此后各代虽不乏篇，然气象不张，难成风候。在唐代，咏侠诗如异军突起，成为全社会普遍高咏的主题，无论内容的开拓，还是艺术的创变均可以傲睨魏晋，气夺明清。因此，对唐人咏侠诗从宏观上进行搜集整理和研究，不但能够填补研究领域的一个空白，而且对于研究唐诗风格的形成、文人的时代精神和独特个性以及侠文化在唐代的承传与发展都有重要价值。有望于此，论者主要从《全唐诗》，同时从唐代史料、笔记、传奇小说中搜集整理出四百多首咏侠诗，并试图以侠文化和历代咏侠诗为参照作一宏观探索。

需要指出的是，"唐人咏侠诗"这一概念，主要指唐诗中以游侠为表现对象，歌咏或表观其侠行、侠气、侠节、侠情等内容的作品。这样，唐人咏侠诗不但和边塞诗区分了开来，而且唐诗中一些送人、赠别、咏怀、咏史题材中的诗篇也纳入了它的范畴。

一、唐人咏侠诗创作的社会文化渊源

唐人咏侠，是一个十分有趣的文学、文化现象，有着深刻的社会现实动因和深厚的文化渊源。其中既有全社会炽热的任侠风气这一现实土壤，统治者开明的政治和文化政策、边塞战事与文人的功业意识等时代需要的驱动，还有自战国秦汉以来侠文化的浸润和魏晋六朝咏侠文学传统的哺育。可以说，唐人咏侠诗是在有价值的文化传统中孕育启发出来而又在时代气氛中开出的花朵。

从现实渊源看，唐代侠风炽盛，成为侠和侠文化史上一个极为重要的时期，任侠被视作一种英雄气质，成为唐人身上的重要习性和当时社会普遍的价值观念。同时，它又与文人士大夫宣泄不平之气的心态和建功立业、追求自由的人生理想相合拍，洋溢着高昂的时代内容，影响着人们的生活理想和文学审美观念，为咏侠诗的创作提供了精神力量和丰富生动的题材。

一般说来，唐人任侠，在不同的历史时期和不同的阶层中，表现出的精神特质是不同的。初、盛唐的任侠风气，表现为把侠的气质精神和形象更有效地与自身的现实生活、人生理想、社会要求相结合，呈现着世俗化、理想化的色彩，任侠精神往往与改造人生社会的目标相一致，或与自身的要求相统一，随着个人阶层、理想的不同具有广泛性和多样化，任侠精神的主流在都市游侠少年的喧嚣和边塞的角鼓中得以发扬光大。

初、盛唐是唐人任侠的高昂期，"处于历史又一个繁荣时期的地主阶级，精力充沛，充满自信。它的一部分成员，须要借助各种方式表现自己的英雄气概，建立功业是一种适宜的方式，任侠也是一种适宜的方式，而且是一种更容易做到的方式"[①]。任侠体现在以少年游侠儿的形象和心境作为骨干的"少年

---

① 罗宗强：《李杜略论》，内蒙古人民出版社，1980年版，第69页。

游侠精神",它充满着青春的气息、乐观奔放的时代旋律和火一般的生活欲望、人生宣泄,是盛唐文化精神的一种表征。一方面,"初盛唐一些权贵子弟与士族中人,往往通过任侠活动,诸如勇决任气、轻财好施、结纳豪侠,以博取声名,为进身之阶"①。另一方面,承魏晋六朝遗续,他们也更多地将任侠作为一种时尚的标志和逞强势、竞豪奢、享悠闲的理想方式。所谓"斗鸡走马家世事,抱来皆佩黄金鱼"②"玉剑浮云骑,金鞍明月弓"③"东郊斗鸡罢,南陂射雉归"④,正说其任侠传统。王仁裕《开元天宝遗事》载:"长安侠少,每至春时结党联朋,各置矮马,饰以锦鞯金络,并辔于花树下往来,使仆人执酒皿而随之,遇好囿则驻马而饮。"这些侠少中,最煊赫的是王孙公子。李益《汉宫少年行》对其有淋漓尽致的刻画:"玉阶霜仗拥未合,少年排入铜龙门……才明走马绝驰道,呼鹰挟弹通缭垣……分曹六博图一掷,迎欢先意笑语喧……晚来香街经柳市,行过倡市宿桃根。相逢酒杯一言失,回朱点白闻至尊。金张许史伺颜色,王侯将相莫敢论。"与此同时,与上层豪贵侠少多有朋附的地方豪族少年、闾里恶少,任侠声势也很火爆。《新唐书》卷一九七《薛元赏传》载:"都市多侠少年,以黛墨附图镵肤,夸诡力,剽夺坊里。"《酉阳杂俎》前集卷八载:"上都街肆恶少,率髡而肤扎,备众物形状,恃诸君,张拳强劫。至有以蛇集酒家,捉羊胛击人者……时大宁坊力者张干,扎左膊曰:'生不怕京兆尹',右膊曰:'死不畏阎罗王'。……又高陵县捉得镂身者宋元义,刺七十一处……"可见,任侠风气在这些侠少中,还不免带有匪盗气。

另一方面,国家的空前强盛,也使游侠们试图用一种英雄的行为和豪放不羁的方式将这种气质呈现出来,崇高的责任感和人世的欲望并行不悖,理想的光辉和生活的情趣紧密相连。李白《白马篇》具体地描绘了盛唐游侠这一多质性的一面:

> 龙马雪花毛,金鞍五陵豪。秋霜切玉剑,落日明珠袍。斗鸡事万乘,轩盖一何高。弓摧宜山虎,手接泰山猱。酒后竞风采,三杯弄宝

---

① 罗宗强:《李杜略论》,内蒙古人民出版社,1980年版,第69页。
② [唐]秦韬玉:《贵公子行》,见《全唐诗》卷六七〇,中华书局,1960年版,第7662页。
③ [唐]卢照邻:《结客少年场行》,见《全唐诗》卷二四,中华书局,1960年版,第322页。
④ [唐]陈子良:《游侠篇》,见王启兴主编《教编全唐诗》〈上〉,湖北人民出版社,2001年版,第16页。

刀。杀人如剪草,剧孟同遨游。发愤去函谷,从军向临洮。叱咤经百战,匈奴尽奔逃。归来使酒气,不肯拜萧曹。羞入原宪室,荒径隐蓬蒿。①

诗中游侠少年既放荡嗜酒、斗鸡搏猎、任气杀人,然一旦边地有急,却又能杀敌立功,义无反顾。只有盛唐的时代,才能在精神世界中出现这样的少年精神。

唐代文人任侠尚气是前代少见的。邓绎在《藻川堂谭艺·三代篇》中说:"唐人之学博而杂,豪侠有气之士,多出于其间,磊落奇伟,犹有西汉之遗风。而见诸言辞者,有陈子昂、李白、杜甫、韩愈、柳宗元之属,堪与谊、迁、相如、扬雄等相驰骋以上下。"李白自称"十五好剑术,遍于诸侯"②,又在《上安州裴长史书》中说:"曩昔东游维扬,不愈一年,散金三十余万,有落魄公子,悉皆济之,此白之轻财好施也。"其友魏颢在《李翰林集序》中说他:"少任侠,手刃数人。"可谓文人中最具侠行者。卢藏用《陈子昂别传》说陈子昂"始以豪家子驰侠使气……尤重交友之分,意气一合,虽白刃不可夺也"。杜甫壮游,其《遣怀》诗有"白刃仇不义,黄金倾有无。杀人红尘里,报答在斯须"的铮铮豪言。韩愈《刘生诗》侠气浩荡,而柳宗元笔下的韦道安,"毙群盗""辞师婚""顾义引刃"③,更是儒生仗义行侠的典型。就唐代文人心态看,积极从政是他们最迫切的理想,因此,文人任侠,除了向往侠的自由豪迈,更多的是借以扩大知名度,出于仕途的考虑。故其侠行既有贵游侠少那样人生欲望的自由宣泄,又有边塞游侠儿赴边救难的壮烈和功名追求,也不乏民间侠风熏陶下的侠义精神。

唐代士风奢浮以盛唐为最。其文人士子斗鸡走马、狎妓优游与侠少并无二致。《开元天宝遗事》载:"长安在平康坊,妓女所居之地,京都侠少萃集于此,兼每年新进士以红笺名纸游冶其中,时人谓此风流薮泽。"且从其诗中也可看出他们曾有的轻薄侠行。李白《行路难》(之三):"羞逐长安社中儿,赤鸡白狗赌黎粟。"孟郊《灞上轻薄行》:"自叹方拙身,忽随轻薄伦。"而李颀《缓歌行》更是肯悔之言:"小来托身攀贵游,倾财破产无所忧。结交杜

---

① [唐]李白:《白马篇》,见《全唐诗》卷二四,中华书局,1960年版,第327页。
② [唐]李白:《与韩荆州书》,见《李太白全集》,中华书局,1977年版,第1240页。
③ [清]沈德潜:《唐诗别裁集》,上海古籍出版社,1979年版,第134页。

陵轻薄子，谓言可生复可死。一沉一浮会有时，弃我幡然如脱屣……早知今日读书是，悔作从来任侠非。"可见，任侠在中下层文人中还有一个从轻薄狂放转向正义尚勇事功的价值取向，也有一个从盲目仿效到自择力行的过程。而其自身的素质性情和积极进取的时代又使他们将个性的自由张扬和建功立业的时代潮流融入侠行中，以仗剑远游陶养浩气，进身仕途。或在山东地区受到强悍民风侠情之洗礼，或从军入幕，一游塞垣，直接受到北方少数民族豪侠尚武作风的濡染。于是出塞入幕求取功名便与任侠风尚相为表里，成为文人士子的又一条"终南捷径"。他们在"壮士怀远略，志存解世纷"的理想中[1]，毅然"抱剑辞高堂""横剑别妻子"[2]，"剪虏若草收奇勋"[3]，把侠义精神结合爱国英雄主义理想而发扬光大。这不仅带来了唐人咏侠诗创作的繁荣和高潮，而且也为咏侠诗提供了广阔的视野，灌注了催人奋进的精神力量。诗人将附丽于游侠形象的青春豪迈、自由奔放的气质视为热烈追慕的审美象征，将对国家社会的责任感视作个体人格更为根本、更高层次的需要，形成了以少年游侠为歌咏对象的咏侠诗潮，侠的世界开阔了，精神也提升了。

中晚唐时，政治混乱，藩镇与中央矛盾重重，初盛唐恢宏的任侠气象渐远渐离。在畸形的养士风气中，社会上的游侠，或被中央皇室和权贵录用，或被地方藩镇官吏收买、豢养，在消除异己的政治斗争中发挥着特殊作用。《资治通鉴》卷二一五载，李林甫"自以多结怨，常虞刺客，出则骑百余人为左右翼，金吾静街，前驱在数百步外，公卿走避；居则重关复壁，以石甃地，堵中置板，如防大敌。一夕屡移床，虽家人莫知其处"。此后这种风气更为盛行。唐宪宗元和十年（815），宰相武元衡主张讨伐淮、蔡等地，与方镇李师道、王承宗、吴元济"咎怨颇结"，裴度同遭忌恨，于是李师道等遣刺客杀武元衡于静安里、伤裴度于通化里[4]。唐文宗开成三年（838），仇士良遣刺客从郭子仪宅中出围宰相李石，"马逸得还私第"[5]。另外，一些保持原侠节操的侠义之士，其侠行也多奇操异节，特立独行，表现出神秘色彩，剑侠就是这个时代的产物。他们身份隐晦，杀人啑血，来去无踪，真所谓"去住知何处，空将一

---

[1] [唐]李白：《送张秀才从军》，见《全唐诗》卷一七六，第1799页。
[2] [唐]李白：《送张秀才从军》，见《全唐诗》卷一七六，第1799页。
[3] [唐]李白：《送族弟绾从军安西》，见《全唐诗》卷一七六，第1799页。
[4] [后晋]刘昫等：《旧唐书·李正己传》，中华书局，1975年版。
[5] [唐]欧阳修、宋祁等：《新唐书·李石传》，中华书局，1975年版。

剑行"①。这时的侠也明显地受道家、佛家思想的影响,诗歌中对侠的歌咏已变为对剑侠怒平不平的渲染,作者也多与佛道有关,如吕岩、司空图、贾岛等。

唐代社会上层贵族及其子弟的游侠热与侠在中下层文人民众中的异常活跃这一重要而鲜活的社会文化现象,为这个时代提供了所需的精神力量,使诗人不约而同地从中吸取了诗情,伴随着唐诗高潮的到来而形成诗坛上普遍的咏侠诗潮。诗人们对游侠形象的集中歌咏以及对生活中侠义精神的开拓和礼赞,不但表现了这个时代特有的精神面貌,而且也构成了唐诗思想内容和美学风格不可或缺的组成部分。

从思想文化渊源看,唐代社会思想活跃,儒、佛、道三教并存,且与侠相融。唐文化也在中外文化交流,南北文化的对立与整合中容纳和吸取了许多有用的成分,尤其是关陇文化在胡汉杂陈的结构磨合中,多了一份刚健和豪放。唐人与魏晋人一样,反对人生伦理化的违犯本性,而要求那种人生自然化的解放生活,这种人生观的特征,也是魏晋人性觉醒的影响和继续。于是侠与儒的结合,促使儒家"济苍生""忧社稷"的思想充分展开,而任侠精神也借此获得了较为开阔的视野,忠臣义士的谏诤和功业追求便带有鲜明的任侠色彩。侠与胡文化中尚武思想的合拍,又造就出英雄豪杰的感恩图报、效命疆场,文人士子的冀求知遇、走出章句、效功当世。而与道家自由精神的融汇,又生发出放荡不羁、推尊个性、不以礼法为意的个性气质。这一切,引起"封建礼教的束缚相对松弛和人的主观精神的昂扬奋发,使得人们偏于高估自身的价值,强调个性自由,蔑视现存秩序和礼法传统的束缚"②,为唐代咏侠诗的繁荣奠定了思想基础。

诸因素中,"胡风"值得注意。可以说,唐代侠风和咏侠诗的独特性就在于它是中土传统文化和异域文化共同影响的结果。"唐人大有胡气",李唐统治者实际上就是李初古拔的后裔③,"统一中原的时候,胡化色彩也就随之而来"④。同时,唐统治者也多将胡人迁徙内地,或征发其戍边征战。陈鸿在《东城老父传》中说:"今北胡与京师杂处,娶妻生子,长安中少年有胡心矣。"可见,唐

---

① [唐]慕幽:《剑客》,见《全唐诗》卷八五〇,中华书局,1960年版,第9624页。
② 陈伯海:《唐代社会的思想潮流与诗歌创作》,载《社会科学战线》,1988年第1期。
③ 陈寅恪:《唐代政治史述论稿》,上海古籍出版社,1979年版,第4页。
④ 刘开荣:《唐代小说研究》第四章,商务印书馆,1956年版。

代因胡汉民族大融合而产生了新的文化传统，使游侠得到了最佳的发展契机，胡人的形象和尚武任侠精神也就成为唐人咏侠诗重要的组成部分。如"绿眼胡鹰踏锦鞲，五花骢马白貂裘"[①]"侠客吸龙剑，恶少缦胡衣"等诗句表明[②]，唐代游侠形象胡味十足，而且许多游侠形象本身就是胡人。如"紫燕黄金瞳，啾啾摇绿鬃"的游侠少年[③]。它表明，唐人咏侠诗在其创作中吸取了胡文化的营养，异域人物（多胡人）以其异域肤色、形体特征、特异技能、装饰及豪侠无畏的气质引起了诗人的审美观照，为唐人咏侠诗表现侠客形象增添了丰富多彩的内容，使其具有独特的审美价值。

另外，唐人咏侠诗也是从文学传统中走出来的。自司马迁传游侠到魏晋六朝咏侠诗勃兴以来，诗人在诗歌中为游侠大唱赞歌已形成了一个进步的文学传统，那就是借侠客形象来抒发寒士的人格寄托和生活理想。唐代文人既有乐观向上的豪迈精神，又有冀遇求知、怀才不遇的垒块，因此借侠寄情就成为时代的创作风气。而司马迁《史记》中所表现的游侠精神，六朝文人在咏侠诗中塑造的游侠形象和他们火热的生命追求，就成为唐人咏侠诗的创作源头和精神上可贵的资量。

可见，唐人咏侠诗的产生、发展，与当时的社会环境、任侠风尚、诗人仗剑远游的生活经历、人生理想、价值观念、心理气质以及思想文化传统、中外文化的融合密切相关。同时，前代诗文中描写的游侠形象和表现出的任侠精神又给唐人以思想上的启迪、精神上的激励和形象塑造上的借鉴，遂使唐人咏侠诗包罗千古，闪耀时代，开启未来。

二、唐人咏侠诗的思想内容

唐人咏侠诗，风华情致俱本六朝，然题材之广泛，思想之深邃，贯注其中的气势都远超前代。据统计，唐人咏侠诗数量是魏晋六朝咏侠诗的近十倍[④]。这些诗主要包括拟古或拟意的古题乐府，如《刘生》《结客少年场行》等。自旧题衍化出新题乐府，如《壮士吟》《侠客行》《（邯郸、长安、渭城）少年

---

① [唐]薛逢：《侠少年》，见《全唐诗》卷五四八，中华书局，1960年版，第6334页。
② [唐]虞世南：《从军行》之二，见《全唐诗》卷一九，中华书局，1960年版，第226页。
③ [唐]李白：《结客少年场行》，见《全唐诗》卷二四，中华书局，1960年版，第322页。
④ 笔者依据逯钦立《先秦汉魏晋南北朝诗》（中华书局1983年版）统计，汉代咏侠诗（主要是残篇、歌谣）共10首，魏晋六朝咏侠诗共57首。

行》《少年行》等。歌咏古代侠义之士的咏史、怀古诗，歌咏侠义精神或自抒襟怀的抒情诗等。依其表现对象，内容包括对古游侠的歌咏、对当代游侠少年的歌咏和对剑侠的歌咏。

唐人咏侠诗中，歌咏古代侠义之士的诗篇较多。尤其是一些战国游侠如荆轲、豫让、专诸、高渐离、侯嬴、朱亥及四公子备受推崇。而唐人所咏，特重古游侠身上表现出来的重诺轻生、冀知报恩等任侠精神。在此类诗篇中，诗人往往借古寓今，寄托自己深沉的向往。李白《侠客行》最为生动：

> 赵客缦胡缨，吴钩霜雪明。银鞍照白马，飒沓如流星。十步杀一人，千里不留行。事了拂衣去，深藏身与名。闲过信陵饮，脱剑膝前横。将炙啖朱亥，持觞劝侯嬴。三杯吐然诺，五岳倒为轻。眼花耳热后，意气素霓生。救赵挥金槌，邯郸先震惊。千秋二壮士，烜赫大梁城。纵死侠骨香，不惭世上英。谁能书阁下，白首太玄经。①

这首诗讴歌了战国赵魏游侠群体，集中赞扬了侠客的重诺轻生，突现了侯嬴、朱亥二侠士的千秋侠骨，诗人崇侠轻儒、功成身退的豪情亦在其中。

古游侠的生命意义和人生价值就是寻知己和为知己死，故其人生信条和侠义精神集中表现为"士为知己者死"。因此，唐人咏侠诗便将冀知报恩作为古游侠最厚重的侠意识加以高咏，借以寄托诗人自己的知己渴望。鲍溶《壮士行》云："山河不足重，重在遇知己。"李白《结袜子》歌咏了专诸、高渐离这样"报恩为豪侠，死难在横行"的侠义之士：燕南壮士吴门豪，筑中置铅鱼隐刀。感君恩重许君命，泰山一掷轻鸿毛。②

侠客的这种冀知报恩意识在唐人咏侠诗中异常浓厚，但侠客为报恩而行侠也是唐代科举制度下文人士子心态的一种曲折反映。唐代推行科举制度，知贡举者握有取舍大权，举子们在试前"或明制才，试遣搜扬，则驱驰府寺之门，出入王公之第，上启陈诗，惟希咳唾之泽；摩顶至足，冀荷提携之恩。故俗号举人皆称'觅举'"③。而一旦登第，就对知贡举者感恩终生。柳宗元《与顾十郎书》中说："凡号门生而不知恩之所自出者，非人也。"故唐人咏侠诗中古游侠行侠多是报知己之恩，即因"感君恩重"而行侠，充满着"长揖蒙重

---

① [唐]李白：《侠客行》，见《全唐诗》卷二五，中华书局，1960年版，第322页。
② [唐]李白：《结袜子》，见《全唐诗》卷二六，中华书局，1960年版，第363页。
③ [唐]薛登：《论选举疏》，见《全唐文》卷二八一，中华书局，1983年版，第2851页。

国士恩,壮心剖出酬知己"的赤胆和快意恩仇的渴望①。同时为了强化冀知报恩,诗中频现"四豪"(战国四公子)、剧孟、朱家、郭解等古代豪侠,并将他们作为知己的象征,表现着诗人的积极用世,竭力寻求"明主"赏用的心理和知己不遇的失落、英雄无用武之地的悲慨:"报君黄金台上意,提携玉龙为君死。"②"与君同在少年场,知己萧条壮士伤。可惜报恩无处所,却提孤剑过咸阳。"③"买丝绣作平原君,有酒唯浇赵州土。"④"未知肝胆向谁是,今人却忆平原君。"⑤这种对古游侠冀知报恩的歌咏,从更深的层次看,隐含了诗人对世事艰难的感慨和怀才不遇的愤懑,反映出诗人共同的时代苦闷,在唐代尤具现实意义。因而,对于出身寒门须凭自身能力去取得功名的诗人来说,"十年磨一剑,霜雪未曾试"的艰辛就包含了种种可以想象的情怀⑥。

需要指出的是,唐人功业意识浓厚,因而古游侠身死事不成的侠行辄令诗人寄寓深沉的悲慨,发出"侠客不怕死,怕在事不成"的感叹⑦,甚而对赞不绝口的大侠荆轲端持轻蔑。汪遵诗云:"匕首空磨事不成……青史徒标烈士名。"⑧李白亦言:"燕丹事不立,虚没秦帝宫。武阳死灰人,安可与成功。"⑨对其名就功不成的情感态度,表现出唐代文人强烈的功名意识和特有的乐观精神。而前人称道的古代侠义之士,唐人也不盲从,如李白《东海有勇妇》:"要离刺庆忌,壮夫素所轻。妻子亦何辜,焚之买虚声。"可见,唐人对古游侠的歌咏,包含着健全的人格意识和清醒的理性精神,闪耀着时代光芒和诗人的人生理想。另外,游侠、刺客本不相同,故司马迁分别立传。而在唐人笔下,已将刺客的胆识义气和牺牲精神纳入了侠的范畴,遂使重然诺、报恩

---

① [唐]李白:《走笔赠独孤驸马》,见《全唐诗》卷一六八,中华书局,1960年版,第1739页。
② [唐]李贺:《雁门太守行》,见《全唐诗》卷二〇,中华书局,1960年版,第244页。
③ [唐]雍陶:《送客二首》之一,见《全唐诗》卷五一八,中华书局,1960年版,第5928页。
④ [唐]李贺:《浩歌》,见《全唐诗》卷三九〇,中华书局,1960年版,第4399页。
⑤ [唐]高适:《邯郸少年行》,见《全唐诗》卷二四,中华书局,1960年版,第329页。
⑥ [唐]贾岛:《剑客》,见《全唐诗》卷五七一,中华书局,1960年版,第6618页。
⑦ [唐]元稹:《侠客行》,见《全唐诗》卷二五,中华书局,1960年版,第333页。
⑧ [唐]汪遵:《易水》,见《全唐诗》卷六〇二,中华书局,1960年版,第6957页。
⑨ [唐]李白:《结客少年场行》,见《全唐诗》卷二四,中华书局,1960年版,第322页。

仇、冀知己在侠客形象中更具光彩照人之处。因此,唐人歌咏的古代侠士,其内涵和外延较《史记》都有扩展。

唐代游侠群体中,游侠少年是核心和主体。从某种程度上讲,唐人任侠精神的特征就是少年精神。这些游侠少年主要包括贵游侠少、边塞游侠儿和市井恶少。唐人之歌咏,主要是前两者,他们是唐人咏侠诗的主体和最富时代特色的内容。

唐人咏侠诗中,诗人一一坦现这些贵游侠少的任侠行为。有的写他们的斗鸡走马:"花时轻暖酒,春服薄装绵。戏马上林苑,斗鸡寒食天。"[①]有的写他们的优游:"少年游侠好经过,浑身装束皆绮罗。兰蕙相随喧妓女,风光去处满笙歌。"[②]有的写他们的任酒使气:"笑尽一杯酒,杀人都市中。"[③]有的写他们的搏猎宿娼:"青云少年子,挟弹章台左。鞍马四边开,突如流星过。金丸落飞鸟,夜入琼楼卧。夷齐是何人?独守西山饿。"[④]在贵游侠少中,有一部分就是京都"禁军侠少",常在京城游侠,唐人咏侠诗中对他们的任侠行为也展露无遗。王维《少年行》四首、李益《汉宫少年行》、张籍《少年行》、李廓《少年行》三首、鲍溶、孟郊、王建《羽林行》、李廓《长安少年行》等都属此类。

《新唐书·兵志》云:"夫所谓天子禁军者,南、北衙兵也。南衙,诸卫兵是也;北衙者,禁军也。"禁军的主要任务是宿卫,保卫京城和皇宫安全。从禁军来源看,唐代禁军一般来自"父死子继"的世兵制和府兵制,这一部分多贵族出身。[⑤]后来采用募兵制,如"贞元以来,长安富户皆隶要司求影庇,禁军挂籍,十五六焉。至有恃其多藏,安处阛阓,身不宿卫,以钱代行",[⑥]以至禁军中多市井博徒游侠。加上禁军的地位身份,游侠声势很盛。如韦应物天宝中曾以"三卫郎"身份侍玄宗,[⑦]他对自己当禁军时的游侠生活描写道:

---

① [唐]王贞白:《少年行》,见《全唐诗》卷二四,中华书局,1960年版,第324页。
② [唐]李白:《少年行》其三,见《全唐诗》卷二四,中华书局,1960年版,第323页。
③ [唐]李白:《结客少年场行》,见《全唐诗》卷二四,中华书局,1960年版,第322页。
④ [唐]李白:《少年子》,见《全唐诗》卷二四,第323页。
⑤ 按《新唐书·百官志》南衙十六宿卫府兵有内外府之分。内府皆势宦子弟。其中规定二品、三品子可补亲卫,二品官曾孙,三品官孙,四品官子可补勋卫及东宫亲卫。三卫为世宦子孙以"门资"进身的阶梯。
⑥ [宋]王溥:《唐会要·京城诸军》,中华书局,1955年版,第1294页。
⑦ 傅璇琮:《唐才子传校笺》卷四,中华书局,1989年版,第166—167页。

"少事武皇帝,无赖恃恩私。身作里中横,家藏亡命儿。朝持樗蒲局,暮窃东邻姬。司隶不敢捕,立在白玉墀。骊山风雪夜,长杨羽猎时。一字都不识,饮酒肆玩痴。"①这首诗诗人以自赏的态度,描绘了唐代游侠少年中禁军侠少炽烈无拘束的任侠生活,对于我们认识唐代贵游侠少的生活方式有重要的史料价值。由于他们的纵逸不禁和狂荡,或与恶少相通,因而其杀人越货的行为就与恶少无二:"长安恶少出名字,楼下劫商楼上醉。天明直下明光宫,散入五陵松柏中。百回杀人身合死,赦书尚有收城功。九衢一日消息定,乡吏籍中重改名。出来依旧属羽林,立在殿前射飞禽。"②可见,唐人咏侠诗中描写禁军侠少飞扬跋扈、纵逸不禁的任侠行为有不容忽视的认识意义。

在唐人咏侠诗中,诗人历历坦现这些游侠少年射猎游冶、斗鸡走马、任酒使气、赌博宿娼甚至杀人越货的轻薄侠行,主要是看到了表现在他们身上世俗享乐的生活色彩和自由浪漫的时代精神,看到了一种通脱跳跃的生命存在,不受礼法束缚和伦理规范的风流潇洒的生活方式。

歌咏游侠少年驰骋边塞、赴难建功是唐人咏侠诗的主流,它体现着轰轰烈烈的英雄壮举和爱国精神,诗中行侠与赴国难、报国恩,侠客与文人紧密结合,展现着极具时代特色的内容。唐人建功立业、荣名不朽的人生理想,使诗人直承魏晋六朝咏侠诗的传统,再造了边塞游侠儿报国立功扬名的楷模。

征募游侠恶少从军边塞,汉代已有先例。唐《历代兵制记》卷六载:"天宝以后,(府兵)稍复变废,应募者皆市井无赖。"这些市井无赖,其实就是"荡子从军事征战"的游侠少年。陆龟蒙《杂讽九首》之二:"岂无恶少年,纵酒游侠窟。募为敢死军,去以枭叛卒"。而诸如"塞下应多侠少年"③、"中军一队三千骑,尽是并州游侠儿"等诗句并不仅仅是诗人的夸张,④它也是唐代边塞时事的写照。而游侠和从军相结合,在当时也是一条功业出路。唐人对边塞游侠儿的歌咏,其形象主要有三种。一是原居边地的少年游侠,多胡儿。如高适《营州歌》、李白《行行且游猎篇》中描写的游侠少年。他们未必有军籍,但"猛气英风振沙碛"。崔颢《游侠篇》最具代表性:

---

① 傅璇琮:《唐才子传校笺》卷四,中华书局,1989年版,第166—167页。
② [唐]王建:《羽林行》,见《全唐诗》卷二四,中华书局,1960年版,第317页。
③ [唐]高适:《送浑将军出塞》,见《全唐诗》卷二一三,中华书局,1960年版,第2219页。
④ [唐]戎昱:《出军》,见《全唐诗》卷二七〇,中华书局,1960年版,第3022页。

少年负胆气，好勇复知机。仗剑出门去，孤城逢合围。杀人辽水上，走马渔阳归。错落金锁甲，蒙茸貂鼠衣。还家且行猎，弓矢速如飞。地迥鹰犬疾，草深狐兔肥。腰间带两绶，转眄生光辉。顾谓今日战，何如随建威？①

诗中这位边塞少年，富有勇气和智慧，出门解围，行猎归家，轻松自如中透露出边地游侠儿本身的武毅和豪迈。

二是通过募兵招来戍边的市井游侠。如前引陆龟蒙《杂讽九首》之二。王维《燕支行》详细刻画了这些游侠少年的英雄形象：

赵魏燕韩多劲卒，关西侠少何咆勃。报仇只是闻尝胆，饮酒不曾妨刮骨。画戟雕戈白日寒，连旗大幡黄尘没。叠鼓遥翻瀚海波，鸣笳乱动天山月。麒麟锦带佩吴钩，飒踏青骊跃紫骝。拔剑已断天骄臂，归鞍共饮月支头。②

此诗集中描写了边塞游侠儿的凌云胆气、英雄本色和侠者风采。在诗中，诗人将游侠酬主的临危授命与酬君报国的壮烈憧憬高度地统一了起来，而且在建功立业的自信中洋溢着乐观与豪迈。

出入塞幕的文人士子和禁军侠少中的一部分，也是唐代边塞游侠儿的组成部分和唐人咏侠诗歌咏的内容。唐代文人多侠气或任侠者，他们的功业意识在边塞游侠儿的英雄形象和生命情调中激起了强烈反响，在"男儿一片气，何必五车书"③"战伐有功业，焉能守旧丘"的感叹中从军入塞④，求取功名。这也使他们很容易看重朝廷的嘉惠而放弃轻薄侠行，乐意效命边地。"平生怀伏剑，慷慨既投笔"⑤"讵驰游侠窟，非结少年场。一旦承嘉惠，轻命重恩光"，⑥把侠义精神结合爱国的英雄主义精神而发扬光大。

另外，禁军侠少也有远赴边关的。《通鉴》载，开元二十八年（740）"吐蕃寇安戎城及维州"时，朝廷发关中彍骑往救之。《新唐书·兵志》云："德宗即位……神策兵虽处内，而多以神将将兵征伐，往往有功。"唐人咏侠

---

① [唐]崔颢：《游侠篇》，见《全唐诗》卷二五，中华书局，1960年版，第332页。
② [唐]王维：《燕支行》，见《全唐诗》卷一二五，中华书局，1960年版，第1257页。
③ [唐]孟浩然：《送告八从军》，见《全唐诗》卷一六〇，中华书局，1960年版，第1640页。
④ [唐]杜甫：《后出塞》，见《全唐诗》卷二一八，中华书局，1960年版，第2293页。
⑤ [唐]刘希夷：《从军行》，见《全唐诗》卷八二，中华书局，1960年版，第880页。
⑥ [唐]李益：《从军有苦乐行》，见《全唐诗》卷二八二，中华书局，1960年版，第3202页。

诗中，诗人热情讴歌了禁军侠少在边塞的英雄行为。如王维《少年行》：

  出身仕汉羽林郎，初随骠骑战渔阳。孰知不向边庭苦，纵死犹闻侠骨香。（三）

  一身能擘两雕弧，虏骑千重只似无。偏坐金鞍调白羽，纷纷射杀五单于。（四）①

诗人以辽阔的边地和重敌为背景，突出了这位禁军侠少的英勇豪迈和侠节。"纵死犹闻侠骨香"足以代表唐代咏侠诗的时代强音。

如果说唐人咏侠诗中对贵游侠少的歌咏表现着诗人追求自由的精神和对世俗礼法的叛逆，那么在对边塞游侠儿的歌咏中就无不勃发着"功名只向马上取"的时代精神和强烈的功业意识，表现着自己有救世之才、济世之用的抱负和不甘寂寞、渴求实践、走出章句的愿望，形成了唐人咏侠诗一个较为完整的价值观念体系。当然，也不乏借侠之"豪气一洗儒生酸"。

剑侠是唐代游侠中一个特殊的流品，文献中多称"剑客"。如《通鉴》卷二五四："宰相有遣剑客来刺公者，今夕至矣。"有时又称侠刺、刺客。《上清传》云："卿交通节将，蓄养侠刺。"又《唐语林》云："天宝以来，多刺客报恩。"侠而以剑领衔，自不同于游侠之重于"游"。剑侠也不像游侠少年那样成为群体，声势热烈，其活动似不与其他游侠相涉，且受佛教、道教影响较深，多奇操异能怪术，尤其剑术出神入化、深不可测，行迹隐秘，独来独往。②这表明侠已开始进入文人的幻设创造中，唐传奇中对剑侠的描写十分精彩。在唐人咏侠诗中，他们也是被歌咏的对象。如吕岩《剑客》《七言》《绝句》，贾岛《剑客》，慕幽《剑客》，李中《剑客》等。

唐人咏侠诗中对剑侠奇操异术的歌咏实难俱道一一，但其歌咏的主旨却在仗义行侠和怒平不平两个方面。如吕岩《七言》之四十九："雨雪霏霏天已暮，金钟满劝抚焦桐。诗吟席上未移刻，剑舞筵前疾似风。何事行杯当午夜，忽然怒目便腾空。不知谁是亏忠孝，携个人头人坐中。"以神秘超绝之剑术，自掌人间正义。而"杀人虽取次，为事爱公平"③，"背上匣中三尺剑，为天

---

 ①［唐］王维：《少年行》，见《全唐诗》卷二四，中华书局，1960年版，第324页。
 ②《大侠》中将剑侠的本领分为飞天夜叉术、幻术、神行术、用药术、断人首级、剑术六个方面。见《大侠》，台湾锦冠出版社，1987年版，中华书局，1960年版，第140—157页。
 ③［唐］慕幽：《剑客》，见《全唐诗》卷八五〇，中华书局，1960年版，第9624页。

且示不平人"①,"粗眉草竖语如雷,闻说不平便放杯。仗剑当空千里去,一更别我二更回"②等更以夺人气势,描绘了剑侠怒平不平的侠形义胆。

  在中晚唐,尤其晚唐咏侠诗中,对剑侠的歌咏与唐人的侠义观念和社会变化有关。从社会现实看,中唐以后,君臣伦理秩序渐闻。同时,安史之乱以来,社会上畸形的养士之风使游侠成为被豢养的刺客,是非不问,正义不行。因而李德裕等人以儒家思想重新规范侠义精神,将游侠导向儒家思想认可的范畴中,而最终归于"义"途。李德裕《豪侠论》中说:"夫侠者,盖非常人也。虽以然诺许人,必以节义为本。义非侠不立,侠非义不成,难兼之矣。所谓不知义者,感匹夫之交,校君父之命,为贯高危汉祖者是也;所利者邪,所害者正,为梁王杀爰盎者是也。此乃盗贼耳,焉得谓之侠哉!唯钮麑不贼赵孟,承基不忍志宁,斯为真侠矣。淮南王惮汲黯,以其守节死义,所以易公孙宏如发蒙耳。黯实气义之兼者,士之任气而不知义者皆可谓之盗矣。然士无气义者,为臣必不能死难,求道必不能出世……由是而知士之无气义者,虽为桑门,亦不足观矣。"③李德裕以传统君臣父子的儒家伦理观念,标举"义非侠不立,侠非义不成",谓义气相兼为真侠。此论一出,代表整个侠义观念中义侠的崭露头角,侠的范围缩小了,定义明确化了。而唐人咏侠诗中对剑侠的歌咏也正是出于这样一种现实和伦理道德之需要。它说明中国侠的侠义观念从先秦的"士为知己者死"到中晚唐"义气相兼"观念的确立,侠亦由"轻死重气"迈向"轻死重义"的人格规范,侠文化也在不断地与正统社会上流文化的对立整合中回归主流文化圈中。

三、唐人咏侠诗的艺术审美理想

  唐人对任侠精神的讴歌,从内容到规模都远胜魏晋六朝,是咏侠诗发展阶段上的一座高峰。唐人以开放包容的文化品质,完成了侠由史家立传到文人歌咏的过渡。这不但表现在唐人以时代精神重新观照游侠,重塑侠义精神,使咏侠诗包含了丰厚的现实内容,而且在艺术上高度成熟。主要体现为艺术审美理想的人格美、艺术境界的雄壮美以及"弹剑作歌,以泄心事"的抒情色彩。

---

① [唐]吕岩:《绝句》,见《全唐诗》卷八五八,中华书局,1960年版,第9694、9697页。
② [唐]吕岩:《绝句》,见《全唐诗》卷八五八,中华书局,1960年版,第9694、9697页。
③ [清]董诰等:《全唐文》卷七〇九,上海古籍出版社,1990年版,第3224页。

就艺术审美理想而言，唐人咏侠诗非常注重人格美的艺术创造，并将它作为表现游侠精神特质的焦点。在侠的世界里喷涌而出的生命情调中融入自我侠风激荡下的理想追求和人格向往，在诗人、侠客的艺术整合中，创造了富有时代感、人格美的艺术境界。

　　在诗人看来，侠是一种别具气质精神的人格模式，其重诺轻生、仗义行侠是一种崇高悲壮的高大人格写照，而"千场纵搏家仍富，几度报仇身不死"的豪爽快意和"身在法令外，纵逸常不禁"的绝对自由便是一种豪宕俊爽的人格体现。[1]甚至游侠少年那种游冶搏猎、斗鸡宿娼等脱略小节的行为，也是一种坦荡自然的人性伸张和浪漫精神的表现。如歌咏边塞游侠儿和贵游侠少的诗篇，诗人在表现这两种不同的侠者风采和人格精神时，或将其置于边塞时事的浪尖上，或融入市井的喧嚣中，然后通过侠义英雄行为或豪荡烜赫的游侠声势的渲染，着力体现一种崇高的社会责任感，或一种人生情趣的追求，既崇高悲壮，又豪宕俊爽。这种经过诗人艺术"过滤"的纯美人生意识，确实是唐人咏侠诗艺术的灵魂。

　　为了表现这种人格美，诗人采取了三种艺术手法。一是突现，即注重侠之气质精神的人格美的集中实现。诗人直抒胸臆，感情率真，语言表达的明快使人有不假思索脱口而出的感觉，侠者形象的直接性和鲜明性如排闼而来的青山。这种"不隔"正是唐人咏侠诗的一个基本特点："三杯吐然诺，五岳倒为轻""黄金买性命，白刃酬一言""气高轻赴难，谁顾燕然铭"……侠的高大人格剪影突兀嶙峋，气宇轩昂，有强烈的艺术感染力。二是渲染，即诗人从面的角度，铺张、烘托、延伸点的人格美突现所产生的强烈美感，从外貌、服饰、武器、乘骑、言行等方面进行富有个性的描绘，使侠不仅有"唐之气"，亦具"唐之象"。唐人咏侠诗中这样的铺排渲染几乎篇篇触及，举不能胜。如李白《结客少年场行》："紫燕黄金瞳，啾啾摇绿鬃。……珠袍曳锦带，匕首插吴鸿。"而对剑侠的描写更显气势："发头滴血眼如环，吐气云生怒世间"[2]"头角苍浪声似钟，貌如冰雪骨如松"[3]"眉因拍剑留星电，衣为眼云

---

[1] [唐]高适：《邯郸少年行》，见《全唐诗》卷二四，第329页；[唐]张华：《博陵王宫侠曲》其一，见郭茂倩《乐府诗集》，中华书局，1979年版，第969页。
[2] [唐]吕岩：《七言》之四八，见《全唐诗》卷八五七，中华书局，1960年版，第9689页。
[3] [唐]吕岩：《七言》之五九，见《全唐诗》卷八五七，中华书局，1960年版，第9690页。

惹碧风"①。三是对比,即儒侠对比,以儒生的卑弱无用比衬侠者高大有为的人格魅力,这是唐人咏侠诗的一个基调。一方面这是唐代儒学脱离实际的反映,另一方面也是侠者人格精神与泛儒文化精神在唐代对立而表现出"功名只向马上取"的价值观念的影响。这使唐人咏侠诗在高扬侠的同时,无不将儒生作为对立面:"宁为百夫长,胜作一书生"②"儒生不及游侠儿,白首下帷复何益"③"羞入原宪室,荒径隐蓬蒿"④。这种对比,不但从一个侧面更加鲜明地展示了侠者的人格美和价值观,而且促成了诗人以功业自许的怀抱,形成了唐人咏侠诗独有的理想精神、英雄性格和浪漫气息,使咏侠诗在粗犷雄强之外,平添几分风雅蕴藉之美,洋溢着明朗、高亢、奔放、激越的时代强音和催人奋进的人格力量。

在艺术境界的创造上,唐代诗人以广阔的审美视野,在咏侠诗中创造了雄浑壮美的艺术境界,成为"盛唐气象"美学规范的艺术表征之一。

唐代任侠尚气之诗人自有一种热烈豪迈的性格和瑰奇雄逸的思想,最注意宇宙间的雄浑壮美。从意象运用的角度看,唐人咏侠诗善用雄奇壮阔的意象构织宏大壮美的诗境,如在自然物象中,常用泰山、五岳、辽水、边关等。就生活场景而言,主要是大漠边塞、荒原郊野和胡姬酒肆等场景的设置。

大漠边塞这一雄阔的场景,主要表现在初盛唐歌咏游侠救边赴难的诗篇中。游侠们"雪中凌天山,冰上渡交河"⑤"负羽到边州,鸣笳度陇头"⑥"杀人辽水上,走马渔阳归"⑦。诗人将其生活场景设置在大漠边塞,既是实写,也是出于审美的需要。游侠于大漠边塞中纵横驰骋,方能一展侠风雄气。同时咏侠诗中借奇伟宏大的场景,使诗人的满腔热情和壮丽的山川熔铸成雄风鼓荡的刚健诗章,而其艺术上的戛戛独造,就是他们这种雄奇的审美情趣与大漠边塞撞击发出的绚丽火花。在这样的咏侠诗中,游侠与自然、困难的搏击脉动着强大的生命激流,显示着强大的人格力量。如李白《幽州胡马客歌》:

---

① [唐]吕岩:《七言》之五九,见《全唐诗》卷八五七,中华书局,1960年版,第9690页。
② [唐]杨炯:《从军行》,见《全唐诗》卷五〇,中华书局,1960年版,第611页。
③ [唐]李白:《行行且游猎篇》,见《全唐诗》卷二五,中华书局,1960年版,第333页。
④ [唐]李白:《白马篇》,见《全唐诗》卷二四,中华书局,1960年版,第317页。
⑤ [唐]陶翰:《燕歌行》,见《全唐诗》卷一四六,中华书局,1960年版,第1473页。
⑥ [唐]王涯:《陇上行》,见《全唐诗》卷三四六,中华书局,1960年版,第3875页。
⑦ [唐]崔颢:《游侠篇》,见《全唐诗》卷二五,中华书局,1960年版,第332页。

幽州胡马客，绿眼虎皮冠。笑拂两支箭，万人不可干。弯弓若转月，白雁落云端。双双掉鞭行，游猎向楼兰。出门不顾后，报国死何难。……白刃洒赤血，流沙为之丹。①

将"出门不顾后，报国死何难"的胡马客置于大漠边塞，其"白刃洒赤血，流沙为之丹"就格外崇高悲壮，气象苍莽。因此，大漠、边塞、风霜这些物象在唐人咏侠诗，尤其是歌咏边塞游侠儿的诗篇中反复出现，虽是一种活动的背景，但由于诗人匠心独运，往往构成具有高度审美价值的雄浑壮阔的艺术境界。

荒原郊野、胡姬酒肆为侠义之士和贵游侠少经常性的活动场所。相对而言，侠义之士多于荒原郊野行侠。壮士"徐行出烧地，连吼入黄岢"②；儒侠韦道安，追盗"寒涧阴"，"夜发敲石火，山林如昼明"③；剑侠们则"笑指不平千万万，骑龙抚剑九重关"④。诗人这种场景设置，不但显示出侠者的正义高勇，又平添几分粗野和特异。贵游侠少们常于荒原郊野搏猎，但其主要的活动场所在胡姬酒肆（市井）。如李白《少年行》（其二）云："五陵年少金市东，银鞍白马度春风。落花踏尽游何处，笑入胡姬酒肆中。"唐代都城坊曲街市，多胡人行商，因此，胡姬酒肆这一生活场景不但从整体上突出了侠少的豪荡狂放、不假雕饰、率性而为的快乐人生，而且使诗篇富于浪漫色彩和异域风情。

大漠边塞、荒原郊野、胡姬酒肆三者在不同层面上表现了不同的游侠形象和侠义精神，有时三者相互交汇，集于一篇，并共同构建一个颇具审美价值的艺术境界。如张籍《少年行》：

少年从猎出长杨，禁中新拜羽林郎。独对辇前射双虎，君王手赐黄金珰。日日斗鸡都市里，赢得宝刀重刻字。百里报仇夜出城，平明还在娼楼醉。遥闻虏到平陵下，不待诏书行上马。斩得名王献桂宫，封侯起第一日中。不为六郡良家子，百战始取边城功。⑤

此篇歌咏游侠，从场景设置看，诗人先以游侠曾有的侠气侠行作铺垫、张

---

① [唐]李白：《幽州胡马客歌》，见《全唐诗》卷一八，中华书局，1960年版，第200页。
② [唐]刘禹锡：《壮士行》，见《全唐诗》卷二五，中华书局，1960年版，第334页。
③ [唐]柳宗元：《韦道安》，见《全唐诗》卷三五二，中华书局，1960年版，第3945页。
④ [唐]吕岩：《七言》之四六，见《全唐诗》卷八五七，中华书局，1960年版，第9689页。
⑤ [唐]张籍：《少年行》，见《全唐诗》卷二四，第324—325页。

本，然后一下由市井、娼楼跳跃到荒原边塞。禁中的威武、市井的豪荡、边塞的慷慨、立功的荣耀在时空转移中一一折射在游侠少年身上。时空跨度大，诗境为之开，有一股总揽天地的纵横之气，与魏晋六朝咏侠诗相较，显得格外雄浑壮阔，气象巍峨。

借侠（或剑）直抒豪情、自伤身世是咏侠诗的一个传统。作为侠文学抒情阶段上的高标，唐人咏侠诗对任侠精神的歌咏是热烈而纯情的，寄托着诗人自信、自强、自尊的时代文化心理和深沉的现实身世之感。因而就抒情言，一方面，唐人咏侠诗中，侠（或剑）在诗人笔下虚实相生，不断对象化和象征化，或表现为一种人物，或为一种形象，或为一种精神，诗人借此俯仰古今，直抒胸臆，使咏侠诗在高旷雄豪之外，包含着浓郁的抒情色彩。如歌咏边塞游侠儿的诗篇，诗人极力突现其死难、报国、立功的悲壮和崇高，寄寓强烈的功名追求："倚是并州儿""百战争王公"[1]"丈夫赌命报天子，当斩胡头衣锦还。"[2]这种强烈的功业情怀又使诗人对侠士立功不受赏感慨万分："杀身为君君不闻""落日裴回肠先断"[3]。而此等情感也就同他们的怀才不遇互为表里。因此，侠的赴难立功受赏就真实地表现着诗人建功立业的渴望，而其冀知报恩又无疑是诗人在寻求一个赏用自己的"明主"。当然，一些咏侠诗篇也借游侠"事了拂衣去，深藏身与名"抒发着诗人淡泊功名的思想。如李白《古风》之十："齐有倜傥生，鲁连特高妙。明月出海底，一朝开光耀。却秦振英声，后世仰末照。意轻千金赠，顾向平原笑。吾亦澹荡人，拂衣可同调。"[4]鲁仲连"好持高节"，义不帝秦，为赵解围，"排患释难解纷乱而无取"。[5]李白引为同调，也就是以鲁仲连功成不受赏，淡泊功名富贵的侠节表现自我的胸襟。但同时也含借以浇胸中垒块的目的，明其报国的壮心、经邦济世的才能和失意的幽愤。这是唐人咏侠诗在热烈的激动中包孕着的深沉底蕴。另一方面，诗人也借游侠抒发自己对理想和自由精神的向往。在咏侠诗中，任酒使气、杀人搏猎等非同凡响的行为与气概都被当作高尚行为、光荣标志、时髦生

---

[1] [唐]刘济：《出塞曲》，见《全唐诗》卷一八，中华书局，1960年版，第187页。
[2] [唐]李白：《送外甥郑灌从军》之一，见《全唐诗》卷一七六，中华书局，1960年版，第1798页。
[3] [唐]王宏：《从军行》，见《全唐诗》卷三八，中华书局，1960年版，第495页。
[4] [唐]李白：《古风》之十，见《全唐诗》卷一六一，中华书局，1960年版，第1672页。
[5] [西汉]司马迁：《史记·鲁仲连邹阳列传》，中华书局，1959年版，第2459、2465页。

活方式而受到诗人普遍的崇尚。如歌咏贵游侠少纵情不禁的行为和浓烈奢浮的任侠活动，诗人一方面铺张渲染这些侠少赫的声势、豪华的场面和优游纵逸行为，另一方面又无比企慕、情不自禁地张扬表现在他们身上那种坦荡无禁的生命存在和自由精神，折射着推尊个性、张扬自我的时代风采。

另外，唐人咏侠诗中，一些诗篇还往往与咏物、怀古、记游、送别相结合，借景抒情，发出物是人非而英雄浩气长存的感叹。如李白《经下邳桥怀张子房》："子房虎未啸，破产不为家。沧海得壮士，椎秦博浪沙。报韩虽不成，天地皆震动。"[①]胡曾《豫让桥》："豫让酬恩岁已深，高名不朽到如今。年年桥上行人过，谁有当时壮士心。"[②]骆宾王《于易水送人》："此地别燕丹，壮士发冲冠。昔时人已没，今日水犹寒。"[③]可见，唐人咏侠诗以侠为抒情对象，或象征依托，侠的外衣中包裹着一个诗人自我，弥漫着浓郁的抒情色彩，文人、侠客和谐地统一于咏侠诗中，意激于内而气奋于外，表现出一种"余味曲包"的蕴藉美。

从艺术形式看，唐人咏侠诗表现出以乐府歌行为主，同时兼有律绝，古风等多样化的艺术特点。

唐人咏侠诗继承了魏晋以来歌咏游侠的文学传统，广泛采用乐府歌行，且有创新。如《乐府诗集》中，专门歌咏游侠的乐府诗题有"结客少年场行"和"游侠篇"等，都属杂曲歌辞。唐人不但使用旧题，而且衍生出许多变体，如"少年行""少年子""少年乐"，以及"渭城少年行""邯郸少年行"等。同时将"结客少年场行"和"游侠篇"中轻生重义、慷慨立功和重交轻身、借躯报仇的内容融合了起来，拓宽了这一旧题的艺术表现容量。[④]而"游侠篇"这一原本表现贵族子弟鲜衣怒马、轻狂放荡游侠生活的形式，在唐人笔下与其变体"侠客行""壮士行""壮士吟"一起成了歌咏侠义之士豪放刚烈的雄壮诗篇。更重要的是，唐人不再拘泥于对侠的现实描写，而是把对侠的歌咏衍变为一种侠义气质的追求，一种人生境界的向往，一种理想人格的崇拜。

---

① [唐]李白：《经下邳桥怀张子房》，见《全唐诗》卷一八一，中华书局，1960年版，第1847页。
② [唐]胡曾：《豫让桥》，见《全唐诗》卷六四七，中华书局，1960年版，第7424页。
③ [唐]骆宾王：《于易水送人》，见《全唐诗》卷七九，中华书局，1960年版，第863页。
④ [宋]郭茂倩：《乐府诗集》中"结客少年场行"和"游侠篇"题解，中华书局，1979年版，第948、966页。

和魏晋六朝咏侠诗不同的是，唐人咏侠诗不但把源于乐府的咏侠诗推向高潮，而且创作队伍壮大，诗体也不再限于乐府范围，律诗、绝句、古风等艺术形式也占有相当的篇幅。如叙游侠仗义行侠之事，除乐府歌行外，多用律诗或古风，歌咏剑侠绝大多数为五七言绝句。以律诗、绝句表现游侠，艺术容量大而含蓄，声律谐婉优美，铿锵有力，富于浪漫气息，脱尽了六朝咏侠诗形式单一、诗句拗口和篇幅句式不齐的艺术缺陷，且其表现出的气象与概括力，都足以反映出高度的艺术成就，同时也表明它们只能属于唐代。

当然，唐人咏侠诗篇良莠并存，珠砾杂见，词盛气直，游侠行为不免有些重复单调。但就总体而言，则内容丰富，气象恢宏，富含时代精神，闪耀着理想光芒，艺术形式多彩纷呈。唐人以高昂的激情，在咏侠诗发展史上树起了一座承前启后的艺术丰碑。

（本文发表于《文学遗产》2001年第6期）

汪聚应，1966年生，2002年毕业于陕西师范大学文学研究所，师从霍松林先生，现为天水师范学院文史学院教授。

唐代士人的社会心态与隐逸的嬗变

李红霞

摘要：隐逸是一种具有深厚历史积淀的文化现象，它对中国社会文化特别是士人文化心理建构有着深远的影响。唐代隐逸风气兴盛，对其历史嬗变的研究，是深入了解唐代文人的行为心态、人格理想以及价值取向的不可或缺的内容，而且对其递嬗缘由的追问，也是深入剖析唐代社会政治和学术思想的一个重要层面。概要言之，初唐承继魏晋隐逸遗感，盛唐在隐逸中贯注了入世德功利因素，中唐淡化了士人的担当精神，晚唐以隐居避祸。

关键词：唐代；隐逸；以隐求仕；中隐

隐逸是一种针对仕宦而产生的行为，对士阶层乃至整个中华民族的心理都有着广泛而深远的影响。唐代隐逸风尚炽盛，它前踵魏晋名士风流，后开宋元逸士雅趣，其承前启后之功不言而喻。唐代隐逸已开始由注重外在形迹的山林之隐变为追求心性自由的中隐，是前代的忤世放达之隐转向宋代的仕隐兼通的重要转捩点。探讨唐代文人隐逸的嬗变轨迹及其历史动因，对研究唐代士人的行为心态、人格理想、价值取向以及不同历史时期唐诗风貌的形成有着十分重要的意义。

一、承继期：弃世与游世并存的初唐隐逸

初唐具有蓬勃奋进的时代氛围，然而隐逸现象却悄然兴起，这不能不说是一个值得研究的文化现象。初唐隐逸主要依循两个方向进行：一是遁向田园之隐，一是宫廷中的大隐。所谓大隐，就是虽在朝中为官却又向往心性超越的出

世生活的一种隐逸。前者以王绩的隐居为代表，而后者严格说来更多是一种标榜。如果说前者带有前朝的印记，是承上，那么后者则是具有盛唐特征隐逸的肇始，是启下。

（一）王绩的隐逸

无论从初唐的时代精神还是从王绩自身家学渊源来看，王绩都应积极进取，然而他却日渐走向酒醪的浪漫世界中，遁缩到个人怡然自足的隐逸生活中去。他的隐逸更多带有魏晋名士风流的色彩，体现出对前代隐逸的因袭与过渡，因而王绩的隐逸不足以代表唐代隐逸的新特色，他更像是前代隐逸的延续者。

据吕才《东皋子集序》载，王绩一生三仕三隐。六代簪缨的世家出身和家学素养，使他早年也曾"明经思待诏，学剑觅封侯"，但隋末社会的动乱，使王绩第一次产生了归隐的念头，"中年逢丧乱，非复昔追求。失路青门隐，藏名白社游"①正是这一时期思想的独特告白。李唐王朝建立后，在朝廷的再三征召下王绩出仕，但他在新朝两次短暂的为宦经历只是加剧了仕途无常心理的形成。"历数载而进一阶，才高位下"②的遭遇更使他彻底看淡世事，对人生采取旷达放任的态度，待无美酒佳酿可恋之时，他也就养拙辞官，结庐河渚，躬耕东皋了。

王绩对前代隐逸的承传主要表现在两方面：一是对魏晋名士酒风遗韵的偏嗜，一是弃世遗名的随缘自适。隐逸与饮酒是魏晋名士风流两大基本生活方式，王绩对此自觉沉迷其中。出于对政治的戒惧心理，王绩效仿竹林名士的醉酒：

> 阮籍生年懒，嵇康意气疏。相逢一饱醉，独坐数行书。（《田家三首》其一）

> 阮籍醒时少，陶潜醉日多。百年何足度？乘兴且长歌。（《醉后口号》）

> 在生知几日，无状逐空名。不如多酿酒，时向竹林倾。（《独酌》）

其"糠秕礼义，锱铢功名"的行为方式与魏晋名士风度如出一辙。对时世的怨愤与牢骚使王绩耽于酒乡，以酒来消胸中之块垒，他的仕隐选择、写诗为文、隐居交友等或多或少都与"笃于酒德"有关。酒之于王绩是如此不可或缺，以

---

① [唐]王绩：《晚年叙志示翟处士正师》，见韩理洲点校《王无功文集》，上海古籍出版社，1987年版，第110—111页。

② [唐]王绩：《自作墓志文》，见《王无功文集》，上海古籍出版社，1987年版，第184页。

至他自言："平生唯酒乐，作性不能无"①。《全唐诗》收录他的五十六首诗中，仅以诗题判明涉及写酒的就达三十首。他在《题酒店楼壁绝句八首》其五云："此日长昏饮，非关养性灵。眼看人尽醉，何忍独为醒。"可见，王绩尽日昏饮的背后掩盖的是"谁知怀抱深"的孤愤和逃避现实的颓丧。除饮酒风习遥接魏晋风度外，王绩随缘自适的隐逸，也鲜明体现出对前代隐逸的继承。他主张"顺适无闷""纵心自适"，追求一种洒脱任性的隐逸生活。纵恣散诞的个性，弃世遗名的心理，使其隐逸多少带有颓废的情绪。

（二）初唐的大隐之风

初唐统治者频繁求访栖隐者的行动确立了唐代礼遇隐士的国策。《旧唐书·隐逸传序》称："高宗天后，访道山林，飞书岩穴，屡造幽人之宅，坚回隐士之车。"上有所好，下必从焉，因而举朝上下对隐逸趋之若鹜。

这一时期，大隐为世人所推崇，朝廷官员普遍把田居看作是大隐的最好方式。这些官吏置身庙堂处理繁杂的政务，但在休沐、公退或闲居时他们从不曾忘怀对山水的眷恋和对隐逸生活的向往。卢照邻《山庄休沐》中的"兰署乘闲日，蓬扉狎遁栖"、李峤《和同府李祭酒休沐田居》中的"若人兼吏隐，率性夷荣辱"、徐彦伯中的《侍宴韦嗣立山庄应制》"鼎臣休浣隙，方外结遥心"等等，都表现出诗人在田庄静默休憩时所感受到的进退自由余裕和心灵的超脱逍遥。初唐诗人不仅在自家园林中感受着这种惬意满足，而且在游赏同僚的园林别业时也对这种"朝携兰省步，夕退竹林期"②的大隐生活十分垂羡。张九龄在《骊山下逍遥公旧居游集》中就称赏韦嗣立"虽然经济日，无忘幽栖时"的散淡风范，李峤在《奉和幸韦嗣立山庄侍宴应制》中也大发感慨"幽情遗绂冕，宸眷瞩樵渔"③，张说更将韦嗣立誉为"丘壑夔龙、衣冠巢许"④，仕与隐如此自然统一于园林别业中：

---

① [唐]王绩：《田家三首》其三，见《王无功文集》，上海古籍出版社，1987年版，第66页。
② [唐]张说：《酬崔光禄冬日述怀赠答》，见《全唐诗》卷八八，中华书局1960年版，第970页。
③ [唐]李峤：《奉和幸韦嗣立山庄侍宴应制》，见《全唐诗》卷六一，中华书局，1960年版，第725页。
④ [唐]张说：《扈从幸韦嗣立山庄应制并序》，见《全唐诗》卷八八，中华书局，1960年版，第963页。

轩皇驻跸，将寻大隗之居；尧帝省方，终全颍阳之节。群贤以公私有暇，休沐多闲。忽乎将行，指林壑而非远；莞尔而笑，览烟霞而在瞩。……极人生之胜践，得林野之奇趣。（《群官寻杨隐居诗序》，《杨炯集》卷三）

　　张二官松驾乘闲，桂筵追赏。引簪裾之胜侣，狎丘壑之神交。……出处之情一致，筌蹄之义两忘。（王勃《夏日宴张二林亭序》，《全唐文》卷一八一）

　　梓州城池亭者，长史张公听讼之别所也。……市狱无事，时狎鸟于城隅；邦国不空，旦观鱼于濠上。（《宴梓州南亭诗序》，《卢照邻集》卷六）

这些材料说明初唐官吏在园林中尽享遗世出尘之清逸，即使在听讼断狱之所也无妨寄情江海，得林泉濠濮之趣，这种行为心态与《庄子》中所讲的"游世"思想相吻合。园林充分满足了他们的山水之思，使他们兼擅了仕之职位与隐之栖游。

　　由于时代背景不同，初唐"大隐"与六朝"朝隐"精神内涵并不相同：六朝"朝隐"是士族以隐逸为心，以仕宦为迹，借朝隐来衬托其不为俗务所累的潇散风神；而初唐"大隐"则不废儒家经世之心，只是在别业中暂时满足其出世之想与山林之思。这种"私庭效陆沉"[①]的大隐反映了初唐官僚阶层优雅的园林生活。

二、高潮期：走以隐求仕捷径的盛唐隐逸

　　盛唐时期，由隐入仕成为士人阶层普遍追求的人生理想。统治者对隐逸的推崇奖掖极大地激励了士人对隐逸的兴趣和践履，他们隐居山林养名待时，激扬名节，以期获得统治者的赏识与征召。盛唐士人大都有"置身青山，俯饮白水，饱于道义，然后谒王公大人以希大遇"[②]的经历，他们这样的隐逸往往有求"显"的一面，正如罗隐在《鹿门隐书六十篇》中所说："古之隐也，志在其中；今之隐也，爵在其中。"隐逸与积极用世互为补充，彼此融通，形成盛唐士人矛盾而统一的行为方式。盛唐这种具有鲜明入世倾向的隐逸成为这一时期隐逸的典型特色。

---

① [清]彭定求：《全唐诗》，中华书局，1960年版，第1416页。
② [唐]王昌龄：《上李侍郎书》，见《全唐文》卷三三一，中华书局，1983年版，第3353页。

（一）以隐求仕的盛况

当时隐逸队伍特别庞大，把隐逸作为进身之阶的文人士子不胜枚举。孟浩然并非如闻一多先生所言是为隐居而隐居，在入世情绪普遍高涨的盛唐，他也有弹冠投刺之想，一度隐居鹿门山"苦学三十载"就是为科举入仕作准备，即使后来归隐，他也依然"未能忘魏阙"①，王士祯就说"襄阳未能脱俗"②；王维年轻时曾在洛阳一带隐居，《哭祖六自虚》云："南山俱隐逸，东洛类神仙。"作这首诗时，王维年仅十八，此时他既无仕途的失意，也无为官者即闲得逸的萧散，其隐逸行为正是时代风气濡染的结果；房琯以隐求仕，与吕向一起隐于陆浑山中。开元十二年（724），因其《封禅书》被宰相张说赏识而受封为秘书省校书郎；常建罢盱眙尉后在鄂州以隐居待时，《唐才子传》卷二载："（其）仕颇不如意，遂放浪琴酒，往来太白、紫阁诸峰，有肥遁之志。……后寓鄂渚，招王昌龄、张偾同隐，获大名当时。"③可见隐逸对他来说不过是抬高身价、标榜名节的砝码而已，其用世之心、从宦的热情并未泯灭；高适在淇上隐居躬耕也有待时的因素；李颀早年隐居嵩山，他"十年闭户颍水阳"目的也是为了"业就功成见明主，击钟鼎食坐华堂"④，是有着明确的功名之念的。

在诸多以隐求仕的盛唐士子中，李白的隐逸最为突出。李白胸怀济苍生、安社稷的抱负，并为此孜孜以求，隐逸正是他实现政治理想的手段。出蜀前他曾在匡山隐居养其高士之名，出蜀后他漫游江汉、洞庭、金陵等地，并留居湖北安陆，先后隐居在寿山与白兆山桃花岩，后又与元丹丘偕隐嵩山。在这"云卧三十年，好闲复爱仙"⑤期间，李白还屡向地方长官干谒自荐。在《代寿山答孟少府移文书》中云：

> 近者逸人李白自峨眉而来，尔其天为容，道为貌，不屈己，不干人，巢、由以来，一人而已。乃虬蟠龟息，遁乎此山。……吾与尔，达则兼济天下，穷则独善一身。安能餐君紫霞，荫君青松，乘君

---

① [清]彭定求：《全唐诗》，中华书局，1960年版，第1660页。
② [清]王士祯：《香祖笔记》，上海古籍出版社，1982年版，第148页。
③ 傅璇琮主编：《唐才子传校笺》，中华书局，1987年版，第一册，第264—268页。
④ [唐]李颀：《缓歌行》，见《全唐诗》卷一三三，中华书局，1960年版，第1348页。
⑤ [唐]李白：《安陆白兆山桃花岩寄刘侍御绾》，见《全唐诗》卷一七二，中华书局，1960年版，第1766页。

驾鹤，驾君虬龙，一朝飞腾，为方丈、蓬莱之人耳，此则未可也。"

（《李太白全集》卷二六）

在这铺张起伏、酣畅淋漓的行文中，李白以退为进的政治目的昭然若揭，在他貌似旷达的隐逸背后是一副济世的热切心肠。

唐代像上述文人这样以隐求仕待时的盛唐士子大有人在，前代那种绝然于世俗、以隐终身的士人在盛唐寥若晨星。

（二）盛唐隐逸的时代特征

传统的隐逸有着政治无道时独善的无奈和守道洁身的积极意义。尽管儒、道两家对待隐逸存在"道隐"与"身隐"的差别，但从隐逸与仕宦相对的价值取向可以看出，仕与隐是不可兼得的。魏晋以来，随着名教与自然的调和，隐逸出现了与仕宦合流的趋向。不仅朝市之隐被尊为"大隐"，而且还出现了"出处同归""出处一情"的说法。但总体看来，仕与隐仍凿枘难通，时人还是"以处者为优，出者为劣"[1]，东晋谢安出东山而受奚落的事实充分说明这一点。

到了盛唐，科举的普遍实行、盛世涵容一切的气度使皇权专制与士人的独立意识在隐逸欢愉的气氛中得到了圆满的协调和充分实现。盛唐气象激发了士人浓烈的时代自豪感和强烈的使命感，使他们以兼济天下为己任汲汲入世。而唐玄宗出于实际的政治需要，也屡下诏求贤征隐，以此显示太平，教化风俗。这种礼遇隐士的做法大大强化了社会上的尚隐之风。在这样的文化环境中，"隐逸不再是一种乐而为之的生存方式，不再是一种崇高精神生活的必然，也不再是一种宗教的自觉追求，而仅仅是一种手段，一种实现政治理想的手段。"[2]隐逸成为与应举、出塞一样重要的功名之路，成为盛唐士人积极进取生活的补充和精神调剂。他们在隐逸时全无消沉颓废之情，即使偶尔流露出伤感，也只不过是说给别人听听罢了，其骨子里并未丧失希望，并非真正要遗世独立，隐逸终身，也并未与政治仕宦彻底握手作别，而是以退为进，待机而动，这一点既与魏晋为了全身远祸的隐逸不同，也与六朝时附庸风雅的隐逸有别。盛唐士子一方面隐居山林，另一方面又志在青云，隐居时也不废行谒之举，足见这一时期的待时之隐充满着功名之念和进取之心。"身在江湖之上，心游魏阙之下"[3]，成为整整一个时代文人隐

---

[1] 余嘉锡笺疏：《世说新语》，上海古籍出版社，1993年版，第270页。
[2] 许建平：《山情逸魂》，东方出版社，1999年版，第250页。
[3] [后晋]刘昫等：《旧唐书》卷一九二《隐逸传序》，中华书局，1975年版，第5115页。

逸的心理趋向。隐逸由消极避世转变为积极入世的手段，成为盛唐士人认同的行为观念，其主流也是与昂扬乐观的盛唐时代精神合拍的。正如陈贻焮先生在《谈孟浩然的"隐逸"》一文中所说，隐居"除了上面说过的在为应试作准备外，本身也有着积极的入世意义。这是一种姿态，一种方式，以前的'竹林七贤'这样，以后的'竹溪六逸'也这样。这种'隐居'可以造成名誉，于进于退都是有利的。因此它与求仕进的思想是统一而不矛盾的。这种'隐居'的心情是'幽雅'的，它充满了幻想和期望而无萧瑟之感。"[1]王维的《与魏居士书》形象地说明了盛唐士人对待仕隐的态度："长林丰草，岂与官署门阑有异乎？……可者适意，不可者不适意也。君子以布仁施义、活国济人为适意，纵其道不行，亦无意为不适意也。苟身心相离，理事俱如，则何往而不适？"在王维看来，只要身心相离，任心之所适，即使"长林丰草"也无异于"官署门阑"，依赖身心相离可以平衡仕宦地位和心性超越的矛盾。由此可见，在盛唐士人的隐逸观念中，他们不再把隐逸看作是与社会相对抗的手段，而是视为一种能以乐观洒脱的态度、按自己兴趣和条件选择的生活方式。

当然，盛唐这种含有明显政治目的、志在用世的求仕之隐，与身处乱世全身守道的传统隐逸、与南朝士族标榜潇散风神的隐逸截然不同。盛唐隐逸既是士人人生失意的补偿，又是时代特征的具体体现。盛唐人向往隐逸并非要避俗遁世，虽常杂以怀才不遇的牢骚，但在根本上仍是待时而出、待价而沽的心态。对朝廷的系念、对功名的渴求、对自身价值的肯定，使盛唐隐逸透露出时代的青春意气。

三、转型期：兼顾仕宦俸禄与心性自由的中唐隐逸

中唐国势由盛趋衰，社会政治的转变必然引起中唐士子社会心态、人生理想、价值取向发生重大转变。中唐的从政环境日益恶化，社会的衰颓之势已呈不可逆挽之势。虽然短暂的中兴也曾鼓荡起中唐士人的用世之心，出现了永贞革新、儒学复兴、古文运动和新乐府运动等一系列政治、思想和文学革新的运动，但这并不能缓和日益激化的社会矛盾，挽救江河日下的国运。王权的反复

---

[1] 陈贻焮：《唐诗论丛》，湖南人民出版社，1981年版，第66页。

无常、阉竖的专擅、朝官的党争,使白居易等众多中唐英才在朝政的斗争漩涡中颠沛浮沉,从元和遭贬谪诗人的政治悲剧就可知"政统"与"道统"的平衡被打破,"道统"的持守者与"政统"日渐离心。深刻的社会危机和士人价值观的改变,使盛唐孕育的那种热切的干世情怀、积极进取的精神以及豪迈乐观的态度已不复见,代之而起的是对个人生存状态和心灵世界的关注,兼济天下的追求虽未断绝,但已成衰微之势。白居易在《江州司马厅记》说"为国谋,则尸素之尤蠹者;为身谋,则禄仕之优稳者",深刻反映出士人的主体价值取向的转变。中唐士人追求隐逸的精神自由,但朝堂的纷争使他们感到朝隐的困难,城市经济的繁荣和庶族地主的庸俗又使他们不能忍受山林之隐的寂寞清苦,于是白居易的带有世俗化、心性化烙印的"中隐"思想应运而生,这标志着中国士大夫价值观念的一次重大转折。

佛道思想的义理则为"中隐"思想提供了理论依据。一般说来,中国古代文人在人生失意后喜欢栖心佛道以寻求精神庇护和解脱,白居易也不例外。他在生活中笃信佛道,佛家的"平常心是道""即心即佛"以及道家的知足省分、自适遂意对白居易中隐思想有深刻影响,他的诗文中屡屡提及这一点:"大抵宗庄叟,私心事竺乾"[①]"身委逍遥篇,心付头陀经"[②]"外服儒风,内宗梵行"[③]。苏辙在《栾城后集》卷二一说:"乐天少年知读佛书,习禅定,既涉世,履忧患,胸中了然,照诸幻之空也。故其还朝为从官,小不合,即舍去,分司东洛,优游终老。"明确指出白居易在处世上受佛教的影响很大。他对佛教的倾倒,是因为当下了悟、直证本心等佛学义理能为他带来心灵上的安宁,并可以论证"中隐"生活哲学的合理性。禅宗"直指本心""明心见性""平常心是道"的人间化转向,更是对白居易的"中隐"思想有直接影响。同时,白居易的"中隐"思想也深受道家知足守分、遂性自适思想的影响。叶梦得《避暑录话》卷一称:"推其所由得,惟不汲汲于进,而志在于退。是以能安于去就爱憎之际,每裕然有余也。夫知足不辱,明哲保身,皆老

---

① [唐]白居易:《新昌新居书事四十韵因寄元郎中张博士》,见《全唐诗》卷四四二,中华书局,1960年版,第4940页。

② [唐]白居易:《和答诗十首·和〈思归乐〉》,见《全唐诗》卷四二五,中华书局,1960年版,第4681页。

③ [唐]白居易:《和〈梦游春诗〉一百韵序》,见《全唐诗》卷四三七,中华书局,1960年版,第4856页。

氏之义旨,亦即乐天所奉为秘要,而决其出处进退者也。"道家哲学中委命随时、知足保全的思想,使白居易重身心而轻人事,满足现状,知止早退,淡忘得失,闲适逍遥,通过内在欲望的脱卸达到心理的平衡与调适。可见,选择"中隐"是白居易佛道并融、为我所用的思想在处世观上的反映。

就其本质来说,"中隐"也是一种吏隐,它以散官、闲官为隐,在"小隐"与"大隐"之间寻找到一条折中之途,既可以免除饥寒之患,又可以躲避朝堂的纷争,而在为政之暇的山水登临中、在壶中天地的杯酒声色中尽享欢乐闲适。大和三年(829),白居易明确提出了"中隐":

> 大隐住朝市,小隐入丘樊。丘樊太冷落,朝市太嚣喧。不如作中隐,隐在留司官。似出复似处,非忙亦非闲。不劳心与力,又免饥与寒。终岁无公事,随月有俸钱……人生处一世,其道难两全。贱即苦冻馁,贵则多忧患。唯此中隐士,致身吉且安。穷通与丰约,正在四者间。(《中隐》)

他在诗歌中多次表达这类思想:

> 进不趋要路,退不入深山。空山太濩落,要路多险艰。不如家池上,乐逸无忧患。(《闲题家池寄王屋张道士》)

> 巢许终身隐,萧曹到老忙。千年落公便,进退处中央。(《奉和裴令公新成午桥庄绿野堂即事》)

"中隐"的"中"字鲜明地显示出其调和中庸的色彩。在白居易看来,人们所欣羡的大隐不足为贵,因为大隐"要路多险艰",时时有披逆鳞而犯上的生命之虞,"由来君臣间,宠辱在朝暮"[1],深刻揭示出集权制度下为官士人朝夕莫测的命运。然而在中唐世俗化风潮影响下,白居易以实际生活利益考量,认为小隐也不圆满。小隐固然能摆脱尘俗的喧嚣获得人格的独立与自由,但山林太寂寞,而且时常有饥寒冻馁之忧。大隐虽享名禄之实而却有枉道徇物之忧,小隐虽能洁身自好但又太困窘寂寞,唯有"中隐"是这夹缝中安身立命的最佳选择,实行"中隐"能够巧妙地在贵与贱、喧嚣与冷落、忧患与冻馁之间找到平衡点,超越二者之上调控政统与道统、兼济与独善的对立冲突,将政治上的穷与通、经济上丰与约、生命中的吉与凶融通其中,使"中隐"成为一种能在入世与出世间进退

---

[1] [唐]白居易:《寄隐者》,见《全唐诗》卷四二四,中华书局,1960年版,第4669页。

裕如的人生哲学和生活方式。在白居易看来，固然要强调隐逸者个体心性自由的超越体验，但同时也不能放弃闲散官的仕宦职位和丰裕的俸禄收入，最理想又最现实的是"终岁无公事，随月有俸钱"的中隐生活，朱熹在《朱子语类》卷一四〇中曾一针见血地指出白居易表面清高下"其实爱官职"的本心。当然，白居易的"中隐"并未彻底消解仕途经济与个体独立人格间的尖锐矛盾，只不过是以随遇而安的态度将二者不分轩轾、视同一体罢了。实际上，在价值观的天平上，以往那种作为终极追求的仕宦事业已经让位于个体身心的自由适性，后者成为"中隐"的中心目标。"中隐"将隐逸生活从山林、庙堂转换到了私家园林亭馆，从心迹上构筑精神世界的乐园，但对大隐、小隐两端的舍弃也意味着隐逸纯粹性的丧失。与先秦隐逸守道全身的傲岸相比，"中隐"世俗苟且的意味增强，隐逸丧失了其原本保证士大夫相对独立的社会理想、人格价值，隐逸的超越精神荡然无存，沦为中唐士人为追求世俗安逸生活的借口。

当然这种隐逸观念的蜕变有其历史必然性，它是春秋以来怀道自尊但无世俗权力作保障的士人"道统"在面对"政统"压迫时所必有的尴尬。它意味着隐逸用以调控和制衡政统的能力日渐削弱，一方面士人不得不越发依附于这个岌岌可危的专制体制，另一方面又不得不在萎缩的体制罅隙下伸展士人的独立意志，这就要求文人士大夫自觉适应变化了的环境，既不能抽身而退，彻底斩断与政治的联系，也不能舍弃现实的物质享受，所以只好以人格的委顺为代价推展业已存在的吏隐，于是"中隐"理论产生并得到中唐士人的普遍认同。

四、衰落期：悲愤与无奈的晚唐隐逸

晚唐之际，隐逸之风再次兴起。它既是晚唐文人兼济独善心理结构的两难选择，又与晚唐社会实际紧密相关。所不同的是，晚唐隐逸既没有盛唐时那种雄放的胸怀与疏淡的情志，也没有中唐时优游进退的从容，而更多带有避祸全身的意味。

衰颓的时代氛围与国乱时艰的政治格局与晚唐隐逸的产生直接相关。动荡的时局、科举的失意、官场的屈沉，使得许多晚唐文人"虚负凌云万丈才，一生襟抱未曾开"[1]，他们怀着满腔怨愤归隐林泉。晚唐在激烈的内耗中已呈强弩之末

---

[1] [唐]崔珏：《哭李商隐》，见《全唐诗》卷五九一，中华书局，1960年版，第6858页。

的态势,国势江河日下,统治者纵情声色,朝廷中党争激烈,宦官专横跋扈,藩镇割据愈演愈烈,农民起义此起彼伏。《资治通鉴》卷二四四称:"于斯之时,阉寺专权,胁君于内,弗能远也;藩镇阻兵,陵慢于外,弗能制也;士卒杀逐主帅,拒命自立,弗能诘也;军旅岁兴,赋敛日急,骨肉纵横于原野,杼轴空竭于里闾。"[1]生活在这样一个严酷动荡的乱世,文人的地位十分凶险,为了苟全性命于乱世,晚唐文人不得不隐居韬晦,遁迹山林。《唐才子传》卷一称:"唐兴,迨季叶,治日少而乱日多,虽草衣带索,罕得安居。当其时,远钓弋者,不走山而逃海,斯德而隐者矣。自王君以下,幽人间出,皆远腾长往之士,危行言逊,重拨祸机,糠核轩冕,挂冠引退,往往见之。"[2]晚唐文人大多都有避乱隐居的经历。据《唐才子传》中统计,有唐一代,以隐逸终老的诗人四十六人,而晚唐就占了二十六人。可见,惧祸全身正是晚唐士人向往林泉的主要原因。

动乱的时世固然是晚唐士人走向林泉的原因,而晚唐科举的腐败则更助长了文人本已萌生的归隐情愫,"明主既难谒,青山何不归"[3]"未为尧舜用,且向烟霞托"[4]就反映出士人仕途阻厄,不得不归隐的普遍心声。晚唐时期,除了投身幕府外,科举几乎成了寒门士子唯一的晋身之阶。而晚唐科场往往被权门把持,"不问士行文艺,但勤于请谒。"[5]不仅考官的取舍予夺常常是偏执有私,而且宦官权要也插手科举,科场朋党勾结、行贿纳贿现象非常严重。在这种浇薄世风的影响下,那些出身低微而又秉性刚正的文人既不屑迎合时俗,又耻于钻营,故而仕途蹭蹬,有的在功名无望时愤而归隐,这其中以罗隐的事迹最有代表性。

晚唐隐逸既非盛唐那种京官加别业的隐逸,也非中唐像白居易那样身心俱闲适的"中隐",而是无奈的归隐。然而在时世艰危的情势下,选择归隐固可以全身避祸,但对于寒介之士而言,多缺乏必要的生活保障,而且又要忍受与世暌隔的孤寂,所以他们的隐逸充满了激愤与无奈。日本学者青木正儿在《中国文学概说》中说:"高蹈的世界,是由浮世的纷扰、个人的失意而生的苦闷的救济

---

[1] [唐]司马光:《资治通鉴》卷二四四,中华书局,1956年版,第7880—7881页。
[2] 傅璇琮主编:《唐才子传校笺》,中华书局,1987年版,第一册,第16—17页。
[3] [唐]刘赞:《赠罗隐》,见《全唐诗》卷七二七,中华书局,1960年版,第8332页。
[4] [唐]陆龟蒙:《奉和袭美初夏游楞伽精舍次韵》,见《全唐诗》卷六一八,中华书局,1960年版,第7117页。
[5] [唐]孙光宪:《北梦琐言》,中华书局,1960年版,第27页。

场。"[1]对时势的失望、对险恶政局的惧惮，使得晚唐文人虽不曾放弃儒家积极干预现实政治的责任感与使命感，但现实中遭受的挫折与失望，使他们只有从遁入宗教或个人狭促的内心世界中去寻求精神的安慰。他们在理想破灭、壮志消沉后，更多关注个人的生存状态，力图消解心中的苦闷与绝望，这样一来，就出现了心态内倾、内敛的趋向，这正是处于末世的心理软弱的士人的表现。

晚唐隐逸多充满"为儒逢世乱，吾道欲何之"[2]的矛盾与无奈。晚唐士人奋进于名场仕途，逐名求利，虽迫于时势而山居，但对仕宦的渴念并未消弭。仕途的挫折和禅理的调和，使诗人时时萌生真实却又虚浮的退隐之思。文人仕进既不能，退隐又不甘，救时又无方，所以其隐逸是苦闷哀伤的，他们的诗中每每流露出无奈的心绪。时势所迫，诗人不得不退隐，其心理复杂而矛盾：既有对时局动荡、仕进无望的无奈，也不乏对隐居田园的向往；既有倦于仕途而产生的安贫乐道，又有难以泯灭内心深处对功名仕途的眷恋与渴望。局势动乱使他们无可奈何地隐退深山，因而诗作中便是其无奈心绪的宣泄、仕进无望的诉求。杜荀鹤山居时退隐而又思仕进的痛苦与两难，正是晚唐隐逸矛盾心态的典型表现。因此，晚唐士人虽多有隐逸，但其中流露的是对仕途的留恋以及对时势的无可奈何。

综上所述，初唐隐逸承继魏晋隐逸遗风，鲜明地表现出承上启下的特点；盛唐隐逸开始在隐逸中贯注入世的功利因素，以隐待仕成为士人众多人生选择中的一径；中唐隐逸以白居易的"中隐"为代表，它削弱了士人积极进取的担当精神，表现出从社会功名的外部世界转向个人狭小的精神生活圈的倾向；晚唐文人以隐居避祸全身，隐逸心态呈现内倾的趋向，充满苦闷哀伤的色彩。

（本文发表于《北京大学学报》2004年第3期）

李红霞，1973年生，2002年毕业于陕西师范大学文学院，文学博士，师从杨恩成教授，现为深圳大学副教授、硕士生导师。

---

[1]【日】青木正儿：《中国文学概说》，重庆出版社，1982年版，第38—39页。
[2][唐]韦庄：《寓言》，见《全唐诗》卷六九七，中华书局，1960年版，第8020页。

依附与背离

——"先生"宋若昭诗文研究

郭海文

内容摘要： 宋若昭，大历时期著名的女学士。至今她留下的不过是一部《女论语》、一首《奉和御制麟德殿宴百僚应制》、一篇《牛应贞传》。这些作品既是对男权社会主流文学的依附，也是对男权文化的背离；这些作品既是安史之乱后，朝廷恢复儒教的表现，又是初盛唐时期女权张扬的余绪。

关键词： 宋若昭；诗歌；散文；女论语

"女性作品对于男性权力文化的依附与背离构成了唐代女性诗作的两种截然不同的风貌。"[1]而宋若昭的诗文则是将依附与背离相结合的体验。宋若昭是大历时期一名非常有特点的女诗人。她虽是德宗的尚宫，但"尝白父母，誓不从人，愿以艺学扬名显亲"。德宗也"嘉其节概不群，不以宫妾遇之，呼为学士先生"。[2]她虽是受儒家思想熏陶的才女，"父庭芬，世为儒学"，姐姐"著《女论语》十篇，其言模仿《论语》，其间问答，悉以妇道所尚"，"若昭注解，皆有理致"，[3]但是，她的思想也受佛教的影响，讲求"同甘同苦，

---

[1] 俞世芬：《唐代女性诗歌研究》，博士学位论文，浙江大学文学院，2005年。
[2] [后晋]刘昫等：《旧唐书》卷五十三《列传第二·后妃下》，中华书局，1975年版，第2198页。
[3] [后晋]刘昫等：《旧唐书》卷五十三《列传第二·后妃下》，中华书局，1975年版，第2198页。

同富同贫。死同棺椁，生同衣衾。能依此语，和乐琴瑟"。①她虽在韩愈、柳宗元提倡古文之前，和同时期的文人为文章由骈而散做了有益的尝试，但却又另辟蹊径为另一位英年早逝的才女树碑立传。她既是德宗"与侍臣唱和相属"时写应制诗的御用文人，其诗又"凝深静穆，有大臣端立之象，使人诵之，亦如对苍松古柏，钦其有古肃之气，不复以烦艳经心也"。②但是，其诗中也在不经意间流露出女性的特点。从中可看出，这些作品既是对男权社会主流文学的模仿，同时也是性别意识觉醒的自然流露；这些作品既是安史之乱后，朝廷恢复儒教的表现，又是初盛唐时期女权张扬的余绪。

"在唐史领域，因其无关大局，向少人涉及；从女性史角度看，则其人、其作颇值得注意，故拟对其做一初步探讨"。③目前学术界对她的研究主要集中于她和她的姐妹编纂的《女论语》上。比如高世瑜的《宋氏姐妹与〈女论语〉论析——兼及古代女教的贫民化趋势》、山崎纯一《关于唐代两部女训书〈女论语〉〈女孝敬〉的基础研究》、黄嫣梨的《〈女孝敬〉与〈女论语〉》，这些论文都被收在邓小南主编的《唐宋女性与社会》（上海辞书出版社，2003年版）。对其诗歌的研究主要集中于几篇硕博论文，比如宫月的《唐五代宫廷女性文学研究》（西南大学2010年硕士论文）、俞世芬的《唐代女性诗歌研究》（浙江大学2005年博士论文）。目前，还未见对其散文进行研究的论文及论著。

拙文将在这些研究的基础上，对宋若昭的论著、诗歌、散文进行详细梳理，以期厘清这些文学作品的意义及价值，确定宋若昭在文学史上的贡献。

一、教化与叛逆的《女论语》

《女论语》除了有教化的功能外，也是对女教的叛逆。《新唐书》："若莘海诸妹如严师，著《女论语》十篇，大抵准《论语》，以韦宣文君代孔

---

① 《女论语》，见李振林、马凯主编《中国古代女子全书·女儿规》，甘肃文化出版社，2003年版，第93页。
② [明]钟惺：《名媛诗归》，见《四库全书》，集部第339册，第1108页。
③ 高世瑜：《宋氏姐妹与〈女论语〉论析——兼及古代女教的平民化趋势》，见邓小南《唐宋女性与社会》，上海辞书出版社，2003年版，第153页。

子，曹大家等为颜、冉，推明妇道所宜。若昭又为传申释之。"①冠名《女论语》，表明了其对儒家思想体系的尊崇与传承。

（一）《女论语》产生的背景

1. 家庭背景

宋若昭，"贝州清阳人，世以儒闻。父廷芬，能辞章，生五女，皆警慧，善属文……昭文尤高"。②若昭生活的故乡贝州是"秦汉以降，政理混同，人情厚朴，素有儒学。自宇内平一，又如近古之风焉"③之地。在"宋氏姐妹出生前后的大历年间（766—779）出现的'大历十才子'中有四人是河北人氏"④，可见此地属于衣冠礼乐之地。若昭出身于儒士之家，受其父亲影响较深。

2. 时代背景

若昭生活的中唐时期正是朝廷恢复儒学的时期。唐王朝经过八年的艰苦挣扎，终于在广德元年（763）平息了安史之乱，勉强保住社稷。然而表面上的光复并不能掩盖内在的隐患，于是，重新建立稳固的社会秩序，恢复并强化原有的家庭伦理纲常成为全社会重要而紧迫的需求。这个总体需求体现在女训上，就是重视树立贞节观念，加强女性礼法教育。皇室、庶民均须守礼遵法。唐德宗曾下令："旧例，皇姬下嫁，舅姑反拜而妇不答，至是乃刊去愿礼，率由典训。"唐宣宗在其女儿万寿公主出嫁的时候，特意下诏："女人之德，雅合慎修，严奉舅姑，凤夜勤事，此妇之节也。先王制礼，贵贱同遵，既以下嫁臣寮，仪则须依古典。"⑤唐宣宗还颁布过《公主县主有子女者不得再降敕》⑥等。

---

① [宋]欧阳修等：《新唐书》卷七十七《列传第一·后妃下》，中华书局，1975年，第3508页。

② [宋]欧阳修等：《新唐书》卷七十七《列传第一·后妃下》，中华书局，1975年，第3508页。

③ [唐]杜佑撰，王文锦注校：《通典》卷一百八十《州郡十》，中华书局，1988年版，第4768页。

④ 高世瑜：《宋氏姐妹与〈女论语〉论析——兼及古代女教的平民化趋势》，见邓小南《唐宋女性与社会》，上海辞书出版社，2003年版，第139页。

⑤ 唐宣宗：《万寿公主出降诏》，见[清]董诰《全唐文》，中华书局，1983年版，第1册，第840页。

⑥ [清]董诰等：《全唐文》，中华书局，1983年版，第1册，第846页。

3. 个人修养

若昭在当时，极有个性，极富才华。有学者经过考证，认为："宋氏写《女论语》，对古籍之使用虽较之《女孝经》稍逊，而出入经史，亦非一般人可比也。其用书，如《周礼》《孝经》《世说新语》《礼记》《仪礼》《荀子》《女诫》《齐民要术》《诗经》《颜氏家训》《千字文》《列女传》《周易》《论语》《晋书》《左传》《后汉书》《尚书》《苏武诗》皆顺手拈用，而《礼记》《女诫》《列女传》更屡用不缺，则宋氏亦难得之古代妇女学者矣。"①所以，"德宗召入禁中，试文章，并问经史大谊，帝咨美，悉留宫中"②。"由于跻身上流社会，耳濡目染了男性文化的判断标准和价值形态，加之渴求得到传统文化的认可，她们（宫廷女诗人）大多自觉地以男性的思想感情、审美旨趣和观念意识来写作，将符合正统的男性诗人的作品作为范本，刻意制造出一个类似于男人的世界。"③在这种背景下，《女论语》应运而生。

(二)《女论语》的内容

包括两个方面：第一，教化；第二，叛逆。

1. 教化

《女论语》全书共十二章，一立身、二学作、三学礼、四早起、五事父母、六事舅姑、七事夫、八训男女、九营家、十待客、十一和柔、十二守节。"其特点即在以浅俚之言把班昭《女诫》的精神化为训诲女子'举止悉合于当然之则'的条规，且较《内则》更为切进易晓。"④冠名《女论语》，表明了其对儒家思想体系的尊崇与传承。有学者认为："在儒家'齐治论'的系列中，对女性的要求的价值标准依次是重女孝（孝敬父母）、重妇德（贞专柔顺，三从四德）、重母教（教育子女）。"⑤纵观《女论语》，其实也是围绕着这三部分来写的，是女孩子一生教育的教科书，即如何为人女，如何为人妻，如何为人媳，如何为人母。从中可看出，《女论语》是对儒家文化的依附。

---

① 黄嫣梨：《〈女孝经〉与〈女论语〉》，见邓小南《唐宋女性与社会》，上海辞书出版社，2003年版，第205页。

② [唐]欧阳修、宋祁等：《新唐书》卷七十七《列传第一·后妃下》，中华书局，1975年版，第3508页。

③ 俞世芬：《唐代女性诗歌研究》，博士学位论文，浙江大学文学院，2005年。

④ 曹大为：《中国古代女子教育》，北京师范大学出版社，1996年版，第287页。

⑤ 杜芳琴：《女性观念的衍变》，河南人民出版社，1988年版，第39页。

为人女：敬重爹娘。《孝经·开宗明义章第一》记载："子曰：'夫孝，德之本也，教之所由生也。'"①"孝子之事亲也，居则致其敬，养则致其乐，病则致其忧，丧则致其哀，祭则致其严，五者备矣，然后能事亲。"②唐代以孝治国，石台孝碑经至今还矗立在西安碑林博物馆里。石台孝经碑于唐天宝四年（745）镌刻而成，碑文因记述孔子与其弟子曾参关于"孝悌"的对话而得名。碑的碑首、碑身、碑座由三十五块石头组合而成。碑首雕有三重卷云华盖，碑座三层石阶周围有线刻的蔓草瑞兽，寓意此碑上顶天下立地。碑身文字为唐玄宗李隆基所书写，隶书。碑额是当时的太子李亨（唐肃宗）篆书。碑侧一段行书也是唐玄宗李隆基亲自批注。

《诗经·小雅·蓼莪》也唱到"父兮生我， 母兮鞠我。拊我畜我，长我育我。顾我复我， 出入腹我。欲报之德，昊天罔极"。③《女论语》则对上述经典做了详细说明："女子在堂，敬重爹娘。每朝早起，先问安康。寒则烘火，热则扇凉。饥则进食，渴则进汤。父母检责，不得慌忙。近前听取，早夜思量。……父母有疾，身莫离床。衣不解带，汤药亲尝。祷告神祇，保佑安康。设有不幸，大数身亡。痛入骨髓，哭断肝肠。劬劳罔极，恩德难忘。衣裳装殓，持服居丧。安理设祭，礼拜烧香。逢周遇忌，血泪汪汪。"④

为人媳：供承看养，如同父母。《礼记》："妇事舅姑，如事父母。鸡初鸣，咸盥漱，栉縰，笄总，衣绅。……以适父母舅姑之所。及所，下气怡声，问衣燠寒，疾痛苛痒，而敬抑搔之。出入，则或先或后而敬扶持之。进盥，少者奉盘，长者奉水，请沃盥，盥卒授巾，问所欲而敬进之，柔色以温之。……父母舅姑必尝之而后退。"⑤《女论语》的解说更容易被人理解。为人媳"阿翁阿姑，夫家之主。既入他门，合称新妇。供承看养，如同父母。敬视阿翁，形容不睹。不敢随行，不敢对语。如有使令，听其嘱咐。……自古老人，牙齿疏

---

① 《孝经·开宗明义章第一》，见《孝经·地藏经·文昌孝经》，中华书局，2009年版，第12页。
② 《孝经·纪孝行章第十》，见《孝经·地藏经·文昌孝经》，中华书局，2009年版，第31页。
③ 程俊英：《诗经注析》，中华书局，1999年版，第627页。
④ 《女论语》，见李振林、马凯主编《中国古代女子全书·女儿规》，甘肃文化出版社， 2003年版，第88页。
⑤ [元]陈澔：《礼记集说》，中国书店，1994年版，第234页。

蛙。茶水羹汤，莫教虚度。夜晚更深，将归睡处。安置相辞，方回房户。日日一般，朝朝相似。传教庭帏，人称贤妇。"①

为人妻：夫妇有义。杜芳琴认为：夫妇有义包含两方面的内容，一是夫妇有敬，即夫妻相互尊重、恭敬；二是夫妇各行其宜，即双方各尽义务、各守职分的意思，还要求义务和职分做到恰当适度，符合中庸之道。②《周易》彖曰："家人，女正位乎内，男正位乎外。男女正，天地之大义也。家人有严君焉，父母之谓也。父父，子子，兄兄，弟弟，夫夫，妇妇，而家道正。正家而天下定矣。"③《女学·妇德》第二章讲的就是事夫之德。"妇以夫为天，所仰望而终身者。好合则如鼓瑟琴、庭闱和乐，家道昌焉。夫妇反目，人伦之变，衽席化为戈矛，祸患无所底止。故事夫不可不学也。然则如之何而可？曰：敬顺无违，以尽妇道，甘苦同之，死生以之。"④《女论语》继承了儒家这一观点，认为："夫有言语，侧耳详听，夫有恶事，劝谏谆谆……夫若外出，须记途程，黄昏未返，瞻望思寻。停灯温饭，等候敲门。莫学懒妇，先自安身。夫如有病，终日劳心，多方问药，遍处求神。百般治疗，愿得长生。莫学蠢妇，全不忧心。夫若发怒，不可生嗔。退身相让，忍气吞声。莫学泼妇，斗闹频频。粗丝细葛，熨帖缝纫。莫教寒冷，冷损夫身。家常茶饭，供待殷勤。莫教饥渴，瘦瘠苦辛，同甘同苦，同富同贫。死同棺椁，生同衣衾。能依此语，和乐琴瑟。如此之女，贤德声闻。"⑤

为人母：训诲之权，亦在于母。曹大为认为："宗法血缘带强固的古代中国，惟'接续宗祀'至高无上。其含义不单在血脉连绵不绝，还包括'保守家业，扬名显亲，光前耀后'，这一切'全靠在子孙身上。子孙贤，则家道昌盛；子孙不贤，则家道消败'。而'子孙好与不好，只在个教与不教上起根'。在教育子女方面，母亲的言教、身教又起到特殊重要的作用。"⑥所以，

---

① 《女论语》，见李振林、马凯主编《中国古代女子全书·女儿规》，甘肃文化出版社，2003年版，第90—91页。
② 杜芳琴：《女性观念的衍变》，河南人民出版社，1988年版，第56页。
③ 张吉良：《周易通读》，齐鲁书社，1993年版，第366页。
④ 蓝鼎元：《女学·妇德》，文海出版社，1977年版，第7—8页。
⑤ 《女论语》，见李振林、马凯主编《中国古代女子全书·女儿规》，甘肃文化出版社，2003年版，第93页。
⑥ 曹大为：《中国古代女子教育》，北京师范大学出版社，1996年版，第124页。

儒学家们特别重视母教。因为"人子少时，与母最亲。举动善恶，父或不能知，母则无不知，故母教尤切。不可专事慈爱，酿成桀骜，以几于败也"①。

所以，宋若昭训诫母亲的箴言是："大抵人家，皆有男女。年已长成，教之有序。训诲之权，实专于母。"对男孩和女孩的教养不同，"男入书堂，请延师傅"，女处闺门，少令出户。朝暮训诲，各勤事务。如果"男不知书""女不知礼"，将会"辱及尊亲，有玷父母"，"如此之人，养猪养鼠"。②与《礼记·内则》所说一致。"（对儿子）九年，教之数日。十年，出就外傅，居宿于外，学书计。""女子十年不出，姆教婉娩听从。"③

这一点李浩在专著中提及："检读唐代史传、笔记及碑志，发现有一个突出现象，这便是家庭教育中重视母仪母教。""女性从事教育，尤其是母亲执教，虽然也能系统讲授知识，但更重要的还是情感教育贯穿于教育过程中，将爱渗透到教学内容和教育目标中。"④

总之，因为儒学的提倡，使女性向传统角色的复归成为一种社会趋势。

2. 叛逆

《女论语》教化的痕迹非常明显，虽然宋若昭既无初盛唐时期女诗人的气魄与胆量，也无初盛时期的魅力与媚力，但是，因为作者生于大唐，受过武则天、上官婉儿的影响，"这使她们有可能产生超越平常女性角色，成就男子功业之心"。⑤所以，仔细阅读《女论语》，一部教导女人如何立身处世的训条，却是由拒绝婚姻、厌倦为家庭所束缚的女子所写，历史在这里错乱了性别。从中可以看到作者性别意识的不经意的流露，是那个时代性别意识觉醒的女性的代言。

（1）作者自身形象定位。《旧唐书》中记载："若昭文尤淡丽，性复贞素闲雅，不尚纷华之饰。尝白父母，誓不从人，愿以艺学扬名显亲。……

---

① 蓝鼎元：《女学·妇德下》，文海出版社，1977年，第151页。
② 《女论语》，李振林、马凯主编《中国古代女子全书·女儿规》，甘肃文化出版社，2003年版，第95页。
③ [元]陈澔：《礼记集说》，中国书店，1994年，第250页。
④ 李浩：《唐代三大地域文学士族研究》，中华书局，2002年，第266—274页。
⑤ 高世瑜：《宋氏姐妹与〈女论语〉论析——兼及古代女教的平民化趋势》，见邓小南《唐宋女性与社会》，上海辞书出版社，2003年版，第154页。

（德宗）嘉其节概不群，不以宫妾遇之，呼为学士先生。"①这是一种"拟男"心理和行为，"反映了她们不愿认同女性角色，一贯以男子自居的心理"②，也印证了"以妇人身，行丈夫事"③的可能性。尚宫，宫廷女官名。"尚宫二人，正五品"，"掌导引中宫，总司记、司言、司簿、司闱四司之官署。凡六尚事务出纳、文籍，皆印署之。司记掌印"，"司言掌宣传启奏之事。司簿掌宫人名簿、廪赐之事。司闱掌宫闱管钥之事"。④"姊妹中，若昭尤通晓人事，自宪、穆、敬三帝，皆呼为先生，六宫嫔媛、诸王、公主、驸马皆师之，为之致敬。进封梁国夫人。"⑤宋尚宫之《女论语》，"虽才识不免迂腐，而趋向尚近雅正，艺林称述，恕其志足嘉尔"。⑥

"国夫人为外命妇最高封号。玄宗杨贵妃的三姐妹荣宠一时，不过封国夫人而已。依此，若昭不仅登上宫廷女官最高职位，而且得到外命妇最高荣衔。"⑦

"宝历初卒，将葬，诏所司供卤簿。"⑧"赐若昭鼓吹不仅是特殊的待遇，而且蕴含不以寻常妇女看待之意"⑨。正如王建所称赞："五女誓终养，贞孝内自持。兔丝自萦纡，不上青松枝。晨昏在亲傍，闲则读书诗。自得圣人心，不因儒者知。少年绝音华，贵绝父母词。素钗垂两髦，短窄古时衣。行成闻四方，征诏环珮随。同时入皇宫，联影步玉墀。乡中尚其风，重为修茅茨。圣朝有良史，将此为女师。"⑩

---

① [后晋]刘昫等：《旧唐书》卷五十三《列传第二·后妃下》，中华书局，1975年版，第2198页。

② 高世瑜：《宋氏姐妹与〈女论语〉论析——兼及古代女教的平民化趋势》，见邓小南《唐宋女性与社会》，上海辞书出版社，2003年版，第155页。

③ [清]章学诚著，叶瑛校注：《文史通义校注》，中华书局，1985年版，第534页。

④ [唐]李林甫等撰，陈仲夫点校：《唐六典》，中华书局，1992年版，第349页。

⑤ [后晋]刘昫等：《旧唐书》卷五十三《列传第二·后妃下》，中华书局，1975年版，第2199页。

⑥ [清]章学诚著，叶瑛校注：《文史通义校注》，中华书局，1985年版，第534页。

⑦ 高世瑜：《宋氏姐妹与〈女论语〉论析——兼及古代女教的平民化趋势》，见邓小南《唐宋女性与社会》，上海辞书出版社，2003年版，第135页。

⑧ [后晋]刘昫等：《旧唐书》卷五十三《列传第二·后妃下》，中华书局，1975年版，第2199页。

⑨ 高世瑜：《宋氏姐妹与〈女论语〉论析——兼及古代女教的平民化趋势》，见邓小南《唐宋女性与社会》，上海辞书出版社，2003年版，第135页。

⑩ [唐]王建著，王宗堂校注：《王建诗集校注》，中州古籍出版社，2006年版，第176页。

（2）不同社会角色的定位。也正因为她以女子之身而有男子之志、行男子之事以及唐代的世风，她不管是对父母、对公婆、对丈夫，作者都不是像其他女教那样，特别强调无原则的"卑弱"，而是针对不同的社会关系，提出不同的要求，对父母要"孝"，但孝不是一味地接受，而是有自己的话语权，"若有不谙，细问无妨"①。对公婆要"敬"而"远"之，保持一定的距离，不是一味地奉献。"敬事阿翁，形容不睹，不敢随行，不敢对语。""万福一声，即时退步。"②对丈夫要"义"，不是一味地顺从，如："同甘同苦，同富同贫。死同棺椁，生同衣衾。能依此语，和乐琴瑟。如此之女，贤德声闻。"③最关键的是整篇并未提及唐代律法"七出"。关于七出规定，唐户婚律有"妻无七出而出之"一条。本条疏议曰："七出者，依令：一无子，二淫佚，三不事舅姑，四口舌，五盗窃，六妒忌，七恶疾。"④对其中最被人关注的"不孝有三，无后为大"以及妻妾相处，"不妒"之美德，只字不提。"其内容不重女教义理阐述，只讲述女性日常生活、言行的具体礼仪规则，即不重为什么，只重怎么做。"⑤

（3）在考证方面。有学者认为后两章——"和柔"章、"守节"章——与前十章设题不类，此二章应非原著，而是后人增补。所增"和柔""守节"两章，正与礼教强化的趋势一致，反映了对女性柔弱与贞节的特别重视与倡导。⑥从而也可以作为反证，宋若昭对此并不看重。

总之，宋若昭既是"著名的女教传教士，却又是事实上的女教叛逆者"⑦。《女论语》既有教化的功能，也有对女教的反叛。

---

① 《女论语》，见李振林、马凯主编《中国古代女子全书·女儿规》，甘肃文化出版社，2003年版，第88页。
② 《女论语》，见李振林、马凯主编《中国古代女子全书·女儿规》，甘肃文化出版社，2003年版，第91页。
③ 《女论语》，见李振林、马凯主编《中国古代女子全书·女儿规》，甘肃文化出版社，2003年版，第93页。
④ [唐]长孙无忌撰，刘俊文点校：《唐律疏议》中华书局，1983年版，第267页。
⑤ 高世瑜：《宋氏姐妹与〈女论语〉论析——兼及古代女教的平民化趋势》，见邓小南《唐宋女性与社会》，上海辞书出版社，2003年，第145页。
⑥ 高世瑜：《宋氏姐妹与〈女论语〉论析——兼及古代女教的平民化趋势》，见邓小南《唐宋女性与社会》，上海辞书出版社，2003年，第148页。
⑦ 高世瑜：《宋氏姐妹与〈女论语〉论析——兼及古代女教的平民化趋势》，见邓小南《唐宋女性与社会》，上海辞书出版社，2003年，第155页。

二、追随与立异的《牛应贞传》

郭预衡先生在《中国散文史》中说:"隋唐五代是文章变化的又一个重要的历史阶段。"①《四库全书总目·毗陵集》说:"唐自贞观以后,文士皆沿六朝之体。经开元、天宝,诗格大变,而文格犹袭旧规。元结与及始奋起湔除,萧颖士、李华左右之。其后韩、柳继起,唐之古文,遂蔚然极盛。"②梁肃在《补阙李君前集序》曰:"唐有天下二百载,而文章三变。初则广汉陈子昂以风雅革浮侈,次则燕国张公说以宏茂广波澜。天宝以还,则李员外、萧功曹、贾常侍、独孤常州比肩而出,故其道益炽。"③"古文运动从酝酿到成熟,风云际会,与事者的文学追求其实颇有差异;但在对抗六朝之文道分离,以及摒斥骈文之浮华靡丽这一点上,各家取得了共识。"④宋若昭的《牛应贞传》也是一次追随主流文化将文章从"骈俪变为散体"的有益尝试。全文文风质朴,少华丽辞藻。然而,作者在追随的同时,也在文中显示出与主流文化不尽相同的地方来。在国家正史的写作人群中,女性作家的身影极为罕见。在男性作家的传记作品中,女性的形象也只是出现在《后妃传》《公主传》《列女传》里,而且是群体的形象,没有单独立传,篇幅也完全不能和男性相比。宋若昭的《牛应贞传》可以说是个特例。从内容上讲,这是为女子单独立传的。作者及所撰写的人物,全是女性,可以说是一篇才女间惺惺相惜的文章。这一点也跟传统《后妃传》《公主传》《列女传》的写法不同。这也许就是宋若昭标新立异之处。

全文写"四异",突出人物才情,对主流文化最为看中的品德只字不提。

一异:读书异。当女孩子被教导这"朝暮训诲,各勤事务。扫地烧香,纫麻缉苎"⑤时,牛应贞却"少而聪颖,经耳必诵。年十三,凡诵佛经二百余

---

① 郭预衡:《中国散文史》第4编《隋唐五代》,上海古籍出版社,1993年版,第1页。
② [清]永瑢、纪昀等:《四库全书总目提要》卷一百五十《集部三·别集三》,海南出版社,1999年版,第775页。
③ [唐]梁肃:《补阙李君前集序》,见[清]董诰《全唐文》,中华书局,1983年版,第5261页。
④ 陈平原:《中国散文小说史》,北京大学出版社,2010年版,第88—89页。
⑤ 《女论语》,见李振林、马凯主编《中国古代女子全书·女儿规》,甘肃文化出版社,2003年版,第93页。

卷，儒书子史又数百余卷"，"初，应贞未读《左传》，方拟授之，而夜初眠中忽诵《春秋》，凡三十卷，一字无遗，天晓而毕。后遂学穷三教，博涉多能"。①寥寥数语，一个酷爱读书的奇女子形象跃然纸上，可惜"自恨罗衣掩诗句，举头空羡榜中名"②。宋若昭与其是给牛应贞在立传，还不如说在给自己画自画像。

二异：交往人物异。女孩子被教导"女处闺门，少令出户"③。所以，女孩子生活的空间或者交往的空间异常狭窄，在这种情况下，多才的牛应贞只能"每夜中眠熟，与文人谈论。文人皆古之知名者，往来答难。或称王弼、郑元、王衍、陆机，辩论锋起，或论文章，谈名理，往往数夜不已"。④其实，梦境都是现实生活的反映。弗洛伊德说："梦并不是空穴来风、不是毫无意义的、不是荒谬的、也不是一部分意识昏睡，而只有少部分乍睡少醒的产物。它完全是有意义的精神现象。实际上，是一种愿望的达成。它可以算作是一种清醒状态的精神活动的延续。它是由高度错综复杂的智慧活动所产生的。"⑤从中可看出，牛应贞在现实生活中属于曲高和寡，知音少，弦断有谁听的人物，难怪其24岁时就离世。

三异：著书立作异。胡适先生在《三百年中的女作家——〈清闺秀艺文略〉序》中认为："这三百年中女作家的人数虽多，但她们的成绩都实在可怜的很。她们的作品绝大多数是毫无价值的。……这近三千种女子作品之中，至少有百分之九十九是诗词，是'绣余''爨余''纺余''菁余'的诗词。这两千多女子所以还能做几句诗，填几首词者，只因为这个畸形社会向来把女子当成玩物，玩物而能作诗填词，岂不更可夸炫于人？岂不更加玩物主人的光宠？所以一般稍通文墨的丈夫都希望有'才女'做他们的玩物，替他们的老婆刻集子送人，要人知道他们的艳福。好在他们的老婆决不敢说

---

① ［唐］宋尚宫：《牛应贞传》，见［清］董诰《全唐文》卷九十八，中华书局，1983年版，第1012页。

② ［唐］鱼玄机：《游崇真观南楼睹新及第题名处》，见李冶、薛涛、鱼玄机著，陈文华校注《唐女诗人集三种》，上海古籍出版社，1984年版，第111页。

③ 《女论语》，见李振林、马凯主编《中国古代女子全书·女儿规》，甘肃文化出版社，2003年版，第93页。

④ ［唐］宋尚宫：《牛应贞传》，见［清］董诰《全唐文》卷九十八，中华书局，1983年版，第1013页。

⑤ 【奥】弗洛伊德著，丹宁译：《梦的解析》，国际文化出版公司，1998年版，第36页。

老实话，写真实的感情，诉真实的苦痛，大多只是连篇累幅的不痛不痒的诗词而已。既可夸耀于人，又没有出乖露丑的危险，我想一部分闺秀诗词的刻本都是这样来的罢？其次便是因为在一个不肯教育女子的国家里，居然有女子会作诗填词，自然令人惊异，所谓'闺阁而工吟咏，事之韵者也'（叶观国题《长离阁集》）。物稀为贵，故读者对于女子的作品也往往不作严格的批评……在诗文选本里，闺秀和和尚道士，同列在卷末，聊备一格而已。因此，女子的作品，正因为是女子的作品，传刻保存的机会也就不少了。再其次，才是真正有文学价值的诗词，如纪映淮、王采薇之流，在这三千种书目里，只占得绝少数而已。"[1]而宋若昭笔下的牛应贞在写作时，却是"初，应贞梦制书而食之，每梦食数十卷，则文体一变。如是非一，遂工为赋颂。文名曰遗芳也"。可见牛应贞的作品并不是毫无价值之作，而是经过自己思考、有思想的产物。"都云作者痴，谁解其中味。"真是一篇才女间的惺惺相惜的文章。

四异：插叙异。《后妃传》《公主传》《列女传》中很少见到在传记中大段插入传主作品的例子，在《牛应贞传》中，却用了大量的篇幅完整地插入牛应贞的遗作《魍魉问影赋》，这也是很奇异的一点。有人说："传中略于事迹，而存其一赋，深得史法也。"[2]而且牛应贞的《魍魉问影赋》自有其特殊的价值。

"隋唐五代确是文体更为完备的时代，其中有些文体，诸如制诰、谏疏、序记以及赋体之文，都有新的特征。"[3]唐人以文为赋，赋体之文有新的发展。在唐人的赋体之文中还有一种骚体，也是具有新的时代特点的。[4]牛应贞的《魍魉问影赋》就是一篇以骚体为文的作品。作者"感《庄子》有魍魉责影之义，故假之为赋，庶解疾焉"。全篇感情丰沛、一气呵成，和《牛应贞传》融为一体。

总之，宋若昭的《牛应贞传》既是作者追随时代脚步的产物，也是作者性别意识流露、为女性立言的作品。

---

[1] 欧阳哲生编：《胡适文集4·胡适文存三集》，北京大学出版社，1998年版，第586页。
[2] 谢无量：《中国妇女文学史》，中州古籍出版社，1992年版，第25页。
[3] 郭预衡：《中国散文史》，上海古籍出版社，1993年版，第365页。
[4] 郭预衡：《中国散文史》，上海古籍出版社，1993年版，第374—375页。

三、合唱与独吟的《奉和御制麟德殿宴百僚应制》

大历初至贞元中这二十几年，随着创作中失去了盛唐那种昂扬的精神风貌，那种风骨，那种气概，那种浑然一体的兴象韵味，而转入对于宁静、闲适，而又冷落与寂寞的生活情趣的追求，转入对于清丽、纤弱的美的追求，在理论上也相应地主张高情、丽辞、远韵，着眼于艺术形式与艺术技巧的理论探讨。①

作为宫廷女性诗人代表人物的宋若昭当然也加入到了时代的大合唱中。她的诗歌仅存一首，是《奉和御制麟德殿宴百僚应制》：

> 垂衣临八极，肃穆四门通。自是无为化，非关辅弼功。修文招隐伏，尚武殄妖凶。德炳韶光炽，恩沾雨露浓。衣冠陪御宴，礼乐盛朝宗。万寿称觞举，千年信一同。②

麟德殿在长安大明宫，是唐代帝王招待外宾和群臣的地方。这首诗是五言排律，其做法要求比五律更严，它除首联、尾联之外，中间四言要全部对仗，且需工稳、贴切。从这首诗可以看出宋若昭的敏捷之才来。

清人赵翼在《廿二史札记》中列有"德宗好为诗"条，曰："唐诸帝能诗者甚多，如太宗、玄宗、文宗、宣宗，皆有御制流传于后，而尤以德宗为最。"③唐德宗是一个以文武全才而自命的皇帝，有学者研究：自贞元四年（788）至贞元十八年（802）这一时期，在诗酒宴会中唐德宗本人频繁出场，诗作亦不断，而贯彻其中的是有意识创造和谐环境的承平理念。韦应物、戴叔伦、权德舆、崔元翰、卢纶、刘太真、武元衡等当时比较重要的文人也都得到了参与的机会。④

贞元四年（788）三月，德宗宴群臣于麟德殿，赋诗，群臣属和；宋若昭、宋若宪、鲍君徽均有和作。⑤

有学者认为："入唐以来集中体现于宫廷诗中心时代与都城诗中心时代的应酬性诗歌创作，明显承携着以华美辞藻外形、淫靡生活内容为标志的

---

① 罗宗强：《隋唐五代文学思想史》，中华书局，2003年版，第112页。
② [清]彭定求：《全唐诗》卷七，中华书局，1985年版，第68页。
③ [清]赵翼著，王树民校正：《廿二史札记校正》，中华书局，1984年版，第400页。
④ 田恩铭：《唐德宗与贞元诗风》，《哈尔滨师范大学社会科学学报》，2011年第5期。
⑤ 傅璇琮、陶敏、李一飞：《唐五代文学编年史》，辽海出版社，1998年版，第439页。

南朝宫廷文学传统。大历诗人在大乱初定的时代条件与乱极思治的心理状态的作用下形成的具有回味往昔升平气象的深层意绪的应酬诗创作潮流，也就在相当程度上造成唐初乃至齐梁文风在大历诗坛复兴、流行的特殊现象。"① "这就使得整个贞元诗坛酬赠交往之作大大增加，在觥筹交错中指点江山、激扬文字也不会形成大格局。大多数诗作用语铺排而重在展现承平气象也是极自然的事情。"②

作为大历时期宫廷女学士的宋若昭所创作的宫廷诗与大历时期当时这种应酬应和声诗是一脉相承的。也就是说，大历宫廷女诗人，与大历时期诗人的诗风因受当时大环境的影响，基本上是相同的。她们的笔下，看不到"安史之乱"带给人民的灾难与痛苦，也看不到大历时期表面的平静下隐藏的危机。看到的只是歌舞升平，莺歌燕舞。这不能全怪这些宫廷诗人没有社会责任感，环境使然。陈寅恪先生说："贞元之时，朝廷政治方面，则以藩镇暂能维持均势，德宗方以文治粉饰其苟安之局。民间社会方面，则久经乱离，略得一喘息之会，故亦趋于嬉娱游乐。因此，上下相应，成为一种崇尚文辞，矜诩风流之风气。"③

有学者批评宋若昭诗 "诗为应制奉和，诗句虽工而内容乏味，不过歌颂文治武功、祝福祝寿"④，"（这些诗）全用御用文人的职业语言，说些歌功颂德的话，千篇一律，读来生厌"⑤。但也有人从另外角度赞颂其诗："凝深静穆，有大臣端立之象，使人诵之，亦如对苍松古柏，钦其古肃之气，不复以烦艳经心也。"⑥ "从其诗看，确如所言，诗风肃穆大气，有朝廷男性大臣之风，全无女子伤春悲秋、怜月惜花类纤弱与香艳气。与前朝宫廷才女上官昭容的带有女性特点的应制诗迥然不同。这正与宋氏姐妹为人的一贯风格相符。"⑦ "观此诗，即知宋若昭之胸襟与才情，品味高逸，

---

① 许总：《唐诗史》下，江苏教育出版社，1994年版，第110页。
② 田恩铭：《唐德宗与贞元诗风》，《哈尔滨师范大学社会科学学报》，2011年第5期。
③ 陈寅恪：《元白诗笺证稿》，上海古籍出版社，1982年版，第87页。
④ 高世瑜：《宋氏姐妹与〈女论语〉论析——兼及古代女教的平民化趋势》，见邓小南《唐宋女性与社会》，上海辞书出版社，2003年版，第153页。
⑤ 苏者聪：《闺帏的探视——唐代女诗人》，湖南文艺出版社，1991年版，第98页。
⑥ [明]钟惺：《名媛诗归》，《四库全书》集部第339册，第1108页。
⑦ 高世瑜：《宋氏姐妹与〈女论语〉论析——兼及古代女教的平民化趋势》，见邓小南《唐宋女性与社会》，上海辞书出版社，2003年版，第153页。

固非一般泛泛之应制诗人所可比拟。"①胡震亨《唐音癸签》卷二九《谈丛五》又称:"女子能诗者有矣,惟宋尚宫姊妹五人为异。"②我想,胡震亨说的"异",一定是指宋若昭的诗没有太多的脂粉味吧。不过,正如《沧浪诗话》中所言:"夫诗有别材,非关书也。诗有别趣,非关理也。然非多读书,多穷理,则不能极其至。所谓不涉理路,不落言筌者,上也。诗者,吟咏情性也。"③这些宫廷诗写得四平八稳的,却远不如那些真情流露,甚至常惹人非议的诗句更有味。

这首诗是当时大合唱中的一个组成部分,把它放进那个时代宫廷男诗人的作品中应该不分伯仲。但是,如果你仔细阅读,你还是能捕捉到宋若昭诗的不同于大合唱的声部来。笔者曾经通过研读明人施端教的《唐诗韵汇》,发现支、真、微、东是唐代女诗人最喜欢用的上平的韵,是那种不是多么明快、喜乐的诗风。宋若昭这首诗就是五排上平东韵,仍然在不经意间流露出她的性别特征。阅读唐代女性诗歌,常常被其间或隐或显,或浓或淡的悲感意蕴所震撼。悲感成为唐代女性诗歌的另一主旋律。这是历史赋予一代诗人的情感色彩。前期在社会政治、经济与文化发展的综合作用下,妇女地位处于明显的上升趋势,而在经历了"安史之乱"的空前浩劫之后,随着社会经济的日益衰退,国家基本上处于"内忧外患"的处境之下,于是朝廷大倡儒学,企图恢复儒学的正统地位,以维护尊卑森严的封建等级制度。唐代女性的地位开始由前期的上升状态呈现出下降趋势。现实的失望使诗人们在悲伤与寂寞中咀嚼个人感情的悲欢,苦闷、迷惘、彷徨成为普遍传递的心音。④

总之,宋若昭是大历时期非常有才华的宫廷女诗人,胡震亨《唐音癸签》卷八《评汇四》称:"宫嫒前有上官昭容,后有宋若华姐妹五人。昭容,仪之孙。若华,之问裔孙。诗固有种耶?"⑤至今她留下的不过是一部《女论语》、一篇《牛应贞传》、一首《奉和御制麟德殿宴百僚应制》。这些作品既

---

① 张修蓉:《汉唐贵族与才女诗歌研究》,文史哲出版社,1985年版,第105页。
② [明]胡震亨:《唐音癸签》卷二九《谈丛五》,上海古籍出版社,1981年版,第303页。
③ [南宋]严羽著,郭绍虞校释:《沧浪诗话校释》,人民文学出版社,1961年版,第26页。
④ 俞世芬:《唐代女性诗歌研究》,博士学位论文,浙江大学文学院,2005年。
⑤ [明]胡震亨:《唐音癸签》卷八《评汇四》,上海古籍出版社,1981年,第83页。

是"安史之乱"后,朝廷恢复儒教的表现,又是初盛唐时期女权张扬的余绪。这些作品既是对男权社会主流文学的依附,但同时也是对男权文化的背离;"谢庭风韵婕好才,天纵斯文去不回"[①]。

(本文发表于《2012年中国古代散文研究国际研讨会论文集》)

郭海文,1966年生,2004年毕业于陕西师范大学文学院,文学博士,师从霍松林先生,现为陕西师范大学历史文化学院教师。

---

① [唐]窦常:《过宋氏五女旧居》,见郭延龄、李浩校注《中唐十家诗注》,西北大学出版社,1995年版,第124页。

白居易的科考及科举观

付兴林

内容摘要： 白居易是唐代科举制度的实践者、探索者，曾有过"十年之间，三登科第"的壮举，先后以进士科、书判拔萃科和制科登第。白居易于试前苦节备战，有的放矢，针对试项拟制私试，自难自砺。他试前拟作的赋、判、策成为科场士子追捧的范本。白居易赞成踏实勤奋的应试态度而反对浮躁请托之风，并从唯才是举的观念出发要求打破常限，不拘身份延揽人才。因深知科场艰辛不易并秉持宽怀息事的态度，白居易对科场弊案中的参试举子及涉事考官给予了最大限度的同情理解、体恤宽恕。

关键词： 白居易；科考历程；拟制备考；科举观

白居易是唐代极负盛名的"才子型"文学家。后世大多数仰视、赞叹之者，主要集中于他留存至巨的计3800余首（篇）诗文，以及一些旷世名篇如讽喻诗中的《卖炭翁》《上阳白发人》，感伤诗中的《长恨歌》《琵琶行》等。至于白居易在科考中的惊世表现、积极的科举行为、认真的备考手段、对科举制度的思考、对科考士子的态度，则非人人能道其所以。本文拟结合唐代科举制、白居易的仕进之路及其创作的科判、奏状等，对其科考历程、备考方式、科举态度进行一番考察论析，以期对白居易研究有所丰富与推进。

一、十年之间，三登科第

唐代一般士子要想入仕为吏，最为现实的途径乃参加科试。白居易虽满怀敬意地在《太原白氏家状二道》中遥溯种姓，勾勒出一条代为名将的世系，然其显赫的祖上阀阅"大抵自白建以上的世系，都是杜撰的"[①]。白居易没有足可仰赖的祖上功德，与绝大多数想要出人头地、光宗耀祖的士子一样，他只能凭恃个人拼搏。

白居易在科场上虽成名相对较晚，但起步却不迟，而且他是科举考试的积极参加者和真正受益者。对此，他在《与元九书》中怀着种种复杂心情俱道所以："十五六，始知有进士，苦节读书。……家贫多故，二十七方从乡赋。……十年之间，三登科第。名入众耳，迹升清贯。出交贤俊，入侍冕旒。"[②]所谓"十年之间，三登科第"者，乃指其在短短十年之中，连中三科。

白居易所说的十年系指其大概，因为他实际三登科第的时间比这要短。如果从其27岁即贞元十四年（798）"方从乡试"算起的话，到35岁即元和元年（806）参加制举并登第，其历经时间应为九年而不是十年。

那么，所谓"三登科第"者为哪三科？又具体于哪年中第？与白居易同代而稍后的李商隐在《唐刑部尚书致仕赠尚书右仆射太原白公墓志铭并序》中，对白居易的三次科试有较为简明的记述：

> 公字乐天，讳居易，前进士，避祖讳，选书判拔萃，注秘省校书。元年，对宪宗诏策，语切不得为谏官，补盩厔尉。[③]

李商隐的记述并未交代白居易何年中第。《旧唐书·白居易传》倒是提供了相关信息。传云：

> 贞元十四年，始以进士就试，礼部侍郎高郢擢升甲科，吏部判入等，授秘书省校书郎。元和元年四月，宪宗策试制举人，应才识兼茂、明于体用科，策入第四等，授盩厔县尉、集贤校理。[④]

[①] 蹇长春：《白居易评传》，南京大学出版社，2002年版，第3页。
[②] [唐]白居易著，朱金城笺校：《白居易集笺校》，上海古籍出版社，1988年版，第2792—2793页。
[③] [唐]李商隐著，[清]钱振伦、钱振常笺注：《樊南文集》，上海古籍出版社，1988年版，第468—469页。
[④] [后晋]刘昫等：《旧唐书》，中华书局，1975年版，第4340页。

上述记载中"贞元十四年，始以进士就试"易引起误解。从白居易《省试性习相远近赋》题下自注"中书侍郎高郢下试，贞元十六年二月十四日及第四人"[1]可知，白居易进士及第时间应为贞元十六年（800），此年他29岁。那么《旧唐书·白居易传》何以写成"贞元十四年"呢？是否存在疏忽误记呢？其实这一记载本身不算有误。我们知道，进士科考必须经过层层筛选，礼部省试之前尚有乡试（县试）、府试两道关口。事实上，白居易曾于贞元十四年（798）即他27岁那年赴宣州溧水县探望在那里做县令的从叔白季康，并在叔父的关怀下顺利通过了乡试；次年即贞元十五年（799），又在叔父的顶头上司——时任宣歙观察使、宣州刺史崔衍的帮助下顺利通过了府试，[2]获得了"乡贡进士"的资格，得以于当年冬集京城，并参加了贞元十六年（800）的礼部进士科考且一举中第。故此，"贞元十四年，始以进士就试"，当是指白居易进士科考起步的"乡试"时间，而非是指他登第礼部进士科的时间。

关于白居易中制举试的时间，《旧唐书·白居易传》的记载是准确的。与此可参照印证的是元和元年（806）四月宪宗所颁的《放制举人敕》。敕载：

> 才识兼茂，明于体用科第三次等元稹、韦惇；第四等独孤郁、白居易、曹景伯、韦庆复。[3]

对于白居易第二次参加科目选所登书判拔萃科的时间，《旧唐书》《新唐书》及《唐才子传》均乏载记。虽然《唐才子传》卷六《白居易》中有"贞元十六年，中书舍人高郢下进士、拔萃皆中"[4]的记载，但很显然，这一记载有两处明显疏误。其一，"贞元十六年""进士、拔萃皆中"，这种一年两科皆中的情况绝无可能。其二，"中书舍人高郢下进士、拔萃皆中"，这种同一主考官于同一年既主持礼部试又主持吏部试的情况亦绝无可能。那么，究竟白居易于何年"书判拔萃"登第的呢？白居易《养竹记》为我们提供了准确的时间——"贞元十九年春，居易以拔萃选及第"[5]。

---

[1] [唐]白居易著，朱金城笺校：《白居易集笺校》，上海古籍出版社，1988年版，第2599页。
[2] 蹇长春：《白居易评传》，南京大学出版社，2002年版，第56页。
[3] [宋]宋敏求：《唐大诏令集》，商务印书馆，1959年版，第545页。
[4] 傅璇琮：《唐才子传笺校（三）》，中华书局，1990年版，第4页。
[5] [唐]白居易著，朱金城笺校：《白居易集笺校》，上海古籍出版社，1988年版，第2744页。

元稹于贞元二十年（804）所作的《酬哥舒大少府寄同年科第》一诗及诗注中有关于此次登第者的详细记载。该诗写道："前年科第偏年少，未解知羞最爱狂。九陌争驰好鞍马，八人同着彩衣裳。"第四句诗下注曰："同年科第：宏词吕二炅、王十一起、拔萃白二十二居易、平判李十一复礼、吕四颖、哥舒大恒、崔十八玄亮、逮不肖，八人皆奉荣养。"①所谓"前年"，是指贞元十八年（802）。是年冬，吏部试科目选。来年即贞元十九年（803）春，吏部放榜授官。诗注所记登吏部科目选者共八人，书判拔萃科仅白居易一人高中。

二、自难自砺，苦节备考

白居易《与元九书》云："十五六始知有进士，苦节读书。二十以来，昼课赋，夜课书，间又课诗，不遑寝息矣。以至于口舌成疮，手肘成胝，既壮而肤革不丰盈，未老而齿发早衰白。瞥瞥然如飞蝇垂珠在眸子中也，动以万数。盖以苦学力文所致，又自悲矣！"②又云："初应进士时，中朝无缌麻之亲，达官无半面之旧。"③从这段自述中可知，白居易在请托之风甚浓的科场中，朝廷无可资仰仗的援手。为了备战接二连三的科考，他耗费了超乎常人的气力心血，以致严重损伤了身体。

科场考试艰辛异常，要想脱颖而出，非吃苦竭力不可。白居易之所以能"三登科第"，即得益于其苦节备考的认真态度和拼搏精神。

（一）进士科备考

在唐代科举制发展中，进士科的魅力逐渐显现。王定保《唐摭言》卷一《散序进士》云：

> 进士科始于隋大业中，盛于贞观、永徽之际；缙绅虽位极人臣，不由进士者，终不为美，以至岁贡常不减八九百人。其推重谓之"白衣公卿"，又曰"一品白衫"；其艰难谓之"三十老明经，五十少进

---

① [唐]元稹撰，冀勤点校：《元稹集》，中华书局，1982年版，第180—181页。
② [唐]白居易著，朱金城笺校：《白居易集笺校》，上海古籍出版社，1988年版，第2792页。
③ [唐]白居易著，朱金城笺校：《白居易集笺校》，上海古籍出版社，1988年版，第2793页。

士"……其有老死于文场者,亦所无恨。①

如此吸引人且竞争激烈的进士科,其试项为何呢?赵翼在《陔余丛考》中做了概括:

> 其初虽有诸科,然大要以明经、进士二科为重,其后又专重进士。此后世进士所始也。唐初制试时务策五道,贴一大经。经、策全通为甲第。策通四,贴过四以上为乙第。永隆二年,以刘思立言"进士唯诵旧策,皆无实材",乃诏进士试杂文二篇,通文律者然后试策。此进士试诗、赋之始。开元二十五年诏:进士以声韵为学,多昧古今,自今加试大经十贴。建中二年,中书舍人赵赞权知贡举,又以箴、论、表、赞代诗、赋。太和八年,仍复诗、赋。此唐一代进士试艺之大略也。②

上文反映的一个基本事实是,唐代大部分时间的进士试项均与诗、赋有着无法分离的关系。"在唐代的科举中,经义是考对五经的理解和记诵的,范围狭窄,而表、策、判、诰,都是应用性的文字,很难看出士人的学问。科举文体中,能测试出才学的主要是诗与赋。尤其是赋,在其中更占了很大的比重。赋传统上的隶事用典,深奥渊懿,腹笥不厚者往往俭窘难以措手。唐代的赋可以说吸收了汉大赋的重学问和魏晋抒情赋的显才情融而为一,很能从中看出士子的才学。"③所以,在创造性不大和文学性相对较薄弱的帖经、时务策两个试项中,添加能极大地显现士子另一面创造才情的诗、赋这一试项,是合情合理的必然选择。

正因为进士科最为士子所看重,诗赋成为进士科中最能显现才情的试项,所以备考中对诗赋的训练、锤炼就显得必要和重要。白居易在《与元九书》中自述备考进士历程及所下功夫道:"十五六,始知有进士,苦节读书。二十以来,昼课赋,夜课书,间又课诗,不遑寝息矣。……二十七方从乡赋。既第之后,虽专于科试,亦不废诗。"④白居易在这段话中曾两度提到"赋",一处

---

① 丁如明、李宗为、李学颖:《唐五代笔记小说大观》,上海古籍出版社,2000年版,第1578—1579页。
② [清]赵翼:《陔余丛考》,河北人民出版社,1990年版,第559页。
③ 汪小洋、孔庆茂:《科举文体研究》,天津古籍出版社,2005年版,第80页。
④ [唐]白居易著,朱金城笺校:《白居易集笺校》,上海古籍出版社,1988年版,第2793页。

是"昼课赋",一处是"二十七,方从乡赋"。从备考的时间分配和将乡试直接与赋连缀拖挂的运笔中,不难见出赋在进士科考中所起的作用。

《白居易集》中存有一些他应府试、省试前自拟赋题、自我习练的私赋。白居易现存赋十三篇(按:十三篇是根据顾学颉《白居易集》所收篇目做出的统计,与《全唐文》所收白赋数目及篇目存有差异),其中有两篇为应试之作,即贞元十五年(799)应府试时的答卷《宣州试射中正鹄赋》和贞元十六年(800)应省试时的答卷《省试性习相远近赋》。其余之作,有的可以断定为白氏模拟应试、自我锤炼的习笔——私试(按:关于"私试"的概念,王定保《唐摭言》卷一《述进士下篇》云:"群居而赋谓之'私试'。"[1]然对照白居易所作,何者为"群居而赋"难以明断。鉴于此,笔者所界定的"私试"与王氏所云有别,即凡是白氏模拟应试、自我锤炼的习笔均视作"私试"之赋)。这方面的作品虽然按照朱金城《白居易集笺校》关于《大巧若拙赋》《鸡距笔赋》《黑龙饮渭赋》《敢谏鼓赋》《君子不器赋》《赋赋》之"笺"将其定为"作于长庆三年(八二三)以前"[2],以及按照谢思炜《白居易文集校注》中"注"部分在对上述五篇赋的创作时间进行推定时完全从朱氏之说——"朱《笺》:作于长庆三年(八二三)以前"[3]。但是笔者认为从赋的内容、创作风格、实用目的等多方判断,这些赋与《求玄珠赋》《汉高皇帝亲斩白蛇赋》皆可视为白居易应试前之私试。当然,有的赋则是白居易运用赋这一文体抒情言志的作品,如《动静交相养赋》《泛渭赋》《伤远行赋》。无疑,应试与私试之作是围绕应试目的而展开的,其创作具有明显的功利性。

进士所试诗乃五言六韵十二句的排律,《白居易集》中的《窗中列远岫诗》《玉水记方流诗》即为白居易贞元十五年(799)参加府试时的答卷和贞元十六年(800)参加省试时的答卷。虽然我们现已无从判定白居易应进士试前在历练诗笔方面做出了怎样的努力、创作了多少诗歌,但我们却能从"五六岁便学为诗,九岁谙识声韵。十五六,始知有进士,苦节读书。二十以来,昼课

---

[1] 丁如明、李宗为、李学颖:《唐五代笔记小说大观》,上海古籍出版社,2000年版,第1578页。

[2] [唐]白居易著,朱金城笺校:《白居易集笺校》,上海古籍出版社,1988年版,第2609—2623页。

[3] [唐]白居易著,谢思炜校注:《白居易文集校注》,中华书局,2011年版,第44—75页。

赋，夜课书，间又课诗，不遑寝息矣。以至于口舌成疮，手肘成胝"①的夫子自道中，体察白居易为备考进士在诗歌方面用功之勤、专注之久。

（二）科目选备考

唐代科举主要有礼部常选、吏部科目选以及以皇帝名义举行的制举三种考拔形式。无论哪种科试或说无论参试者为谁，都要与"判"发生或轻或重的关系。对大部分应试举子来说，不通于"判"，则不能顺利过关登第，甚至对部分才识卓著、意图早有成就或在未来仕途中欲大有为者，不精于"判"则难以如愿。

《通典》卷十五《选举三》云："初，吏部选才，将亲其人，覆其吏事，始取州县案牍疑议，试其断割，而观其能否，此所以为判也。后日月浸久，选人猥多，案牍浅近，不足为难，乃采经籍古义，假设甲乙，令其判断。"②由此可见，"判"这种文体是随着唐代科举制度的发展、衍化而出现的一种新型的应用文体。

礼部的常选对象，通常是无出身、无官资的白身人，他们通过礼部试后，要由礼部移送至吏部。而吏部在接纳及第举子时，要举行一个"关试"。明胡震亨在《唐音癸签》卷十八《诂笺三》中云：

> 关试，吏部试也。进士放榜敕下后，礼部始关吏部。吏部试判两节，授春关，谓之关试，始属吏部守选。③

在唐代，除累资进阶至五品的官员，以及六品以下的常参官、供奉官，其余之人无论是刚刚由常科选拔的及第举子，或是依常例三考、四考为满的前资官，抑或是科目选、制举出身的考满官员，都要经过一个守选和守限到期后参加冬集铨试的环节。关于铨试的内容，《通典》卷十八《选举三》有云：

> 其择人有四事：一曰身，取其体貌丰伟。二曰言，取其词论辩正。三曰书，取其楷法遒美。四曰判，取其文理优长。……凡选，始集而试，观其书、判；已试而铨，察其身、言。④

身、言、书、判四项内容，重点考察的是书、判。《文献通考》卷三七

---

① [唐]白居易著，朱金城笺校：《白居易集笺校》，上海古籍出版社，1988年版，第2792页。
② [唐]杜佑撰，王文锦等点校：《通典》，中华书局，1988年版，第361页。
③ [明]胡震亨：《唐音癸签》，上海古籍出版社，1981年版，第198页。
④ [唐]杜佑撰，王文锦等点校：《通典》，中华书局，1988年版，第360页。

《选举考十》有云:"按唐取人之法……吏部则试以政事,故曰身、曰言、曰书、曰判。然吏部所试四者之中,则判为尤切。盖临政治民,此为第一义。必通晓事情,谙练法律,明辨是非,发摘隐伏,皆可以此觇之。"①所以,选人能否顺利注拟授官,基本取决于两道判词水平的高低。

由此可见,凡欲仕进者均与"判"脱不了干系,均有研习科判的必要性。

白居易的仕进之路亦循此法。不仅如此,白居易的二度科试——科目选,事实上完全由"判"所决定。

由吏部主持的科目选,仅限于有出身人和有官资人两类,可以说是初登仕途、再入官场、更获好官的捷径。对此,杜佑在《通典》卷十五《选举三》中云:

> 选人有格限未至,而能试文三篇,谓之宏词;试判三条,谓之拔萃,亦曰超绝。词美者,得不拘限而授职。②

上文提供的信息一是"宏词""拔萃"是科目选中两个重要试目;二是拔萃的试项为"判三条";三是凡词文优美者,吏部将打破常限非次擢拔。这里尤需关注的是,书判拔萃科以"判"为唯一考测内容。

王勋成《唐代铨选与文学》有一段关于春关试、铨试、书判拔萃科中所试"判"之分量大小的比较。他说:"试判是吏部考试的专项,关试要试判,不过是两条,而且简短;平选常调要试判,也是两条,但却较关试要长,而且难度大;流外入流也要试判,一般也是两条;平判和书判拔萃科也要试判,唯有书判拔萃科是三条,其难度、水平当然会超过以上各类试判了。"③如此,贞元十九年(803),白居易一人高中书判拔萃科,不可不谓幸事、盛事。

既然书判拔萃科是"试判三条",权衡标准高、登第难度大,那么对于应试者来说,提早准备是自然且必然的事。白居易既然是贞元十九年(803)书判拔萃登第,那么他的考前备战定当不晚于该年。今顾学颉《白居易集》、朱金城《白居易集笺校》第六六、六七卷的《百道判》即是白居易于考前自难自砺、埋头习练的私试判文。关于《百道判》的创作时间,朱金城在《百道判》第一道判的"笺注"中,将其定于"贞元十九年前,姑系于贞元十八年"④。

---

① [元]马端临:《文献通考》,中华书局,1986年版,第354页。
② [唐]杜佑撰,王文锦点校:《通典》,中华书局,1988年版,第362页。
③ 王勋成:《唐代铨选与文学》,中华书局,2001年版,第295—296页。
④ [唐]白居易著,朱金城笺校:《白居易集笺校》,上海古籍出版社,1988年版,第3562页。

朱氏的这一判断，是合理可信的。这是因为，进士考试与判无关，春关试较为简单，用不着下如此大的气力去准备。"进士及第后，三年任选"①，方可参加吏部身、言、书、判的铨试，而进士及第仅两年的白居易是无资格参加这类铨试的。方之吏部科目选之试项及其艰难性，白居易拟作的《百道判》只能是为书判拔萃科而做的应试准备。故此我们认为，白居易在进士及第后的守选期内，于贞元十八年（802）报考了书判拔萃科。为了磨炼笔力、提高应试能力，参试前，他以积极认真的态度，主动出击，强化训练，先模拟考官身份假拟诉讼狱案、民事纠纷，继而再模拟考生身份进行追责量刑、解难释纷，从而创作了一百道科判。

白居易拟试的《百道判》不仅帮助他成功登第释褐，且还为他赢得了声誉、影响，更对当时的科场仕进精神、士子备考态度产生了范式性影响。对此，元稹在《酬乐天余思不尽加为六韵之作》自注中云："乐天先有《秦中吟》及《百节判》，皆为书肆市贾题其卷云：'白才子文章。'"②又《白氏长庆集序》云："乐天一举擢上第，明年拔萃登科。由是《性习相近远》《求玄珠》《斩白蛇》等赋及《百道判》，新进士竞相传于京师矣。"③白居易在《与元九书》中也不无自负地说："日者又闻亲友间说，礼吏部选举人，多以仆私试赋判传为准的。"④

（三）制举备考

制举在唐代科举中与常选、科目选并存鼎立，它既是统治者取士命官的重要形式，也是士子进身的重要渠道，甚至可说是做官为吏最为便捷的途径。对参试者的特殊礼遇，对登科者的优厚处分，以及设立制举的特殊目的——"天子自诏者曰制举，所以待非常之才焉"⑤，决定了"制举"这一科试的特殊性。

制举通常只有一个试项，是地道的"以策取士"。正因如此，许多文献中往往直截了当称其为"策试"或"制策"，皇帝在制诏中也往往表示"亲当策试"。《册府元龟》卷六四五《贡举部·科目》有多处记载，如"大历元年

---

① [北宋]王钦若等：《册府元龟》，中华书局，1960年版，第7684页。
② [唐]元稹著，冀勤点校：《元稹集》，中华书局，1982年版，第247页。
③ [唐]元稹著，冀勤点校：《元稹集》，中华书局，1982年版，第554页。
④ [唐]白居易著，朱金城笺校：《白居易集笺校》，上海古籍出版社，1988年版，第2793页。
⑤ [宋]欧阳修、宋祁等：《新唐书》，中华书局，1975年版，第1159页。

十一月制：天下有安贫乐道、孝悌力田者，具以名闻，朕当亲自试策"①。又如"（元和）十四年七月诏：诸色人有贤良方正能直言极谏、博通坟典达于教化、军谋宏远堪任将帅、详明政术可以理人者，委内外官员各举所知，当亲自策试。"②

制举既然以试策为唯一试项，那么对参试者来说，必定有一个试前备考然后再去应考的过程，亦即习策——写策——试策的环节。白居易是一位进取心强且踏实勤奋、对事谨严的人，在参加制举试前，他同样做了充分准备。《策林序》云：

> 元和初，予罢校书郎，与元微之将应制举。退居于上都华阳观，闭户累月，揣摩当代之事，构成策目七十五门。及微之首登科，予次焉。凡所应对者，百不用其一二，其余自以精力所致，不能弃捐，次而集之，分为四卷，命曰《策林》云耳。③

这里有必要重点考察一下白居易备考制举的时间。《策林序》开头即言"元和初"，这样给人造成的印象是，白居易开始准备应试的时间上限为元和元年，即唐宪宗即位后的806年年初。但从白居易作于元和五年（810）的《代书诗一百韵寄微之》一诗看，情况却并非如此。白氏在该诗"繁张获鸟网，坚守钓鱼坻"句下注云："谓自冬至夏，频改试期，竟与微之坚待制试也。"④看来，白居易与元稹此次参试制举的时间曾多次调整，从头年的冬天到第二年的夏天变更频频。通常，制举试的时间不像常选总固定在每年春季，而是任由皇帝根据形势需要临时确定。不过，制诏一旦下达，考试的时间就基本固定。然而，此次考试的时间却变而又变，这是为何呢？原来，贞元二十一年（805）正月，德宗卒，顺宗即位。《旧唐书》卷十四《顺宗纪》载："（二月）甲子，御丹凤楼，大赦天下。"⑤顺宗即位时，在《顺宗继位赦》中明确诏令："诸色人中，有才识兼茂、明于体用者，经术精深可为师法者……朕当询事考言，

---

① [宋]王钦若等编：《册府元龟》，中华书局，1960年版，第7731页。
② [宋]王钦若等编：《册府元龟》，中华书局，1960年版，第7732页。
③ [唐]白居易著，朱金城笺校：《白居易集笺校》，上海古籍出版社，1988年版，第3436页。
④ [唐]白居易著，朱金城笺校：《白居易集笺校》，上海古籍出版社，1988年版，第704页。
⑤ [后晋]刘昫等：《旧唐书》，中华书局，1975年版，第406页。

审其才实。"①这即是说，举行制举的诏令是由顺宗制发的。然是年八月，顺宗即禅位宪宗，逊位的顺宗为在历史上留下一点痕迹，遂将贞元二十一年（805）改为永贞元年。大约皇帝新继位，百事待理而无暇遵从前任皇帝的诏令如期举行制举，因而制举试就由永贞元年（805）冬拖至第二年。次年元月，宪宗改元元和，后顺宗驾崩。顺宗的归天，可谓"节外生枝"，给本来繁重的朝政又添负担，所以，原定制举试之时间又被迫延后，一直拖至元和元年（806）夏四月方始举行。从元和元年（806）制举试的来由及制举试的频改时间不难推知，白居易开始备考的时间应不迟于永贞元年（805）冬季。备考前期，白居易既兼顾工作，又兼顾习策，这种情况自冬（按：指永贞元年冬）一直持续到"元和初"；备考后期即到元和初年，白居易校书郎任期届满，依例免职，然后"闭门谢客"，全身心投入准备，直到该年夏四月参考登第。故此，《策林序》中"累月"备考的外延实际跨越了元和初而上达至永贞年内。

　　白居易在"累月"备考中，以"攻文朝矻矻，讲学夜孜孜"②的苦学勤思拟制了"策目七十五门"，以此来锤炼思维、历练笔力、提高制策水平。然学界对"策目七十五门"即今所见《策林》七十五道的著作权却有不同意见，如宋俞文豹《吹剑录》四录云："乐天同元稹编制科《策林》七十五门。"③又如查屏球认为："《策林》是为备制科而作的模拟答卷，它是元、白两人共同写成的，写作时间是在元和初。"④刘曙初亦持相同观点："元白政论文的广度集中体现在《策林》七十五首中，那是他们为应制举而写的习作，是两人共同的思想结晶。"⑤但大量证据表明，"元、白当年共同创制的拟作是'百十'篇，其中之三十余篇乃元稹所制，现已散佚；另外七十五篇乃白居易所作，即今之《策林》"⑥。

　　天道酬勤，机会只留给那些时刻准备着的人。白居易在"闭户累月，揣摩当代之事，构成策目七十五门"的努力下，终于如愿登第并获享"即与处

---

① [宋]宋敏求：《唐大诏令集》，商务印书馆，1959年版，第10页。
② [唐]白居易著，朱金城笺校：《白居易集笺校》，上海古籍出版社，1988年版，第704页。
③ 陈友琴：《白居易资料汇编》，中华书局，1962年版，第168页。
④ 查屏球：《唐学与唐诗——中晚唐诗风的一种文化考察》，商务印书馆，2000年版，第62页。
⑤ 刘曙初：《元白政论：时代、心灵与文风的标本》，《阜阳师范学院学报》，2004年第5期。
⑥ 付兴林：《白居易散文研究》，中国社会科学出版社，2007年版。

分"——授盩厔县尉。

三、关注科试,体难恤情

白居易是科场的拼搏者、成功者和受益者,他对科举的态度,不仅生动地体现在他"三登科第"的仕进历程中,同时还清楚地载录在他备考的拟制习作如《百道判》、按察科试弊案的奏状中。这些科判、奏状,让我们从中真切地感知到白居易对待科试、举子的态度,并由此得见一位知痛知痒的"过来人"宽善待人、息事宁人的处事风范。

(一) 倡勤责实,不拘常制

白居易所创作的《百道判》虽属于虚拟性的科判,但其中所反映、思考的问题均具有现实性、时代性。《百道判》中关注的一类重要问题是科举考试,其中数道判文针对的是科试态度、擢录原则、报考资格等问题。

唐代的开科取士,既取决于士子才能的大小,又取决于外围工作的多寡,仅有才能而无关系,只注重埋头苦读而不追求扬名延誉,其结果往往是名落孙山。受此世风影响,士子废学重托之气日炽,科场的公平性、公正性不时受到挑战。《百道判》中的第三道《得乙与丁俱应拔萃乙则趋时以求名丁则勤学以待命互有相非未知孰是》,反映的是趋时者与勤学者之间截然不同的两种求仕态度。判词云:

> 立己徇名,则由进取;修身俟命,宁在躁求?智乎虽不失时,仁者岂宜弃本?属科悬拔萃,才选出群。勤苦修辞,乙不能也;吹嘘附势,丁亦耻之。躁静既殊,性习遂远。各从所好,尔由径而方行;难强不能,吾舍道而奚适?观得失之路,或似由人;推通塞之门,诚应在命。所宜励志,焉用趋时?若弃以菲薄,失则自求诸己;傥中其正鹄,得亦不愧于人。无尚苟求,盍嘉自致?①

白居易在判词中,对乙的吹嘘附势、弃本躁求明确给予了批评否定,而对丁的勤修内功、自求自致则给予了褒扬肯定。倘若结合白居易自己对待科举考试认真严肃的态度,我们完全有理由认为,白居易在该判中对乙、丁之褒贬,

---

① [唐]白居易著,朱金城笺校:《白居易集笺校》,上海古籍出版社,1988年版,第3564页。

反映了他对科举考试的总体态度。

对吹嘘附势、无真才实学者应持鄙夷态度，对名声在外而又有真本领的士子，该持怎样的态度呢？第八十八道《得选举司取有名之士或云不息驰骛恐难责实》反映和探讨的正属此一问题。判词云：

> 声虽非实，善岂无名？不可苟求，亦难尽弃。属时当反席，任重抡材。思得士於声华，惧诱人于奔竞。若驰骛而方取，虑非岁贡之贤；如寂寥而后求，恐失日彰之善。将期摭实，必在研精。但取舍不私，是开乎公道；则吹嘘无益，自闭其倖门。名勿论于有无，鉴自精于举措。①

从判题可知，选举司擢录了名气大的考生，有人对此提出了驰骛扬名、名实难副的异议。从白居易所下判词看，他并不认同这种偏执的识见。他的见解是，看重名气声华，可能招致奔竞，所取自非贤才；但一味排斥声名，只重寂寥无闻，也会失去名彰才实之人。在他看来，名大者才非不大也，名小者才非不小也。为防止因声取人和避声不取情况的发生，他主张考官应恪守循声责实、精鉴慎取的考录原则。

唐代科举对参试人的资格有明文规定。《唐六典》卷三《户部郎中》载："辨天下四人，使各专其业：凡习学文武者为士，肆力耕桑者为农，功作贸易者为工，屠沽兴贩者为商。工商之家不得预于士。"②又卷二《吏部郎中》载："凡官人身及同居大功以上亲自执工商，家专其业，皆不得入仕。"③依此规定，凡祖上从事工商业者其子孙将无资格参加科考。对于这一政策引发的身份歧视，白居易则持不同观点。《百道判》中的第八十五道《得州府贡士或市井之子孙为省司所诘申称群萃之秀出者不合限以常科》，探讨的即是此问题。其判词云：

> 惟贤是求，何贱之有？况士之秀者，而人其舍诸？惟彼郡贡，或称市籍。非我族类，别嫌杂以萧兰；举尔所知，安得弃其翘楚？诚其恶于稗败，谅难舍其茂异。拣金于砂砾，岂为类贱而不收？度木于

---

① [唐]白居易著，朱金城笺校：《白居易集笺校》，上海古籍出版社，1988年版，第3641—3642页。
② [唐]李林甫等撰，陈仲夫点校：《唐六典》，中华书局，1992年版，第74页。
③ [唐]李林甫等撰，陈仲夫点校：《唐六典》，中华书局，1992年版，第34页。

涧松，宁以地卑而见弃？但恐所举失德，不可以贱废人。况乎识度冠时，出自牛医之后；心计成务，擢於贾竖之中。在往事而足征，何常科而是限？州申有据，省诘非宜。①

从判题可知，州府选送的乡贡进士中有市井子弟，省司在查验选解、核对资格时加以诘难。州官申称所贡之人乃出类拔萃者，故不应苛责限制、取消资格，言下之意，应网开一面。从白居易所下判词不难看出，他对市井子孙被拒科门之外的政策颇不以为然：即便来自市籍，或许有"裨败"之缺陷，但对于茂异、翘楚之才岂可舍弃？岂可剥夺其仕进权利？"拣金于砂砾，岂为类贱而不收？度木於涧松，宁以地卑而见弃？"从这些郑重而深沉的慨叹中，流露出的岂止是白居易对当下科举政策的不满，应该说，它表达的是白居易要求打破常规、不拘格令延揽擢拔贤士的进步人才观。

（二）担当直行，体难恤士

白居易曾先后于元和三年（808）以制策考覆官、元和末年（820）以重考订科目官、长庆元年（821）以重考试进士官的身份，三度参与了进士、科目选、制举等科考的复试工作。面对试录过程中出现的问题，白居易理性面对，尽心尽责，想方设法化解矛盾，并不得不在朝纲与朝臣、录用与黜退、原则性与灵活性之间做着艰难而痛苦的选择。这三次担任复试考官的思想活动，完整地保存在他的三份奏状中，从中让我们体察到了白居易曲求周全、息事宁人的良苦用心和体恤不易、眷顾士子的科举态度。

《论制科人状——近日内外官除改及制科人等事宜》是白居易于元和三年（808）所上的奏状。关于此状的背景，《旧唐书》卷一七六《李宗闵传》载："（宗闵）又与僧孺同年登制科。应制之岁，李吉甫为宰相当国，宗闵、僧孺对策，指切时政之失，言甚鲠直，无所回避。考策官杨於陵、韦贯之、李益等又第其策为中等，又为不中第者注解牛、李策语，同为唱诽。又言翰林学士王涯甥皇甫湜中选，考核之际，不先上言。裴垍时为学士，居中覆视，无所异同。吉甫泣诉于上前，宪宗不获已，罢王涯、裴垍学士，垍守户部侍郎，涯守都官员外郎；吏部尚书杨於陵出为岭南节度使，吏部员外郎韦贯之出为果州刺史。王涯再贬虢州司马，贯之再贬巴州刺史。僧孺、宗闵亦久之不调，随牒

---

① [唐]白居易著，朱金城笺校：《白居易集笺校》，上海古籍出版社，1988年版，第3639页。

诸侯府。"①白居易是此次制举试的复试官之一，但他并未受到如裴垍、王涯等复试官一样的贬降处分，这使他有机会站出来仗义执言，为考官、复试官的不幸遭遇和考生的不公正待遇喊冤鸣屈。在该状中，白居易首先对诸位考官及复试官的贬降处分将会造成人心不稳、政风渐乖的负面影响进行了论析。接着，他又以"君圣则臣忠，上明则下直"的传统古训为切入点，为遭受不公对待的考生张本进言，对宪宗的错误决定发难质询。他说：

> 今陛下明下诏令，征求直言，反以为罪。此臣所以未谕也。陛下视今日之理，何如尧与汉文之时乎？若以为及之，则诽谤痛哭，尚合容而纳之，况征之直言，索之极谏乎？若以为未及，则僧孺等之言固宜然也。陛下纵未能推而行之，又何忍罪而斥之乎？……今僧孺等对策之中，切直指陈之言亦未过于穆质，而遽斥之，臣恐非嗣祖宗承耿光之道也。书诸史策，后嗣何观焉？陛下得不再三省之乎？②

很明显，白居易对宪宗的责难，即是对牛僧孺等考生的同情、肯定，即是对裴垍等考官及复试官的理解、声援。奏状的最后，白居易出人意料地表现出了担当道义、不求苟容的大丈夫气概。他说：

> 若以臣此言理非允当，以臣覆策事涉乖宜，则臣等见在四人亦宜各加黜责。岂可六人同事，唯罪两人？虽圣造优容，且过朝夕，在臣惧惕，岂可苟安？敢不自陈，以待罪戾？臣今职为学士，官是拾遗。日草诏书，月请谏纸。臣若默默，惜身不言。岂惟上辜圣恩？实亦下负神道。所以密缄手疏，潜吐血诚。苟合天心，虽死无恨。③

在白居易看来，既然参与考覆，就该负有责任，就该与同事患难与共；既然职为学士、官是拾遗，就有责任秉持公道，伸张正义；既然宪宗执意降罪考官、处罚考生，他就只好以官职前途相抗衡、相要挟了。可以说，这是不愿慎默苟容的丈夫气概，是正气盈身的君子气度，是公忠直行的忠臣气节。白居易的意见虽最终未被宪宗采纳，但他在状文中所体现出的正义感以及对考生同情的态度、力图为他们讨回公道的苦谏，的确令人感佩。

---

① [后晋]刘昫等：《旧唐书》，中华书局，1975年版，第4551—4552页。
② [唐]白居易著，朱金城笺校：《白居易集笺校》，上海古籍出版社，1988年版，第3327—3328页。
③ [唐]白居易著，朱金城笺校：《白居易集笺校》，上海古籍出版社，1988年版，第3328页。

白居易同情考生、体谅不易的精神一直延续到了穆宗朝。关于此,从其两度上状献策力图解决科考中出现难题的奏状中同样能得到生动说明。

《论重考科目人状——今年吏部应送科目及平判人所试文书等》上于元和十五年(820)十二月二十三日。该年吏部科目选及平判试录取十人,穆宗担心考录不精、失之公允,遂命白居易与李虞仲重考。白居易与李虞仲审查试卷后,发觉存有问题。于进退两难之际,遂上状劝说穆宗不要令其继续考覆。白居易的态度非常明确:与人方便,为国收才;从宽处置,息事宁人。状云:

> 吏部事至繁剧,考送固难精详,所送文书未免瑕病。臣等若苦考覆,退者必多。……今吏部只送十人,数且非广,其中更重黜落,意恐事体不弘。以臣所见,兼请不考。已得者不妨侥幸,不得者所胜无多。贵收人材,务存大体。①

白居易先从吏部事繁难考的角度替主考官韩皋开脱罪责,又从黜落考生有伤事体的角度提出放弃考覆,再从贵收人才的角度建言宽大处理。白居易所以如此,绝非是无原则地和稀泥,其良苦用心的确在于防止事态扩大并置考官与考生于艰危处境。

《论重考试进士事宜状》上于长庆元年(821)四月十四日。关于此状撰制的背景,《旧唐书》卷一六八《钱徽传》有详细载录,大意为:长庆元年,钱徽为礼部侍郎试进士,时宰相段文昌受人之书画求致仕,后出镇蜀川之日,段曾面托钱徽,继以私书保荐。翰林学士李绅亦托举子于徽。及放榜,段与李所托之人皆不中,而李宗闵婿及杨汝士弟俱榜上有名。段与李大怒,面奏穆宗,言徽所放进士郑朗等十四人皆子弟薄艺,不当入选。穆宗即命白居易与王起出题重考,结果十人大失水准。②白居易在问题已发觉而朝廷尚未做出处罚之际,上状陈己之见。与前此之考覆意见相仿,于中仍体现出从宽处理、平息事态的态度。状文云:

> 伏准礼部试进士,例许用书策,兼得通宵。得通宵则思虑必周,用书策则文字不错。昨重试之日,书策不容一字,木烛只许两条。迫促惊忙,幸皆成就。若比礼部所试,事校不同。虽诗赋之间,皆有瑕

---

① [唐]白居易著,朱金城笺校:《白居易集笺校》,上海古籍出版社,1988年版,第3390—3391页。

② [后晋]刘昫等:《旧唐书》,中华书局,1975年版,第4383—4384页。

病；在与夺之际，或可矜量。倘陛下垂仁察之心，降特达之命，明示瑕病，以表无私，特全身名，以存大体。如此则进士等知非而愧耻，其父兄等感激而戴恩。①

白居易既不忍伤害考生，又不愿损害试制，只得煞费苦心，多方周全。他首先比较了前后两试客观条件的差异性，从而为考生此次成绩不甚理想找寻可获谅解的理由。然后顺势提出把原则性——"明示瑕病"与灵活性——"特全身名"结合起来的折中方案。从这里看出，白居易为考生着想、为国体考虑可谓仁至义尽、委曲备至。

白居易于准备进士试时，曾有过"昼课赋，夜课书，间又课诗，不遑寝息矣。以至口舌成疮，手肘成胝"②的苦学；于参加书判拔萃试前，亦曾有过以创作《百道判》的方式自我加压锤炼的认真；于备考制举试前，更有过"闭户累月，揣摩当代之事，构成策目七十五门"③的勤勉。也许，正是这三次非比寻常的考试经历，使他对科试的不易多的是理解，对考生的艰辛多的是同情。元和三年（808）的科考案，虽然白居易秉公持中、苦心建言，但仍未能促成事情朝他所希望的方向发展。或许，正是基于平息风波、营造和谐的考虑，白居易才在穆宗朝的两次考覆中，释放出了更多的善意、体现出了更多的灵活性。

（本文发表于《陕西师范大学学报》〔哲学社会科学版〕2014年第3期）

付兴林，1965年生，2006年毕业于陕西师范大学文学院，文学博士，师从马歌东教授，现为陕西理工大学文学院院长、硕士生导师，中国语言文学省级优势学科负责人。

---

① [唐]白居易著，朱金城笺校：《白居易集笺校》，上海古籍出版社，1988年版，第3393—3394页。

② [唐]白居易著，朱金城笺校：《白居易集笺校》，上海古籍出版社，1988年版，第2792页。

③ [唐]白居易著，朱金城笺校：《白居易集笺校》，上海古籍出版社，1988年版，第3436页。

《白居易集》"纪宦诗"辑证(节选)

肖伟韬

《白居易集》不仅是一部白居易的个人自传,记录了其先世郡籍、生平思想、仕宦履历、婚恋亲情、私交友谊、游历嗜好、宗教信仰、年岁俸禄乃至失子之痛与无嗣之忧等,真实完整地反映了其人生的每个侧面;同时,它涉及的层面之多,反映的领域之广,亦可谓一部唐代的百科全书,为我们探研唐代社会百态提供了丰富的原料。于兹我们无意对《白居易集》展开全面考察,仅就其作为一位典型的科举官员,对其集中的"纪宦诗"进行辑证,借以理解白居易在"学而优则仕""达则兼济天下"儒家文化传统影响下的儒家人格,从而更好地认识其复杂丰富的人生思想与仕宦经历。与之同时,通过对这一问题的全面透视,还可使我们更好地理解唐代的科举与官制文化。

《垂钓》:"三登甲乙第,一入承明庐。"(卷七)

笺证"三登甲乙第",指白居易集进士及第、吏部科目选及制举于一身。据白居易《醉吟先生墓志铭》[①]序"乐天幼好学,长工文。累进士、拔萃、制策三科,始自校书郎,终以少傅致仕"(卷七十一)、元稹《白氏长庆集序》"贞元末……乐天一举擢上第。明年,拔萃甲科。……会宪宗皇帝册召天下士,乐天对诏称旨,又登甲科"(《元稹集》卷五十一)可知。白居易的"三登科第",具体来看,指贞元十六年(800),白居易中进士第,礼部侍郎高郢知贡举,试

---

① 据岑仲勉《白氏长庆集伪文》考证,认定此篇为伪作,然叙白居易科举仕宦并无误。

《性习相近远赋》《玉水记方流》诗。白居易《箴言》篇云:"贞元十有五年,天子命中书舍人渤海公领礼部贡举事。越明年春,居易以进士举一上登第。"(卷四十六)据《登科记考》卷十四贞元十六年条载本年中进士十九人,可考者有陈权(状元)、吴丹、白居易、杜元颖、郑俞、李□、王鉴、陈昌言、陆□、崔韶。但据白居易佚诗"慈恩塔下题名处,十七人中最少年",知当年中进士者应为十七人。贞元十九年(803)白居易中吏部科目选书判拔萃科,具体情况见下《留别吴七正字》"成名共记甲科上,署吏同登芸阁间"(卷十三)条考释。宪宗元和元年(806)中白居易制举。其《策林》序云:"元和初,予罢校书郎,与元之将应制举。退居于上都华阳观,闭户累月,揣摩当代之事,构成策目七十五门。及微之首登科,予次焉。凡有应对者,百不用其一二,其余自以精力所致,不能弃捐,次而集之,分为四卷,命曰《策林》云耳。"(卷六十二)本年四月,应制举才识兼茂明于体用科,与元稹等十八人同登第。唐代制科照例无第一、第二等,所谓"十八人",据《唐大诏令集》卷一〇六《政事·制举》载《放制举人敕》云:"才识兼茂明于体用科人第三次等元稹、韦惇(据孟二冬《登科记考补正》'惇'应作淳,因避宪宗讳,改名'处厚',后与白居易酬唱甚多),第四等独孤郁、白居易、曹景伯、韦庆复,第四次等崔韶、罗让、元修、薛存庆、韦珩,第五上等萧俛、李蟠、沈传师、柴宿;达于吏理、可使从政科第五上等陈岵:咸以待问之美,观光而来询。以三道之要,复于九变之选。得失之间,粲然可观,宜膺德懋之典,或叶言扬之举。其第三次等人,委中书门下优与处分。第四等、第五上等,中书门下即与处分。"《唐大诏令集》载十六人,《册府元龟》卷六四四于第四次等下多"崔护",孟二冬《登科记考补正》于"陈岵"下补"萧睦",共得十八人。另,白居易《司徒令公分守东洛移镇北都一心勤王三月成政形容盛德实在歌诗况辱知音敢不先唱辄奉五言四十韵寄献以抒下情》诗以"始擅文三捷"盛赞裴度,对裴度的"三登科第"注云:"进士及第、博学、制策连登三科。"可见"三登科第"在当时是一件非常荣耀的事情,晚年与白居易为唱和友的刘禹锡亦是"三登文科",故于诗文中也屡屡提及。所谓刘禹锡"三登文科",即贞元九年(793)中户部侍郎顾少连代行礼部侍郎职权所贡举的进士试,同年又登科目选博学宏辞科[1],贞元十一年(785)再"以文

---

[1] 据卞孝萱《刘禹锡评传》,南京大学出版社,1996年版,第34—35页。

登吏部取士科，授太子校书。"(《刘禹锡集笺证》外集卷九《子刘子自传》)科举场屋中的捷报频传，与居易一样，迎来了其一生的高峰体验，如刘禹锡频频以"臣本书生，素无党援，谬以薄伎，三登文科"（《刘禹锡集笺证》卷十五《苏州谢上表》）、"臣家本儒素，业在艺文，贞元年中，三忝科第"（《刘禹锡集笺证》卷十四《夔州谢上表》）、"臣性愚拙，谬学文词，幸遇休明，累登科第"（《刘禹锡集笺证》外集卷九《谢上连州刺史表》）以及诗题《贞元中侍郎舅氏牧华州时余再忝科第前后由华觐谒陪登伏毒寺屡焉亦曾赋诗题于梁栋今典冯翊暇日登楼南望三峰浩然生思追想昔年之事因成篇题旧寺》与诗歌《武陵书怀五十韵》"清白家传遗，诗书志所敦。列科叨甲乙，从宦出丘樊"（《刘禹锡集笺证》卷二十二）等，均可看出。

科举连捷，迎来了白居易人生的第一次高峰体验，其诗文创作频频提及，如对《箴言》"贞元十有五年，天子命中书舍人渤海公领礼部贡举事。越明年春，居易以进士举一上登第。……无曰擢甲科，名既立而自广自满"（卷四十六）、《及第后归觐留别诸同年》"十年常苦学，一上谬成名。擢第未为贵，贺亲方始荣"（卷五）、《答故人》"自从筮仕来，六命三登科"（卷七）、"既在高科选，还从好爵縻"（卷第十三，《代书诗一百韵寄微之》）、《和微之诗二十三首·和我年三首其一》"甲乙三道科，苏杭两州主"（卷二十二）、《与元九书》"十年之间，三登科第，名入众耳，迹升清贯。出交贤俊，入侍冕旒"（卷四十五）等，均可如此理解。上述屡屡提到的"甲科"，顾炎武《日知录》卷十六"甲科"条考云："杜氏《通典》：'按令文，科第秀才与明经同为四等，进士与明法同为二等。然秀才之科久废，而明经虽有甲乙丙丁四科，进士有甲乙二科，自武德以来，明经唯有丁第，进士唯乙科而已。'《旧唐书·玄宗纪》：'开元九年四月甲戌，上亲策试应制举人于含元殿，敕曰：近无甲科，朕将存其上第。'《杨绾传》'天宝十三载，玄宗御勤政楼试举人登甲科者三人，绾为之首，超授右拾遗，其登乙科者三十余人。'杜甫《哀苏源明》诗曰：'制可题未干，乙科已大阐。'然则今之进士而概称甲科，非也。"[1]

"承明庐"，汉承明殿旁屋，侍臣值宿所居，称承明庐。三国魏文帝以建始殿朝群臣，门曰承明，其朝臣止息之所亦称承明庐。《汉书·严助传》："君

---

[1] [明]顾炎武：《日知录》，上海古籍出版社，2006年版，第933—934页。

厌承明之庐,劳侍从之事,怀故土,出为郡吏。"颜师古注引张晏曰:"承明庐在石梁阁外,直宿所止曰庐。"《文选·应璩〈百一诗〉》:"问我何功德?三入承明庐。""三入承明庐",《文选》李善注:"璩初为侍郎,又为常侍,又为侍中,故云三入。"又,《文选》"五臣注"张铣注:"承明,谒天子待制处也。"可见,白居易"一入承明庐",乃指其入侍翰林院。朱金城笺引《三辅黄图》"未央宫有承明殿,著述之所也",易让人对诗旨及白居易任职情况产生歧义,故特标出。结合白居易《马上作》:"处世非不遇,荣身颇有余。勋为上柱国,爵乃朝大夫。自问有何才,两入承明庐。又问有何政,再驾朱轮车"(卷八)、《重到江州感旧游题郡楼十一韵》"掌纶知是忝,剖竹信为荣。才薄官仍重,恩深责尚轻。昔征从典午,今出自承明"(卷二十)等诗,承明庐在唐代乃特指翰林学士、中书舍人谒天子待制的近密之处。

《留别吴七正字》:"成名共记甲科上,署吏同登芸阁间"(卷十三)

笺证:"吴七正字"。吴丹,字存真。贞元十六年(800)与白居易同榜进士,白居易《酬吴七见寄》云:"莫忘蜉蝣内,进士有同年。"(卷六)"芸阁",谓秘书省,秘书省又称"兰台""麟台""秘阁",白居易诗云:"犹喜兰台非傲吏,归时应免动移文。"(卷十三《秘书省中忆旧山》)又云:"元和运气千年圣,同遇明时余最幸。始辞秘阁吏王畿,遽列谏垣升禁闱。"(卷十二《醉后走笔酬刘五主簿长句之赠兼简张大贾二十四先辈昆季》)《旧唐书》卷四十三《职官志·二》载:"龙朔改为兰台,光宅改为麟台,神龙中复为秘书省。"故白居易《泛渭赋》序云:"右丞相高公之掌贡举也,予以乡贡进士举及第。左丞相郑公之领选部也,予以书判拔萃选登科。十九年,天子并命二公对掌钧轴,朝野无事,人物甚安。明年春,予为校书郎。"(卷三十八)《养竹记》亦云:"贞元十九年春,居易以拔萃选及第,授校书郎。始于长安求假居处,得常乐里故关相国私第之东亭而处之。"(卷四十三)其诗《酬哥舒大见赠(去年与哥舒等八人同登科第,今叙会散之意。)》则说明了同年登第的人数:"去岁游欢何处去?曲江西岸杏园东。花下忘归因美景,樽前劝酒是春风。各从微宦风尘里,共度流年离别中。今日相逢愁又喜,八人分散两人同。"元稹诗《酬哥舒大少府寄同年科第》则有详细注明:"前年科第偏年少,未解知羞最爱狂。九陌争驰好鞍马，八人同著彩衣裳。（同年科第：宏词吕二炅、王十一起、拔萃白二十二居易、平判李十一复礼、吕四颖、哥舒大恒、崔十八玄亮、逮不肖，八人皆奉荣养。）自言行乐朝朝是，岂料浮生渐渐忙。赖得官闲且疏散，到君花下忆诸郎。"（《元稹集》卷十六）所谓"八人同登科第""八人同著彩衣裳"者，其中吕炅①、王起②以博学宏辞科登第，白居易以书判拔萃科登第，李复礼、吕颖（与白居易同登吏部诸科八人之一。《登科记考》卷十五据《元氏长庆集》作"吕频"。卞孝萱则认为应作"颖"。岑仲勉《登科记考订补》云："《元和姓纂》及《白氏长庆集》均作'颖'，余以为此《元集》之讹耳。"《元和姓纂四校记》卷六说同。当以岑氏之说为正。）、哥舒恒（垣、峘，冀勤校云："原阙，据《登科记》补。马本、丛刊本、《全唐诗》均作'烦'，疑误。"③）、崔玄亮④、元稹以平判科登第。博学宏辞科试《汉高祖斩白蛇赋》《谒先师闻雅乐》诗；拔萃科、平判科试《毁方瓦合判》。吏部侍郎郑珣瑜领选事。按，过去一直

---

① 吕炅，即吕二炅，为吕四颖之兄。白居易有《和元九与吕二同宿话旧感赠》："见君新赠吕君诗，忆得同年行乐时。争入杏园齐马首，潜过柳曲斗蛾眉。八人云散俱游宦，七度花开尽别离。闻道秋娘犹且在，至今时复问微之。"（《白居易集笺校》卷十四）又有《常乐里闲居偶题十六韵兼寄刘十五公舆王十一起吕二炅吕四颖崔十八玄亮元九稹刘三十二敦质张十五仲元时为校书郎》（《白居易集笺校》卷五）。元稹《赠吕二校书》题下注云："与吕校书同年科第，后为别七年。元和己丑岁八月，偶于陶化坊会宿。"诗云："同年同拜校书郎，触处潜行烂熳狂。共占花园争赵辟，竞添钱贯赶秋娘。七年浮世皆经眼，八月闲宵忽并床。语到欲明欢又泣，傍人相笑两相伤。"（《元稹集》卷十七）

② 王起，字举之。王播之弟。贞元十四年（798）进士，释褐集贤校理。见《旧唐书》卷一六四、《新唐书》卷一六七本传。白居易元和二年（807）作《惜玉蕊花有怀集贤王校书起》"芳意将阑风又吹，白云离叶雪辞枝。集贤雏校无闲日，落尽瑶花君不知"（《白居易集笺校》卷十三）可知，王起元和二年（807）仍担任集贤校理。王起晚年与白居易唱酬颇多。

③ [唐]元稹著，冀勤点校：《元稹集》，中华书局，1982年版，第180—181页。

④ 崔玄亮，字晦叔，贞元十一年（795）进士，释褐秘书省校书郎。见《旧唐书》卷一六五、《新唐书》卷一六四本传即白居易《唐故虢州刺史赠礼部尚书崔公墓志铭》（《白居易集笺校》卷七十），与白居易交游甚密。白居易镇杭州时，有诗《得湖州崔十八使君书喜与杭越邻郡因成长句代贺兼寄微之》提到他们贞元十九年（803）同登吏部科目选的情况："三郡何因此结缘？贞元科第忝同年。故情欢喜开书后，旧事思量在眼前。越国封疆吞碧海，杭城楼阁入青烟。吴兴卑小君应屈，为是蓬莱最后仙。（贞元初同登科，崔君名最在后，当时崔自咏云：'人间不会云间事，应笑蓬莱最后仙。'）"（《白居易集笺校》卷二十三）《白集》卷二十七又有《同崔十八寄元浙东王陕州》云："未能同隐云林下，且复相招禄仕间。随月有钱胜卖药，终年无事抵归山。镜湖水远何由泛，棠树枝高不易攀。惆怅八科残四在，两人荣闹两人闲。"可见到大和三年（829），哥舒恒、吕炅、吕颖、李复礼均已辞世，唯存白居易、崔玄亮、元稹、王起而已。

以白居易、元稹同登一科，实误。据《唐语林》卷八："士人所趋，明经进士二科而已。及大足元年，置拔萃，始于崔翘；开元十九年，置宏词，始于郑昕；开元二十四年，置平判入等，始于颜真卿。"（《补遗》）可见拔萃与平判实为两科，这可从元稹诗中得到直接证明："昔岁俱充赋，同年遇有司。八人称迥拔，两郡滥相知。（同年八人，乐天拔萃登科，予平判入等。）"（《元稹集》卷十《酬翰林白学士代书一百韵》）。此后八人姓名时常见于《白居易集》，如《常乐里闲居偶题十六韵兼寄刘十五公舆王十一起吕二炅吕四颖崔十八玄亮元九稹刘三十二敦质张十五仲方时为校书郎》"帝都名利场，鸡鸣无安居。独有懒慢者，日高头未梳"（卷五）、《和元九与吕二同宿话旧感赠》"见君新赠吕君诗，忆得同年行乐时"（卷十四）、《酬哥舒大见赠》"今日相逢愁又喜，八人分散两人同"（诗题下自注："去年与哥舒等八人同登科第，今叙会散之意。"）（卷十三）、《得湖州崔十八使君书喜与杭越邻郡因成长句代贺兼寄微之》："三郡何因此结缘，贞元科第忝同年。……吴兴卑小君应屈，为是蓬莱最后仙。（附注云：贞元初同登科，崔君名最在后。当时崔自咏云：'人间不会云闲事，应笑蓬莱最后仙。'）"（卷二十三）《同崔十八寄元浙东王陕州》"惆怅八科残四在，两人荣闹两人闲"（卷二十七）等，均是酬和同年之作。白居易与元稹交情尤其契厚，"死生契阔者三十载，歌诗唱和者九百章。"（卷六十九《祭微之文》）

据诗，吴丹亦于本年入秘书省任校书郎，因本年吏部科目选无吴丹，吴丹当为中进士守选期满，经吏部铨选而任。同年入秘书省校书郎的，元稹也在其列。白居易《代书诗一百韵寄微之》诗云："忆在贞元岁，初登典校司。身名同日授，心事一言知。（附注云：'贞元中与微之同登科第，俱授秘书省校书郎，始相识也。'）"（卷十三）《赠元稹》云："自我从宦游，七年在长安。所得惟元君，乃知定交难。……不为同登科，不为同署官。所合在方寸，心源无异端。"（卷一）《三月三日怀微之》云："良时光景长虚掷，壮岁风情已暗销。忽忆同为校书日，每年同醉是今朝。"（卷十七）《和微之任校书郎日过三乡》亦云："三乡过日君年几？今日君年五十余。不独年催身亦变，校书郎变作尚书。"（卷二十八）可见，初入仕途，与元稹同宦交好，成了白居易永久美好的记忆。此外，元稹对此亦表现出同样的情感，如《酬乐天（时乐天摄尉，予为拾遗）》云："昔作芸香侣，三载不暂离。逮兹忽相失，且夕梦魂思。"（《元稹集》卷五）《酬乐天东南行诗一百韵》云："谪居今共远，荣路昔同趋。科试铨衡局，衙参典校厨。（书判同年，校正同省。）"（《元稹集》卷十二）又，《和乐天过秘阁书省旧厅》云："闻君西省重徘徊，秘阁书房次第开。壁记欲题三漏合，吏人惊问十年来。经排蠹简怜初校，芸长陈根识旧栽。司马见诗心最苦，满身蚊蚋哭烟埃。"（《元稹集》卷二十）

秘书省校书郎在唐代官制中，属从九品上，是贡举出身最好的位置，非擢上第不轻授，时人皆以得校书郎为荣。然身为从九品上的秘书省校书郎，俸禄比较微薄，所以白居易常有这样的感叹："杏坛住僻虽宜病，芸阁官微不救贫。"（卷十三《春中与卢四周谅华阳观同居》）不过，作为诚实洞达的白居易，也有相对自足的旷放："帝都名利场，鸡鸣无安居。独有懒慢者，日高头未梳。工拙性不同，进退迹遂殊。幸逢太平代，天子好文儒。小才难大用，典校在秘书。三旬初入省，因得养顽疏。茅屋四五间，一马二仆夫。俸钱万六千，月给亦有余。既无衣食牵，亦少人事拘。遂使少年心，日日常晏如。勿言无知己，躁静各有徒。兰台七八人，出处与之俱。旬时阻谈笑，且夕望轩车。谁能雠校闲，解带卧吾庐。窗前有竹玩，门外有酒沽。何以待君子，数竿对一壶。"（卷五《常乐里闲居偶题十六韵兼寄刘十五公舆王十一起吕二炅吕四颖崔十八玄亮元九稹刘三十二敦质张十五仲元时为校书郎》）

《盩厔县北楼望山（自此后诗为尉时作）》："一为趋走吏，尘上不开颜。孤负平生眼，今朝始见山。"（卷十三）

笺证：白居易《代书诗一百韵寄微之》诗云："既在高科选，还从好爵縻。东垣君谏诤，西邑我驰驱。（元和元年同登制科，微之拜拾遗，予授盩厔尉。）"（卷十三）又有《南秦雪》云："往岁曾为西邑吏，惯从骆口到南秦。三时云冷多飞雪，二月山寒少有春。"（卷十四《酬和元九东川路诗十二首》其二）按，白居易元和元年（806）中制举才识兼茂明于体用科。本年的制科考试，主要是当时面对内忧外患、礼崩乐坏的现实，如何重建儒家秩序，因此刚刚登基求治的宪宗，于本年举行的制科考试提出了这样的问题①:"自祸阶漏壤,兵宿中原,生人困竭,耗其大半,农战非古,衣食罕储;念兹疲甿,远乖富庶。督耕植之业,而人无恋本之心;峻榷酷之科,而下有重敛之困。举何方而可以复其盛?用何道而可以济其艰?"(《白居易集》卷四十七《才识兼茂明于体用科策一道》)很明显,宪宗的提问"举何方而可以复其盛?用何道而可以济其艰",是迫切地要求应举的士子为当时病入膏肓的社会现实提供药方,从而恢复儒家所标榜的"三王之礼靡不讲,六代之乐罔不举"的盛世传统。针对宪宗的提问,白居易通过对相关历史事实淋漓尽致地阐述和议论,要求宪宗在"销寇戎""息兵革""省征徭"的基础上,以"嗣贞观之功,弘开元之理",从而恢复儒家所宣扬的"礼""乐"传统,这和宪宗的初衷深相契合,因此居易以第四人身份登第,赢得了他"三登科第"的最后一役。白居易《策林》序云:"元和初,予罢校书郎,与元微之将应制举。……及微之首登科,予次焉。"(卷六十二)所谓元稹"入第三等""首登科",指的是元稹登甲科,超授左拾遗;白居易"入第四等""次焉",是指白居易中乙科,授盩厔尉。陈振孙《白文公年谱》元和元年丙戌条亦云:"罢校书郎。四月,应才识兼茂明于体用科,入第四等。是时顺宗未葬,以制举皆先朝所召,命宰相监试,元稹入第三等。"其制策《文苑英华》作《才识兼茂明于体用策》,题下注云:"元和元年四月二十八日。"白居易授盩厔尉当与之同日。故《旧唐书》卷一六六《白居易传》云:"元和元年四月,宪宗策试制举人,应才识兼茂明于体用科,策入第四等。授盩厔尉。"又据《旧唐书》卷四十四《职官志》:"京兆、河南、太原所管诸县谓之畿县。"畿县县尉的地位远比普通县尉为高,所谓"都畿、清望……有隔品授者"。(《唐六典》卷二)所以孙国栋考云:"唐人如果由普通县尉入仕,常常经历多任,然后得为畿尉②。惟由校书郎入仕的,有成绩多出为畿尉,复入拾遗或监察御史,如刘

---

① 据《册府元龟》卷六四四《贡举部六·考试二》:"宪宗元和元年四月丙午,命宰臣已下,监试应制举人于尚书省。以制举人皆先朝所征,故不亲试。"可知,此次考试本来是根据顺宗于贞元二十一年(805)二月所下制诏举行的,因元和元年(806)正月顺宗驾崩,宪宗认为这是先帝所征之士,故不临试。不过,宪宗虽然没有亲自临场督考,但考试之内容和精神出自宪宗旨意,这是无可置疑的,因此,这一提问,我们把它归结为宪宗,应该是不会有多大异议。

② 有时甚至经历多任,亦难得为畿丞或畿尉,最直接的例证莫过于白居易《吟四虽》篇末附注云:"分司同官中……予为河南尹时,见同年郑俞始授长水县令,因叹四子而成此篇也。"见朱金城《白居易集校笺》卷二十九,上海古籍出版社,1988年版,第2031页。

从一、崔郾、卫次公、范传正、柳宗元、白居易、裴佶、李绛、裴度、韦处厚、孔戣、陆亘等俱是，这是由地方官转入中央要官的一条途径。"①

县尉，别称"少府"。白居易诗《戏题新栽蔷薇（时尉盩厔）》云："移根易地莫憔悴，野外庭前一种春。少府无妻春寂寞，花开将尔当夫人。""少府"即其自谓。县尉的具体职责是分判众曹，催征课税，追捕盗贼。所谓"众曹"，指承接州府六曹司而来的司功佐、司仓佐、司户佐、司兵佐、司法佐、司仕佐，皆为吏职。一般来说，仅京县全置，畿县无司兵，上县以下仅司户佐、司法佐而已。故白居易诗有"一为趋走吏，尘上不开颜"语。七月，白居易权摄昭应，到官十日，觉生"二毛"。其《权摄昭应早秋书事寄元拾遗兼呈李司录》："夏闰秋候早，七月风骚骚。渭川烟景晚，骊山宫殿高。丹殿子司谏，赤县我徒劳。相去半日程，不得同游遨。到官来十日，览镜生二毛。"（卷九）"元拾遗"指元稹，"李司录"指李翱。在盩至识陈鸿、王质夫，时相唱和，如《酬王十八李大见招游山》："自怜幽会心期阻，复愧嘉招书信频，王事牵身去不得，满山松雪属他人。"（卷十三）集中多有题"王十八"者，"王十八"即王质夫。十二月，与王质夫、陈鸿同游仙游寺，撰《长恨歌》。陈鸿《长恨歌传》云："元和元年冬十二月，太原白乐天自校书郎尉于盩厔，鸿与琅琊王质夫家于是邑，暇日相携游仙游寺，话及此事，相与感叹。质夫举酒于乐天前曰：夫希代之事，非遇出世之才润色之，则与时消没，不闻于世。乐天深于诗，多于情者也，试为歌之如何？乐天因为《长恨歌》，意者不但感其事，亦欲惩尤物，窒乱阶，垂于将来也。歌既成，使鸿传焉。"（卷十二附）

（本文为作者论著《白居易诗歌创作考论》第一章《〈白居易集〉"纪宦诗"辑证》之节选，这里仅选取白居易科举诗创作的笺证）

肖伟韬，1977年生，2008年毕业于陕西师范大学文学院，文学博士，师从马歌东教授，现为河南理工大学文法学院教师。

---

① 孙国栋：《唐宋史论丛》，上海古籍出版社，2010年版，第77页。

《元氏长庆集》版本源流考

周相录

内容摘要：元稹《元氏长庆集》一百卷，至宋已淹没不传。建安刘麟父子收拾于散佚之余，辑成六十卷，于宣和甲辰镂版行世。此后元集分为两大系统：浙本系统与蜀本系统。现存残宋蜀本、卢抱经所见宋刻全本，构成蜀本系统；现存残宋浙本、明杨循吉影钞本、正德华坚活字本、嘉靖董氏刻本、万历马元调刻本等构成浙本系统。浙本系统的本子现有完本存世，蜀本系统的本子仅存二十四卷余。今人所谓二十四卷余残宋本为北宋建安刘麟本之南宋重刊本的判断，实际上应是一种较严重的误判。理清元集的版本传承，纠正在这一问题上存在的错误认识，对元集的整理与研究均具有重要的意义。

关键词：《元氏长庆集》；版本；蜀本系统；浙本系统

白居易作元稹墓志，称元氏著文一百卷，题曰《元氏长庆集》。《新唐书·艺文志》又载元氏《小集》十卷。二书原本俱阙而不传，《小集》是否从大集录出，亦不得而知。唐人别集，唐时俱无刻本问世，元集之最早刊刻本，是北宋宣和甲辰（1124）建安刘麟（应礼）募工刊行的，其序云："元微之有盛名于元和、长庆间……其文虽盛传一时，厥后浸亦不显，唯嗜书者时时传录，不亦甚可惜乎？仆之先子尤爱其文，尝手自抄写，晓夕玩味，称叹不已，盖惜其文之工而传之不久且远也。乃者因阅手泽，悲不自胜，谨募工刊行，庶几元氏之文因先子复传于世……宣和甲辰仲夏晦日序。"[1]可见宋时所传元集

---

① 残宋蜀本《新刊元微之文集》卷首。

是由刘麟之父辑录而由刘麟募工刊行的。

北宋宣和六年（甲辰）梓行之建安刘氏本，世称闽本或建本，为后世所有元集之祖本，南宋时之蜀本、浙本俱从中出。宋蜀本宋代之后似无翻雕者，比较罕见，且至迟至清末已不见全本存世。傅沅叔《藏园群书题记》续集卷三《校宋蜀本〈元微之文集〉十卷跋》云："元集残本，十卷，慈溪李氏所藏，存卷五十一至六十，凡十卷。忆戊申、己酉间，述古堂书贾于瑞臣得唐人集数种于山东，诡秘不以示人。余多方诇寻，乃得一见……《元微之集》十六卷，自一至六，又末十卷，即此册也。"此蜀本元集又有二十四卷残本。傅沅叔《藏园群书经眼录》卷一二云："《元微之文集》六十卷（唐元稹撰，存卷一至十四、五十一至六十，计二十四卷），宋蜀中刊本，半叶十二行，行二十一字，白口，左右双栏，板心题'微之几'或'元之'，或'元几'不一。首有宣和甲辰建安刘麟应礼序，钤有'翰林国史院官书'大朱印，又'刘体仁印''公恿''颍川镏考功藏书印'三印。"傅氏明谓残二十四卷本为"宋蜀中刊本"，但不知何故，张元济谓傅氏所见为"残宋建本"。《四部丛刊》影印明董氏本《元氏长庆集》附张元济跋云："戊午之秋，江安傅沅叔同年得见残宋建本《元微之文集》卷一之十四、卷五十一之六十，凡二十四卷，刘序、目录并存。知全书六十卷，与是本合，惟编次微异（卷五之八并为乐府诗，即是本二十三之二十六四卷，是本卷五之二十二则递后为卷九之二十六），目录亦详略互见，已出宋人改编，非微之十体原第。此多集外文章，源出越本，更在建本后矣。原书每半叶十二行，行二十一字，卷首有翰林国史院长方朱记，盖元代官书也。"宋蜀本前十四卷，王国维亦曾寓目，并断之为北宋刘氏建本之南宋重刊本："宋刊本避讳至'惇'字止，乃光宗后刊本，而此序'先子'诸字上皆空二格，盖即重刊刘应礼本也。观其字体，亦建安书肆所刊。……建本有翰林国史院官书印，惜仅存前十四卷耳。"（1919年四部丛刊影印明嘉靖三十一年董氏茭门别墅刻本，手跋于卷末）张氏所谓"残宋建本"，傅氏既已断为宋蜀本，且与今存残蜀本行款格式、作品编次、藏书印等无一不符，其为宋蜀本无疑。实际上，宋蜀本很可能是陈振孙所谓蜀刻《唐六十家集》之一种①。近来见王钰先生《〈元氏长庆集〉版本辨析》一文，以傅沅叔断所见十卷

---

① 参见程有庆、张丽娟著《中国版本文化丛书·宋本》，江苏古籍出版社，2002年版，第63—68页；万曼《唐集叙录·元氏长庆集》，中华书局，1980年版，第235—236页。

为蜀本为误,而以张元济、王国维断所见为"残宋建本"或"建本之南宋重刊本"为是,是以正为误,以误为正,误上复误矣。①

宋蜀本系统的元集,卢抱经与其友人鲍以文曾见其全本②,其《群书拾补》卷三五《元微之文集》云:"近鲍君以文复见宋刻全本,以相参校,真元氏元本也。首题《新刊元微之文集》……"卢氏所谓"真元氏元本也"自是明显至甚之误,不足细辨。该本不仅书名全同今存残宋蜀本,而且卷次亦与残宋蜀本丝毫不差(参下文),其为宋蜀本系统的本子无疑。借助卢氏校记,比核卢氏所见"宋刻全本"与今存残宋蜀本,又可发现凡与明马元调刻本相异之处,卢氏所见"宋刻全本"与今存残宋蜀本存在非常多的相同之处。如明马元调刻本《解秋十首》第二首与第六首,宋蜀本、卢见"宋刻全本"两首诗位置互易,且第六首俱以首二句作末二句。又如卷五八《唐左千牛韦珮母段氏墓志铭》,残宋蜀本、卢见"宋刻全本"与明杨循吉影钞本、马元调刻本也多有不同,下表示之:

新出志③	残宋蜀本	卢见宋刻全本	杨循吉影钞本	马元调刻本
主视之	主视之	主视之	主□之	主□之
不怨不偪	不怨不偪	不怨不偪	不怨不德	不怨不德
居仆射	合仆射	合仆射	今仆射	今仆射
非盛勋烈	非夫盛勋烈	非夫盛勋烈	非盛勋烈	非盛勋烈
余亡妻	余亡妻	?	予亡妻	予亡妻

---

① 王氏云:"洪适序中谓有'闽蜀刻本',沅叔先生既误卢本为浙刻,又出于乡土之情,表扬蜀刻,遂以此二十四卷书题为稀世之宋蜀刻本。先生为当世藏书大家,素以版本校勘之学为世所推崇,无意造成的错误,后世亦无异言,以致此书藏入北京图书馆后,沿误称为蜀刻,迄今未得订正。"其实,王氏主要证据无非傅沅叔戊午(民国七年)之误判与张元济、王国维之误断,并无其他坚实证据(《西南师范大学学报》,2001年5期)。

② 傅增湘《藏园群书题记·校宋蜀本元微之文集十卷跋》云:"盖抱经所见乃浙本,即上溯之钱牧翁所得及杨君谦循吉所录者,皆是也。"傅增湘谓"钱牧翁所得及杨君谦所录者"皆浙本,应该符合事实,但谓卢抱经所见亦为浙本,万曼先生从而和之(傅、张皆云系浙本,或当有据),或不无可商榷之处。

③ 20世纪洛阳出土《有唐武威段氏夫人墓志铭》,为《唐左千牛韦珮母段氏墓志铭》的又一"版本"。据考,后者当为元稹稿本,前者当为韦氏家族改定本。参见拙文《元稹真的是一个势利小人吗——〈从《有唐武威段氏夫人墓志铭》看元稹为人〉商榷》,《中国典籍与文化》,2003年第1期。

续表

新出志[3]	残宋蜀本	卢见宋刻全本	杨循吉影钞本	马元调刻本
诚有	诚有	诚有	诚有	诚有
余妻之言于余	余妻之言于余	?	予之妻言于予	予之妻言于予
且以	且以	且以	切以	切以
志其终	志其将	志其将	志其终	志其终
贵称夫人	贵必有因	贵必有因	贵必因人	贵必因人
实怀其仁	怀其仁	怀其仁	怀其仁	怀其仁
没而有云	没没而有云	没没而有云	没没而有云	没没而有云

这些证据均表明，卢氏所见"宋刻全本"非如傅氏所言为"浙本"，而应属宋蜀本系统的本子。虽然如此，但并不能由此断定卢氏所见"宋刻全本"与今存残宋蜀本为同一种刻本。因为二本文字不仅小有歧异之处，而且今存残宋蜀本无集外文章与洪景伯跋，而卢氏所见宋刻全本则俱有之。

今存二十四卷余残宋蜀本，现藏国家图书馆。关于宋蜀本之刊刻时间，赵万里先生在其主编《中国版刻图录》中说："传世蜀本唐人集有两个系统。一为十一行本，约刻于南北宋之际，今存《骆宾王》《李太白》《王摩诘》三集。一为十二行本，约刻于南宋中叶。除上举《孟浩然》《李长吉》《郑守愚》三全本，《孟东野》《元微之》二残本外，尚有《欧阳行周》《皇甫持正》《许用晦》《张承吉》《孙可之》《司空一鸣》六全本，与《刘文房》《陆宣公》《权载之》《韩昌黎》《张文昌》《刘梦得》《姚少监》七残本，总得十八种。此十八种唐人集，元时为翰林国史院官书，清初均为颖川刘体仁藏书，其时闻尚存三十种。"赵万里先生断十二行本蜀刻文集刻印之时间为南宋中叶，《新刊元微之文集》作为其中的一种，当然也刊行于这一时期。这一结论还可以得到元集文字内证的支持。如残宋蜀本元集卷十四《代曲江老人百韵》"尚齿惇者艾"之"惇"，末笔缺以避南宋光宗（1190—1194）之名讳，即是一个比较有力的证明。据洪氏跋，在洪氏浙刻本之前，即有"闽、蜀刻本，为六十卷"（见下文）。这就是说，在洪氏浙刻本刊行之前，即乾道四年（1168）之前大约南北宋之际，蜀地即有一个六十卷的刻本。也许，傅增湘就是基于洪氏之跋，再加上字体等方面的考虑，把《新刊元微之文集》定为北宋刻本的。其《藏园群书题记》续集卷三《校宋蜀本元微之文集十卷跋》云："元集残本，十卷……独此蜀本传世殊稀，惟洪景伯跋中曾一及之，历来藏书家未见著录……字体古劲，与余所藏之《册府元龟》《二百家名贤文粹》字体、刻工绝相类。且'桓''构'字皆不避，当为北宋刻本，其中'敦'字，间有缺笔者，则后印时所刊落也。"这样就出现了一个难解的问题：十二行本蜀刻文集之一《新刊元微之文集》与洪氏跋中所提及的"蜀刻本"，究竟是同一种还是两种不同的本子？如果说是同一种刻本，均刊行于乾道四年（1168）之前，那么，不仅《新刊元微之文集》与十二行本蜀刻文集其他本子的关系无法得到合理的解释，而且其中的避讳也无法得到恰当的说明；如果说是不同的两种刻本，它们相距的时间似乎又有些太近，不能不让人心存疑虑。因为所有元集传本都源自建安刘氏本，而刘氏本之刻印时间已是北宋宣和六年（1124），距南宋光宗绍熙年间不到七十年的时间。在不算长的时间里，同一地区竟然出现两个元集刻本，而且《新刊元微之文集》还是在宣和建安刘氏闽刻本和乾道洪氏浙刻本之后刊行的，并未得到宋代文人特别赏识的元稹，为什么他的集子突然如此频繁地被人刊刻行世呢？这背后到底有什么原因呢？虽然存在疑问，但我还是相信，十二行本蜀刻文集之一的《新刊元微之文集》与洪跋中所提及的"蜀刻本"是两种不同的本子。如果这一推断成立，宋代即有三种蜀刻本存在：一种是洪氏跋中所提及的"蜀本"，一种是今存残二十四卷余残蜀本（即《新刊元微之文集》），一种是卢抱经所见宋蜀刻全本。前者刊刻于南北宋之际，后二者刊刻于洪氏刻本之后。

宋蜀本之外又有宋浙本，宋浙本是洪适（景伯）乾道四年（1168）在绍兴刻印的。明杨循吉影抄本所附洪氏跋云："《唐志》著录有《长庆集》一百卷，《小集》十卷。传于今者，惟闽、蜀刻本为六十卷。三馆所藏，独有《小集》，其文盖已杂之六十卷中矣。"浙本今有残卷存世，据傅增湘《藏园群书题记》续集卷三《校宋蜀本〈元微之文集〉十卷跋》云："顷在日本静嘉文库见残本三卷，存卷四十至四十二，半叶十三行，行二十三字，结体方整，椠手精湛，为南渡初浙刻正宗，其为洪景伯刻于绍兴蓬莱阁者，殆无疑义。"其《藏园群书经眼录》卷一二亦云："《元氏长庆集》六十卷（唐元稹撰，存卷四十至四十二，凡三卷），宋刊本，半叶十三行，每行二十三字，白口，左右双栏。版心下方记刊工姓名，有李询、王存中、毛昌、周彦诸名。字体方整，仿欧体，镌工精湛，避宋讳至'完'字止，后有乾道四年洪迈序。按：……此则乾道四年洪迈刊于明州蓬莱阁者，刻工周彦又见余藏明州本《文选》再补板中，可以为证。"又有残五卷本，日本涩江全善、森立之《经籍访古志》云："赐芦文库藏宋椠本《元氏长庆集》残本五卷，存第四十三至第四十六，第四十八，合五卷。每卷首题'元氏长庆集卷第几'，次行有目录，每半板十三行，行二十三字，界长七寸一分，幅五寸，宋讳阙笔，板心有雕工名氏。此本装为粘叶，盖不失宋时之旧观者。某氏又藏第四十卷，即与此同种。"二残本虽卷次、藏地有异，其均为南宋洪氏浙刻本当无疑问。上文已经提到蜀本与浙本元集的篇目编排并不相同，估计是在据闽本翻刻时做的调整。

明代较重要之钞本、活字本、刻本，有弘治杨循吉影钞本、正德铜活字本、嘉靖董氏刻本、万历马元调刻本，这些本子均源出宋浙本。《牧斋外集》卷二五钱谦益跋元集云："微之集，旧得杨君谦（循吉字——引者注）钞本，行间多空字，后得宋刻本，吴中张子昭所藏，始知杨氏钞本空字，皆宋本岁久漫灭处，君谦仍其旧而不敢益也。嘉靖壬子，东吴董氏用宋本翻雕，行款如一，独于其空阙字样，皆妄以己意揣摩填补。"这说明，杨循吉影钞本与董氏翻雕本均依据相同之底本，即宋浙本。这一点可以从宋浙本与明杨循吉影钞本、董氏刻本均半叶十三行、行二十三字上得到证明。万曼《唐集叙录》谓"刘麟刻本，嘉靖壬子（1552）东吴董氏曾翻雕于茭门别墅"，因刘麟刻本早已不存，面貌无从得知，论断似失之审慎。马氏刻本，亦出自宋浙本。卢抱经《群书拾补》卷三五《元微之文集》云："董、马二本虽皆云由宋本出，然宋本脱烂处，辄以意妄为补缀，有极不通可笑者。"既然董、马二本之妄补，皆因宋本之"脱烂"，且其诗文编次亦完全一致而与宋蜀本迥异，其祖本当属一种，即宋浙本。但马本亦有异于董、杨二本之处，如制诰之题，每每马本繁而董、杨二本简，不知出于何种原因。明正德兰雪堂铜活字本亦属浙本系统。前引王国维跋又云："越本颇有漫阙，后人臆补数十字，如第一卷《思归乐》、第十卷《代曲江老人》二首，兰雪堂活字本与此本均从补本上板，故讹误相同，赖建本（王氏所谓建本，实为宋蜀本——引者注）始得正之。又此本第十卷阙末二叶，亦越本失其板片，此本仍之，尚存不全之迹。兰雪堂本则以《酬白学士》诗仅存小半，乃删去之，可知越本漫阙自昔已然矣。"关于董氏本与兰雪堂活字本之关系，何焯跋曾谓:"元集误字,始于无锡华氏之活板,谬称得水村冢宰所藏宋刻本,因用活字印行。董氏不学,因之沿误耳。"①而张元济《涵芬楼烬余书录》则谓董氏于宋浙本脱烂处以意妄为补缀,遂成白璧之瑕:"悬揣董氏所据之本,首叶上下原纸必已损烂,文字无存。董氏原刊,乃以意补足。不然,安有同为宋刻,而两本互异之字在一叶内,均集于首尾两端者乎?宋刻亦有讹字,惟多被剜改,反失真相,白璧微瑕,不能无憾。"关于何焯之判断,万曼《唐集叙录》曾说"何氏所云,谅必有据",但究竟有何根据,今天已无从得知。因此,张元济先生之"悬揣",仍具有不容否定之价值。

二十四卷宋蜀本虽为残本,但目录俱完,据以可见其诗文编次与浙本颇有不同。蜀本卷一至卷四为古诗,卷五至卷八为乐府,卷九至十二为古体诗,卷十三为伤悼诗,卷十四至卷二十六为律诗,卷二十七为赋,卷二十八为策,卷二十九至三十一为书,卷三十二至卷三十九为表奏状,卷四十至卷五十为制诰,卷五十一为序记,卷五十二至五十八为碑行状墓志,卷五十九为告赠文,卷六十为祭文。据卢抱经《群书拾补》卷三五所录校记,其所见"宋刻全本"编次与此残宋蜀本完全一致。而浙本之编次则与此明显不同,其乐府诗四卷编于卷二十三至卷二十六,而卷一至卷八前半为古诗,卷八后半至卷九为伤悼诗,卷十至卷二十二为律诗,卷二十七以后散文之编次全同。除此之外,宋浙本有集外诗文(《春游》诗一首,《上令狐相公诗启》一篇),明杨循吉影钞本、董氏茭门别墅刻本全同宋浙本,明马元调本除宋浙本的集外诗文外,另有马氏补遗六卷。卢氏所见全刻全本亦有集外诗文,而二十四残宋蜀本则仅六十卷,无集外诗文。张元济《涵芬楼烬余书录》云:"《元微之文集》,宋刊本,存二十四卷,二册,元翰林国史院刘公愿旧藏……至明嘉靖东吴董氏、万历松江马氏刊本,以乐府四卷移置律诗后,古体诗四卷并称古诗,则改窜更多矣。"浙本系统各本与宋蜀本这些歧异,恐非董、马二氏所擅改,因为杨循吉影钞本亦复如是。杨氏影钞时一字不敢轻易,岂敢如此大动作改动宋本乎?以意度之,两个系统的本子在诗文编次上存在的差异,当是宋代即如此,即宋浙本或宋蜀本依闽本刊刻时就做了编次上的调整。

最后,说一说文渊阁《四库全书》本元集。四库本元集源于明马元调刻

---

① 瞿良士辑:《铁琴铜剑楼藏书题跋集录》,上海古籍出版社,1985年版。

本。《四库全书总目》云："此本为宋宣和甲辰建安刘麟所传，明松江马元调重刊。"但四库本并非马本之翻版，而是经过了四库馆臣的校勘。如四库本元集卷一《思归乐》，首句"山中思归乐"，首二字马本作"我作"；"应缘此山路"，末二字马本作"寄迹"；"一到长安城"，首二字马本作"始对"。与明马元调本相比，四库本的文字讹误明显减少。如果再把四库本与明杨循吉影钞本相比，四库本亦有数量不少的优于杨循吉影钞本之处。如数人同时授官之制，杨循吉影钞本多作"某授某官"，从题目看俨然一人授官之制，而四库本则"某"下有"等"字，近是。又如四库本卷四二《授王播中书侍郎同平章事使职如故制》，杨本作《授王播中书侍郎平章事兼盐铁使制》。王播此前已为"诸道盐铁转运等使、大中大夫、守刑部尚书"，此次迁官只是加"同平章事"，而杨本不仅脱落"同"字，且"兼盐铁使"亦作新授之职矣。再如四库本与明杨循吉影钞本卷二一全部异文如下：

题目	四库本	明杨循吉影钞本	备注
和乐天寻郭道士不遇	原注：道士昔常为僧	"道士"二字无	杨本似是
	方瞳应是新烧药	方瞳应是新烧药	杨本误
	短脚知缘旧施春	短脚知缘旧施春	杨本误
	为僧时先有脚疾	为僧时先有时疾	杨本误
酬乐天得微之诗知通州	哭鸟昼飞人见少	哭鸟昼飞人少见	杨本似误
酬乐天叹损伤见寄	前途何在转茫茫	前途何在转忙忙	杨本误
别毅郎	（原注）此后工部侍郎时诗	此后三首工部侍郎时诗	杨本似是
赠别杨员外巨源	青山憔悴宦名卑	青衫憔悴宦名卑	
寄乐天二首（之一）	剑头已折藏须尽	剑头已折藏须盖	杨本误
和王侍郎酬广宣上人	竞走墙前希得俊	竞走墙前稀得俊	杨本误

比较两本异文，参考卢文弨校记及其他元集版本，可确定明杨循吉影钞本错误者六处，疑似错误者一处，而疑似正确者仅两处，另有一处暂不确定。不难发现，四库本文字明显优于明杨循吉影钞本。四库本既较杨循吉影钞本篇目全（有马元调补遗六卷），而且文字讹误也比较少，但并未引起学者们的重视，迄今为止的元集整理本均采用明杨循吉影钞本为底本，而从未有人考虑用四库

本作底本，甚至在校勘时也把四库本弃置一旁。这其中的原因，可能与四库本以马本为底本而马本本身名声不甚好有关。

对元集版本系统的梳理，有助于我们明白两个重要问题。其一，现存元集分为两大系统：浙本系统与蜀本系统。残宋蜀本、卢抱经所见宋刻全本，构成蜀本系统；残宋浙本、明杨循吉影抄本、正德华坚活字本、嘉靖董氏刻本、万历马元调刻本等构成浙本系统。浙本系统的本子现有完本存世，蜀本系统的本子仅存二十四卷余。其二，选择整理元集时的底本，明杨循吉影抄本不是唯一的或最好的。四库抄本元集在收录作品完备性与文字正确程度上都高于明杨循吉影抄本，应当引起学者的重视。

（本文发表于《文献》2008年第1期）

周相录，1966年生，2001年毕业于陕西师范大学文学院，文学博士，师从霍松林先生，现为河南师范大学教授。

论李商隐诗歌的佛学意趣

吴言生

内容摘要： 李商隐诗素以擅于写情、深情绵邈著称。但考察其诗歌可以发现，李商隐与佛教实有千丝万缕的联系。李商隐在精神实质上与佛学对人生的看法深度契合，主要表现在对无常幻灭感的深切体验和超越痛苦的禅学观照这两个方面。但是在痛苦之际向佛学寻求超越的李商隐，对女性的情感态度恰恰是佛家所对治"颠倒想"。因此李商隐诗歌契合佛学意旨，是人生体验层面的契合，是精神感悟层面的契合，而不仅仅是语词字面、名相义理上的契合。在李诗研究中，一方面要充分注意到李诗与佛学的联系；一方面又不能泛化李诗中的佛学意趣。

关键词： 李商隐；诗歌；佛学；无常；不二；执迷

以善于写情、深情绵邈见长的李商隐，与佛教有着千丝万缕的联系。特别是在他丧妻之后，与佛教的缘分更深。"三年已来，丧失家道。平居忽忽不乐，始克意事佛。方愿打钟扫地，为清凉山行者。"（《樊南乙集序》）在梓州幕府期间，他于长平山慧义精舍经藏院，自出财俸，创石壁五间，金字勒《妙法莲华经》七卷。"忆奉莲花座，兼闻贝叶经"（《奉寄安国大师兼简子蒙》），"佞佛将成缚"（《自桂林奉使江陵途中感怀寄献尚书》），李商隐对佛教有着"舍生求道有前踪，乞脑剜身结愿重"（《题僧壁》）的虔诚向往。

一个深情绵邈的诗人，在精神实质上与佛学对人生的看法不谋而合，其中最明显的就是有求皆苦、无常幻灭。

一、对无常幻灭感的深切体验

原始佛教为了论证人生无常，提出了三个命题："诸行无常""诸法无我""一切皆苦"，是为"三法印"。佛教认为，世间的一切都是因缘和合而生，各种物质现象、心理活动，都是迁流转变、不遑安住的"有为法"。有为法由众因缘凑合而成，没有不变的自性，而且终将坏灭。一切有为法，都是无常。人有生、老、病、死，物有生、住、异、灭，世界有成、住、坏、空。无常迅速，念念迁移，疾于石火风灯、逝波残照、露华电影。"一切有为法，如梦幻泡影，如露亦如电，应作如是观！"（《金刚经》）著名的金刚六如偈，形象地表达了佛教的无常体验。诸法无常，人生为无常患累所逼，不能自主，便产生了种种痛苦，其中最为主要的是生、老、病、死、怨憎会、求不得、爱别离、五取蕴这八苦。

与佛教对人生痛苦的深切感悟一样，对诸法（一切有为法）无常，李商隐体验得尤为深刻，在诗歌中发为凄切哀楚的吟咏。

（一）无常迅速，生死事大

李商隐执着地眷恋天地间的至纯至真的美，然而，无常流转，好景成空。李商隐在诗歌中反复咏叹美好事物的凋零衰落，展示了一幅幅桂摧兰折、香消玉殒的惨烈图景："狂飙不惜萝茵薄，清露偏知桂叶浓"（《深宫》），"昨夜西池凉露满，桂花吹断月中香"（《昨夜》），"风波不信菱枝弱，月露谁教桂叶香"（《无题》），"日烈忧花甚，风长奈柳何"（《春深脱衣》）。在这时而小径低回，如怨如慕，时而壮士扼腕，浩然弥哀的喟叹中，诗人对生命无常的迷惘、愤懑、无奈、怅惘，得到了酣畅淋漓的抒发。

天地之美的最佳载体、最好象征是美丽的女性。这些美丽的女性，气质美如兰，才华馥比仙，却遭受无常的玩弄，红颜薄命，晨艳夕枯！"凤露凄凄秋景繁，可怜荣落在朝昏。未央宫里三千女，但保红颜莫保恩"（《槿花》），色貌如花，青春似火，然而，在无常的蹂躏下，只不过是朝开暮落的槿花，瞬间即逝！"当时欢向掌中销，桃叶桃根双姐妹"（《燕台诗·冬》），织就诗人生命中一段美好情缘的红颜知己，也早已舞歇香销，无复往日的青春美艳。

佳人、好景，陨落于无常。除非将时光之流截断，才能避免无常惨象。

"佳期不定春期赊，春物夭阏兴咨嗟。愿得勾芒索青女，不教容易损年华。"（《赠勾芒神》）诗人期望韶华永驻，幻想给人间带来亮丽生命的春神勾芒，能迎娶肃杀的秋神青女，从而使时光之流凝固成永恒的刹那，百花永远亮丽，生命永远欢笑；诗人还幻想通过其他种种方法来永绝时光流逝的悲哀：用长长的绳索把飞驶的日车拴住，使它永远停留在天上；向麻姑买下东海，使念念消逝的时光之流无所归宿，让生命之树长青。多么奇妙的幻想，多么善良的愿望，然而，在冰冷残酷的无常面前，却是如此迅速地破灭："欲就麻姑买沧海，一杯春露冷如冰"（《谒山》），"羲和自趁虞泉宿，不放斜阳更向东"（《乐游原》）。海底尘飞，陵迁谷变，时光之流又怎能留驻！光阴匆邃而去，水云永无还期，留给人的只是无限的怅惘。

悲剧性的毁灭在诗人的心湖留下永久的震撼，并积淀在他的意识深层，和种种无常体验一起，加重了诗人的悲剧性气质，深化了无常感的现实人生内涵。在特定的情境，这种感受便会喷薄而出，化为内涵厚重的诗什。正因为"义山身处唐之季世，国运衰颓，身世沉沦，蹉跎岁月，志业无成，于好景之不常感受特深"[①]，他终于写下了"向晚意不适，驱车登古原。夕阳无限好，只是近黄昏"这样震古烁今的诗句。

（二）萍飘梗泛，升沉无定

受无常的左右的世人，难以主宰自己的命运。《无题》（八岁偷照镜）中的那位少女，美丽早慧，勤于习艺，向往爱情，然而，却被深闭在幽闺之中，虚耗青春，无法掌握自身命运，脉脉春情，唯有泣向春风。少女怀春的幽怨苦闷，正是才士渴求用世心情的写照。世事无常，能否担荷重任，驰骋才情，个体丝毫不能自主。"虚负凌云万丈才，一生襟抱未曾开"（崔珏《哭李商隐》）的李商隐，如同那缺少惠风缺少雨露的芭蕉、丁香一样，几乎从来没有灿烂地绽放过。为了长养色身，为了区区名宦，他不得不抛乡别井，碌碌风尘，"此生真远客，几别即衰翁"（《寓目》），"路绕函关东复东，身骑征马逐惊蓬"（《东下三旬苦于风土马上作》），"欲问孤鸿向何处，不知身世自悠悠"（《夕阳楼》），"薄宦梗犹泛，故园芜已平"（《蝉》）。似断根的蓬草，迷途的大雁，流浪的木梗，飘摇的孤舟，在无常之流中，他不知要飘

[①] 见刘学锴、余恕诚先生《李商隐诗歌集解》，第1945页评，中华书局，1988年版。以下引此书简称《集解》。

向何方，只是本能地直觉到离家乡越来越远，直觉到自己越来越有力地被抛入孤寂的深渊，无垠落寞，亘古凄凉，只能依稀听到绝望的心在哀吟："人生岂得长无谓，怀古思乡共白头！"（《无题·万里风波一叶舟》）

　　对人生无常感的最为集中的表述，是《井泥》诗描写的一系列升沉无定。井中之泥，幽闭井底，地位卑微。然而，淘井的时候，它却从井底升腾而出，承雨露滋润，赏云霞绚烂。俯观万象，又何止井泥如此？"茫茫此群品，不定轮与蹄"，宇宙万物，就像车轮与马蹄一样不断运转。以帝王而言：秦始皇原是商人吕不韦所生；汉高祖出身于平民百姓。以臣子而论：辅汤灭夏的伊尹，竟搞不清谁是自己的父亲；辅刘定天下的，不过是屠狗樊哙、贩缯灌婴。既然低者可以为高，在升沉不定的无常律的支配下，高者亦可为低，上者亦可为下，尊者亦可为卑。"大钧运群有，难以一理推"。《井泥》所描述的现象，如果用世智来揣度，每一个现象几乎都是"无端"、"无端"、再"无端"！① 所以它的确"非世智所料及"，但用佛教的观点来看，则不难勘破个中玄机。《梁书·范缜传》："子良精信释教，而缜盛称无佛。子良问曰：'君不信因果，世间何得有富贵，何得有贫贱？'缜答曰：'人之生譬如一树花，同发一枝，俱开一蒂，随风而堕，自有拂帘幌，坠于茵席之上；自有关篱墙，落于粪溷之侧。堕茵席者，殿下是也；落粪溷者，下官是也。贵贱虽复殊途，因果竟在何处？'"变化无定，浮沉随机，自然突破了佛教有因有果、善恶相报的因果律，但范缜所描述的坠茵坠溷现象，本身具有极大的偶然性、不确定性、随意性、不自主性，恰恰是佛教无常观念的最好说明。

（三）求不得苦，爱别离苦

　　人生在世，充满了种种欲求。欲求是与生俱来的生命的本能冲动。然而诸法无常，众人都执以为常，这就导致了痛苦。欲求脱离痛苦而不得，欲求长享欢乐而不得，欲求实现理想而不得，都会引起烦恼与痛苦，这就是求不得苦。"巧啭岂能无本意，良辰未必有佳期"（《流莺》），李商隐以悲剧性人生体验，对"求不得苦"感受尤深。像流莺、哀蝉、杜宇，他用凄婉的歌声表现了对理想境界之死靡它的炽烈追求和追求幻灭的无恨怅惘："紫府仙人号宝灯，

---

① 《集解》第1414页："张（采田）曰：'此篇感念一生得丧而作。赞皇辈无端遭废，令狐辈无端秉钧，武宗无端而殂落，宣宗无端而得位，皆天时人事，难以理推者。'"

云浆未饮结成冰。如何雪月交光夜，更在瑶台十二层？"（《无题》）理想的境界是如此可望而不可即，他徒有一腔的追求、向往，却又因无常变化而难以追攀。

别离爱恋的境界，或与所爱之人别离时，人们往往会感受到极大的痛苦。人在主观和客观两方面都有所喜爱，但是诸法无常，相爱的人偏偏要劳燕分飞。天伦和乐，情深意笃，却终不免父子东西、兄弟南北、鸳侣离析，甚至祸起不测，生离死别！对爱别离苦的咏叹，也是李商隐诗歌的主要内容。"露如微霰下前池，风过回塘万木悲。浮世本来多聚散，红蕖何事亦离披？"（《七月二十九日崇让宅燕作》）"人世死前唯有别，春风争拟惜长条。"（《离亭赋得折杨柳二首》）如果说"蓬山此去无多路，青鸟殷勤为探看"，还在绝望中依约看到一线希望的话，那么"刘郎已恨蓬山远，更隔蓬山一万重"（《无题四首》其一）则是上穷碧落下黄泉，两处茫茫皆不见，令人凄婉欲绝！

二、超越痛苦的禅学观照

佛教认为，人世犹如一间朽坏了的房子，燃起了熊熊大火，而芸芸众生贪恋欲乐，游戏其中，醉生梦死，不愿脱离火宅。如同众象之王的法王佛陀，经过这间破朽失火的房子时，以其悲天悯人的襟怀，忍不住频频顾视受苦受难的众生，"过朽宅以衔悲，频回象视"（李商隐《唐梓州慧义精舍南禅院四证堂碑铭·序》），从而设立种种方便，使众生脱离火宅。在佛陀设立的种种拯济众生的方便中，禅学便是其一。佛学传入中国后，士大夫阶层最感兴趣、从中汲取养分最多的，是"一花开五叶，结果自然成"的禅宗。李商隐以其深切的感情体验，感悟到了有求皆苦、无常幻灭的佛教真谛。生活在禅风大炽的晚唐时代，他交往得最多的佛徒是禅宗僧侣，他超越痛苦的途径也是禅宗的观照，即不二法门。"不二"，亦称"无二""离两边"，指对一切观象无分别，或超越各种区别。"法门"指入道的门径。禅宗将超越一切差别境界的不二法门，作为处世态度和禅悟的极则。李商隐通过不二法门的禅学观照，超越了时空、顺逆、圆缺、得失、物我、色空等相对的二元观念，表现了大小相即相容、过去现在未来三世凝聚于当下，万古长空，一朝风月的时空观念；圆缺一如、当体即空的情感内省模式；以及泯除物我、忘怀顺逆、把握现境、随缘自适的审美襟怀。

（一）万古长空，一朝风月

佛教根据禅定修行的结果，勾画出独特的宇宙图式，提出了三千大千世界说。下至地狱上至梵世界，各有一个太阳和月亮周遍流光所照的地方。如此的一千个世界称为小千世界，一千个小千世界称为中千世界，一千个中千世界称为大千世界。因一大千世界包含有小千、中千、大千三种千，合称为三千大千世界。宇宙是由无数的三千大千世界所构成的无限空间。三千大千世界无量无边，如微尘，如恒河沙数（此处采用佛教界通行的观点）。李商隐《安平公诗》："仰看楼殿撮精汉，坐视世界如恒沙。"正是佛教宇宙观的反映。宇宙旷远绵邈，无边无际，没有空间的限量，在无限的空间里，有无限的森罗世界。所以，在佛典里，"恒沙"不但象喻世界之多，而且象喻世界之小。而之所以能获得这种感悟，是因为主体精神无限提升，高踞于宇宙人生的绝顶。此时俯视下界，一切的一切都微如尘烟。在佛家看来，诸法无常，诸相非相，动静来去，都是无常幻影。不但大小相状为空，就连微尘世界里的众生七情六欲也都是空的。"山河大地已属微尘，而况尘中之尘；血肉身躯且归泡影，而况影外之影？非上上智，无了了心"（洪应明《菜根谭》）。正因为有这样的观照，李商隐《北青萝》才有"世界微尘里，吾宁爱与憎"的泯灭爱憎、心境澄明的超悟之境。有了世界微尘里的认识，就会鄙弃尘中之尘的世人，更会鄙弃世人那卑微猥琐的七情六欲，从而获得泯除爱与憎的"上上智"。

禅定观照中的另一种感受是小大相即，破除分别。李商隐《题僧壁》"大去便应欺粟颗，小来兼可隐针锋"便表现了这种禅观：芥子纳须弥，须弥纳芥子。"小时正大，芥子纳于须弥；大时正小，海水纳于毛孔。"（《华严策林》）《维摩经·不可思议品》："以须弥之高广纳芥子中，无所增减，须弥山王本相如故，而四天王忉利诸天，不觉不知己之所入，唯应度者乃见须弥入芥子中，是名不可思议解脱法门。"这种大小相即的空间观念有助于破除大小相对的分别相，从而获得精神的澄明解脱。

佛教轮回观认为，人的生命不只是限于现在这一生，还有所谓前生和后生。然而在禅宗那里，三世的观念已被超越。《景德传灯录》卷十二："问：

'如何是高峰独宿底人？'曰：'半夜日头明，日午打三更。'"什么是高踞悟之巅峰的禅者？那就是半夜出太阳，日午时分敲打起报三更的钟声！在当下的瞬间中，即已包蕴着永恒。李商隐《题僧壁》："若信贝多真实语，三生同听一楼钟。"过去、现在、未来三世，都凝聚成当下的刹那，不可分辨，也毋庸去分别。在这一瞬刻间，超越了一切时空、因果。由于《题僧壁》"大去便应欺粟颗，小来兼可隐针锋""若信贝多真实语，三生同听一楼钟"表达了特殊的禅宗时空感受，因此陆昆曾称此诗："义山事智玄法师多年，深入佛海，是篇最为了意。"（《集解》第1294引）

（二）不二禅观，何圆何缺

禅宗不二法门，超越了时空、圆缺、长短、是非、穷通、好恶、怨憎等一系列相对的物质现象和二元对峙的心理观念，从而使人获得澄明的情感体证。月有阴晴圆缺，人有悲欢离合，一轮圆月，往往能触发人们团圆、美满的联想和幸福、愉悦的感受。但以佛眼观之，诸法无常，诸相非相，圆缺只是相对的概念，圆缺均幻，悲喜皆空。《景德传灯录》卷十四载，善导一日与仰山玩月，仰山问："这个月尖时圆相向什么处去？"善导说："尖时圆相隐，圆时尖相在。"认为尖时圆相隐潜地存在，圆时尖相仍在圆中，尚是就知见而言。后来云岩说："尖时圆相在，圆时尖相无。"认为尖时虽不见圆相，而圆相不失；而月圆之时，尖相尚未形成。这仍是就知见而言。两位禅师的解释虽然不同，但都胶着于形象。后来道吾禅师说："尖时亦不尖，圆时亦不圆！"这就超越了形象。因为尖圆的相状，只是相互对待而言。如果在尖时心中没有圆相与它对待，又何以知其为尖为圆？尖圆皆无自性，绝去相待，则尖无尖相，圆无圆相。这才是禅悟的境界。

李商隐以其对无常幻灭感的深刻体验，使他的思维超越了月有阴晴圆缺人有悲欢离合的情感生发模式，而达到了一种全新的情感体悟之境。"初生欲缺还惆怅，未必圆时即有情。"（《月》）月亮初生未满时，我们常常盼望它圆盈；将满欲缺时，我们往往嗟叹它残缺。殊不知，即使是在它圆满的时候，也未必于人有情。牢落失意的世人习惯于把希望寄托在美好的将来，义山则透过一层，深刻地指出"未必圆时即有情"——纵是追求实现，好梦成真，仍不免归于失望与幻灭！希望与失望相对而生，有了希望，就有了与之相对待的失望。人生充满了无休无止的希望，一个希望实现了，便会恍然若失,于是另一个更大的希望便取而代之……人生像钟摆一样在希望与失望之间做无休无止的摆动。由此看来,月圆之时,甚至比将圆欲缺之时更为无情!因为将圆欲缺之时,还有希望;而已经圆满时,只有失望!所以月缺也好,月圆也罢,都不必心随境转,虚掷情感,而要感悟到圆缺皆幻,悲喜皆空。这与法眼宗开山祖师文益禅师的观花名句"何须待零落,然后始知空"在体物超悟上,是何其相似!"未容言语还分散,少得团圆足怨嗟。"(《昨日》)世人都知道分离值得怨嗟,而不知团圆更加值得怨嗟。因为诸法缘起,缘聚则合,缘散则离,有相聚就必有分离,相聚的本身就意味着分离,短暂无常的相聚只能益发令人伤感!所以应当超越聚会、离别的二元观念,扬弃聚欢、离悲的心理感受。诗人觉悟到,既然包括圆缺、聚离在内的万事万物都处在无常迁变中,就不妨用"坐忘"的禅学观照来进行超越,把握现境,随缘自适。

(三)把握现境,随缘自适

传统佛教认为宇宙时间上是无限的,既有消有长而又无始无终。世界消长一周期中经历成住坏空四期。坏劫来到时,大火灾起,世界付之一炬。而在禅宗看来,瞬间即永恒,三生即刹那,对于悟者来说,当下的每一时刻即是永恒,即是过去、未来、现在,必须珍惜、把握。"年华若到经风雨,便是胡僧话劫灰。"(《寄恼韩同年二首》其一)要把握有限的时光,充分啜饮生命的甘美,不要抛掷尺璧,等到世界末日的来临。"人生何处不离群,世路干戈惜暂分。"(《杜工部蜀中离席》)虽然"离群"是人生的普遍现象,是永动的无常之流,但在分别之际仍当依依恋惜。

飘转在无常之流中的人,应当用一种超越的态度来对待人生。在李商隐诗中,具体表现为对自然景物的静照观赏、对山村野趣的忘我流连。自然清景,对红尘喧嚣的世人,具有净化心灵、抚平躁动的效用。受无常左右的凡夫俗子,蝉蜕红尘,就可以在大自然中获得审美观照。"坐忘疑物外,归去有帘间。"(《朱槿花二首》其二)坐忘,即是从现实人生的无常因果链上挣脱出来,直面审美对象,超功利,泯物我。这是源于庄学,后来被禅宗充分汲取高高标举的观照山水自然的方式。在这种物我双泯、境所同忘的审美观照中,人的个体生命与整个宇宙自然高度浑一,超越了因果、时空、得失、是非,不受任何现实关系的规定、束缚、限制。鸢飞鱼跃,花开叶落,都是无意识、无目的、无思虑的，而主体也只有在坐忘——无心、无目的心境中，才可能感受到它的美。在这种心境下创作的诗歌，也就自然而然地带上了禅意。《北青萝》："残阳西入嶂，茅屋访孤僧。落叶人何在，寒云路几层。独敲初夜磬，闲倚一枝藤。世界微尘里，吾宁爱与憎。"访而不遇，寒云路远，意境颇似韦应物"落叶满空山，何处觅行迹"。而在禅宗那里，描绘禅的三种境界的第一境便是"落叶满空山，何处寻行迹"，是象征寻找禅的本体而不得的情况。"落叶人何在，寒云路几层"，无意于说禅而暗合禅旨，天机凑泊。在这类诗里，诗人感情恬淡自然，物象空灵静谧，弥漫着似雾似烟、幽远寒静、空灵澄澈的禅的氛围。《高松》："高松出众木，伴我向天涯。客散初晴后，僧来不语时。"则直契本源，廓尔忘言。同样，与尔虞我诈、钩心斗角的世俗人际关系相比，纯朴厚直、了无机心的田叟也能使诗人感受到返朴归真的禅意。"荷蓧衰翁似有情，相逢携手绕村行。烧畬晓映远山色，伐树暝传深谷声。鸥鸟忘机翻浃洽，交亲得路昧平生。抚躬道直诚感激，在野无贤心自惊。"（《赠田叟》）

在瞬间即永恒的观照方式中，不论你所处的是何种境界，只要以一种超越的襟怀来对待，便会在常人不堪忍受的苦境中，产生出审美愉悦。《宿骆氏亭寄怀崔雍崔衮》："竹坞无尘水槛清，相思迢递隔重城。秋阴不散霜飞晚，留得枯荷听雨声。"本来，秋阴不散，引愁起恨，是一种触发相思的凄凉之景。但既然认识到"相思迢递隔重城"，认识到相思无益，不把期望寄托于将来的团聚，而是把注意力放到对现景的观照上，便会发现这是一个"无尘"的清幽雅洁之境，在清幽的境界中，沙沙似雨的枯荷声竟如同空谷足音令人欣慰。秋阴、枯荷、雨声这些物象，渐渐凸现了出来，展示着它们自身，默默地吐露着光华。这正是佛家的即事而真的现量境界。诗人欣慰地发现，秋阴能够延迟霜期，能够"留得枯荷听雨声"以慰相思寂寥，反而是一件妙事。黯淡的物象，由于诗人忘怀得失的静观，反而显现出亮丽温馨来。

由于对人生幻灭感的刻骨铭心的体验，诗人对瞬间的美表现出如火如荼的钟恋。《花下醉》："寻芳不觉醉流霞，倚树沉眠日已斜。客散酒醒夜深后，更持红烛赏残花。"无常刹那，转瞬成空，花期短暂，诗人整整观赏了一天，意兴犹浓。酒醒神清时，纵然花已凋残，又何妨继续细细品赏。花开有花开的风情，花残有花残的韵致。且秉红烛赏残花，明日落红应满地。只有对美的幻灭有切骨入髓感受的人，才能有如此香韵袅袅的情怀。

（四）诗佛摩诘，情禅义山

在唐代诗人中，以禅入诗的代表人物是王维。两人的禅诗相比，有以下两个方面的不同。其一，从禅诗的内容方面看：王维的禅诗偏重于对天然静趣、山水清音的感悟，表现了自然界清幽、静谧、肃穆的情趣，和诗人任运自然、物我两忘的襟怀，透露着禅悦洒脱的高人风致。而李商隐的禅诗偏重于对世事无常、情感幻灭的体证，表现了对失落的咀嚼、对无常的反省、对执着的超越、对超越的执着，流漾着芳菲馥郁的诗人情怀。王维表达了禅宗潇洒绝尘、澄心静虑的一面，而李商隐表达的则是禅宗立处皆真、至情至性的一面。如果说王维是诗佛的话，那么李商隐则堪称情禅。其二，从诗境创造的角度看：王维禅诗创造了一个个空灵浑融的艺术意境，花事问花，菊事问菊，他没有站在事物的外部，而是化成流水、行云、青苔、辛夷花的本身，物我浑一，神与物化。禅意的自然渗入，使得他的禅诗情、景、理、事水乳交融，禅味、禅趣、禅境，在似有似无间，可以神会，难以迹求，从而收到拈花一笑、令人寻味不尽的艺术效果，成为"如空中之音，相中之色，水中之月，镜中之象，言有尽而意无穷"（《沧浪诗话·诗辨》）的盛唐禅诗的极品。而李商隐往往直接采用禅语入诗，在意境的浑融上较王维略逊一筹。但是，在李商隐的作品中，也有如羚羊挂角无迹可求的诗篇，虽然只是凤毛麟角，却具有惊天地泣鬼神的情感魅力，最负盛名的《锦瑟》即是其一。

（五）锦瑟无端，禅情有迹

在李商隐诗中，《锦瑟》也颇有禅学意味："锦瑟无端五十弦，一弦一柱思华年。庄生晓梦迷蝴蝶，望帝春心托杜鹃。沧海月明珠有泪，蓝田日暖玉生烟。此情可待成追忆，只是当时已惘然。"

此诗之所以脍炙千古，潜蕴着禅学韵味也是原因之一。这种禅学韵味主要表现在三个方面。第一，色即是空，空即是色。禅宗教义的理论基础是佛教大乘空宗般若学。般若智要人们认识现实世界的虚妄，从而超越一切色相，达到彼岸净土。般若学认为，宇宙本体是空的，现实世界不过是种种虚幻现象的结集，人们所见的不过是些假相，而假相非相。《金刚经》："如来说一切诸相，即是非相。"既无客观世界，也无与之对应的主观世界，"色即是空，空即是色"：锦瑟华年是时间的空，庄生梦蝶是四大的空，望帝鹃啼是身世的空，沧海遗珠是抱负的空，蓝玉生烟是理想的空，当时已惘然、追忆更难堪的"此情"是情感的空……然而正是在这"空"中，幻出锦瑟华年等一系列色相。作者见色生情，传情入色，因色悟空，又因空生色，陷入难以自拔的深渊。第二，无常感，梦幻观。"一切有为法，如梦幻泡影。"庄生蝶梦，幻灭迅速。望帝鹃啼，如梦似烟。珠泪晶莹，忽尔被弃；玉烟轻袅，临之已非。深谙无常之理的诗人清楚地知道，锦瑟华年的美满，终将离自己、离所爱而去，替代这美满幸福的，将是凄迷欲断的蝶梦、椎心泣血的鹃啼、寂寥映月的珠泪、随风而逝的玉烟……果然，人生无常，疾于川驶。刹那间欢爱如烟，刹那间青丝成雪。这种梦幻之感，即使在当时已惘然无尽，又何况如今独自抚思！第三，求不得苦。庄生晓梦迷蝴蝶，抱负成虚；望帝春心托杜鹃，理想幻灭。玲珑剔透的沧海明珠，本为稀世珍宝，如今却只是在明月映照之下，成盈盈之"珠泪"，独自被遗弃在沧海；自己追求的对象，如同蓝田日暖玉生烟，可望而不可置于眉睫之前。凡有所求，皆是痛苦：锦瑟弦断，却期求情爱之杯盈满；华年烟散，却期求时光之流凝驻；庄生梦迷，却期求生命之树长青；望帝鹃啼，却期求春色不再凋枯；珠泪不定，却期求好梦不再失落；玉烟明灭，却期求能真切地把捉……

锦瑟华年所经历的种种人生遭际、人生境界、人生感受，是如此的凄迷、无奈、失落。然而，也正是这种色空感、无常感、梦幻观、求之不得的哀楚，形成了李诗哀感顽艳的艺术魅力。

三、耽着色相的执迷歌吟

禅学不二法门，超越时空、因果、色相、物我。如果耽着物欲，特别是色欲，就是迷，就破坏了悟境。佛教认为，导致人生痛苦的根源在于无明，即与生俱来的欲望，种种欲望中尤以对美色的贪溺为罪大恶极。佛教把女色视作粪秽，对于耽溺美色的凡夫俗子更是大张挞伐。"女色者，世间之枷锁，凡夫恋着，不能自拔；女色者，世间之重患，凡夫困之，至死不免。"（《菩萨呵色欲经》）"诸烦恼中爱缘所合，此最为重，如是烦恼深彻骨髓。"（《大宝积经》卷七八）佛家认为，女色本不净，而世人却往往作"净想"，认为女色美好可爱，这就是"颠倒想"。所以应当修习不净观，把女色想象成种种恶秽之状，把女性的身体看作是"革囊盛臭"，即可调适身心。佛家认为，世人见到美色，便生起种种非分之想，从而生起种种忧郁、痛苦、恐怖之心，这就破坏了原本安宁祥和的心态，染污了洁净澄明的本性，所以参禅学道者务必要远离爱欲。考察李商隐的创作，我们不难发现，在痛苦之际向佛学寻求超越的李商隐，对女性的情感态度恰恰是佛家所深恶痛绝的"颠倒想"！

（一）认幻成真，执迷不悟

生命欲望会引起种种痛苦，对女性美的爱恋会破坏心态安宁，李商隐在理智上也有体察，其《唐梓州慧义精舍南禅院四证堂碑铭·序》云："俯爱河而利涉，靡顿牛行。"即是赞叹佛菩萨像牛王一样，心志坚定、稳如磐石地度过爱欲之河，毫不顾盼留连。但理智的认知，并不等于情感的超越。如果说李商隐在观赏自然景致、与乡村野老闲话、与禅僧围炉夜坐时，还能"坐忘"，还能从世俗欲网中超脱出来的话，那么，当他面对花容月貌、国色天香的女性时，诗人的激情又重新炽热地燃起。"大执真无利，多情岂身由"（《即目》），"多情真命薄，容易即回肠"（《属疾》）。他清楚地知道，生命中的一次次邂逅，论其总趋势（大执）终归是相思无益，然而情之所钟，正在我辈，他偏偏不能割舍！"巫峡迢迢旧楚宫，至今云雨暗丹枫。微生尽恋人间乐，只有襄王忆梦中。"（《过楚宫》）襄王梦中与巫山神女的欢会，是超出"人间乐"的至真至美的情爱。对这种情爱，义山则既深感向往，又深感其虚幻；既深感其幻灭，又坚韧不懈地追求！"直道相思了无益，未妨惆怅是清狂。"（《无题》）至死不渝，铭心刻骨，抽刀断水，欲罢还休，如同怨鬼般的执着！真可谓"欲火入心，犹如鬼著。"（《大集经》卷三八）明知其幻灭却偏偏执着地追求幻灭，岂非"颠倒想"，岂非执迷不悟！正如他在《上河东公第二启》所说："犹恨出俗情微，破邪功少！"由此看来，"入不二法门，住第一义谛"（《上河东公第三启》）在大多数情况下，对他仅仅是个遥远迷离的禅的梦而已。

《金刚经》说："过去心不可得，现在心不可得，未来心不可得。"一部《金刚经》的要旨，就是"应无所住而生其心"，整个中国禅宗的要旨，也无非是"应无所住而生其心"。禅宗主张"风来疏竹，风过而竹不留声；雁度寒潭，雁去而潭不留影。"主张人心应当像镜子一样，物来斯应，物去则空，只是平静地反映外物，而它的本身并不注入任何情感。否则，就是尘埃，就是执着，就是沉迷。而李商隐的爱情诗，却极多追忆过去、哀吟现境、期盼未来的作品，与禅悟大相悖离。这些作品中尤以追忆过去的欢会、悬想两地相思写得最为成功，像《燕台诗》"雄龙雌凤何处所，絮乱丝繁天亦迷"，入木三分地写出了对所爱的酷烈相思。《无题》"晓镜但愁云鬓改，夜吟应觉月光寒"，设身处地体贴入微地悬想对方的生活场景、感情意趣，成为脍炙人口的绝唱。这些住于过去，住于现在，住于未来的诗作，在禅宗看来，恰恰是典型的迷者的呻吟。李商隐诗歌的情感生发，多是根尘相接的产物，结果春蚕作茧、蜡炬成灰，用万缕情丝捆绑着自己，用千珠红泪消融着自己。即使他有一定程度的禅悟体验，然而，骨子里仍透露出对生命、对感性的至死不渝的执着。

（二）禅意深浅，且当榷论

李商隐诗歌契合佛旨，是人生体验层面的契合，是精神感悟层面的契合，而不仅仅是语词字面、名相义理上的契合。李商隐以其独特的诗人气质，直觉地体证到佛教诸法无常、有求皆苦、色即是空的真谛，并且运用禅学观照，在一定范围内超越了这种痛苦。在这个意义上，可以说李商隐的创作体现了诗禅相通的特征。但是，有的论者却片面地夸大了李商隐诗歌中的佛学意识，这是必须澄清的。

第一个注义山诗的是释道源。为什么清净佛门的僧人来给李商隐诗作注，石林认为："佛言众生为有情，此世界情世界也。欲火不烧燃则不干，爱流不飘鼓则不息。诗至义山，慧极而流，思深而荡，流旋往复，尘影落谢，则情澜障而欲薪尽矣。春蚕到死，蜡炬成灰，香销梦断，霜降水涸，斯亦箧蛇树猴之喻也。[①]且夫萤火暮鸦，隋宫水调之余悲也；牵牛驻马，天宝淋铃之流恨也；筹笔储胥，感关张之无命，昭陵石马，悼郭李之不作。富贵空花，英雄阳焰，由是可以影视山河，长挹三界，疑神奏苦集之音，何徒证那含之果。宁公称杼山能以诗句牵劝令人入佛智，吾又何择于义山乎。"

[①] 箧蛇：佛教认为，地、水、火、风四大与心识和合，构成了人身。而组成这个人身的地水火风，如同四条毒蛇共居一箧，常常扰动不安，给人带来病害诸苦；《大日经·住心品》分述六十种心相，最后一种为猿猴心，谓此心如猿猴，攀援外境。《心地观经》八："心如猿猴，游五欲树。"

(《有学集》卷十五)

石林这段话可以归结为两个意思，其一是李诗表现了情感的极度消耗，将生命的所有能量耗尽，也就会幡然悔悟，从而获得心理的安宁。佛典称俗世为"有情世间"。佛教的"世"有迁流、"毁坏"的意思，"世间"就是不断迁流变化的世界。"有情"指有情识的生物，也称为"众生"。既然是有情世界，无明爱欲与生俱来，那么，要证得菩提智慧，就不妨纵身欲望之流，让情欲之火彻底焚毁自己，让爱欲横流，肆意泛滥。等到情爱之薪成灰，情爱之河涸断，就会自然而然地发现无明爱欲只不过是空花而已。

对情感的幻灭，义山体验尤深："春心莫共花争发，一寸相思一寸灰！""香销梦断，丝尽泪干，情焰炽然，终归灰灭。不至此，不知有情之皆幻也。"（《集解》第1472页引朱鹤龄语）这种体验也确实离悟不远。参禅讲究大死大活，讲究大疑大悟。禅宗也主张"烦恼即菩提"，主张"火中生莲花"，认为在世俗的欲望中也可以证得菩提。然而，从李商隐创作的本身来看，他即使到了薪尽河干的地步，也仍然执着于幻灭中的追求，韧性的执着、不渝的追求从来就没有停止，因此，他从来就没有真正彻悟过！有佛学意趣、禅学感悟和彻底的开悟不能画等号。即以《无题四首》（其二）而论，"诗虽千回百转，而终归相思之无望；然于绝望之悲哀中，又复透出'春心'之不可抑止与泯灭。"（《集解》第1483页评）李商隐的诗歌，表现了对感性生命的无偿肯定，对青春美貌的极度渴慕。即使是追忆华年的《锦瑟》，明明"知其有情皆幻，有色皆空"（《集解》第1429页引叶矫然语），仍然流露出对生命、感性的深沉眷恋。因此，说抒写情感的极度消耗是为了彻底断灭情感，并不符合李商隐诗歌的创作实际。因为纵身激情之流，在佛家看来，毕竟是蒸砂为饭，成不了正果的。

石林的第二个意思是李商隐诗歌表现了无常之苦，因此，他是以诗歌的形式让人体验箧蛇树猴的无常恐怖，从而劝人归入佛门。春蚕到死，蜡炬成灰，确实表现了被无明（爱情）驱动之人对外境的攀援（对青春美色的眷恋），就像弥猴喜欢攀树一样，心逐境起。由于有了种种攀援，于是引起了生命的扰动不安，最终导致四大的离散，生命的解体。然而，问题的关键是，李商隐对无常的情感态度。他以诗人的直觉体证到无常，惊叹于无常——隋炀帝凿河南游，艳称当时，唯余水调悲吟；唐明皇宠爱玉环，风流一世，仅剩淋铃哀曲。

辅佐刘备能征惯战的关羽、张飞，仍不免被人诛杀；安定唐室功勋赫赫的郭子仪、李光弼，终难逃无常铁腕；帝王将相，盖世英雄，无一幸免地沉沦于无常之流。海誓山盟的爱情，掀天揭地的伟业，确实如空花，如阳焰！然而李商隐创作的目的，却绝不在于"先以诗句牵，后令入佛智"（白居易《题道宗上人十韵》），并不在于用诗歌来演绎佛家苦、集、灭、道四圣谛，以证得断除欲界一切迷惑的阿那含佛果。他只是想通过他杜鹃般的歌喉，用泣血的歌吟，引起人们对人生意义、存在价值的深刻反省，引起人们对生命、感性的深情眷恋。他本身就没有透过情色牢关，衷肠似火，又岂能予人以菩提甘露的清凉？"凡说空，则先说无常。无常则空之初门。初门则谓之无常，毕竟则谓之空。"（鸠摩罗什《维摩诘经注》卷三）李商隐仅仅达到了空之初门，离"毕竟"的"空"还未达一间，因为作为一个诗人，他空不了对人生的爱，空不了作为其诗歌灵魂的炽烈情感，以至于"落爱见坑，失菩提路"（《楞严经》卷六），"因诸爱染，生起妄情"（《楞严经》卷八），因此，他终究不可能达到佛教所要求的"勤断诸爱见，便归大圆觉"（《圆觉经》卷上）的绝情弃爱的境地。实际上，《楞严经》等佛教经论里对诸天情欲的细腻描写，在某种程度上已显露了佛教徒对人间情欲的艳羡。相形之下，李商隐对情爱的执着则显得真诚得多。此情无计可消除，若论相思，佛也眉儿皱，又何况是绵邈缱绻的多情种子？因此，没有必要将李商隐的诗硬行套入佛学理念。陶文鹏先生在评论研究王维诗歌的某种倾向时说："对于王维山水诗中诗情、画意和禅理的关系，我们应该有一个全面、辩证的认识，既要挖掘诗中深层的禅理意蕴，又不能把这些优美的诗仅仅看作是佛教理念的图解。"（《中国禅诗鉴赏辞典》第169页）此言堪为研究者药石。在研究古典诗歌与佛教的关系时，应从作品的本身出发，切不可断章取义，将一两条词语从原文中割裂开来，进行图解式的索隐比附。否则，就会丧失诗歌本身的优美，偏离作品本身，将研究导入误区。

李商隐以其独特的感情体验，感悟到了有求皆苦、无常幻灭的佛教真谛，并汲取佛学思想，在一定程度上超越了痛苦，消解了痛苦，从而使其诗歌具有佛学意趣，使他的诗歌增添了悲怆之美、超逸之美。这是研究李商隐诗歌值得深入挖掘的问题。然而，这种宗教超越对李商隐来说，只是局部的，从总体上看，他的诗并不是对佛理的简单演绎，不是导人入佛智。片面夸大李商隐诗中的佛教意识，会把研究导入误区。李商隐明知追求幻灭，色相皆空，仍然跳不出情爱牢关，仍然对理想、青春、爱情、感性热情讴歌、无比眷恋，走向了与佛学离情去欲、心不住境的相反的途径。

（本文发表于《文学遗产》1999年第3期）

吴言生，1964年生，1999年毕业于陕西师范大学文学研究所，文学博士，师从霍松林先生，现为陕西师范大学文学院博士生导师。

论唐人小说对史传传统的内在超越

——中国古典小说文体独立历程再回顾[①]

李钊平

内容摘要：在长期大量纪传体史传实践中约定俗成的规范出现甚早，刘知几《史通》的问世尤其具有划时代意义。萌芽、成长于崇史重史文化背景下的中国古典小说，深受史籍特别是其大宗——史传的丰富滋养，也受到史传家法的严重束缚。冲决史传家法、建立崭新文体的重任历史地落在唐人小说身上，无论是社会功用上从资鉴劝诫到愉悦性情、表现方法上从实录简要到幻设铺陈，还是文体品格上从儒雅庄重到飘逸风流，唐人小说都顺利实现了对史传传统的内在超越，终成"一代之奇""特绝之作"，宣告了中国古典小说文体的真正独立，昭示了小说史上第一个辉煌时代的到来。

关键词：唐人小说；文体；史传传统

中国史学的发达实在无与伦比，其卷帙之浩繁、内容之丰富、作者之复杂众多、撰著时代之绵长久远以及地位之神圣尊崇堪称人类文化史上一大奇观。"中国历史作家之层出不穷、连续不断，实在是任何民族所比不上的。"[②]"中国民族，可算是最看重历史的民族；中国文化，亦可说是最看重

[①] 相对于西方文化的"外在超越"，钱穆、余英时、汤一介诸先生指出中国文化价值系统的个性特征是"内在超越"。笔者认为"内在超越"概念也可适切总括中国古典小说的蜕嬗衍变。关于中国古典小说文体独立问题，董乃斌、程毅中、石昌渝诸先生多有鸿论，这也成为本文"追忆"的逻辑起点。

[②] 【德】黑格尔：《历史哲学》，三联书店，1956年版，第161页。

历史的文化。"①古今中外学者对此达成惊人共识，重史崇史成为中国文化的一大特征。"史蕴诗心"②，"小说，正史之余也"（笑花主人《今古奇观序》），"史统散而小说兴"（绿天馆主人《古今小说序》），萌芽、成长于斯的中国古典小说深受史籍影响，它尤其从中土极盛的主流叙事文体——史传及其传统中受惠良多。在长期大量纪传体史撰实践中约定俗成的规范出现甚早，以《史记》为代表的前四史无疑起了奠基作用。有唐一代史学空前繁荣，创设史馆，立国之初即修成"八史"。景龙四年（710），刘知几《史通》问世，首次对史学活动做出全面系统理论总结，论述纪传体尤为详备。如同《文心雕龙》之于文学，《史通》对史学发展有着划时代意义，将景龙四年视作史传传统正式确立的下限，当是不争的事实。唐前小说大略仍恪守史传家法，搜奇记异，粗陈梗概，裨补史阙。享有"特绝之作""一人之奇"盛誉的唐人小说成就卓著，一新天下之耳目，宣告了中国古典小说文体的真正独立，不仅在于对史传传统的借鉴学习（尤其是外在形式上），更在于其诗情文心对史传传统的内在超越。考察唐人小说提供了多少前所未有的东西，对认识唐人小说乃至中国小说发展史仍然具有重要意义。

一、功用论：从资鉴劝诫到愉悦性情

历史是人类有识别的回忆，华夏民族历史意识在诞生之际就有浓重功利色彩。"我不可不监于有夏，亦不可不监于有殷"（《尚书·召诰》），"殷鉴不远，在夏后之世"（《诗·大雅·荡》），上古典籍中已不乏先民对世事变迁、沧海桑田的忧虑。王国维、李宗侗先生曾将史职演变概括为三个阶段，由总理全国政教大权到独掌教权再到主修国史。③史职原初位尊地要，以天官身份代替神祇对人类行使史的审判，并为未来提供经验。孔子因鲁史修《春秋》，微言大义，褒贬世事，使"乱臣贼子惧"（《孟子·滕文公下》），成为后世史家追慕向往的典范。随着集权制不断加强，史籍资鉴劝诫功用更被

---

① 钱穆：《中国文化传统中之史学与文学》，见《港台及海外学者论中国文化》，上海人民出版社，1988年版，第409页。

② 钱锺书：《谈艺录》，中华书局，1984年版，第363页。

③ 李宗侗：《中国史学史》，中国友谊出版公司，1984年版，第4页。

重视，这从唐高祖、太宗、高宗三篇修史诏中可以看出（《唐大诏令集》卷八十一）。刘知几认为"盖史之为用也，记功司过，彰善瘅恶，得失一朝，荣辱千载"（《史通·曲笔》），"史之为务，申以劝诫，树之风声"（《史通·直书》）。资鉴劝诫、化民成俗构成绵延未绝的史传传统之一。由此出发，史传"专取关国家兴衰，系生民休戚，善可为法，恶可为戒者入史"（朱熹《朱子语类》卷八十三），重"经世之大略"，明"得失之枢机"（王夫之《读通鉴论》卷六）。这种对政治运作及其核心人物的高度关注有时让人产生一种感觉，所谓"二十四史"，只不过是"二十四姓之家谱而已"。[①]

与之相对的是，唐人小说多以愉悦性情为旨归，追求作品自身的审美意味，关切个体生命，着力表现日常生活中的人和人的日常生活。艺术生产也受外在气候制约，小说繁盛的中唐之际是中国古代社会继往开来的转捩点，在政治、经济、文化诸领域一方面对以往历史予以总结，另一方面又萌生了许多新兴事物，开启了中国后期封建社会。中唐社会风尚的新变主要是俗化，个中原因固然很多，进士词科阶层的崛起却需特别强调。唐代科举的全面推行给了许多庶族士子"一登龙门，则声价百倍"（李白《上韩荆州书》）、历抵卿相的机会，其中进士一科最受推重，誉其人为"白衣公卿""一品衣衫"，"缙绅虽位极人臣，不由进士者终不为美"（王定保《唐摭言》卷一）。皇帝甚至乐以"乡贡进士"自许（王谠《唐语林》卷四）。正如陈寅恪先生指出的，"唐代新兴之进士词科阶级之异于山东之礼法旧门者，尤在其放浪不羁之风习"，[②]进士阶层以浮薄闻于天下。翰林学士孙棨曾撰《北里志》，专述进士们在"风流薮泽"长安三曲狎妓故事。任何社会占据主导地位的总是统治阶级意识形态，最具示范性的也总是顺应历史潮流的新兴阶层行为方式。"故唐代之风俗，可以科举代表之，天下人心所注射，不离于科举也。"[③]另据陈寅恪、冯沅君、程千帆等人考证，唐人小说作者主体是进士阶层，并用以行卷、温卷。进士举子以"诗人冶游的风度来摹写史传文章"[④]，作品自然难近典谟，且与治身理家的唐前小说面目迥异。

[①] 梁启超：《梁启超史学论著四种·新史学》，岳麓书社，1985年版，第342页。
[②] 陈寅恪：《唐代政治史述论稿》，商务印书馆，1947年版，第68页。
[③] 张亮采：《民国学术经典文库·中国风俗史》，东方出版社，1996年版，第95页。
[④] 浦江清：《浦江清文录·论小说》，人民文学出版社，1989年版，第185页。

秦汉以来，小说"治身理家，有可观之词"（桓谭《新论》）观念影响深远。唐人尚无系统探讨小说理论的专文，《隋书·经籍志》及《史通·杂述》中的琐屑论述，基本仍未跳出前人窠臼。现代意义上小说的审美愉悦功能首先是由从事创作的先锋们认识的，从小说集自序看，无论是"愿传博达，所贵解颜耳"（李冗《独异志序》），"虽小说或有可观，览之而哂而笑焉"（佚名《大唐传载序》），还是"传之好事以为谈柄也"（韦绚《刘宾客嘉话录序》）、"语怪以悦宾，无异馔味之适口"（温庭筠《乾𦠆之序》），都明确提出了佐助谈笑、愉悦宾朋的创作意图。单篇小说的代表作往往在故事主体之外还有写作缘起的交待，如"昼宴夜话，各征其异说"（沈既济《任氏传》），"宵话征异，各尽见闻"（李公佐《庐江冯媪传》），"淹留佛寺，征异话奇"（李公佐《古岳渎经》）。沈亚之《异梦录》描述更具体，文人们聚在一起，喝着酒讲述耳闻目睹的奇闻异事，再整理成篇传示友朋，博得知音同道的叹惋，是为唐人小说的重要生产模式。征异话奇、愉悦宾朋的创作情境，很大程度上决定了唐人小说的审美特征，正如浦江清先生讲的，"唐人传奇如珠玉宝货，珍玩之品，却不是布帛菽粟，堪资温饱"。[1]从资鉴劝诫到愉悦性情，唐人小说迈出了文体独立历程的第一步。

社会功用的不同决定了唐人小说有别于史传的关注视野，它将笔触伸向怪力乱神及历史人物（尤其是凡人）的生活琐事。由于多出于进士举子之手，这些人往往首先成为作品主角，其他如倡伎优伶、姬妾民妇、豪徒侠客、商贾小贩、渔夫樵子、僧道仙客、鬼魅狐妖，"鸟花猿子，纷纷荡漾"，粉墨登台。即便涉及一些政治人物，它也宕开笔触，着力表现生活琐事与情感历程；遇到重大社会事变，也往往仅作为背景粗笔点染。陈鸿身为史家，自称"少学乎史氏，志在编年"（《大统纪序》，《全唐文》卷六一二），其《长恨歌传》《东城老父传》对玄宗的政务活动却几无正面描写，安史之乱也只当作故事情节急转直下的外因轻描淡写。此外，《古镜记》《柳氏传》《昆仑奴》《霍小玉传》《虬髯客传》等也都较好地处理了其间关系，可见唐人对小说规范已有较深刻理解。唐人小说不再出于政治伦理需要记述帝王将相的文治武功、忠臣义士的嘉言懿行，不再将人作为政治机器中的筹码，而是看作有着七情六欲、

---

[1] 浦江清：《浦江清文录·论小说》，人民文学出版社，1989年版，第186页。

鲜活生动的人，全方位展示纷繁复杂的人世生活，同时借以抒写个人的牢愁憾恨和理想诉求。

唐人小说是始具现代意义的中国古典小说，创作功用上也难免表现出复杂性。部分作品篇末由作者本人或代言人直接跃上前台，明确指出本事惩劝意义，如《任氏传》《长恨歌传》《莺莺传》等。然而由于作者对艺术真实的不自觉的坚持，小说主体部分叙事话语中在篇末对抨击对象往往也赋予叹羡同情，形成多重话语及"复调"现象，很大程度上消解了篇末论赞的说教意味。所以综观全文，"大归则究在文采与意想"。我们可以断言，唐人小说篇末论赞与其说是主体故事惩劝意义的生发，毋宁说是对史传传统实现内在超越时痕迹的遗留。通过论赞嗟叹对作品所传之人、所记之事给予伦理意义评判，形式上将与史传疏离的关系再次拉近。这种蜕嬗之际的标记相对于奇美动人的主体故事而言，已不能引起读者多大兴趣。倾尽心血叙写动人本事，篇末又缀以"蛇足"，在现代读者眼中，唐人小说乃至中国古典小说结语大多不尽人意，实在也是命定之局。诚然，文学是解构与重建现存意识形态、将道德规范内化为想象力游戏的审美活动，唐人小说家在窘迫尴尬之余终究完成中国古典叙事文体的创造性转换，其功实不可没。

二、方法论：从实录简要到幻设铺陈

史职原初位尊地要，以天官身份代替神祇对人类行使史的审判，并为未来提供经验。他们多有一种替天行道的宗教精神，以"社会的良心"自居。[①]为做到"书法无隐"，齐太史、南史氏不惜以身相殉（《左传·宣公二年》）；《史记》"其文直，其事核，不虚美，不隐恶"的实录精神备受推崇（班固《汉书·司马迁传》）；刘勰倡言史撰应"辞宗丘明，直归南、董"（《文心雕龙·史传》）；刘知几也认为史家"宁为玉兰摧折，不作瓦砾长存"（《史通·直书》），"夫国史之美者，以叙事为工，而叙事之工者，以简要为主"，简要的标准是"文约而事丰"（《史通·叙事》）。可以说，实录直

[①] 余英时：《士与中国文化·序》，上海人民出版社，1987年版。

笔、简要雅洁构成史传传统的重要内容。①与之相对，唐人小说幻设为文，注重细节铺陈。观念形态的事物比现实存在的变迁更为艰难缓慢，唐人往往称赞优秀小说的"史笔""史才"，宋明之际的人则推崇唐人小说"摛词布景，翻空造微"（桃源居士《唐人小说序》），"洵有神遇而不自知"（洪迈《唐人说荟·凡例》），"作意好奇，假小说以寄笔端"（胡应麟《少室山房笔丛》卷三六）。宋人赵德麟《侯鲭录》推赏元稹《莺莺传》说："乃观其文，飘飘然仿佛出于人目前。虽丹青摹写其形状，未知能如是工且至否？"可见，宋明人关注唐人小说的幻设为文与真切情境的创造，而不论是否为现实生活的如实记录。联系接受批评理论，我们亦可断言，唐人小说幻设铺陈的表现方法，只有在小说观念发展数百年后，才能获得广泛认同。幻设铺陈即想象虚构、工笔描写，想象是人脑利用原有表象形成新形象的心理过程。通过想象，作家创造出一个源于生活而又高于生活的艺术世界。

怪力乱神、子虚乌有是史传禁区，却正是小说家们驰骋才情的领地，《补江总白猿传》记梁将欧阳纥南征，随军美妻为白猿所窃，欧阳纥历经万般磨难，终在众多妇女帮助下杀死白猿，救出身怀六甲的妻子，生子即唐初大书家欧阳询。据孟棨《本事诗》、刘𫗧《隋唐嘉话》及"两唐书"本传，欧阳询相貌寝陋，极似猕猴。我国古代又早有猿猴窃妇故事，出于某种动机捏合联想，构成小说基本情节。然而如不借助丰富想象虚构和细笔刻画，那充其量不过是前代故事的简单翻演。《补江总白猿传》起始即用当地土人劝告设置悬念，欧阳纥严密设防，妻子仍未能幸免。白猿神通经此渲染，确已令人惊叹！欧阳纥寻妻月余而毫无结果，山穷水尽之际绣履的出现引导了故事进一步推展，其中绣履"虽浸雨濡，犹可辨识"的补白，于细微处再显作者思路的绵密周全。接下描写白猿生活环境，青山绿水，峭岩翠竹，红绽绿芙，嘉树名花，欢声笑语……史传乃至志怪小说绝不会用如此闲笔铺陈的。欧阳纥杀死白猿，救出妻子及众妇女，故事似可结束，但作者又不惮其繁，补述白猿生活习性。将白猿的人性与猿性穿插在一起，进一步凸现了人性一面：着素服，好读书，喜饮酒，善舞剑，又很健谈，预知不幸后，"怆然自失""因顾诸女，泛澜者久"，临终又"大叹咤曰：'此天杀我，岂尔之

---

① 至于具体操作上的"诗心""文心"因素，也即柯林伍德的"建构性想象"（constructive imagination），却与小说的想象虚构有本质不同。

能？'"白猿的行止与古代中国乃至西方的悲剧英雄有着惊人相似之处。前人多言此文谤讥讽刺意义,在未找到更确凿有力的证据前,我们却更愿视之为谐谑调笑之作。标志唐人小说极盛期到来的《任氏传》述狐精任氏与落魄青年郑六邂逅同居,并帮其致富出仕,后在随郑六赴任途中被猎犬所毙。任氏一改前代狐精色美而邪恶的形象,除怕犬、能感知千里外事,完全将她塑造成一个聪慧、善良、美丽又有点娇憨的少女。小说成功运用细节、肖像、对话描写,"著文章之美,传要妙之情"。其他如《柳氏传》《离魂记》等也都特色各具,备受推崇。

唐人小说也乐于运用梦幻。梦是现实生活的折光反映,"惯得梦幻无拘管",梦境的无意识性、虚幻性、超时空性与作家驰骋想象的创作需求相一致。《庄子·载物》中庄周梦中化蝶,人蝶莫辨;《论语·述而》中孔子因不能复梦见周公而哀叹;《列子》三记一贪酷富翁尹氏,让仆役整日劳作不得休息,迫害最厉害的老仆却面无忧色,老仆说:"人生百年,昼夜各分。吾昼为仆虏,苦则苦矣。夜为人君,其乐无比。何所怨哉?"原来他白日身为贱隶,夜则梦为国王。梦如脱缰奔马,不必受那么多拘牵,足以重构班班有序的世界,舒解久抑于心的情怀。"春秋、子、史,言梦者多"(白行简《三梦记》),这些都为唐人小说提供了素材和经验。《南柯太守传》《枕中记》《樱桃青衣》都记在梦中历尽一生故事,采用真幻交织、虚实相间手法,奇而不失其真,幻而不离其实。就《南柯太守传》论,蚁国依人间国度设计,淳于棼梦尚主、守大郡、中谗被逐以及许多生活场景都是现实生活的真实反映。《三梦记》《续玄怪录·薛伟》《纪闻·牛应贞》《秦梦记》等都记梦中生活片断,而以"吴兴才人"沈亚之的《秦梦记》最为奇诡。沈亚之梦中入秦,才干超群,娶穆公孀女弄玉,幸福地生活在翠微宫。后弄玉无疾而终,亚之作挽歌、墓志铭、题诗伤悼,极尽哀情。萧史弄玉吹箫引凤,得道仙去传说为世盛传,作者硬将世人艳羡的神仙眷属分开,又强点鸳鸯,敷衍出一段生死恋情。可见,唐人不仅能赋予轶事传说以生动丰满的血肉,且能对原有素材进行翻新改造,实行拿来主义,这是作家主体能动性高涨的表现。稍后以"元无有"题名的小说大约是对前代子虚乌有类虚拟话题的发展,与史传实录传统相去更远。神怪梦幻题材占去唐人小说大半,它们讲的本就是虚诞无稽之事,虚构想象及使之逼真化的描写铺陈就成为基本手法。唐人小说就这样以"事之所无,理之必有"(《红楼梦》甲戌本第二回脂砚斋眉批)的艺术真实,取代史传"有是事而如是书,斯谓事实"的征实传统。

以当代现实生活为题材的作品,往往人物可考或本事实有,也曾引动不少学者索隐,却依然难改小说家言的本质。事实上,唐人小说与史传的区别不仅在于写什么,更在于怎么写。"开创了写现实生活中爱情故事风气"[①]的《柳氏传》,男主人公韩翃是"大历十才子"之一,生平约略可考。孟棨《本事诗》曾收柳氏事,因而胡应麟说:"章台柳事或有之,唐人诗中证也"(《少室山房笔丛》卷四一)。不过,靠近史实并非史撰专利,现代不是也有所谓纪实小说吗?《柳氏传》除收录韩、柳二人大量唱和诗外,还注重刻画细节和情境,如对二人劫后重逢的叙写。创设诗意抒情境界是中国古典小说的传统,却与史传家法相左。《莺莺传》《霍小玉传》《李娃传》扑朔迷离,特别是《莺莺传》,宋人王铚、赵德麟,今人陈寅恪、孙望等均认为是元稹本人夫子自道,亦有一定道理。但是,元稹本传中无此情节,即便有也不会这样表现。《莺莺传》收录大段秾艳婉媚诗歌,精雕细刻使情节"飘飘然仿佛出于人目前",成为后世敷衍最多的名篇。《长恨歌传》大体采用"信以传奇,疑以传疑"手法,叙事较客观,文笔也质朴。叙写玄宗、杨妃刻骨铭心的思念是小说主体,杨妃在仙山回忆昔日与玄宗密誓一节尤为感人,突破帝王宠妃局限,成为对人类最永恒真挚情感的礼赞。离开幻设铺陈,作品是难臻此境的。《谢小娥传》《吴保安》《冯燕传》纪实性更强,前两则还分别收入《新唐书》"列女传""忠义传"。将《谢小娥传》《吴保安》与《新唐书》叙写对照考察,可以看出,史传以善为目的,奖善惩恶,用春秋笔法包举一生,彰显传主嘉言懿行、不朽功业;唐人小说以美为主旨,愉悦性情、削高补低,创设呼之欲出的"第二自然"。对同一素材,唐人小说相较于史传不仅篇幅延长,叙述性语言减少,描述演示性语言增多,更重要的是由此引起的深层变化。叙述性语言平易质实,便于表现事件线性发展;描述演示性语言形象生动,刻画细腻,注重捕捉瞬间情状,便于表现点的深入,达到栩栩如生的叙事效果。唐人小说的史传化特征,至多只增加了作品历史真实感。

[①] 程毅中:《唐代小说史话》,文化艺术出版社,1990年版,第122页。

三、品格论：从儒雅庄重到飘逸风流

朱自清先生曾将中国传统文学用"儒雅"与"风流"来概括："载道或言志的文学以儒雅为标准，缘情与隐逸的文学以风流为标准。有的人达则兼济天下，穷则独善其身，表现这种情志的是载道或言志。这个得有正其谊不谋其利，明其道不计其功的抱负，得有怨而不怒、温柔敦厚的涵养，得用熔经铸史、含英咀华的语言。这就是儒雅的标准。有的人纵情于醇酒妇人，或寄情于田园山水，表现这种情志的是缘情或隐逸之风。这个得有妙赏、深情与玄心，也得用含英咀华的语言，这就是风流的标准。"[1]中国传统的雅俗说及近年广为海内学人引用的芮斐德氏"大传统""小传统"理论诚为考察文化现象的利器，却都无形中忽视了同一层面的文化个性。朱先生的观点在分析中国传统的士大夫雅（大传统）文化上显出了很大优越性，这种分法稍加变通同样也适用于史传与唐人小说，史传资鉴劝诫，彰善瘅恶，既属"著书者之笔"，也就偏于儒雅；唐人小说愉悦性情，征异话奇，既为"才子之笔"，也就偏于风流。风流一词内涵丰富，朱先生的理解源于冯友兰先生。冯先生认为风流是一种人格美，世人称赏的魏晋风流特质有四，其中玄心指超越感（无我），妙赏指对美的深切感受，深情指对宇宙人生的关切（无我而有情）乃至最终忘情。[2]风流作为人间至美的投射，充溢着浓郁的人文精神。艺术是各个历史时期人们"直接面对着上帝"的产物，高蹈激扬、超拔飘逸的诗情文心构成唐人小说风流样态的主调，具体表现为：偏嗜缠绵悱恻的情爱描写，激赏豪侠义士的人格风范，对神怪登仙津津乐道。

集中表现男女情爱的小说始于唐人，正如郭箴一先生指出的："在唐以前，中国向无专写恋爱的小说。有之，始自唐人传奇。就是唐人所作传奇，也要算这一类最为优秀。"[3]唐人情爱小说洋洋大观，千奇百怪，就恋爱女性而言，仙鬼狐妖、贵妃宠姬、倡伎优伶等都粉墨登台。单篇小说的代表作大多表

---

[1] 朱自清：《朱自清古典文学论文集·文学的标准与尺度》，上海古籍出版社，1981年版，第5页。
[2] 冯友兰：《三松堂学术文集·论风流》，北京大学出版社，1984年版，第609页。
[3] 郭箴一：《中国小说史》，商务印书馆，1939年版，第137页。

现情爱，小说集中影响最大的《传奇》，据考近人周楞伽辑注本所收三十一篇中，描写情爱者也有二十余篇。对情爱题材的偏嗜成为唐人小说（乃至中国古典文言小说）一大特点，甚至淹没其他题材，成为唐人小说的代称。宋人洪迈云："唐人小说，不可不熟，小小情事，凄惋欲绝。洵有神遇面不自知者，与诗律可称一代之奇。"（《唐人说荟·凡例》）清人章学诚云："唐人乃有单篇，别为传奇一类，大抵情钟男女，不外离合悲欢……虽情态万殊，而大致略似。其始不过淫思古意，辞客寄怀，犹诗家之乐府古艳诸篇也。"（《文史通义》卷五）洪、章二人趣舍尽殊，用情爱题材指代唐人小说却如出一辙。唐代社会生产有了很大发展，对男女之事的通脱开放也可谓空前绝后，英明如太宗、玄宗尚有触违礼法之事，芸芸众生、凡夫俗子们日常行止就可以想见。新兴进士阶层"枥多名马，家有妓乐"，浮薄放浪闻于天下，他们"以诗人冶游的风度来摹写史传文章，于是产生了唐人传奇"，并备受人们喜爱。

塑造声口各异的美女形象是唐人情爱小说一大特色，荥阳生初遇"妖姿要妙，绝代未有"的李娃，"停骖久之，徘徊不能去"，李娃"回眸凝睇，情甚相慕"，荥阳生再访，李娃"整装易服而出"，"明眸皓腕，举步艳冶"，亲热地与其"叙寒燠"，李娃的大胆主动符合其名妓身份。（见《李娃传》）崔莺莺被母亲强令见张生时"常服晬容，垂鬟接黛，双脸销红"，"以郑之抑而见也，凝睇怨绝，若不胜其体者"，莺莺的慵倦被动自合于她大家闺秀身份。（见《莺莺传》）唐人小说还注意刻画男女相悦相恋的曲折过程和复杂心理。《莺莺传》中，原来"内秉坚孤，非礼不可入"的张生，见到莺莺才一改"未尝近女色"的习性，"几不自持"，试探于红娘。张生赠诗表情，果得佳音，逾墙践约，却遭莺莺申斥。几夜后红娘扶莺莺降临，张生"飘飘然且疑神仙之徒，不谓从人间至矣"，直到莺莺天明离去，仍自疑"岂其梦邪？"——小说从张生视角叙写，在曲折的情节推移中真切展示张生性格。莺莺受礼教束缚更甚，心态更为复杂，但同样充满对爱的渴望。当"性温茂，美风容"的张生表白倾慕时，情不能已。可当张生真的来到面前，恪守礼法与接纳张生的冲突达到顶点，礼教观念瞬间又占了上风。不过她数落张生，看似义正词严，实则不堪一击，数夕之后，终于夜奔张生。正是莺莺时而犹豫、时而果决的矛盾行止使作品摆脱概念化和低级趣味，真实表现了八九世纪中国青年男女奇美动人的情爱历程。《霍小玉传》是典型的痴情女与负心汉故事，作家处理时却能避免程式化、简单化。李益是个薄幸之人，却并非对小玉毫无感情。两年同居，他"指誓日月"，数次"且愧且感，不觉流涕"，另有所娶后，"生自以为辜负盟约，大惩回期，寂不知闻，欲断其望。遥托亲故，不遗漏言"，可见并非良知丧尽，全无心肝。小玉亡故，"生为之衣缟素，且夕哭泣甚哀"，依唐丧制，只有亲缘极近者才衣缟素，李益此举也不是矫情做戏。《霍小玉传》就这样不自觉地运用现实主义笔法，冷峻深刻地表现李益的可憎可悲可怜。唐人情爱小说将视线主要投向士林华选与风尘娇娃身上，"语带烟花，气含脂粉"（高儒《百川书志》卷六），"著文章之美，传要妙之情"（《任氏传》），真实展示他们缠绵悱恻、凄美动人的情事，同时塑造了一大批善良坚贞、聪慧果决而又富于牺牲精神的女性形象。

唐人豪侠小说也引人注目。侠士"时扞当世之网"，总多少同代表法律与秩序的政治权威处于对立位置。侠士并非一个特殊社会阶层，不具备某种阶级成分，而主要在于一种个性、气质和行为方式，"其言必信，其行必果，已诺必诚，不爱其躯，赴士之厄困"（《史记·游侠列传》）。在充满压迫与不平的现实中，侠士身上除却了怯懦和无可奈何，闪烁着人类英雄（超人）的耀眼光辉，纾解了弱者（凡人）心头郁结，寄寓了他们的理想与渴望，正如有论者指出的，"侠客独立不羁的个性、豪迈跌宕的激情，以及如火如荼飞扬燃烧的生命情调，确实令文弱书生心驰神往"。[①]唐豪侠小说涉及扶危济困、除暴安良、快意恩仇、安邦定国等诸多内容，突出豪侠人格的坚韧恢宏与卓尔不群、武功的出神入化、功业的惊世骇俗，表达了作者"虽不能至，心向往之"的企羡（且与宋人形成鲜明对比）。唐豪侠小说也经历了一个发展演变过程。初期侠士往往是一些日常生活中的英雄，强调古道热肠，而非匹夫之勇。许虞侯、黄衫豪士以打抱不平为特色；谢小娥矢志复仇，历尽艰辛，以坚韧刚强见长；郭元振拯人于水火，不计利钝得失，显出卓荦不群的胆识；柳毅虽一介书生，亦有侠肠义胆，排难解纷毫不犹豫，功成事立又拒不受赏，面对凶悍鲁莽的钱塘君，"肃然而作，欻然而笑"，威武不屈，大义凛然。"义非侠不立，侠非义不成"（李德裕《豪侠论》），随着以武行侠观念的形成，唐豪侠小说不仅渲染行侠效果，且注重侠士武功，打斗场面也异彩纷呈，各种技击、道术与药

[①] 陈平原：《千古文人侠客梦——武侠小说类型研究》，人民文学出版社，1992年版，第13页。

物在实践中得到应用,豪侠形象也由初期充当故事背景渐移至舞台中心。昆仑奴频繁出入戒备森严的显贵后宅,救出红绡后显贵命甲士围捕,"昆仑奴遂持匕首,飞出高垣,瞥若翅翎,疾同鹰隼,攒矢如雨,莫能中之;顷刻之间,不知去向",烘托出昆仑奴动作敏捷,武艺高超(《传奇·昆仑奴》)。聂隐娘"能飞,使刺鹰隼无不中","白日刺其人于都市,人莫能见",并可化为蠛蠓,潜入人肠中,表现了神出鬼没的非凡身手(《传奇·聂隐娘》)。古押衙设计用药物从宫掖救出无双,使有情人终成眷属,为免于事泄又抽刀自刎(《无双传》)。前人评述结局"事大奇而不情"(胡应麟《少室山房笔丛》卷四一),"不中情理"[①],我们却认为以死酬知己正是中国传统文化精神,从《史记·魏公子列传》中侯生一类人身上就能找到影子。唐后期豪侠小说伦理意义更少,更注重对侠士武技奇行的正面描写。侠士年龄、性别、职业、身份十分宽泛,技艺也变得千奇百怪。《虬髯客传》是个特例,其中"风尘三侠"并无超凡武功,而表现出对时势的清醒认识和对未来的明智抉择,从胆识气魄和人格理想上都远远超出一般豪侠。

在中国文化中,神怪登仙主题都代表人们对怪异现象的解释及对超现实世界的向往。唐人神怪登仙小说数量极多,虽直承六朝志怪,却寓含更深刻的人生哲理与情志欲望。最具代表性的就是所谓神仙艳遇作品,如《游仙窟》《湘中怨解》《玄怪录·崔书生》《传奇·崔炜》等,其中书生受到逾分的尊重与赏识,财色兼得,甚至最后得道成仙、永享天年。梦境的描述也与神怪仙遇异曲同工,《南柯太守传》《枕中记》中,淳于棼与卢生顷刻达到人生理想的极致,生命历程被安顿于简短的时间长度中,生如闪电之耀亮,逝如彗星之迅忽。他们婚姻美满,官职清要,快意生前,显荣身后,人生如此,夫复何求?而一旦大梦醒觉,感到的只有幻灭的悲哀,进而达到人生的解悟,"感南柯之浮虚,悟人生之倏忽"。唐人神怪登仙小说与其时昌炽的释道二教关系密切,他们设想人与万物互通,如张逢化虎、薛伟化鱼、徐佐卿化鹤等,而《玄怪录·元无有》中故杵、灯台、水桶、破铛也可化人吟诗唱和;《玄怪录·岑顺》中,殉葬器物亦能化人布阵行军。无需任何外在条件,而只是"意足而起","遇此纵适,实契宿心",人即可化为异类,器用之物也可借生命与人

---

① 汪辟疆:《唐人小说》,上海古籍出版社,1978年版,第173页。

形而活动。这是快意自适的人生观,顺着生命的本然,便可拥有一切。唐人神怪登仙小说于喧闹纷扰的尘世之外,另辟新境,试图为易动不安的心灵寻求安顿之处,尽管往往最终无奈地回归到现实人生。

萌芽、成长于崇史重史文化背景下的中国古典小说,深受史籍特别是其大宗——史传丰富滋养,也受到史传家法的严重束缚。冲决史传家法、建立崭新文体的重任历史地落在唐人小说身上,无论是社会功用上从资鉴劝诫到愉悦性情、表现方法上从实录简要到幻设铺陈,还是文体品格上从儒雅庄重到飘逸风流,唐人小说都顺利实现了对史传传统的内在超越,终成"一代之奇""特绝之作",宣告了中国古典小说文体的真正独立,昭示了中国古典小说史上第一个辉煌时代的到来。

(本文发表于《陕西师范大学学报》〔哲学社会科学版〕1998年第1期)

李钊平,1970年生,1999年毕业于陕西师范大学中文系,文学博士,师从霍松林先生,现为中国青年出版总社编审、青年文摘图书中心主任,兼任中国出版协会青年读物工作委员会秘书长。

论唐五代笔记小说中的官吏形象

蔡静波

内容摘要：传统上老百姓常常把官吏分为清官、贪官、忠臣、奸臣，但实际上官吏的类别远不止这些。从唐五代笔记小说中所描述的众多官吏形象来看，当时的官吏大体可以分为忠臣、智吏、能臣、厉臣、正臣、诤臣、奸臣、谄吏、酷吏、贪官等十类。在提倡构建和谐社会的今天，探讨唐五代时期的官吏形象，有利于我们借鉴、学习好的官吏形象，真正树立执政为民的思想；抑制、减少坏的官吏产生的环境，从而减少诱发社会矛盾的因素。

关键词：唐五代；笔记小说；官吏形象

传统上老百姓常常把官吏分为清官、贪官、忠臣、奸臣，但实际上官吏的类别远不止这些。从唐五代笔记小说中所描述的众多官吏形象来看，当时的官吏大体可以分为忠臣、智吏、能臣、厉臣、正臣、诤臣、奸臣、谄吏、酷吏、贪官等十类。在提倡构建和谐社会的今天，探讨唐五代时期的官吏形象，有利于我们借鉴、学习好的官吏形象，真正树立执政为民的思想；抑制、减少坏的官吏产生的环境，从而减少诱发社会矛盾的因素。下面分而论之。

一、忠臣。所谓忠臣，就是忠君、忠国之臣。唐五代笔记小说中记载了大量忠臣的事迹，塑造了众多忠臣的形象。在这组形象里，既有房玄龄、高士廉、褚遂良、李昭德式的直言进谏之忠；亦有安金藏剖腹以证睿宗不反的赤胆之忠；也有高力士闻知玄宗厌世，继而北望号泣，呕血而死的生死相随之忠。

如《大唐新语》卷二"极谏第三"载魏徵谏言太宗营造北门之事即是一例，还如《大唐新语》卷七"识量第十四"载褚遂良进谏太宗受高丽莫离支盖苏文贡白金事，均表现了耿耿忠臣的形象。

《大唐新语》卷一"匡赞第一"记载则天以武承嗣为左相，李昭德奏曰：不知为什么陛下委任承嗣以重权？则天曰：他是我的侄子，委以心腹耳。昭德曰：如果说姑侄关系亲近，那它有没有父子、母子亲近？则天曰：没有。昭德曰：父子、母子尚有逼夺，何况姑侄？使侄子有机可乘，宝位能安宁吗？再说陛下今为天子，陛下之姑受到什么福庆？怎能委重权于侄子？则天惊慌四顾，说：我未想这些。即日罢承嗣政事。李昭德敢于谏阻则天侄子武承嗣为相，不惧以疏亲而见坐[1]，可谓忠勇。

《大唐新语》卷五"忠列第九"记载有人诬告皇嗣潜有异谋，则天令来俊臣按之。"太常工人安金藏为证皇嗣睿宗无有异谋，以刀自剖，血流披地。则天闻，令舁入宫中，遣医人却内五脏，以桑白皮缝合之，敷药，经宿乃苏。则天临视，叹曰：'吾有子不能自明，不如汝之忠也。'即令停推，睿宗由是乃免。安金藏于睿宗可谓至忠矣。"

《明皇杂录》补遗记载高力士被遣巫州，后会赦归至武溪，途中遇坐事谪于岭南的开元中羽林军士，遂停车访旧，方知上皇已厌世。力士遂北望号泣，呕血而死。[2]高力士于玄宗可谓忠矣。

二、智吏。所谓智吏，就是具有非凡的智慧并用以解决问题的官吏。在这组群像里，既有虞世南欲抑先扬以行谏阻的机敏，亦有崔琢审时度势以孝避乱的聪睿。

《大唐新语》卷三"公直第五"载云：

> 太宗谓侍臣曰："朕戏作艳诗。"虞世南便谏曰："圣作虽工，体制非雅。上之所好，下必随之。此文一行，恐致风靡。而今而后，请不奉诏。"太宗曰："卿恳诚若此，朕用嘉之。群臣皆若世南，天下何忧不理！"乃赐绢五十匹。先是，梁简文帝为太子，好作艳诗，境内化之，浸以成俗，谓之宫体。晚年改作，追之不

---

[1] 见[唐]刘肃：《大唐新语》，中华书局，1984年版，第7页。
[2] [唐]郑处诲：《明皇杂录》，见《唐五代笔记小说大观》，上海古籍出版社，2000年版，第969页。

及，乃令徐陵撰《玉台集》，以大其体。永兴之谏，颇因故事。①

《北梦琐言》卷十五"为堂叔母侍疾"载云：

> 唐天祐三年，拾遗充史馆修撰崔琢进状，以堂叔母在孟州济源私庄，抱疾加甚，无兄弟奉养，无强近告投。兼以年将七十，地绝百里，阙视药膳，不遑晓夕，遂乞假躬往侍疾。敕旨依允。时人义之。或曰："避祸而享义名者，亦智也。"②

崔琢的进状，以孝为名，行全身避祸之实。

三、能臣。所谓能臣，就是具有超常办事能力的官吏。在这组群像里，既有河南尹李杰、长安令张松寿断案时善察细节以定生杀予夺的审慎；亦有新乡县令裴子云鞫讯案犯时巧设计谋以辨真伪的聪慧；更有裴度失印不究却张筵举乐，故意松懈环境以使送归的狡黠。

《朝野佥载》卷五记载李杰为河南尹时，曾有一寡妇告其子不孝，而其子莫能自辩，只说得罪了母亲，死也甘愿。李杰观其子，不像不孝之子，就劝寡妇说，你身为寡妇，唯有一子，今天告他，按罪当死，你不后悔吗？寡妇说，儿子无赖不顺，我不可惜的。李杰说，既然如此，你就准备棺材来收儿尸吧。遂派人跟踪察看。寡妇出门后，即给在外等候的一个道士说，事情办妥了。待寡妇运来棺材，李杰还再三劝喻，希望其反悔撤诉，但寡妇执意如初。李杰即令人密擒道士，一问便交代说他与寡妇有私，尝苦为儿所制，故欲除之。李杰于是释放其子，杖杀道士及寡妇，使同棺盛之。③其实这里，李杰仅仅根据人之常情判断，即知有误，遂略施小计，便得侦破。

《朝野佥载》卷五记载张松寿为长安令时，昆明池旁发生劫杀案，奉敕十日内须获贼，若不能按期破案，到时要按律定罪。张松寿亲临案发现场察看，至则见一老妪树下卖食，便令随从人员驮其入县，供以酒食。经三日，还以马送旧坐处，并令一腹心人潜看，谓如有人与老妪说话，即捉来。很快就有一人前来向卖食老婆打听案件侦破情况，遂被捉拿送县，一问俱承，人赃并获。④

---

① [唐]刘肃：《大唐新语》，中华书局，1984年版，第41—42页。
② [唐]孙光宪撰，贾二强点校：《北梦琐言》，中华书局，2002年版，第299页。
③ 见[唐]刘悚、张鹭撰，程毅中、赵守俨点校：《隋唐嘉话·朝野佥载》，中华书局，1979年版，第107—108页。
④ 见[唐]刘悚、张鹭撰，程毅中、赵守俨点校：《隋唐嘉话·朝野佥载》，中华书局，1979年版，第110页。

这里张松寿就是利用罪犯嫌疑人急于了解县衙推勘案情的心理而设计破案的。

《朝野佥载》卷五记载裴子云为卫州新乡县令时，部人王敬戍边，留牝牛六头于其舅李进处，养五年，产犊三十头。王敬戍边回来向其舅李进索牛，李进言因两头已死，只还四头老牛，其余并非汝牛生，总不肯还。王敬忿之，把李进告到了县衙。县令裴子云令把王敬关起来，教追盗牛贼李进。李进惶怖至县，裴子云叱之曰："贼引汝同盗牛三十头，藏于汝家，唤贼共对。"当时以布衫蒙着王敬头，让立于南墙下。李进着急，乃吐款云："三十头牛总是外甥牝牛所生，实非盗得。"裴子云令撤去布衫，李进见是王敬，说，这是我外甥么。裴子说："若是，即还他牛。"李进默然。裴子云说："五年养牛辛苦，与数头，余并与敬。"一县服其精察。[①]这里裴子云略施计谋，便辨出真伪，可谓智矣。

《玉泉子》载云：

> 裴晋公在中书，左右忽白以印失所在，闻之者莫不失色。度即命张筵举乐，人不晓其故，窃怪之。夜半饮酣，左右忽白以印存焉，度不答，极欢而罢。或问度以其故，度曰："此出于胥徒盗印书券耳，缓之则存，急之则投诸水火，不复更得之矣。"时人服其弘量，临事不挠。[②]

四、厉臣。笔者所谓的厉臣，即指执行公务严酷厉害的官员。厉臣执法严明，百姓欢迎；不同于滥用刑罚的酷吏。这里既有像杨德幹那样为了百姓利益杖笞权贵的严酷，亦有像王忱那样军士犯禁杖而枷之且约百日方脱的严肃。

《隋唐嘉话》卷中载云：

> 杨汴州德幹，高宗朝为万年令。有宦官恃贵宠，放鹞不避人禾稼，德幹擒而杖之二十，悉拔去鹞头。宦者涕泣袒背以示于帝，帝曰："你情知此汉狞，何须犯他百姓？"竟不之问。[③]

《唐国史补》卷中载云：

> 王忱为盩厔镇将，清苦肃下，有军士犯禁，杖而枷之，约曰：

---

① 见[唐]刘悚、张鷟撰，程毅中、赵守俨点校：《隋唐嘉话·朝野佥载》，中华书局，1979年版，第108页。

② [唐]阙名撰：《玉泉子》，见《唐五代笔记小说大观》，上海古籍出版社，2000年版，第1422页。

③ [唐]刘悚、张鷟撰，程毅中、赵守俨点校：《隋唐嘉话·朝野佥载》，中华书局，1979年版，第33页。

"百日而脱。未及百日而脱者有三：我死则脱，尔死则脱，天子之命则脱。非此，臂可折，约不可改也。"由是秋毫不犯。①

五、正臣。所谓正臣，是笔者给予的称谓，意即在做人方面既不献媚讨好，也不落井下石；在处事方面则不偏不倚，不左不右，按照常规常理进行的官吏。这种官吏老百姓谓之好官。

《隋唐嘉话》卷中记载唐高宗总章年间尚书卢承庆负责内外官吏考核，有一官督运，因遭风失米，卢初考之曰："监运损粮，考中下。"见其人容止自若，无一言而退。卢重其雅量，改考曰："非力所及，考中中。"又见其既无喜容，亦无愧词。又改考曰："宠辱不惊，考中上。"这里卢承庆既考绩又考德，而无论其与己关系如何。被考之人亦遵规守纪，不给考官行贿送礼，我的实际如此，你考的结论是啥就是啥。②这里可以看出，考官卢承庆和被考者都是正直之人。

《唐国史补》卷中记载吕元膺为鄂岳都团练使时，曾夜登城巡查，但城墙上的女墙已锁，守墙者说："军法，夜不可开。"当时有人给说是中丞亲自登巡。守者又曰："夜中不辨是非，虽中丞亦不可。"元膺乃归，次日擢守陴者为大职。③这位吕元膺真正臣也，他不但不带头破坏纪律，且能模范执行。尤其是能不见罪于下属，更何况还因此擢拔他！实为难能可贵。

《大唐新语》卷七"识量第十四"记载则天曾欲向狄仁杰透露进谗者，以图笼络其心。狄仁杰谢曰："陛下以臣为过，臣当改之。陛下明言，臣之幸也。若臣不知谮者，并为友善，臣请不知。"则天深加叹异。④充分表现了狄仁杰的容人之气量。

《独异志》卷下还记载张安世举进贤达，不令其知。或有诣门谢者，亦不见。终身恨曰："安有拜官公庭，谢恩私门乎！"可以想见，当时"拜官公庭，谢恩私门"之风是何等剧烈。⑤如今社会，如张安世之行为，更是鲜见，

---

① 见[唐]李肇、赵璘《唐国史补·因话录》，上海古籍出版社，1979年版，第45页。
② 见[唐]刘悚、张鷟撰，撰，程毅中、赵守俨点校：《隋唐嘉话·朝野佥载》，中华书局，1979年版，第29页。
③ 见[唐]李肇、赵璘：《唐国史补·因话录》，上海古籍出版社，1979年版，第43页。
④ 见[唐]刘肃：《大唐新语》，中华书局，1984年版，第101页。
⑤ 见[唐]李冗、张读撰，张永钦、侯志明点校：《独异志·宣室志》，中华书局，1983年版，第61页。

没有不欲使人知其恩而图报的。

六、诤臣。所谓诤臣，即敢于直言进谏之臣。诤臣似也可划归忠臣之列，但和忠臣是有区别的。其别在于忠臣是在对皇帝忠的前提下直言进谏的，而诤臣是在认定公理公正的前提下直言进谏的。在这组群像里，既有千古闻名的狄仁杰、裴怀古，亦有不甚知名的胡元范、刘齐贤、俞文俊。

《大唐新语》卷四"持法第七"记载唐高宗时，将军权善才因捉拿犯法的飞骑而被告其砍伐昭陵柏树，是大不敬。高宗悲泣不自胜，认为善才砍其父陵上柏，是为子不孝，乃命杀之。大理丞狄仁杰断决善才罪止免官，不当死。高宗大怒，命促刑。仁杰曰："法是陛下法，臣仅守之。奈何以数株小柏而杀大臣？请不奉诏。"高宗曰："善才情不可容，法虽不死，朕之恨深矣，须法外杀之。"仁杰曰："陛下作法，悬诸象魏，徒流及死，具有等差。岂有罪非极刑，特令赐死？法既无恒，万方何所措其手足？陛下必欲变法，请今日为始。"高宗意乃解，曰："卿能守法，朕有法官。"命编入史。又曰："仁杰为善才正朕，岂不能为朕正天下耶？"授侍御史。后因谏事，高宗笑曰："卿得权善才便也。"后左司郎中王本立恃宠用事，朝廷惧之。仁杰按之，请付法，高宗特原之。仁杰奏曰：虽是国之英秀，难道就缺少本立这类人？陛下为何怜惜罪人，而亏王法？若果一定不想追究，那你就随便找个理由把他放了算了，同时也请把我弃于无人之境，以为忠贞将来之戒。高宗乃许之。由是朝廷肃然。①这狄仁杰不惧忤逆之罪，直言直谏，真可谓是诤臣。

《大唐新语》卷四"持法第七"记载则天朝，恒州鹿泉寺僧净满有高行，众僧嫉之，乃密画女人居高楼，净满引弓射之状，藏于经匣，令其弟子诣阙告之。则天大怒，遂命御史裴怀古推按，便行诛决。怀古穷其根本，乃释净满而坐告者，并报则天以闻。则天惊怒，色动声战，责怀古宽纵。怀古执之不屈。李昭德进曰："怀古推事疏略，请令重推。"怀古厉而言曰："陛下法无亲疏，当与天下执一。奈何使臣诛无辜之人，以希圣旨？向使净满有不臣之状，臣复何颜能宽之乎？臣守平典，庶无冤滥，虽死不恨也。"则天意解，乃释怀古。这位裴怀古在酷吏盛行的则天时代，敢于直言相谏，可谓铁骨铮铮，不愧为诤臣。②

---

① 见[唐]刘肃：《大唐新语》，中华书局，1984年版，第56—57页。
② 见[唐]刘肃：《大唐新语》，中华书局，1984年版，第58—59页。

《大唐新语》卷三"清廉第六"记载裴炎与其舅王德真受高宗遗诏辅少主,则天临朝,废中宗为庐陵王,将行革命之事。徐敬业举兵于扬州,当时裴炎为内史,不欲急讨。则天潜察之,下炎入狱。凤阁侍郎胡元范、刘齐贤等庭争,说裴炎忠鲠无反状。则天曰:"炎反有端,顾卿不知耳。"范、贤曰:"若裴炎反,臣等亦反。"则天曰:"朕知裴炎反,知卿不反。"炎既诛,范、贤亦被废黜。炎将刑,顾谓兄弟曰:可惜你们官职皆是自得,而炎无分毫可遗,今竟因炎见坐遭流窜矣。"当时裴炎仕途虽达而甚清贫,收其家,略无积聚,时人伤焉。胡元范、刘齐贤所谏虽未能行,甚至亦被废黜,但其不怕牵连、敢于庭诤的行为实为忠勇。①

《大唐新语》卷十三"记异第二十九"记载则天时,新丰县东南露台乡,因风雨震雷,有山踊出高二百尺,有池周回三顷,池中有龙凤之形、米麦之异。则天认为是吉祥的象征,号曰庆山。荆州人俞文俊上书曰:"臣闻天气不和则寒暑并,人气不和而疣赘出,地气不和而堆阜出。今陛下以女主处阳位,反易刚柔,故地气隔塞而出变为灾。陛下谓之庆山,臣以为非庆也。宜侧身修德,以答天谴。不然,祸立至。"则天大怒,流之岭南。②俞文俊依据天人合一的理论,上书进谏,其勇可嘉,然或谓是不识时相也。

七、奸臣。所谓奸臣,即指以权谋私、残害忠良的大官。在这组群像里,仅举出臭名昭著的李林甫、杨国忠的几则奸例。

《唐国史补》卷上开元二十四年,时唐玄宗在东都。因宫中有怪,明日召宰相,欲西幸。裴耀卿、张曲江以百姓场圃未毕为由谏请待冬中再行。而此时李林甫初拜相,窃知上意,及班旅退,佯装跛行。上问:"何故脚疾?"对曰:"臣非脚疾,愿独奏事。"遂进言:二京是陛下的东西宫。想什么时候去就什么时候去,还用选择时间?假若有妨于百姓收获,那么可以单独免去沿路租税。臣请宣示有司,即日西幸。玄宗很高兴,自此驾至长安,不复东矣。不久,耀卿、九龄俱被罢相,而牛仙客进焉。③这里的根本并不在于别人说不妥而李林甫说能行,其奸在于李林甫不能光明正大。如果说本则尚在表现李林甫迎合上意,曲意讨好之一面,则《大唐新语》卷十一"惩戒第二十五"条记载

---

① 见[唐]刘肃:《大唐新语》,中华书局,1984年版,第50页。
② 见[唐]刘肃:《大唐新语》,中华书局,1984年版,第193—194页。
③ 见[唐]李肇、赵璘:《唐国史补·因话录》,上海古籍出版社,1979年版,第15—16页。

天宝中李林甫谏请玄宗制蕃文吏不如武臣，武臣不如蕃将之事更显示了他为了一己私利而不顾国家安危的险恶用心。

《大唐新语》卷七"识量第十四"记载李林甫因李适之性简率，及为左相，每事不让李林甫。林甫憾之，乃密奏其"好酒，颇妨政事"。玄宗惑焉，遂免适之左相，改授太子少保。又，李林甫谓适之曰："华山之下，有金矿焉，采之可以富国，上未之知耳。"李适之觉得这是好事，他日遂奏之，玄宗大悦。玄宗顾问李林甫，李林甫却说："臣知之久矣。华山，陛下本命，王气所在，不可发掘，故臣不敢言。"①李林甫的两面三刀，口蜜腹剑，在这里得到极充分的展示。

《大唐新语》卷九"谀佞第二十一"记载唐玄宗欲以驸马张垍代希烈为相，杨贵妃知之，告以杨国忠。杨国忠深忌之。时逢安禄山入朝，玄宗将加宰相，遂命张垍草诏。国忠谏曰："禄山不识文字，命之为相，恐四夷轻于唐。"玄宗乃止。及安禄山归范阳，诏高力士送于长乐陂。力士归，玄宗问曰："禄山喜乎？"力士对曰："禄山恨不得宰相，颇有言。"国忠遽曰："此张垍告之也。"玄宗不察国忠之诬，疑垍漏泄，大怒。黜垍为卢溪郡司马。②张垍给没给安禄山说，杨国忠怎么知道？杨国忠纯粹是诬告！但他的诬告一箭双雕，既谏阻了安禄山为相，亦谏阻了张垍为相，使二人均不致成为自己在朝廷的竞争对手。奸之甚亦。

八、谄吏。所谓谄吏，就是巴结讨好、巧言奉承，以图升迁的官吏。在这一组群像中，既有张岌谄事薛师，为其马旁伏地，作其马镫；郭霸尝来俊臣粪秽，宋之问捧张易之溺器之行；亦有崔湜献妻女于储闱之举。

《朝野佥载》卷五载云：

> 天后时，张岌谄事薛师，掌擎黄幄，随薛师后。于马旁伏地，承薛师马镫。侍御史郭霸尝来俊臣粪秽，宋之问捧张易之溺器，并偷媚取容，实名教之大弊也。③

关于郭霸尝粪之事，《大唐新语》卷九"谀佞第二十九"还有一则记载。

---

① 见[唐]刘肃：《大唐新语》，中华书局，1984年版，第104页。
② 见[唐]刘肃：《大唐新语》，中华书局，1984年版，第145页。
③ [唐]刘𡽹、张鷟撰，程毅中、赵守俨点校：《隋唐嘉话·朝野佥载》，中华书局，1979年版，第124页。

说是侍御史郭霸曾尝御史大夫魏元忠便液,先被魏元忠辞拒,后被魏元忠露其事于朝廷。该书载云:

> 魏元忠为御史大夫,卧病,诸御史省之。侍御史郭霸独后,见元忠,忧形于色,请视元忠便液,以验疾之轻重。元忠辞拒。霸固请尝之,元忠惊惕。霸喜悦曰:"大夫泄味甘,或难瘳;而今味苦矣,即日当愈。"元忠刚直,甚恶其佞,露其事于朝廷。①

《朝野佥载》卷五记载崔湜先谄事张易之与韦庶人,及韦氏诛,又附太平,并进妻与二女于储闱,得为中书侍郎、平章事。或有人谤之曰:"托庸才以主第,进艳妇于春宫。"②崔湜进妻女与人,亦可谓谄事至极之例。

九、酷吏。所谓酷吏,即是指"滥用刑罚,残虐百姓的官吏"。③唐代在武则天时期,应运而生了一些著名的酷吏,像号为"牛头阿婆"的秋官侍郎周兴;号为"索使"的推事使索元礼;号为"三豹"的监察御史李嵩、李全交,殿中王旭等。

《朝野佥载》卷二载云:

> 周秋官侍郎周兴推勘残忍,法外苦楚无所不为,时人号"牛头阿婆"。百姓怨谤,兴乃牓门判曰:"被告之人,问皆称枉。斩决之后,咸悉无言。"④

《朝野佥载》卷二载云:

> 周推事使索元礼,时人号为"索使"。讯囚作铁笼头,囗(呼角反)其头,仍加楔焉,多至脑裂髓出。又为"凤晒翅""猕猴钻火"等。以椽关手足而转之,并研骨至碎。又悬囚于梁下,以石缒头。其酷法如此。元礼故胡人,薛师之假父。后坐赃贿,流死岭南。⑤

---

① [唐]刘肃:《大唐新语》,中华书局,1984年版,第143页。
② 见[唐]刘餗、张鷟撰,程毅中、赵守俨点校:《隋唐嘉话·朝野佥载》,中华书局,1979年版,第125页。
③ 《新编古今汉语大词典》,上海辞书出版社,1995年版,第1071页。
④ [唐]刘餗、张鷟撰,程毅中、赵守俨点校:《隋唐嘉话·朝野佥载》,中华书局,1979年版,第32页。
⑤ [唐]刘餗、张鷟撰,程毅中、赵守俨点校:《隋唐嘉话·朝野佥载》,中华书局,1979年版,第30页。

《朝野佥载》卷二载云：

> 监察御史李嵩、李全交，殿中王旭，京师号为"三豹"。嵩为赤髭豹，交为白额豹，旭为黑豹。皆狼戾不轨，鸩毒无仪，体性狂疏，精神惨刻。每讯囚，必铺棘卧体，削竹签指，方梁压髁，碎瓦楂膝，遣作仙人献果、玉女登梯、犊子悬驹、驴儿拔橛、凤凰晒翅、猕猴钻火、上麦索、下阑单，人不聊生，囚皆乞死。肆情锻炼，证是为非；任意指麾，傅空为实。周公、孔子，请伏杀人，伯夷、叔齐，求其劫罪。讯劾干堑，水必有期；推鞫湿泥，尘非不久。来俊臣乞为弟子，索元礼求作门生。被迫者皆相谓曰："牵牛付虎，未有出期；缚鼠与猫，终无脱日。妻子永别，友朋长辞。"京中人相要，作咒曰："若违心负教，横遭三豹。"其毒害也如此。①

十、贪官。所谓贪官，即指那些利用职务之便，极力寻占不应属于自己的东西的官吏。这里既有如益州新昌县令夏侯彪以钱生利以少生多的贪财；亦有如夏官侍郎侯知一等该退不退的贪位；还有如武承嗣强掠他人妻妾的贪色。

《朝野佥载》卷三记载：

> 益州新昌县令夏侯彪之初下车，问里正曰："鸡卵一钱几颗？"曰："三颗。"彪之乃遣取十千钱，令买三万颗，谓里正曰："未须要，且寄母鸡抱之，遂成三万头鸡。经数月长成，令县吏与我卖，一鸡三十钱，半年之间成三十万。"又问："竹笋一钱几茎？"曰："五茎。"又取十千钱付之，买得五万茎，谓里正曰："吾未须要笋，且向林中养之。至秋竹成，一茎十钱，成五十万。"其贪鄙不道皆类此。②

《朝野佥载》卷四载云：

> 周夏官侍郎侯知一年老，敕放致仕。上表不伏，于朝堂踊跃驰走，以示轻便。张惊丁忧，自请起复。吏部主事高筠母丧，亲戚为举哀，筠曰："我不能作孝。"员外郎张贞被讼诈遭母忧，不肯起

---

① [唐]刘𫗧、张鷟撰，程毅中、赵守俨点校：《隋唐嘉话·朝野佥载》，中华书局，1979年版，第34—35页。

② 见[唐]刘𫗧、张鷟撰，程毅中、赵守俨点校：《隋唐嘉话·朝野佥载》，中华书局，1979年版，第76页。

对。时台中为之语曰："侯知一不伏致仕，张惊自请起复，高筠不肯作孝，张栖贞情愿遭忧。皆非名教中人，并是王化外物。"兽心人面，不其然乎！[1]

《隋唐嘉话》卷下记载武承嗣贪掠补阙乔知之之宠婢，知之为诗《绿珠篇》以寄之，末句云："百年离别在高楼，一旦红颜为君尽。"其婢因结于衣带之上，投井而死。承嗣惊惋，遂致乔知之坐此陷亡。[2]

通过以上举例可以看出，唐五代笔记小说中给我们描述了大批唐五代时期的各种官吏形象，这些官吏既具有某一类人物的共性，也具有典型的个性特征，即使是一千多年后的今天读来，也仍然令我们和当时的作者们一样感同身受，为所描述的对象或喜或怒而唏嘘感叹。其中一些好的官吏形象如忠臣、智吏、能臣、正臣、诤臣、厉臣等千百年来已经融入我们中华民族的血脉，形成我们中华民族的优秀因子，以致当我们处在某种环境时常常呼唤他们的出现；而坏的官吏如谄吏、奸臣、酷吏、贪官等则已成为我们中华民族厌恶、贬抑、唾弃的对象，以致当我们在现实中碰到类似现象时常常以历史上的此类人物作比拟，给予轻蔑或鄙视。

（本文为作者博士毕业论文《唐五代笔记小说研究》的节选，陕西师范大学2006年）

蔡静波，1957年生，2006年毕业于陕西师范大学文学院，文学博士，师从霍松林先生，现为渭南师范学院中文系教授。

---

[1] [唐]刘𫗧、张鷟撰，程毅中、赵守俨点校：《隋唐嘉话·朝野佥载》，中华书局，1979年版，第93页。

[2] 见[唐]刘𫗧、张鷟撰，程毅中、赵守俨点校：《隋唐嘉话·朝野佥载》，中华书局，1979年版，第39页。

灵与肉：唐诗与唐传奇的爱情观比较

陈 思

内容摘要：通过研究唐诗和唐传奇中爱情题材的叙写，探寻唐人在诗歌和传奇这两种不同文体中爱情观的差异及其成因，进而发掘唐人从爱情中升华出的哲学思考和对现世世界的大胆体验。通过这样的比较，可以呈现出更为深刻和完整的唐人爱情观。

关键词：唐诗；唐传奇；爱情观；哲学情思；现世体验

诗歌与传奇是唐代文学中的两座高峰，它们不属于同一文学领域，发展的时间不同，却在不同的时空遥遥相望，彼此联系。在中国古代文学的长河之中，唐诗与唐传奇在各自的领域取得了无法超越的辉煌，成为中国文学史上无法再现的"传奇"。

爱情是唐传奇最为出彩的题材，但唐诗中爱情诗的数量与艺术成就同样不容小觑。唐诗与唐传奇通过对爱情不同的叙事方式，传达了两种不同的爱情观，二者相互映衬，互为补充，共同组成了唐人完整的爱情观。本文主要比较唐诗与唐传奇中的爱情观及其表现形式，也尝试从时代、文人创作心理等几个方面简要分析它们各自的成因。

一

由于体裁的限制，唐诗很少描述一个完整的爱情故事，而是在片刻的情思或情境间抒发一种爱恋。在各类诗篇中，诗人很少直接表达自己对爱情的体验，而是将其与时间意识、内心的隐秘情感或是一种悲剧情怀联系在一起，体现了诗人对爱情充满哲思的体认。

首先，在唐诗中，爱情往往伴随着一种时间的体认，诗人对浓浓爱恋的叙写中伴随着对时间这一凝重主题的思考。试看张若虚的《春江花月夜》：

> 江天一色无纤尘，皎皎空中孤月轮。江畔何人初见月？江月何年初照人？人生代代无穷已，江月年年只相似。不知江月待何人，但见长江送流水。白云一片去悠悠，青枫浦上不胜愁。谁家今夜扁舟子？何处相思明月楼？可怜楼上月徘徊，应照离人妆镜台。玉户帘中卷不去，捣衣砧上拂还来。此时相望不相闻，愿逐月华流照君……斜月沉沉藏海雾，碣石潇湘无限路。不知乘月几人归，落月摇情满江树。

永恒而沉默的月亮，总是高高悬在夜空。它的存在，好像是时间在提醒着人类生命的转瞬即逝。在亘古不变的江月面前，诗人是不甘心的，于是他发出了对时间和永恒存在的诘问。然而就在这哲学的思索面前，现实情感的悲剧突然冲击了诗人的心，"谁家今夜扁舟子？何处相思明月楼？可怜楼上月徘徊，应照离人妆镜台。玉户帘中卷不去，捣衣砧上拂还来"。恋人的分离，彼此无奈的思念，这是爱情无法圆满的悲哀。与时间一样，人们终其一生都在追寻爱情，寻找一个答案，却往往始终无果。与永恒的时间相比，爱情的哀愁似乎显得渺小，可是给人们所带来的痛楚却是同样的。时间与爱情所带来的迷惘是相同的，吸引人们苦苦追求的魅力也是相同的，于是，哲学的思索与现实的悲哀，在月华之下更显得迷惘和哀愁。最终诗人没有苦苦求果，只是在一个苍茫却又清新的诗境中结束了情感的蔓延——"斜月沉沉藏海雾，碣石潇湘无限路。不知乘月几人归，落月摇情满江树"。

其次，无论是白居易的《长恨歌》，元稹的《会真诗》抑或是李商隐的《无题诗》，这些爱情诗歌在描写爱情时，所专注的并不是恋爱甜蜜的过程或是美满的结局，而是在一种无法结合的失落中体验吟唱，从而升华出一种爱情失落的悲剧之美。

"天长地久有时尽，此恨绵绵无绝期"（白居易《长恨歌》），"此情可待成追忆，只是当时已惘然"（李商隐《无题》），"刘郎已恨蓬山远，更隔蓬山一万重"（李商隐《无题》）。在明知没有结局的感情中，诗人们却投入着精神的全部："在天愿作比翼鸟，在地愿为连理枝"（白居易《长恨歌》），"春心莫共花争发，一寸相思一寸灰"（李商隐《无题》），"曾经沧海难为水，除却巫山不是云"（元稹《离思》）。唐代爱情诗多半是在追忆的形式中，怀念曾经的美好情怀，带着深深的怅惘与迷思。唐诗不但专注于描写爱情的遗憾与不完满，还在这种悲剧的坚持中，生发出一种对人生的求索。正如《诗经·蒹葭》在苍茫中对爱情的追寻，屈原诗歌中和神女艰难的交接一样，唐代爱情诗也在爱情中升华出一种追求自由与理想的悲剧感。试看李商隐的《无题》：

相见时难别亦难，东风无力百花残。

春蚕到死丝方尽，蜡炬成灰泪始干。

晓镜但愁云鬓改，夜吟应觉月光寒。

蓬山此去无多路，青鸟殷勤为探看。

诗的一开始便道出相爱之人纠结缱绻的情思，相见的不易和分离的不舍。这种爱情的不易是那样顽固，就像东风无力挽救凋零的花朵一样，充满不可违抗的无奈感。然而诗人在爱情的艰难中却生发出了一种"知其不可为而为之者欤"[1]的坚持，"春蚕到死丝方尽，蜡炬成灰泪始干"，哪怕耗尽生命也要追寻情感，充满了悲剧的力量。仿佛诗人追求的已不是单纯的爱情，更像是在和命运的较量中追求一种心灵的理想和自由。诗的最后两句在失望和希望的交织中，在怅惘和守望的矛盾中踏上了对爱情求索的旅途。青鸟是王母身边的神鸟，李商隐总是将神话的意象和现实的感情相结合，在追求爱情的艰辛道路上萌生出一种神圣的求索感。

唐代爱情诗愿意在追忆中描写一种不完满的爱情，却并没有因为爱情的这种创伤与失落而一蹶不振，而是升华出一种充满哲学情调的悲剧之美，一种对理想与自由永恒的求索。这种注重心灵、充满悲情的爱情叙事方式无疑对宋词有着至深的影响。

再次，除却李商隐等人爱情诗的深沉绵密，唐爱情诗普遍体现出一种温润节制的风格，没有因爱情之苦而变得撕心裂肺，也不会因为爱情的甜蜜而变得

---

[1] 杨伯峻：《论语译注》，中华书局，1980年版，第157页。

轻佻。仿佛爱情就是一门人生的艺术，无需刻意，而是在淡淡的情思中去感悟体验。"去年今日此门中，人面桃花相映红。人面不知何处去，桃花依旧笑春风。"（崔护《题都城南庄》）昔日的恋情已随风而散，昔日的恋人也不知所踪，一切就好像幻影一般没有留下半点痕迹。没有悲痛的呼号，愤懑的诘问，在永恒自然的对比下，爱情的不完满变得深刻而恬淡。唐玄宗与杨贵妃轰轰烈烈、惊天动地的爱情也只不过一句"天长地久有时尽，此恨绵绵无绝期"（白居易《长恨歌》）煞尾。再刻骨的恨也好，再钻心的憾也罢，它们都在"绵绵无绝期"的沉吟中结束了。此外元稹的《杂忆五首》《桐花落》等诗回顾了自己年少时期的爱情，没有初恋的冲动与火热，而是于朦胧的回忆中展现出少女的情态和青春的情调："今年寒食月无光，夜色才侵已上床。忆得双文通内里，玉栊深处暗闻香"（元稹《杂忆》），"忆得双文胧月下，小楼前后捉迷藏"（元稹《杂忆》），"君夸沉檀样，云是指为作。暗澹灭紫花，句连蹙金萼"（元稹《桐花落》）。

二

在唐诗中，爱情是充满哲理的，是诗人对时间、对内心世界的领悟与探索，有着深刻的悲剧精神。而在唐传奇中，爱情不是那样抽象的道理与意向，而是一种轰轰烈烈的人生追求，贴合人性的需要。

首先，在唐传奇中，爱情是超越阶层与性别的，是人类最普遍的感情。唐传奇作者塑造了一群为爱而生，努力追寻各自情感需要的女性形象。无论是《霍小玉传》中霍小玉对李益的爱恨交织，《长恨歌传》中杨玉环对唐玄宗的爱怨参半，还是《红佛女》里红佛女对李靖的绝对追求和崇拜。无论什么身份的女子，贵族也好，歌姬也罢，她们对爱的追求都是作者所肯定与赞许的。并且在这些传奇故事中，背叛爱情的行为受到人们的鄙夷与批判；成全爱情的行为，被当作一种高尚的侠义风范，受到人们的敬重称颂。

其次，唐传奇作者肯定了爱情中性的成分，对爱情中的情欲进行了大胆且充满美感的描绘，体现了一种人性的关怀。在唐传奇中，爱情绝不仅仅是情感上的沟通，它们是灵与肉的结合，而非柏拉图式的纯美想象。如在《任氏传》中，狐精任氏和赵某之间的感情首先是性的吸引。在《霍小玉》传中，霍小玉和李益也是在初次见面时被彼此的外貌吸引,进而很快发展为亲密无间的伴侣。李益寻找霍小玉,很大成分是为了寻欢和摆脱寂寞的心情。没有过于刺激香艳的露骨描绘,也没有故弄玄虚的多余笔墨,传奇作者用诗意的语言,高超的叙事技巧为我们展现出来一种充满爱意的氛围。《莺莺传》中莺莺和张生的结合可谓一波三折,充满了甜蜜的情趣,轻松的欢爱。这类对情欲自然且充满美感的描绘,体现了唐人通达开明的爱情观。

再次,相对于前代文学,唐传奇所传达的女性观和爱情观确实有了很大的进步,可是由于时代与作者性别的限制,它的爱情观还是不可避免的打上了男性话语权的印记。第一,唐传奇中的爱情,男女双方相恋的标准一定是"男才女貌"。第二,有些感情的生发来源于一种报恩。在男女地位差距较大的社会里,双方很难平起平坐地谈论爱情。在一些传奇故事中,男性的滴水恩惠要让女性用人身乃至生命来报答,这其实是一种地位、道德的不平等,甚至与爱情无关。比如《任氏传》《柳毅传》中女性对男性的报答。第三,男性始终掌握着对爱情的主动权与解释权。除却个别充满浪漫色彩的篇章,如《聂隐娘》《申屠澄》等,唐传奇中的女性始终在一个被动的位置。在《莺莺传》中,张生有过这样一段话:"大凡天之所命尤物也,不妖其身,必妖于人。使崔氏子遇合富贵,乘宠娇,不为云,不为雨,为蛟为螭,吾不知其所变化矣。昔殷之辛,周之幽,据百万之国,其势甚厚。然而一女子败之,溃其众,屠其身,至今为天下僇笑。予之德不足以胜妖孽,是用忍情。"[1]这段话引起了许多学者对张生的声讨。近年来,学界对张生与莺莺的感情也有了一些新的解读。比如宇文所安认为,性别的差异,确实会引起对爱情的误解,这也许是无法逾越的鸿沟[2]。可是无论怎样,一段感情的解释权仍在男性手中,我们无法确切知道莺莺的感受,她要的是婚姻,或是只能选择婚姻。传奇中的女性永远无法成为爱情对错的判断者,她们不可能站在像男性一样的高度回顾、总结一段爱情的教训或意义,她们只能是被讲述出来的人或者背着"尤物"之名保持缄默。

最后,唐传奇描写了不同类型的爱情故事,充满了对真情的肯定和对情欲人性化的理解。难能可贵的是,唐人在表达了较为文明的爱情观之后,还在其中发掘出了人性的其他品质,或是对生命进行了一些反思。在《申屠澄》

---

[1] 汪辟疆:《唐人小说》,上海古籍出版社,1987年版,第138页。
[2] 宇文所安:《中国"中世纪"的终结》,北京三联书店,2006年版,第110页。

中，那位由老虎幻化成的妻子吟诵了这样一首诗歌："琴瑟情虽重，山林志自深。常忧时节变，辜负百年心。"[1]当她再次变成老虎重返自然之时，读者们便明白了那首诗歌的深层含义，它传达的不仅仅是一般的隐士情怀，而是一个自然的生灵对原始生活、自由空间的怀念与向往。在世俗的婚姻生活面前，她毫不犹豫地听从了内心自由的召唤，离开人类社会，重返深林大山。《孙恪》中的猿女袁氏也有感于自然的召唤题诗一首："刚被恩情役此心，无端变化几堙沉。不如随伴归山去，长啸一声烟雾深。"[2] "从六朝志怪时期对动物精怪的普遍敌意到中晚唐时期的这种同情、理解立场"[3]，人类对精怪的态度在唐传奇中出现了转变，如《任氏传》中的狐妖，《孙恪》中的猿精等都具备了人性的特质，并且在许多方面都表现出比人类还要崇高的品质。于是在这类作品中，人类无论是在道德品行上还是社会制度上的优越性都受到了拷问，唐人从人与精怪的爱情婚姻中开始反思人类的优越性，这是十分难能可贵的。在《任氏传》中，任氏对郑六的感情，似乎一定程度上超越了爱情，那是她对滴水之恩的看重，对知己的生死相依，任氏在乎的不是郑六对自己的深情款款，而是他对自己的尊重与平等相待。在一个处处划分等级的世界，总是存在着卑微的生命，任氏受人排挤的妖异身份恰恰代表了在这个等级社会位处低微的人们。任氏对郑六的感情，不仅仅是一个女子对爱情的执着与对爱人的忠贞，而是体现了卑微的人们对尊重的渴望，对感恩的看重。

在这些篇章中，传奇作者在爱情中升华出了人性中的其他品质，如任氏用生命报答别人对自己的敬重，李娃在悉心照顾荥阳生时，闪现出的超越爱情的悔过与善意。同样，《申澄屠》与《孙恪》中，虎女与猿精逃离了自己的婚姻，并不是因为和伴侣之间没有了爱情，只是她们选择了生命中更重要的东西——自由。爱情、道义、自由，其间包含了唐人对爱情深入的发掘，对人类各类制度的反思。但是在这些篇章中，作者没有给我们明确的答案，人类爱情与道义之间的关系如何，爱情与自由到底孰轻孰重，这些问题在作品中并没有一个明确的答复。作者与我们，好像望着苍茫烟雾的孙恪和申澄图一样，努力求索，却仍不明白爱与生命的真谛。

---

[1] 李鹏飞：《唐代非写实小说之类型研究》，北京大学出版社，2006年版，第78页。
[2] 李鹏飞：《唐代非写实小说之类型研究》，北京大学出版社，2006年版，第59页。
[3] 李鹏飞：《唐代非写实小说之类型研究》，北京大学出版社，2006年版，第59页。

三

纵观唐爱情诗和唐传奇对爱情的态度，我们可以看到在这两类文体中所传达出的爱情观是相互补充，彼此映照的。

首先，唐诗中的爱情是一种充满哲思和悲剧精神的人生体验。它忽视了现实爱情中肉欲的成分，将爱情升华为一种柏拉图式的精神幻想。而唐传奇中的爱情观则毫不避讳爱情中男女双方性的吸引，在真情的基础上肯定了爱情中性的成分。其次，唐诗中的爱情唯美含蓄，无论悲喜都充盈着内敛含蓄的文人气质，而传奇中的爱情则是轰轰烈烈、爱憎分明，悲和喜都充满了极致。最后，唐诗中的爱情总伴随着时间、心灵等形而上的哲学认知，而唐传奇的作者则倾向于在爱情中思索人类自身的品质和制度的优越性。二者一个是精神上形而上的思考，一个是形而下现实中的体验，相互补充，体现出唐人对爱情多维度的思考。

唐诗与唐传奇呈现出的爱情观，让我们对唐人的爱情观有了一个更全面的了解。诗歌与传奇之所以会传达出两种不同的爱情观，在笔者看来主要有以下几个原因。

第一，文体的差异。诗歌与传奇本身就承载着不同的功能。诗文一直是中国古代文学的正统体裁，尤其是在诗歌极为兴盛的唐朝。因此在一直承担宏大题材叙写的诗歌创作中，唐人即使描写爱情这类较为私人的情感，也仍会不自觉地追求更为崇高和深刻的精神体验。而传奇本身的娱乐性质，也就注定了对爱情较为直白的态度，并且追求一种酣畅淋漓的叙写风格。

第二，文人心态的不同。因为文体本身的区别，从而使得文人在创作这两种文体时有着较为不同的心态。诗歌要表现个人情志、要传达道义的诗教传统让唐代文人并不看重诗歌在爱情婚姻上的表现，而是要在诗歌中体现一个"道"字。即使是爱情诗，也会刻意探寻一种宏大的道理和深度。而唐传奇娱乐文人的性质，则让作者在创作的时候轻松了许多，没有太多的道德束缚，从而影响了这两类作品的爱情观的传达。

第三，唐人爱情诗主要是在晚唐时期达到高潮而唐传奇的辉煌期则是在中唐。晚唐，愈来愈趋向内心叙写的创作风潮以及象征等手法的运用使得唐诗中的爱情成为一种伤感迷离的内心情思,让人生发出不同层面的思索。而中唐则充盈着一种直白、通脱的审美风尚,因此除了个别诗化的篇章外,总体来说传奇在爱情的叙写上表现出一种通脱的描写和直白的表现方式,从而和唐诗中的内敛含蓄的风格形成了鲜明的对比。

陈思,1987年生,2015年毕业于陕西师范大学文学院,文学博士,师从刘锋焘教授,现为陕西中医药大学人文管理学院讲师。

扬葩振藻集

陕西师范大学中国古代文学博士点
建立三十周年毕业博士代表论文集

（下册）

主 编 张新科
副主编 刘锋焘 高益荣 曹胜高

陕西师范大学出版总社

永王璘案真相

——并释李白《永王东巡歌十一首》

邓小军

内容摘要：至德二载（757）二月，江淮兵马都督永王璘奉唐玄宗之命并获得肃宗认可率水军自江陵沿长江下扬州渡海取幽州至润州时，被肃宗宣布为"叛逆"加以镇压。永王璘江淮兵马都督从事李白，遂亦为"从逆"。今依据原始文献尤其若干未被删改且未被研究者采用过或未被充分采用过的原始文献，包括《旧唐书》、《册府元龟》、元结《为董江夏自陈表》、《新唐书》、李白《永王东巡歌》等，第一次提出：至德元载（756）七月玄宗入蜀途中曾经有对永王璘的第二次任命：江淮兵马都督、扬州节度大使；十二月永王璘率水军下扬州时玄宗诰命完全合法，且早已提前通报肃宗并获得认可；唐代扬州海运可以直抵幽州；肃宗预谋镇压，挑起冲突，以璘为"叛"；代宗即位诏已为永王璘昭雪。结论：所谓永王璘"叛逆"案纯属肃宗制造的冤案，所谓李白"从逆"案亦纯属冤案，应予彻底推翻。

关键词：永王璘；冤案；真相

至德二载（757）二月，江淮兵马都督永王璘奉唐玄宗之命并获得肃宗认可率水军自江陵（今湖北荆州）沿长江下扬州（广陵，今江苏扬州）渡海取幽州（今北京），至润州（丹阳郡，今江苏镇江）时，被肃宗宣布为"叛逆"加以镇压。永王璘江淮兵马都督从事李白，遂亦为"从逆"。千余年来，永王璘案，以及李白从璘案，聚讼纷纭，莫衷一是。有关永王璘案的官方与个人原始文献，虽已多被篡改、被删削，[①]但是仍然保存有若干未被删改之相关文字。今依据原始文献尤其若干未被删改且未被研究者采用过或未被充分采用过的原始文献，参证李白所作《永王东巡歌十一首》，以彻底揭露永王璘案真相，彻底昭雪永王璘冤案，以及李白冤案。读者方家，敬请指正。

一、唐玄宗入蜀途中对永王璘的第二次任命：江淮兵马都督、扬州节度大使

天宝十五载（756）六月安史叛军攻陷潼关后，玄宗幸蜀途中，曾有对永王璘的两次任命。

《旧唐书》卷一〇七《永王璘传》："天宝十四载十一月，安禄山反范阳（今北京）。十五载六月，玄宗幸蜀，至汉中郡（今陕西汉中），下诏以璘为山南东路及岭南黔中江南西路四道节度采访等使、江陵郡大都督，余如故。璘七月至襄阳（今湖北襄樊），九月至江陵。"

《旧唐书》卷九《玄宗本纪下》天宝十五载七月："甲子（十二日），次普安郡（今四川剑阁），宪部侍郎房琯白后至，上与语甚悦，即日拜为吏部尚书、同中书门下平章事。丁卯，诏以皇太子讳充天下兵马元帅，都统朔方、河东、河北、平卢等节度兵马，收复两京；永王璘江陵府都督，统山南东路、黔中、江南西路等节度大使；盛王琦广陵郡大都督，统江南东路、淮南、河南等路节度大使；丰王珙武威郡都督，领河西、陇右、安西、北庭等路节度大使。初，京师陷贼，车驾仓皇出幸，人未知所向，众心震骇，及闻是诏，远近相庆，咸思效忠于兴复……庚辰（二十八日），车驾至蜀郡（今成都）。"

天宝十五载六月[②]，玄宗入蜀途中至汉中，命永王璘为统山南东路等四道节度使、江陵郡大都督，七月十二日至普安，从房琯建议命诸王分镇天

[①] 参见贾二强《唐永王李璘起兵事发微》，《陕西师范大学学报》，1991年第1期；【日】冈野诚：《论唐玄宗奔蜀之途径》，见《第二届国际唐代学术会议论文集》下册，台湾文津出版社，1993年版。

[②] 据《元和郡县志》卷二京兆府兴平县及马嵬故城、卷二五兴元府汉中诸条，汉中去马嵬六百五十里；据《大唐六典》卷三《尚书户部》度支员外郎条，凡陆行之程及驴五十里；玄宗一行六月十四日自马嵬驿启程，当在二十七日左右至汉中。

下，其中重申了六月对永王璘的任命，当时永王璘已在奔赴江陵途中。由于诸王并未出阁（皇子出就封藩），分镇实际落实在永王璘。论者或以为玄宗此举是为了对抗六月十四日马嵬驿之变后留在北方领导收复两京的太子亨，但是并不符合事实。马嵬驿之变诛杨国忠、杨贵妃，毕竟获得玄宗同意；十五日太子亨不从玄宗入蜀留在北方领导收复长安，毕竟获得玄宗授权与分兵支持；七月十二日太子亨擅自即皇位于灵武（今宁夏灵武西南），更毕竟获得玄宗之追认；此三事表明玄宗并无对抗太子亨之意。按《资治通鉴》卷二一八唐肃宗至德元载（756）六月壬寅："崔圆奉表迎车驾，具陈蜀土丰稔，甲兵全盛。"如果玄宗要对抗太子亨，完全可以在自己身边利用蜀中丰厚的人力物力资源建立强大的军队（如抗日战争时期国民政府所为），但是玄宗并没有这样做[①]。命永王璘在远离蜀中的江陵建立强大军队，这表明其目的应非对抗太子亨。

《资治通鉴》卷二一八至德元载七月"令狐潮围张巡于雍丘"《考异》引唐李翰《张中丞传》："巡答潮书：主上缘哥舒被衅，幸于西蜀，孝义皇帝收河陇之马，取太原之甲，蕃汉云集，不减四十万众，前月二十七日已到土门。蜀汉之兵，吴楚骁勇，循江而下。永王、申〔盛〕王部统已到申（今河南南阳）、息（今河南息县西南）之南门。窃料胡虏游魂，终不腊矣。"

宋胡仔《苕溪渔隐丛话》前集卷一四《杜少陵九》引蔡宽夫《诗话》："《唐书·房琯传》：'上皇入蜀，琯建议请诸王分镇天下。其后贺兰进明以此谗之肃宗，琯坐是卒废不用，世多悯之。'予读司空图《房太尉汉中》诗云：'物望倾心久，凶渠破胆频。'注谓：'禄山初见分镇诏书，抚膺叹曰：吾不得天下矣。'"

由张巡答令狐潮书"蜀汉之兵，吴楚骁勇，循江而下，永王、申王部统已到申息之南门"，《旧唐书·玄宗本纪下》"及闻是诏，远近相庆，咸思效忠于兴复"，及司空图《房太尉汉中》诗自注"禄山初见分镇诏书，抚膺叹曰：吾不得天下矣"，可见玄宗命永王璘等分镇，对危急之秋前线士气及全国人心的极大鼓舞，以及对安禄山气势的顿挫。

历来几乎无人注意到，玄宗入蜀途中有对永王璘的第二次任命，且意义至

[①] 据《资治通鉴》卷二二〇唐肃宗至德二载十一月丙申，玄宗自蜀还京至凤翔，仅有"从兵六百余人"。

关重大。

《旧唐书》卷一九〇下《文苑列传·李白传》:"禄山之乱,玄宗幸蜀,在途以永王璘为江淮兵马都督、扬州节度大使,白在宣州谒见,遂辟从事。"

《册府元龟》卷七三〇《幕府部·连累》:"李白,天宝末为永王璘江淮兵马都督从事。"

按《旧唐书》卷一九〇上《文苑列传》序:"臣观前代秉笔论文者多矣……爰及我朝,挺生贤俊……如……元稹、刘蕡之对策,王维、杜甫之雕虫……今采孔绍安已下,为《文苑》三篇"。序称"我朝",明是唐朝史臣口吻;序称"为《文苑》三篇",与《旧唐书·文苑列传》上中下三卷相合;《旧唐书·文苑列传》系以年代编次,序中述及之王维、杜甫、元稹、刘蕡,均在《旧唐书·文苑列传》卷下;由此可知,《旧唐书·文苑列传》至少刘蕡以前之大部分列传包括《李白传》系五代史臣照抄唐朝史臣所撰《国史·文苑列传》。

《旧唐书》及《册府元龟》此二条珍贵原始文献材料及其所保存之重大历史真相,在现存多数原始文献中早已被删除、被隐瞒:天宝十五载七月玄宗入蜀途中,曾经发布对永王璘的第二次任命,任命永王璘为江淮兵马都督、扬州节度大使。判断此是对永王璘的第二次任命,是因为先有江陵府都督等任命,然后有江淮兵马都督、扬州节度大使之任命,才可能自江陵下扬州。第二次任命之时间地点,当在七月十二日玄宗至普安之后、二十八日至蜀郡之前的入蜀途中。所谓江淮兵马都督,即都督江南东西两路、淮南路兵马之军事长官;扬州节度大使,是江淮兵马都督必兼之职,并表示其驻节之地。其职官结构,略同于前授永王璘江陵府都督、统山南东路等四道节度使,而职权更大。此是安史叛乱之初,玄宗为平叛所新设之官职。当此任命之后,自山南东路(治江陵)沿长江东至江南西路(治洪州)、江南东路(治苏州)、淮南路(治扬州)之军事,皆受永王璘节制。关于此任命,尚有一系列证据如下。

元结《次山集》卷一〇《为董江夏自陈表》:"顷者潼关失守,皇舆不安,四方之人,无所系命。及永王承制,出镇荆南,妇人童子,忻奉王教。意其然者,人未离心。臣谓此时,可奋臣节。王初见臣,谓臣可任,遂授臣江夏郡太守。近日王以寇盗侵逼,总兵东下,傍牒郡县,皆言巡抚。今诸道节度以为王不奉诏,兵临郡县,疑王之议,闻于朝廷。臣则王所授官,有兵防御,邻郡并邑，疑臣顺王，旬日之间，置身无地。臣本受王之命，为王奉诏；王所授臣之官，为臣许国。忠正之分，臣实未亏。"

元结人格正直，毫无疑问，他的文字是靠得住的。元结为江夏郡太守董某所撰《白陈表》，是上奏肃宗的，不可能说假话，其中陈述永王璘事，足见真相。

按《说文解字》："旁，溥也。"《尚书·太甲上》"旁求俊彦"汉孔安国传："旁，非一方。"是"傍"者，遍也、普遍。按汉班固《车骑将军窦北征颂》："亲率戎士，巡抚疆埸。"《唐大诏令集》卷一〇七高祖武德九年十月《政事备御阅武诏》："大集诸军，朕将躬自巡抚，亲临校阅。"《旧唐书·玄宗本纪下》开元十四载八月癸未："今巡抚巴蜀，训厉师徒。"可知"巡抚"一语，自汉至唐皆是用指军事长官巡视检阅所管辖地区与军队。

元结《为董江夏自陈表》所述"近日王以寇盗侵逼，总兵东下，傍牒郡县，皆言巡抚"，敢于对肃宗说永王璘率军东下遍牒郡县，此行乃是巡抚东下郡县亦即江淮，这表明，第一，《旧唐书》《册府元龟》所载永王璘任江淮兵马都督，是信史；第二，上皇命永王璘任江淮兵马都督率军巡抚江淮下扬州，肃宗并没有反对，完全是符合程序的、合法的行动；第三，永王璘水军东下时，并没有公开下扬州渡海取幽州的军事行动目标。此完全可以理解，因为军机不可泄露。《为董江夏自陈表》所述"今诸道节度以为王不奉诏，兵临郡县，疑王之议，闻于朝廷"，"诸道节度"即高适者流，"疑王之议，闻于朝廷"者，希肃宗之旨而如此行事也。如果肃宗有诏明白禁止永王璘水军东下，岂待"疑王之议，闻于朝廷"？

《新唐书》卷八二《永王璘传》："（季）广琛知事不集，谓诸将曰：'与公等从王，岂欲反邪？上皇播迁，道路不通，而诸子无贤于王者。如总江淮锐兵，长驱雍、洛，大功可成。今乃不然，使吾等名挂叛逆，如后世何？'"

按《新唐书》虽成书于北宋，但其史源包括唐代实录国史及传状记集等，当其中文字记载为今存原始文献所未见而又能被相关原始文献所证实时，即应以原始文献视之。《新唐书·永王璘传》载璘将领季广琛所说永王璘"如总江淮锐兵"，亦证明永王璘下扬州时是如《旧唐书》及《册府元龟》所载任江淮兵马都督。因为"总江淮锐兵",是指统领江南东路、淮南路之兵,永王璘若只是统山南东路等四道节度使,而非江淮兵马都督,如何说得上"总江淮锐兵"?所谓"如"者,假如也,指未到江淮兵马都督治所扬州已被打成"叛逆",不得"总江淮锐兵"矣。

李白《永王东巡歌十一首》其一:

> 永王正月东出师,天子遥分龙虎旗。楼船一举风波静,江汉翻为雁鹜池。

"永王正月东出师",按永王璘本来是以至德元载十二月二十五日"东出师",诗言"正月"者,乃是特意用《春秋》隐公元年"元年春,王正月"及《公羊传》"何言乎王正月,大一统也"之典,言永王璘以唐肃宗至德二载正月率领唐朝水军沿长江东下扬州,执行玄宗所发布之维护大唐一统天下之命令,乃是获得肃宗之认可。其重大历史背景,是按照天宝十五载即至德元载八月十八日《明皇令肃宗即位诏》之册命约定,在克复上京之前,上皇即玄宗有权处置远离肃宗之南方地区军政事务,并令所司奏报肃宗认可。值此唐朝存亡危急之秋,当时一般人民心中,对此册命约定国有二君之过渡局面并不以为异常,而认为此是为了救国所需。李白《上皇西巡南京歌十首》其十:"剑阁重关蜀北门,上皇归马若云屯。少帝长安开紫极,双悬日月照乾坤。"即是此种心理之体现。

"天子遥分龙虎旗",言玄宗远隔千山万水授予永王璘以江淮兵马都督、扬州节度大使之旗号。"天子遥分龙虎旗"之"遥分"二字,尤其关系重大时事。按天宝十五载六月玄宗入蜀途中至汉中,任命永王璘为统山南东路等四道节度使,然后永王璘即离开玄宗奔赴江陵;七月十二日玄宗至普安命诸王分镇,其中对永王璘只是重申了六月已发布之任命;七月二十八日玄宗至成都之前,又任命永王璘为江淮兵马都督、扬州节度大使,时永王璘正在奔赴江陵途中。职此之故,"天子遥分龙虎旗",不是指玄宗任命永王璘为统山南东路等四道节度使,因为那是在汉中当面任命,不得曰"遥分龙虎旗";而只能是指玄宗任命永王璘江淮兵马都督、扬州节度大使,因为此是玄宗远隔蜀道与荆襄道之间千山万水对永王璘之任命,正是"遥分龙虎旗"。当然,玄宗此一任命后来已经通报肃宗认可,故"天子"二字,实指玄宗、肃宗父子"二帝"。

"东出师"所为何来?"楼船一举风波静,江汉翻为雁鹜池。"诗言永王璘奉玄宗之命率水军舰队自江陵下扬州,楼船有如大鹏远举(依据上下句互文并参照李白平生大鹏理想),将跨大海直捣幽州,实现平定安史叛乱之大业;回看起家之江汉,便如梁王之雁鹜池塘(《太平御览》卷一五九《州郡·宋州》引《图经》:"又有雁鹜池,周回四里,亦梁土所凿"),不能相提并论了。

《永王东巡歌》其一蕴藏几乎全部历史真相,而笔姿骏逸跌宕,风华绝代,真"白也诗无敌"也。

南宋蜀刻本《李太白文集》曾巩《后序》:"天宝十四载,安禄山反,明年,明皇在蜀,永王璘节度东南。"

曾巩《后序》书天宝十五载"永王璘节度东南",亦是指永王璘任江淮兵马都督。因为只有任江淮兵马都督,而不是统山南东路等四道节度使,才可以称之为"节度东南"。北宋曾巩是《李太白文集》的编年编次者,当时唐代原始文献犹多传世,曾巩此言必有依据。

《旧唐书·肃宗本纪》所谓"江陵大都督府永王璘擅领舟师下广陵",《旧唐书·永王璘传》所谓"擅领舟师东下,甲仗五千人趋广陵",删除了永王璘任江淮兵马都督、扬州节度大使的文字记载,篡改就职而为擅越,完全歪曲和掩盖了事实真相。赖《旧唐书·李白传》、《册府元龟·幕府部》、元结《董江夏自陈表》、《新唐书·永王璘传》所载季广琛语、李白《永王东巡歌》及曾巩《李太白文集后序》等六种文献,今日始能揭示此一历史真相[①]。

李白《永王东巡歌十一首》其二:

> 三川北虏乱如麻,四海南奔似永嘉。但用东山谢安石,为君谈笑静胡沙。

[①] 在有关永王璘事件的原始官方文献中,《旧唐书》之《玄宗本纪》《肃宗本纪》《永王璘传》等可称为主要原始文献;《旧唐书·李白传》《册府元龟·幕府部》李白条等可称为边缘性原始文献。其史源,主要是《玄宗实录》《肃宗实录》以及唐朝国史传记等。记述永王璘事件真相的文字,在主要原始文献中已几乎删尽,而在边缘性原始文献中则有所保存,这可能是由于肃宗朝史官在执行删削工作时的疏忽,但也可能是由于故意。(按《旧唐书·永王璘传》所载平牒挑衅、《新唐书·永王璘传》所载季广琛语、《资治通鉴》所透露之至德元载十二月之前永王璘水军行动计划已提前通报肃宗,皆为反映事件真相之细节,其史源当为实录、国史等,则唐朝史官有意保存真相的可能性较大。)此种主要原始文献删除而边缘性原始文献保存史事真相的现象表明:在探索历史、文学史疑案时,对边缘性原始文献应该与对主要原始文献同样重视甚至更加细心,"一个字看得有笆斗大"(借用张爱玲《红楼梦魇》语),以免与记述史实真相的片言只语失之交臂。有关永王璘事件的原始私人文献,在唐朝镇压"叛逆"的情势下,李白《永王东巡歌》、元结《为董江夏自陈表》之未被删除,显系两位作者有意保存历史真相。

由《旧唐书·李白传》与《册府元龟》记载可知，李白在永王璘幕府的正式职务是江淮兵马都督从事。《唐大诏令集》卷三六天宝十五载七月十五日《命三王制》："其有文武奇才，隐处山薮，宜加辟命。"永王璘征辟李白为江淮兵马都督从事，正是执行玄宗此一旨意。

永王璘执行玄宗战略出奇兵创奇功，而征辟李白为江淮兵马都督从事，此正符合李白报国之理想、怀奇负伟之性格，故李白慨然应征入幕以支持永王璘。当然，李白实以东山谢安自期，谢安是李白一向的报国理想典范。

二、至德元载十二月永王璘水军下扬州时玄宗诰命完全合法，十二月之前永王璘水军行动计划已提前通报肃宗获得认可

《旧唐书·永王璘传》："璘七月至襄阳，九月至江陵，招募士将数万人，恣情补署，江淮租赋，山积于江陵，破用巨亿。以薛镠、李台卿、蔡坰为谋主，因有异志。肃宗闻之，诏令归觐于蜀，璘不从命。十二月，擅领舟师东下，甲仗五千人趋广陵。"

肃宗诏令永王璘归觐于蜀，史书不见其文。若肃宗果有此诏，当是玄宗为之说明情况而肃宗未有反对。

至德元载十二月永王璘奉玄宗之命率水军下扬州，在此当问：至德元载十二月上皇之命是否还具有合法性？

《旧唐书》卷一〇《肃宗本纪》天宝十五载七月甲子（十二日）："上即皇帝位于灵武……改元曰至德。"

《旧唐书·玄宗本纪下》天宝十五载八月："癸巳（十二日），灵武使至，始知皇太子即位。丁酉（十六日），上用灵武册称上皇，诏称诰。己亥（十八日），上皇临轩册肃宗。命宰臣韦见素、房琯使灵武，册命曰：'朕称太上皇，军国大事先取皇帝处分，后奏朕知。候克复两京，朕当怡神姑射，偃息大庭。'"

《唐大诏令集》卷三〇《明皇令肃宗即位诏》："且天下兵权，制在中夏，朕处巴蜀，应卒则难。其四海军郡，先奏取皇帝进止，仍奏朕知。皇帝处分讫，仍量事奏报。寇难未定，朕实同忧，诰制所行，须相知悉。皇帝未至长安已来，其有与此便近，去皇帝路远，奏报难通之处，朕且以诰旨随事处置，

仍令所司奏报皇帝。待克复上京之后，朕将凝神静虑，偃息大庭，踪姑射之人，绍鼎湖之事。"

由上可知，根据天宝十五载八月十八日上皇册命，在克复上京之前，有与成都上皇便近、去西北肃宗路远、奏报难通之处，上皇有权以诰旨随事处置。而与成都上皇便近、去西北肃宗路远之地区，就是秦岭淮河以南的南方地区。有权处置之事务，就是南方地区军政事务。按照册命约定，在克复上京之前，上皇处置并令所司奏报肃宗，而肃宗认可者即为合法、有效。史书未见肃宗对册命约定有任何异词，则此册命约定为合法、有效。事实上，册命约定并没有给诸王以平叛立功而觊觎皇位的任何可能性，肃宗自亦不可能反对。

或以为玄宗命宰臣房琯等使灵武册命肃宗并留任肃宗朝廷，是为了控制肃宗，但是，玄宗比任何人都更清楚：唐朝从高祖、太宗以来，没有过宰臣能控制皇帝的事；相反，皇帝任意处置宰臣，倒是再寻常不过的事。史实是，玄宗对于肃宗抢夺皇位采取了顾全大局的忍让的态度。其最大愿望，应是平定安史叛乱。

册命约定维持到了何时？

《旧唐书·肃宗本纪》至德二载正月："上皇在蜀……甲寅，以襄阳太守李峘为蜀郡长史、剑南节度使，将作少监魏仲犀为襄阳〔太守〕、山南道节度使，永王傅刘汇为丹阳太守兼防御使。以宪部尚书李麟同中书门下平章事。"据上下文，《肃宗本纪》所载至德二载正月任命李峘、魏仲犀、刘汇、李麟事，应是上皇任命，但犹须进一步之证据。

《旧唐书》卷一一二《李峘传》："玄宗幸蜀，峘奔赴行在，除武部侍郎，兼御史大夫。俄拜蜀郡太守、剑南节度采访使。"

《旧唐书》卷一一二《李麟传》："玄宗幸蜀，麟奔赴行在。既至成都，拜户部侍郎，兼左丞。迁宪部尚书。至德二年正月，拜同中书门下平章事……其年十一月从上皇还京。"

《旧唐书》卷一〇七《盛王琦传》："天宝十五年六月，玄宗幸蜀，在路除琦为广陵大都督，仍领江南东路及淮南河南等路节度支度采访等使，以前江陵大都督府长史刘汇为之副，以广陵长史李成式为副大使、兼御史中丞。琦竟不行。"

由上可知，《肃宗本纪》所载至德二载正月五日（甲寅）任命李峘为蜀郡长史、剑南节度使，李麟为同中书门下平章事，皆是上皇诰命，并已循例通报肃宗得到认可。（《肃宗本纪》之记载即是证明，因为《肃宗本纪》出自《肃宗实录》，《肃宗实录》出自肃宗起居注，而肃宗起居注则是肃宗听朝处理政务的当下记录。）同时任命魏仲犀为襄阳山南道节度使、永王傅刘汇为丹阳太守兼防御使，自亦是上皇诰命。这表明，依照册命约定，至德二载正月上皇犹行使处置南方军政权力并循例通报肃宗得到认可，上皇诰命仍然完全合法、有效。此前之至德元载十二月，上皇当然犹行使处置南方军政权力，上皇命永王璘率军下扬州，当然亦已循例通报肃宗并得到认可，完全合法、有效。事实上，册命约定的破坏，始于至德二载二月肃宗镇压永王璘事件。自此以后，上皇诰命实际被废。

尤为重要之事实，是至德元载十二月之前永王璘水军行动计划已经提前通报肃宗并获得认可。

《旧唐书》卷一一一《高适传》："二年，永王璘起兵于江东，欲据扬州。初，上皇以诸王分镇，适切谏不可。及是永王叛，肃宗闻其论谏有素，召而谋之。适因陈江东利害，永王必败。上奇其对，以适兼御史大夫、扬州大都督府长史、淮南节度使，诏与江东节度来瑱，率本部兵平江淮之乱，会于安州（今湖北安陆）。师将渡，而永王败，乃招季广琛于历阳（今安徽和县）。"

《资治通鉴》卷二一九唐肃宗至德元载："上召高适与之谋，适陈江东利害，且言璘必败之状。十二月，置淮南节度使，领广陵等十二郡，以适为之；置淮南西道节度使，领汝南等五郡，以来瑱为之；使与江东节度使韦陟共图璘。"

由《通鉴》所载"上召高适与之谋，适陈江东利害，且言璘必败之状，十二月"云云，可知至德元载十二月之前，亦即早在永王璘水军自江陵出发之前，玄宗已将永王璘水军行动计划提前通报肃宗，肃宗并没有表示反对，亦即是表面认可，而在幕后开始布置镇压。由《旧唐书·高适传》所载"永王璘起兵于江东，欲据扬州"，可知玄宗将永王璘水军行动计划提前通报肃宗时，已经说明永王璘水军将从扬州渡海取幽州。但是，无论是肃宗还是迎合肃宗的高适，绝不愿考虑支持永王璘水军渡海取幽州，而是只有一个思维：镇压。高适所谓"永王必败"，不是指败于安史叛军，而是指败于肃宗的镇压。肃宗与高适策划镇压，杀气腾腾，只是瞒过了玄宗与永王璘水军数万将士。

史书不见肃宗有公开反对永王璘水军下扬州之任何记载。假如肃宗反对,也就不会有永王璘水军下扬州的行动,和镇压永王璘水军的悲剧。何以肃宗没有反对永王璘水军的行动?其故当有三点。第一,依照册命约定,收复上京之前玄宗有权处置南方军政事务并通报肃宗认可。第二,永王璘率水军下扬州海路北上取幽州覆贼巢穴,与肃宗谋主李泌主张出塞北东进取幽州覆贼巢穴①,十分相似,同为出奇制胜根除叛乱之最佳战略。显然,反对上皇命永王璘水军下扬州海路取幽州,既不合法,亦完全失理。第三,肃宗由抢夺皇位而来的阴暗心理,将玄宗及永王璘视为如同安史叛军一样的敌人,不可能与之有开诚布公的对话。

三、永王璘水军下扬州是为了海路取幽州;
　唐代扬州海运可直抵幽州

《旧唐书·肃宗本纪》至德元载十二月:"甲辰(二十五日),江陵大都督府永王璘擅领舟师下广陵。"

《旧唐书·永王璘传》:"十二月,擅领舟师东下,甲仗五千人趋广陵……璘虽有窥江左之心,而未露其事。"

按永王璘水军被镇压后,唐朝官方主要原始文献已被删削篡改以掩盖真相,但亦仍然颇有删改未尽而留下真相之痕迹者,《旧唐书》纪传此两处记载,即同样透露出永王璘率军东下的真相。

第一,《旧唐书·肃宗本纪》《永王璘传》所载"下广陵",表明永王璘决非"有窥江左之心"。如果永王璘"有窥江左之心",其目的地将不是位于江北的广陵即扬州,而是位于江南的江南传统政治中心江宁(今南京),或江南东道治所苏州(今苏州),"下广陵"干吗?

第二,《旧唐书》中《肃宗本纪》与《永王璘传》所载"下广陵",证明《旧唐书·李白传》《册府元龟·幕府部》所载永王璘任江淮兵马都督、扬州节度大使为信史,永王璘下扬州是就任江淮兵马都督、扬州节度大使。因为江

---

① 《资治通鉴》卷二一九至德元载十二月、至德二载二月李泌对上问。

淮兵马都督、扬州节度大使治所就是扬州。

第三,"领舟师下广陵"六字,表明永王璘担负有非常使命。因为平常就任无须率军前往,而广陵之地尤其特别值得注意。

李白《永王东巡歌十一首》其三、四、五:

> 王出三山按五湖,楼船跨海次扬都。战舰森森罗虎士,征帆一一引龙驹。
>
> 长风挂席势难回,海动山倾古月摧。君看帝子浮江日,何似龙骧出峡来。
>
> 祖龙浮海不成桥,汉武寻阳空射蛟。我王楼舰轻秦汉,却似文皇欲渡辽。

郭沫若《李白与杜甫》解释《永王东巡歌》其五:"永王出师……没有从旱路出兵,而是采取的水路,看来是有直捣幽燕(安禄山的根据地)的想法。"解释其六:"镇江是南北运河衔接的枢纽。看来当时的用兵计划,除'浮海'以外,很想利用运河北上,至少可以运输粮食夫马。"解释其七:"从这首诗里面可以看出永王的军事部署,他确实是想跨海北征的。"①

瞿蜕园、朱金城《李白集校注》:"综观此诗次第,第十首以前皆写永王东巡为据金陵以图恢复,第九首最为一篇之警策,其主张永王用舟师泛海直取幽燕,意已昭然可睹,然欲行此策,必以金陵为根本。"②

郭沫若及瞿蜕园、朱金城提出永王璘水军目标是跨海北征直捣幽燕,是卓越的见解。不过,郭沫若认为"看来当时的用兵计划,除'浮海'以外,很想利用运河北上,至少可以运输粮食夫马",则既不了解唐代海运史及扬州至幽州之海运之便捷,更未想到从运河北上势不可能出敌不意直捣幽州,此决非唐玄宗及永王璘的意图。瞿蜕园、朱金城认为"必以金陵为根本",亦未顾及渡海直捣幽州,必以海港扬州为根本,而不能以内河港口金陵(江宁)为根本。永王璘水军过江宁、抵润州、直奔扬州,其故在此。永王璘水军跨海北征直捣幽燕,郭沫若以为是永王璘的想法,瞿蜕园、朱金城以为是李白的主张,皆误;由唐玄宗任命永王璘为江淮兵马都督、扬州节度大使并命其率水军下扬州,可知此是唐玄宗的战略部署。

---

① 郭沫若:《李白与杜甫》,人民文学出版社,1971年版,第59—60页。
② 瞿蜕园、朱金城:《李白集校注》,上海古籍出版社,1980年版,第556页。

根据李白《永王东巡歌》"楼船跨海次扬都"（即：楼船次扬都跨海，为声韵故倒文），"长风挂席势难回，海动山倾古月摧"，"我王楼舰轻秦汉，却似文皇欲渡辽"（"辽"，非指辽水，此指辽海即渤海；下句为上四、下三句法，中间念断，"欲"字主语为上句"我王"；句言永王欲似文皇渡辽非言文皇欲渡辽。文皇固已派遣军队渡辽），参证《旧唐书·肃宗本纪》"永王璘擅领舟师下广陵"及《永王璘传》"擅领舟师东下趋广陵"，可证明永王璘水军下扬州的目的，是从扬州出发，经东海（今东海、黄海）、渤海海路直取幽州，捣毁安史叛军巢穴。

扬州，是唐朝全国水运中心、国际海运港口，海运可经东海渤海直抵幽州海岸。

按《资治通鉴》卷二〇三则天光宅元年十一月记徐敬业将入海奔高丽"至海陵界，阻风"，元胡三省注："《九域志》：扬州东至海陵界九十八里，又自海陵东至海一百七里。"① 唐杜佑《通典》卷一七八《州郡八》妫川渔阳郡："南至三会海口一百八十里，西至范阳郡二百十里。"可知乘船由扬州入海经东海渤海可以抵达高丽，也就可以抵达高丽以近的渤海范阳郡即幽州之三会海口（今天津）。

按《资治通鉴》卷一九九唐太宗贞观二十二年将伐高丽："秋七月，遣右领左右府长史强伟于剑南道伐木造舟舰，大者或长百尺，其广半之。别遣使行水道，自巫峡抵江（今江西九江）、扬（今扬州），趣莱州（今山东莱州）。"可知唐代近海海船可由沿江地区制造，既可江行亦可航海。并且可知，从扬州入海可以抵达渤海莱州海岸，也就可以抵达莱州稍远的渤海幽州海岸。

唐代造船业发达。按《资治通鉴》卷一九七贞观十八年："上将征高丽，秋七月辛卯，敕将作大监阎立德等，诣洪（今江西南昌）、饶（今江西都阳）、江三州造船四百艘以载军粮。"又八月丁丑："敕越州（今浙江绍兴）都督府及婺（今浙江金华）、洪等州造海船及双舫千一百艘。"可知唐代造船业早已遍布沿江沿海广大地区，能大规模制造海船。史言永王璘在江陵"破用巨亿"，其实应是用于建立水军，包括大规模制造海船。

---

① 日本圆仁《入唐求法礼行记》卷一"唐开成三年七月二日"："泛艇从海边行……终到大江口……逢卖芦人，即问国乡，答云：'此是大唐扬州海陵县淮南镇大江口。'"

唐代海军，早已取得丰富的渡海登陆作战经验。《旧唐书》卷一九九上《高丽传》贞观十九年（645）："张亮为平壤道行军大总管，领将军常何等率江、淮、岭、硖劲卒四万，战船五百艘，自莱州泛海趋平壤。"《资治通鉴》卷一九八贞观二十一年三月："牛进达为青丘道行军大总管，右武侯将军李海岸副之，发兵万余人，乘楼船自莱州泛海而入。"《旧唐书》卷六九《薛万彻传》贞观二十二年："万彻又为青丘道行军大总管，率甲士三万自莱州泛海伐高丽，入鸭绿水。"《旧唐书》卷八三《苏定方传》："显庆五年，从幸太原，制授熊津道大总管，率师讨百济，定方自城山济海至熊津江口。"可知唐对高丽战争，已经多次每次运送数万军队渡过渤海。从《永王东巡歌》"我王楼舰轻秦汉，却似文皇欲渡辽"，可知永王璘水军幕府是明确地以唐太宗对高丽战争渡海登陆作战为范例。

唐代海运，早已开辟自扬州苏州经东海渤海至幽州、自河南道诸州经东海渤海至营州（今辽宁朝阳）、自沧州（今河北沧县东南）经渤海至平卢（节度使治营州）等众多近海海运航线。杜甫《后出塞五首》其四："渔阳豪侠地，击鼓吹笙竽。云帆转辽海（指渤海），粳稻来东吴。越罗与楚练，照耀舆台躯。"《昔游》："幽燕盛用武，供给亦劳哉。吴门转粟帛，泛海陵蓬莱（登州治所蓬莱县，今山东蓬莱）。肉食三十万，猎射起黄埃。"《册府元龟》卷四九八《邦计部·漕运》贞观十七年："时征辽东，先遣太常卿韦挺于河北诸州征军粮贮于营州。又令太仆少卿萧锐于河南道诸州转粮入海。"《旧唐书》卷三七《五行志》开元十四年七月："沧州大风，海运船没者十一二，失平卢军粮五千余石，舟人皆死。"——可证。

永王璘水军直指扬州，沿途包括江宁皆不遑久留，甚至在进至当涂前遭到吴郡采访使李希言挑衅时，仍然派将领季广深率领先头部队取道陆路奔赴扬州，是因为当时平叛战争形势危急，亟须出奇制胜。而从扬州出发经海路取幽州之前，尚须完成航海准备工作。按唐李肇《唐国史补》卷下："江淮篙工，不能入黄河，蜀之三峡、河之三门、南越之恶溪、南康之赣石，皆险绝之所，自有本处人为篙工。"则自扬州至幽州海路，当征用熟悉此海路之扬州航海水手。据日本真人元开《唐大和上东征传》记天宝元载十月鉴真和尚准备自扬州东渡日本："请得宰相李林甫之兄林宗之书，与扬州仓曹李凑，令造大船，备粮送遣。"又记天宝七载春自扬州东渡日本："化得水手一十八人。"则可见当时扬州,从造船到征集熟练航海水手,皆十分便利,不愧为著名国际海运港口。

李白《永王东巡歌》其三"战舰森森罗虎士,征帆一一引龙驹",有学者以为是指永王璘军水陆并进。其实是言永王璘舰队不仅满载战士,而且满载战马,将以强大骑兵登陆攻取幽州。

《永王东巡歌》其五"我王楼舰轻秦汉,却似文皇欲渡辽",有学者提出:"若谓楼船跨海直抵幽燕,非特江船不能驶海,即使成行,长航远征,军粮难继,复何用哉?"此是多虑。如上所述,唐代近海海船多由沿江各地制造经长江入海,长江上游之剑南道可以制造海船经长江入海,遑论长江中游之江陵?并如上述,唐代早已自东吴大规模海运粮食至幽州。

在此当说《永王东巡歌》其五在文学方面的争议。宋杨齐贤认为"乃伪赝之作",元萧士赟以为"用事非伦","伪赝无疑",郭沫若《李白与杜甫》亦云:"这里把永王比作唐太宗,而且超过了秦皇汉武,比拟得不伦不类……前人以为伪作,是毫无疑问的。"(第60页)此皆多虑。第一,所谓"把永王比作唐太宗,比拟得不伦不类",不能成立。按诗歌用典之法,古典今事之间,只取双方相似之一端,而不需顾及其余。"我王楼舰轻秦汉,却似文皇欲渡辽",用唐太宗之典,只取"渡辽"一端,即以唐太宗命军队渡渤海进攻高丽,比拟永王璘率军队渡东海渤海进攻幽州,而并无永王璘欲作天子之意。从来无任何人说杜甫此一比拟不伦。李白与杜甫同用太宗之典比拟亲王,同样地没有任何比喻不当的问题。故所谓比拟不伦,是不通用典之法。第二,所谓"伪作",并无版本依据,不能成立。

四、唐肃宗预谋镇压、挑起冲突、以璘为"叛"

李白《永王东巡歌十一首》其六、七、八、九:

雷鼓嘈嘈喧武昌,云旗猎猎过寻阳。秋毫不犯三吴悦,春日遥看五色光。

龙蟠虎踞帝王州,帝子金陵访古丘。春风试暖昭阳殿,明月还过鸣鹊楼。

二帝巡游俱未回,五陵松柏使人哀。诸侯不救河南地,更喜贤王远道来。

丹阳北固是吴关，画出楼台云水间。千岩烽火连沧海，两岸旌旗绕碧山。

"秋毫不犯三吴悦"，是写实。根据《旧唐书·永王璘传》"江淮租赋，山积于江陵"，与此诗其三"战舰森森罗虎士，征帆一一引龙驹"，及李白《经乱离后天恩流夜郎忆旧游书怀赠江夏韦太守良宰》"半夜水军来，寻阳满旌旃"所写永王璘水军舰队之强盛，以及唐代河运海运史之背景，可知"秋毫不犯三吴悦"，不仅是言永王璘军军纪严明，而且是指舰队运载军粮丰足，不用沿途劳民伤财，故秋毫无犯。

如果永王璘军沿途劳民伤财，肃宗集团早就列为罪状，书于实录留于正史了。当然，自《诗经》之《采薇》《六月》《出车》以来，描写军纪之严明、军容军威之盛，以暗示我军必胜，本是中国诗之一大艺术传统。

"帝子金陵访古丘"，写永王璘暂停金陵以访古，是言永王璘之儒雅也。按《册府元龟》卷二七四《宗室部·辨惠》："永王璘……聪敏好学。"又卷二六六《宗室部·材艺》："永王璘……少聪敏，善草（书）。"又卷二五八《储宫部·文学》："开元二十五年，玄宗命（太子）瑛题御史大夫李适之所撰《河堤记》碑额，又命永王璘书其碑阴。"可知永王璘好学有才艺。"春风试暖昭阳殿，明月还过鳷鹊楼"之"春风""明月"，是李白对永王璘的由衷赞美。李白登上永王璘水军楼船，约在至德元载元月中旬，至此已与永王璘朝夕相处半月左右，对之了解已深矣。

"丹阳北固是吴关"，"北固"即北固山，位于润州城北，有南、中、北三峰，北峰三面临江，形势险要。"千岩烽火连沧海"，"千岩"即指北周诸山，"连沧海"，指永王璘水军的行军方向，是从润州北固诸山下的长江经扬州入海，经东海渤海直捣幽州。

《旧唐书·永王璘传》：

十二月（二十五日），擅领舟师东下，甲仗五千人趋广陵，以季广琛、浑惟明、高仙琦为将。璘生于宫中，不更人事，其子襄城王偒有勇而有力，驭兵权、为左右眩惑，遂谋狂悖。璘虽有窥江左之心，而未露其事。吴郡（今苏州）采访使李希言乃平牒璘（《通鉴》胡注：方镇位任等夷者平牒），大署其名，璘遂激怒，牒报曰："寡人上皇天属，皇帝友于，地尊侯王，礼绝僚品，简书来往，应有常仪，今乃平牒抗威，落笔署字，汉仪隳紊，一至于斯！"乃使浑惟明取希言，季广琛趣广陵攻采访使李成式。

璘进至当涂（今安徽当涂，长江南岸、江宁上游），希言在丹阳（今江苏镇江，长江南岸、江宁下游），令元景曜、阎敬之等以兵拒之，身走吴郡，李成式使将李承庆拒之。先是，肃宗以璘不受命，先使中官啖廷瑶、段乔福招讨之……时河北招讨判官、司虞郎中李铣在广陵，瑶等结铣为兄弟……铣……遂率所领屯于扬子（今扬州邗江南，长江北岸，地当长江与运河之交、与镇江隔江相望），成式使判官评事裴茂以广陵步卒三千同拒于瓜步洲伊娄埭（今江苏六合东南，长江北岸、扬子上游）。希言将元景曜及成式将李神庆并以其众迎降于璘，璘又杀丹徒[阳]太守阎敬之以徇。江左大骇。

裴茂至瓜步洲，广张旗帜，耀于江津。璘与偒登陴望之竟日，始有惧色。季广琛召诸将割臂而盟，以贰于璘。是日，浑惟明走于江宁，冯季康、康谦投于广陵之白沙（今江苏仪征，长江北岸）。广琛以步卒六千趋广陵，璘使骑追之，广琛曰："我感王恩，是以不能决战，逃而归国。若逼我，我则不择地而回战矣。"使者返报。其夕，铣等多燃火，人执两炬以疑之，隔江望者，兼水中之影，一皆为二矣。璘军又以火应之。璘惧，以官军悉济矣，遂以儿女及麾下宵遁。迟明，不见济者，遂入城具舟楫，使襄城土驱其众以奔晋陵（今江苏常州）。宵谍曰："王走矣。"于是江北之军齐进，募敢死士赵侃、库狄岫、赵连城等共二十人，先锋游弈于新丰①，皆因醉而寐。璘闻官军之至，乃使襄城王、高仙琦逆击之。驿骑奔告，侃等介马而出，襄城王已随而至，铣等奔救，张左右翼击之，射中襄城土首，偒军遂败。

高仙琦等四骑与璘南奔，至鄱阳郡（今江西鄱阳），司马陶备闭城拒之。璘怒，命焚其城。至余干（今江西余干），及大庚岭，将南投岭外，为江西采访使皇甫侁下防御兵所擒，因中矢而薨。子偒

---

① 按《元和郡县志》卷二六润州丹阳（即曲阿，今江苏丹阳）县："西北至州六十四里。"又："新丰湖在县东北三十里。"如果史言"新丰"即此新丰湖，则"江北之军齐进"是已渡江，且先锋已至润州南形成包围。

等为乱兵所害。肃宗以璘爱弟,隐而不言。

《元和郡县志》卷二八《江南道三》岳州:"东北至鄂州(今武汉)五百五十里……西北至江陵府五百七十里。"又鄂州:"东至江州(今九江)六百里。"明李贤等《明一统志》卷五二九江府:"白府治至南京一千二百六十里。"《元和郡县志》卷二五《江南道一》润州上元县(今南京):"东北至州一百八十里。"

《通典》卷一八二《州郡十二》丹阳郡:"北至广陵郡六十三里。"

《旧唐书·肃宗本纪》至德二载二月戊子(十日):"永王璘兵败,奔于岭外,至大庚岭为洪州刺史皇甫侁所杀。"

《资治通鉴》卷二一九至德二载二月:"戊戌(二十日),永王璘败死。"

案:永王璘水军被肃宗诬为"叛逆"加以镇压事件始末,唯有《旧唐书·永王璘传》记载最详,其中既有部分真相之记述,更有重大真相之隐瞒,并夹杂谎言、贬词,又无确切日月。今依据《旧唐书·永王璘传》可信部分,参证上引其他原始文献,考述如下。

第一,至德元载十二月永王璘率水军下扬州是奉命就任江淮兵马都督、扬州节度大使,将从扬州渡海攻取幽州。《旧唐书》本传载"璘虽有窥江左之心,而未露其事",《新唐书》本传载其将领"(季)广琛知事不集,谓诸将曰:'与公等从王,岂欲反邪'",皆表明永王璘率水军下扬州不是割据、谋反,而是合法行动。试问:如果永王璘未任江淮兵马都督、扬州节度大使,率水军下扬州就是擅自越权,那又如何可能"未露其事"?

第二,至德元载十二月永王璘奉上皇之命率水军下扬州完全合法;尤为重要之事实,是由《通鉴》载"上召高适与之谋,适陈江东利害,且言璘必败之状,十二月"云云,及《旧唐书·高适传》载"永王璘起兵于江东,欲据扬州",可知早在至德元载十二月之前即永王璘水军自江陵出发之前,玄宗已将永王璘水军将从扬州渡海取幽州之行动计划提前通报肃宗,肃宗并没有表示反对,亦即是认可。

第三,永王璘水军人数当为数万人。据《旧唐书》本传载永王璘"至江陵,招募士将数万人",及进至当涂前派遣"广琛以步卒六千趋广陵",可见本传载"领舟师五千人趋广陵"此一永王璘水军人数,已大为缩小,亦系篡改事实。

第四,肃宗预谋镇压永王璘水军。由《旧唐书·高适传》及《通鉴》载至德元载十二月之前肃宗与高适谋划,及任命高适、来瑱为淮南、淮南西道节度使,与江东节度使韦陟"共图璘",及《旧唐书·永王璘传》载"肃宗以璘不受命,先使中官啖廷瑶、段乔福招讨之",皆清楚地表明至德元载十二月之前肃宗早已预谋镇压永王璘水军。尽管玄宗并无对抗肃宗之意,尽管永王璘率水军下扬州是为了海路取幽州,肃宗出于抢夺皇权的阴暗心理,仍然将玄宗及永王璘视为潜在的皇权抢夺者,必灭之而后快。

第五,肃宗至德元载十二月任命高适、来瑱为淮南、淮南西道节度使,是以自己的重复任命来对抗上皇七月任命永王璘江淮兵马都督、扬州节度大使,从而破坏册命约定,实际废止上皇诰命。

第六,肃宗集团故意挑起冲突,以璘为"叛"。其时间,当在至德二载元月永王璘水军进至当涂之前。《旧唐书·永王璘传》载"吴郡采访使李希言乃平牒璘,大署其名,璘遂激怒,牒报曰:'寡人上皇天属,皇帝友于,地尊侯王,礼绝僚品,简书来往,应有常仪,今乃平牒抗威,落笔署字,汉仪隳紊,一至于斯'",此应认为是肃宗集团故意采用侮辱挑衅永王璘与肃宗所属官军冲突的手段,达到以璘为"叛"、加以镇压的目的。李希言、李成式,皆是唐朝的命官、肃宗集团的人,哪是什么"地方势力"?肃宗"先使中官啖廷瑶、段乔福招讨之",表明李希言、李成式们早已奉肃宗宦官使者传命,站在了镇压者一边。润州为永王璘水军赴广陵即扬州必经之路,而"希言在丹阳令元景曜、阎敬之等以兵拒之,李成式使将李承庆拒之",清楚地表明是肃宗集团首先对永王璘挑起军事冲突。此时,永王璘派将领浑惟明取希言,不仅是反击挑衅,而且是为永王璘水军经润州赴扬州开路。而派将领季广琛以步卒六千趋扬州,则是为了永王璘水军从扬州渡海打前站。

第七,永王璘在遭到肃宗集团挑衅的情况下,仍然不顾挑衅派遣季广琛先头部队陆路直奔扬州,力图执行渡海进攻幽州之任务,此足见其忠义救国、坚忍不拔。

第八,至德二载二月十日之前,永王璘水军已经过当涂、江宁,抵达下游润州。至此,永王璘水军已行程数千里,距扬州仅六十三里。

按前揭诸地志,自江陵至润州全程约三千一百六十里,按唐制沿流之舟江行每日百里计,则自江陵至润州长江净行程约为三十二天,但大舰队远距离航行,因气候条件、中途接人、采购蔬菜等原因,尚需增加数日;据陈垣

《二十史朔闰表》，至德二载元月只有二十九天；则永王璘水军至德元载十二月二十五日自江陵出发，当在至德二载二月上旬抵达润州。计算永王璘水军行程时日，与史载日期相合。

第九，当永王璘水军抵达润州遭遇吴郡采访使李希言将元景曜、广陵采访使李成式将李承庆以兵攻击时，不但将之击败，而且迫使元景曜、李承庆以其众迎降，此充分证明永王璘水军训练有素、英勇善战，具有强大的战斗力。

按《唐会要》卷七六《贡举中·制举科》开元二十三年（735）："智谋将帅科：张重光、崔圆、李（季）广琛及第。"可知季广琛出身制举将帅科，系唐朝选拔培养之军事人才。由此一例，可见永王璘部将之才略，及其军队之训练有素，军纪严明，英勇善战，是渊源有自。

第十，肃宗集团对永王璘军宣布招讨"叛逆"加以镇压（由《旧唐书·永王璘传》"招讨"二字、"叛逆"二字，可知肃宗曾发布讨逆诏。但此诏文今已不见记载），时间是在至德二载二月十日，地点是在润州。当永王璘水军抵达当涂前遭到吴郡采访使李希言平牒署名时，甚至抵达润州遭遇李希言将元景曜、李成式将李承庆以兵攻击时，永王璘似尚未意识到是肃宗阴谋镇压，而以为是地方势力挑衅；当二月十日中官啖廷瑶、段乔福率李铣、李成式等军以招讨"叛逆"旗号出现在润州长江对岸扬子时，始知道是肃宗以"叛逆"罪名相镇压。此对于永王璘全军将士，无异于晴天霹雳、天崩地裂。《旧唐书》本传载"璘与偒登陴望之竟日，始有惧色"，写出其从惊讶、怀疑到心寒的心理过程。此时，永王璘军心势不能不开始崩溃。永王璘将领季广琛就是在率先头部队赴扬州途中，召诸将贰于璘的。永王璘兵败，是败于肃宗以"叛逆"为罪名的政治宣传和军事镇压。

据《旧唐书·肃宗本纪》，"永王璘兵败"润州，是在至德二载二月十日；据《资治通鉴》，"永王璘败死"，即兵败后逃至大庾岭被害，是在二月二十日。

第十一，据《资治通鉴》至德元载十二月"置淮南节度使，领广陵等十二郡，以适为之"，《旧唐书·高适传》"师将渡而永王败，乃招季广琛于历阳"，高适《谢上淮南节度使表》"臣适言：以今月二日至广陵……即当训练将卒……庶使殄灭凶丑"，《酬裴员外以诗代书》"拥旄出淮甸，入幕征楚材。誓当剪鲸鲵"，可知至德二载二月为肃宗镇压永王璘水军于润州的前线总指挥，就

· 666 ·

是本年元月以后坐镇润州对岸之扬州积极准备镇压之事的淮南节度使高适。

《唐大诏令集》卷三九《降永王璘庶人诏》："永王璘，谓能堪事，令镇江陵。庶其克保维城，有俾王室。而乃弃分符之任，专用钺之威，擅越淮海，公行暴乱。违君父之命，既自贻殃；走蛮貊之邦，欲何逃罪？据其凶悖，理合诛夷，尚以骨肉之间，有所未忍。皇帝诚深孝友，表请哀矜……是用矜其万死……可悉除爵土，降为庶人，仍于房陵郡安置。所由郡县，勿许东西。朕存训诱，勖之忠孝，不虞孱懦，遂至昏迷。申此典章，弥增愧叹。"

玄宗此诏，当是在永王璘军被宣布"叛逆"、尚未得知璘被害时所发布[1]。其中未提出永王璘任江淮兵马都督、扬州节度大使的事实，承认了被强加的"擅越淮海，公行暴乱"罪名，但是并没有承认"叛逆"罪名，并一再强调"骨肉之间，有所未忍，皇帝诚深孝友，表请哀矜"，以提醒肃宗，骨肉之间不能太残暴无情，可说是两分屈辱忍让、一分抗争，为的是救永王璘一命。面对肃宗抢夺皇位、撕毁册命约定、镇压永王璘军，玄宗没有奋起以决裂相抗争，当是出自顾全救国大局，和自安史叛乱以来的沉重的惭愧心理，如诏末所曲折流露。而此种心理，导致玄宗后来走向被囚禁和真相不明的死亡。

李白《永王东巡歌十一首》其十、十一：

> 帝宠贤王入楚关，扫清江汉始应还。初从云梦开朱邸，更取金陵作小山。

> 试借君王玉马鞭，指挥戎虏坐琼筵。南风一扫胡尘静，西入长安到日边。

"扫清江汉始应还"，为二、五句法兼倒装句法兼缩略语，顺其语意展开即：扫清（胡尘）、始应还江汉。"更取金陵作小山"，用汉淮南国治寿春，其地有小山名八公山，为淮南王安所曾游（见《水经注》卷三二肥水"东北入于淮"），及淮南王安招怀天下士，其中雅称淮南小山者作《招隐士》（见《楚辞章句·招隐士》）之典，"小山"二字为双关修辞，字面是言永王璘昨游金陵，是以金陵山为淮南王安所游之淮南小山矣，言外则是赞美永王璘之征辟天下士、隐士李白，有如淮南王安之所为也。郭沫若《李白与杜甫》说，此处"显示了永王有以江宁为根据地的用意"（第61页），系误解诗意。

---

[1] 贾二强《永王璘起兵事发微》已指出此点。

"南风一扫胡尘静,西入长安到日边"。"南风",指永王璘水军即将渡海北上幽州。依据诗歌上下文互文之义,及《永王东巡歌》其二"二帝巡游俱未回"之句,"日"指玄肃二帝。"一扫胡尘""西到日边"的美好愿望,被肃宗所毁灭。

郭沫若《李白与杜甫》说,永王璘"急于首先揭开了内战的幕,使好端端的一个局面,被他自己的独断专行葬送了"(第64页),此言完全颠倒了史实。

五、唐代宗即位诏已为永王璘昭雪

肃宗之子代宗即位第一时间,即为永王璘正式平反昭雪。

《旧唐书》卷十一《代宗本纪》宝应元年(762)五月丁酉:"御丹凤楼,大赦:……棣王琰、永王璘并与昭雪。"

按棣王琰之死是冤案(见《旧唐书》卷一〇七本传),为当时众所周知,棣王琰、永王璘并与昭雪,则永王璘之死是冤案,亦当为众所周知。

尽管唐代宗认定所谓永王璘"叛逆"案是冤案,并已为之正式平反昭雪,但是在唐代官方文献及由此而来的史书中,由于种种利害关系、实际原因,而并未彻底改正关于永王璘案的诬枉之词。此种平反昭雪而不彻底之情况,并不奇怪,史不绝书。

六、结论

第一,所谓永王璘"叛逆"案纯属唐肃宗制造的冤案,应予彻底推翻。同理,所谓李白"从逆"案亦纯属冤案,亦应予彻底推翻。

第二,永王璘水军下扬州渡海攻取幽州,是唐玄宗部署平定安史之乱的一项杰出战略。其中包括天宝十五载六月玄宗入蜀途中至汉中,任命永王璘为统山南东路等四道节度使、江陵郡大都督;七月十二日玄宗至普安命诸王分镇,重申六月对永王璘已发布之任命;七月二十八日玄宗至蜀郡之前,任命永王璘为江淮兵马都督、扬州节度大使;十二月,永王璘奉命自江陵率水军下扬州渡海攻取幽州。

第三,根据天宝十五载八月十八日册命约定,上皇有权处置南方军政事务并通报肃宗,此一约定直至至德二载元月仍然有效运作。因此,至德元载十二月永王璘奉命自江陵率水军下扬州渡海攻取幽州,完全是合法行动。尤要者,是至德元载十二月之前永王璘率水军行动计划已经提前通报并获得肃宗认可。

第四,永王璘以不到半年时间在江陵建立强大水军,训练有素,军纪严明,英勇善战,故能在至德元载十二月至至德二载二月自江陵至润州数千里行军中秋毫无犯,在与肃宗集团强加的战斗中一度击败并迫降对手;永王璘在遭到肃宗集团挑衅的情况下,不顾挑衅派遣先头部队奔赴海港扬州,足见永王璘是一位忠义救国、指挥有方、坚忍不拔的杰出人才。

第五,李白深契玄宗的杰出战略,慨然应征入幕支持永王璘。渡海登陆作战,往往是出奇制胜的但也是非常冒险的军事行动。永王璘水军渡海进攻幽州,可能遭遇海难沉船,而且登陆敌后作战没有直接后方。李白早就写过《哭晁卿衡》:"日本晁卿辞帝都,征帆一片绕蓬壶。明月不归沉碧海,白云愁色满苍梧。"可知李白清楚航海可能遭遇的海难危险。李白置海难危险和战争危险于不顾,慨然投身永王璘水军军事行动,充分体现了忠义救国生死置之度外的人格。

忠义救国生死置之度外的人格,属于永王璘水军全军将士。

第六,李白以风华绝代的天才,创作了不朽的诗史《永王东巡歌十一首》,并冒着再度遭受政治迫害的风险保存之,从而保存了被权力所歪曲、掩盖的历史真相,充分体现了正直不屈的人格,国身通一的诗人品格,不愧为唐代大诗人。

第七,唐肃宗出于抢夺皇位、敌视玄宗的阴暗心理,将永王璘率水军下扬州渡海攻取幽州诬为"叛逆"加以镇压,断送了铲除河北安史叛军基地的机会,对镇压永王璘水军,对唐代中叶以后的河北藩镇胡化割据,负有不可推卸的责任。肃宗对于玄宗之死,对于李白、杜甫遭受政治迫害以死,亦负有不可推卸的责任。

(本文发表于《文学遗产》2010年第5期)

邓小军,1951年生,1990年毕业于陕西师范大学文学研究所,文学博士,师从霍松林先生,现为首都师范大学中文系教授。

论元和至元祐文学的创新与建构

田耕宇

内容摘要：中唐元和到北宋元祐近三百年的时间，是中国封建前期文化向封建后期文化的过渡时期。这一时期出现的各种文学现象，不能简单地看成是一群文学家们的文学创作问题，而应看到其与当时政治、经济、思想意识和文化的求变创新的内在的、深刻的关系。只有深刻认识到元和以来文学创新与建构背后深厚的思想文化动因，才能准确评价这一阶段文学变迁的真实内容、思想文化史乃至文学史意义。

关键词：元和、元祐文学；创新与建构；思想文化动因；

清人陈衍说："盖余谓诗莫盛于三元：上元开元，中元元和，下元元祐也。"[1]三元说准确地概括了中国封建文化转型时期出现的三个文学创作高峰，此论引起了后代学人的普遍关注，尤其是近百年来的文学研究，以盛唐开元为界，将此前的社会类型视为中国封建社会前期，此后视为中国封建社会之后期，已经基本为学界所公认。但是，这三个高峰所代表的文化类型及其思想文化史乃至文学史意义，显然有不同的内涵。代表"盛唐之音"的开元文学、代表由封建前期文化向封建后期文化过渡的元和文学与代表封建后期文化基本成型的元祐文学，被许多学者反复讨论，并取得不小的成就，然而将三个高峰联系起来分析其内在关系，尤其是元和至元祐这一阶段的内在关系，却还很少有人进行深入系统的研究。本文之立论，正是基于此上，笔者抓住中唐至北宋

---

[1] [清]陈衍：《石遗室诗话》，商务印书馆，1929年版，第139页。

这一文化转型期的特点，从"创新与建构"入手，对元和至元祐的文化背景及文学主流进行论述，以期得到这一阶段文学迁变的系统研究成果，填补研究不足的空缺。

一、从士族文化向世俗地主文化转型说起

陈寅恪《金明馆丛稿初编·论韩愈》云："唐代之史可分前后两期，前期结束南北朝相承之旧局面，后期开启赵宋以降之新局面，关于政治社会者如此，关于文化学术者亦莫不如此。"[①]陈先生这一宏通之论，并非凭空构架的突发奇想，而是对其父辈陈衍、沈曾植等人学术思想的继承，只不过陈寅恪先生以宏通精到之见解分析中唐政治、文风、士风，其研究已溢出诗史范畴，而涉入唐宋文化转型，乃至中国封建文化前后期转变的广阔学术领域，为现代学者提供了深入研究从中唐至北宋这一文化转型期的理论支撑，促使后来不少学者在这一领域中多有建树。

1910年，日本学者内藤湖南在《概括的唐宋时代观》一文中提出"唐代是中世的结束，而宋代则是近世的开始"的见解，并从政治体制的变化来分别"中世"与"近世"的概念，认为："中世和近世的文化状态，究竟有什么不同？从政治上来说，在于贵族政治的式微和君主独裁的出现。"[②]内藤的学生宫崎市定在《东洋的近世》一文中，则更细地从经济、政治、教育状况来论述宋代之所以为"近世"，文中说："宋代实现了社会经济的跃进、都市的发达、知识的普及，与欧洲文艺复兴现象比较，应该理解为并行和等值的发展。"[③]不管这些论点是否完全站得住脚，但有一个事实却是必须承认的，即从宋代的社会文化来看，其与盛唐以前的不同是十分明显的，而这一不同，则是从中唐开始，到北宋基本形成的。陈寅恪先生所云"关于政治社会者如此，关于文化学术者亦莫不如此"，正是准确地把握住了这一关键。

唐代由士族文化向世俗地主文化转型过程中，最为直接的有两种方式，一

[①] 陈寅恪：《金明馆丛稿初编》，上海古籍出版社，1980年版，第296页。
[②] 刘俊文主编：《日本学者研究中国史论著选译》卷一，中华书局，1992年版，第207、317页。
[③] 刘俊文主编：《日本学者研究中国史论著选译》卷一，中华书局，1992年版，第207、317页。

是通过婚姻的方式达成的，另一种则是通过科举的方式实现的。"安史之乱"前的唐代文化，从本质上讲是门阀士族占统治地位的文化，但在唐初推行北魏均田制，唐太宗时修订《氏族志》和武则天掌权后，将《氏族志》改为《姓氏录》，大量擢用由科举进身的进士等一系列措施的实施，对北朝旧贵族和以李姓皇室为代表的关中门阀士族进行了无情的打击，为庶族地主进入统治阶级，突破门阀士族的垄断，开创了一条虽然坎坷但充满希望的大路。从此以后，唐代政治、思想、文化主流之争就逐渐转为士、庶之争。

然而士、庶之争是一个漫长的过程。一方面是士族鄙视庶族的"暴发户"嘴脸而耻与之联姻而遭朝廷禁婚，另一方面，朝廷大臣们却向往与山东旧族攀上姻亲。如：太宗时期名臣房玄龄、魏征、李勣等人及玄宗朝名相张说与山东旧族婚姻关系一直不断。武后时期宰相薛元超曾对亲近的人不无遗憾地说："吾不才，富贵过分，然平生有三恨：始不以进士擢第，不得娶五姓女，不得修国史。"① "开成初，文宗欲以真源、临真二公主降士族，谓宰相曰：'民间修婚姻，不计官品而上阀阅。我家二百年天子，顾不及崔、卢耶？'"② 可以看出重门阀、轻庶族乃至轻以军功取天下的皇族社会心理依然很重，虽说社会心理依旧看重士族门第，但士族必然衰落却是历史潮流。

人们常常说，唐代科举考试使庶族得以取代士族而进入统治阶级上层，其实只说对了一部分，试看《唐摭言》中的一段话就可以明白唐代科举考试只是改变了士族一统天下的局面，而非使庶族能完全取代士族，这一过程应该在宋代才基本完成。

李浩先生在《从士族郡望看牛李党争的分野》一文中说："关中士族虽然丧失了既得的政治特权，不再拥有入仕的优先权，但它并未被消灭铲除，依然存在，只是需要与时俱变，承认现实的合理性，仍可以通过科举与军功再度进入官僚层……科举制度打破了阶级的封闭性（士庶）与地域上的封闭性（关陇集团与非关陇的山东士族、江南士族），并未也不可能将关中士族全部消灭或赶出政权，而是让各地域、各阶层士人都站在同一起跑线上公平竞争。"③ 其论士族与科举制度之说颇为中的，然云士、庶是站在同一起跑线上公平竞争，

---

① [唐]刘餗：《隋唐嘉话》，中华书局，1992年版，第156页。
② [后晋]刘昫等：《新唐书·杜兼传》，中华书局，1975年版，第1456页。
③ 李浩：《诗史之际——唐代文学发微》，商务印书馆，2000年版，第81页。

却不尽然。诚如上文所云,从东晋以来士族垄断着文化,而庶族所受教育显然不及士族,事实也证明,终唐一代,庶族之所以未能以科举考试取代士族,就因为士族在文化教育上胜庶族一筹。据台湾文史哲出版社《江西诗社宗派研究》引有关资料称:"通考安史乱后史传人物,由进士上达者,凡268人,其中属名族及公卿子弟者,达205人,占总数百分之七十。"可以看出由科举而使庶族地主在政权中占有绝对优势,并最终取代士族是一个相长的过程。

张希清在《北京大学学报》1987年第5期《论宋代科举取士之多与冗官问题》一文中说,唐代290年间的科举考试,共取进士6646人,中举之人中多数仍是士族。然而进士一科成为国家官吏的选官主渠道,庶族地主执掌政权必然会成为现实。

钱穆在《中国近三百年学术史·引论》中说:

> 自唐以来之所谓学者,非进士场屋之业,则释道山林之趣,至是而始有意于为生民建政教之大本。

这段话是对北宋士人将进士科举作为人生的一项事业来看待,将其视为参政的唯一道路的描述,而这种仅仅由个人或一小部分人企图借科举致仕的行为,经中唐以来统治者的大力鼓励逐渐形成国家选官、士人参政、儒家复兴的"国家工程"。但是,正如前述,终唐一世士族仍保持着相当强的政治势力,仅崔氏十房前后就有23人任相,占唐代全部宰相369人的1/15。而宋代宰辅中,除了吕夷简、韩琦等少数家族多产相才者外,非名公巨卿子弟占了很大的比重,布衣出身者竟达53.3%,像赵普、寇准、范仲淹、王安石等名相,均出于寒素或低级品官之家,并成为宋代文官政府的核心。

张希清在北京大学《国学研究》第二卷《北宋贡举登科人数考》中指出,北宋一代开科69次,共取正奏名进士19 281人,诸科16 331人,合计35 612人,如果包括特奏名及史料缺载者,取士总数大概有61 000人,平均每年取士360人。宋代科举力求公平,宋太祖鉴于唐代取士中座主与门生关系等弊端,说:"向者登科名级,多为势家所取,致塞孤寒之路,甚无谓也。今朕躬亲临试以可否进退,尽革畴昔之弊矣。"① 据陈义彦在1971年11月的《思与言》第9卷《从布衣入仕情形分析北宋布衣阶层的社会流动》一文统计,北宋166年间

---

① [宋]李焘:《续资治通鉴长编》卷十六,上海古籍出版社,1986年版。

在《宋史》中立传的1533人中,以布衣入仕者占55.11%;北宋一品至三品官员中,出身布衣的约占53.67%,到北宋末年更达66.44%。可以看出自中唐以来庶族地主取代士族地主的历史足迹,并可以从这足音中听见士族文化向庶族地主文化转型的历史回音。

综上述可见,中唐以前已经具备了由士族文化向庶族地主文化转型的条件,而"安史之乱"使这一条件得到催化,故从中唐开始,这种文化转型的步伐就加速前行,及至北宋,在社会条件成熟下,这种文化转型就基本完成。

二、儒学复兴与古文运动及诗文革新之关系

"安史之乱"的爆发及平定的八年漫长过程,给唐人一个反思这种"理乱"的社会原因的机会。大唐帝国一个半世纪的辉煌,何以如此容易被一介武夫搞得失去光芒?强大的国家机器何以如此不堪一击?唐代宗时杨绾认为进士科举追求浮华的文辞,疏于圣人之道,是社会伦理纲常坠落和儒学衰微的主要原因。因此,要求复兴儒学的呼声也就逐日高涨。贾至在《议杨绾条奏贡举疏》中说:

> 今试学者以帖字为精通,而不穷旨义,岂能知迁怒贰过之道乎?考文者以声病为是非,而惟择浮艳,岂能知移风易俗化天下之事乎……夫先王之道消,则小人之道长;小人之道长,则乱臣贼子由是生焉。臣弑其君,子弑其父,非一朝一夕之故,其所由来者渐矣!渐者何?谓忠信之陵颓,耻尚之失所,末学之驰骋,儒道之不举。四者皆由取士之失也![1]

儒学在唐代中前期确是不及道、释那么显赫,但其中有自身原因而非科举取士所致。贾至所言,显然有为士族之衰落深致不满的意思,但认为儒学不兴是导致君臣、父子关系失衡的关键却是说中要害的。

高观如《唐代儒家与佛学》认为,唐代儒学的衰微有三个原因。第一,"唐太宗以好学之君,于崇尚佛教外,尤益奖励儒学。置弘文馆,招天下名儒为学官,选文学之士为学士。鉴于南北朝来经义纷争,久而莫决,为欲学说之

---

[1] [宋]董诰等:《全唐文》卷三六八,中华书局,1985年版。

统一，使颜师古校正五经之脱误，令孔颖达撰定五经正义……自五经正义厘定后，南北学说之纷争乃绝，由是学者皆伏而遵正义，不复更有进究新说者。南北学派之争端虽泯，而儒学思想亦坐是而不进焉"。第二，"当时佛学思想之盛，亦为儒致衰之一因。佛教在当时发达之势，已如旭日丽天，百花竞放。思想界之豪哲，多去儒而归佛，故佛教之人才鼎盛，而儒门人物亦因是空虚也"。第三，"唐代重文学，以此为科举之要目，由是天下人士，多萃其才力诗文方面。于是文有韩柳、诗有李杜王白之伦，文学界之光辉灿烂，其质其量，均非后世之所能及。诗文之努力者多，儒术之研求者寡，此亦儒学衰微之一因也"。[1]这段话把唐代儒学的衰微现实描绘出来，并找到了社会原因，但儒学不兴的深层次原因却未讲出，而且对唐代中前期儒学内部统一只看到了其不利的一面，而忽略了其有利的一面。

中唐之前儒学不兴的主要原因应该在儒学发展的自身。追溯到西汉武帝时代，为了替大一统的中央集权国家找到理论依据，汉武帝采纳了儒生公孙弘、董仲舒"罢黜百家，独尊儒术"的建议，以儒家学说为国家学说，以儒家思想为社会的统治思想。董仲舒在《春秋繁露·深察名号》中说"受命之君，天意之所予也"，将君权神圣化，并提出"三纲五常"以配合"天命"，使封建统治神秘化、合理化。"天人感应"由于适应了汉武帝政治上的需要，所以深受汉武帝的重视，并以中央政府的空前提倡来利用儒家名教治国。儒家的名教在这里已经形成先秦时代所不曾具有的具体形式和内容，包括一整套政治制度、伦理规范、礼乐教化，以对人物品行的考察评议为依据的征举名士、选拔官吏的制度。由于"天人感应"思想中有明显的迷信色彩，故被讲谶语迷信者利用，因此，无论是王莽篡汉，还是光武"中兴"都充分利用和制造了大量谶语。一方面是士人完全丧失了人的个性而淹没在纲常名教的泥淖里，另一方面是僵化、迂腐、荒诞的谶纬化经学的泛滥。不仅儒学走上烦琐虚妄，而且名教礼法也变得虚伪无实，士人卑鄙无耻、沽名钓誉。当时民谣云："举秀才，不知书。察孝廉，父别居。寒素清白浊如泥，高第良将怯如鸡""直如弦，死道边。曲如钩，反封侯"。纲常名教那一顶顶闪着神圣光芒的桂冠，渐渐失色，不仅不能维系世道人心，而且让人生出无穷的怀疑，清醒者如桓谭、王充等

---

[1] 张曼涛主编：《佛教与中国文化》，上海书店，1987年版，第187页。

人,对谶纬神学表示出怀疑,亦提出挑战。

到东汉末年,各种社会矛盾激化并大爆发,宦官与外戚、宦官与朝官和士人之争、党锢之祸、黄巾大起义、军阀混战、统一的中央政权分崩离析。在如此巨大的社会灾难面前,作为国家学说的儒家思想,显出极大的无力和苍白,人们不禁要问:天人感应怎么了?神授的君权怎么落在奸人手中而苍天怎不干预?传统的价值观在与社会现实的巨大冲突中遭遇困惑并逐渐丧失其维系人心的作用,烦琐的经学迅速衰落,名教更是受到人们的怀疑和质疑,士人纷纷寻找新的价值观念和精神寄托以填补因现实灾难造成的信仰危机。名、法、纵横、道家思想在被压抑了二百多年后迅速复活,儒学那种至高无上的地位也随之丧失。

汉献帝建安以后,庄老玄学、西来佛学思想以及道教进一步兴盛,儒家名教观念进一步崩溃。曹操用人颇杂刑名,嵇、阮的反名教,正始名士的侈谈庄老,东晋玄学、佛学的大昌,无不冲击着儒学的正统地位。但是,儒学作为中国本土宗法血缘为纽带的社会思想意识,从维护王权的需要,几乎仍被每一代统治者视为正统。西晋统一后,司马氏大力提倡名教,尤其重视礼乐孝道,并以此打击反名教的叛逆者,在太康、元康年间,经学还出现一时之盛。但是汉末以来,老庄兴起,正始时期以《周易》《庄子》《老子》为基础的玄学在王弼、何晏、夏侯玄、郭象等人的谈论中,在"竹林七贤"的嵇康、阮籍等人的行为中,形成一股强烈的社会思潮,"才性""有无""声无哀乐"等论辩内容,自然与名教的关系之争,都使儒学遭遇到前所未有的挑战。嵇康的《难自然好学论》反对名教对人性的压抑,以人性对抗统治者杀人的名教。在嵇康"越名教而任自然""非汤武而薄周孔"的呐喊中,儒学,尤其是在虚伪名教遮掩下的儒学,的确在世人心中褪尽了神圣的光环。

佛教的迅猛发展,更使已被玄学和混乱社会搞得左支右绌的儒学腹背受敌。佛教自西汉末年传入中国,值逢汉末天下大乱,人命如草、人伦失常,对现实无望的人们期冀来生,于是佛教得以迅速发展。东晋南朝时期,佛教在中国化的过程中一方面保持了自己特有的精细严密的逻辑思维方式,另一方面竭力吸收儒道思想,在坚持自己教义立身安命处不妥协的同时,寻求与儒道间的共同点。在一大批名僧和佛学家与文人名士交往的相互影响和交流中,形成了以建康和庐山为代表的两大佛学中心,出现了道安、慧远、僧肇等佛学家,谢灵运、颜延之等精通佛理且沈潜其中的文人，更有以梁武帝、东晋明帝、简文帝、孝武帝为代表的一大批深信佛教、扶助佛教的封建帝王。在此期间，佛籍经典的翻译传播得以长足发展，佛学派别论争也热闹非凡。佛教的发展造成三教鼎立的局面，无疑削弱了儒学的地位。比如发生在东晋时期有关沙门拜俗与否之争，其间产生了一系列调和儒、释矛盾的言论，佛学在这一场争论中取得了凌驾于世俗政权之上的特权，僧不拜俗的佛家信条原则实际上击溃了儒家君臣父子的伦理纲常。更有甚者在统合三教的言论中，公然将孔子、老子收为佛家门徒，从以下所引的部分材料中，不难看出儒家一统天下地位的不复存在。慧远《沙门不敬王者论·体极不兼应》云：

　　道法之与名教，如来之与尧、孔，发致虽殊，潜相影响；出处诚异，终期则同。……虽曰道殊，所归一也。①

南朝慧皎《高僧传》中所记载的高僧大多深研内外学，精于思辨的僧人们对佛学怎样在华夏立足之道已经成竹在胸。他们或者"博览六经"（如康僧会、法护、竺昙摩罗刹）；或"博综六经""通六经"（如慧远）；或"博晓《诗》《书》"（如慧严）。此外，由于原本以儒学立身的文人在汉末以来深浸佛学与玄学之中，使儒、释、道三教相互渗透，在互相排斥中相互吸纳，兼通三教者大有人在。

三教并重本来是文化发展的好事，但对那些固守儒学排斥释、道的"纯儒"而言，则是儒学衰微，大道沦丧的悲哀之事，中唐提倡儒学复兴者感到已经到了非振兴儒学不可的时候，于是才有韩愈《此日足可惜一首赠张籍》痛心疾首之辞：

　　孔丘殁已远，仁义路久荒。纷纷百家起，诡怪相披猖。②

综上所述，中唐以前儒学不兴，并非道释已取代或占据统治意识，而是汉末天人感应的儒学框架坍塌之后，儒学在数百年间试图重新构建自己的思想体系。这一体系，即由汉学向宋学转变的体系，到中唐时期经儒、释、道三教的融合与吸收，已经基本形成。从中唐李翱到宋代周敦颐、二程、朱熹的线索十分清楚地显示了新儒学体系的形成过程。因此，与其说中唐提出的儒学复兴是欲挽救并振兴儒家于颓势，倒不如说是经过数百年的涵养与构

---

① [清]严可均校辑：《全上古三代秦汉三国六朝文》，中华书局，1987年版，第392页。
② [清]彭定求等编：《全唐诗》，中华书局，1979年版，第3771页。

建,儒学家们试图重塑儒家一统天下的思想,再现继汉代"罢黜百家,独尊儒术"的辉煌。范文澜说:

> 孔颖达撰《五经正义》,经学统一于一尊(注家),所有东汉以来诸儒异说,全部作废,儒学内部互斗不决的各宗派,自然熄灭。面对宗派林立,说各不同的佛教在斗争中,统一的儒学处于有利地位。唐朝佛教徒力攻道教,却不敢非议儒经,因为儒经从文字到解释,都有标准本,违反它,就是违反朝廷的功令。

> (唐朝)儒学方面,在墨守师说,拘泥训诂的束缚下,开创空言说经,缘词生训的新风气。限于训诂名物,不谈哲学思想的儒学,也谈起穷理尽性来了,汉学系统由此逐渐转入宋学系统。所以,唐朝儒学在发展的意义上说,是一个重要的转化阶段。[①]

汉末以来儒学地位虽屡遭冲击,但主流地位却从未动摇,唐朝也不例外。这当然不仅仅是封建帝王利用国家权力强制推行的结果,而与儒学比其他学说更符合我们民族基本性格、适应社会发展需求的特质有关。虽说儒家思想从未丢失其在统治者心目中的地位,但"安史之乱"以及中唐时期佞佛之风的大盛,使一批立志于儒家之道的文士们起而倡导继承儒家道统,并以能为大多数人易于接受的两汉散文为"明道"之器来为唐王朝的中兴服务,由此将儒学复兴与古文运动推到了时代的舞台上,并在二百年后由北宋欧阳修等人完成了这一运动,不仅确立了新型的唐宋散文,而且为宋代理学的最终形成提供了经验教训。

三、世俗地主文化建构所面临的矛盾与解决

世俗地主要建构自己的文化,首先,要使自己的思想成为统治阶级的思想;其次,世俗地主文人应该成为统治阶级思想的宣传主体;再次,世俗地主文人必须参与现实政治,并在其中发挥主体作用;最后,世俗地主文人必须对自己所宣传鼓吹的统治阶级思想深信不疑。如果完全满足了以上的条件,世俗地主阶级在中唐以后建构自己的文化,将会一帆风顺,然而事实并非如此完

---

① 范文澜:《中国通史简编》,人民出版社,1965年版,第640页。

满。当在与封建士族的激烈博斗中逐渐占据统治地位的世俗地主文人们踌躇满志地想"兼济天下"时，当他们俨然以主人翁的姿态鼓吹着所要重建的文化道统时，却遭遇到前所未有的困惑。面临着理想与现实的冲突，行动与心灵的冲突，出仕与退避的矛盾就在眼前摆着，分明地为这些正在庆幸能够通过自己的努力，占据或正在占据要路的庶族文人兜头一盆凉水。一时间，许多文人在现实的困惑前措手不及，怎样应付这一困惑，并走出去，就成了中唐以来文人思考的问题。作为地主阶级文人在这一特定时期的代表，从元和年间的白居易到宋元祐年间的苏东坡，以他们一生的行事遭遇，反思与调适，最终解决了困扰庶族地主文人出处进退的矛盾，并将这三百年间庶族地主文人所走过的现实历程和心路历程典型地再现出来，展示了中国封建后期文化大厦建构的过程。

中唐时期，庶族地主文人们将眼光投注在重振纲纪，再现大唐威仪的现实改革中，两税法的推行，元和年间平藩的胜利，使他们看到了王朝中兴的气象。活跃于这一时期的地主文人们被时代激发出来的政治热情与进取精神，较之盛唐文人更为自觉、更为强烈。像永贞革新的政治图变的轰轰烈烈，韩愈以复兴儒家道统为己任，拼死以谏佛骨，白居易甘冒权贵之大不韪而讥刺批判现实，以裴垍为核心的稳健政治集团的形成，李绛、裴度、崔群、韦处厚、韦贯之、杨於陵、王涯等著名政界人物云集，这都使生于斯时的地主文人们激动不已。以韩愈为代表的古文家、白居易为代表的乐府诗人，高唱着入世的进行曲，高举起直接上承汉代的儒家学说和宣传儒家学说的古文与乐府大旗，甘作除弊革新的前驱。试读韩愈《答崔立之书》：

> 方今天下风俗尚有未及于古者，边境尚有被甲执兵者，主上不得怡而宰相以为忧。仆虽不贤，亦且潜究其得失，致之乎吾相，荐之乎吾君。上希卿大夫之位，下犹取一障而乘之，若都不可得，犹将耕于宽闲之野，钓于寂寞之滨，求国家之遗事，考贤人哲士之终始，作唐之一经，垂之于无穷，诛奸谀于既死，发潜德之幽光，二者将必有一可。①

字里行间完全是抱定了除弊革新与自强不息的精神。

白居易勤于谏章，敢于谏诤，为了职责有时甚至连对皇帝也不给面子。身

---

① [清]马其昶校注：《韩昌黎文集校注》，上海古籍出版社，1986年版，第165页。

在庙堂之上，则尽谏官之职分，侧身民间，则大写讽喻诗，同样把写诗作为尽谏官之职分，目的只在参与政治，除弊革新。《与元九书》说自己：

> 身是谏官，手请谏纸，启奏之外，有可以救济人病，裨补时阙，而难于指言者，辄咏歌之，欲稍稍递进闻于上，上以广宸聪，副忧勤，次以酬恩奖，塞言责，下以复吾平生之志。

其言之恳切，其心之真挚，其精神之可嘉，正体现了那一个时代地主文人置身现实，欲求中兴的普遍现象。然而即使是在力图革新除弊，重振雄风的君主执权时代，亦不免有令地主文人寒心，甚至失望的现实。"永贞革新"失败即是明证之一。永贞革新集团的人物，大多抱着极大的政治热情投身于除弊革新的政治活动，而革新的失败则改变了他们一生的政治命运，其结局大多带有强烈的悲剧性，这对当时满怀热忱的地主文人无疑敲响了警钟。之后的"甘露之变"对文人的教训更是深刻。它使不少文人从中兴的美梦中惊醒过来，并开始认真地看待属于自己的这个阶级的政权、政治体系及其维系这个体系的思想意识。他们清醒地看到了这个政治体系固有的弊端，诸如嫡长子继承制下皇权的争夺、宦官专权、藩镇割据、民生疾苦等，而靠帝王的英明与否来期待社会的长治久安，其偶然因素太多，以致置身其中的人很难把握住自己的命运。文人要出处进退都裕然自如，不仅要学会儒家老祖先们教会的那一套存身活命，待时而起的方法，而且还得学会"新形势"下的生存本领，更重要的是心态泰然。但在出处进退，兼济与独善关系处理上，绝大多数士人是很难调合得十分和谐的。多数情况下，要么出世，要么入世，二者始终是对立的。出世者满腹怨艾，入世者踌躇满志，兼济与独善不仅不是士人心理调适的支点，反而成为判断得失成败的依据，纵然洒脱如李白，执着如杜甫都不免在出处进退上不自觉地采取了非此即彼的态度。韩愈《后廿九日复上宰相书》说：

> 士之行道者，不得于朝，则山林而已矣。山林者，士之所独善自养而不忧天下者之所能安也，如有忧天下之心，则不能矣。[①]

可以看出，即使在中唐，文人士大夫对兼济与独善的看法也还是难以两全的。在这里，白居易的出现就显得十分重要。

白居易早年创作《新乐府》《秦中吟》，上《策林》时充满了儒家进取

---

① [清]马其昶校注：《韩昌黎文集校注》，上海古籍出版社，1986年版，第161页。

兼济之锐气,当亲眼目睹了"永贞革新"人物遭遇的灾难、"甘露之变"血的清洗,加之自己仕途遭贬的亲身体验,他转而亲近佛老自然,充满了"省分知足""乐天知命"的思想,并把兼济天下的志向与独善其身很好地协调起来,以至没了得意的张狂和失意的沮丧。其《序洛诗》云:

> (予)在洛凡五周岁,作诗四百三十二首。除丧朋哭子十数篇外,其他皆寄怀于酒,或取意于琴,闲适有余,酣乐不暇;苦词无一字,忧叹无一声,岂牵强所能致耶?盖亦发中而形外耳。斯乐也,实本之省分知足。①

难以兼济天下的现实使白居易思想日益驳杂,凡是能调适心中失衡的思想,他都统统拿来构建自己任运随缘、自由旷达的人生哲学。其《新昌新居书事四十韵因寄元郎中张博士》诗云:

> 大抵宗庄叟,私心事竺乾。浮荣水划字,真谛火生莲。梵部经十二,玄书字五千。是非都付梦,语默不妨禅。

这种实用主义的人生哲学与其早年功利主义的文学观念看似矛盾,实际上却有内在的统一性,即面临的现实与理想矛盾下的自我调适的解决方法。这种解决方法表面只是白居易的个人行为和处世方法,但其背后所蕴含的则是广阔而深厚的世俗地主文化建构所面临的矛盾与怎样解决这一矛盾的文化内容。李泽厚说苏轼典型意义在于:

> 把中晚唐开其端的进取与退隐的矛盾双重心理发展到一个新的质变点。苏轼一方面是忠君爱国,学优而仕,抱负满怀,谨守儒家思想的人物,无论是他的上皇帝书、熙宁变法的温和保守立场,以及其他许多言行,都充分表现出这一点。这上与杜、白、韩,下与后代无数士大夫知识分子均无不同,甚至有时还带着似乎难以想象的正统迂腐气(例如责备李白参加永王出兵事等等)。但要注意的是,苏东坡留给后人的主要形象并不是这一面,而恰恰是他的另一面。这后一面才是苏之所以为苏的关键所在。苏一生并未退隐,也从未真正"归田",但他通过诗文所表达出来的那种人生空漠之感,却比前人任何口头上或事实上的"退隐""归田""遁世"要更深刻更沉重。

---

① 《白居易集》第七十卷,中华书局,1979年版,第147页。

因为，苏轼诗文中所表达出来的这种"退隐"心绪，已不只是对政治的退避，而是一种对社会的退避；它不是对政治杀戮的恐惧哀伤，已不是"一为黄雀哀，涕下谁能禁"（阮籍），"荣华诚足贵，亦复可怜伤"（陶潜）那种具体的政治哀伤（尽管苏也有这种哀伤），而是对整个人生、世上的纷纷扰扰究竟有何目的和意义这个根本问题的怀疑、厌倦和企求解脱与舍弃。①

从白居易到苏东坡三百年的时光中，无数世俗地主文人都面临着这样的矛盾：

企望"天王圣明"，皇权巩固，同时自己也做官得志，"兼济天下"。但是事实上，现实总不是那么理想，生活经常是事与愿违。皇帝并不那么英明，仕途也并不那么顺利，天下也并不那么太平。他们所热心追求的理想和信念，他们所生活和奔走的前途，不过是官场、利禄、宦海浮沉、上下倾轧。所以，就在他们强调"文以载道"的同时，便自觉不自觉地形成和走向与此恰好相反的另一种倾向，即所谓"独善其身"，退出或躲避这种争夺倾轧。结果就成了既关心政治、热衷仕途而又不感兴趣或不得不退出和躲避这样一种矛盾双重性。②

但其中不少人，能比较好地处理这一矛盾，既能保持理想，又能裕如地享受生活：或琴棋书画，或山林江河，或市井青楼，或田园，或台阁，或一门一户闭关天下喧嚣，或诗朋画友雅集，或与禅僧论禅，或与同道对床夜语。总之，当世俗地主文人从苦闷与困惑中醒过来后，以白居易、苏轼为代表的文人找到了在出处进退之间处之泰然的生活方式，而这恰好是固执的理学家们所缺少的。因此，与其说是理学家们代表了世俗地主文人的思想，毋宁说是那些思想驳杂、行为通脱的诗人词客更能代表世俗地主文人的人生态度。

四、世俗文化层面中的市民文学及其影响

唐以后的文学批评对中唐元和以来的诸种文学现象和诸多作家的批评，都常带有一个"俗"字。在此之前的正统文学领域中，很少有以这个"俗"字品

---

① 李泽厚：《美的历程》，安徽文艺出版社，1999年版，第159页。
② 李泽厚：《美的历程》，安徽文艺出版社，1999年版，第152页。

评文学的。与这"俗"字相近的还有"卑下""格调低下""卑贱",等等。这些"正统批评""道学家"不知道,这一个"俗"字是一股随着商业经济的繁荣而出现的不可遏制的新的思想潮流和文艺潮流。

西方汉学家们习惯地把元、明、清三代文艺称为"都市文艺"或"市民文艺",把它与传统的贵族士人文艺加以区别,因为这种文艺在观念形态上较之正统的封建贵族文艺和世俗地主文艺既有千丝万缕的联系,亦有极大差别。这一股世俗文艺的思潮应该起于中唐。白居易《与元九书》曾这样描述他的诗歌在当时的流传情况:

> 长安抵江西,三四千里,凡乡校、佛寺、逆旅、行舟之中往往有题仆诗者,士庶、僧徒、孀妇、处女之口每每有咏仆诗者。此诚雕虫之技,不足为多,然今时俗所重,正在此耳。

他丝毫没有夸张,"童子解吟《长恨曲》,胡儿能唱《琵琶》篇",确是当时的事实。这两篇名作,一篇以男女生死相思的吟咏脍炙人口,撼人心灵;另一篇以商妇与失意文人"沦落知音"的共鸣,令人为之嗟叹。世俗地主来自社会中下层,与下层人有着天然的联系,虽然他们在政治上已经开始进入统治阶层,但与世袭贵族相比,其骨子里仍脱不了中下层阶级的"俗气"。因此,缺少文化修养而需要表达其文化需求的中下层人,尤其是渐次脱离了贫困、能解决温饱的市民,其文艺需求就借助于白居易这样的文人的"娘胎"而呱呱投生在地主文艺的产床上。

大唐帝国的强大繁荣造就了众多的大都市,以当时国际大都市长安为中心,以后来五代十国京城为网络,继之而起的宋代京城汴京的繁华,使大量商旅贩夫营集此中,并形成可观的市民群体,市民文艺应了市民生活情趣的需要,在中晚唐兴起。不过,中唐以来以传奇和词为代表的市民文艺,还明显具有"士人"色彩。具体讲,其内容大多为狎狭文人与市井娼妓之间的情事;形式上大多借助文人熟悉的传奇、诗歌和新起的曲子词来表现;从情趣上看,大多染上地主文人的生活情趣。晚唐温庭筠与北宋柳永,是文人表现"市民文学"最有代表性的人物。

作为地主文人,温庭筠的诗歌表现了庶族地主力图参与现实的强烈欲望和在晚唐末世中的追求、失落、苦闷与探索的精神。但作为一个从俗的作家,即一个市民文化的代言人的时候,他的作品就反映出地主阶级思想糟粕与市民思

想中庸俗的部分相激荡的现象,以致不少作品除去表现感官的满足,很难说有什么别的东西。像下面这首《光风亭夜宴妓有醉殴者》:

吴国初成阵,王家欲解围。拂巾双雉叫,飘瓦两鸳飞。①

以观赏的态度看妓女斗殴,并用文学的形式以调侃的态度再现这种庸俗的场面,作者的生活态度和创作态度,显然已经与传统的伦理道德和诗教大相径庭。在这样的作品中,我们不难发现市民的生活情趣对地主文人及其创作有深刻的影响。

我们不妨称柳永为"市民作家"。从现存柳词来看,"俗"实在是其特色。描写市井细民和都市繁华的"俗文学"是柳永作品与其他作家的作品最大的区别。

首先,从其塑造的市井人物形象来看,有英英、秀秀、安安、虫虫、冬冬、心娘、佳娘、酥娘、虫娘等,无疑是"被压迫与受侮辱"的社会底层的妇女形象。作者描写与这些女性的交往虽常杂混着轻薄文人的轻佻和狎玩女性的意味,但并非只是他一人才有的行为。在北宋词人中,仿佛对雅、俗二端自有看场合行事的权宜,欧阳修、苏轼等人亦持此态度。但是,应光景写艳词并不妨碍在"雅文学",即传统诗、文方面的革新。

市民文学的一大题材是写市井男女之情。从中唐大量出现的写男女情事的传奇,如《莺莺传》《长恨歌传》《李娃传》《霍小玉传》《飞烟传》,就可以感受到这股风气来势不小。晚唐大量描写男女情事的诗歌,尤其是唐末五代的小诗、小词,如《香奁集》《花间集》中那些赤裸裸表现男女性爱的作品,将一个文坛搅得令正统批评家们大呼"大道沦丧"。

元稹在《莺莺传》中借张生之口说:"余真好色者。""好色"二字,讲出了自中唐以来世俗文艺对市民意识的反映。由于市民思想意识中鄙俗成分和封建成分的影响,中晚唐不少作家的作品中还存在着较强的封建男性中心意识。在《霍小玉传》《莺莺传》《李娃传》等传奇小说中,作者塑造出来的女性要么是遭始乱之、终弃之的受害者,要么是努力改变自我而适应封建道德规范、以放弃自身人格为代价的牺牲品。

《香奁集》与《花间集》的相继出现,继南朝宫体诗后,在两性描写上引

---

① [清]彭定求等编:《全唐诗》,中华书局,1979年版,第676页。

起一场轩然大波。在批判其以鄙俗的肉欲给后代"猥亵小说"带来恶劣影响的同时，应该理性地认识这一思想史上的新现象。从旧制度的母体中产生的一种带有叛逆性的思想，最初总是朦胧的，良莠混杂的，善恶美丑交织在一起的。在其发展过程中，逐渐扬弃，最后产生质的变化而确立起与旧思想脱胎换骨的新思想。中唐以来，朴素的"人性觉醒"在两性方面，仅仅是"小荷才露尖尖角"而已。因此，在两性题材中爱情与性欲、纯真与丑恶、高雅与鄙俗往往是难分泾渭的。中晚唐乃至北宋时期，不少著名作家的作品中爱情精品与粗俗艳情、格调高雅与识趣浅陋，"人性觉醒"与腐朽意识常常同时出现，这种在两性问题上表现出来的思想混乱，从思想史上是可以得到解释的。

晚唐五代时期民间词中出现的女性形象，其性格特征有着明显的市民气息，无名氏《菩萨蛮》云：

> 枕前发尽千般愿，要休且待青山烂。水面上秤锤浮，直待黄河彻底枯。白日参辰现，北斗回南面。休即未能休，且待三更见日头。①

这种大胆热烈、心直口快的女性，在维护自己的权益时，显然与封建妇德标准下欲说还休的弱女子不同。这是活脱脱的世俗女性，当其认识到自身人格尊严时，就公开地捍卫这种尊严。视夫权如无物，其中所具有的叛逆精神，不正是明代中后叶呼唤个性解放的呼声的前兆么？

无名氏《内家娇》还描写了另一种带有浓厚市井气，以卖身为业的女性形象：

> 两眼如刀，浑身似玉，风流第一佳人。及时衣着，梳头京样，素质艳丽青春。善别宫商，能调丝竹，歌令尖新。②

这种商女形象的出现，就使带有商品特征的花钱买笑的交易，在文学作品中被毫无顾忌地写将出来。出现在宋人话本中的女性，完全不理睬封建妇道，其中虽然不乏真诚善良之人，但更多的是放浪无检束，蔑视礼法，偷情、私奔、纵欲，为了一己私利，不惜诬陷他人；为了达到自己的目的，或泼辣放肆，或忍辱复仇，或以权谋机诈算计，或以急中生智应变。正统文学中勤劳朴实、谦卑忍让、柔弱善良、任人宰割的女性，在都市文学中几乎荡然无存。试

---

① 张璋、黄畬编：《全唐五代词》，上海古籍出版社，1986年版，第860页。
② 张璋、黄畬编：《全唐五代词》，上海古籍出版社，1986年版，第850页。

翻翻现存宋人话本，看看这些女性：《闹樊楼多情周胜仙》中的周胜仙，《碾玉观音》中的秀秀，《志诚张主管》中的小夫人，《错斩崔宁》中的刘大娘子，《菩萨蛮》中的新荷，《金明池吴清逢爱爱》中的爱爱，她们大多不顾及贞操观念，也不在乎羞耻之心。为了自己的欲望，私奔、再嫁、再离异，等等，少有讲从一而终的事，这在宋人话本的"烟粉""传奇"中屡见不鲜。

在宋代市民文学画廊展示出来的市井细民凡夫俗女的世俗生活画卷中，活跃着各色人等，有富商、小贩、穷书生、工匠、强盗、无赖、店小二、娼妓、婢女、媒婆、贪官、奸相，在尘嚣喧天、滚滚人流中，各类人物都在为自己的生存算计和忙碌。他们的思想观念、心态意欲、言谈歌哭、钩心斗角、报复暗算、称斤计两，全然不同于正统文学的风度和做派。在这人欲横流的都市中，流淌出一股异于正统文学的新潮流。

最能见出这股潮流动向的，当数宋代话本小说中的女性言行。由于处在社会底层，在商业经济活跃、社会生活日益世俗化的趋势中，市民大众最先透露出对封建秩序和伦理道德的不满。处在夫权制下的市民女性，因地位较之男性更加低下，所以对社会变化更加敏感，要求挣脱压迫的欲望也更加强烈。她们首先以极为现实的行为试图反抗现存婚姻中的不公平，其中大胆的，更对传统伦理节操表示蔑视。有的为了一见倾心之人而以生命为代价去追求爱的幸福；有的为了性欲的满足不惜毁灭自身而纵欲；有的为了生存安全忍辱负重以待复仇时机；有的为了自己的利益宁负天下人而不让别人负自己。如此种种，可谓光怪陆离。这些在现实世界里真实生活着的下层平凡女性，除去平凡的生活愿望，浑身上下蔓延着可怕的"人欲"。这人欲中不乏庸俗、卑微，甚至糜烂的思想意识。但这一群血肉丰满而活生生的女性，却使当时世俗生活充满了生机，为都市文学平添了丰富多彩的色调。

两性问题最能反映市民生活中出现的反封建情绪和潜意识，但并不是市民生活的全部，因此也不是市民文学的全部。在庞大的都市凡夫俗女交响曲中，各色人等无不演奏着自己的声部，组成和弦中的一个个音符，或高或低，但都不可忽略。

俗文学中虽然没有富于想象的理想模式，但却有世俗生活的真实反映，市民文学也有自己的价值判断和批评：

> 浙右华亭，物价廉平。一道会，买个三升。打开瓶后，滑辣

光馨。教君霎时饮、霎时醉、霎时醒。听得渊明，说与刘伶：这一瓶，约迭三斤。君还不信，把秤来称，有一斤酒、一斤水、一斤瓶。①

商品经济带来繁荣，也滋生出奸商，为获得利润，他们以假乱真，以次充好，缺斤少两，毫无道德可言。这首《行香子》"买酒"词，以幽默、调侃的语气辛辣地讽刺了逐利忘义的奸商。题材琐屑细小，说来令那些儒雅风流的文士、囊中鼓鼓的达官嗤之以鼻。然而，就在这称斤悉两的卑琐中，在幽默调侃的笑声中，市民文学在默默地改变人们对文学的功能期望，即把文学的社会娱乐作用放到了首位。

较之于《唐才子传》中所描写的下层穷书生困顿科场的悲哀，下层文人在理想与现实中的失望就更加沉重，他们汲汲于科考的种种窘态，在市民文学中都得到反映，如下面一首《青玉案》词描绘的一个穷书生，在茫茫人海中，怀着诚惶诚恐的心态去赶考的情景：

　　钉鞋踏破祥符路，似白鹭，纷纷去。试袄头谁与度？八厢儿事，两员直殿怀挟无藏处。时辰报尽天将暮，把笔胡填备员句。试问闲愁知几许？两条脂烛，半盂馊饭，一阵黄昏雨。②

很显然，词中描写的这个赴考的举子那种寒酸窘迫、惴惴不安，哪里还有盛唐世俗地主文人那种挥斥方遒、激扬文字、粪土王侯的傲气？但是，他的确是在科举制走向规范、同时也趋于僵化的时代中，千千万万个应考举子在都市生活中的一个剪影。到了晚清如《儒林外史》《二十年目睹之怪现状》等批判现实的小说中，像这首词中塑造的下层文人形象也就更加鲜明、典型，由此可以看出自中唐以来出现的俗文学对后世的深刻影响。

都市世俗生活的画卷在中晚以后逐渐展开，从世俗地主文人的染指，到成为市民文学的代言人，到宋代民间说话艺人的话本小说创作，表明市民文艺已登上历史舞台，成为一种新兴的充满活力和发展潜力的社会文化思潮，影响着人们的精神生活、审美观念和对文学的认识。在宋代平话中：

　　说国贼怀奸从，谴愚夫等辈生嗔；说忠臣负屈衔冤，铁心肠也须下泪。讲鬼怪，令羽士心寒胆战；论闺怨，遣佳人缘惨红愁。说

---

① 唐圭璋编：《全宋词简编》，上海古籍出版社，1985年版，第780页。
② ［宋］洪迈：《夷坚三志》己卷，中华书局，1981年版。

> 人头厮挺，令羽士快心，言两阵对圆，使雄夫壮志。①

这显然已经成为一种大众消遣性的文艺，其市场在繁华都市芸芸众生之中。它津津玩味着世俗人情，渴望着无常人生突然天降富贵，企求着欲望的满足那种快感，想象着杀富济贫的侠客义士的出现……在这种市民文学中没有真正崇高的理想，只有微不足道而又十分"现实"的欲求，这种欲求有时甚至充满了庸俗、无聊、卑琐与下作。然而，正是这些富于现实人情味的俗文学，为人们展现出一幅前所未有的世俗生活画面，告诉人们在远离现实的帝王将相、才子佳人和文人墨客的理想外，这个世界还有更多的内容。

两种文学思想在这里分道扬镳，正是从中唐开始的市民文学，经两宋而入元以后，就开始将正统文学创作挤到了文学殿堂的一边，最终成为中国封建后期文学的主流。

五、从元和到元祐文学的创新与建构的思想文化史价值

回到开篇的话题，无论是晚清的陈衍、沈曾植，现代的陈寅恪，还是日本学者内藤湖南及其学生宫崎市定，都比较一致地认识到了从中唐到北宋这一时期中国思想文化的巨大转折。其实，生当其时的大诗人白居易在《余思未尽加为六韵重寄微之》诗中，就已经直觉地感受到了这一转折的到来，并为人们提出了自己的感觉：

> 制从长庆辞高古，诗到元和体变新。

前一句由文风的变化体味出政治体制变化的要求，后一句则感受到诗风从俗的必然。与元、白同时且友善的李肇在《叙时文所尚》中说：

> 元和以后，为文笔则学奇诡于韩愈，学苦涩于樊宗师，歌行则学流荡于张籍，诗章则学矫激于孟郊，学浅切于白居易，学淫靡于元稹，俱名为元和体。②

这一段话是李肇对"元和体"内涵的见解，他认为"元和体"不只限于诗歌，还应包括时文，即今人所云古文。通俗地讲，"元和体"仅仅是一个时间概念，那就是元和那一段时间的文学状况，它应包括白居易所说的贞元、元和时

---

① [宋]罗烨：《醉翁谈录》卷一，上海：古典文学出版社，1957年版，第5页。
② [唐]李肇：《唐国史补》卷下，古典文学出版社，1956年版。

期。因此，清人论及这一段时间时，都将贞元、元和联系在一起。冯班《钝吟杂录》卷七说："诗至贞元、元和，古今一大变。"①不管是"古今一大变"，还是当时崇尚流行的奇诡、苦涩、流荡、矫激、浅切、淫靡，无不体现出一种趋势，那就是求变。这一股文学求变创新的文学思潮被许多批评家认识到，并指出是文学家们试图突破盛唐藩篱的尝试。如果以此作为中唐作家求变创新的驱动力，那仅仅看到了表面现象。因为中唐时期出现的各种文学现象，都与当时政治、经济、思想意识和文化的求变创新有着内在的、深刻的关系。正如前文提到的"永贞革新"的政治图变，新乐府运动与古文运动与汉末以来儒家与释、道融合而到此刻欲图"复兴"的思想要求，以及大一统君主专制要求强化的需要，在元和时代都凸现出来。因此，对元和文学的革新就不能简单地看成是一群文学家们的文学创作问题，而应该认识到元和文学创新背后深厚的思想文化动因。

然而，元和文学革新所代表的世俗地主政治文化层面的深入，在"甘露之变"之后受到挫折，一直到北宋欧阳修的时代再一次凸现，并由北宋一大批文人将其深入，从而建构起一整套封建后期文学的范式，由此奠定了中国封建文化的后期基础并搭成框架，之后的世俗地主文学基本就在这一建构中运行和发展。

"甘露之变"看来只是一次偶然事件，但其背后却有非常深远的历史文化背景。且不谈太远的事，"永贞革新"的失败，就是王叔文集团夺取宦官兵权失败而造成的。"甘露之变"的发生不仅阻断了"永贞革新"和元和中兴以来士人政治图变求新的理想，也使士人心态发生激变，导致晚唐五代至宋初百余年来士人对革新热情的淡漠，致使由创新到建构世俗地主文化过程的延长。从白居易的创作表现出诗人在事变惨案后心灵受到的巨大震动，以及见机引退，明哲保身以求避祸的想法，可以看出世俗地主文人心态发生的剧烈变化，是封建专制走向完善的必然趋势，"甘露之变"只不过是一个重要的转折点而已。

中唐数十年中，有"永贞革新""牛李党争""元和削藩""甘露之变"等重大政治事件的发生，这些政治事件从不同的角度刺激着士大夫文人的心态，他们由积极参与转而归于全身远祸，心灵受到的创伤与打击十分巨大，这

---

① 丁福宝辑：《清诗话》，上海古典出版社，1982年版。

些创伤不是个人的，而是整个世俗地主阶级的。加之晚唐乱世，军阀称雄，文人更无前途可言，因此，元和文学革新精神从元、白、韩、柳等人以后，也就逐渐消歇。然而另一股潮流却并未因上述政治事件而中断，相反却越来越汹涌地冲击着世俗地主文化层面。

这就是市民文学潮流。

当元和革新引起的文学创新受到甘露之变等灰色影响而消歇时，当时的文人很自然地将文学创作的眼光投向一股正在兴起的创作潮流。前文已述白居易写《琵琶行》所表现的商业经济影响，而在此前，即元和元年（806），白居易三十五岁那年，他就写下了千古名篇《长恨歌》，后来陈鸿在自己的《长恨歌传》中说：

> 白乐天，深于思者也。有出世之才，以为往事多情而感人也深；故为《长恨词》以歌之，使鸿传焉。世所隐者，鸿非史官，不知。所知者有《玄宗内传》，今在。予所据，王质夫说之尔。

陈鸿能在《长恨歌》的基础上写出小说《长恨歌传》，并生发出宋代《杨太真外传》、元代白朴《梧桐雨》和清代洪升的《长生殿》。从"世情小说"的发展来看，中唐以前基本属于孕育时期，而《长恨歌传》《东城老父传》《莺莺传》《霍小玉传》《李娃传》《柳氏传》的作者都是著名文人，可见文人对正统诗、文以外俗文学的关注。至晚唐，文人不仅染指俗文学中的传奇、词，而且在正统诗歌领域中"从俗"的倾向也益发明显，并由此经五代而入宋。

坐稳江山后的宋代君臣开始了他们的政治、文化建构。无论是对儒学的改造、复兴、建构理学，还是政治改革中的庆历新政、熙宁变法，以及在通变救弊淑世精神驱动下出现的新旧党争，无不表现出世俗地主阶级建构自己思想文化、政治哲学体系的要求，借用张载《近思录拾遗》的话来讲就是：

> 为天地立心，为生民立命，为往圣继绝学，为万世开太平。[①]

一句话，就是要创立一整套体系。在这样的文化背景中，北宋文学的发展就必然要体现出这一思想文化的要求与特点。所以，无论是宋初诗歌三体的迭代，欧阳修等人的诗文革新运动对骈文的打击，一反唐音而创宋调特色的诗

[①] 《张载集》，中华书局，1970年版，第326页。

歌创作，以及对曾经不屑一顾的词体文学雅化的进行，无不体现出在文学领域中建构体系的努力。唐宋八大家散文地位的确立，江西诗派诗歌理论的深远影响，苏轼、周邦彦在词坛上的深远影响，都足以显示出世俗地主文学层面上体系建构的完成。

从元和到元祐，中国封建文学在两个层面上展开。世俗地主阶级在传统诗文领域通过创新，建构起一个与盛唐文学（代表封建前期文学最高成就）截然不同的、可以按模式操作的文学体系（在诗歌领域中形成唐音与宋调两种诗美风范，并造成此后数百年的唐宋诗之争；在散文领域中经明清两代散文家的进一步规范，形成了远远超过骈文"骈四俪六"模式要求的古文写作模式）。在市民文学层面上，由中唐尚浅俗、尚怪奇的文艺风尚中，逐渐透露出市民文学对正统文学的浸润，传奇与词在民间的流行，尤其是在京城与商业都市中活跃的说话，直接影响了宋代市民文学的发展。

从思想文化史的角度看，从元和到元祐的文学创新与建构，一方面确立了中国封建后期世俗地主文学的主导地位和创作规范，同时也宣告了世俗地主文学思想的渐趋保守和僵化。另一方面，市民文学的崛起，不仅带来了中国文学观念的深刻变革，也影响到人们对文学的社会作用、审美价值和表现形式的认识。更为重要的是，市民文学所传达出来的市民的生活观念、思想感情和审美趣味，对封建阶级的思想意识、伦理观念、道德标准、社会价值观，无疑有巨大的冲击。正因为市民处在社会底层，他们对封建统治阶级抱有天然的叛逆性。虽然在封建生产方式未发生质变的情况下，市民不可能成为一个新兴的阶级，但当封建生产关系发生重大变化时，他们的独立性较之其他阶级和阶层要强得多。一旦新的生产力和生产关系出现，他们必然最先成为封建阶级的反叛者。明代中后叶封建阶级内部出现李贽等人的"异端"思想，与此期萌芽的资本主义因素相呼应，由此产生的市民文学的第一次高潮，即以世情小说中《金瓶梅》的出现为标志。

《金瓶梅》为读者展现了一个完整的社会，书中涉及人物八百多人，上至朝中显贵，下到衙役爪牙；有富商、小贩、和尚尼姑、道士、文人、流氓地痞、乞丐娼妓，三教九流无所不包。所写生活大到政治事件，小到婚丧嫁娶，民风民俗尽得展现，故鲁迅说：

> 作者之于世情，盖诚极洞达，凡所形容，或条畅，或曲折，或

刻露而尽相,或幽伏而含讥,或一时并写两面,使之相形,变幻之情,随在显见。①

在皇皇百万言的巨著《金瓶梅》中,唐中期以来市民文学,尤其是词、世情小说的影响得到空前的发挥。在《金瓶梅》之后,世情小说向着才子佳人小说、艳情小说及封建世相小说发展,并形成明中后叶一直到清末的市民文学主流,其在中国封建后期的思想文化史上的意义及其价值不仅不低于正统世俗地主文学,甚至有过之而无不及。

鲁迅在《绛花洞主·小引》中对"旧红学"研究《红楼梦》写什么的争论进行概论时说:"谁是作者和读者姑且勿论,单是命意,就因读者的眼光而有种种:经学家看见《易》,道学家看见淫,才子看见缠绵、革命家看见排满;流言家看见宫闱秘事……"②"新红学"对《红楼梦》的研究则有如下见解:自传说,色空观,阶级斗争说,封建衰亡史,宝黛爱情,女性悲剧说,反封建说,等等。③

如此丰富的思想文化内涵和巨大的影响,从文学的角度讲,在中国文学史上堪称"空前"了,而滋养这伟大成就的艺术之泉,无疑与元和以来世俗地主文学创新与建构的努力是分不开的。试想,如果没有中唐以来世俗地主文学的创新与市民文学的兴起,明中叶后会有如此辉煌的世情小说成就么?基于此,可以证明元和以来文学创新与建构的思想文化价值。

(本文发表于《西南民族大学学报》〔人文社科版〕2006第5期)

田耕宇,1955年生,2002年毕业于陕西师范大学文学研究所,文学博士,师从霍松林先生,现为西南民族大学文学院教授。

---

① 鲁迅:《中国小说史略》,人民文学出版社,1975年版,第152页。
② 鲁迅:《鲁迅全集》卷7,人民文学出版社,1981年版,第1326页。
③ 向楷:《世情小说史》,浙江古籍出版社,1998年版,第278页。

简论陇右唐人小说中的道、佛、儒思想

徐 芳

内容摘要：由于陇右文化的影响，陇右唐人小说中的道、佛、儒思想表现各不相同。相对而言，其中的道教思想比较盛行，影响力更大。对于道家思想，小说或借神仙灵怪来表现社会生活，或宣扬道教的神仙道术，或表现对神仙的向往和对自由的渴望，或用奇幻的构思为其增添色彩。其次，佛家思想的色空观念、宣扬因果报应、业报轮回等观念在陇右唐人小说中也表现突出。另外，尊儒思想亦是陇右唐人小说的一大特色，文中或表现仁义思想，或对孝行和贞节加以歌颂和赞美，或表现出对女性的同情。

关键词：陇右；唐人小说；道家；佛教；儒家

陇右地区是汉唐之际繁荣了近十个世纪的"丝绸之路"的必经之地，它是外来文化的传入和域内文化的输出的枢纽和核心地段，它既沟通了中西文化，又丰富和激活了其自身的文化气质与文化精神。彼得·伯克在《文化史的起源》中指出：文化史本身是没有意义的，只能从它的历史来定义它。[①]陇右文化也不例外。唐前大量儒学家与儒学典籍徙迁陇右，此时的陇右又为佛教传入中原提供了中转站，儒佛思想与本土的道教的融合，形成了具有陇右特色的文化现象。丝绸之路的兴盛与陇右地区特殊的文化环境不仅为唐人小说提供了

[①] 彼得·伯克采用的是存在主义对"人"下定义的方式，他认为这是最好的方式。见【英】彼得·伯克著，丰华琴、刘艳译《文化史的风景》，北京大学出版社，2013年版，第2页。

丰富的文化土壤，而且给唐人小说带来了新的历史际遇，同时陇右文化的被认同和理解，也形成了一种值得研究的地域文化现象。这一独特文化的滋养和启发，有助于推动唐人小说的发展和繁荣，陇右唐人小说中的道、佛、儒思想表现各不相同、各分秋色。这与多元文化并存、自由开放的唐朝以及儒、释、道三教并存的时代气候一脉相承却有不同。[1]由于李唐王室把道教尊为国教，加之陇右地区独特的地理位置、社会环境以及经济贸易的发展，[2]陇右唐人小说中的道家思想相对而言，比较盛行，影响力更大。同时，它又与佛家思想、儒家思想并存于陇右唐人小说之中，呈现出一种多元共生的文化之景。

一

作为被视作"集体无意识的原型"——神话传说，在陇右这片土地上萌芽、发展与繁荣，脉络清晰。源远流长的道教文化中，有伏羲演绎八卦的传说，有女娲补天的传说，有黄帝在崆峒山向广成子求教的传说，还有关于西王母的传说等，这些神话传说故事为道教在陇右的发展镶上了耀眼的光边，增添了神秘的色彩。唐朝时，李唐皇室为了巩固自己的统治地位，追尊老子为远祖，认道教为家教，将之立于宗正寺，成为皇家宗教。而且唐代帝王还为老子加封册号，唐高宗在亳州朝谒老君庙，上尊号为"太上玄元皇帝"[3]，同时还提高道士地位，加以优宠，[4]从而使道教的发展拥有了巨大的资源与支持。在

---

[1] 一般说法认为，唐代实行儒、佛、道三教并举之政策，而儒学列在三教之首。《贞观政要》卷七崇儒学，《旧唐书·儒学上》记载唐太宗命颜师古考定五经，孔颖达撰《五经正义》，召天下传习。《资治通鉴》卷一九二，《唐纪八》太宗贞观二年记载，唐太宗谕臣下云："朕所好者，唯尧、舜、周、孔之道，以为如鸟有翼，如鱼有水，失之则死，不可暂无耳。"见司马光著，胡三省音注《资治通鉴》，中华书局，1996年版，第6054页。

[2] 参见《资治通鉴》卷二一六，《唐纪三十二》玄宗天宝十二载，文中写道："是时中国强盛，自安远门西尽唐境万二千里，闾阎相望，桑麻翳野，天下称富庶者无如陇右。"见[宋]司马光著，胡三省音注《资治通鉴》，中华书局，1996年版，第699页。

[3] [宋]宋敏求：《唐大诏令集》卷七八《追尊玄元皇帝制》，中华书局，2008年版，第399—400页。文中写道："行清静之化，承太平之业……宜昭元本之奥，以彰玄圣之功，可追上尊号为玄元皇帝，圣母为先天太后。祠堂庙宇，并令修创，置令丞各一员，以供荐飨。"又参见《混元圣纪》卷八，《犹龙传》卷五，《旧唐书·高宗本纪》，《资治通鉴》卷二〇一，[唐]杜光庭《释老君圣唐册号》，《全唐文》卷一二《上老君玄元皇帝尊号诏》。

[4] 见卿希泰主编《中国道教史》第2卷，四川人民出版社，1992年版，第95页。

唐玄宗时，老子已被加封了六顶圣冠，无以复加，甚至其崇尚道家的思想还深入了治理国家的策略。除此之外，唐玄宗还重视道家典籍的整理与教习，还借诗歌宣传道家思想。[1]加之皇室李氏称自己是"陇西李"，所谓"上所好之，下必甚焉"以及文化认同感，道教在陇右地区得以更广泛的传播。平凉崆峒山被誉为中华道教第一山，玉泉观、首阳山等也是道教名山。唐时较为著名的道士有李渤、尹文操、员半天、李抱祖等人。其次，道教文化有助于小说作家的创作和构思，程毅中在《唐代小说史》中指出："唐代佛教盛行……小说作家更喜欢神仙故事……尽管在生活中佛教战胜了道教，而在小说领域里，道教的影响却比佛教更大……宗教宣传对唐代小说的发展起了一定的作用。"[2]同时，王珏认为，道教法术可构成唐传奇作品中的情节要件。[3]可见，道教文化对陇右小说的发展起了推波助澜的作用。基于上述原因，道教思想在陇右唐人小说中反映得比较多，影响力也更大。

（一）借神仙灵怪来表现社会生活

陇右唐人小说中，有许多作品是作者借神仙灵怪来表现社会生活的。比如《柳毅传》是李朝威的代表作，也是唐人小说中的名篇，其道教色彩浓厚。原载于《太平广记》卷第四百一十九，归于"龙"类，《类说》中题为《洞庭灵姻传》，有《说郛》本、《五朝小说》本等传世。文中不仅有关于龙宫仙境的神话色彩，还借用道教对水神龙君的信仰，塑造了洞庭龙王、钱塘龙王以及龙女等形象，阐述了现实生活中亲情、爱情、婚姻等多方面的内容。牛僧孺的《玄怪录》中所写之事"虽多玄虚荒怪，但透过玄怪的迷雾，却曲折地反映了现实生活中的复杂关系"[4]。《太平广记·神部六》卷第二百九十六载《董慎》，出自《玄怪录》，文中出现了左曹录事和右曹录事，跟当时唐代的官名相一致，说明了小说中的鬼神世界是建构于现实生活的基础之上的。《太平广记》卷第六十三《女仙八》载《崔书生》[5]，

---

[1] 袁行霈、丁放：《盛唐讲坛研究》，北京大学出版社，2011年版，第6—26页。
[2] 程毅中：《唐代小说史》，人民出版社，2003年版，第350—352页。
[3] 王珏：《唐宋传奇说微》，四川教育出版社，2003年版，第89—92页。
[4] 吴志达：《中国文言小说史》，齐鲁书社，1994年版，第413页。
[5] 《绿窗女史》妖艳部，题《崔书生传》，署吴郡张灵撰，实则出自《太平广记》，原注出自《博物志》，此为明人妄题篇名作者之误。原《太平广记》按宋朝林登的《续博物志》之讹收载，后注出自牛僧孺的《玄怪录》。

出自《玄怪录》，文中写了一个人神相恋的凄美故事。作者描写崔生送玉卮回山时二人"各呜咽而出"的场景，情意缠绵，恋恋不舍的情境，颇为凄恻动人，与开始在花香迷漫的仙境氛围中迎候玉卮的场面形成了鲜明的对比。究其原因，其悲剧的造成，既是家长的干涉，又衬托了崔书生的软弱，反映了一定的社会生活，具有一定的批判力量。《太平广记》卷第十六《神仙十六》载《张老》篇，出自李复言的传奇集《续玄怪录》。《张老》一文，叙梁天监中扬州六合园叟神仙张老娶扬州韦恕女一事，在触目惊心的对照中调侃世态人情，可谓含而不露。《辛平公上仙》出自李复言的《续玄怪录》，文中叙洪州高安县尉辛平公入冥见阴使迎驾上仙一事，映射了帝王被谋害。此乃借道家'兵解'之词，影射宦官弑帝也。①陈寅恪先生在《顺宗实录与续玄怪录》一文中以《顺宗实录》与李复言的中之"辛平公上仙"条"互相发明"，证明宦官"胁迫顺宗以拥立宪宗"及"宪宗又为内官所弑"的事实。②《太平广记》卷第四百四十一，"畜兽"类"杂兽"载《萧志忠》，出自《玄怪录》。书中写樵夫看见动物们向严四兄求情放它们一条生路的栩栩如生的描写，更是让人们看到了另一个世界的悲欢离合，同时也影射了现实生活世界的官府的不公，反映官府徇私舞弊、行贿受贿的丑行。③

（二）宣扬道教的神仙道术与丹药道教中的神仙道术

陇右唐人小说中一些作品中宣扬道教神奇的神仙道术。如《温京兆》载于《太平广记·神仙四十九》卷第四十九，出自皇甫枚的传奇集《三水小牍》，文中写一位真君神仙"黄冠老"阻挡了不可一世的京兆尹温璋的去路而遭毒打，竟毫不在意，拂袖而去。第二年，温璋因纳贿事发而饮鸩身亡。作者借神仙的威力惩治了贪官污吏。《太平广记》卷第二百八十七，"幻术"类载《侯元》，出自《三水小牍》，文中写乾符年间上党樵夫侯元遇神君教以道术，他恃道术作乱被杀。《齐推女》载于《太平广记》卷第三百五十八，"神魂"类，出自《玄怪录》，《古小说丛刊》本④亦收录。书中叙述齐推女死后尸败魂散，九华洞仙官田先生收其零散的尸身碎片，使用粘合法拼凑使其魂聚现成

---

① 卞孝萱：《唐传奇新探》，江苏教育出版，社2001年版，第111页。
② 陈寅恪：《金明馆丛稿二编》，三联书店，2009年版，第81—88页。
③ 穆长青：《穆长青文集》文论批评卷，轩辕出版社，2002年版，第487页。
④ [唐]牛僧孺、李复言：《玄怪录续玄怪录》，中华书局，1982年版，第90—91页。

人形，充分展示了神仙道术的神力。牛僧孺《玄怪录》载《崔环》，又见《逸史搜奇》丙集第九，在《类说》本《幽怪录》题作《人矿院》。书中叙述崔环在地狱中的"人矿院"被大铁椎椎得"骨肉皆碎，仅欲成泥"，然后有眇目翁濮阳霞再以药末抟泥成人，足见神仙道术之玄妙。金丹妙药不仅可以延年益寿，而且可以助人修炼成仙。譬如李朝威《柳毅传》中柳毅与龙女结为夫妇之后，他亦获得了得道成仙的机会做了神仙。文末写柳毅的表弟薛嘏为京畿令谪贬东南时，途经洞庭湖与柳毅偶遇，柳毅"出药五十丸"馈赠于薛嘏以延长寿命，还说"此药一丸，可增一岁耳"。其神仙丹药的神奇力量昭然若揭。

（三）对神仙的向往和对自由的渴望

李唐王朝之时，道家思想的地位大大地得到了提高。在此文化氛围的影响下，人们充满了对神仙的向往和对自由的渴望，甚至连皇帝唐玄宗也对修道成仙产生了浓厚的兴趣，可见神仙修炼对人们具有颇强的吸引力。凡人能否修炼成仙呢？唐代道学家认为长生可贵，神仙可学，也并非学而必致。① 陇右唐人小说中的一些作品就表现这方面的内容。《柳毅传》第四部分"柳毅成仙"主要体现了众人对"幻情"的追求，也是当时人们对道教成仙文化的一种崇拜和对长生可贵、神仙可学的认可。《太平广记》卷第十六《杜子春》，归于"神仙"类，出自李复言的《续玄怪录》，《古今说海》中说渊部题为《杜子春传》，亦有《五朝小说》本、《唐人说荟》本、《旧小说》本等，后来日本的芥川龙之介写的《杜子春》就取材于此"神怪类"小说。文中讲述了杜子春守丹炉受试想修炼成仙而失败的故事。杜子春因受策杖老人的三次周济而感动，随老人去了华山云台峰守丹炉，并听了老人的告诫，遇到大将军、猛虎毒龙、狻猊狮子、蛇蝎之计以及大雨雷电威逼，都端坐不动。后投胎为哑女，生一男，两岁，被其丈夫摔死在石头上。杜子春爱子于心，发出了声音而前功尽弃。这个故事写出了修道成仙的路漫漫其修远。《太平广记》卷十七，"神

---

① 何为"长生"？何为"成仙"？老子以"死而不亡"来说明长生，庄子以"齐乎生死""忘乎物我""同于大通"来说明"久视"。"仙"是人们所追求的至美。《全唐文》卷九二六，吴筠的《神仙可学论》曰："神仙体虚，故能跨鸾驭鹤，乘云气飞腾大虚，寿与天齐。"神仙并非与凡人截然对立，二者之间并没有不可逾越的鸿沟，凡人完全可以通过积学修炼而成为神仙，同时他还指出了金丹的作用。神仙可学而致，但也不是神仙必学而致，或学而必致。他亦指出有七种人与仙道接近，可以积学而得道成仙。参见[清]董诰等编《全唐文》，中华书局影印本，1983年版，第10册，第9636—9647页。

仙"类载《裴谌》,出自李复言的《玄怪录》,《艳异编》卷七、《古今说海》说渊二八、《逸史搜奇》丙集卷七,题作《王恭伯传》。书中写裴谌与王敬伯、梁芳等人一同到白鹿山学道,然而过了几十年,道亦未学成,可见学道之不易。《续玄怪录》中的《张逢》《薛伟》竭力渲染了张逢化虎、薛伟化鱼后的畅快和适意,这与老庄以来不少诗人哲学家所表达的人生意向一脉相通。张逢变虎、薛伟变鱼实际上是挣脱躯体和理性的束缚而使心灵获得充分自由的具体表现。《太平广记》第四百三十六,"畜兽"载《张高》,出自《续玄怪录》,书中瞎驴的对白,从另一个角度向人们展示了作为一个供人们使唤的动物的心声,瞎驴和人一样也想让自己的心灵获得自由。《玄怪录》中的《崔书生》反映了当时人们对婚姻自由的向往和追求。《张左》出自《玄怪录》,《太平广记》卷第八十三,"异人"类题作《张佐》,书中表达了一种追求解脱自由的精神。《古元之》出自《玄怪录》,《太平广记》卷第三百八十三"再生"类,文中传达了一种无为而治的政治理想。

(四)奇幻的构思为陇右唐人小说添了一道亮丽的风景线

《庄子》多采用拟人化的手法,以人格化的动、植物或非生物的纵横议论来代其立言。①陇右唐人小说中奇之又奇,幻之又幻的光怪陆离的故事和奇幻的构思深受《庄子》这种拟人化手法的影响。《太平广记》卷第三百六十九"精怪"类《元无有》,出自《玄怪录》,"元无有"就是本来没有的意思,文中皆是假设的虚幻之物,文中的记述棒杵、灯台、水桶、破铛等物件化为衣冠才子,在月下各吟诗一首,"以展平生之事"。《郭代公》载于《说郛》卷十五,《古今说海》说渊部题为《乌将军记》,文中写乡人张灯设宴,嫁女于猪妖"乌将军",郭代公断将军之腕,视之乃"猪蹄",此幻设语实有辛辣讽刺之味。《岑顺》亦出自《玄怪录》,与《元无有》收于《太平广记》的同一类目,文中记载了岑顺于灯下观金象军与天那军交战,虽然"悉高数寸",但各有将军或国王,"数百铁骑飞驰左右",声势浩大;传檄、鼓角、列阵之后同"两军俱有一马斜去三尺止。又鼓之,各有一步卒横行一尺。又鼓之,车进。如是鼓渐急而各出,物包矢石乱交。须臾之间,天那军大败奔溃,杀伤涂地"。其后,岑顺家人掘出古墓,中有"金床戏局,列马满枰,皆金铜成

---

① 刘生良:《鹏翔无疆——庄子文学研究》,人民出版社,2004年版,第161页。

形"。岑顺始悟所见"干戈之事"原来是一局"象戏",此游戏笔墨丰富了小说的色调,使其变得多姿多彩。《尹从之》写尹在山上学习时遇到一个漂亮的女子并和她一起共度良宵,但后来发现与其共度良宵的原来是一头母猪。《太平广记》卷第四百七十四,"昆虫"类载《来君绰》,出自《玄怪录》,文中写四个秀才在晚上进入一人家,与主人喝酒斗嘴,第二天发现原来主人是蚯蚓和蜗牛所变。这些小说的奇妙之处在于把棒杵、灯台、棋子等无生命的物件和猪、虫等动物加以拟人化和故事化,叙述过程中又处处暗合物体或动物的原有特征,在情节结尾才点明物怪的真相。李公佐的《南柯太守传》最为奇特的是,"作者通过淳于棼在现实中找到'大槐安国'确切地址的情节,把梦境与现实交织在一起,从而以巧妙的构思强化了作品的主题"①。《太平广记》卷第四十,"神仙"类载《巴邛人》,出自《玄怪录》,《类说》中《幽怪录》题作《橘中之乐不减商山》。文中写两个大橘中各有二老叟象戏决赌。小说把象戏的场所置于橘中,完全打破了人物通常对于"橘"这样一种水果和"象戏"这样一种娱乐方式的经验。老叟所食草根化为一龙,"四叟共乘之,足下泄泄云起",则又打破了植物与动物之间的界限。

二

汉代丝绸之路的开辟,为佛教传入中国提供了便利,陇右地区成为佛教自天竺经西域渐传中原的枢轴和要塞之地,在此过程中佛教与中国本土的道教相融合,比如敦煌莫高窟灵动的飞天。此外,关于佛祖释迦牟尼生平事迹的佛传故事画,以及天水麦积山、永靖炳灵寺以及武威罗什寺等许多寺院的兴建,都是佛教在陇右地区广泛传播的见证。佛、法、僧是佛教的三宝,据史念海《两〈唐书〉列传人物本贯的地理分布》统计,《新唐书》和《旧唐书》入传的人物中,除了诸王与后妃公主外,有确切籍贯的,陇右道有四十五人,②其中高僧二十人。高僧鸠摩罗什滞留河西以及"丝绸之路"上往来的中西僧侣,都影响了陇右的佛教发展。隋唐时,陇右地区依然是佛学从西域传入中原的主要通道,当时影响比较大的有三论宗、法相宗、华严宗、禅宗和净土宗等,达摩笈

---

① 王珏:《唐宋传奇说微》,四川教育出版社,2003年版,第280页。
② 史念海:《唐代历史地理研究》,中国社会科学出版社,1998年版,第375页。

多、玄奘等高僧以及慧威法师、张皎法师、道隐等在陇右的佛教活动弘扬了佛教的声望。[①]在这样的宗教文化背景下，陇右唐人小说作品也受到了影响。陇右唐人小说中不乏提及佛经的作品，尤其是《法华经》在文中的出现甚是频繁。小说中或写主人公熟读《法华经》，或写书中人物诵读《妙法莲花经》，或写篇中的人事受难后因悟《法华经》而受益，等等。

佛教的教义很多，因果报应论是其核心思想之一。在陇右唐人小说中，其宣扬因果报应的观念穿梭其中。李复言的《续玄怪录》中的《王国良》写王国良是"下吏之凶暴者也，凭恃宦官，常以凌辱人为事"，因生前做了很多坏事，死后受尽了阴间的各种酷刑。《卢琐表姨》则与《王国良》恰恰相反，文中的小花狗死后变成女人并做了李判官的别室，为了报答卢琐表姨的养育之恩，向李判官求情，把她的阳寿从十二年改为二十年。皇甫枚的《三水小牍》中也不乏冤报故事，如《王公直》因私埋蚕而被判死刑；《韦玭》写惯于虐马的韦玭被一匹白马逼入井中而死；《谢小娥传》中申春、申兰因抢谢家财物并杀死了谢小娥的父亲和丈夫，最后被谢小娥所杀。《玄怪录》中的《尼妙寂》，《太平广记》第一百二十八，载于"报应"类，有《说郛》本、《逸史搜奇》本等，《类说》本题作《申兰申春》。在复仇之后出家为尼，后来在泗州普光寺再次见到了李公佐，说道："梵宇无他，唯虔诚法像以报效尔。"直接表明了自己的佛教观念。显而易见，这些小说中都宣扬了一种佛教的因果报应观。

佛家思想认为人生的存在方式是轮回，人生是变化无常的。[②]在佛教业报轮回的观念中，人变动物被视为人性的堕落，堕入"畜生道"乃是对作恶者的惩罚。《张逢》《薛伟》是《续玄怪录》中最富有文采的两篇小说。《张逢》叙述张逢日暮时偶行至山、忽化为虎的故事，《薛伟》写了蜀州青城县主簿薛伟自述其变鱼的经历。王仁裕《玉堂闲话》中的《刘钥匙》，载于《太平广记》卷第一百三十四，"报应"类，小说中写了商人刘钥匙放债贪利遭上天报应，变成牛犊的故事。《续玄怪录》中的《党氏女》《麒麟客》《驴言》等篇也宣扬了业报轮回的佛家教义，同时对现实中的丑恶现象进行了抨击。

再次，佛家的色空观念在陇右唐人小说中也有所反映。《南柯太守传》，

[①] 杜斗城等：《河西佛教史》，中国社会科学出版社，2009年版，第289—292页。
[②] 洪修平、陈红兵：《中国佛学精神》，复旦大学出版社，2009年版，第43页。

见于《类说》《异闻集》等,亦载于《太平广记》卷第四百七十五,"昆虫"类,题为《淳于梦》,是李公佐的一篇成就较高的作品。文中通过淳于芬在梦中的盛衰经历暗示了现实的虚幻,进而在"人生如梦"的证悟下,放弃了荣辱得失和生死富贵的计较,解开了是非的桎梏与死生的枷锁,回归生命自然本真处。①淳于梦也有"生感南柯之浮虚,悟人生之倏忽,遂栖心道门,绝弃酒色。"人生渺茫无常的感叹。李肇赞曰:贵极禄位,权倾国都,达人视此,蚁聚何殊。②《玄怪录》中《古元之》一文,古元之在梦中畅游了和神国,描述相当具体生动。其神仙般的理想世界,读之恍若身临其境,神情愉悦,但那也只是一场虚无缥缈之梦。

佛道合流现象在陇右唐人小说中也有所体现。如《杜子春》是一个具有浓郁道家色彩的故事,其蓝本则是一个佛教故事,可以说就是把玄奘旅行记——《大唐西域记》中所见"烈士池"的故事加以润色的产物。③《杜子春》的故事"反映出印度佛教故事的中国化渐变过程,佛教的教理变为道教的教义,而故事情节则更加曲折"。④《续玄怪录》中的《党氏女》《麒麟客》《驴言》等篇既宣扬了报应轮回的佛家教义,又表现出了超尘出世的道教意旨。

三

陇右唐人小说受佛道两家思想影响比较明显的同时,尊儒的心理在唐人小说的作品中也多有反映。北朝时以凉州为中心的河西私学的兴起⑤,大力推动了陇右儒学的发展与传播,使陇右的儒学发展揭开了新序幕。唐朝时,唐玄宗历时近三十年的《御注孝经》,弘扬了儒家孝道精神,李翱与赵匡的儒学经世思想,更加丰富了陇右儒学的内容。陇右儒学的发展和影响,激发了文人士子们强烈的责任感和使命感,同时也影响了他们的文学作品创作,陇右唐人小说中的儒学思想亦昭然若揭。

---

① 郑志明:《中国文学与宗教》,台湾学生书局,1992年版,第71页。
② [宋]李昉等:《太平广记》卷十,中华书局,1982年版,第3915页。
③ 【日】内田道夫编,李庆译:《中国小说的世界》,上海古籍出版社,1992年版,第11页。
④ 王珏:《唐宋传奇说微》,四川教育出版社,2003年版,第339页。
⑤ 陈启智:《中国儒学史》隋唐卷,北京大学出版社,2011年版,第59页。

孔子曰："君子喻于义，小人喻于利。"（《论语·里仁》），汉初大儒韩婴也说："天之所生，皆有仁义礼智顺善之心……无仁义礼智顺善之心，谓之小人。"①仁义道德是儒家思想中的重要内容。陇右唐人小说中的仁义思想表现突出。《柳毅传》中的主人公柳毅是一落第书生，但在李朝威的笔下，落魄书生变成了"气血俱动"的义士，他听说龙女的悲惨遭遇后，毫不犹豫地答应替龙女传书洞庭龙君。可当龙王将女儿许配给他时，柳毅则表现出了不肯乘人之危的一面，这又从另一面写出了柳毅为龙女传书不是为了报酬。面对洞庭君举家上下的酬谢，柳毅"伪迟辞谢，俯仰唯唯"，谦恭而举止合度，他把传书救人看成是自己分内所为，并不以功骄人。文中之钱塘君掣断金锁飞往泾阳拯救落难的侄女、吞食无情郎泾川小龙、逼迫柳毅允婚的行动和语言，以及龙女诚心诚意地报答柳毅的恩情，都是仁义之举。《玄怪录》中的《郭代公》叙述郭元振开元年间下第返乡途中，夜行失道，于荒野宅中遇一女哭泣。郭上前盘问，始知原来有一名乌将军者，逼迫当地居民每年择美女为其配偶，不从则祸害人民。今年其乡人凑钱买通女父，将该女骗至此地，欲将女子配于乌将军。郭元振听后大怒，决心为民除害，待乌将军来后，郭元振与其交谈，然后伺机斩断其手。但当地居民认为郭元振触犯了镇神，欲杀他。郭元振力劝众人，使大家觉悟，共袭乌将军老巢，原来这个乌将军是一只猪怪。这个故事，歌颂了郭元振仁义之行。《齐推女》中齐推女生孩子时被恶人乱拳打死，齐推女的灵魂向其夫告知缘由，让他求助于田先生。富有仁义之心的田先生是阳间的教书先生，亦是阴间的官员，经他仗义铲除恶鬼，用粘合法使齐推女转世人间，夫妻团聚。李琪的《田布尚书传》写崔铉镇淮扬日，庐耽罢浙西，张铎罢常州，俱过维扬谒崔铉，铉与二人私款。时有女巫至，身附故魏博节度使田布之神，颇验。铉召女巫，田布神谢铉救子之恩。铉问田布："君以义烈而死，奈何区区为愚妇人所使乎？"田布说是因负妇人之债缘故，报以恩德。

唐玄宗曾注孝经曰："孝为百行之首，人之常德。"②孝悌和忠贞是儒家提倡的重要德行之一，孝道被阐述为可以促使人们在各种情况下履行职责，并

---

① [西汉]韩婴：《韩诗外传:十卷》卷六，商务印书馆影印本，1936年版，第9页。
②《孝经注疏·三才章第七》卷三，见《十三经注疏》整理委员会《〈十三经注疏〉整理本》，北京大学出版社，2000年版，第22页。

能积极而有力地唤醒本来沉睡的良心。①陇右唐人小说中有些作品对孝行和贞节行为加以赞美和歌颂。如《谢小娥传》中谢小娥知父、夫被江湖盗贼杀死后,借隐语,乔扮男儿,忍辱负重,用惊人的毅力和机智,为父、夫报仇雪恨。小娥杀死仇人,回乡削发为尼,誓心不嫁。她在替父亲尽孝的同时,又做到不失女子的贞节。李公佐在文中写道:"君子曰:誓志不舍,复父之仇,节也;佣保杂处,不知女人,贞也。女子之行,唯贞与节,能终始全之而已。如小娥,足以警天下逆道乱常之心,足以观天下贞夫孝妇之节。余备详前事,发明隐文,暗与冥会,符于人心。知善不录,非《春秋》之义也,故作传以旌美之。"②作者李公佐宣扬了这位奇女子的贞与节,惩恶扬善,以警醒世人。《三水小牍》卷下《殷保晦妻封氏骂贼死》篇,封氏誓死不愿从贼,被贼所害。作者皇甫枚由此大发感慨:"三水人曰:'噫,二主二天,实士女之丑行。至于临危抗节,乃丈夫难事,岂谓今见于女德哉!渤海之媛,汝阴之滨,贞烈规仪,永光于彤管矣。'"皇甫枚的议论,充分体现了当时士人对于忠贞道德观念的重视。

孟子曾云:"无恻隐之心,非人也;无羞恶之心,非人也;无辞让之心,非人也;无是非之心,非人也。"(《孟子·公孙丑上》)孟子认为,人心皆善。此人心的四端,就是彰显人性善的一面。陇右唐人小说的一些作品中体现出对女性的同情之心。《三水小牍》中的《步非烟》《绿翘》《却要》三篇写了三个旷世奇女子。如《步非烟》写主人公步非烟"容止纤丽,善秦声,好文墨,尤工击瓯,其韵与丝竹合"。然而不幸的是,她嫁给了粗暴的武公业为妾,命运又偏偏安排她与后邻赵象相遇并两情相悦,两人从诗书传情,发展到频频偷情。一年后,被武公业发现,绑其于柱上,鞭挞流血而死。"非烟少孤,长而为媒妁所欺,不遇佳配,诚为不幸。其私通赵象,蔑视礼法,死而不悔,为鬼尚报复诋己者,性亦刚烈矣。"③《绿翘》中的鱼玄机,是以嫉妒恶毒的形象出现在读者面前的。她因一己之私而鞭死了丫头绿翘,但她实际上也是受害者,作者皇甫枚对这个妇女形象也充满了同情。观其《三水小牍》,对于步非烟、绿翘、捧砚等遭人荼毒颇为叹惋,其同情弱者之心,亦尝有之矣。

---

① 【美】丁韪良著,沈弘译:《汉学菁华》,世界图书出版公司,2009年版,第64页。
② [宋]李昉等:《太平广记》卷十,中华书局,1982年版,第4032页。
③ 李剑国:《唐五代志怪传奇叙录》,南开大学出版社,1993年版,第907页。

四、结论

综上所述，陇右地处丝绸之路的关键地段，是佛儒两教向内向外传播的核心地域，在陇右这个既融合了外来因素，又保持着中原特色的独特文化大熔炉的影响下，[①]陇右唐人小说作品中不是单一地体现道、佛、儒思想，而是或道或佛，或道或儒，或佛或儒，或道或佛或儒，三教之间互相交融合流的现象比较多。相对而言，由于陇右自然地理和人文地理的影响，从"历时性"和"共时性"的观念来看，在三教之中，首推道家思想在陇右唐人小说中表现得较多，且于与佛、儒思想并存于小说之中。三教之间，尺短寸长，互相补苴，从而使陇右唐人小说呈现出丰富多彩的色调。通过对陇右唐人小说中的道、佛、儒思想的观照，考察其对小说创作的影响，我们当能更好地领略这朵中国古代小说园地中的奇葩——陇右唐人小说的艺术魅力。

（本文发表于《兰州大学学报》〔社会科学版〕，2014年第6期）

徐芳，1984年生，2015年毕业于年陕西师范大学文学院，文学博士，师从霍松林先生，现为西安航空学院讲师。

---

① 【美】谢赫著，吴玉贵译：《唐代的外来文明》，中国社会科学出版社，1995年版，第38页。

唐代长安佛教传播的社会文化心理

王早娟

内容摘要：唐代是佛教在中国传播历史上重要时期，西京长安城中上自帝王将相，下至黎民百姓，对佛教的接受都表现出前所未有的热情。主要原因在于当时佛教满足了民众的多重社会文化心理需求，即：情感需求、知识需求、政治需求、宗教需求及娱乐需求。

关键词：唐代；长安佛教；文化心理

唐代的长安城被浓郁的佛教文化氛围包围。朝廷上，君主不吝巨额资财建寺纳僧，士大夫们奉佛趋之若鹜，他们以能够与各大寺院中的高僧往来谈佛为幸；文人通过各种文学体式表现佛教文化和情感；民众更是积极甚至狂热地信奉佛教。这种现象的产生，体现着一定的社会文化心理。

一、情感需求

这主要表现在那些本身并不笃信佛教的文人士大夫身上，他们与僧人交往，完全是出于对其文采和人格的钦慕。唐代长安文人士大夫有一些并不喜好佛教，甚至恶言相向，韩愈就是其中的一位。他在《谏迎佛骨表》中对国家级的佛事活动进行尖锐的攻击："今无故取朽秽之物，亲临观之，巫祝不先，桃苟不用，群臣不言其非，御史不举其失，臣实耻之。乞以此骨付之水火，永绝根本，断天下之疑，绝后代之惑。"（《韩昌黎集》卷三十九）但韩愈也曾与僧人交游，从其诗文可知，与他交游的僧人有澄观、文宣等。考察韩愈与僧人交往的心理，主要在于对僧人文采的爱慕，如他在《送浮屠令纵西游序》中表达了这样的心理：

> 其行异，其情同，君子与其进，可也。令纵，释氏之秀者，又善为文，浮游徜徉，迹接天下。藩维大臣，文武豪士，令纵未始不褰衣而负业，往造其门下。其有尊行美德，建功树业，令纵从而为之歌颂，典而不谀，丽而不淫，其有中古之遗风与！乘间致密，促席接膝，讥评文章，商较人氏，浩浩乎不穷，愔愔乎深而有归。于是乎吾忘令纵之为释氏之子也。（《韩昌黎集》卷二十一）

这段文字充分表明了韩愈与僧人来往的真实心理，令纵对学问的执着态度，令纵文采的典丽，学问的深奥，这些才是韩愈看重的，他根本没有把令纵的僧人身份做以考虑，这只是一种惺惺相惜的情感需求而非其他。

李白与僧人的交游也是出于这样一种心理需求。李白是一位天才的诗人，他对道教情有独钟这一点是毋庸置疑的。李白与僧人交往并非是为了学习佛教义理，"他所接近的僧人，都是佛门的佼佼者。他的着眼点只在于僧人的学识、才华、气质、风度、操守、品行"。[①]他的《赠僧行融》《赠宣州灵源寺仲浚公》两首诗中提到的僧人都是富有文采，气格非凡之人。李白与韩愈的不同之处在于他对佛教义理并不是完全摒弃的。

还有一种士大夫与僧人来往是为了疗治心灵的创伤，李翱就是如此。他早年力主排佛，《清停率修寺观钱状》说："佛法害人，甚于杨、墨"，"实有蠹于生灵"。他在《去佛斋》中又说道："故其徒也，不蚕而衣裳具，弗耕而饮食充，安居不作，役物已养己者，至于几千百万人，推是冻馁者几何人，可知矣。于是，筑楼殿宫阁以事之，饰土木铜铁以形之，髡良人男女以居之，虽璇室、象廊、倾宫、鹿台、章华、阿房弗如也。是岂不出乎百姓之财力欤？"这些言论可见他当年是如何强烈地反对佛法，但当他被贬为朗州刺史时，他却通过谒见药山禅师学习佛法，希求取得内心的平衡。

---

① 郭绍林：《唐代士大夫与佛教》，三秦出版社，2006年版，第19页。

二、求知需要

　　有些文人接触佛教，完全是为了求知。中唐白居易就是这样的一位文人。白居易极好读书，他在《与元九书》提到自己少年读书的情形："二十以来，昼课赋，夜课书，间又课诗，不遑寝息矣，以至于口舌成疮，手肘成胝；既壮而肤革不丰盈，未老而齿发早衰白，瞥然如飞蝇垂珠在眸子中者。"①读书如此用功，以至于连睡觉的时间都没有。嘴巴也因为读书过多而生了口疮，手肘因为写字读书而长了茧子，读到整个人都有未老先衰之态，真是令人钦佩！后来当他接触到佛法时更是表现出强烈的求知欲，他涉猎佛经十分广泛，有《华严经》《法华经》《维摩经》《首楞严三昧经》等。这表现了他学习佛教知识，不局限于某一个教派，而是广泛接受。这从他的诗歌中也可以看出来。白居易有《春晚登大云寺南楼赠常禅师》《僧院花》等作品都写到了自己苦读佛经的情景。白居易结交僧人也十分广泛，他曾与高僧慧琳、惟宽、神凑、甄公、智常、道标、如满寂然、智如等来往，多是为了求取学问。柳宗元修习佛法也是为求知所需。他在《送巽上人赴中丞叔父召序》中说："吾自幼好佛，求其道积三十年。世之言者罕能通其说，于零陵，吾独有得焉。且佛之言，吾不可得而闻之矣。其存于世者，独遗其书。不于其书而求之，则无以得其言。言且不可得，况其意乎？"②由此可见，柳宗元主张读佛经。柳宗元在长安时也与文畅、灵澈等法师有密切交往。韩愈曾写信给柳宗元，叫他不要接近佛教，柳宗元却回答说："浮屠之教，往往与《易》《论语》合，虽圣人复生，不可得而斥也。"③在这篇文章中，他还批评了韩愈对佛教的态度："退之所罪之，其迹也"，"退之忿其外而遗其中，是知石而不知韫玉也"。

　　唐代出于求知的心理而接触佛教的士大夫不在少数，在他们眼中，佛教是一门高深的学问，观其门庭，入其堂奥，或者可以扩展自己的知识面，或者可以为自己的文学创作服务，或者可以以子之矛，攻子之盾，为能够从根本上攻击佛教服务。

---

　　① [清]董诰等：《全唐文》，中华书局，1983年版，第6888页。
　　② [唐]柳宗元：《柳河东集》，上海人民出版社，1974年版，第423页。
　　③ [唐]柳宗元：《柳河东集》卷二五《送僧浩初序》，上海人民出版社，1974年版，第423、424页。

三、政治需求

出于政治的目的而接近佛教、弘扬佛教的行为主要表现在唐代统治者身上。"在唐朝二十个皇帝中，除了武宗李炎，最后反佛以外，其余的，都是利用佛教的（而且，多少都是非常佞佛的）。"[1]唐太宗时，"太宗实以不信佛见称"，"及即皇帝位，所修功德，多别有用心。贞观三年之设斋，忧五谷之不登也。为太武皇帝造龙田寺，为穆太后造弘福寺，申孺慕之怀也。为战亡人设斋行道，于战场置伽蓝十有余寺。今所知者，破薛举于豳州，立昭仁寺；破宋老生于吕州，立普济寺……均为阵亡将士造福也。至若曾下诏度僧，想因祈雨而酬德也。贞观初年，延波颇于大兴善寺译经，或仅为圣朝点缀，但亦似有政治关系。综计太宗一生，并未诚心奖揖佛法，仅于晚年或稍有改变。"[2]

武则天为了使自己称帝有更充分的理由，尽力运用佛教作为达成自己政治目的的工具。《旧唐书》卷六《则天皇后本纪》载："载初元年（689）……有沙门十人伪撰《大云经》，表上之，盛言神皇受命之事。"武则天看到代表佛意的《大云经》后非常高兴，立即命令："制颁于天下，令诸州各置大云寺，总度僧千人……九月九日壬午，革唐命，改国号为周。改元为天授，大赦天下，赐酺七日。"并很快在天授二年（691）四月，"令释教在道法之上，僧、尼处道士、女冠之前"。

唐玄宗本人比较尊崇儒、道两教，但为了他的统治能够长治久安，他也经常与佛教接触。历史上号称"开元三大士"的印度僧人善无畏、金刚智和不空都曾经受到玄宗的优待。天宝五年（746），不空还为玄宗授了"灌顶法"，使其成为"菩萨戒弟子"。

有些宦官有时也为了政治的目的接触佛教。玄宗时期的大宦官高力士也曾修造佛寺："于来庭坊造宝寿佛寺、兴宁坊造华封道观，宝殿珍台，侔于国力。于京城西北截沣水作碾，并转五轮，日破麦三百斛。" 代宗时期，宦官鱼朝恩献通化门外赐庄为寺，"以资章敬太后冥福，仍请以章敬为名，复加兴造"。他们这样做最主要的目的恐怕就是要让统治者知道，他们与统治者有着同样的精神依托。

---

[1] 郭朋：《隋唐佛教》，齐鲁书社，1980年版，第274页。
[2] 汤用彤：《隋唐佛教史稿》，中华书局，1982年版，第14页。

文人士大夫也有为政治目的接触佛教的。《旧唐书》卷八十《上官仪传》中记载："上官仪,本陕州陕人也。父弘,隋江都宫副监,因家于江都。大业末,弘为将军陈棱所杀,仪时幼,藏匿获免。因私度为沙门,游情释典,尤精《三论》,兼涉猎经史,善属文。"上官仪之所以能够精通佛典就是与他当年为了逃避政治迫害而寄居佛寺中有莫大的关系。

四、宗教需求

宗教信仰往往具有神秘的力量,可以帮助人们在现实生活中求取心灵的安慰。因此,把佛教作为宗教信仰的人们一般表现出来对佛教的感情更投入也更狂热。他们基本上没有什么功利性的要求,仅仅是为了情感上的皈依和宁静,寻找到他们的精神家园。

王维的家庭是一个有着佛教信仰的家庭。王维《请施庄为寺表》记载他的母亲"师事大照禅师三十余岁。褐衣蔬食,持戒安禅。乐住山林,志求寂静"。王维为了满足母亲的宗教信仰需求,于是"于蓝田县营山居一所",他自己也"当即发心,愿为伽蓝,永劫追福"。虽然他还没有敢这样做,但是他"终日常积恳诚"。因此他希望"伏乞施此庄为一小寺,兼望抽诸寺名行僧七人,精勤禅诵,斋戒住持。上报圣恩,下酬慈爱"(《王右丞集》卷十七)。王维"以般若力,生菩提家",受到家庭环境的影响,也是一位虔诚的佛教徒,《旧唐书》有如下记载:维弟兄俱奉佛,居常蔬食,不茹荤血,晚年长斋,不衣文彩。……临终之际,以缙在凤翔,忽索笔作别缙书,又与平生亲故作别书数幅,多敦厉朋友奉佛修心之旨,舍笔而绝。[①]

王维的食素、隐居、饭僧、谈玄、独居都是其虔诚的佛教信仰使然,以至于临死之时还要奉劝朋友信奉佛教。王维的弟弟王缙,对佛教也有着狂热的追奉。《新唐书》卷一四五《王缙传》记:"缙弟兄奉佛,不茹荤血,缙晚年尤甚。与杜鸿渐舍财造寺无限极。妻李氏卒,舍道政里第为寺,为之追福,奏其额曰宝应,度僧三十人住持。每节度观察使入朝,必延至宝应寺,讽令施财,助己修缮。"他甚至还曾经劝说代宗皇帝李豫饭僧、诵经。

---

① [后晋]刘昫等:《旧唐书》,中华书局,1975年版,第5049页。

唐代信奉佛教以满足宗教心理的人不在少数。佛教讲究因果报应，认为人的行为会对未来产生影响，不仅仅影响现世人生，还会影响到来世。若多修善业，不但今世会有好的果报，而且甚至可以摆脱生死轮回，达到永生的生死极乐世界。正是在这一思想指导下，人们努力念经饭僧，以期拥有平安富贵的人生。

五、娱乐接受心理

佛教之所以能够很快在整个社会阶层中得到广泛的传播，与其本身的内容有着密不可分的关系。佛教本身具有能够满足各个社会阶层需求的内容。统治者取其对民众的教化作用，以利于其统治；士大夫文人取其精神义理以充实思想；下层老百姓则更注重佛教带来的娱乐作用，以满足大众化的娱乐要求。

唐代的寺院不仅仅是宗教活动和商业活动的场所，也是大众娱乐的场所。参加寺院演出的不只有艺僧，而且有官府和社会上的艺人。庸宪宗时孟郊作《教坊歌儿》诗："十岁小小儿，能歌得朝天，六十孤老人，能诗独临川。去年西京寺，众伶集讲筵，能嘶《竹枝词》，供养绳床禅。"宋璟《请停仗内音乐奏》曰："十月十四十五日，承前诸寺观，多动音声，拟相夸斫。官人百姓，或有缚绷，此事傥行，异常喧杂。"（《全唐文》卷二〇七）文中的"仗内"，即为宫廷音乐机构。这段记载表现了当时佛寺中的艺僧与官府艺人间在技艺上的对抗，热闹场面可想而知。唐代长安的大寺院里，基本都设有"戏场"。据宋钱易《南部新书》戊卷记载，唐宣宗大中（847—859）年间，"长安戏场多集于慈恩，小者在青龙，其次在荐福、永寿"。

唐朝时期朝廷常常利用寺院举行盛大的仪式，如祈福消灾、祝祷、庆贺、纪念、帝王诞辰、国忌日设斋等，对朝廷而言，这是一个严肃的国事行为，但这些活动对老百姓而言却具有更加浓郁的娱乐意味，因为这些仪式一般都是鼓乐喧天，极尽奢华的。在这些活动中，佛寺实质上只是一个公众娱乐的场所，人们在娱乐中也潜移默化地接受着佛教文化的影响。慧立《大慈恩寺三藏法师传》记载有奉迎玄奘入慈恩寺的情形：（贞观二十二年）十二月戊辰……已巳旦，集安福街前，迎像送僧入大慈恩寺。至是陈列于通衢，其锦彩轩槛，鱼龙幢戏，凡一千五百余乘……幢幡钟鼓，窅磕缤纷，眩日浮空，震耀都邑，望之极目，不知其前后……"①有些佛事活动在可以为全民娱乐服务的同时甚至演变为固定的节日。每年正月十五元宵节燃灯就与佛教传入我国有关。东汉时期，长安城仿效印度燃灯，并允许百姓赏玩灯景，取消了夜禁。到唐玄宗时期上元节燃灯已经开始盛行并成为固定的节日。

（此文发表于《社会科学战线》2010年第4期）

王早娟，1978年生，2010年毕业于陕西师范大学文学院，文学博士，师从吴言生教授。现为西安外事学院人文学院教授。

---

① [唐]慧立、彦悰：《大慈恩寺三藏法师传》卷七，中华书局，1983年版，第158页。

论唐代的对日文学传播

柯卓英

内容摘要：中日两国时空间距离的接近、社会经验范围的相似、人际间的相互吸引等因素，有效地促进了唐代对日文学的传播。唐代对日文学传播以诗歌语言的交流为主，满足个性化需求以调节人们的心态，信息的互动有利于人际间的交流，其意义在于思想心灵的沟通与默契、社会文化的传递与认知、人际关系的和谐与畅通。

关键词：唐代；对日；文学传播；人际原因；特点；意义

一种文化系统如果没有交流就会是缺乏生命力的静态系统，唐代文学是充满活力的动态跨文化传播系统。早在唐朝之前，中国文化就已传入日本，不过那时只是自然的传播。秦汉时代高度发达的文明已通过朝鲜半岛经各种途径传播到当时落后的日本，《后汉书·东夷列传》有"光武赐以印绶"的记载。[①] 派遣唐使则标志着日本政府不满足于自然传播，而采取积极主动的直接传播方式。在日本对中国文化海纳百川般地吸收之下，唐代文化在日本如火如荼，冲击着日本固有的社会制度及文化特色，因而对日文学传播具有自身的原因、特点和意义。

一、唐代对日文学传播的人际原因

在唐代的对日文学传播过程中，中日两国间时空距离的接近、遣唐使与唐

---

① ［南朝·宋］范晔：《后汉书》卷八五《东夷列传》，中华书局，1965年版，第2821页。

人有着相似的经验范围，以及人际间的相互吸引等因素在唐代的跨文化传播中发挥了积极的促进作用。

（一）时空间距离的接近

中日两国之间"波涛连太空""浮云沧海远""水从荒外积""沧溟千万里""浮杯万里过沧溟"。遣唐使远渡重洋来到唐朝，在时间与空间上为人际传播提供了便利。他们与唐代诗人同处一个时空，同为一个时代的人、同朝为官，便于两国诗人之间进一步的沟通与交流，建立深厚的友谊。

沈颂《送金文学还日本》诗云："君家东海东，君去因秋风。漫漫指乡路，悠悠如梦中。烟雾积孤岛，波涛连太空。冒险当不惧，皇恩措尔躬。"诗歌中描绘了浩渺的海域隐藏着难以预料的凶险。当时日本的造船技术和航海技术十分落后，所以使船常有不测。使团遇险，一种情况是突遇巨风船只失去控制随风漂流；一种是被途经国人所害；还有一种就是遭遇沉船。"比及海中，八日初更，风急浪高，打破左右棚根，潮水满船，盖板举流，人物随漂，无遗夕撮米水。"[1]遣唐使以生命为代价，在同一时间区域中穿越遥远的空间来到诗的国度——唐王朝，并与当时著名的僧人、文人结下了深厚的友谊，这份情谊弥足珍贵，双方只有以诗唱和才足以传达彼此的心声，这种情谊超越了时间和空间铸就了永恒。

（二）社会经验范围的相似

人际传播的基础是相同或相似的经验范围，相同或相似的经验范围彼此重叠得越多越有利于传播，否则就会传而不通。"这里说的经验范围，是指人们由于各自的性格、环境、经历及教养而形成的对人生对现实的独特感受和累积经验，它包括生活阅历和知识构成两个方面。"[2]

遣唐使来到唐朝，与唐代人经历了相同的人生，说着同一种语言，之前受到相同的教育，有基本相同的文化背景，以及两国诗人彼此人格的互相吸引等，这些均是中日诗人之间人际传播的基础。正是因为有了这样的基础，中日间的文化传播才更为通畅无阻。"菅原清公，远江介古人子也，年少略涉经史。延历中，诏陪东宫，弱冠奉试，补文章生，学业优长，举秀才；为美浓少掾。"（《大日本史》）又"菅原道真，字三，小

---

[1] 汪向荣、夏应元：《中日关系史资料汇编》，中华书局，1984年版，第109页。
[2] 李彬：《传播学引论》，新华出版社，2003年版，第147页。

名阿呼，参议是善第三子也。幼而颖悟，甫十一岁，是善使岛田忠臣试诗，道真即赋曰：'月耀如晴雪，梅花似照星，可怜金镜转，庭上玉房馨。'是善叹曰'兰茁而芳，信哉。'贞观中举文章生，为得业生，授下野权掾。"（《大日本史》）[1]从以上记载可以看出，日本当时的教育已与唐朝相当，以诗才的卓越来评判人才，这一点与唐朝人对有才华者的赞赏是何其相似。从双方的知识结构而言则是完全相同的，都是深受中国传统文化的熏陶而形成的。

唐玄宗本人作为大唐有为之君，也以诗歌为媒介传达对日本使者的关怀及赞赏。天宝十二年（753）十月，藤原清河、吉备真备等离开长安，即第十一次遣唐使归国时，唐玄宗让宫廷画师特为他们画像并收入库藏，亲赐诗一首《送日本使》："日下非殊俗，天中嘉会朝。念余怀义远，矜尔畏途遥。涨海宽秋月，归帆驶夕飚。因惊彼君子，王化远昭昭。"[2]日本天皇同样也热衷于汉诗的创作。嵯峨天皇创作诗歌数量在《凌云集》中最多，上乘之作也多。江村北海评论其诗曰："嵯峨天皇天资好文，睿才神敏，宸藻富赡。其七言近体中，警联殊多。"[3]这种经验范围的相似甚至完全相同，有力地促进了中日两国的人际交往，对于文学传播发挥了积极的推动作用。

（三）人际间的相互吸引

人们总是愿意与自己喜欢的人进行更多的交往，个人的魅力在人际传播中有着重要的作用。中日诗人的交往中，人格魅力是人际间相互吸引的重要的一面。

唐朝作为礼仪大邦，文人士子的学识才情、仪表风度自是极具人格魅力，比如具有仙风道骨的诗仙李白、亦官亦隐的诗佛王维等，还有许多儒雅风流俊逸之才，都是各具风采。所以"朝臣仲满，慕中国之风，因留不去，改姓名为朝衡，仕历左补阙、仪王友。衡留京师五十年，好书籍，放归乡，逗留不

---

[1] 汪向荣、夏应元：《中日关系史资料汇编》，中华书局，1984年版，第162、163页。
[2] 中华书局编辑部点校：《全唐诗》增订本逸卷上，中华书局，1999年版，第10241页。
[3] 高文汉：《中日古代文学比较研究》，山东教育出版社，1999年版，第206页。

去"[1]，"上元中，擢左散骑常侍、安南都护"[2]。遣唐使一般风度优雅、仪表端庄、善于外交，这是外在的直接因素。但主要还是他们的才华与修养等内在因素。遣唐使中有以学者或文人而著名，如粟田真人、山上忆良等，其中还包括医师、阴阳师、乐师、画师，以及玉生、锻生、铸生、细工生等。多治比广成好文学、诗歌。藤原常嗣游太学，通史、汉，谙熟《文选》。藤原马养兼善文武，富于文采。石上宅嗣经通草隶，喜读经史，博学；菅原清公有才有德，学艺博通，弱冠文章生及第，后来作了仁明天皇的侍讲。藤原贞敏善弹琵琶。良岑长松善弹琴。第七次遣唐使粟田真人来长安，就受到极高的评价。史载："长安三年，其大臣朝臣真人来贡方物。朝臣真人者，犹中国户部尚书，冠进德冠，其顶为花，分而四散，身服紫袍，以帛为腰带。真人好读经史，解属文，容止温雅。"[3]视外邦为蛮夷的唐代社会对粟田真人这样高的评价，可见其人确实不凡。虽然不在一国，但共同的基础就是举止娴雅，博学多才，这些因素都是人际交流的基础。唐玄宗接见第十次遣唐大使藤原清河，不觉感叹道："闻彼国有贤君，今观使者趋？揖有异，乃号日本。为礼仪君子国。"（《大日本史》）[4]日本僧人思托撰写的日本典籍《延历僧录》是日本最早的僧传，记载了日本诗人石上宅嗣《三藏赞颂》传入中国，得到中国僧侣大加赞赏，比喻之为维摩诘飞锡。[5]参加使团者或者有才有艺、能诗善文，或者各有专长、精通一门，均是各行各业中的杰出者。正因为如此，才促成了他们自身的人格魅力，在中日人际交往中发挥了重要作用。

二、唐代对日文学传播的特点

（一）诗歌语言的交流

古今中外的文化传播活动均离不开语言文字，"用于传播文化的主要符号是语言。米夏埃尔·舒德逊（Michael Schudson）（1994）指出：'语言在

---

[1] [后晋]刘昫等：《旧唐书》卷一九九，中华书局，1975年版，第5341页。
[2] [宋]欧阳修、宋祁等：《新唐书》卷二二〇《日本传》，中华书局，1975年版，第6209页。
[3] [后晋]刘昫等：《旧唐书》卷一一九，中华书局，1975年版，第5340页。
[4] 汪向荣、夏应元：《中日关系史资料汇编》，中华书局，1984年版，第154页。
[5] 周发祥、李岫：《中外文学交流史》，湖南教育出版社，1999年版，第53页。

文化中的重要性不容低估。语言是人类最基本的大众媒介，是其他一切媒介赖以传情达意的大众媒介'。"①唐代的中日文学交流更是如此，诗人们运用诗歌语言进行人际间的传播与交流，诗歌以语言文字为载体，能非常细腻地表情达意。张步云在其《唐代中日往来诗辑注》一书中，收录了一百二十九首唐代中日往来诗歌。②其中送晁衡的有五首，赞颂鉴真东渡的有三首，送最澄的有九首，送空海的有七首，送圆载的有五首，还有许多未写送别人姓名的诗歌。盛唐时期主要围绕遣唐使藤原清河、留学僧晁衡、东渡日本高僧鉴真而写送别诗、唱和诗。中唐时期围绕最澄和空海回国、晚唐时期围绕圆载、圆仁、圆珍等僧人回国，写有大量的送别诗。

在中日文学交流中诗歌是沟通双方诗人的重要媒介，也是心灵默契的表现之一。淡海三船入选唐学生，因病未能成行。虽未至唐，淡海三船与唐诗人及唐朝僧人祐觉、丘丹等未曾谋面，彼此也有诗歌来往。淡海三船《鉴真东征传》辑入了大师圆寂后其弟子、友人所写的悼念诗七首。唐灵越龙兴寺僧祐觉五言诗："真人传起论，俗士著词林。片言复析玉，一句重千金。翰墨舒霞卷，文花得意深。幸因星使便，聊申眷仰心。"以及大理评事丘丹五言诗："儒林称祭酒，文籍号先生。不谓辽东土，还成俗下名。十年当甘物，四海本同声。绝域不相识，因答达此情。"（《延历注录》第五卷）③

（二）个性化需求的交流

在中日两国诗人的交流中，双方可以就自身熟悉的社会生活、文化等内容进行深入交流，既可以慢慢品味生活中的美好与喜悦、学识与经验，也可以按照双方的意愿快速掠过，或回避某些话题。比如海上往来的艰辛、学成归国的喜悦，离别时的鼓励、祝愿与思念等都是诗歌中经常交流的内容，从而形成了中日两国诗人间和谐、积极向上的人际氛围。

晁衡，原名阿倍仲麻吕，开元五年（717）以遣唐留学生身份入唐，为人热情，才华出众，终生为唐官。与著名诗人李白、王维、沈颂、韦庄、储光

---

① 【美】叶海亚·R.伽摩利珀著，尹宏毅主译：《全球传播》，清华大学出版社，2003年版，第180页。
② 张步云：《唐代中日往来诗辑注》，陕西人民出版社，1984年版。
③ 转引自王勇《淡海三船与东亚的书籍之路》，见《中日关系史料与研究》第一辑，北京图书馆出版社，2002年版，第9—10页。

羲、魏万、赵骅、包佶、徐凝、张乔、许裳、钱起等众多诗人有交往,并以诗唱和,晁衡也深得众诗人的赏识。

当晁衡完成学业时,储光羲作诗《洛中贻朝校书衡朝即日本人也》以贺:"万国朝天中,东隅道最长。吾生美无度,高驾仕春坊。出入蓬山里,逍遥伊水傍。伯鸾游太学,中夜一相望。落日悬高殿,秋风入洞房。屡言相去远,不觉生朝光。"开元二十二年(734)当晁衡以双亲年老请求回国时,许多友人写诗相赠。赵骅《送晁补阙归日本国》曰:"西掖承休浣,东隅返故林。来称郯子学,归是越人吟。马上秋郊远,舟中曙海阴。知君怀魏阙,万里独摇心。"包佶也写有《送日本国聘贺使晁巨卿东归》:"上才生下国。东海是西邻,九译蕃君使,千年圣主臣。野情偏得礼,木性本含真,锦帆乘风转,金装照地新。孤城开蜃阁,晓日上朱轮。早识来朝岁,涂山玉帛均。"但是因唐玄宗爱才心切不放他回国,晁衡遂作诗《归国定何年》回赠友人:"慕义名空在,输忠孝不全。报恩无有日,归国定何年。"[①]

而当唐玄宗终于同意他回国,晁衡又作《衔命还国作》:"衔命将辞国,非才忝侍臣。天中恋明主,海外忆慈亲。伏奏违金阙,骈骖去玉津。蓬莱乡路远,若木故园林。西望怀恩日,东归感义辰。平生一宝剑,赠留结交人。"王维等诗人纷纷作诗相赠别。王维《送秘书晁校监还日本》序中云:"我无尔诈,尔无我虞。"诗云:"积水不可极,安知沧海东。九州何处远,万里若乘空。向国唯看日,归帆但信风。鳌身映天黑,鱼眼射波红。乡树扶桑外,主人孤岛中。别离方异域,音信若为通。"

王维在诗序中高度赞扬了晁衡的为人、才学,以及他远渡重洋不畏艰险的精神;诗歌则表达了对旅途安危的担忧,以及别后的思念之情。

十一月当船行至苏州抛锚停航时,面对皎洁的月光、波光粼粼的海面,晁衡心潮澎湃,思绪万千,遂作诗一首《天河原之歌》:"翘首望东天,神驰奈良边。三笠山顶上,想又皎月圆。"

然而归国途中所乘船只飘到南海,又遇盗贼劫货杀人,使团成员几乎全部遇难,噩耗传来,李白悲痛万分,作诗《哭晁卿衡》以悼念:"日本晁卿辞帝都,征帆一片绕蓬壶。明月不归沉碧海,白云愁色满苍梧。"当然晁衡后来大

[①] 本文所引日诗均出自张步云《唐代中日往来诗辑注》,陕西人民出版社,1984年版。

难不死而终老唐朝,但两人真挚的友谊成为中日友好的佳话。

在晁衡急于回国而不能之时,内心的焦虑与不安是可想而知的,而当他真的可以回国时,激动的心情是难以言表的,旅途中遇到不测而又化险为夷,晁横最终还是没能回国,而留在唐朝,经历了诸多的内心波动,周围好友总是能及时地问候、安慰,晁衡的内心会平静许多,加之诗歌相赠,抒发离别相思之情,以及对于他归途平安的祝愿等,均表现出中日和谐友好的人际传播中个性化的特点。

(三)双方互动的交流

从传播心理来分析,传播者在传播信息的同时总是希望得到快速而肯定的反馈。快速而肯定地回应对方,是友好与宽容的表示,可以增强传播的动机,有利于进一步的交流与沟通,建立深厚的友谊。在信息传播不畅的唐代,人际传播具有这样的优势,传播的双方是互动的,而并非单向的;信息的反馈是直接的,而非间接的。传播中的互动是人际传播中的关键。李白与晁衡之间的友谊深厚,李白写诗相赠,晁衡除了写诗还送李白日本服装。李白《送王屋山人魏万还王屋》云:"身著日本裘,昂藏出风尘。"自注曰:"裘则朝卿所赠,日本布为之。"身着外国朋友送的衣服内心自然是快乐的。

诗歌唱和在唐代是最好也是最通常的人际交流形式,体现出人际传播的互动性,信息反馈迅速直接,有利于营造良好的人际氛围。唐代中日之间的人员交流同样也是通过这种形式来传达彼此的关怀、问候及祝愿之情的。当唐代日本使者回国,友人们总是依依惜别,以诗相答,表达离别相思之情。平安初期作为第十七次遣唐使成员,最澄于804年入天台山国清寺求法,与唐代文人、僧侣吴颛、郑审则、行满等建立了很深的交情。最澄回日本国时,吴颛写诗《送最澄上人还日本国》相赠:"重泽越沧溟,来求观行经。问乡朝指日,寻路夜看星。得法心念喜,乘杯体自宁。扶桑一念到,风水岂劳形。"作诗相送的还有孟光、毛涣、全济时、许兰等九人。全济时赠别诗曰:"家与扶桑近,烟波望不穷。来求贝叶偈,远过海龙宫。流水随归处,征帆远向东。相思渺无畔,应使梦魂通。"[①]诗歌首先描写最澄远涉重洋来到唐朝取经,接着描写其东归日本及彼此间的相互思念,表达了彼此心灵的沟通与默契,最澄回国后开辟日本天台宗,成为鼻祖,为中日两国佛教与文

[①] 《全唐诗续拾》卷十九,见《全唐诗》增订本,中华书局,1999年版,第11174页。

学的交流做出了极大的贡献。

三、唐代对日文学传播的意义

（一）思想心灵的沟通与默契

人们之间在传播活动中难免出现误解，但人际交流的互动性可以减少传播信息解读中的偏向，促进心灵的沟通与默契。

空海（774—835），俗名真鱼，出生于日本赞岐国地方豪族之家，自幼学习了《论语》《孝经》等儒家经典。十八岁入大学明经科，学习《书经》《诗经》《左传》等，二十岁剃度出家，二十二岁受具足戒，法名空海。唐德宗贞元二十年（804）三十一岁的空海赴唐，到长安后住进了西明寺，传说他在该寺得到了二王拓本，以及欧、虞墨迹。空海入唐前有一定的书法基础，入唐后师从韩方明学习书法，尤精于草书，在汉字书法方面造诣很深。他与西明寺的志明、谈胜等人，一同前往青龙寺拜谒惠果，惠果和尚一见到他就含笑而云："我先知汝来，相待久矣，今日相见，大好大好。报命欲竭，无人付法，必须速办香华，如灌顶坛。"[①]言语间透出的是心与心的相知与默契。而当永贞元年（805）惠果大师圆寂，众僧一致推空海为撰碑者，碑文载《性灵集》。空海用真诚的心灵抒写了对大师功德的赞扬，以及两人之间深厚真挚的师生情谊。

空海在汉文学与佛学方面的造诣非凡，他著有佛学论著《十住心论》十卷、汉诗文集《性灵集》十卷、汉字辞书《篆隶万象名义》三十卷及研究中国古典文学的《文镜秘府论》六卷。其诗歌《昶法和尚小山观咏》表达对中国的深挚情感，赞美昶法和尚的品性："看竹看花本国春，人声鸟哢汉家新。见君庭际小山色，还识君情不染尘。"本来他准备在唐朝学习二十年，但惠果大师临终时嘱托他早日返回日本传播密教，遂尊大师嘱托于元和元年（806）八月即来唐两年之后起程返回本国传播密教。他除了带回大批佛典外，还带回《刘希夷集》《王昌龄集》《朱千乘诗》《贞元英杰六言诗》《杂诗集》《杂文》《王智章诗》《诏敕》等大量诗文作品以及书法作品。

---

① 梁容若：《中日文化交流史论》，商务印书馆，1985年版，第141页。

临别之际，空海写诗赠别青龙寺义操阿阇梨："同法同门喜遇深，游空白雾忽归岑。一生一别难再见，非梦思中数数寻。"（《弘法大师全集》卷三）①表达了与同门僧友间的友谊，及依依惜别的伤感之情。其他还有昙靖《奉送日本国使空海上人橘秀才朝献后却还》、马总《赠日本僧空海离合诗》、朱千乘《送日本国三藏空海上人朝宗我唐兼贡方物而归海东诗》、鸿渐《奉送日本国使空海上人橘秀才朝献后却还》、郑壬《奉送日本国使空海上人橘秀才朝献后却还》、胡伯崇《赠释空海歌》等。

这些诗歌对空海千辛万苦冒着生命危险来大唐取经的精神的赞颂，对其书法成就的赞美，对其归国旅途的挂念，以及别后的思念等，都表现出诗人间心灵的默契。

（二）社会文化的传递与认知

在一定的社会环境中对个人的性格、情感、动机等的认知，可以正确地评价他人，形成对他人准确而全面的认知，不至于产生对他人的偏见与隔阂。这种认知包括认知对象的国家、风俗习惯、语言、文明，以及个人的性情、好尚、才学等人格魅力的认知。当第七次遣唐使粟田真人来长安，唐人给予极高的评价："闻海东有大倭国，谓之君子国，人民丰乐，礼仪敦行，今看使人仪容大净，岂不信乎。"（《续纪》庆云元年七月甲申条）②唐王朝对日本礼仪之国的认识，以及对才情兼备、优雅博学、深谙中国文化的使者的肯定、赞赏与热情，都有助于诗人间深入的交往，从而推动了唐代文学的跨文化传播。

在唐初几十年间，中日交流中时有矛盾冲突发生。舒明天皇四年（632），高表任送遣唐使犬上三田耜归日本，因为礼节问题与日本朝廷发生争执，未宣唐诏命而回国。《旧唐书·倭国传》记载："贞观五年，遣使献方物。太宗矜其道远，敕所司无令岁贡，又遣新州刺史高表仁持节往抚之。表仁无绥远之才，与王子争礼，不宣朝命而还。""孝德天皇白雉二年（651），新罗贡调使因身穿唐服来到筑紫，给予谴责逐回。"③而至"养老二年（718），遣唐大使多治比县守回国，次年正月举行朝见礼

---

① 高文汉：《中日古代文学比较研究》，山东教育出版社，1999年版，第286页。
② 【日】木宫泰彦著，胡锡年译：《日中文化交流史》，商务印书馆，1980年版，第100页。
③ 【日】木宫泰彦著，胡锡年译：《日中文化交流史》，商务印书馆，1980年版，第99页。

时,他就穿上唐国赠给的朝服。类似这类情况在新回国的留学生中可能很普遍,结果上流社会的服装便逐渐增加了唐朝色彩,到了养老三年二月,终于命令天下百姓衣服都改成右襟。"①着装的误会是不会再发生了。同时留学生也积极学习唐朝的生活习俗,"当济诠入唐时,先晋谒圆仁,请教唐朝的风俗,并想学唐语,便是一例"。②而至嵯峨天皇(809—823)时代正是日本上下讴歌唐风之时。当日本全面吸收唐文化时,则对中国文化无不接纳。

在人际交往中,双方的互相接触,使日本留学生对唐朝的社会生活状况、风俗习惯、文化传统等不断了解,而唐朝人同样可了解日本的社会风物习俗等,扩大了唐朝人对日本的认识。当圆载回日本时,许多诗人以诗相赠。颜萱《送圆载上人》诗曰:"师来一世恣经行,却泛沧波问去程。心静已能防渴鹿,聱喧时为骇长鲸。禅林几结金桃重,梵室重修铁瓦轻。料得还乡无别利,只应先见日华生。"诗中自注云:"师云:舟人遇鲸,则鸣鼓以恐之。""日本金桃,一实重一斤。""以铁为瓦,轻于陶者。"方干《送僧归日本》:"四极虽云共二仪,晦明前后即难知。西方尚在星辰下,东域已过寅卯时。大海浪中分国界,扶桑树底是天涯。满帆若有归风便,到岸犹须隔岁期。"诗歌中表现出对中日两国因地域不同而时间迥异的认识。可以看出通过人际交往,诗人对日本生活习俗的了解愈加广泛,通过诗歌表现出来,也体现出彼此对于对方国家社会文化的深入了解。

(三)人际关系的和谐与畅通

人是社会性的,有合群的倾向,希望通过人际传播建立一种融洽、理解、尊敬、紧密、互助的人际氛围。唐朝时来华的日本人均能受到礼遇,唐朝也注重在各国间保持均衡,对学问僧给予很多的便利及恩惠,体现出唐帝国恢宏的气度,这正是影响甚至决定人际关系的社会大环境,有利于中日双方人士建立和谐的人际关系。"例如对于日本文武朝的学问僧荣睿、普照、玄朗、玄法等,唐朝每年发给绢二十五匹及四季衣服;对于仁明朝的学问僧圆载,特发给五年的粮食。"③

---

① 【日】木官泰彦著,胡锡年译:《日中文化交流史》,商务印书馆,1980年版,第158页。
② 【日】木官泰彦著,胡锡年译:《日中文化交流史》,商务印书馆,1980年版,第155页。
③ 【日】木官泰彦著,胡锡年译:《日中文化交流史》,商务印书馆,1980年版,第157页。

圆仁（794—864），俗姓壬生氏，日本下野都贺郡人，自幼落发，拜鉴真再传弟子广智为师，十五岁时投天台宗开山祖师最澄门下，以遮那业得度。唐文宗开成三年（838），以请益僧身份随遣唐使入唐，在唐朝有十年的游历生活，《入唐求法巡礼行记》一书即是根据旅途日记整理而成。从唐朝带回日本的有白居易《白家诗集》六卷。当他回国时，栖白写诗歌《送圆仁三藏归本国》相赠，诗云："家山临晚日，海路信归桡。树灭浑无岸，风生只有潮。岁穷程未尽，天末国仍遥。已入闽王梦，香花境外邀。"表现了对圆仁遥远归程旅途劳顿奔波的忧念。

日本国圆城寺现存《唐人送别诗并尺牍》写本收录蔡辅送别圆珍归日本国的诗歌《大德归京敢奉送别诗四首》，其三云："一别萧萧行千里，来时悠悠未有期。一年三百六十日，无日无夜不相思。"[①]该诗《全唐诗》不存，张步云《唐代中日往来诗辑注》（陕西人民出版社，1984年版）也未收录。这首诗歌表达了诗人蔡辅对圆珍的依依惜别之情，用萧萧形容归途的艰险，用悠悠表达思念的绵长悠远，如果圆珍在唐朝没有建立和谐的人际关系，那么就不会有如此一往情深的送别诗。

在人际传播中，双方通过交流可以彼此增进理解，利于沟通，从而构筑和谐的人际关系。中日两国诗人正是通过诗歌来传达这样的和谐氛围。徐凝《送日本使还》就充分表现出对其回国旅途艰险的了解，以及别后难以再见的离愁别恨："绝国将无外，扶桑更有东。来朝逢圣日，归去及秋风。夜泛潮回际，晨征苍莽中。鲸波腾水府，蜃气壮仙宫。天眷何其远，王文久已同。相望杳不见，离恨托飞鸿。"中日诗人间的唱和诗歌，保存下来的有百余首，从中可见两国诗人友好和谐及真挚的情谊，也是中日两国文人和谐人际关系真实而生动的写照。

在唐代文学的跨文化传播中，以唐文化中心长安向外扩散型传播为主。在文化交流中，对于日本而言是引进文化要素的数量大于输出文化要素的数量，外来文化对本国的影响大于本国文化对外国的影响；对唐朝而言，输出文化要素的数量大于引进文化要素的数量，本国文化对外国的影响大于外国文化对本国的影响。在这种不平衡的文化传播过程中，中国古代文学的东传促进了日本

---

① 徐俊：《唐五代长沙窑瓷器题诗校证——以敦煌吐鲁番写本诗歌参校》，《唐研究》，1998年第4期。

书面文学的萌生，丰富了日本古代文学的表现主题、体裁和创作艺术，影响了日本文学的风格，推动了日本文学理论的建立与发展，为日本的文学创作提供了大量素材。

（本文发表于《青海社会学科》2006年第5期）

柯卓英，1966年生，2006年毕业于陕西师范大学文学院，文学博士，师从霍松林先生，现为西安石油大学人文学院教授。

晏殊二题

魏 玮

内容摘要： 晏殊是北宋词史上的重要人物，本文围绕晏殊的两个问题展开探讨。其一，前辈研究者认为晏殊词不言金玉，只言气象，但事实情况并非如此。其二，晏殊与欧阳修二人有师生之谊，且在词史上并称，但其二人关系并不融洽。

关键词： 晏殊；金玉；欧阳修；交恶

晏殊，无论在北宋政治史上，还是在北宋词史中，都是十分重要的人物。本文就有关晏殊的两个问题试做探讨。其一，晏殊词被学界公认为"不言金玉，唯说气象"，但事实上，晏殊词果真不言金玉吗？其二，晏殊、欧阳修二人有师生之谊，且在词史上并称，但二人关系如何？是亲密无间？还是曾经交恶？

一、晏殊词是否不言金玉？

吴处厚《青箱杂记》卷五中有一条关于晏殊的记载："（晏殊）尝览李庆孙《富贵曲》云：'轴装曲谱金书字，树记花名玉篆牌。'公曰：'此乃乞儿相，未尝谙富贵者。故余每吟咏富贵，不言金玉锦绣，而惟说其气象。若"楼台侧畔杨花过，帘幕中间燕子飞"；"梨花院落溶溶月，柳絮池塘淡淡风"之类是也。'故公自以此句语人曰：'穷儿家有这景致也无？'"①又据欧阳修《归田录》卷二记载："晏元献公喜评诗，尝曰：'老觉腰金重，慵便枕玉凉'，未是富贵语，不如'笙歌归院落，灯火下楼台'，此善言富贵者也。"②这二则故实被很多研究晏殊词的后世学者所引用，进而形成了一种似已成定论的"共识"，即晏殊作词不靠金玉锦绣之类的字面装饰，而"唯说气象"。那么，事实果真如此吗？

笔者对晏殊词做了统计，发现其词作并非不用金、玉、锦、绣等华丽的字眼，反而是大量使用。这些字词出现的次数，在晏殊139首词中所占的比例，详见下表③：

	出现次数	所占比例
金	48	34.5%
玉	42	30.2%
锦	5	3.6%
绣	12	8.63%

可见，晏殊词并非"不言金玉"，而是"多言金玉""大言金玉"。

晏殊使用"金""玉"二字的频率是否较高？单看晏殊词中"金""玉"二字的所占比例，还不能完全说明问题。我们将晏殊词中"金""玉"等字出现的比例与同在仁宗时期的其他词人词作做一比较，详见下表④：

	欧阳修 共267首词		张先 共175首词		柳永 共219首词	
	次数	比例	次数	比例	次数	比例
金	73	27.3%	25	14.3%	82	37.4%
玉	46	17.2%	34	19.4%	37	16.9%

---

① [宋]吴处厚：《青箱杂记》卷五，见《宋元笔记小说大观》，上海古籍出版社，2001年版，第1668页。
② [宋]欧阳修：《归田录》卷二，三秦出版社，2003年版，第98页。
③ 据唐圭璋编《全宋词》统计，中华书局，1965年版。
④ 据唐圭璋编《全宋词》统计，中华书局，1965年版。

从上表中可以看出，晏殊词中的"金"字所占比例除了比柳永略低外，比欧阳修和张先都要高出很多。而"玉"字所占比例则比同时期的其他词人都高出很多。由此可见，晏殊作词非但不回避"金""玉"等字眼，反而大量使用。

这样，就出现了两个问题。

第一个问题，从上引文献来看，晏殊是不喜欢句中出现"金玉锦绣"等字的，他甚至讥讽写"金玉"的句子为"乞儿相"，那么他本人为何要在自己的词中大量使用"金""玉"等字眼呢？我们认为应该有如下的几个原因。

首先，与词在北宋初期的文体地位有关。在北宋初期，词并没有被士大夫阶层完全认同。钱惟演曾说："平生唯好读书，坐则读经史，卧则读小说，上厕则阅小词。"[①]在钱惟演等人的眼里，词只是茅坑文学，只配在厕所阅读，是登不得大雅之堂的，完全不能与经史等同。而这一点又被当时很多文人所认同，他们并不把作词看成与写诗作文一样是经国之大业、不朽之盛事，而仅仅当作一种茶余饭后、樽前花间娱乐消遣的方式。所以，文人们更多的是以游戏娱乐的态度进行创作，不会像写诗作文一样严谨认真。李之仪在《跋吴思道小词》中就指出晏殊等人写词皆为"以其余力游戏"。而本文前引的两则材料都是晏殊关于诗句的评论，并不是他对词的直接看法。因此，晏殊在作词时不会仔细考虑是否出现了他并不喜欢的"金""玉"等字。这可能是造成晏殊词中"金""玉"二字频繁出现的原因之一。

其次，应与北宋初期的词风有关。北宋初期的词风，尚未摆脱花间的影响。清人严沆在《古今词选序》中指出："同叔、永叔、方回、子野咸本花间，而渐近流畅。"花间词，总给人以绮丽的美感，这与花间词中常出现描述华丽质地的字词是分不开的，如"金""玉""锦""宝""绣"等，这些字词多与室内装饰意象和女性服饰意象连用。如"金钿""金盘""金雀钗""金钏""金笼""玉钗""玉钩""玉炉""锦衾""锦帐""锦屏""宝帐""宝钗""宝匣""宝镜""绣帘""绣屏""绣衾""绣帷"，等等。华美异常的装饰品、镶金绣玉的服饰，给人以强烈的视觉刺激，使人产生艳丽之感。这样的词语组合也对北宋初期的词作产生了一定的影响，

---

① [宋]欧阳修：《归田录》卷二，三秦出版社，2003年版，第114页。

欧阳修等人词中"金""玉"等字词出现的比例虽然没有晏殊词高，但却都不约而同地频繁使用。晏殊词虽没有浓艳绮靡之弊，但在字面上也或多或少地沿袭了花间词风。

再次，与晏殊本人的生活有关。晏殊是生活在太平盛世的升平宰相，他虽然经历过政治上的挫折，但总体而言，其人生境遇还算圆满。另外，晏殊交游甚广、极喜饮宴，过着"酒筵歌席莫辞频"的生活，他非常喜欢举办酒会。叶梦得《避暑录话》中记其"未尝一日不燕饮"，他又经常备齐笔札，在酒宴中与在座宾朋"相与赋诗"，①所以，他的词中有很多描绘酒宴的场面，如"为别莫辞金盏酒，入朝须近玉炉烟"（《浣溪沙》），"新酒熟，绮筵开，不辞红玉杯"（《更漏子》），"斟美酒，祝芳筵，奉觥船"（《诉衷情》），等等，他的词中"金""玉"等字也多与酒器连用，如"金尊""金盏""金杯""金卮""金觥""玉盏""玉碗""玉杯"等。晏殊身居高位，在筵席中质地华美、身价贵重的酒尊、酒杯等物肯定不少，晏殊在席间作词，看到这些物件便随手拈来，写入词中，不会仔细考虑他不喜欢的"金""玉"等字是否出现，这也合乎常理。

由此可见，"金""玉"二字在晏殊词中大量出现，当非刻意为之，而是与当时的时代背景以及其个人生活有着密切的关系。

第二个问题，一般而言，词作中金玉锦绣这类字眼出现频率较高，那么词作的风格也会相应地偏于绮丽华艳，但历代学者评价晏殊词，几乎一致认为晏殊词无绮靡华艳之弊，而有婉约闲雅之美。如："晏元献不蹈袭人语，而风调闲雅"②，"（晏殊词）风流闲雅，超出意表"③，"晏元献公、欧阳文忠公风流蕴藉，一时莫及。而温润秀洁，亦无其比"④，那么"金玉锦绣"这类华丽的字眼与婉丽闲雅的词风是如何统一的呢？

---

① [宋]叶梦得：《避暑录话》，见邓子勉编《宋金元词话全编》，凤凰出版社，2008年版，第266—267页。
② [宋]吴曾：《能改斋词话》卷一，见唐圭璋编《词话丛编》，中华书局，1986年版，第126页。
③ [宋]李之仪：《跋吴师道小词》，见邓子勉编《宋金元词话全编》，凤凰出版社，2008年版，第155页。
④ [宋]王灼：《碧鸡漫志》卷二，见唐圭璋编《词话丛编》，中华书局，1986年版，第126页。

我们发现，这与晏殊对字面的着意安排关系极大。晏殊虽然在其词作中屡屡使用"金""玉"等字，但在单个句子中，晏词几乎从不将华艳的词语罗列在一起。这与以温庭筠为代表的花间词人有很大的不同。温词中的"金""玉"等字在句中经常这样出现："翠翘金缕双鸂鶒"（《菩萨蛮》），"翠钗金作股"（《菩萨蛮》），"凤凰相对盘金缕"（《菩萨蛮》），"宝函钿雀金鸂鶒"（《菩萨蛮》），"双鬓翠霞金缕"（《定西番》），等等。"金""玉"等字形容女人衣裙、配饰的华贵，不是与给人粉腻明艳之感的"双鬓""翠霞"等词连用，就是与给人华美精致之感的"宝函钿雀""凤凰"等词相配，这样的组合，将人立刻送入了一个热烈、华贵、艳丽的世界。晏词中的"金""玉"等字在单句中则很少与艳丽的字词连用。以"金"字为例，如"试把金尊傍菊丛"（《破阵子》），"荷花欲绽金莲子"（《采桑子》），"金鸭飘香细"（《连理枝》），"金风细细"（《清平乐》），等等，这些词句中虽然出现了"金"字，但由于除了"金"字外，没有其他华丽的字眼儿，所以"金"字虽然存在，却不能让人产生绮靡浓艳之感。

同样是使用"金""玉"等字，单首晏词中，浓艳字眼的密度较小；而单首温词中，浓艳字眼排列的密度较大，试比较以下两首词：

蕊黄无限当山额。宿妆隐笑纱窗隔。相见牡丹时。暂来还别离。翠钗金作股。钗上蝶双舞。心事竟谁知。月明花满枝。（温庭筠《菩萨蛮》）

秋花最是黄葵好。天然嫩态迎秋早。染得道家衣。淡妆梳洗时。晓来清露滴。一一金杯侧。插向绿云鬟。便随王母仙。（晏殊《菩萨蛮》）

同为《菩萨蛮》这一曲调，加点的字都是使人容易产生浓艳之感的字词，温词浓艳字眼在八句词中，出现了七次（翠钗、金为两个意象并列），排列较为浓密。无论是有关女性服饰"蕊黄""翠钗"，还是"牡丹""蝶双舞""花满枝"等自然风景，都使人产生香艳的联想。而晏词中浓艳字眼在八句当中只出现两次，排列较为稀疏。

再如：

金风细细，叶叶梧桐坠。绿酒初尝人易醉。一枕小窗浓睡。紫薇朱槿花残。斜阳却照阑干。双燕欲归时节，银屏昨夜微寒。（晏

殊《清平乐》）

芙蓉金菊斗馨香。天气欲重阳。远村秋色如画，红树间疏黄。流水淡，碧天长。路茫茫。凭高目断，鸿雁来时，无限思量。（晏殊《诉衷情》）

玉楼朱阁横金锁。寒食清明春欲破。窗间斜月两眉愁，帘外落花双泪堕。朝云聚散真无那。百岁想看能几个。别来将为不牵情，万转千回思想过。（晏殊《木兰花》）

梨叶疏红蝉韵歇。银汉风高，玉管声凄切。枕簟乍凉铜漏咽。谁教社燕轻离别。草际蛩吟珠露结。宿酒醒来，不记归时节。多少衷肠犹未说。珠帘一夜朦胧月。（晏殊《蝶恋花》）

以上四首晏词中虽然都出现了"金""玉"等字，其中加点的字，是容易使人产生绮靡华艳之感的字眼，可以看出在单首晏词中，这类词出现的频率较低，排列也十分地稀疏，所以晏词很难使人产生绮靡华艳之感。

另外，晏殊善于通过字面的安排，引发读者的其他感受，以消解"金""玉"等字使人产生的华艳之感。

其一，以残破之语消解华艳之感。如上举晏殊"玉楼朱阁横金锁"《花木兰》中虽然出现了"玉楼""金锁"这类华艳的词，但紧接的一句"寒食清明春欲破"，一"破"字写出了春光将尽的悲凉之感，后又用一"斜"字、一"落"字来表现自然风物的残缺、不完满，以"窗间斜月""帘外落花"两个残破意象衬托出双眉紧皱、双泪垂下的闺中之人的哀怨与惆怅，至此，"玉楼""金锁"二词带有的华艳之感完全被消解掉了。又如："留花不住怨花飞。向南园、情绪依依。可惜倒红斜白、一枝枝。经宿雨、又离披。凭朱槛，把金卮。对芳丛、惆怅多时。何况旧欢新恨、阻心期。空满眼、是相思。"（《凤衔杯》）这首词的下阕虽然出现了"金卮"二字，但上阕所写花飞花谢、倒红斜白、冷雨催花的残破之语，把"金卮"所带有的华艳之感完全消解了。再如"数枝金菊对芙蓉，摇落意重重"（《诉衷情》）。"金菊""芙蓉"，虽有艳丽之感（尤其是芙蓉），但摇落之语，却使其残破，遂起"草木摇落而变衰"的悲凉秋意。这样的例子在晏词中很多。

其二，以哀伤之思消解华艳之感。晏词中的"金""玉"等字常出现在他的酒宴词中，在这些酒宴词中晏殊不仅描绘欢饮的场面，还常常惜时哀逝，感叹人生之欢娱不能久留。在平和欢愉中潜藏种种哀伤：如"劝君绿酒金杯，莫嫌丝管声催。兔走乌飞不住，人生几度三台。"（《清平乐》）"萧娘劝我金卮……暮去朝来即老。"（《清平乐》）"为别莫辞金盏酒，入朝须近玉炉烟。不知重会是何年？"（《浣溪沙》）以上的句中虽有"金""玉"字眼，但词句中透露出的时光飞逝，人生无常的悲凉之感则消解了"金""玉"等字的富贵华艳之感。

其三，以清雅之景消解华艳之感。晏殊词中的"金""玉"等字也常与给人以清新、雅致之感的自然意象连用，如《破阵子》："湖上西风斜日，荷花落尽红英。金菊满丛珠颗细，海燕辞巢翅羽轻，年年岁岁情。"这首词中虽然出现了"金"字，"金"字作为形容词，形容的是满丛的"金菊"，而金菊又与斜照的夕阳、静谧的湖面、凋零的荷花、散落的红英、轻舞的海燕等景象连用，描绘了一幅秋日园林风景图，这样的组合使人顿感清雅，"金"字所带有的艳丽之感完全被消解了。再如上举《诉衷情》（"芙蓉金菊斗馨香"）一词，虽然"芙蓉""金菊"等字眼会让人产生华艳的联想，但飘逸着馨香的芙蓉与金菊，它们背景是词人登高远眺所见的远村秋色——淡水碧天下相映衬的是红黄相间的树叶，鸿雁高飞，前路茫茫，遂有无限思量涌上词人心中。这一系列的景所组成的是一幅远村秋景图。色泽淡雅、格调高远，使"芙蓉"等所带有的华艳之感完全消解了。清雅的景象之外，晏殊常用"菊""月"等清雅意象，也起到了同样的作用，达到了同样的效果。

由此可见，晏殊词虽然"多言金玉"，但"金""玉"等字的使用，并没有影响他的词作所显示的婉约闲雅之美，这与他对字面的着意安排等密切相关。

二、晏殊与欧阳修是否交恶？

晏殊与欧阳修有师生之谊，二人在词史上也因词风相似而并称，晏殊去世之后，欧阳修为其撰写神道碑。但宋代的笔记小说中记载晏、欧二人的关系并不融洽，那么二人的关系到底如何？笔者且从文献记载中寻求答案。

天圣八年（1030），晏殊知礼部贡举，举欧阳修为第一。晏殊对欧阳修有知遇之恩，二人的关系应如师友一般亲密无间，极为融洽，但事实并非如此。

晏、欧二人首次出现矛盾，在庆历元年（1041）。胡仔《苕溪渔隐丛话》卷二十六引《隐居诗话》：

> 晏元献殊作枢密使。一日雪中退朝，客次有二客，乃欧阳学士修、陆学士经。元献喜曰："雪中诗人见过，不可不饮也。"因置酒共赏，即席赋诗。是时西师未解，欧阳修句有"主人与国共休戚，不惟喜乐将丰登。须怜铁甲冷彻骨，四十馀万屯边兵"。元献怏然不悦。尝语人曰："裴度也曾燕客，韩愈也会做文章，但言园林穷胜事、钟鼓乐清诗，却不曾恁地作闹。"①

上述欧阳修的四句诗，出自其《晏太尉西园和雪歌》，这首诗庆元二年（1196）周必大刻《欧阳文忠公集》、《四部丛刊》影印元代刻本《欧阳文忠公集》皆注为庆历元年（1041）作，所以，此事发生在庆历元年。康定元年（1040），西夏元昊率兵侵略延州。晏殊被任命为枢密使，首要职责应为国家解除边患之忧。庆历元年（1041），西夏尚未退兵，边患之忧仍然存在。而冬日下雪，晏殊招客饮酒赋诗，娱宾遣兴。性格耿介的欧阳修直言批评晏殊，在诗中明确指出：身为全国最高军事统领的晏殊，毫不怜悯冬日里四十余万挨饿受冻、驻守边关的战士，而只顾着自己玩赏雪景，对酒赋诗，追求享乐。晏殊对此当然极为不满，在这件事上，欧阳修做到了重国家、轻私欲，重忠义、轻情意，却使得身为枢密使的晏殊感到极为尴尬。

但这件事并没有给晏、欧二人的关系抹上一层阴影。晏殊颇有容人之雅量，庆历三年（1043），晏殊入相，为谏院择贤，便推举了欧阳修等人。"殊初入相，擢欧阳修等为谏官"②。晏殊不计前嫌，也没有从个人好恶出发，而是出于为国选材这一目的，举荐欧阳修。说明他看重的是欧阳修正直刚劲、敢于直言进谏的品质，并未因赏雪赋诗之事对欧阳修心生记恨。但晏欧二人性格各异，所持政治态度迥然不同，这使得之后二人之间的矛盾逐步加深。

欧阳修品质无私、性格耿直、疾恶如仇、善恶分明，但不谙世故、又过于固执，在进谏的过程中经常让皇帝下不来台。"既而（晏殊）苦其论事烦数或面折之"③，欧阳修的这一举动，常常使举荐他的晏殊感到十分尴尬。

---

① [宋]胡仔：《苕溪渔隐丛话前集》卷二十六，人民文学出版社，1962年版，第176页。
② [宋]李焘：《续资治通鉴长编》卷一百五十二，上海古籍出版社，影印本，第1412页。
③ [宋]李焘：《续资治通鉴长编》卷一百五十二，上海古籍出版社，影印本，第1412页。

而晏殊在政治上一贯软弱,《宋九朝编年备要》中的一条记载可隐约看出晏殊的为人:

> 上率以冬正,上皇太后寿于会庆殿,仲淹为秘阁校理,因冬至上寿,奏疏言天子有事亲之道,无为臣之礼,有南面之位,无北面之仪。若奉亲于内,行家人礼,可也。今顾与百官同列,亏君体,损主威,不可为后世法,疏入不报。晏殊初荐仲淹为馆职,闻之大惧,召仲淹,诘以狂率邀名,且将累荐者。仲淹正色抗言曰:"仲淹缪辱公举。每惧不称为知己羞,不意今日反以忠直获罪门下?"殊不能答。①

宋仁宗即位之初,其养母刘太后执政,仁宗为母后做寿,欲亲率领百官对母后行君臣之礼,范仲淹认为此举有损君体,极为不妥,并直言相劝。晏殊听到此事后,因范仲淹是其举荐而极为惶恐,怕范仲淹得罪了执政的刘太后,连累了自己的政治前途。这表明晏殊并不是一个明辨忠奸、善恶分明、有原则、有操守的政治家,相反,在政坛之上,他是个明哲保身、圆滑世故的人。

仁宗朝,政治风云突变,庆历党争的浪潮席卷而来,在这场保守派与改革派激烈的较量之中,两大阵营界限极为分明。晏殊庆历三年(1043)入相,但他在保守派与改革派之间,始终保持着圆滑中立的态度。《宋史·王益柔传》载:"时诸人欲遂倾正党(指改革派),宰相章得象、晏殊不可否。"② 而欧阳修则是改革派之中坚,保守派污蔑改革派结党营私,"内侍蓝元震上疏言,范仲淹、欧阳修、尹洙、余靖,前日蔡襄谓之'四贤'……四人得时,遂引蔡襄以为同列,以国家爵禄为私","(夏竦)目衍、仲淹及修为'党人'"③,并污蔑欧阳修,将其调离谏院,外任河北都转运使。谏官蔡襄上书留修,认为"念事有重轻,度才而处,才有长短,适用为宜,朝廷安危之论,系于天下则为重;河北金谷之司,系于一方则为轻。修之资性,善于议论,乃其所长,至于金谷出入之计,勤干之吏则能为之,任修于河北而去朝廷,于

---

① [宋]陈均:《宋九朝编年备要》皇朝编年备要卷第九,凡十一年,宋绍定刻本。
② [元]脱脱等:《宋史》卷二百八十六《列传第四十五》,中华书局,1985年版,第9654页。
③ [宋]李焘:《续资治通鉴长编》卷一百四十八,上海古籍出版社,影印本,第1366—1367页。

修之才则失其所长，于朝廷之体则轻其重"①，适逢晏殊此时为宰相，他的态度却是"不许"②欧阳修继续留任。于是，蔡襄的怨怼不平之气便转而朝向晏殊，上书弹劾晏殊，揭露其"尝被诏志章懿墓，没而不言。又奏论殊役官兵治僦舍以规利"③，庆历四年（1044），晏殊罢相。在前后一系列的事件中，能看出晏欧的关系在此时已经有了很大的变化。首先，晏殊不欣赏欧阳修的处事原则，认为他的秉性过于耿直刚劲，而不像自己一样懂得圆滑通融。当初，晏殊是看重欧阳修的人品才举荐其做谏官，而欧阳修的表现又时时困扰着晏殊。在晏殊看来，欧阳修在朝廷，就如同是一枚随时可以引爆的炸弹。炸弹一旦引爆，会殃及他这个举荐者。于是，在欧阳修外任一事上，晏殊为了不给自己增添更多的麻烦，不同意欧阳修继续留任朝中。其次，晏殊罢相一事，虽然与欧阳修没有直接关系，但因他而起，晏殊对欧阳修完全没有怨怼之气，恐怕是不可能的。所以，此时，晏殊对欧阳修已心存芥蒂。

庆历五年（1045）的另一件事情，又使得晏殊对欧阳修的不满加深。"初，晏殊、夏竦、吕夷简，各荐景阳、庭坚、有章，既得旨召试，而谏官王素、欧阳修，言景阳结婚非类，有章尝坐赃，而庭坚亦有踰滥之罪，故皆罢之"④，晏殊举荐凌景阳，而欧阳修进言弹劾他，他在《论凌景阳三人不宜与馆职奏状》中云："凌景阳者，粗亲文学，本实凡庸。近又闻与在京酒店户孙氏结婚，推此一节，其他可知，物论喧然，共以为丑。"⑤欧阳修认为凌景阳资质愚钝，才华平庸，且与商户之女结婚，不能任馆阁之职，以致被他所弹劾的凌景阳等三人"皆废终身"⑥，凌景阳所做的最高官职仅为丹阳县令。晏殊举荐之人被欧阳修弹劾，心中自然不悦。也就加深了对其的厌恶。同年，欧阳修被诬告与其外甥女张氏有染，并为其私购田产，保守派欲借此事置欧阳修于死地。之后，虽查明欧阳修并未与张氏有苟且之事，但保守派仍以"语连张氏

---

① [明]黄淮、杨士奇：《历代名臣奏议》卷一百三十二，上海古籍出版社，影印本，第1745页。
② [宋]李焘：《续资治通鉴长编》卷一百五十二，上海古籍出版社，影印本，第1412页。
③ [宋]李焘：《续资治通鉴长编》卷一百五十二，上海古籍出版社，影印本，第1412页。
④ [宋]李焘：《续资治通鉴长编》卷一百四十一，上海古籍出版社，影印本，第1228页。
⑤ [宋]欧阳修：《欧阳修全集》，中华书局，2001年版，第1612页。
⑥ [宋]王铚：《默记》卷下，中华书局，1981年版，第39页。

之资，券既不明，辨无所验"①为由，将其贬至滁州。而在这一过程中，晏殊并未向欧阳修伸出过援手。

之后晏、欧二人虽有书信往来，诗歌酬唱，但关系却愈加冷漠。皇祐元年（1049）欧阳修在给晏殊的信中这样写道：

> 春暄，伏惟相公阁下动止万福。修伏念曩者相公始掌贡，举修以进士而选抡。及当钧衡，又以谏官而蒙奖擢。出门馆不为不旧，受恩知不谓不深。然而足迹不及于宾阶，书问不通于执事。岂非飘流之质，愈远而弥疏；孤拙之心，易危而多畏。动常得咎，举辄累人。故于退藏，非止自便……②

从这封信中可以看出，欧阳修虽深念晏殊举荐其之恩德，但二人的关系却极为淡漠，"足迹不及于宾阶，书问不通于执事"一句证实二人之间的私交几乎断绝。更值得玩味的是晏殊在收到这封来信后的态度，胡仔《苕溪渔隐丛话》卷二十六引潘子真诗话云："欧守青社，晏亦出殿宛丘，欧乃作启，叙生平出处，以谢悃……晏得书，即于纸尾作数语，授书记誊本答之，甚灭裂。坐客怪而问焉，晏徐曰：'作答知举时一门生书也。'意终不平。"③从晏殊这一系列的表现中可以看出，此时，晏殊对欧阳修已经十分厌恶。之后，由于欧阳修感念晏殊知遇之恩，对其极为敬重，所以，二人未撕破脸皮，保持着泛泛之交，但实则关系非常一般。

至和二年（1055），晏殊卒，欧阳修为其撰写神道碑。其中多赞誉之词，尤其对晏殊擅于擢用人才极为称道。但欧阳修为晏殊所作挽词——《晏元献公挽辞三首》其三中对晏殊的评价是："富贵优游五十年，始终明哲保身全。"④欧阳修对晏殊的这一评价，恐怕未必完全出于赞誉，其中也暗含着对晏殊在政治上"明哲保身"这一处世态度的质疑与不满。

深究晏、欧二人之关系，二人虽非亲密无间，但也并非反目成仇。究其原因，是由于二人性格迥异：晏圆融，而欧耿直；处世态度不同：晏世故圆滑、明哲保身，而欧不谙世故、善恶分明。这也就导致了二人在关键事情处理上的

---

① [宋]王铚：《默记》卷下，中华书局，1981年版，第40页。
② [宋]欧阳修：《欧阳修全集》，中华书局，2001年版，第1466页。
③ [宋]胡仔：《苕溪渔隐丛话前集》卷二十六，人民文学出版社，1962年版，第177页。
④ [宋]欧阳修：《欧阳修全集》，中华书局，2001年版，第812页。

分歧。晏殊很明显对欧阳修心怀不满,但因其处事圆滑,遂未直言,仍与其保持着泛泛之交。欧阳修对晏殊的处事态度亦有看法,但感念其举荐之恩,遂选择敬而远之,以全其保身之念。所以,晏、欧二人的关系虽谈不上"交恶",却一步步走向冷漠。

魏玮,1982年生,2012年毕业于陕西师范大学文学院,文学博士,师从刘锋焘教授,现在廊坊师院任教。

王安石《唐百家诗选》版本源流考

张 倩

内容摘要：王安石《唐百家诗选》是宋代著名的唐诗选本，在后世产生了很大的影响。此书有两个版本系统，即分人编选本和分类编选本，后世只是对分人本进行了刊刻，分类本却乏人问津。元明两代未见新刻本；分人本清代翻刻较多，其中据宋本重刊的康熙癸未宋荦刻本应为善本。

关键词：王安石；《唐百家诗选》；版本源流

王安石《唐百家诗选》是宋代比较重要的一部唐诗选本，其分类的编选方式给后世提供了借鉴，其选诗旨趣与诸家迥异，历代评家各有轩轾。弄清其版本情况是研究《唐百家诗选》较为重要的基本工作，但现在学术界在这方面还是一个空白，本文就其版本源流情况进行一番考述，以就教于方家。

《宋史·艺文志》卷二百九载："王安石《建康酬唱诗》一卷，又《唐百家诗选》二十卷。"①陈振孙《直斋书录解题·总集类》卷十五曰："《唐百家诗选》二十卷，王安石以宋次道家所有唐人诗集，选为此编。世言李、杜、韩诗不与，为有深意，其实不然，按此集非特不及此三家，而唐名人如王右丞、韦、白、刘、柳、孟东野、张文昌之伦，皆不在选，意荆公所选，特世所罕见，其显然公知者，故不待选耶？抑宋次道家独有此一百五集，据而择之，他不复及，未可以臆断也。"②尤袤《遂初堂书目》不著编者名，后世多以为王安石所编，独

---

① [元]脱脱等：《宋史·艺文志》卷二百九，中华书局，1977年版，第5406页。
② [宋]陈振孙：《直斋书录解题·总集类》卷十五，丛书集成初编本，第420页。

宋晁公武认为是书为宋人宋敏求次道编，《郡斋读书志·总集类》卷第二十曰："右皇朝宋敏求次道编。次道为三司判官，尝取其家所藏唐人一百八家诗，选择其佳者，凡一百四十六首为一编。王介甫观之，因再有所去取，且题云：'欲观唐诗者，观此足矣。'世遂以为所纂。"①《唐百家诗选》南宋重刻本前有王安石《王荆公唐百家诗选序》云："安石与宋次道同为三司判官，时次道出其家藏唐诗百余编，委余择其佳者，次道因名曰《百家诗选》。废日力于此，良可悔也。虽然，欲知唐诗者，观此足矣。"②可知，此书纂者当属王安石。

王安石（1021—1086），字介甫，晚号半山，抚州临川（今江西抚州）人。庆历二年（1042）进士。熙宁时主持变法，曾三为宰相，先后封舒国公、荆国公。卒谥文，追封舒王。早年出欧阳修之门，为"唐宋八大家"之一。据《宋史·仁宗本纪》："嘉祐五年……五月己酉，王安石召为三司度支判官。"③王安石自谓此《唐百家诗选》乃任三司判官时所选，故应编选于嘉祐五年（1060）。

《宋史·艺文志》卷二百九又载："《唐百家诗选》二十卷。"④不著撰者名。《郡斋读书志》和《直斋书录解题》并未记载有两部二十卷的《唐百家诗选》，故《宋史·艺文志》所载两部《唐百家诗选》，疑为重出。

另外，宋人杨蟠曾经改编王安石《唐百家诗选》为十卷本。清人宋荦《典朱竹垞论荆公选唐诗》云："小役归奉到王荆公百家唐诗，荦阅终卷，窃意此书非荆公元本，即章安杨蟠所改窜也。"⑤清王士禛《香祖笔记》卷二亦云："牧仲（宋荦）谓今所传十卷是章安杨蟠所改窜，非介甫元本。"⑥又，《台州经籍志·集部·总集类》卷三十八载："《唐百家诗选》十卷，宋临海杨蟠编。今未见。"杨蟠改编本既为十卷，可见与《宋史》中不著撰者名的《唐百家诗选》二十卷亦非同书。

顾广圻撰、黄丕烈注《百宋一廛赋》（及其他二种）载："荆公之百家，残本《唐百家诗选》，每半页十行，行十八字，所存一至十一，凡十一卷，

---

① [宋]晁公武撰，孙猛校证：《郡斋读书志校证》卷二十，上海古籍出版社，1990年版，第1064页。
② [宋]王安石：《唐百家诗选》，南宋重刻本。
③ [元]脱脱等：《宋史·本纪》卷十二，中华书局，1977年版，第245页。
④ [元]脱脱等：《宋史·艺文志》卷二百九，中华书局，1977年版，第5399页。
⑤ [宋]宋荦：《西坡类稿》，影印文渊阁《四库全书》本。
⑥ [清]王士禛：《香祖笔记》，影印文渊阁《四库全书》本。

首有杨蟠序,商邱新刻所无,余亦相去径庭,又有分类宋椠残本,在小读书堆。"①从中可知,在宋时《唐百家诗选》已有两种版本,一种为分人编选本,一种为分类编选本,在后世形成两个版本系统,以前者流传最广。

一

上海图书馆所藏宋残本,为分人编选本,前有杨蟠序一篇,序中曰:"公(王安石)自历代而下,无不考正于唐选百家,特录其警篇,而杜韩李所不与,盖有微旨焉,噫,诗系人之好尚,于去取之际,其论犹纷纷,今一经公之手,则怗然无复以议矣,合为二十卷,号《唐百家诗选》,得者几希,因命工刻板以广其传,细字轻帙,不过出斗酒金而直挟之于怀袖中,由是人之几上,往往皆有此诗矣……元符戊寅七月望日章安杨蟠书。"②从序中得知《唐百家诗选》曾于北宋元符戊寅为杨蟠所刊,只不知为分人编选本,还是分类编选本,因为在日本静嘉堂昭和十一年影印宋残本分类本《唐百家诗选》卷前也有杨蟠序,但就杨蟠整篇序而言,只论选家不言分类,应为分人本。上海图书馆所藏残本为潘氏滂喜斋所赠,卷前有潘景郑跋,此跋亦见于潘景郑《著砚楼书跋》载:"北宋刻残本王荆公《唐百家诗选》,存卷一之九,都九卷;刊于元符戊寅之岁,前有章安杨蟠一序……是刻字体方整,与家藏北宋本杜集,笔意相近,南渡以前,刻工醇朴,想见承平气象焉。宋讳避殷、贞、镜、竟、惊等字,刻工姓名,为高安国、高安道、高安平、高智广、高智平、高文显、蔡侃、周彦、李皋、龚授、余山、周昂、彭师文、刘浩、刘正、余安、虞仲、吴士明、蔡昭、黄明诸人。每半叶十行,行十八字,白口,单鱼尾。旧藏士礼居,《百宋一廛赋》所云'荆公之百家',即指是本。"③只潘景郑所跋宋本存九卷,黄丕烈所录藏十一卷。此本应是黄丕烈旧藏,其所有时应为十一卷,《著砚楼书跋》还曰:"蝴蝶装五册,犹是黄氏旧装,经汪氏艺芸书舍归吾家滂喜斋。"而后流入汪氏艺芸书舍时还是十一卷,汪士钟《艺芸书舍宋元本

---

① [清]顾广圻撰,黄丕烈注:《百宋一廛赋》,丛书集成初编本,第18页。
② [宋]王安石:《唐百家诗选》,南宋重刻本。
③ 潘景郑:《著砚楼书跋》,古典文学出版社,1957年版,第316页。

书目·集部》载:"《唐百家诗选》存十一卷。"①只是归入滂喜斋时散佚了十、十一两卷,只剩下现存的一至九卷。《滂喜斋藏书记》卷三载:"北宋刻残本《王荆公唐百家诗选》九卷,五册。元符戊寅刊板,前有章安杨蟠序,眩、殷、匡、恒、敬、警、惊、贞、徵、树等字缺笔,每半叶十行,行十八字,字体仿欧阳信。本写椠精美,真北宋原刻也,自十卷以后皆佚,旧为郡中黄氏藏书,后入艺芸书舍。"②

《著砚楼书跋》和《滂喜斋藏书记》考上海图书馆藏宋残本为北宋元符戊寅刊本,但视其刊工姓名,高安国、高安道、高安平、高智广、高智平、高文显、蔡侃、周彦、李皋、龚授、余山、周昂、彭师文、刘浩、刘正、余安、虞仲、吴士明、蔡昭、黄明诸人,大多为南宋初期江西地区良工,其中高智广、高智平、蔡侃为绍兴二十二年抚州本《谢幼槃集》的刻工,高安国、高安道、高文显则在淳熙年间为抚州公使库刻过《礼记》《春秋公羊经传解诂》等,因此可知,此本应是南宋初年抚州重刻之本,后世刊刻之本皆从此本出。

傅增湘《藏园订补邵亭知见传本书目·集部八·总集类》卷十六上载:"《唐百家诗选》二十卷,宋王安石编,乾道中倪仲傅刊,有仲傅序。"③《唐百家诗选》有宋乾道倪仲傅刊本,这在上海涵芬楼仿古活印本《唐百家诗选》卷首的倪仲傅序中可证,序曰:

> 予自弱冠肄业于香溪先生门,尝得是诗于先生家藏之秘,窃爱其拔唐诗之尤,清古典丽,正而不冶,凡以诗鸣于唐有惊人语者,悉罗于选中。于是心惟口诵,几欲裂去夏课而学焉。先生知之,一日索而钥诸笥,越至今不复过目者有年矣。顷有亲戚游宦南昌,因得之于临川以归,首以出示,发卷数过,不啻如获遗珠之喜。惜其道远难致,且字画漫灭,近世大夫嗜此诗者往往不能无恨,故镂板以新其传,庶几丞相荆国公铨择之意,有所授于后人也。……乾道乙丑四月望日,兰皋盘谷倪仲傅书。

从序中得知,倪仲傅在弱冠就曾见一宋本《唐百家诗选》,后得南昌刻

---

① [清]汪士钟:《艺芸书舍宋元本书目》,丛书集成初编本,第24页。
② [清]潘祖荫:《滂喜斋藏书记》卷三,见《铁琴铜剑楼藏书目录·楹书隅录·滂喜斋藏书记》,中华书局,1990年版,第724页。
③ [清]莫友芝撰,傅增湘补,傅熹年整理:《藏园订补邵亭知见传本书目》卷十六,中华书局,1993年版,第24页。

本，据此以刊，倪仲傅刊本刻于乾道乙丑，现已不存。南昌刻本即前所提南宋抚州重刻之本，《藏园增补郘亭知见传本书目·集部八·总集类》卷十六载："（《唐百家诗选》）南宋初南昌刊本，十行十八字，白口，左右双阑，刊工有高智平、高智广、高安道、蔡侃等，均为南宋高、孝时江西刊工。证以乾道乙丑倪仲傅翻本序中有嗣得南昌刻本，字画漫灭之语，可知即南昌所刊也，存卷一至卷九，黄丕烈旧藏。"①从傅增湘所述南昌刊本情况，与上海图书馆所藏南宋抚州刻本相同。宋乾道倪仲傅本据南昌刻本刊刻，清康熙四十三年（1704）宋荦又据倪仲傅刊本重刻，以清康熙四十三年（1704）宋荦本与南宋抚州重刻本残本相校对，二书前九卷相同，以此也可证南昌刻本即南宋抚州重刻之本。

此书元明两朝未经刊刻，只《明史艺文志·补编·附编》中《补编·明书经籍志·诗词》（清傅维鳞编）载："《唐百家诗选》唐百家诗一部，一册，阙，菉竹堂同文渊阁。"②冯惠民、李万健选编，《明代书目题跋丛刊》中《近古堂书目·下·唐诗类》载："《王荆公唐百家诗选》。"③这些记载《唐百家诗选》版本皆宋本，明周弘祖《古今书刻》未载有刊刻《唐百家诗选》。唯傅增湘《藏园订补郘亭知见传本书目·集部八·总集类》卷十六记有明初抄本，其曰："（《王荆公唐百家诗选》）清康熙四十三年宋荦刊本……所据为宋刊残本八卷，明初抄本，二十卷。余有一帙。"④在宋荦本中有宋荦序，序曰："昔予尝购求《王荆公唐百家诗选》二十卷，仅得残帙八卷于江南藏书家，庚辰秋举示山阳故人之子，丘迥求，迥求好学嗜古，请依旧式重梓，以广其传。予甚谊之，因序其首……今癸未秋斧季来谒予曰：'日者宸游江阴，亲见《王荆公唐百家诗选》二十卷于某氏藏书家，特来告公。'予惊喜趣购得之，凡所亡十二卷皆在焉。总数之得百有四家，而曰百家者，举成数也。有乾道乙丑盘谷倪仲傅后序……于是复招迥丘补

---

① [清]莫友芝撰，傅增湘补，傅熹年整理：《藏园订补郘亭知见传本书目》卷十六，中华书局，1993年版，第24页。
② [清]黄虞稷等编：《明史艺文志·补编·附编》，商务印书馆，1959年版，第222页。
③ [明]无名氏：《近古堂书目》，见冯惠民、李万健等《明代书目题跋丛刊》下册，书目文献出版社，1994年版，第1183页。
④ [清]莫友芝撰，傅增湘补，傅熹年整理：《藏园订补郘亭知见传本书目》卷十六，中华书局，1993年版，第25页。

刊十二卷,俾成完书……"①序中只提到毛扆帮其于江南藏书家寻一完本,并未言此完本为何种版本。《皕宋楼藏书题跋辑录·集部》载何义门手校本有何义门跋曰:"八卷乃秘阁藏书,商邱公从东海司寇家得之。二十卷全者斧季得之吴兴鬻书人,抄本,非宋刻也,书迹类明初人,亦不知与八卷有异同否。"②在宋荦本中亦有丘迥求跋,跋曰:"自宋以来,选唐诗者不下数十家,而荆公本为善,序云:'欲知唐诗者,观此足矣。'岂欺我哉?顾近世罕有其书,庚辰秋,吾师商邱宋公购得残本八卷,授余校梓,断玦残璋固已,人争宝重。越三年,癸未秋,公复得乾道乙丑倪氏本二十卷于常熟藏书家……亟补刊无恙,余承命即加雠校。阙者补,伪者正,其字句与他本小异而意可两通,或文义间有可疑而他本弗录无从考订者,悉仍其旧,不敢妄易一字。凡三月工毕,于是卷帙完整如初,而荆公精神所注,炯炯纸上,无复不全之憾矣……"③从丘迥求跋知,宋荦所得全本为宋乾道倪仲傅刊本,不知何故,何义门认为是明抄本。此书明时可能有抄本,但未见其传。

从宋荦序中知,宋荦初得《唐百家诗选》为残帙,仅八卷,于康熙庚辰秋示其门生丘迥求,请丘迥求依旧式重梓,此八卷本应与黄丕烈所藏分人本十一卷本是同一版本,黄丕烈《荛圃藏书题识续录》卷四载:"余向于顾抱冲斋见有残宋本《王荆公唐百家诗选》,未之暇阅也,顷从五柳书屋得一残宋本,只十一卷,方冀抱冲斋本或可抄补,遂假归缮阅,两本绝不相似,盖抱冲本为分类,而此编仍旧体,虽同是宋本,实为此善于彼。爰取新刻本相较,觉宋本有可信处,即曰:'未全,亦足重也。'……嘉庆十三年岁,在戊辰之夏六月二十四日午后,过五柳书居,又从主人得淮山阳丘迥求所刻大中丞宋公手授宋椠本《王荆公唐百家诗选》第五卷(至)第八卷,又第十三卷至第十六卷,遂取对是宋椠残本,知向所梓即用此椠也,校余本少第一卷至第四卷,第九卷至第十二卷,多第十三卷至第十六卷,仍同缺第十二卷、第十七卷至第二十卷。古人珍重宋椠,残亦宝之,有同心已。复翁。"④

---

① [宋]王安石:《唐百家诗选》,清康熙四十三年宋荦刻本。
② [清]陆心源:《皕宋楼藏书题跋辑录》,见国家图书馆编《国家图书馆古籍题跋丛刊》,北京图书馆出版社,2002年版,第697页。
③ [宋]王安石:《唐百家诗选》,康熙四十三年宋荦刻本。
④ [清]黄丕烈:《荛圃藏书题识续录》卷四,见国家图书馆编《国家图书馆古籍题跋丛刊》,北京图书馆出版社,2002版,第603页。

从此看出，宋荦初请丘迥求刻之残卷本，即南宋抚州刻本之第五至八卷和第十三至十六卷，后宋荦又得一全本，中有乾道乙丑盘谷倪仲傅后序，可见此全本为宋乾道倪仲傅刊本，这在丘迥求跋中也可证。据迥求跋知，宋荦丘迥求据倪本又刻《唐百家诗选》于康熙癸未，为全本，而且迥求刻时稍加校雠。黄丕烈用其家藏宋十一卷本及顾之逵藏宋残本分类本对宋荦丘迥求刻本进行校对，《士礼居藏书题跋补录》载："《唐百家诗选》二十卷，据宋本校宋荦刻本。"①以下为黄氏跋文，与前所引《荛圃藏书题识续录》卷四黄丕烈书于嘉庆元年和嘉庆十三年跋相同，跋文标题题为"《唐百家诗选》，校宋本。"②另有何义门校本，前已著录。国家图书馆现藏一宋荦重刻本，刊于康熙戊子秋（1708），纬萧草堂藏版，此书中过录有何焯跋及评校之语，另有一无名氏跋语谓此书经黄丕烈藏残宋本校过。耿文光《万卷精华楼藏书记·集部》卷一百三十五载有双清阁本，曰："《唐百家诗选》二十卷，宋王安石编。双清阁本。康熙癸未宋荦校刊，有序，前有倪仲傅序，王安石序……"③国家图书馆藏有双清阁康熙间刊本和道光间刊本。商务印书馆1928年刊上海涵芬楼仿古活字印本，据宋荦本刊刻，并校正了宋荦刻本的某些讹误。此书另有四库全书本和上海大东书局的《王安石全集》本，俱是以宋荦刊本为底本刊刻。近来又有辽宁教育出版社2000版黄永年、陈枫校点的《王荆公唐百家诗选》，此书以宋荦刻本为底本，又据另一善本校勘，作者谓此善本是何焯门生蒋杲过录其师评语之丘刻本，有一无名氏据宋残本校过，疑为上述纬萧草堂藏版之书。

二

《唐百家诗选》的分类本，现存只有宋刻残本。此分类本即《百宋一廛赋》注"又有分类宋椠残本，在小读书堆。"此本为陆心源皕宋楼旧藏，《皕宋楼藏书志》卷一百二十卷有记载。《仪顾堂续跋》卷十四所载更为详细。此

---

① [清]黄丕烈：《士礼居藏书题跋补录》，见国家图书馆编《国家图书馆古籍题跋丛刊》，北京图书馆出版社，2002年版，第119页。

② [清]黄丕烈：《士礼居藏书题跋补录》，见国家图书馆编《国家图书馆古籍题跋丛刊》，北京图书馆出版社，2002年版，第603页。

③ [清]耿文光：《万卷精华楼藏书记》卷一百三十五，北京图书馆出版社，1997年版，第4424页。

书在傅增湘《藏园群书经眼录·集部七》卷十八也有载："《唐百家诗选》二十卷,宋王安石辑,存卷一至五,十一至十五,凡十卷。宋刊本,版匡高七寸六分,宽四寸,半页九行,每行二十字,白口,左右双阑。版心上鱼尾下记唐诗选几,下鱼尾下记页数,下记刊工姓名。前有元符戊寅章安杨蟠序。按:此为分类本,与商丘宋氏所翻宋本不同。余亦藏有残本八卷,为卷九至十六。字抚欧体,朴厚方整,南宋讳不避,当是北宋末年锓梓。第其中有补修之页及挖补一二行及一二字者,则已入南渡矣。如卷十五储光羲诒余处士诗:'市亭忽云构','构'字注'御名'。其结体纤率,气息薄靡,与原镌迥异(日本嘉静堂文库藏书,己巳十一月三日阅)。"[1]因陆氏藏书后卖于日本静嘉堂,故此本现存于日本静嘉堂。同时傅增湘也藏有此版本,为九至十六卷,《藏园群书经眼录·集部七·卷十八》载:

  《唐百家诗选》二十卷,宋王安石辑,存卷九至十六,计八卷,宋刊本,版狭而长,半页九行,行十八至二十字不等,白口,左右双阑。版心下方记刊工姓名,有王仲、王华、王景、陈祐、陈彦、徐岳、谢兴诸人。卷中宋讳镜、竟、敬、慭、贞、树、署、佶、均为字不成。补刊之版不及原板字体方整严重也。卷十五末页储光羲诒余处士诗:"市亭忽云构","构"字注"御名"。

  卷九至十二共收六十四人:薛能六　王建八　李涉四　赵嘏一　杨巨源十六　贾岛十　司空曙六　许浑诗十三　李群玉三　韩偓五　皇甫冉十八　张继二　卢纶五　高适十八　李郢二　戴叔伦六　李颀六　包佶二　张彪三　羊士谔三　岑参四　令狐楚二　郎士元五　陈羽一　吴融七　卢仝二　刘沧四　雍陶三　刘言史六　张祜六　常建一　孟浩然三　皮日休三　李涉四　戎昱二　刘将任一　李频一　王昌龄一　项斯二　刘商二　李远三　卢象一　于邺一　沈千运一　窦巩二　明皇一　熊孺登一　郑畋一　曹邺一　李嘉祐二　薛逢一　章碣一　曹唐一　崔颢二　崔国辅二　杜荀鹤一　崔鲁四　李约一　于武陵四　窦庠一　刘驾一　崔涂一　王驾一　马戴一

---

[1] [清]傅增湘:《藏园群书经眼录》卷十八,中华书局,1983年版,第1511页。

谨按：静嘉堂本已影印行世，杨序不录，仅录各卷类目于后。卷一日、月、雨、雪、云；卷二四时、晨昏、节序、泉石；卷三花木、茶果、虫鱼；卷四京阙、省禁、屋室、田园；卷五栖隐、归休；卷九投献、庆贺、酬答；卷十僧道；卷十一音乐、书画、亲族、坟庙、城驿、杂咏；卷十二古宫榭、古京室、古方国、昔人遗赏、昔人居处；卷十三送上；卷十四送下；卷十五别意、有怀；卷十六边塞、军旅、射猎。

傅增湘所记分类本目录为正确顺序，傅氏此本与国家图书馆藏宋刻递修本相同，国家图书馆藏静嘉堂于日本昭和十一年（1936）影印宋刻分类本与宋刻递修本对校，静嘉堂影印本十一至十五卷，书贾欲充完本，首行末行卷字下及版心数目字皆挖改，所以十一至十五卷卷目次序颠倒错乱。据傅氏把静嘉堂本与己所藏本相校，《藏园群书经眼录·集部七·卷十八》载："又，静嘉堂本顷已影印行世。承惠一帙，取与余藏本相较，卷十一至十五二本俱存，而各页仍有互异者，盖补板先后不同耳。然则此书之补镌亦屡矣。"[1]宋刻分类残本现存只一至五卷，九至十六卷，别无其他翻刻本。关于此书刊刻时间，考国图藏静嘉堂影印本与宋刻递修本刊工姓名同为王仲、王华、王景、陈佑、陈彦、徐岳、谢玄诸人，多为南宋初期浙江地区名士，分别在绍兴年间刻过《后汉书》《史记集解》《艺文类聚》等，推知此本应为南宋初期刻本。虽傅增湘在《藏园群书经眼录》中谓此书当为北宋末镌梓，但在订补《郘亭知见传本书目》时，改为南宋初期刊本，《藏园订补郘亭知见传本书目·集部·卷十六》载："《唐百家诗选》二十卷，宋王安石编，分类选录本，南宋初刊本，九行，行十八至二十字不等，白口，左右双阑，版心下记刊工人名。前有元符戊寅杨蟠序，合有残本八卷，为卷九至十六，记八卷。日本静嘉堂文库亦有残本，为陆心源皕宋楼旧藏，有卷一至五，十一至十五，近已影印行世。二本合计，去其复者，可得十三卷，所有示过半矣。"[2]此书后世未见刊刻。

王安石《唐百家诗选》另有两种批注本，一为宋人时少章的《评唐百家诗选》，元人吴师道《吴礼部诗话》收录其评诗文字。《吴礼部诗话》云："时

---

① [清]傅增湘：《藏园群书经眼录》卷十八，中华书局，1983年版，第1512页。
② [清]莫友芝撰，傅增湘补，傅熹年整理：《藏园订补郘亭知见传本书目》卷十六，中华书局，1993年版，第24页。

天彝（少章）诗见下卷，其书《唐百家诗选》后诸评，深知唐人诗法者也，悉录于后。"①二是元人仇远的《批评唐百家诗选》，《新元史·仇远传》载："仇远字近仁……著有《山村集》《批评唐百家诗选》。"②又，《浙江通志》卷二百五十二《经籍志·总集》："《唐百家诗选》……仇远批注。"③《千顷堂书目·总集类》卷三十二："仇远《批评唐百家诗选》……"④惜此二书皆佚。

（本文发表于《东方丛刊》2009年第4期）

张倩，1977年生，2011年毕业于陕西师范大学文学院，文学博士，师从刘锋焘教授，现为西安建筑科技大学中文系教师。

---

① [元]吴师道：《吴礼部诗话》，见丁福保《历代诗话续编》，中华书局，1983年版，第611页。
② 何绍忞：《新元史》，中国书店，1988年版，第917页。
③《浙江通志》，影印文渊阁《四库全书》本。
④ [清]黄虞稷：《千顷堂书目》，影印文渊阁《四库全书》本。

从李煜到苏轼

——"士大夫词"的承继与自觉

刘锋焘

内容摘要：李煜后期的词作"感慨遂深"，与前期词作的绮靡香艳绝不类同，在词史上第一次"变伶工之词而为士大夫之词"。但这一开创性的贡献直到苏轼的出现才真正得到了自觉的继承。从李煜突变性的开创，到宋初诸人有意无意地渐变，再到苏轼明确地自觉，"士大夫之词"在各种内因外因的作用下完成了它演进确立的过程。而李煜和苏轼，则是千年词史上两个重要的关节点。

关键词：李煜；士大夫词；苏轼；继承；自觉

"词为艳科"在晚唐五代已成为词坛的风尚，以晚唐温庭筠为代表的花间词人，喜用华丽的辞藻来描绘女子的容貌服饰及居室之设，题材狭窄，风格香软浓艳。稍后，到了南唐词人手里，词作的格调有所变化，但直到后主李煜前期的创作，依然充斥着大量缠绵绮靡、温软香艳的作品。南唐亡后，李后主的词中有了此前词作中所没有过的厚重的情感内容与深沉的感慨。词体至此"眼界始大，感慨遂深，遂变伶工之词而为士大夫之词"[1]，昭示了一个全新的境界。

---

[1] 王国维：《人间词话》，见唐圭璋编《词话丛编》第5册，中华书局，1986年版，第4242页。

一

所谓"伶工之词",是指歌妓舞女、伶人乐工在青楼、在教坊、在酒席筵宴、在宫廷深院演唱的歌词。其作者并不一定是伶人乐工,而主要是文人,是文人为了伶工歌妓演唱的需要而作的应歌之词。这样的作品,其创作目的是应歌;其功能是用以演唱,佐酒助欢,析酲解愠,娱宾遣兴;其内容多为男女情爱,尤以艳情为主;其主导风格则是香软柔婉。就作者而言,并不是抒写自己的情感与怀抱,而是代演唱者谱写歌词,虽有少量的作品自觉或不自觉地托男女伤春怨别以寄寓词人自己的某种情意,但总的来说是一种代言体,缺乏真情实感。而"士大夫之词"则与此不同,它不再是一种"代言体",而是"自言体"或称"言志体",其特点是:1. 不是代伶工写作的歌词,而是直接抒写词人自己情怀的言志抒怀之作;2. 眼界大,题材范围广,不仅写男女之情,还写人生感怀、志向抱负,写家国感慨;3. 感慨深,有真性情、真感情;4. 与之相适应,风格不再是一味的柔婉香软,而趋于多样,时常还会加进一些阳刚的成分。

李煜一生的创作,正好实现了这二者之间的转变。李煜前期的词作,主要展现了一位纵情声色的帝王的生活画面。他在位期间,"保境安民,颇有小康之象。因得寄情声乐,荡佚不羁"[1],如《玉楼春》(晚妆初了明肌雪)、《一斛珠》(晓妆初过)、《浣溪沙》(红日已高三丈透)等,多表现对宫中歌舞游宴与声色的迷恋和欣赏,比之花间词人,虽具"自然而工"的特色,却依然是绮靡香艳,内容空泛而格调不高,是典型的"伶工之词"。

国破家亡后,后主被封了一个屈辱的"违命侯",囚居在"一桁珠帘闲不卷,终日谁来"的小院中,过着"日夕只以眼泪洗面"[2]的痛苦生活。此期词的创作,一洗绮罗香泽之气,追忆与悔恨的哀痛,取代了游乐赏玩的情调。词作如《乌夜啼》(林花谢了春红)、《浪淘沙》(帘外雨潺潺)、《虞美人》(春花秋月何时了)等,无一不是心碎肠裂之作。如《乌夜啼》(无言独上高

---

[1] 龙榆生:《南唐二主词叙论》,见《龙榆生词学论文集》,上海古籍出版社,1997年版,第205页。
[2] [宋]王铚:《默记》卷下,中华书局,1981年版,第44页。

楼）一首，黄昇曾评曰："此词最凄婉，所谓亡国之音哀以思。"①俞陛云亦有这样的体会："后阕仅十八字，而肠回心倒，一片凄异之音，伤心人固别有怀抱。"②这类抒发悲慨的词作，与前期的艳情之作殊不类同。王国维《人间词话》云："尼采谓：'一切文学，余爱以血书者。'后主之词，真所谓以血书者也。宋道君皇帝《燕山亭》亦略似之。然道君不过自道身世之戚，后主则俨有释迦、基督担荷人类罪恶之意，其大小固不同也。"③的确如此，李煜亡国后的作品，突破了香艳软媚的格套，在以往用以析酲解愠、娱宾遣兴的小词中注入了个人的深沉感慨，融入了深刻的哲理性的人生体验，感情从绮靡浅浮转为深沉抑郁。从词体的功能方面说，他是把诗的言志功能带入词中，把教坊乐工用以配乐演唱、娱宾娱己的歌词初步转为抒发个人情怀与家国感慨的具有一定内涵的文人创作，借用胡适的话说，就是将"歌者的词"转为"诗人的词"。用王国维的话讲，就是将"伶工之词"变为"士大夫之词"。与晚唐五代的其他词人（尤其是花间词人）相比，这几乎可以说是一个突变，词作眼界大了、感慨深了（后者尤为关键）。这一转变，是词体内涵的转变，是词体功能的转变，也是一种境界与品味的转变，因而具有重大的词史性意义。

　　李煜后期词之所以能"感慨遂深"，关键是因为其身世遭际的巨大变化。后主即位之初，南唐已对宋纳贡输绢以偷生，他本人亦生活在相互倾轧、苟延残喘的环境中，但作为偏安一隅的小皇帝，他的生活仍十分骄奢淫逸，《五国故事》载其"尝于宫中以销金红罗幂其壁，以白银钉瑇瑁而押之。又以绿钿刷隔眼，糊以红罗，种梅花于其外"，"每七夕延巧，必命红白罗百匹以为月宫天河之状，一夕而罢，乃散之"④。其宫中夜晚亦不点烛，而"悬大宝珠，光照一室，如日中也"⑤。又曾"微行娼家……乘醉大书右壁曰：'浅斟低唱偎红倚翠大师，鸳鸯寺主，传持风流教法'"⑥。舒

---

① [宋]黄昇：《花庵词选》卷一，辽宁教育出版社，1997年版，第23页。
② 俞陛云：《唐五代两宋词选释》，上海古籍出版社，1985年版，第133页。
③ 王国维：《人间词话》，唐圭璋编《词话丛编》第5册，中华书局，1986年版，第4243页。
④ 《五国故事》卷上，见《中国野史集成》第4册，巴蜀书社，1993年影印版，第408页。
⑤ [宋]王铚：《默记》卷中，中华书局1981年版，第28页。
⑥ [宋]陶穀：《清异录》卷上，见《宋元笔记小说大观》第1册，上海古籍出版社，2001年版，第28—29页。

适、风流、狎昵之态于此尽见。亡国之后，他由皇帝变为囚徒，无异于由天堂掉进了地狱，"日夕只以眼泪洗面"，"每怀江国，且念嫔妾散落，郁郁不自聊"①。身份与环境的急剧改变，同样造成了一种巨大而又悬殊的感情势差，使得他一方面对过去怀有深深的眷恋和悔恨，另一方面，对现实则充满了一种难以隐忍的激愤。这一切，倾注于词中，首先导致了思想内容的巨大变化，同时又造成了开合巨大的沉雄笔势。因此，后期词作中，便蕴藏着一种深沉厚重的人生忧患，有着一种气势汹涌的感情力量，体现出一种郁勃沉重而又奔放飞动的词风。②人生的真实体验，化为血泪。这种血泪，渗入词中，不仅使后主的词作与花间词风大相异趣，也给词体注入了新的生命，使其有了无限的活力。

其次，后主之所以能实现词体的这一实质性的转折变化，也与他对词体的得心应手及其出身环境密不可分。李煜天资聪颖，"少而聪慧，善属文，工书画"③，"善音律"④，对词体尤为喜爱且擅长；由于他的出身身份、家庭环境以及自幼所受的良好教育及其精到的艺术造诣，使得他的创作本来就有避艳俗而趋高雅的潜在趋势；而他作词又喜以白描手法真率地抒写自身的真切感受，不假斧凿，自然而工。所以，当他的遭际、心境发生了天翻地覆的巨大变化后，他的词作也随之很自然地表现出"亡国之音哀以思"的特点。内容变了，风格变了，词体也一改其娱宾自娱的职能以及声色丝竹的内涵，而表现出"感慨遂深"的新特征。其词作如"剪不断，理还乱，是离愁，别是一番滋味在心头"（《乌夜啼》），"离恨恰如春草，更行更远还生"（《清平乐》），又如"问君能有几多愁，恰似一江春水向东流"（《虞美人》），"自是人生长恨水长东"（《乌夜啼》），等等，感情真挚，凝重凄怆。词人将这种极具个性而又能引起人类普遍共鸣的感慨和情感注入词中，遂使作品感喟深沉，也有了强烈的艺术感染力。

其三，父辈的影响，也是李煜词风转变的一个因素。中主"大有众芳芜

---

① 蔡絛《西清诗话》，见吴文治编《宋诗话全编》第3册，江苏古籍出版社，1998年版，第2513页。
② 参杨海明《唐宋词史》，天津古籍出版社，1998年版，第159-167页。
③ [宋]马令：《南唐书》卷五，见文渊阁四库全书本，上海古籍出版社，1987年版。
④ 《五国故事》卷上，见《中国野史集成》第4册，巴蜀书社，1993年影印版，第408页。

秽、美人迟暮之感"①的作品,冯延巳"堂庑特大,开北宋一代风气"②的词作,已经自觉或不自觉地渗入了一种忧患意识,他们在年光之叹中表现出的对人生、对生命的慨叹,已不再是歌妓乐工们的情感体验,而是一种士人的情感内涵。这样的作品,对李煜自然不可能没有丝毫的影响。

以上诸因素,加于李煜一身,表现在创作中,便使词体发生了"变伶工之词而为士大夫之词"的实质性改变。

二

然而,在词史上意义十分重大的李煜后期之"士大夫"词,却并没有顺延着继承下去。北宋初期,社会处于休养生息的阶段,词坛也沉寂了半个世纪。六十年间的词人词作,只有十七位作者、四十五首作品③。至仁宗朝,社会复苏,都市繁荣,"新声"盛行,作为倚声而填的小词,随之亦复兴盛。但是,李煜后期词作中那种深蕴士大夫之情怀的创作却没有随之兴起。

宋初的词,以"二晏一欧"及柳永为代表,直承晚唐五代词风,内容不离"艳科"范围。与《花间》诸作相比,二晏及欧阳修的词作,只是词风上避艳俗而趋文雅了(欧阳修的一些词作也还十分俗艳),在题材内容方面并无多少突破。至于开启了宋词新天地的柳永词,则尤以"俗""艳"著称,所作多迎合当时日渐庞大的市民阶层的心理和审美好尚,或写男欢女爱,或写社会承平气象,与"士大夫之词"实在有着太大的差别。当然,宋初词坛与花间诸作并不完全类同,士人意识已经渗入词中,如晏、欧的作品,写"闲情",写年光之叹,已经是士人的忧患意识。而柳永的许多作品,尤其是那些抒写羁旅行役之情形及感受的作品,充满了词人自己的真切感受,也常常体现出或浓或淡的忧患意识。这种感受和意识,也是士人的意识,是一种既个性化又带有普遍性的情感体验。而这样的作品,自然可以称为"士大夫之词"了。此外,尚有范仲淹、王安石等人的一些词作,数量虽然不多,但表现的已经是士人的情感与

---

① 王国维:《人间词话》,见唐圭璋编《词话丛编》第5册,中华书局,1986年版,第4242页。

② 王国维:《人间词话》,见唐圭璋编《词话丛编》第5册,中华书局,1986年版,第4243页。

③ 此统计数字引自刘扬忠《唐宋词流派史》,福建人民出版社,1999年版,第134页。

心志（后文详及）。但总的说来，宋初词坛仍是以娱宾遣兴为主。李煜开创的"感慨遂深"的"士大夫之词"并没有得到自觉的继承。

宋初词坛之所以没有继承李煜的开创性贡献，与当时整个社会承平因而弥漫的享乐气氛大有关系。北宋结束了干戈扰攘的状态后，经过几十年的发展，经济已相当繁荣。据李焘《续资治通鉴长编》卷三五九记载，当时京城汴京商铺至少有一百六十多行，六千四百多家。孟元老《东京梦华录》详细记载了当时商品经济的繁荣状况。经济的发展使整个社会的享乐成为可能。加上宋初时，太祖赵匡胤为了保证皇位的稳固，采取"杯酒释兵权"的手法解除了大批开国功臣的兵权，劝他们及时行乐，公开提倡"多积金，市田宅以遗子孙，歌儿舞女以终天年"[①]的享乐生活。最高统治者的倡导，客观上促使全社会形成了一种纵情声色、歌舞享乐的社会风气和文化氛围。官员可以留恋声色欢娱的场所；士人可以去歌楼妓馆，享受浅斟低唱的乐趣；而贵族家中更是蓄养舞鬟歌妓以娱己娱宾。在那个"朝野多欢民康阜"的太平盛世，"新声巧笑于柳陌花衢，按管调弦于茶坊酒肆"[②]，流连光景、歌颂升平、描写男欢女爱的词作便大量产生。这正是"经济基础"决定"上层建筑"的规律，何况词在当时本来就是人们在筵席欢娱之时要听的小曲，有着特殊的消费群体和消费心理。消费者听这些小曲，想要得到的是一种感官上的愉悦和享受。同时，由于商品经济的高度繁荣，市民阶层也迅速庞大，这为宋词的发展提供了广阔的社会基础，更为"俗艳"之词提供了温床。在政治稳定、经济繁荣的基础上，歌颂承平气象和表现享乐与艳情的词作自然地占据了词坛。

社会承平固然是一个绝对重要的原因，而文人的生存状况，也是一个重要原因。在宋初承平安宁的时代背景中，文人们大都过着一种悠闲自在的生活，没有类似于李煜那种惨烈的人生遭际，所以自然也就没有沿着他的路子走。在歌舞升平的大环境中，人们自然也就将词当作官场之外、公事之余的消遣，视为宴饮聚会之时娱己娱宾、取乐遣兴的工具，这是很自然的事情。"太平也，且欢娱，不惜金尊频倒"（蔡挺《喜迁莺》），正是当时文人生活及其心态的一个侧面，也是当时词作的一种典型状态。

---

① 《石守信传》，见[元]脱脱等《宋史》卷二五〇，中华书局，1985年版，第8810页。
② [宋]孟元老：《东京梦华录·序》，见邓之诚注《东京梦华录注》，中华书局，1982年版，第4页。

承平的时代与安定的生存状态，在某种程度上决定了文人的词学观，而他们对词体的认识，更是从深层次上影响了词的创作。当时，士大夫都以词为"末技小道"，或称之为"小词"，或称之为"郑声"，或称之为"妇人语"等，对词体十分轻视鄙薄。欧阳修《归田录》载，钱惟演自言平生好读书，然而他"坐则读经史，卧则读小说，上厕则阅小辞（词）"①。这种观念无疑反映了词在当时士大夫心目中的地位。在他们看来，词作为和乐应歌、娱宾遣兴的产物，主要是用来反映男女情爱与伤时惜别的内容，而且总是以婉约缠绵的格调表现出来的。所谓"词为艳体""诗庄词媚"，所谓文明道、诗言志、词言情。在他们的心目中，词这种文学体裁与家国之慨、济世之志是毫不相干的。他们的创作观念里，不同体裁的功用有着明确的分工。因而，北宋文人便因了文学体裁的不同而面目不同，常常显示出"多重人格"。其中典型者如北宋诗文革新的领袖人物欧阳修，其诗文表现出"温柔敦厚"、庄重严肃的儒家学者的一面，也体现出强烈的积极淑世的精神；而词则近乎《花间》，多有恋情、相思、惜春、离别之作，流露着另一面真实的感情。这是因为欧阳修认为文章是关乎道德风化、时政现实的，他明确反对那种"弃百事而不关于心"、为作文而作文的倾向②，提倡文章必须"中于时病而不为空言"③；对于诗，他也自觉地矫正西昆体脱离现实的创作倾向，重视"触事感物"和"美刺"，并提出了著名的"诗穷而后工"的理论，认为诗人"内有忧思感愤之郁积，其兴于怨刺，以道羁臣、寡妇之所叹，而写人情之难言"④，也是兴观群怨说的观点；而对于词作，他却这样自述："因翻旧阕之辞，写以新声之调，敢陈薄技，聊佐清欢"⑤，与欧阳炯的《花间集序》并无实质性的差别，依然是一种传统的、保守的观点，并有词云："青春才子有新词，红粉佳人重劝酒"（《玉楼春》），"鬓华虽改心无改，试把金觥，旧曲重听，犹如当年醉里声"（《采桑子》）。在他的眼里，词只是"佐欢""劝酒"的"薄技"，与"风化""怨刺"无涉，所以他的词作在内容、格调等方面便表现出与诗文截然不同的风貌。而当时许多文人在作完词后，又往往"自扫其迹，曰谑浪游戏

---

① [宋]欧阳修：《归田录》卷二，见《欧阳修全集》，中华书局，2001年版，第1931页。
② [宋]欧阳修：《答吴充秀才书》，见《欧阳修全集》，中华书局，2001年版，第664页。
③ [宋]欧阳修：《与黄校书论文章书》，见《欧阳修全集》，中华书局，2001年版，第988页。
④ [宋]欧阳修：《梅圣俞诗集序》，见《欧阳修全集》，中华书局，2001年版，第612页。
⑤ [宋]欧阳修：《西湖念语》，见《欧阳修全集》，中华书局，2001年版，第2057页。

而已也"①。可见，士人们虽然喜好词曲，但却总是认为它是"末技"，登不得大雅之堂，所以要"自扫其迹"以避嫌疑。在这样的观念左右下，词的创作在北宋中期达到了兴盛期，然而词的品格、地位却十分低下，李煜后期摆脱"艳科"藩篱而抒写心灵的词作，在这样一个承平享乐的时代、在士大夫严格的文体分工的观念下，并没有被自觉而明确地继承下来。

此外，北宋初期乃至中期的词坛，之所以仍被"花间"词风所笼罩，还有一个重要的原因，就是文学传统的影响，是前代传下来的"习惯"。而且，从文体发展演变的规律看，任何一种文体，不管其起初的职能是什么，发展到最后，都有与正统文体合流的趋势，在其职能上都必然与正统文体趋于同一。但这其间有一个过程，词在北宋，这一过程尚未完成，促使其产生重大转变的条件尚不充足、契机尚未出现。这种情形，只有等到苏轼的出现才得以改变。

三

苏轼步入词坛，内容贫瘠的词坛焕发出了新的生命力。苏轼扩展了词体的堂庑，提高了词的品位。他笔下的词，不再只是"小词""余技"，而是与诗一样，可以言情也可以言志抒怀的一种文学体式，可以深层次地袒露士人的性情与旨趣。词由此开始步入了"大雅之堂"。

综观《东坡乐府》三百多首，我们看到，东坡的词作，虽不如其诗文一样无所不写，却也是题材广泛，内容十分丰富。他曾称自己的诗文，"山川之秀美，风俗之朴陋，贤人君子之遗迹，与凡耳目之所接者，杂然有触于中，而发于咏叹"②。其词作亦庶几似之。词人不为传统所囿，于柔情风月之外，将送别、闲适、壮志、旅怀、风景、田园、怀古、咏物、贺寿、悼亡、嘲谑等一概入词，把词从歌楼酒馆的旖旎风情中解放出来，成为文人言志抒怀的工具，不仅将词的题材范围扩大了，而且能从词作中见出作者的性情胸襟。如《卜算子》（缺月挂疏桐）在孤寂中寄寓其清高孤傲的情操，《临江仙》（夜饮东坡醒复醉）表达摆脱束缚、追求生命自由的愿望，《念奴娇·赤壁怀古》抒写壮

---

① [宋]胡寅：《向芗林酒边集后序》，见吴文治《宋诗话全编》，江苏古籍出版社，1998年版，第3396页。

② [宋]苏轼：《南行前集叙》，见孔凡礼点校《苏轼文集》，中华书局，1986年版，第323页。

志难酬的感慨,《水调歌头》(明月几时有)表现"人有悲欢离合,月有阴晴圆缺"的人生感悟。他如《定风波》(莫听穿林打叶声),词人以不避风雨、听任自然的经历描写,展示了自己达观的思想和超旷的精神世界。郑文焯叹曰:"此足征是翁坦荡之怀,任天而动,琢句亦瘦逸,能道眼前景,以曲笔直写胸臆,倚声能事尽之矣。"① 刘熙载《艺概》指出:"东坡词颇似老杜诗,以其无意不可入,无事不可言也。"② 王灼《碧鸡漫志》卷二谓:"东坡先生非心醉于音律者,偶尔作歌,指出向上一路,新天下耳目,弄笔者始知自振。"③ 都是从不同的角度指出了苏轼对词体的贡献。这一贡献,实质上是完成了"伶工之词"到"士大夫之词"的转变。

将词充分士大夫化的苏轼词的出现不是偶然的。首先,从北宋初期起,词的创作已经开始有了一些或隐或显的变化,已有词人开始渐渐地用词来抒写自己对生活的真切感受,如范仲淹的《渔家傲》(塞下秋来风景异),将边塞的军旅生活引入词中,词风苍凉,尽脱晚唐五代的柔靡绮艳,在反映社会内容的广度、境界的开拓和感情的深度上来说,都具有十分重大的词史性意义。王安石的《桂枝香》(登临送目)打破了五代以来的绮靡旧习,格调高昂,意境开阔,感慨深沉。晏殊的《山亭柳》(家住西秦)寄寓了自我人格形象和身世之感,而苏舜钦的《水调歌头》(潇洒太湖岸)则表达了迁谪失意的感叹。还有,晏殊、欧阳修的一些词作抒写年光之叹、表现对生命的感悟。这些,可以说都为苏轼在词中抒发士大夫情怀提供了一定的艺术借鉴,从文学史的角度看就是一种铺垫和准备。其次,稍后一些时候,频繁而激烈的新旧党争,导致了许多文人仕途的动荡蹭蹬。仕途的挫折又导致了他们生活与心态的巨大落差,进而又导致了其创作内容及情调的变化。其三,北宋文坛,"破体为文"渐成时尚,许多文人尝试以文为诗,以古入律,以赋为文,以文为赋,以文为四六。而在苏轼的时代,词逐渐脱离了音乐而成为"不歌而诵",这就为苏轼革新词体、"以诗为词"创造了条件。"不歌而诵"一方面推动着词的内容、形式及创作方法等的变化,另一方面,由于词逐渐脱离了与女声歌唱的联系,

---

① [清]郑文焯:《大鹤山人词话》,见唐圭璋《词话丛编》第5册,中华书局,1986年版,第4323页。
② [清]刘熙载:《艺概》卷四,上海古籍出版社,1978年版,第108页。
③ [清]王灼:《碧鸡漫志》卷二,见唐圭璋《词话丛编》第1册,中华书局,1986年版,第85页。

就使得词人在创作时能尽可能地表现他们自己、表现文人士大夫这一阶层的思想感情及其审美情趣，也就必然地促进了词作内容与情调的改变。

而就苏轼本人而言，他之所以能以词抒情写志，变"诗余""小词"为"士大夫之词"，也是和他本身的遭际分不开的。苏轼自幼便"奋厉有当世志"[①]，但一生仕途淹蹇，屡历坎坷，艰苦备尝，逆境远远多于顺境。熙宁年间，他就因难容于新党而被迫出京外任。后来又因著名的"乌台诗案"而入狱，而被贬。尤其是在哲宗朝，连连遭贬，颠簸于岭南蛮荒之地。直到徽宗即位才蒙赦内迁，却于北归途中去世。他自己曾说"问汝平生功业，黄州、惠州、儋州"[②]，贬逐生涯伴随着他走完了生命的最后历程。而正是这种坎坷艰苦，改变了他的生活状态，磨炼了他的性格，造就了他的胸襟气度，形成了他旷达乐观的人生态度，也因此引起了他词作风格的变化。如密州、徐州时期，因为经历与视野的变化，便开始创作了豪雄壮观如《江城子·密州出猎》这样的词作；也因为思想矛盾以及作者的自我开解，便有了《水调歌头》（明月几时有）这样的词作。黄州时期，是苏轼一生中处境最悲惨的时期，词作却达到了最辉煌的阶段。这一时期的词作，完全是作者生活处境及内心情态的自然流露与真实体现。从内容上看，很能体现出词人内心的思想矛盾及其变化，体现出词人渐趋旷达、乐观处世的人生态度；从语言特色及风格方面看，密州时期渐露端倪的豪放与超旷词风更趋成熟与定型。人生遭际的变化为苏轼对词体的改革提供了最佳的切入点，最终使他的创作"指出向上一路，新天下耳目"，从而把李煜晚年开创的"感慨遂深"的"士大夫词"在间隔几代词人后终于明确而自觉地继承了下来。

当然，苏轼对词体的这种改革是通过他诗文革新的观念以及这种观念的成功实践来完成的。作为当时的文坛盟主、一位天才的诗人，苏轼不满于当时的文坛现状，在积极致力于诗文革新的同时，同样也会致力于对词体的革新，而对词体革新的核心就是"以诗为词"。所谓"以诗为词"，即是以写诗的态度来写词，将传统认为属于诗的题材入词，且在一定程度上以写诗的手法写词，在具体的创作中，苏轼还善于化用前人（尤其是唐人）的诗句、大量用典，这

[①] [宋]苏轼：《栾城集墓志铭》，见王文诰辑注《苏轼诗集》，中华书局，1982年版，第1117页。

[②] [宋]苏轼：《自题金山画像》，见王文诰辑注《苏轼诗集》，中华书局，1982年版，第8册，第2641页。

样就把诗的内在品格及其所蕴涵的文化信息向词移植，也加大了词作内涵的容量与厚重感，进而打破了诗词的界限，开拓了词的题材领域，提高了词的境界，逐渐使词摆脱了乐曲的附庸地位，使得原本为"诗余""小技"的词作也显示出"诗人之雄"，成为文人自由地抒情写志的工具。与之相适应，词风也就必然摆脱"艳科"的藩篱，避俗而趋雅。从而最终完成了"伶工之词"到"士大夫之词"的转变。

自然，苏轼之所以大量创作这样的"士大夫之词"，就他本人而言，并不是有意识地要效法李煜。虽然在北宋之时，李煜的词文人应该是比较熟悉的，宋初人所编的《尊前集》中就收有李煜词，王安石与黄庭坚论词亦问"作小词曾看李后主词否"①，都是李词文本流传的证明；而宋太宗闻听"一江春水向东流"之歌词遂赐牵机药，则是李词演唱传播的证明。就苏轼而言，他批评后主《破阵子》词"当恸哭于九庙之外，谢其民而后行"，而不该"挥泪对宫娥，听教坊离曲"②，虽然表明了他对这首词的不满，也说明他对李词是很熟悉的。既然熟悉，就难免会有潜在的影响。更重要的是，李后主"变伶工之词而为士大夫之词"，在他所处的时代只是一个特例，是他自身的遭际、个人素养等因素促成的一个个别现象。这种创作上的变化，对他本人而言并不是自觉的、有明确意识的行为；而苏轼对词体所做的革新，则是一种自觉的行为，是当时的时代背景、文化背景、创作背景（其他人的创作积累）以及他自身遭际及个人素养等因素共同促成的一种必然行为。虽然苏轼本人并非有意要仿效、继承后主词，但我们研究文学史的，却不能不看到这是一种隔代的创作精神上的继承、一种词史上的接轨。就改变词的职能、提高词的品味与境界这一角度看，李煜和苏轼都是千年词史上两个重要的关节点。

总之，李煜后期的词作，扩大了词的题材范围，拓展了词的意境，把绮靡浮艳的感情转为深沉抑郁，把伶工传唱的花间酒边小曲变为抒发个人情怀和家国感慨的词作，简言之，即是"变伶工之词而为士大夫之词"。可是，直到苏轼出现之前，他的这种开创性的贡献却没有能够得到自觉的继承。这期间，虽也有范仲淹的边关感慨、柳永的宋玉之悲、晏欧的年光之叹、王安石的兴亡之

---

① [宋]胡仔：《苕溪渔隐丛话》卷一引《雪浪斋日记》，见《词话丛编》，中华书局，1986年版，第162页。

② [宋]苏轼撰，王松龄点校：《东坡志林》卷四，中华书局，1981年版，第85页。

感,这些都属于"士大夫之词"的内涵,但这种内涵,都难说是作者自觉的创作,更不是词坛的主流。远距离地看,在这近百年的时间里,词史上出现了一个若断若续的空隙。这种"空隙",其实也是文学史上的一种规律性现象,如陶渊明的诗、韩愈的散文等,都出现过类似的情形。而这种"空隙"的连接、这种文学史上的接轨,必须有其恰当的契机与充足的条件,包括时代背景、文化背景以及杰出作家的天分、涵养、创作成就及其在文坛的盟主地位,等等。在李煜去世八十年之后(起码到苏轼知密州后),苏轼的出现,正好具备了这些条件,因而完成了这一隔代的精神实质上的继承,而且将其化为一种自觉的行为,"指出向上一路",使词体像诗一样,成为文人抒情写志的自由工具。所以,远距离、粗线条地看,从李煜到苏轼,是词史上的一种接轨;而仔细地审视,李煜"变伶工之词而为士大夫之词",可以说是一种突变,此后范仲淹、柳永、晏殊、欧阳修、王安石等人,又是一种不自觉地、无意识的渐变,到了苏轼,终于演变成为一种明确的自觉,"士大夫之词"的观念最终得以确立,并为后人所继承。后来的辛弃疾、陈亮等人,更是以词为主要的写作体裁,以"士大夫之词"为其核心内容,奏响了一个时代的最强音。

(本文发表于《文史哲》2006年第5期)

刘锋焘,1964年生,1997年毕业于陕西师范大学文学研究所,文学博士,师从霍松林先生,现为陕西师范大学文学院教授。

论苏轼对白居易"闲适"人生观的受容

毛妍君

内容摘要：北宋文人对白居易的生活品质和生活方式十分欣赏，白居易闲适、从容的人生态度，让北宋中后期的文人都能从白居易身上找到自己的影子，找到心灵的归依。苏轼接受了白居易的"闲适"人生观，他从自己的生活经历出发对社会和人生进行深入思考，探寻内心的自适平和，并将这种思考融入自己的作品中，从而在困境中能够保持乐观旷达的胸襟和随缘自适的信念，从而以达观超越的人生态度笑看人生。

关键词：苏轼；白居易；闲适

白居易从少年时期开始写作，一直到七十五岁（会昌六年）去世，创作绵延了六十年之久，无论是他早年创作的以《新乐府》《秦中吟》为代表的讽喻诗，还是以《长恨歌》《琵琶行》为代表的感伤诗，以及大量的闲适诗作，对于后世文人都产生了广泛而深远的影响。尤其值得注意的是，白居易的闲适诗中"所表现的那种退避政治、知足保和的'闲适'思想，以及归趋佛老、效法陶渊明的生活态度，因与后世文人的心理较为吻合，所以影响更为深远"[1]。这是由于在封建社会里，士大夫阶层的遭际大都同白居易的命运相似，总是"得意"时少，而失意时多。所以表现其"独善之义"的闲适诗特别容易被理解，被仿效，尤其是北宋文人，受白居易闲适诗的影响更是巨大。作为中国封

---

[1] 袁行霈：《中国文学史》第2册，高等教育出版社，1999年，第356页。

建经济文化发展的一个高峰，北宋时期较为雄厚的物质基础为时代的享乐之风提供了前提条件。真宗朝开始明确提倡享乐豪奢的社会风气，享乐之风弥漫朝野。白居易闲适诗中流露出的恬淡安乐旨趣适得其时，广泛而深刻地影响了北宋文人。虽然北宋中期随着诗文革新运动的兴起，杜诗成为文人的新选择，但是白诗并没有被淡忘。北宋文人对白居易的生活品质和生活方式十分欣赏，白居易闲适、从容的人生态度，让北宋中后期的文人都能从白居易身上找到自己的影子，找到心灵的归依。生活悠闲、俸禄丰厚的文人过着闲适享乐的生活，与白居易诗中所描绘的闲适人生颇有相似之处，故而心有戚戚焉；当他们仕途受挫时，又总是不约而同地把目光转向白居易，效法白居易闲适的人生态度。对白居易的倾慕是宋代士大夫的普遍风尚，如范仲淹、司马光、欧阳修、梅尧臣、韩琦、蔡襄等名人都写过效法白居易流连光景、赋性旷达的诗篇，其中受白居易影响最大、最著名的诗人就是苏轼，如南宋罗大经所言："本朝士大夫多慕乐天，东坡尤甚。"[①]

在中国文学史上，苏轼是一个罕见的奇才，同时，他又是遭遇磨难最多、生活起伏最大的作家之一。苏轼置身于波诡云谲的宦途之中，面临朋党的残酷角逐。他一生跌宕起伏，经历了数次大的政治变故。自嘉祐初二十六岁入仕到六十五岁终老，凡四十年，苏轼的官职变动达二十余次，其中任京官时间加起来不足七年，实任地方官二十二年，尤其是自五十八岁始谪居岭南惠州以至海南儋州7年，其晚景之颠沛不遇。但就是在一生数起数落、坎坷异常的境遇之下，他却能在现实悲剧状态中始终拥有一种精神的自慰和超越，他从自己的生活经历出发对社会和人生进行深入思考，探寻内心的自适平和，并将这种思考融入自己的作品中，以达观超越的人生态度笑看人生、面对世界。这种在困境中能够保持乐观旷达的胸襟和随缘自适的信念，与白居易颇有相似之处，因此他更能在白诗中找到自我所需的精神食粮。笔者从以下几点着重谈谈苏轼对白居易闲适人生观的受容。

一、"似出复似处"的仕隐观

宋朝拥有一支庞大的在职而赋闲的官僚阶层，这为士人淡泊名利创造了

[①] [宋]罗大经：《鹤林玉露》丙编卷三"乐天对酒诗"条，见《宋元笔记小说大观》，上海古籍出版社，2001年版，第5346页。

客观条件。相当多的士大夫对功名利禄都不甚热衷,与官场也保持了适度的疏离;而为官时做好隐居的思想准备,也成为士大夫们的共识。加之宋最高统治者为防"大臣之持权……行不测之威福",而使"进之退之,席不暇暖,而复摇荡其且前且却之心,志未申,行未果,谋未定,而位已离矣",致使他们"浮沉于一日之荣宠",即便"欲有为者,亦操不能久待之心"①。种种原因都促使士人虽采取了身在仕途而心在草野,远离流俗又不遁迹山林的策略,对于政治的穷通与经济的约丰,采取不偏不倚的中庸态度,在大隐与小隐、冷落与喧嚣之间,选择了一条"不如作中隐,隐在留司官",将做官当作隐居的道路。

白居易是"中隐"观念的发明者,他的《中隐》诗中,把"不劳心与力,又免饥与寒。终岁无公事,随月有俸钱"的中隐生活描绘得十分安闲惬意。"白居易的人生实践也启示了后来的士人,在权利高度集中、专制进一步强化的庶族地主政治文化环境下,人生的基本'程序'和内容以及所能够达到的'最佳状态',因而具有示范性的意义。"②白居易这种亦官亦隐的生活方式,非常契合宋代士大夫所面临的时势,宋人对白居易这种高超的"处世艺术"每加叹赏,甚至称他为"一代之伟人"。③白居易进退裕如的生活态度和悠游闲适的生活也广为北宋士大夫所效仿。

苏轼就是学习白居易的一个典型的例子。苏轼一生处于新旧党争的矛盾夹缝之中,屡遭贬谪,但多年的流放并没有摧垮他,反而加深了他对人生命运的思考和对传统思想文化的吸收融合,在白居易"中隐"思想的基础上,形成了一套不以谪为患、不计个人利害得失的处世态度,构建了可仕可隐的为官方针。不过苏轼性格上"稍露锋锷,不及太傅(白居易)混然无迹"④,故一生挫折较白居易多。绍圣四年(1097),苏轼在惠州写了《纵笔》诗云:"白头萧散满霜风,小阁藤床寄病容。报道先生春睡美,道人轻

---

① [明]王夫之:《宋论》,中华书局,1964年版。
② 张再林:《"渊明吾所师"与"出处依稀似乐天"——论苏轼对陶渊明和白居易的接受》,《贵州文史丛刊》,2004年第4期。
③ [宋]王得臣《麈史》卷中《贤德》云:"牛李之党,唐之名卿、才士大夫孰非其徒。独退之卓然无所附丽,乐天以高退不近祸。二公各行其所学,可谓一代之伟人",见《宋元笔记小说大观》,上海古籍出版社,2001年版,第1333页。
④ [明]何良俊:《四友斋丛说》卷三十,中华书局,1959年版,第276页。

打五更钟。"①据说当时宰相章惇看见了此诗,认为苏轼在惠州太舒适,又把他贬到更远的儋州。其实这主要源于苏轼善于治苦遣怀,所以始终能以超然的态度看待官场升沉穷达。

与白居易相比,苏轼克服了白居易未能完全忘情于仕宦的庸俗的一面,从而做到了身在官场,却不以利禄萦心,更为超然洒脱。苏轼认为"用舍由时,行藏在我",用时无需大喜,贬时也无需大悲。他在诗中说"未成小隐成中隐,可得长闲胜暂闲"(《六月二十七日望湖楼醉书五绝》)、"不做太白梦日边,还同乐天赋池上"(《池上二首》其二)、"平生学道真实意,岂与穷达俱存亡"(《吾谪海南子由雷州被命……作此诗示之》),处处表现出恬淡悠闲的心境。张惠民也说:"苏轼极为超然,他能超脱贫富得失祸福荣辱等一切世俗功利观念对人心灵的束缚,用他的话说:'了无丝发挂心,置之不复足道也。'又说'还从世俗去,永与世俗忘''绝弃世故,身心俱安'。意在抛开世俗之纷扰,获得一种心灵的宁静高远,以此为最大的快乐与理想之境界。他对所谓生死离别之'人之常情'也多能超然待之。"②可以说,苏轼将白居易付诸实践的"中隐"文化心态上升到一个新的境界,从而达到中国封建士人"贬谪心态的最高层次"。③白居易通达洒脱的人生态度影响了苏轼人生态度的方向,苏轼从内在精神、襟怀风致上学习白居易,借白居易的"闲适"人生观为自己寻求解决穷愁困境的一剂良方,那么,他的学白在本质上也必然融汇了自己特有的人生体验、情感追求和生活哲思,必然继承了有宋一代发展而来的独特精神。

二、乐观知足的心态

众所周知,苏轼一生曾一再表示对白居易的倾慕之情,周必大说:"本朝苏文忠公(轼),不轻许可,独敬爱乐天。"④苏轼也常大谈自己与白居易

---

① [清]冯应榴辑注,黄任轲、朱怀春校点:《苏轼诗集合注》卷三十九,上海古籍出版社,2001年版,第2081页。

② 张惠民:《简论苏轼的文化人格》,《汕头大学学报》(人文社会科学版),2003年第5期。

③ 王水照:《元祐党人贬谪心态的缩影》,见《王水照自选集》,上海教育出版社,2000年版,第638页。

④ [宋]周必大:《二老堂诗话》,见何文焕《历代诗话》,中华书局,1981年版,第656页。

的相似，这类话语"屡形诗篇"。①在黄州时，苏轼就称自己"微生偶脱风波地，晚岁犹存铁石心。定是香山老居士，世缘终浅道根深"，自注云："乐天自江州司马除忠州刺史，旋以主客郎中知制诰，遂拜中书舍人。轼虽不敢自比，然谪居黄州，起知文登，召为仪曹，遂忝侍从，出处老少大略相似，庶几复享此翁晚节闲适之乐焉。"②苏轼认为自己和白居易的遭遇有相似之处，他欣赏白居易诗中的人生态度，他从白居易身上找到了解除人生痛苦的思考模式，从而能够遂缘自适、乐天知命。如"我似乐天君记取，华颠赏遍洛阳春"（《赠善相程杰》）、"他时要指集贤人，知是香山老居士"（《赠李道士》）等。他还经常自比白乐天：

> 出处依稀似乐天，敢将衰朽较前贤。便从洛社休官去，犹有闲居二十年。
>
> 其序曰："予去杭十六年而复来，留二年而去，平生自觉出处、老少粗似乐天。虽才名相远，而安分寡求，亦庶几焉。三月六日来别，南北山诸道人而下天竺，惠净师以丑石赠行，作三绝句。"

与苏轼甚熟的王直方早注意到苏轼对白居易的推尊，他说："东坡平日最爱乐天之为人。"③洪迈则称东坡之所以慕乐天，盖因其自觉与乐天"出处老少大略相似，庶几复享晚节闲适之乐……则公之所以景仰者，不止一再言之，非东坡之名偶尔暗合也"，④他认为"东坡"之名取意自白居易忠州刺史任上《东坡种花》《步东坡》等诗，"白乐天谪忠州，州有东坡，屡作诗以言之，故公在黄州亦作东坡，用乐天之遗义也。"⑤诚然，白居易《东坡种花》诸诗表现的是诗人恬静优雅的生活情趣和恬淡冲和的心境，苏轼也正是喜爱白居易这种处世态度，并且更为自觉地从白居易身上汲取身处忧患而泰然自适的精神力量。

苏轼的《醉白堂记》更清楚地写出他对白居易的认同：

---

① [宋]周必大：《二老堂诗话》，见何文焕《历代诗话》，中华书局，1981年版，第656页。
② [清]冯应榴辑注、黄任轲、朱怀春校点：《苏轼诗集合注》卷二十八，上海古籍出版社，2001年版，第1424页。
③ [宋]王直方：《王直方诗话》，见郭绍虞《宋诗话辑佚》，中华书局，1980年版，第45页。
④ [宋]洪迈：《容斋随笔》卷五"东坡慕乐天"条，上海古籍出版社，1996年版，第474—475页。
⑤ [宋]施元之、顾禧：《注东坡先生诗》卷二二二，清康熙三八年苏州步月楼刻本。

> 乞身于强健之时，退居十有五年，日与朋友赋诗饮酒，尽山水田园之乐，府有余帛，廪有余粟，而家有声伎之奉，此乐天之所有，而公之所无也。……方其寓形于醉也，齐得衰，忘祸福，混贵贱，等贤愚，同乎万物，而与造物者游，非独自比于乐天而已。①

苏轼以钦慕的口吻描绘了白居易令人艳羡的闲适生活：山水田园、赋诗饮酒的生活享受、恬然委顺、超脱旷达的乐易精神。由以上例子可知，苏轼对白居易的关注主要并不在于其诗语言的浅切通俗，而在于其安时处顺、乐观旷达的人生态度。白居易的"聪明"之处，松浦友久说得非常精辟："白居易生存方式的标尺之一，就是把自己能决定的事——由己者，和自己不能决定的事——不由己者，明确地分开来，对于后者则托付给命运，对于前者，则积极努力去争取。"②对于天地大道、生死大关，白居易是通晓其理并彻底领悟的，在此基础上树立了通达的人生观念，他说："苦乐心由我，穷通命任他"（《问皇甫十》）、"穷通谅在天，忧喜即由己"（《把酒》），历经坎坷，终于摆脱重压，获得精神的解脱，从而随缘任运，即安即止。白居易晚年退居洛阳后所过的那种"日与朋友赋诗饮酒，尽山水田园之乐"，再加上"府有余帛，廪有余粟"富裕的物质生活，"解决了长期以来困扰在封建文人心头的一个'两难'问题——即如何在现实生活中既保持精神上的超脱，又充分享受人生乐趣"，③为苏轼提供了一个精神上的范式，这就是苏轼"景仰白公，可谓至矣"的原因，而且苏轼确实也达到白居易的境界，甚至更胜一筹。

苏轼在《谪居三适》三首中集中表达了自己对"适"的理解，诗中说：其一适乃"旦起理发"，那栉节疏朗的梳子含着清风："一洗耳目明，习习万窍通。"其三适是"夜卧濯脚"，临睡前洗足可代药疗病。最有意味的是二适，"午窗坐睡"："蒲团盘两膝，竹几阁两肘，此间道路熟，径到无何

---

① 孔凡礼点校：《苏轼文集》卷十一，中华书局，1986年版，第344页。
② 【日】松浦友久著，李宁琪译：《论白居易诗中"适"的意义——以诗语史的独立性为基础》，《山西师范大学学报》（社会科学版），1997年第1期。
③ 张再林：《"渊明吾所师"与"出处依稀似乐天"——论苏轼对陶渊明和白居易的接受》，《贵州文史丛刊》，2004年第4期。

有。"①苏轼认为居官之时不能睡懒觉,头未梳好便已戴上沉重的冠巾,像服辕马一样风尘跋涉,纵然富贵,却似笼中之鸟,废放之时,心空意静,无去取之择、美恶之辨,尽可以晨起理发,从容梳理;午窗坐睡,清梦沉酣;月夜煮茶,任情随性。这种无拘无束、自得其乐的生活实在是在朝为官者难以领略的。诗歌惟妙惟肖的表现了官场的羁束和闲居的自由,与白居易《即事重题》"重裘暖帽宽毡履,小阁低窗深地炉。身稳心安眠未起,西京朝士得知无"的情调何其相似!

据《容斋随笔》载:黄州教授朱载上诗云"官闲无一事,蝴蝶飞上阶""东坡公见之,称赏再三,辄为知己"。②由此可见苏轼对这种"闲"中情趣的欣赏态度,虽然有些不得已的味道,他还是"扁舟草履,放浪山水间,与渔樵杂处,往往为醉"。苏轼也写了很多诗类似白居易闲适诗,有对于日常生活"闲适"的描绘,如"居官不任事,萧散羡长卿""闲里有真趣""洗足关门听雨眠……夜寒应耸作诗肩",等等。清人马位注意到"东坡诗熔化乐天语及用乐天事甚多"③,例如苏轼"引睡文书信手翻"化用白诗《晚亭逐凉》"引睡卧看书";苏诗"在郡依前六百日,山中不记几回来"(《予去杭十六处而复来留二年而去平生自觉出处》)化用白诗《留题天竺灵隐两寺》"在郡六百日,入山十二回"的形式,这样的例子还有很多。

三、家常适乐的艺术人生

白居易从不讳言自己的平凡与世俗,特别是到了晚年,白居易更是悠闲、细致地品味着养老生活,他总是十分坦率地在诗中描绘有关吃、喝、穿、住的细碎情节,表现出日常生活的沉醉,体现出乐天知命的豁达和适乐情味,正因为如此他在宋人心目中才显得并非高不可攀而是特别亲切,苏轼也是如此。张惠民说:"(苏轼)极超然脱俗,又极寻常入俗……苏轼又是一个极寻常入俗

---

① [清]冯应榴辑注,黄任轲、朱怀春校点:《苏轼诗集合注》卷四十一,上海古籍出版社,2001年,第2141页。
② [宋]洪迈:《容斋随笔》卷五"东坡慕乐天"条,上海古籍出版社,1996年版,第763—764页。
③ [清]马位:《秋窗随笔》,见王夫之等《清诗话》,上海古籍出版社,1999年版,第827页。

的人。这主要表现在他对常人生活始终怀有一份亲和感。"①苏轼在黄州写信给李常时说："某见在东坡,作陂种稻,劳苦之中,亦自有乐事。有屋五间,果菜十数畦,桑百余本,身耕妻蚕,聊以卒岁也。"②在"劳苦"生活中,他竟然以有屋、有果菜、有桑等平常得不能再平常的事物为"乐事"!因为他热爱生活,拥有一种积极向上的人生态度,在"一年三百六十日,风刀雪剑严相逼"的艰难岁月中,苏轼仍能体会到生活的甘美,处处发现美好的事物,因此他总能保持乐观的心态,笑对人生,也就拥有了"善于发现美的眼睛",那世间还有什么痛苦不能超越呢?

苏轼很会享受生活,在宦谪生涯中,他有"殷勤昨夜三更雨,又得浮生一日凉"的欣慰,有"日啖荔枝三百颗,不辞长作岭南人"的喜悦,有"忽然浪起,掀舞一叶白头翁"的洒脱,有"一点浩然气,千里快哉风"的潇洒。苏轼总是善于在日常生活中发现乐趣,给枯燥、甚至是艰苦的人生增添几分亮色:黄州这座山环水绕的荒城在他笔下是"长江绕郭知鱼美,好竹连山觉笋香。"(《初到黄州》);多石崎岖的坡路则被写成"莫嫌荦确坡头路,自爱铿然曳杖声"(《东坡》)。苏轼的文集的排列也非常有趣,前面是《观音菩萨颂》之类,后面就是《东坡羹颂》《猪肉颂》之类。即使在艰难的贬谪时期,苏轼仍然苦中作乐,如《与子由弟十首》之七:

> 惠州市井寥落,然犹日杀一羊,不敢与仕者争买,时嘱屠者买其脊骨耳。骨间亦有微肉,熟煮热漉出,渍酒中,点薄盐炙微焦食之。终日抉剔,得铢两于肯綮之间,意甚喜之。如食蟹螯,率数日辄一食,甚觉有补。子由三年食堂疱,所食刍豢,没齿而不得骨,岂复知此味乎?戏书此文遗之,虽戏语,实可施用也。然此说行,则众狗不悦矣。③

读后让人忍俊不禁,文中没有一点感伤。生活本身即是精神丰厚修美的体验,苏轼是善于诗化人生的行家里手,哪怕生活沉重、命运多舛,他尽可能地享受生活、善待今生,他都保持着昂然的热情和高雅的情趣。在儋州,还留下了

---

① 张惠民:《简论苏轼的文化人格》,《汕头大学学报》(人文社会科学版),2003年第5期。
② 孔凡礼校点:《苏轼文集》卷十一,中华书局,1986年版,第1499页。
③ 孔凡礼校点:《苏轼文集》卷六十,中华书局,1986年版,第1837页。

东坡酒、东坡肉、东坡帽、东坡扇、东坡茶等美谈。在惠州，苏轼自酿酒招人同饮，"捣香筛辣入瓶盆，盎盎春溪带雨浑。收拾小山藏社瓮，招呼明月到芳樽"（《新酿桂酒》），显得是那么兴致勃勃。苏轼的超脱精神，不是游离世外、逃避现实生活，而是从比常人更高的境界去看待生活中困难，进而克服之；苏轼以人生哲理的眼光来审视人生，采取了达观的人生态度，用艺术化的方法处理人生，尽量发现、体悟生活中那些美好的东西，达到对悲哀的扬弃。因此，他的超脱中蕴含着丰厚的求实内容。正是这种超脱的人生态度，支持着苏轼大起大落的人生，使他始终保持着对生活的执着与热情。

白居易的闲适诗中早已大量取材日常生活入诗，这种风气到了宋代士大夫手中发扬光大，开始大规模、深入地透过对日常生活的情趣发掘与用心享受，从而形成了自我独特的品味。苏轼在一定程度上也受到白居易闲适的影响，他的诗的取材延伸到生活的每个间隙，不甚醒目的生活场景、居处空间等琐细题材，都蕴含了他的好奇与思考。苏轼把诸多普遍的生活经验，如穿着饮食、闲行坐卧、赏花植树、游山玩水、参禅学道、睡眠、赠茶、惠墨等内容也写入诗中。其实，不只是苏轼，宋人或多或少也都具有这样的超然情怀，善于对现实人生进行情趣化和艺术化的精神加工和审美处理，使得游山玩水、建造园林、读书作画、养花种竹、饮酒品茗等普通的生活场景焕发出无尽的高情雅趣，这同样与白居易不无关系。

（本文发表于《江淮论坛》2010年第3期）

毛妍君，1974年生，2006年毕业于陕西师范大学，文学博士，师从张学忠教授，现为西安外国语大学中国语言文学学院教授。

《周易》与苏轼的审美鉴赏论

徐建芳

内容摘要： 一直以来，人们普遍认为苏轼文艺思想的理论根源主要来自庄子哲学，但深入研读苏轼的全部著作可以发现，除了庄学之外，《周易》哲学也是一个重要的理论根源。本研究发现，在《周易》"天下同归而殊途，一致而百虑"等观念启迪下，苏轼涵养出兼容并包的审美态度；在《周易》"一阴一阳之谓道"等原理的启发下，苏轼形成了辩证的审美思维模式；在《周易》"神而明之，存乎其人"等观念启示下，苏轼认识到，文艺作品的价值能否被发现，主要取决于鉴赏主体的审美素养。

关键词：《周易》；苏轼；审美鉴赏

长期以来，关于苏轼文艺思想的理论根源，学界一般认为主要来自庄子哲学；[①]但深入研读苏轼全部著作可以发现，除了庄学之外，《周易》哲学可说是一个更根源性的理论依据。[②]本研究拟先从兼容并包的审美态度、辩证的审美思维模式、鉴赏主体的审美素养等角度来考察《周易》哲学对苏轼审美鉴赏论的影响，以挖掘苏轼的文艺创作之所以能达到千古独步境界的根本原因，以便帮助当代人更好地把握文艺创作的本质规律。

---

① 如杨琦《论道家美学对苏轼文艺思想的影响》，《吉首大学学报》(社会科学版)，2012年第4期；王渭清、杨海明《论苏轼文艺思想的庄学渊源》，《青海师专学报》(教育科学)，2004年第2期；张瑞君《庄子审美思想与苏轼文艺观》，《山西师大学报》(社会科学版)，1994年第4期等。

② 参见拙著《苏轼与周易》，中国社会科学出版社，2013年版；另见冷成金《从〈东坡易传〉看苏轼文艺思想的基本特征——兼与朱熹文艺思想相比较》，《文学评论》，2002年第2期。

一、"天下同归而殊途，一致而百虑"："短长肥瘦各有态，玉环飞燕谁敢憎"的兼容并包审美态度

众所周知，苏轼是中国古代文艺史上不可多得的集大成者，其文艺作品不仅众体兼备、无不精通，而且风格多样、各具韵致。苏轼之所以能兼善众美于一身可说与他宽广博大、兼容并包的审美态度有直接关系，而这种态度的养成与他自小就诵读并终身研究的《周易》哲学的浸润与滋养有不可分割的关系。

《易·系辞下》在警告人们应事接物应顺其自然、不必殚精竭虑地汲汲营求时强调："天下何思何虑？天下同归而殊途，一致而百虑，天下何思何虑？"①是说，天下事何必思念、何须忧虑？天下万物归宿相同而途径殊异，结论一致而所抱的想法则有百种，天下事何必思念、何须忧虑？《周易全解》阐释说："做事应顺应自然，用不着营营思虑。尽管天下事物千差万别，所行的路途不一样，而所归则是相同的；尽管人们所应接的事物不同，所发的思虑也各种各样，而所达到的结果则只有一个。"正如高亨所说："如儒墨道法各家同在追求社会治安，而其主张各异。"②余敦康则进一步引申说："实际上，作为一个统一的社会整体，其深层的内在结构与整合的基本原理，就是'天下同归而殊途，一致而百虑'。这是一种理一而分殊、万殊而一本的关系，通过往来屈伸的过程交相感应自然而然形成，并非出于思虑安排主观的设计，所以说'天下何思何虑'。"③概言之，"天下同归而殊途，一致而百虑"是社会发展的基本律则，任何人的发展都是"通过往来屈伸的过程交相感应自然而然形成"的，是不以任何人的思虑安排主观设计为转移的。若洞悟了这一宇宙规律，一方面就可以淡化人们的争竞、计较之心，一方面也可以使人们涵养出一种宽广博大的包容之心。也即具备了"万物并育而不相害，道并行而不相悖"（《中庸》）、"天地与我并生，而万物与我为一"（《庄子·齐

---

① 除特别注明版本外，本文所引《周易》文本，均来自李学勤主编《十三经注疏·周易正义》，北京大学出版社，1999年版；所引苏轼诗、文，均来自[清]冯应榴辑注，黄任轲、朱怀春校点《苏轼诗集合注》（上海古籍出版社，2001年版），孔凡礼点校《苏轼文集》（中华书局，1996年版）。

② 高亨：《周易大传今注》，齐鲁书社，1998年版，第427页。

③ 余敦康：《周易现代解读》，华夏出版社，2006年版，第166页。

物论》）这种"上下与天地同流"（《孟子·尽心上》）的阔达心胸；以这种心胸去欣赏外物，就可以培养出一种兼容并包的审美态度。

苏轼对《周易》中所蕴含的这种兼容并包精神深所服膺，在著作中多有阐发。如其《东坡易传》释"天下同归而殊途，一致而百虑，天下何思何虑"曰："四海之水，同一平也；胡越之绳墨，同一直也。故致一而百虑皆得也，夫何思何虑？"①只要能达到同一目的，那么各种方式都是可以采纳的，有什么值得计较思虑的呢？又如其《和陶神释》说："平生逐儿戏，处处余作具。所至人聚观，指目生毁誉。如今一弄火，好恶都焚去。既无负载劳，又无寇攘惧。仲尼晚乃觉，天下何思虑。"阅尽了人生的变幻，饱尝了宦海的荣辱，苏轼终于明白，天下事何必思念，何须忧虑，"天下同归而殊途，一致而百虑"。争来斗去结果还不是跟周围人一样，何必去计较好恶毁誉呢？这种态度我们从其《东坡易传》对"恒"这一范畴的创造性阐释中也可看出来。《系辞下》对"恒"的界定是："恒，杂而不厌。"本意是："恒"就是人在正邪相杂的环境中始终守德而不厌倦。如孔颖达疏曰："言恒卦虽与物杂碎并居，而常执守其操，不被物之不正也。"②余敦康解曰："恒守其德，能使人始终坚持而不厌烦。"③但苏轼却发挥说："杂故不厌，如使专一，则厌而迁矣。"④苏轼不是从伦理道德的角度进行解说，而是从审美的角度进行阐发。他认为只有杂多并存才能使人不产生厌倦之感，从而才能守恒；若使专一单调，则必令人产生厌倦而迁移其情，则不能守恒。于此可见，即使在世人眼中最应该专一不变的"恒"，在苏轼看来，内部也应该同时存在不同的要素，否则，就不能维持其自身的存在。这些真知灼见可说是苏轼兼容并包审美态度形成的重要思想基础。

正因有以上洞见，所以无论是在文艺鉴赏中，还是在生活中，苏轼都能以兼容并包的审美态度去欣赏、接纳不同风格的事物。最鲜明地体现苏轼这种审美态度的是其《孙莘老求墨妙亭诗》一诗：

> 杜陵评书贵瘦硬，此论未公吾不凭。短长肥瘦各有态，玉环飞

---

① [宋]苏轼：《东坡易传》，上海古籍出版社，1989年版，第138页。
② 李学勤主编：《十三经注疏·周易正义》，北京大学出版社，1999年版，第314页。
③ 余敦康：《周易现代解读》，华夏出版社，2006年版，第364页。
④ [宋]苏轼：《东坡易传》，上海古籍出版社，1989年版，第141页。

燕谁敢憎。

杜甫认为"瘦硬"的书法才值得贵重,而苏轼则认为这种评论有失公允。在苏轼看来,书法就像各种体型的人一样,高矮肥瘦,各有姿态;正如历史上的美人杨玉环和赵飞燕,尽管一个肥胖,一个瘦削,但各有风韵,谁也不憎恶她们;因此,对不同风格的作品均应予以肯定、欣赏,不可厚此薄彼。这种宽广的审美态度可说贯穿于苏轼的一切审美活动中,如他欣赏西湖时说:"水光潋滟晴方好,山色空蒙雨亦奇。欲把西湖比西子,淡妆浓抹总相宜。"(《饮湖上初晴后雨二首》之二)又如其《端午遍游诸寺得禅字》说:"深沉既可喜,旷荡亦所便。"苏轼这种兼容并包审美态度的极致就是"见天下无一个不好人",据《说郛》载:"苏子瞻泛爱天下士,无贤不肖,欢如也。尝言自上可以陪玉皇大帝,下可以陪卑田院乞儿。子由晦默少许可,尝戒子瞻择友。子瞻曰:眼前见天下无一个不好人!"[①]"眼前见天下无一个不好人"的根本原因就在于苏轼具有宽广博大、无所不纳的审美胸襟。正像其《东坡易传》所说:"得其大者,纵横逆顺无施不可,而天下无废物矣。"[②]若胸襟、识见足够广大,则无论遇到什么样的情境都可应对、接纳、欣赏,则天下无废弃之物。从某种意义上可以说,苏轼之所以在各个方面都能有所建树与他这种宽广博大、兼容并包的审美态度有直接关系。叶燮《原诗》中有一段话可作为本论点的最佳注脚:

> 古人之诗,必有古人之品量。其诗百代者,品量亦百代。古人之品量,见之古人之居心,其所居之心,即古盛世贤宰相之心也。宰相所有事,经纶宰制,无所不急,而必以乐善、爱才为首务,无毫发媢嫉忌忮之心,方为真宰相。百代之诗人亦然。如高适、岑参之才,远逊于杜,观甫赠寄高、岑诸作,极其推崇赞叹。孟郊之才,不及韩愈远甚,而愈推高郊,至"低头拜东野",愿郊为龙身为云,"四方上下逐东野"。卢仝、贾岛、张籍等诸人,其人地与才,愈俱十百之,而愈一一为之叹赏推美,史称其奖借后辈,称荐公卿间,寒暑不避。欧阳修于诗,极推重梅尧臣、苏舜钦。苏轼于

---

① [明]陶宗仪编:《说郛》卷二十下,见《影印文渊阁四库全书》第877册,台湾商务印书馆,1983年版,第198页。
② [宋]苏轼:《东坡易传》,上海古籍出版社,1989年版,第144页。

黄庭坚、秦观、张耒等诸人，皆爱之如己，所以好之者无不至。盖自有天地以来，文章之能事，萃于此数人，决无更有胜之而出其上者；及观其乐善爱才之心，竟若歉然不自足。此其中怀阔大，天下之才皆其才，而何媢嫉忌忮之有？不然者，自炫一长，自矜一得，而惟恐有一人之出其上，又惟恐人之议己，日以攻击诋毁其类为事。此其中怀狭隘，即有著作，如其心术，尚堪垂后乎？昔人惟沈约闻人一善，如万箭攒心，而约之所就，亦何足云？是犹以李林甫、卢杞之居心，而欲博贤宰相之名，使天下后世称之，亦事理所必无者尔。①

由此可见，文艺成就与作家的品量、胸襟是成正比例的！兼容并包的审美态度实可说是成就苏轼集大成文艺地位的必备素养之一。

二、"一阴一阳之谓道"："端庄杂流丽，刚健含婀娜"的辩证审美思维模式

毋庸置疑，苏轼的文艺创作在中国文艺史上可谓千古独步，但关于苏轼为何能达到这种境地的原因，则众说纷纭，莫衷一是。本研究发现，这与苏轼在研究《周易》的过程中受其"一阴一阳之谓道"原理的启迪，所形成的对立统一辩证审美思维模式有密切关系。

《周易》中所揭示的一个重要宇宙构成规律就是"一阴一阳之谓道"，这一规律的内涵是：任何事物都是由对立相反的因素构成，对立两方只有保持平衡和谐的关系，才有利于事物的顺畅发展，这才是"道"。②那么，作为"阴""阳"的具体表现形态之一的阴柔与阳刚两种对立审美因素之间同样应遵循这一律则。如敏泽说："《易传》虽重视阳刚，但又并非认为越刚越好……并非认为越阴柔越好……刚柔相互渗透、相反相成……不可偏胜。"③"《易传》，重刚柔，但又强调刚柔都要无过无不及，恰到好处。只

---

① [清]叶燮：《原诗》卷三《外篇上》，见王夫之等撰《清诗话》，上海古籍出版社，1999年版，第597—598页。
② 参见拙著《苏轼与周易》第三章第四节，中国社会科学出版社，2013年版。
③ 敏泽：《中国美学思想史》第一卷，齐鲁书社，1987年版，第205页。

有恰到好处，才能使事物处于平衡、和谐的状态。"①刘纲纪说："《周易》尚'刚健'，但并不否认'刚健'的另一极，即'柔''顺'。'刚健'不可片面地加以发展，因此《周易》讨论六十四卦，总以刚柔相应、刚柔得中、'刚中而应'为吉利之卦。"②《周易》中最集中地论述刚柔应相济相成，且与审美意识直接相关的是贲卦。《贲·彖》曰：

> 贲"亨"，柔来而文刚，故"亨"。分刚上而文柔，故"小利有攸往"。刚柔交错，天文也。文明以止，人文也。观乎"天文"，以察时变；观乎"人文"，以化成天下。

大意是，贲卦象征文饰，文饰则亨通；反之，没有恰当的文饰则受滞塞。文饰既可以柔文饰刚，也可以刚文饰柔，两者均会得到吉利的结果。以刚柔交错而构成天文为参照，人类的文明也应该刚柔协调，不可偏废。从天文中可以观察四季的变化，从人文中可以观知如何教化促成天下昌明。总之，无论是"天文"，还是"人文"，都应遵循刚柔相济的原则。这一法则虽不是专一针对审美而言，但作为宇宙间的普遍律则，审美领域同样应予遵循。正因这一原则自《周易》以来就成为华夏民族根深蒂固的传统观念，所以尽管我国人民更欣赏刚健之美，但审美的最高追求则是"阴阳合德，而刚柔有体"（《系辞下》）这一极具辩证意识的标尺。

深得《周易》哲学神髓的苏轼在刚柔相济这一观念启示下，形成了他富于辩证色彩的审美思维模式。无论在学术著作，还是在文学作品中，苏轼都曾表达过这一观念：文艺创作要想取得最佳审美效果，必须把各种对立元素浑融无间地统一于一体，不可偏于任何一端。如其《东坡易传》说："夫文生于相错，若阴阳之专一，岂有文哉？"③这里的"文"指宇宙间的一切文采，包括文学艺术在内。凡能给人以美感的文采，必是各种元素相互交错而成；若只有一种元素，岂有文采可言？所谓"和实生物，同则不继……声一无听，物一无文，味一无果，物一不讲"④。正如徐复观所说："一切艺术，必须是复杂性的统一，多样性的均调。均调与统一是艺术的生命，也是文学的生命。"⑤这

---

① 敏泽：《中国美学思想史》第一卷，齐鲁书社，1987年版，第205页。
② 刘纲纪：《周易美学》（新版），武汉大学出版社，2006年版，第37页。
③ [宋]苏轼：《东坡易传》，上海古籍出版社，1989年版，第6页。
④ 邬国义等：《国语译注》卷十六《郑语》，上海古籍出版社，1994年版，第488—489页。
⑤ 徐复观：《中国文学精神》，上海书店出版社，2004年版，第119页。

种审美主张最典型地体现在苏轼的《和子由论书》中:

> 吾虽不善书,晓书莫如我。苟能通其意,常谓不学可。貌妍容有颦,璧美何妨椭。端庄杂流丽,刚健含婀娜……体势本阔略,结束入细么……吾闻古书法,守骏莫如跛。

在苏轼看来,学习书法最重要的不是技巧,而是"通其意"。那么,书法之"意"是什么呢?所谓"貌妍容有颦,璧美何妨椭。端庄杂流丽,刚健含婀娜"等,即把各种对立元素和谐完美地统一于一体。这种辩证审美思维模式在苏轼文中多有表露,如其《跋王晋卿所藏莲华经》曰:"凡世之所贵,必贵其难。真书难于飘扬,草书难于严重,大字难于结密而无间,小字难于宽绰而有余。"《书砚》曰:"砚之发墨者必费笔,不费笔则退墨。二德难兼,非独砚也。大字难结密,小字常局促;真书患不放,草书苦无法;茶苦患不美,酒美患不辣。万事无不然,可一大笑也。"世间万物大都是"二德难兼",文艺创作也不例外;但若能把"二德"完美地兼容起来,则必为至品。

这种富于辩证色彩的审美观可说是苏轼文艺批评的最高尺度。在这一尺度衡量下,古今诗人中能入他法眼的就屈指可数了。如其《与子由六首》之五曰:

> 古之诗人,有拟古之作矣,未有追和古人者也。追和古人,则始于东坡。吾于诗人,无所甚好,独好渊明之诗。渊明作诗不多,然其诗质而实绮,癯而实腴,自曹、刘、鲍、谢、李、杜诸人,皆莫及也。吾前后和其诗,凡一百有九篇。

《评韩柳诗》曰:

> 柳子厚诗在陶渊明下,韦苏州上。退之豪放奇险则过之,而温丽靖深不及也。所贵乎枯澹者,谓其外枯而中膏,似澹而实美,渊明、子厚之流是也。若中边皆枯澹,亦何足道。

陶渊明的诗之所以令苏轼如此钦慕、心仪,根本原因就在于他能把"质"与"绮"、"癯"与"腴"、"枯"与"膏"、"澹"与"美"等这些矛盾对立的审美风格完美地统一融合到一起。其实,这也正是苏轼自己文艺创作终身以之的审美追求。我们从其教导侄子的话中即可看出这一倾向:

> 凡文字,少小时须令气象峥嵘,采色绚烂,渐老渐熟乃造平

淡；其实不是平淡，绚烂之极也。汝只见爷伯而今平淡，一向只学此样，何不取旧日应举时文字看，高下抑扬，如龙蛇捉不住，当且学此。只书字亦然，善思吾言。（《与二郎侄一首》）

可见，苏轼平生的文艺创作就确在自觉地把"绚烂"与"平淡"这两种对立审美风格浑然天成地融合到一体。实际上，这种辩证审美思维模式可说贯穿于苏轼的一切文艺创作中，如明茅维评曰：

盖长公之文，犹夫云霞在天，江河在地，日遇之而日新，家取之而家足，若无意而意合，若无法而法随，其亢不迫，其隐无讳，澹而腴，浅而蓄，奇不诡于正，激不乖于和，虚者有实功，泛者有专诣，殆无位而摅隆中之抱，无史而毕龙门之长，至乃羁愁濒死之际，而居然乐香山之适，享黔娄之康，偕柴桑之隐也者，岂文士能乎哉！（《宋苏文忠公全集叙》）[1]

茅维几乎把文章中可能出现的对立元素都列出来了，而苏轼的文章却能把这些看似不能相容的因素都恰到好处地统一到了一起。若没有深邃的理论指导，没有自觉的审美追求，能达到这种境界吗？可以说，苏轼的各类文艺创作之所以都能达到千古独步的境界，与他精湛的哲学理论素养及对这些理论融会贯通的运用有密切关系。苏轼《跋君谟飞白》中有一段话可说已透露了个中缘由：

物一理也，通其意，则无适而不可。分科而医，医之衰也，占色而画，画之陋也。和、缓之医，不别老少，曹、吴之画，不择人物。谓彼长于是则可也，曰能是不能是则不可。世之书篆不兼隶，行不及草，殆未能通其意者也。如君谟真、行、草、隶，无不如意，其遗力余意，变为飞白，可爱而不可学，非通其意，能如是乎？

从某种程度上可以说，正是因为苏轼"通其意"，即通达了"一阴一阳之谓道"乃是宇宙万物的普遍构成原理，所以在他的文艺创作中才能始终自觉地贯注着刚柔相济这一辩证审美思维模式，从而使他的文艺创作达到"二德兼备"的千古独步境界。

---

[1] 孔凡礼点校：《苏轼文集》，中华书局，1996年版，第2390—2391页。

三、"神而明之，存乎其人"："只应天眼识天人"的鉴赏主体论

自古以来，关于文艺作品价值高低的评判，一般都认为主要取决于作品本身的创作水平；但是，精通众艺、识见卓绝的苏轼则认为：文艺作品价值的高低主要决定于鉴赏主体的审美素养。而苏轼这一卓尔不凡的见解的理论根源同样出自《周易》哲学。

《周易》在论及如何彰明、推行、发扬"易道"时指出，关键在于得到合适的人选。所谓"神而明之，存乎其人"（《系辞上》）是说，使《周易》的道理神奇而显明的，在于运用《周易》的人。《周易全解》解曰："人们在用《易》时，对《易》的分析见仁见智，看法不一。怎样才能做到'神而明之'，这就在人而不在《易》了。"[①]又所谓"苟非其人，道不虚行"（《系辞下》），假如没有贤明的人，《周易》的道理就难以凭空推行。《周易全解》解曰："道自己不能行，得人行道、守道，人如果不行，光有道还是不行。"[②]余敦康阐发曰："这是强调无论是学《易》还是用《易》，必须有主体意识的自觉的担当，孔子曾说，'人能弘道，非道弘人'如果没有人的积极的弘扬，推而行之，运用于实际的生活，所谓易道也只能是一纸空文，不会自动地落实。"[③]概言之，易道的显明、推行主要取决于人的主体能动性的发挥。其实，一切学术文化的推行、发扬也都有赖于人的主体性的发挥。如《周易译注》说："'苟非其人，道不虚行'二语，就广义而言，事实上是提出了学术的发展与治学者素质的关系这一鲜明主题。"[④]

苏轼在研《易》解《易》的过程中也深刻体认到，无论是人还是物，能否被发现、被任用、被欣赏，关键取决于鉴赏主体的素养如何。如其《东坡易传》解"神而明之，存乎其人；默而成之，不言而信，存乎德行"曰："有其具而无其人，则形存而神亡；有其人而修诚无素，则我不能默成，而民亦不能默喻也。"[⑤]解"苟非其人，道不虚行"曰："戒非其人而学其道者。非其人

---

① 金景芳、吕绍纲：《周易全解》，第570页。
② 金景芳、吕绍纲：《周易全解》，第596页。
③ 余敦康：《周易现代解读》，华夏出版社，2006年版，第365页。
④ 黄寿祺、张善文译注：《周易译注》，上海古籍出版社，2001年版，第598页。
⑤ [宋]苏轼：《东坡易传》，上海古籍出版社，1989年版，第134页。

而学其道，则无所不至矣。"①两者都意在强调主体修养的重要性。又如解离卦象辞曰：

> 欲知其所畜，视其主。有是主，然后可以畜是人也。有其人而无其主，虽畜之不为用。②

欲知一个团体的成员水平怎么样，只要看其领导者即可。领导者水平高，才能发现、任用优秀人才；若领导者水平低，则即使手下有优秀人才，也不会被重用。又如解井卦九二爻辞"井谷射鲋，瓮敝漏"曰：

> 井而有"鲋"，则人恶之矣，然犹得志于瓮，何也？彼有利器，而肯以我污之欤？此必敝漏之瓮，非是瓮，不汲是井也。③

井卦九二爻辞本意是说，井中容水的穴窍被枉作为射取小鱼之用，瓶瓮敝败破漏无法汲水。苏轼却发挥说，井里面有小鱼，则人们就会感到厌恶而不用这里的水；但仍有瓮来汲水，这是为什么呢？那些有好器具的人肯定不愿让这些水玷污他们的器具，所以这必是敝漏之瓮，所谓"非是瓮，不汲是井也"。易言之，有什么水平的主体就会接纳、欣赏什么水平的客体。这种观念苏轼在诗文中有更加明确的表露。如其《北寺悟空禅师塔》曰：

> 已将世界等微尘，空里浮花梦里身。岂为龙颜更分别，只应天眼识天人。

本已将世界看成是浮梦微尘的悟空禅师之所以能识别出沦落卑微中的唐宣宗绝非凡夫俗子，主要在于他具有非同寻常的眼光，所谓"只应天眼识天人"也。又如其《东阳水乐亭》曰：

> 君不学白公引泾东注渭，五斗黄泥一钟水。又不学哥舒横行西海头，归来羯鼓打凉州。但向空山石壁下，爱此有声无用之清流。流泉无弦石无窍，强名水乐人人笑……铿然涧谷含宫徵，节奏未成君独喜。不须写入薰风弦，纵有此声无此耳。

此诗为东阳县令王概而作。王概不汲汲追求世俗所崇尚的功名利禄，而唯独喜爱这空山石壁下有声无用的清流声。苏轼认为，涧谷里这铿锵悦耳但不成节奏的水乐不须再谱成乐曲弹奏了，因为"纵有此声无此耳"，除了王概之

---

① [宋]苏轼：《东坡易传》，上海古籍出版社，1989年版，第143页。
② [宋]苏轼：《东坡易传》，上海古籍出版社，1989年版，第56页。
③ [宋]苏轼：《东坡易传》，上海古籍出版社，1989年版，第90页。

外再没有人能够欣赏这水声之乐了。美好之物是需要知音才能被发现的,不是任何人都能欣赏得了的。所谓:"青山自是绝色,无人谁与为容。说向市朝公子,何殊马耳东风。"(《和何长官六言次韵五首》之五)

根据苏轼的观察,由于鉴赏主体审美素养的不一,对作家、作品的评价就会出现很大差异,有时甚至是截然相反的评价。如其《书柳公权联句》曰:

> 楚襄王登台,有风飒然而至,王曰:"快哉,此风寡人与庶人共之者耶?"宋玉讥之曰:"此独大王之雄风耳,庶人安得而有之?"不知者以为谄也,知之者以为讽也。

同是一句话,不识宋玉良苦用心者认为宋玉是在谄媚讨好楚襄王;而深得宋玉本怀者则认为宋玉是在借风的不同,讽刺君王与庶民百姓之间的悬殊差别。这种因鉴赏主体审美水平的不齐,而导致鉴赏对象不能被恰当评价的现象自古以来屡见不鲜。苏轼就曾坦言别人对他书法的评价名不符实,其《跋董储书二首》之二曰:"密州董储亦能书,近岁未见其比。然人犹以为不然。仆固非善书者,而世称之。以是知是非之难齐也。"在苏轼看来,同代人中无人可与董储的书法比肩,但世人却不以为然;自己本不善于书法,但却被世人高度称扬。于此可见,鉴赏主体素养的高低对作家、作品的评价有多么大的差异!

我们从苏轼的作品中可以看出,苏轼之所以被画家文与可引为唯一知音,之所以在黄庭坚、秦观、张耒等人还不为世所知时,就充分肯定他们的文章才华并大加提携、培养;主要就源于他具有超凡绝伦的审美鉴赏能力。如其《题文与可墨竹》曰:"斯人定何人,游戏得自在。诗鸣草圣余,兼入竹三昧。时时出木石,荒怪轶象外。举世知珍之,赏会独予最。知音古难合,奄忽不少待。"苏轼从文与可所画的墨竹里面体会到他作画时就是在自由自在地游戏,其画面之外别有深意,说明苏轼的确是文与可的千古知音。无怪文与可感叹说:"世无知我者,惟子瞻一见,识吾妙处。"(苏轼《书文与可墨竹》叙)我们再来看看苏轼有关赏拔人才的文字,其《答李昭玘书》曰:"……独于文人胜士,多获所欲,如黄庭坚鲁直、晁补之无咎、秦观太虚、张耒文潜之流,皆世未之知,而轼独先知之。"《答毛泽民七首》之一曰:"(苏)轼于黄鲁直、张文潜辈数子,特先识之耳。始诵其文,盖疑信者相半,久乃自定,翕然称之,轼岂能为之轻重哉!"《书黄鲁直诗后》曰:"每见鲁直诗文,未尝不绝倒。然此卷语妙,殆非悠悠者所识能绝倒者也,是可人。"徐复观有一段话

· 777 ·

可说入木三分地揭示了苏轼之所以具有这种非凡鉴赏力的内在缘由：

> 对客观事物价值意味所含层级的发现，不关系于客观事物的自身，客观事物自身是"无记"的、无颜色的，而系决定于作者主观精神的层级。作者精神的层级高，对客观事物价值、意味，所发现的层级也因之而高；作者精神的层级低，对客观事物价值、意味，所发现的层级也低。决定作品价值的最基本准绳，是作者发现的能力。作者要具备卓异的发现能力，便必需有卓越的精神；要有卓越的精神，便必需有卓越的人格修养。①

于此可知，鉴赏对象价值的高低，与其说取决于对象自身，毋宁说决定于鉴赏主体主观精神、审美素养的高低。苏轼非凡的鉴赏力主要就应得益于他卓越的精神、人格修养。

综上所论，正是在《周易》"天下同归而殊途，一致而百虑""一阴一阳之谓道""神而明之，存乎其人"等哲学思想的启迪与浸润下，苏轼涵养了兼容并包的审美态度，培养了辩证的审美思维模式，彻悟了鉴赏主体自身素养对文艺作品评价的决定性影响等；在这些卓尔不凡、透辟精湛的审美鉴赏思想指导下，苏轼的文艺创作达到超群绝伦、千古独步境界应该就是不言而喻的事了。正如徐中玉所说："一个人真理掌握得越多，胸襟就越阔大，眼光就越准确，待人接物的态度就越公允，因而也就越有创造性。苏轼有意地这样努力做了，他取得多方面成就的'秘密'就在这里。"②当然，《周易》对苏轼文艺思想的影响是多方面的，这有待于今后的进一步研究，限于篇幅，兹不赘论。

（本文发表于《中国苏轼研究》2016年第5期）

徐建芳，1976年生，2008年毕业于陕西师范大学文学院，文学博士，师从杨恩成教授，现为重庆工商大学文学与新闻学院副教授。

---

① 徐复观：《中国文学精神》，上海书店出版社，2004年版，第6页。
② 徐中玉：《论苏轼的创作经验》，华东师范大学出版社，1981年版，第122页。

论张载的文艺观及其诗文创作

刘　宁

内容摘要：《正蒙》《经学理窟》中存在着大量的张载论诗作文的观点，重点分析《正蒙》"乐器篇"与《经学理窟》"诗书篇""礼乐篇"中的文艺观点。主要有诗乐一理、诗乐舞同用、志至诗至、义理定体、赤子之心等观点。张载诗文创作数量虽然有限，但仍有着值得关注的内容与特点。

关键词：张载；文艺观；诗文

中华书局1978年出版的标点本《张载集》，以《张子全书》万历四十八年（1620）版为底本，参校郿县本、朱轼刻本、《正谊堂丛书》本及《张子抄释》等互校，同时以《周易系辞精义》（古逸丛书本）参校。中华书局编辑部对书中各篇互见的文字做了内校，对原《张子全书》中的卷次与篇目做了若干改动，把《西铭》归入《正蒙》中，把朱熹注删除，并增补了各篇书序、书目提要等有关材料。特别邀请张岱年先生撰写了《关于张载的思想和著作》一文作为序。

《张载集》中的《正蒙·乐器篇》《经学理窟·诗书》《经学理窟·礼乐》等篇中集中阐释了张载的文艺思想，体现了张载的文艺观。《张载集》中收录张载诗十六首，杂文十三篇。另北京大学古文献研究所编纂的《全宋诗》卷五一七，收录了张载诗八十首；曾枣庄、刘琳等编纂的《全宋文》卷一二九九至卷一三〇五收录张载文章五十四篇，本文以此为基本文献资料。

一、张载文艺观

(一)《正蒙·乐器篇》

据《张载集·正蒙·范育序》"子张子校书崇文,未伸其志,退而寓于太白之阴,潜心天地,参圣学之源,七年而道益明,德益尊,著正蒙书数万言而未出也,间因答问之言,或窥其一二。……友人苏子季明离其书为十七篇以示予"[①],可知,《正蒙》一书是张载回到眉县横渠镇七年后所著,约熙宁九年(1076),后由张载的学生苏昞(字季明)"离其书为十七篇"。"蒙"是《周易》的一个卦名,该卦象辞中有"蒙以养正"之语。蒙,即蒙昧未明;正,即订正。意思是从蒙童起就应加以培养。张载说:"养其蒙使正者,圣人之功也。"由此可知此书写作之意。

《正蒙》十七篇依次为:太和、参两、天道、神化、动物、诚明、大心、中正、至当、作者、三十、有德、有司、大易、乐器、王禘、乾称。据陈俊民先生的《张载哲学与关学学派》一书所说:《正蒙》17篇的外在形式虽不尽完善,却始终坚守着"天人一气"的思想系统。它从天人万物"一于气"的宇宙本论出发,经过"天道"的气化万物和"人道"的"尽心""穷理"等矛盾运动过程,最后达到"天人合一"的境界。《太和》篇是全书的总论,《参两》篇至《动物》篇分论了天地人物的"气化"过程,《诚明》篇至《王禘》篇专就人道而言,广释博引《论语》《孟子》《诗》《书》《易》《礼》以自重其言,最后《乾称》篇得出了"万物本一""天人一气"的结论。[②]

《乐器》篇是《正蒙》中的第十五篇,本篇重点谈《诗》《书》"善教"之义。全篇可分为三部分。"乐器有相"至"材赤黑必绚以粉素"为第一部分,总论诗;"陟降庭止"至"水患之多为可知也"为第二部分,解释了《诗经》中26篇作品的具体诗意;"君子所贵乎道者三"至"此卜筮之所由作也"全篇结束为第三部分,解释了《尚书》《论语》《大学》《中庸》中7条重要话语的意思。

《乐器》篇所体现的张载文艺观主要有以下四点:

1. 诗乐一理。《乐器》篇从"乐器有相"说起,将乐器与治理国家相

---

① [宋]张载:《张载集》,中华书局,1987年版,第4页。
② 陈俊民:《张载哲学与关学学派》,台湾学生书局,1990年版,第130—131页。

比。雅音雅正，雅诗端正直接，不采用隐晦巧妙的言说方式，这里暗含着诗乐一理的认识。早在《尚书·尧典》中就把诗与乐并提："诗言志，歌永言，声依永，律和声，八音克谐，无相伦夺，神人以和。"在此就确立了以"和"为诗乐完美结合的审美标准。

2. 诗乐舞同用。文中列举象、大武、酌三个周代乐舞作品内容，揭示了这些作品的共同作用：兴善、观志、思无邪，事亲，事君，君交。

3. 志至诗至。张载提出"志至诗至礼至"，三者之中，"志"首当其冲，最为重要，有志才能有诗，有诗才有礼仪。"志"是诗与礼的起点。

4. 文与质。张载认为应根据内容需要安排合适的文辞，所以有"故设色之工，材黄白者必绘以青赤，材赤黑必绚以粉素"的结论。

（二）《经学理窟》中的"诗书篇"与"礼乐篇"

《张载集》中收录的《经学理窟》是张载重要的理学著作，共有12篇文章，依次是周礼、诗书、宗法、礼乐、气质、义理、学大原上、学大原下、自道、祭祀、月令统、丧纪。此外，收有嘉靖元年弋阳汪伟作的《横渠经学理窟序》与嘉靖元年蒲阳黄巩作的跋。根据《横渠经学理窟序》汪伟的说法："所谓文集语录及诸经说等，皆出于门人之所纂集。若理窟者，亦分类语录之类耳，言有详略，记者非一手也。"[1]可知，《经学理窟》中的12篇文章是张载门人纂集的分类语录，这些文字中包含有鲜活的张载的思想。其中《诗书》《礼乐》两篇中集中了张载的文艺理论。主要有：

1.义理定体

文中有："圣人文章无定体，诗、书、易、礼、春秋，只随义理如此而言。"水无常形，文无定体，圣人创作文章如五经这样的经典著作，也是随着义理而作，没有特定的文体。就像李翱说的"观诗则不知有书，观书则不知有诗"一样，不被固定的格式所束缚，只遵循义理而进行创作才能达到一定的高度。张载提出"周南召南如乾坤"，意思是《周南》和《召南》就像是天地一样，是以义理为根本的创作楷模。张载对《文王》《七月》更是给予了高度的肯定，说"观文王一篇，便知文王之美，有君人之大德，有事君之小心"，"七月之诗，计古人之为天下国家，只是豫而已"。除此之外还提出取信家邦

---

[1] [宋]张载：《张载集》，中华书局，1987年版，第247页。

要学周文王，遵循义理是安家定国的根本。张载在《诗书》中对《尚书》也有自己独到的看法，在文章中提到"万事只一天理"，明确提出任何事物都有理，这理就是义理，就是道之所在，是创作诗文的核心。这些观点都是从义理出发，以义理为标准分析、判断诗歌是否具有价值。

2.赤子之心

《诗书》篇中有"顺帝之则，此不失赤子之心也，冥然无所思虑，顺天而已。赤子之心，人皆不可知也，惟以一静言之"，"天无心，心都在人之心。一人私见固不足尽，至于众人之心同一则却是义理，总之则却是天"，他准确地点明诗文的创作都在于人有一颗赤子之心，但是一个人的看法不能代表天意，只有大家有共同的看法才是天道。文中另有"书称天应如影响，其福祸果然否？大抵天道不可得而见，惟占之于民，人所悦则天必悦之，所恶则天必恶之，只为人心至公也，至众也"。这句话说的是天道无法获知，唯一的渠道是通过民众的情感态度来判断。这里已然暗含天人感应的思想，即天意与人事交相感应，互有影响。

《诗书》篇中有"古之能知诗者，惟孟子为以意逆志也。夫诗之志至平易，不必为艰险求之，今以艰险求诗，则已丧其本心，何由见诗人之志"。这里指出正确理解诗的方法是孟子提出的"以意逆志"，错误的方法是当时盛行的"艰险求诗"。张载所说的"艰险求诗"针对的是从汉代以来经学家在为《诗经》作序、传、笺时，惯常的穿凿附会、曲解原文之弊。大量穿凿附会的说法的出现只能造成远离《诗经》作品本意，远离诗人"赤子之心"，根本不能真正解诗。

3.与天地同和，与政通

《礼乐》篇主要从音乐与礼的异同来论述，提出了"声音之道，与天地同和，与政通"的观点，意思是音律通天地大道，与治理之道相应。同时张载还提出礼能持性，"礼所以持性""凡未成性，须礼以持之"，说明礼的重要性在于持性，没有定性，只有遵礼才不会离经叛道，才能走上正途，所有人都应遵礼，长此以往，便能保持本性，接近于道。"礼即天地之德也""礼者圣人之成法也，除了礼天下更无道矣"，这两句更是直接点明了礼也契合天地大道。

然而怎样才能算知礼呢？张载也给出了回答："能答曾子之问，能教孺悲之学，斯可以言知礼矣。"只有能回答曾子的问题，能教育孺悲之人，才能说是知礼，而这里指的便是孔子，也唯有这样的圣人才能算知礼，圣人文章是蕴含义理之文。所以人们要谦虚谨慎，以礼持己，心怀天下，以圣人为楷模，以著经典为目标。

在《礼乐》这篇文章的最后，张载告诉我们如何达到盛德的境界，说"文则要密察，心则要洪放，如天地自然，从容中礼者盛德之至也"。写文章要紧密细察，心态要洪放自如，就像处身天地之中怡然自得，从容不迫，这样才能达到盛德之至的境界，写出的文章就会贴近大道，蕴藏义理。

张载文艺观的诸多表述，其根源在于张载思想中的"天地之道"的心性归宿。他在《正蒙·乾称篇》中说：

> 至诚，天性也；不息，天命也。人能至诚则性尽而神可穷矣，不息则命行而化可知矣。学未至知化，非真得也。
>
> 有无虚实通为一物者，性也；不能为一，非尽性也。饮食男女皆性也，是乌可灭？然则有无皆性也，是岂无对？庄、老、浮屠为此说久矣，果畅真理乎？
>
> 天包载万物于内，所感所性，乾坤、阴阳二端而已，无内外之合，无耳目之引取，与人物蔓然异矣。人能尽性知天，不为蔓然起见则几矣。
>
> 无一，内外合，此人心之所自来也。若圣人则不专以闻见为心，故能不专以闻见为用。无所不感者虚也，感即合也，咸也。以万物本一，故一能合异；以其能合异，故谓之感；若非有异则无合。天性，乾坤、阴阳也，二端故有感，本一故能合。天地生万物，所受虽不同，皆无须臾之不感，所谓性即天道也。
>
> 感者性之神，性者感之体。（在天在人，其究一也。）惟屈伸、动静、终始之能一也，故所以妙万物而谓之神，通万物而谓之道，体万物而谓之性。[①]

天地之道的心性归宿，实际上将"心"不仅作为人的道德主体，也作为了宇宙的本体，只要识心见性，便可以实现天德的周流不滞。

[①] [宋]张载：《张载集》，中华书局，1978年版，第63—64页。

二、张载的诗文创作

《全宋诗》中收录张载有：《八翁十首》《芭蕉》《白发》《贝母》《别馆中诸公》《别后寄吕子进》《春晚》《登舰首阻雨四首》《东门行》《度关山》《葛章解》《孤宦》《古东府·短歌行》《合云寺书事三首》《和薛伸国博漾陂》《侯人》《鸡鸣》《集义斋》《间居书事》《江上夜行》《鞠歌行》《句》《卷耳解》《绝句》《君子行》《克己复礼》《老大》《乐处》《刘阳归鸿阁》《吕不韦春秋》《梦中》《梦牛儿》《契重》《日重光》《圣心》《诗上尧夫先生兼寄伯游正叔》《诗一首》《书斋自儆》《送苏修撰赴阙四首》《宿兴庆池通轩示同志》《睢阳五老图》《题北村六首》《题解诗后》《土床》《我欲》《萱草》《一室》《移疾》《忆别》《游山寺》《有丧》《虞帝苗乐歌辞》《岳阳书事》《赠司马群实》《诸宫观梅寄胡康侯》[①]等等，共八十首。

《全宋文》中收录张载的文章有《与蔡帅边事话一》、《泾源路经略司论边事状》、《经略司话一》、《答范巽之书》三篇、《与赵大观书》、《与吕微仲书》、《与吕和叔书》、《上蔡枢密书》、《与沈秘丞贴》、《与陈奉议贴》、《贺蔡密学启》、《西铭》、《东铭》、《太和篇》、《参两篇》、《天道篇》、《神化篇》、《动物篇》、《诚明篇》、《大心篇》、《中正篇》、《至当篇》、《作者篇》、《三十篇》、《有德篇》、《有司篇》、《太易篇》、《乐器篇》、《王禘篇》、《乾称篇》、《论说十七首》、《边议九首》、《清野》、《固守》、《省戍》、《因民》、《讲实》、《择帅》、《择守》、《足用》、《警败》、《策问》、《病目说》、《广州大顺城记》、《真像堂记》、《女戒》、《张天祺墓志铭》、《始定时荐告庙文》。[②]从卷一二九九至卷一三〇五收录文章共五十四篇。

张载的诗歌作品，以言志抒怀为主，熟练运用赋比兴手法。张载文章以说理、议政为主，当然也有感人的墓志铭、优美的游记散文、生动的筑城记。张

---

① 北京大学古文献研究所编：《全宋诗》，北京大学出版社，1991年版。
② 曾枣庄、刘琳，四川大学古籍研究所：《全宋文》，上海辞书出版社，2006年版，第9页。

载诗文最突出的风格是重志言简。

（一）诗歌：言志抒怀

对《张载集》中收录的张载诗十六首，《全宋诗》卷五一七收录的张载诗80首分析后，笔者认这些作品大都是言志抒怀之作。或借物言志，或托物抒怀，或咏史明志。

借物言志，如《芭蕉》：

> 芭蕉心尽展新枝，新卷新心暗已随。
>
> 愿学新心养新德，旋随新叶起新枝。

这是一首七言绝句。北宋神宗熙宁二年（1069）张载五十岁，因吕公著推荐，宋神宗召见张载，问治国之道。张载的主张得到了神宗的认可，熙宁二年十二月，神宗任张载为崇文院校书。就在这年，北宋政坛上开启了一场著名的以王安石为首的旨在改变北宋新中国成立以来"积贫积弱"局面的变法运动。此时，北宋有识之士都认识到了深刻的社会危机，都在积极地思考着如何解决社会危机。王安石、张载都是其中的重要人物。张载希望新政能够提振社会、拯救朝纲。全诗二十八个字，"新"字出现了七次，可见作者一定是有意突出"新"，有意强调"新"。诗从芭蕉写来，以芭蕉新长出了叶子，新叶子卷在老叶子中间起兴，后二句明志，将诗人发愤治学和意图改革的心志饱含其中。通过"学新心""养新德"，达到"起新枝"的境界，这是张载的治学宏愿，也是他政治理想的表达。全诗呈现出鼓舞向上的积极风貌。

托物抒怀，如《土床》：

> 土床烟足紬衾暖，瓦釜泉乾豆粥新。
>
> 万事不思温饱外，漫然清世一闲人。

此诗从日常生活写起，由床、被子，写到豆粥，罗列具体、生动。后两句自然而然地抒发出做一个超然自得闲人的内心想法。诗人很坦诚，说自己除了吃饭穿衣温饱问题会考虑，其他事情自己都无心思考。

咏史明志，如《八翁十首》：

> 步虚声裹八奇翁，八奇须信古英雄。宾朋未散山翁醉，听歌同入醉乡中。
>
> 傅岩岩下筑岩翁，幽通心与帝心通。忧勤未感思贤梦，相霖何日见成功。

磻溪溪畔钓鱼翁，濯缨溪水听溪松。龟猷未告非熊兆，渔蓑堪笑老龙钟。

老原原上卜年翁，感天功业动天聪。流言未信成王悟，悟成全得起禾风。

龟山山下感麟翁，麟翁知己几时逢。自从颜孟希踪后，几人今日更希踪。

青牛西去伯阳翁，当年夫子叹犹龙。立言为恐真风丧，岂知言立丧真风。

寓言豪诞漆园翁，夸谈名理浩无穷。早知悬解人间世，争知悬解不言中。

一身无碍竺乾翁，遍贺身世戒身同。船师从我乘桴去，顽空中与指真空。

褒斜谷口卧龙翁，遍圆身世戒身同。不应三顾逢先主，至今千载慕冥鸿。

篮舆多病八吟翁，云宾溪叟恣游从。清时无事青山醉，青山仍醉最青峰。

此是组诗。第一、第十首是总论，一起一收。第一首诗直言有一支吟唱八翁的歌曲，八翁是了不起的真英雄。朋友们在一起喝酒听歌，不知不觉中自己就醉了。可能是被这歌曲的内容深深打动陶醉了，也可能是酒喝多了入了醉乡。中间八首分别写了历史上著名的八个人物，一人一首诗。诗中分别对八位历史人物的生平功绩有叙述有评价。这八位分别是筑岩翁（傅说）、钓鱼翁（姜子牙）、卜年翁（周公）、感麟翁（孔子）、伯阳翁（老子）、漆园翁（庄子）、竺乾翁（佛祖）、卧龙翁（诸葛亮）。第十首作为组诗的结尾，将八位历史人物放在一起，诗人认为这八位都是恣游之人，是自己崇拜的人物。诗以"清时无事青山醉，青山仍醉最青峰"隐约含蓄地表明自己的志向：国家社稷不需要自己的时候，自己就应恣游"青山"，沉醉"青峰"。诗中的"青山""青峰"，可能是张载"移疾屏居南山下，终日危坐一室，左右简编，俯而读，仰而思"，也可能是张载"敝衣蔬食，与诸生讲学，每告以知礼成性、变化气质之道"。这组咏史诗，笔者认为是一组咏史明志之诗。

（二）文章：说理议政

《张载集》中所收的《正蒙》《横渠易说》《经学理窟》《张子语录》诸篇文章均是说理文；《文集佚存》中收的《答范巽之书》《与赵大观书》《与吕微仲书》《贺蔡密学启》《策问》《边议》《与蔡帅边事画一》《泾源路经略司论边事状》《经略司画一》多是议政之文。张载文章以适用为主，强调的是经世致用，推崇朴实自然、简洁明快、不加雕饰的文风。内容多是阐述其思想观点与政治主张，为变法革新服务。这些文章针对时政或社会问题，观点鲜明，分析深刻。长篇则横铺而不力单，短篇则纡折而不味薄。兹不赘述。

（三）诗文创作特点

1. 言简意实

吕柟在《张子抄释序》中说："横渠张子书甚多，今其存者止《二铭》《正蒙》《理窟》《语录》及《文集》，而《文集》又未完，止得两卷于三原马伯循氏。然诸书皆言简意实，出于精思力行之后。至论仁孝、神化、政教、礼乐，盖子孔孟后未有能如是切者也。"吕柟指出了张载文章的突出特点：言简意实；同时也分析了这一特点形成的原因：静思力行。

《张载集》中收录了《张天祺墓志铭》，这篇墓志铭是张载的弟弟张戬（1030—1076，字天祺）去世后张载所写，全文约两百字，用语极简练，但意深情长。开篇"哀哀吾弟，而今而后，战兢免夫"，用最简单的语句表达自己在痛失胞弟时的哀痛心情。后面哀词中对其弟天祺的才能修养给予了高度的评价："立朝莅官，才德美厚，未试百一，而天下从闻也从，莫不以公辅期许。率己仲尼，践修庄笃，虽孔门高弟，有所后先。"句句是肺腑之言，出自真心。

2. 精深浩渺

袁应泰在万历戊午本《张子全书序》中说："张子立言，精深浩渺。"袁应泰略举了张载的言论以为佐证，大致如下：

> 欲学者寡欲也，曰"天下之富贵，在外者皆有穷已，惟道义则无爵而贵，取之无穷"；"仁之难成久矣，人人失其所好，盖人人有利欲之心，与学正相背驰，故学者要寡欲"；"当生则生，当死则死，今日万钟，明日弃之，今日富贵，明日饥饿亦不恤，惟义所在"。

欲学者之变气质也，曰"德不胜气，性命于气，德胜其气，性命于德"；"天本参和不偏，养其气，反之本而不偏，则性尽"；"气与志，天与人，有交胜之理，必学至于如天则成性，成性则气无由胜"。

张载所惓惓者，在于穷理率性，辨诸子之浅妄，辟释氏之诐淫以卫道。故其说曰："为天地立心，为生民立道，为去圣继绝学，为万世开太平"而后已。"太虚不能无气，气不能不聚而为万物，万物不能不散而为太虚"；"聚亦吾体，散亦吾体，知死之不亡者，可与言性"。

3. 惊世骇俗

张载一生遍读群书，勤于思考，常有不同常人的观点与看法，我们在张载诗文中随处可见。例如七言绝句《圣心》：

圣心难用浅心求，圣学须专礼法修。

千五百年无孔子，尽因通变老优游。

张载认为一千多年来孔子思想学说不传，其原因都在老庄思想的泛滥。

再如七言律诗《孤宦》：

孤宦殊方意自违，邻光兹幸托余辉。

人心识尽童心灭，世事谙多乐事稀。

直有岁寒甘柏说，终无春思惜花飞。

岂同毛刺墙间客，向望他门卜所依。

该诗感叹官场的险恶、动荡，也指出了人心、世事，尤其是"童心灭""乐事稀"这类理性而深刻的观点，振聋发聩，令人警醒。

总之，张载诗文深于立意，巧于构思。张载诗文多为习见题材，但往往给人耳目一新之感，这在很大程度上应归之于其立意新、开掘深、构思奇。张载的诗文具有很高的艺术成就，从后人对其评价就可以看出。《河南程氏遗书》中程颢说："《西铭》某得此意，只是须他子厚有如此笔力，他人无缘做得。孟子以后未有人及此。"[①]《二程集》中程颐则说："《订顽》之言，极纯无杂，秦汉以来学者所未到。"他们二人对张载的评价是极高的，

---

① [明]朱熹：《河南程氏遗书》，商务印书馆，1978年版，第168页。

说张载作的文章自孟子之后没有达到这样高度的学者,在某种程度上已经将张载与圣人相提并论。"船山先生"王夫之最推崇、称赞的是张载。王夫之《国史儒林传》中说:"杜门著书,神契张载,从《正蒙》之说,演为《思问录》二篇。"他自称受张载思想影响最深,平生治学以张载思想为宗,全面继承和发展了张载思想。对于张载诗文作品和思想,与他同时期的苏轼,还有他的学生范育、苏昞等也都给予了极高的评价。从各个方面来看,张载诗文的艺术成就达到了较高水平,值得后人研究与学习。

(本文发表于《西安文理学院学报》〔社会科学版〕2015年第5期)

刘宁,1971年生,2006年毕业于陕西师范大学文学院,文学博士,师从张新科教授,现为西安文理学院长安历史文化研究中心副主任。

论宋代文人对白居易的接受

殷海卫

内容摘要：白居易在唐代已有较高声誉，其诗为社会各阶层喜爱。宋代特殊的政治环境、文化背景、士人心态，文人独特的人生际遇、思想情怀、性格趣向、生活态度，诗坛审美追求等，使宋人对白居易的人格品质、生活态度、生活方式、文学创作等都进行了全方位的接受，并完成了对其思想境界、人生情怀、诗歌创作的整体超越。在接受与超越中，深刻再现了两代文人的生存状态、思想心态与性格命运，表现了两代文学的创作发展及其社会的政治文化特征等。

关键词：宋代文人；白居易；接受研究

白居易作为中唐文坛的巨擘，其人其诗在当时就有口皆碑，王公贵族、贩夫走卒，无不爱之，并已远播鸡林。宰相李德裕畏于朋党之争加剧，不敢援引白居易，乃至不敢读白文，恐回其心志。[①]其品节风操亦堪称师表，皮日休爱其自然超旷，可为后人龟鉴[②]，《旧唐书》赞其贤达。到了宋代，特殊的政治文化环境，文人的生存状态、思想心态、文学风气等，使白居易成为他们的异代知音，不同文人群体对其品节风操、生活方式、诗歌创作等做了全方位的接

[①] 孙光宪《北梦琐言》卷一曰："其不引翼，义在于斯，非抑文章也，虑其朋比而掣肘也。"见《唐五代笔记小说大观》下册，上海古籍出版社，2000年版，第1807页。

[②] 皮日休《七爱诗·白太傅》云："吾爱白乐天，逸才生自然。……天下皆汲汲，乐天独怡然。……处世似孤鹤，遗荣同脱蝉。仕若不得志，可为龟镜焉。"见《全唐诗》卷六百八，中华书局，1960年版，第7018页。

受。在接受与超越中，生动再现了两代文人的思想生活状况、文学审美风趣及其政治文化特征等。

一、宋代不同类型文人群体对白居易的身份认同

从接受行为的发生来看，接受主体与接受对象之间要存在一定的相似性或关联性，才能产生具体的接受。宋代文人对白居易的选择与接受，缘于相似的仕宦经历、生活方式、思想心态、社会问题等，由不同的接受心理形成不同的接受群体，从而对白居易产生多元化的价值认同，成为他们的异代知音。

（一）在朝清闲文官对白居易的身份认同。宋初承平，君臣已有游宴唱和之风。太宗雍熙元年（984）已丑，"以天下之乐为乐宜令侍从词臣各赋诗。赏花赋诗自此始。……壬申，幸含芳苑宴射……与李昉等各赋诗，上为和赐之"。[①]这些文人如王禹偁、李昉、徐铉等多供职馆阁，职位清闲，与白居易供奉翰院时身份相似。王禹偁于太宗端拱元年任右拾遗、直史馆，李、徐皆为史馆编修。王禹偁二年（985）为左司谏、知制诰，同白居易的紫微郎身份。暇时咏物写景，抒闲情雅怀，以闲适唱和见称的白居易自然成为他们学习的榜样。胡应麟《诗薮》曰："宋初诸子多祖乐天。"[②]李昉《伏蒙侍郎见示蓬阁多余暇诗十首调高情逸……》云："秘阁清闲地，深居好养贤。……应同白少傅，时复枕书眠。"[③]李昉与李至又效元、白，刘、白次韵酬唱，有《二李唱和集》。《彦周诗话》曰："本朝王元之诗可重，大抵语迫切而意雍容，如'身后声名文章草，眼前衣食薄书堆'。……大类乐天也。"[④]南宋洪咨夔中书舍人夜值时作《宣锁》，效其唱和。蔡正孙曰："愚谓洪平斋此诗，非特引用乐天紫微花事，而其意度闲雅，有乐天之风焉。"[⑤]

（二）贬谪外放文人对白居易的身份认同。白居易因讽谏时弊，直言时政而构怨遭贬，远放江州，辗转苏杭、忠州等。王禹偁因上书直言时事，三次被贬，太宗淳化二年（991）贬为商州团练副使，至道元年贬滁州，真宗咸

---

① [宋]李焘：《续资治通鉴长编》卷二五，中华书局，2004年版，第575页。
② [明]胡应麟：《诗薮》卷三《古体下》，上海古籍出版社，1975年版，第56页。
③《全宋诗》卷十二，北京大学出版社，1995年版，第177页。
④ [清]何文焕：《历代诗话》上册，中华书局，2004年版，第388页。
⑤《诗林广记》卷十，见《宋诗话全编》第9册，凤凰出版社，1998年版，第9662页。

平元年（998）贬知黄州。相同的政治遭遇，相似的人生处境，同样的穷愁郁怀，使其更容易对白居易产生"同是天涯沦落人"的心理认同。《前赋春居杂兴诗二首……聊以自贺》注曰："予自谪居时，多取白公诗，时时玩之"①，以此来消解谪居愁苦，寻求心理慰藉。《放言诗》小序云："元、白谪官，皆有《放言诗》著于编集，盖骚人之道味也。予虽才不侔于古人，而谪官同矣。因作诗五章，章八句，题为《放言》云。"②

受其影响更大的当属苏轼，他两次外放杭州，白居易曾任刺史于此。苏对白充满了追慕之情，《守杭州》云："出处依稀似乐天，敢将衰朽较前贤。"叶寘《爱日斋丛钞》曰："予因诸诗之作而考之，东坡之慕乐天，似不尽始黄州。……倅杭时作，已有慕白之意矣。……观引用此事，知其已慕白也。"③同样被党争改变命运的还有苏辙、黄庭坚等人，当新党重新执政，绍圣之章惇尽逐旧党，崇宁之蔡京又列元祐党籍，立党人碑。苏辙投荒贬所，唯以乐天文集为精神宽慰。《书白乐天集后二首》曰："元符二年夏六月，予自海康再谪龙川……乃得《乐天文集》阅之。……予方流转风浪，未知所止息。观其遗文，中甚愧之。"④哲宗绍圣二年（1095），黄庭坚坐修《神宗实录》失实，贬于黔南，《道山清话》曰："山谷用乐天语作黔南诗……白云：'相去六千里，地绝天邈然。十书九不到，何以开忧颜。'山谷云：'相去六千里，天地隔江山。十书九不到，何用一开颜？'"⑤真乃"怅望千秋一洒泪，萧条异代不同时"！

（三）投闲置散文人对白居易的身份认同。白居易被贬江州后，人生观发生了重要转变，或求吏隐，又由儒而入佛老，多次分司东洛，远离政治纷争，在履道坊建宅，于其中引泉、凿池、植莲、放鹤、种竹等，与裴度、刘禹锡、牛僧孺、王起等闲放文人终日宴饮唱和，悠游终老。赵宋朋党之争甚于李唐，被闲放的文人，尤其是退归洛下的文人，在人生际遇、生活环境、思想心态方面与白居易极为相似。他们或留守分司，或致仕，或闲放，在宴饮、游赏、唱和等活动中，追步乐天的风范。

---

① [清]吴之振：《宋诗钞·小畜集钞》，中华书局，1986年版，第48页。
② 《全宋诗》卷六四，北京大学出版社，1995年版，第720页。
③ [宋]叶寘：《爱日斋丛钞》卷三，中华书局，2010年版，第69页。
④ 《全宋文》卷二〇七五，上海辞书出版社，2006年版，第248页。
⑤ 《宋元笔记小说大观》，上海古籍出版社，2007年版，第2932页。

留守者如钱惟演、文彦博等，以钱惟演为中心又形成了一个洛下文人唱和群体。《东轩笔录》卷三载："（钱文僖）晚年以使相留守西京，时通判谢绛、掌书记尹洙、留守推官欧阳修，皆一时文士，游宴吟咏，未尝不同。洛下多水竹奇花，凡园囿之胜，无不到者。"①文彦博与富弼、司马光等十三人，用白居易九老会故事，有耆英会。《邵氏闻见录》卷十载："元丰五年，文潞公以太尉留守西都，时富韩公以司徒致仕，潞公慕唐白乐天九老会，乃集洛之卿大夫年德高者为耆英会……洛阳多名园古刹……每宴集，都人随观之。"②

分司者如范纯仁、吴育、李建中等人，多效乐天宴游酬唱之风流。范纯仁"提举西京留司御史台。时耆贤多在洛，纯仁及司马光，皆好客而家贫，相约为真率会，……洛中以为胜事"。③吴育"判西京留司御史台。……晚年在西台，与宋庠相唱酬，追裴、白遗事至数百篇"。④李建中"前后三求掌西京留司御史台，尤爱洛中风土，就构园池，号曰'静居'"。⑤其行为雅好，甚似乐天。苏子美"既放废，寓于吴中……心安闲而体舒放。三商而眠，高春而起……吟啸览古于江山之间"。⑥这种生活，无乃乐天洛下风流之重现。致仕者如李昉、张齐贤等人，多效乐天九老会旧事，宴饮恣乐。《宋史·李昉传》载："昉所居有园亭别墅之胜，多召故人亲友宴乐其中。既致政，欲寻洛中九老故事。"⑦张齐贤"归洛，得裴度午桥庄，有池榭松竹之盛，日与亲旧觞咏其间，意甚旷适"。⑧其悠闲散放，不让乐天。

（四）天性散放的不仕文人对白居易的身份认同。宋代有些文人生性疏野散淡，不慕功名，向往山林草野之自在，与白居易中隐洛下的无为心态颇为相似。其中以魏野、邵雍为代表，皆绝意仕进，隐而不出。魏野"嗜吟咏，不求闻达。……凿土袤丈，曰乐天洞……啸咏终日。前后郡守，虽武臣旧相，皆

---

① 《宋元笔记小说大观》，上海古籍出版社，2007年版，第2700页。
② 《宋元笔记小说大观》，上海古籍出版社，2007年版，第1761页。
③ 《宋史·范纯仁传》卷三一四，中华书局，1985年版，第10286页。
④ 《宋史·吴育传》卷二九一，中华书局，1985年版，第9731页。
⑤ 《宋史·文苑三·李建中传》卷四四一，中华书局，1985年版，第13056页。
⑥ 《宋史·文苑四·苏舜钦传》卷四四二，中华书局，1985年版，第13080页。
⑦ 《宋史》卷二六五，中华书局，1985年版，第9139页。
⑧ 《宋史·张齐贤传》卷二六五，中华书局，1985年版，第9158页。

所礼遇，或亲造谒"。①大儒、理学宗师邵雍更能安素心、轻外物，布衣而不慕名爵，抱道而居。《诗话总龟》卷七载："邵尧夫先生居洛四十年，安贫乐道，自云未尝攒眉。所居寝息处为'安乐窝'，自号'安乐先生'。"②在日用中饮水自乐，乃乐天晚岁做派。故司马光《戏呈尧夫》曰："只恐前身是，东都白乐天。"③

二、宋代文人对白居易其人的具体接受

宋人对白居易不同身份的认同，进而表现出对其人格风神的接受，其刚直仁爱的良吏品质、洒脱放达的人生态度、超然尘世的生活方式都与宋代文人的思想德操、人生情怀、生活旨趣高度相合，令他们心慕行随。

首先是对其忠直仁爱的良吏品质的接受。中唐政治积弊重重，宦官专权，藩镇跋扈，朋党相争，社会危机愈演愈烈。白居易挺身而出，《新唐书·白居易传赞》曰："观居易始以直道奋，在天子前，争安危，冀以立功。虽中被斥，晚益不衰。当宗闵时，权势震赫，终不附丽为进取计，完节自高。而稹中道徼险得宰相，名望漼然。呜呼，居易其贤哉！"④比起元稹后来依附宦官为相，名节尽失，居易可谓品高一筹。至于他疏浚西湖，晚年捐资疏通龙门八节滩等，无不显示出他民胞物与的情怀。赵宋党争相续，边事不绝，民生多艰，置身如此沉重的社会现实，宋人更易被白居易心忧社稷苍生，群而不党，刚直不阿的品节所感动。真宗景德四年（1007），录唐白居易孙利用为河南府助教，通过荫荫的方式，表达对乐天的尊崇之心，教化天下。孝宗曾御笔亲书乐天《饱食闲坐》诗赐近臣，以嘉其一饭不忘君忧之意。周必大《御书白居易诗跋》曰："盖于一饮食间，默寓忠爱不忘君之意……孰知三百余载之后，乃遭遇圣明，发挥其语，光荣多矣。"⑤作为文臣，王禹偁在太宗时擢右拾遗，和白居易一样心系苍生，直言敢谏。真宗时，"禹偁上疏言五事：……尝作《三黜赋》以见志。其卒章云'屈于身而不屈于道兮，虽百谪而何亏！'……遇

---

① 《宋史·隐逸上·魏野传》卷四五七，中华书局，1985年版，第13430页。
② [宋]阮阅编，周本淳点校：《诗话总龟·后集》，人民文学出版社，1998年版，第41页。
③ 《全宋诗》卷五一三，北京大学出版社，1995年版，第6213页。
④ 《新唐书》卷一一九，中华书局，1975年版，第4305页。
⑤ 《全宋文》卷五一二二，上海辞书出版社，2006年版，第216页。

事敢言，喜臧否人物，以直躬行道为己任。……其为文著书，多涉规讽，以是颇为流俗所不容，故屡见摈斥。"①元祐文人胸怀天下，激昂文字，其中苏轼最敬慕乐天。《二老堂诗话》"东坡立名"条云："本朝苏文忠公不轻许可，独敬爱乐天，屡形诗篇。盖其文章皆主辞达，而忠厚好施，刚直尽言，与人有情，与物无著，大略相似。"②如乐天云："闾里固宜勤抚恤，楼台亦要数跻攀"（《送姚杭州赴任，因思旧游二首》其一），子瞻云："细雨晴时一百六，画桡篦鼓莫违民"（《常润道中有怀钱塘寄述古五首》其一）等，与白诗心系苍生之精神相通。无论是在熙宁、元丰年间，还是在元祐、绍圣年间，他既被新党吕惠卿、章惇、蔡京等奸佞以文字遘祸，又见斥于朔、洛两党。虽历乌台诗祸，终无悔意。黄山谷虽罹元祐党祸，依然不改其光风霁月之洁，对乐天君子风操不胜向往。《跋自书乐天三游洞序》曰："观其言行，蔼然君子也。余往来三游洞下，未尝不想见其人。"③

其次是对其乐观放达的人生态度的接受。人生无常，欢喜悲愁，荣辱穷通，莫不有之。乐天虽有"天涯沦落"之叹，终能以达观态度坦然应对。苏辙《书白乐天集后二首》曰："盖唐世士大夫，达者如乐天者寡矣。"④宋代时贤名流，莫不慕之。三朝宰辅魏公韩琦"起堂于北池上，效乐天，因名曰'醉白堂'。五月堂成，公赋诗二篇，其一卒章云：'霓裳时事非吾事，且学熏酣石上眠。'"⑤晁迥爱其胸襟透脱，心无挂碍，不为外物所动。《法藏碎金》曰："余常爱乐天旨旷达，沃人胸中。……造化阴鸷，不足为休戚，而况时情物态，安能刺鲠其心乎？"⑥乐天诗酒放旷，自号"醉吟先生"，苏轼《醉吟先生画赞》美其超逸旷放。《吾谪海南……作诗示之》云："平生学道真实意，岂与穷达俱存亡？……他年谁作舆地志，海南万里真吾乡。"⑦其胸襟之

---

①《宋史·王禹偁传》卷二九三，中华书局，1985年版，第9793页。
②[清]何文焕：《历代诗话》下册，中华书局，2004年版，第657页。
③《全宋文》卷二三一七，上海辞书出版社，2006年版，第39页。
④《全宋文》卷二〇七五，上海辞书出版社，2006年版，第248页。
⑤[宋]阮阅编，周本淳点校：《诗话总龟·后集》卷三四，人民文学出版社，1998年版，第339页。
⑥[宋]晁迥：《法藏碎金录》卷一，见文渊阁四库全书本，台湾商务印书馆，1983年版，第432页。
⑦[宋]苏轼著，[宋]冯应榴辑注，黄任轲等点校：《苏轼诗集合注》卷四一，上海古籍出版社，2001年版，第2104页。

放旷，可与乐天并辔而行。乐天深契佛老之旨，生死穷通不系于心，因此成为两宋文人悟道明心的良师。李公维录出其诗，名曰《养集恬》。晁迥录之为《助道词语》，《法藏碎金》又曰："予今年八十……安得不如公之旷达哉！故予抗心希古，以公为师，多作道情诗，粗合公之词理尔。"①

其三是对其中隐自适的生活方式的接受。中国传统文人大多遵行"用之则行，舍之则藏"的人生理念，白居易也是如此。他进能义无反顾，退而淡泊无争，中隐自适，随境而安。宋代耆德硕儒倾心追附，或建"中隐堂"，效其适意。龚朋之《中吴纪闻》卷二"中隐堂三老"条载："曾大父自都官员外郎分司南京，谢事家居，取白乐天'大隐住朝市，小隐入丘樊；不如作中隐，隐在留司间'之诗，建中隐堂，与尚书屯田员外郎程适、太子中允陈之奇相与游从。"②苏轼也醉心于这种中隐自适的生活，《六月二十日望湖楼醉书》云："未成小隐成中隐，可得长闲胜暂闲。"小苏亦效乐天退而自处，随境自乐，叶寘《爱日斋丛钞》卷三曰："子由暮年赋诗，亦谓：'时人莫作乐天看，燕坐端能毕此身。'自注：'乐天居洛阳日，正与予年相若。'或当时又以乐天称子由。香山一老，而两苏公共之。'"③南宋名臣向子諲因反对议和，忤秦桧意，退闲十五年，号所居曰"芗林"，以示望贤之心。楼钥《芗林居士文集序》曰："又素慕乐天，自号曰芗林。……《题乐天真》云：'香山与芗林，相去几百祀。丘壑有深情，市朝多见忌。……才名固不同，出处略相似。'"④

三、宋代文人对白居易诗歌的接受

白诗在元和时代已经称名，时人"学浅切于白居易"⑤，张为《诗人主客图》称其为"广大教化主"。太宗时，其文集已流传至日本。宋代诗学注重师

---

① [宋]晁迥：《法藏碎金录》卷九，见文渊阁四库全书，台湾商务印书馆，1983年版，第577页。
② 《宋元笔记小说大观》，上海古籍出版社，2007年版，第2848页。
③ [宋]叶寘：《爱日斋丛钞》，中华书局，2010年版，第70页。
④ 《全宋文》卷五九四八，上海辞书出版社，2006年版，第104页。
⑤ [唐]李肇：《国史补》卷下，见《唐五代笔记小说大观》上册，上海古籍出版社，2000年版，第194页。

法，讲求诗法，宋人立足于日常生活，于细微处见精神。白诗的题材内容、风格、技巧等都成为他们的取法对象。

（一）学其诗题材内容的日常生活化。宋代已步入平民社会，宋人以平常心应接万物，善于从日用中发现诗材，开掘诗意，俗中求雅。白居易退居洛下，写各种日常情事，表现率性适意的生活，闲居、饮食、坐卧、睡眠、纳凉、沐浴、衰老、疾病等俗事无所不包，不仅扩大了诗歌的题材内容，也深刻影响到宋诗的进程。江进之《雪涛小书》曰："意到笔随，景到意随，世间一切都着并包囊括入我诗内。诗之境界，到白公不知开扩多少。较诸秦皇、汉武，开边启境，毕事同功，名曰'广大教化主'，所自来矣。"①邵雍、苏轼、苏辙等，无不沾溉于此。邵尧夫效法乐天《咏兴五首》《吟四虽》等，有《林下五吟》《乐物吟》《吾庐吟》《安乐吟》《四事吟》等，至于以组诗形式写闲吟、闲行、闲坐、闲居等，不一而足，皆能平中见性。苏轼效其大量写日常生活琐事，如《豆粥》《䉼米》《蜜酒歌》《元修菜》《雨后行菜圃》《东坡八首》等。效白《三适诗》，有《谪居三适》，苏辙有《次韵子瞻三适》相酬唱，又有《浴罢》《早睡》《夜坐》《白发》《食鸡头》等诗，范成大有《睡起》《病中夜坐》《早衰》《耳鸣戏题》《晚步》等诗，皆是乐天日常情事。

（二）学其诗风的平易自然。白诗平易浅切、自然明快，能够随物赋形，着笔成趣，圆转自如，不见人工雕琢之力。张镃《读乐天诗》曰："诗到香山老，方无斧凿痕。目前能转物，笔下尽逢源。"②这种诗风大别于韩孟诗派的奇险瘦硬，颇有创变之功。清田雯《古欢堂集·杂著》卷二曰："乐天诗清浅可爱，往往以眼前事为见得语，皆他人所未发。"③这也契合了宋人反对晚唐五代绮靡文风的需要及他们返朴归真、淡泊无争的心性。李昉、徐铉、魏野、邵雍等人皆学白体之平易自然。《宋史·李昉传》言其"为文章慕白居易，尤浅近易晓"④。《温公续诗话》曰："魏野处士……'数声离岸橹，几点别州山。'……其诗效白乐天体。"⑤四库馆臣称"邵子之诗，其源亦出白居易。

---

① 陈友琴：《白居易资料汇编》，中华书局，1962年版，第226页。
② 《全宋诗》卷二六八四，北京大学出版社，1995年版，第21568页。
③ 陈友琴：《白居易资料汇编》，中华书局，1962年版，第260页。
④ 《宋史》卷二六五，中华书局，1985年版，第9138页。
⑤ [清]何文焕：《历代诗话》上册，中华书局，2004年版，第276页。

而晚年绝意世事，不复以文字为长。意所欲言，自抒胸臆"[1]。宋人向白诗复古，提倡质朴自然，还出于扭转当时文风的需要。如真宗时，陈从易、杨大雅起而矫流俗浮靡之气。《宋史·陈从易传》曰："景德后，文士以雕靡相尚，一时学者向之，而从易独守不变。与杨大雅相厚善，皆好古笃行。时朝廷矫文章之弊，故并进二人，以风天下。"[2]《六一诗话》曰："陈舍人从易，当时文方盛之际，独以醇儒古学见称，其诗多类白乐天。"[3]也有豪华落尽见真淳者，如苏门学士张耒"作诗晚岁益务平淡，效白居易体"。在二苏及黄、秦、晁三学士皆辞世后，引领着宋诗的发展方向。

（三）学习白诗具体的技法。宋人作诗注重诗歌法度，白诗在艺术表现方面的诸多技巧，如遣词、造句、炼字、命意、笔法、用事、言理等，皆给宋人以深刻的启示，他们广约博取，各得其所。

	宋人	白居易
遣词	东坡《梅花》云："裙腰芳草抱山斜。"	《杭州春望》云："草绿裙腰一道斜。"
	荆公《梅诗》云："肌雪参差冷太真。"	《长恨歌》云："中有一人字太真，雪肤花貌参差是。"
造语	醉翁《听筝》云："绵蛮巧啭花间舌，呜咽交流水下泉。"	《琵琶行》云："间关莺语花底滑，幽咽泉流水下滩。"
	东坡《惠州上元夜》云："前年侍玉辇，端门万枝灯。……去年中山府，老病亦宵兴。……今年江海上，云房寄山僧。"	《奉和裴令公三月上巳日游太原龙泉忆去岁禊洛》云："去岁暮春上巳，共泛洛水中流。今岁暮春上巳，独立香山下头。"
	陆游《题庵壁》云："身并猿鹤为三友，家托烟波作四邻。"	《自喜》云："身兼妻子都三口，鹤与琴书共一船。"
命意	东坡《定惠院海棠诗》云："陋邦何虑得此花，无乃好事移西蜀。天涯流落俱可念，为饮一尊歌此曲。"	《琵琶行》云："同是天涯沦落人，相逢何必曾相识。"
	杨诚斋《有叹》云："君道愁多头易白，鹭丝从小鬓成丝。"	《白鹭》云："何故水边双白鹤，无愁头上亦垂丝。"
笔法	苏轼《杨康功石》云："三年化为石，坚瘦敌琼玖。……杨公海中仙，世俗那得友。"	《双石》云："苍然两片石，厥状怪且丑。俗用无所堪，时人嫌不取。……不似人间有。"

---

[1] [清]永瑢、纪昀等：《四库全书总目》卷一五三，中华书局，1965年版，第1323页。
[2] 《宋史》卷三百，中华书局，1985年版，第9979页。
[3] [宋]何文焕：《历代诗话》上册，中华书局，2004年版，第266页。

续表

	宋人	白居易
用事	山谷《喜太守毕朝散致政》云："功名富贵两蜗角，险阻艰难一酒杯。"	《不如来饮酒》云："相争两蜗角，所得一牛毛。"
言理	东坡《次韵答邦直子由》云："引睡文书信手翻。"	《晚亭逐凉》云："趁凉绕竹行，引睡卧观书。"
言理	晁迥《拟白乐天诗》云："权要亦有苦，苦在当忧责，闲慢亦有乐，乐在无萦迫。"	《咏意》云："富贵亦有苦，苦在心危忧。贫贱亦有乐，乐在身自由。"

四、宋代文人对白居易的超越

宋代文人在对白居易全方位接受的同时，也不甘为牛后人，他们将师古与师心有机结合，在汲取中不断超越前贤，在思想境界、人生情怀、诗艺审美等方面，都能百尺竿头更进一步，显示出宋代文化理性、包容、创新的特征。

（一）思想境界更为高远。宋代崇文抑武的文化政策激发了文人的济世热情，内忧外患的社会现实也使他们承载了更多道义责任，虽然不同时期的朋党之争或奸相弄权等使他们身心备受磨难，但这些磨砺也提升了他们的人生境界。相比白居易后期逃避现实政治，回避社会责任，过多满足于一己之衣食俸禄，朱子讥之，不为无理。宋代文人在逆境中并未放弃自己的政治理想，反而穷且弥坚。如王禹偁《酬安秘丞见赠长歌》云"丈夫方见兼济才，莫学西山采薇老"，苏轼九死南荒而不忘教化蛮彝等，都显示出宋人刚毅、理性、沉着的个性特征和宋代文化恢宏的气度。即便如邵夫子这样淡泊之士，自乐中也未忘其时代与万物。《伊川击壤集》序曰："非唯自乐，又能乐时，与万物之自得也。"[①]这一点，自然高于退居洛下独自逍遥的白居易。

（二）人生情怀更加淡泊。宋人在人生困境中，虽然常从白居易那里寻求心灵慰藉，但他们的襟怀更加淡泊。如苏轼虽然身陷党争之漩涡，远放黄州、惠州、儋州等，艰难困苦中依然能饮水自若，以"一蓑烟雨任平生"的态度坦然应对。他扬弃了乐天的放荡、张狂与炫耀，多了份淡泊、雍容与老成，真正体现出仁者不忧，智者不惑，勇者不惧的君子风范。宰臣韩琦、司马光等人宠

---

① 《全宋文》卷九八六，上海辞书出版社，2006年版，第52页。

辱不惊，进退裕如，淡然自守，胸襟也上乐天之上。至于草野文人魏野①、邵雍等无心功名，淡泊远放，本已在乐天之上。

（三）文学的现实性与审美性增强。宋代积贫积弱，宋人变法图强，或关注社会民生，或喜谈恢复等，文学更贴近社会现实。文人屡遭贬谪或外放，长期的地方生活使他们更多接触到民众疾苦，发现社会弊端。如王禹偁《感流亡》《畲田调》、苏轼《山村五绝》《吴中田妇叹》《荔枝叹》、范成大《后催租行》《腊月村田乐府十首》等。南宋文人则传写出时代乱离，表达了沉重的黍离之悲。《云麓漫钞》曰："'十只画船何处宿，洞庭山脚太湖心。'此白乐天守姑苏《游太湖》诗，相见当时气象。至绍兴初，金人犯江浙，……胡有诗曰：'白蘋风静碧波沉，画舸来游着意深。……姓名便合聊真隐，出处何妨拟醉吟。畴昔光阴费行乐，中原鼙鼓正伤心。'时节不同如此。"②白云苍狗，今昔盛衰，使人如见离离，沉哀入骨。叶寘《爱日斋丛钞》曰："'谁能更学孩童戏，寻逐春风捉柳花。'乐天《放柳枝答刘梦得》诗也。诚斋杨氏乃有'日长睡起无情思，闲看儿童捉柳花'之句，得非默阅世变中有感伤？此静中见动意。"③

宋人学白，能在凡俗的日常生活中，发现快乐，寻求大美。如苏轼"莫嫌荦确坡头路，自爱铿锵曳杖声""长江绕郭知鱼美，好竹连山觉笋香""报道先生春睡美，道人轻打五更钟"等。脱乐天之尘俗，雅丽清脱。东坡南迁，朝云相随，妓词效乐天，苕溪渔隐曰："诗意绝佳，善于为戏，略去洞房之气味，翻为道人之家风。非若乐天所云：'樱桃樊素口，杨柳小蛮腰。'但自诧其佳丽，尘俗哉！"④他们在审美表现方面也有不同程度的超越。《陈石遗先生谈艺录》载："宋诗十之七八从《长庆集》中来，然皆能以不平变化其平处。"⑤或在用字、构思上创意出奇，《唐宋诗醇》评《百花亭晚望夜归》曰："次联有气势。苏轼诗'天外黑风吹海立，浙东飞雨过江来'二句本此，

---

① 《温公续诗话》云："真宗西祀，闻其名，遣中使召之，野闭户逾垣而遁。"见何文焕《历代诗话》上册，中华书局，2004年版，第276页。
② [宋]赵彦卫：《云麓漫钞》卷一四，中华书局，1996年版，第248页。
③ [宋]叶寘：《爱日斋丛钞》卷三，中华书局，2010年版，第68页。
④ [宋]胡仔：《苕溪渔隐丛话·后集》卷二九，人民文学出版社，1981年版，第214页。
⑤ 张寅彭主编：《民国诗话丛编》，上海书店出版社，2002年版，第1册，第704页。

而下字更奇。"① 又如乐天以花喻美人，山谷则以美颜比花，更为出奇。《诚斋诗话》曰："白乐天《女道士》诗云：'姑山半峰雪，瑶水一枝莲。'此以花比美妇人也。……山谷《酴醾》云：'露湿何郎试汤饼，日烘荀令炷炉香。'此以美丈夫比花也。山谷此诗出奇，古人所未有。"② 或点铁成金，如王安石、苏轼等，皆为诗家妙手。吴可《藏海诗话》曰："（荆公）'海棠花下怯黄昏'，乃是用乐天诗，而易'紫藤'为'海棠'，便觉风韵超然。"③《竹坡诗话》曰："东坡作送人小词云：'故将别语调佳人，要看梨花枝上雨。'虽用乐天语，而别有一种风味，非点铁成黄金手，不能为此也。"④ 或夺胎换骨，曾季貍《艇斋诗话》曰："山谷咏明皇时事云：'人到愁来无处会，不关情处亦伤心。'全用乐天诗意……此所谓夺胎换骨者是也。"⑤

综上所论，我们可以看到，宋代文人选择白居易为接受对象，有着政治的、文学的、生活的、文化的等诸多原因，他们在接受中不断超越创新，其间反映出宋代政治的变迁、文人的生存状态、仕人心态、诗学风尚、文化审美等多种内涵，在批评与阐释、接受与传播、继承与创新中，更能体现出接受对象愈久弥新的文学价值、文化意义，展现不同时代接受主体的生存状态、不同社会的政治文化特征、不同时期的文学发展状况等。宋代白居易的接受高峰，又影响到明、清文人对他的接受，迎来又一个接受高峰，并进而影响到现代文学的发展。显然这又是一个值得继续深入探讨的、有文学文化意义的论题。

殷海卫，1971年生，2006年毕业于陕西师范大学文学院，文学博士，师从张学忠教授，现为河南科技大学人文学院副教授。

---

① 《御选唐宋诗醇》卷二三，乾隆二十五年重刊，珊城遗安堂藏版，第15页。
② 丁福宝：《历代诗话续编》上册，中华书局，1983年版，第148页。
③ 丁福宝：《历代诗话续编》上册，中华书局，1983年版，第330页。
④ [宋]何文焕：《历代诗话》上册，中华书局，2004年版，第346页。
⑤ 丁福宝：《历代诗话续编》上册，中华书局，1983年版，第314页。

郑樵、朱熹《诗》学传承关系考论

汪祚民

内容摘要：在《诗经》阐释史上，对毛诗序传进行系统全面清理与批驳的，首倡者郑樵，响应者朱熹；弃《序》说《诗》，以己意为之序，在解《诗》实践中最大限度地消除毛诗序传的影响的首推郑樵，继以朱熹；对《诗经》作声歌还原说解和将郑卫之诗多视为男女淫诗的同样是郑樵前呼，朱熹后应；郑樵作《诗传》《诗辨妄》，朱熹作《诗集传》《诗序辨说》。郑樵《诗》学的卓越成果经朱子发扬光大，开拓了《诗经》宋学的崭新疆域。

关键词：郑樵；朱熹；《诗经》宋学

经学系统的《诗经》研究发展到宋代，出现了"新义日增，旧说几废"①的疑古革新风潮。其中郑樵与朱熹前后呼应，对汉代以来由《毛序》《毛传》《郑笺》构成的《诗经》经学体系进行了一次很好的反思与清算，并弃《序》言《诗》，以乐说《诗》，以诗解《诗》，大大拓展了《诗经》研究的学术视野，奠定了《诗经》宋学的崭新疆域。由于郑樵的《诗经》著作自元明以后渐渐散佚，对于他与朱熹在《诗》学研究上的传承关系，目前学界只是根据《朱子语类》和《四库全书总目提要》的有关论述获得了一个大致印象，尚未见深入考论的著述，故撰此文，试作补苴，从而更好地说明《诗经》宋学是由郑樵和朱熹前呼后应、破旧立新推至高峰的，郑樵在《诗经》宋学上的奠基地位不容忽视。

---

① [清]永瑢、纪昀《四库全书总目》，中华书局，1965年版，第121页。

一

郑樵,生于宋徽宗崇宁三年(1104),卒于宋高宗绍兴三十二年(1162),福建兴化军莆田人。他从十六岁开始谢绝人事,闭门读书治学,著述不辍。他在绍兴十九年(1149)《献皇帝书》[①]中,陈述自己近三十年的著述经历:

> 十年为经旨之学。以其所得者作《书考》,作《书辨讹》,作《诗传》,作《诗辨妄》,作《春秋传》,作《春秋考》,作《诸经序》,作《刊谬正俗跋》。三年为礼乐之学。以其所得者作《谥法》,作《运祀议》,作《乡饮礼》,作《乡饮驳议》,作《系声乐府》。……以虫鱼草木之所得者作《尔雅注》,作《诗名物志》。

从这里可以看出,郑樵治学广博,著述颇丰。其中《诗经》学著作有《诗传》《诗辨妄》,作于二十多岁;《诗名物志》作于三十多岁。

他在绍兴二十七年(1157)的《寄方礼部书》[②]中,进一步陈述了他治《诗》的重点与体系的建构:

> 故欲传《诗》,以《诗》之难可以意度明者,在于鸟兽草木之名也,故先撰《本草成书》……自纂《成书》外,其隐微之物,留之不足取,去之犹可惜也,纂三百八十八种曰《外传》。三书既成,乃敢传《诗》。以学所以不识《诗》者,以大小序与毛郑为之蔽障也;不识《春秋》者,以三传为之蔽障也。作《原切广论》三百二十篇以辨《诗序》之妄,然后人知自毛郑以来,所传《诗》者,皆是录传。

郑樵非常明确地说出了他的《诗经》研究重在两个方面:一是《诗》中鸟兽草木等名物考证,故作了《诗名物志》《本草成书》《本草外类》;一是辨《诗序》之妄,作了《原切广论》《诗辨妄》。《原切广论》《诗辨妄》等是对毛郑诗说的直接辩驳,是其《诗传》的重要组成部分。他考证《诗》中的名物,不只是为了炫博,而是为了更好地体味《诗》中名物的情状精神和附着其上的兴趣。

[①] [宋]郑樵:《夹漈遗稿》卷二,四库全书本。
[②] [宋]郑樵:《夹漈遗稿》卷二,四库全书本。

他的《通志·昆虫草木略序》曰："夫诗之本在声，而声之本在兴，鸟兽草木乃发兴之本，汉儒之言《诗》者既不论声，又不知兴，故鸟兽草木之学废矣。若曰：'关关雎鸠，在河之洲'不识雎鸠，则安知河洲之趣与关关之声乎？凡雁鹜之类，其喙锐者，则其声关关；鸡雉之类，其喙锐者，则其声鹭鹭，此天籁也。雎鸠之喙似凫雁，故其声如是，又得水边之趣也。《小雅》曰：'呦呦鹿鸣，食野之苹'，不识鹿，则安知食苹之趣与呦呦之声乎？凡牛羊之属，有角无齿者则其声呦呦；驼马之属，有齿无角者则其声萧萧，此亦天籁也。鹿之喙似牛羊，故其声如是，又得萎蒿之趣也。使不识鸟兽之情状，则安知诗人'关关''呦呦'之兴乎？若曰：'有敦瓜苦，烝在栗薪'者，谓瓜苦引蔓于篱落间而有敦然之系焉；若曰：'桑之未落，其叶沃若'者，谓桑叶最茂，虽未落之时而有沃若之泽。使不识草木之精神，则安知诗人'敦然''沃若'之兴乎？"郑樵之所以孜孜探求昆虫草木，就是为其作《诗传》服务，以便能更好地揭示《诗》中的"情状""精神""兴""趣"，破除毛郑义理之说的蔽障。

此外，郑樵《通志总序》曰："乐以诗为本，诗以声为用。风土之音曰风，朝廷之音曰雅，宗庙之音曰颂。仲尼编诗为正乐也。以《风》《雅》《颂》之歌为燕享祭祀之乐，工歌《鹿鸣》之三，笙吹《南陔》之三，歌间《鱼丽》之三，笙间《崇邱》之三，此大合乐之道也。古者丝竹有谱无辞，所以六笙但存其名。序《诗》之人不知此理，谓之有其义而亡其辞，良由汉立齐、鲁、韩、毛四家博士，各以义言《诗》，遂使声歌之道日微……然诗者，人心之乐也，不以世之兴衰而存亡。继风雅之作者，乐府也。史家不明仲尼之意，弃乐府不收，乃取工伎之作以为志，臣旧作《系声乐府》以集汉魏之辞，正为此也。""《三百篇》之诗，尽在声歌，自置《诗》博士以来，学者不闻一篇之诗。"郑樵此处所论无非是要说明《诗》为声歌的原生状态，其作《系声乐府》就是为复原《诗》的原生状提供生动的参照系，最终达到以《诗》的声歌感性语境来证实经学之儒牵强附会以义理言《诗》的荒谬。

郑樵以名物之学为基础，以乐府声歌为参照，以《毛序》《毛传》《郑笺》为清理对象，撰写了体现自己独到见解的《诗辨妄》《诗传》，形成了迥异于前人的《诗》学体系。

二

郑樵的《诗传》特别是其以《毛序》《毛传》《郑笺》为清算对象的《诗辨妄》一问世就引起了强烈的反响，虽然遭到同时代人周孚的学术反驳，但却为朱熹的《诗》学和《诗经》宋学开立门户。

朱熹，祖籍徽州婺源（今江西婺源），宋高宗建炎四年（1130）生于南剑尤溪[①]（今福建尤溪），其居住地与郑樵所居的福建莆田相距不远，为朱熹接受郑樵《诗》学提供了地缘优势。《朱子语类·卷二十三·论语五》记朱子语："郑渔仲《诗辨》：'将仲子只是淫奔之诗，非刺仲子之诗也。'某自幼便知其说之是。"前面谈到郑樵做《诗传》《诗辨妄》在二十多岁，朱熹比郑樵小二十六岁，所以他说自己自幼读过《诗辨妄》并"知其说之是"，是完全可能的。《朱子语类·卷八十·诗一》录朱子语曰："某自二十岁时读《诗》，便觉《小序》无意义……后到三十岁，断然知《小序》之出于汉儒所作。"朱熹年少时的这种对《诗序》的见解和论识，与郑樵完全一致，显然是受了郑樵《诗传》和《诗辨妄》的影响。

但朱熹受郑樵影响所形成的疑《序》与废《序》的思想，在朱子的《诗经》研究中经过了很长时间的内心矛盾斗争之后才得到贯彻与实施。

绍兴二十九年（1159）春正月，三十岁的朱熹"有书予刘玶（平甫），劝其读书讲学，并抄寄《二南说》商讨《诗》学，始作《诗集解》"[②]。此年朱熹给刘玶写信八封，其中《答刘平甫》书四曰："昨因听儿辈诵《诗》，偶得此义，可以补横渠说之遗。谩录去，可于疑义簿上录之：一章言后妃志于求贤审官，又知臣下之勤劳，故采卷耳，备酒浆，虽后妃之职，然及其有怀也，则不盈顷筐，而弃置之于周行之道矣。言其忧之切至也。二章、三章皆臣下勤劳之甚，思欲酌酒以自解之辞。凡言'我'者，皆臣下自我也。此则述其所忧，又见不得不汲汲于采卷耳也。四章甚言臣下之勤劳也。"[③]这是朱熹初作《诗集解》对《周南·卷耳》一诗的解读。如与《毛诗》传笺对照，"寘彼周行"

[①] 束景南：《朱熹年谱长编》，华东师范大学出版社，2001年版，第12页。
[②] 束景南：《朱熹年谱长编》，华东师范大学出版社，2001年版，第240页。
[③] [宋]朱熹：《朱子全书》第22册，上海古籍出版社、安徽教育出版社，2002年版，第1794—1795页。

解为将顷筐"弃置之于周行之道",显然不同于《毛传》"思君子官贤人,置周之列位";诗中"凡言'我'者,皆臣下自我"也不同于郑笺分别释为主人公后妃自我、"我使臣""我君",但遵循了此诗《毛序》的原则没有改变。隆兴元年(1163),朱熹主《毛序》的《诗集传》初稿撰成①。初稿撰成后,经过修订,淳熙四年(1177)冬十月,主《毛序》而说《诗》的《诗集传》第二稿定稿,并为之作《序》②。但朱熹对《诗集传》第二稿仍不满意,淳熙五年(1178),他在《答吕伯恭》书七中说:"《诗说》所欲修改处,是何等类?因书告略及之。比亦得间刊定。大抵《小序》尽出后人臆度,若不脱此窠臼,终无缘得正当也。去年略修旧说,订正为多,向恨未能尽去,得失相半,不成完书耳。"③于是投入到《诗集传》最后一稿的修订。淳熙十三年(1186),尽去《毛序》,简明易读的《诗集传》最后定稿④,类似于郑樵《诗辨妄》的清算《毛序》专著——《诗序辨说》也撰成并附于最后定本《诗集传》之后,交付蔡元定刻版于建安。次年,建安本刊印问世。朱熹对他自己注解《诗经》的三个阶段做了总结:"某向作《诗》解文字,初用《小序》,至解不行处,亦曲为之说;后来觉得不安,第二次解者,虽存《小序》,间为辨破,然终是不见诗人本意;后来方知,只尽去《小序》,便自可通,于是尽涤旧说,《诗》意方活。"⑤第一阶段解《诗》成果,就是完成了"初用《小序》,至解不行处,亦曲为之说"的《诗集传》初稿。第二阶段解《诗》成果是修订改定了"虽存《小序》,间为辨破,然终是不见诗人本意"的《诗集传》二稿。第三次解诗的成果就是撰成"尽去《小序》""尽涤旧说"的《诗集传》定稿并付刻印。

在《诗集传》的前两稿撰写修订中,朱熹学术思想中的新旧矛盾异常激烈。这种矛盾很大程度上是郑樵去《序》言诗导致的,也是以郑樵这种解诗方法得到最终解决。朱熹始著《诗集传》,时年三十,他早已接触到了郑樵的驳《序》废《序》的《诗经》著作并与之共鸣,可他在解《诗》中又不得不遵《序》为说,内心的不安可想而知。隆兴元年(1163年),朱子《答范

---

① 束景南:《朱熹年谱长编》,华东师范大学出版社,2001年版,第298页。
② 束景南:《朱熹年谱长编》,华东师范大学出版社,2001年版,第591页。
③ [宋]晦庵先生:《朱文公文集》,见《朱子全书》,上海古籍出版社、安徽教育出版社,2002年版,第1475页。
④ 束景南:《朱熹年谱长编》,华东师范大学出版社,2001年版,第851页。
⑤ [宋]黎靖德:《朱子语类》,中华书局,1994年版,第2085页。

伯崇书》云："十五国风次序，恐未必有意，而先儒及近世诸先生皆言之，故《集传》中不敢提起。盖诡随非所安，而辨论非所敢也。"①十五国风的排列次序，《毛序》以为寓有深意地，如说："《关雎》《麟趾》之化，王者之风，故系之周公。南，言化自北而南也。《鹊巢》《驺虞》之德，诸侯之风也，先王之所以教，故系之召公。《周南》《召南》，正始之道，王化之基。"朱子认为《周南》《召南》排在《国风》开头，未必有深意，但在《集传》初稿中不敢公开指出并予辩驳，而只能心非所安地诡随《序》说。淳熙二年（1175），朱熹《答吕伯恭书》云："窃承读《诗》终篇，想多所发明，恨未得从容以请。熹所集解，当时亦甚详备，后以意定，所余才此耳。然为旧说牵制，不满意处极多，比欲修正，又苦别无稽援，此事终累人也。"②淳熙三年（1176）朱熹与吕祖谦会于开化，讲论学问。两人论《诗》的情况，《朱子语类》有载："东莱《诗记》，却编得仔细，只是大本已失了，更说甚么？向尝与之论此，如《清人》《载驰》一二诗可信。渠却云：'安得许多文字证据？'某云：'无证而可疑者，只当阙之，不可据《序》作证。'渠又云：'只此《序》便是证。'某因云：'今人不以诗说《诗》，却以《序》解诗，是以委曲牵合，必欲如序者之意，宁失诗人之本意不恤也。此是序者大害处！'"③此时，朱熹正在修订《诗集传》初稿。他明明不满旧说的牵制，在与遵《序》说《诗》的吕祖谦辩论时，也公开明确地指出以《序》解诗，必致"委曲牵合""失诗人之本意"的"大害处"，但苦于"别无稽援"，没有遵序派所谓的"文字证据"，没有如《序》那样富有权威的反证材料，最终还是无奈地依《序》解《诗》，改定了《诗集传》二稿。他为此身心不安，深感"此事终累人也"。他内心的矛盾最后是按郑樵废《序》言《诗》的路径得以消解，他以郑樵的解《诗》模式，彻底修改二稿，"尽去《小序》""尽涤旧说"，使《诗集传》得以定稿付印。其弟子记曰："先生于《诗传》，自以为无复遗恨，曰：'后世若有扬子云，必好之矣。'"可见，朱熹对最后的定本非常满意。

---

① [宋]朱熹：《朱子全书》，上海古籍出版社、安徽教育出版社，2002年版，第22册，第1768—1769页。
② [宋]朱熹：《朱子全书》，上海古籍出版社、安徽教育出版社，2002年版，第21册，第1461页。
③ [宋]黎靖德：《朱子语类》，中华书局，1994年版，第2077页。

三

郑樵说《诗》具体在那些方面给了朱熹《诗经》研究提供了理论资源呢？反过来说，朱熹继承和吸取了郑樵《诗》学的哪些成果呢？我们可以两人的《诗经》研究比较中得出结论。

郑樵与朱熹前后呼应，对流传千余年并承载主流意识形态的诗经经学纲领——《毛诗序》首次进行全面的反思和彻底清算。自东汉末年，郑玄采三家诗说为《毛诗》作《笺》，三家式微，《毛诗》风行。魏晋以后，虽有王学与郑学的争斗，但都是《毛诗》系统内部的学术争论或字词说解的不同，而对于《毛序》这样的经学纲领则从无疑议。唐初孔颖达受诏主持编纂《五经正义》，颁行天下，作为科举考试的标准范本，经学达到了空前的统一，《毛序》《毛传》《郑笺》《孔疏》成了广大学子的金科玉律。至宋代，学界的疑经风潮渐起，欧阳修《诗本义》批驳《毛传》《郑笺》，但更少触及作为经学纲领的《毛序》，即使偶尔提出了质疑，也多归罪于经学讲师的汩没；苏辙的《诗集传》虽只取《毛序》的首句，弃置其余，但他不张扬，很少辩驳。郑樵继欧、苏之后，狂飙突进，朱熹踵随，积极附和，对《毛序》进行了首次全面深入的理论清理，具体表现在以下两个方面。

一是写作批驳《毛诗》序、传和郑笺的专著，从学理逻辑上揭示了《毛序》的真实面目与学术危害。郑樵在《寄方礼部书》中说："所以不识《诗》者，以大小序与毛郑为之蔽障也"，"作《原切广论》三百二十篇以辨《诗序》之妄，然后人知自毛郑以来，所传《诗》者，皆是录传。"《原切广论》三百二十篇，不见另处着录，从其"辨《诗序》之妄"的主旨看，或为郑樵在《献皇帝书》中所说的《诗辨妄》之别称。《诗辨妄》，陈振孙《直斋书录解题》著录为六卷，并言"专指毛郑之妄，谓小序非子夏所作可也"。这里，郑樵大胆提出，历来被奉为经学教条的《毛传》《郑笺》充斥着大量的妄说，其最大的学术危害是使"所传《诗》者，皆是录传"，遮蔽了研读者的学术视野，阻碍了《诗经》的正确解读。《诗辨妄》今已失传，顾颉刚先生辑有残篇[①]。今摘录数条：

---

① [宋]郑樵著，顾颉刚辑：《诗辨妄》，朴社，1933年版。

（1）汉之言《诗》者三家耳。毛公，赵人，最后出，不为当时所取信，乃诡诞其说，称其书传之子夏盖本《论语》所谓"起予者商也，始可与言《诗》已矣"。

（2）设如有子夏所传之《序》，因何齐鲁间先出，学者却不传，返出于赵也？《序》既晚出于赵，于何处而传此学？

（3）作《序》者有可经据则指其人；无可经据则言其意。

（4）诸风皆有指当代某君者，惟《魏》《桧》二风无一篇指言某君者，以此二国，《史记》世家、年表、书、传不见有所说，故二风无指言也。若序是春秋前人作，岂得无所一言。

（5）《宛丘》《东门之枌》，刺幽公，《衡门》，刺僖公。幽僖之迹无所据见，作《序》者但本谥法而言之。

（6）《召旻》诗首章言"旻天疾威"，卒章言"有如召公"，是取始卒章一字合为题，更无他义。序者曰："旻，闵也，闵天下无如召公之臣也。"《荡》是"荡荡上帝"者，谓天之荡荡然无涯也，故取"荡"名篇。彼亦不知所出，则曰："天下荡荡无纲纪文章。"其乖脱有如此者。

（7）《何彼秾矣》言"虽则王姬，亦下嫁于诸侯"，不知王姬嫁何人？

以上（1）（2）条，郑樵从汉代《诗经》学的学术动态对毛诗称诗序出于子夏提出质疑。汉代鲁诗、韩诗、齐诗皆列于学官，毛诗晚出，且在民间传授。如果真有子夏之序，则应早为儒家学者代代相传，何待《毛诗》传授？郑樵从辨章学术、考镜源流的角度对毛序出于子夏提出质疑，是很有说服力的。（3）（4）（5）条以自汉传至宋代的文献作参照，凡文献记载较详的诸侯国，《毛序》对其风诗美刺君王说得就很具体，否则就"无指言某君"，甚至"本谥法而之"，由此得出毛序为汉代后人所为，实际上也提出了毛序说诗的规律和策略。（6）（7）条以《诗经》篇章的标目规律和周天子之女只能嫁异姓诸侯的常理来证明毛序解《诗》多附会妄说。仅从这七条残篇，就可以看出郑樵《诗辨妄》对毛诗序传的辩驳深度和广度。

郑樵的《诗辨妄》问世后，就遭到了守旧派代表周孚的对。淳熙间，周孚作《非诗辨妄》，择取郑氏书中四五十条进行了反驳。据顾颉刚先生考察，周孚所论除了六条有理由可说，其余皆没有什么价值（《非诗辨妄》跋[①]）。就在守旧势力较大、郑樵之书遭遇压制孤存一线的关键时刻，朱熹挺身而起，依郑樵之说，而作《诗序辨说》。《诗序辨说》[②]作于周孚《非诗辨妄》之后，其序曰："近世诸儒多以《序》之首句为毛公所分，而其下推说云云者为后人所益，理或有之，但今考其首句，则已有不得诗人之本意而肆为妄说者矣，况沿袭云云之误哉！"旗帜鲜明地指出宋代文人比较相信的《诗经》各诗小序的首句也有"不得诗人之本意而肆为妄说者"。《诗序》本自为一编，而被毛公分置于各篇之首。《诗序辨说》序中指出这样做带来的学术危害性：

> 及至毛公引以入经，乃不缀篇后，而超冠篇端，不为注文，而直作经字，不为疑辞而遂为决辞。其后三家之传又绝而毛说孤行，则其抵牾之迹无复可见，故此序者遂若诗人先所命题而诗文反为因序以作。于是读者转相尊信，无敢拟议，至于有所不通则必为之委曲迁就，穿凿而附合之，宁使经之本文缭戾破碎，不成文理，而终不忍明以《小序》为出于汉儒也。

朱熹作《诗序辨说》就在于"复并为一编以还其旧，因以论其得失"消除毛序置于《诗经》各篇之首带来的不良影响。在《邶·柏舟》序辨中，朱熹进一步指出了毛序在学理上的缺失："若为小序者，姑以其意推寻探索依约而言，则虽有所不知，亦不害其为不自欺；虽有未当，人亦当恕其所不及。今乃不然，不知其时者，必强以为某王某公之时，不知其人者，必强以为某甲某乙之事，于是傅会书史，依托名谥，凿空妄语，以诳后人……凡小序之失，以此推之，什得八九矣。又其为说，必使诗无一篇不为美刺时君国政而作，固已不切于情性之自然，而又拘于时世之先后，其或诗传所载，当此之时偶无贤君美谥，则虽有词之美者，亦例以为陈古而刺今，是使读者疑于当时之人绝无善则称君、过则称己之意，而一不得志，则扼腕切齿、嘻笑冷语以怼其上者，所在而成群，是其轻躁险薄，尤有害于温柔敦厚之教，故予不可以不辨。"所有这些，皆与郑樵《诗辨妄》是一脉相承的。朱熹的学生叶贺孙记朱子语："《诗序》实不足信。向见郑渔仲有《诗辨妄》，力诋诗序，其间言语太甚，以为皆是村野妄人所作。始亦疑之，后来仔细看一两篇，因质之《史记》《国语》，

[①] [宋]郑樵著，顾颉刚辑：《诗辨妄》，朴社，1933年版，第50页。
[②] 《朱子全书》，上海古籍出版社、安徽教育出版社，2002年版，第1册。

然后知《诗序》之果不足信。"由此可以说,《诗序辨说》是在郑樵《诗辨妄》启发下写作的,也是在《诗辨妄》遭遇周孚非议后的声援之作。

二是弃《序》说《诗》,以己意为之序,在解《诗》实践中最大限度地消除毛诗序传的影响。郑樵《诗传》二十卷,今虽不见,但其解诗的体例还是可考的。《朱子语类·卷八十·诗一》:"旧曾有一老儒郑渔仲更不信这《小序》,只依古本与叠在后面。某今亦只如此,令人虚心看正文,久之其义自见。盖所谓《序》者,类多世儒之误,不解诗人本意处甚多。"朱子说郑樵"不信《小序》,只依古本,与叠在后面",即指郑樵《诗传》将《毛序》从每诗之首撤除,依古本叠放在一起,作为附录。当然附录于《诗传》之后《诗序》,不只是原文,而有自己的评论,这就是《诗辨妄》六卷。朱熹认为郑樵将《小序》从每首诗之首撤除,能让读者直面《诗经》文本,解读诗人本意,避免《小序》的经学阐发先入为主地作用于读者,造成对诗意的曲解。他自己的《诗集传》最后定稿也是依仿郑樵的这种体例,并附录了由《毛序》与自己的评论组成的《诗序辨说》。朱熹还在《书临漳所刊诗经后》云:"郑康成说《南陔》等篇遭秦而亡,其义则与众篇之义合编,故存。至毛公为《诂训传》,乃分众篇之义各置于其篇端。愚按:郑氏谓三篇之义本与众篇之义合编者是也。然遂以为诗与义皆出于先秦,诗亡而义犹存,至毛公乃分众义各置篇端,则失之矣。《后汉·卫宏传》明言宏作《毛诗序》,则《序》岂得为与经并出而分于毛公之手哉!然《序》之本不冠于篇端,则因郑氏此说而可见。熹尝病今之读《诗》者,知有《序》而不知有《诗》也,故因其说而更定此本,以复于其初。犹惧览者之惑也,又备论于其后云。"①这段话实际上为说郑樵"不信《小序》,只依古本,与叠在后面"作了注脚,也为郑樵和自己去《序》说《诗》找到了最早的依据。

郑樵《诗辨妄》曰:"释《诗》者,于一篇之义不得无总叙,故樵《诗传》亦皆有序焉。"这表明郑樵的《诗传》除了撤除置于《诗经》各诗之端的《毛序》外,还自为各诗作序,总叙一篇之义。宋代陈振声《直斋书录解题》卷二:"《辨妄》者,专指毛郑之妄,谓小序非子夏所作可也,尽削去之,而以己意为之序,可乎?樵之学虽自成一家,而其师心自是,殆孔子所谓不知而

---

① [宋]晦庵先生:《朱文公文集》,见《朱子全书》,上海古籍出版社、安徽教育出版社,2002年版,第3889页。

作者也。"朱彝尊《经义考》载明代黄佐《诗传通解·自序》曰："朱子始为《集传》，其学大行，然后听者专矣，论者犹病其违毛氏而宗郑樵。盖毛氏主《序》以言《诗》，樵则斥《序》之妄，以为出于卫宏而尽削去之，遂以己意为之序。"陈振声、黄佐的记叙，也印证了郑樵"以己意为之序"事实。《经义考》载明代顾起元《〈吕氏家塾读诗记〉序》曰："文公取夹漈郑氏诋諆《小序》之说，多斥毛郑，而以己意为之序。"考朱熹最后改定刻印、流传至今的《诗集传》，多于《诗经》各诗的第一章末有概括诗意的文字，如《邶风·静女》第一章末说"此淫奔期会之诗也"；《郑风·子衿》第一章末说"此亦淫奔之诗"。陈振声、黄佐、顾起元的上述论说也证实了朱子《诗集传》中这些概括诗意的文字即"以己意为之序"，从体例和内容上皆来自于郑樵《诗说》及其附录《诗辨妄》。

四

郑樵与朱熹不仅前后呼应，对汉代流传下来的毛郑诗说特别是毛诗序进行了首次系统深入地批判与清理，他们还考镜源流，将《诗经》还原于诗与乐一体的原初状态，为《诗经》解读和研究提供一个崭新的视野。

郑樵《通志·昆虫草木略》序曰：

> 臣之序《诗》，于《风》《雅》《颂》曰：风土之音曰《风》，朝廷之音曰《雅》，宗庙之音曰《颂》。而不曰：风者教也；雅者正也，言王政之所由废兴也；颂者美盛德之形容也。于二《南》则曰《周》为河洛，《召》为岐雍。河洛之南濒江，岐雍之南濒汉，江、汉之间，二南之地，《诗》之所起在于此。屈宋以来，骚人墨客多生江、汉，故仲尼以二南之地为作《诗》之始。而不曰南言化自北而南。于《王·黍离》《豳·七月》，则曰：王为王城，东周之地；豳为豳丰，西周之地。《七月》者，西周之风；《黍离》者，东周之风。而不曰《黍离》降《国风》。臣之序《诗》，专为声歌，欲以明仲尼之正乐。

在这段话中，郑樵将《诗经》中的《风》《雅》《颂》解释为不同层次、不同声合的乐歌，将《周南》《召南》《王风》《豳风》解释为不同地域、不同风格的民间乐歌,并有意以这种还原式的阐释与传统的毛诗序传中的相关阐释形成鲜明的对照,以凸现全新的阐释视野。郑樵还以诗乐一体的全新阐释视野,审视了整个汉代的《诗经》经学。《通志·乐略·乐府总序》曰:

> 乐以诗为本,诗以声为用,八音六律为之羽翼耳。仲尼编《诗》,为燕享祀之时用以歌,而非用以说义也。古之诗,今之辞曲也,若不能歌之,但能诵其文而说其义,可乎?不幸腐儒之说起,齐、鲁、韩、毛四家各为序训而以说相高,汉朝又立之学官,以义理相授,遂使声歌之音湮没无闻。义理相授,遂使声歌之音湮没无闻。然当汉之初,去三代未远,虽经生学者不识诗,而太乐氏以声歌肄业,往往仲尼三百篇,瞽史之徒例能歌也。奈义理之说既胜,则声歌之学日微。

这里,郑樵将《诗》还原为"为燕享祀之时用以歌,而非用以说义"的乐歌经典,并以自己时代盛行的词曲作为参照,让人们在诗乐一体的语境中去认识《诗经》。歌唱中的《诗》,是为了抒发情感而作,为营造充满情趣的人文气氛而歌,而不只是以义理教条的宣讲而存在。汉代"齐、鲁、韩、毛四家各为序训,而以说相高,汉朝又立之学官,以义理相授,遂使声歌之音湮没无闻",也就不能在诗乐一体的语境中正确解读《诗经》,认识《诗经》。当然诗乐一体的《诗》也具有义理,但这是从诗歌文本中直接传达的情愫,无法容纳深文附会与穿凿的政教义理。郑樵对《诗》做声歌的还原,不仅衬托了经学说《诗》的迂腐,也为从《诗》之文本直接求义和深情会意提供的契机乃至方法。

郑樵对《诗》的声歌还原解读,为朱熹全面继承与运用。钱本之记其师朱熹讲学片断:

> 器之问"风雅",与无天子之风之义。先生举郑渔仲之说言:"出于朝廷者为雅,出于民俗者为风。文武之时,周召之作者谓之周召之《风》。东迁之后,王畿之民作者谓之《王风》。似乎大约是如此,亦不敢为断然之说。但古人作诗,体自不同,《雅》自是《雅》之体,《风》自是《风》之体。如今人做诗曲,亦自有体制不同者,自不可乱,不必说《雅》之降为《风》。今且就诗上理会

意义,其不可晓处,不必反倒。"①

显然,朱熹将郑樵还原解《诗》法运用于《诗经》阐释,并传授给自己的学生。他的《诗集传》也吸取和传承的郑樵的这一重要成果,如说"《风》者,民俗歌谣之诗也"。"《雅》者,正也,正乐之歌也"。"《颂》者,宗庙之乐歌"。

郑樵与朱熹,用声歌的视野还原《诗经》,带来了一个重大的理论突破,这就是认定孔子所说"放郑声""郑声淫"中的郑声,就是《诗经》中的郑诗。郑樵关于郑声的评论今已不见,但从朱熹与吕祖谦的转述可见一斑。吕祖谦《又诗说辨疑》曰:

> "思无邪""放郑声",区区朴直之见,只守此两句,纵有它说,不敢从也。(《论语集注》解"思无邪"一段,虽说得行,终不若旧说之省力。至于"放郑声"一句,决与郑渔仲之说不可两立。)横渠谓夫子自卫反鲁,乐正,《雅》《颂》各得其所,后伶人贱工识乐之正。及鲁益衰,三桓僭窃,自太师而下皆知,散之四方,圣人俄顷之助,功化如此。若如郑渔仲之说,是孔子反使雅郑淆乱。……今《集传》一则采之,一则以断章而弃之(谓韩起之言非《诗》之本说,则《登徒子赋》亦可如此说也),无乃犹以同异为取舍乎?此却须深加省察,若措之事业如此,则甚害事也。或喜渔仲之说方锐,乞且留此纸,数年之后,试取一观之,恐或有可采耳。②

如将这段话与《朱子语类》卷二十三中的一段话对照看,就很容易了解其中的原委:

> 问:"如先生说,'思无邪'一句却如何说?"曰:"诗之意不一,求其切于大体者,惟'思无邪'足以当之,非是谓作者皆无邪心也。为此说者,乃主张《小序》之过。《诗三百篇》,大抵好事足以劝,恶事足以戒。如春秋中好事至少,恶事至多。此等诗,郑渔仲十得其七八。如《将仲子》诗只是淫奔,艾轩亦见得。向与伯恭论此,如《桑中》等诗,若以为刺,则是抉人之阴私而形之于诗,贤人岂宜为此?伯恭云:'只是直说。'答之云:'伯恭如见人有此事,肯作

---

① [宋]黎靖德:《朱子语类》,中华书局,1994年版,第2067页
② 《吕祖谦全集》,浙江古籍出版社,2008年版,第1册,第598—599页。

诗直说否？伯恭平日作诗亦不然。'伯恭曰：'圣人"放郑声"，又却取之，如何？'曰：'放者，放其乐耳；取者，取其诗以为戒。今所谓郑卫乐，乃诗之所载。'伯恭云：'此皆是雅乐。'曰：'雅则《大雅》《小雅》，《风》则《国风》，不可紊乱。言语之间，亦自可见。且如《清庙》等诗，是甚力量！郑、卫风如今歌曲，此等诗，岂可陈于朝廷宗庙！"

吕祖谦《又诗说辨疑》是针对郑樵与朱熹关于郑声与郑诗说解而作。其中"至于'放郑声'一句，决与郑渔仲之说不可两立"，"若如郑渔仲之说，是孔子反使雅郑淆乱"。由此可以推知，郑樵是将孔子所说的"郑声"等同于《诗经》中的"郑风"之诗，这样郑声淫也就等于说郑风之诗淫，而吕祖谦《读诗记》遵毛序，以郑风之诗多为刺诗，郑风之诗与孔子郑声没有直接关系，于是说出了与郑樵之说不可两立的话。而郑樵将郑风之诗解为男女淫诗可从上面所引朱子话语中得到证实："《诗三百篇》，大抵好事足以劝，恶事足以戒。如春秋中好事至少，恶事至多。此等诗，郑渔仲十得其七八。如《将仲子》诗只是淫奔，艾轩亦见得。"结合下文看，朱熹所说《诗经》中的"恶事"，就是郑卫诗中男女淫奔一类之事，朱熹认为郑樵以淫诗视之，十得七八，并在《诗集传》《诗序辨说》及此处多次提到郑樵解郑风《将仲子》一诗为淫奔之诗，可见郑樵《诗传》《诗辨妄》对郑卫之诗皆作如是解。郑樵说郑卫之诗多为淫诗，在《诗经》阐释史上可谓惊世骇俗的理论成果。这一成果的取得与他的"古之诗，今之辞曲"的《诗经》还原视野分不开。吕祖谦说朱熹"喜渔仲之说方锐"，在上引《朱子语类》这段话中也得到了印证。朱子在另一处说"如《桑中》《溱洧》之类，皆是奔之人所作，非诗人作此以讥刺其人也"，都与郑樵说诗是一致的。最为突出的是朱子《诗集传》中的一段话："郑卫之乐，皆为淫声。然以《诗》考之，《卫诗》三十有九，而淫奔之诗才四之一，郑诗二十有一，而淫奔之诗已不翅七之五。卫犹为男悦女之词，而郑皆女惑男之语。卫人犹多刺讥惩创之意，而郑人几于荡然无复羞愧悔悟之萌。是则郑声之淫，有甚于卫矣。"这是对郑樵说解郑卫之诗的一种同样惊世骇俗的理论响应和总结。

郑樵、朱子用声歌的视野还原《诗经》，还带来了对《诗经》六笙诗的合理解释，因限于篇幅，不拟展开。

综上所论，在《诗经》阐释史上，对毛诗序传进行系统全面清理与批驳的，首倡者郑樵，响应光大者朱熹；弃《序》说《诗》，以己意为之序，在解《诗》实践中在最大程度上消除毛诗序传的影响的首推郑樵，继以朱熹；对《诗经》作声歌还原说解和将郑卫之诗多视为男女淫诗的同样是郑樵前呼，朱熹后应；郑樵作《诗传》《诗辨妄》，朱熹作《诗集传》《诗序辨说》。郑樵与朱熹以独到的见解和卓越的理论创新将《诗经》宋学推上了顶峰。但二人的际遇不同，郑樵没有功名，地位低微，晚年落魄，《诗传》《诗辨妄》早已失传；而朱熹早年进士，一生从教，学生遍布天下，虽晚年遭受政治迫害而死，但不久就成了伟人，其《四书章句集注》在元明清三代成为科举考试的科书，其生前片言只语都被学生记录下来集结为《朱子语类》，其《诗集传》《诗序辨说》成了《诗经》宋学的代表作。然朱子《诗》学的许多创新观点多出自郑樵，郑樵《诗》学中的卓越成果经朱子的传承而发扬光大。郑樵在《诗经》阐释史上的杰出贡献是不应忽视的。

（本文发表于《安庆师范学院学报》〔社会科学版〕2011年第12期）

汪祚民，1964年生，2004年毕业于陕西师范大学文学院，文学博士，师从霍松林先生，现为安庆师范大学学报编辑部主任、编审，学报社会科学版主编。

宋词中的双城叙事①
——作为文化记忆的汴京与杭州映像

张文利

内容摘要： 作为宋代依次出现的两个都城，汴京和杭州曾经是演出过无数历史悲喜剧的活动舞台，一直为两宋词人所瞩目。两都的山川形势、市井风貌、享乐休闲在宋词中都有鲜活的描绘，不同词人笔下的两都亦具不同面目。两都词在不同的历史时期，投射出不同的文化映像，透露出国运的盛衰兴亡和词客的感喟叹息。江山胜概之助、文士词客的飘零聚散、词学风气的嬗变，使杭州词无论数量还是艺术特色，与汴京词风貌迥异。从社会文化学和都城地理学的角度解读宋词中的双城映像，可以看出政治气运与文化轴心的移动如何造成城市映像与文化记忆的潜转暗换。

关键词： 汴京；杭州城市映像；文化记忆；社会文化学；都城地理学

作为国家政治文化中心的都城，其盛衰荣枯具有多种特别的象征符号意义，而城市的映像亦如森林中的年轮，在不同的历史时期积淀为复杂的文化记忆。《左传》庄公二十八年："凡邑有宗庙先君之主曰都，无曰邑，邑曰筑，都曰

---

① 关于中国古代城市与文学的研究，目前多集中在小说领域，著作如葛永海的《古代小说与城市文化研究》；论文如刘勇强的《西湖小说：城市个性和小说场景》；宋莉华的《汴州与杭州：小说中的两宋双城记》；孙逊、刘方的《中国古代小说中的城市书写及现代阐释》等。杨万里的著作《宋词与宋代的城市生活》，在宋词与城市研究方面有首开之功。本文的构思与写作颇受以上成果的启迪，特此说明并致谢忱。

城。"《春秋·公羊传》桓公九年:"京师者何?天子所居也。京者何,大也;师者何,众也。天子之居,必以众大之辞言之。"在前现代社会中,都城除流动与固定人口众多、中央官署机构鳞次栉比外,还有无法迁徙的帝王宗庙。法国地理学家菲利普·潘什梅尔说:"城市既是一个景观、一片经济空间、一种人口密度;也是一个生活中心和劳动中心;更具体点说,也可能是一种气氛、一种特征或者一个灵魂。"①美国城市研究的芝加哥学派指出:"城市,它是一种心理状态,是各种礼俗和传统构成的整体。换言之,城市绝非简单的物质现象,绝非简单的人工构筑物。城市已同其居民的各种重要活动密切地联系在一起,它是自然的产物,而尤其是人类属性的产物。"②中西城市理论中有某些暗合处。汴京与杭州作为宋代先后出现的两个都城,从都城发展史上看,具有明显的东迁南移的特色。都城的迁徙以及由此折射出的时代与社会的巨变,在宋词中有何保留,有何积淀,如何被聚焦,又如何逐渐淡出?本文拟移形换步,调整视角,从小碎片看大历史,追寻宋代两都词中错综复杂的文化映像和历史记忆。

一

开封,曾是战国时期魏国的都城,唐末五代时的后梁、后晋、后汉、后周等先后建都于此。公元960年建立的赵宋政权,仍以开封为都,称为汴京、汴梁。③北宋是开封历史上最为辉煌的时期,尽管历史学家对宋廷向来有积贫积弱的讥议,但它毕竟是经过晚唐五代几十年战乱后的崭新的统一政权,百废待举,万象更新。赵宋立国伊始,太祖为了防止大权旁落,杯酒释兵权,推行修文偃武的政策,在"多积金、市田宅,歌儿舞女以养天年"的圣训下,社会上兴起普遍的享乐休闲风气。经过一段时期的休养生息,北宋经济得到极大的恢复和发展,汴京城水驿池亭,烟花柳巷,笙歌鼎沸,车水马龙,呈现出繁荣奢华的帝里风光。文人骚客对于汴京的描述,不仅在于它的山川形势、风土人

---

① 【法】菲利普·潘什梅尔著,漆竹生译:《法国》,上海译文出版社,1980年版,第18页。
② 【美】R·E·帕克等:《城市社会学——芝加哥学派城市研究文集》,转引自孙逊、刘方的《中国古代小说中的城市书写及现代阐释》,收入《现代视野下的中国古代文学与文论国际研讨会论文集》,第252页。
③ 周宝珠分析了北宋定都开封的诸种因素,可参看见其《宋代东京研究》,河南大学出版社,1992年版,第19—20页。

情,更着重表现其经济繁荣,奢华享乐的承平气象。汴京都市生活的方方面面都在宋词中有所体现[1],兹举其著者如下:

宴饮。晏殊有一首《拂霓裳》词:"喜秋成。见千门万户乐升平。金风细,玉池波浪縠文生。宿露沾罗幕,微凉入画屏。张绮宴,傍熏炉蕙炷、和新声。神仙雅会,会此日,象蓬瀛。管弦清,旋翻红袖学飞琼。光阴无暂住,欢醉有闲情。祝辰星。愿百千为寿、献瑶觥。"词篇选取词人最熟悉的宴饮场面,极写富贵生活,并不停留于表面的金玉锦绣,而重在表现闲雅富贵的气象,那神仙般的雅会和欢醉的闲情,展现着一幅太平盛世的画卷。如果说富贵宰相晏殊的宴饮词表现了王公贵族酣酒沉醉的高华气象,那么,市井词人柳永的宴饮词,则给我们提供了广大平民阶层的享乐情形:"玉城金阶舞舜干。朝野多欢。九衢三市风光丽,正万家、急管繁弦。凤楼临绮陌,嘉气非烟。雅俗熙熙物态妍。忍负芳年。笑筵歌席连昏昼,任旗亭、斗酒十千。赏心何处好,惟有尊前。"(《看花回》二)由此可知,汴京城不同社会阶层的人士,都同样享受着宴饮的欢愉和刺激。

游冶。孟元老《东京梦华录》描述汴京城"向晚灯烛荧煌,上下相照,浓妆妓女数百,聚于主廊槏面上,以待酒客呼唤,望之宛若神仙",[2]可知汴京风流恣肆的夜生活的一面。柳永青年时一度居住京城,风流倜傥的青年才子,出入于歌楼舞榭,倚红偎翠,遍享风流,笔下的帝城风光,自然少不了温柔乡的气息。多年后,词人饱经宦途蹭蹬,遍尝生活艰辛,回忆中念念不忘的还是当年的风流旖旎:"恋帝里,金谷园林,平康巷陌,触处繁华,连日疏狂,未尝轻负,寸心双眼。况佳人、尽天外行云,掌上飞燕。向玳筵、一一皆妙选。长是因酒沉迷,被花萦绊。"(《凤归云》)"朝野多欢",又值"九衢三市风光丽",恣肆的冶游和放荡顺理成章。据史料记载,当时汴河沿岸,尤其是汴京城东南角一带,歌馆甚多,游客如云,文人士子与歌儿舞女的欢情屡屡在这里上演,城市变形为欲望的舟车,癫狂与放纵成了城市生活中的固定节目。

节令。宋人金盈之《醉翁谈录》中云:"都城以寒食、冬至、元旦为三大节。"非常隆重。事实上,除这三大节以外,其他如上元、端午、七夕、中秋、重阳等节日也相当热闹。尤其是上元节,在两宋时期一直都是词人们津津

---

[1] 杨万里《宋词与宋代城市生活》对此有较全面描述,可参看。
[2] [宋]孟元老:《东京梦华录》卷二"酒楼"。

乐道的盛大节日。太祖乾德五年（967）下诏："上元张灯，旧止三夜，今朝廷无事……具令开封府更放十七、十八两夜灯。"[①]太宗太平兴国六年（981）又将"燃灯五夜著为令"[②]。两宋时期，除特殊情况外，举办大型灯会，演出百戏，成为上元灯节的习俗。关于上元灯节的词作非常多，如柳永《玉楼春》（其三）词云："皇都今夕知何夕。特地风光盈绮陌。金丝玉管咽春空，蜡炬兰灯烧晓色。　凤楼十二神仙宅。珠履三千鹓鹭客。金吾不禁六街游，狂杀云踪并雨迹。"描绘上元节之夜，京城张灯结彩，游人如织，通宵达旦的游乐情形。这种彻夜游欢正反映了宋代坊里禁宵制度被打破后带来的城市生活的新变化。

周邦彦也有一首描写汴京上元灯节的词作：

　　风销焰蜡，露浥烘炉，花市光相射。桂华流瓦。纤云散，耿耿素娥欲下。衣裳淡雅。看楚女、纤腰一把。箫鼓喧，人影参差，满路飘香麝。　因念都城放夜。望千门如昼，嬉笑游冶。钿车罗帕。相逢处，自有暗尘随马。年光是也。唯只见、旧情衰谢。清漏移，飞盖归来，从舞休歌罢。（《解语花》〔高平·元宵〕）

上元之夜，火树银花，星雨鱼龙，都人往往倾城游赏，那些平日深闭闺门的女子也得以加入这倾城的狂欢。夜色掩映下，男女相会于柳陌花衢，风流欢洽在所难免，周邦彦怀念的就是这样一场风花雪月的爱情故事。上元节是宋词里的爱情多发时节，宋词中爱情故事的背景或舞台大多被放置于都城的上元灯节。

由以上数例可知，北宋词人描写汴京，多是从其作为大都市的繁华奢靡的角度入手，着重表现它作为政治中心和经济中心的繁荣景象。部分词人如柳永、周邦彦等，亦将自己情感生活的风流旖旎交织进去。与此相应，《东京梦华录》记述北宋后期徽宗朝汴京的繁荣面貌，即侧重经济、民俗等方面，凸现了其作为都城特有的富丽堂皇和帝城气派。王安石尝云："是以京师者，风俗之枢机也，四方之所面内而依仿也。加之士民富庶，财物毕会，难以俭率，易以奢变。"[③]揭橥了汴京之所以奢侈绮靡的原因，颇有道理。而关于汴京的自

[①]《宋大诏令集》卷一百四十四《十七十八夜张灯诏》。
[②] [宋]赞宁：《大宋僧史略》卷下《上元放灯》。
[③] [宋]王安石：《王文公文集》卷三十二《风俗》。

然形胜描写，在词中并不多见。汴京城里最著名的娱乐场所应是金明池，一如杭州之西湖。但金明池并非天然池苑，乃是宋廷在旧有教船池基础上开凿疏扩而成，本为教习水战。开凿之初，金明池水战仍有一定的军事演习意义，至北宋中期，才逐渐演变成表演性的水上游乐活动场所，但因其乃宫廷池苑，故只有王公贵族有机会经常赏玩，一般士庶唯有每年春季"开池"期间才能有幸目睹身历。汴京地平野阔，农业发达，但北方之苍茫辽阔实难与南方之清丽明秀相媲美，而人的本性中有着亲近自然、乐山乐水的自然情结。徽宗朝的"花石纲"事件，祸国害民之甚已成定论，但如换一个角度看，它正从一定意义上反映了北宋君臣对于南方山水景致的喜好渴慕和以政权为后盾的强力攫取。

而文人对于杭州的描写，则多一个角度，即自然名胜。吴自牧《梦粱录》记述临安情形，除像《东京梦华录》中对汴京那样的记载内容外，还专门描绘杭州的风景名胜，对西湖、钱潮及其他池沼苑囿，奇珍异玩等，都有所涉及。周密《武林旧事》亦有同样的记载。杭州地理位置优越，气候条件良好，嘉山秀水，引人入胜，从北宋起，词人就多有咏写杭州的优秀篇章，如柳永的《望海潮·三吴都会》词，点面结合，纵横捭阖，铺陈扬厉，写尽钱塘风光，几成绝唱。范镇曰："仁宗四十二年太平，镇在翰苑十余载，不能出一语歌咏，乃于耆卿词见之。"[1]

《梦粱录》记载："临安风俗，四时奢侈，赏玩殆无虚日。西有湖光可爱，东有江潮堪观，皆绝景也。"（卷四"观潮"）西湖之阴柔静美与钱塘之阳刚雄肆，构成杭州两大绝景奇观。北宋初潘阆有《酒泉子》组词，其中两首分别描写西湖的春景和秋景：

长忆西湖，湖上春来无限景。吴姬个个是神仙。竞泛木兰船。

楼台簇簇疑蓬岛。野人祗合其中老。别来已是二十年。东望眼将穿。（其三）

长忆西湖，尽日凭阑楼上望。三三两两钓鱼舟。岛屿正清秋。

笛声依约芦花里。白鸟成行忽惊起。别来闲整钓鱼竿。思入水云寒。（其四）

前词写春天西湖无限风光，吴女竞泛兰舟，宛若神仙，亭台楼阁亦仿佛仙

---

[1] [宋]祝穆：《方舆胜览》卷十一引。

境，使人愿身老其中而无憾。后词写秋天西湖垂钓，渔舟散落，笛声悠邈，芦花飞扬，白鸟成行。两首词一秾艳一清雅，写出西湖春秋两季的不同景致，堪称图画。南宋杨无咎的《水龙吟》（赵祖文画西湖图，名曰总相宜），则融化西湖典故及前人有关西湖的诗句入词，给西湖美丽的自然景观增添了醇厚的人文气韵。

潘阆描写钱塘观潮，亦极有气势：

> 长忆观潮，满郭人争江上望。来疑沧海尽成空。万面鼓声中。
> 弄涛儿向涛头立。手把红旗旗不湿。别来几向梦中看。梦觉尚心寒。（《酒泉子》其十）

此词写钱塘江潮，惊心动魄。上阕写钱塘百姓倾城而出的观潮情景，"来疑"两句，极写江潮的壮阔气势。过片写钱塘弄潮儿的过人胆量和高超技艺，鲜明生动，令人过目难忘。结两句写梦中钱塘潮，"梦觉尚心寒"一句，以夸张的笔墨，补足钱塘潮撼人心魄的雄壮气势。词作波澜壮阔，跌宕生姿，堪称佳制。

总而言之，较之对汴京作为都城的繁荣奢华的较为单一的表现，宋代词人描写杭州，则不仅写其繁盛气象，而且大量描摹杭州的自然形胜。换言之，汴京词多写人事，杭州词则除夸耀人事外，更注重对自然形胜的展示描绘。余杭佳丽，山水娱人，中原板荡，恢复难期，南宋朝臣大多避世情深，匡时意少，虽为城市留下精美的辞章，也为历史留下无尽的遗憾。

二

都城，是一国政治的中心，比其他地方更能反映出国运的盛衰兴亡，诚如王国维所言："都邑者，政治与文化之标征也。"[①]宋代词人笔下的汴京和杭州，在不同的历史阶段，投射下不同的映像，反映出不同的时代风涛和历史变幻。

仁宗时期，经过内外修治，宋廷呈现出欣欣向荣的盛世景象，所谓"隆宋"，常常得以与"盛唐"相提并论。这一时期的词作中出现了较多描写都市繁华气象的篇章，其中汴京更为词人所关注，如柳永、张先、苏轼、王安石等

---

① [清]王国维：《殷周制度论》，见《观堂集林》卷十，《史林》二，中华书局，1959年版，第451页。

都有佳作。徽宗朝时期，尽管宋廷面临严重内忧外患，但表面上，社会经济依然维持着盛世的繁华，朝野上下依然一派欢颜。关于此，孟元老在《东京梦华录·自序》中的这段话最常为人所征引：

> 正当辇毂之下，太平日久，人物繁阜。垂髫之童，但习鼓舞；斑白之老，不识干戈。时节相次，各有观赏：灯宵月夕，雪际花时，乞巧登高，教池游苑……举目则青楼画阁，绣户珠帘，雕车竞驻于天街，宝马争驰于御路，金翠耀目，罗绮飘香，新声巧笑于柳陌花衢，按管调弦于茶坊酒肆。八荒争凑，万国咸通，集四海之珍奇，皆归市易；会寰区之异味，悉在庖厨。花光满路，何限春游，箫鼓喧空，几家夜宴。伎巧则惊人耳目，奢侈则长人精神。……

万俟咏的《醉蓬莱》，则以词的形式形象展示了汴京生活绮丽奢靡的一面：

> 正波泛银汉，漏滴铜壶，上元佳致。绛烛银灯，若繁星连缀。明月逐人，暗尘随马，尽五陵豪贵。鬓鬖乌云，裙拖湘水，谁家姝丽。　金阙南边，彩山北面，接地罗绮，沸天歌吹。六曲屏开，拥三千珠翠。帝乐□深，凤炉烟喷，望舜颜瞻礼。太平无事，君臣宴乐，黎民欢醉。

词里一幅太平盛世景象。徽宗词坛是汴京词创作的高峰期，徽宗君臣是汴京词的创作主体。他们权势赫赫，养尊处优，其笔下的汴京词带有明显的富贵气和奢靡气，谀颂之风更起了推波助澜的作用。南北之交，局势动荡，汴京风雨飘摇，徽宗君臣却无视现实，继续沉湎于歌舞享乐，继续夸饰着奢靡生活，直到敌虏的铁蹄踏碎了他们的太平享乐梦。徽宗被掳北上，沦为亡国囚后，这个享乐皇帝也发出了哀叹。其《燕山亭》（北行见杏花）词想象旧时宫中明媚艳丽的花朵，在无情风雨的摧折下，飞红凋零，宫苑凄凉。看似写花，实为写人，有人物皆非的悲慨。

靖康之难后，半壁江山沦入敌手，汴京城不再是宋人涉足游历的富贵地，兵燹过后，废池乔木，犹厌言兵。从此，汴京退居到宋人的笔下和梦中，成为他们心中不能轻易触碰的伤痛，偶尔提及，亦是无限凄楚。如朱敦儒《浪淘沙》：

中秋阴雨，同显忠、椿年、谅之坐寺门作。

圆月又中秋。南海西头。蛮云瘴雨晚难收。北客相逢弹泪坐，合恨分愁。　　无酒可销忧。但说皇州。天家宫阙酒家楼。今夜只应清汴水，呜咽东流。

中原沦丧，南北对峙。流落南方的士人怀念故土，回忆中的汴京，一片凄风苦雨。而沦陷北方的宋人更是伤情。靖康之变后，盘踞北方的女真族在宴饮场景中依然演奏宋廷的教坊旧曲，北人听了，自然触伤心事。"凝碧旧池头，一听管弦凄切。多少梨园声在，总不堪华发。　　杏花无处避春愁，也傍野烟发。惟有御沟声断，似知人呜咽。"（韩元吉《好事近》〔汴京赐宴闻教坊乐有感〕）词作写得很是凄凉。随着南北对峙局面的形成，汴京渐渐淡出了词人的视野，中原成了遥远的回忆。宋亡后，宋人的故国哀思寄托在临安城上，汴京被进一步虚化、距离化，最后化为一片空白，成了一段被忘却的历史。

"长忆钱塘，不是人寰是天上。"（潘阆《酒泉子》其一）北宋时期，钱塘即是繁荣富庶的江南水乡城市，而且俗好奢华。史书记载："（两浙路）俗奢靡而无积聚，厚于滋味。"①苏轼在杭为官，对此深有体会："三吴风俗，自古浮薄，而钱塘为甚。虽室宇华好，被服粲然，而家无宿舂之储者，盖十室而九。"②对于雅好山水的文人来说，杭州的自然胜景比其经济的繁华更具魅力。文人墨客徜徉于青山秀水之间，流连忘返。在蔡襄、苏轼等人的诗文中，都留下了他们杭州为官时期游踪的详细记述。"此景出关无，西州空画图"（张先《醉垂鞭》〔钱塘送祖择之〕），杭州的秀美风景被文人词客反复吟咏赞美。高宗移跸，杭州一跃成为政治文化的中心，城市规模空前扩大，繁盛富丽非往昔可比。据周煇记载："尝见故老言，（杭州）昔岁风物，与今不同。四隅皆空迥，人迹不到。……自六蜚驻跸，日益繁盛。湖上屋宇连接，不减城中。"③王公贵族的南迁，把汴京的享乐习气带到杭州，一大批北方的文人来到杭州，为杭州注入了丰富的文化因子④，杭州变得更为富丽奢华，游赏侈靡

---

① [元]脱脱等：《宋史·地理志四》。
② [宋]苏轼：《上吕仆射论浙西灾伤书》，《苏轼文集》卷四十八，中华书局，1986年版，第1402页。
③ [宋]周煇：《清波杂志》卷三。
④ 陈正祥认为，"北宋统一王朝的毁灭是中国文化中心南迁的真正分野，从此文化中心搬到了江南"，并因此实现了"第三次汉文化中心的南迁"。见其《中国文化地理》，北京三联书店，1983年版，第5页。

之风更炽。"杭人喜遨……今为帝都,则其益务侈靡相夸,佚乐自肆也"①。不仅豪奢之家如此,贫乏之人,亦喜游玩,甚至不惜代价。"至如贫者,亦解质借兑,带妻挟子,竟日嬉游,不醉不归。此邦风俗,自古而然,至今亦不改也。"②由此可知临安城里全民享乐风气之盛。杨泽民《风流子》(咏钱塘)词云:

> 佳胜古钱塘。帝居丽、金屋对昭阳。有风月九衢,凤凰双阙,万年芳树,千雉宫墙。户十万,家家堆锦绣,处处鼓笙簧。三竺胜游,两峰奇观,涌金仙舸,丰乐霞觞。 芙蓉城何似,楼台簇中禁,帘卷东厢。盈望虎貔分列,鸳鹭成行。向玉宇夜深,时闻天乐,绛霄风软,吹下炉香。惟恨小臣资浅,朝觐犹妨。

词里竭力营造君臣和乐、举国欢庆的场景,然而与柳永《望海潮》词相比,多了都城的绮丽奢华,却少了国泰民安的太平气象。都城是一国政治的中心,也是政治最敏感的晴雨表,不同时期文人笔下的都城风貌潜藏着那个时代的气息和政治的脉动,是国运直接的表征。南宋朝廷从汴梁移跸临安,显露出政治上从平和中立到防御退避的大转变,国运气数已远不能和北宋相比。两首钱塘词的差异中,隐伏着国脉气运的潜转暗换。

兹以西湖词为例,来看南宋杭州词的历史变迁。"南北战争,惟有西湖,长如太平。"(陈人杰《沁园春·咏西湖酒楼》)无论战争还是和平,西湖都是享乐者的天堂。南宋词人大量咏写西湖景观,张矩、陈允平、周密还先后作有"西湖十咏"组词,一一描绘西湖各个佳处。"山外青山楼外楼,西湖歌舞几时休?暖风熏得游人醉,直把杭州做汴州。"(林升《过临安邸》)西湖上夜夜笙歌通宵达旦,日日游龙穿梭不息。据《武林旧事》记载,当时西湖上"大贾豪民,买笑千金、呼卢百万,以至痴儿骏子,密约幽期,无不在焉,日糜金钱,靡有纪极,故杭谚有销金锅儿之号。此语不为过也。"③

文人笔下的西湖是雅集之地。朱敦儒《声声慢》(雪)词云:

> 红炉围锦,翠幄盘雕,楼前万里同云。青雀窥窗,来报瑞雪纷纷。开帘放教飘洒,度华筵、飞入金尊。斗迎面,看美人呵手,旋

---

① 《游山后记》,《江湖长翁集》卷二十二。
② 《梦粱录》卷一"八日祠山圣诞"。
③ 《武林旧事》卷三。

汩罗巾。　　莫说梁园往事，休更美、越溪访戴幽人。此日西湖真境，圣治中兴。直须听歌按舞，任留香、满酌杯深。最好是，贺丰年、天下太平。

瑞雪纷纷，红炉围锦，红巾翠袖，听歌按舞，这就是半壁江山里的贵族们的享乐生活。柔媚的西湖水，浸软了男儿的铁骨，怯懦的南宋，连残山剩水亦将不保。南宋后期，风雨飘摇中的杭州岌岌可危，经临西湖，涌上士人心头的是此景不再的悲慨。吴文英《西平乐慢》云：

中吕商·过西湖先贤堂，伤今感昔，泫然出涕。

岸压邮亭，路歌华表，堤树旧色依依。红索新晴，翠阴寒食，天涯倦客重归。叹废绿平烟带苑，幽渚尘香荡晚，当时燕子，无言对立斜晖。追念吟风赏月，十载事，梦萦绿杨丝。　　画船为市，天妆艳水。日落云沉，人换春移。谁更与、苔根洗石，菊井招魂，漫省连车载酒，立马临花，犹认蔫红傍路枝。歌断宴阑，荣华露草，冷落山丘，到此徘徊，细雨西城，羊昙醉后花飞。

先贤堂，亦名集贤堂，位于西湖南山，系为纪念自先秦至北宋一千余年出生或生活在杭州的名人而建，宋末兵燹后不久而废。词人在作品中融织了对历史人物命运浮沉的感喟和自己的身世情怀，西湖因此带上了悲凉萧瑟的意味。

宋亡后，遗民词中的钱塘和西湖，更是一片悲苦。面对敌虏践踏过后的西湖，词人感叹："如此湖山，忍教人更说。"（詹玉《齐天乐》〔赠童瓮天兵后归杭〕）此刻，西湖的春景这般凄凉：

接叶巢莺，平波卷絮，断桥斜日归船。能几番游，看花又是明年。东风且伴蔷薇住，到蔷薇、春已堪怜。更凄然。万绿西泠，一抹荒烟。　　当年燕子知何处，但苔深韦曲，草暗斜川。见说新愁，如今也到鸥边。无心再续笙歌梦，掩重门、浅醉闲眠。莫开帘。怕见飞花，怕听啼鹃。（张炎《高阳台》〔西湖春感〕）

《武林旧事》记载"西湖天下景，朝昏晴雨，四序总宜，杭人亦无时而不游，而春游特盛焉。"（卷三）而张炎眼中的西湖春景，却是"万绿西泠，一抹荒烟""苔深韦曲，草暗斜川"，飞花啼鹃，惹起新愁旧恨，满目凄然。词人饱尝忧患的心理以及西湖的破败景象令人感慨不已。我们由不同历史时期文士对西湖的描绘，可以感受到寄寓其中的不同心态和人生况味，也能认识到政治的翻云覆雨烙烫在自然风物上的印痕。

三

两都词的面貌并不均衡。从数量看,杭州词明显多于汴京词;从艺术特色看,杭州词与汴京词风貌迥异。究其原因,大略有如下数端。

第一,南北宋词创作的不平衡使然。北宋词总的数量少于南宋,其都邑词数量亦少于南宋,汴京词因此少于杭州词。

第二,词学风气使然。都邑词在宋词中所占比例并不高。词之源起,盖为酒席宴前的佐酒助欢,娱宾遣兴,表现男欢女爱的幽怨缠绵乃词之主调。柳永始大量写作都邑词,《乐章集》中描写城市繁盛景象者有四十余首,占其总数的五分之一强,这在当时是极为突出的。柳永之外,张先、苏轼、王安石等人亦有此类作品,但并未形成风气。在文人以诗为词、以文为词等诸种努力下,词体堂庑渐大,几于无意不可入,无事不可为。南渡以后,虽然只剩半壁江山,但朝廷的享乐风气依旧,江南的秀美风景又为这种享乐提供了适宜的土壤,城市风光尤其杭州景致为文人所乐道,词中出现了较多咏写都市风光的篇什。故从词学风气的转移看,杭州词多于汴京词。

第三,陪都文化的影响使然。中国历史上长期存在的陪都现象,对宋词中的汴京和杭州形象也有影响。北宋汴京以洛阳为陪都,不同于汴京作为政治权力中心的存在,"宋代西京洛阳更显文化之都、学术之都、艺术之都的特点与魅力。"[1]洛阳的风采不仅吸引了众多的文人学士瞩目流连,魁杰贤豪、权贵耆旧亦多聚集于此,冠盖相望,文人士大夫的群体活动相当活跃。如欧阳修的八老会、司马光等人的洛阳耆英会等,均是当时的政坛要客、文墨翘楚参与其中的雅集盛会。"北宋时期是洛阳文化史上又一辉煌时代,在一定程度上与开封形成对峙或起补充作用。"[2]可以说,洛阳在文化、学术、艺术方面的优长和魅力,与汴京在政治方面的权力和威严,衬托互补,各显清辉,也在一定程度上遮蔽了汴京的光芒。南宋临安以建康(今江苏南京)为"行都",相当于陪都。由于偏安一隅,南宋版图大为缩小,建康成为南宋与金对峙的前线,传

---

[1] 梅新林:《中国古代文学地理形态与演变》,复旦大学出版社,2006年版,第317页。
[2] 程民生:《宋代地域文化》,河南大学出版社,1997年版,第81页。

统意义上的陪都作用几乎荡然无存，没有陪都来分割其地位和重要性，杭州更显其独尊之势。

第四，地理环境使然。汴京位处中原，地平野阔，农业发达。宋之前，曾经是几个小国的都城，但不见辉煌。宋廷建都于此，盖缘后周都于此，不过因势而然。汴京城之胜，在于其作为都城的独特地位，在于其作为政治中心和经济中心的重要价值。词人笔下的汴京，亦着力刻画表现的是这一方面。杭州长期以来都是南方重要的大城市，宋室南迁，更使它一跃而为都城，成为南宋中心，获得与北宋汴京同等的重要性。但杭州之胜，还在于其秀丽的自然风景。嘉山秀水，为杭州增添了无穷魅力，王公贵族，文人士子，乃至贩夫走卒，都得以享受其山水之美。文人们词的创作更是得益于山水之助。杭州词，一方面同汴京词一样，表现其大都市的繁华，另一方面，则是对其秀丽山水的描绘。繁华和秀美融织在一起，使杭州散发出迷人的光彩，杭州词因此缤纷多姿，引人入胜。

第五，词人审美趣味使然。相对于北宋词风，南宋词尚雅风气较浓。雅情、雅景、雅志、雅语，凡雅者，皆易入词人法眼。徜徉于杭州秀美的山水间，把酒言欢，吟诗作赋，是文人士子的赏心乐事。杭州词因此胜出。

第六，风格不同使然。城市的不同面貌和风情，以及词人的不同创作心境，形成了两都词的不同风格。汴京以繁荣奢华胜，汴京词着重刻画其作为都城的帝里风光，天子脚下的皇家气派，气势开阔，富丽堂皇。杭州词既写繁荣气象，也写秀丽景致。由于描摹对象和寄托情感的不同，杭州词具有不同的风格面貌，或雄伟壮阔，或慷慨激昂，或婉约柔媚，或幽默诙谐。

四

城市的面貌随着时光的推移，国运的兴衰而变化，彼与此的差异，今与昔的不同，都传达出盛衰兴亡的信息，跃动着文人要眇幽微的心曲，两都词因此较多地运用了对比尤其是今昔对比的表现手法。

有汴京的今昔对比。如李琳（《木兰花慢》〔汴京〕）：

> 蕊珠仙驭远，横羽葆、簇蜿蜒。甚鸾月流辉，凤云布彩，翠绕蓬瀛。舞衣怯环珮冷，问梨园、几度沸歌声。梦里芝田八骏，禁中

花漏三更。　　繁华一瞬化飞尘,辇路劫灰平。恨碧灭烟销,红凋露粉,寂寞秋城。兴亡事空陈迹,只青山、淡淡夕阳明。懒向沙鸥说得,柳风吹上旗亭。

词篇上下阕对比汴京城今昔,昔时风云月露,莺歌燕舞,今日红凋碧谢,灰飞烟灭。两相比照之下,眼下的汴京城惨痛凄凉,弥漫着衰败肃杀的悲剧色彩。

也有杭州的今昔对比,尤以西湖更著。如张矩《摸鱼儿》(重过西湖):

又吴尘、暗斑吟袖,西湖深处能浣。晴云片片平波影,飞趁棹歌声远。回首唤。仿佛记、春风共载斜阳岸。轻携分短。怅柳密藏桥,烟浓断径,隔水语音换。　　思量遍。前度高阳酒伴。离踪悲事何限。双峰塔露书空颖,情共暮鸦盘转。归兴懒。悄不似、留眠水国莲香畔。灯帘晕满。正蠹帙逢迎,沉煤半冷,风雨闭宵馆。

此词对比作者两次游览西湖的情景,前次的春风共度与后次的风雨闭馆形成对照,寄寓人事皆非的感慨。

而将汴京与杭州加以比照,更为常见。向子諲的词分为"江南新词"和"江北旧词"两部分,江北旧词沿袭传统词风,以儿女情长居多,江南新词则表现了家国之恨。如这首词:

紫禁烟花一万重。鳌山宫阙倚晴空。玉皇端拱彤云上,人物嬉游陆海中。　　星转斗,驾回龙。五侯池馆醉春风。而今白发三千丈,愁对寒灯数点红。(《鹧鸪天》〔有怀京师上元,与韩叔夏司谏、王夏卿侍郎、曹仲谷少卿同赋〕)

词作回忆汴京上元灯节火树银花、万民嬉游的热闹场景,与自己眼下衰老愁苦、独对寒灯的情形构成鲜明对比。亲身游历的似锦繁华随风而逝,曾经的万里江山化为记忆印痕,词人感情非常沉痛。又如李清照《永遇乐》:

落日熔金,暮云合璧,人在何处。染柳烟浓。吹梅笛怨,春意知几许。元宵佳节,融和天气,次第岂无风雨。来相召、香车宝马,谢他酒朋诗侣。　　中州盛日,闺门多暇,记得偏重三五。铺翠冠儿,捻金雪柳,簇带争济楚。如今憔悴,风鬟霜鬓,怕见夜间出去。不如向、帘儿底下,听人笑语。

词篇对比汴京与杭州的元夕。上阕写杭州元夕,酒朋诗侣邀约词人去观赏灯节,词人无心游赏,谢绝推托。下阕回忆少女时代在汴京城度过的元宵佳节。结篇又回到眼前,那"风鬟霜鬓"的憔悴的嫠妇形象,与当年汴京元夕花枝招展、无忧无虑的幸福少女有云泥之别。这其中,既有词人个人遭际的不幸,更反映出国家命运的动荡变幻给个人生活带来的山倾海覆般的大不幸。李清照、向子諲在杭忆汴,比照杭州与汴京今昔上元灯节,通过不同的都市节日映像,反映时代风涛的激荡翻覆和个人命运的天壤变化,感慨沉重。

城市是凝固的风景,也是流动的文化。作为特殊的文化记忆,宋代词人的两都叙事,有着观测视角的转移变化。既有内观视角,如在汴京看汴京,在杭州看杭州,是目击身历的体验,具有真实的再现性特征。也有外观视角,如从杭州看(回忆)汴京,从其他城市看(回忆)杭州等。记忆映像同真实映像比较起来,带有更显著的表现性特征,因为记忆映像的选择,本身就具有倾向性。视角的转移腾挪,不仅带来景色的变化,也融织着情感的不同况味。而由体验到眺望,由眺望到回忆,由写实到写意,由忆汴京到忆杭州,这种潜转暗移包含着气运的此消彼长。从北望不见,作为城市鲜活视像的汴京逐渐淡化,到北忆不见,作为文化记忆的精神家园逐渐消失,再到南望不见,南忆淡化,两都视像从现实到虚拟,证验着两宋的现实被虚化为记忆中的一段印痕、词史上的一些零碎的文字意象。宋词里的汴京和杭州,由浓墨重彩的抒写,到被淡化、虚化乃至遗忘,正记录了这两个游乐地的先后湮灭,两个精神家园的先后丧失的历程。社稷宗庙被侵凌的城市不再是都城,悲怆的文化记忆被抚平被虚化后,人物的角色和身份也发生改变。作为道具的城市名称未变,但活动舞台上的剧目发生了巨大变化,两个城市以及士子词客们,与时俱变,又将在新的剧目中扮演新的角色。

(本文发表于《文学评论》2009年第1期)

张文利,1968年生,2003年毕业于陕西师范大学文学院,文学博士,师从杨恩成教授,现为西北大学文学院教授、博士生导师、中文系主任。

论宋词中的西楼意象

李世忠

内容摘要：西楼意象源自汉魏诗歌，经唐诗发展之后，其抒情意义最终定位于宋词。宋词中的西楼以表达两性情爱悲欢主题为主，这和同样多出于宋词的南楼、东楼意象形成明显区别，而它们在宋词中不同的抒情功能亦可从比较中得到互证。追溯宋词中西楼意象抒情意义之成因，盖与西楼建筑在现实生活中发挥的作用密不可分。

关键词：宋词；西楼；观望；抒情

西楼是宋词中的常见意象之一，以其抒情功能言，它多与两性情爱生活中的心灵体验与心路历程相关。这种抒情倾向和同样存在于宋词中的东楼、南楼意象形成较大区别。为什么以表现两性情爱悲欢为主题的宋词使用楼宇意象时偏偏相中"西楼"？宋词中的西楼意象有什么特点，它在进入宋词意象群之前意义上又发生过怎样的变化？本文拟对这些问题作一探讨。

一

先试对宋前诗歌文学中楼宇意象的使用做一简略回顾。

中国古代诗歌中的楼意象始出于汉代，其一开始就和女性相关。汉乐府《陌上桑》，《古诗十九首》中之"青青河畔草""西北有高楼"[1]等作品可

---

[1] 逯钦立：《先秦汉魏晋南北朝诗》，中华书局，1983年版，第259、329、330页。

看作楼意象使用的滥觞,在这最早的楼宇意象用例中,"楼"自身之抒情功能并未得到突出,它只是为作品主人公或抒情者的出场提供一个特定环境。至魏晋以后诗人笔下,楼宇意象开始广泛成为承托诗情的重要载体。曹植、陆机、鲍照、何逊等人作品中即多有楼意象。在曹植《飞龙篇》《美女篇》,陆机《七哀诗》《拟西北有高楼》,及鲍照《代陈思王京洛篇》《玩月城西门廨中诗》,何逊《咏倡妇诗》①等作品中,楼意象几乎无一例外与女性孤居的愁怨悲苦相关。这说明自汉代以来,楼宇意象在抒发女性情怀方面已开始形成了自己的抒情传统。

但楼宇意象中有明确方位的"西楼"之出现于诗歌文学则要晚得多。据笔者翻检,最早使用"西楼"一词的是梁代诗人庾肩吾与何逊。庾诗云"天禽下北阁,织女入西楼",何诗云"洛汭何悠悠,起望登西楼"。②庾诗借西楼意象写春夜时令特点,何诗则借"登西楼"表达他"昼悲在异县,夜梦还洛汭"的凄凉流落之苦,这却都与女性抒情没有关系。

唐诗中的楼意象出现约三千二百多次,其中西楼一词出现约八十余处。但因这些"西楼"所指多为实体之楼,故其文学抒情意义并不明显。如李白《金陵城西楼月下吟》,郎士元《郓城西楼吟》,耿湋《奉和第五相公登鄱阳郡城西楼》,赵嘏《登安陆西楼》,③看诗题即知,不但"西楼"一词在作品中不具文学抒情意义,且这些诗歌本身和女性、甚至男女两性抒情也没有关系。

但是唐诗中也有少量诗歌出现了具有抒情意义的"西楼"意象。李益《写情》是较早把西楼和男女之情联系起来的作品,诗云:"水纹珍簟思悠悠,千里佳期一夕休。从此无心爱良夜,任他明月下西楼。"李益之后,白居易《寄湘灵》,施肩吾《夜笛词》,韩偓《雨中》等诗,也借西楼意象写男女之情。尤其晚唐出现的《送鲍生酒》,《空馆夜歌》,写西楼女性孤伤富艳:"西楼今夜三更月,还照离人泣断弦","西楼美人春梦长,绣帘斜卷千条入"。④

这说明在唐诗中"西楼"一词之意义开始出现分化趋势。一方面,"西楼"作为生活中实体建筑之名称进入文学作品;另一方面,它的文学抒情意

---

① 逯钦立:《先秦汉魏晋南北朝诗》,中华书局,1983年版,第421、431、458、688、1259、1305、1705页。
② 逯钦立:《先秦汉魏晋南北朝诗》,中华书局,1983年版,第1992、1683页。
③ [清]彭定求:《全唐诗》,中华书局,1960年版,第1720、2786、2998、6348页。
④ [清]彭定求:《全唐诗》,中华书局,1960年版,第3228、4839、5602、7826、9007、9795页。

义也正在开始形成。中唐以后诗歌作品中出现的"西楼"所指意义虚化现象，使其文学抒情意味大大增强，这对宋词中"西楼"意象抒情意义的最后成型是重要的。

二

《全宋词》[①]中涉及西楼意象作品近一百五十首，其中约百分之八十以表现男女情爱悲欢为主题。比之宋前诗歌文学，宋词西楼意象的情感色彩明显增强，西楼成为寄托情人相思的主要场所，男女间聚少离多的生活，使"西楼"打上了浓重的叹离伤别情调。

以使用西楼意象频率最高的晏几道、吕渭老、周密作品为例。小晏有十二首词使用了西楼意象，他笔下的"西楼"，完全是其情爱生活悲欢离合的见证。这里不仅有心上人"凝澹倚西楼，新样两眉愁"，"西楼别后，风高露冷"的落寞伤感；也有词人自己"醉别西楼醒不记"，"西楼月下当时见……恨隔炉烟看未真"的感念与遗憾。以小晏"西楼"意象抒发的人生失意看，生活中似乎没有什么能比咀嚼发生于"西楼"之记忆更其哀伤的了。"西楼"观望产生的失望，"西楼"高耸伴随的凄寒，"西楼"欢会留下的憾恨等情绪，凝成其西楼抒情的重要成分。

吕渭老和周密各有七首作品使用了西楼意象。吕渭老笔下不仅有"大家沈醉还高枕，一任西楼报五更"的欢愉，亦有"断人肠，正西楼独上，愁倚斜阳"的相思，也有词人因思念心上人"欲上西楼还不忍，难著眼，望秋千"的感伤。周密笔下的西楼，一如吕渭老，有女子独倚的落寞，有男性轻别后的悔叹，也有词人叹老而倦旅思归的人生悲愁，他们的抒情都赋予西楼意象极浓厚的感伤色彩。

同时，西楼意象的抒情内蕴也大大丰富。以表现男女别后相思的作品为例，贺铸《断湘弦·万年欢》（淑质柔情），周紫芝《醉落魄·一斛珠》（江天云薄），王之道《西江月》（一别清风北牖），姜夔《一萼红》（古城阴）等都借西楼意象表现了与心上人别后的悲凉；谭宣子《侧犯》（素秋渐爽），

[①] 本文所引《全宋词》全部为唐圭璋本，中华书局，1965年版。

卢祖皋《贺新郎》（春色元无主），杨冠卿《垂丝钓》（翠帘昼卷）等则表现女性西楼翘望情人归来的疑虑愁苦；陈坦之《沁园春》（睡起闻莺），周密《菩萨蛮》（霜风渐入龙香被），王沂孙《金盏子》（雨叶吟蝉）等又是以梦境与西楼意象之结合来表达情人间的相思。这些作品中借"西楼"所抒情蕴虽以男女间聚少离多的悲愁为主，但不少却也暗含了作者人生落拓之意甚至家国之思，越是到宋末，"西楼"意象的抒情意越见复杂。

同时在宋词中，"西楼"与其他抒情意象的配合使用几乎也成为常态。它不仅和风、云、雨、雪等表气候变化的意象合用，也与斜阳、明月、烛花等光影物象及飞雁、喜鹊、子规、燕子等鸟类意象映衬。这样的意象结合方式，强化了抒情者情绪的悲喜激荡，使"西楼"充满了抒情的张力。其中，明月与西楼的联用尤值得注意。

宋词中的西楼几近一半是洒满月光的。"西楼明月""月满西楼""月落西楼""拜月西楼""逆月上西楼"，等等，凡有西楼的地方，月光也总分外引人瞩目。为什么西楼抒情会与月之关系如此紧密？笔者认为，这一方面与古人对月之寄情作用的审美通识有关，另方面，也和自古以来人们对西方的认识有关，先秦文献中"西"之方位即与少阴、秋气相关，那么西楼在明月背景下，其兀自孤立的光影形象，不也更能传达同心离居者的多感之怀？那月色，无论朦胧暗淡、还是明亮皎洁，它都为西楼抒情蒙上了一层婉转多感、相思情深的面纱。所以不仅李易安、魏夫人等女性词人笔下，明月西楼的期待极其深切，即使在男性词人如周邦彦、周紫芝等人作品中，西楼月光也多凝情成对往事的苍凉回忆。故月之联姻西楼，无疑是强化了西楼意象的抒情功能。

三

宋词中除使用西楼意象之外，也使用东楼、南楼意象，那么，比较东楼、南楼意象的抒情意义，对我们理解"西楼"的抒情功能有什么启发呢？

察《全宋词》使用"东楼"意象的十二首作品，几乎不涉及男女艳情。可以说，"东楼"在宋词中是远离两性私情的阳性单极世界。

如向子諲《水调歌头》（闰余有何好），其词序云："从游者，洪驹父、徐师川、苏伯固父子、李商老兄弟。是夕登临，赋咏乐甚。俯仰三十九年，所存者，余与彦章耳。"该词写披月登楼的行动意在感叹人生之流落；韩淲《朝中措》（一番风月已平分）是以东楼意象写男性的交流聚会；侯置《风入松》（东楼烟重暗山光）以登东楼，抒其感春事微茫、宦老他乡的怅惘；葛长庚《柳梢青》（鹤使南翔），以东楼意象抒其高情出世之想；魏了翁《满江红》最具代表性，东楼嘉集，俯仰今古，那里完全是男性单极天下。

和西楼意象用法不同，涉及东楼意象的词作中，即使出现女性，她们也不是"东楼"主角。晏几道《浣溪沙》（浦口莲香夜不收）看似言及女性，但此词所写之"东楼"，仅是"可堪题叶寄东楼"的女子想象中恋人所在之处，她并未能涉足其间；卢祖皋旨在表达出世之想的《洞仙歌》也有"东楼佳丽，缥缈风烟表"之句，但佳丽们的形象完全模糊，她们虽在"东楼"，却不具备个体特征及主体意识，只是"东楼"的点缀。

由此可见，宋词中男女两性情感世界的波澜并不在东楼意象的观照范围之内，这方面的情怀甚至是被东楼排斥的。东楼容不下男女私情，更不用说西楼意象中津津乐道的艳情。

"南楼"意象在宋词中出现的频率也不低，约有百余首作品涉及。但和"东楼"一样，出现"南楼"意象的词作中，男性的忧戚悲欢，也多超越了两性情感之纠葛。如果说"东楼"意象更贴近表现男性的政治及交游活动，那么南楼则更多是抒发主体心灵感喟的空间，出现南楼意象的作品不仅多注重深入揭橥男性心灵世界，且其所涉及的情绪性质也相当复杂。

有借"南楼"意象写羁旅之愁的，如柳永《竹马子》（登孤垒荒凉），曹组《青门饮》（山静烟沈），李石《满庭芳》（江草抽心）等。这些词人笔下的南楼与瞑鸦零乱，江城萧索，蜀山万点，甚至西风客梦等映衬，极尽南羁北旅者之愁苦；有写落拓不平意气的，如陆游《蝶恋花》（陌上箫声寒食近），王之道《沁园春》（城郭萧条），范成大《水调歌头》（细数十年事），辛弃疾《水调歌头》（折尽武昌柳），刘辰翁《八声甘州》（看团团一物大如杯）等，这些词表达词人面对人生蹉跎与坎坷，或披云对月放怀高歌，或细数往事遗恨难平，或凭高望断欲休未得的情怀；有写登临兴致的，如洪适《望海潮》（重溟倒影），杨无咎《水调歌头》（闰馀有何好），杨炎正《水调歌头》（一笛起城角）等，其或写尊俎从游的逸兴，或写政成欢聚的谈笑，或写登龙戏马的风流；有写对往昔生活怀念的，如赵鼎臣《念奴娇》（旧游何处），赵善括《鹧鸪天》（忆昔南楼旧使君），表达与友人别后的惆怅，及对南楼旧游踪迹的追寻；也有写朋友间别情的，如毛并《满庭芳》（世事难穷）；有写亡国哀痛的，如王沂孙《声声慢》（高寒户牖）。这些作品都注重对男性复杂心灵世界的洪涛波澜进行深层揭示，而南楼意象的使用，对其抒情起到了契机与桥梁作用。

另一个值得注意的现象是，出现南楼意象的宋词，虽有少数作品涉及两性私情，但唯独绝少女性情怀的正面展现。这说明宋词中作为抒情意象的东楼、南楼，广义上并不主要用来表现男女情爱，它们也几乎同时排斥艳情。而"西楼"背景下，女性不仅是宋词人物世界的主角，同时也是宋词表现两性情爱必所涉及的对象。这说明宋词在使用有明确方位的楼宇意象时，对其抒情功能确有较为清楚的分工。具体说，"西楼"在宋词中就是被定位于抒写男女情爱的，它是宋词世界中的男男女女表达两性相思相爱主题时虚化的私密空间。

四

为什么西楼意象在宋词中担负了表现两性私情的重任？文学意象抒情传统的传承是重要因素，但如果考察历史上名曰"西楼"的建筑在人们现实生活中发挥的作用，则可见西楼抒情意义之在宋词中形成，又和原生态的西楼建筑密切相关。

许慎云："楼，重屋也"，[1] "西楼"一词在古汉语中属双音节合成词，西，表方位。但翻检相关典籍，"西楼"一词还有另外的含义。一是表姓氏。《史记·陈杞世家》云："夏后氏祀东楼公生西楼公，西楼公生题公，题公生谋娶公。"[2] 宋邓名世《古今姓氏书辩证》卷四释"楼"姓："出自姒姓，周武王封夏禹裔孙东楼公于杞，生西楼公。题公孙仕他国者以楼为氏。"该书同卷释"西楼"亦云："出自姒姓，夏后杞东楼公之子曰西楼公，子孙以号为氏。"[3]

一是表地域。顾炎武《历代帝王宅京记》卷十八云："国语解曰：辽有四楼，在上京者曰西楼，木叶山曰南楼，龙化州曰东楼，唐州曰北楼。岁时游猎

---

[1] [汉]许慎：《说文解字》，中华书局，1963年版，第120页。
[2] [汉]司马迁：《史记》，甘肃民族出版社，1998年版，第231页。
[3] [宋]邓名世：《古今姓氏书辩证》，江西人民出版社，2006年版，第136页。

常在四楼。"①《旧五代史》卷一三七亦载："天佑末,安巴坚乃自称皇帝,署中国官号。其俗旧随畜牧,素无邑屋,得燕人所教,乃为城郭宫室之制。于漠北距幽州三千里,名其邑曰西楼邑,屋门皆东向。②"相同的记载亦见《新五代史》卷七二。因楼宇修建具有地标性建筑特点,故这些记载中的西楼被作为表示某一区域的地理名词使用,当是其楼宇意的衍生。

"重屋"之楼的重要功能即供观望。方苞《周官集注》卷三云:"凡国野之道,十里有庐……庐可暂止,路室可止宿,馆则楼可观望者也。"③除侯馆之楼供观望之外,王宫宫隅、城隅之可称楼者,其功能亦不外观望。《周官集注》卷十二亦云:"王宫门阿之制五雉,宫隅之制七雉,城隅之制九雉。雉长三丈,高一丈。阿谓门之屋脊。隅者浮思谓小楼也。"

作建筑物称谓的"西楼"一词,在宋前史书上的记载并不多见,《南齐书》《旧唐书》两则文字值得注意。《南齐书》卷二八:"荣祖善弹,弹鸟毛尽而鸟不死。海鹄群翔,荣祖登城西楼弹之,无不折翅而下。"④《旧唐书》卷七一:"太宗登苑西楼,望丧而哭。诏百官送出郊外,帝亲制碑文,并为书石。"⑤荣祖西楼射鸟而乐,唐太宗西楼望送魏征灵柩而悲,西楼在此均起到观望作用。

有关宋代史料亦有此类记载。明陶宗仪《说郛》卷六二:"《成都古今记》:望妃楼在子城西北隅亦名西楼,闻明妃之墓在武担山,为此楼以望之。⑥《资治通鉴后编》卷六三:"丁酉,葬温成皇后,帝御西楼,望柩以送,自制挽歌词。"⑦《张氏可书》云:"徽宗幸端门观灯,御西楼,下视蔡鲁公幕次,以金橘戏弹,至数百丸。"

这些资料中言及之西楼固然非同一处建筑,但其供登临者远望、"下视"的功能如出一辙。从荣祖登楼射鸟到宋仁宗登楼望送爱妃,至宋徽宗西楼"戏弹",显出了西楼建筑在君王私生活中的重要意义。实际早在宋初,就发生过

---

① 《文渊阁四库全书》,台湾商务印书馆,1983年版。
② [宋]薛据正:《旧五代史》,中华书局,1976年版,第1830页。
③ 《文渊阁四库全书》,台湾商务印书馆,1983年版。
④ [南朝]萧子显:《南齐书》,中华书局,1972年版,第530页。
⑤ [后晋]刘昫:《旧唐书》,中华书局,1975年,第2561页。
⑥ 《文渊阁四库全书》本,台湾商务印书馆,1983年版。
⑦ 《文渊阁四库全书》本,台湾商务印书馆,1983年版。

因君王私自登楼游赏,大臣很不以为然的事。宋邵伯温《闻见录》卷十七云:"太祖一日与数谒者登正阳门之西楼,温叟自台归过其下,或告温叟当避,温叟不顾。明日求对,面谢曰:'陛下御前楼,则六军必有希赏赐者。臣所以不避者,欲陛下非时不御楼也。'"①《资治通鉴后编》卷一八一载元代事迹亦云:"辛未,吴王御西楼,有军士十余人,自陈战功以求升赏。"②

温叟恐六军求赏劝谏宋太祖不要随意登临西楼,到后代西楼求赏终成事实。可见无论君王还是民间,似乎并不是把君主登临西楼的行为看作什么庄严的政治活动,名曰"西楼"的建筑在最高统治者那里反倒显示出浓厚的人情味。

在民间,西楼和人们的私生活也密不可分。唐宋时期各级官员举宴行乐、吟诗作赋常在西楼。私人宅邸修建中,西楼也颇受重视。宋朱长文《吴郡图经续记》卷上:"白乐天于西楼命宴,齐云楼晚望,皆有篇什。"③《说郛》卷六九:"(北宋)天僖二年,赵公积尝开西楼亭榭,俾士庶游观……八月十五日中秋玩月,旧宴于西楼,望月于锦亭。"④《梦溪笔谈》卷二十五:"丞相陈秀公治第于润州,极为闳壮,池馆绵亘数百步。宅成,公已疾甚,唯肩舆一登西楼而已。"⑤

女性之出西楼,亦见载于相关资料。宋陈旸《乐书》卷一二九:"唐贞元中,长安大旱,诏移两市祈雨……西楼出一女郎,抱乐器,亦弹此曲移在枫香调中,妙绝入神……翼日,德宗召之,佳奖异常。"⑥从这些记载看,发生于西楼的射鸟、望妃、戏弹、求赏、命宴、赋诗、弹曲等活动,无一不与西楼的观望功能及休闲空间的性质相关,这就给西楼蒙上了一层浓重的抒情面纱。那么,宋词中频频出现反映男女两性情爱悲欢的西楼意象,岂是偶然的吗?

所以宋词中的西楼意象,从文学内部看虽源于宋前诗歌,但考其来源,实和生活中名曰"西楼"的实体建筑所发挥作用不能分开。"西楼"之变成文学抒情意象之一,既是文学传统作用的结果,更是适应了词体文学特殊的抒情

---

① 朱易安:《全宋笔记第二编》7,大象出版社,2006年版,第228页。
② 《文渊阁四库全书》本,台湾商务印书馆,1983年版。
③ 《文渊阁四库全书》本,台湾商务印书馆,1983年版。
④ 《文渊阁四库全书》本,台湾商务印书馆,1983年版。
⑤ [宋]沈括:《梦溪笔谈》,辽宁教育出版社,1997年版,第145页。
⑥ 《文渊阁四库全书》本,台湾商务印书馆,1983年版。

需要。宋词中的"西楼",于抒情者言,其既是变天涯为咫尺、化情爱成相思的情感载体,又是积淀着两性情爱悲欢的一方精神空间。考察这一特殊意象抒情意义之来源及其演变过程,对我们理解宋词文本的抒情性质,理解中国文学万千抒情意象之生成都是有意义的。

(本文发表于《社会科学战线》,2009年第3期)

李世忠,1968年生,2010年毕业于陕西师范大学文学院,文学博士,师从霍松林先生,现为咸阳师范学院教授。

稼轩词题序研究

张晓宁

内容摘要： 辛弃疾是两宋词史上留存题序数量最多的人。稼轩词题序纪实性强，注重社交功能的发挥，经常有"戏作""解嘲"的字眼。稼轩词题序的特点反映了他作词所受的多方面影响，展示了他一生心态的变化。他通过题序创造了自己"白首为功名"的爱国词人形象。

关键词： 题序；社交；诙谐；心态

辛弃疾是两宋词史上留存题序数量最多的人，其题序有着极高的史料价值和文学价值，以至有研究者认为"其词序较之词更可见出其人生经历的发展阶段"[①]。辛词一向是词学研究的焦点，然而新中国成立以来研究辛词的论文达到千余篇，占到这半个世纪词学研究论文的六分之一，其中竟无一文研究稼轩词题序，不能不说是个遗憾。因此笔者不揣浅陋，撰成此文，希望稍有补益，并求教于方家。

一、稼轩词题序特点

使一个作家成为"这一个"的，正是其作品的独特性。正如稼轩词戛戛独造，其题序也是特色分明的，以下尝试拈出其中几个特点。

[①] 赵晓岚：《论宋词小序》，《文学遗产》，2002年第6期，第43页。

（一）总体观照：数量众多，覆盖率高

宋词大家并非都是题序的大家，有些著名词人并无作题序的习惯，因此我们也无法通过题序去窥视其人生轨迹与创作主张，但另有一类词人如辛弃疾大量写作题序，不但为本词增色不少，亦且在本词之外又意外留下了一种财富。在宋词题序发展的历史上，最重要的几位人物是张先、苏轼、辛弃疾、姜夔、周密，试将这几人的题序创作情况列表如下：

表一

作者	存词数量	题序数量	所占比例	数量排名	比例排名
张先	165	65	39.39%	5	5
苏轼	360	280	77.78%	2	4
辛弃疾	629	535	85.06%	1	2
姜夔	84	81	96.43%	4	1
周密	153	128	83.66%	3	3

由此表可以看出，绝对数量上稼轩词题序遥遥领先，位居榜首，有题序的词作占词作总体数量的百分比位列第二。因此从量的角度考察，稼轩题序可以说数量众多，覆盖率高，实为两宋鳌头，成就不容忽视。

（二）"词史"特质：纪实性强

稼轩词题序有很强的纪实性。我们以邓广铭先生2007年《稼轩词编年笺注》（定本）为据，将稼轩题序不加任何选择地从头按顺序罗列十个：1.立春日；2.暮春；3.寿赵漕介菴；4.赠子文侍人，名笑笑；5.建康史帅致道席上赋；6.登建康赏心亭，呈史留守致道；7.金陵寿史帅致道。时有版筑役；8.中秋寄远；9.中秋；10.西湖和人韵。

可以看出，内容不外乎记叙作词的时间（如"中秋"）、地点（如"建康赏心亭"）、缘由（如"寿史帅致道"）、赠予的对象（如"赠子文侍人，名笑笑"）、作词的方式（如"和人韵"）、时代和社会的背景（如"时有版筑役"）等最基本的要素，有很强的纪实性和"史"的特质，而且如《春秋》一般叙事简略而包含丰富。这个特点使后人可以据其题序洞悉他的人生里程，了解当时社会的方方面面，一如杜甫的诗一样，可视为一时"词史"。吴梅说到

周密词题序的时候说："平生行谊，即可由此考见焉"①，此语用在辛弃疾身上更加合适。

这种纪实性在长序中发展为一种质实的精神。他有一首《洞仙歌》序："浮石山庄，余友月湖道人何同叔之别墅也。山类罗浮，故以名。同叔尝作游山次序榜示余，且索词，为赋洞仙歌以遗之，同叔顷游罗浮，遇一老人，庞眉幅巾，语同叔云：'当有晚年之契。'盖仙云。"遇仙，本是缥缈浪漫神乎飘举之事，但题序中也不过在叙述作词缘由之余淡淡提到，风格如此质朴夯实，叙述的口吻这样平淡简单，完全没有传奇的惊喜，使人读之觉得遇仙也不过如此……又如《柳梢青》序："辛酉生日前两日，梦一道士话长年之术，梦中痛以理折之，觉而赋八难之词。"梦中也不忘与人据理力争，且务必"折之"。与苏轼遇仙、记梦的作品比较一下便知两人气质真有天渊之别。

设若不处在宋金战乱之际，而在乾嘉之世，以稼轩的用世之心，以他词作题序中表现出的求真求实的精神，若他要以"立言"为人生的目标，也许能成为一代学术宗师。然而正因为稼轩题序过于质实，便缺少了优秀的文学作品常有的凌云之风和飘逸之气。所以客观看来，稼轩题序的实用性远大于艺术性，因此虽然他题序中长序的数量不比姜夔少，却一直没有得到后人特别称道。

（三）题材选择：偏重社交

王国维说："至南宋以后，词亦为羔雁之具"②，稼轩词便可以树为典型。翻阅稼轩词题序，触目尽是"观潮上叶丞相""送赵江陵东归，再用前韵""为韩南涧尚书甲辰岁寿""山行，寄杨民瞻""送晁楚老游荆门""席上赵景山提干赋溪台，和韵"这样的交游、寄赠、祝咏之作。稼轩题序中这种以社交为目的，注明了因某人而作这首词的占了大多数。邓广铭先生《辛稼轩交游考》辑录与稼轩游者，"见于稼轩词集者共一百零九人""见于辛启泰辑稼轩词补遗者共七人"③，是见于稼轩词者达116人。许伯卿先生根据量化统计指出，辛词题材丰富，达到30类之多，其中交游词多达136首，在他所有词作中以21.59%的份额遥遥领先，祝颂词达79首，以12.54%的比例位列第二，并且指出这些社会性较强的题材"反映出豪放派词人投身社会人生的恒久热情与努

---

① 吴梅：《词学通论》，复旦大学出版社，2005年版，第6页。
② 唐圭璋：《词话丛编》，中华书局，1986年版，第4256页。
③ 邓广铭：《辛稼轩交游考》，《复旦学报》，1944年第1期，第1—58页。

力"①。我们只消通览一遍稼轩词题序，便可以想见稼轩一生交游之广，知道他虽壮志未酬，生活却颇不寂寞。以下将他各个时期以社交为目的的题序数量做一统计：

表二

时期	江淮两湖	带湖	七闽	瓢泉	两浙铅山	补遗
时长	18年	11年	3年	9年	5年	
题序数量	68	203	31	195	16	22
社交题序	45	123	14	104	3	14
所占比例	66.18%	60.59%	45.16%	53.33%	18.75%	63.64%

其中江淮两湖时期的题序中出现最多的人有史志道、范倅、叶丞相、洪丞相洪内翰兄弟、赵景明知县。据邓广铭先生《辛稼轩交游考》考证，史志道是稼轩通判建康府时的建康行宫留守，正是他的顶头上司；范倅，"疑指稼轩妇翁范邦彦"，他先于稼轩从金归宋，并嫁女于后归的稼轩；叶丞相名衡字梦锡，在建康总领江东钱粮时对稼轩多有扶助，入相后又力荐稼轩，《宋史》稼轩本传："衡入相，力荐弃疾慷慨有大略，召见，迁仓部郎中"；洪丞相名适字景伯，洪内翰名迈字景卢，"迈兄弟皆以文章取盛名，跻贵显"；赵景明也与叶适相友善。带湖时期出现人物很多，大多是地方官吏和本地乡绅，以及像稼轩一样废退上饶的官员，还有些"为人寿""代人赋"之类的未指名者，出现较多和较重要的有韩南涧、范廓之、杨民瞻、祐之弟、陈同甫。韩南涧曾任尚书，与辛同时供职建康，终身为契友；范廓之与杨民瞻是他的学生，从游多年，《稼轩词甲集》就是范开所编；辛祐之曾任湖南帅，是稼轩的连襟；陈同甫即陈亮，稼轩最为声气相投的传奇朋友，曾经与辛有著名的鹅湖之会，《贺新郎》序中记载详细，他的到访曾让废退无聊中的辛弃疾一度情绪高昂。短暂的七闽时期有赵丞相、卢国华。赵丞相即赵汝愚，汉恭宪王元佐七世孙，曾帅福建，居上饶，是韩侂胄的死对头，卢国华时任福建转运判官，与辛同僚。瓢泉时期有傅岩叟、叶仲洽、赵国兴、吴子似、傅先之。傅岩叟是一个隐居的名士富人；叶仲洽宋史无传，应该也是信州乡绅；赵国兴宋史无传，当是其他题

---

① 许伯卿：《辛词题材解读》，《南京师大学报》，2005年第6期，第117页。

序中赵茂嘉、赵晋臣子侄；吴子似是铅山县尉；傅先之是上饶人，曾知龙泉县、通判湖州；两浙铅山时期有吴子似、祐之弟。

（四）戏谑之作："戏作""解嘲"

稍加注意便可发现稼轩词中以"戏作""解嘲""戏……""嘲……"为题的戏谑之作很多，达到36首，按时期列表统计如下：

表三

时期	江淮两湖	带湖	七闽	瓢泉	两浙铅山	补遗
时长	18	11	3	9	5	
作词总量	88	228	36	225	24	24
"戏作"题序	2	6	4	21	0	3

从上表可以看出，初期辛弃疾戏谑之作并不多，江淮两湖18年88首词只有两篇"戏作"题序，带湖时期开始多了起来，第二次出仕的七闽时期总量虽然不多，但因为时间短作词少，所以比第一次出仕时期的比例高得多，到第二次隐居瓢泉时期达到顶峰，9年间竟有21篇戏谑之题，但在他最后的两浙铅山时期则一首也无。

二、稼轩词题序解读

外在的艺术形式的选择与改变，正是内部审美构成与人生态度的反映。稼轩词题序数量众多，覆盖面广泛，正足以反映他人生更深处的东西，其变化亦足以使我们追踪他心灵的波澜。下面我们将对前面概括的稼轩词题序特点进行深入的解读。

（一）题序反映了他作词所受的多方面影响

锦心绣口，绝无天成，每一个成功的作家，都曾受到过他之前与同时的文学的影响，即便是李白这样的天纵之才，也"十五观奇书，作赋凌相如"（李白《赠张相镐》），也"李侯有佳句，往往似阴铿"（杜甫《与李十二白同寻范十隐居》）。辛弃疾也不例外。我们从稼轩词的题序中可以管窥他在词界有意无意受到的各种影响。

1.蔡伯坚

辛弃疾的词创作虽是在归宋之后，然而其文学风格的确立则在23岁归宋之前。所以写作题序的习惯当与词风师承大有关系。《宋史·辛弃疾传》称他"少师蔡伯坚"[1]，邓广铭先生《辛稼轩年谱》指其附会，目前学界对此仍多歧义。但无论有没有直接受学于蔡，在萧闲词风笼罩之下的词坛学习作词，蔡词对他的词风包括形式的选择影响很大则毫无疑义。蔡词的一个特点就是好作题序，他留下的词作大多都有题序，申明作词时地缘由，刻画自己人生旅程，稼轩的好作题序当与此不无联系。

2.苏轼

苏轼对稼轩的影响也是很大的。金源一代一坡仙，苏轼对他的影响首先是透过蔡松年的间接影响，另一方面则是直接影响。稼轩629首词中只有一首追和前人之作，就是《念奴娇·用东坡赤壁韵》，可见自负的稼轩对东坡的心许。东坡对稼轩题序的影响表现在以下几个方面：第一，苏轼是第一个为词作大量加写题序的人，他使得题与序成为词体文学结构中非常重要的部分，稼轩的大量写作题序与他的开创之功是分不开的；第二，稼轩注重词的社交功用，苏词题序已是滥觞。苏词题序中每每有"再和送钱公永""寄子由"这样明显提示以词作为羔雁之具的；第三，在词题序中详细记录时间、地点、人物、作词的背景和缘起，使得词成了自己人生的详细记录，像杜诗一样的历历可考，这点苏也已为辛开了法门；第四，"戏作""解嘲"的字眼，也从苏轼而来。宋词题序历史上第一个"戏作"的就是苏轼。苏轼《如梦令》小序："元丰七年十二月十八日，浴泗州雍熙塔下，戏作《如梦令》阙。此曲本唐庄宗制，名《忆仙姿》，嫌其名不雅，故改为《如梦令》。盖庄宗作此词，卒章云：'如梦如梦，和泪出门相送。'因取以为名云。"又有《少年游》序："黄之侨人郭氏，每岁正月迎紫姑神，以箕为腹，箸为口，画灰盘中，为诗敏捷，立成。余往观之。神请余作少年游，乃以此戏之"。范开《稼轩词序》云："世言稼轩居士辛公之词似东坡。"[2]可见当时人已有这样的认识。

---

[1] 《宋史·辛弃疾传》，见邓广铭《辛弃疾传辛稼轩年谱》，生活·读书·新知三联书店，2007年版，第286页。

[2] [宋]范开：《稼轩词序》，见张惠民《宋代词学资料汇编》，汕头大学出版社，1993年版，第226页。

3.黄庭坚和向子䛩

也正是这"戏作",使我们发现稼轩所受黄庭坚和向子䛩的影响。苏轼之后,稼轩之前,题序当中"戏""嘲"之类的字眼出现最多的两个词人是黄庭坚和向子䛩,黄达到13处,向达到17处。辛弃疾从未在题序和别的地方说过黄庭坚对他的影响,但仔细研读这两人词作的题序,我发现不只是"戏作"的创作态度相似,还有很多地方似曾相识。如引用俚俗语言、考证一个问题、从另外一首诗或词引起等。稼轩题序的质实很有一种江西作风,大约正是受到黄庭坚的影响。也许这两个崇拜苏轼而想另辟蹊径的人找到了相似的道路,也许是一种相似的底层气质的表现:执着、戏谑——跟苏轼不同的沉重的人间的戏谑。

而向子䛩隐居芗林,颇与稼轩多年的生活境遇相似,他也是待在自己的小园儿里,"寿妻"、训子、游山看花,其实他的影响稼轩在题序当中已经提到,《水龙吟》序云:"盘园任帅子严,挂冠得请,取执政书中语,以'高风'名其堂,来索词,为赋水龙吟。芗林,侍郎向公告老所居,高宗皇帝御书所赐名也,与盘园相并云。"说明他对向的熟悉和向慕。

4.时代风气

任何人都不能独立于时代风潮之外,稼轩学习、适应或者迎合当时词风的痕迹也是很明显的。王福美《略论南宋中兴词的"词史"特质》说:"真正大规模地将'以事系日,以日系月',有地理、有本末的史例施之于词的是中兴词人。题序在其中发挥重要作用。""中兴时期,题序大量涌现,在题序中阐明时间、地点甚至词作本事已经成为一种风尚。题序的时间性越来越强。"[①]稼轩处于这种时代风气中,自然深受沾溉,其题序的强烈纪实性,正有一部分出于时代风气的影响,因其才气,又能在其中卓然胜出,成为一代经典。

(二)题序反映了他一生心态的变化

1.渐渐无奈退出上流社会的过程

因为稼轩题序覆盖率很高,而且用于社交的词基本都会有题序,所以这种题序的数量和比例就显示着作者参与社会生活的程度和活跃度。从前文表二可以看出,辛一生交游都很广泛频繁,但总体呈渐渐缩减之势。其中江湖两淮

---

① 王福美:《略论南宋中兴词的"词史"特质》,《中国社会科学院研究生院学报》,2005年第3期,第60页。

与带湖时期最为活跃，到晚年的两浙铅山时期似乎很寂寞。在出仕的两个时期中，初次的江淮两湖时期明显比七闽时期活跃，在隐居的两个时期中，第一次的带湖时期又比第二次的瓢泉时期更多社会交往。看来随着年华的老去和磨难的增加，他投身社会人生的热情与努力在不断减退。

从交往对象分析，在朝与在野有两个不同的交往圈子和重点，大致在朝时交往的多是高官同僚，在野则是村野乡绅、学生亲朋。两次在朝与在野也有变化。刚刚由金入宋的江淮两湖时期交往的多是达官、上司、同僚，可以想见其意气风发、胸怀壮志、与上层多方接触的努力；第一次废逐带湖，交往的高官已少，这当然与他自己的社会地位有关，但废逐中不甘寂寞，与同隐此地的官僚酬唱颇多，与陈亮过从，邀朱熹相会，说明并未一蹶不振，用世之心仍然很强，学生相从，大约有"滋兰树蕙"的意思，这些都说明他在享受归隐生活的同时，并不忘做复出的打算；七闽时期比起第一次在仕时期，社会交往似乎没有那么活跃了，虽然仍然看得出交结官场的努力，但比第一次安静地多，也许是因为心境比较淡薄了，也许是因为在仕林中的支持率已经大大降低了；第二次废逐瓢泉时期交往的人物大都是"宋史无传"的当地官吏与乡绅，此时的心情与初次废退时可能很不相同，因为二次在朝的寂寞和再次被劾的遭遇，使他意识到时隔多年，他依然不能被接受。最后几年的两浙铅山时期只有地方官吏吴似之与连襟辛祐之陪伴了。

马廷鸾《碧梧玩芳集》题周公谨弁阳集云："公谨上世为中兴名从臣，家弁阳，迩京师，开门而仕，则跬步市朝之上，闭门而隐，则俯仰山林之下。其所交皆承平诸王孙，觞咏流行，非丝非竹，致足乐也。而今也乃与文士弄笔墨于枯槎断崖之间，骚客苦吟于衰草斜阳之外，乐之极者伤之尤者乎。"[①]稼轩一生交游正与此相似。社交圈反射着生活的境遇，稼轩题序当中交往活跃度和交往对象身份的变化，很直观地给我们描绘了稼轩从上层社会中渐渐淡出的无奈过程。

2. 从正剧到喜剧——以幽默诙谐消解失意心境

对比上文表二和表三能够发现，稼轩社交题材的题序渐渐减少的过程，却正是"戏作""解嘲"增加的过程。在他的人生追求和社会交往落入最低谷的

[①] 夏承焘：《唐宋词人年谱》，上海古籍出版社，1979年版，第348页。

瓢泉时期，他的戏谑题序却达到了巅峰。这绝不表示退出主流社会让他更加开朗乐观了，而说明他是在以幽默诙谐消解失意、掩饰痛苦的心境。亚里士多德认为，喜剧是比较低级的艺术，弗洛伊德引用李普斯的话说："诙谐是某种完全主观的喜剧。"①诙谐戏谑多数并不出于快乐的天性，倒是一种对痛苦的无奈分解和对沉重生活的逃避。这也是中国士人最惯用的保持心理平衡的方法，每每儒家入世的理想失落之后，便用庄子的滑稽玩世来麻痹自己，或表示愤世嫉俗。

范开说："公一世之豪，以气节自负，以功业自许，方将敛藏其用以事清旷，果何意于歌词哉，直陶写之具尔。"②刘辰翁《辛稼轩词序》说："斯人北来，喑呜鸷悍，欲何为者；而馋摈销沮，白发横生，亦如刘越石。陷绝失望，花时中酒，托之陶写，淋漓慷慨，此意何可复道。"③刘越石曾经写过"何意百炼钢，化成绕指柔"，稼轩的百炼钢此时也只能化成绕指柔，并出之以诙谐幽默了。所以这种"戏作"其实表现了稼轩对人生深深的失望。如《鹧鸪天·有客慨然谈功名，因追念少年时事，戏作》："壮岁旌旗拥万夫，锦襜突骑渡江初。燕兵夜娖银胡䩶，汉箭朝飞金仆姑。追往事，叹今吾，春风不染白髭须。却将万字平戎策，换得东家种树书。"题序中交代了写作的背景缘由——"有客慨然谈功名，因追念少年时事"，已经使人体会到他始终无法"忘却营营"，外界与功名有关的一切都那么容易触动他的神经，本词中则在回顾了自己的英雄往事之后叹道"却将万字平戎策，换得东家种树书"，这样的"戏作"，与其说是游戏谐谑，不如说是痛彻心扉的笑脸上的泪痕。从他这种题序的分布也看得出，越到他对人生彻底失望的时候，这种作品越多，这表示着，他已经不用严肃的而是用轻浮油滑的态度来描述自己的悲剧人生了，那表示着他的料定了无法解脱的孤独和痛苦，以及对人生世道的愤怒。

---

① 【奥】西格蒙德·弗洛伊德：《诙谐及其与无意识的关系》，国际文化出版公司，2001年版，第1页。
② [宋]范开：《稼轩词序》，见张惠民《宋代词学资料汇编》，汕头大学出版社，1993年版，第226页。
③ [宋]刘辰翁：《辛稼轩词序》，见张惠民《宋代词学资料汇编》，汕头大学出版社，1993年版，第228页。

三、题序创造的稼轩形象

作家的形象很大程度上是由自己的作品创造,再由后人的解读重塑的,稼轩词通过这两方面,已经为我们塑造了一个报国无门、英雄空老的悲壮的爱国词人形象,而稼轩自己不曾特别锤炼过、后人也不曾集中研究过的题序,可能会为我们补充他形象的另一侧面。

(一)实现个人的人生价值才是他一生行事的真正动力

对辛弃疾的评价话语,一直集中在两点上:爱国词人、豪放派,但稼轩从未在题序中说到爱国家爱人民的话,我们也不能看到他因南宋不能统一全境、人民遭受奴役所感受到的痛苦,却经常读到"夜读《李广传》,不能寐。因念晁楚老、杨民瞻约同居山间,戏用李广事,赋以寄之"(《八声甘州》序)、"有客慨然谈功名,因追念少年时事,戏作"(《鹧鸪天》序)之类的题序。我们可将其词题与同时代的爱国主义诗人陆游的诗题做一比较:陆诗题如《五月十一日夜且半梦从大驾亲征尽复汉唐故地》《九月十六日夜梦驻军河外遣使招降诸城觉而有作》《哀北》《哀郢》,其中透露的尽是对收复失地解救北民的期待,相较之下,稼轩词题透露的却是对个人功业难成的悲怨。

也就是说,辛弃疾痛苦的根源不是因为祖国分裂人民受苦,而在于他不能在这风云变幻的时代中一展身手,实现自己的人生价值,这才是他一生行事的真正动力,是他一生梦魂所系。儒家文化讲求"三立"——立德、立功、立言,辛弃疾选择了立功为自己的人生目标,并为其不断努力。内蒙古大学的杨新民这样评价稼轩爱国词:"稼轩词的'爱国主义'是其外表,或只是其内在精神的一部分,不可抑制的个人英雄主义和对个体生命价值的追求才是其内在最本质的东西。"[1]我以为的是确论。

正因原初的驱动力是在自身价值的实现,所以理想落空之后才会怨气重重,"戏作""解嘲",正是个人失意的怨愤之气的表现。在两宋著名作家中,对人生功业期望值很高而失望很大的有两个人,一个是苏轼,另一个是辛弃疾。苏轼是别人和社会对他的期望值很高,辛弃疾是自身期望值很高。但成就一番功业需要的不但是个人的才能,还有各种偶然因素,汉文帝就曾对李

---

[1] 杨新民:《英雄失路的悲歌》,《内蒙古大学学报》,2002年第1期,第4页。

广感叹："惜乎，子不遇时！如令子当高帝时，万户侯岂足道哉！"（《史记·李将军列传》）但当事实一步步证明此生希望可能落空的时候，两人态度却很不相同，苏轼也作过戏谑自嘲文字："问汝平生功业：黄州、惠州、儋州"（苏轼《自题金山画像》），只是知命的苦笑罢了，稼轩的许多首"戏作""解嘲"，却处处透着怨愤。

（二）实际有效的社会交往是他实现"立功"的人生目标的手段之一

其实交游广泛而常在题序中透露消息的，既不自稼轩始，也不从稼轩终，他的前辈词人苏轼就是一个。但将他们此类题序加以比较就会发现很大的不同：全部东坡词社交题材题序中称官职的只有8首，且称谓简短模糊，态度很为随便，如《西江月·送钱待制》《减字木兰花·送赵令》《南歌子·别润守许仲涂》。而辛词题序中交游寄赠祝咏的对象大都是官场中人，且题序中大都很正式地称其官职，姓名职衔称谓完整，如《千秋岁·金陵寿史帅致道，时有版筑役》《洞仙歌·寿叶丞相》《满庭芳·和洪丞相景伯韵》《鹊桥仙·寿余伯熙察院》《清平乐·寿赵民则提刑》等等，对象明白清楚，态度恭谨严肃，似是有意结交。这表现了官职在他心理上和交往中的分量。

如前所分析，他在第一阶段的江浙两湖时期，多方交接高官，为顺利仕进筑路。废退之后亦多方交接，培养学生，等待时机复起。即便是很无奈的后期，交游的也是当地乡绅富户。他能多次从废逐中立起，一半因为他的才干，一半也是靠交游之力。他的广泛的社交真是实际而有效的。

（三）"英雄"的另一面是贪残酷虐

一将功成万骨枯，稼轩虽未成就大功，却颇有万骨枯的心理准备。他有一首《最高楼》作于七闽时期绍熙五年（1194），题为"吾拟乞归，犬子以田产未置止我，赋此骂之"，从词中看，是教导儿子不可欲望太多，这是挂将出来的话，但我们不妨从他们父子对话的背景来想想：此时辛家已有稼轩在第一次落职前所建的带湖居所，此居所占地广大，富丽堂皇，朱熹"潜入去看，以为耳目所未曾睹"[1]，可是儿子还"以田产未置"阻止父亲辞官，一方面看得出辛家对物质财富的要求甚高，另一方面看得出儿子对置田产的经验——必得父亲做官才好。另外他的侍妓不少，如下面几篇题序所写：《水调歌头》

---

[1] 邓广铭：《辛弃疾传辛稼轩年谱》，生活·读书·新知三联书店，2007年版，第202页。

序"将迁新居不成,有感,戏作。时以病止酒,且遣去歌者,末章及之",《鹊桥仙》题"送粉卿行",《西江月》题"题阿卿影像"。他对朋友慷慨解囊:曾经打算为陆游营第,只因陆游坚拒才作罢,对朋友刘过的多次馈赠都是大手笔。试想稼轩孤身来宋,经济收入应该只有俸禄,何况他在这四十年中有一半时间是被废逐着的。他的钱财从何而来?稼轩是个英雄,以他豪放的作风,贪污起来应该也是大手笔。稼轩的数次被罢黜,并不是因为他主张抗金,也不是因为党派之争,而是因为经济问题被弹劾免职。他的从两浙西路提点刑狱公事被罢就是因为"台臣王蔺劾其用钱如泥沙,杀人如草芥"[1](《宋史·辛弃疾传》),第二次从福建安抚使卸任又是因为"臣僚言其残酷贪饕,奸赃狼藉"[2],落职后又"以臣僚言弃疾赃汙恣横,唯嗜杀戮,累遭白简,恬不少悛。今俾奉祠,使他时得刺一州,持一节,帅一路,必肆故态,为国家军民之害"[3]罢宫观。朋友朱熹曾为他题堂名"克己复礼"[4](《宋史·辛弃疾传》),看来对他立德方面很有微词,他在江西安抚使任上时,理学家陆九渊也曾写信规劝他不要接受贿赂。文人笔下总是意气用事地讲稼轩多次"被诬"落职,说他一生三仕三已是被懦弱无能只知一味求和的南宋政府压抑,其实客观理性地想想:弹劾能够一次次生效,必非空穴来风。还有一点常识不可忘记:在"家天下"的封建社会里,皇帝和朝中高层无疑是爱国的,因为那是他们根本利益所在,至于采取何种政策则与当时各种因素有关,不能简单粗暴地肯定或否定。

综合以上各点,稼轩题序为我们塑造的形象可以用岳飞的一句词概括——"白首为功名",一个个人英雄主义者,一个官场手段老到的封建官僚。一直以来人们都只强调他的爱国(当然,这是永远不可否认的主流),一方面是因为宋代以后我们中华民族始终多灾多难,时时处在外敌的威胁之下,稼轩词往

---

[1] 《宋史辛弃疾传》,见邓广铭《辛弃疾传辛稼轩年谱》,生活·读书·新知三联书店,2007年版,第289页。
[2] 《宋史辛弃疾传》,见邓广铭:《辛弃疾传辛稼轩年谱》,生活·读书·新知三联书店,2007年版,第234页。
[3] 《宋史辛弃疾传》,见邓广铭《辛弃疾传辛稼轩年谱》,生活·读书·新知三联书店,2007年版,第243—244页。
[4] 《宋史辛弃疾传》,见邓广铭《辛弃疾传辛稼轩年谱》,生活·读书·新知三联书店,2007年版,第289页。

往有振聋发聩的伟力，另一方面因为稼轩极力主战（不管施行得与否，主张抗敌爱国的一定会得到后世的赞扬），所以"居高声自远"，不容人质疑。但深刻的了解一个作家，还是更加全面方能更加客观。稼轩题序使我们能够更加全面地认识这位伟大词人的人生和当时的社会，虽然与姜夔等人的题序比起来略输文采，但其存在的价值无疑是更巨大更有现实意义的。

（本文发表于《安徽大学学报》〔哲学社会科学版〕，2009年第2期）

张晓宁，1977年生，2009年毕业于陕西师范大学文学院，文学博士，师从刘锋焘教授，现在为西安工程大学人文学院讲师。

"当行""自在"论与顾随的苏、辛词研究刍议

王作良

内容摘要：顾随对苏、辛词的研究，其渊源与心态迥然有别。于辛词，顾随早年已心生仰慕之意，而《稼轩词说》中对辛词的激赏，在于辛词的"当行"。顾随对辛词的喜欢，非完全局限于狭隘的感性，而将其上升到了理性高度，正是其《稼轩词说》的真正价值和意义所在。顾随称道辛词，多从人格和性情的角度发论，这一点，他自我表白是受了胡适的影响。《东坡词说》的产生，则较为偶然，是顾随经过对苏词的一番梳理后的结果，从中可以看出顾随对苏词的评价有了很大的转变。顾随《稼轩词说》之后复有《东坡词说》，还有一个用意，就是要辨明二家的异、同。顾随论述苏辛词，突出"自在""当行"四字，是在对苏辛词"豪放"新解的基础上形成的，也是对清人周济、陈廷焯等人相关词学理论的有机融合与吸收，最终形成了富有个人特色的"自在""当行"论，特别是对"当行"的重新定位[①]，在很大程度上丰富了中国文学研究的理论范畴。

关键词：稼轩词说；东坡词说；当行自在

顾随先生（1897—1960）的"高致"说，是在王国维"境界说"的基础上，对其加以完备而形成的。而在论述苏、辛词时，顾随又继承了清周济等人

[①] 传统文论中的"当行"，胡明《〈沧浪诗话·诗辨〉辨》中解释为"本行""内行""在行"的意思，见《古典文学专号文学评论丛刊第16辑》，中国社会科学出版社，1982年版，第182页。

的观点,用"当行""自在"的观点来阐述对二人词作的看法,纠正了前人认识的疏漏之处,抓住了二家词作风格不同的实质所在。对于"高致说",已有多篇论文加以探讨,而有关顾随的《东坡词说》《稼轩词说》及"当行""自在"论[①],依笔者寓目之范围,除了房日晰师曾撰文论述外,论家似乎多有忽略。有鉴于此,笔者略陈管见,不当之处,恳请方家批评指正。

一

顾随对苏、辛词的研究,其渊源与心态迥然有别。顾随在禅学研究方面有很深的造诣,在论述自己的辛词研究之路时,顾随亦用佛家的"因缘"说加以强调。于辛词,顾随早年已心生仰慕之意,四十七岁时所作的《稼轩词说·自序》中即表示:"顾吾其时(按:指二十岁时)已喜稼轩矣。……若吾于稼轩之词,其亦有所谓宿孽与前生者在耶?自吾始知词家有稼轩其人以迄于今,几三十年矣。"而在这近乎三十年的时间里,其阅读和创作兴趣屡有变化和转移,对辛词的喜爱却始终如一,如其所言:"而吾之所以喜稼轩者或有变,其喜稼轩则固无或变也。"[②]《稼轩词说》的产生,虽然他自谦"二十余年来读辛词之所见,零星散乱,藉此机缘,遂得而董理之"[③],究其实,自然也是顾随"意见则几多年来久蕴于胸中,不过至是以文字表而出之耳"[④]的结果。

几十年如一日地欣赏辛词,吸引顾随的是"稼轩之性直而率,憨而浅,故吾之才力、之学识、之事业,虽无有其万之一,而性习相近,遂终如针芥之吸引,有不能自知者耶?"[⑤],其中不乏自谦之词。对辛词"当行"的肯定,是紧紧围绕其人"性直而率"而展开的。为人"性直而率",其创作

---

① 余传棚《论辛词之所谓"当行"》从以下四个方面谈论了辛弃疾词的"当行"问题:"周济所谓'当行'的具体含义""辛词所谓'当行'的艺术途径""促使辛词成为'当行'的根本原因""辛词所谓'当行'在词史上的地位影响",见周保策、张玉奇:《纪念辛弃疾诞辰850周年1990·上饶国际学术会议辛弃疾研究论文集》,香港天马图书有限公司,2003年版,第268—284页。
② 顾随:《顾随文集》,上海古籍出版社,1986年版,第51页。
③ 顾随:《顾随文集》,上海古籍出版社,1986年版,第51页。
④ 顾随:《顾随文集》,上海古籍出版社,1986年版,第3页。
⑤ 顾随:《顾随文集》,上海古籍出版社,1986年版,第52页。

就充满"人情""至情",《说辛词〈贺新郎·赋水仙〉》对此有较为精审的申论,可以参阅。当然,除此之外,顾随认为自身与辛弃疾"性习相近"的原因在于地缘因素:"稼轩籍隶山东,吾虽生为河北人,而吾先世亦鲁籍"①。可以说,种种因缘际会,使得顾随与辛词结下了不解之缘。②完成于1942年至1943年间的《稼轩词说》正是这种不解之缘的产物③。后来,在1947年,应弟子吴小如之情,与《东坡词说》连载于天津《民国日报》副刊上。

在《稼轩说词·自序》中,顾随取清王士禛的神韵说和今人王国维境界说之长,提出了"高致说"。对于如何使作品有高致,顾随论述道:"自胸襟见解中流出,不假做作,不尚粉饰,亦且无丝毫勉强。"④成功的文学作品,"不可以无心得,不可以有心求。稍一勉强,便非当家。"⑤此处,"当家"即"当行"的意思。辛弃疾"性情过人,识力超众,眼高手辣,肠热心慈,胸中又无点尘污染,故其高致时时亦流露于字里行间。"⑥这样,顾随对辛词的喜欢就非完全局限于狭隘的感性,而将其上升到理性高度,正是其说辛的真正价值和意义所在。而称得上"高致"的作品,应是表达意境之"形""音""意"三者的统一。正是在此基础上,顾随进而阐述了创作的"当行"和"自在"说。

研究辛词,顾随还重在纠正前人认识的一些偏颇之处。对历代诗人,除

---

① 顾随:《顾随文集》,上海古籍出版社,1986年版,第52页。
② 吴小如曾向顾随请教,顾随为其讲解辛弃疾词《念奴娇·书东流村壁》,见吴小如《书廊信步》"顾随(羡季)先生谈辛词",辽宁教育出版社,1995年版,第143—145页。
③ 顾随有词集名《味辛词》,对于词集的命名,女儿顾之京有以下解释:"至于何以名次集为'味辛',父亲自己不曾表述。我想,表面看来,'味辛'正与父亲别号'苦水'同意……则是自身品味艰辛的坚韧与放达。如此诠释,不知父亲可能首肯?"见顾之京《女儿眼中的父亲大师顾随》,中国工人出版社,2007年版,第81页。朱丽霞《顾随〈倦驼庵稼轩词说〉》中有:"(天津《民国日报》1947年)则选择辛词中的部分精华之作进行专门艺术鉴赏,而余生(按:至学者吴宓)《评顾随无病词味辛词》(《大众(按:应为'公')报》文学副刊1929年6月3日)则对顾随的辛词赏析做出艺术回应。"见许建平《去蔽、还原与阐释——探索中国古代文学研究的新路径》,社会科学文献出版社,2007年版,第411页。"而余生"云云,其说有误。吴宓《评顾随〈无病词〉〈味辛词〉》为其评价顾随词的专论,而非对顾随辛词赏析的回应,见《吴宓诗话》,商务印书馆,2005年版,第150—154页。
④ 顾随:《顾随文集》,上海古籍出版社,1986年版,第86—87页。
⑤ 顾随:《顾随文集》,上海古籍出版社,1986年版,第56页。
⑥ 顾随:《顾随文集》,上海古籍出版社,1986年版,第56页。

了陶渊明外，顾随最为推崇杜甫与曹操。而在顾随的眼中，"词中之辛，诗中之杜也。"①然而，杜、辛二人的命运却迥然有别，"世之人于诗尊杜为正统，于词则斥辛为外道，何耶？杜或失之拙，辛多失之率。"词论家论词，多标榜"蕴藉恬淡"，在顾随看来，辛词不乏"蕴藉恬淡"之处，值得注意的是其"一变前此之蕴藉恬淡，而为飞动变化，却亦自有其新底蕴藉恬淡在。"②在此基础上，顾随选辛词时，既有"飞动之作"，又有"稍较恬静之作"。

顾随称道辛词，多从人格和性情的角度发论，这一点，他自我表白是受了胡适的影响："胡适谓辛词'才气纵横，见解超脱，情感浓挚。无论长调小令，都是他的人格的涌现。'"上引胡适的一段话见于1926年出版的《词选·词人小传集录》③中，文字上略有出入，原文如下："他（按：指辛弃疾）是词中第一大家。他的才气纵横，见解超脱，情感浓挚，无论做长调或小令，都是他的人格的涌现。"④为学方面，顾随颇受胡适的影响，尽管顾随在《说竹山词》中有过这样的说法："余于胡氏之说多不赞成。"但紧接着就表示："论词尚有可取。"⑤实际情况是，自年轻时一直到晚年，顾随对胡适的学说和文学成就多有肯定和吸收，限于篇幅，此处不作展开。胡适的辛词研究，顾随评价说："胡讲辛词，吾与之十八相合。"并对胡适的说法进一步解释道："'才气纵横'即天才特高，'见解超脱'即思想深刻，

---

① 顾随：《顾随文集》，上海古籍出版社，1986年版，第60页。自陈维崧以下，清人刘熙载、蔡嵩云，近人缪钺等，都曾以杜比辛，详情可参见欧明俊：《"词中杜甫"说总检讨》，《中国韵文学刊》，2007年第2期，第4页。

② 顾随：《顾随文集》，上海古籍出版社，1986年版，第60页。

③ 胡适《词选》于民国十六年（1926）商务印书馆初版，第二年再版，出版后即产生了很大的反响，此后又一版再版。胡适的观点，影响颇大，谭正璧在《中国文学史大纲》"中国文学进化史"一章"诗人的词下"一节中，论述辛词时，亦直引胡适的上述说法；论述词的演进时，直接引用胡适对于词的演化的说法来作为节次的标题，即"歌者的词"（上、下）、"诗人的词"（上、下）、"词匠的词"，光明书局，民国十八年（1929）版；朴社1935年版容肇祖《中国文学史大纲》中亦曾引用顾随引文中胡适对辛词的评价。另外，龙榆生1933年在《论贺方回词质胡适之先生》（载《中国语文学会丛刊》（一集），1933年）中即表示："自胡适之先生《词选》出，而中等学校学生，始稍稍注意于词；学校中之教授词学者，亦几全奉为圭臬；其权威之大，殆驾任何《词选》而上之。"

④ 胡适：《胡适全集》第十二卷，安徽教育出版社，2003年版，第112页。

⑤ 顾随：《顾随文集》附录，第764页。

超脱即不寻常。稼轩最多情,什么都是真格的。"①

近人刘师培《论文杂记》中曾从才思的角度论述辛词的过人之处:"稼轩之词,才思横溢,悲壮苍凉(如《永遇乐》诸词),例之古诗,远法太冲,近师李白,此纵横家之词也。"②其中所论,有异于清代常州词派以来的以杜比辛的论调,很值得注意。清周济评价辛词云:"稼轩不平之鸣,随处辄发,有英雄语,无学问语,故往往锋颖太露,然共才情富艳,思力果锐,南北两朝,实无其匹。"③虽然于辛词的"锋颖太露"颇有微词,但却极力肯定辛词的善用"英雄语",肯定其人的"才情富艳""思力果锐",内中宗旨,与胡适所言大体相同。顾随也是从以上三个方面肯定辛弃疾的词:"人都说辛词好,而其好处何在?辛有英雄的手段,有诗人的感觉。二者难得兼。但他有诗人的力、诗人的感觉,在中国诗史上盖只有曹、辛二人如此。"④将辛弃疾的创作与曹操相比,清乾隆时的王时翔就曾提出:"南渡后得辛稼轩寄情于豪宕中,其所制往往苍凉悲壮,在古乐府与魏武埒,斯可语于诗之变雅矣。"⑤此后陈廷焯也有类似的论述:"稼轩词仿佛魏武诗,自是有大本领、大作用人语。"⑥后来,谢章铤又将辛词的成功归之于其中的"真气""奇气":"蒋藏国(士铨)为善于学稼轩者。稼轩是极有性情之人。学稼轩者,胸中须先具一段真气、奇气,否则虽纸上奔腾,其中俄空焉,亦萧萧索索,如牖下风耳。"⑦对辛弃疾的才干,顾随还将其与"诗圣"杜甫作了一番比较,认为要有所成必然要有真才干,这一点上,杜甫不及稼轩:"以作风论,辛颇似杜,感情丰富,力量充足,往古来今仅稼轩与之相近。但稼轩有一着老杜还没有,便是干才。感情丰富才不说空话,力量充足才能做点事情,但只此还不够,还要有真才干,稼轩有真才干。"⑧

---

① 顾随:《顾随文集》附录,上海古籍出版社,1986年版,第756页。
② 刘师培:《中国中古文学史》,人民文学出版社,1959年版,第131页。
③ [清]周济著,顾学颉校点:《介存斋论词杂著》,人民文学出版社,1959年版,第8页。
④ 顾随:《顾随文集》附录,上海古籍出版社,1986年版,第755页。
⑤ [清]王时翔:《莫荆琰词序》,《小山诗文全稿》"文稿"卷二,收入孙克强编《唐宋人词话》,河南文艺出版社,1999年版,第597页。
⑥ [清]陈廷焯著,杜维沫校点:《白雨斋词话》,人民文学出版社,1959年版,第22页。
⑦ [清]谢章铤著,刘荣平校注:《赌棋山庄词话校注》卷一"论学稼轩",厦门大学出版社,2013年版,第25页。
⑧ 顾随:《顾随文集》附录,上海古籍出版社,1986年版,第756页。

对于与辛弃疾词并称的苏轼词，顾随表示："吾自学词，即不喜东坡乐府。众口所称《念奴娇》'大江东去'一章，亦悠忽视之。"①促使顾随转变对苏词看法的契机非常偶然，"旧在城西校中，偶当讲述苏词，一日上堂，取《永遇乐》'明月如霜'一首，为学人拈举，敷衍发挥，听者动容，尔后渐觉东坡居士真有不可及处，向来有些辜负却他了也。"即如《东坡词说》的产生，也是事出偶然。《东坡词说·前言》叙其缘起如下："今年（按：指1943年）夏秋之交，说稼轩词既竟，无所事事，更以读词遣日。初无说苏词之意，案头适有龙榆生笺注本，因理一过，乃能分疏坡词何处为佳妙，何处为败阙，遂选而说之。"顾随对苏词的见解，"大半三五日中之触磕"，自不同于对辛词妙谛的把握。这种不同，顾随表示："如谓说辛为渐修，则说苏其顿悟欤？"②经过对苏词的一番梳理和解说，顾随此后对苏词的评价有了很大的转变，完成于1953年至逝世前的讲稿中有这么一段话："从文学史上看来，就没有一位大作家的作品像任何其他一位作家。老杜的诗既不像他以前的诗人之作，也不像他同时代的诗人之作。苏、辛亦然。惟其如此，这才成其为杜诗，成其为苏词、辛词；惟其如此，文学作品才能成其为创作。"③论诗人创作，顾随除万分心仪陶渊明外，杜甫也是其最为首肯的诗人，在以往的论述中，顾随往往将苏轼与李白相提并论，而将辛弃疾比之于诗中的老杜，这里将老杜与苏、辛并提，可以看出态度较为明显的转变。

顾随《稼轩词说》之后复有《东坡词说》，还有一个用意，就是要辨明二家的异、同。世人每每以"豪放"而论苏、辛将他们并称，顾随视之为对苏辛的误读，是没有注意到二人词作相异的实质。在说苏轼《洞仙歌》"冰肌玉骨"一阕时，顾随发覆云："至于'惊'字阴平，刚中有

---

① 顾随：《顾随文集》，上海古籍出版社，1986年版，第3页。
② 顾随：《顾随文集》，上海古籍出版社，1986年版，第3页。
③ 顾随《驼庵诗话》《驼庵论诗语录》"总论之部"，天津人民出版社，2007年版，第155页。《驼庵论诗语录》分为"总论之部"和"分论之部"，前有顾之京按："先父自1953年到天津执教。在他一生最后七年的讲坛生涯中，为了教学的需要，撰著、编注了上百万字的讲稿，教材——这是他此前教书经历中所不曾有的——一场空前的浩劫使这些讲稿、教材所余无几。这一份《驼庵论诗语录》乃根据残存的部分讲稿摘录编订。'总论之部'及'分论之部'中八至十节，摘录自1958—1959两年撰写的《毛主席诗词笺释》。"（见《驼庵诗话》第145页）。

柔,故虽含动意,而与前八字仍是相反而又相成。读去,听去,甚至手按下去,无处不锋芒俱收,圭角尽去。好笑世人狃于晁以道'天风海雨逼人'之说,遂漫以豪放目之,动与辛幼安相提并论,可见于此等处不曾理会得半丝毫也。"①

顾随在说二家词之分野时,特别拈出"健""实"二字。对《念奴娇·赤壁怀古》的首肯,即出于对其中"健""实"的肯定:"然谓之豪放即得,遂以之与稼轩并论,却未见其可。辛词所长:曰健,曰实。坡公此词,只'乱石'三句,其健、其实,可齐稼轩。即以其全集而论,如谓亦只有此三句之健、之实,可齐稼轩,亦不为过也。全章除此三句外,只见其飘逸轻举,则仍平日所擅长之'出'字句耳。"②苏词的"飘逸轻举",历代颇受激赏,而顾随却不认为其为苏词的优长之处。再如分析《水龙吟·次韵章质夫杨花词》时,谈到此词过片的不足在于"近俗",具体论述时即将李白杜甫、苏辛加以比较:"少陵之诗有拙笔而无俗笔,太白有俗笔矣。稼轩之词有率笔而无俗笔,髯公有俗笔矣。此或以才虽高,而学不足以济之,即李与苏之于诗词,稍不经意,犹不免于俗耶?"杜之拙、辛之率,极有可能受到诟病,而"拙"与"率",顾随认为并不可怕,可怕的是创作中的"俗笔"。何谓"俗",《太白古体诗散论》③有

---

① 顾随:《顾随文集》,上海古籍出版社,1986年版,第7页。此处顾随先生"好笑世人狃于晁以道'天风海雨逼人'之说",引用有误,盖出于对《御选历代诗余》引文的误解。"天风海雨逼人"云云,非北宋晁以道语,而出自于南宋陆游之口。陆游《老学庵笔记》卷五评价苏词曰:"世言东坡不能歌,故所作乐府词多不协。晁以道云:'绍圣初,与东坡别于汴上。东坡酒酣,自歌《古阳关》。'则公非不能歌,但豪放不喜裁剪以就声律耳。"见李剑雄,刘德权点校本,中华书局,1976年版,第66页。又陆游《跋东坡七夕词后》云:"昔人作七夕词,率不免有珠栊绮疏惜别之意。惟东坡此篇,居然是星汉上语,歌之曲终,觉天风海雨逼人,学诗者当以是求之。"见《渭南文集》卷二十八,中国书店1986年据世界书局民国二十五年(1936)版,第171页。清沈辰垣编《御选历代诗余》(115)收入上述两段文字时,合二为一,统一作"陆游"语,文字引录颇有出入,尤其是第二段。除顾随外,后人亦有引用《历代御选诗余》而致误者,如刘焕阳著《中国古代诗歌鉴赏学》和艾治平著《词人心史》中都以"天风海语逼人"一段文字为晁以道所说。今存《东坡乐府》中现存七夕词共四首,姜书阁《论苏轼词的源和流》和杨海明《唐宋词美学》中皆认为"天风海语逼人"系为《鹊桥仙·七夕》而发,其说颇有见地,可参考。
② 顾随:《顾随文集》,上海古籍出版社,1986年版,第36页。
③ 该文收入《读书生活顾随随笔》时,题作《高致——论太白古体诗》,北京大学出版社,2008年版。

以下解释:"所谓俗即内容空虚。"①而"不经意",即所谓创作中的"得之易","凡世上事得之易者便易流于俗(故今世之诗人比俗人还俗)"②,文中再次强调:"文学作品不可漂浮,漂浮即内容空洞。"③

在《东坡词说》中,顾随还曾做出以下论断:辛多抒情之作、苏多写景之作,写景抒情二人有短长,具体论述如下:"论词者每以苏、辛并举,或尚无不可。且不得看作一路。如以写情论,划意铭心,老坡实大逊稼轩。然辛之写景,往往芒角尽出。神游意得,须还他苏长公始得。因缘天性各别,亦是环境不同。即如此《洞仙歌》一首,真乃坡老自在之作。饶他辛老子盖世英雄,具有拔山扛文集鼎之力,于此也还是出手不得。"④辛词多入世,而苏词多写入世等等,都是《东坡词说》的揭橥之义。另外,顾随还认为,较之于苏词,辛词在真情的抒发方面不仅略胜一筹,更重要的是,东坡"无其(按:指辛弃疾)卓识"⑤。

当然,顾随深知,不同的接受者因欣赏角度不同,欣赏趣味也自然而然有别:"口之于味,即有同嗜,味之在舌,乃复异觉。"⑥故而于自身说苏辛一事,顾随发出了"有孟氏不得已者在耶"⑦的感慨。这种感慨的产生,原因就是"世乃于苏徒喜其铁板铜琶,于辛亦只赏其回肠荡气"⑧,出于纠正世人对苏、辛认识误解方面的原因。其所以提及说苏、辛二人词不同的动

---

① 顾随讲,叶嘉莹笔记,顾之京整理:《顾随诗词讲记》,中国人民大学出版社,2006年版,第163页。
② 顾随讲,叶嘉莹笔记,顾之京整理:《顾随诗词讲记》,中国人民大学出版社,2006年版,第162页。
③ 顾随讲,叶嘉莹笔记,顾之京整理:《顾随诗词讲记》,中国人民大学出版社,2006年版,第163页。
④ 顾随:《顾随文集》,上海古籍出版社,1986年版,第10页。
⑤ 顾随:《顾随文集》,上海古籍出版社,1986年版,第46页。
⑥ 顾随:《顾随文集》,上海古籍出版社,1986年版,第46页。
⑦ 顾随在《稼轩词说·自序》对"马祖初而曰即心即佛,继而曰非心非佛。其言虽减,顾亦不能无言也"作了如下推断:"盖皆知其不能言而又不能不有所表现以示来学,所谓不得已也。出家大事,如此纠纷,亦固其所。"有关自己的"说词",顾随坦言:"若夫说词,有何轻重。谓之说《稼轩长短句》可,谓之非只说《稼轩长短句》亦可。"见《顾随文集》第57页,其实说的还是"不得已"而说。文中在谈及说词的效果时,还曾说:"为人之结果若何,吾友乌能知之,若其自为,则吾已有种豆南山之感矣。胜业虽小,终愈于无所用心耳。"见《顾随文集》第52页,可视作对"不得已"的具体解释。
⑧ 顾随:《顾随文集》,上海古籍出版社,1986年版,第46页。

机，意欲表明苏、辛二家的异同及立论根据，也是《东坡词说》诞生的一个直接动因。

二

顾随论述苏辛词，突出"自在""当行"四字，是在对苏辛词"豪放"新解的基础上形成的，也是对清人周济、陈廷焯等人相关词学理论的有机融合与吸收，最终形成了富有个人特色的"自在""当行"论，特别是对"当行"的重新定位[①]，在很大程度上丰富了中国文学研究的理论范畴。

最早将"当行""自在"论引入苏、辛词研究的是清人周济，其《宋四家词选序论》云："苏之自在处，辛偶能到之；辛之当行处，苏必不能到。"[②]其中的"本色""自在"论，因论述过于简单，颇有语焉不详之处。然而书中下面的一段话也许有助于后人理解周济论苏、辛词所谓的"自在""当行"："苏、辛并称。东坡天趣独到处，殆成绝诣，而苦不经意，完璧甚少。稼轩则沉着痛快，有辙可循，南宋诸公，无不传其衣钵，固未可同年而语也。"[③]虽然强调"苏辛并称"，但注意到苏轼词作的"苦不经意，完璧甚少"，还是抓住了苏词不足的实质所在。后来顾随解说苏词时，有几首入选即是因为赏其发端之高妙，在此基础上，论述苏辛词在写景、言情方面的不同："东坡之词，写景而含韵；稼轩之作，言情以折心。稼轩非无写景之作，要其韵短于坡。东坡亦多言情之什，总之意微于辛。至其议论说理，统为蹊径别开。而辛多为入世。苏或涉仙佛。"[④]对于辛词，周济也并非一味肯定："稼轩不平之鸣，随处辄发，有英雄语，无学问语，故往往锋颖太露。然其才情富艳，思力果锐，南北两朝，实无其匹。"[⑤]强调因其"才情""思力"而傲立两宋词坛，但更看重的是稼轩词的"情"："后人

[①] 传统文论中的"当行"，胡明《〈沧浪诗话·诗辨〉辨》中解释为"本行""内行""在行"的意思，见《古典文学专号文学评论丛刊第16辑》，中国社会科学出版社，1982年版，第182页。
[②] [清]周济著，顾学颉校点：《介存斋论词杂著》，第8页。
[③] [清]周济：《宋四家词选》，古典文学出版社，1958年版，第2页。
[④] 顾随：《顾随文集》，上海古籍出版社，1986年版，第43页。
[⑤] [清]周济著，顾学颉校点：《介存斋论词杂著》，第8页。

以粗豪学稼轩,非徒无其才,并无其情。稼轩固是才大,然情至处,后人万不能及。"①纵观周济的苏、辛词比较,其中的抑苏扬辛的色彩已较为明显。

在《宋四家词选》中,周济将东坡视作稼轩的附庸,此后的陈廷焯对此发表了不同的看法,他以为:"苏、辛并称,然两人绝不相似。魄力之大,苏不如辛;气体之高,辛不逮苏远矣。"②接下来的论述似乎涉及苏轼何以"气体之高":"东坡词寓意高远,运笔空灵,措词忠厚"③"稼轩求胜于东坡,豪壮或过之,而逊其清超,逊其忠厚。"④进而推论苏轼"若词则为上之上矣"⑤。不过,陈氏在《词坛丛话》"辛词出老坡之上"中又有以下评述:"稼轩词,粗粗莽莽,桀骜雄奇,出老坡之上。惟陆游《渭南集》可与敌手。"⑥在其早期完成的《云韶集》⑦第五卷中,陈氏推崇辛词超过苏词:"苏、辛千古并称,然东坡豪宕则有之,但多不合拍处。稼轩则于纵横驰骋中,而部伍极其整严,尤出东坡之上。东坡词极名士之雅,稼轩词极英雄之气,千古并称,而稼轩更胜。"⑧"部伍极其整严",当是从其合律的角度而言的,房日晰师在《词论家对苏辛词比较说略》"自在与当行"中也从合律的角度对"当行""自在"进行了分析:"自在之词,行文必然很自然,而未必完全合律;当行之词,于律一丝不苟,且字、句、境都很出色。"⑨

在陈廷焯后期完成的《词则》《白雨斋词话》等,辛词的选录亦超过苏词,其中也不乏对辛词的赞许之情,如"辛稼轩气魄极雄大,意境却极沉郁,

---

① [清]周济著,顾学颉校点:《介存斋论词杂著》,第8页。
② [清]陈廷焯著,杜维沫校点:《白雨斋词话》,第11页。
③ [清]陈廷焯著,杜维沫校点:《白雨斋词话》,第11—12页。
④ [清]陈廷焯著,杜维沫校点:《白雨斋词话》,第213页。
⑤ [清]陈廷焯著,杜维沫校点:《白雨斋词话》,第179页。
⑥ [清]陈廷焯《云韶集》卷首,清同治十三年(1874)稿本。
⑦ [清]陈廷焯的词学理论倾向,从其早年完成的《云韶集》到晚年的《白雨斋词话》,经历了由早年的重视格律到晚年的很少谈及格律的变化,有关这一点,笔者曾在拙文《南宋词人赵以夫及其词考论》有所论述,见陈学超主编《国际汉学集刊 2》第210—211页,中国社会科学出版社2007年版。另外,房日晰师在《词论家对苏辛词比较说略》中对此也有论述,见徐中玉、郭豫适主编《古代文学理论研究.第二十三辑》,华东师范大学出版社2005年版。
⑧ 《云韶集》卷十四。
⑨ 徐中玉、郭豫适:《古代文学理论研究》(第23辑),华东师范大学出版社,2005年版,第343页。

不善学之，流入叫嚣，稼轩不受过也"①，"感激豪宕，苏、辛并峙千古。然忠爱恻怛，苏胜于辛；淋漓悲壮，顿挫盘郁，则稼轩独步千古矣。"②只不过推崇苏词，出于"气体"，嘉许辛词，重在"气魄（魄力）"。③对于后人学习苏词的豪放之处，陈廷焯发表了以下看法，也有值得注意之处："东坡词感激豪宕，忠厚缠绵，后人学之，徒开粗鲁，故东坡词不能学，亦不必学。"④同时代的谢章铤对此进一步发挥道："学稼轩，要于豪迈中见精致。近人学稼轩，只学得莽字、粗字，无怪阑入打油恶道。试取辛词读之，岂一味叫嚣者所能望其顶踵？"⑤以上所论，对顾随的"当行""自在"论都或多或少产生过影响。

顾随论述创作中的"当行"与"自在"时，明确表明是对周济论点的阐释："清周济（止庵）论词，将词分为自在、当行。自在是自然、不费力，当行是出色、费力。又当行又自在、又自在又当行，很难得。如清真词自在，而不见得当行。稼轩当行，如：'点火樱桃，照一架荼蘼如雪。'"⑥与前人按照风格分词为豪放与婉约时，以婉约词为"本色""当行"的传统观点有所不同，顾随则重在从艺术表现的角度对其进行论述："清代的周济论词，曾有'自在'与'当行'之说。这该说的是作者的艺术表现吧。'当行'是写得出色、精彩；'自在'是写得轻松，宋代词家叫作'疏快'（松快之意），其实这二者应该相结合，也就是相反相成，而不应该分离或对立，当行之中有自在，自在之中有当行。自在而不当行易流于疏浅，不能算作真正的自在；当行而不自在易成为叫嚣，也非真正的当行。"⑦按照以上的解释，顾随认为："辛词当行多自在少，而若其'莫避春阴上马迟，春来未有不阴时'（《鹧鸪天·送欧阳国瑞入吴中》）二句，若教老杜，写不了这样自在。不用管阴不阴，只问该上马不该，该走不该，该走该上马你就上马走吧，'春来未有不阴

---

① [清]陈廷焯著，杜维沫校点：《白雨斋词话》，第20页。
② [清]陈廷焯编选：《词则·放歌集》卷一眉批，上海古籍出版社影印光绪十六年（1890）稿本，第311页。
③ 具体论述可参考祁志祥：《中国美学通史第3卷》，人民出版社，2008年版，第212页。
④ [清]陈廷焯著，杜维沫校点：《白雨斋词话》，第60页。
⑤ [清]谢章铤著，刘荣平校注：《赌棋山庄词话校注》，第25页。
⑥ 顾随：《顾随文集》附录，上海古籍出版社，1986年版，第757页。
⑦ 顾随：《顾随文集》附录，上海古籍出版社，1986年版，第757页。

时'。稼轩有时亦用力太过,如其咏梅词之《最高楼》"换头":甚唤得雪来白倒雪,便唤得月来香杀月。"①在《宋诗略说》中,顾随论述苏轼《郭祥正家醉画竹石壁上》一诗时,认为该诗"感觉不敏锐,情感不深刻,是思想,然非近代所谓思想。"②之所以这样,是因为其中的"不调和"。顾随看重陶渊明《饮酒》第十六的"悠悠迷所留,酒中有深味",原因就是"其调和,无抵触"。他进而解释所谓"诗中的思想绝非判断是非善恶的,苏东坡思想盖不能触到人生之核心",这与"诗成于机趣,非酝酿"有关。苏轼诗之所以"太肤浅""只是奇",在于"思想、感觉、感情皆不深刻",而"奇绝站不住"③,换言之,只有那些思想、感觉、感情都很深刻的作品,才能担当得起"当行"的评价。"思想"在顾随的表述中,也时时替之以"意",在评价《西江月》"夜行黄沙道"中"稻花香里说丰年"以下两句时,顾随云:"稼轩词,故以意胜,以意胜,则不能无所谓。"④"无所谓",正是前文"盖不能触到人生核心"的同义语。

清末民初的蔡嵩云在《柯亭论词》中有云:"稼轩词,豪放师东坡,然不尽豪放也。其集中,有沉郁顿挫之作,有缠绵悱恻之作,殆皆有为而发。其修辞亦种种不同,焉得概以豪放目之。"⑤蔡氏所论核心在于不能仅仅以豪放解析稼轩词,如同陈廷焯一样,强调其词作的"沉郁顿挫",并指出其中不乏"缠绵悱恻之作"。同样地,顾随并未完全否认辛弃疾词的豪放之处:"稼轩豪放,但绝非粗鲁颠预。而一般说豪放但指粗,其实粗乃辛之短处。"⑥相较于前人,顾随对豪放做出了自己的解释,除纠正前人的一些误解之外,进而指出"粗乃辛之短处"。对于刘克庄等人所言的"铿鏗鞺鞳",历代论者往往简单地理解为"豪放",顾随也进行了自己的解释:

---

① 顾随:《顾随文集》附录,上海古籍出版社,1986年版,第757页。
② 顾随讲,叶嘉莹笔记,顾之京整理:《顾随诗词讲记》,中国人民大学出版社,2006年版,第206页。
③ 顾随讲,叶嘉莹笔记,顾之京整理:《顾随诗词讲记》,中国人民大学出版社,2006年版,第206页。
④ 顾随:《顾随文集》,上海古籍出版社,1986年版,第93页。
⑤ 张璋、职承让、张骅、张博宁编纂:《历代词话》(下),大象出版社,2005年版,第658页。
⑥ 顾随:《顾随文集》附录,上海古籍出版社,1986年版,第757页。

"铿鏓鞺鞳者,吾之所谓变化飞动者也。"① "变化飞动",较早见于北宋中后期刘弇《进元符南郊大礼赋表》一文,其中论述汉大赋创作艺术特色时说:"如《三都》《二京》,客卿、乌有之比者,窃尝谓词人文士之作,虽取经不纯远,去道时远,至于变化飞动,神开笔端,得不因人,自我作古,新一代耳目,起太平极功,有如此曹,多不可得。"②后亦成为论述书法绘画时的常用术语,如清方薰《山静居画论》卷上就说:"用墨无他,惟在洁净,洁净自能活泼。涉笔高妙,存乎其人。姜白石曰:'人品不高,落墨无法。'墨法、浓淡精神、变化飞动而已。"③"变化飞动",似乎可以解释为不受约束、挥洒自如④,如此就不会掩没创作主体的真性情,从而自开门径,作品自然称得上"当行"。顾随言"飞动变化",是与"有其新的蕴藉恬淡在"密切相关,当然,体现"飞动变化"的"蕴藉恬淡",是"一变前此之蕴藉恬淡"的结果。顾随肯定辛词的当行,也多出自"飞动变化"的角度。而辛词的"飞动变化",在顾随看来,主要来自于其词作饱满的感情倾注其中:"情注入景,诗中尚有老杜、魏武,词中无人能及。他感情丰富,力量充足,他哪有心情去写景,写景之心情要恬淡、安闲,稼轩之感情、力量,都使他闲不住。"⑤另外,顾随的"当行"说,也与"沉着"相关,而其所谓的"沉着",似乎也与辛词"新的蕴藉恬淡"相关,1942年4月,他曾写信给弟子周汝昌,评价其词作说:"大作(弟子周汝昌寄来的词作——京注)清新有余而沉着稍差,此半系天性半系工夫,宜取稼轩词读之。不过辛集瑕瑜相糅,切宜分别观之,不可不慎。"⑥

---

① 顾随:《顾随文集》,上海古籍出版社,1986年版,第60页。
② [宋]刘弇《龙云集》卷一,收入曾枣庄、刘凯、彭君华编《宋文纪事》(下)卷五,四川大学出版社,1995年版,第783页。
③ 《续修四库全书 1068 子部·艺术类》,上海古籍出版社,2002年版,影印清黄丕烈《知不足斋丛书》本,第82页。
④ 清初冯班评价白居易《代书一百韵寄微之》曰:"起、承、转、合,不可不知,却拘不得,须变化飞动为佳。此二篇(按:指白居易《代书一百韵寄微之》《东南行一百韵》二诗)匀整之至,却细腻省净,无叠词累句,妃红媲紫之病。长诗忌词太烦,如此最善。"见韦縠编,冯舒、冯班评点:《才调集》卷一,《四库全书存目丛书集部第288册》,齐鲁书社1997年版,第639页。
⑤ 顾随:《顾随文集》附录,上海古籍出版社,1986年版,第763页。
⑥ 顾随讲,叶嘉莹笔记,顾之京整理:《顾随诗词讲记》"驼庵论学语录",中国人民大学出版社,2006年版,第206页。

对于苏轼词作的自在之处，顾随也多有肯定，前文曾引述顾随语："《洞仙歌》一首，真乃坡老自在之作。"对于其中的"冰肌玉骨，自清凉无汗"二句，极力激赏其"淡雅自然"。此二句词本为蜀主孟昶所作，但顾随却是从东坡天才的鉴赏力方面来肯定其高妙之处："若说作之不易，老坡能鉴赏及此，亦自非凡。……写大夏有何难？要将那热忽忽、潮渌渌，静化得升华了，不但使人能忍受，且能欣赏玩味之却难耳。"当然，不凡的鉴赏力也使得苏词能自成格调，独具面貌，如论《洞仙歌》写大夏之难，在比较了楚辞、唐诗与"睡殿风来暗香满"的不同，顾随看到了苏词的举重若轻："然楚辞是大处见大，风格故自不同。"顾随谈论苏轼词的自在，其着眼点还是苏词写景的"神游意得"，对其中的"试问夜如何"以下直至结句的"暗中偷换"，顾随总结道："一句一转换，有如此手段，方可于韵文中说理用意。"①

在论述"当行""自在"时，顾随又提出了创作中的"写"与"作"的问题。"写"与"作"概念的提出，源于顾随对于词之是否有题："如今且说正中、后主、大晏、六一之词之所以是写而非作，原故是其辞无题（关于无题，王静老已有说，此不絮聒），一有题便非作不可，专去写便不能成篇。"②而与此相关的，是他对于苏辛词"作"之不同与"当行""自在"关系的论述："髯公是随意作，辛老子却是精意作。随意作，故自在；精意作，故当行。然辛老子亦有随意作时，苏却不能精意作，这就是所以苏之自在处辛偶能到之，辛之当行处苏必不能到也。大失检点而成为率意作（虽然不好说是滥作），说他细行不检也得，泥沙俱下也得，说他彼榛楛之勿剪，累良质而为瑕亦无不得。"③

而顾随之所以对辛弃疾的"当行"激赏不已，晚清谢章铤《赌棋山庄词话》卷九的一段话可以作为其注脚："读苏、辛词，知词中有人，词中有品，不敢自为菲薄，然辛以毕生精力注之，比苏尤为横出。吴子律曰：'辛之于苏，犹诗中山谷之视东坡也。东坡之大，殆不可以学而至。'此论或不尽然。苏风格自高，而性情颇歉。辛却缠绵悱恻，且辛之造语俊于

---

① 顾随：《顾随文集》，上海古籍出版社，1986年版，第11页。
② 顾随：《顾随文集》，上海古籍出版社，1986年版，第102页。
③ 顾随：《顾随文集》，上海古籍出版社，1986年版，第101页。

苏。若仅以大论也，则室之大不如堂，而以堂为室，可乎？"①苏词之自在，表现为"风格自高，而其"性情颇歉"，是其所短，而"辛以毕生精力注之"正是顾随所言"精意作"的形象化。近人汪东在论苏、辛词时，也将辛词的"当行"归结于其"专力于此"，汪东原话如下："苏、辛并为豪放之宗，然导源各异。东坡以诗为词，故骨格清刚。稼轩专力于此，而才大不受束缚，纵横驰骤，一以作文之法。故气势排荡。昔人谓东坡为词诗，稼轩为词论，可谓塙评。顾以诗为词者，由于诗境既熟，自然流露，虽有绝诣，终非当行。以文为词者，直由兴酣落笔，恃才自放，及其遒敛入范，则精金美玉，毫无疵类可指矣。"②顾随之论辛词当行，看重其人的"性情过重，感觉极敏"③。"性情过重"，是因为辛弃疾是一个"热心肠有本领的人，而社会不相容。"④因此之故，辛词"出色、费力"，"有其诗情诗感"，辛弃疾的缺点在于"不能写景，感情太热烈，说着说着自己就进去了"。为什么会这样呢？顾随认为："写景之心情要恬淡、安闲，稼轩之感情、力量都使他闲不住。"⑤"闲不住"是对辛词创作状态一个非常恰当的概况，辛词最打动人的地方，是因为"只有稼轩，不但承认铁的事实，没有办法去想办法，实在没有办法也就认了，还要以诗的语言表现出来。"⑥这也许是顾随对辛词"当行"推崇所在。辛词的创作动因，在于"没奈何"，这也是辛词"形式文学之大病"，然而此病亦非稼轩词独有："其病维何？曰：没奈何而已。又不仅于止此一篇而已，集中诸作往往而有，然此病又不仅止于辛老子一人而已……若曰：此乃时为之、势为之，正好一齐放过。"⑦然而"稼轩之病"因其"时为之，势为之"，社会现实环境的险恶使得像稼轩的志士仁人"静夜良辰，山边林下，言为心声，发为篇章，于是乎虽不欲说没奈何不得也矣。"在这个意义上，顾随论道："稼轩之病又非唯稼轩之病，而又不足为稼轩及

---

① 《赌棋山庄词话校注》卷九"辛词胜苏词"，第201页。
② 汪东：《梦秋词》《唐宋词选》识语"，齐鲁书社，1985年版，第475页。
③ 顾随：《顾随文集》，上海古籍出版社，1986年版，第94页。
④ 顾随：《顾随文集》附录，上海古籍出版社，1986年版，第755页。
⑤ 顾随：《顾随文集》附录，上海古籍出版社，1986年版，第763页。
⑥ 顾随：《顾随文集》附录，上海古籍出版社，1986年版，第755页。
⑦ 顾随：《顾随文集》，上海古籍出版社，1986年版，第107页。

稼轩外古昔诸大作家之病矣。"[1]换一句话说，稼轩因入世太深，词作因而费力，故而出色，表现为"当行"。反观苏词，顾随在分析其《西江月》"野照潋潋浅浪"时，说出了下面一番话："苦水则以苏为圭角尽去，而以辛为锋芒四射。……老辛一腔悲愤，故与自然时时有格格不入之叹。饶他极口称赞渊明，半点亦无济于事。老苏豪气雅量化为自在，故随时随地，露出无人而不自得之态。"[2]苏词之自在，在于其心与外物的毫无矛盾，写景能够"神游意得"，若论到写情，诚如顾随所言"实大逊稼轩"[3]。

（本文发表于《纪念辛弃疾诞生870周年"辛弃疾与词学"国际学术论坛文集》，2010年10月）

王作良，1969年生，2004年毕业于陕西师范大学文学院，文学博士，师从杨恩成教授，现为陕西师范大学国际汉学院副教授。

---

[1] 顾随：《顾随文集》，上海古籍出版社，1986年版，第108页。
[2] 顾随：《顾随文集》，上海古籍出版社，1986年版，第17页。
[3] 顾随：《顾随文集》，上海古籍出版社，1986年版，第10页。

论宋词章法中"疏密"与"虚实"的美学内涵

谷 青

内容摘要："疏密"与"虚实"是宋词章法中两个极为重要的美学范畴，两者的美学内涵呈现出丰富性与复杂性。在不同的语境中，"疏密"与"虚实"的美学内涵存在着差异。具体而言，宋词章法的"疏密"范畴主要有三层内涵：词意显隐，忽离忽合；浓句淡语，互相调剂；郁结宕逸，松紧相谐。而章法的"虚实"则主要体现在前实后虚，由实生虚以及前虚后实，虚提实证两个主要方面。只有结合不同的语境对"疏密"与"虚实"的含义进行具体分析，才能认识到其真正的美学内涵。

关键词：宋词；章法；疏密；虚实；美学内涵

"章法"一词广泛运用于在诗文、书法和绘画之中，指的是作品整体的组织结构和布局谋篇。绘画中的章法亦称构图法，东晋顾恺之称之为"置陈布势"，"若以临见妙裁，寻其置陈布势，是达画之变也"，[1]谢赫称之为"经营位置"，为六法之一，"置陈布势"与"经营位置"的提出，可以看到章法构图在绘画中有着重要的地位，是"画之总要"。[2]清代邹一桂更是认为"以

---

[1] [晋]顾恺之：《魏晋胜流画赞》，参见俞剑华《中国古代画论精读》，人民美术出版社，2011年版，第146页。
[2] [唐]张彦远：《历代名画记》，参见俞剑华《中国古代画论精读》，人民美术出版社，2011年版，第14页。

六法言，当以经营为第一"。[1]好的章法构图能让画面合于天地，自然流畅，还能"时出新意，别开生面"，体现出整体变化中的和谐统一。"山峰有高下，山脉有勾连，树木有参差，水口有远近，及屋宇楼观布置各得其所，即是好章法"，[2]"凡作画者多究心笔墨。而于章法位置往往忽之，不知古人丘壑生发不已，时出新意，别开生面，皆胸中先成章法位置之妙也"。[3]胸中有章法，方能不落窠臼，远近参差自然浑成。

词亦讲求章法。沈祥龙在《论词随笔》中说："词有三法，章法、句法、字法也。章法贵浑成，又贵变化。"[4]刘熙载在《艺概·词概》中也论及作词章法的重要，"词以炼章法为隐，炼字句为秀。秀而不隐，是犹百琲明珠，而无一线穿也"，[5]李佳在《左庵词话》中有言"制一词，须布置停匀，血脉贯穿。过片不可断意，如常山蛇，首尾相应为佳"，[6]章法是贯穿作品始终的气脉，"布置停匀"方能"首尾相应""血脉贯穿"，否则一片僵死，毫无生气。

无论是绘画还是宋词创作，章法的布置无不围绕着对立统一的哲学法则来展开。绘画构图讲求宾主、开合、疏密、虚实、繁简、参差的相间呼应，而词之章法"不外相摩相荡，如奇正、空实、抑扬、开合、工易、宽紧之类而已"，[7]亦如"名园之树，国手之棋。起复相应，疏密得宜。峰腰云断，水面风移。千岩万壑，尺幅见之"，[8]疏密相间、虚实相生，对立中有统一，变化中有浑成，得绘画章法之三昧，亦是宋词章法之三昧。那么作为宋词章法的疏密与虚实有着怎样的美学内涵？这一章法的运用对宋词的表现有着怎样的美学

---

[1] [清]邹一桂：《小山画谱》，参见俞剑华《中国古代画论精读》，人民美术出版社，2011年版，第497页。
[2] [清]蒋和：《学画杂论》，参见俞剑华《中国古代画论精读》，人民美术出版社，2011年版，第117页。
[3] [清]方薰：《山静居画论》，参见俞剑华《中国古代画论精读》，人民美术出版社，2011年版，第98页。
[4] [清]沈祥龙：《论词随笔》，参见唐圭璋《词话丛编》，中华书局，2005年版，第4049页。
[5] [清]李佳：《左庵词话》，参见唐圭璋：《词话丛编》，中华书局，2005年版，第3699页。
[6] [清]李佳：《左庵词话》，参见唐圭璋：《词话丛编》，中华书局，2005年版，第3176页。
[7] [清]刘熙载：《艺概·词概》，参见唐圭璋《词话丛编》，中华书局，2005年版，第3698页。
[8] [清]江顺诒：《续词品二十则·布局》，参见唐圭璋《词话丛编》，中华书局，2005年版，第3300页。

意义？这将是本文所要论述的核心问题。

一、疏密相间，层次分明

清代沈宗骞在《芥舟学画编》中说："盖局法第一当论疏密"。①郑绩言："浓处必消一淡，密处必间以疏。"②画中密处几欲填塞天地，不使透风，疏处则又极空旷，可以走马，通体密者，间以一两处疏空，画面便不迫塞，有灵气往来其间，疏朗的画面，间以几处繁密，画面更富层次变化，更显自然生意，所谓"密不嫌迫塞，疏不嫌空松"，疏密相间，方如天成。对于绘画而言，潘天寿认为疏密主要指的是"画材与画材的排比问题，其中涉及到画材与线的排列交叉问题"，也就是说绘画中的疏密是指画面中物像安排的紧密程度以及笔墨运用的粗细松紧，"无疏不能成密，无密不能见疏"，疏密相间互用，才能使画面松紧有致，在对立中实现变化统一。

词中章法亦讲求疏密。陈廷焯在《白雨斋词话》中论及作词章法时言："词贵疏密相间。昔人谓梦窗之密，玉田之疏，必兼之乃工。然兼之实难。竹垞词，人知其疏矣，未知其密也。"③陈廷焯所说的疏密可以从梦窗词与玉田词的特征来理解。"梦窗之密"体现在两个方面，一个是指辞藻意象运用的密丽集中，因此其词被讥为"七宝楼台"，另一方面指的是吴文英词对物像描摹的工致细腻。而玉田词则追求"清空"，不依靠密丽意象与辞藻的堆叠，不求对物像工细的描摹，于空疏之处传神。陈廷焯则认为，疏与密都不能成为词的最高境界，疏密相间才是词中妙境。

词论家在运用"疏密"这一概念的时候带有一定的主观色彩，再加上"疏密"一词本身具有丰富的意义所指，比如绘画中的疏密与虚实、聚散、浓淡、松紧等范畴存在意义上的相通，其内涵呈现出多义性与丰富性，因此在词论中疏密一词既可以指情感表现的深浅，命意的显隐，也可以指辞藻运用的密丽与清疏，还可以指对客观物象描摹的细腻工致与大笔写意，这些相对立的艺术手法，都构成了疏密的两极。因此，我们对"疏密"内涵的把握也必须要具体而全面。

---

① 参见俞剑华：《中国古代画论精读》，人民美术出版社，2011年版，第231页。
② 参见俞剑华：《中国古代画论精读》，人民美术出版社，2011年版，第412页。
③ 参见唐圭璋：《词话丛编》，中华书局，2005年版，第3835页。

(一) 词意显隐，忽离忽合

> 深而晦，不如浅而明也。惟有浅处，乃见深处之妙。譬如画家有密处，必有疏处。能深入而不能显出，则晦。能流利不能蕴藉，则滑。能尖新不能浑成，则织。能刻画不能超脱，则滞。一句一转，忽离忽合，使阅者眼光摇晃不定，技乃神矣。[①]

《词径》中的疏密与深浅相对应，主要指的是词中情感命意表达的隐晦处和浅明处，"密"指的是词中的含蓄蕴藉之处，"疏"指词中明朗显达之处，疏密深浅相间，才能使词作蕴藉而不流于晦涩，明朗而不流于易滑。孙麟趾论梦窗词时说："梦窗足医滑易之病，不善学之，便流于晦。"[②]梦窗词之所以隐晦正在于他的词中缺乏主体情感明晰的表达。温庭筠的《菩萨蛮》（小山重叠）的意旨之所以众说纷纭，正在于通篇只是对描写对象相对冷静客观的描述，缺乏主体情感的抒发。因此，在运用典故、写景、虚写等艺术手法让词作含蓄蕴藉的同时，还需要对作品的主旨以及词人的情感较为明晰地表达出来，这种看似浅显的直抒胸臆，不但使作品消除隐晦的弊端，而且会加强词作的抒情效果，呈现出更加摇曳多姿的艺术魅力。就以清真词为例，来感受一下词意显隐，疏密相间的词法之妙。

> 晓阴翳日，正雾霭烟横，远迷平楚。暗黄万缕。听鸣禽按曲，小腰欲舞。细绕回堤，驻马河桥避雨。信流去。想一叶怨题，今在何处。（《扫地花》）

> 苍藓沿阶，冷萤黏屋，庭树望秋先陨。渐雨凄风迅。淡暮色，倍觉园林清润。汉姬纨扇在，重吟玩、弃掷未忍。登山临水，此恨自古，销磨不尽。（《丁香结》）

> 空见说、鬓怯琼梳，容销金镜，渐懒趁时匀染。梅风地溽，虹雨苔滋，一架舞红都变。谁信无憀，为伊才减江淹，情伤荀倩。但明河影下，还看稀星数点。（《过秦楼》）

前两首词作均是先通过景物的描写来进行氛围的渲染与意境的营造，情感表达含蓄蕴藉，至结句情感直接抒发，或怨或恨，点出全篇的情感命意所在。有深有浅，有密有疏，情感从酝酿到爆发，呈现出层次性和流动感，让读者的审美情感也随之波动，意动神摇，作品也因此提升了艺术感染力。

[①] [清]孙麟趾：《词径》，参见唐圭璋《词话丛编》，中华书局，2005年版，第2557页。
[②] [清]孙麟趾：《词径》，参见唐圭璋《词话丛编》，中华书局，2005年版，第2553页。

《过秦楼》一词则是先将情感直接抒发,而后通过景物和典故将几欲喷发的情感收回,由显入隐,由疏入密,感情一步步转向沉郁,章法的转变正体现着情感的起伏和变化,清真词的章法之所以倍受推崇,这在于他深谙其中的灵妙之处。

(二)浓句淡语,互相调剂

沈祥龙《论词随笔》有言:"长调须前后贯串,神来气来,而中有山重水复、柳暗花明之致。句不可过于雕琢,雕琢则失自然。采不可过于涂泽,涂泽则无本色。浓句中间以淡语,疏句后接以密语,不冗不碎,神韵天然,斯尽长调之能事。"[1]陈匪石《声执》论及作词结构时有云:"疏密之用,笔之变化,实亦境与气之变化。如画家浓淡浅深,互相调剂。"这些文字中所提到的疏密与浓淡相对应,那么疏密具体所指是什么呢?陈匪石解释道:"大概绵丽密致之句,词中所不可少。而此类语句之前后,必有流利疏宕之句以调节之,否则郁而不宣,滞而不化,如锦绣堆积,金玉杂陈,毫无空隙,观者为止生厌。"[2]"密"指的是辞藻密丽精炼的修饰之处,而"疏"则是指自然流畅,不求修饰的本色之语,"疏密相间"指的是精美的修饰语句与自然的本色语句相互协调统一。

《蕙风词话》论及宋代词人萧东父《齐天乐》(蜜沉炉暖余香袅)一词时称之:"'软玉分裯,腻云侵枕,犹忆喷兰低语。'秾艳极矣,却不堕恶趣。下云:'如今最苦。甚怕见灯昏,梦游间阻。'极合疏密相间之法。"[3]"软玉分裯,腻云侵枕,犹忆喷兰低语"是词中密丽精炼之处,而接下来的"如今最苦"一句则洗去粉泽,运用自然平易的语言直接抒写内心最为切实的感受,因此况周颐称之"极合疏密相间之法"。对宋代词人冯去非《喜迁莺》一词的品评中也涉及"疏密相间"一语:"此词多矜炼之句,尤合疏密相间之法,可为初学楷模。"[4]全词如下:

> 凉生遥渚。正绿芰擎霜,黄花招雨。雁外渔灯,蛩边蟹舍,
> 绛叶表秋来路。世事不离双鬓,远梦偏欺孤旅。送望眼,但凭舷微

---

[1] 参见唐圭璋《词话丛编》,中华书局,2005年版,第4050页。
[2] 参见唐圭璋《词话丛编》,中华书局,2005年版,第4951页。
[3] 参见唐圭璋《词话丛编》,中华书局,2005年版,第4485页。
[4] [清]况周颐:《蕙风词话》,参见唐圭璋《词话丛编》,中华书局,2005年版,第4050页。

笑,书空无语。慵看清镜里,十载征尘,长把朱颜污。借箸青油,挥毫紫塞,旧事不堪重举。闲阔故山猿鹤,冷落同盟鸥鹭。倦游也。便樯云柂月,浩歌归去。

冯去非的这首词中多"矜炼之句",这些严谨精炼的语句正是词中密丽之处,如"绿芰擎霜,黄花招雨。雁外渔灯,蛩边蟹舍,绛叶表秋来路""借箸青油,挥毫紫塞,旧事不堪重举",对偶工切,色泽相称,细腻精严。密丽之中又间有"送望眼,但凭舷微笑,书空无语""慵看清镜里,十载征尘,长把朱颜污""倦游也。便樯云柂月,浩歌归去"等自然疏朗的词句,疏密相谐,让作品更富层次性和节奏感。

以章法精严著称的周邦彦词同样追求浓淡相间的词法,其《少年游》(并刀如水)一词被周济称为"本色佳制",用近乎口语化的语言展现出真实细腻的情感,清新疏朗,洗去凡艳。但是本色之中仍点缀有"锦幄初温,兽烟不断"这类富有绮艳色彩的词句,正如《古今词论》引毛稚黄所言:"吴盐新橙,写景清晰。锦幄数语,似为上下太淡宕,故着浓耳。"[1]又如秦观《望海潮》(梅英疏淡)一词,下阕追忆西园夜饮一事,"华灯碍月,飞盖妨花",可谓"炼字琢句,精美绝伦",以下则转笔伤今,语出疏宕,化密为疏,运笔空灵。[2]

(三)郁结宕逸,松紧相谐

郁结与宕逸之情的松紧收放同样构成了宋词疏密相间的章法特征。在郁结难解的层层密意之后,或以阔远的景物将情绪宕开,或以高逸洒脱之志得以解脱,使词作的情感节奏不断发生转折变化,起伏跌宕之中体现词人细腻丰富的情感变迁。

> 寒蝉凄切。对长亭晚,骤雨初歇。都门帐饮无绪,留恋处、兰舟催发。执手相看泪眼,竟无语凝噎。念去去、千里烟波,暮霭沉沉楚天阔。(柳永《雨霖铃》)

> 到此因念,绣阁轻抛,浪萍难驻。叹后约丁宁竟何据。惨离怀、空恨岁晚归期阻。凝泪眼、杳杳神京路。断鸿声远长天暮。(柳永《夜半乐》)

---

[1] [清]王又华:《古今词论》,参见唐圭璋《词话丛编》,中华书局,2005年版,第608页。
[2] 参见唐圭璋《唐宋词简释》,人民文学出版社,2010年版,第117页。

第一首词此首写离别情，首句至"竟无语凝噎"均是描写离别时的"郁结蟠屈"之情，至"念去去"句"乃凌空飞舞"，正所谓"曲处能直，密处能疏"。第二首词作从"到此因念"至"空恨岁晚归期阻"皆是情感郁结难解之处，亦是词中"曲处密处"，至"凝泪眼"三句直笔展开，两首词都以阔远的景物将情绪宕开，疏密相间，松紧相谐，极富动荡变化之妙。①

柳永的另一首词作《凤归云》（向深秋），上片描写深秋晓行之景，展现羁旅苦辛，下片转向情感抒发，"驱驱行役，苒苒光阴，蝇头利禄，蜗角功名，毕竟成何事，漫相高"，情感表达节奏密集，充满愤懑之意，而结句归于"幸有五湖烟浪，一船风月，会须归去老渔樵"，将上文紧张的情绪和密集的节奏舒缓宕开，在隐逸中获得精神的解脱，起伏跌宕，极富对比感和冲击力。

二、虚实并用，相间相生

清代蒋和在《学画杂论》中论及绘画章法时有言："大抵实处之妙皆因虚处而生，故十分之三天地位置得宜，十分之七在云烟锁断。"言及树石布置时说："树石布置须疏密相间、虚实相生，乃得画理。"②在绘画章法中，"虚"指的是画面的留白之处，这些空白之处并非纸素之白，而是在画面中其他艺术形象的衬托之下，幻化作天、水、烟、道路、日光，所谓"虚实相生，无画处皆成妙境"。③南宋画家马远的《寒江独钓图》，只画一叶扁舟，上有一位老翁俯身垂钓，船旁以淡墨寥寥数笔勾出水纹，四周都是空白，大面积的空白之处让人感受到的是江天一色的广阔浩淼，而空白的这一妙处却必须借助于画面中的扁舟渔翁才得以彰显，而扁舟渔翁的孤独兀傲也因大面积的留白虚处得以体现，"画中的'空白'与'实形'紧密相关，一'虚'一'实'构成矛盾的两个方面。'实形'往往规定着'空白'所涵某种或某些物像的可能性，规划出联想或想象的范围。人们凭借'实形'对'空白'进行种种可能的想象，而想象的虚幻景象又丰富、充实着'实形'，达到虚实交织，相

---

① 参见唐圭璋《唐宋词简释》，人民文学出版社，2010年版，第84页。
② 参见俞剑华《中国古代画论精读》，人民美术出版社，2011年版，第117—119页。
③ [清]笪重光：《画筌》，参见俞剑华《中国古代画论精读》，人民美术出版社，2011年版，第348页。

互生发"。①

填词布局，亦重虚实。《词说》有言："填词之法，首在炼意。命意既精，副以妙笔，自成佳构。次曰布局。虚实相生，顺逆兼用，抟扭紧凑，或离或即，波澜老成，前有引喤，后有妍唱，方为极布局之能事。"②沈祥龙在《论词随笔》中论及作词章法："词换头处谓之过变，须辞意断而仍续，合而仍分。前虚则后实，前实则后虚，过变乃虚实转捩处。"③"左虚右实，右虚左实""前虚则后实，前实则后虚"，无论是绘画还是作词，无不讲求章法布置的虚实相间相生。

然而对于不同的艺术门类而言，虚实相生的内涵存在着差异，这就需要我们以具体艺术作品为出发点，结合不同艺术门类的特点来理解虚实相生这一美学法则的内涵。潘天寿认为绘画章法中的虚实指的是"有画与无画的问题，凡有画处为实，无画处为虚"，而在宋词章法布置中，虚实相生的内涵会更加具体而切实，与绘画中的虚实所指有所不同，但是两者在虚实对立相生这一本质上却是一致的，若想准确领悟宋词创作中"虚实相生"的章法之妙，还需我们从词作中细细体味。

（一）前实后虚，由实生虚

这里的"实"指的是客观存在的景物或生活事件，虚则是指由"实"所引发的情思和想象。先是对眼前现实景物或事件进行描摹，而后由"实景实地"生发出种种幽微情思和穿越时空的丰富想象，这些情思与想象看似斑驳交错，缥缈难寻，却都由眼前实景触发并与之有着密切的关联，虚处皆由实处生。以柳永词为例，柳词的章法多采用上景下情的结构模式，上片写眼前景物，下片往往转入对往事的追忆、对情事的设想，下片种种皆由上片景物触发，由实生虚，层次分明。

> 景萧索，危楼独立面晴空。动悲秋情绪，当时宋玉应同。渔市孤烟袅寒碧，水村残叶舞愁红。楚天阔，浪浸斜阳，千里溶溶。临风想佳丽，别后愁颜，镇敛眉峰。可惜当年，顿乖雨迹云踪。雅

---

① 桂雍：《虚实相生美学原则在艺术中的不同体现》，《合肥工业大学学报》（社会科学版），1987年第4期。
② [清]蒋兆兰：《词说》，参见唐圭璋《词话丛编》，中华书局，2005年版，第4635页。
③ 参见俞剑华《中国古代画论精读》，人民美术出版社，2011年版，第4015页。

态妍姿正欢洽，落花流水忽西东。无憀恨，相思意，尽分付征鸿。（柳永《雪梅香》）

　　花发西园，草薰南陌，韶光明媚，乍晴轻暖清明后。水嬉舟动，禊饮筵开，银塘似染，金堤如绣。是处王孙，几多游妓，往往携纤手。遣离人、对嘉景，触目伤怀，尽成感旧。别久。帝城当日，兰堂夜烛，百万呼卢，画阁春风，十千沽酒。未省、宴处能忘管弦，醉里不寻花柳。岂知秦楼，玉箫声断，前事难重偶。空遗恨，望仙乡，一饷消凝，泪沾襟袖。（柳永《笛家弄》）

这两首作品的上片都对眼前景物进行细致的描写，或言秋景萧索，或言春景明媚，下片均是由此景触发的种种追忆以及相思离情，前实后虚，过片完成由虚实自然过渡，将读者的情绪一步步引入词人的情感氛围之中。

与柳永词这种情景虚实层次分明的章法相比，吴文英词中前实后虚章法运用得更加细腻而富于变化。

　　水云共色，渐断岸飞花，雨声初峭。步帷素袅。想玉人误惜，章台春老。岫敛愁蛾，半洗铅华未晓。舣轻棹。似山阴夜晴，乘兴初到。心事春缥缈。记遍地梨花，弄月斜照。旧时斗草。恨凌波路钥，小庭深窈。冻涩琼箫，渐入东风郢调。暖回早。醉西园、乱红休扫。（吴文英《扫花游》）

起首从眼前实景写起，展现春雪飘飞时的天地之景。接下来便由此展开了层层的联想。先是联想到雪花渐渐堆积，天地将如素色步帷一般一片纯白，这纯白轻柔的雪花让玉人误以为是柳絮在空中飘飞，从而产生了惜春之情。接下来想到夜雪初晴时的景色以及由此引发对雪夜访戴式的洒脱风度的倾慕。下片同样虚写，"记"字引发对旧时种种的追忆，结句则设想雪晴春暖之后醉游西园的适意自在，步步虚，步步转，一步一境，层层相扣，却又句句不离春雪之实，章法之妙，令人赞叹！

王沂孙的《天香》（孤峤蟠烟）一词同样也是运用前实后虚的章法结构，这首作品通过吟咏龙涎香以寄托故国之思。上片实写龙涎香的产地、制造过程以及焚香的器具、香的形状以及弥漫四处的香气，是对龙涎香的正面实写。而下片则提空逆入，追忆往昔焚香之时与焚香之地，此处之虚正是由上片实处所引发，虚实相生使得词作结构既浑然一体又曲折变化。

（二）前虚后实，虚提实证

与触景生情的常见模式不同，前虚后实的章法结构是先空际设想，写追忆，言梦境，而后反跌入实，如梦方醒，陡然一惊。

> 露蛩初响，机杼还催织。婺星为情慵懒，伫立明河侧。不见津头艇子，望绝南飞翼。云梁千尺。尘缘一点，回首西风又陈迹。那知天上计拙，乞巧楼南北。瓜果几度凄凉，寂寞罗池客。人事回廊缥缈，谁见金钗擘。今夕何夕。杯残月堕，但耿银河漫天碧。（吴文英《六幺令》）

> 小娉婷，清铅素靥，蜂黄暗偷晕。翠翘欹鬓。昨夜冷中庭，月下相认。睡浓更苦凄风紧。惊回心未稳。送晓色、一壶葱茜，才知花梦准。（吴文英《花犯·郭希道送水仙索赋》）

《六幺令》一词上片是词人想象中天上的场景，下片由对天上织女的种种想象回到人间七夕实景，结句又从人间仰望银河天宇，思绪再次回到对上天仙界的无尽想象，前虚后实，虚实相应。《花犯》一词以水仙为描写对象，词人没有直接描写眼前水仙的美丽姿容，而是从如仙境般美妙的梦幻写起，"自起句至相认，全是梦境"（海绡翁），虚处着笔，传达出水仙不染尘俗的神韵和气质。"惊回"一句由梦境回到现实，让人恍然了悟原来之前所述只是一梦，虚实转换，实处皆虚。

周邦彦《蓦山溪》（楼前疏柳）一词也运用了前虚后实的章法结构。上片先言对楼前疏柳的追忆，令人黯然神伤，而后才写十载归来之后的现实场景，"前虚后实，钩勒无迹"，[1]与吴文英词有异曲同工之妙。以豪放著称的辛派词人也擅用这一艺术手法，在他们的多首词作中总是以美好的追忆照亮理想，而以悲凉的现实黯淡梦想，对比之中，更见词人的一腔壮志和爱国之情，如辛弃疾的《破阵子》（醉里挑灯看剑）以及陈与义的《临江仙》（忆昔午桥桥上饮）皆是又追忆转入现实，描写的场景如此真实，令人仿佛正置身其中，而"梦""忆"两字却让这一美好的场景化作虚幻的回忆，回归现实，悲凉一转，炙热的目光随之黯淡，虚实对比转换之中极具艺术感染力。

---

[1] [清]陈洵：《海绡说词》，参见唐圭璋《词话丛编》，中华书局，2005年版，第4874页。

陈匪石在《声执》中论及词之结构时说："叙景叙事，描写逼真，而一经点破，虚实全变。例如忆往事者，写梦境者，或自己设想者，或代人设想者，只于前后着一语，或一二字，而虚实立判。就点破时观之，是化实为虚。就所描写者言之，则运虚于实。"[1]这些描写细腻逼真的景与事，如置读者于目前，让人感受到无比的真实，但是前后的一语或一二个字便可以将读者从真实中引入追忆或梦境，眼前的实景霎时间转换成虚幻。

"虚提实证"也是宋词中具有代表性的一种章法特点。"虚提"指的是对景物或情感笼统的概括，犹如绘画中的大笔写意，"实证"则是对"虚提"中所涉及的景物和情感进行具体细致的描摹，让人身临其境，如在目前。如柳永《玉蝴蝶》（望处雨收云断）一词，"晚景萧疏，堪动宋玉悲凉"是虚提，没有具体描写晚景，而是以"萧疏"和"悲凉"渲染出一种情思氛围，而接下来"水风轻、苹花渐老，月露冷、梧叶飘黄"则是实写景物，让并不切实的晚景具体化真实化，如在目前，这即是"实证"。这一手法以清真词运用的最具代表性。

海绡翁在《海绡说词》中对清真词的章法有着精辟的解析，其中多次提到了清真词"虚提实证"的章法特点。《满路花》（金花落烬灯）一词，上片末句"更当恁地时节"为虚提，而下片则是对这一情绪细腻具体的展开，是其实证处，即海绡翁所言"前用虚提，后用实证"。《法曲献仙音》（蝉咽凉柯）一词，上片末句言"向抱影凝情处"，下片自"叹文园"以下皆是对"抱影凝情处"的展开描写，所谓"虚提实证，是清真度人处"。《花犯》（粉墙低）一词吟咏梅花，起首句"粉墙低，梅花照眼，依然旧风味"，虚笔提起，下句并没有对"旧风味"进行详解，而是描写梅花之美。直至"去年胜赏曾孤倚。冰盘同宴喜"才展现出"旧风味"的具体事件场景，"旧风味从去年虚提"，也是虚提实证章法的运用。由虚生实，简繁相间，章法层次清晰分明，这也正是清真词"下笔运意，皆有法度"的具体体现。

中国传统文化重体悟和直觉的思维模式使得许多美学范畴内涵呈现出开放式的特点，没有一个具体确定的概念式内涵，而是呈现出模糊性、多义性、复杂性的特征。评论家在运用的时候又往往带有主观色彩，因此，在不同的语境

---

[1] [清]陈匪石：《声执》，参见唐圭璋《词话丛编》，中华书局，2005年版，第4951页。

中，同一美学术语其内涵也不尽相同。因此，作为词学中重要美学范畴的疏密与虚实，只有将其放在不同的语境中具体分析，才能认识到其真正的美学内涵和意义。

（本文发表于《北方论丛》2015年第3期）

谷青，1980年生，2016年毕业于陕西师范大学文学院，文学博士，师从刘锋焘教授，现为邯郸学院教育学院讲师。

江湖诗派的姚贾余绪

白爱平

内容摘要：江湖诗派是南宋时期重要的诗歌流派。其诗风或出入于江西法帖，或浸染于姚贾余绪。年辈稍前于江湖诗派的永嘉四灵，是晚唐姚合贾岛的诗歌风格在宋代流衍发展的重要传承者。他们对于姚贾诗风的倡导和效仿，引发了一大批江湖诗人竞相追随。后者效法姚合贾岛的五言律诗创作方式，表现出一种刻苦专注的创作精神、平俗工稳的艺术旨趣以及细微纤巧的风格之美。江湖派中除了姚贾、四灵一脉，还有许多诗人出入姚贾、江西之间。他们的诗歌创作在脱离学问功利、追求纯粹诗艺等方面代表了律诗的一个发展方向。

关键词：江湖诗派；姚贾诗风

江湖诗派是有宋一代规模最大的诗歌流派。它发轫于南宋前期，形成发展在南宋中后期，由陈起所刻《江湖集》《江湖前、后、续集》中的作家组成，共有诗人一百三十八人。就人数而言，连声威显赫的江西诗派也难望其项背。江湖诗派的成员，大多是一些落第文士，由于功名不成，只得流转江湖，倚人作客，献诗投文。江湖诗派没有共同的明确的诗歌理论，文艺思想也不尽相同。其诗风或出入于江西法帖，或浸染于姚贾余绪，使得律诗沿着不同的轨迹演变滋荣。

一、永嘉四灵与江湖诗风

年辈稍前于江湖诗派的永嘉四灵，是晚唐姚合贾岛的诗歌风格在宋代流衍发展的重要传承者。他们对于姚贾诗风的倡导和效仿，引发了一大批江湖诗人竞相追随，从而影响和制约了此后的诗歌走向。

四灵之一的赵师秀曾编选贾岛、姚合诗为《二妙集》，宣示了他们的审美取向和艺术典范。四灵的诗歌延续了晚唐五代以来潜脉暗流的姚贾诗歌传统，从章法起结到奇联警句，从总体风格到表现内容，全方位地承继姚贾五律。清幽瘦淡，是他们诗歌的主要特色。为了营造清澹的气氛，他们喜欢使用冷色调的字词，喜欢描绘清新的意象，喜欢描写清幽的意境，喜欢抒发清淡的情绪和纤细的感受。在审美情趣上，则表现出对僻涩峭硬风格的自觉修正和向平易冲淡作风的进一步靠拢。他们在学习姚贾清冷苦僻的诗歌风格的同时，也接受了姚贾作诗即生活的生命行为，不再仅仅将诗歌看作生活的反映或消遣点缀。而像姚贾那样勤苦创作，也可以弥补艺术天赋的不足。另一方面，永嘉四灵又是以江西诗派的对立面出现在诗坛上的。江西派以杜甫为诗，四灵就摒弃杜甫，崇尚姚合、贾岛；江西派"资书以为诗"，讲究"无一字无来处"，四灵就"捐书以为诗"，尽量使用白描手法。在一度笼罩诗坛的生涩粗劲的江西诗以及味同嚼蜡的理学诗之外，永嘉四灵的诗歌展示出了清新精炼的姚贾面貌，开创了较为纯粹的诗歌审美道路，符合了时代的审美需求，故而立即受到了欢迎，并迅速地进入了诗坛主流。

在永嘉，出现了众多的四灵追随者，形成一个庞大的诗人群体，所谓"旧只四人为律体，今通天下话头行"[①]（刘克庄《题蔡炷主簿诗卷》，《全宋诗》卷三零四八）。范晞文指出四灵诗的影响是"尖纤浅易，相扇成风，万喙一声，牢不可破"[②]，虽批驳似甚，却反映了四灵诗风在文士世界的流播效果。这些为数众多的诗艺微末的追随摹仿者，或因其籍属永嘉而称之为四灵诗派，或因其诗入《江湖》而归于江湖后学，其中界限划分似无十分意义，但他们对于姚贾一脉的传承，却是这一时期值得重视的诗歌艺术走向。

[①] 傅璇琮主编：《全宋诗》卷三〇四八，北京大学出版社，1992年版。
[②] [宋]范晞文：《对床夜语》卷二，见丁福保辑《历代诗话续编》上册，中华书局，1981年版，第416页。

严羽《沧浪诗话·诗辩》云："近世赵紫芝翁灵舒辈，独喜贾岛姚合之诗，稍稍复就清苦之风。江湖诗人多效其体，一时自谓之唐宗。"[①]四灵将他们所学习的唐律定格为晚唐，并将晚唐进一步定格为姚贾。清初全祖望《宋诗纪事序》云："乃永嘉徐、赵诸公，以清虚便利之调行之，见赏于水心，则'四灵派'也，而宋诗又一变。嘉定以后，江湖小集盛行，多'四灵'之徒也。"[②]梁昆《宋诗流派论》说："四灵素以唐诗为号召，实则纯遵守晚唐之路，而效者纷纷，一时有八俊之目，余响及于江湖。"[③]这些评者都认为江湖派与永嘉四灵间的承延关系，也就是与姚贾诗风的或直接或间接的关系。永嘉四灵和一般的江湖诗人位卑才弱，姚合贾岛的审美旨趣、艺术追求、创作方式和人生态度，正是他们可以效法祖述的艺术范式。在江西与理学诗风泛滥之际，永嘉四灵获取了文学发展史上的独特地位，并迅速地融入了诗坛主流。正是他们的努力，使得风靡一时的江西诗风自此式微，这一力量的消长又给了江湖诗派一个崛起的契机。

二、江湖诗人对于姚贾诗风的继承

南宋时期是姚贾诗风唯一一次在文学史上摆脱了偏裨旁支的地位，进入诗坛浩大潮流的时代，而江湖诗派正是其中的主导力量。江湖诗人鱼龙混杂，审美取向纷纭多变，其中继承姚贾四灵倾向的诗人，其诗歌创作在脱离学问功利、追求纯粹诗艺等方面代表了律诗的一个发展方向。江湖诗人效法姚合贾岛的五言律诗创作方式，当时或稍后的诗家已经有所批评。丁焴《跋秋江烟草》说张弋，"每以贾岛、姚合为法，所著仅成帙，清深闲雅，宛有唐人风致。至其得意警绝之句，杂之两人集内殆未易辨"，[④]他认为张弋诗歌学习姚贾已到可以乱真的地步。陈必复《端隐吟稿序》说林尚仁，"其为诗专以姚合贾岛为

---

① [宋]严羽：《沧浪诗话·诗辩》，见[清]何文焕辑《历代诗话》下册，中华书局，1981年版，第688页。
② [清]全祖望：《宋诗纪事序》，见[清]全祖望撰、朱铸禹汇校集注《全祖望集汇校集注·鲒埼亭集》外编卷二十六，上海古籍出版社，2000年版，第1247页。
③ 梁昆：《宋诗流派论》，台北东升出版事业有限公司，1980年版，第109页。
④ [宋]丁焴：《跋秋江烟草》，见[宋]陈起编《江湖小集卷》六十八，影印文渊阁四库全书本1357册，台湾商务印书馆，1983年版。

法，而精妥深润则过之。"①这是在姚贾的基础上有所变化。刘克庄《跋姚镛县尉文稿》说姚镛，"才力有定禀，文字无止法。君以盛年挟老气为之不已，诗自姚合、贾岛达之于李、杜……"②刘克庄认为姚镛从学习姚贾入手，学到了李白杜甫的诗歌境界。这些诗人不但学习姚贾的诗歌风格，还将他们视为精神世界的典范，以效法他们互相标榜。胡仲参《题雪舟云心二友吟卷》："君诗何所似，绝似晚唐诗。写出春云状，融成白雪词。百篇多态度，二妙一襟期。与我为三友，他年题品谁。"（《全宋诗》卷三三三七）众多文士的向往和推崇，无数诗篇的追随仿效，使姚贾的声望达到了前所未有的高度。

与所师承的对象一样，江湖诗人表现出一种刻苦的创作精神，苦吟形象经常出现在他们的诗中。如"戴公堤上古时月，几度凉宵照苦吟"（严粲《荐福寺》，《全宋诗》卷三一二九），"吟苦过于颠，吟成亦自怜"（林尚仁《寒夜即事》，《全宋诗》卷三二七零），"吟苦事俱废，拙深贫未除"（张弋《豫章别紫芝》，《全宋诗》卷二八二二），"幽人拄杖移时立，句句诗中是苦吟"（薛嵎《冬日野步》，《全宋诗》卷三三三九），"形役犹甘分，肠枯费苦吟"（胡仲弓《寄西涧叶侍郎》，《全宋诗》卷三三三三），"赤脚知吟苦，时将山茗煎"（胡仲参《偶得》，《全宋诗》卷三三三七），姚贾苦吟的创作态度和生存方式，在江湖诗人那里得到了全方位的接受和继承，尽管很少有内容和形式上的改进。他们通过苦吟，推敲字句，以求精警工稳。张弋"思甚苦，未尝苟下一字，每有所作，必镕炼数日乃定。"③这种字斟句酌的创作方法，对于才力不弘的文士很有补益。

从风格上讲，江湖诗中有一种细小纤巧之美，这正是受到姚贾诗风，尤其是武功体影响的结果。如"竹行穿细笋，风堕过墙花"（叶绍翁《和葛天民呈吴韬仲韵赋其庭馆所有》，《全宋诗》卷二九四九）；"林深喧鸟雀，露重滴松楸"（胡仲参《山中作》，《全宋诗》卷三三三七）；"剪草涂新壁，搴藤缚旧篱"（陈允平《野人家》，《全宋诗》卷三五一六）；"禽斗巢几覆，蛛

---

① [宋]陈必复：《端隐吟稿序》，见[宋]陈起编《江湖小集》卷三十三，影印文渊阁四库全书本1357册，台湾商务印书馆，1983年版。
② [宋]刘克庄：《跋姚镛县尉文稿》，见[宋]刘克庄《后村先生大全集》卷九十九，四部丛刊初编本第276册，上海书店，1989年版。
③ [宋]丁焴：《跋秋江烟草》，见[宋]陈起编《江湖小集》卷六十八，影印文渊阁四库全书本1357册，台湾商务印书馆，1983年版。

闲网半成"（张至龙《登东山怀朱静佳》，《全宋诗》卷三二八一）等，诗人的眼光倾向于那些琐细微小的事物，展现出一种轻浅纤幽的审美格局，非常接近姚合《武功县中作三十首》的风貌。

其次，在近体诗的艺术形式方面，江湖诗对仗工巧，多用流水对和复辞对仗，这也是姚贾一脉的家风。流水对如"题诗如昨日，倒指已三年"（严粲《重到地藏院》，《全宋诗》卷三一二九），"本非求吉地，祇欲近禅坊"（毛珝《过黄山法华寺》，《全宋诗》卷三一三五），"为爱山间好，因成旬日留"（胡仲参《山中作》，《全宋诗》卷三三三七），"偶来游石屋，却喜见香山"（徐集孙《石屋》，《全宋诗》卷三三九零）。复辞对仗如"片片疏还密，霏霏整复斜"（胡仲参《雪》，《全宋诗》卷三三三七），"蛙跳蒲细细，燕没絮蒙蒙"[①]（陈鉴之《春晚野步》），"酒功书下下，诗料办劳劳"（陈必复《和客用韵》，《全宋诗》卷三四四九）等。

第三，江湖诗中有一种平俗之气。用平淡的语言描写日常生活的平凡事件，是姚贾诗风的特色之一。不过，江湖诗人所处的时代和身份地位，与他们的前辈相比已经发生了很大变化。姚合诗的平淡是以吏为隐的自适情绪的体现，贾岛诗的平淡蕴含着寒士不遇的矫激峭拔之气，而江湖诗的平淡则带有宋代市民阶层的世俗味道。姚合写自己不爱理会县中的簿书（《武功县中作三十首》之四，《姚少监诗集》卷五），儿童不认识钱币（《寄贾岛》，《姚少监诗集》卷三），贾岛写孟融逸人不吃鱼（《孟融逸人》，《长江集》卷五），写自己来年才还药债（《寄钱庶子》，《长江集》卷四），这些生活琐事已经具有世俗烟火的气息了。不过姚贾终是唐人，尽管属于只有浪漫诗情余韵的中唐，他们诗句所描绘的世俗琐事，还是融进了清冷寒僻的诗意境界之中。江湖诗连篇累牍地描写村儿学字（宋伯仁《嘲不识字》，《雪岩吟草西塍集》，宋陈起编《江湖小集》卷七十二）、托人卖马（陈造《托人卖马二首》，宋陈造撰《江湖长翁集》卷十二）、乡人接客（危稹《接客篇》，《巽斋小集》，宋陈起编《江湖小集》卷六十）、塑偶求子（许棐《泥孩儿》，《梅屋稿》，宋陈起编《江湖小集》卷七十七）、书籍版本（陈起《〈史记〉送后村刘秘监兼致欲见之悰》，《芸居乙稿》，宋陈起编《江湖小集》卷二十八）等，这些俗

[①] [宋]陈必复：《东斋小集》，见[宋]陈起编《江湖小集》卷十五，影印文渊阁四库全书本1357册，台湾商务印书馆，1983年版。

事闲谈，具有浓郁的市民文学的气息，诗人们用切近直露的方式加以表现，将姚贾诗风的平淡演化为平俗，在继承中又有发展变化。

三、出入姚贾江西之间的江湖诗人

江湖派中除了姚贾、四灵一脉，还有许多诗人出入姚贾、江西之间，这其中就包括江湖诗派的领袖式人物刘克庄和戴复古。

刘克庄在江湖诗人中年寿最长，官位最高，成就也最大。他早期作诗颇受贾岛、姚合到"四灵"一脉的影响，叶适甚至认为他是"四灵"的继承者。他作诗好雕琢，自认诗歌风格寒瘦。其《北山作》诗云："骨法枯闲甚，惟堪作隐君。……字瘦偏题石，诗寒半说云。"（《全宋诗》卷三零三三）也曾评论友人的诗作雕琢得不够精致："（林子彬）律诗若造语尖新，然视晚唐四灵犹恨欠追琢。"[1]刘克庄早年的诗句如"观老巢高木，僧寒晒堕樵"（《黄蘗山》，《全宋诗》卷三零三三），"坏壁虫伤画，残炉鼠印灰"（《吴大帝庙》，《全宋诗》卷三零三三），"暝色初逢驿，溪声只隔邻"（《武步道中》，《全宋诗》卷三零三三）等，意象寒僻，风格孤峭，与贾岛诗并无二致；另如"山头云似雪，陌上树如人"（《早行》，《全宋诗》卷三零三三），"秃笔回僧简，褒衣看古书"（《晚春》，《全宋诗》卷三零三三），"古殿人开少，深窗日上迟"（《铁塔寺》，《全宋诗》卷三零三三）等，风格清幽闲净，淡然自适兼有姚合风范。

后来，他的论诗观点发生了改变，开始鄙薄姚贾、四灵。"永嘉诗人极力驰骤，才望见贾岛、姚合之藩而已，余诗亦然。十年前始自厌之，欲息唐律，专造古体。"[2]结果是既未专造古体，也没有全习唐律，而是学习陆游诗歌，在题材取向上与"四灵"分道扬镳，写过不少伤时忧国的诗作，不过才力毕竟不及放翁。晚年喜欢杨万里的诚斋体，诗风活泼但有时失于浅露。

刘克庄在四灵之后，在总体上，于晚宋的时代气息相吻合，批判江西而

---

[1] [宋]刘克庄：《林子彬诗跋》，见《后村先生大全集》卷一百一十，四部丛刊初编本277册，上海书店，1989年版。

[2] [宋]刘克庄：《林子彬诗跋》，见《后村先生大全集》卷一百一十，四部丛刊初编本276册，上海书店，1989年版。

看重晚唐，另一方面，他又学习江西诗派的作诗方式，带动江湖诗人从"四灵"寄情山水的空灵诗风中解脱出来，开拓新的创作领域，使得江湖诗风日趋社会化。

戴复古在江湖诗派中，是仅次于刘克庄的重要人物。他一生布衣，比之刘克庄的位至高官，是更为典型、更为标准的江湖诗人、江湖谒客。戴复古也有过与刘克庄相似的江西诗派式的训练经历。一般认为戴复古的诗歌风格主要有三个源泉：一是学习杜甫，如他在《黄州竹楼呈谢国正》中所说："发挥天地读周易，管领江山歌杜诗。"（《全宋诗》卷二八一八）当时的许多人也将其视为晚宋老杜。如包恢《和戴石屏见寄韵二首》之一云："句老律精何酷似？昔题蜀相孔明祠。"（《全宋诗》卷二九六四）其二是源于中兴诗人杨、陆，戴复古称赞他们"入妙文章本平淡，等闲言语变瑰奇。"譬如他这样的诗作："天台山与雁山邻，中间只隔一片云。一片云边不相识，三千里外却逢君。"（《湘中逢翁灵舒》，《全宋诗》卷二八一九）诗似诚斋，又不是诚斋所能局限的。三是源于姚贾，这是我们要考察的方面。戴复古继承了姚贾的创作精神，对于诗句刻意锤炼，精雕细琢。赵汝腾《石屏诗钞序》引用戴复古的话说："作诗不可计迟速，每一得句，或经年而成篇。"[1]这与贾岛"两句三年得"的自叹自负情绪是极为相似的。《四库全书总目》卷一百六十一《石屏集提要》引瞿佑《归田诗话》云："复古尝见夕照映山，得句云：'夕阳山外山。'自以为奇，欲以'尘世梦中梦'对之，而不惬意。后行村中，春雨方霁，行潦纵横，得'春水渡傍渡'句，以对上下，始称。其苦心搜索，即此可见一端。"[2]可知其作诗的刻意，也可见出他对于亲历身见的重视。戴复古的五言律诗，多用白描手法写生活琐事，风格平淡幽清，颇有些武功体的味道。如"酒渴倾花露，诗清泻涧泉"（《游天竺》，《全宋诗》卷二八一四），"穷犹恋诗酒，懒不正衣巾"（《都中书怀二首》之二，《全宋诗》卷二八一四），"花残蜂课蜜，林茂鸟安巢"（《春尽日》，《全宋诗》卷二八一四），"试墨题新竹，携筇数

---

[1] [清]吴之振编，吕留良、吴自牧选：《宋诗钞卷九十五戴复古石屏诗钞》，中华书局，1986年版，第2646页。

[2] [清]永瑢、纪昀等：《四库全书总目》卷一百六十一《石屏集提要》，影印文渊阁四库全书本第4册，台湾商务印书馆，1983年版，第270—271页。

落花"(《黄道士出爻》,《全宋诗》卷二八一四)等。戴复古也曾经称友人姚仲固为"姚合",赞其擅长吟诗:"能诗老姚合,朝夕共吟哦。"(《题萍乡何叔万云山》,《全宋诗》卷二八一四。题下自注:"诗人姚仲固乃胡仲方诗友。")可见其对姚合的倾慕。

由于刘克庄和戴复古在当时诗坛具有不可取代的领袖地位,他们的诗歌创作倾向直接感召了众多江湖诗人的追随响应。江湖诗派中的姚贾追随者将诗歌艺术人生化,改变了儒家致君尧舜移易风俗的创作目标和温柔敦厚的诗歌美学传统;出入于姚贾和江西之间的诗人,则兼收二派之长,使诗歌于空灵冷寂之中兼蓄学问功夫,这种创作方式在当时更能获得大众诗人的认可响应,使得江湖诗歌在追慕晚唐的同时,有了日趋社会化通俗化的宋诗面目。

姚贾一脉发展到江湖派的时代,他们对于诗歌艺术的专注和体认,使中国诗坛产生了重要的变化。姚合贾岛虽然倾力为诗,但并未完全忘情于仕宦功名。贾岛的困顿科场,姚合的以吏为隐,他们是在无法仕进或无奈仕途的情况下才用诗歌的方式消解生命的苦难。从晚唐姚贾后学到宋初晚唐体诗人以及永嘉四灵,基本上延续着这一传统。而江湖诸人则明确地将诗歌视为人生第一目标。丁熠《跋秋江烟草》说张弋,"湖海豪士,不喜为举子,学专意于诗。"[1]陈必复《端隐吟稿序》说林尚仁,"切切然惟忧其诗之不行于世,而贫贱困苦莫之忧也。"[2]李龏说毛珝"以文自晦,不求于时"[3]。这种变化的因素尽管一直在姚贾及其后学中传递,到了此时才真正成为一种时代的艺术风尚。传统的儒家诗教说诗的功能是"兴观群怨",强调诗歌的社会功利性。当创作主体的社会地位逐渐沦落,当兼济天下的愿望逐渐成空,当诗歌创作的美丽被人发现,当姚贾将诗歌视为生命方式的行为被世人普遍接受和长期效仿,当众多的置身于官场之外的江湖诗人都以创作作为生存方式,终于,诗歌的关心群体变为关心个体,关心天下变为关心自身,关注政

---

[1] [宋]丁熠:《跋秋江烟草》,见[宋]陈起编《江湖小集》卷六十八,影印文渊阁四库全书本1357册,台湾商务印书馆,1983年版。

[2] [宋]陈必复:《端隐吟稿序》,见[宋]陈起编《江湖小集》卷三十三,影印文渊阁四库全书本1357册,台湾商务印书馆,1983年版。

[3] [宋]李龏:《毛珝吾竹小稿序》,见[宋]陈起编《江湖小集》卷十二,影印文渊阁四库全书本1357册,台湾商务印书馆,1983年版。

治变为关注个体生命，关注身外变为关注内心世界。诗歌创作朝着她本身的文学性的方向又前进了一步。

（本文发表于《苏州大学学报》2011年第5期）

白爱平，1970年生，2006年毕业于陕西师范大学文学院，文学博士，师从霍松林先生，现为西安石油大学人文学院副教授。

"雾失楼台，月迷津渡，桃源望断无寻处"考论

许兴宝

内容摘要： "雾失楼台，月迷津渡，桃源望断无寻处"与"郴江幸自绕郴山，为谁流下潇湘去"一样，都表达了秦观对本性迷失的悔悟，是典型的以禅悟表达心境的妙语。不能仅仅看到写景的表层意象。秦观词情景交融的表现手法与领会禅趣关系密切，这是认识问题的重要前提。秦观对佛书的精通是领会禅趣以至于采用意境进行创作的关键。秦观学佛并用之于词的创作，达到了妙悟高度，使词句成为难以企及的经典名句。

关键词： 秦观；词；迷津；禅趣；本性迷失；悔恨

一

"雾失楼台，月迷津渡，桃源望断无寻处"出自秦观《踏莎行》，全词录下，以供观览：

> 雾失楼台，月迷津渡，桃源望断无寻处。可堪孤馆闭春寒，杜鹃声里斜阳暮。驿寄梅花，鱼传尺素，砌成此恨无重数。郴江幸自绕郴山，为谁流下潇湘去。

如上所录《踏莎行》词是秦观的名作，"当时已为众赏"（陈匪石《宋词举》），长期以来同样受到人们的高度好评。胡仔《苕溪渔隐丛话前集》卷

五十引《冷斋夜话》记苏轼对秦观如上词很是欣赏，且对"郴江幸自绕郴山，为谁流下潇湘去"有"绝爱"，"自书于扇"，并曰："少游已矣，虽万人何赎"。上述材料为多人知晓，其中说明的问题是，苏轼最看中的是末尾两句，即"郴江幸自绕郴山，为谁流下潇湘去"。徐轨则别有慧心，更欣赏"杜鹃声里斜阳暮"一句，于《词苑丛谈》卷三云："东坡绝爱尾二句，余谓不如'杜鹃声里斜阳暮'尤堪断肠"。王国维受徐轨影响，对苏轼爱赏"郴江幸自绕郴山，为谁流下潇湘去"二句大不以为然，于《人间词话》中云："至'可堪孤馆闭春寒，杜鹃声里斜阳暮'，则变而凄厉矣。东坡赏其后二语，犹为皮相"。为了印证自己的观点，王国维还找出了与"可堪孤馆闭春寒，杜鹃声里斜阳暮""气象皆相似"的数个例子，认为"风雨如晦，鸡鸣不已""山峻高以蔽日兮，下幽晦以多雨""霰雪纷其无垠兮，云霏霏而承宇""树树皆秋色，山山尽落晖"等描写的气象所生出的美学效果与之是相同的。这说明王国维对秦观此词关注的重心与苏轼是不完全等同的。还有一些人对如上两句词的美矣做过对比，此处不再列出。值得注意的是，前人对秦观此词的创作缘起有过较长时间的争议。认为秦观《踏莎行》词是为一位恋己的妓女所作，查清人赵翼《陔余丛考》卷四十一《苏东坡秦少游才遇》可知："秦少游南迁至长沙。有妓生平酷爱秦学士词，至是知其为少游，请于母，愿托于终身。少游赠词，所谓'郴江幸自绕郴山，为谁流下潇湘去'者也。会时事严切，不敢偕往贬所。及少游卒于藤，丧还，将至长沙，妓前一夕得诸梦，即逆于途，祭毕，归而自缢以殉"。这个记载估计来源于洪迈《夷坚志》。《夷坚志》中有《义娼传》记载了秦观如上事迹，但未云《踏莎行》一词是为娼妓而作事，显然赵翼所记带有明显的附会因素，何况洪迈在《容斋随笔》四笔卷九中有《辨秦少游义娼》一节，早已辨定其事为小说家者言，不足凭信。宋人吴炯《五总志》中也有相同记载。但都为后人辨定为妄说。这里想提请读者注意的事实是，人们对"郴江幸自绕郴山，为谁流下潇湘去"一句曾经还有过不同常态的别样解说，这在客观上向人们再一次宣示了《踏莎行》中暗含着的深刻意蕴。

以上说明，人们对秦观《踏莎行》词的关注重点是"可堪孤馆闭春寒，杜鹃声里斜阳暮"与"郴江幸自绕郴山，为谁流下潇湘去"两句，对此词的创作缘起也有过充分关注。而对"雾失楼台，月迷津渡，桃源望断无归路"一句则关注得很少。虽然有之，也多在注释本中与赏析文章中认为是写景，将之诠释为"楼台在茫茫大雾中消失,渡口被朦胧的月色所隐没,那当年陶渊明笔下的桃花源,更是云遮雾障,无处可寻了"。①如上诠释具有代表性,其余多与此类同,不再罗列。笔者认为,对秦观《踏莎行》词的关注,从古人到今人无不过于简单化,而将"雾失楼台,月迷津渡,桃源望断无寻处"一句只视作简单的写景句,当"无我之境"看,更是不知秦观词心的体现。唐圭璋先生云:"月下迷雾,桃源不见,是写夜景,也是暗示'避世仙境'之不可得。其中寓有作者身世之感",②这等于将此句所写也视为"有我之境"了,如此,我们便可将此句与"可堪孤馆闭春寒,杜鹃声里斜阳暮"等看为同一境界。明此,我们就要深刻而谨慎地考论"有我之境"——"雾失楼台,月迷津渡,桃源望断无寻处"中包含的实在意义。

二

秦观《踏莎行》中"雾失楼台,月迷津渡,桃源望断无归处"一句是词人领会禅趣构设出的意境,具有深刻内蕴,不能简单地理解为写景。要想确知其中的内蕴,首先必须明白秦观词的常见特征。宋人对此已有经典性论说。除开苏轼、王灼等人不说,一般论词者也发表了颇有见地的话语。孙兢在《竹坡老人词序》中称:"苏东坡辞胜乎情,柳耆卿情胜乎辞,辞情兼称者,唯少游而已"。周必大《跋米元章书秦少游词》中称:"借眼前之景而含万里不尽之情,因古人之法而得三昧自在之力,此词此字所以传世"。如上两说代表了宋人对秦观词创作基本特征的认识。其核心在于看中了情、辞、景有机结合生出的审美效果,即具有长期以来中国古人凝练出的"诗韵"特征。"情"不能视为简单的抒情,也不能视为简单的言志,而是多种精神内涵合而为一的"意"即"情志"。③"情志"的表达不是直说,而是借助外物的描写加以含蓄地传递。这种"诗韵"特征的凝练不是儒家诗学观的专利,而是儒道释三家共有的通识。秦观恰巧是一个"退居乡间读书,除经传外,也爱好佛、老和医、卜"

---

① 唐圭璋等:《唐宋词鉴赏辞典》,上海辞书出版社,1988年版,第845页。
② 唐圭璋等:《唐宋词选注》,北京出版社,1982年版,第231页。
③ 霍松林主编:《古代文论名篇详注》,上海古籍出版社,2002年版,第1页。

的人。①明人张綖评秦观词为"词情蕴藉"(《诗馀图谱·凡例》)与上述宋人所云相同。《四库全书总目提要》将前人的观点加以总括,提出"情韵兼胜"说,成了经典评价。再后的人提出秦观词如"红梅香韵本天生"(周之琦《十六家词录》,另有楼敬思云秦观词"如红梅作花,能以韵胜"与之基本相同)都是对"情韵兼胜"的转述。冯煦倡导的"词心"说,即以秦观作为标的,看到的胜出之处为"淡语皆有味,浅语皆有致"(《蒿庵论词》),"味"与"致"同意,是"韵"的意思。王国维对此有独到领会,将冯煦对秦观与晏几道的关照独断为"此唯淮海足以当之"(《人间词话》)。不难看出,各家的观点没有太大出入,这说明秦观词形成的一贯风格为人认同是不需争辩的事实。

"诗韵"说是在南北朝时借助佛家理论而成。"诗韵"的达到要通过意境去实现。"意境"一词脱胎于佛学著作《法苑珠林·摄念篇》六种根境界的"意境界",后来王昌龄说出了诗有三境的话,其中之一为"意境"。这说明王昌龄的意境说并非首创,他只是"引入佛学'境'这个概念来阐述诗歌的艺术创造,并且提出了'诗有三境'说"而已。②王国维提出的"有我之境"与"无我之境"也与佛理密切相关。佛家阐述佛理除直说外,有时也采用意境——表意之境创造的方法以便能够更加明确地传递一些难以言说清楚的道理。如诸多禅宗公案就是典型的表意之境创造佳例,这对中国诗歌创造情景交融的意境有十分重要影响。

其次要说明秦观是否精识禅理。据资料可知,秦观是一个对佛书十分有兴趣的人。秦观为苏门四学士之一,早在苏轼徐州任上,二人就已相识,并且成为至交,苏轼将此称作"秦观自少年从臣学文"(《辨贾易弹奏待罪札记》,见《苏轼文集》卷三十三)。苏轼遇"乌台诗案"后二人的交往仍然如故,在元丰七年(1084)九月润州(镇江)金山寺会面后,苏轼以待罪之臣的身份向王安石推荐了秦观,在《与王荆公书》说尽了秦观的诸多优点之后,又说了"此外博综史传,通晓佛书,讲集医药"(见《苏轼文集》卷五十)等话。"通晓佛书"出自苏轼之口是有说服力的,因为苏轼具有深厚的佛学功底,二人在交往中,秦观得法悟正要的功夫已为苏轼所认同。道潜号参寥子,还俗后

---

① 周义敢:《苏门四学士》,上海古籍出版社,1983年版,第39页。
② 李壮鹰:《中国古代文论选注》,高等教育出版社,2008年版,第235页。

重新祝发,受赐号妙总大师,秦观与之为好友,二人多交游并互有唱和赠答。秦观中进士任职于朝廷后,参寥子写《四照阁奉陪辩才老师夜坐怀少游学士》诗,提到与秦观夜间习禅的美好情景:"校酬御府图书客,畴昔还同此夜禅"(《参寥子诗集》卷十)。秦观死后,还作《哭少游学士》诗,对其人精熟禅宗机锋表示由衷赞叹:"禅挥庞老锋,辩鼓子贡舌"。如此之作还有,不再赘举。从秦观自身诗作中,也能看出对佛理的精通。《陪李公择观金地佛牙》[①]尽用佛语,如薄伽梵、金地、化人、示灭、回向、十地、真际、金山等,运用自如,非佛理精熟者不能到。秦观还与辨才法师有交往,与显之禅老相约结庵为居,为隆庆禅师作塔铭,多次访金山宝觉大师。如上事实在秦观诗文中多有记载。秦观还有一些诗文用以阐释佛理。据大致统计,秦观诗文涉及佛理内容者约有五六十篇。在日常生活中,秦观与佛关系密切,游佛寺、结交禅师已见上述,读书写字也与佛书结缘颇深。苏轼《次韵秦观秀才见赠,秦与孙莘老、李公择甚熟,将入京应举》(见《苏轼诗集》卷十六)明说秦观喜好临摹《黄庭》为帖,构成其业余生活的重要部分,也可看出秦观对佛书的热衷。秦观在处州监理酒税时,日以抄写佛经为事,写弥陀经达七万言之多,为此付出了再次被贬的代价。《宋史·本传》如此记:"使者承风望指,候伺过失,既而无所得,则以谒告写佛书为罪,削秩徙郴州。"判断秦观对佛理的精熟仅从上述几端入手当然是不够的。我们还要看到秦观在诗词创作中显示出的情感痕迹去观察。秦观词中书写欢乐情调的作品甚为罕见,这不等于他终生没有人生满足的时候。"元祐年间,少游处于顺境,春风得意",[②]但从现有元祐年间写的近二十首词看,流露出的思想情调与其他时间创作的词没有多少相异之处,多抒发"苦情"。佛教宣扬"苦",有二苦、三苦、四苦、五苦、八苦,甚至还有一百一十苦等,但禅宗倡导的"无所住心"又力求导引人们在"苦"海中能够回头,否则就陷入"障"与"碍"的多难境地之中,不能最终"放下"。秦观在人生的一路中抒写"苦情",与禅宗提倡的"见色不乱"进而翻出言苦而"无所住心"的终极哲理是相通的。"在秦观词中,直接表现佛教思想的作品不多,但佛教悲苦精神却深入少游词中,泪眼问花,流水孤村,世界充满了哀伤,世人只是过客,处在永恒不停的流传中,梦了醒,醒了梦,到头一场

[①] 周义敢等:《秦观集编年校注》,人民文学出版社,2001年版,第30页。
[②] 周义敢等:《秦观集编年校注》,人民文学出版社,2001年版,第917页。

空"①。这个判断粗看类乎镜花水月,不宜一一坐实,但推理的合逻辑性则令人佩服。

三

要准确诠释"雾失楼台,月迷津渡,桃源望断无寻处"的字面意思,这对认识全句的深刻含义具有指导作用。词句中写的主要物象为:雾、楼台、月、迷津、桃源。这里需要特别加以甄别的是"迷"字。人们习惯上将这个字与秦观其余词中的"迷"字等视。秦观词中喜欢用"迷",可看如下例证:"楼迥迷云日"(《南歌子》)、"穷艳景,迷欢赏"(《鼓笛慢》)、"霭霭迷春态,溶溶媚晓光"(《南歌子·赠东坡侍妾朝云》)、"甚轻轻觑着,神魂迷乱"(《河传》)、"宿霭迷空,腻云笼日,昼景渐长"(《沁园春》)。其中的"迷"字都为动词,不需要做过多的考释。唯此处的"迷"字当与"津"组合成"迷津",因此这里的"迷"只是词素而已。照此说来,"雾失楼台"与"月迷津渡"不应看成是完全对仗的句式。"渡"不是名词,如果当"渡口"看,"津"与"渡"重复,不符合当时的语言习惯,更与词体不合。"茅津渡"是固定名词,如此表述是对的,但"津渡"不可视为固定名词。这里的"渡"是动词,"月迷津渡"意为月亮在"迷津"的上面慢慢移动,照此来看,"渡"有"移动"的意思。词句中的动词为:失、渡、望断、无。合全句中的名词与动词看,可以明白显示出如下情景:雾笼罩在楼台上,月亮在迷津的上空缓缓移动,因为有雾,所以极尽目力也找不到"桃源"所在之处。之所以要"望",是因为天上有月亮,视线尚有突破的可能;之所以没有看到,是因为有雾的遮挡。谁在望呢?当然是秦观自己。处在这样的外环境中,自然不堪忍受孤馆的春寒与斜阳下山时出现的杜鹃声。这一系列描述都有"我"的影子在,所以王国维将此视为"有我之境"。秦观写词多将"我"字隐藏在词面的深处,这与苏轼不同。特别是在抒写个人内心中的苦情寄慨身世时,表现出情韵兼胜特征,容易引起读者对更深层次意义的忽略。"迷津"是佛家常用词语,意为"迷忘的境界",此处也指被浓雾笼罩着的渡口,这里既写了秦观站

---
① 史双元:《宋词与佛道思想》,今日中国出版社,1992年版,第43—44页。

在被雾笼罩着的渡口旁边的情景，也写他进入"迷津"的心境，是"万法为心"的良好外现。秦观写自己进入"迷津"，犹言学佛未能彻底领会佛的根本精神，于"空法"未见真谛，谋取功名不成，反倒落入不测，是为本性迷失所致。因为本性迷失，当下的秦观才"桃源望断无寻处"，对此秦观内心充满了悔恨。下文提到的"此恨"即是如上所云造成后果的"恨"。而"此恨"又难以通过"驿寄梅花，鱼传尺素"等方式向他人言说清楚，或者是根本就不可启齿。因此"郴江幸自绕郴山，为谁流下潇湘去"就成了表达词人此时内心情怀的绝好语码。据此，有人将这句词解释为此乃"自责自悔语，怨恨自己不应离乡入仕，入仕后又不应卷入元祐党争"。[1]这里是否还有悔恨拜苏轼为师的意味？是颇为耐人寻味的事情。不过这对于秦观来说是不能直截了当倾吐出来的，"不说破"成了要说破的最好"道体"，否则"六君子"的道德评价就要大打折扣了。辩讳不能埋没事实，在直寻结果必须要求出具第一文献的重考据学术时代，推测当然要谨慎。

写进入迷津是秦观此词非常重要的语码信息，也是最让读者难以预料的点睛之处。就像观王维雪中芭蕉图当以"法眼观之"一样，以门外汉的眼光评价一切当然不能看出深刻内蕴。站立于迷津，而且觉察到自身所处，诚为学禅获得禅心的体现。秦观能够将自己的心境表现得"但见其言，不见其意，斯为妙也"。[2]如此之妙颇有宋代僧人常说的"活句"的功效。"活句"与"死句"对，二者究竟为何？"'死句'是指对问题的正面答语，可以从字面上来理解其含义的句子。'活句'指本身无意义、不合理路的句子，通常是反语或隐语，不对问话正面回答"。[3]由此可以想见，秦观此句词绝不能以其字面去领会。"不见其意"之妙在于有"韵"，"活句"之妙无非也在于有"韵"。"韵"如同法身，常因物而现，千篇一律不可能完美体现"道体"，这对秦观来说，无论是表现词心，还是说法，都是非常烂熟于心的事。作于郴州编管期间的《点绛唇》将自己本性迷失的悔恨表述为"尘缘相误"。佛教指污染人心、使生嗜欲的根源为"尘缘"。将色、声、味、触、法六境视为"六尘"，

---

[1] 周义敢等：《秦观集编年校注》，人民文学出版社，2001年版，第850页。
[2] 桂林僧景淳《诗评·诗有三体》语，见张伯伟著《全唐五代诗格校考》，陕西人民教育出版社，1996年版，第479页。
[3] 周裕锴：《禅宗语言》，浙江人民出版社，1999年版，第186页。

人如以心攀缘六尘，遂为六尘牵累。秦观此处显然含有涉足功名为"尘缘相误"的意味。另外我们还应该看到，《点绛唇》下阕描绘的情景与《踏莎行》第一句基本相同，请看："烟水茫茫，千里斜阳暮。山无数。乱红如雨，不记来时路"。只要稍加注意，就会明白二者都表现了迷失后的感触，绝非偶然兴到所出。还需要提示的是，《踏莎行》中有"桃源"一境，《点绛唇》在明代人诸多刻本中调下皆题作"桃源"。两处"桃源"均为同一地方，即"苏仙岭"，为郴州东北之一大神仙胜境，道书将此地称为天下第十八福地，这也能说明二词具有密切联系。类此者还可找出，此处不再赘述。

秦观对本性迷失的发悟，是一件很难向世人说清道明的事，特别是面对苏门诸君子都在慷慨应对磨难的时候，不以颇有韵味的语言表述是万万做不得的。有心栽花与无意插柳竟是如此的偶合，真心表白竟然绕过了诸多大文豪的眼线，这也是经典名作之所以胜人的绝佳之处。

（本文选自《唐宋词名句考论》，宁夏人民出版社，2011年版）

许兴宝，1959年生，1994年毕业于陕西师范大学中文系，文学博士，师从霍松林先生，现为苏州科技学院教授。

金代前中期赋钩沉与探析

牛海蓉

内容摘要：金朝以律赋取士，律赋大行于世，佳作颇多，但作为科场之文，弊端不一而足。有识之士振而起之，南渡以后古学兴起，古赋渐盛。由于末期兵乱、后来朝代嫉视、文人不喜刊刻文集、律赋弊端等原因，金朝现存赋作很少。文章对金朝前中期赋进行钩沉，认为前期献赋之风较盛，赋题与当时君主的活动或时政相联系，科举赋则反映了金朝崇尚武功，并向往汉族文治，欲一统天下的情况。中期科举赋在海陵正隆二年之前日趋揣摩逢迎，此后走向规范化，从五经、三史正文内出题。文人赋则或说理记事，或咏物抒情，律、古兼工，成就较高。前中期还出现了佛教赋、医学赋、相学赋，反映了律赋向非文学领域的渗透。

关键词：金赋；献赋与科举赋；文人赋

一、金赋概况及存少的原因

金朝自太祖完颜阿骨打立国（1115）至末帝灭亡（1234），历时119年。这个由完颜氏建立的少数民族政权，虽"用武得国，无以异于辽，而一代制作能自树立唐、宋之间，有非辽世所及，以文而不以武也。"[1]立国之初即实行汉法，设科取士。金代科举以进士科为正科，包括词赋、经义、策论三科。在三科之中，经义科与策论科时开时辍，而词赋科与金朝科举的历程始终相伴未

---

① [元]脱脱等：《金史》卷一百二十五《文艺传》，中华书局，1975年版，第2713页。

有间断。词赋科试赋、诗、策、论，而赋是其中最紧要者，刘祁云："国家初设科举，用四篇文字，本取全才。……而学者不知，狃于习俗，止力为律赋，至于诗、策、论，俱不留心。其弊基于为有司者止考赋，而不究诗、策、论也。"① 这种情形必然使知识分子埋首文翰，倾心于赋的创作。元好问《中州集》云："明昌、承安间，科举之学盛，大夫士非赋不谈。"② 直到金朝末年，国衰世乱，作赋依然盛行："时金将亡，儒者犹习文辞为进取计。"③ 金朝自上而下都非常重视词赋，不仅国子监把优秀程文及习作镂版以行，为士子取法，如《青云赋》《孟四元赋》④，士子个人也有赋集行世，如孟宗献，"尝著《金丹赋》行于世，其诗词亦有集。"⑤

从体裁上讲，金朝以律赋取士，科举盛时，律赋不仅数量可观，质量也可嘉："气质浑厚，学问深博"⑥，"文笔雄健直继北宋诸贤"⑦。但作为科场之文，它的弊端也不一而足：

（一）过重格律，约束了士子才气。比如孟宗献，"金时魁于乡、于府、于省、于御前，故号'四元'，其律赋为学者法。"⑧ 但魏道明却感叹孟宗献的赋作，"皆约束俊气，徘徊窘步，以俯就时律，此尤足惜也。"⑨

（二）士子只攻律赋，知识面狭窄。刘祁云："金朝取士，止以词赋为

---

① [金]刘祁：《归潜志》卷八《宋元笔记小说大观》，上海古籍出版社，2001年版，第5967页。
② [金]元好问：《中州集》卷十"先大夫诗"，见阎凤梧主编《全辽金文》，山西古籍出版社，2002年版，第3460页。
③ [元]苏天爵：《元故征士赠翰林学士谥文献杜公行状》，见李修生主编《全元文》，凤凰出版社，2004年版，第40册，第199页。
④ 见[清]浦铣《历代赋话》"正集"卷十二："[铣按]《天下书目》，北京国子监板书有《青云赋》五十片（篇），《孟四元赋》一百十三片（篇）。又成德《渌水亭杂识》，国学镂板有《孟四元赋》。"何新文等校证本，上海古籍出版社，2007年版，第119页。
⑤ [金]刘祁：《归潜志》卷八《宋元笔记小说大观》，上海古籍出版社，2001年版，第5968页。
⑥ [金]刘祁：《归潜志》卷九《宋元笔记小说大观》，上海古籍出版社，2001年版，第5980页。
⑦ [清]阮元：《金文最序》，见张金吾编《金文最》卷首，中华书局，1990年版，第1页。
⑧ [清]浦铣撰，何新文等校证：《历代赋话》"正集"卷十二，上海古籍出版社，2007年版，第119页。
⑨ 魏道明：《孟友之与西堂和尚帖跋》，见张金吾编《金文最》，中华书局，1990年版，第699页。

重，故士人往往不暇读书为他文。……学者止工于律赋，问之他文，则瞢然不知。"①金章宗亦云："今时进士甚灭裂，《唐书》中事亦多不知。"②

（三）士子没有实际应用的文字能力。如吕忠翰是贞元二年（1154）进士，在大定间草《降海陵庶人诏》，点窜再三仍不能使世宗满意，世宗叹曰："状元虽以词赋甲天下，至于辞命未必皆能。"③谓宰臣曰："汉进士皇统间人材殆不复见，今应奉以授状元，盖循资尔。制诰文字各以职事铺叙，皆有定式，故易。至撰赦诏，则鲜有能者！"④

（四）士风渐趋浮薄："诸生不穷经史，唯事末学，以致志行浮薄。"⑤

这些弊端从章宗后期起愈演愈烈，"泰和、大安以来，科举之文弊。盖有司惟守格法，无育材心，故所取之文皆猥弱陈腐，苟合程度而已。其逸才宏气、喜为奇异语者往往遭绌落，文风益衰。"⑥士子作赋已到了令人啼笑皆非的程度："有人云：'闻一老师令席生作《汉高祖斩白蛇赋》，席生小赋破题云：'蛇不难斩，君当灼知'，师改曰：'不然，不若"国欲图治，君当斩蛇"'。又令作《鸿雁来宾赋》，曰：'秋既云至，雁当灼知'，此可以轩渠也。"⑦这些弊端为有识之士所忧虑，变革势在必行。大安三年（1211），党怀英谢世，赵秉文成为文坛盟主，他挺身颓波，与杨云翼、李纯甫等人共同致力于文风的转变，而蒙古崛起、金室南迁的时代激变也使他们对文风的改革取得了一定成效。刘祁《归潜志》多次提到南渡后文风的转变：

> 南渡以来，士人多为古学，以著文作诗相高。……南渡后，赵（秉文）、杨（云翼）诸公为有司，方于策、论中取人，故士风稍变，颇加意策、论。又于诗、赋中亦辨别读书人材，以是文风稍振。（卷八）

> 南渡后，文风一变，文多学奇古，诗多学风雅，由赵闲闲、李屏山倡之。（卷八）

---

① [金]刘祁《归潜志》卷八《宋元笔记小说大观》，上海古籍出版社，2001年版，第5967页。
② [元]脱脱等：《金史》卷一二五《文艺传》，中华书局，1975年版，第2727页。
③ [元]脱脱等：《金史》卷一二五《文艺传》，中华书局，1975年版，第2725页。
④ [元]脱脱等：《金史》卷五一《选举志》，中华书局，1975年版，第1136页。
⑤ [元]脱脱等：《金史》卷五一《选举志》，中华书局，1975年版，第1138页。
⑥ [金]刘祁：《归潜志》卷十《宋元笔记小说大观》，上海古籍出版社，2001年版，第5989页。
⑦ [金]刘祁：《归潜志》卷九《宋元笔记小说大观》，上海古籍出版社，2001年版，第5981页。

及宣宗南渡，贞祐初，诏免府试，而赵闲闲为省试，有司得李钦叔赋，大爱之。盖其文虽格律稍疏，然词藻庄严绝俗，因擢为第一人……正大中，钦叔复为省试，有司得史学优赋，大爱之，亦擢为第一……盖史之赋比李尤疏，第以学问词气见其为大手笔。（卷十）

可见，赵秉文等人不仅在科举之外以"古学"为尚，在科举考试中，也不再"以格律绳天下士"，风气延至金末以致金朝为规范考试不得不罢免违制考官。据《金史·李复亨传》记载："（兴定）五年（1221）三月，廷试进士，复亨监试。进士卢元谬误，滥放及第。读卷官礼部尚书赵秉文、翰林待制崔禧、归德治中时戬、应奉翰林文字程嘉善当夺三官降职，复亨当夺两官。赵秉文尝请致仕，宣宗怜其老，降两阶，以礼部尚书致仕。"[1]所谓"谬误"，《金史·赵秉文传》云："又明年，知贡举，坐取进士卢亚重用韵，削两阶，因请致仕。"[2]其中"卢亚"乃《李复亨传》所说"卢元"之误[3]，而"重用韵"也不过是违背了科举考试应守的格律而已。这股在科举中不守格律，在科举外以"古学"为尚的风气对辞赋的影响是古赋创作的繁荣。赵秉文现存14篇赋，除《心静天地之鉴赋》是格律稍严的律赋以外，其他赋作大都是古赋。至于有赋作留存的元好问、李俊民、王若虚、杨宏道等人，也都以古赋见称。

但无论律赋，还是古赋，金朝都留存很少，仅有16家42篇，其中还有不少入元的作家作品。金赋留存极少，其原因大致如下：

（一）金朝从贞祐南渡（1214）至金亡（1234），与蒙元进行了二十年的拉锯战，文献大量散失。如魏初云："金国百有余年，以文章名家者，如党竹溪、王黄华、赵黄山，杨、赵二礼部，雷、李、王、麻诸公，不啻百数十人。其余为兵乱磨灭者，不可胜计。"[4]苏天爵亦云："金儒士蔡珪、郑子聃、翟永固、赵可、王庭筠、赵沨，皆有文集行世，兵后往往不存。"[5]

---

[1] [元]脱脱等：《金史》卷一百，中华书局，1975年版，第2218页。
[2] [元]脱脱等：《金史》卷一百十，中华书局，1975年版，第2427页。
[3] 参见王庆生《金代文学家年谱》，凤凰出版社，2005年版，第280页。
[4] [元]魏初：《遁斋先生诗集序》，见李修生主编《全元文》，江苏古籍出版社，1999年版，第8册，第449页。
[5] [元]苏天爵：《三史质疑》，见李修生主编《全元文》，凤凰出版社，2004年版，第40册，第452页。

（二）金亡以后，受后来元、明两朝轻视，文献再度散佚。张鹏《兰泉老人集序》云："金源有国百年，始尚武功，终务文治，大定、明昌间风雅辈出，凌南宋而上焉。惜经元、明两朝之嫉视，并其文字而轻蔑之。故名辈如蔡珪、郑子聃、翟永固、赵沨诸文集悉无所传。"①

（三）北人质朴，不喜刊刻扬名，文献保存相对艰难。《四库全书总目提要·御定全金诗提要》云："特北人质朴，性不近名，不似江左胜流，动刊梨枣。迨汝阳板荡，散佚遂多。"②虽说的是金诗，金赋同样适用。家藏稿本没有刊稿容易流传保存，如子孙不肖，更增加了散佚的概率。金亡前，蔡珪的文章就已散佚，所以"在南京时，李屏山尝云：'正甫文字全散失不传，以是知士大夫贵有良子弟也。'"③

（四）编集之时即已将律赋割爱。王若虚云："科举律赋不得预文章之数，虽工不足道也，而唐宋诸名公集往往有之。盖以编录者割爱不忍，因而附入，此适足为累而已。柳子厚《梦愈膏肓疾赋》虽非科举之作，亦当去之。"④持此观点者当不止王若虚一人。

（五）元好问作为金遗民，以保存故国文献自任，其《中州集》收集了金源一代的诗词，虽然在作家小传中对赋作情况多有介绍，如刘昂，"天资警悟，律赋自成一家，轻便巧丽，为场屋捷法"；刘中，"赋甚得楚辞句法"。（以上卷四）王特起，"长于辞赋"。（以上卷五）冯璧，"少日在太学，赋声籍甚"。（以上卷六）王琢，"所著《中圣人赋》，今世少有能到者"；王元节，"婿于南山翁，传其赋学，第进士"；景覃，"年十八有赋声"；周驰，"赋学出于泰山李时亨"；崔遵，"少日在太学，有赋声"；王万石，"住太学，有赋声"。（以上卷七）张介，"幼有赋声"；胡汲，"少有赋声"。（以上卷八）郝天挺，"少日有赋声"；曹用之，"幼有赋声，屡中甲乙"；邢安国，"少日有赋声"；马舜卿，"在太学，有赋声"；郑子聃，

---

① 张鹏：《兰泉老人集序》，见张建《兰泉老人集》卷首，关陇丛书本，陕西文献征辑处，1923年。

② [清]纪昀等：《钦定四库全书总目》，中华书局，1997年版，第2658页。

③ [金]刘祁：《归潜志》卷十《宋元笔记小说大观》，上海古籍出版社，2001年版，第5995页。

④ [金]王若虚：《文辨四》，见林明德编《金代文学批评资料汇编》，成文出版社，1979年版，第110页。

"少日有赋声，时辈莫与为敌"；曹珏，"早岁有赋声"；王升卿，"有赋声"。（以上卷九）……却没有收集赋作，或是因为："今人学词赋，以速售为功，六经百氏，分裂补缀，外或篇题句读之不知，幸而得之，且不免为庸人。"①科场律赋自有其不能传之久远的弊端。

二、前期赋钩沉与探析

金代辞赋从时间上分为前、中、后三个时期，这三个时期分别以贞元元年（1153）海陵王迁都燕京和贞祐二年（1214）宣宗迁都汴京为界，称为金源时期、燕京时期和汴京时期。现仅探析留存极少的前中期赋。

金朝以武得国，但很重视文治，太宗时立"选举之法"，取辽、宋之士，诏南北各因其素所习之业取士，号"南北选"。"南"指旧宋地，以经义取，"北"指原辽地，以词赋取。并且时有重北轻南、重词赋轻经义之举：

"粘罕（宗翰）密诚试官，不取中原人，故是岁止试词赋，不试经义。（胡）砺系被掳，以知制诰韩昉燕人也，用昉乡贯，故误取之。……是岁，胡砺之余，中原人一例黜之，故少年有作赋讥者，其略云：'草地就试，举场不公。北榜既出于外，南人不预其中。'"②

金熙宗时，随着金朝统治的不断深入，天眷元年（1138），诏"南北选"各以经义、词赋两科取士。第四代帝王海陵向往汉化，也重视辞赋考试，他曾亲自过问辞赋考题："御题'天赐勇智正万邦'，海陵谓侍臣：'汉高祖讳，不避之可乎？'乃改作'万国'"③，此事应发生在海陵即位初期："郑子聃，字纯夫，大定人。先于亮初僭时状元杨建中榜第三人及第，出《天锡勇智正万邦赋》"④。有时，出题的考官也因赋题得体而受到海陵的嘉奖："天德初……熊祥被诏为会试主文，以'事不避难，臣之职'

---

① [金]元好问：《郝先生墓铭》，见阎凤梧主编《全辽金文》，山西古籍出版社，2002年版，第3000页。
② [宋]宇文懋昭：《大金国志》卷七《太宗纪》，中华书局，1986年版，第115页。
③ [金]元好问：《中州集》卷九"郑内翰子聃"注，见阎凤梧主编《全辽金文》，山西古籍出版社，2002年版，第3435页。
④ [宋]徐梦莘：《三朝北盟会编》卷二四五，大化书局，1977年版，第509页。

为赋题；及御试，熊祥复以'赏罚之令，信如四时'为赋题，海陵大喜，以为翰林侍读学士。"①

此期献赋比较盛行，赋题往往与当时君主的活动或时政相联系，如"熙宗猎于海岛，三日之间，亲射五虎获之，（完颜）勖献《东狩射虎赋》，上悦，赐以佩刀、玉带、良马。"②又如祝简，北宋末进士，徽宗政和七年（1117）任沲州教官。入金后，初任州倅。仕齐为奉朝郎、太常博士兼直史馆。据《大金国志·齐国刘豫录》记载："（齐）阜昌三年（金天会十年，1132），太常博士祝简进《迁都赋》，又进《国马赋》。"③《迁都赋》仅存残句："炎祚熸，生辟王。用阉婴，锢忠良。"④不知其详。《国马赋》保存较为完整：

> 蠢尔蛮荆，弗宾弗降。固将突骑长驱，不资一苇之杭。撒烈飞渡，如历九轨而履康庄，岂惟观兵长淮，饮马大江而止哉！盖将穷丹穴、越岭徼，车书混祝融之区，声教变卉服之岛。东南一尉，罔不率俾，四海闻盛德而皆来臣，万物被润泽而大丰美。归马放牛，戢戈橐矢。天子垂衣裳，庶民安田里。

赋主要通过对国马"突骑长驱""撒烈飞渡"的期盼中，希望金朝能够"车书混一""垂衣而治"，使"四海来臣""万物丰美"。刘豫览后大为称赏："文赋非治天下所宜尚，然自前朝失理，上恬下嬉，怠意监牧。国家创业，力为生灵主除祸乱，以养马为急务，尤恐官吏军民，多狃于旧俗，未知尽心于牧圉刍秣之道。此赋极陈马之为用，使读之者知此为至重而不可忽，实有补于马政。祝简可减二年磨勘，以示无言不酬。"⑤

至于科举考试的赋题，现可考者如下：

太宗朝：天会十年（1132）赋题：《好生德洽民不犯上赋》⑥；

---

① [元]脱脱等：《金史》卷一百五《任熊祥传》，中华书局，1975年版，第2310页。
② [元]脱脱等：《金史》卷六十六《始祖以下诸子传》，中华书局，1975年版，第1559页。
③ [宋]宇文懋昭：《大金国志》卷三十一，中华书局，1986年版，第436页。
④ [宋]杨尧弼：《伪齐录》卷上，独立出版社，1944年版，第4页。
⑤ [金]刘豫：《览祝简〈国马赋〉批文》，见阎凤梧主编《全辽金文》，山西古籍出版社，2002年版，第1184页。
⑥ "胡砺……状元及第，是年出《好生德洽民不犯上赋》。"（[宋]徐梦莘：《三朝北盟会编》卷二四五，大化书局，1977年版，第509页）"胡砺……（天会）十年，举进士第一。"（[元]脱脱等：《金史》卷一二五《文艺传》，中华书局，1975年版，第2721页。）

熙宗朝：天眷二年（1139）赋题：《君子能进（尽）人之情赋》①，

　　　　皇统二年（1142）赋题：《日月得天能久照赋》②，

　　　　皇统九年（1149）赋题：《文以足言行而远赋》③，

《人（仁）为道远行莫能致赋》（年份待考）④；

海陵朝：天德二年（1150）：《事不避难臣之职赋》《赏罚之令信如四时赋》⑤，

　　　　天德三年（1151）：《天赐勇智正万邦赋》⑥，

　　　　天德四年（1152）：《一日获熊三十六赋》⑦。

这些科考赋，仅《一日获熊三十六赋》存由宋入金的施宜生赋作残句："圣天子内敷文德，外扬武功，云屯一百万骑，日射三十六熊。"⑧其他俱已

---

① "石琚……亶朝状元及第，是年出《君子能进（尽）人之情赋》"（［宋］徐梦莘：《三朝北盟会编》卷二四五，大化书局，1977年版，第508页）"石琚……天眷二年，中进士第一。"（［元］脱脱等：《金史》卷八八《石琚传》，中华书局，1975年版，第1959页）

② "刘仲渊……亶朝状元及第，是年出《日月得天能久照赋》"（［宋］徐梦莘：《三朝北盟会编》卷二四五，大化书局，1977年版，第510页）"杨伯雄，咸平府人，状元刘仲渊榜及第。"（徐梦莘《三朝北盟会编》卷二四五，大化书局，1977年版，第510页）"（杨）伯雄登皇统二年进士"（［元］脱脱等：《金史》卷一百五《杨伯雄传》，中华书局，1975年版，第2317页）

③ "王彦潜，河间人。亶时状元及第，是年出《文以足言行而远赋》"（［宋］徐梦莘：《三朝北盟会编》卷二四五，大化书局，1977年版，第510页）"杨伯仁，伯雄之弟，状元王彦潜榜别试及第。"（［宋］徐梦莘：《三朝北盟会编》卷二四五，大化书局，1977年版，第510页）"杨伯仁……登皇统九年进士第。"（《金史》卷一二五《文艺传》，中华书局，1975年版，第2723页）

④ "孙用康……亶时状元及第，是年出《人（仁）为道远行莫能致赋》。"（［宋］徐梦莘：《三朝北盟会编》卷二四五，大化书局，1977年版，第510页）

⑤ 《金史·任熊祥传》说任熊祥为会试、御试出题是"天德初"，熙宗皇统九年十二月乙未方改元天德，天德元年为时甚短，开科时间当为天德二年。

⑥ "郑子聃……于亮初僭时状元杨建中榜第三人及第，出《天锡勇智正万邦赋》"（［宋］徐梦莘：《三朝北盟会编》卷二四五，大化书局，1977年版，第509页）"郑子聃……天德三年……中第一甲第三人。"（［元］脱脱等：《金史》卷一二五《文艺传》，中华书局，1975年版，第2725页）

⑦ "施宜生……试《一日获熊三十六赋》，擢第一。"（［元］脱脱等：《金史》卷七九《施宜生传》，中华书局，1975年版，第1787页）"逆亮时有意南牧，校猎国中，一日而获熊三十六，廷试多士，遂以命题，盖用唐体。"（［宋］岳珂：《桯史》卷一，《宋元笔记小说大观》，上海古籍出版社，2001年版，第4339页）既"有意南牧"，而天德五年二月，海陵"自中京如燕京"，三月"以迁都诏中外。改元贞元"（［元］脱脱等：《金史》卷五《海陵纪》，中华书局，1975年版，第100页），开科只能在天德四年。

⑧ ［宋］陈鹄：《耆旧续闻》卷六，四库全书本第1039册，上海古籍出版社，2003年版，第616页。

散佚，从题目来看，反映了女真民族的尚武精神和金朝向往汉族文治，并期望一统天下的情况。

此期存有一些非文学赋，如丁暐仁《释迦成道赋》、何若愚《流注指微针赋》，体裁上都是律赋，前者是佛教赋，后者是医学赋，反映了律赋向非文学领域的渗透。

丁暐仁由辽入金，冲澹寡欲，读书之外无他好，辽季避难，虽间关道涂，未尝释卷。金熙宗皇统二年（1142）进士，累迁陕西西路转运使。其《释迦成道赋》作于天德二年（1150），主要写释迦牟尼抛弃富贵、"修六年而得道"的事，全赋以"随步图相，明灭闻迹"为韵，四平四仄，相间而行，读之铿锵可听①。

何若愚生平不详，据阎明广《流注指微针赋序》："近有南唐（地名）何公，务法上古，撰《指微论》三卷……又近于贞元癸酉（贞元元年，1153）年间，收何公所作《指微针赋》一道"②，何若愚或由宋入金，《流注指微针赋》应作于贞元元年之前。金朝灭辽侵宋，干戈扰攘，人命微贱，疾疫流行，针灸由于快捷的治疗效果为世青睐。何若愚此赋主要讨论针灸的取穴之法、"迅效"及禁忌等，借助声律的易记易诵传播针灸之法。

三、中期赋钩沉与探析

贞元元年（1153），海陵王把都城从上京迁往燕京，而他在天德三年（1151）下诏实行的"并南北选为一，罢经义、策试两科，专以词赋取士"③的政策，也因此得以正式实施④。此期的几代帝王也都重视科举，鼓励作赋。比如海陵王，他不但增设殿试，逐渐完善了乡、府、省、御四级考试制度，还把三年一科制确定下来⑤。到了世宗、章宗，又不断扩大进士名额，为了满足

---

① 詹杭伦：《王勃〈释迦佛赋〉乃丁暐仁作考》，《文学遗产》，2006年第1期。
② 阎凤梧主编：《全辽金文》，山西古籍出版社，2002年版，第1422页。
③ [宋]脱脱等：《金史》卷五十一《选举志》，中华书局，1975年版，第1135页。
④ 李玉年：《金代科举沿革初探》，《东南文化》，1998年第1期。
⑤ "海陵庶人天德二年，始增殿试之制，而更定试期……正隆元年……始定为三年一辟。"（[宋]脱脱等：《金史》卷五一《选举志》，中华书局，1975年版，第1134页）

举子应试需要，章宗还增设府试点，由原来的六处增至为九处①。科举的刺激使此期赋家赋作大盛。

先说献赋和科举试赋。此期献赋之风不衰，如"徒单镒，本名按出……（大定）十三年（1173）……献《汉光武中兴赋》，世宗大悦曰：'不设此科，安得此人。'"②科举试赋在正隆元年（1156）以前，无论出题官，还是考生，都喜欢揣摩、迎合帝意，并曾因此受到责罚，如贞元二年（1154）会试"尊祖配天赋"：

> 翟永固，字仲坚，中都良乡人……考试贞元二年进士，出"尊祖配天"赋题。海陵以为猜度己意，召永固问曰："赋题不称朕意。我祖在位时祭天拜乎？"对曰："拜。"海陵曰："岂有生则致拜，死而同体配食者乎？"对曰："古有之，载在典礼。"海陵曰："若桀、纣曾行，亦欲我行之乎？"于是永固、张景仁皆杖二十。而进士张汝霖赋第八韵，有曰"方今，将行郊祀"，海陵诘之曰："汝安知我郊祀乎？"亦杖之三十。③

即便是同年（1154）的殿试赋题《王业艰难赋》④也不无揣摩帝意的成分在。为了改变这种状况，海陵王正隆元年（1156）"命以五经、三史正文内出题"⑤，这种情况才有所收敛，赋题渐渐走向规范化。现将正隆元年之后可考赋题列出，以见一斑：

海陵王：正隆二年（1157），殿试赋题《不贵异物民乃足赋》⑥；

世宗：大定三年（1163），开封解试赋题《建官惟贤天下治赋》，河南府试赋题《立正（政）惟人不惟官赋》，会试赋题《夙夜求贤务在官（安）民

---

① "章宗明昌元年……府试旧六处，中有地远者，命特添三处。"（[宋]脱脱等：《金史》卷五一《选举志》，中华书局，1975年版，第1136页）

② [宋]脱脱等：《金史》卷九十九《徒单镒传》，中华书局，1975年版，第2185页。

③ [宋]脱脱等：《金史》卷八十九《翟永固传》，中华书局，1975年版，第1975页。

④ "赵内翰可……贞元二年进士"。（[金]元好问：《中州集》卷二，见阎凤梧主编《全辽金文》，山西古籍出版社，2002年版，第3332页）"赵翰林可献之少时赴举，及御帘试《王业艰难赋》。"（[金]刘祁：《归潜志》卷十《宋元笔记小说大观》，上海古籍出版社，2001年版，第5994页）。

⑤ [宋]脱脱等：《金史》卷五一《选举志》，中华书局，1975年版，第1135页。

⑥ "正隆二年会试毕，……七月癸未，海陵御宝昌门临轩观试，以'不贵异物民乃足'为赋题。"（[宋]脱脱等：《金史》卷一二五《文艺传》，中华书局，1975年版，第2725页）

赋》,殿试赋题《智临则臣民农夫服赋》①;

大定十九年(1179),殿试赋题《易无体赋》②;

章宗:明昌元年(1190),童子召试《凤凰来仪赋》③;

泰和六年(1206),殿试赋题《日合天统赋》④;

卫绍王:大安(1209—1211)初,平阳府试赋题《圣人有金城赋》,会试赋题《俭德化民家给之本赋》,殿试赋题《获承修德不遑康宁赋》⑤;

崇庆二年(1213),御试赋题《臣作股肱弼予违赋》⑥。

不过,与历代科举之文相似,金赋的成就并不在科场之内。赋家们在科场之外对社会人生有了深入体验所写的有为之作,才足以代表金赋的成就。他们根据自己的学问喜好以及当时情境,或说理记事,或咏物抒情,写下众多"气质浑厚,学问深博,犹可观"⑦的赋作,比如杨云翼的《左氏赋》《庄赋》《列赋》《悬象赋》,李纯甫的《矮柏赋》,王琢的《中圣人赋》,周驰的《亚父撞玉斗赋》,王郁的《伤鲁麟赋》《导怀赋》,王庭筠的《文殊院斫琴飞来积雪赋》,

---

① "孟内翰宗献……大定三年,乡府省御四试皆第一。"([金]元好问:《中州集》卷九,见阎凤梧主编《全辽金文》,山西古籍出版社,2002年版,第3436页)"孟宗献,字友之,开封人。葛王初立时四元及第。解试《建官惟贤天下治赋》,府试《立正(政)惟人不惟官赋》,省试《凤夜求贤务在官(安)民赋》,殿试《智临则臣民农夫服赋》。"([宋]徐梦莘:《三朝北盟会编》卷二四五,大化书局,1977年版,第510页)

② "(李楫)俄登大定十九年词赋进士第,其登第时,御题《易无体》。"([金]元好问:《沁州刺史李君神道碑》,见李修生主编《全元文》第1册,江苏古籍出版社,1999年版,第452页)"张华子野《易无体》榜廷试后……"([金]元好问:《续夷坚志》卷四"张子野吉征",见《笔记小说大观》第10册,广陵古籍刻印社,1983年版,第263页)

③ "明昌元年,益都府申:'童子刘住儿年十一岁……'上召至内殿,试《凤凰来仪赋》"。([宋]脱脱等:《金史》卷五一《选举志》,中华书局,1975年版,第1149页)

④ 杨奂:《跋赵太常拟试赋稿后》:"泰和丙寅春三月二十五日,万宁宫试贡士……上躬命赋题曰:'日合天统'。"(李修生主编《全元文》第1册,江苏古籍出版社,1999年版,第131页)

⑤ "大安初,高子约、耿君嗣、阎子秀、王子正考试平阳……当举府题'圣人有金城',解魁宋可封,泽州。省(题)'俭德化民,家给之本',省魁孙当时。御题'获承修德,不遑康宁',状元王纲,平阳。"([宋]元好问:《续夷坚志》卷四"平阳贡院鹤",《笔记小说大观》,广陵古籍刻印社第10册,1983年版,第261页)

⑥ "(张)君冕崇庆二年赴帝试。……即批云:'《臣作股肱弼予违赋》"。([金]元好问:见《续夷坚志》卷三"黄真人",《笔记小说大观》第10册,广陵古籍刻印社,1983年版,第250页)

⑦ [宋]刘祁:《归潜志》卷九《宋元笔记小说大观》,上海古籍出版社,2001年版,第5980页。

刘从益的《友直赋》，麻知己的《竹瘿冠赋》等①，虽仅存题目，但从创作背景与题目含义，可知比科举试赋内容充实。此期有赋作留存的仅有王寂、申良佐、张建、张行简、赵秉文等人，赵秉文南渡前即负文名，南渡后声望更隆，是身跨中、后两期的文坛泰斗，他存世的14篇赋有部分作于南渡之前。虽然此期留存赋作不多，但都属于科场外的有为之作，并不影响对金赋成就的定位。

张行简的《人伦大统赋》属于律赋，他是大定十九年（1179）状元，精于天文术数之学，《人伦大统赋》被收在《四库全书·子部·术数类》，属于"命书相书之属"，元薛延年为之注。张行简曾知贡举，对科考律赋的格律要求相当严格。刘祁云："金朝律赋之弊不可言。大定间诸公所作，气质浑厚，学问深博，犹可观。其后，张承旨行简知贡举，惟以格律痛绳之，洗垢求瘢苛甚，其一时士子趋学，模题画影，至不成语言，以是有'甘泉''甜水'之谕，文风浸衰。"②看来，张行简"以格律痛绳之"，对于规范考试来说自有其进步意义，但由于"士子趋学，模题画影"，却造成了"文风浸衰"。不过其自作则词义明简、条目疏畅，并不因为重视格律而稍减艺术效果。此赋先总论骨相与"人伦"的关系云：

> 贵贱定于骨法，忧喜见于形容，悔吝生于动作之始，成败在于决断之中。气清骨羸，虽才高而不久；神强骨壮，保遐算以无穷。颜如冠玉，声若撞钟。四渎须宜深且阔，五岳必要穹与隆。五官欲其明而正，六府欲其实而充。一官成十年显贵，一府就十载富盈。房玄龄龙目凤睛，三台位列；班仲昇燕颔虎颈，万里侯封。英眸兮掣电，豪气兮吐虹。若赋性粗恶祸必及，如修德惕厉禄永终。上长下段兮，万里之云霄腾翼；下长上短兮，一身之踪迹飘蓬。惟人禀阴阳之和、肖天地之状：足方兮象地于下，头圆兮似天为上；音声比雷霆之远震，眼目如日月之相望；鼻额若山岳之笋，血脉如江河之漾；毛发兮草木之秀，骨节兮金石之壮。

然后依次从"额""眉""目睛""耳""鼻""人中""口""牙齿""舌""项""背""指""腕""胸""腹""脐""足""身""声音"

---

① 参见拙文《辽金元赋存目及残句考》，《民族文学研究》，2011年第4期，第53页。
② [金]刘祁：《归潜志》卷九《宋元笔记小说大观》，上海古籍出版社，2001年版，第5980页。

等各个方面论述长相与"人伦"的关系,最后以察颜观相收束全文。《四库全书总目提要·人伦大统赋》云:"其书专言相法,词义颇为明简。延年序谓其提纲挈领,不下三二千言,囊括相术殆尽,条目疏畅而有节,良非虚誉。"[1]

王寂、申良佐、张建等人的赋则是古赋。从他们的赋作可以看出,此期的古赋有两种倾向,一是祖骚,一是宗宋。申良佐与张建的赋有祖骚的倾向,申良佐《兴学赋》作于大定十七年(1177),主要反映金朝文治的鼎盛。赋由上党一郡的学校由废而兴谈起,不仅歌颂了乔侯"兴学之勤意",也表达了"乐遇明时"的欣喜之情,赋首云:

吾闻三代之道兮,立庠序建首善于京师。至于乡里有教兮,将令俗易而风移。使四方皆从其化兮,足以立太平之基。

张建存赋二篇,《石字坡赋》仅存佚文,《反招隐赋》作于大定十五年(1175)。李庭说张建"无何,与有司不合,乃结庐北山兰泉之上,日以诗酒自娱,隐约林丘者殆二十年。"[2]《反招隐赋》即为作者"隐约林丘"时所作,赋以"山中酒熟,独酌不忍",以招北山翁为缘起,表达"尘中之人归来"的思想。赋首云:

北有山兮如鸾之翔,山有泉兮如兰之香。山中之人兮与世相忘,茹山之秀色兮吸泉之冷光。瀹精华兮内溢,炫神采兮外扬。艳星月于眉宇,皎风露于肝肠。俟千岁而轻举,将乘彼白云兮游乎帝乡者也。

金朝接续的是北宋的文学传统,北宋灭亡前后,"声律盛行,《赋格》《赋范》《赋选》,粹、辩、论、体、格,其书甚众。至于古赋之学,既非上所好,又非下所习,人鲜为之。就使或为,多出于闲居暇日,以翰墨娱戏者。或恶近律之俳,则遂趋于文;或恶有韵之文,则又杂于俳。二体衮杂,迄无定向。"[3]影响到金初的古赋亦是或"趋于文",或"杂于俳",比如前述祝简的《国马赋》就"杂于俳"。金朝中期律赋大盛,但古赋也存在这两种倾向,赵秉文在南渡前的古赋多属于第一种,而王寂则属于第二种。

赵秉文被誉为"金源一代一坡仙"[4],多有拟苏轼之文,其《游悬泉赋》

---

[1] [清]永瑢、纪昀等:《钦定四库全书总目》,中华书局,1997年版,第1443页。
[2] [金]李庭:《兰泉先生文集序》,见李修生主编《全元文》第2册,江苏古籍出版社,1999年版,第120页。
[3] [唐]祝尧:《古赋辩体》卷八"宋体",见王冠辑《赋话广聚》第2册,北京图书馆出版社,2006年版,第422页。
[4] [金]郝经:《陵川集》卷十《闲闲画像》,见《四库全书》第1192册,上海古籍出版社,2003年版,第105页。

作于南渡前（1210），是一篇由游览山水感悟哲理的文赋，其构思与措辞甚似苏轼的《前赤壁赋》，如：

> 庚午之岁（1210），九月既望，赵子与客游于承天之废关，置酒乎妫女祠之侧。千山暮苍，素月如拭。形与影嬉，谷响互答。一谈一笑，超然自得。……于是刳蛇腹之枝以为琴，竅凤膺之管以为笛。诵王摩诘韦苏州之诗，所以侑此觞而永今夕。少焉，动乎动，息乎息，鸣乎鸣，嘿乎嘿。入吾耳者浏以清，历吾目者森以屹。

王寂，天德三年（1151）进士，"大定、明昌文苑之冠"[1]。大定二十六年（1186），王寂在户部侍郎任上曾以救灾不力被贬蔡州，三年以后又远谪辽东，因而后期作品充满了去国怀乡的愁思和遭谗被疏的抑郁不平之气。其《岩蔓聚奇赋》即作于后期，赋写岩藤上长有臃肿之高节，不为匠石所重，却因其天然外隆中空之状，被好事者镂为酒杯，又被作者赏识，有了托身之处。作者借此表达"不凡""不俗"而又自然自适的人生理想。艺术上文笔矫健而有风神，是一篇难得的佳作。

因受赋风与宗教的影响，这一时期出现了一批非文学化的佛教赋，如万松行秀《糠禅赋》、赵君瑞《头陀赋》、元德明《弥勒下生赋》等，这些赋虽不能与金朝前中期赋学成就之双翼即科举赋与文人赋相比，但作赋史的一段插页，也是值得重视与探讨的。随着金朝科举考赋制度的式微，以元好问为代表的文人赋于金源后期因时代风云变幻之崛起，往往掩压了前中期的赋学成就，这是历史的趋势，也是历史的误会。

（本文发表于《南京大学学报》2011年第3期）

牛海蓉，1974年生，2004年毕业于陕西师范大学文学院，文学博士，师从霍有明教授，现为湖南大学文学院教授。

---

[1] [清]英和：《金文最序》，见张金吾主编《金文最》卷首，中华书局，1990年版，第2页。

近年来宋代笔记研究述评

郑继猛

内容摘要：宋代笔记是宋代文学的一个重要组成部分。近年来对宋代笔记研究的一些热点问题，如"笔记"概念的界定、"笔记"文献的整理、"笔记"的综合研究、"笔记"个案研究等方面的研究都有了一些发展。本篇文章对此现状做了归纳述评，并指出未来宋代笔记的研究趋向，以期对笔记研究作一阶段性的概括和总结。

关键词：宋代笔记；笔记文；笔记小说；研究视角

笔记是历来较少受到关注的一种特殊的文体和文学现象。尽管笔记形式存在已久，但把笔记作为一种独立文体命名则始于宋代。北宋文人宋祁首次将其旨在杂录各种琐闻趣事的书，命名为《宋景文笔记》。两宋时期是中国笔记发展最为鼎盛的时期。一是笔记作者队伍广大，大量文人、学者、官吏以及一般士人参与笔记的写作；二是写作的作品多，大约500多种[1]；三是笔记种类齐全，诸如读书笔记、城市笔记、杂记、杂录、闲话、录话、诗话、文话等，举凡带有随笔杂记，有关生活、学习、社会、世风、士风、掌故、风土、物产、谱录、演艺以及迁徙、贬谪等一切人的活动都在笔记里有记载和反映。

宋代笔记研究自20世纪50年代起，开始受到学界重视。目前学界大致从四个方面推进了宋代笔记研究。

---

[1] 上海师范大学古籍所：《全宋笔记》大象出版社，2003版。本书中收录有500多种。

一、关于"笔记"与"笔记小说"的争论

笔记作为一种特殊的文学现象,传统目录学没有具体的分类,而是按照所包的具体内容分归于不同的部类,如《四库全书》将有些笔记划归于史部,有些笔记划归于子部。在同一部里又归入不同的小类。其他的书目分类亦混乱不清。这就给当代研究者提出一个问题,关于"笔记"概念的内涵界定,"笔记"与"笔记小说"之间到底为何关系?学界关于笔记概念讨论可分为三个阶段。

第一阶段是"笔记"与"笔记小说"起源独立说。学界可分为两种主要倾向。一是从"笔记"词源分析开始;一是自"小说"一词开始。结论也是两种,一是形成了"笔记文"这一大类;一是将"笔记"和"小说"结合定义为"笔记小说"。

张惠仁《历代笔记文初探》中将"笔记"定义分为广义和狭义两种。"广义的笔记文,实际上指的是'笔记文学',它以古小说、传奇、志怪、列异类为主(故古人称笔记文学为笔记小说……),辅之以历史故事、野史、稗史、轶事、琐闻等,另外,也不排斥丛著、辨证、杂考,但地位并不重要。狭义的笔记文,向被认为是狭义散文中的一种,故称为'笔记小品'。它不排斥一定数量的、以小品形式出现的故事和幽怪之谈。"其广义笔记定义更合乎笔记文学包罗万象的实际。而狭义定义则含糊不清,"笔记""小品""小说"根本界线不明。

刘叶秋《历代笔记概述》指出给"笔记"的定义的困难:"什么叫笔记,笔记有什么特点,哪些作品可以算是笔记等等,恐怕见仁见智,看法不同,未必能得出一致的结论。"因此他认为"笔记的特点,以内容论,主要在于'杂':不拘内容,有闻必录;以形式论,主要在于'散':长长短短,记叙随宜。据此,他将笔记分为三类:小说故事类笔记;历史琐闻类笔记;考据辩证类笔记。从分类中可以看出,笔记小说只是笔记的一个小类,从属于笔记。

郑宪春《中国笔记文史》探索了笔记文的起源,他认为笔记的源头有二:一是"传说中的三坟五典、九丘八索。舍左、右史无以成文。这大致是最初的随笔,是为中国笔记的源头之一"。二是先秦诸子散文,这些散文"也基本属于'札记'之类,粗具中国笔记的基本特征,从而,这批诸子散文构成了中国

笔记文的源头之一"。作者最后解释连个来源的成立理由："言笔记源于先秦历史散文，是指笔记文中的野史笔记从中继承了文直事核，不虚美，不隐恶，秉笔直书的传统，许多笔记所具备的'春秋笔法'及其保存的史料价值，弥补了正史的缺陷和不足。言笔记源于语录体的诸子散文，是指笔记的自然朴实核短小精炼，与先秦语录体诸子散文的随笔记录实出一辙。"因此，郑宪春归纳出笔记的三个特色：随心所欲，随事记录；包罗万象，形散神凝；质朴自然，意趣横生。

这三家基本的界定就是笔记是一种独立的文体，笔记小说只是笔记其中的一个小类。

与上述意见相对的是苗壮《笔记小说史》，其中探讨"笔记"文体形成的过程：

> 笔记之称，始于六朝。《南齐书·丘巨源传》说："笔记贱伎，非杀活所待；开劝小说，非否判所寄。"所称"笔记"、"小说"，均非文体。"笔记"指执笔记录，掌文书之事；"小说"指非庄重、正式的言谈。王僧儒《任府君传》中"辞赋极其清深，笔记尤尽典实"，《文心雕龙·才略》中"温太真之笔记，循理而清通"，所说的"笔记"，则是指所记录的文字。从语义学考察，"笔"不只是书写工具，又有书写、记载和散文的意思。《释名》曰："笔，述也，述事而书之也。"六朝时，论文者往往"文""笔"对称。"文"指注重词藻、讲求声韵对偶的文章，"笔"指随意记录的散行文字。如《文心雕龙·总术》称："今之常言，有文有笔，以为无韵者笔也，有韵者文也。"后来便把信手拈来，随笔记录，不拘体例的杂记见闻、心得体会等统称为笔记。宋代的宋祁著《笔记》一书，分为释俗、考订、杂说三卷，开始以"笔记"作为书名。笔记小说称"笔记"者，则有题名苏轼的《仇池笔记》、纪昀的《阅微草堂笔记》等。与之相类的称呼，则有随笔、笔谈、笔丛、谈丛、丛说、漫录等、在传统目录学中，并没有"笔记"一体，各类笔记多归于小说家和杂家。

苗壮强调笔记小说的起源，从其对"随笔、笔谈、谈丛、漫录"等列举和对传统目录学分类的认同看出，他认定没有独立的笔记文体，"笔记小说"是一大类,包含其他的"笔记"。

第二阶段以宋代笔记研究者张晖为代表。他在《宋代笔记研究》考察宋笔记名称起源之后,认为"宋笔记名实相符","可见笔记一词至宋已与现代含义大致相同"。但作者没有作严格逻辑论证,只是凭借感悟式的"这些书都是现代概念的笔记",就下了结论,显然缺少必要的说服力。同时他特别辨析了"笔记"与"笔记小说"的关系,认为"笔记"和"笔记小说"是并列而有互相交叉的独立文体[①]。这说明他也注意到了"笔记"概念界定的问题。

韩进廉《中国小说美学史》认为小说源头和"笔记"的源头一致,均起源于诸子散文和历史散文。不同的是它梳理了"小说"一词的语意学根源,从而确定了"小说"独立于"笔记"之外的特性。因此"笔记"和"小说"不是从属关系,而有并列、交叉的一个独立文学样式[②]。这一点和张晖的看法一致。

第三阶段"笔记"专类概念的提出。马月华在《笔记文献的史料价值及笔记文献信息开发》呼吁,要"还笔记以科学的本来面目及其在目录学上的应有地位与名分。……根据笔记文献内容杂、无一定体例的特点,本人认为把笔记硬性归入任何专门的学科都勉为其难,只有在综合参考大类中设立'笔记'专类才是科学的、符合客观实际的"。傅璇琮在《全宋笔记》序中指出未来"笔记"研究的思路:"应当把笔记的系统研究提到日程上来。当前笔记研究,可以考虑的,一是将笔记的分类如何从传统的框架走向现代化的梳理,二是如何建立科学体系,加强学科意识,把笔记作为相对独立的门类经行研究。"陶敏、刘再华《"笔记小说"与笔记研究》分析说:"尽管'笔记'与'小说'有亲缘关系,但目录学的'小说'毕竟是纯文学观念尚未建立,文体研究尚不发达的时代产物,不是文体分类的概念,今天不必要也不应该继续用'笔记小说'老指称全部笔记。至于介乎笔记与小说之间的作品,不妨仍称之为'笔记小说',但应该严格限定为'笔记体小说',即用笔记形式创作的小说,或被编于笔记中的小说。那些具有较强叙事成分的笔记,作者原是忠实地记录见闻,意在传信,纵涉怪异,也不加虚构、夸饰和渲染,并非'有意为小说',循名责实,仍当称之为笔记。"最后他们建议将"笔记":"当有两层含义,即作为著述体式的笔记和作为文体的笔记。为了区别起见,后者不妨称之为笔

---

① 张晖,《宋代笔记研究》,华中师范大学出版社,1993年版,第2—5页、第28页。
② 韩进廉,《中国小说美学史》,河北大学出版社,2004年版,第2—28页。

记文。"

上述是当前学界对"笔记"名实研究做出的积极探索。其探索也取得了显著的成绩,这就是做了大量的文献整理工作。

二、宋代笔记文献的整理出版

笔记文献的整理也呈现出与笔记概念相一致的趋势。上个世纪80年代起,一方面以"笔记小说"理念为核心整理出版宋代笔记,强调宋代笔记的故事情节、人物形象、和虚构等因素;一方面是强调宋代笔记"史料"特点,整理出版了大量史料性、纪实性的笔记。进入本世纪,以"笔记专类"为核心,开始全面整理出版宋代笔记,成果就是《全宋笔记》。同时出现了高质量的单部笔记点校本。从中看出学界对宋代笔记的研究热情。

首先是以笔记小说为核心整理出版的文献。江苏广陵古籍刻印社刻印1983年出版了《历代笔记小说大观》,该丛书被认为有很多不足,"癸亥之岁,《笔记小说大观》重印问世,但仍有不少流传较广、脍炙人口之名篇佳作,未被收入,令人有遗珠之憾。"1995年河北教育出版社影印出版了周光培辑成的《历代笔记小说集成》,其中《宋代笔记小说》收录宋代笔记共一百八十八种。可惜这仅是一本简单的资料辑成,优缺点并存,缺点一是:首先是笔记收集编排没有按照时间顺序,编辑显得杂乱,如《宋代笔记小说》第一册收录的第一本笔记为《靖康纪闻》(一卷·拾遗一卷),第二本本笔记为《丁晋公谈录》(一卷·拾遗一卷),明显没有按照宋代笔记生成的时间先后编次。二是为原板影印,没有校勘、标点,因此全书字迹不清,很多处模糊不清,给阅读者和使用者带来很多不便。其优点则是保持了原有古籍的风貌,为研究者提供了随手可得的第一手资料,同时也反映了自20世纪80年代以来,笔记研究初始之时的状况。

中华书局将一部分史料性强的笔记作为史料出版,重点排除其中虚构性、荒诞性的小说因素,陆续出版了《唐宋史料笔记丛刊》。这是一套经过点校的笔记单行本,为读者和研究者提供了很多的方便。上海古籍出版载1999—2005年分批出版了《历代笔记小说大观》,其中2001年出版了《宋元笔记大观》,收录宋代笔记69种,这套丛书收录笔记改变了周光培简单收集集成的做法,对所收入的宋元笔记按照作者年代编辑,并在每一种笔记前编写了校点说明,包括:作者简介,内容介绍,点校依据版本等。这位读者提供了更多的方便。

其次是突出"史料性"的特点。为满足读者研究宋代历史的需要,出版社将一部分笔记作为史料出版,特别排除其中的虚构性、荒诞性的小说因素。如中华书局陆续出版了《唐宋史料笔记丛刊》,这是一套经过点校的笔记单行本,为读者和研究者提供了更多的方便。

最后是2003年由上海师范大学古籍所整理,大象出版社出版的《全宋笔记》,计划出版囊括全部宋代笔记500部。这是一全新的笔记概念编辑整理的宋代笔记,有意淡化"笔记"与"笔记小说"概念区别,是宋代笔记文献整理和笔记文体研究成果的综合体现。

普及型的笔记整理也有高质量的系列。如中华书局出版的《中华经典随笔》,其中收录宋代笔记三种:《武林旧事》《容斋随笔》《东坡志林》。这个系列的笔记整理,优点非常明显,注释简洁,图文并茂,点评精到,吸收了当前学界最新的研究成果。

单部笔记文献出版整理成绩最引人瞩目的是伊永文耗时二十年做的《东京梦华录笺注》。该书既吸收了国内外学者的研究成果,如邓之城注本和日本京都大学注本,以及美国学者奚如谷的成果[①],又有作者自己多年潜心研究的心得。这是近年来宋代笔记研究最前沿的成就,将为其他笔记文本研究、校注提供有力的资料支持和文本解读便利。傅璇琮先生评价该书"不局限于传统的校注体例,而以较开阔的学术视野,多角度多层面地运用各种文史资料,在充分吸收已有成果的基础上,进行跨学科的综合性的学术探索"。由于该书的成就,"必将促进中外学者对中华传统文化的交流。"

三、宋代笔记的综合研究

宋代笔记综合研究分为笔记史研究和笔记文献的综合利用研究两大类。宋代笔记史类研究分为两种,一是笔记通史类,将宋代笔记作为笔记历史中的一部分,其特点是重视宋代笔记在笔记历史发展中的地位、流变等;一是宋代笔

---

① 伊永文:《东京梦华录笺注》,中华书局,2006年版,第4页。

记断代史，强调宋代笔记自身的发展演变过程。笔记文献综合利用主要针对宋代笔记历史文献价值。主要是历史学、音乐学、旅游学等学者利用笔记文献作为各自专业研究宋代的史料而利用。综合利用表现出来的现象就是对宋代笔记的文学性研究微乎其微，仅仅是文学史里单薄简单的评价而已。[1]

刘叶秋的《历代笔记概述》是较早出版的一本关于"笔记""笔记小说"的"史类"综合性研究。1980年作者简析了"笔记的含义和类型""笔记得渊源和名称"，实为笔记研究的开山之作。其中将宋代笔记划分为三类：小说故事类、历史琐闻类、考据辩证类[2]。作者在各小类里分别选择的代表性强的笔记作为典型，起到提纲挈领的示范作用。小说故事类以《稽神录》《夷坚志》为例；历史琐闻类以《涑水纪闻》《归田录》为代表；考据辩证类选取《梦溪笔谈》《容斋随笔》《困学记闻》为例等。体现了概述的特色。

20世纪90年代以来，陆续出版了吴礼泉《中国笔记小说史》（台湾商务印书馆，1993年3月）、陈文新的《中国笔记小说史》、苗壮的《笔记小说史》等，其中吴礼泉的笔记特别重视"笔记"历史的发展演变过程，因此他将宋代笔记分为四类：志怪派笔记；杂俎派笔记；国史派笔记；宋代之笔记小说总集，[3]这样分派论述容易显示出宋代笔记小说和前代笔记小说的类同继承关系，但也很容易忽视其个性和创新特色。其他的笔记小说史如陈文新的和吴礼泉的《笔记小说史》论述大同小异，均以汉代志怪和志人小说分解宋代笔记小说。这是突出强调"笔记小说"的成果。

2004年湖南大学出版社出版了郑宪春的《中国笔记文史》。文选德高度称赞这是一部"结束了两千余年中国笔记有文无史，填补了一项重要学术空白"的论著。该书序文称："自'宋代笔记'其建构模式，大致分列出大家笔记、笔记小说、野史笔记、学术笔记、杂著笔记等五个方阵。并在每章之前，对每个时期的笔记做出宏观审视，起到了高屋建瓴的总括作用，对于帮助人们从总体上认识一个时代的笔记，具有事半功倍的效果"。其分类研究的更为全面合理。

专门对宋代笔记作综合行研究的是张晖。他的《宋代笔记研究》分五章

---

[1] 刘叶秋：《历代笔记概述》，北京出版社，2003年版，第93—157页。
[2] 参见游国恩：《中国文学史》、袁行霈《中国文学史》中关于宋代文学的章节。
[3] 吴礼泉：《中国笔记小说史》，商务印书馆国际有限公司，1993年版，第148—174页。

对宋代笔记进行了系统研究。"一、宋笔记的地位和特点：论述了笔记这种体裁，到宋代完全成熟，宋笔记有形式自由、内容广泛、文学内容增多等特点。在我国古籍宝库中，它占有相当重要的地位。二、南北宋笔记的不同：论述了北宋、南宋之交、南宋三个时期笔记在外部结构、作者身份、内容等方面的不同。这些不同是由三个时期的政治、经济、军事、社会生活、笔记文自身发展的不同制约的。三、宋笔记的史学价值：论述了宋笔记保存了大量的自然科学、各类专门史、科举和法律等史料。四、宋笔记的文学价值：论述了宋笔记在文学批评和文学创作等方面有许多精到的见解，它所录的诗文有重要的校勘价值，它保存了正史罕载的戏曲、小说等讲唱文学史料，多方面地记录了文学家地生平轶事等等。五、宋笔记的缺点：归纳了宋笔记在形式和内容上的种种缺点。论述了形成这些缺点的种种原因：或因笔记作者学识欠佳，或因他们创作时马虎草率，或因党争影响，或因挟个人恩怨，或因书籍刊刻、流传中至误等等。因而我们在使用宋笔记时，必须要注意它的缺点，以便正确使用。"

张晖的综合研究有开风气之先意义。他对宋代笔记做了很好的资料整理和量化分析，并对"笔记"概念内涵外延多了较为深刻的辨析和界定。但作者在分析宋笔记存在的缺点时，如"或因书籍刊刻、流传中至误等，因而我们在使用宋笔记时，必须要注意它的缺点，以便正确使用"等抓住了宋代笔记存在的问题，而其他几点诸如"创作马虎、党争、个人恩怨"等因素则需要商榷。笔者认为这几种因素正是笔记实录的特点，不应当作为宋笔记的缺点。

笔记文献综合利用呈现出多视角、多侧面的研究态势。宫云维《宋人笔记与宋代制度研究》发现宋人笔记记录了大量地科举材料，能够弥补《宋史·选举志》《宋会要·选举》《文献统考·选举考》地不足和缺憾，因此他重点研究宋人笔记科举史料对宋代科举制度研究的重要意义。钟志勇的博士学位论文《宋人笔记中的诗学热点研究》专门探究宋代笔记中诗学史料，他认为："在数量众多的宋人笔记中，保存了大量的有价值的诗学材料，其内容涉及作家论、创作论、风格论、鉴赏论等诗学理论的各个方面，对这些材料进行搜集、分类、归纳和研究，对于今人了解与诗歌创作主体相关的诗歌本事、诗坛掌故及奇闻逸事，考察宋代诗人的生平、交游，为其作品辑佚、系年，研究宋代诗歌的创作背景、审美风尚，以及把握宋诗的思想内容和艺术特色等，均具有重要的意义。"（南京大学2005年博士学位论文）陈敏博士的论文《宋人笔记与汉语词汇学》认为"宋人笔记是近代汉语研究的重要对象。……宋人笔记中对词汇现象进行描述或讨论的条目相当丰富,其中不少内容可资汉语词汇学研究参考。整理、辨析和利用宋人笔记中的相关论述,对于宋代语言研究、汉语词汇学理论建设以及汉语史研究都是一项有意义的工作。"(浙江大学2007年博士学位论文)韩怡华硕士论文《宋代笔记小说中的仙鬼诗》看重了笔记保存地仙鬼诗材料,认为"各类笔记保存了当时街谈巷议、以讹传讹以及好事者为之的仙鬼诗。因此以宋人笔记、小说中的仙鬼诗作为研究对象是既含有对过去的总结,又能全面地研究仙鬼诗这一独特地文学现象。"

其他研究论文如陈庆元的《两宋闽人笔记中的文学研究》(《宁德师专学报》1996年第5期)、李剑亮的《宋代笔记小说的词学价值》(《浙江大学学报》2001年第5期)、王丹的《从宋人笔记小说探看宋代城市丧葬文化的若干新取向》等,还有大量研究宋代旅游、商业文化、城市建筑、音乐发展的论文,多方面的使用宋代笔记如《东京梦华录》《都城纪胜》《醉翁谈录》《武林旧事》的材料,各自发掘、利用宋代笔记的保存的史料展开研究,一方面可以看出当代学者关注研究笔记的热点和热情,另一方面也显示了宋代笔记重要的价值。

四、宋代笔记的具体作家作品研究

相对于综合研究的繁荣,具体作家研究相对的冷落。研究主要集中几位著名的笔记作者身上,对其他笔记、笔记作者则关注较少,或者根本没有研究。

洪迈是众多笔记作者中最受关注的。研究者对其思想、学术以及笔记内容做了全面的研究探索。廖延唐的《试论〈容斋随笔〉》是较早研究洪迈笔记的一篇论文,认为:"《容斋随笔》是我国一部著名的笔记体著作。"文章"从取材广泛、考证博恰、议论平允、联系实际、评价及影响五个方面"对《容斋随笔》做了探讨。王才新的学位论文《〈容斋随笔〉思想、学术综论》是洪迈笔记研究的一个典型。文章认为:"《容斋随笔》是南宋时期最著名的笔记体散文著作之一,所涉内容十分广泛,涵括了文学、史学、经学、典章制度等诸多方面,但对其的研究一直以来没有得到应有的重视。本文着眼于从其思想、学术方面进行论述和分析,按政治思想、史学思想、文学思想三个部分展开论述。"其他作者从各个不同侧面研究洪迈笔记。常晓雁《从〈容斋随笔〉看洪迈的修辞思想》认为"洪迈的修辞学思想系统丰富，他主张辞依意设、文质相胜；文贵于达、繁简并重；谋篇立意，文辞增饰；锤词炼句，务去陈言；点化出新、别出机杼等。"（《池州师专学报》1997年第2期）程志兵的《〈容斋随笔〉的训诂学价值》梳理了洪迈语言学方面的宝贵资料。刘振娅的《〈容斋诗话〉谈杜诗命意与技巧》发掘了洪迈对杜甫诗歌的研究成果。李晓菊的《洪迈〈容斋随笔〉所论古代文书》注意研究洪迈笔记对史料、史学记载方面的意义。

洪迈的《夷坚志》是另一个研究热点。李正学《〈夷坚志〉研究述评》总结前人的研究成果和研究趋势说："《夷坚志》是志怪小说史上最宏伟的个人专著。目前（2006年前），主要集中在成书研究、版本研究、影响研究以及小说观的探讨等。近年来，有向文化研究的发展趋势。"（《上饶师范学院学报》〔哲学社会科学版〕2006年第5期）确如其所综述的，李剑国《〈夷坚志〉成书考——附论"洪迈现象"》（1991年第3期）研究了《夷坚志》的成书经过。1992年，高兴的《洪迈笔记小说价值浅论》（《安徽大学学报》1992年第4期）探讨了《夷坚志》的艺术价值。张祝平的《〈夷坚志〉材料来源及搜集方式考订》和《〈夷坚志〉的版本研究》分别讨论了《夷坚志》材料的整理和版本流传情况。文化方面的研究如刘黎明的《〈夷坚志〉与南宋江南密宗信仰》，论述了密宗在江南一带传播和存在的状态。从对洪迈的《夷坚志》记载的梳理，论断出密宗不但没有在武宗灭佛中消亡，在江南却更为兴旺，拥有大量的信徒。于国华的学位论文《佛禅与〈夷坚志〉》全面梳理了《夷坚志》与佛禅的关系之后，论断："从《夷坚志》可以看出宋代佛、法、僧全面走向了世俗：神佛信仰中哲理已经全面淡化，佛本身不代表信持之后的功果并且出现了俗人化和私有化的特点；僧人已经与佛及其教义分离，违戒成为僧人和俗世都习以为常之事，僧人再世俗人眼中神秘性下降，地位降为出家的信众而已等。"（东北师范大学2006年硕士学位论文）关冰的《从〈夷坚志〉中的婚恋故事看两宋婚恋意识形态》，（《宜春学院学报》2007年第3期）看是关注笔记小说与民俗的关系，可以看作文化与笔记研究的新趋势。

陆游的笔记主要是《老学庵笔记》和《入蜀记》。李强的《从〈老学庵笔记〉看陆游对秦桧的评价》借助《老学庵笔记》的资料研究了陆游对秦桧的态度，认为陆游对秦桧没有好感，但认为秦桧当政时期仍能和政府保持一致。莫砺锋在《读陆游〈入蜀记〉札记》指出："《入蜀记》是一部文学价值极高的游记，他不仅包含许多的写景小品，而且对沿途的风土人情做了生动的叙述。全书还记录了作者的人生经历，融入了浓厚的身世之感，有些片段富有诗意。"（《文学遗产》2005年第2期）莫砺锋的文章有开先的意义，能够引起学者更为全面的研究陆游及其作品。

对周密研究以刘静的学位论文《周密研究》为主，此成果可是说是周密研究的总结，具有突破意义的是将周密的笔记纳入研究范围，给予了足够的重视。刘婷婷的《周密笔记的遗民情怀与史料价值》认为："周密宋亡后以笔记野史和遗民气节，遗民身份与其笔记之间有着非同寻常的联系，遗民情怀渗透在其笔记从内容到文字的各个方面：在内容上表现出怀旧、反思、控诉的主题，写作时强调'得其实'与'直书'，文字中流露出浓郁的盛衰之感和追念之怀。他的笔记蕴有极大的史料价值。"（《中国石油大学学报》〔社会科学版〕，2006年第6期）赵明海的《宋代社会生活管窥——读周密〈癸辛杂识〉》认为周密的笔记是百科全书式的，从中可以全面了解宋代的社会生活真实。

除了以上三位笔记作者外，欧阳修、苏轼、司马光、范成大[①]等人的笔记偶尔也出现了一些单篇论文。具体作品研究出了上述几位作家的作品外，则几乎没有。

五、宋代笔记研究趋势与展望

宋代笔记研究方兴未艾。笔者认为还需要在以下几个方面继续做深入研究。

（一）继续推进"笔记"的概念的界定研究以求得学界普遍认可的一种切合笔记历史真实面貌的"笔记文"体式定义。为以后研究笔记的学者做一个扎实的理论铺垫，以节约研究精力，避免再为"笔记"的概念界定耗费时间。

（二）积极进行文献的整理出版工作和笔记的科学解读普及工作。首先是丛书类的，如《大象笔记》应加快出版速度，以便为研究者提供更为全面方便

[①] 郑继猛：《妙手作记图画山水—范成大日记体游记研究》，《安康师专学报》，2005年，第6期。

的第一手资料,为正确利用宋代笔记提供文献保证。其次是普及型的,按照一定的标准,出版一系列点校精、简介明晰和精当鉴赏的小型丛书,满足一般读者的阅读需求。如高谈文化《教你看懂宋代笔记小说》之类的普及性读物,让一般读者很快领略宋笔记的特色和美感,引起读者的阅读兴趣。最后是需要一批学者投入精力,分类整理点校笔记文本,挖掘宋代笔记浑厚的文化内容和历史文献价值,为现代社会服务。

(三)积极开拓笔记文研究的新视角。宋代笔记材料包罗万象,是宋代历史、文化、文学、思想、政治、经济、军事、学术的全面真实反映和第一手史料记录。整理研究也必须从多视角多方面的综合入手,诸如笔记与文化、文学之间的交叉研究,笔记与地域文化研究,笔记与政治礼教研究,笔记与其他文学样式之间的互动和比较研究等。

(四)将宋代笔记作为文学现象本体展开研究。研究笔记本体的文学性,解读笔记文学存在的社会背景,文学意义,叙事手法,以及其中的文学形象。这是目前还没有完全开拓研究的领域,以后笔记研究的工作应该加大这方面的研究工作。

综上所述,宋代笔记还有很大的研究空间和研究价值。不管是作为"笔记"学科建设,还是将宋代笔记作为文学、史学、文化学、民俗学、语言学学科的材料研究都需要学者们的认真关注并投入积极的热情和精力。

(本文发表于《甘肃社会科学》2008年第4期,2010年全文收录《2008-2009宋代文学研究年鉴》)

郑继猛,1964年生,2009年毕业于陕西师范大学文学院,文学博士,师从霍松林先生,现为安康学院文学与传媒学院副教授。

论贞祐南渡视域下之诗风丕变

刘福燕

内容摘要：金室南渡作为金代诗歌发展史上的转折点，对南渡后士风的形成起到了尤为重要的影响。与此相应，南渡诗人的心态也随之发生了显著的变化，这种心态的改变又进而导致了对于南渡前尖新浮艳诗风的反拨与转变，从而使南渡后诗坛呈现出明显的清新刚健、不事雕琢的诗歌新貌。

关键词：贞祐南渡；时局；士人心态；诗风丕变

"一代有一代之文学"[①]，中国古代诗歌由先秦、两汉、魏晋南北朝而至于唐；由唐诗发生新变而至于宋；由宋而发展为元、明、清诗歌。先秦两汉文风夐夐，诗风纯朴自然，至魏晋南北朝乐府歌谣、唐代诗歌大盛，宋诗则另辟蹊径。金代诗风总体倾向于雄豪劲倔，这与其时民族融合有着极为重要的关系，而贞祐南渡前后诗风的丕变则主要是由于诗歌创作主体的思想因素受到了金代政治、经济、军事等方面的影响。

一、贞祐南渡后的时局颓势

金宣宗贞祐二年（1214），金朝在蒙古的强大军事压力之下南渡黄河，七月金廷迁都于汴京（今河南开封），史称"贞祐南渡"。虽然金朝正式宣告灭亡是在1234年春蔡州被攻破之时，但贞祐南渡实际上已经成为金朝由衰落走向

---

① [清]王国维：《宋元戏曲史》，上海商务印书馆，1915年版，第1页。

灭亡的转捩点，从此之后，金朝局势日趋衰败，社会弊端丛生，"民失稼穑，官无俸给，上下不安，皆欲逃窜。加以溃散军卒还相剽掠，以致平民愈不聊生"。①政治偏安，经济萧条，军事溃败，社会秩序混乱，从国家整体来看，呈现出急剧衰退的局面。

（一）政治上崇尚吏治，任人唯亲

金室南渡以后，朝廷政策的一个重要特点就是崇尚吏事，喜吏恶儒，金宣宗"性本猜忌，崇信（瞀）御，奖用胥吏。苛刻成风，举措失当"②，且刚愎自用，不纳忠言，"朝士往往被笞楚，至用刀杖决杀言者"③。国家用人之际，却是庸才充斥朝廷，"平章白撒固权市恩，击丸外百无一能。丞相赛不菽麦不分，更谓乏材，亦不至此人为相。参政兼枢密副使赤盏合喜粗暴，一马军之材止矣，乃令兼将相之权。右丞颜盏世鲁居相位已七八年，碌碌无补，备员而已"④，受朝廷重用之官吏亦"迁延旷岁，苟且成风"⑤，"往往不肯分明可否，相习低言缓语，互相推让，号'养相体'"⑥，不以为耻反以为荣。

上行下效，皇帝实行"好吏恶儒"的用人之策，下属官员自然也以之为楷模，有过之而无不及。术虎高琪为相时，对士大夫排挤、贬黜，直言者动辄被责罚。如许古，"南渡，为侍御史。时丞相术虎高琪擅权，变乱祖宗法度，公上章劾之。上知其忠，常庇翼之，凡有奏下尚书省，辄去其姓名。然竟为高琪所中，贬凤翔幕"⑦；高斯诚，"为行部檄监支纳陈州仓，因忤郡魁吏，构之下狱，几死"⑧。"好吏恶儒"必然崇尚刑治："高琪当国，崇奖吏道。从政者承望风旨，以榜掠立威。"⑨所以，当时涌现出一批助纣为虐的酷吏，据《金史·蒲察合住传》云："高琪用事，威刑自恣。南渡之

---

① [元]脱脱等：《金史》卷一百八《侯挚传》，中华书局，1997年版，第2385页。
② [元]脱脱等：《金史》卷一六《宣宗本纪下》，中华书局，1997年版，第370页。
③ [元]脱脱等：《金史》卷一二九《蒲察合住传》，中华书局，1997年版，第2778页。
④ [元]脱脱等：《金史》卷一百十四，《斜卯爱实传》，中华书局，1997年版，第2515页。
⑤ [元]脱脱等：《金史》卷十二《章宗纪四》中华书局，1997年版，第285页。
⑥ [金]刘祁：《归潜志》卷七，中华书局，崔文印点校本，1983年版，第70页。
⑦ [金]刘祁：《归潜志》卷四，中华书局，崔文印点校本，1983年版，第37页。
⑧ [金]刘祁：《归潜志》卷五，中华书局，崔文印点校本，1983年版，第44页。
⑨ [金]元好问：《内翰王公墓表》，姚奠中主编《元好问全集》卷十九，山西古籍出版社，2004年版，第444页。

后习以成风,虽士大夫亦为所移,如徒单右丞思忠好用麻椎击人,号'麻椎相公'。李运使特立号'半截剑',言其短小锋利也。冯内翰璧号'冯劙'。雷渊为御史,至蔡州得奸豪,杖杀五百人,号曰'雷半千'。又有完颜麻斤出,皆以酷闻,而合住、王阿里、李涣之徒,胥吏中尤狡刻者也。"① "好吏恶儒"的不良风气,造成了政风的浇薄,许多有识之士不问政事、明哲保身。

南渡后,宣宗亲近侍卫,任人唯亲。当时作为皇帝侍从的近侍权限很大。刘祁曾说:"金朝近习之权甚重,置近侍局于宫中,职虽五品,其要密与宰相等,如旧日中书。故多以贵戚、世家、恩幸者居其职,士大夫不预焉。"② 金宣宗时,"(完颜)尽忠奏应奉翰林文字完颜素兰可为近侍局。宣宗曰:'近侍局例注本局人及宫中出身,杂以他色,恐或不和。'尽忠曰:'若给使左右,可止为预政矣。'宣宗曰:'自世宗、章宗朝许察外事,非自朕始也。如请谒营私,拟除不当,台谏不职,非近侍体察,何由知之?'尽忠乃谢罪",③即是偏私族类的反映。

在皇帝的极度信任下,近侍权势熏天、为所欲为,如完颜讹可被害一事,"初,讹可以元帅右监军、邠泾总帅权参知政事,奉旨于邠、泾、凤翔往来防秋,奉御(近侍局属官)六儿监战,于讹可为孙行,而讹可动为所制,意颇不平,渐生猜隙。七年九月,召赴京师,改河中总帅,受京兆节制。此时六儿同赴召,谓讹可奉旨往来防秋,而乃畏怯避远,正与朝旨相违,上意颇罪讹可。及河中陷,苦战力尽,而北兵百倍临之,人谓虽至不守犹可以自赎,竟杖而死,盖六儿先入之言主之也。"④ 金宣宗本刻薄寡恩,又听信近侍谗言,致使忠臣遭害,实为可叹。

(二)经济上政策不力,弊端重重

金章宗统治后十年,朝廷上层酣歌恒舞,侈靡成风,民间则差役繁重,捐税种类多如牛毛。朝野间形成极其悬殊的对照,经济也进而趋于崩溃。《金史·食货志》曾对金代中后期经济弊端加以指陈:"繁缛胜必至于伤

---

① [元]脱脱等:《金史》卷一二九《蒲察合住传》,中华书局,1997年版,第2778—2779页。
② [金]刘祁:《归潜志》卷七,崔文印点校本,中华书局,1983年版,第78—79页。
③ [元]脱脱等:《金史》卷一百一《抹捻尽忠传》,中华书局,1997年版,第2229页。
④ [元]脱脱等:《金史》卷一一一《完颜讹可传》,中华书局,1997年版,第2446—2447页。

财；操切胜必至于害民。迄金之世，国用易匮，民心易离，岂不由是欤。作法不慎厥初，变法以捄其弊，祇益甚焉耳。"①论析可谓透彻。由于自然灾害和战乱，当时黄河以北地区，田地荒者，动至百余里，草莽弥望，狐兔出没。由于屡经战争与劫掠，"户口亡匮，田畴荒废"②；"民失稼穑，官无俸给，上下不安，皆欲逃窜。加以溃散军卒还相剽掠，以致平民愈不聊生"③。在此种情形下，统治者却照例搜刮民财。《金史》卷一二六《刘从益传》曰："叶自兵兴，户口减三之一，田不毛才万七千亩有奇，其岁入七万石如故。"④金室南迁后，疆土日蹙，财政拮据，而有司却"不恤民力，征调太急，促其期限，痛其捶楚。民既罄其所有而不足，遂使奔走旁求于他境，力殚财竭，相继散亡，禁之不能止也。"⑤足见当时在租税征收方面亦存在着很大的弊端。

南渡前的括田政策，到了金宣宗时期已经发展到了不可收拾的地步。元好问《平章政事寿国张文贞公神道碑》载："武夫悍卒倚国威以为重，山东、河朔上腴之田，民有耕之数世者，亦以冒占夺之。兵日益骄，民日益困，养成痈疽，计日而溃。贞祐之乱，盗贼满野，向之倚国威以为重者，人视之以为血仇骨怨，必报而后已。一顾盼之顷，皆狼狈于锋镝之下，虽赤子不能免。"⑥统治者实行的括田政策所引起之祸端由此可见一斑。

而另一方面，贪污受贿之风却随之兴盛起来。"大定十六年（1176），世宗以吏员与士民之服无别，潜入民间受赇鬻狱，有司不能检察，遂定悬书袋之制。"⑦可见金世宗时期，请托受贿之事已不为稀奇。明昌四年（1193），金章宗曾说："凡称政有异迹者，谓其断事有轶才也。若止清廉，此乃本分，以贪污者多，故显其异耳。"⑧官吏贪污已大为普遍。刘祁《归潜志》亦言，金朝后期官员"往往自纳赂请托得之，故疲儒贪秽者亦多"⑨，朝廷上下，贪污

---

① [元]脱脱等：《金史》卷四十六《食货一》，中华书局，1997年版，第1030页。
② [元]脱脱等：《金史》卷一百七《高汝砺传》，中华书局，1997年版，第2356页。
③ [元]脱脱等：《金史》卷一百八《侯挚传》，中华书局，1997年版，第2385页。
④ [元]脱脱等：《金史》卷一二六《刘从益传》，中华书局，1997年版，第2733页。
⑤ [元]脱脱等：《金史》卷四十七《食货二》，中华书局，1997年版，第1061页。
⑥ 见阎凤梧主编《全辽金文》，山西古籍出版社，2002年版，第2889页。
⑦ [元]脱脱等：《金史》卷四三《舆服下》，中华书局，1975年版，第986页。
⑧ [元]脱脱等：《金史》卷一〇《章宗纪二》，中华书局，1975年版，第227页。
⑨ [金]刘祁：《归潜志》卷七，中华书局，崔文印点校本，1983年版，第73页。

贿赂成风，就连一向清廉的士大夫子弟也"舞文纳赂甚于吏辈者"[①]，不良之气成风，贪污腐败已病入膏肓，无可挽救。

（三）军事上因循苟且，进退失据

金朝初年，由于人心所向，完颜氏用兵如神，战争攻伐，无所不克。士卒"上下崖壁如飞，济江不用舟楫，浮马而渡"[②]，且"能以少击众，十余年间，灭辽取宋，横行无敌"[③]。然而到金室南渡时，"尽以河朔战兵三十万分隶河南行枢密及帅府，往往蔽匿强壮，驱羸弱使战，不能取胜"[④]，北兵屡犯，民众处于水深火热之中，而女真军队却节节败退，毫无战绩可言。究其战斗力减弱之原因，猛安谋克户进入中原以后，承平武备松弛，遂舍戎狄鞍马之长，熏染中州浮靡之习，女真族顽强彪悍之特质尽失。军纪日益败坏，兵士有名无实。而且"（贞祐）南渡之后，为将帅者多出于世家，皆膏梁乳臭子，若完颜白撒，止以能打球称"[⑤]。他们平日养尊处优，打仗时贪生怕死，正如陈规上书宣宗曰："自北兵入境，野战则全军俱殁，城守则阖郡被屠，岂皆士卒单弱、守备不严哉，特以庸将不知用兵之道而已……今之将帅大抵先论出身官品，或门阀膏梁之子，或亲故假托之流，平居则意气自高，遇敌则首尾退缩，将帅皆自畏怯，士卒夫谁肯前。又居常裒刻，纳其馈献，士卒因之以扰良民而莫可制。及率之应敌，在途则前后乱行，顿次则排门择屋，恐逼小民，恣求其索，以此责其畏法死事，岂不难哉。"[⑥]更为重要的是，当权者对内可以横施威慑，对外却软弱怯懦。据《归潜志》记载，金人南迁汴京（今河南开封）以后，"为宰执者往往无恢复之谋，上下同风，止以苟安目前为乐，凡有人言当改革，则必以生事抑之"；"每北兵压境，则君臣相对泣下，或殿上发叹吁。已而敌退解严，则又张具会饮黄阁中矣。每相与议时事，至其危处，辄罢散曰：'俟再议'。已而复然，因循苟且"[⑦]。上下士气如此萎靡不振，遇乱应战则必难以应对。金哀宗年间，崔立叛降蒙古之时，"立举事止三百人，杀二

---

① [金]刘祁：《归潜志》卷七，中华书局，崔文印点校本，1983年版，第72页。
② [宋]徐梦莘：《三朝北盟会编》卷三，上海古籍出版社，1987年版，第17页。
③ [清]赵翼著，王树民校证：《廿十二史札记》卷二十八，中华书局，1984年版，第632页。
④ [元]脱脱等：《金史》卷四十四《兵志》，中华书局，1997年版，第999页。
⑤ [金]刘祁：《归潜志》卷六，中华书局，崔文印点校本，1983年版，第64页。
⑥ [元]脱脱等：《金史》卷一百九《陈规传》，中华书局，1997年版，第2407—2408页。
⑦ [金]刘祁：《归潜志》卷七，中华书局，崔文印点校本，1983年版，第70页。

执政。当时诸女真将帅四面握兵者甚多,皆束手听命,无一人出而与抗者"①士气如此颓丧,国家焉能不亡?

从以上三方面的论述可见金朝南渡后之衰败境况,在此种情形之下,亡国已是不可避免之事。南渡后所形成的好吏恶儒、亲近近侍的政策导向,必然会对士人的心态形成很大的冲击,士人心态的变化也会直接影响到诗歌思想情感的表达。

二、政风影响下的士人心态

南渡诗坛的文人士子,大多经历了大定、明昌时期的崇文养士时代。刘祁《归潜志》卷十二谈到章宗统治前期"属文为学,崇尚儒雅,故一时名士辈出。大臣执政,多有文采学问可取,能吏直臣皆得显用,政令修举,文治灿然,金朝之盛极矣"。《金史·文艺传序》也记载:"世宗、章宗之世,儒风丕变,庠序日成,士繇科第位至宰辅者接踵。"当时文教丕然,明昌盛达。因此,南渡前明昌、承安年间的文士们大多踌躇满志,以辅君淑民、兼济天下为宏愿。

可到了金章宗统治后期,"文学止于词章,不知讲明经术为保国保民之道,以图基祚久长。又颇好浮侈,崇建宫阙,外戚小人多预政,且无志圣贤高躅,阴尚夷风;大臣惟知奉承,不敢逆其所好,故上下皆无维持长世之策,安乐一时,此所以启大安、贞祐之弱也"②,且金章宗对文士的态度也与以往大不相同,刘祁《归潜志》云:"章宗诚好文,奖用士大夫。晚年为人谗间,颇厌怒。"③不仅对文人开始厌弃,还给予严厉打击,如王庭筠于承安元年正月,因"坐赵秉文上书事,削一官,杖六十,解职"④周昂任监察御史时,路铎以言事被斥,昂送以诗,也因"语涉谤讪,坐停铨"⑤。

由于统治者执行轻视文人的政策,所以当时文士所处生存环境极其恶劣,

---

① [金]刘祁:《归潜志》卷十一《录大梁事》,中华书局,崔文印点校本,1983年版,第128页。
② [金]刘祁:《归潜志》卷一二《辩亡》,中华书局,崔文印点校本,1983年版,第136页。
③ [金]刘祁:《归潜志》卷十,中华书局,崔文印点校本,1983年版,第111页。
④ [元]脱脱等:《金史》卷一二六《王庭筠传》,中华书局,1997年版,第2731页。
⑤ [元]脱脱等:《金史》卷一二六《周昂传》,中华书局,1997年版,第2730页。

地位也极其低下。这种情形的发生，导致了士风的变化，正如刘祁所言："士气不可不素养，如明昌、泰和间崇文养士，故一时间士大夫以敢言、敢为相尚。迨大安中，北兵入境，往往以节死，如王晦、高子朸、梁询谊诸人皆有名。而侯挚、李瑛、田琢辈皆由下位者自奋于其间，虽功业不成，其志气有可嘉者。南渡后，宣宗奖用胥吏，抑士大夫，凡有敢为、敢言者，多被斥逐。故一时在位者多萎靡，惟求无罪，罟苟容。迨天兴之变，士大夫无一人死节者，岂非有以致之欤？由是言之，士气不可不素养也。"①刘祁从士为知己者死的报恩思想与经学儒术纲常伦理两方面进行立论，由此亦可见士人由明昌时的针砭时弊、勇于直谏转变为南渡后因循苟且、明哲保身的原因。

士风的变化在很大程度上会影响到士人心态的表露。大致而言，南渡后除了极少数勇于任事、不惧摧抑者外，士人心态主要表现为以下两种情形：

（一）时乖命蹇，有志难伸

南渡以后，作为当时社会的弱势群体，许多士人根本没有机会参政，也无法使自己窘迫的生存空间得到提升。愤懑、压抑的情绪也只能通过诗歌创作得以渲泄，如南渡后任监察御史的陈规的《送雷御史希颜罢官南归》一诗曰：

五事前陈志拂试，屹如砥柱阅颓波。一麾共惜延年去，三黜何伤柳季和。

运蹇仕途如我老，激昂衰俗在君多。扁舟南去知难恋，万顷烟波一钓蓑。

胸怀济世之才却无法施展，耿介之气勃发于外。再如南渡后名士李通"先以非罪诬染之，几至不测。虽有以自解，竟坐是仕宦不进"②他曾作《赠中山杨果正卿》，诗云：

士道雕丧愁天公，阴霾惨惨尘蒙蒙。三冬不雪春未雨，野桃无恙城西红。春光为谁作骀荡，造物若我哀龙钟。数行墨浪合眼死，一包闲气终身穷。中山公子文章雄，雅随童稚为雕虫。祢衡不过孔文举，坡老懒事陈云龙。唯之与阿将无同，乾坤万里双飞蓬，飘飘南北东西风。

对当时的"士道雕丧"充满了愤懑之情，颇具生不逢时之叹。

---

① [宋]刘祁：《归潜志》卷七，中华书局，崔文印点校本，1983年版，第73页。
② [宋]元好问：《中州集》卷五《李通传》，中华书局，1959年版，第253页。

当时，还有一些士人，进身无由，屡试不第。如王郁"以两科举进士，不中，西游洛阳，放怀诗酒，尽山水之欢"①；李经，少有才，入太学肄业，屏山见其诗曰：'真今世太白也。'盛称诸公间，由是名大震。字画亦绝人。再举不第，拂衣归"②；胡权有诗声，却更是"累举不第"③。究其症结，与宣宗朝"喜吏恶儒"的风气及科举制度所存在的弊端有着直接的联系。这些落第士人多有失望和怨恨情绪，他们也把诗文视为抒缓郁闷穷愁心绪的手段，如李经落第归家后曾写有《杂诗五首》，其一曰："长河老秋冻，马怯冰未牢。河山冷鞭底，日暮风更号。"其二曰："晨井冻不釁，谁疗壮士饥。天厩玉山禾，不救我马饥"。诗境寒苦悲凉，从中可以体会到其黜落回乡后生活的困顿与艰辛，心情之惆怅与郁结，也可谓是发自内心的"不平之鸣"。

张仲宣《下第》诗更直言不讳地将攻讦的矛头直指当时专尚律赋、迂腐可笑的主考官，其诗云："主司头脑旧冬烘，更著书郎骨相穷。晓赋得官何足道，直须遮马困吴融。"李汾《下第》诗云："学剑攻书事两违，回头三十四年春。东风万里衡门下，依旧中原一布衣。"其壮志难酬之人生感慨充溢其间。步元举《下第过榆次》："栖迟零落未归人，已坐无成更坐贫。意气敢论题柱客，晨昏多负倚门亲。囊空渐觉钱余贯，衣蔽翻饶虱满身。遥望秦关独惆怅，一天风雨落花春。"更是将士人的贫穷困顿之状表现得十分真实。

（二）逃避现实，自我麻醉

还有部分士大夫既不甘心殉道从势，欺世媚俗，又无力对政治造成影响，于是高蹈远引，以寻求精神的慰藉。如密国公完颜璹，南渡后受皇帝猜疑，郁郁不得志，闲居于家，以论诗品文为事。与其同期诗人王郁曾作诗对其自甘淡漠之志给予称道：

宣平坊里榆林巷，便是临淄公子家。寂寞画堂豪贵少，时容词客听琵琶。

自适于自己的"精神世界"，仕进之意极其澹泊。

再如李纯甫"章宗南征，两上疏策其胜负，上奇之，给送军中，后多如所料。宰执爱其文，荐入翰林。及大元兵起，又上疏论时事，不报。宣宗迁

---

① [金]刘祁：《归潜志》卷三，中华书局，崔文印点校本，1983年版，第24页。
② [金]刘祁：《归潜志》卷二，中华书局，崔文印点校本，1983年版，第12页。
③ [金]刘祁：《归潜志》卷三，中华书局，崔文印点校本，1983年版，第27页。

汴，再入翰林。时丞相高琪擅威福柄，擢为左司都事。纯甫审其必败，以母老辞去。既而高琪诛，复入翰林。连知贡举"①。甚至有脱屣世务，出为僧人者。如王彧，"少擢第。南渡，为省掾。睹时政将乱，一旦弃妻子，径入嵩山，剪发为头陀，自号照了居士，改名知非，字无咎。居达摩庵，苦行自修。朝廷初疑焉，遣使廉之，知其非矫伪，乃止。当世号王隐居，名甚高。后十馀年，忽下山归其家，……又为洛阳行省参议"②。两人均于南渡后宣宗朝实施政治高压之时弃官隐遁，后又复出。可见他们出仕并非其初衷，而是当时政治风气使然。

三、士人对浮艳诗风的反拨

金章宗统治时期，南北议和，局势安定，加之一系列改革，金朝渐至昌盛。章宗崇尚诗文，其所做御诗，多富丽精工、纤巧绮丽、风格艳靡。且雕章琢句，多在修辞炼句上下功夫。状物描景，颇具笔调，时人竞相仿效。在内容上则以粉饰太平为主，社会矛盾很少涉及，也因此形成了明昌、承安年间以尖新浮艳为主的不良诗学风气。

被元好问称为"暮年诗律深严，七言长篇，尤以险韵为工"的王庭筠，受江西诗派的影响，偏于模拟雕琢，且擅险韵，是此时期浮艳诗风的代表。《归潜志》记载："李屏山于前辈中止推王子端庭筠，尝曰：'东坡变而山谷，山谷变而黄华，人难及也'"；"才固高，然太为名所使。每出一联，必要使人称之，故止是尖新。"③其晚年之作一改少时平淡清新之风格，转而趋向尖新浮艳。王若虚也曾批评道："功夫费尽谩穷年，病入膏肓岂易镌"，"东涂西抹斗新妍，时事梳妆亦可怜"（《王内翰子端诗》）。同期王寂的《送王平仲二首》采用双声叠韵，也可称得上是求新求奇、刻意雕琢之作。刘迎《连日雪恶用聚星堂雪诗韵》王琢《和张仲宗雪诗不用体物字》等诗歌也呈现出生新奇巧之面目。

在诗歌理论方面，当时也讲求"词理具足""无不圆成"。如章宗时负责

---

① [元]脱脱等：《金史》卷一二六《李纯甫传》，中华书局，1997年版，第2734页。
② [金]刘祁《归潜志》卷五，中华书局，1983年版，第46页。
③ [金]刘祁《归潜志》卷十，中华书局，崔文印点校本，1983年版，第119页。

执掌宫教的张建曾论诗云："作诗不论长篇短韵，须要词理具足，不欠不馀，如荷上洒水，散为露珠，大者为豆，小者如粟，细者如尘，一一看之，无不圆成，方为尽善。"①对于此种论调，清代诗评家潘德舆曾做过批评："若徒取'圆成'而已，则台阁旧体，平适无奇。"②

就此种不良诗风的形成原因，杨奂在《跋赵太常拟试赋稿后》曾言："金大定中，君臣上下以淳德相尚。学校自京师达于郡国，专事经术教养，故士大夫之学，少华而多实。明昌以后，朝野无事，侈靡成风，喜歌诗。故士大夫之学，多华而少实。"③可谓切中要害。

科举政策的导向也对浮艳诗风的形成产生了很大影响。金代科举在初期成效显著，曾经在中原儒家文化的北移和文士地位的提升方面起了促进作用，对金代诗歌的发展也有积极的影响。但金朝后期科举取士，只以词赋为重，故士人忙于应试时文，"赋学以速售为功，六经百家分碌缉缀，或篇章句读不之知"④，他们无暇顾及学问及诗文创作，知识面非常狭窄。对此科举弊端，刘祁曾经指出："殊不知国家初设科举用四篇文字，本取全才，盖赋以择制诰之才，诗以取风骚之旨，策以究经济之业，论以考识鉴之方。四者俱工，其人才为何如也？而学者不知，狃于习俗，止力为律赋，至于诗、策、论俱不留心。其弊基于为有司者止考赋，而不究诗、策、论也。"⑤由于过度拘泥于程序格法，导致科举时文僵化，也由此引起文风的板滞卑靡。如此科举，只能导致士人片面追求工巧藻饰，风气日趋空疏不实。平章政事徒单镒曾言："诸生不穷经史，唯事末学，以致志行浮薄。"⑥此种习气所带来的不良后果，就连金章宗也表示担忧："今之进士甚灭裂，《唐书》中事亦多不知。"⑦

对于当时士习科举的不良风气，宏杰之士皆予以指斥，时贤赵秉文在《答麻知几书》中痛心疾首地说："今之士人以缀缉声律为学，趋时乾没为贤，能

---

① [金]元好问：《中州集》卷七《兰泉先生张建小传》，中华书局，1959年版，第334页。
② [清]潘德舆：《养一斋诗话》卷十，郭绍虞编选《清诗话续编》，上海古籍出版社，1983年版，第2158页。
③ [金]杨奂：《还山遗稿》卷上，四库全书本。
④ [元]脱脱等：《金史》卷一二七《郝天挺传》，中华书局，1997年版，第2750页。
⑤ [金]刘祁：《归潜志》卷八，中华书局，1983年版，第80页。
⑥ [元]脱脱等：《金史》卷五十一《选举志一》，中华书局，1997年版，第1138页。
⑦ [元]脱脱等：《金史》卷一二五《党怀英传》，中华书局，1997年版，第2727页。

留心韩、欧者几人？"同时他在《商水县学记》指出"钩章棘句，骈四俪六"之流弊"非特学者之罪，上之人未有以导之也"，认为此种不良科考之风的形成多半是由于科考政策的不当所致。王若虚亦认为，"夫经义科举之文，然不尽其心，不足以造其妙。辞欲其精，意欲其明，势欲其若倾，故必探《语》《孟》之渊源，撷欧、苏之菁英，削以斤斧，约诸准绳；敛而节之，无乏作者之气象；肆而驰之，无失有司之度程"①，反对心浮气躁、急功近利的科考习气，对于科举之士指出正确途径。

这种士习科举的不良风气在贞祐南渡以后赵秉文、李纯甫分掌文盟之时得到转变。此时他们名望地位日隆，学识渊博，深具号召力与影响力，且又善于集结文人雅士，颇具弘道精神，力图扭转金章宗时期文学求丽求工、颓靡浅薄之习，使雅正雄健、贞刚质实之审美风尚重振。

对于他们在这一历时性的转变中所起的作用，刘祁在《归潜志》卷九中曾记述道：

> 及宣宗南渡，贞祐初，诏免府试，而赵闲闲为省试，有司得李钦叔赋，大爱之。盖其文虽格律稍疏，然词藻庄严绝俗，因擢为第一人，擢麻知几为策论魁。于是举子辈哗然，诉于台省，投状陈告赵公坏了文格，又作诗讥之。台官许道真奏其事。将复考，久之方息。俄钦叔中宏词科，遂入翰林，众始厌服。正大中，钦叔复为省试，有司得史学优赋，大爱之，亦擢为第一。于是举子辈复大噪。②

作为主持科考的主官，赵秉文不畏当道者的攻击，不依常格取士，力黜猥弱之程文，录取思维敏捷、横放杰出者，词赋擢李钦叔第一，策论取麻知几夺魁；惊动朝野，诉诸朝廷，其后李、麻二人廷试双捷，诋毁方息，文风亦日渐提振。《归潜志》卷八也记载李纯甫"主贡举时，得李钦叔献能，后尝以文章荐麻知几九畴入仕。"两人对选拔新秀有举荐之功，却因此而仕途受挫。如赵秉文兴定二年（1218）知贡举时，"坐取进士卢亚重用韵，削两阶"③李纯甫为翰林官时连知贡举，也"由取人踰新格，出倅坊州"④。正是由于他们的努

---

① [金]王若虚：《滹南遗老集》卷四十四《送吕鹏举赴试序》，中华书局，1985年版，第293页。
② [金]刘祁：《归潜志》卷十，中华书局，1983年版，第108—109页。
③ [元]脱脱等：《金史》卷一百十《赵秉文传》，中华书局，1997年版，第2427页。
④ [金]刘祁：《归潜志》卷一，中华书局，1983年版，第6页。

力，明昌年间诗坛萎靡不振的境况才得以转归典实雅达，金源诗坛才得以革故鼎新、走出困境，并且呈现出南渡以来，士人多为古学，以著文作诗相高的全新局面。

在赵、李二人的影响和带动下，南渡士人也在理论与实践过程中对浮靡诗风给予抵制。南渡之后，与赵秉文迭掌文柄的杨云翼提出了"文以理为正"之论，主张"学以儒为正，不纯乎儒非学也，文以理为正，不根于理非文也。自魏晋而下，为学者不究孔孟之旨，而溺异端，不本于仁义之说，而尚夸辞，君子病诸？"①在《谏伐宋利害疏》中又言："朝臣率皆谀辞。天下有治有乱，国势有弱有强，今但言治而不言乱，言强而不言弱，言胜而不言负，此议论所以偏也。"②就"夸辞""谀辞"等不良习气持反对意见。

赵秉文本人晚年曾作《杏花》一诗：

> 香传微雨隔帘栊，十载觥船不负公。愁见余春纷雪白，且看初日眩霞红。两株副使莺吟里，一色新郎马足中。投老安能知许事，一鞭农事趁春风。

诗后自注曰："此近时字样诗，非诗也，悚愧。"他之所以做这首轻浮软媚、缺乏骨力的诗作，其目的即是对当时的浮艳诗风进行反思。所以指出实是"非诗也"，可见其对此类作品的弊端有着非常清醒的认识。

雷渊《云卿父子有宛丘之行，作二诗为饯》（之二）亦云：

> 阳春到上林，百卉纷白红。岸谷稍敷腴，溪光亦冲融。独有石间柏，不落鼓舞中。期君如此木，岁晚延清风。汉庭议论学，倾耳待歆向。君家贤父子，千载蔚相望。读书二十年，闭户自师匠。异端绌偏杂，陈言刊猥酿。刚全百炼馀，气出诸老上。颓风正波靡，去去作堤障。

雷渊把刘从益、刘祁父子比为汉代的刘向、刘歆，希望他们反对奢靡的颓风，作文坛崇正去邪的屏障。麻九畴对元好问也有同样的期待，他的《元裕之以山游见招，兼以诗四首见寄，因以山中之意仍其韵》（之四）云：

> 国风久已熄，如火不再然。流为玉台咏，铅粉娇华年。政须洗妖冶，八骏踏芝田。青苔明月露，碧树凉风天。尘土一一尽，象纬

---

① [金]杨云翼：《闲闲老人滏水集引》，阎凤梧主编《全辽金文》，山西古籍出版社，2002年版，第2431页。

② [元]脱脱等：《金史》卷一一〇《杨云翼传》，中华书局，1997年版，第2424页。

昭昭悬。寂寥抱玉辨，争竞摇尾怜。幸有元公子，不为常语牵。

他认为金代的浮艳之风，源自南朝"玉台咏"的铅华艳丽之态；并且希望元好问能够恢复《国风》注重现实的传统，像"八骏踏芝田"那样，一扫浮艳风气。郭邦彦也曾作《读毛诗》，对当时的浮艳诗风进行抵制：

遍读萧氏选，不见真性情。怨刺杂讥骂，名曰离骚经。颂美献谄谀，是谓之累铭。诗道初不然，自是时代更。秦火烧不死，此物如有灵。至今三百篇，殷殷金石声。

南朝梁代文学家萧统《文选》的选录标准是"事出于沉思，义归乎翰藻"，不在思想内容而在于讲究辞藻华美、声律和谐以及对偶、用事切当这样的艺术形式。郭邦彦承继李纯甫"言为心声"之理论，主张感物而发，以表真情。他反对颂美谄谀，提倡平易畅达、朴实自然之诗风，把《诗三百》视为因物有感、抒发真性的"殷殷金石声"。这种理念对于破除浮艳诗风也有一定意义。

结语：由上述可知，金室贞祐南渡以后，无论是政治、经济还是军事都走向了全面衰退时期，社会现实生活的各种矛盾日益激化，文人生存空间狭窄，处于严重的劣势地位。但正是由于时代风云的急骤变化，金章宗后期所形成的浮艳尖新、衰颓萎靡的创作倾向才得以扭转，诗风重新皈依于典实雅达、积极健康。刘祁在《归潜志》中称："明昌、承安间，作诗者尚尖新"；而"南渡后，文风一变，文多学奇古，诗多学风雅，由赵闲闲、李屏山倡之。"[1]正反映出南渡诗坛由尖新浮艳转向风雅重整的趋势，可以清楚地看到，其间所取得的成效与赵秉文、李纯甫、杨云翼等主持文盟者的救衰振弊之功是分不开的。

刘福燕，1975年生，2010年毕业于陕西师范大学文学院，文学博士，师从刘锋焘教授，现在忻州师范学院工作。

---

[1] [金]刘祁：《归潜志》卷八，中华书局，1983年版，第85页。

元好问对传统丧乱诗的突破

王素美

内容摘要：元好问的丧乱诗直承杜甫且有突破创新：其"即事"纪乱体在题目上更重视明确史事发生的时间、地点，选材也更接近历史的真实；在形式方面的创新则表现为联章律诗、绝句的大量出现；在题材方面涉及金、蒙、宋，有大幅度拓展。且有深度，笔触涉及社会各个阶面；在艺术上将诗与史奇妙结合，重在抒情。元好问的丧乱诗无论是在文学，还是在史学都极具价值，代表了一代丧乱诗的特点并极具时代精神和主体才华与气质。

关键词：元好问；丧乱诗；突破；创新

由金入元的大诗人元好问，是一位鲜卑族的后裔，元好问之所以成为一位有独特风格与卓越成就的杰出诗人，与他出身于北方民族，有着慷慨豪迈的民族文化心理有深切的关系。从这个角度来探讨遗山诗的风格与成就，在我们面前会呈现出一片新的视野。

所谓新的视野，就是说元好问的丧乱诗比之传统的丧乱诗有了新的突破与拓展。传统的丧乱诗应以杜甫的丧乱诗为最高水平的代表，杜甫的丧乱诗真实地反映安史之乱的社会状况和人民的苦难，在中国文学史中有"诗史"之美誉。而元好问的丧乱诗也同样地记录和反映了蒙金战争及其带给人民的灾难，"诗史圣手"的美称加在元好问头上也毫不逊色。由于他亲身经历了这场战乱，又由于他以北方诗人"挟幽并之气"的独特艺术禀赋，饱含时代的血泪和家国之痛，谱写了时代的乐章，无论在思想内容，还是在艺术表现方式上对杜甫的丧乱诗都有新的突破，奏出了时代的最强音。

一、元好问"即事"纪乱体的新创

和杜甫几乎一样，元好问由青年而壮年以至步入老年，经历了蒙古与金朝的战乱，他创作很多丧乱诗，但丧乱诗创作的高峰期，是在金朝相继失去山东和凤翔之后。金朝失去两翼重地，汴京不保，真可谓赵翼所言"国家不幸诗家幸，赋到沧桑句便工"，元好问压抑在内心多年的悲愤之情于此时迸发出来。他接连写了其丧乱诗中的一系列重要的作品，真实反映了那个时期的历史，其题材选择的史实性超越了传统的丧乱诗。如前所述，传统的丧乱诗以杜甫的丧乱诗为数量最多，水平最高，其"三吏""三别"又是其中最高水平的代表，就以"三吏""三别"相比，元好问这个时期丧乱诗选材的真实性远远超过了"三吏""三别"。

"三吏""三别"的选材，虽然"三吏"的题目中道出了"新安吏""潼关吏""石壕吏"，有较为明确的地域性；"三别"的题目点出了"新婚别""垂老别""无家别"，但其文学色彩较为强烈，而"史"之特点较为模糊，"史"之特点最为显著的应该是时间性及地域性。元好问这一时期的丧乱诗都标出明确的时间和地点，如《岐阳三首》《壬辰十二月车驾东狩后即事五首》《癸巳四月二十九日出京》《癸巳五月三日北渡三首》。毋庸讳言，这种具体和明确的时间，就是当时的纪乱。《壬辰十二月车驾东狩后即事五首》写的是金朝与蒙军交战，失去凤翔，国都汴京形势十分危急。蒙古拖雷军兵攻打唐州，金元帅完颜两娄室与之激战于襄城汝坟，败绩，遂入汴京实在没有办法，金遣民丁万人决河水以卫京城，起近京诸色军家属五十万人入京。蒙古汗窝阔台率军由河清县白坡渡河，攻打郑州，金守将投降，蒙古发兵攻打，再克新郑，蒙古军遂下商、虢、嵩、汝、陕、洛等州，金主御端门肆赦，改号天兴，减御膳，罢冗官，放宫女，汴京解严，放迁民出京，城内瘟疫大作，据金史记载："凡十五日，诸门出死者九十万人。"这种情况下，金飞虎军擅杀蒙古使者唐庆等三十余人于馆，诏赏其罪，和遂绝。形势又复紧张，汴京城内出现了人吃人的现象。金哀宗发汴京，蒙古军速不台知金主离汴，又派兵围攻汴，同时蒙古约宋攻金，许事成归河南地于宋。

金哀宗离京时，元好问写下了《壬辰十二月车驾东狩后即事五首》这组诗。这首诗并没有写蒙军围城的汴京生活，而是针对"车驾东狩"而发，至于围城时的情况，元好问有七律《喜李彦深过聊城》一诗："围城十月鬼为邻，异县相逢白发新。恨我不如南去雁，羡君独是北归人。言诗匡鼎功名薄，去国虞翻骨相屯。老眼天公只如此，穷途无用说悲辛"。①已将此时的心情说得很清楚，他的心情太沉重，也太复杂，他不愿意用古诗的形式细说。至于《壬辰十二月车驾东狩后即事五首》确是"即事"的形式。

其一

翠被匆匆见执鞭，戴盆郁郁梦瞻天。

只知河朔归铜马，又说台城堕纸鸢。

血肉正应皇极数，衣冠不及广明年。

何时真得携家去，万里秋风一钓船。

所谓"只知河朔归铜马"是指哀宗车驾至黄陵冈，降大名两寨，得河朔降将，随行群臣计议鼓行入开州，形成破竹之势。但这只是妄想，"又说台城堕纸鸢"是指在汴京城放风筝送文书诱蒙军中金人之事，"又说"一词的语气就更加强了"只知"的盲目性，至于"台城"传递消息也是愚蠢的行为。诗人希望能恢复旧势，但他也看到了"血肉正应皇极数，衣冠不及广明年"的态势，这不仅是他个人心态的表露，也是当时兵荒马乱的年月的真实记录。诗人还是有眼光的，他情知归隐已成泡影，想走是走不脱的，只能听命运摆布，"真得"一词，说得再清楚不过了。

第二首，"惨淡龙蛇日斗争，干戈直欲尽生灵"，其"日斗争"是说战争的残酷，双方生死纠缠的斗争胶着状态是十分真实的，而第三首"郁郁围城度两年"更是历史的真实记录，两年之后，"汴州门外即荆榛"了。

突出事件的准确时间，是记录史实，体现世事真实性的前提条件。毋庸多谈，元好问此间其他的纪乱诗皆举出具体时间，仅从标题，就可窥一斑，《壬辰十二月车驾东狩后即事五首》突出的是纪月，以后如《癸巳四月二十九日出京》和《癸巳五月三日北渡三首》精确至纪日。因为，癸巳四月二十九日对于元好问来说，确是一个惊心动魄的日子，本来，四月初，金朝

---

① 文中所引元好问诗均出自姚奠中主编《元好问全集》（增订本）卷八，山西古籍出版社，2004年版。

驻宋汴、庐的守将崔立已投降蒙古,蒙古军将皇族男女五百余人拘于蒙古军中;四月二十九日这一天又将全国旧官员羁管于山东聊城,此诗作于诗人被押往聊城时,他以一位亡国遗臣的身份,对金朝衰亡的全过程作了历史的回顾和评论。

《癸巳五月三日北渡三首》,"癸巳"即金哀宗天兴二年(1233),这年五月三日,元好问又自山东聊城,被押解北渡黄河。途中,诗人看到战火之余的悲惨景象,真实地记载蒙古军掳掠奴隶"道旁僵卧满累囚""白骨纵横似乱麻"的悲惨情景。

如上所论,与杜甫"三吏""三别"相比,元好问更重视事件发生的时间、地点,以此来确切地反映历史的真实,这种纪乱体比之杜甫丧乱诗可谓更加靠近了历史的真实,这种纪乱诗可谓纪乱体,这种纪乱体不仅有事件发生的真实时间、真实地点,还有真实的素材,比之杜甫丧乱诗可谓新创。

二、元好问丧乱诗联章绝句的创新

元好问丧乱诗的创新,不仅表现于其纪乱体诗中对确切的时间、地点和题材的选择,还表现在其丧乱诗形式的创新:其丧乱诗联章律诗绝句的大量出现。丧乱诗为了表现社会现实和时代精神往往采取古风的形式,从曹操的"白骨蔽平原"开始,古风的形式便得到流行,至杜甫的"三吏""三别"更得极大程度的发挥,不过,杜甫已有了联章的形式表现丧乱内容的诗,《杜甫全集》[①]中仅存一首,即《秦州杂诗二十首》这二十首五言绝句(有绝句的形成,并不十分完善),以联章的形式存在,但二十首诗并不是都反映丧乱,反映丧乱内容的诗仅有四首。

其一
满目悲生事,因人作远游。迟回度陇怯,浩荡及关愁。
水落鱼龙夜,山空鸟鼠秋。西征问烽火,心折此淹留。
其六
城上胡笳奏,山边汉节归。防河赴沧海,奉诏发金微。

[①] [唐]杜甫:《杜甫全集》,上海古籍出版社,1996年版。

士苦形骸黑，林疏鸟兽稀。那堪往来戍，恨解业城围。

其十一

萧萧古塞冷，漠漠秋云低。黄鹄翅垂雨，苍鹰饥啄泥。
蓟门谁自北，汉将独征西。不意书生耳，临衰厌鼓鞞。

其十九

凤林戈未息，鱼海路长难。候火云峰峻，悬军幕井干。
风连西极动，月过北庭寒。故老思飞将，何时议筑坛。

除了这四首之外，余者不外乎对西北边塞苍凉景色的描写和衰老苍颜的慨叹：不说穷愁潦倒，即言无力回天。这说明杜甫只是以联章杂诗的形式，表现他西行秦州的即事感受，并没有形成他有意识地以联章近体诗的形式表现丧乱的内容。之所以这样，事情很简单，能用古体形式自由地表现丧乱，何苦要以近体艰难地纪乱呢，更何况绝句的形式又无法纪乱。

元好问丧乱诗的情形则与杜甫完全不是一回事了。杜甫无论是《秦州杂诗二十首》，还是"三吏""三别"，以及《兵车行》《述怀一首》《北征》，等等。其反映的社会现实和所记述的事情都重视故事、重视情节，近体绝句的形式很难承载得下。况且这些故事，很少是杜甫亲身经历的，他是以文人之笔，根据所见所闻，用诗的语言结撰故事，塑造典型形象，反映社会现实。

杜甫用的是以小总大的方法，以个体家庭在安史之乱中的遭遇反映社会现实，元好问则是直接取材社会现实。其丧乱诗中的题材内容主要是来自个人经历，即使不是个人根据，也是有根有据的社会现象。这样的见闻没有连贯的故事情节，反映这样的内容使元好问必然采取近体诗的形式，当一两首近体诗承载不下时，他必然采取联章的形式，更何况在他之前杜甫已作了这样的尝试。元好问这种联章形式的突破，首先从他的丧乱诗《岐阳三首》开始：

其一

突骑连营鸟不飞，北风浩浩发阴机。
三秦形胜无今古，千里传闻果是非。
偃蹇鲸鲵人海涸，分明蛇犬铁山围。
穷途老阮无奇策，空望岐阳泪满衣。

其二

百二关河草不横，十年戎马暗秦京。

岐阳西望无来信，陇水东流闻哭声。
野蔓有情萦战骨，残阳何意照空城。
从谁细向苍苍问，争遣蚩尤作五兵。

其三

眈眈九虎护秦关，懦楚孱齐机上看。
禹贡土田推陆海，汉家封徼尽天山。
北风猎猎悲笳发，渭水潇潇战骨寒。
三十六峰长剑在，倚天仙掌惜空闲。

元好问作《岐阳三首》的时间是金正大八年（1231）四月，蒙古军攻陷凤翔时。元好问任南阳令，听见这不幸的消息，他心里万分悲痛，这明明是事实，他又不愿意相信。因此，诗中写道"千里传闻果是非"，由此表现他内心巨大的悲哀，由此联章下去，写岐阳屠城，蒙古军杀戮百姓的惨景，接着又联章写下他对改变形势的幻想。这种客观事态下连贯的感情线索，作联章形式的表现是很自然的，这与杜甫《秦州杂诗二十首》杂感形式的联章写法已不是一回事。如果说杜甫的《秦州杂诗二十首》还有"杂"的意思的话，元好问这种联章形式是一个严密的整体，具有严密的诗思结构，如果说他曾经借鉴过《秦州杂诗二十首》的表现方式的话，那么，在此基础上，他已大大前进了一步，已经完全形成自己的独特风格和独特的表现方式。

元好问丧乱诗的联章形式的特点还多采用七言律诗的形式，如著名的《壬辰十二月车驾东狩后即事五首》：

其一

翠被匆匆见执鞭，戴盆郁郁梦瞻天。
只知河朔归铜马，又说台城堕纸鸢。
血肉正应皇极数，衣冠不及广明年。
何时真得携家去，万里秋风一钓船。

其二

惨淡龙蛇日斗争，干戈直欲尽生灵。
高原水出山河改，战地风来草木腥。
精卫有冤填瀚海，包胥无泪哭秦庭。
并州豪杰今谁在？莫拟分军下井陉。

其三

郁郁围城度两年,愁肠饥火日相煎。

焦头无客知移突,曳足何人与共船。

白骨又多兵死鬼,青山元有地行仙。

西南三月音书绝,落日孤云望眼穿。

其四

万里荆襄入战尘,汴洲门外即荆榛。

蛟龙岂是池中物,虮虱空悲地上臣。

乔木他年怀故国,野烟何处望行人。

秋风不用吹华发,沧海横流要此身。

其五

五云宫阙露盘秋,银汉无声挂树稠。

复道渐看连上苑,戈船仍拟下扬州。

曲中青冢传新怨,梦里华胥失旧游。

去去江南庾开府,凤皇楼畔莫回头。

元好问另一类联章形式,是七言联章绝句。如《癸巳五月三日北渡三首》。四月甲午两宫北迁后,至汴故宫,作《俳体雪香亭杂咏十五首》《杂著四首》等。雪香亭于何处据凌廷堪《元遗山先生年谱》载,"考《金史·地理志》,云:南京纯和殿,正寝也。纯和西曰雪香亭,亭北则后妃位也。此禁掖严密之地。是年四月癸巳,崔立送二王及诸宗室于蒙古。甲午,两宫北迁,故先生入览故宫而兴感也。今详诗中有云:'为向杏园双燕道,营巢何处过明年。'是时金源妃主,始迁青城,曰'过明年'者,借双燕而伤身世之飘零也。又云:'若为常得熙春在,时上高层望宋州。'是时哀宗车驾尚在归德;曰'念宋州'者,借登楼而念君臣之琐尾也。又云:'批奏内人轮上直,去年名姓在窗间。'言去冬故君始东狩也。又云:'重来未必春风在,更为梨花住少时。'言此身今夏来北渡也。虽未明纪岁月,而行间纸上,历历可寻。况哀宗于是年五月始走蔡州,今诗尚云'望宋州'。宋州者,归德也。则在五月以前可知。又诗中如海棠流莺暮春等语,景物亦在三月四月之交,皆可为作于癸巳年未北渡之证。"

《杂著四首》诗有"雪香亭上清明宴,记得君王去岁时",李光庭《广元遗山年谱》谓"此在降城中作。时宫人有从虏者",所云极是。

《八声甘州》之二上阕有"玉京岩、龙香海南来。霓裳月中传"句,下阕有"一枕繁华梦觉,问故家桃李,何许争妍"句。杨奂《汴故宫记》载:"纯和之次曰宁福殿。宁福之后曰苑门。由苑门而北曰仁智殿,有二大石:左曰敷锡神运万岁峰,右曰玉京独秀太平岩。"词亦两宫北迁后作。

《江城子》十三云:"河堤烟树渺云沙。七香车,更天涯。万古千秋,幽恨入琵琶。想到都门南下望,金缕暗,玉钗斜。津桥春水浸红霞。上阳花,落谁家?独恨经年、培养牡丹芽!寒雁归时凭寄语:莫容易,捐容华。""都门""津桥",汴京之物。"上阳",唐宫名。"金缕""玉钗",宫妃之装饰。"七香车,更天涯","想到都门南下望""寒雁归时凭寄语",当为宫妃北迁。"幽恨入琵琶",亦《俳体雪香亭杂咏十五首》所言"琵琶心事曲中论,曾笑明妃负汉恩"之意。知词亦为两宫北迁事作。

《玉楼春》:"惊沙猎猎风成阵,白雁一声霜有信。琵琶肠断寒门秋,却望紫台知远近。深宫桃李无人问,旧爱玉颜今自恨。明妃留在两眉愁,万古春山颦不尽。"词首二句明指塞北之地。次二句写身在塞北心在汉。傅玄《琵琶赋》:"汉遣乌孙公主嫁昆弥,念其行路思慕,故使工人裁筝、筑,为马上之乐。欲从方俗语,故名曰琵琶。"杜甫《咏怀古迹》之三:"千载琵琶作胡语,分明怨恨曲中论。"遗山"琵琶心曲中论""万古千秋,幽恨入琵琶",皆用此意。

元好问很少使用联章绝句的形式,只有《癸巳五月三日北渡三首》是联章绝句的形式,因此,使用律诗或绝句是因内容而定。题材和表现方式因需要而确定,需要用律诗联章则用律诗联章,需要用绝句联章则用绝句联章。

三、诗与史的奇妙结构与表现

遗山丧乱诗最高水平的代表是《岐阳三首》《壬辰十二月车驾东狩后即事五首》。它们之所以采取律诗联章的形式,是因为律诗的对偶与对仗文字中本身就有一种内在的张力,联章更能体现思想内容的完整性。遗山天姿翩翩,才力雄厚,足以驾驭这种形式表现这种重大的主题,以成几百年丧乱诗的绝响。

岐阳即陕西凤翔县,是有名的军事要冲,形势极为险峻,金哀宗正大八年正月,蒙古军围攻凤翔,四月破城,凤翔失陷,蒙古军在城中进行了残暴的屠杀。元好问此时任南阳县令,惊闻此讯,满怀悲怆写下了《岐阳三首》。第一首极写出隘之雄险,以及自己的悲愤之情。"突骑连营鸟不飞,"形容山川绝险,暗示易守难攻。"北风浩浩发阴机",指蒙古军队的汹汹气势。"三秦形胜"这两句,概括了形势险要与自己闻变后将信将疑而又终于坐实的心情。"偃蹇鲸鲵"两句,形容金元双方守战形势,意象甚奇,尾随着直接表达自己的悲怆心情,感人至深。这首诗无论是写凤翔关隘之险要或写诗人心情之悲怆,都是笔力雄劲,意象浑莽。

首联第一句,将"突骑连营"动态意象与"鸟不飞"这样静态的意象组合在一起,意在说明蒙军势力的强大,飞鸟却不得过,可谓"句新而意深"。此联后用老杜顿挫之法,横插两句"三秦形胜无今古,千里传闻果是非。"三秦形胜今古没有区别,为什么古胜而今亡?难道这"千里传闻"不是真的吗?颈联"偃蹇鲸鲵人海涵,分明蛇犬铁山围"对联成交叉承接,"分明蛇犬铁山围"接"三秦形胜无今古","偃蹇鲸鲵人海涵"承接"千里传闻果是非",这种交叉承接,具有一种内在的张力,更使全诗句势不凡,遒劲有力。用宝鸡的蛇山,和扶的犬丘真实存在作为意象融于诗句中,历史地名与诗之意象璧合,可谓诗史结合的一种新方式,如大铁护围的形势都不能抗,其贬斥之意自在其中,所以"穷途老阮无奇策",只有"空望岐阳泪满衣"了。

第二首更为人所传诵,有更为深回浑激的历史感。《史记》上说:"秦,形胜之国带河山之险,县隔千里,持戟百万,秦得百二焉。""百二关河"正说明此地关山之极险,从古迄今都是"一夫当关,万夫莫开。"而如今,"草不横"暗示金军守备之弛,方才酿成此祸。"野蔓有情"两句,写蒙军屠杀后的惨象,悲惨之至,却又意境茫远苍凉,都显示出遗山诗悲怆而又雄浑的特色。

"野蔓有情索战骨",本来由杜甫《遣兴三首》"朽骨穴蝼蚁,又为蔓草缠"两句化出,杜甫只是"下马古战场"[①]时,描写其多年荆榛的荒凉景象,

---

① [唐]杜甫:《杜甫全集》卷三,上海古籍出版社,1997年版,第31页。

此句经元好问点化之后加"有情"两字，写出了陕西人民对乡土的热爱，为保家卫国而捐躯的斗争精神。"残阳何意照空城"既是一声哀叹，也暗中隐含着嘲讽。真是叫天天不应，呼地地不灵。尾句"从谁细向苍苍问，争遣蚩尤作五兵。"将历史的典故与眼前的现实有机的结构起来，这就是元好问诗与史结合的巧妙之处。

诗与史的奇妙结合，使遗山丧乱诗具有感荡人心而又大气包举的悲壮美的力量。山河破碎、生灵涂炭，正可谓"乾坤日流血"，诗人的情感是极为悲怆的，遗山"纪乱诗"也正溢满着国破家亡的悲愤。

明人都说："元遗山在金末，亲见国家残破，诗多感怆。"而这"感怆"不止于悲哀，丧乱诗之所以能够产生震憾人心的力量，更在于气魄宏大，境界雄浑，悲壮慷慨的感情渗透在苍莽雄阔的意境之中。从来没有谁把如此雄浑苍莽与如此悲怆浓挚的情感融合得如此浑然一体。遗山"丧乱诗"以七律为最多最好，即如其中之名篇《壬辰十二月车驾东狩后即事五首》其二最为精彩：

惨淡龙蛇日斗争，干戈直欲尽生灵。
高原水出山河改，战地风来草木腥。
精卫有冤填瀚海，包胥无泪哭秦庭。
并州豪杰今谁在？莫拟分军下井陉。

此诗写于围城之中，哀宗天兴元年即壬辰年，蒙古军围攻汴京。十二月，粮尽无策，哀宗率军东征。与蒙古军战而败绩，退守归德。这便是所谓"车驾东狩"。元好问时任左司都事，居围城中。这首诗写战争给人民带来的巨大灾难以及国家的危亡。诗人的情感十分悲愤。诗人以"惨淡龙蛇日斗争"来写金元之间的战争，一开始便造成了雄莽苍凉的气氛和压顶之势。"高原水出山河改，战地风来草木腥"两句，前句指蒙、宋联合攻破蔡州，蒙军决练江，宋决紫潭，这是十分确凿的史实，化出"高原水出山河改"又那么自然，而"战地风来草木腥"极写蔡州之战的残酷，双方死伤甚重，血流漫野，以致"风来草木腥"。两句诗压缩许多内容，遗山遣词造句的功夫已达到极致。"高原水出山河改"一"改"字，也暗指金哀宗下令决河卫京，完颜麻斤奉命行使权力，可惜的是，工程未结束，蒙军已提前赶到现场，完颜麻斤毙命，筑堤决河百万民工只逃回二三百人。诗中所言"高原水出"是指这场借"水"之战，金朝措施无效，山河将为之"改"容。颈联用"精卫""包胥"的典故，恰切的用典将诗人悲愤的心情表现得十分深刻，同时在悲愤中有一股慷慨壮气。诗人在大声呼"并州豪杰""并州豪杰今谁在？莫拟分兵下井陉"，此联用韩信出兵井陉的典故，表现了诗人对救兵的企盼和救兵不到的失望。当时的"并州豪杰"像韩信一样的人又有谁呢？他们不是像韩信那样分兵下井陉，解汴州之围，救助困难，而是坐视观望围城之内，真是"包胥无泪哭秦庭"了。哀痛之重，是因为诗人渴望援军的焦虑与援兵不至的愤懑皆在不言之中，沉雄伤痛的情感融合着历史的事实与典故，融合一体，才是真正的历史的真实，正如赵翼所评"感时触事，声泪俱下，千载后犹使读者低徊不能置，盖事关国家，尤易感人。"（《瓯北诗话》）

杜甫的律诗，同时又加以创造性的发展，给人一种更为新鲜、更为动人心魄的审美感受。而我认为，遗山七律之所以能动人心魄，在艺术风格方面，融雄浑苍莽与悲怆感慨于一炉，是一个重要的原因。

以"诗史"称杜诗，有一个重要原因是诗人善用客观化的、叙事性的笔法来反映社会现实。诗人的主体心态、情感，是隐藏在叙事性的文字形象后面的。诗人将巨大的历史变故，凝缩成一个个叙事性的片断，真实地显示了那一时代的风貌，如《兵车行》《新婚别》《垂老别》等篇什皆然。遗山诗对于金末丧乱的写照不同的是，诗人是以在这历史惨剧中激起的强烈主体感受，来熔摄当时的客观事实，"铸造"成有巨大容量的诗歌意象。这些意象并不只是以某些具体史实为其艺术目的，而是有着更为深广的内涵，因而，显得非常厚重；同时，这些意象又带着鲜明的主体倾向，带着诗人的激情与个性，尤为易于激动人心。如："白骨又多兵死鬼，青山元有地行仙。""西风白发三千丈，故国青山一万重。"（《寄杨飞卿》）等，这些诗句都是非叙事性的，却又极为深刻地概括了当日的时代风貌，形成了主客体浑然为一的意象特点。

遗山"丧乱诗"的又一个特点，是深刻的历史洞察、批判意识与悲怆情怀的融合，使诗作增加了历史深度。这个特点，在《癸巳四月二十九日出京》《岐阳三首》《壬辰十二月车驾东狩后即事五首》《出都》等诗中表现得都很鲜明，如《癸巳四月二十九日出京》这首诗：

> 塞外初捐宴赐金,当时南牧已骎骎。
> 只知灞上真儿戏,谁谓神州遂陆沉。
> 华表鹤来应有语,铜盘人去亦何心。
> 兴亡谁识天公意,留著青城阅古今。

这首诗是天兴二年(1233)诗人被押出京时所作。四月,汴京守将崔立举行兵变,投降蒙古军。汴京沦入蒙古手中,金朝至此实际上已经灭亡了。四月二十日金皇族五百余人被押送蒙古军中,除太后、皇后、妃嫔外均被杀害。四月二十九日,元好问和其他金朝旧臣被押出汴京,暂时羁管于青城。这首诗正是为此事而作。诗人沦入敌手,国家已亡,其心情之悲愤是溢于言表的。而更值得指出的是,这首诗在国亡身羁的悲愤中,表现了清醒的、深刻的反思与省察,用诗的意象揭示了金亡的历史教训。"塞外初捐宴赐金"这两句,是指责金统治者对于元蒙势力采取屈辱求和的政策,致使元蒙迅速向南发展。"只知灞上真儿戏"这两句,指出由于金军越来越松弛,如同汉文帝时灞上军之"儿戏",军备尽弛,在元蒙军队面前节节败退,致使金朝沦为亡国之地。"兴亡谁识天公意"二句意味更深,历史批判的锋芒更为犀利,令人警醒。青城在今河南,徽、钦二帝降金;而金末蒙古元帅速不台破汴京,也在青城受金朝之降,历史的悲剧又在此重演。青城作为两代王朝覆亡的历史见证。

在联章七律的创作上,元好问提供了前所未有的特色,形成了七言律诗的新的艺术范本。

元好问于其他各体也有相当的艺术造诣,五律、五七言古体、绝句,都有许多佳作。遗山五言诗中以五律最为浑融含蓄。如:

《不寐》

> 不寐复不寐,悲吟如自仇。
> 鸡栖因失晓,虫语苦争秋。
> 日月虚行橐,风霜入敝裘。
> 谁怜庾开府,直欲赋浇愁。

这首诗写于避乱他乡的羁旅途程中,风格沉郁苍凉而意象浑融,同时又不失昂藏之气,更多地接近杜甫的五律,但缺少杜诗那种博大深厚的概括力,不如遗山七律那样富有艺术个性与创作力。

四、元好问丧乱诗题材的拓展

元好问丧乱诗的拓展，还在于他的丧乱诗题材的广阔性。与传统的丧乱诗不同的是，他的丧乱诗明显地和深刻地揭露了皇室无能、将帅误国、守将投降，以致丧乱过程中对人民群众剥削的加重、加强。其笔触所到，涉及了社会各个阶层包括皇后、嫔妃以及下层妇女的不同表现，真可谓囊括方方面面。

揭露金朝皇帝目光短浅，边防失策的内容，几乎在很多丧乱诗中都有反映，只不过是或隐或显罢了。其中以《癸巳四月二十九日出京》为最。其诗云：

塞外初捐宴赐金，当时南牧已骎骎。

只知灞上真儿戏，谁谓神州遂陆沉。

华表鹤来应有语，铜盘人去亦何心。

兴亡谁识天公意，留著青城阅古今。

癸巳四月，金朝驻守汴京的崔立投降蒙古，蒙古军金皇族男女五百人拘蒙古军中，押至青城，又把全国旧官员羁管于山东聊城，此诗作于诗人被羁押聊城时。元好问以亲身经历对金帝的目光短浅和蒙军虎视南下军事行动作了深刻的对比与揭露。"塞外初捐宴赐金，当时南牧已骎骎。""宴赐金"是指全国从海陵王正隆年间始，向北方边境各部赐给宴会用的金钱。"南牧"以南下牧马，代指北方游牧民族向南扩张势力。贾谊《过秦论》"胡人不敢南下而牧马"，此诗第二句由此化来。其意重在揭露，一面是金朝赐赏金钱宴会欢乐，边防松弛；一面是虎视眈眈，向南攻城略地，可想而知金国灭亡不远了。"只知灞上真儿戏，谁谓神州遂陆沉。""灞上"，在长安东。史载，文帝视察灞上，棘门的驻军，直驰而入。至周亚夫军营，则戒备森严，不得入。文帝曰："嗟乎，此真将军也。曩者灞、棘门军，若儿戏耳，其将固可袭而虏也。"此两句诗联系首联，一因一果，继续深入，表明军务松弛是金国必然灭亡的原因。"华表鹤来应有语，铜盘人去亦何心。"颈联用辽东人丁令威化鹤还乡和金铜仙人辞汉两个典故，表明诗人内心的亡国丧家之痛。尾联"兴亡谁识天公意，留著青城阅古今。"青城是历史的见证。金灭北宋时，金军驻兵于此，接受宋朝二帝投降，把北宋后妃尽俘而北；历史又在这里重演故事，蒙古破金，速不台也在青城受降，尽掠宫妃北上，诗人抓住青城两次重演的历史故事，写下了意味深长的名句。"留著青城阅古今"，讽刺腐化的宋主金帝之意可见。全诗揭露金亡的主要原因在于金帝重蹈北宋覆辙，边防松弛，鼠目寸光，难守江山。

元好问的丧乱诗对亡国丧家原因的表现，还在于反映了丧乱前期人民负担的加深、加重。元好问还揭露蒙金战争中，对人民的剥削和压榨，如《驱猪行》，明写天灾暗写人祸。"放教田鼠大于兔，任使飞蝗半天黑。"鼠害、蝗虫且不要说，"沿山莳苗多费力，办与豪猪作粮食""长牙短喙食不休，过处一抹无禾头"。这样的猪害使"天明垄亩见狼藉，妇子相看空泪流"。虫灾、猪害莫重于人祸，"县吏即来销税籍"，再加上黑暗的吏治，农人更无法活了。他的《寄赵宜之》一诗写道："大城满豺虎，小城空雀鼠。可怜河朔州，人掘草根官煮弩。""自我来嵩前，旱乾岁相仍。耕田食不足，又复违亲朋。"揭露了旱灾相连、人民的痛苦生活。农业是金统治的基础，农民的痛苦生活、经济的薄弱，可想而知金国的整体国力必然下降，再加上统治者的荒淫腐败，内部已经空虚，无法抗拒蒙古人的猛烈攻击。

元好问丧乱诗题材的创新还在于他重视无人重视的妇女阶层在战乱中的表现。元好问对妇女这个阶层在战乱中的表现作了具体描述。蒙军在战乱中对汴京城大肆抢掠，除财物外，抢掠的对象还有妇女，妇女因出身不同在战乱中所表现的态度亦不同。元好问《癸巳五月三日北渡三首》真实地记录了这种情况。其第一首云：

道旁僵卧满累囚，过去旃车似水流。红粉哭随回鹘马，为谁一步一回头。

此诗第一句就描写大战劫后的场景。"道旁僵卧"的金朝囚徒，一个"满"字说明人数之多，"累"字更道横躺竖卧、垒紧死伤无人过问的情况，而"过去旃车似水流"是说装载抢掠的财物之多。除了财物之外，还有年轻妇女即"红粉"，这些妇女或被载在车，或捆于回鹘马之后，她们哭着、喊着，回鹘马每向前一步，她们就远离家乡一步，每向前一程，她们就远离家乡一程。而"为谁一步一回头"真切地反映了这些被劫掠的妇女对故乡、对亲人的眷恋。"为谁"一问表现的力度更深一层，因为她们已家破人亡，无亲人可眷顾，更加表现了诗人对这些无辜妇女的同情和其内心极为沉痛的心情。

与此相反，对那些受过良好教育却贪生怕死的贵族妇女，元好问则作了无情的揭露。元好问愤怒地揭露了金主皇后、嫔妃叛国求荣的丑态，其如《俳体雪香亭杂咏十五首》：

其八

杨柳随风散绿丝，桃花临水弄妍姿。

无端种下青青竹，恰到湘君泪尽时。

元好问的意思是说，湘君泪洒斑竹的气节你们没有，为什么"无端种下青青竹，恰到湘君泪尽时"？你们只会如"杨柳"一般"随风散绿丝"，如"桃花"一样"临水弄妍姿"。

其九

琵琶心事曲中论，曾笑明妃负汉恩。

明日天山山下路，不须回首望都门。

为什么"明日天山山下路，不须回首望都门"呢？因为她们（指太后、皇后、嫔妃）都已忘记了与金主的夫妻之情，下首诗说得更明白：

其十

炉薰浥浥带轻阴，翠竹高梧水殿深。

去去毡车雪三尺，画罗休缕麝香金。

什么"炉薰浥浥带轻阴"，什么"翠竹高梧水殿深"？这些贵妇们全都忘记了，她们已经"去去毡车雪三尺"，坐着蒙古人的毡车远去了，元好问愤怒地指斥"画罗休缕麝香金"，不仅如此，元好问还用诗的语言指责这些贵妇的辱国行为。

其十一

罗绮深宫二十年，更持桃李向谁妍。

人生只合梁园死，金水河头好墓田。

元好问指斥皇后、嫔妃"罗绮深宫二十年"的恩情，已是半老徐娘"更持桃李向谁妍"？而诗中所谓"梁园"是金国的象征。元好问后两句的意思是还不为全国殉节，金水河头是最好墓地，那才是你们的归宿之地。元好问作诗一贯善于运用意象表现自己的情感，这里一反常态，不用一句景语，直接指斥，可见其愤怒之情，已达到极点。

元好问丧乱诗题材的广阔性还在于他的丧乱诗题材涉及北宋丧乱的内容。

元好问生活的年代正是宋、辽、金、元并存时期,复杂的异国关系、民族之间的矛盾都在元好问的丧乱诗中得到了反映,其丧乱比之杜甫的"三吏""三别""前后出塞"以及其他的丧乱诗都有拓展。客观存在的事实造成了他的丧乱诗题材的开阔性,除揭露金帝目光短浅、战略失策,朝廷腐败、奸臣误国之外。元好问毫不留情地揭露了蒙军杀害生灵、涂炭百姓的事实。如前所举,"惨淡龙蛇日斗争,干戈直欲尽生灵"。

"道旁僵卧满累囚,过去辎车似水流。红粉哭随回鹘马,为谁一步一回头",又如"白骨纵横似乱麻,几年桑梓变龙沙。只知河朔生灵尽,破屋疏烟却数家"这些都是历史的真实记录,如记录员的速写镜头,对准战乱场面,莫不让人触目惊心。

元好问除批判蒙古暴行外,还涉及对南宋战争失策,近邻开战的事实。其代表作有《续小娘歌十首》:

其十

黄河千里扼兵冲,虞虢分明在眼中。

为向淮西诸将道,不须夸说蔡州功。

"虞虢"之祸,是春秋时期的一个历史典故。虞、虢为唇齿邻邦,晋献公用荀息之谋,假道虞国灭虢,回师灭虞。元诗这里以宋金比虞虢,指责南宋以唇亡齿寒的道理而不顾,还在那里夸夸其谈蒙宋联合破蔡州之功。破了蔡州,等于断了金国一只右臂,再破凤翔又断了左臂,汴京则岌岌可危。元好问的意思是说,今日金国百姓被掠往沙漠的惨剧,明日就会在南宋重演。这种历史的目光可谓深远犀利。金亡之后,蒙古大军便直指南宋,南宋丧师失地,终至覆灭,其间不过四十五年。元好问《徘体雪香亭杂咏十五首》:

其二

洛阳城阙变灰烟,暮虢朝虞只眼前。

为向杏园双燕道,营巢何处过明年。

这首诗是欲去围汴州的拖雷之兵攻占陕西宝鸡后,入宋境、屠洋州、占兴元,宋明知蒙军去围汴州,却弃饶峰关不守,为蒙军让了道,所以元好问写"洛阳城阙变灰烟,暮虢朝虞只眼前",唇亡齿寒,这是实实在在的道理。元好问和着血泪的现实,揭示了这条颠扑不破的历史规律。

综上所述,元好问的丧乱诗产生于宋、辽、金、元民族矛盾加剧、蒙金战争进行时期，民族矛盾剧烈，正如清人赵翼所说："国家不幸诗家幸，赋到沧桑句便工。"蒙金战争给元好问对丧乱诗的发展提供了客观条件。再加他个人的亲身经历、他的天赋、他的才气、他的北方人刚强遒劲的气质，使他的丧乱诗树立了金元时期丧乱诗的楷模，对他以前的传统的丧乱诗作了创新与突破。这主要表现在对题材的拓展，有深度，也有广度，即打破了传统丧乱诗反映的时空界限。他写了蒙，也写了金，甚至也反映了南宋在蒙金中的态度，这宏观的反映在传统的丧乱诗中是没有的，堪为首创；他的丧乱诗不仅有广度，而且有深度，其笔触所到涉及社会各个阶层，如前所述蒙金的王公大臣，南宋朝廷众将，金国降将，下层群众，乃至贵族妇女，北方和南方的劳动妇女等都是他的丧乱诗描写和表现的对象。更重要的是诗人主体在丧乱中那种焦虑、悲愤、沉痛各种复杂的感情以及对这场战争的理解思考都做了深层的反映。

元好问丧乱诗重在抒情，不重在叙事，打破传统的丧乱诗以叙事为主的方法。元好问的丧乱诗不但在题材上有大幅度的拓展，而且，在表现方式和艺术手段上有创新。传统的丧乱诗以杜甫为代表在表现方式上往往采取概述性的白描式春秋笔法的叙事。白描者如《前出塞》和《后出塞》《兵车行》"车辚辚，马萧萧，行人弓箭各在腰。爷娘妻子走相送，尘埃不见咸阳桥……"春秋笔法如《石壕吏》叙述了一个完整的故事之后，结尾处点出一句"天明登前程，独与老翁别"。元好问的创新在于不重白描（有时也少用白描），重在揭示，因此比之传统的丧乱诗就有了深度。

比之传统的丧乱诗，元好问在艺术上拓展，不重视使用古风歌行，而重在七言律诗联章的形式。他所以重视律诗，根据他的才气，善于利用律诗的对仗关系，使用对立的意象，并将典故化为意象，显示其诗中内在的张力，并以情化史，做到诗史结合；而且，娴熟地使用诗法中律句交互承接、句连承接方法使其诗遒劲有力，并利用联章形式，使主体感情得到很好的抒发，使历史事件得到恰如其分的表述。

元好问的丧乱诗做到了诗史一体，他加重史的成分在于他对时间和地点的准确使用。在标题中标出时间是其重视历史时间的重要方式，在诗之行文中反映地点，也是其诗史结合的重要方法，使他的丧乱诗"诗史"的特点更加显明。

总之，元好问的丧乱诗无论是在文学，还是在史学上都极具价值，代表了一代丧乱诗的特点并极具时代精神和主体才华与气质。

（本文发表于《忻州师范学院学报》，2011年第2期）

王素美，1953年生，1995年毕业于陕西师范大学文学所，文学博士，师从霍松林先生，现为河北大学人文学院教授。

"律意虽远，人情可推"

——元杂剧公案剧中的清官形象的文化透视

高益荣

内容摘要：元杂剧公案剧塑造了包拯、张鼎等清官形象。在他们的身上，作者赋予其共同的思想性格特征：清正廉洁、执法如山、刚直不阿、为民请命、犯颜直谏、打击豪强、为民除害、聪明睿智、断狱精明，这是作者美好理想的外化，也体现出人民与黑暗势力做斗争的坚强斗志和不畏强暴的正直精神。他们正是人民所期望的清明政治的化身，同时也带有中国传统文化中"清官"崇拜的痕迹。

关键词：元杂剧；公案剧；清官形象；清官崇拜

近来阅读了苏力先生几篇从法律角度研究元杂剧的论文，甚觉新鲜。对从一个新的角度研究文本不失为有益的尝试，但对其文的观点不敢苟同。诸如论文认为"尽管常常被概括为清官与贪官或滥官之间的斗争，善与恶的斗争，但这些戏剧真正反映的是，冤错案件基本与裁判者的官员本人的道德品质并没有直接关系，而与官员的智识、能力则有更直接关系。如果仍然要用'清官'这个词，那么这里的'清'不能仅仅，甚至主要不能，理解为道德上'清廉'或'清正'，而应理解为包括了智识能力上的'清楚'或'清醒'。"[①] "《窦

---

① 苏力：《传统司法中"人治"模式——从元杂剧中透视》，《政法论坛》2005年1期，第51页。

娥冤》讲的就是这样一个人类悲剧：在一个没有强有力自然科学技术、实证科学研究传统和职业传统支持的司法制度中，哪怕司法者很有良心和道德，也将注定不可能运送正义，而更可能运送灾难和悲剧。"[1] 作者模糊了清官与贪官的道德区别，认为他们"勤政不勤政就不会对减少错案有多大差别"[2]。如此的论断，或许从现代法律学角度审视有一定的道理，但如此分析经典名作是对经典名作为我所需的随意解读，完全不顾及作品所处的时代与作家塑造这些清官的文化意蕴，故其所得结论不符合作品所反映的时代和文化精神。因此，本文从探究元杂剧公案剧中的清官形象的文化精神层面，揭示出清官身上所蕴含的思想意蕴，有利于我们将古典作品还原于作品所产生的那个时代来理解其思想意义，而不是用现在人的观念去匡正古人。

一、包拯——百姓理想化清官的典型

元杂剧公案剧里的清官形象，第一当属包拯。元杂剧里写包拯的戏有《蝴蝶梦》《鲁斋郎》《后庭花》《生金阁》《灰阑记》《留鞋记》《合同文字》《神奴儿》《盆儿鬼》《陈州粜米》《张千替杀妻》等，故包公成为中国老百姓心目中耳熟能详的第一清官形象。在他的身上溶入了广大人民对清明政治渴望的美好理想，他是人民按照自己理想清官模式所设计出的人物，正如胡适先生所说："包龙图—包拯—也是一个箭垛式人物。古来有许多精巧的折狱故事，或载在史书，或流传民间，一般人不知道他们的来历，这些故事容易堆在一两个人的身上。在这些侦探式的清官之中，民间的传说不知怎样选出了宋朝的包拯来做一个箭垛，把许多折狱的奇案都射在他身上。"[3] 当然，老百姓能够选择包拯，也是因为他本身确实也是一位受民尊敬、为民做主的好官。包拯，《宋史》卷三百一十六《包拯列传》云：

拯性峭直，恶吏苛刻，务敦厚，虽甚嫉恶，而未尝不推以忠恕也。与人不苟合，不伪辞色悦人，平居无私书，故人、亲党皆绝

---

[1] 苏力：《窦娥的悲剧——传统司法中的证据问题》，《中国社会科学》2005年2期，第8页。

[2] 苏力：《传统司法中"人治"模式——从元杂剧中透视》，《政法论坛》2005年1期，第61页。

[3] 胡适：《三侠五义序，中国章回小说考证》，上海书店，1980年版。

之。虽贵，衣服、器用、饮食如布衣时。尝曰："后世子孙仕宦，有犯赃者，不得放归本家，死不得葬大茔中。不从吾志，非吾子若孙也。"

由此可以看出，包拯在任宦期间确实以清廉刚正著称，积极参政，为民众做了一些好事，受到民众的怀念。但是元杂剧中的包拯，已经不等同宋时的包拯，他是经过艺术家和民众不断的加工想象、丰富和理想化了的执法如山，秉公断案，为民除害的清官形象。尽管剧作多称为宋时事，但实际展示的完全是元代的黑暗社会。

第一，为官清正、不畏权贵、勇于为民主持公正的高尚品行。元蒙统治者由于还处于奴隶社会阶段，大脑中几乎无法制的概念，皇亲贵族为所欲为，贪官污吏贪赃枉法，土豪无赖横行霸道，广大民众受尽欺凌。因而，百姓企盼清正之官能铲除权豪、为民伸张正义，《鲁斋郎》《蝴蝶梦》《生金阁》《陈州粜米》中的包公正是这样的清官，正如《后庭花》中包拯自己所说"凭着我撒劣村沙，谁敢道侥幸奸猾？莫说百姓人家，便是宦官贤达，绰见了包龙图影儿也怕"。

《鲁斋郎》里的鲁斋郎、《蝴蝶梦》中的葛彪、《生金阁》中的庞衙内、《陈州粜米》中的刘衙内以及他的儿子、女婿，都是权豪势要之徒，他们骄横恣肆、欺压良善，又享有"打死人不偿命"的特权。因此，他们随意打死人还狂妄地说："只当房檐上揭片瓦相似，随你那里告来"。面对如此嚣张的特权人物，包公毫不畏惧、与恶势力周旋，最终铲除祸害人民的恶人，为民申冤平反。如"智斩鲁斋郎"，别看鲁斋郎表面上仅仅是一个小小的主持祭祀的官，实际上他是受皇帝恩宠的朝廷要员，因而他才能任意霸占人妻。对待这种人，在皇帝就是法的封建专制社会，要靠正常的法律程序达到惩治他的目的是绝对不可能的，所以包公只能出于无奈，采用"智"斩。他把"鲁斋郎"三个字改为"鱼齐即"罗列其罪恶，上报皇上，等得到皇上批了"斩"字后再加笔画，把恶人押上了断头台，巧借圣旨之威，为除奸去恶寻找到法律的保护，从而实现了现实生活中小民那种"王子犯法与民同罪""龙孙帝子打杀人要吃官司"的理想，充分体现出民众对清官的崇敬与爱护之情。《生金阁》中，包公为被庞衙内夺了传家宝物又被铡死的书生郭成报仇。特别是《陈州粜米》细腻地展示了包公与权豪势要势不两立的精神风貌。包拯本已看透了朝廷、官场的腐败和黑暗，正直者得不到好死，奸佞者反受宠得势："有一个楚屈原在江上死，有一个关龙逢刀下休，有一个纣比干曾将心剖，有一个未央宫屈折了韩侯。那张良呵若不是疾归去，那范蠡呵若不是暗奔走，这两个都落不的完全尸首。我是个漏网鱼，怎再敢吞钩？不如及早归山去，我则怕为官不到头，枉了也干求。"因此他准备辞官归隐，可当他看到刘衙内对于他请求归田时的高兴样子，并希望他赶快离开朝廷的时候，对贪官污吏的憎恶情绪使他打消了归隐的念头："老夫有件事向君王陈奏，只说那权豪每是俺敌头。他便是打家的强贼，俺便是看家的恶狗。他要些钱和物，怎当的这狗儿紧追逐。只愿俺今日死，明日亡，惯的他千自在，百自由。"听了小古哭诉其父被小衙内打死的冤屈，便怒火中烧，为民除害的正义感使他主动地承担了去陈州处理案件的任务。他与权豪势要势不两立："我从来不劣方头①，恰便似火上浇油，我偏和那有势力的官人每卯酉，谢大人向朝中保奏。"于是，包公通过私访暗查，掌握了小衙内的罪行，让小古紫金锤打死小衙内为父报了仇，又巧妙地救了小古的命。

第二，断案精明、主持公正，是人民智慧的集大成者。包公戏中的包公形象担负着广大人民希望法制公平的美好愿望，在法制不健全的元朝，人民只能希望为官者有超人的智慧，凭借着"智慧"惩治恶人，帮助善良的人们。因此，剧作者把人民大众的智慧都聚集在包公身上。突出包拯断案以智慧为主的剧作有《包待制智斩鲁斋郎》《包待制智勘后庭花》《包待制智赚生金阁》《包待制智赚合同文字》《包待制智勘灰阑记》等。

在这类剧中，除《后庭花》外其他的案件本身并不复杂，是非曲直较为清楚，不需花费太大的精力勘察案情的蛛丝马迹，只需要为官者有一颗公正的心和聪明的智慧，突发奇想，掌握证据。《灰阑记》堪称这方面的代表。剧写张海棠因贫穷被迫为妓，后嫁富户马员外为妾。马正妻与州衙赵令史私通，为独霸家产，二人谋划将马均卿毒死，嫁祸于海棠，又抢夺海棠之子。海棠与马正妻吵到官府，赵令史买通街坊邻里，出面作伪证，说孩子为马正妻所生又逼海棠承认毒死丈夫，屈打成招，问成死罪，押解开封府。包拯接到申文，重新审理，画地为圈，放寿郎于圈内，让海棠与马妻各拉幼儿的

---

① 陶宗仪：《南村辍耕录》卷十七"方头"条言"俗为不通时宜者为方头"。

手,谁拽出孩子便是谁的。海棠恐伤子,因而马妻拽出,包公假怒,令打海棠,海棠诉说怕伤孩子,合情合理,遂判明此案,将奸夫奸妇凌迟处死,海棠母子团圆。剧作的主要关目就是包拯巧妙地运用人情可推的道理,轻易地断出了谁是生母,表现出包拯超人的智慧。再如《合同文字》包拯发布刘安住死亡的假消息,然后告知刘安住的伯母"误杀亲子孙不偿命,若不亲,杀人偿命",迫使刘安住伯母承认刘安住是自己的亲侄儿,并主动交出《合同文字》。包拯既不搜查,也不用刑,而是智赚《合同文字》,为刘安住争得了财产继承权。《后庭花》是一个案情非常复杂的公案剧,里面有两桩人命案纠缠在一起,充分展示了包公勘察案情的超人智慧。除此之外,几乎所有的"包公戏"中,都表现出他超人的断案智慧,这点,更使这一人物完美,正像《鲁斋郎》里张珪所唱的那样"再不言宋天子英明甚,只说他包龙图智慧多"。

第三,爱护民众、体察民情,具有人情味。元杂剧中的包公形象,不仅仅是威严公正、铁面无私的判官,而且还表现了他温和仁爱的一面,当然这是他对弱小的、善良的民众的。"在元代政治法无定守、法多有弊的现状中,他们(儒臣)往往是重情胜于重法。胡祗遹主张'问狱以情';靳孟亨'为治以理而不以刑';杨维桢也明确地强调:'求狱不于其情,而欲以笔札求之乎?是言也,平狱之本也。'儒家一贯以德化为主而轻视法律,提出:'德主刑辅','以经决狱'"。① 因此,元杂剧公案剧里的包公也往往以"律意虽远,人情可推"(《灰阑记》)作为断案的准则,往往也显示出铁面无私、执法如山的包公形象的另一面。如在《鲁斋郎》里包拯出于仁爱之心收养李四和张珪的儿女,《蝴蝶梦》里包拯被王家母子有情有义、深明大义、敢做敢当的精神所感动,于是找了一个与本案无关的罪犯替代了王三,救了王三的命。特别是《留鞋记》,是包公戏里很有新意的剧作,展现的完全是包公思想中重情感的光彩面。它既是一出公案剧,同时又是一出很美的爱情剧,歌颂了秀才郭华和卖胭脂的少女王月英的自由爱情。郭华因爱上王月英而常去买胭脂,王月英也爱上郭华,二人约在元宵夜到相国寺里相会。郭华因醉酒,在相国寺里睡着,王月英推不醒他,无奈将一只绣鞋、一

---

① 郭英德:《元杂剧与元代社会》,北京师范大学出版社,1996年版,第51页。

块手帕放在郭华怀里而离去。郭华醒来后发现了鞋与手帕后悔不已,便吞手帕自杀。郭华的仆人到寺中发现郭华死了,便扭送和尚到开封府告状。包拯根据绣鞋便捉拿了王月英,王月英说出真情,包拯让她到相国寺寻找手帕。王月英来到相国寺,见郭华口边有手帕的一角,扯出手帕郭华便复活了,包拯于是成全了一对有情人:"今日个开封府断明白,合着你夫和妇永远团圆"。包拯便成了捍卫年轻人自由爱情的保护神,从而使其成为真、善、美融于一身的完美形象。

第四,包公文化的现实精神。从元以后,包公戏长久不衰,直至今天的舞台影视。据不完全统计,元明清三代写包公的戏竟有31种之多。近世《京剧剧目初探》里也有34种包公戏。这些故事大多没有史实依据,多是人民群众的想象和创造。这些戏的共同之处是突出包公的正气、勇气和灵气,包拯往往并不是戏剧的中心人物,只是在剧情达到高潮时作为解决矛盾的关键因素而出现。从古至今,包公戏虽然千变万化,但都有一个共同的主题,即包公是一种象征,象征着正义和公正。他执法如山,秉公断案,上至皇亲国戚,下至平民百姓,上在人世间,下到阴曹地府,违法必究,铁面无私。艺术中的包公,实际上是老百姓心中的包公,包公形象已成为中华民族民族灵魂的一部分,同时也成了老百姓心灵的寄托。在生活的风风雨雨中,人们需要诉冤说理的地方,就有开封府的大门为他们敞开;在坎坎坷坷的人生旅途中,人们期望有敢于主持公道的人,于是就有包青天昂然端坐在大堂之上。千百年来,包公从朝廷走向民间,从历史走向生活,从现实走向艺术,从古代走向现代,是广大人民群众一种共同心理的产物,一种普通愿望的表露,一种集体意志的倾诉。在广大人民群众的心目中,没有比正常的生活秩序、安定的生活环境更重要的了,但安定的生活环境是需要强有力的法和强有力的执法者来维护的。在中国广大人民群众的心目中,包公代表着王法、代表着公理、代表着人情。因此,在文艺作品中,无论是皇帝王侯身边威武庄严的包公,还是置身于平民百姓中谈笑风生的包公,这个形象的核心内涵和价值作用是一致的:有包公在就有天理在,有包公在就有公正在,有包公在就有人情在。这就是中国广大人民群众给予包公的历史评价。正因为如此,只要人们维护正义、惩恶扬善、渴望公道的心愿还存在,包青天的价值和魅力就不会衰弱,包公形象在艺术中就不会消失,影视舞台上的包公戏就会唱不完,演不完。

二、良吏、能臣——以人为本的法治理念的赞歌

公案剧不但塑造了包公这样的清官,还塑造了一些秉公执法、智慧超群的良吏、能臣形象。他们中首推的当属河南府六案都孔目张鼎。张鼎,《元史·世祖本纪》中记有其事,元世祖至元十四年(1277)十月,以"鄂州总管府达鲁花赤张鼎、湖北道宣慰使贾居贞并参知政事。"至元十五年(1278)六月,有淮西宣慰使昂吉儿入觐,言江南官吏太冗。元世祖加以肯定,又批评其他官员没反映此类情况。"近侍刘铁木儿因言:'阿里海牙属吏张鼎,今亦参知政事。'诏即罢去。"七月,以"张荣实、张鼎并为湖北宣慰使"。(卷九、卷十)写张鼎审案的杂剧主要是《磨合罗》和《勘头巾》。

《魔合罗》写李德昌外出做买卖,他的堂弟李文道更加胆大妄为、调戏嫂子刘玉娘。李德昌经商回来,路上淋了雨,病倒在一古庙,托卖魔合罗的小贩高山给他家送信。高山问路恰恰问到李文道,李文道听到哥哥赚了好多钱便起了坏心,他告诉了高山嫂子的住地后就到庙中用毒药毒死堂哥,劫走财物。等刘玉娘赶到庙里时,李德昌已不会说话,归家即死。李文道却反咬一口,说刘玉娘和奸夫通谋药死了李德昌,并以此逼刘玉娘嫁给他。刘玉娘不从,李文道就告了官。萧令史受贿,把刘玉娘判为死罪。刘玉娘被押到府里,府尹不加勘问就判了个"斩"字,恰遇六案都孔目张鼎,刘玉娘向他哭诉,张鼎看出了她的冤枉,认为人命关天,不能糊里糊涂地判人死刑。府尹限他三天内审清此案。张鼎从刘玉娘口中问出了卖魔合罗的人高山,由高山又追究出曾遇到李文道,又巧设计谋找到李文道犯罪的人证,最后处斩了李文道,为刘玉娘涮洗了罪名。《勘头巾》写贫民王小二经常得到刘平远刘员外接济,某日又来到员外门前,却与员外发生了一场口角说要杀了刘员外;恰好刘员外的浑家与太清观的王知观"有些不伶俐的勾当",便唆使他杀了刘员外,两人得以做一辈子夫妻。王知观趁刘员外出门取账酒醉时杀了他,取头巾回来为证见。地方官审理刘员外身死的案件,自然听信刘妻的告诉,将王小二作为疑犯,虽然并无证据,仍然将他屈打成招。但是刘员外所用的头巾一直没有找到,负责审案的令史再次到牢里拷问王小二,王小二受刑不过,随口答道,头巾藏在城外刘家菜园里井口旁边石板底下。刚好有个卖草的庄家被牢头关在牢里让他给打草苫,听到了王小二的供词。令史审出了头巾所在,自然就要去取这件重要证物了,

而那位卖草人出得门来却碰上了在附近探知动静的王知观,将王小二的供词说与他听,王知观得知后迅速将头巾藏到王小二所招供之地,奉命前去的张千顺利取到证物,此案遂定为铁案。就在王小二被处决时,六案孔目张鼎进衙办事,听到王小二喊冤,就想为他重新审理,寻找案中的破绽,却无法解释王知观何以知道头巾这件重要证物埋藏的场所。七弯八绕,闲谈中张鼎一不小心说起这衙门的屋顶哪怕加几张草苫也好,张千猛地想起那日去取头巾时,曾经遇到一个卖草人。张鼎找到了这位庄家,很偶然地,知道那天他曾经将王小二的供词说给王知观听,经由这条小线索,诱刘员外妻子说出真情,终于找到了凶手。

通过这两种戏,我们可以看到作为良吏、能臣的张鼎身上所具有的优秀品行。第一,为官爱民、勤勉吏治。剧作者把人民理想中的良吏的好的品行都集中在张鼎身上,他为官不是为了自己的荣华富贵或光宗耀祖,而是做官为民、报效社稷。因此,他不畏手执"势剑金牌,先斩后奏"的上司的淫威,说他"葫芦提"而翻他已判了"斩"字的案。他之所以敢如此,就是因为他认为:

> 人命事关天关地,非同小可。古人云:"系狱之囚,日胜三秋。外则身苦,内则心忧。或笞或杖,或徒或流。掌刑君子,当以审求。赏罚国之大柄,喜怒人之常情;勿因喜而增赏,勿因怒而加刑。喜而增赏,犹恐追悔;怒而加刑,人命何辜?这的是霜降始知节妇苦,雪飞方表窦娥冤。①

这一点正体现出中国古代正直官员的以人为本的法治理念,意识到断案赏罚的公平性,不可因官吏的好恶而随意增减,唐代政治家魏征在《谏太宗十思疏》中就对唐太宗建议:"恩所加则思无因喜以谬赏,罚所及则思无因怒而滥刑。"张鼎正是这种为官理念的实践者,他主动请缨,重审刘玉娘的状子,而此案已是刘玉娘自招过的、并画了押,又是府尹已批了"斩"字的案件,足见重审的难度和他的不识时务。他原本可以轻松回去度假,也不必引起萧令史、府尹们的不悦,如果从中国官场保己的潜规则"多一事不如少一事"来说,张鼎是愚拗者,但他是民众理想良吏的榜样,故他才能置个人安危于肚外而为民申冤。他认为:"受苞苴是穷民血,便那清俸禄也是瘦民脂,咱则合分解民

---

① 徐征等:《全元曲》第五卷,河北教育出版社,1998年版,第3364页。

冤枉，怎下的将平人去刀下死！"（《勘头巾》）这正是柳宗元在《送薛存义序》中对为官者的要求："凡吏于土者，若知其职乎？盖民之役，非以役民而已也。凡民之食于土者，出其什一，佣乎吏，使司平于我也。"所以，张鼎能励精图治，救民于危难，解民于倒悬，为张小二、刘玉娘这些善良的弱小者主持公正，同时又使那些祸国殃民者尽落法网，得到严惩，他正体现出正义的强大力量！第二，廉洁自律，刚正不阿。他断判冤案完全是出自良吏的社会责任感，而不像污吏草菅人命，以求索贿。张鼎是"我从来甘剥削与民无私"，府尹也承认他"刀笔上虽则是个狠偻罗，却与百姓每水米无交"（《勘头巾》）。但在审案上他敢于坚持自己的立场，为民申冤，《魔合罗》里，通过将张鼎与萧令史的对比，更突出了他这一点。令史贪赃枉法，收了李文道五个银子就把受害人刘玉娘屈打成招，判为死罪。可见，令史是十足的贪官污吏，更反衬出张鼎的刚正不阿。第三，审案时机智聪明，明察秋毫。张鼎善于从案件的细枝末节发现疑点，然后深入细察，分析案件鞭辟入里，推断案情逻辑严密，审讯疑犯准确有条，调查取证细致入微，所以他往往能抓住罪犯的心理特点诱其供出实情，达到惩恶劝善的目的。

此外，王翛然也是很成功的清官能吏的典型。他是金人，金皇统二年（1142）进士。金人刘祁《归潜志》卷八载："金朝士大夫以政事最著名者曰王翛然。尝同知咸平府，摄府事。时辽东路多世袭猛安、谋克居焉，其人皆女真功臣子，骜亢奢纵不法。公思有以治之，会郡民负一世袭猛安者钱，贫不能偿。猛安者大怒，率家僮辈强入其家，牵其牛以去，民因讼于官。公得其情，令一吏呼猛安者。其猛安者盛陈骑从以来，公朝服，召至听事前，诘其事，趋左右械系之，乃以强盗论，杖杀于市。一路悚然。后知大兴府，素察僧徒多游贵戚家作过，乃下令，午后僧不得出寺，街中不得见一僧。有一长老犯禁，公械之。长老者素为贵戚所重，皇姑某国公主使人诣公请焉，公曰：'奉主命，即令出。'立召僧，杖一百，死。自是京辇肃清，人莫敢犯。世宗深见知，故公得行其志也。公为人恬淡简静，颇留意养生。……其为吏之名，至今人云过宋包拯远甚。"[1] 由此可见，王翛然确实是当时的一个清官，所以杂剧作者也就喜欢将审案故事附会在他身上。写他审案的剧作主要有王仲文的《救孝子贤

---

[1] 《宋元笔记小说大观》（六），上海古籍出版社，2001年版，第5968—5969页。

母不认尸》和萧德祥的《王翛然断杀狗劝夫》。尽管这两种戏都重点反映的是家庭伦理关系，前者歌颂"母贤子孝"，后者赞扬"嫂贤弟悌"，但仍然表现出清官能吏的公正精神，尤其是前者。杨兴祖母亲李氏是位贤德的母亲，面对贪而昏的官吏巩推官和令史毫不畏惧，指责他们"官人们枉请着皇家禄，都只是捉生替死，屈陷无辜。"清官王翛然更可贵的是他对百姓冤苦的理解，对贪官污吏恶行的反省，因而他更具人性味。他认为"律意虽远，人情可推。重囚每两眼泪滴在枷锁上，阁不住落于地上，直至九泉。其地生一草，叫做感恨草，结成一子，如梧桐子大，刀劈不能碎，斧砍不能开，天地无私，显报如此。俺这衙门如锅灶一般，囚人如锅内之水，祗候人比着柴薪，令史比着锅盖，怎当他柴薪爨炙，锅中水被这盖定，滚滚沸沸，不能出气，蒸成珠儿，在那锅盖上滴下，就与那囚人衔着冤枉滴泪一般"。由于他有如此深刻的认识，所以他审案非常注意，绝不妄下结论，这充分显示了清官的人格风范。他告诫令史："但凡刑人，必然尸亲有准伏，方可定罪。"他看着杨谢祖"一个寒儒，怎犯下十恶大罪？方信道日月虽明，不照那覆盆之内。我为甚重推重审？却不道人性命关天关地！"正是出于对人性命的看重，他才不怕麻烦，为民申冤，惩恶护善，这正是公案剧中清官良吏的可贵之处。《延安府》中的廉吏李圭也是这样的正直之官，他决不做谄佞之徒："咱人要一生谄佞，枉负了七尺身躯。"他有他的为官原则："有那等为官为吏的，陷害良民；小官职居清廉，理当正直，除奸革弊也呵！""则为那吏弊官浊民受苦，差小官亲体伏。有一等权豪势要狠无徒，他则待要倚强凌弱胡为做，全不怕一朝人怨天公怒。若有那衔冤的来告诉，小官可也无面目，施行那徒流笞杖我可便依着条律，不惩的何以得民服？""方信道秉正公直是大丈夫……我则待赤心报国将社稷扶，我则待要将良善举；我则待把奸恶除，我一心儿敢与民做主！"因而他有一身正气，不畏权豪势要，敢为民做主，处斩了调戏民妇而又打死人的葛彪，免了其姐夫庞绩的官，将监军葛怀愍也充了军。可以说，这些个为官清正、与民申冤、惩治奸恶、赤心报国的清官能吏体现出中华优秀文化的光辉，他们是艺术家和广大民众根据他们的美好愿望所塑造的理想化的人物，是中国文学史画廊里所塑造的最精彩、最具有人性的人物之一，我们应该予以充分的肯定，怎能将他们与贪官污吏在道德层面等同、而认为他们仅仅是判案能力上的区别呢？

三、清官崇拜意识的历史渊源

我国是一个封建社会极其漫长的国度，而封建社会的政治文化核心就是等级制。封建帝王处在这一宝塔式的封建专制制度的最顶端，至高无上、唯我独尊，为所欲为，不受任何法律条文的约束，正如《资治通鉴》上说："生杀之柄，人主之所得专也"。因而便形成了中国古代的官场文化即是一味顺从上司的意志，朝廷近臣一味奉承皇帝旨意，如汉武帝时掌管司法的廷尉张汤，"所治，即上意所欲罪，与监、史深祸者；所释，即上意所欲释，与监、史轻平者，上由是悦之。"[①]封建官员哪管百姓小民理之屈直，所以中国的百姓很难从专制政权那里得到公正的权利，更别说是掌握自己的命运。于是，他们只能将自己的命运寄托在比较清明的帝王和比较清廉的官员身上，从而就对王权和清官产生了崇拜心理。我们可以借用马克思在《路易·波拿巴的雾月十八日》中分析法国小农生产方式特点时的一段话来说明这一问题：

> 小民的生产方式不是他们相互交往，而是使他们互相隔离。他们没有形成一个阶级，他们不能代表自己，一定要别人来代表他们。他们的代表一定要同时是他们的主宰，是高高站在他们上面的权威，是不受限制的政府权力，这种权力保护他们不受其他阶级的侵犯，并从上面赐给他们雨水和阳光。

诚然如是，中国古代一直是一个农业为主的社会，农民过着分散而自给自足的小农生活，长年束守在土地上，又承担着繁重的劳动和生活的艰辛，总是处于被压迫的地位，"民可使由之，不可使知之"。在经济上，老百姓往往受到残酷的剥削，在政治上没有发言权，在文化上受到愚弄，像西汉谏大夫鲍宣所言：

> 今民有七亡：阴阳不和，水旱为灾，一亡也；县官重责，更赋租税，二亡也；贪吏并公，受取不已，三亡也；豪强大姓，蚕食亡厌，四亡也；苛吏徭役，失农桑时，五亡也；部落鼓鸣，男女遮列，六亡也；盗贼劫略，取民财物，七亡也。七亡尚可，又有七死：酷吏殴杀，一死也；治狱深刻，二死也；冤陷亡辜，三死也；

---

① [宋]司马光：《资治通鉴》卷十八，中华书局，1956年版。

盗贼横发,四死也;怨仇相残,五死也;岁恶饥饿,六死也;时气疾疫,七死也。①

老百姓处于如此悲惨的境地,正是鲁迅先生所说的"中国人向来就没有争到过'人'的价格,至多不过是奴隶"。②因此,中国的老百姓缺乏自我解放的意识,而往往被动地把自己的解放之命运寄托在明君清官身上。所以,在中国的史籍中,很早就有"忠臣"与"奸臣"之分,"清官"与"贪官"之辩。司马迁的《史记》里就专门写有《循吏列传》和《酷吏列传》,赞循吏而斥酷吏。三国时,出现"清吏"之说。魏文帝望见吏部朗许允身着败衣,就赞之为"清吏"。"清官"一词,始于唐代。唐贞观年间修的《北史·景穆十二王传》云:"仲景三子,皆以宗室,早历清官。"但这里"清官"的含义是指地位贵显、政事不繁的官职。和我们今天含义相同的"清官"之词,可以说到了元代才确立。元好问在《薛明府去思口号》中说:"能吏寻常见,公廉第一难,只从明府到,人信有清官。"只有到了元杂剧繁荣的时代,"清官"形象才真正深入中国老百姓的心中,人民群众把清除贪官、反冤雪恨的希望都寄托在清官身上,正如《灰阑记》里张海棠所唱的"则您那官吏每忒狠毒,将我这百姓们忒凌虐,葫芦提点纸将我罪名招,我这里哭啼啼告天天又高,几时节盼的个清官到"。

同时,清官形象的大量出现,又是中国"官本位"文化的潜意识体现。在中国漫长的封建社会,人们的价值观一直是"学而优则仕",社会分工的排序一直是"士农工商",士居其首,中国的官吏的主要来源也便是"士",正如阎步克先生所说:"在中华帝国的漫长历史之中,'士'或'士大夫'这一群体具有特别重要的地位,当我们着重去观察那些政治—文化性事象之时,就尤其如此。从战国时期'士'阶层的诞生,此后有两汉之儒生、中古之士族,直到唐、宋、明、清由科举入仕的文人官僚,尽管其面貌因时代而不断发生着变异,但这一阶层的基本特征,却保持了可观的连续性。就其社会地位和政治功能而言,我们有理由认为他们构成了中华帝国的统治阶级;中国古代社会的独特政治形态,自汉代以后,也可以说特别地表现为一种'士大夫政治'。这种政治—文化形态有其独特的运作机制,并构成了独特的政治文化传统。"几

---

① [宋]司马光:《资治通鉴》,中华书局,1956年版。
② 鲁迅:《灯下漫笔》,收入杂文集《坟》。

千年来，中国的这种独特的政治文化传统影响着中国人的思想观念，形成了国人对"官"的崇拜心理，中国人读书的目的就是做官，而官僚阶层也主要来源于读书人，"官僚、士大夫、绅士、知识分子，这四者实在是一个东西，虽然在不同的场合，同一个人可能具有几种身份，然而，在本质上，到底还是一个。……平常，我们讲到士大夫的时候，常常就会联想到现代的'知识分子'。官僚就是士大夫在官位时的称号，绅士是士大夫的社会身份。"而"士"阶层又是一个特殊的群体，处于支配与被支配阶级中间，他们既有可能上升为支配阶级，也可能降落为被统治阶级。如此的社会地位便形成了他们文化人格上的双重性。他们中的正直之士具有"先天下之忧而忧，后天下之乐而乐"的品行，以"治国平天下"为己任。所以，他们关心民众、痛击时弊、为民请命、舍身求法，是"中国的脊梁"，这也正是清官产生的社会基础。另一方面，由于他们又是封建官僚阶级的附庸，往往又受制于他们所效力的阶级，又受到官场潜规则的制约和影响，表现出奸猾的一面。加之，中国百姓社会地位的低下，不能掌握自己的政治生命，所以就非常希望为官者清廉，为官者要有仁爱之心，"爱民如子"，即是这种官本位崇拜的通俗诠释。因此，中国老百姓对"官"有一种潜意识的崇拜，认为他们是公正清廉的，是为民做主的。由此，我们就能理解窦娥为什么在张驴儿提出见官时她毫不犹豫就同意时的心理了。

总之，元杂剧中的公案剧是元杂剧里最富有现实性的作品，它重点不是为观众展示情节曲折、引人入胜的公案故事，而是取材于现实、描绘社会的黑暗，揭露权豪势要的暴行，表现人民的抗争，歌颂清官的正直品行，寄托着作者与民众的美好理想。正是有了元杂剧的公案剧的成功，才形成了中国文学里深受老百姓欢迎的公案类题材的文学作品，强化了中国人的"恶有恶报、善有善报"的道德理念。因此，可以说公案剧标志着我国公案题材类文学的成熟，同时也是广大人民对吏治清明的理想的寄托，只要社会中存在着不平，人们呼唤公正，公案剧所歌颂的包拯类清官总是人们歌颂、怀恋的对象，歌颂他们的公案剧也会永久受到人们的喜爱。只要社会上需要正义、呼唤清廉，清官良吏的正直人格风范将会永远受到人民赞颂，这便是我们张扬清官良吏精神的现实意义之所在。因此，我们应该从文化精神层面评判"清官"，探究作者刻画他们的意义所在，从当时的社会因素分析，而不是利用现在的一些流行法学名词，对其进行混淆道义的分析，故作警世之语，而实际是对经典名作的任意曲解，这实际是学界目前的一种不正常的批评方法，是值得商榷的，这正是本文的写作目的。

（本文发表于《陕西师范大学学报》〔哲学社会科学版〕，2010年第5期）

高益荣，1958年生，2004年毕业于陕西师范大学文学院，文学博士，师从霍有明教授，现为陕西师范大学文学院教授。

史的价值诗的意蕴

——汪元量"诗史"探微

曾小梦

内容摘要： 宋末遗民汪元量的诗歌记载和反映了当时重大的历史事件和历史人物，被誉为"宋亡之诗史"，具有"载正史之未载、补正史之不足"的史学价值。而汪元量用形象的手法反映一代之历史，其"诗史"亦具有诗的意蕴和美学价值。与杜甫"诗史"相比，汪元量的"诗史"明显带有自己所处时代和生活经历的印记。

关键词： 汪元量；诗歌；诗史；史学价值

宋末爱国遗民汪元量号"水云"，字大有，钱塘（今浙江杭州）人。他"以善琴受知于绍陵"，身兼宫廷琴师和御用文人的双重身份，亲身经历了宋室由衰落到覆亡的历史变迁，在元朝统治下亦生活了一段时期。他用诗笔记录了自己的一生，其诗歌洋溢着一片赤诚的爱国忠君热情，充分体现了诗人眷怀故国的情思以及经历山河巨变之后的深哀巨痛，尤其是《湖州歌》《越州歌》等记录时代变革的诗篇，具有明显的"诗史"性质和"载正史之未载、补正史之不足"的史学价值。

一

在中国诗歌史上，"诗史"这一概念始见于晚唐孟棨《本事诗·高逸第三》:"杜(甫)逢禄山之难,流离陇蜀,毕陈于诗,推见至隐,殆无遗事,故当时号为诗史。"胡震亨亦云:"以时事入诗,自杜少陵始。"可见"诗史"最早是用来赞誉伟大的现实主义诗人杜甫的诗歌,其含义在于诗史善记事。胡宗愈《成都新刻草堂先生诗碑序》云:"先生以诗鸣于唐,凡出处去就,动息劳疾,悲欢忧乐,忠愤感激,好贤恶恶,一见于诗,读之可以知世。"①李纲《校定杜工部集序》云:"自开元、天宝太平全盛之时,迄于至德、大历干戈乱离之际,子美之诗,凡千四百四十余篇,其忠义气节,羁旅艰难,悲愤无聊,一寓于此。"②杜甫在诗中忧念社稷、反映时局、谴责战乱、希冀和平、哀悯苍生、揭露暴政,展示出社会生活的全般画卷,不愧为一代历史之反映。

"诗史"中所记的事,于作者来说是"时事",于后人来说则是"史事"。中国古代的"正史",是由官方组织编修的,必然于历史事件有所取舍、偏重,在阐述事实时必然受官方意识形态的左右,由于这种左右而出现对史实的回避、渲染、拔高和篡改者,不乏其例。而在诗人笔下,历史既是诗情的触媒,又是诗情的载体,作者抒写一怀之所闻所感,触世伤时,不是受命而作,因此少有意识形态的控制,更多的则是诗人主体情感意识的投射,反映出历史的另一方面。并且诗人对当前现实的观照,也是后世所云之"历史"的一部分,真正的历史只有通过多维视角的复合,才有可能接近原貌。从这个角度说,诗中之史能补正史之不到处。诗家有史家不到处,史家就事写事,诗家叙事往往触及史事背后的时代气运,这正应了亚里士多德的话:"显而易见,诗人的职责不在于描述已发生的事,而在于描述可能发生的事,即按照可然律或必然律可能发生的事。……因此,写诗这种活动比写历史更富于哲学意味,更被严肃地对待,因为诗所描述的事带有普遍性,历史则叙述个别的事。"③王国维对"政治家之史"和"诗家之史"是这样区别的:"'君王枉把平陈业,换得雷塘数亩田',政治家之言也。'长陵亦是闲丘垅,异日谁知与仲多',诗人之言也。政治家之眼,域于一人一事。诗人之眼,则通古今而观之。"④政治家笔下的历史,局限于一人一时,或颂美君王的丰功伟绩、朝政安泰,或

---

① [明]仇兆鳌:《杜诗详注》,中华书局,1979年版,第2242页。
② [明]仇兆鳌:《杜诗详注》,中华书局,1979年版,第2246页。
③ 【希腊】亚里士多德:《诗学》,上海人民出版社,2006年版,第39页。
④ 唐圭璋:《词话丛编》,中华书局,1986年版,第4264页。

针砭政弊，陈述疏漏。而诗人纪史，则勾连上下，通视古今，探兴废之由，盛衰之势。套用黄宗羲的话说：史家言史乃"一时之性情"，而诗家言史则是"万古之性情"。从这个意义上说，以诗证史，不仅在于寻求典章制度、一时一事的暗合，更在于诗家之"史识"，在于诗家更深刻地把握历史内在的"运数"，深化了对历史的认识。所以，笔者以为，"诗史"是对于现实主义诗人的高度评价，说明他对社会现实有着广泛而深刻的认识和体验，并借助于艺术的形式即诗歌，选取最典型的形象和事件来反映或表现历史生活的真实面貌和诗人敏锐感受到的时代氛围，在揭示社会的本来面目和心理状态的同时，从更高的层次上把握历史精神。"诗史"既有审美价值，又有史料价值，因而它既是艺术创造的结晶，又是历史真实的反映。分而论之，"诗"是以生动鲜明的艺术形象反映社会生活，表现作者的思想感情，离不开想象和虚构；"史"则是以真实具体的事件再现时代面貌，虽也往往渗透着作者的主观评价，但不以言志抒情为主旨，不能想象和虚构。历史资料的价值在于它保存历史的真实，诗歌在高度概括历史真实的同时，它感染、激动人的艺术效应是历史资料所无法取代的。

认识了"诗史"的特征之后，我们再来反观汪元量的诗歌。当时人以及后人已经关注到汪元量诗歌的"诗史"特点，并对此有一定的评价，现据孔凡礼辑校《增订湖山类稿》，择其要者列举如下：

> 元量出《湖山稿》求余为序。展卷读甲子初作，微有汗出。读至丙子作，潸然泪下。又读至《醉歌》十首，抚席痛哭，不知所云。……因题其集曰"诗史"。
>
> ——马廷鸾《书汪水云诗后》

> 纪其亡国之戚，去国之苦，艰关愁叹之状，备见於诗，微而显，隐而彰，哀而不怨，欷歔而悲，甚於痛哭……唐之事纪於草堂，后人以"诗史"目之，水云之诗，亦宋亡之诗史也。
>
> ——李珏《书汪水云诗后》

> 有《水云诗》一卷，多纪国亡事。亲见苍黄归附，展转北行，元帝后赐三宫燕赍，宋宫人分嫁北匠，有种种悲叹。……故相马廷鸾、章鉴、谢枋得咸序曰诗史。
>
> ——钱士升《汪元量传》

《湖州歌》九十八首、《越州歌》二十首、《醉歌》十首，记国亡北徙之事，周详恻怆，可谓诗史。

——钱谦益《书汪水云集后》

以上对汪元量的诗歌评价，都提到了"诗史"二字，但大多是概括而谈，并未进行深入的挖掘，使人难以准确把握汪元量的"诗史"创作，因此笔者撰写本文，力图对汪元量的"诗史"作品进行较为全面的梳理与分析。

根据孔凡礼辑校的《增订湖山类稿》（本文所引汪元量诗歌均出自此书，文中不再注明），汪元量共存诗480首，经过笔者初步统计，其中堪称"诗史"的诗歌约235首，大致可以分为如下几类：

诗歌总数	诗史总数	记载重大军事战争	对以贾似道为首的南宋权臣的揭露与批判	记录宋王朝由衰落到倾覆的史实	记述南宋君臣、妃嫔、宫女等在亡国后北迁大都途中的生活	记述南宋君臣、妃嫔等抵达大都后所受的优待及后来迁往开平荒漠之地的凄惨境遇	反映老百姓在易代之际所遭受的乱离之苦及在异族统治下的悲惨生活	记载爱国英雄文天祥的事迹及狱中探望、互相勉励
480首	235首	4首	6首	41首	97首	57首	17首	13首

通过列表可以看出，汪元量以真挚的情感和切身的体会，用诗人的笔墨忠实而细致地记录了13世纪后半叶中国社会所发生的重大历史变革，将广阔的社会背景浓缩在他的诗篇里，将元兵压境、宋室倾覆以及北迁大都途中的所见所闻、所思所感如实记述，笔触所及，南及海隅，北至大漠，上至太皇太后、文臣武将、异族相帅，下至宫廷嫔妃、隐士逸人、平民百姓，均有描写，起到了载正史之未载、补正史之不足的作用。通过诗、史互证，我们可以准确地把握汪元量诗史的内容及其在文学史、历史学上的价值。

二

汪元量的"诗史"主要分为两大类，第一类是记载当时的历史事件和历史人物，刘辰翁《湖山类稿序》云："其诗自奉使出疆，三宫去国，凡都人忧悲恨叹无不有。及过河所历皇王帝伯之故都遗迹，凡可喜、可诧、可惊、可痛哭而流涕者，皆收拾于诗。"①这类诗歌可以与史书相互印证；第二类是抒写史书上未曾载录的重大事件和史实，周方《书汪水云诗后》云："水云生长钱唐，晚节闻见其事，奋笔直情，不肯为婉变含蓄，千载之下，人间得不传之史。"②可见水云"诗史"具有补充正史的作用。不管是印证历史还是补充历史，都集中体现了诗人汪元量的史识。

宋亡前夕，宋元之间发生了几次重要的军事事件，如襄阳之战、鲁港之战、元军驻皋亭山等，而宋兵屡以失败而告终，使得元军步步进逼，最终兵临城下。对这些军事事件的前前后后，汪元量在诗中进行了真实的记录。襄阳是宋王朝的军事重地，可是"（咸淳九年（1273）二月）庚戌，吕文焕以襄阳府归大元"。这无疑是对宋王朝的一次重创，宋度宗亦诏曰："襄阳六年之守，一旦而失，军民离散，痛切朕心。"③而这次失败与权臣贾似道的坐视不救有极大的关系，所以汪元量对其进行了无情的指责，对襄阳失守表示了痛心疾首的惋惜："吕将军在守襄阳，十载襄阳铁脊梁。望断援兵无信息，声声骂杀贾平章。"（《醉歌》其一）"援兵不遣事堪哀，食肉权臣大不才。见说襄阳投拜了，千军万马过江来。"（《醉歌》其二）在随后的鲁港之战中，宋军一败涂地，"（二月）庚申，虎臣与大元兵战于丁家洲败绩，奔鲁港，夏贵不战而去。似道、虎臣以单舸奔扬州，诸军尽溃。……"④汪元量因此作《鲁港败北》："夜半挝金鼓，南边事已休。三军坑鲁港，一舸走扬州。星陨天应泣，江喧地欲流。欺孤生异志，回首愧巢由。"揭露了宋军将帅贪生怕死、狼狈逃窜的可恨面目。元军步步为营，节节获胜，"（德祐二年〔1276年〕）甲申，元伯颜至长安镇，陈宜中违约，不往议事。伯颜乃进次皋亭山，阿剌罕、董文炳之师皆会，游骑至临安府北阙"。⑤元军长驱直入，宋室社稷岌岌可危，汪元量的《北师驻皋亭山》云："钱塘江上雨初干，风入端门阵阵酸。万马乱嘶临警跸，三宫垂泪湿铃鸾。童儿空想追徐福，厉鬼终当灭楼兰。若议和亲休练卒，婵娟剩遣嫁呼韩。"表示出对时局的担心和对朝廷软弱、退让态度的不满。

---

① 孔凡礼：《增订湖山类稿》，中华书局，1984年版，第185页。
② 孔凡礼：《增订湖山类稿》，中华书局，1984年版，第186页。
③ [元]脱脱等：《宋史》卷四十六，中华书局，1985年版，第912页。
④ [元]脱脱等：《宋史》卷四十七，中华书局，1985年版，第926页。
⑤ [明]陈邦瞻：《宋史纪事本末》卷一〇七，中华书局，1977年版，第1160页。

军事上的失败和政治上的妥协投降,使宋王朝难逃倾覆的厄运,我们先看史书对这段历史的记载:"(德祐二年(1276)春正月)陆秀夫等至大元军中,求称侄纳币,不从;称侄孙,不从。戊辰,还,太皇太后命用臣礼。……日午宣麻慈元殿,文班止六人。诸关兵尽溃。遣监察御史刘岊奉表称臣,上大元皇帝尊号曰仁明神武皇帝,岁奉银绢二十五万,乞存境土以奉蒸尝。……甲申,大元兵至皋亭山,遣监察御史杨应奎上传国玺降,其表曰:'宋国主臣㬎谨百拜奉表言,臣眇然幼冲,遭家多难,权奸似道背盟误国,至勤兴师问罪。臣非不能迁避,以求苟全,今天命有归,臣将焉往。谨奉太皇太后命,削去帝号,以两浙、福建、江东西、湖南、二广、两淮、四川见存州郡,悉上圣朝,为宗社生灵祈哀请命。伏望圣慈垂念,不忍臣三百馀年宗社遽至陨绝,曲赐存全,则赵氏子孙,世世有赖,不敢弭忘。'……"[①]南宋灭亡这个重大的政治事件也是汪元量诗歌最为关注的焦点,他用大量篇幅对这个政治巨变的始末进行了记录和描绘,如被刘辰翁称为"江南野史"的《醉歌》写道:

淮襄州郡尽归降,鞞鼓喧天入古杭。国母已无心听政,书生空有泪成行。(其三)

六宫宫女泪涟涟,事主谁知不尽年。太后传宣许降国,伯颜丞相到帘前。(其四)

乱点连声杀六更,荧荧庭燎待天明。侍臣已写归降表,臣妾签名谢道清。(其五)

这是以亲身经历写宋室投降的事实,此外还有"殿上群臣默不言,伯颜丞相趣降笺。三宫共在珠帘下,万骑虬须绕殿前。"(《湖州歌》其三)以及《越州歌》(二十首)等,描写的都是相关的内容,可见宋室倾覆这一政治事件对汪元量的震撼之大,影响之深。

汪元量还有不少诗篇反映了故宋宫女的生活和精神面貌。这些以色事人的宫女,在太平时期,生活在暗无天日的深宫僻院,过着毫无生气的孤苦生活,一旦国家败亡,她们的命运就更加悲惨。史载:"……元人索宫女、内侍及诸乐官,宫女赴水死者以百数。"[②]而大部分随三宫北上的宫女,也是历尽艰辛,受尽折磨,她们只能暗自哭泣,服从命运的安排。如《湖州歌》所描写

---

① [元]脱脱等:《宋史》卷四十六,中华书局,1985年版,第936页。
② [明]陈邦瞻:《宋史纪事本末》卷一〇七,中华书局,1977年版,第1162页。

的:"暮雨潇潇酒力微,江头杨柳正依依。宫娥抱膝船窗坐,红泪千行湿绣衣。"(其十六)抵达大都后,宫女们又被元主下诏赏嫁给北朝的工匠:"其余宫女千余个,分嫁幽州老靳轮。"(其八十二)《亡宋宫人分嫁北匠》一诗也记述了其事:"分配老靳轮,强颜相追随。旧恩弃如土,新宠岂所宜。谁谓事当尔,苦乐心自知。"诗人不仅用诗笔对处于宫廷下层的女子们的命运给予了关注,并且从人道主义精神出发,对她们的遭遇寄予了深切的同情。

除了对宋朝人物的关注,汪元量的诗歌还从侧面记录了元朝统治者。潘耒《书汪水云集后》云:"……元人以宋为大国,不意其君臣不战迎降,喜慰过望,故不戮一人,而遇母后、幼君有加礼。于此见世祖之宽厚。"[1]的确,宋三宫初抵大都,元主对其礼遇优渥,汪元量《湖州歌》其七十至七十九就是写元主赐宴款待故宋旧宗室一行的情景,如:"皇帝初开第一筵,天颜问劳思绵绵。大元皇后同茶饭,宴罢归来月满天。"此外,元主对他们各有赏赐:"高下受官随品从,九流艺术亦霑恩。"(其八十)"僧道恩荣已受封,上庠儒者亦恩隆。福王又拜平原郡,幼主新封瀛国公。"(其八十一)说明此时元主对故宋君臣尚能以礼相待。

汪元量以琴师和御用文人的身份侍奉宫廷,亡国后又随宋三宫北迁大都,在那里生活了十三载,他日常所接触到的最多的人物便是故宋帝王后妃。所以在诗歌中,他反映最多的就是帝后们亡国前后的作为、生活和命运。南宋帝后北迁大都途中的生活经历,史传俱无所载,而汪元量却以笔实录,为我们留下了宝贵的资料。如《湖州歌》:

太湖风起浪头高,锦柁摇摇坐不牢。靠着篷窗垂两目,船头船尾烂弓刀。(其十)

风雨声中听櫂歌,山肴野馔奈愁何。雪花淮白甜如蜜,不减江珧滋味多。(其二十五)

不堪回首泪盈盈,万里淮河听雨声。莫问萍齑并豆粥,且餐麦饭与鱼羹。(其三十三)

可见其途中生活之艰苦。至元十九年,"有闽僧言土星犯帝坐,疑有变。……迁瀛国公及宋宗室开平。"[2]汪元量亦陪同前往,在他的笔下,故宋

---

[1] 孔凡礼:《增订湖山类稿》,中华书局,1984年版,第191页。
[2] [元]脱脱等:《宋史》卷四〇八,中华书局,1985年版,第12539页。

宗室的这次经历就更为艰辛困苦，如："明发启帐房，冷风迸将入。饥鹰傍人飞，瘦马对人立。御寒挟貂裘，蒙头帽氇笠。凄然绝火烟，阴云压身湿。赖有葡萄醅，借煖敌风急。"（《苏武洲氇房夜坐》）"齷齪复齷齪，昔闻今始见。一月不梳头，一月不洗面。饥则嚼干粮，渴则啖雪片。困来卧氇房，重裘颇相恋。故人衣百结，虮虱似珠串。平明猎阴山，鹰犬逐人转。呱呱冻欲僵，老娃泪如霰。忽有使臣来，宣赐尚方膳。"（《草地》）故宋宗室由养尊处优的统治阶级沦为阶下囚，随人摆布，生活条件和环境的恶劣，令人不忍卒读。正如潘耒《书汪水云集后》所云："其咏宋幼主降元后事，皆得之目击，多史传所未载，而声情凄惋，悲歌当泣，故国故君之思，斯须不忘，可以愧食禄之臣矣。"[①]

朝代更替、江山易主，给经济民生也带来了很大的影响，汪元量敢于言史书所不敢言，对此进行了揭示。如《湖州歌》：

芦荻飕飕风乱吹，战场白骨暴沙泥。淮南兵后人烟绝，新鬼啾啾旧鬼啼。（其三十二）

两淮极目草芊芊，野渡灰余屋数椽。兵马渡江人走尽，民船拘敛作官船。（其三十六）

长淮风定浪涛宽，锦櫂摇摇上下湾。兵后人烟绝稀少，可胜战骨白如山。（其四十九）

船到沧州且少留，客来同上酒家楼。沿河树折枣初剥，满地藤枯瓜未收。（其六十三）

以及"一阵西风满地烟，千军万马浙江边。官司把断西兴渡，要夺渔船作战船"（《越州歌》其三）等，写战乱给社会经济和人民生活带来的破坏。《隆州》诗云："歇马隆州借夕凉，壶中薄酒似酸汤。城壕寨屋偏栽柳，市井人家却种桑。官逼税粮多作孽，民穷田土尽抛荒。年来士子多差役，隶籍盐场与锦坊。"习惯于经营畜牧业的蒙古统治者，忽视农业经济，把大片良田荒废成为牧场，迫使人民从事手工业，从而对其进行人身奴役和经济剥削，这就摧毁了南宋固有的以农业为主的自然经济，诗人目睹这一切，满怀愤恨。《利州》诗中的"岩谷搜罗追猎户，江湖刻剥及渔船"，说明即便是深居岩谷的猎

[①] 孔凡礼：《增订湖山类稿》，中华书局，1984年版，第190页。

户、远离洲渚的渔民，也不能免于被剥削的命运。

汪元量在诗歌中对当时许多重大的历史事件和历史人物都有所记录和反映，揭露了亡国前宋王朝的腐败、统治集团的罪恶以及亡国后社会经济的崩溃，广大人民所遭受的苦难，勾勒出一幅较完整的社会画卷，他的诗不愧"宋亡之诗史"的称号。

三

汪元量的"诗史"具有载正史之未载、补正史之不足的史学价值，但是在本质上仍然是诗歌，具有诗的意蕴和特征。因此，汪元量的"诗史"既有史书的史料价值，又有文学的审美价值。为了将"史实"浓缩在短小的字里行间，诗人采用典型化、白描、以荣写哀等手法和方式，使诗歌在反映历史的同时，具有感染人、激动人的艺术效应。

汪元量的"诗史"经常抓住典型化的场景，寓主观于客观，诗中多是平实的叙述，而较少写景、抒情和议论。他大量采用白描手法，把元兵入侵、宋室倾覆、君臣俯首以及北上大都的经历作了细致入微的叙述和描写。如《湖州歌》（其三）："殿上群臣默不言，伯颜丞相趣降笺。三宫共在朱帘下，万骑虬须绕殿前。"写元兵胜利后骄横的情景，三宫、宋臣的胆怯和屈辱之状跃然纸上。《醉歌》（其五）："乱点连声杀六更，荧荧庭燎待天明。侍臣已写归降表，臣妾签名谢道清。"用谢太后在降表上签名"谢道清"并自称"臣妾"的细节和场景，勾画出宋亡之时可悲、可叹而又可耻的境况。《湖州歌》（其四）："谢了天恩出内门，驾前喝道上将军。白旄黄钺分行立，一点猩红是幼君。"写降元君臣离开内宫，幼皇没穿朝服，而是身着红色服装，成了囚犯。虽不着一情语，而悲伤之情渗透于字里行间。《湖州歌》（其十）："太湖风起浪头高，锦柁摇摇坐不牢。靠着篷窗垂两目，船头船尾烂弓刀。"写南宋君臣被押送北上，途经太湖，风高浪急，更可怕的是船头船尾手执弓刀的元兵令人不敢正眼相看，表现了南宋君臣身为亡国奴的悲哀。还有"北人环立阑干曲，手指红梅作杏花"写元兵入城后的得意之态，以及"南人堕泪北人笑，臣甫低头拜杜鹃""东南半壁日昏昏，万骑临轩趣幼君"等，都写得形神毕现，无情语而情更浓，无景语而景更悲。

在表达方式上，汪元量擅长以荣写哀，尤其是描述宋三宫抵燕初期生活的诗歌，如《湖州歌》：

第二筵开入九重，君王把酒劝三宫。驼峰割罢行酥酪，又进雕盘嫩韭葱。（其七十一）

第十琼筵敞禁庭，两厢丞相把壶瓶。君王自劝三宫酒，更送天香近玉屏。（其七十九）

每月支粮万石钧，日支羊肉六千斤。御厨请给蒲桃酒，别赐天鹅与野麕。（其八十三）

万里修途似梦中，天家赐予意无穷。昭仪别馆香云暖，手把诗书授国公。（其八十八）

雪子飞飞塞面寒，地炉石炭共团圞。天家赐酒十银甖，熊掌天鹅三玉盘。（其九十）

都是写元主对旧宋君臣的优待和赏赐，但正如顾实在《汪水云集跋》中所云："而元帝室优待宋君臣之礼数，为秦汉魏晋六朝隋唐五代诸朝亡国时之所仅见。然比其所谓荣，不愈以增其哀也哉！"[1]

在史笔的运用上，汪元量继承了杜甫"诗史"直接点明年号的这一特点，如"甲子初秋柳宿乖"（《越州歌》其十三）、"丙子正月十有三"（《湖州歌》其一）等，除此而外，汪元量在诗中还多以地名为题，当然其中一部分是咏怀古迹，但更大的作用在于记录历史事件的爆发地或历史人物的活动线路，如《苏台》《虎丘》《常州》《金山》《焦山》《扬子江》《吕梁》《东平官舍》《通州道中》《幽州会同馆》等诗题，勾勒出宋三宫赴燕的路线。《出居庸关》《长城外》《寰州道中》《李陵台》《居延》等诗题描述了宋三宫被遣开平时的沿途所经。或者直接以历史事件或历史人物的活动为题，如《鲁港败北》《北师驻皋亭山》《宋亡宫人分嫁北匠》《文山道人事毕壬午腊月初九日》《瀛国公入西域为僧号木波讲师》《全太后为尼》等。可见，在史笔手法的运用上，汪元量的"诗史"更为多样化。

在诗歌形式和体制上，汪元量喜欢采用形式短小的五七言律诗和绝句，给人简洁、凝练之感。如《醉歌》（其四）："六宫宫女泪涟涟，事主谁知不

---

[1] 王献唐：《双行精舍校汪水云集》，齐鲁书社，1984年版，第241页。

尽年。太后传宣许降国,伯颜丞相到帘前。"寥寥几笔写出了南宋战败投降,元军主帅步步紧逼的情景。《湖州歌》(其十五):"晓来官櫂去如飞,掠削鬟云浅画眉。风雨凄凄能自遣,三三五五坐弹棋。"用简洁之笔描绘了故宋宫女们被押往大都途中百无聊赖的凄惨心境。汪元量还创作了大量组诗,这些组诗大部分是用七言绝句写成的,如《醉歌》(十首)、《湖州歌》(九十八首)、《越州歌》(二十首)、《戎州》(五首)等,虽然各自可以独立成篇,但它们之间却有着内在的联系,实际上构成了一组组有机结合的完整的叙事长诗,可谓规模宏大,叙事精详,结构严整,脉络清晰,具有强烈的艺术感染力。如《湖州歌》一至六首写元兵入杭、宋室投降的事实,七至六十八首写赴燕途中的情况,六十九至九十八首写抵燕后的生活,层层连贯,真是"杭州万里到幽州,百咏歌成意未休。"(其九十八)

汪元量用诗歌写就宋末之历史,感人至深,正如汪森在《湖山类稿后序》中所评价的:"先生由杭入燕,道里所经,皆百战之地,黄尘白月,败垣蔽棘,对之而伤心,言之而陨涕。去国千里,留身一纪,叹瀛公之说梵,哀王母之空门。谢后挽章,提刑哀些,金闺之诗卷何存,玉案之道书长在。以至南冠远路,北面全尸,月满通衢,雪平绝塞之作,不待搔首问天、椎心泣血者矣。其他赋情指事,种种悲凉,先生以片言只语,形容略尽,令读者身经目击,当时号曰'诗史',夫岂吾欺!"[1]

四

顾炎武《日知录》(卷十三)曰:"有亡国,有亡天下。亡国与亡天下奚辨?曰:'易姓改号,谓之亡国;仁义充塞,而至于率兽食人,人将相食,谓之亡天下。……'"[2]南宋末年,士人们面临的是民族的巨大不幸和个体的严重失落,他们不禁联想起了唐朝安史之乱时期胡人肆意屠戮焚掠的残酷情景,并由此而对在这场社会变故中念念不忘君国和人民的"诗圣"杜甫产生了深深的景仰之情。汪元量就曾在诗中说"少年读杜诗,颇厌其枯槁。斯时熟读之,始知句句好。"(《草地寒甚毡帐中读杜诗》)还有"近法秦州体,篇篇妙入

---

[1] 孔凡礼:《增订湖山类稿》,中华书局,1984年版,第192页。
[2] 黄汝成:《日知录集释》,上海古籍出版社,1984年版,第1014页。

神"(《杭州杂和林石田》),可见他对杜诗亦是十分推崇并有意效法的。汪元量继承了杜甫现实主义的创作原则和实录精神,"走笔成诗聊纪实"(《凤州》),其"诗史"创作明显受到杜甫的影响,但由于所处时代、生活经历的差异,汪元量之"诗史"并非对杜诗的简单接受与继承。

从时代背景来说,杜甫处于唐帝国由盛而衰的急剧转变的时代,他经历了所谓的开元盛世,也经历了安史之乱的全过程,尖锐而复杂的阶级矛盾、民族矛盾以及统治阶级内部的矛盾,不仅造成人民的深重灾难和国家的严重危机,也把杜甫卷入了生活的底层,使他有更多的机会去了解和感受人民的痛苦,他生活的范围和接触的人物是很广泛的。汪元量则处于南宋王朝由衰而亡的改朝易代的时期,他目睹了宋朝的灭亡和蒙元统治的确立和巩固,由于他特殊的身份——宫廷琴师兼御用文人,以及特殊的经历——陪侍宋三宫北上幽燕并在彼生活了十三载,所以同杜甫相比,他接触下层人民的机会较少,更多的则是处身于宫廷之中,不管是南宋宫廷还是大元宫廷,其生活面和接触的人物自然是狭窄的。如果说杜甫是乱世之民的话,那么汪元量则是亡国之民,两人的心境肯定是不同的。杜甫面对时局,还能够有信心满怀希望,希望唐帝国有重振的一天,而汪元量面对江山易主,则只能是绝望、无奈和深深的哀思。

在反映历史和社会生活的广阔性方面,由于杜甫所处时代是动荡不安的乱世,各种矛盾都不断激化,所以他的诗歌反映了统治阶级内部的矛盾、民族矛盾和阶级矛盾,而汪元量诗则重在反映民族矛盾,对统治阶级内部的矛盾和阶级矛盾只是略有涉及,这主要是因为在改朝换代的非常时期,汪元量关注的焦点主要是南宋大汉民族与元蒙民族的矛盾斗争,生死存亡。而且,杜甫的生活经历使他既接触了上层的统治阶级,又接触了广大人民,所以他的诗歌不仅关注了皇帝、贵族、军官等人物的作为和命运,其重点更在于对处于底层的广大人民群众诸如战士、老翁、寡妇、新娘等人命运的关注。而汪元量由于生活范围的狭窄,他更多的是关注宫廷中的人物,如故宋帝后、权臣奸相、宫女、爱国忠臣(即文天祥等)、大元统治者等,虽然对普通百姓的命运也偶有提及,但毕竟是少数。

在揭示矛盾的深刻性方面,杜诗尤为深刻。杜诗对兵燹战乱、苛税杂役带给人民的灾难的反映,达到了前所未有的广度,刘克庄评价道:"《新安吏》

《潼关吏》《石壕吏》《新婚别》《垂老别》《无家别》诸篇，其述男女怨旷，室家离别，父子夫妇不相保之意，与《东山》《采薇》《出车》《杕杜》数诗，相为表里。"更为难能可贵的是，他不仅揭示了贫富对立这样一个基本事实——"朱门酒肉臭，路有冻死骨"，而且指出了统治阶级的剥削是造成这种对立的根源："彤庭所分帛，本自寒女出；鞭挞其夫家，聚敛贡城阙。"（《咏怀五百字》）汪元量对于元朝统治阶级和人民之间的矛盾虽有所反映，如《兴元府》："山川寂寞非常态，市井萧条似破村。官吏不仁多酷虐，逃民饿死弃儿孙。"《隆州》："歇马隆州借夕凉，壶中薄酒似酸汤。城壕寨屋偏栽柳，市井人家却种桑。官逼税粮多作孽，民穷田土尽抛荒。年来士子多差役，隶籍盐场与锦坊。"但主要是写民族矛盾所引发的经济方式的对立，没有揭示出产生这种对立的根本原因。

在感情基调上，杜甫是深沉真挚，炽热浓厚，叶燮《原诗》（卷一）云："千古诗人推杜甫，其诗随所遇之人、之境、之事、之物，无处不发其思君王、忧祸患、悲时日、念友朋、吊古人、怀远道，凡欢愉、幽愁、离合、今昔之感，一一触类而起，因遇得题，因题达情，因情赋句。"汪元量则是哀怨欲绝，他生逢末世，体验了国破家亡的屈辱生活，悠悠不绝的哀愁，发而为诗，催人泪下，正如周方《书汪水云诗后》所说："余读水云诗，至丙子以后，为之骨立。再嫁妇人望故夫之陇，神销意在，而不敢出声哭也。"[①]就诗歌风格而言，杜诗是沉郁顿挫，汪诗则是悲慨沉痛，他在《醉歌》《湖州歌》《越州歌》等诗中，对南宋朝廷降元的谴责、对诸将投敌的控诉、对元兵横行的厌恶、对宫女苦难的同情等，无不以沉痛出之，令人不可卒读。

可见，因为时代、经历的不同，汪元量的诗史并不是对杜甫诗史的简单模拟，而是具有自己的独特之处。

汪元量的"诗史"既可以与史书中所记载的内容互相印证，也可以补一代史书之不足，使我们对宋末元初的历史有了更为全面、清晰的认识和了解，从而具有其他历史著作所不可替代的作用，这正是水云诗史的史学价值之所在。而汪元量用形象的手法反映一代之历史，其"诗史"亦具有诗的意蕴和美学价

[①] 孔凡礼：《增订湖山类稿》，中华书局，1984年版，第186页。

值。与杜甫相比，汪元量因受到自己所处时代和生活经历的影响，其"诗史"对杜诗既有继承又有所创新。

（本文发表于《东南大学学报》2008年第2期）

曾小梦，1979年生，2008年毕业于陕西师范大学文学院，文学博士，师从张新科教授，现为陕西师范大学国际汉学院副教授。

论明代前七子的关学品性

史小军

内容摘要：从地域、交游、师承等诸多因素来看，前七子与关学具有深厚的渊源关系；从学风、人格、文学观念及儒学接受等方面着眼，不难发现前七子具有明显的关学品性。如果说心学为公安派的精神支柱的话，那么，关学则是前七子最基本的品性特征。确立此点有助于理清明七子与程朱理学、阳明心学之间的复杂关系，从而把明七子复古运动的研究引向深入。

关键词：明代前七子；关学品性

对于研究明代文学复古运动的学者而言，七子派与理学的关系问题始终是一个难点。如钱锺书先生在谈到李、何之复古模拟与阳明之师心直觉时就曾发出过"二事根本牴牾，竟能齐驱不倍"的疑惑。[①]自上世纪80年代中期章培恒先生发表《李梦阳与晚明文学新思潮》[②]以来，此课题的研究便进入了一个拨乱反正的新阶段。目前学界基本上认定以李梦阳为代表的七子派文人在松动程朱理学的统治地位上与阳明心学具有异曲同工的作用，并且具有了明显的"反理学"的倾向，但却未能对七子派与阳明心学之间的关系以及"反理学"的实质作详尽的辨析[③]。实际上，从地域、交游、学风、人格及儒学接受等诸多因

[①] 钱锺书：《谈艺录》（补订本），中华书局1984年版，第303页。
[②] 载于《安徽师大学报》（哲社版）1986年第3期。
[③] 参见以下相关论述：马积高：《宋明理学与文学》，湖南师范大学出版社，1989年版；韩经太：《理学文化与文学思潮》，中华书局，1997年版；许总：《宋明理学与中国文学》，百花洲文艺出版社，1999年版等。

素来看，作为理学之一的"关学"对前七子的影响要比心学更为显著。就流派的哲学思想渊源而言，如果说心学为公安派的精神支柱的话，那么，关学则是前七子最基本的品性特征，可惜此点还不曾引起同仁的广泛关注。因此，本文将系统阐述这一问题，并在此基础上理清明七子与理学之间的复杂关系。

一、前七子的关学渊源

在理学发展史上，"关学"即"关中之学"的简称，因其创始人张载于北宋时期讲学于关中而得名。关学今有狭义与广义之分，狭义仅指北宋时期陕西关中地区以张载为核心的理学，广义指宋元明清时期接受张载学说的理学学派，其时限和地域都有所扩大，本文取广义。张载生前，"关学盛极一时"，其后却"再传何其寥寥"[1]。

至明弘、正年间，作为对陈陈相因的程朱理学的异动思潮之一，沉寂多时的"关学"也显现"中兴"之势。明代的关学主要以三原人王恕所创立的"三原学派"为核心，也包括分属其他学派的关中学者。如吕柟、周蕙等人在《明儒学案》中虽然被列入"河东学案"，但也属于关学传人。黄宗羲曾确切说明："关学世有渊源，皆以躬行礼教为本，而泾野先生（吕柟）实集其大成"[2]。据万历年间身为关学重要人物的冯从吾所编纂的《关学编》及清初李元春的《关学续编》等书记载，明代中后期关中地区较著名的关学学者达二十五人，其中以三原王恕、马理、高陵吕柟、朝邑韩邦奇、富平杨爵和长安冯从吾影响最大。他们开书院，登讲席，著书立说，门生遍关中，甚至名扬海内外。嘉靖时有朝鲜国使节奏称："状元吕柟、主事马理为中国人才第一，朝廷宜加后遇。仍乞颁赐其文，使本国为式"[3]。清代关学的发展总体不如明代繁盛，其殿军人物为清初与孙奇逢、黄宗羲并称为"三大名儒"之一的李颙，全祖望称他能"上接关学六百年之统"[4]，于关学厥功甚伟。

关学在张载建立之时就形成了两大特点：以"气本论"为核心的理论体系

---

[1] [明]黄宗羲、[清]全祖望等：《宋元学案》卷首《序录》，中华书局，1986年版。
[2] [明]黄宗羲：《明儒学案》发凡《师说》，中华书局，1985年版。
[3] [明]冯从吾：《关学编》卷四《泾野吕先生》，中华书局，1987年版。
[4] [清]全祖望《鲒埼亭集》卷十二《二曲先生窆石文》，《续修四库全书》，上海古籍出版社，2002年版，第1429册。

和以注重气节、主张"躬行礼教为本"的关学学风。检讨明清两代关学传人的理论和实践，尽管他们没有在"气本论"方面做出更大的发展，主张也不尽相同，程朱、陆王各有所取，各有所依，但他们对张载的推崇却是发自内心的。在理学与心学的双重挤压下，最终还是走出了一条"折中朱王，返归张载，还原儒学的曲折路径。"①在学风方面，他们保持了绝对的一致，并把张载所开创的躬行实践、经世致用的实学精神不断发扬光大，给了同时代或以后的其他学者们深刻的影响。

前七子与关学之间有着深厚的渊源关系，首先基于地域方面的一致性。关学的关中地域文化特征是明显的，而前七子作为一个文学流派而言，也具有较稳定的地缘优势。七子之中就有五人与关中联系密切：康海、王九思及李梦阳三人同为关中才俊。（李祖籍庆阳，在明代亦为陕西所辖，曾于弘治壬子年（1492）举陕西乡试第一。）何景明与王廷相籍贯虽不属陕西，却分别在陕西担任过多年的提学副使和巡按御使。需要强调的是，前七子的复古运动的发起点虽然在京城，但关中却是其领袖的成长地（前七子领袖实为李梦阳和康海，并非何景明②）和正德五年（1510）康海被罢黜归家以后活动的主要根据地，其本土性的思想资源当在他们的思想体系中占据重要位置。因为在相对比较封闭的生活环境中，地域或乡党观念所起的作用便不可小觑。例如，康海与刘瑾同为关中老乡，在向刘瑾求救李梦阳时就曾利用了这一地缘优势，他凭借李梦阳为关中三才之一，"杀之，关中少一才矣"③的说辞终于使刘瑾放弃了杀害李梦阳的念头。遗憾的是，刘瑾被诛后康海和王九思却被列入"瑾党"而先后遭黜，导演了这幕悲喜剧的便是人们的地域和乡党观念。

除了具有相同的地域和历史文化背景以外，前七子在发起复古运动时也与关学学者面对相同的社会现实。"关中自古帝王州"，豪杰意识和对遥远的汉唐气象的追忆蕴藏于每位关中士子的胸中。康海就曾有过"入海口推出红日，

---

① 陈俊民：《张载哲学思想和关学学派》，人民出版社，1986年版，第17页。
② 关于此点，王九思《渼陂集自序》曾有说明："予始为翰林时，诗学靡丽，文体萎弱。其后，德涵（康海）、献吉（李梦阳）导予易其习焉。献吉改正予诗者，稿今尚在也，而文由德涵改正者尤多。然亦非独予也，惟仲默（何景明）诸君子，亦二先生有以发之。"
③ [明]张治道：《翰林院修撰对山康先生状》，见黄宗羲编《明文海》卷四百三十三，上海古籍出版社，1994年版。

炼石头补了漏天"①的远大抱负。前七子倡导文学复古运动之际正是关学在明代"中兴"之时。弘治朝君臣和洽的局面也鼓舞了关中士人试图恢复"汉唐盛世"的理想热情，相对宽松的政治环境培育了学术生长的沃土。此时的关中可谓才人辈出，曾有所谓关中"四绝"的说法：即"王端毅（王恕）之事功，杨斛山（杨爵）之节义，吕泾野（吕柟）之理学，李空同（李梦阳）之文章，足称国朝。"②此时关中的理学、文学达到了极盛，道德、文章并雄天下。

前七子与关学的渊源还表现在他们与关学学者频繁交往上。出于地理和乡谊的方便，康、李、王等人与关学学者的交往也非常频繁。从目前所掌握的资料看，康海、王九思、李梦阳、何景明、王廷相、边贡与吕柟、韩邦奇、韩邦靖、马理、周蕙等人之间多有交游，或书信往还，或做序铭墓，或彻夜长谈，不一而足。其中关学人物最活跃的当属被康海称之为"千人器宇、绝代豪贤"的吕柟和"关西凤羽、世上真儒"的马理③。如正德十四年（1519）二月，康海往高陵拜访吕柟，邂逅何景明，三人"清谈忘晨夜"④；康海与马理为乡试同年，还未及第时，两人就在长安讲学达两月之久。据马理《康对山先生墓志铭》介绍：对山先生"二十一岁与余讲学于长安邸舍，凡两月而别。明年，会于三原，凡十日而别。又明年，会于泾阳，数日而别。"⑤可以说，师友切磋、文学与道德的交互习染使前七子具有了越来明显的关学学风，从而也使关中的文学和理学呈现出繁荣之势。

此外，从师承方面而言，前七子领袖李梦阳、康海文学思想的形成与其师杨一清有密切关系，他们本人多有叙述，可惜人们往往对此忽焉不察。杨为明中叶勋臣名将，在陕西为政长达十年之久，所撰《关中奏议》，涉及边务、军备、政务、用人等许多方面，俱从实得来，"鸿猷伟画，杰识远思，非若经生俗士，腐议浮闻，剽掇前人之叙余，以资后世之口实，而无关于时事轻重者之言也。"⑥杨督学关中时创办正学书院，也是以先道德而后文学来教授学生。

---

① [明]王九思：《碧山乐府》卷三《康对山阻雨》其一，明崇祯刻本。
② [明]冯从吾：《少墟集》卷十一《池阳语录》，见《四库全书》本，以下著作版本未注明者均同此。
③ [明]康海：《沜东乐府》卷一《有怀十君子词》，明嘉靖三年康浩刻本。
④ [明]康海：《康对山先生集》卷六《与仲木夜坐二首》其一，明万历十年潘允哲刻本。
⑤ [明]马理：《谿田文集补遗续补遗搜遗》，清道光二十年三原刻本。
⑥ [明]刘仑：《杨一清集》附录二《关中奏议全集叙》，中华书局，2001年版。

在他所拔擢的后学中，既有李梦阳、康海两位文学领袖，也有吕柟、马理两位关学名家，而康海和吕柟还分别是弘治十五年（1502）和正德三年（1508）的状元。实际上，杨一清气节超迈，文风雄壮，对张载追慕之至，其"正学"书院的名称即为纪念张载而取。他在《正学书院落成有作》诗中写道："关中正学张夫子，洙泗源头一脉分，地更发祥生数老，天如有意在斯文。"认为张载关学与孔孟一脉相承。在教导学生时，也是以张载的著作为其律条："不须更立科条在，已有《西铭》为订顽"①。可以说，杨一清虽不以理学名家，却兼擅道德、文章、政事于一身，是明中叶在陕西实践关学所推崇的经世致用学风的榜样。明乎此，方知杨氏影响康、李等人的就不仅仅在文学方面。正如康海所言："某所以为某，皆先生之为之也。"②从杨氏身上，我们也隐约看到了文武兼通、德艺双修的前七子人物王廷相的影子。

二、前七子关学品性的外在表现

前七子的关学品性有许多具体的表现样态和观察点，在此我们主要从人格、学风及文学观念三方面来谈。

先来看其人格。前七子在人格学养上与关学学者达到了高度的一致，这首先表现在他们都具有骨鲠超迈的气节和刚直不阿的人格。黄宗羲曾言三原学派"多以气节著，风土之厚，而又加之学问者也"③，算是抓住了关学学者的特征。张载的老师侯可就常"以气节自喜"④；张载本人就有德盛貌严、气质刚毅之感，体现了关中人"刚劲敢为"⑤的特点；三原学派的创始人王恕为有明一代名臣，享有"两京十二部，独有一王恕"⑥的美誉；杨爵一生多次因为直言敢谏而下狱，"刚大之气，百折不回"⑦，展现了关学学者的人格风采。前

---

① [明]杨一清：《石淙诗稿》卷四《正学书院落成有作》，明嘉靖刻本。
② [明]康海：《康对山先生集》卷二十九《送遫庵先生序》，明万历十年潘允哲刻本。
③ [明]黄宗羲：《明儒学案》卷九《三原学案》，中华书局，1985年版。
④ [明]黄宗羲、[清]全祖望：《宋元学案》卷六《士刘诸儒学案》，中华书局，1986年版。
⑤ 《二程遗书》卷十程颐语，上海古籍出版社，1992年版。
⑥ [清]张廷玉等：《明史》卷一百八十二，中华书局，1974年版。
⑦ [明]黄宗羲：《明儒学案》卷九《三原学案》，中华书局，1985年版。

七子在这点上与关学诸人交相辉映。他们几乎都不同程度地参与了正德年间反对刘瑾专权的斗争,或被逮系朝狱,或遭贬黜,在所不辞。特别是李梦阳,为人正直果敢,为反对权贵先后数次下狱,无怨无悔。曾声称"宁伪行欺世而不可使天下无信道之名,宁矫死干誉而不可使天下无仗义之称"①。康海被黜还家后仍能保持气节,不失尊严,"康状元琵琶击客"②一事成为千古美谈。可以说在明代的文学流派中,以气节著称的非七子派莫属。

其次,在躬行礼教、敦本务实、端正学风方面,前七子也与关学学者绝相类似。注重躬行实践,反对空疏之弊为关学学风的基本特点,如张载就把学术思想与社会政治、经济、军事等现实问题联系起来考虑,提出了许多解决方案,还曾搞井田试验,恢复旧礼,其行为虽然趋于保守,却彰显了重视践履的意愿。其弟子吕大钧兄弟及吕柟、马理、冯从吾等均致力于立乡约、建书院,视变革社会风气为己任。前七子中李梦阳、何景明、王廷相、边贡等人曾先后做过提学副使,都曾利用书院教化生员,对科举和士风的弊端批评亦较多。如何景明曾写有《师问》一文,在辨析古今之师的基础上对"今之师"作了严厉斥责,认为今之师乃举业之师的代名词,"逮化苟就之术,干荣要利之媒也"③,对当时的士风、文风表示了极大的关注和担忧。康海、王廷相等人更是把这种关注和担忧化为实际行动。康海所撰《武功县志》,在有明一代被奉为史家修志的楷模,吕柟序称其为"志之良者"④,自己后来撰《高陵县志》时也多有学习。而王廷相则在文学、道德、事功方面俱有建树。

就文学观念而言,前七子面对文坛欹陂不振的局面和思想界陈陈相因的习气,采取了以复古为革新的形式。而这种形式,我们在关学鼻祖张载身上即能找到相似点。张载本人雅好复古,主张以三代之礼变易当时关中风俗。时人曾说:"张载之学,善法圣人之遗意,其术略可措之以复古"⑤。尽管国人对于"复古"的形式情有独钟,而且从孔子开始就已经付诸实践,明初的文学也显

---

① [明]李梦阳:《空同集》卷六十二《与徐氏论文书》。
② [明]李开先:《李中麓闲居集》卷十《对山康修撰传》,见《四库全书存目丛书》,集部第92册,齐鲁书社,1997年版。亦见王世贞《艺苑卮言》、焦竑《玉堂丛语》等书。
③ [明]何景明:《大复集》卷三十三。
④ [明]吕柟:《武功县志序》,见中国科学院图书馆选编《稀见中国地方志汇刊》第八册,中国书店,1992年版。
⑤ [宋]吕大临:《横渠先生行状》,见张载《张载集》附录,中华书局,1978年版。

现出复古的迹象，考虑到前七子领袖的关学背景，我们在解读他们采取这一形式的缘由时宁愿增添这么一种说法：七子的复古也是对他们所崇敬的乡贤大儒张载的一种遥远的回应。复古除了文学上的意义以外，在政治上含有复兴华夏民族汉唐气象的意图，在思想上则以批评程朱理学弊端、回归关学并进而恢复孔孟原始儒学为目的。

七子复古的口号历来被概括为"文必秦汉，诗必盛唐"，尽管这种概括并不准确。除了文学本身的因素以外，从关学和地域文化的角度追溯其根据，我们可以感受到口号提出者（实为康海）对于自己生长的这片热土上曾经辉煌过的历史（周、秦、汉、唐）的自豪而又留恋的心绪，对于诗歌"萎弱"现象的不满和对浑雅正大的诗歌格调的追求基本上与此心境相关。联系关学学者对于刚劲敢为的人格气节的培养，我们方能理解，"粗豪"之李空同与"俊逸"之何大复及"清丽"之徐昌榖反复辩难终不相容，并不仅仅出于文学的原因，地域、个性等因素当占据一定的位置。对深受关学影响的李梦阳而言，对古之"高格朗调"的追求不仅是一种理想，更是一种使命。简单地用"法西斯式"[1]的作风一语来评述空同的做法显然有失公允，因为争论虽然激烈，但友情却依然保留。如深受六朝文风影响的徐祯卿虽然不大情愿接受空同"夫图高不成，不失为高，趋下者，未有能振者"[2]的教导，但临终却一再叮嘱要由空同序其文集；而空同在接受昌榖遗命为其编选文集时仍然直言不讳地指出昌榖在创作上有"守而未化，故蹊径存焉"[3]的缺陷。之所以如此执着和不留情面，是因为以李梦阳、康海为首前的前七子坚守这么一种信念：诗文必须有益于天下，必须追求高格朗调，古之高格是盛世的体现，绮靡之六朝以及轻薄之晚唐文风与治世无关。此点吕柟也曾有过明确的表达："汉人有一事便说一事，有一言方说一言，皆是心中发出，无些妆点枝词蔓语，所以近古。下逮六朝、晋魏之文，只是浮词粉饰，辟如丑妇，全藉脂粉，原无本体，殊为可厌。夫天下之治平，虽不尽系于诗文，然文章实与时高下，其文如此，则世道可知矣。"[4]"文章实与时相高下"，与世道相关联，前七子与关学学者的文学观

---

[1] 郭绍虞：《明代文学批评的特征》，见《照隅室古典文学论集》上编，上海古籍出版社，1983年版，第516页。
[2] [明]李梦阳：《空同集》卷五十二《徐迪功集序》。
[3] [明]李梦阳：《空同集》卷四十一《大梁书院田碑》。
[4] [明]吕柟：《泾野子·内篇》卷十。

念在此点上达到了高度的一致。说到底，他们的文论还是属于传统古典审美理想的范畴之内，教化观念和功用论思想非常明显，与受心学影响下的公安派所倡导的"独抒性灵"文学思想还有一定的距离。

二、前七子对关学的接受

从学术思想接受方面来看，前七子的关学品性更为明显。关学学者以崇正黜邪、维护儒学正统地位为天职。张载在著作中通过比较，多次阐发了他对释、老的不屑之情：如"见人说有，己即说无，反入于太高；见人说无，己则说有，反入于至下。或太高，或太下，只在外面走，元不曾入中道，此释老之类。故遁辞者，本无情自信如此而已。"①；"释氏元无用，故不取理。彼以有为无，吾儒以参为性，故先穷理而后尽性。"②因此，他宣称"吾道自足，何事旁求？"③在他的影响下，明代的关学传人虽然身处理学及佛、老思想盛行之际，在不可能完全隔绝的情况下，对"异端"尽力抵制。如马理尽弃异学，坚守儒宗；冯从吾力辩正邪之不同，表现出追求醇儒的朴素理想。

在这点上，前七与关学学者决无二致，亦把维护儒学正统奉为使命。如李梦阳的《空同集·外篇》中专设《异道》一文，详细比较了儒与释、老之不同以维护儒学正统地位。如"儒义取，故其地高，释贪取，故其教污；儒有挥千金而不顾者，而释则望人施；儒非其力不食，而释则食人之食，庐人之庐，衣人之衣。"儒、释之高下在空同笔下昭然若揭。他还对道教所热衷的导引采炼之术大不以为然，认为是"小法耳，杀人哉"，这样的论断可谓振聋发聩。我们知道，在明代中叶，从宫廷到民间，迷信道教成了一种风气，甚至成为士人晋升的阶梯。所谓"青词宰相"④在嘉靖朝就出现了好几位。当然，我们也不能因此而高估李梦阳的认识水平，这种趋于客观的评判并不表明李梦阳对道教已经具有了严谨的科学认识，把它归结为出于维护儒学正统地位的朴素情感大致是不差的。

---

① [明]吕柟：《张子抄释》卷五《语录》。
② [宋]张载：《张载集》《横渠易说·说卦》，第234页。
③ [宋]吕大临：《横渠先生行状》，见张载《张载集》附录，中华书局，1978年版。
④ [清]张廷玉等：《明史》卷一百九十三，中华书局，1974年版。

何景明与王九思诸人在关中游释、道两教胜迹时亦不忘维护儒学正统，曾以幽默的口吻调侃了释、老"二教之宗"，认为他们是"仲尼之罪人"①。而王九思则通过对辟佛功臣韩愈的颂扬来表达他的态度："青史长留佛骨表，苍天终护孔门人"②。另外，李梦阳、何景明诸人与关学学者一样，对于儒家经典《易经》都非常推崇并具有较高的造诣。

具体到前七子对关学学说的接受，更为深刻。李梦阳、康海、何景明、王九思对关学都非常喜爱，对张载及其著作极为推崇。康海在《横渠先生经学理窟序》中对张载称道有加："宋儒言治，要之，躬行鲜而粉饰丽。若夫子，盖周、孔之后一人而已。"③康海在这里所揭示的"躬行鲜而粉饰丽"的特征算是抓住了宋儒（程朱理学）与关学的根本区别，他把张载置于周公、孔子之后，为前七子在程朱理学盛行之际接受关学、回归关学的思想行动竖起了一面旗帜。

张载的《正蒙》和《西铭》为关学的两部最重要的理论著作。何景明在任陕西提学副使时曾经为他人的《〈正蒙〉会稿》作序，并谈了自己的学习体会："予读张子《正蒙》，知其详说之功，至于《西铭》，乃识其反约之旨"。认为张载的著作能发人所未发，学了它就堵塞儒学支离之弊和异端由兴之路，并进而领会孟子所谓"博学而详说之，将以反说约也"④等论断。因此，他积极推广这本张载著作的普及读物，曾建议"关中诸生人置一本"⑤读之。

何景明在后期对关学的接受已从先前的自发状态上升到了自觉的高度，他曾经专门写过《何子》十二篇，对当时社会的方方面面进行理论思考，而且还表达了要与王廷相讲学的愿望⑥，可惜其年不永，未能如愿。不过，尽管"世俗不察其意而猥以词华之士同类而共訾之，"但他的努力至少已经得到了一些同道的认可，曾被目之为"醇儒。"⑦而李梦阳晚年也积极向关学靠拢，"既

---

① [明]王九思：《渼陂集》卷十《游山记》，明嘉靖刻本。
② [明]王九思：《渼陂续集》卷上《五君子咏答刘士奇·秦岭韩文公》，明嘉靖刻本。
③ [明]康海：《康对山先生集》卷三十二《横渠先生经学理窟序》，明万历十年潘允哲刻本。
④ 《孟子·离娄章句下》，阮元校刻《十三经注疏》，中华书局，1980年版。
⑤ [明]何景明：《大复集》卷三十四。
⑥ [明]何景明：《大复集》卷首王廷相《大复集序》。
⑦ [明]何景明：《大复集》附录蔡汝南《创建大复何先生祠记》。

为刘、曹、鲍、谢之业，而欲兼程、张之学。"①所撰《空同子》八篇，关学色彩颇浓。

至于王廷相对关学的接受，可以说是明七子接受关学的重大收获，已经把关学发展到了一个新阶段，达到了明代哲学史的最高成就。因此，他被称为明代最伟大的哲学家，是"卓越的唯物论者"②。他的思想完全是以张载为依据的，虽然因地域原因未被冯从吾等视为关学传人，实质上却是继承张载最有成效的真正的关学家。他发扬了张载"气本论"的思想，并以此为武器，从本体论、认识论、人性论几个方面对程朱理学的烦琐支离和陆王心学的空疏简易之弊进行了猛烈的批判，与明代关中地区的学者所走的"返归张载、还原儒学"的路径相一致。他注重实际，倡导实学，主张"兴道致知"的思想开了明清经世致用的实学思潮的先河。关于这点，侯外庐、张岱年等先生的哲学史及葛荣晋先生的研究专著《王廷相和明代气学》等都已经作了全面的阐述，笔者也曾有文章探讨③，此处不赘。

四、探讨前七子关学品性命题之意义

由以上所述可以看出，前七子的关学品性非常明显。明确此点，无论对于准确把握前七子复古运动的本质，还是理清前七子与阳明心学、程朱理学之间的复杂关系，都大有裨益。

关于前七子与心学之间的联系，尽管明人董其昌早就指出："成、弘间，师无异道，士无异学，朱子之书立于掌故，称大一统。而修辞之家墨守欧、曾，平平尔。时文之变而师古也，自北地（李梦阳）始也；理学之变而师心也，自东越（王阳明）始也。"④但在20世纪相当长的时期内，前后七子的复古运动一直被视为拟古、保守、倒退的典型，只有钱基博、茅盾、钱锺书、章培恒等少数几位大家能够拨云见日，廓清迷雾，把复古运动与在心学影响下的晚明文学新思潮联系起来，积极肯定其进步意义。不过，联系归联系，能否

---

① [明]吕柟：《泾野子·内篇》卷一。
② 葛荣晋：《王廷相和明代气学》，中华书局，1990年版。
③ 史小军：《明代七子派文学复古运动与儒学复兴》，《人文杂志》2001年第3期。
④ [明]董其昌：《容台集·文集》卷一《合刻罗文庄公集序》，明万历刻本。

就此认为前七子的复古运动必然受到了阳明心学的巨大影响？换言之，阳明心学是否为前七子复古运动的思想资源？我们的答案是否定的。要说有影响，也只能是对后七子而言。因为从时间上看，前七子的复古运动与阳明心学的兴起几乎同时，甚之还要稍早一些。王阳明起先也是向李梦阳学习古文辞的，后来才转向儒学并进而悟道；从整个复古运动的过程来看，前七子中也只有徐祯卿一人受心学影响较深。徐在正德五年（1510）遇到王阳明后曾"幡然大悟"①，表示要弃文入道，皈依心学，不过其后不久即英年早逝，其影响力可说几近于无。除此以外，我们没见到其他人员的相关材料；再从学理上讲，"师古"与"师心"既相通又存在着较多的龃龉之处。因此，接受心学影响的唐宋派、公安派往往以反对七子的复古为其立派之基，由此也可证明前七子并未以心学为旨归。

遍观中外文学史，大凡具有思想解放性质的文学流派，必定要受到一定的哲学思想的制约和影响。那么，就前七子而言，这种哲学思想的渊源又在哪里？我们以为在关中而不在吴越，是关学而不是心学。关学注重复古的传统及相对保守的态度使前七子自然产生亲近的倾向，加之地域、交游、师承等原因，受其影响便顺理成章。遗憾的是，这样一个顺理成章的事情却一直被心学的光环给遮蔽了，究其原因，一方面缘于心学影响的巨大，另一方面也缘于人们对明代关学发展态势缺乏了解。其实，有明一代，作为对程朱理学产生异动的两大学脉之一，关学与心学可谓并肩而立，关学的领袖吕柟曾被黄宗羲看作"几与阳明氏中分其盛"的人物②。

行文至此，我们不得不重温并回味钱锺书先生的论断："有明弘正之世，于文学则有李何之复古模拟，于理学则有阳明之师心直觉，二事根本牴牾，竟能齐驱不倍"③，钱先生敏锐地指出了前七子的复古与心学的差异，并对二者能够并驾齐驱稍感疑惑。对这一疑惑，从阐述七子复古的进步意义入手进行解答大致是不错的，但若仅止于此，其实是没能完全领会其潜在含义。在探询七子所具有的哲学品性问题时，此处的"存疑"给了我们抛开心学而旁求

---

① ［明］宋仪望：《徐迪功祠记》，见《明文海》卷三百六十九，上海古籍出版社，1994年版。
② ［明］黄宗羲：《明儒学案》卷九《三原学案》，中华书局，1985年版。
③ 钱锺书《谈艺录》（补订本），中华书局，1984年版，第303页。

其他的启迪和契机,当我们终于发现关学对前七子的影响远大于心学这一客观事实的时候,才深深地体会到一代国学大师在此所表现出的敏锐的学术"警觉"和深邃的学术眼光。

以"气本论"为主的关学与以"心本论"为主的心学之间虽然存在着种种差异,但它们在明中叶的崛起,都对当时占统治地位的以讲求"理本论"为主的程朱理学带来了冲击。而所谓以"复古模拟"为能事的文学复古运动本身就已经包含了求新求变的愿望,更何况受关学影响的前七子不仅对理学家的文艺观进行了系统的清算,而且对程朱理学本身的弊病也进行了较深入的批评,从而能够在思想解放的道路上与心学殊途同归,"齐驱不倍"。

同时,前七子的选择,也暗合了后来儒学发展的态势,与明清之际的经世致用思潮亦即"实学"思潮具有了一致性。"明清实学思潮的主要代表人物为了从理论上批判程朱理学和陆王心学,从政治上纠正宋明理学空疏误国的弊病,在由虚反实的过程中,亦多从张载关学那里吸取气实体论思想,出现了由宋明理学向张载关学复归的转向"[①],并且以"各种方式提出了从理学回归原始儒学的要求。"[②]关学在明中叶的勃兴,以及前七子对关学的接受,即较早地昭示了这一趋势。正是在这个意义上,笔者曾把七子派的文学复古运动视为中国文艺复兴的萌芽[③]。

需要指出的是,关于以李梦阳为代表的明七子反理学的问题,虽然学界已有基本的结论,但仍然存在着探讨的必要。如李梦阳,就集反对与拥护于一身:一方面对程朱理学提出了许多批评,一方面又对程朱本人赞赏有加,并支持朝廷对诋毁程朱理学的士人采取惩罚性措施[④]。如果单纯从反与不反的角度出发,便很难判断,也不能明察其实质。如果我们将目光转向前七子接受关学这一既成事实,问题将迎刃而解。

李梦阳等人对程朱理学的态度与当时关学的处境及学术个性极其相似。明代弘、正之际复兴的关学虽然对程朱理学有一定的反动作用,但不可能完全摆脱作为官方哲学的程朱理学的影响。如吕柟、马理等关学领袖虽以张载为

---

① 葛荣晋:《中国实学文化导论》,中共中央党校出版社,2003年版,第75—76页。
② 杨国荣:《善的历程——儒家价值体系的历史衍化及其现代转换》,上海人民出版社,1994年版,第306页。
③ 史小军:《明代七子派与中国文艺复兴》,《人文杂志》1994年第6期。
④ [明]李梦阳:《空同集》卷六十五《外篇·治道》。

尊，但对程朱的说教基本上还是采取尊奉、吸收、批评、修正相结合的策略。这与关学本身的保守性有关。终明之世，阳明心学后来发展到了激进的"王学左派"，摧枯拉朽，"天崩地解"；而关学则始终恪守折中朱王，返归张载，还原儒学的本色。受其影响，李梦阳等人也完全把周、程、张、朱几位大儒看作是接续儒学命脉的圣人，所不满的只是那些俗儒、陋儒的迂腐言行和理学的支离空疏之弊。因此，他们还不能被视为"反理学"的先锋。如果说其中某些人已经具有了"反理学"的倾向，那也只是在儒学范围内，在尊重周、程、张、朱等理学大师的前提下，做了一些批评和修正，从而在一定程度上松动了程朱理学的统治地位，给明中叶沉闷的思想界带来了一丝活力[①]。

（本文发表于《文艺研究》2005年第6期）

史小军，1966年生，1996年毕业于陕西师范大学中文系，文学博士，师从霍松林先生，现为暨南大学图书馆馆长。

---

① 史小军：《明代七子派文学复古运动与儒学复兴》，《人文杂志》2001年第3期。

袁宏道佛教思想之检讨

刘飞滨

内容摘要：在万历二十一年之前，袁宏道对于禅法虽有所体会，但实际上并没有真正的悟入，其谈论禅宗的文字，多流于口头禅。万历二十一年，袁宏道参访李贽后，始于禅门有所悟入。但这种悟入，佛教界内部的评价并不高。袁宏道对佛法的真实悟入和贡献都在万历二十七年《西方合论》撰成之后。这一时期，他从醉心禅宗转而归心净土，进而倡导禅净双修，并最终以之为修行旨归。这样的转变，标志着袁其佛教思想的成熟。

关键词：袁宏道；口头禅；禅净双修；《西方合论》

袁宏道在少年时期就接触到了佛教，而他真正对佛教深生信仰并开始参禅、修行的宗教生活则是在万历十七年（1589）其长兄袁宗道休沐返乡之后。根据袁中道《中郎先生行状》中的叙述，袁宏道学佛主要经历了以下三阶段：一、万历十七年（1589），初闻性命之学，并深信之。下第后，苦苦参究多年，于张子韶论格物处得以悟入；二、万历二十一年（1593），访李贽，始悟此前株守俗见，所参禅语皆为死句，禅悟境界大进；三、万历二十七年（1599），悟得李贽关于禅学的见解的偏颇，改而将悟理与修行并重，严守戒律，净除习气。[①]根据这三个阶段，袁宏道的佛教思想可以万历二十七年（1599）《西方合论》的完成为标志分为前后两期来认识。

---

① [明]袁中道：《柯雪斋集》，上海古籍出版社，1989年版，第755—758页。

一、前期佛教思想

袁宏道从万历十七年（1599）初闻佛教性命之学到万历二十七年（1599）写作《西方合论》，历时整整十年。十年间，袁宏道思想变化相当大。但是，由于能够集中体现其早期佛教思想的《金屑编》业已亡佚，眼下所见只有他与师友、兄弟讨论参禅悟道的零散书信及诗文，不易勾勒出其早期佛教思想之全貌，所以，只能根据现有材料略加分析，以求给出相对明确的阐说。

阐述袁宏道早期的佛教思想，核心在于对其禅悟的评价问题。对此，学界多有肯定之语。而在佛教界内部，却是另外一种情况。彭绍升《居士传》云：

> 予读袁氏兄弟早岁文，大率掉弄知解，依违光景，心窃病之。[1]

彭绍升认为袁氏兄弟的禅学功夫并不高，所述多为知解，对禅宗并没有真实的悟入。即或有所涉及，也不过是参禅过程中的一些光影门头而已，并谈不上真正的开悟。智旭大师在《西方合论序》中曾有一段似乎是对袁宏道的禅修境界评价相当高的话：

> 唯大彻大悟人，始可与谈念佛三昧。否则百姓之与知与能，犹远胜仁者见之谓之仁，智者见之谓之智也。达摩西来，事出非常。有大利，必有大害。呜呼，先辈幸得大利，今徒有大害而已。谁能以悟道为先锋，以念佛为后劲，稳趋无上觉路者耶。袁中郎少年颖悟，坐断一时禅宿舌头。不知者，以为慧业文人也。后复深入法界，归心乐国，述为《西方合论》十卷。字字从真实悟门流出，故绝无一字蹈袭，又无一字杜撰。虽台宗堂奥，尚未诣极。而透彻禅机，融贯方山清凉教理，无余矣。或疑佛祖宗教，名衲老宿，未易遍通。何少年科第，五欲未除，乃克臻此。不知多生熏习，非偶然也。传闻三袁是宋三苏后身。噫。中郎果是东坡，佛法乃大进矣。

智旭大师认为，袁宏道少年颖悟，坐断一时禅宿舌头，后复深入法界，归心乐国，述《西方合论》，字字从真实悟门流出，能够透彻禅机，融贯方山清凉教理无余矣。像袁宏道这样大彻大悟的人，才可以谈念佛三昧，始能以悟道

---

[1] [明]彭绍升：《居士传》，成都古籍书店，2000年版，第251页。

为先锋，以念佛为后劲，稳超无上觉路。评价之高，一时罕见。这里尤其显眼的是关于袁宏道的悟境的评价，如少年颖悟、字字从真实悟门流出、透彻禅机等等，都似乎是对袁宏道早期禅悟的正面肯定。然而，如果细读袁宏道前期与师友、兄弟在书信往来中谈及参禅的文字，那么，关于其禅悟境界以及智旭的相关评价或许就会有一些不同的看法。万历二十四年（1596）袁宏道写给袁宗道的一封信中有云：

> 王衷白无疑可破，何必破疑？萧玄圃本无疑，何必求疑？为我拜上二公，只硬不疑便是佛。瞿洞观过苏，自笑往日之痴，有大人相矣，但不脱菩萨气耳。顾湛庵是我辈人，不知生死心如何？①

信中关于参禅所发疑情的说法也与禅门通途所说不同。参禅起疑情是公案、话头类的参禅方法的入门手段，不知袁宏道教人如何参禅。至于"只硬不疑便是佛""有大人相矣，但不脱菩萨气"的说法，则与当时流行之口头禅有多分的近似。定功果有效，其益无量。但不知所守着，中黄邪？艮背邪？抑数息邪？夫定亦难，有出有入，非定也，故曰："那伽常在定，无有不定时。"即出即入，亦定也，故曰："恰恰用心时，恰恰无心用。"然定有大小，小定却疾，中定却老，若大定则即疾是定，即老亦定，艳舞娇歌，无处非定。《华严经》曰："一身入定多身起，多身入定一身起。"是此定也，请以置之同伴老僧如何？万历二十五年（1597），袁宏道写给徐冏卿的一封信中有云：

> 仆少时曾于小中立基，枯寂不堪，后遇至人，稍稍指以大定门户，始得自在度日，逢场作戏矣。天长人短，鬼多仙少，安得以浮泛不切之事，虚费此少壮日子哉？公欲求定，当识其大者，不然璀璨名园，粉黛歌儿，俱成剩物矣，如何？②

信中将定分为小、中、大，并将佛所入的那伽大定与禅门的悟后保任功夫混为一谈，将法身大士的游戏神通境界与慧业文人的艳舞娇歌的放浪生活混为一谈，则其所参之禅与祖师禅大概是有相当距离的。从徐冏卿修订所守的"中黄""艮背""数息"诸法来看，他离准确理解佛法还差一大截，袁宏道这番宏论对于徐氏显然是不太合适的。又，万历二十五年（1597），袁宏道写给张幼于的一封信中有云：

---

① 钱伯城：《袁宏道集笺校》，上海古籍出版社，1981年版，第232页。
② 钱伯城：《袁宏道集笺校》，上海古籍出版社，1981年版，第501页。

幼于自负能谈名理，所名者果何理耶？他书无论，即如《敝箧》诸诵，幼于能一一解得不？如何是"下三点"如何是"扇子跳悖上三十三天"，如何是"一口吸尽西江水"？幼于虽通身是口，到此只恐亡锋结舌去。然则幼于尚不得谓之解语矣，况其不逮幼于者耶？仆自知诗文一字不通，唯禅宗一事，不敢多让。当今劲敌，唯李宏甫先生一人。其他精炼衲子，久参禅伯，败于中郎之手者，往往尔是。①

　　信中显露了袁宏道在禅宗方面的自信，同时也表现出了对李贽的重视，但对于当时的禅门，则殊少敬意。与博览经教、机锋迅利、语言圆转的袁宏道相对，明代往往不通经教、缺少真参实悟的衰弱的禅门实在少有博得敬重的机会，智旭大师所说"少年颖悟，坐断一时禅宿舌头"指的正是这种情形。袁宏道推重李贽，认为唯李贽为其当今劲敌，说明李贽对他参禅的弊端的揭示是正确的。确实情况也确实是，袁宏道正是在李贽的点拨之下，于禅悟有了很大的进展。这也表明，在某种程度上，袁宏道此时所参之禅与李贽所参之禅有相近之处。对于李贽所倡之禅，明代对禅宗有真实悟入的莲池、智旭二位大师都没有给予正面的评价，因此，对于袁宏道所悟之禅，评价大概也是相近的。

　　那么，智旭大师为什么会对袁宏道的悟境给予高度评价？

　　其实，细读《西方合论序》就可以发现，智旭大师的评价多分在于《西方合论》本身，认为《西方合论》"字字从真实悟门流出"，认为《合论》中关于净土与禅门的部分"透彻禅机，融贯方山、清凉教理无余矣"。因为《西方合论》依托李通玄、澄观的华严宗思想来架构全文，同时又融会禅门顿悟、唯心等思想，从理论上来说，可谓性相圆融，真俗不二，达到了相当高超的境界。智旭大师所说的透彻禅机、字字从真实悟门中流出所赞美的也正是这个部分。至于对袁宏道此前的禅悟境界的评价，大概正是"不知者，以为慧业文人也"几个字。"后复深入法界，归心乐国"表达的正是对袁宏道修行转向的正面肯定。可见智旭大师对宏道前期的禅悟境界评价也是不高的。

　　其实，袁宏道对自己此前的禅悟境界也有一个评价与反省，他在万历二十七年（1599）写给陶石篑的一封信中说：

---

① 钱伯城：《袁宏道集笺校》，上海古籍出版社，1981年版，第503页。

弟近日始悟从前入处，多是净妙境界，一属净妙，便是恶知恶解。彼以"本来无物"与"时时拂拭"分顿渐优劣者，此下分凡夫之见耳，尚未得谓之开眼，况可谓之入道与？①

在信中，袁宏道对自己此前的境界作了一个判定——多是净妙境界，并认为此净妙境界对于参禅者来说，则属于恶知恶解，但信中没有说明为什么有此净妙境界就属于恶知恶解。若依宗门的看法及经论的说法，净妙与粗劣皆不异法性，所谓"一色一香皆属中道"，如果以此净妙境界为胜妙，于中而起贪著、我慢之心，妄起证圣之解，则属恶知恶解，如《楞严经》所说，"若作圣解"，"则为魔缚"。袁宏道将自己此前的悟境判作"恶知恶解"，大概即基于此。从袁宏道以前所说的"唯禅宗一事，不敢多让。当今劲敌，唯李宏甫先生一人。其他精炼衲子，久参禅伯，败于中郎之手者，往往尔是"之类的语言来看，则袁宏道对自己之前的判定大体还是准确的，从中也可见出他敢于自我剖析、自我否定的勇气。

从万历二十一年参访李贽到万历二十七年悟得李贽禅法的弊端，六年之中，袁宏道关于禅学的思想都在李贽的影响之下。而此前，袁宏道关于禅法的理解，在李贽看来则属于掇拾陈言、株守俗见，于活活泼泼的禅，实际上尚未入门。因此，我们可以大致对袁宏道早期禅学思想给出一个基本的判断：在万历二十一年之前，袁宏道对于禅法虽有所体会，但实际上并没有真正的悟入，故其谈论禅宗的文字，多分流于口头禅。万历二十一年参访李贽后，得李贽之点拨，袁宏道始于禅门有所悟入。但是，对于袁宏道的这种悟入，佛教界内部的评价是不高的。袁宏道对佛法的真实悟入和贡献都在万历二十七年《西方合论》撰成之后。

二、后期佛教思想

万历二十七年，袁宏道的佛教思想发生了重大转变，他从醉心禅宗转而归心净土，进而倡导禅净双修，并最终以禅净双修为修行旨归。这样的转变，标志着袁宏道佛教思想的成熟。从这一年开始，袁宏道创作、选辑了不少佛学

---

① 钱伯城：《袁宏道集笺校》，上海古籍出版社，1981年版，第785页。

著作：万历二十七年（1599），著《西方合论》；万历三十一年（1603），辑《宗镜摄录》；万历三十二年（1604），有《德山麈谈》、《珊瑚林》；万历三十四年（1606），辑《六祖坛经节录》。在这些著作中，《西方合论》主要谈的是净土宗，其余的则主要谈禅宗。其最为重要、最有原创性并在佛教思想史上有重要地位的是《西方合论》，《西方合论》也代表了袁宏道后期佛教思想的主要倾向和成就。

（一）两个转向

求生净土作为一种修行法门，在龙树菩萨《大智度论》中即有论述。佛教传入中国后，净土一门在东晋得到庐山慧远大师的提倡而开始盛行，到了唐五代时而与禅宗并行于世。五代末年，永明延寿禅师始倡禅净双修之法。到了明代，经莲池、智旭等人的提倡，净土宗甚为兴盛。禅宗兴起后，禅门中即有认为禅宗比净土宗高明的说法，认为禅宗单接上根之人，而净土法门是专为接引中下根机之人。这种观点虽为永明延寿等人批驳而得到一定程度的削弱，但在禅门中还是有一定的势力的。加上明代禅门衰弱，参禅者多乏正知正见，所以轻视净土之风反而更盛。袁宏道著《西方合论》也正是因此而起。

袁宏道和净土宗的因缘相当深厚。首先，家中父母、舅舅、业师等就多有信仰净土的。袁宏道万历二十七年的《家报》中有云：

> 四舅来，闻大人及一家眷属，俱皈性白业，此人间第一稀有事。要知子孙满前，纡朱拖紫，未足为难，唯信此一事，是难之难者。专持名字，有什么难，而人自生疑阻？盖此等出世大富贵，天自下肯轻易与人也。……寄来《十疑论》一册，望细心看，闲时讲与太母听，大人具出世知见，当不以此为迂也。[①]

袁宏道的舅舅龚仲敏也因信仰净土而得往生，这在袁中道的《游居柿录》卷七中有所记述：

> 初病时，自诊脉云："阴得阳脉，殆不可治。"因危坐数日，语玄在曰："吾事已矣？惟念佛以待尽，慎莫令妇人女子来溷扰我！"夜，忽梦如来相，顷之，二童子持一金牌，上书曰：龚公中品中生。又有一自缢妇人在前，项上带今岳州白绢。舅问之曰：

[①] 钱伯城：《袁宏道集笺校》，上海古籍出版社，1981年版，第776—777页。

"若与我为冤对乎？"曰："非也，冤已解矣。"化为黑风而去。醒即告之玄在曰："急念佛，吾去矣。我为作令，未持戒律，尚得往生。四弟及中郎、小修精勤若此，何忧净土耶？取笔来，我自书一纸示之，使知念佛之灵验也。"书毕，遂化。①

其次，袁宏道所交游之道友法侣也多有信仰净土宗的，如莲池、李贽等。家人、亲友信仰净土的氛围，对袁宏道无疑是有影响的。

至于袁宏道著《西方合论》的更为直接的原因，则来自于他对此前参禅行为的反省。袁宗道《西方合论叙》云：

> 石头居士少志参禅，根性猛利；十年之内，洞有所入。机锋迅利，语言圆转，寻常与人论及此事，下笔千言，不踏祖师语句，直从胸臆流出。活虎生龙，无一死语。遂亦自谓了悟，无所事事。虽世情减少，不入尘劳；然嘲风弄月，登山玩水。流连文酒之场，沉酣《骚雅》之业，懒慢疏狂，未免纵意。如前之病，未能全脱。所幸生死心切，不长陷溺；痛念见境生心，触途成滞。浮解实情，未能相胜。悟不修行，必堕魔境。佛魔之分，只在顷刻。始约其偏空之见，涉入普贤之海。又思行门端的，莫如念佛，而权引中下之疑，未之尽破。及后博观经论，始知此门原摄一乘。悟与未悟，皆宜修习。于是采金口之所宣扬，菩萨之所阐明，诸大善知识之所发挥，附以己意，千波竞起，万派横流，诘其汇归，皆同一源。其论以不思议第一义为宗，以悟为导，以十二时中，持佛名号，一心不乱，念念相续为行持，以六度万行为助因，以深信因果为入门。此论甫成，而同参发心持戒念佛者，遂得五人，共欲流通以解宗教之惑。②

袁宗道认为，袁宏道思想转变的原因是，虽然他智慧深厚，自认为对禅门已得了悟，已经不受声色、名利的诱惑，但仍然免不了游山玩水、醉心诗酒文章的旧习，不能避免懒慢疏狂的毛病，"浮解实情，不能相胜"，表达的正是袁宏道内心深处最为深重的隐忧。也就是说，袁宏道虽然智慧之力很强，于理上极为明了，但对自身的旧习、烦恼却没有办法对付。对于修行人来说，无论教下、宗门都甚为忌惮，都认为这种情形必然会堕入六道轮回之中，袁宏道对

---

① [明]袁中道：《珂雪斋集》，上海古籍出版社，1989年版，第1251页。
② 钱伯城：《袁宏道集笺校》，上海古籍出版社，1981年版，第1706页。

此是非常明了的:"悟不修行,必堕魔境。佛魔之分,只在倾刻"。至此困境出现之时,袁宏道才认识到此前的悟境是"偏空之见",真实修行只有念佛一门最为可靠。这是袁宏道思想转向的第一步。

袁宏道思想转向的第二步是关于净土是一乘法门的认识。"权引中下之疑未之尽破,及后博观经论,始知此门原摄一乘"。认为袁宏道最初倾向净土宗时,虽然认为念佛作为修行方法最为可靠,但内心还是怀疑净土宗只是度化智慧不高的中下根器的人的。袁宏道说自己:

> 礼诵之暇,取龙树、天台、智者、永明等论,细心披读,忽尔疑豁。既深信净土,复悟诸大菩萨差别之行。如贫儿得伏藏中金,喜不自释。①

自己后来通过广泛阅读经论,才知道净土宗是可以将大小乘各宗都包含在里面的(一乘),无论开悟的还是没有开悟的都应当修行净土宗。至此袁宏道完成了转向的第二步。两个转向之中,也以第二步意义更为深远,这也正是《西方合论》的贡献所在。

当然,袁宏道写作《西方合论》还是更大的关怀层面:

> 灭火者水,水过即有沉溺之灾;生物者日,日盛翻为枯焦之本。如来教法,亦复如是。五叶以来,单传斯盛;迨于今日,狂滥遂极。谬引唯心,同无为之外道;执言皆是,趋五欲之魔城。不思阿难未得尽通,头陀摈斥;达磨微牵结使,尊者呵讥。蝉翅薄习,宝所斯遥;丘山丛垢,净乐何从。至若《楞伽》传自达摩,悟修并重;清规创始百丈,乘戒兼行。未闻一乘纲宗,呵叱净戒;五灯嫡子,贪恋世缘。昔有道士夜行,为鬼所著,宛转冢间。有田父见之,扶掖入舍,汤沃乃醒。道士临别谓田父曰:"羁客无以赠主人,有辟鬼符二张,愿以为谢。"闻者笑之。今之学者,贪嗔邪见,炽然如火,而欲为人解缚,何其惑也!
>
> 余十年学道,堕此狂病,后因触机,薄有省发。遂简尘劳,归心净土。②

晚明佛教界狂禅泛滥,无论僧俗多有轻视戒律、放纵情欲、不修清净反而

---

① 钱伯城:《袁宏道集笺校》,上海古籍出版社,1981年版,第1638页。
② 钱伯城:《袁宏道集笺校》,上海古籍出版社,1981年版,第1637—1638页。

贪著利养追求名利等种种行为。这些人还反以诸法唯心之说、真俗不二之说作为恣纵贪瞋、坚持邪见的根据。袁宏道"余十年学道，堕此狂病"一语，可以看作是对自己此前的禅悟的一个定性之评判。可以说，《西方合论》主要针对的便是当时流行的狂禅。当然，由于《西方合论》在理论上的多方面的成就，其在思想上的影响就不再局限于此了。

（二）《西方合论》的思想渊源

《西方合论》开篇即说明了作论的原因和依据：

> 礼诵之暇，取龙树、天台、智者、永明等论，细心披读，忽尔疑豁。既深信净土，复悟诸大菩萨差别之行。如贫儿得伏藏中金，喜不自释。会愚庵和尚与平倩居士，谋余裒集西方诸论，余乃述古德要语，附以己见，勒成一书，命曰《西方合论》。①

寥寥数语可见，《西方合论》的主要思想依据是龙树菩萨的《大智度论》、天台智者大师的《净土十疑论》以及永明延寿禅师的《宗镜录》《万善同归集》等著作中关于净土的论述。袁宏道于同年所写的《答无心》《答陶石篑》等信件中也涉及以上多种著作。《答无心》云：

> 生辈从前亦坐此病，望公划却，且将《起信》《智度》二论，理会一番，方知近时老宿，去此事尚远。……公今影响禅门公案，作儿戏语，想谓公进，不至乃堕落至此耶？公如退步知非，发大猛勇，愿与公同结净侣；若依前只是旧时人，愿公一字亦莫相寄，徒添戏论，无益矣。《汾州普说》一纸寄上，幸细心看。②

《答陶石篑》云：

> 四卷《楞伽》，达摩印宗之书也；龙树《智度论》、马鸣《起信论》，二祖师续佛慧灯之书也；《万善同归》六卷，永明和尚救宗门极弊之书也。兄试看此书，与近时毛道所谈之禅，同耶否耶？……枣柏论华天宗旨，一切俱以为表，其中若文殊、普贤等，皆宗而表矣。然则所谓表法者，有是事谓之表耶？抑我是时耶？枣伯又云："古来圣贤如仲尼、颜渊等，皆是表法，实无是人。"是明明说二经所载诸事，如《论语》记孔、颜一般，果

---

① 钱伯城：《袁宏道集笺校》，上海古籍出版社，1981年版，第1638页。
② 钱伯城：《袁宏道集笺校》，上海古籍出版社，1981年版，第777页。

可谓之有耶？抑可谓之无耶？兄试为弟通之，幸勿以相似言语，巧作和会也。《西方合论》是弟残冬所著，恐尚有不亲切处，幸详悉正之。①

这里提到了《大乘起信论》《楞伽经》《汾州普说》等著作，作为影响到《西方合论》思想架构的《华严合论》在这里也出现了，它就是文中或称为通玄、方山、李长者此处称为枣柏的李通玄。文中所提到的李长者的著作主要即指《华严合论》。当然关于禅宗的著作更是作者在论中要常常用到的，如《传灯录》等，这里仅提到了《汾州普说》。

当然，关于《西方合论》的思想渊源，表述得最为清楚的还是《西方合论》第三《部类门》。该门综合了经藏中所有直接、间接与极乐世界、阿弥陀佛相关的佛经，并分为经（专谈阿弥陀佛、极乐世界的）、纬（泛论念佛的）二类，排比成为四类：经中之经（专说极乐世界，主要指六种《阿弥陀经》及《观无量寿佛经》）、经中之纬（虽专说极乐世界，但不以持名、观想为主，仅提到二种）、纬中之经（泛说念佛而曾提到西方极乐世界的，如《华严》《楞严》《般舟三昧》《法华》等）、纬中之纬（虽不专说净土，但论述到念佛思想的，如《华严》《涅槃》《净名》《大般若经》等）。将佛教经典中与阿弥陀佛相关、与念佛思想相关的内容集中在一起并加以分类说明以论证极乐世界、阿弥陀佛的，可能这是最为集中的。这也是《西方合论》立论的最权威的思想依据。

尊经是中国佛教的传统，论典则提供了论述的思想架构。《起信论》的一心二门说、《华严合论》的十种净土说、四种唯心净土说都是本论最为重要的理论来源。此外，《宗镜录》《万善同归集》《净土十疑论》中与净土相关的部分也都被采纳到了《西方合论》中。至于天台宗、华严宗的判教思想，也成为《西方合论》建构理论体系时必须参考的部分。

（三）《西方合论》的结构

《西方合论》分为十门：

略稽往哲，分叙十门：第一刹土门，第二缘起门，第三部类门，第四教相门，第五理谛门，第六称性门，第七往生门，第八见

---

① 钱伯城：《袁宏道集笺校》，上海古籍出版社，1981年版，第790页。

网门，第九修持门，第十释异门。①

这十门分别叙述了诸佛清净国土（刹土门）、释迦牟尼讲述西方极乐世界并劝众生往生的原因（缘起门）、与西方极乐世界及阿弥陀佛相关的佛经的四种类型（部类门）、根据佛教义理所判别的佛教经论的六个层次（假有教、趋寂教、有余教、无余教、顿悟教、圆极教②）及净土宗所属地位、相与心、境与心的关系（理谛门）、大乘佛教的修行方法——五门（一信心行、二止观行、三六度行、四悲愿行、五称法行）及其相应于净土修行的关系（称性门）、往生西方极乐世界最为殊胜（往生门）、与修行相关的十种邪见（见网门）、往生净土的十种修行方法（修持门）以及关于西方极乐世界的种种疑问（释疑门）。这十个方面实际涉及了教、理、行、位、智、断、因、果等各个方面，含摄面是相当广阔的。

关于《西方合论》的整体架构，袁宗道《西方合论叙》中有云：

> 其论以不思议第一义为宗，以悟为导，以十二时中，持佛名号，一心不乱，念念相续为行持，以六度万行为助因，以深信因果为入门。③

这个概括可以说是相当全面而又十分精要的。

（四）《西方合论》的贡献

智旭大师在《净土十要》卷十《评点〈西方合论〉序》中云：

> 达摩西来，事出非常。有大利，必有大害。呜呼，先辈幸得大利，今徒有大害而已。谁能以悟道为先锋，以念佛为后劲，稳趋无上觉路者耶。袁中郎……后复深入法界，归心乐国，述为西方合论十卷。字字从真实悟门流出，故绝无一字蹈袭，又无一字杜撰。虽台宗堂奥，尚未诣极。而透彻禅机，融贯方山、清凉教理无余矣。……特即吴门所刻标注，并为评点以表彰之。重谋付梓，用广流通。普使法界有情，从此谛信念佛法门，至圆至顿。高超一切禅教律，统摄一切禅教律，不复有泣歧之叹也。

---

① 钱伯城：《袁宏道集笺校》，上海古籍出版社，1981年版，第1638页。
② 智旭大师对宏道六种判教不太赞同，认为当依天台化法、化仪两类各四种来判，才能够全面涵盖佛教大小乘各宗，否则就有失全面。并认为宏道对天台教法的了解还不到位。具体见评注本《西方合论》"教相门"的相关部分。
③ 钱伯城：《袁宏道集笺校》，上海古籍出版社，1981年版，第1706页。

智旭大师将袁宏道《西方合论》的贡献概括为下面几个方面：一、认识并澄清了禅门弊端对当时修行人的危害；二、以禅净双修为修行终极旨归；三、深入领会禅门要旨并能将它与华严宗李通玄、澄观等人的思想圆满融会为一体；四、阐明了念佛法门是至圆至顿、超越一切禅、教、律等宗派并能统摄一切禅教律等宗派的义理和修行方法的最为圆满的教法；五、对于当时徘徊于禅宗和净土之门的修行者具有良好的指引和开导作用。

智旭大师的概括在袁宗道的《西方合论叙》中也有所体现，如对狂禅的批驳、对轻视净土者的批评、对念佛法门的超越性的赞同、引导参禅者归心念佛法门等。袁宗道的序言虽然不乏自己的独立见解，但以上几个方面显然是基于《西方合论》而发的，也可以看作是对《西方合论》思想贡献的一个理论评价。

在智旭大师的这个评点本后还有一个跋语，从另外的角度对《西方合论》的思想贡献进行了阐发：

> 旧跋
>
> 净土玄门，失阐久矣。云栖大师重揭义天，海内共仰。而曹鲁川辈，犹谬执方山《合论》，谬争权实。盖由未透圆宗，徒取圆融广大语声故也。《西方合论》一出，判之为圆实堕。然后知净土诸经，的与《华严》《法华》不分优劣，可破千古群疑矣。伏愿见闻此论者，广破邪疑，直开正信。揭净土之心灯，照尘劫而无尽。辛卯秋净业弟子明善谨跋。

明善在《旧跋》中将袁宏道的贡献与中兴净土法门的云栖大师相提并论，并特别强调了袁宏道的阐明净土经典在佛教经典中属于圆顿之教的理论贡献。认为袁宏道此举不仅扫除了此前李长者等人将净土宗判定为权教（不圆满、不究竟）对修行念佛法门的人所带来的思想上的困惑，有"揭净土之心灯，照尘劫之无尽"的深远影响，也将《阿弥陀经》《观无量寿佛经》等净土诸经的地位提高到了与《华严》《法华》等经典同等的崇高地位。

智旭大师、袁宗道明善三人对袁宏道的《西方合论》的思想贡献的评价虽然说不上是全面概括，但《西方合论》在净土宗中的影响和地位可以说已经得到了非常清晰、有力的说明。

三、附论

　　这里还需要说明的一点是，袁宏道虽然在《西方合论》中极力提倡念佛法门，对禅宗的弊端大力批判，对自己早年的狂禅也毫不留情地加以剖析、忏悔，并灼然表白自己归心净土的决心。但出于个性、思想方面的喜好，在《西方合论》完成后，他仍然持续着自己禅宗的欣赏与爱好①，并一再强调《西方合论》中禅净双修的特点，尤其是其中阐明禅宗的真实见地与价值的部分。袁宏道在《珊瑚林》中说：

　　　《西方合论》一书，乃借净土以发明宗乘，因谈宗者，不屑净土，修净土者，不务禅宗，故合而论之。②

　　当然，这样说并不是说袁宏道是个言行不一、变化无常的人。强调念佛法门的优胜之处与强调以悟为先导在《西方合论》中是同时并重的。袁宏道在第九《修行门》中将念佛法门概括为十种，其中列为首位的即是净悟门：

　　　净门一净悟者。行者欲生实净土，当真实参究，如法了悟。何故？悟是迷途导师，如人入暗，当燃灯炬。悟是净国图引，如人行远，当识邮程。悟是诸行领首，如人冲坚，当随将帅。一者悟能了知即秽恒净，不舍净故。二者闻净佛国土不可思议，不怯弱故。三者知毕竟空中，因果不失。止一切恶法，不更作故。四者知彼土不去不来，此亦不去不来故。五者悟佛身量遍满虚空，众生身量亦遍满虚空。如地狱业力，一人亦满，多人亦满故。六者闻阿僧祇劫无量诸行，如人说弹指顷事，不惊怖故。七者修十善三福，不住人天故。八者如觉后忆梦中事，不作有无解故。九者如眼见故乡，信不信不可得故。十者知法无我，顺性利生。直至成佛，无疲厌故。菩萨入此门已，成就白法，随意得生。是故观经上品云，深解义趣，

---

① 袁中道在《寄寒灰禅师》的书信中对袁宏道的禅修得失有所评价："中郎一旦至此，令人痛不欲生。师情均骨肉，虽修短之理，久已照破，而亦不能已于慈明之哭也。生屡番清彻，自谓已至，而习重境强，处无生之力甚微。古人云相续也太难，又苦口劝人尽却。今时乃知入理之后，便要讨见成受用。十二时中，微细流注，全不照管，临终不得力，都由此耳。"（第1022页）对宏道即悟之后，未能潜心修道，净除烦恼习气，而导致临终之时，不能得慧悟之力而于死生病苦得以自在的情形，深表痛心。

② 周群：《论袁宏道的佛学思想》，《中华佛学研究》2002年第6期。

于第一义，心不惊动。疏云，第一义者，谓诸法实相。言语道断，心行处灭。又上品六念义云，安心不动，名之为念。钞曰，第一义理，悉不为二边所动，通名为念。故西方如韦提希善财龙树等，以入地往生。此方如远公智者永明等，以证悟往生。一切经论中广载，不能具录。论中或有言生彼求悟者，为中下人说。至言悟自己佛，不必求生，此则为十地菩萨以上说。若云悟第一义，诸结使未断者，皆不求生。则如龙树永明等，亦为捏目生华，无事多事矣。

这一点是其不同于当时多数净土宗著述的特质所在。由于强调了悟的重要性，从而真切地提示出净土法门中"智度"一门的重要地位，这也是与从上以来倡导禅净双修、禅净一致的诸祖师的血脉、心髓所在。

刘飞滨，1972年，2004年毕业陕西师范大学文学院，文学博士，师从杨恩成教授，现为四川师范大学文学院副教授。

吕柟文章特质考释

蒋鹏举

内容摘要： 作为明代中期关中学派著名学者的吕柟，是一位集道德、史才、文采、书法于一身的英才。他的文章是其思想的集中体现，其为文"或叙经典，或明政术"，体现的是儒家的入世情怀。所以，其文在内容上既是体现"入道见志"的个人宗旨，也符合"述道言治，枝条五经"的学术传统。从文学角度看，其作品风格则品性醇雅，辞气安详；博采广喻，离奇有常，是常用的创作手法；而虚构人物和故事，用以传布思想观念，也是其常用的方式。吕柟因讲学而广泛影响关中、京城、东南诸地，故考释其文章特质，对当时学术与士风衍变之间的关系有一定借鉴作用。

关键词： 吕柟；关学；文章特质

吕柟（1479-1541）是明代正德、嘉靖时期一位重要的学者、政府官员、教育家，其社会影响广泛。他与前七子多位文学家有密切交往，与学者湛若水、王守仁、邹守益等都有交往。其传记详见《明史·儒林传》及明代冯从吾的《关学编》。吕柟勤于著述，有多部学术著述及文集、诗集传世，可谓是一位集道德、史才、文采、书法于一身的英才。其学术著述有六部被《四库总目》列入经部存目，有四部列入子部儒家类正目。其文集《泾野先生文集》被收录于集部存目。另有诗集《泾野别集》、游记《十四游记》及语录体《泾野子内篇》等传世，但《四库》未予著录。对其学术著述，四库馆臣评价其学术"授受有源，故大旨不失醇正"；对其文集评价则不高，认为"往往离奇不常，掩抑不尽，貌似周秦间子书"。①

近年来，学界对关学的关注日益升温，取得了一系列可喜的成果。因吕柟在关学振兴中发挥了重要作用，因此学界越来越重视对吕柟的研究。②这些研究侧重于吕柟的哲学思想，至于其文学成就如何，以及他的理学观念如何落实到文学作品中，尚未引起足够的认识。事实上，吕柟晚年亲手编订了《泾野文集》和《泾野别集》，他一生虽不专意致力于文学创作，但鉴于古人文以纪行、文以传道的优良传统，其诗文创作，不仅是他行实履历的记录，也是他思想观念的体现，更是现代学者进行研究的第一手材料。因此，笔者就研读《泾野先生文集》及其他吕柟传世著述的一些体会，简要分析其散文特色，并对《四库全书总目》给及吕柟文集的评价做出评议。文章短浅疏漏处，诚请专家批评。

以文传道，"言有教，动有法"是吕柟创作的主旨。吕柟是一位儒者，其为文"或叙经典，或明政术"③，体现的是儒家的入世情怀。所以，其文在内容上既是体现"入道见志"的个人宗旨，也符合"述道言治，枝条五经"的学术传统。怀抱民胞物与、兼济天下的理想，其文在思想上散发着儒者积极的入世情怀，充溢着解民於倒悬的热诚。在这一点上，吕柟文章与孟子、荀子有很多相似之处。吕柟的著述文风平易、质实意充，不乏浩然之气。表现在说理不空泛，往往从身边小事说起，借事说理论道。"道不远人"一向是儒家的观念，徐阶在序《泾野先生文集》时，指出："道而远人，皆未能实得者之蔽。……独泾野吕先生自少至于卒，无日不以学道为心。……先生之言平易简质，要在反身克己，于其日用常行者，实致力焉。"④吕柟为文，不故做窈微恍惚高深之状，更不会板起面孔宣扬道学。反而常常从身边小事说起，从眼前情形讲来，开示亲切且切实，循循善诱中，传播儒家思想。比如，吕柟有多篇赠序、赠语，这类篇章的构成往往从临别问言起笔，然后根据所问或所行开讲，结合身边的人情世故寄予嘱托。如《泾野先生文集》卷三十三《赠聂士哲

---

① [清]纪昀等：《四库全书总目》卷一百七十六，中华书局，1965年版，第1571页。
② 马智：《吕柟理学思想研究述评》，《哲学动态》，2009年第6期。此文对近年来在哲学思想学术领域的对吕柟的研究做了详明地评述。
③ [南朝·梁]刘勰《文心雕龙》，1999年版，中华书局1986。
④ [清]吕柟：《泾野先生文集》，明嘉靖三十四年于德昌刻本，四库全书存目丛书影印本，齐鲁社，1999年版。

语》从聂氏临行问"可以终身行之者"开始，吕柟答之以聂氏自己的二言：与人相处不难，"处人当先处己""盖能处己便能处人"；圣人不难学，"挖圣人之心安于己之腔子内""若己之心与圣人之心同也"，则学圣人不难。于是，提出只要"不忘己之二言"，前者便能做到"不怨天，不尤人"；后者便"下学而上达"，通向"孔氏之门墙""升颜氏之堂室哉"。从身边人、身边事，一步步开示人向善，最终以孔孟之道为归依，达到"仁"的境界，这种方式多见于吕柟文中。卷二《赠李巩昌教授序》中讲了一个自己学稼穑的故事："他日柟尝学种禾矣。遇莠则锄之，三日而过，莠则犹夫昔也。遇禾则培之，三日而过，禾则犹夫昔也。于是，荷锄而立道旁，语老农曰：'吾田何若是之恶乎？'老农曰：'子未闻庄周乎？卤莽而耕者，亦卤莽而获之。灭裂而耕者，亦灭裂获之。老农之田则异乎是，草未繁而垦之者三矣，莠未花而握之者三矣。子何以比吾田哉！'予掷锄而叹曰：'昔者后稷之治稼也，以四海九州为畎亩，以日往月来为耒耜，以江淮河汉为灌溉，以雨露霜雪为粪壤。然后，铸庄山之金以薅。'"讲这个学稼穑的故事，为了说明"言行者，君子之所以登夫岸也"的道理。

理学家吕柟特别擅长推理，以理服人。如他论述学者之立志、立言与德、行的关系。"夫学者之于德也，不患立志之不高，患其力不足以继之耳。不患立言之不妙，患其行不足以充之耳。是故，观苍海而叹汪洋，非得水者也。惟夫携侣以乘航，上瞻摇光，下穷尾闾者，斯得乎百川之会矣。睹岱岳而叹崒嵂者，非得山者也，惟夫奋足而蹑梯，下遗石间，上止天门者，斯得乎千峰之尊矣。"[1]，有孟子、荀子"理懿而辞美"之风。

品性醇雅，辞气安详，是吕柟作品的一贯风格。著名的横渠四句曰："为天地立心，为生民立命，为往圣继绝学，为万世开太平"[2]，这是关学精粹所在。历代关中学者为横渠之卓荦气概所鼓舞，也以自己的言行践履去传承。黄宗羲评价吕柟摄政事则"兴利除害若嗜欲"[3]。其为文则品性醇雅，虽说理充分却辞气安详。他的文章不趋炎附势，不敷衍了事，而是抱着

---

[1] [明]吕柟：《泾野先生文集》卷六，齐鲁书社，明嘉靖三十四年于德昌刻本，四库全书存目丛书影印本，1999年版。
[2] [宋]张载：《张载集·张子语录》，中华书局，1978年版，第321页。
[3] [明]黄宗羲：《明儒学案·河东学案下》，中华书局，1985年版，第137页。

一颗真诚的心，去教化、鼓励、鼓舞人修身、行仁、治世、救民。其赠序多处可以感受他那颗拳拳之心。其文自然流露示出的是对儒家学术传统的传承及发扬。这一点我们试着通过分析其两类作品，来认识作为理学家的吕柟如何把思想深植于作品中。

其一，赠序类。官员升迁流动，例常有赠序，"或美或劝，或期或告"（卷三）。吕柟或受人之请，或主动表达，有多篇赠序。对即将上任的官员，无论其升职还是遭贬谪，他总谆谆嘱托：关注当地百姓的民生问题。其行政的根本落脚点是以民为本。在物质艰苦的客观条件下，暖衣饱食是最大愿望。行仁立制的出发点就是为民。吕柟居官行政的立足点有两个：一个是百姓足；一个是士风端。"居官以廉为本，人臣以直为正。廉则百姓无不足，直则庶士无不端。百姓足则教化兴，庶士端则风俗美。如此而世道不升者，未之有也。"（卷九）即便贺功，也不屈曲隐讳百姓造反实际是官逼民反的结果。例如，卷二《送蓝公平汉中序》一文，虽赞扬蓝公平叛定乱的功绩，但文章开头就直言"正德四年间，苍溪贼鄢本恕……纠诸饥寒，谋聚为鸮。未及期年，众盈十万。"他看清楚了官逼民反的事实，又不讳言。文中吕柟主张从整顿吏治着手为先，武力镇压为后。没有一颗爱民恤民之心，何敢言此！没有充足的理由，何以如此言充意足呢！所谓文生于情者也。

其二，寿序类。寿序以写建功扬名。人生苦短和永垂不朽的矛盾是人类的一个恒常话题。寿序多为年事高者作，德高寿者者也意味着未来寿命不永。吕柟写寿序有两个宗旨，"柟尝言称寿，一曰报德，二曰报志矣"（卷三）。吕柟所作寿序有一类比喻，即或以江浒之灌木由幼苗而成蓬勃大材，或以江河之源头仅能滥觞，至汇纳多水而成汹涌大江大河。以之喻积小善成大善，以善而成人，以成人而使父母延寿享誉，乃至千百年。一个人的寿命（享寿），与其个人积德行善有关；而其致寿，则于其儿子是否立德建功等有关。比如卷十《废庵谢君七十寿序》说到百十篇寿序"论人子寿亲之言不下百数十篇。大要以能继其志，扩充光大为本也。"正是因为有明确的政治指向和社会价值取向，其文正如王充所论"造论著说之文"足以"发胸中之思，论世俗之事"，因此最为可贵。

博采广喻，离奇有常，是吕柟创作的常用手法。吕柟为正德三年状元，援例授翰林修撰，参与编修国史。他本来就勤于诵读，博闻强记，加之多年史官的职业素养，其行文则旁征博引，广泛取喻，内容宏富，说理充分。他善于以叙事附着思想，用寓言阐发纲领。

吕柟曾长期任职南吏部，由吏部考功到吏部侍郎。如何评价当时的政治制度、正统思想，是需要他经常思考和阐释的内容。为准确地理解这些问题，他则用比喻来说理。比如就考绩制度来说，因为明代考绩制度本身所具有的设计缺陷，以及贪渎带来的危害，考绩和京察往往成为高一级的官员徇私舞弊、清除异己的手段。那么如何看待"政绩"，如何认识"考绩"等级呢？吕柟认为道德、道义之后才是政绩、制度等。他打比喻，"今夫金之杂者，考之以初火，色顿变而质暗减；若其真且赤也，历百炼，炊重炉，其体固其若也。是故，古之君子考德以问业，考道以为无失。道德者，本也；言绩、制度者，末也。如其道德未考而有违，虽言绩、制度之最，奚加焉？如其道德已考也，虽言绩、制度之殿，奚损焉？"（卷五）虽然以道德作为考绩根本的论点略显迂腐，但比喻恰切。同文还有"予独惜夫镜也，持以照人之妍丑，毫发莫遁矣。然而其背垢或集而不知也，尘或累而不觉也。是故，受考于人者易，考乎人者难"。以镜子正面照人清晰，背面积垢不自知为例，来说明考功者考别人容易，自考难的道理。虽然他没有振臂疾呼制度改革，但对制度设计的缺陷却看得清清楚楚。抱着"同情之理解"，我们不能苛求吕柟有什么激进行动，在当时的社会环境下，他秉持公心，对现行制度进行清醒地反省，并述之笔墨，其行为亦难能可贵。

在行文中，虚构人物、设计对话，以讲故事的形式，传布思想观念，也是吕柟常用的方式。比如，卷三《送刘任丘序》用了四个寓言故事，第一个是终南山修炼三十年的禅子，一旦如花柳繁华地，顿时坏了修行。第二个周京之士，本来对自家珍藏的古度量衡信心满满，但一旦被众口非议，便丧失了自信。用这两个故事来说明坚持廉洁奉公的理想确立易，坚持不易。第三个故事讲东圃之鸣鸠善于依次哺育众雏，第四个讲西邻之老媪善于粉饰丑女以嫁。用这两个故事来论证明断与立法的普遍性及重要性。这种论述方法都与庄子、韩非子的文风相通。同卷《赠张通州序》则讲了似乎是现实中的两个人物：东郭之赵敏氏，西郭之钱逸士。吕柟假称两人是他的同乡，但看其叙述两人行为、德行之截然相反，很显然是其杜撰的人物，以说明不同的行为、德行会导致截然不同的后果。结果，勤劳而善修身的东郭之士"德积而家兴，一乡之士皆归焉";而百般恣肆又不修身的西郭之士,"行久而家败,一乡之士皆耻焉"。这两个故事都是对应着通州之守张舜举以为"通州者,通东南路也,日奔走应接无暇,将何日而息"的感叹而发的。吕柟以孔子告诫子贡"君子自强以求不息"为结论,告诉张舜举当有大担当。这种文章读来颇与《韩非子·说林》相似,有韩非子之风。且这类写法的文章在《泾野先生文集》中比比皆是。

《四库全书总目》评价吕柟之文有"往往离奇不常"之弊,但在笔者看来,吕柟之文"离奇"有之,但其"离奇"处绝非肆意虚构,而是有所依凭,情理之中的虚构,所以,我名之曰"离奇有常"。试看卷八《赠石泉潘公考绩序》,此文是送给南京少宰婺源潘公的,在叙述当前政局之忧患及潘公政绩之显著时,他用了舜时历山主人如何整治糟蹋禾苗的狐兔的故事。历山主人先后采用了两种不同的治理方法,取得完全不同的效果,旨在请求当权者实行怀柔治民之策。所谓舜时,并非真有其人其事,这类似于"很久很久以前……"的说法。用虚构故事来说理,特别是赠序这类较正式的文体中,也这是吕柟经常采用的方法。再如卷二《再贺李掌教序》是一篇值得注意的序文。这篇序文一改常规,行文颇具诡谲宏肆之风,以神话说理,完全不像一个道学家的口吻,却颇有庄子之文风。此文简摘如下:

> 吾学掌教李君文辉教成,而提学秦先生奖之,允称师模。于是……诸友问言焉,又将以劝李子也。曰:於戏,昔有白石生者,昆仑人也。貌如姑射之神女,齿如硕人之瓠犀。居琼瑶之室,开雪月之门,出驾双鹤,入骖白鹿。尔乃咀银杏,饕霜稻,既饱而啸,仰日而吟。见玄玉翁则靦然而退。匿形而藏影。曰:是将点我乎?彼玄玉翁者,阴山人也,其见又异焉。曰:吾朝徘徊于漆园,暮抱膝于雾洞。并北宫黝以为友,牵夏首黑而为朋。人不能识吾面,名不能显吾形。尔昆仑氏者,又何皎皎为邪?于是,雌黄腾乎多口,毁誉变于双门。比其久也,昆仑氏曰:吾不得玄玉翁,何以妙其动。阴山氏曰:吾不得白石生,吾何以藏诸静。于是迹不间于矛盾,人各出肺肝。遂携手以同车,乃丽泽而终身。……盖知有至不至,则行有同不同。故伯玉觉非于五旬,仲尼不惑于四十。夫道本太虚,清通而不可象;学如徒步,知过而后能进。昔者周公,西周之圣宰也;仲尼,东鲁之圣士也。年如此之久也,地如彼之远也,

然精神既合于玄冥，形貌遂睹于梦寐。于是，周公坐洙泗之堂，问曰：……仲尼曰：……周公曰：……是故神明可格，云霄可薄。非有蓬莱之况，岂免大耋之嗟？请与子偕秣其马，共脂其车。绝尘而奔，一日千里。自积石至于崇高，梯以阁道，栈以参井，舟移银汉，车脱牵牛。宿广汉之乡，弄日月之影，云霮霴而作雨，风习习以生物。……白石生失其白，玄玉翁失其玄。子以为如何？

文中采用了两个故事：其一，以白石生与玄玉翁来说明黑白相互依存的道理，其二，以周公与孔仲尼的对话阐发自己的观点。看起来描写宏肆虚缈。但显然，第一个故事是借《庄子·逍遥游》进行的虚构，而后一个故事则来自儒家经典。虽有拟古的痕迹，却恰是故事离奇，取材有常，说理正确。这些说明吕柟这位理学家在时代风气的熏染之下，并不排斥虚构手法阐发道理，是开放心态的表现。

仅从外在形式看，吕柟之文复古气息浓厚，颇类先秦诸子文。比如，他爱用"某子"及号指代某人，李梦阳则"李子空同"，邹守益则"邹子东廓"，崔铣则"崔子仲凫"，等等。文章结构上，特别喜欢用对话、辩难方式构章。有的文章甚至从头到尾都是对话，这种文体虽古朴，但有时候会显得疏于剪裁。如卷二《寿雷先生序》，用十一个人的言语组成一文。同卷的《贺临汾双寿序》也如此。这种行文方式不足之处，是看似散乱无序，你说一句，他说一句。实际上如何做到形散而神不散，围绕中心组织对话相当有难度。加之，他在说理时特别爱提炼纲要，善用对称结构，从正、反两方面论述问题，多用"四弊""五私""九者"之类，这种以"数字+名词"的方式，从长处看，简明扼要，先提出某类社会问题，然后逐一就其各个层面多角度地进行披露，进而提出补救之策。如此，社会问题的多因性便全面展现出来。如论当代学者有"五美"与"五不美"则曰："夫学有五美亦有五不美。夫忠信不谲则美，固执有志力则美，简淡则美，不畏高明虐茕独则美，持此道终其身不易则美。""夫忠信不谲弗克明则或速欺侮则不美，固执有志力弗克变则事偾则不美，简淡之流弊守雌守雄则不美，不畏高明虐茕独乃或长傲长奸则不美，持此道终其身不易而不知也则差毫厘缪（谬）千里则不美。"（卷三十三）或受作八股文的影响，其行文特别善用对称结构，如"泥途而有健步，必其攀援者也，不然跬步不能前；中道而有跛足，必其笃疾者也，不然千里必可到。故君子宁求立而未至，不可未立而先权也"（卷三十六）。这是对"今人谓立为细，开口辄言权"提出批评。认为一旦士人以利弊权衡为标准，便等于放弃了道德底线。所以，艰难时世中，有健步如飞的攀援者，也有笃疾不行的畏难者。这类对偶句修辞手法，在吕柟文中比比皆是。如果这种方式成了著述行文的常规，难免令人餍而生厌，虽理胜辞茂，毕竟文学的兴味则略显不足，有讲学家高头讲章的痕迹。或许这成为四库馆臣把《泾野先生文集》坠入存目的客观原因。不过，依笔者的理解，这显然与吕柟长期接受八股文做法有关，属于时代的印痕。无论从弘扬乡帮文献的角度，还是从援引古代文化精髓，激活时代文化复兴上看，吕柟这位值得后人景仰的先贤，其文集依然有较高的史料价值和文学意义。

（本文发表于《国际汉学集刊》2015年第3期）

蒋鹏举，1967年生，2005年毕业于陕西师范大学文学院，文学博士，师从霍松林先生，现为陕西师范大学文学院副教授。

"以诗解诗"与《诗经》的祛魅

——王夫之《诗经》研究方法管窥

纳秀艳

内容摘要：两千多年的诗经学历程中，经生注《诗》与理学家说《诗》的结果，使《诗经》逐渐脱离其诗性，而被赋予经学内涵和理学思想，异化为教化工具。《诗》被一代代的诗教"魅影"层层包裹，成为言说政治的载体。基于此，王夫之提出了"以诗解诗"的阐释方法，以诗歌艺术的角度审视《诗经》，体会蕴含其中的情意之美、艺术之美，并以此祛除厚重的《诗经》政治教化之"魅"，从而恢复《诗经》活泼的诗歌生命。"以诗解诗"，不仅是《诗经》研究方法的尝试，亦是推动《诗经》文学阐释进程的动力，在诗经学史上有着十分重要的意义。

关键词：《诗经》；王夫之；诗经学；以诗解诗；祛魅

古老的《诗经》世代相传，未曾改变她的本色，以恒久不变的鲜活生命姿态面对有因有革的诗经学史。究竟用怎样的方法抖落覆盖在《诗经》之上层累的尘埃与历史风雨的剥蚀，始终是摆在诗经学者面前的问题。明末清初大学者王夫之提出的"以诗解诗"方法，有别于汉学之"以《序》解《诗》"和宋学之"以《诗》解《诗》"，给人耳目一新之感。

一、"以诗解诗"的提出

《诗经》学发展到明代，汉学式微而宋学方兴未艾。而以文学阐释《诗经》似一股潜流涌动，悄然改变着诗经学的发展轨迹。明万时华在《<诗经>偶笺·序》中"今之君子，知诗之为经，而不知诗之为诗，以蔽也"的慨叹，则是这股潮流的代表。其意在于："诸家虽囿于学识，利钝杂陈，而足破迂儒解经窠臼。"[1]这是将"《诗》作诗读"[2]、是"以诗解《诗》"的先声。

王夫之既不满宋学家"滞于文句而伤于理"的说诗法[3]，也反对汉学经生"兴观群怨"的牵强附会。他厌恶朱熹不惜"割裂古文"的做法[4]，痛诋妄加臆断的"俗目"之人"见其落叶、日出、独鹤、昏鸦之语，辄妄臆其有国君危、贤人隐、奸邪盛之意"的附会[5]。

他认为，诗是《诗经》的根本属性。"陶冶性情，别有风旨"是"诗"与"非诗"的本质区别[6]。"《诗》，不可以典册、简牍、训诂之学与焉也"[7]。《诗》是陶冶性情之作，故不可为实用文体；亦不可与学术齐观。他在《诗绎》中提出了"以诗解《诗》"的阐释方法：

句绝而语不绝，韵变而意不变，此诗家必不容昧之几也。"天命玄鸟，降而生商。"

> 降者，玄鸟降也，句可绝而语未终也。"薄污我私，薄澣我衣。害澣害否，归宁父母。"意相承而韵移也。尽古今作者，未有不率繇乎此；不然，气绝神散，如断蛇剖瓜矣。近有吴中顾梦麟者，以帖括塾师之识说诗，遇转则割裂，别立一意。不以诗解诗，而以学究之陋解诗，令古人雅度微言，不相比附。陋于学诗，其弊

---

[1] 钱锺书：《管锥编》第一册，中华书局，1986年，第79—81页。
[2] 钱锺书：《管锥编》第一册，中华书局，1986年，第2页。
[3] [明]王夫之：《诗经稗疏》，见《船山全书》第3册，岳麓书社，2011年版，第131页。
[4] [明]王夫之：《诗经稗疏》，见《船山全书》第3册，岳麓书社，2011年版，第167页。
[5] [明]王夫之：《唐诗评选》，见《船山全书》第十14册，岳麓书社，2011年版，第1019页。
[6] [明]王夫之：《姜斋诗话·诗译》，见《船山全书》第15册，岳麓书社，2011年版，第807页。
[7] [明]王夫之：《姜斋诗话·诗译》，见《船山全书》第15册，岳麓书社，2011年版，第807页。

必至于此。①

船山《诗经》学之"以诗解诗"包括狭义的《诗》和广义的"诗";此外,"以诗解诗"是分属于不同范畴的诗学命题,即诗论和方法论。它是王夫之阐释《诗经》所用的重要方法,也是王夫之诗经学的一大诗学原则。本文旨在探讨作为方法论的"以诗解诗"。

"以诗解诗",既汲取了明代文学说《诗》的成果,也有创新。诗经学的发展,具有指示门径、开辟新路的意义。

二、"以诗解诗"方法的运用

王夫之"以诗解诗"的运用,即以诗歌的眼光阐释《诗经》,其命意在于突出《诗经》诗歌的本体意义。经学视域下,对《诗经》的文学性研究,总是徘徊两端,或力不从心;或恣意阐释,过犹不及。这些未若王夫之目光之透辟与见解之深刻,他对《诗经》的文学阐释,着眼于对诗意的整体体会与通过"涵泳"法而会意,具体如下:

(一)句绝而语联,韵转而意通——对诗意的整体理解

"意"居文学的主位,诗以意为主。王夫之就诗歌之"意"有着卓越的见解:

> 无论诗歌与长行文字,俱以意为主。意犹帅也。无帅之兵,谓之乌合。李、杜所以称大家者,无意之诗,十不得一二也。烟云泉石,花鸟苔林,金铺锦帐,寓意则灵。若齐、梁绮语,宋人抟合成句之出处,役心向彼搜索,而不恤己情之所处发,此之谓小家数,总在圈缋中求活计也。②

"意"是文学的主脑,"意"是统摄诗歌的灵魂。有"意"之诗,灵动活泼,诗情饱满。否则,求绮丽之辞,摘古人之句,却不关情,此极其浅陋而狭小的作诗套路,最终因困于死板的诗法,小气逼仄,鲜有好诗。

---

① [明]王夫之:《姜斋诗话·诗译》,见《船山全书》第15册,岳麓书社,2011年版,第811—812页。
② [明]王夫之:《姜斋诗话·夕堂永日绪论内编》,见《船山全书》第15册,岳麓书社,2011年版,第819页。

讲究韵律是诗歌区别于其他文体的特质，古典诗歌，除近体诗（绝律诗）要求一韵到底、对仗等规则外，其他古体诗（古风）可自由换韵，并无定法。但换韵必须遵循保持诗意贯通的诗学规则，韵转而意不转，这是古诗之法。王夫之所谓"句绝而语不绝，韵变而意不变"正是此意。"古诗及歌行换韵者，必须韵、意不双转。"①因此，韵移而意相承，这是诗家不可昏昧之关键所在，也是解诗者必须掌握的锁钥，更是评判诗歌艺术水准高下的标准。反之，意若随韵转，则使诗歌"气绝神散，如断蛇剖瓜矣。"诗之佳构，外"皆不待钩锁"，一气呵成；内气韵浑成，"自然蝉连不绝"②。完美的诗章即是"一篇载一意，一意则自成一气，首尾顺成，谓之成章"③。明代何景明在《与李空同论诗书》中提出，诗文"有不可易之法者，辞断而意属，连类而比物也。上考古圣立言，中徵秦、汉绪论，下采魏、晋声诗，莫之有易也"。追求诗歌意脉贯通，是诗歌创作的基本法则；如何整体领会诗意，也是诗歌欣赏的审美维度。

然而，"俗目"之人，不识诗法，亦不知诗妙。他们以学究之陋解诗，或犹"以帖括塾师之识说诗，遇转则割裂，别立一意"；或如"顾梦麟者，作《诗经塾讲》，以转韵立界限，划断意旨。劣经生桎梏古人，可恶孰甚焉"④。"不以诗解诗"，致使诗歌意脉支离破碎，诗意被随意穿凿。如此解诗，将原本诗意浑成的《诗经》解构成如"蠹虫相续成一青蛇"。⑤王夫之对"帖括"陋习深恶痛绝。

帖括，《新唐书·选举志上》："明经者但记帖括"。本指唐代明经科考试的方式，以帖经试士。马端临《文献通考·选举二》："凡举司课试之法，贴经者，以所习之经，掩其两端，中间惟开一行，裁纸为贴。"即把经文两端

---

① [明]王夫之：《姜斋诗话·夕堂永日绪论内编》，见《船山全书》第15册，岳麓书社，2011年版，第823页。
② [明]王夫之：《姜斋诗话·夕堂永日绪论内编》，见《船山全书》第15册，岳麓书社，2011年版，第823页。
③ [明]王夫之：《姜斋诗话·夕堂永日绪论内编》，见《船山全书》第15册，岳麓书社，2011年版，第847页。
④ [明]王夫之：《姜斋诗话·夕堂永日绪论内编》，见《船山全书》第15册，岳麓书社，2011年版，第847页。
⑤ [明]王夫之：《姜斋诗话·夕堂永日绪论内编》，见《船山全书》第15册，岳麓书社，2011年版，第823页。

遮蔽，留中间一行，裁纸贴去该行中的几个字，让考生答出贴住的字。考生因于帖经难记，总括经文编成歌诀熟记于心，以应对贴经考试，故称"帖括"。明清时，人称八股文为帖括。后来，以"帖括"比喻套用一定格式的创作模式或不切实际的迂腐言论。

王夫之所批评的"帖括"，指的是僵化的说《诗》套路。他赞赏依题目，却能够含蓄委婉了无匠气的作诗法。他评价明代诗人黄姬水的《柳》诗说："通首一点，是大家举止。措大帖括气，必此破除乃尽。"①"通首一点"即是缥缈通灵之语，诗歌写景点到为止，灵动自如，这种诗歌创作法与帖括法大相径庭。创作切忌帖括气，欣赏更需破除之。

王夫之对明万历以来诗坛弥漫的"帖括"气颇多微词："万历以来，借古题写时事，搜奇自赏者盛行，乃以帖括气重，不知脱形写影。"②这种创作风气对诗歌鉴赏有着不良影响，对《诗经》艺术的开掘多有不利。"以诗解诗"是王夫之针对经生、学究、措大之类解读陋习而提出的《诗经》鉴赏方法。

诗歌讲求"律严而意远"。然"律"严可见，而"意"远太虚。故创作者难以达意，接受者难以解意。语言是表情达意的工具，但在精深的"意"面前，则显示出它的苍白与软弱。然而，一经诗人选择且浸润浓情的诗歌语言却最富张力和活力，随意点染，便意趣无限。传统诗学强调的"言有尽而意无穷"，所揭橥的恰是诗歌语言的含蓄蕴藉。"意"难尽，"意"尤难解，这是诗歌创作与接受的矛盾。因为，语言的表达与语意的破译、形式的安排与章法的解构都是困难的。钱锺书先生对此有着精辟的见解：

> 作者每病其传情、说理、状物、述事，未能无欠无余，恰如人意中之所欲出。务致密则苦其粗疏，钩深賾又嫌其浮泛；怪其粘着欠灵活者有之，恶其暧昧不清明者有之。立言之人句斟字酌、慎择精研，而受言之人往往不获尽解，且易曲解而滋误解。"常恨言语浅，不如人意深"，岂独男女之情而已哉？"解人难索"，"余欲无言"，叹息弥襟，良非无故。③

---

① [明]王夫之：《明诗评选》，见《船山全书》第14册，岳麓书社，2011年版，第1606页。
② [明]王夫之：《明诗评选》，见《船山全书》第14册，岳麓书社，2011年版，第1179页。
③ 钱锺书：《管锥编》第二册，中华书局，1999年版，第407页。

诗人"句斟字酌、慎择精研"地精心创作,但语言表达思想的能量却微乎其微。而在读者那里,语言却显示出非凡的魔力和张力,"往往不获尽解",或多曲解,且孳生出许多误读来。钱先生之所以叹息弥襟,正是"未意识到语言特别是诗歌语言在达意方面的能动性和积极意义,即创作时的'语贵含蓄'和阐释时的'玄解''探微'或'悉妙义之闳深'。"①所以,阐释的惯用方法,即是依据诗歌的片言只语来"发明作者的'百意'或作者未意识到的'百意'"②。甚至,不惜断章来取义。

　　上述现象的发生,在王夫之看来,是由于诗歌的"意"不露于外,而"皆意藏篇中"之故。③那么,读诗需通篇观之,方可把握诗意。为了充分阐释这一问题,王夫之特举《鄘风·君子偕老》之"子之不淑,云如之何?"、《秦风·小戎》之"胡然我念之"以及《豳风·东山》之"伊可怀也"等诗句④,来说明诗"意"蕴含篇中,故不可断章或断句来获得,并指出"俗笔必于篇终结锁,不然则迎头便喝"⑤的拙劣创作,致使读者断章取义的发生。不过,任何断章取义的解读法,不能问责于诗人,此国人解诗传统中的陋习。毕竟,就诗歌史而言,"俗笔"之作难以登上赫赫诗坛。

　　纵观诗经学史,断章取义已成为经生解诗的惯用套式。使用这种方法的必然结果,不仅使活泼的《诗经》失却了诗性的灵动,且使《诗经》从诗坛走向"教条的陈述"、政治说教的异化之路。《诗经》遭遇如此境遇,恰如韦勒克在《文学理论》中所批评的诗歌解读现象一样:"把艺术品贬低成一种教条的陈述,或者更进一步,把艺术品分割肢解,断章取义,对理解其内在的统一性是一种灾难:这就分解了艺术品的结构,硬塞给它一些陌生的价值标准。"⑥

　　可见,王夫之站在明末清初学术研究的最前沿,用超远的目光看最古老的

---

① 周裕锴:《中国古代阐释学研究》,上海人民出版社,2003年版,第330页。
② 周裕锴:《中国古代阐释学研究》,上海人民出版社,2003年版,第330页。
③ [明]王夫之:《姜斋诗话·诗译》,见《船山全书》第15册,岳麓书社,2011年版,第811页。
④ [明]王夫之:《姜斋诗话·诗译》,见《船山全书》第15册,岳麓书社,2011年版,第811页。
⑤ [明]王夫之:《姜斋诗话·诗译》,见《船山全书》第15册,岳麓书社,2011年版,第811。
⑥ 【美】韦勒克、沃伦著,刘象愚等译:《文学理论》,生活·读书·新知三联书店,1984年版,第119页。

文学，尝试用最新的方法，去探讨被历史遮蔽的《诗经》之美。

王夫之"以诗解诗"，意穿透语言，直指诗"意"的整体把握。《君子偕老》是一首颇具讽刺意味的诗，《毛序》《郑笺》及三家诗，皆认为是讽刺卫宣姜淫乱之作。不过，诗三章描写主人公服饰之美、仪表之佳，若不细心体会诗人的语气以及正话反说的讥刺手法，难以体会到其中的讽刺意味。

含蓄委婉是诗之本色，是"诗"与"非诗"区别之一。沈德潜《说诗晬语》说："讽刺之词，直诘易尽，婉道无穷。卫宣姜无复人理，而《君子偕老》一诗，止道其容饰衣服之盛，而首章末以'子之不淑，云如之何？'二语逗露之……苏子不可以言语求而得，而必深观其意者也，诗人往往如此。"王照圆《诗说》指出："通篇止'子之不淑'二句，明露讥刺，余均叹美之词，含蓄不露……以'也'如游丝袅空，余韵绕梁，言外含蕴无穷。"将深刻的意味蕴藏于字里行间，这是诗家妙法，也是欣赏诗歌，把握诗意的不二法门。否则如"俗笔必于篇终结锁，不然则迎头便喝"。好诗与坏诗之别，正在于此。

欣赏好诗便不可于篇终或开头寻绎诗意，应通篇观之。在这一点上，王夫之更早于王照圆和沈德潜，提出意义为主的欣赏方法。一首诗的语言是一个完整的系统，不可随意分割。韦勒克和沃伦就文体分析，提出了对作品的语言做系统分析的方法："从一件作品的审美角度出发，把它的特征解释为'全部的意义'，这样，文体就好像是一件或一组作品的具有个性的语言系统。"[①]诗歌语言之间的关联最紧密，诗歌的意义与上下文之间的关系也最紧密。所以，以"全部意义"统摄诗歌，通篇观照，方可体会诗歌的意蕴之美。

（二）从容涵咏，自生气象——以"涵泳"读诗之法

此外，有的诗歌"意在言先，亦在言后"。[②]如《周南·芣苢》便是如此。因此，王夫之提出"从容涵泳，自然生气象"的"涵泳"[③]之法。

"涵泳"是由音韵美的体会潜入品赏诗意美的最佳方式。"涵泳"即是沉浸其中而感受诗歌的情韵；"涵泳"即是通过品味语言而把握诗歌的意义。

[①] 【美】韦勒克、沃伦著，刘象愚等译：《文学理论》，生活·读书·新知三联书店，1984年版，第113页。

[②] [明]王夫之：《姜斋诗话·诗译》，见《船山全书》第15册，岳麓书社，2011年版，第409页。

[③] [明]王夫之：《姜斋诗话·诗译》，见《船山全书》第15册，岳麓书社，2011年版，第409页。

所以,"涵咏"的提出,意味着诗经学在方法论上,取得了长足进步,标志着《诗经》向诗歌本位回归迈出的关键一步。

"涵咏"一词最早出自左思《吴都赋》,用"涵咏乎其中",描写鱼在山泽中,悠游自得的潜行之状。由此引申为沉浸、浸润、润泽等意。作为鉴赏法,朱熹首倡:"读书需要当涵咏,只要仔细看玩寻绎,令胸中有所得耳。"①"所谓涵咏者,只是仔细读书之异名也。"②朱熹读《诗经》云:"训诂以纪之,讽咏以昌之,涵濡以体之,察之德性显微之间,审之言行枢机之始。则修身及家,平均天下之道,其亦不待他求而得于此矣。"③沈德潜阐释朱子"涵咏"说:"诗以声为用也,其微妙在抑扬抗坠之见。读者静气按节,密咏恬吟,觉前人声中难写、响外别传之妙,一齐俱出。朱子云:'讽咏以昌之,涵濡以体之。'真得读诗趣味。"④曾国藩亦深得朱子"涵咏"之旨,在教子书中对"涵咏"有着精辟的诠释:

> 涵咏二字,最不易识,余尝以意测之曰:涵者,如春雨之润花,如清渠之溉稻。雨之润花,过小则难透,过大则离披,适中则涵濡而滋液。清渠之溉稻,过小则枯槁,过大则伤涝,适中则涵养而浡兴。泳者,如鱼之游水,如人之濯足。程子谓鱼跃于渊,活泼泼地;庄子言濠梁观鱼,安知非乐?此鱼水之快也……善读书者,须视书如水,而视此心如花、如稻、如鱼、如濯足,则涵咏二字,庶可得之于意言之表。尔读书易于解说文义,却不甚能深入,可就朱子"涵咏""体察"二语悉心求之。⑤

可见,"涵咏"是审美心理与审美对象相交融的完美境界。在"涵咏"中,对象的美被发掘,并融入主体的阅读视野,使主体获得审美快感和满足。然朱熹之"涵咏",旨在"强调理会诗之义理,以求达到心性修养的目

---

① [宋]黎靖德编,王星贤点校:《朱子语类》一二一卷,中华书局,1986年版,第2928页。
② [宋]黎靖德编,王星贤点校:《朱子语类》一二一卷,中华书局,1986年版,第2928页。
③ [宋]朱熹:《诗集传·序》,中国书店,1985年版,第2页。
④ [清]沈德潜:《说诗晬语》,人民文学出版社,1979年版,第187页。
⑤ 梁常芳:《曾国藩教子家书》,石油工业出版社,2009年版,第110页。

的"①。带有理学底色和功利性。

王夫之所言"从容涵泳",似与朱说无二致。然从深层而言,区别甚远。王夫之通过涵泳,达到"自然生气象"的审美境界,非朱子渴望"令胸中有所得"的结果。"自然而生"与"胸中所得",一随意,一目的;一纯粹,一复合;一审美,一会义。王夫之援道入学,恬淡之中求真味;朱子则引理入诗,治学之处悟义理。王夫之在涵泳中,调动想象力与理解力,感受诗歌散发出的活泼、健康、饱满的生命情韵与真水无香的审美特质,这的确是使作品"富有生气的精神的一种显现方式。"②船山之"涵泳"指向诗歌最广阔而深沉内在,召唤诗美的呈现——灵动活泼,气象万千,这是天才智慧的解诗。当涵泳于诗中,悠游自得,无限美丽涌动,阅读者的内心亦自然生气象,"物我"为一。此番读诗,似陶令"悠然见南山"之心无挂碍,妙趣横生;恰佛祖"拈花微笑"之妙悟玄道,中得心源。诚如沈德潜所言:

> 读诗者心平气和,涵泳浸渍,则意味自出;不宜自立意见,勉强求和也。况古人之言,包含无尽,后人读之,随其性情浅深高下,各有会心,如好《晨风》而慈父感悟,讲《鹿鸣》而兄弟同食,斯为得之。董子云:"诗无达诂。"此物此志也,评点笺释,皆后人方隅之见。③

沈德潜所说的"涵泳浸渍,则意味自出",不仅是深入探求作品意旨,而且也要仔细品味艺术特征。只有深刻体会作者的艺术匠心,才能更好地理解作品④。可见,以"涵泳"之法阅读诗歌,以情浸渍,则诗意自出。

基于上述理解,王夫之提出的"涵泳"之法,确为卓见。《芣苢》是《诗经》中一首独特的诗篇,语言简洁,三章只更换六个动词;韵律简单,三章一韵到底;手法直白,赋法平铺直叙。就字面而言,似乎了无余韵:采采芣苢,薄言采之。采采芣苢,薄言有之。采采芣苢,薄言掇之。采采芣苢,薄言捋之。采采芣苢,薄言袺之。采采芣苢,薄言襭之。

---

① 刘毓庆:《从经学到文学——明代诗经学史论》,商务印书馆,2001年版,第28页。
② 【德】汉斯—格奥尔格·伽达默尔著,洪汉鼎译:《真理与方法》上,上海译文出版社,2004年版,第68页。
③ [清]沈德潜:《唐诗别裁·凡例》,中华书局,1975年版,第3页。
④ 尚学锋、过常宝、郭英德等:《中国古典文学接受史》,山东教育出版社,2000年版,第454页。

读《芣苢》，若在诗歌的语言层面上，则索然无味。袁枚曾云："今人附会圣经，极力赞叹。章葭斋戏仿云：'点点蜡烛，薄言点之。点点蜡烛，薄言剪之。'注云：'剪，剪去其煤也。'闻者绝倒。"① 造成如此笑话的原因，是不知诗的内容为何、情感如何。

《芣苢》主题历来多有纷争。或如《毛诗序》"后妃之德"的教化说；或如朱熹"化行俗美，家室和平"的礼教说；或如方玉润"山歌"说等。经生解此诗，多重内容，而忽略了诗歌语言传达的妙意。这首诗究竟是描写采摘车前子，抑或其他，我们不得而知。但好诗勿须意义求证落到实处，其佳处正在以朴实的语言、简单的节奏以及如天籁般的韵律，表达欢快愉悦的情绪，诗歌情韵之美，唯有依"涵泳"方可得。

的确，以涵泳法读此诗，"相较于教书匠的呆板的规则，天才显示了自由的创造活动，并因而显示了具有典范意义的独创性。"② 方玉润对《芣苢》之解颇得船山"涵泳"之妙趣：

> 夫佳诗不必尽皆征实，自鸣天籁，一片好音，尤足令人低回无限。若实而按之，兴会索然矣。读者试平心静气，涵咏此诗，恍听田家妇女，三三五五，于平原绣野、风和日丽中群歌互答，余音袅袅，若远若近，忽断忽续，不知其情之何以移而神之何以旷。③

王夫之认为，但凡后世深得《诗经·芣苢》创作意趣的诗皆可"涵泳"，"即五言中，《十九首》犹有得此意者，陶令差能仿佛，下此绝矣。'采菊东篱下，悠然见南山'，'众鸟欣有托，吾亦爱吾庐'，非韦应物'兵卫森画戟，燕寝凝清香'所得而问津也"。船山提及《古诗十九首》与陶渊明的诗歌，其意在说明《芣苢》所包含的意趣恰如《十九首》和陶渊明诗歌，言浅意深，语短情长。

王夫之所提出的"涵泳"法，最能充分感受潜藏于《诗经》文本内在的"意"之美。这也是王夫之"以诗解《诗》"的精神所在，突出《诗》之文学本体意义及其诗歌的审美价值。

---

① [清]袁枚撰，顾学颉点校：《随园诗话》卷三，人民文学出版社，1960年版，第97页。

② 【德】汉斯—格奥尔格·伽达默尔著，洪汉鼎译：《真理与方法》(上)，上海译文出版社，2004年版，第68页。

③ [清]方玉润撰，李先耕点校：《诗经原始》上，中华书局，1986年版，第85页。

要之，诗歌阐释与诗歌创作一样，都应具有独创性。阐释不同的文体，应采用恰切的阐释方法是对诗歌文本艺术美的揭橥以及对文本生命的再创造，更是对艺术审美维度的无限拓展与加深。王夫之采用"以诗解诗"的阐释方法，比起"以《序》解《诗》"和"以《诗》说《诗》"，其功在于祛除历代赋予《诗经》的政治教化色彩，对彰显《诗经》的诗性魅力意义非凡。

（本文发表于《中南大学学报》社会科学版，2014年2月第1期）

纳秀艳，1968年生，2014年毕业于陕西师范大学文学院，师从董家平教授，现为青海师范大学教授、中国《诗经》学会会员、中华经典资源库主讲人之一。

论汉水流域的水浒戏及其传播意义

王建科

内容摘要： 随着《水浒传》小说和"水浒"杂剧、传奇的传播，地方戏中亦出现了许多演叙梁山好汉的水浒戏。地处陕西、湖北、河南的汉水流域剧种众多，水浒戏主要出现在汉调桄桄、汉调二黄、湖北越调、汉剧等剧种之中。现存剧目和剧本60多种，大多为散出戏（折子戏），大本戏较少。汉水流域水浒戏的故事渊源主要有三个方面，一是由小说《水浒传》故事改编而成，二是改编自元明杂剧、明清传奇，三是根据《水浒后传》等"水浒续书"、民间传说改编成的戏曲剧目，亦有少量独创作品。宋江、武松、李逵、林冲、杨雄、石秀、时迁等"英雄"人物，潘金莲、阎婆惜、王婆、孙二娘等女性人物，均是戏场上为人熟知的人物形象。水浒戏一方面扩大了"水浒"故事的传播和互动，另一方面重写中融入了地域和时代的特色。

关键词： 汉水流域；《水浒传》；水浒戏；汉调桄桄；汉调二黄；湖北越调；汉剧

在对水浒故事的研究中，对小说《水浒传》的研究论文和专著相对较多，而对中国社会，特别是民间产生极大影响的戏曲研究相对较少[①]；而在有关水浒戏的研究中，对元代水浒戏研究相对较为充分，而对明清以后杂剧、传奇和

[①] 据"中国知网"，从篇名中输入"水浒传"，查1955年初至2015年5月关于《水浒传》的研究论文2055篇（部），不包括研究著作；按篇名中查"水浒戏"1983年初至2015年5月有水浒戏研究论文68篇（部）。

地方戏中的水浒戏研究则较为薄弱。①特别值得注意的是，从文学地理学的角度，从地域文化与文学的角度，对汉水流域的水浒戏进行研究的论著就更为少见。笔者搜检资料，略加考述，探讨水浒戏在汉水流域的改编与传播。

一、汉水流域与汉水流域的水浒戏剧目

丹纳在他的《艺术哲学》一书中，认为物质文明和精神文明的性质面貌都取决于种族、环境、时代三大因素。②了解汉水流域的水浒戏，需了解这片创造了灿烂文化的山河大地。汉水，又称汉江，古时曾称沔水、夏水，又名襄河。主要支流有褒河、丹江、唐河、白河、堵河等。汉水发源于陕西省西南部汉中市宁强县的嶓冢山，流经陕西汉中市、安康市，湖北西部、中部的十堰市、襄阳市、宜城市、钟祥市、天门市、荆门、孝感、潜江市、仙桃市、汉川市等地县市，在武汉汉口汇入长江，全长1577公里。③

汉水流域北以秦岭及外方山与黄河流域为界，东北以伏牛山及桐柏山与淮河流域为界；西南以大巴山及荆山与嘉陵江沮漳河为界；东南为汉江平原，与长江干流连接。汉水流域跨越陕西、湖北、河南、四川、重庆5省市，涉及14个地（市）区、三个省直管县、65个县（市、区）。

汉水流域文化源远流长，汇聚楚文化、秦文化、巴蜀文化、华夏文化、中原文化等多元文化形态，形成南北荟萃、东西交融的特点和明显的边缘性。汉水流域文化形态比较复杂，以方言为例，总的属于北方方言系统，但不同地区之间有较大差异：汉中接近四川方言，安康、商洛以秦腔为主，而杂以下江与中州方言；南阳、襄阳、随枣地区接近中州方言。这一流域地方戏曲剧种繁

---

① 王平：《水浒戏与水浒传的传播》，《东岳论坛》2005年第6期；刘荫柏：《水浒传与水浒戏》，国家图书馆讲座稿；陈建平：《水浒戏与中国侠义文化》，文化艺术出版社，2008年版；李献芳：《水浒传在黄河流域的发展》，《齐鲁学刊》1994年第6期；杜建华：《川剧水浒戏古今谈》，《戏曲艺术》1998年第3期；郭冰：《明清时期"水浒"接受研究》，浙江大学人文学院2005年博士论文；谢碧霞：《水浒戏曲二十种研究》，台湾大学出版委员会，1981年版。

② 【法】丹纳：《艺术哲学》，人民文学出版社，1963年版。

③ 参见刘清河主编《汉水文化史》，陕西人民出版社，2013年第1版，第1—14页。陕西省地方志编纂委员会编《陕西省志·第二十六卷（二）航运志》，陕西人民出版社，1996年第1版。

多，有属于皮黄系统的汉剧、汉调二黄、湖北越调、荆河戏，有属于花鼓系统的襄阳花鼓、安康花鼓、商洛花鼓、楚剧、天沔花鼓，梆子系统的汉调桄桄；还有属于高腔的清戏。有大戏，有小戏；另有端公戏（又称傩戏）、汉中曲子戏、洋县碗碗腔、八岔戏等。

汉水流域的水浒戏剧目在汉调桄桄、汉调二黄①、湖北越调、汉剧等剧种中较多，根据笔者所见，梳理如下：

根据《陕西省戏剧志·汉中地区卷》《陕西省戏剧志·安康地区卷》《安康专区戏曲发掘组汉调二黄资料集》《汉调二黄剧目册》《陕西传统剧目汇编·汉调二黄》等资料②，汉调二黄和汉调桄桄传统剧目中的水浒戏有：《翠屏山》，又名《石秀杀嫂》，汉调二黄传统剧目。③《快活林》，收入《陕西传统剧目汇编·陕南道情》，铅印本。④《乌龙院》（上下），西皮二黄兼有，汉调二黄传统剧目，亦列入安康地区1950年至1964年上演汉调二黄传统剧目。《打渔杀家》《狮子楼》《灭方腊》《林冲发配》（上下，西皮二黄兼有）《坐楼杀惜》《活捉三郎》（上下，西皮二黄兼有），汉调二黄传统剧目，安康地区1950年至1964年上演汉调二黄传统剧目。⑤《时迁盗鸡》（有口述抄录剧本）、《石秀探庄》，汉调二黄传统剧目（安康地区1950年至1964年

---

① "汉调二黄"在一些书中写为"汉调二簧"，参见中国大百科全书总编辑委员会《戏曲曲艺》编辑委员会：《中国大百科全书·戏曲曲艺》，中国大百科全书出版社，1992年4月第1版，第107页；陕西省地方志编纂委员会：《陕西省志·文化艺术志》，陕西人民出版社，2005年1月第1版，第307-309页。陕西省戏剧志编纂委员会、鱼讯：《陕西省戏曲志·安康地区卷》，三秦出版社，1994年12月第1版，第45-51页称"汉调二黄"；谈俊琪：《安康文化概览》称"汉调二黄"，陕西人民出版社，1997年1月第1版，第115-120页。

② 参见中国大百科全书出版社编辑部、中国大百科全书总编辑委员会《戏曲曲艺》编辑委员会：《中国大百科全书·戏曲曲艺》，1998年第2版；中国戏曲志编辑委员会，《中国戏曲志·陕西卷》编辑委员会：《中国戏曲志·陕西卷》，中国ISBN中心出版，1995年第1版；《陕西省戏剧志·汉中地区卷》，三秦出版社，1997年版，第83页；《陕西省戏剧志·安康地区卷》，三秦出版社，1994年版；鱼讯：《陕西省戏剧志·商洛地区卷》，三秦出版社1997年版；陕西省地方志编纂委员会《陕西省志·文化艺术志》，陕西人民出版社，2005年第1版。

③ 参见《陕西省戏剧志·汉中地区卷》，三秦出版社，1997年版，第83页；《陕西省戏剧志·安康地区卷》，三秦出版社，1994年版，第77页。

④ 《陕西传统剧目汇编·陕南道情》，铅印本，1960年前后陕西省文化局委托陕西省剧目工作室整理编印出版，共6集，收入陕南道情剧目30本。

⑤ 《陕西省戏剧志·安康地区卷》，三秦出版社，1994年版，第93页。

上演汉调二黄传统剧目。新中国成立后汉调二黄移植剧目有：《三打祝家庄》《黑旋风李逵》《林冲夜奔》《武大郎之死》《十字坡》《扈三娘》《东平府》。①

据笔者依据相关文献统计，商洛地区的水浒戏剧目有十几种，包括传统、古典、移植剧目。有《李逵打更》（二黄，传统剧目）、《三打王英》（二黄，传统剧目）、②《借宋江》（二黄，传统剧目）、《坐楼杀惜》（二黄，传统剧目）、《活捉三郎》（二黄，传统剧目）、《乌龙院》（二黄，传统剧目）；《逼上梁山》（二黄、秦腔、豫剧，传统剧目）、《潘金莲》（秦腔，传统剧目）③、《醉打山门》（二黄、秦腔，传统剧目）、《狮子楼》（二黄、秦腔，传统剧目）、《黑旋风李逵》（二黄、秦腔，传统剧目）。

湖北省有22个地方戏曲剧种，1949年后，搜集、整理、记录下来的剧目共有4200多个；现存剧目3700个左右，其中连台本戏34个，本戏334个，单折戏3349个。湖北省戏剧工作室从上个世纪50年代到80年代编印出版《湖北地方戏曲丛刊》，出版本和编印本共78集，收入剧目904个，约1560万字。属于汉水流域的水浒戏主要剧种有湖北越调、汉剧、京剧（汉水流域演出的京剧）、南剧，但南剧在湖北汉水流域演出较少，笔者根据《中国大百科全书·戏曲曲艺》《中国戏曲志·湖北卷》《湖北戏曲丛书》《湖北地方戏曲丛刊》等资料，把湖北汉水流域的水浒戏初步统计如下：

《打渔杀家》《带双卖武》，汉剧剧目。《打渔杀家》汉剧剧目，改编本曾由湖北人民出版社出版单行本，又见《湖北戏曲丛书》第10辑；《三打祝家庄》，京剧剧目，1944年任桂林、魏晨旭、李伦编剧；《买双武》载《湖北地方戏曲丛刊》第16集；《宋江题诗》，京剧剧目，编剧严朴，该剧收入1955年人民文学出版社出版的《剧本·戏曲专辑》第二辑。

《斩李虎》，汉剧剧目，又名《忠义堂》，此剧为戏曲中少见的写梁山反对招安的戏。梁山好汉一百单八将中并无李虎其人，但此剧中李虎反对招安的言行十分激烈，比小说《水浒传》中的李逵、林冲反对之声更为明确。武汉汉剧院藏本载《湖北地方戏曲丛刊》编印本第四十二集。

---

① 《陕西省戏剧志·安康地区卷》，三秦出版社，1994年版，第96-97页。
② 《陕西省戏剧志·商洛地区卷》，三秦出版社，1997年版，第83-84页。
③ 《陕西省戏剧志·商洛地区卷》，三秦出版社，1997年版，第86页。

《活捉三郎》，汉剧剧目，湖北越调、荆河戏也有此剧。该剧剧情并不见于小说《水浒传》，汉剧《活捉三郎》、清戏单边词的记录本藏湖北省戏剧工作室。

《挑帘裁衣》，汉剧剧目。清戏、荆河戏亦有此剧，但现均无传本。

《翠屏山》，又名《醉归杀山》，汉剧、南剧、荆河戏剧目。现存汉剧本仅有《酒楼》《醉归》两出。汉剧演出本载《湖北地方戏曲丛刊》编印本第五集。南剧有录本藏湖北省戏剧工作室。

《武松闹会》（湖北高腔《湖北地方戏曲丛刊》12集）、《李逵打熊》（湖北越调《湖北地方戏曲丛刊》66集）；《李逵磨斧》（湖北高腔《湖北地方戏曲丛刊》57集）、《李逵摸鱼》（湖北越调《湖北地方戏曲丛刊》75集）、《李逵闯帐》（湖北越调《湖北地方戏曲丛刊》46集）。《李逵砍旗》（湖北越调《湖北地方戏曲丛刊》46集），故事与元代康进之《李逵负荆》杂剧相类似。①

《扈家庄》（湖北高腔《湖北地方戏曲丛刊》57集）；《战八将》（又名《金沙滩》，湖北越调《湖北地方戏曲丛刊》2集）、《金沙滩》（又名《战八将》，南剧《湖北地方戏曲丛刊》7集）；《清风山》（荆河戏《湖北地方戏曲丛刊》32集）、《快活林》（汉剧《湖北戏曲丛书》第17辑）、《时迁盗鸡》（汉剧《湖北戏曲丛书》第9辑）、《逼上梁山》（京剧改编本、汉剧）。

"湖北越调"中的水浒戏有23种：《乌龙院》（出戏），宋江杀惜故事；《坐楼杀惜》《乌龙院》之别名；《闹江州》（本戏），水浒英雄救宋江小结义故事；《十字坡》（本戏），武松、孙二娘故事；《孙二娘开店》《十字坡》之别名；《武松打店》《十字坡》之别名；《快活林》（出戏），武松打蒋门神故事；《李逵摸鱼》（出戏），水浒故事；《李逵打虎》，水浒故事；《李逵砍旗》（出戏），写李逵砍倒梁山杏黄旗，斥责宋江抢民女故事；《李逵闯帐》（出戏），写李逵闯进梁山大帐，自告奋勇下山抱打不平的故事；《翠屏山》（出戏）石秀杨雄故事；《时迁盗鸡》，水浒故事；《时迁盗甲》，水浒故事；《时迁盗马》（出戏），水浒故事；《祝家庄》（本戏），梁山宋江等三打祝家庄故事；《金沙滩》（本戏），梁山泊擒送卢俊义故事；

---

① 《中国戏曲志·湖北卷》，文化艺术出版社，1993年版，第151页。

《战八将》（出戏），卢俊义上梁山故事；《水西门》（本戏），梁山战方腊故事；《火弓弹》（本戏），肖恩及女儿故事；《卖皮弦》（出戏），孙二娘故事；《蒋门神过山》（出戏），梁山好汉与蒋门神相认故事。①

二、汉水流域水浒戏与《水浒传》

汉水流域的水浒戏基本包括三个方面的内容，故事渊源亦分为三个方面。一是由《水浒传》故事改编而成的戏曲剧目，传统剧目《武松打虎》《野猪林》《杀惜》等属于此类；二是改编自元明杂剧、明清传奇的剧目，如《活捉三郎》；三是根据《水浒后传》等"水浒续书"、民间传说而改编成的戏曲剧目，《打渔杀家》等属于此类。② 笔者根据现有资料，把汉水流域水浒戏作一渊源流变的梳理。③

关于小说《水浒传》的成书时间，有元代说④、元末明初说⑤、明初说⑥、

---

① 阎俊杰、董治平：《襄樊市戏曲资料汇编》，根据书中序言推测1987年或1988年印刷，第92—93页。
② 杜建华将水浒戏内容分为两类，参见《川剧水浒戏古今谈》，《戏曲艺术》1998年第3期。
③ 为叙述的方便，除本文中为特别点明的水浒戏，一般叙述中的水浒戏指汉水流域传播的水浒戏。
④ 陈中凡、王利器、黄霖等学者持之说，（参见许勇强《百年水浒传成书时间研究检讨》，《中华文化论坛》2010年第4期。）孙楷第亦持此说，他在《水浒传旧本考——由明新安刊大涤余人序本百回本水浒传推测旧本水浒传》一文写道："元《水浒传词话》为明百回本《水浒传》祖本者，余疑其本系元末南方书会所编。何以明之？余前言《水浒传词话》宋有宋本，金有金本，元有元本"（第93页），"《水浒》本子，自宋金至元末，为词话时期。自明中叶以还迄于明季，为说散本通俗演义时期。"（第101页），（参见《沧州集》，中华书局，2009年第1版，第93、101页。）而章培恒、骆玉明先生的《中国文学史》则把《三国演义》和《水浒传》纳入元代文学进行讲述。书中："我们认为，根据《三国志通俗演义》中作者附加的小字注所提及的'今地名'系指元代地名的情况，以及某些重要地名变更的年代，大致可以判定此书完成于元文宗天历二年（1329）以前，按习惯可以说是元后期。至于《水浒传》，罗贯中也是它的作者之一，对小说作了进一步加工的施耐庵则生活于元末明初。因此，把这两部小说编入元代文学要更合理些。"（章培恒、骆玉明：《中国文学史》下册，复旦大学出版社，1996年3月第1版，第173页。）
⑤ 上世纪二三十年代胡适、鲁迅、郑振铎持此说，当代袁世硕、徐仲元亦有论述。
⑥ 周维衍持此说，参见《〈水浒传〉的成书年代和作者问题——从历史地理方面考证》，《学术月刊》1984年第7期。

成化弘治说①、嘉靖说②。一般文学史认为《水浒传》成书于元末明初，刘大杰本、社科院本、五教授本（亦称游国恩本）、袁行霈本、郭预衡本、马积高本、北师大本、川大本等均把《水浒传》放在明代文学中去讲述，称此书成书于元末明初。而章培恒、骆玉明先生的《中国文学史》则把《三国演义》和《水浒传》纳入元代文学进行讲述。笔者按元代说和元末明初说，那么《水浒传》对后世水浒戏的影响则更为深远。汉水流域水浒戏与《水浒传》的关系叙说如下。

《挑帘裁衣》，汉剧剧目。清戏、荆河戏亦有此剧，但现均无传本。汉剧《挑帘裁衣》现存本为武汉市汉剧团录本，胡春燕校订，剧作分二场。演叙武松赴东京公干，潘金莲在感叹命运，埋怨"配了武大是冤家"，在楼上挑帘时，失手落下帘竿，正巧打在西门庆的头上；西门庆恼怒之时，见潘金莲姿色艳丽，马上怒气变作喜气，说"只要她喜打、爱打，把儿的头，莫当作头，当作一个木鱼，放在她的枕头边……敲上几下，我都是喜欢的"。③后来西门庆买通王婆，借裁衣为名，勾引金莲与其私通，汉剧无一般金莲鸩杀武大和武松杀嫂情节。剧作故事见于小说《水浒传》第二十四至二十五回，明代沈璟的《义侠记》传奇亦有此情节。京剧有《挑帘裁衣》剧目，徽剧、湘剧、桂剧、粤剧、河北梆子等均有《金莲戏叔》剧目，评剧、越剧有《武松与潘金莲》。

《武松打店》，汉剧剧目，高海山校订，剧作共七场，人物有武松（小生）、孙二娘（武旦）、张青（杂）、小二（丑）、解差甲（外）、解差乙（丑）。剧作演叙武松发配孟州，途经十字坡，宿在孙二娘店中，孙二娘向武松行刺，遭到武松痛打；最后双方出真情，武松、孙二娘等人一同上了梁山。④另一剧名《十字坡》《孙二娘开店》。从剧名看，一是从武松着眼，称《武松打店》，与《武松打虎》相关照；一是从故事发生的地点出发，称《十

---

① 李伟实：《从水浒戏和水浒叶子看水浒传的成书年代》，《社会科学战线》1988年第1期。
② 戴不凡、张国光、石昌渝先后持此说，参见张国光《再论水浒成书于嘉靖初年》等论文、石昌渝《水浒传成书于嘉靖初年考》等论文。
③ 参见《湖北地方戏曲丛刊》第三十七集，湖北地方戏曲丛刊编辑委员会编辑，湖北省戏剧工作室编印，内部资料，1962年印，第128页。
④ 收入《湖北地方戏曲丛刊》第34集，湖北地方戏曲丛刊编辑委员会编辑，湖北省戏剧工作室编印，内部资料，1962年4月印，第216-333页。

字坡》；一是从孙二娘角度，起名为《孙二娘开店》，故事见《水浒传》第二十七回"母夜叉孟州道卖人肉，武都头十字坡遇张青"，明代沈璟《义侠记》传奇亦演叙武松故事。《十字坡》为京剧名家盖叫天的代表作，川剧、相聚、秦腔、河北梆子、大弦子戏均有此剧目。

《快活林》，汉剧剧目，喻俊卿述录，分七场，人物有武松（七小）、施恩（七小）、施忠（三生）、蒋忠（十杂）、宋氏（八贴）、店小二、酒保等。蒋门神蒋忠依仗张团练势力，夺占施恩在快活林所开酒店。武松发配来此，施恩与其结识，请求为之复仇；武松出于义愤，醉打蒋门神，为施恩收回酒店。[①] 故事见《水浒传》第二十八至二十九回，明代沈璟《义侠记》和清代《忠义璇图》改编时有此关目。

《杀惜姣》，汉剧剧目，彭汉廷述录，胡春艳校订，剧本不分场（出），人物有阎婆（丑）、惜姣（贴）、宋江（外）。剧作演叙晁盖聚义梁山后，感念宋江搭救之恩，派刘唐携黄金与书信，前去郓城县探望宋江；宋江遇到刘唐后，收下书信，即让刘唐回山。宋江归途中遇到阎婆，被拉至乌龙院；阎婆想使宋江与惜姣和好，就将宋江诓上楼上，强关二人于一室。宋江一夜未睡，次晨早早离去，不慎失落招文袋，被惜姣拾得，发现是梁山书信。当宋江转回来寻时，惜姣以休书、再嫁张文远、按手印等相逼，宋江一一答应，不料惜姣仍要告官，不给他梁山书信，情急之下，宋江杀死阎惜娇，阎婆得知后开始不说，出门后在街上喊"宋江杀人"。湖北越调有《坐楼杀惜》剧目。故事见之于《水浒传》第二十一回"虔婆醉打唐牛儿，宋江怒杀阎婆惜"；明代许自昌《水浒记》传奇第二十三出"感愤"与此剧情节相同。汉水流域的汉调二黄传统剧目中有《乌龙院》《坐楼杀惜》剧目，西皮二黄兼唱；另有川剧、徽剧《宋江杀惜》剧目，湘剧、秦腔《宋江杀楼》剧目，楚剧、晋剧、上党梆子、河北梆子、武安落子均有此剧目。

汉调二黄剧目《林冲发配》，西皮二黄兼唱[②]，故事见于小说《水浒传》第八回"林教头刺配沧州道，鲁智深大闹野猪林"。

《翠屏山》，又名《石秀杀嫂》《醉归杀山》，汉水流域戏曲汉调二黄、

[①] 湖北省戏剧工作室：《湖北戏曲丛书》，第十七辑，长江文艺出版社，1984年2月第1版，第92-109页。

[②] 《陕西省戏剧志·安康地区卷》，三秦出版社，1994年版，第93页。

湖北越调、汉剧等均有该传统剧目，南剧、荆河戏亦有该剧目。汉调二簧传播于汉水流域的安康、汉中等地。杨雄与石秀结拜为兄弟，杨让石秀开设肉铺。杨妻潘巧云勾引石秀不成，后与和尚裴如海私通，石秀发觉后告诉杨雄；潘巧云及婢女诬告石秀调戏自己，杨雄与石秀绝交；石秀为辨明是非，伺和尚夜出潘室，杀裴如海剥衣以示杨雄；杨雄得知真相后，以还原为名，定计将潘巧云和使女迎儿骗至翠屏山，勘问奸情后，石秀逼杨雄杀死潘巧云与迎儿，后二人一同投奔梁山。故事见《水浒传》第四十四至四十六回，明代沈自晋《翠屏山》传奇专演此事。明代传奇《翠屏山》共二十七出，依据小说《水浒传》杨雄、石秀故事而加以改编。① 清末汉剧汉河下路子还演出全本《翠屏山》，从"酒楼结拜"开始，到"杀山"结束。现存汉剧本仅有《酒楼》《醉归》两出。② 汉剧演出本载《湖北地方戏曲丛刊》编印本第五集。南剧有录本藏湖北省戏剧工作室。近世京剧、川剧、秦腔、徽剧、湘剧、桂剧、同州梆子、河北梆子均有此剧目，川剧又名《巧云戏叔》。因剧情有血腥场面，加之表现了落后的女性观，1949年后曾经禁演。

《时迁盗鸡》，高海山校订，汉剧，共二场，人物有时迁（丑）、杨雄（外）、石秀（小生）、店家。剧作写时迁看到杨雄、石秀杀潘巧云，要求杨雄等带他投奔梁山，途中夜宿祝家庄客店；时迁与店家开了许多玩笑，设计盗杀了店家的报晓鸡，最后打倒店家，扬长而去。该剧主要以对话和人物行动为主，唱词较少，属做功戏。③ 湖北省汉剧团在新中国成立后和"文革"后对《时迁盗鸡》进行了整理和不断改编，湖北省汉剧团演出本的一些情节进行了改动，本剧不分场，演叙时迁、杨雄、石秀投奔梁山，夜宿祝家庄旅店，庄主祝朝奉屯集大量武器，并训练一只报警鸡，专门与梁山好汉为敌。时迁为人机灵善言，机智地戏弄了店家，并将报警鸡偷吃。当店家发觉时，时迁打倒店主，与杨雄、石秀奔上梁山。与高海山校订本相比，剧作改动的地方有二，一是时迁住的客店是庄主祝朝奉所开，屯集大量武器；二是时迁偷吃的鸡

---

① 郭英德：《明清传奇综录》上册，河北教育出版社，1997年版，第382-383页。
② 中国戏曲志编辑委员会：《中国戏曲志·湖北卷》，文化艺术出版社，1993年版，第190-191页。
③ 湖北地方戏曲丛刊编辑委员会：《湖北地方戏曲丛刊》第16集，湖北人民出版社，1959年7月第1版，第142-157页。

是报警鸡，赋予时迁"偷盗"行为的正义性。①湖北越调传统剧目有《时迁盗鸡》。该故事大略见于《水浒传》第四十六回，情节有差异。京剧剧目有《时迁偷鸡》，一名《巧连环》，川剧、徽剧、湘剧、豫剧、秦腔、同州梆子均有此剧目。豫剧有《扒鸡》。

《时迁盗甲》，亦称《盗甲》，高海山校订，汉剧，共十四场，人物有徐宁（外）、时迁（丑）、李逵（杂）、燕青（小生）、李俊（生）、四白龙套、四打手、二更夫等。本事见于《水浒传》第五十五到五十七回及传奇《雁翎甲》。剧演呼延灼摆布连环马，梁山不敌，徐宁可破此连环马，梁山好汉时迁盗取徐宁祖传的雁翎金甲，徐宁虽然防范严密，仍然被盗走；当徐宁追赶时，沿途李逵、燕青、李俊等好汉接应，徐宁无可奈何。汉剧剧本虽然标有十四场，但大多为过场戏，第三场到第八场仅仅是更夫打更、四白龙套抬金甲下，时迁上下；其他八场台词很少，亦无唱词，属于做功戏。②此剧并京剧名为《雁翎甲》。湘剧、河北梆子亦有《盗甲》，滇剧有《盗金甲》③。

湖北越调中有《时迁盗鸡》《时迁盗甲》《时迁盗马》（出戏）等剧目。④《时迁盗马》未见剧本，据报道，天津京剧三团国家一级演员胡小毛2006年曾演出《时迁盗马》。

《扈家庄》，湖北高腔，朱吉占藏本，剧分十一场，剧作人物较多，有王英（杂）、杨雄（外）、石秀（小生）、李逵（净）、宋江（生）、林冲（二生）、扈三娘（贴）、兵丁、庄丁、女侍等。剧作演叙宋江令矮脚虎王英攻打扈家庄，另派林冲埋伏独龙岗作为接应；王英兵败被擒，扈三娘率女兵、庄丁追赶宋江到独龙岗，林冲用绊马索一齐拿获，打破扈家庄，救出王英，王英要宋江将扈三娘与他做老婆。⑤剧情本事见于《水浒传》第四十八回，情节不尽

---

① 湖北省戏剧工作室：《湖北戏曲丛书》第9辑，长江文艺出版社，1983年9月第1版，第125-142页。

② 湖北地方戏曲丛刊编辑委员会编辑：《湖北地方戏曲丛刊》第16集，湖北人民出版社，1959年7月第1版，第158-162页。

③ 陶君起：《京剧剧目初探》，中华书局2008年版，第192页；上海文化出版社，1957年初版，中国戏剧出版社，1963年版，1980年重印。

④ 载阎俊杰、董治平：《襄樊市戏曲资料汇编》，根据书中题词和"编者的话"推测为1987年印刷，第92-93页。

⑤ 湖北地方戏曲丛刊编辑委员会：《湖北地方戏曲丛刊》第57集，湖北省戏剧工作室编印，内部资料，1983年6月印，第316-320页。

相同。京剧剧目有《扈家庄》,一名《夺锦标》,武旦为主。川剧、湘剧、秦腔均有《打祝庄》。①

《三打祝家庄》,京剧剧目,1944年任桂林、魏晨旭、李纶编剧,这部作品,取材于《水浒传》第四十六到五十回梁山泊三打祝家庄的故事,在情节上删除了小说中时迁偷鸡、李逵洗劫扈家庄、吴用计赚李应上梁山等内容,从策略斗争的角度,着重表现梁山义军依靠群众,调查研究,里应外合,取得胜利的主题。三打祝家庄的故事构成了宏大的生活画面,剧作把旧的分场制和新兴的分幕制结合起来,划分为三幕四十二场,第一幕十场,第二幕六场,第三幕二十六场,"幕"的使用,把"一打""二打""三打"的情节段落,展现得清清楚楚;三打故事,情节复杂,涉及梁山与祝、扈、李三庄四个方面各色人等,很难采用一人一事的结构方法,于是采用了古典戏剧《清忠谱》式的"众人一事"的剧作模式,登场角色有名有姓的多达34人,是一部典型的"群戏"。该剧延安平剧研究院1945年2月在陕北首演,1949年以后,汉水流域的武汉、襄阳、汉中、安康等地纷纷上演,有的还改编移植为其他剧种。② 湖北越调《闹江州》(本戏)与《三打祝家庄》在结构上有相似之处,表现梁山水浒英雄群像,演叙众英雄救宋江小结义故事。

《李逵摸鱼》(出戏),湖北越调,不分场(出),胡金山述录。人物有李逵(十杂)、张顺(七小)、鱼小(小丑)、宋江(六外)、戴宗(三生)。剧作演叙宋江在旬阳楼饮酒无菜肴,李逵到江边摸鱼佐餐;先向为张顺看守渔船的鱼小买鱼,鱼小不卖,被李逵打走;张顺到后与李逵互相殴打,纠缠不已,宋江、戴宗赶到江边劝止,二人相认住手。③ 本事见于《水浒传》第三十六回及《忠义璇图》。河北梆子有此剧目,京剧剧目为《李逵夺鱼》,湘剧有《李逵闹江》。《李逵打虎》,湖北越调,水浒故事。

《清风山》,荆河戏,刘和喜、曾明才述录,分十六场,人物较多,有(林氏(正旦)、王英(大净)、宋江(须生)、燕顺(须生)、郑天寿(二

---

① 陶君起:《京剧剧目初探》,中华书局2008年版,第191页;上海文化出版社,1957年初版,中国戏剧出版社,1963年版,1980年重印。
② 《中国戏曲志·湖北卷》第121-122页,文化艺术出版社,1993年版。
③ 湖北地方戏曲丛刊编辑委员会:《湖北地方戏曲丛刊》第七十五集,湖北省戏剧工作室编印,内部资料,1985年5月印,第197-204页。

净）、刘高（小丑）、花荣（须生）、华福（杂须生）、黄信（杂须生）、花妻（小旦）、老院、丫鬟、车夫、四衙役、四龙套、四打手、花童、花女等。剧作演叙刘高之妻林氏清明节祭祖，被王英掳上清风山欲作压寨夫人。宋江正好在山寨做客，乃央求王英释放林氏回家，宋江亦离开清风山投往花荣；元宵佳节，花灯大方，宋江除外观灯，被林氏看到刘高命人拿下拷问；花荣休书求情，刘高不许，反将书信撕掉，花荣大怒带病江宋江夺回。宋江怕连累花荣，往清风山躲避，谁知刘高派人又将其捉回。刘高派人报告府尹提拿花荣，王英等闻讯，带兵下山，打败黄信，救出花荣、宋江。① 剧作内容见于《水浒传》第三十三回"宋江夜看小鳌山，花荣大闹清风寨"、第三十四回"镇三山大闹青州道，霹雳火夜走瓦砾场"。

《战八将》，又名《金沙滩》，湖北越调，胡金山述录，剧作不分场，该剧人物众多，有吴用（一末）、李逵（十杂）、卢俊义（三生）、燕青（七小）、李固（小丑）、卢氏（四旦）、宋江（三生）、张顺（七小）、孙二娘（八贴）、时迁（五丑）、杨志（二净）、花荣（二生）、鲁智深（十杂）、武松（十杂）、张青等。剧作演叙宋江用吴用之计，智赚卢俊义上山，将卢俊义骗至梁山脚下，派遣八将轮流大战，最终卢被俘。此剧只演至卢俊义被缚，无上山见宋江等情节。② 南剧《金沙滩》二十六场，胡云霞述录，剧情和叙事重心均有所不同。剧作演叙大名府员外玉麒麟卢俊义富有万贯家产，又有一身武艺。梁山宋江让吴用携李逵乔装算命先生，到大名府赚卢俊义离家前往山东；当卢行经梁山附近，设伏与卢俊义战，卢不敌，至金沙滩搭船，被阮小七擒至梁山。宋江等人劝其在山聚义，卢坚决不从，仍回大名府家中。③ 故事见《水浒传》第六十一到六十二回，情节有所不同。汉剧称《玉麒麟》，京剧称《大名府》，湘剧有《金沙滩》，秦腔、豫剧、河北梆子亦有此剧目。

---

① 湖北地方戏曲丛刊编辑委员会编印：《湖北地方戏曲丛刊》第32集，内部资料，1962年4月印，第131-176页。
② 湖北地方戏曲丛刊编辑委员会编印：《湖北地方戏曲丛刊》第2集，内部资料，1958年11月印，第174-193页。
③ 湖北地方戏曲丛刊编辑委员会编印：《湖北地方戏曲丛刊》第7集，内部资料，1959年10月印，第205-234页。

三、汉水流域水浒戏与元明杂剧、明清传奇

小说《水浒传》成书以前和之后，出现了许多搬演水浒故事的杂剧和传奇。现存元代及明初杂剧中的水浒戏剧目约有39种，其中流传至今的全本共有12种，清杂剧2种，明代传奇中的水浒戏6种。①据现有资料，汉水流域水浒戏中有几种改编自元明杂剧和明代传奇。

《李逵砍旗》，湖北越调，胡金山述录，不分场，主要写李逵斥责宋江抢民女故事。人物有宋江（末）、李逵（净）、燕青（小生）、刘德景（丑）、四小兵。剧作演叙汴京观灯时，李逵落后，宋江派燕青寻找李逵；燕青、李逵二人路过刘家庄，刘德景哭诉宋江抢走其女国秀，李逵大怒，回到梁山砍倒杏黄旗，欲杀宋江。宋江与李逵打赌，又传刘德景一一指认。燕青力主找出假李逵、假宋江，李逵免死。②

《李逵闯帐》，湖北越调，胡金山述录，不分场，人物有宋江（生）、李逵（净）、杨志（净）、燕青（小生）、四兵。剧作演叙宋江闻报恶霸欺压百姓，传令山寨报名去打不平，众弟兄、众姐妹忙于赏花吃酒，无人下山；宋江恼怒，欲砍倒杏黄旗，火焚忠义堂，解散梁山；李逵得知，闯进大帐，诉说当初树旗结义宗旨，自告奋勇，领命下山。③

《活捉三郎》，汉剧剧目。湖北越调、荆河戏也有此剧。宋江杀惜后，阎婆惜的鬼魂不忘旧情，便在夜里赶到张三郎处，拟续前缘，张三知其已死，让婆惜去找宋江；婆惜将张三活捉而去。因表演有恐怖情节，1949年曾禁演。汉剧《活捉三郎》、清戏单边词的记录本藏湖北省戏剧工作室。该剧剧情并不见于小说《水浒传》，应源于明代许自昌的《水浒记》传奇第三十一出"冥感"。汉水流域汉调二黄传统剧目中有《活捉三郎》剧目，西皮二黄兼唱。京剧有《借茶活捉》、《活捉》剧目，昆剧、徽剧、滇剧、川剧、桂剧、秦腔、同州梆子、河北梆子均有《活捉三郎》。

---

① 陈建平：《水浒戏与中国侠义文化》，文化艺术出版社，2008年第1版，第12页、第30页。

② 湖北地方戏曲丛刊编辑委员会编辑：《湖北地方戏曲丛刊》第46集，湖北省戏剧工作室编印，内部资料，1982年7月印，第323—331页。

③ 湖北地方戏曲丛刊编辑委员会编辑：《湖北地方戏曲丛刊》第46集，湖北省戏剧工作室编印，内部资料，1985年5月印，第332-338页。

四、汉水流域的水浒戏与《水浒》续书、独创剧作

在汉水流域传播、上演的戏曲中，亦有一些故事既不见于小说《水浒传》，也不见于元明清杂剧、传奇的水浒戏。这类戏，一方面改编自《水浒》续书，另一方面是剧作家、演员假借水浒人物，自出机杼，基本自创的作品。

《打渔杀家》，汉剧，分五场，人物有萧恩（六外）、萧桂英（八贴）、丁郎（五丑）、丁员外（二净）、郭先生（五丑）、李俊（三生）、倪荣（十杂）等。梁山英雄阮小二易名萧恩，晚年隐居太湖，与女儿桂英打鱼为生，当地土豪丁员外勾结常州太守吕子秋，霸占渔区，催讨渔税，萧恩父女困苦不堪。故人李俊携友倪荣来访，遇到丁府家奴丁郎向萧恩催讨渔税，怒而斥退；丁郎回报，又带大批家奴向萧恩强索，被萧痛打二逃。萧恩恐招祸，赶至州衙首告，反被县官杖责。萧恩忍无可忍，乃携桂英以献庆顶珠为名，黑夜闯入丁府，杀死丁员外全家，然后逃走。一名《庆顶珠》，又名《讨渔税》。根据《水浒后传》中李俊事改编。京剧、蒲剧、山东梆子、湘剧、徽剧、滇剧均有此剧目。

《武松闹会》，湖北高腔，胡最高、雷金魁、方绪田、黄善富述录，分为五场，人物有武松（武生）、武大郎（丑）、游女（鹋旦）、货郎（丑）、店家（外）、祝春牛（丑）、李贵（杂）、朱仝、众人、店婆等人。二月清明，东岳庙会热闹，武松无事，便去看会；地痞李贵在东岳庙前摆设赌场，输打赢要；武松气恼，大闹赌场，与李贵一群厮打，后得到朱仝之助，得一脱身，未遇伤害。[①] 唱词大多为七子句，念板生动活泼。此剧剧情未见于《水浒传》和明清其他戏曲。

《李逵磨斧》，湖北高腔，不分场（出），武汉市楚剧团录本，高腔唱词较多，有独唱、对唱。人物有李逵（净）、林冲（生）。剧作演叙林冲投奔梁山，中途遇到李逵磨斧，彼此并不相识，于是开打，后经询问，乃知一个是豹子头林冲，一个是黑旋风李逵，于是一同奔向梁山。此剧开头李逵下山巡查，夸赞梁山景致，与元杂剧《李逵负荆》开始有类似之处。但整本剧情不见于

[①] 湖北地方戏曲丛刊编辑委员会编辑，印刷：《湖北地方戏曲丛刊》第12集，内部资料，1960年4月印，第174—182页。

《水浒传》和其它剧作。①

《李逵打熊》，湖北越调，张富道述录，剧分二场，人物角色有李逵（杂）、熊精（丑）、女子（贴）。剧作演李逵上山打柴，遇到熊精化身的女子挡住路口，假意调笑，欲要吃掉李逵，李逵识破后奋力砍杀，熊精抵挡不过，弃剑逃走，李逵拾剑报送宋江。此剧情节不见于《水浒传》和其它明清剧本，熊精幻化倒与《西游记》三打白骨精有相似之处。②

《杀僧除害》，湖北越调，胡金山述录。此剧二场，人物有孙二娘（八贴）、和尚（十杂）、茂烘（五丑）等三人。孙二娘在龙凤岭开黑店，和尚住店，用银阔绰。店伙计茂烘，乘夜摸杀和尚，被和尚打败，急呼孙二娘合力杀死和尚。此剧情节不见于小说《水浒传》，亦不见于其他水浒戏，应是民间艺人根据孙二娘开黑店之事再次演绎，剧中孙二娘唱道："奴家青春年二八，铁尺拐子常玩耍。江湖与我送一绰号，取名叫做母夜叉，母夜叉。"然后取板凳坐中场道："家住十字坡，开店又打货。瘦的包包子，肥的熬汤喝。奴乃母夜叉孙二娘，保定宋江仁兄驾坐梁山，访的天下英雄豪杰。"③

《斩李虎》，汉剧剧目，又名《忠义堂》，此剧为戏曲中少见的写梁山反对招安的戏。梁山好汉一百单八将中并无李虎其人，但此剧中李虎反对招安的言行十分激烈，比小说《水浒传》中的李逵、林冲反对之声更为明确。武汉汉剧院藏本载《湖北地方戏曲丛刊》编印本第四十二集。

《水西门》（本戏），梁山战方腊故事；《火弓弹》（本戏），肖恩及女儿故事；《卖皮弦》（出戏），孙二娘故事；《蒋门神过山》（出戏），梁山好汉与蒋门神相认故事。

五、水浒戏在汉水流域的传播特点

精神文化受种族、环境、时代三种因素制约。近二十年来，许多学者十

---

① 湖北地方戏曲丛刊编辑委员会编辑，湖北省戏剧工作室编印：《湖北地方戏曲丛刊》第57集，内部资料，1983年6月印，第316-320页。

② 湖北地方戏曲丛刊编辑委员会编辑，湖北省戏剧工作室编印：《湖北地方戏曲丛刊》第66集，内部资料，1984年6月印，第162-165页。

③ 参见《湖北地方戏曲丛刊》第75集，湖北地方戏曲丛刊编辑委员会编辑，内部资料，湖北省戏剧工作室编印1985年5月印，第169-173页。

分关注文学艺术与地理环境之间的关系。"文学与地理环境之间的关系，实际上是一种互动的辩证的关系。一方面是地理环境对文学的作用或影响，一方面则是文学对特定的人文地理环境的作用或影响。"[①]不同的地域文化对戏曲总是产生着若隐若现的影响，汉水流域水浒戏是在汉水流域这一特定空间产生和传播的，汉水流域的城镇和乡村成为水浒故事的重要传播场所，戏班和剧作家改编和重写着水浒故事。汉水流域的水浒戏既具有一般水浒戏的传播和改编特点，又具有这一区域文化的传播特点和改编特点。

第一，水浒戏一方面扩大了"水浒"故事的传播和互动，另一方面在重写中融入了地域文化的特色。水浒戏传播了中国传统文化中的尚武复仇、行侠仗义的精神，水浒戏的丰富内容在一定程度上影响了这一区域的社会人心，影响了这一区域的民风民情，而不同时期的汉水流域文化又影响和决定着水浒戏的传播重心和传播主题。地域文化、人文地理空间影响着剧作家、演员、观众对水浒故事和人物的筛选、重写。人地关系构成地域文化的最基本的关系。戏曲的产生和传播，是一种独特的文化现象，亦是文学艺术与地域文化相互转化和积淀的形式和过程。汉水流域文化影响了这一特定区域的戏班对水浒故事和人物的选材和重写，从人物角度看，女性中潘金莲、阎婆惜、王婆、孙二娘等人物容易"出戏"，围绕她们构思故事、安排关目的戏频频上演；水浒好汉中宋江、武松、李逵、林冲、杨雄、石秀、时迁等人物比较"上戏"，他们的故事较多，特别是李逵和时迁的"折子戏"较多；从题材看，与北方秦腔、京剧相比，汉水流域戏曲中表现水浒英雄复仇的剧作较少，而表现男女风情的故事和滑稽故事往往容易被改编后搬上舞台。水浒戏中故事情节也存在地域差异。

第二，汉水流域这一特定的人文地理空间影响着剧作家、演员、观众对水浒戏的剧种选择。从汉水流域水浒戏的地理传播空间看，主要集中于七大传播地：汉中、安康、郧阳、襄阳、南阳、荆门、武汉，汉中水浒戏的主要演唱剧种为汉调桄桄（南路秦腔）、汉调二黄，安康水浒戏的主要演唱剧种为汉调二黄，襄阳和郧阳水浒戏的演唱剧种为湖北越调，南阳水浒戏的演唱剧种主要为豫剧和汉剧[②]，荆门水浒戏的扮演剧种主要为南戏和汉剧，武汉水浒戏的扮演剧种主要为汉剧。

[①] 曾大兴：《文学地理学研究》，商务印书馆，2012年版，第55页。
[②] 姚寿仁：《南阳市戏曲志》，中州古籍出版社，1992年版，第24-30页。

第三，时代变迁、文化思潮影响着剧作家、演员、观众对水浒故事的筛选、改编。20世纪40年代的延安出现了新编水浒戏《逼上梁山》《三打祝家庄》，50—60年代全国范围内《野猪林》的改编与上演，80年代川剧《潘金莲》的移植与改编，反映了水浒戏与不同时代的文化氛围、人性渴求的对接和呼应。"《逼上梁山》最初是由杨绍萱在1943年9、10月间写成的……改编的过程自然受到了政治意识形态的引领与统摄"[1]。汉水流域水浒戏的剧目选择也体现时代的特点：在20世纪50—60年代，在强调阶级斗争的时代，观众在舞台上看到的是水浒英雄的反抗和复仇；在20世纪80年代以后，在呼唤人性解放的时代，演员以身体阐释的是潘金莲的爱情和欲望的合理；在读图、荧屏和互联网时代，阎婆惜、潘金莲成为一个欲望的符号，一个不断塑造的欲望的化身，一个大众的消费品。

第四，水浒戏在京剧、秦腔中大多为大戏、本戏，但在汉水流域改编演出时大多是折子戏，人物较少，场次不多。根据记载、留存剧本和剧目，汉水流域水浒戏大多为"出戏"（折子戏），许多戏不分场，十场以上的戏很少，短剧有利于表演和百姓欣赏。如湖北越调中有水浒戏23种，本戏仅有《闹江州》《十字坡》《祝家庄》《金沙滩》《火弓弹》等5种，其余18种为出戏（折子戏）。出戏大多三五个人物，需用的演员较少，便于舞台扮演，灵活自如。

第五，与小说《水浒传》相比较，改编自小说前七十一回的水浒戏较多。也可以说，汉水流域的水浒戏从传播和重写的角度印证了金圣叹的眼光，小说的精彩在梁山英雄排座次之前。明末清初的文学评点大家金圣叹将一百二十回本《水浒传》腰斩成七十回本，删去了英雄排座次、梁山大聚义后的内容，以卢俊义一梦作为结局，称为《第五才子书施耐庵水浒传》。尽管学术界对金圣叹腰斩"水浒"有种种看法，但七十回本确实是水浒故事的精华所在。谭帆认为，金圣叹"腰斩《水浒》，并妄撰卢俊义'惊噩梦'一节，以表现其对现实的忧虑；突出乱自上作，指斥奸臣贪虐、祸国殃民的罪恶；又'独恶宋江'，突出其虚伪不实，并以李逵等为'天人'。这三者明显地构成了金氏批改《水浒》的主体特性，并在众多的《水浒》刊本中独树一帜，表现出了独特的思想

---

[1] 周涛：《民间文化与"十七年"戏曲改编》，广西师范大学出版社，2012年版，第29页。

与艺术个性"①。汉水流域水浒戏集中改编自《水浒传》前七十回，排座次之前的故事以人物为中心，便于在舞台上塑造人物形象，刻画人物性格，而排座次之后的梁山大规模作战不便于戏剧上演，也不贴近普通观众的人生体验。

（本文发表于《陕西师范大学学报》〔哲学社会科学版〕，2015年5期）

王建科，1962年生，2003年毕业于陕西师范大学文学院，文学博士，师从霍有明教授，现为陕西理工学院文学院教授、陕西理工学院学报编辑部主任、社会科学版主编。

---

① 谭帆：《"四大奇书"：明代小说经典之生成》，收入王瑷玲、胡晓真主编《经典转化与明清叙事文学》，联经出版事业股份有限公司，2009年版，第49—50页。

明杂剧曲体论

徐子方

内容摘要：明杂剧的发展经历了规范化北曲，北曲南化和南曲北化以及昆唱北曲等曲体演变过程。规范化北曲并非简单承袭，而是更大程度上的简化整合乃至千篇一律。北曲南化、南曲北化是南北文化交流尤其是北杂剧和南戏相互影响的共同结果。当戏曲主流表现为杂剧作家努力适应南曲乐律体制的同时，南曲戏文同时也在吸收北曲加入表演，并在曲体上向杂剧形式靠拢。本质上，明杂剧的诞生更多的是舞台选择的结果，显示的是曲体演变的意义。

关键词：明杂剧；乐律；南曲；北曲

曲体又称乐曲体式，乃戏曲史研究之核心，明杂剧自不能例外。传统认为明中叶后杂剧已逐步脱离舞台，而纯为一种文体，故很少讨论其曲体问题。然就整体而言，明杂剧始终未从场上彻底退出，前期由教坊司和钟鼓司所掌控的宫廷杂剧自不必说，中后期杂剧同样和文人士大夫的家乐密不可分，南杂剧的崛起和得名也正与乐曲直接相关，它是南北曲盛衰交替的必然结果。正因此，从曲体角度探讨明杂剧有助于研究对象的深层认识，很有必要。

一、规范化北曲

首先应当表明，谈论规范化北曲并不意味着此前北杂剧乐曲没有自己的规范，相反，作为中国戏曲史上第一座高峰形成的标志之一，北杂剧至元中期已形成自己一整套成熟的乐曲规范,即基于一人主唱和五宫四调格局的北曲四大套,与四折一楔子文体实现了有机结合和良性互动。

然而,规范和规范化并非同一个概念。所谓"化",按照《辞海》的解释,就是"表示转变成某种性质和状态"。"化"的结果是"转变成",本质上就是定型,趋向封闭。这种状况在元代并未出现。元杂剧是围绕舞台演出为中心的综合性艺术,它的规范是在活生生的舞台实践中逐步形成的,适合剧场需要和观众欣赏口味始终是其立身基础。而且起码在前期和中期,元曲作家的创作心态是开放的,主观上并无不可突破的框框,曲体和文体的有机结合正是剧作家为适应舞台要求和观众口味而作努力的结果。另一方面,由于元王朝存续时间较短,元杂剧乐曲规范实际上一直处于不断完善的状态,更由于身处代言体戏曲艺术初创的早期,包括宾白、动作、服饰、脸谱在内的整个杂剧舞台体系在此时期都还不健全,"早熟"的曲体和文体之间也有一个艰难的磨合过程,一时难以形成固定的文本及舞台演出机制。正因此,即使在中期后杂剧规范基本成型情况下也还出现了《西厢记》这样试图在体制上有所突破的经典名作,在《元刊杂剧三十种》中,第四折套曲不用双调的有十三种,几近半数!也正是在这个意义上可以说,在元代,乐曲方面的规范虽然已经存在,但还远远没有达到"化"的地步。

这种状况至明初开始出现质的变化。由于元明易代的世事沿革,社会形成了不利于杂剧创作的大环境,文人或醉心科举效命新朝,或慑于权威甘心雌伏,像元代那样一代文化精英活跃于勾栏瓦舍,"偶倡优而不辞"的盛况是一去不复返了。就尚在从事创作活动的杂剧作家而言,如果说元明之际贾仲明、杨景贤之类的御用文人及以朱权、朱有燉为代表的贵族藩王的创作还带有个人色彩的话,构成此时期杂剧主体的宫廷艺人剧作即完全是听命构思的结果,共性远远大于个性。很显然,此阶段剧作家和演员主要任务已是满足前代已经形成的既定口味,重在继承而非创新。检视一下收录在《脉望馆抄校古今杂剧》《诚斋传奇》及《元曲选》《元曲选外编》《盛明杂剧》中的此时期杂剧作品,就很能说明问题。今试列一简表如下:

表一　明前期宫廷杂剧剧本用曲情况一览[①]

作者及剧作总数	折数 四折	折数 五折	折数 一折	用曲 首折仙吕宫	用曲 首折非仙吕宫	用曲 末折双调	用曲 末折非双调	用大石调	备注
御用文人 17种	13	3	1	16	1	11	2	1	《西游记》第二、三本首折非仙吕宫；《补西厢弈棋》为一套南吕宫
贵族藩王 33种	30	3	0	32	0	24	9	2	《福禄寿仙官庆会》楔子在剧末
教坊编演 17种	15	2	0	17	0	17	0	0	
其他脉望馆校抄内府无名氏 84种	77	7	0	84	0	81	3	0	
总计 151种	135，占总数89.4%	15，占总数9.93%	1，占总数0.66%	149，占总数98.68%	1，占总数0.66%	133，占总数88.08%	14，占总数9.27%	3，占总数1.99%	

从表中不难看出，在此时期宫廷杂剧中，一人主唱、一韵到底的北曲四大套仍然占据绝对优势，剧作家大都在极力追慕"元人矩范"，五折以上的作品仅占总数的百分之十不到，此与《元曲选》《元曲选外编》等书中收录的元杂剧情况基本相同。宫调的使用和配置情况同样如此，开场和终场用曲如第一折用仙吕宫，第四折用双调竟成定制，鲜有例外。这方面又以署名"教坊编演"的部分剧作尤为突出，除了两种为五折戏之外，余皆循规蹈矩，不敢越雷池半步！当然，也并非没有尝试进行体制探索的作品，如御用文人创作的17种杂剧，就有4种打破了四折一楔子的惯例，接近总数的四分之一，其中还出现了1种前代未曾有过的单折戏。至于人们经常提到的贾仲明、杨景贤和朱有燉等人

---

① 本表中作品分类及数据来源均出自拙著《明杂剧研究》下编《明杂剧存本考》，台湾文津出版社，1998年版。

的部分剧作，打破四大套和一人主唱的惯例，并引入了南曲曲牌，但它们数量不多，仅占现存剧本总数的十分之一。而查今存元杂剧剧本中除了五本二十一折的《西厢记》之外，也还有关汉卿的《五侯宴》、白朴的《东墙记》、纪君祥的《赵氏孤儿》和刘唐卿的《降桑椹》四剧为五折，关汉卿的《西蜀梦》，孔文卿的《东窗事犯》，狄君厚的《介子推》，尚仲贤的《三夺槊》，无名氏的《货郎担》等多种末折不用双调，就这一点来说，此时期宫廷杂剧与元杂剧情况也相类似，径可看作对后者的沿袭。

当然，规范化也不仅仅体现为简单的承袭，而且表现为更大程度上的整合乃至千篇一曲。如前所言，元曲作家在建立规范的同时还关注舞台的实际需要并随时做出调整，以《元刊杂剧三十种》的末折用曲情况为例，其中不使用双调的为14种，占总数的47%。而由上表可知，本时期宫廷杂剧中此类情况仅占11.92%，在署名"教坊编演"的18种杂剧中，末折用双调的竟高达100%。非但如此，即使在贾仲明、朱有燉那些带有变革性质的剧作中，其主体仍然没有脱离四大套北曲系统，剧中的角色安排、科白称谓，依旧北曲矩范。贾仲明今存五剧大体合于元人传统，显系场上曲无疑。三个爱情剧尤恪守北曲矩范，诸如四折一楔子、一人主唱以及角色称谓等均一仍旧制，可见其对前人的忠实继承，也体现了明初宫廷杂剧的基本特征。藩王杂剧方面，朱权现存的两种杂剧《冲漠子独步大罗天》为典型的四套北曲，《卓文君私奔相如》为四大套外加一个楔子，均不出元人窠臼。朱有燉的改革剧作大体上也是这样，其现存31种杂剧也只有3种为五折，不到总数的十分之一。他们"基本上仍遵循这种规范化北曲体制，尽管在唱腔安排方面引入了南曲形式，但这似乎只是元剧中净角偶尔插唱一两支小曲打诨的一种发展，这种变革看上去极似熟谙北曲体制的剧作家故意地别出心裁，尽管他们这样做时态度是严肃的。"①这种状况一直延续到了中期以前。

规范化的另一最大特征是简化，这也是曲调整合的必然结果。简化本是戏曲音乐史上的趋势，但只是指不同时代不同艺术形式而言。隋唐以前，传统数理乐律学由宫、商、角、徵、羽"五音"加上变宫、变徵的"七音"，和古代确定音高的"十二律"相互配合，"旋相为宫"，得84宫调。但这只是理论上

---

① 徐子方：《明前期宫廷北杂剧略论》，《河北师大学报》（社会科学版）1994年第2期。

的宫调，并不实用。隋唐燕乐只用28宫调，元代北曲更减成17宫调，而属于元杂剧的只有14宫调，且常用的亦即仙吕宫、中吕宫、南吕宫、正宫、黄钟宫和商调、越调、双调、大石调，合称五宫四调，终元之世未再改变。杂剧入明后这种简化趋势重又开始，具体体现在大石调在宫廷杂剧中的淡出以至消失。从上表可以看出，在此时期151种宫廷北杂剧剧本中，保留大石调的只有三种，不到总数的百分之二，且它们完全集中在御用文人和藩王贵族剧作家的笔下，在现存101种宫廷无名氏艺人创作的杂剧作品中，大石调已彻底退出不再使用。至于身为宫廷无名氏杂剧的代表——"教坊编演"本杂剧，甚至连商调和黄钟也彻底不再使用（见以下表三）。

这种简化趋势不仅在宫调，而且体现在曲牌，元杂剧所用曲牌较之此时期内府杂剧无疑要多得多。以下将元刊杂剧三十种和明宫廷教坊编演杂剧的曲牌使用情况列表如下：

表二　《元刊杂剧三十种》宫调、曲牌数量一览

宫调剧名	第一折	第二折	第三折	第四折	备注
关张双赴西蜀梦	仙吕7+2	南吕6+1	中吕11+1	正宫8+4	+后面的数字为【幺篇】数量，因同于前曲，故另标出，下同，不再一一说明。
闺怨佳人拜月亭	仙吕8+2	南吕10+1	正宫14+1	双调11+4	
关大王单刀会	仙吕11+1	正宫12	中吕14+1	双调5+5	
诈妮子调风月	仙吕14+2	中吕14+1	越调12+1	双调11	
好酒赵元遇上皇	仙吕12+1	南吕9	中吕9+1	双调9	
楚昭王疏者下船	仙吕9+1	越调12	中吕12+1	双调9	
看钱奴买冤家债主	仙吕9+2	正宫9+6	商调15+1	越调11+2	
西华山陈抟高卧	仙吕8+4	南吕10+3	正宫7+7	双调13	
马丹阳三度任风子	仙吕9	正宫9+2	中吕15+1	双调8+1	
散家财天赐老生儿	仙吕11+1	正宫7+3	越调11+1	双调10	
尉迟恭三夺槊	仙吕11+3	南吕9+2	双调10	正宫9+4	
汉高皇濯足气英布	仙吕12	南吕7	正宫10+2	黄钟7	

续表

宫调剧名	第一折	第二折	第三折	第四折	备注
冤报冤赵氏孤儿	仙吕11	南吕12	双调10	中吕14+1	
诸宫调风月紫云亭	仙吕10+2	南吕11	中吕17+1	双调11	
相国寺公孙汗衫记	仙吕8	越调13+2	中吕11+2	双调10	
薛仁贵衣锦还乡	仙吕9+2	商调8+2	中吕17+1	双调15	
张鼎智勘魔合罗	仙吕12	黄钟12	商调5+5	中吕20+5	末折[中吕]套中[滚绣球][倘秀才]二曲借自[正宫]
李太白贬夜郎	仙吕12+3	正宫13+2	中吕18+1	双调13	
岳孔目借铁拐李还魂	仙吕7	正宫7+3	双调12	中吕9+1	
晋文公火烧介子推	仙吕9+1	南吕9+1	中吕13+1	越调10	
地藏王证东窗事犯	仙吕14	中吕15	越调12+2	正宫9+6	
承明殿霍光鬼谏	仙吕11+1	中吕12+1	正宫7+4	双调6+1	
死生交范张鸡黍	仙吕11+3	南吕10+4	商调15+2	中吕23+2	
严子陵垂钓七里滩	仙吕11+1	越调10+1	正宫10+6	双调9	
辅成王周公摄政	仙吕9+2	中吕10+2	越调15+3	双调13	
萧何月下追韩信	仙吕15+1	双调13	中吕13+2	正宫4+1	
陈季卿误上竹叶舟	仙吕9+1	双调13	南吕13	正宫6+1	第四折[正宫]套前有道情[仙吕]6+1
诸葛亮博望烧屯	仙吕12+2	南吕11+1	双调12	中吕10	
梗直张千替杀妻	仙吕12+1	正宫5+5	中吕14+1	双调8	
小张屠焚儿救母	仙吕12	越调12+1	中吕15+1	双调6	
醉思乡王粲登楼	仙吕11+2	正宫5+3	中吕17+2	双调13	
小结：各宫调曲牌数	仙吕最多15+1，最少7，平均11+0.5；中吕最多23+2，最少9+1，平均16+2；南吕最多13，最少6+1，平均9+0.5；越调最多15+3，最少10，平均12+1.5；商调最多15+2，最少5+5，平均10+3.5；黄钟最多12，最少7，平均9.5；双调最多15，最少5+5，平均10+2.5				

表三　脉望馆本"教坊编演"杂剧曲牌数量统计

宫调剧名	仙吕	南吕	中吕	双调	正宫	越调
宝光殿	8		9+1	7		8
献蟠桃	10	7		6		7
庆长生	7		6+2	4	7+2	
贺元宵	8		8		7+1	8
八仙过海	11			5	7+2	8
闹钟馗	7		8	8	7+1	
紫薇宫	8		9	5		8
五龙朝圣	8		10	9		6
长生会	9		10	8	8	7
群仙祝寿	8		8+1	7+1	7+1	
广成子	9	10	11+1	7		
群仙朝圣	8		9	7	7+2	
万国来朝	8		8	6		7
庆千秋	7	7	7	6		
太平宴	8		8	6		7
黄眉翁	8	8	8	6		
小结：各宫调曲牌数	仙吕最多11，最少7，平均9；中吕最多11+1，最少6+2，平均8.5+1.5；南吕最多10，最少7，平均8.5；越调最多8，最少7，平均8.5；双调最多9，最少4，平均6.5					

从以上两表可以看出，宫廷杂剧不仅宫调由此前7个减为5个，各宫调曲牌数量也明显减少。以均值衡量，其中仙吕宫平均由15降为11，中吕宫由16+2降为8.5+1.5，南吕宫由9+0.5降为8.5，越调由12+1.5降为8.5，双调由10+2.5降为6.5。简化的趋势相当明显。对于此，学术界此前已有论者注意到了。郑莉、邹代兰《明代内府杂剧曲调研究》一文中这样写道：

> 明内府本杂剧中使用的曲牌一共有116支，数量大大少于元杂剧。这一方而是因为统一的创作规范限制了作者的创作，另一方而也是由于宫廷无名氏艺人自身文化水平较低，对于一些生僻的

曲牌曲调，使用起来有一定的难度。再加上元剧中可资借鉴的例曲也比较少，无法把握这些曲牌的音乐性，所以只好弃之不用了。①

这样解释当然有其道理，但将曲牌的减少仅仅归因于剧作者的个人因素则未尽妥。今天看来，曲牌数量的减少应当和宫调、折数的类似情况一并考虑，除了个人因素外，还应考虑到宫廷北曲剧场进一步规范化的需要。换言之，在承袭基础上进行进一步整合简约是此时期规范化北曲的主要特征，归根结底，它是宫廷剧场贵族观众的需要所决定的。正如笔者曾经指出的那样：

宫廷剧作家把元杂剧的四折一楔子形式规范化，显得更加严谨、整饬。如果说，在元代，一人主唱有助于作家对其主要人物的性格和心理刻划，质朴的四折一楔子形式也使作家更加注重内容的活力的话；如果说带有说唱意味的曲牌联套音乐体制对于不久前还处于说话和诸宫调统治下的勾栏大众面前显示的似曾相识但又远非旧物的"间离"效果的话，那么到了此时期宫廷杂剧则完全不同了，它起到了一些新的作用。正如文学史上极尽铺陈夸张之能事的西汉大赋成为表现统一强盛社会声威的适宜形式一样，建立在遒劲北曲基础上的四折一楔子体制结构对于同样铺张的宫廷剧场中不断重复的历史和神话主题是颇具吸引力的。或者说，对于表现它们作为整体艺术的气势，无疑也是适合的。而且，这种封闭式的稳定严谨的体制恰恰构成了整体气势的表征。②

说的当然并不专指乐律，也包括剧本体制，但放在这里无疑也是合适的。离开明初宫廷剧场的特殊环境，如此规范化的北曲杂剧是不可能出现的。

明中叶后乃至明末，有不少对元曲杂剧情有独钟的剧作家曾肆力于恢复这种传统，徐渭不仅在其专著《南词叙录》中明确声言："今日北曲，宜其高于南曲"③，其代表作《四声猿》中，《狂鼓史》为北仙吕一套，《翠乡梦》为

---

① 郑莉、邹代兰：《明代内府杂剧曲调研究》，见《江西师范大学学报》（哲学社会科学版）2008年第1期。

② 徐子方：《明前期宫廷北杂剧略论》，《河北师大学报》（社会科学版）1994年第2期。

③ [明]徐渭：《南词叙录》，见《中国古典戏曲论著集成》三，中国戏剧出版社，1959年版，第241页。

北双调二套，《雌木兰》前半为北仙吕一套，四剧竟有三种与北曲有关。被沈德符讥为"都非当行"的汪道昆《大雅堂杂剧》四种，其中《五湖游》亦全用北曲填制。到了万历时乃至明末，这种北曲情结变得更加旺盛。如果说在徐渭和汪道昆那里，北曲还仅是杂剧创作中无视四大套传统的体质变通的话，此时期即出现了北杂剧传统形式再度复兴的盛况。笔者早在数年前发表的相关论著中已有明确的表述：

> 正如同诗文中的复古主义者认为"文必秦汉，诗必盛唐"一样，此时期杂剧界也兴起了追慕"元人矩范"的热潮。最突出的表现首先在于，以臧晋叔《元曲选》为标志，包括赵琦美《脉望馆校钞本古今杂剧》、陈与郊《古名家杂剧》、息机子《元人杂剧选》、孟称舜的《古今名剧合选》在内的一大批整理和改编元杂剧的选本如雨后春笋般地涌现，成了此时期剧坛上的新景观。创作方面，此时期杂剧作家中出现了由反叛传统追求自由而出现向传统复归的趋势，手法上亦有较大的变化，具体地说，此时期杂剧作品中的主观抒情成分已有所减少，而人物性格和情感心理等因素则进入了重要的层次。更引人注目的还是体制，在此时期文人杂剧中，标明四折一楔子的作品增多了。①

这一点在现存明杂剧作品以及著录剧目中即可以看得非常清楚。祁彪佳《远山堂剧品》中收录的杂剧作品，除了少数元杂剧剧本及前期朱有燉的作品外，明中期以后的杂剧作品47种，其中标明北四折的有34种，占总数的72%，加上6个北五折剧本达40种，占总数的85%。更值得注意的是，这里的数据是将中后期放在一起计算的，而事实上属于中期的只有6种，它们是：王九思的《杜甫游春》，康海的《中山狼》，冯惟敏的《僧尼共犯》《梁状元不伏老》，杨慎的《洞天玄记》，梁辰鱼的《红线女》，也就是说，其中三分之二以上都是后期作品。由此可见明后期杂剧界向北曲传统靠拢的明显趋势。当然，时过境迁，他们笔下的北曲往往名实相违，至多算作北曲南化或昆唱北曲，而这已是下一节所要讨论的问题了。

---

① 徐子方：《明杂剧史》，中华书局，2003年版，第293-294页。

二、北曲南化和昆唱北曲

北曲南化是南北文化交流尤其是北杂剧和南戏相互影响的结果，最早始于元代，关汉卿杂剧《望江亭》第四折即安排这么一段插曲：

（李稍唱）【马鞍儿】想着想着跌脚儿叫，（张千唱）想着想着我难熬，（衙内唱）酪子里愁肠酪子里焦。（众合唱）又不敢着旁人知道，则把他这好香烧、好香烧，咒的他热肉儿跳！

（衙内云）这厮每扮南戏那！

关汉卿被公认"初为杂剧之始"（朱权语），作为元曲四大家之首，他的创作亦正处于元杂剧极盛时，在他笔下出现南戏的插演，可见南戏顽强的影响力。同时期的北曲名剧《西厢记》，其以五本相连表现完整故事，加之旦末双唱、合唱等形式，打破了元杂剧四折一楔子的固有传统，显示了向南戏体制靠拢的趋势。入明之后，更有贾仲明、朱有燉在剧作中对南曲体制更大规模的吸收。尤其是贾仲明的《桃柳升仙梦》，全本四套，分别由北仙吕、北中吕、北越调、北双调领起【南东瓯令】【南好事近】【南诉衷肠】【南画锦堂】诸曲，整体呈鲜明的南北合流态势，更为前所未有。

然而，元及明初正是北曲杂剧占据曲坛主流之时，剧作家接受南戏影响只是出于丰富舞台表现力的需要，南戏曲体的少量介入并未破坏整个北曲体系。此后直至明中叶弘治、正德乃至嘉靖前期的北方杂剧家康海、王九思和冯惟敏，南方杂剧家杨慎等人的笔下，情况开始有了较大程度的改变。

康海一生作剧不多，今知唯有《中山狼杂剧》和《王兰卿服信明贞烈》二种，就曲体而言，前者为仙吕、正宫、越调、双调四大套北曲，每套一韵到底，分别押家麻，皆来，鱼模，齐微韵，后者四折一楔子，一人主唱，押尤侯、车遮、齐微、皆来韵，表面上看皆为北杂剧传统体制。但《王兰卿服信明贞烈》一剧楔子中曲调不是通常之【仙吕·赏花时】，而是【正宫·端正好】，另外，第四折双调套中包含众妓合唱一套南吕，已可见传统北杂剧音乐体制中的变革。王九思的情况也差不多，其《杜甫游春》杂剧在体制上虽未有特别创新，但首折仙吕套【点绛唇】前有【端正好】一曲，按常规应为楔子，但此剧却入第一折，非北杂剧传统可知。至于单折戏《中山狼院本》以一套北【双调】了事，更属颠覆北杂剧传统之举动。与康、王情况相同，山东曲家冯惟敏的《僧尼共犯》和《不伏老》杂剧大抵合于元人法度，显示了此时期北杂剧在北方的影响和实力。但《僧尼共犯》一、四折主唱者为净，杂剧史上前所未有。《不伏老》首折仙吕套【点绛唇】前有【赏花时】【幺篇】二曲，按常规同样应为楔子，但该剧却将其归入第一折。而正末之外有正生，南吕套作末折用曲更为少见，同样非传统所应有。这种时代风气表现在本期南方文人剧作家身上更较特别，来自四川新都的正德状元杨慎，不仅创作了主要以南曲演唱的短剧集《太和记》，其《宴清都洞天玄记》一剧，虽表面上恪守北杂剧传统，但以末角念词开场和后台问答形式已可见南戏之影响，第一折仙吕套前又有【正宫·端正好】【滚绣球】二曲，未标明为楔子，第四折黄婆唱一曲南曲【包子令】，婴孩姹女对酒同唱【望江南】，同样明显可以看出南曲传奇之影响。至于此时期北方剧作家李开先的《一笑散》六剧，从现存的《园林午梦》《打哑禅》两种来看，纯属继承金院本传统，以净、丑为主角的滑稽小戏，与北杂剧体制相差就更远了。当然，能否归于南曲化的范畴尚需进一步研究。

仍需指出，在明中前期，杂剧乐曲主体仍不超出四大套北曲范围，即使中期以后的南杂剧在折数方面有较大突破，在用韵方面同样显示着一韵到底的特点，《盛明杂剧》和《远山堂剧品》等书中所收作品在用韵方面也的确印证了这一点。可以断言，以南曲化为标志的体制变革尽管在程度上较之前有所加深，但除了杨慎的部分剧作外，其余诸家作品与此前北杂剧中的"变格"没有本质上的区别。真正整体意义上的杂剧南曲化是在嘉靖中期以后。

从严格的时间意义上衡量，自嘉靖开始，众多标明四折一楔子剧作在实际演唱中开始迅速向南曲靠拢，而与传统北杂剧拉开了距离。随着北杂剧舞台的进一步衰微，以及面对南曲传奇咄咄逼人的攻势，南杂剧尤其是昆曲杂剧诞生后，新体制更进一步满足了杂剧作家的创作活力，北曲杂剧南曲化受到了极大的刺激，出现了一大批具有代表性的剧作家及其代表作品。从《盛明杂剧》《远山堂剧品》等现存明杂剧作品及著录情况看，此时期具有代表性的杂剧家如徐渭、汪道昆等人的作品《四声猿》《大雅堂杂剧》皆非规范化的北曲创作，陈与郊、叶宪祖、许潮以及沈璟等戏曲名家染指杂剧创作，诸如《昭君出塞》《文姬入塞》《四艳记》《太和记》《博笑记》等皆非北曲四大套体制。当然，如前节所言，此时期在这些南杂剧作家的笔下，同样存在着浓厚的北曲情结。在现存明中后期杂剧作品中，标明为北曲的在数量上竟占据一个相对的多数。可见即使在南曲占据曲坛优势的明代中后期，自觉不自觉向北曲传统靠拢也是杂剧创作领域最为雄厚的思想基础。然而，这样说并不意味着明中后期杂剧仍旧一脉相承地继承北杂剧传统，亦不能说这部分杂剧与历史上的元杂剧形成一个有机的整体。实质上这种局面仍然可以看作北曲南化的结果。如王衡《郁轮袍》杂剧以仙吕、正宫、南吕、双调、中吕五大套北曲依次展开，合乎传统北杂剧体制要求，但其中角色有生、动作称谓曰介，第二，第五折有白无曲。叶宪祖《金翠寒衣记》以北曲仙吕、越调、双调、黄钟四大套作为全剧音乐构成，但其中动作称介，角色有生且主唱。梅鼎祚《昆仑奴》全剧为北四折，以仙吕、越调、正宫、双调四大套构建乐律，但除外角以外无角色名目，主唱者且非末旦，已非北剧传统，而崔千牛简称生，更可见南戏体制影响。尤其是王骥德的《男王后》和吕天成的《海滨乐》，前者第一折仙吕套前有【仙吕·赏花时】二曲，未析出做楔子，已非北剧传统，而动作称介。后者第一折双调，末折仙吕，剧首无题目正名而有词开场，均非北剧传统，而动作称介，角色有生和小生，皆可见南戏体制影响。王骥德自谓："余昔谱《男后》剧，曲用北调，而白不纯用北体，为南人设也。……郁蓝生谓：'自尔作祖，当一变剧体。'既遂有相继以南词作剧者。"[1]从某种意义上说的确如此，明后期的所谓北四折杂剧绝大多数都可以看作是南曲化了的北四折，与其说是北杂剧的遗存，不如说是南曲化杂剧即南杂剧为更妥。

用曲以外，音韵方面同样如此。我们知道，元杂剧用韵遵从周德清的《中原音韵》，平分阴阳入派三声且一韵到底。南戏用韵则沿唐宋以来传统，自由且较驳杂，入明后依从《洪武正韵》，平上去入且可自由换韵。随着南戏传奇化，传奇用韵也开始向北曲靠拢。如郑若庸《玉玦记》传奇，绝大多数一出一韵，混韵现象很少。王骥德评论说："南曲自《玉玦记》出，而宫调之饰与押韵之严，始为反正之祖。"[2]徐复祚《曲论》批评郑若庸不知本色，却肯定"其用韵，未尝不遵德清之约。"至万历中期而后，以《中原音韵》为押韵规范，在韵律上向北曲靠齐，已逐渐成为南曲曲坛之主流。曲学巨擘，吴江派主

---

[1] [清]李渔：《闲情偶记》卷二《词曲部·音韵第三·恪守词韵》。
[2] [明]凌濛初：《谈曲杂札》，见《中国古典戏曲论著集成》第4册，第254页。

将沈璟更公开倡导"作南曲者,悉遵《中原音韵》。"[1]甚至,"越中一二少年,学慕吴趋,遂以伯英(沈璟)开山,私相服膺,纷纷竞作,非不东钟、江阳,韵韵不犯,一禀德清。"[2]李渔在《闲情偶记》中总结传奇创作经验时也说:"既有《中原音韵》艺术,则犹畛域画定,寸步不容越矣。"[3]事实上,直到清末传奇形式衰落之时,《中原音韵》一直都是南曲作家押韵的主要工具书。由此可见,在北曲南曲化的同时,传奇也在北曲化,它们的共同特点在于不仅沿袭了元代南戏的已有做法,而且还在进一步的深化和规范化,这显示了一种值得注意的新趋势。传统有观点将《中原音韵》和《洪武正韵》分别作为北曲杂剧和南曲传奇之代表韵书无疑是将复杂的问题简单化了。

无疑,明杂剧作家的上述努力促使南杂剧作为一代杂剧新体式的诞生,艺术成就值得重视,但传统四大套北曲的舞台优势至此陵替却也是不争的事实。作为舞台表演艺术,如何在明中后期剧场占据一席之地是当时杂剧家们必须面对的课题。自然,出于文人士大夫的偏见,有些杂剧家并不把场上演出放在眼里,他们将作剧与诗词创作混为一谈,皆看作自己抒情写意的工具。但作为一个整体,明中期杂剧必须适应当时场上演出的变化趋势,即在南曲系统内演唱,这样也就出现了南唱尤其是昆唱杂剧的概念。

南唱是北曲南曲化的重要形式。众所周知,入明之后,随着北曲杂剧作为一个时代整体上渐次退出城乡舞台,直接继承南戏传统的传奇成了新的时代戏曲的主流,为昆曲剧场所吸收的部分北曲就成了前代杂剧名作在新时期继续维持舞台生命的重要途径,如人们经常提及的关汉卿《单刀会》"训子""刀会"、孔文卿《东窗事犯》中的"扫秦"、罗贯中《风云会》中的"访普"等折子戏。不仅如此,传奇在自己的音律体制拓展中也在吸收北曲,吸收北曲并成了南戏完成传奇化的重素之一。事实上早在昆曲改良之前的早期南戏中同样情形即已具备。如人们所熟知,《永乐大典戏文三种》中《小孙屠》第七出、《错立身》第五出均为纯用北曲或南北合套曲。此后,高明《琵琶记·丹陛陈

---

[1] [明]王骥德:《曲律》卷二《论平仄第五》引,见《中国古典戏曲论著集成》第4册,中国戏剧出版社,1959年版。
[2] [明]王骥德:《曲律》卷二《论韵第七》,《中国古典戏曲论著集成》第4册,中国戏剧出版社,1959年版。
[3] [明]王骥德:《曲律》卷四,《中国古典戏曲论著集成》第4册,中国戏剧出版社,1959年版,第111页。

情》、柯丹丘《荆钗记·男祭》、施惠《幽闺记·文武同盟》、无名氏《白兔记·寇反》、邵灿《香囊记·起兵》等南曲传奇中皆存在着类似的北曲和南北曲合套的情况。这些南唱的北曲大多保存传统北曲豪辣雄壮的风格,对于擅长表现生旦当场爱情题材的南曲剧场来恰好是一个补充。正因为如此,上述南曲戏文中的诸多北曲,大多用在军国大事、战争场面以及悲剧性抒情的地方。

也正因为南曲中北曲具备独特的审美补偿作用,亦即导致明中叶后传奇创作过程中向北曲靠拢的情况并没有中止,反而更为多见,这一点学术界已经谈论很多了。而另一方面,由于嘉靖以后昆曲出现并迅速风靡南北,北曲南唱最终发展成为昆唱北曲以至昆唱杂剧。表面上看,昆唱杂剧来自"北曲昆唱",或者说就是"北曲昆唱"的同义语。这句话有一定道理,北曲昆唱是戏曲史上一个重要的现象,它是昆曲杂剧最初起点,没有昆曲产生并吸收北曲就没有昆曲杂剧的概念。然而任何事物的理解不能绝对化,戏曲史上的"北曲昆唱"是有着特定含义的,它的着重点在演唱,主要指的是保存在昆曲剧场里的部分北杂剧折子戏和南曲传奇中部分北曲曲牌。而"昆唱杂剧"重点则在杂剧,它首先将南曲传奇中部分北曲曲牌排除在外,更多指的是进入昆剧系统中的杂剧,当然也包括保存在昆曲剧场里的部分北杂剧折子戏。北曲昆唱使得杂剧艺术在南曲传奇占据舞台优势的明代中后期也能占有一席之地。

就明杂剧而言,昆唱杂剧与昆曲杂剧实际上是同义语,主要是指昆曲诞生后为适应昆曲剧场演出而创作的剧本。其范围涵盖三个方面,首先是众多标榜元人风味的北四折和北五折杂剧剧本,如叶宪祖的《骂座记》《寒衣记》,梁辰鱼的《红线女》,梅鼎祚的《昆仑奴》,湛然的《鱼儿佛》等,由于南曲传奇的影响,它们在舞台演出方面与传统北杂剧已经大大拉开了距离。然而,由于资料缺乏,目前通过曲选、曲谱、私人笔记等渠道能够确定进入舞台演唱的剧目很少,大部分与南曲有关的杂剧作品很难判断是否被演出过。同样,除了吸收前代北杂剧名作进入昆曲演唱体系外,明清昆曲家也没有全然放弃杂剧的文本创作,有些杂剧作品原来以为是案头之作,但随着新资料的发现,却又得知并非如此。正因为这样,它们中哪些曾经在舞台上演出过哪些只是案头之作并不是我们这里所要解决的问题,它并不妨碍我们做理论上的划分。其次是明杂剧中虽然不符合四大套固有形式却是以北曲形式出现的杂剧剧本。北一折如陈继儒的《真傀儡》,沈自征的《霸亭秋》《簪花髻》《鞭歌妓》,邹兑金的《空堂话》，茅维的《苏园翁》《金门戟》《闹门神》《双合欢》，郑瑜的《鹦鹉洲》《汨罗江》《黄鹤楼》等，北二折有黄家舒的《城南寺》，北七折有王衡的《郁轮袍》等。表面上看，这部分亦属广义北曲剧作之一部分，但较之前一部分它们与传统北曲的距离拉得就更大了。

理论上说，昆唱杂剧的第三部分包括纯粹以南曲填制，或者包括部分北曲和南北合套曲在内的短杂剧，诸如沈璟的《博笑记》和《十孝记》，叶宪祖的《四艳记》，程士廉的《小雅四纪》，傅一臣的《苏门啸》，黄方胤的《陌花轩杂剧》等，也包括原非昆曲，后为昆曲剧场吸收而为官腔类杂剧作品，如《群音类选》卷二十六所收徐渭、汪道昆、沈采等人的剧作。但就严格的乐曲体制而言，这部分作品也已超出本节所要论述的范围了。

三、南北揉合和南杂剧

戏曲史上的南北揉合主要指的是乐曲体制和演唱方式。前者主要是指南北合套，后者是指曲虽北但主唱为南。南北合套是其中最为典型的形式，也是戏曲音乐史中最常见的概念之一。作为按照曲牌联套体的结构形式将南曲和北曲组成的套曲，在元代即已出现，当时杭州曲家沈和最早进行了这方面的尝试。戏文中用南北合套者，同时见于南戏《小孙屠》。杂剧中首开南北合套体制者当首推明初杂剧作家贾仲明，其《吕洞宾桃柳升仙梦》杂剧在北曲四大套框架内使用了【南东瓯令】【南桂枝香】【南玉包肚】等一系列南曲曲牌，末唱北曲，旦唱南曲，改一人主唱为旦、末对唱，进一步发挥了南北合套的艺术功能。单就打破一人主唱传统而言，贾仲明并非第一人，早在元代及明初已出现了《西厢记》《西游记》《娇红记》等打破正末或正旦一人主唱的惯例，只是演唱的仍为北曲而已。时代稍后但走得更远的是朱有燉，其《吕洞宾花酒神仙会》一剧以仙吕、大石调、越调、双调四大套北曲展开，中间又插唱【南金蕉叶引子】【南山花客】【南驻云飞】【南四朝元】【南柳摇金】等南曲曲牌。剧中旦、末、末泥、副末、净皆可唱，形式有独唱、双唱、轮唱、合唱。此外，《李亚仙花酒曲江池》一剧首折末旦对唱、次折正净外净唱、末唱、外唱，三折旦唱，四折末唱、末、正外净、二贴净同唱，末折正净唱、旦唱，彻底打破了北杂剧一人主唱的传统，显示了在演唱方式方面南北揉合的努力。

然而，真正的交流从来不是单方面的，除了北剧南曲化以外，谈论此时期南北揉合还是不能不提及南戏北曲化的问题，前面说过，当戏曲主流表现为杂剧作家努力适应南曲乐律体制的同时，南曲戏文同时也在吸收北曲加入表演，并在曲体上向杂剧形式靠拢。入明后，随着北曲杂剧作为一个时代整体上渐次退出城乡舞台，直接继承南戏传统的传奇成了新的时代戏曲的主流，为昆曲剧场所吸收的部分北曲就成了前代杂剧名作在新时期继续维持舞台生命的重要途径，事实上，直到清末传奇形式衰落之时，建立在北杂剧基础之上的《中原音韵》一直都是南曲剧作家押韵的主要工具书。由此可见，传奇的北曲化不仅沿袭了元代南戏的已有做法，而且也在深化和规范化，这显示了一种值得注意的新趋势。这种新趋势所展示的变革最值得注意的还在于剧本体式。如前所言，戏曲史上，《西厢记》《西游记》《娇红记》为元及明初北杂剧试图以多本"剧体"承担南曲传奇之"全记体"功能，南戏及传奇则开始了将"词坛短兵"杂剧文体引入自身的尝试，创造了一记含众剧的合集形式，此亦即所谓的"套剧"或"组剧"。关于这一点，笔者此前已多次系统论述过，这里不再赘言。

明代中期以后，杂剧创作中的南北揉合渐趋增多。如果说明前期杂剧中的南北揉合只是少数剧作家的偶尔尝试的话，明中期杂剧这方面就可以称得上蔚为大观了。乐曲体制方面，查祁彪佳《远山堂剧品》收录242种杂剧，除去40种元代及明前期朱有燉等人的作品外，剩下202种皆为明中后期杂剧，而其中南北一折至十一折的应有尽有。以下仍旧列表分析：

《远山堂剧品》所收南北曲揉合剧目情况一览表

剧目折数	一	二	三	四	五	六	七	八	九	十	十一
前期	0	0	0	1	0	0	0	0	0	0	0
中后期	1	2	2	29	5	9	3	4	2	1	1

不难看出，《远山堂剧品》中所收剧目以南北揉合作为乐曲体制构架的

达61种，接近总数的三分之一。当然，这还只是剧目著录的情况，它们中的许多作品后来失传了，从中看不出经受传播考验的历史穿透力。进行这方面考察更有价值的还是今存本，代表就是时人沈泰所编的《盛明杂剧》，试列表如下：

《盛明杂剧》所收南北曲揉合剧本情况一览表

剧目折数	一	二	三	四	五	六	七	八	九
前期	0	0	0	0	0	0	0	0	0
中后期	13	1	0	3	2	0	0	0	1

从表中可以看出，《盛明杂剧》选收60个剧本，包括南北一折（出）至南北十一折在内的作品共20种，达到总数的三分之一，比例上超过了《远山堂剧品》。至于演唱方面打破一人主唱的传统，在此时期杂剧创作中更加普遍。据笔者统计，明代中后期杂剧完全打破一人主唱体制而向南曲演唱方式靠拢的剧作89种，占总数的44%。由此皆可见杂剧入明后特别是进入中后期在乐曲体制上的确发生了重大转型。

南北揉合在杂剧发展史上有着重大意义，它使得杂剧在元以后渐趋不利的剧场环境中继续保持创新态势，直接促成了南杂剧的诞生。

关于南杂剧，笔者此前曾有过系统论述，这里需要更正曾长期存在着的认识误区，即南杂剧的出现仅仅只是杂剧入明后迅速文人化的结果，显示的是文体转型方面的意义。① 文人化的因素当然存在而且很重要，不能忽视，但就最本质的方面而言，明杂剧的诞生更多的是舞台选择的结果，显示的是曲体演变的意义。这一点理解起来其实并不难，所谓南和北的概念从始至终都是和音律及曲体紧密联系在一起的，我们只需要从南杂剧的名称之所以标举为南即可看出端倪。另外，南杂剧概念指称的狭义和广义也足以说明问

---

① 有观点谈到，"对于南杂剧的界定有广狭二义。广义的说法是把明中叶以后出现的十一折以下的短剧统称为南杂剧，而狭义的说法则认为凡是专用南曲或南北曲兼用的，折数在十一折之内的剧体为南杂剧。"（《现代语文〔文学研究版〕》，2008年第11期）此分法与我们这里的概念界定名同而实异，可参看。

题。①狭义的南杂剧指的是南四折,它相对于元杂剧的北四折而言。王骥德曾引吕天成的话自谓"作祖,当一变剧体。"(见前)多有论者不认同王骥德的说法,理由在于早在王氏之前南杂剧即已出现,其前辈徐渭就是代表作家。今天看来,王骥德固然不无自高之嫌,但并非毫无道理。他所称的"南词作剧"指的是曲体用南而文体用北,与北杂剧相比唯一不同仅在南曲取代了北曲,四折之文体构架并未发生改变。简言之,王骥德心目中的南杂剧指南四折,亦即我们这里所称的狭义的南杂剧。此前的南杂剧作家,包括徐渭和汪道昆在内都未创作出南四折作品,最早进行这种形式创作的自然只能是王骥德,他并未说错。

当然,问题并未就此了结。一方面,我们说王骥德并非信口开河仅针对他心目中的"南词作剧"而言,并不意味着认可并接受局限于南四折的狭义南杂剧概念。表面上看,狭义的南杂剧概念无懈可击:"南杂剧者,南曲之杂剧也",将南曲曲体和杂剧文体结合在一起最直接的莫过于南四折,称其为南杂剧乃顺理成章的事。但详加追究问题就来了。首先,狭义的南杂剧概念不符合明中叶后杂剧发展的实际状况。谁都知道,明中叶后的杂剧创作领域,除了忠实继承元人传统的部分作品外,大多数是南曲化的产物。它们中有北曲,有南曲,也有相当数量的南北合套曲,体制上既有四折、五折,也有一折、二折、三折、六折七折乃至十一折的剧作,如果将南杂剧概念仅限于南四折,则其他形式的大量非传奇剧作怎么办?南曲和南北合套且不说,即使以北曲填制的短剧,北一折的就有32种,其他还有北二折、北三折乃至北六折的,这些作品该怎么看?将它们视作北杂剧不妥,统统归入传奇无疑更荒谬。其次,即使按照王骥德自己的说法,狭义的南杂剧概念也不能完全符合实际。他的《男王后》一剧"曲用北调,而白不纯用北体",即与传统北杂剧体制拉开了距离,但又非狭义的南杂剧概念所能包括。总而言之,狭义的南杂剧概念解决不了现实中明杂剧的体制属性问题。

另一方面,我们说南杂剧的概念最本质的地方是曲律,但并不意味着要忽视文体等次本质乃至非本质的方面。因为如果将曲体当成杂剧的全部,也

---

① 徐子方:《试论杂剧入明后的两次重大转变》,《江海学刊》1988年第2期。

会导致某种矛盾甚至谬误，起码我们将无法区分杂剧和传奇。关于这一点，学术界已经有人注意到了。由于特定的时代因素，明中叶后的杂剧和传奇共处于一个剧场体系，这就是南曲以及后来的昆曲剧场，即使表面上继承元人传统的那部分北四折杂剧，开场、宾白和动作大多适应传奇剧场，与南曲传奇中的北曲场面本质上应当没有两样。正因为如此，明清人著录在区分此类剧作南北归属时往往举棋不定，甚至发生混乱。也正是基于这些考虑，相关学术界大多接受祁彪佳《远山堂剧品》的处理原则，将十一折以下的短剧皆归入南杂剧的范畴。一句话，南杂剧的乐曲体制是建立在南北揉合基础上而不是其他。

（本文发表于《文艺研究》，2012年第8期）

徐子方，1955年生，1993年毕业于陕西师范大学中文学研究所，文学博士，师从霍松林先生，现为东南大学戏曲小说研究所所长、教授。

"以意逆志"：从儒道佛对《西游记》渗透臆测其成书过程

兰拉成

内容摘要： 文章主要从儒道佛三家文化对《西游记》的渗透臆测其成书过程。认为《西游记》成书可分为三个阶段。即佛教事迹的故事化与神话化；玄奘取经故事与猴子故事的融合及其文人化，至此，儒家文化明显渗透；其次为三教圆润与道教教义的渗透，《西游记》最终定型成为我们今天所看到的百回本。

关键词： 西游记；儒道佛；三教圆润；神话化；文人化

《西游记》与《三国演义》《水浒传》一样，是集体累世之作，是自唐代至明中叶的数代文人不断加工的结果。但是，若将其成书过程与儒道佛三教文化对它的渗透相对应，我们尚可发现较为清晰的轨迹。即，《西游记》的成书可分为三个阶段：一为佛教事迹的故事化与神话化；二为《西游记》故事的文人化；三为"三教圆润"与道教教义的渗入。同样在资料缺少的情况下，我们认为这一工作要比臆测它的最后著者是谁要有意义的多。

一、佛教事迹的故事化与神话化

《西游记》中的西天取经故事取材于唐代僧人玄奘前往古天竺"求取真经"的历史事实。玄奘法师原名陈祎，河南洛州人。他的祖上都是官僚，其父陈惠专攻儒学，曾出任过江陵令，隋朝大业间弃官隐退。玄奘法师出生在战乱年代，他小时候家中穷困潦倒，他不得不由早年已出家的哥哥陈素带到寺院，一边生活，一边学习经书论著。13岁时，洛阳度僧，玄奘破格入选。唐高祖五年，他受具足戒。在国内，他曾游学成都、益南、长安、赵州、扬州等地，遍访名师，熟读并掌握了《维摩经》《法华经》《阿毗昙论》《摄论》《杂心》《成实论》等国内经典，真可谓已穷通了当时的各家学说。然而，在这时"玄奘深感问题越来越多，求学无门，问经无言，于是生发西行求法、解决疑难的决心。"[1]

公元前630年，玄奘29岁，是年，他婉言谢绝仆射萧瑀奏请他居住庄严寺的美意，而决心西行求法。当时出国并不容易，玄奘出国请求并未得到官方批准。他描绘自己西行的经历说："遂以贞观三年（629）四月，冒越宪章，私往天竺。践流沙之浩浩，陟雪岭之巍巍。铁门嶮岭之涂，热海波涛之路。始自长安神邑，终于王舍新城。中间所经五万馀里。虽风俗千别，艰危万重……"[2]所谓"冒越宪章"是指当年北方闹饥荒，皇上准许人们四处求食，他趁机偷越国境。然后，他直奔姑臧（今甘肃武威）到达凉州，又穿越沙漠，经敦煌到达了高昌境内。

《西游记》中说：唐王李世民送玄奘出城，并给他赐姓"唐"，与他结为兄弟。从此，他成了唐御弟。事实上，正如上文所说，他是非法出境，不是小说中所说的那回事。但是，在高昌国，他受到了国王及其王室成员的礼遇。国王与他结为兄弟，王母认他为儿子。也就是说，玄奘是高昌国王的御弟，并非唐王李世民的御弟。他在那里不仅受到了隆盛的皇族待遇，而且高昌王还派坐骑、写书信把他一直送往突厥叶护可汗的衙所。在那里，玄奘同样受到了呵护和礼遇。就这样，他越过大雪山，来到了北印度的迦毕试国。

在印度，他像以前在国内一样，遍访名师，学习各家经论。从离京西去至贞观十九年（649）他学成归来，已历时17年。在归途中，他渡越信度大河时遇到风浪，丢失了50箧梵书和一些奇花种子。《西游记》中所说，西游四人在渡通天河时遇险，可能由此而来。但是，尚没有千年神龟托他向佛祖问自己"几时得脱本壳"、来回自愿驮载等灵异，回国后，有天子召见，敕其翻译佛

---

[1] 刘克苏：《中国佛教史话》，河北大学出版社，1999年版，第206页。
[2] 刘克苏：《中国佛教史话》，河北大学出版社，1999年版，第10页。

经诸事。

历史上的玄奘法师是真人实事，史多记载和评价。《大唐三藏圣教序》中说："是以翘心净土，往游西域。乘危远迈，杖策孤征。积雪晨飞，途间失地；惊沙夕起，空外迷天。万里山川，拨烟霞而进影；百重寒暑，蹑霜雨而前踪。诚重劳轻，求深愿达。周游西宇，十有七年，穷历道邦。"[1]用颇能引起人们想象的文学语言描述了玄奘求法的经过。《旧唐书·方伎传》说："僧玄奘，姓陈氏，洛州偃师人。大业末出家，博涉经论。尝谓翻译者多有讹谬，故就西域，广求异本以参验之。贞观初，随商人往游西域。玄奘既辩博出群，所在必为讲释论难，蕃人远近咸尊伏之。在西域十七年，经百余国，悉解其国之语，仍采其山川谣俗，土地所有，撰《西域记》十二卷。贞观十九年，归至京师。太宗见之，大悦，与之谈论。于是诏将梵本六百五十七部于弘福寺翻译……"[2]该传所记玄奘取经缘由、经过和回国情况虽说简单却甚明了，基本全面清晰。它们虽说都是"信史"，玄奘本人传奇式的经历却已为后人种下了进一步加工的传奇因子。

玄奘事迹形成文字最先是他自己口述，由弟子辨机整理的《大唐西域记》。此书"皆存实录，匪敢雕华"，记述法师所经国家、地区的地理形势、物产、风情，近乎"地理志"。对各地记述相同的是它们的伽蓝、僧徒的数量，以及各地信仰佛教的具体情况。再次，他的弟子慧立、彦悰撰写的《大唐大慈恩寺三藏法师传》，已对取经事迹作了夸张的描绘，并插入一些带神话色彩的故事。如卷二记录了阿父师泉的传说；卷四记载的"菩萨本生处"——毗荼国及西女国的情形等都明显有佛教神秘或异域奇异的色彩。该传评价玄奘取经说："穷宇宙之灵奇，尽阴阳之化育。宣皇风之德泽，发殊俗之钦思。历览周游一十七载。"[3]他已把自己的师父视为神人，其经历更是奇遇。该传记其实是玄奘取经的历史事迹神话的始作俑者。此后，从民间传说到戏剧、平话小说，玄奘及其经历不断被神话。《大唐新语》卷十三《记异第二十八》神化玄奘归来的情形说："就城士女迎之，填城隘廓。时太宗在东都，乃留所得经像

---

[1] 朱一玄、刘毓忱：《西游记资料汇编》，南开大学出版社，2002年版。
[2] 刘克苏：《中国佛教史话》，河北大学出版社，1999年版。
[3] 朱一玄、刘毓忱：《西游记资料汇编》，南开大学出版社，2002年版，第26页。

于弘福寺，有瑞气徘徊像上，移晷乃灭。"①神化之迹非常明显。

求其神话的方法：一是将它与遇仙故事相结合，《独异志》载道"行至罽宾国，道险虎豹不可过。奘不知为计，乃锁房门而坐，至夕开门，见一老僧，头面疮痍，身体脓血，床上独坐，莫知来由。奘乃礼拜勤求，僧口授《多心经》一卷，令玄奘诵之，遂得山川平易，道路开辟，虎豹藏形，魔鬼潜迹。"二是将玄奘取经事迹与英雄传奇故事相结合，赋予他巨大的法力。这一点虽然缺少资料来证明，但是从玄奘诵《多心经》，"遂得山川平易，道路开辟，虎豹藏形，魔鬼潜迹"来看，他是有法力的，至少不像《西游记》中所说，他手无缚鸡之力，遇险时只会哭泣，等待别人来保护。我们还从《大唐三藏取经诗话》中可以找到一些蛛丝马迹，《入香山寺第四》中，猴行者告诉法师说："前去路途尽是虎狼蛇兔之处，逢人不语，万种恓惶。此去人烟都是邪法。"此时玄奘的表现是"法师闻语，冷笑低头。"②并不曾有畏惧情绪。《入大梵天王宫第三》中，就有猴行者作法，将取经僧行七人带进了北方大梵天王宫③的情节。此也并非《西游记》中的唐僧那样，寸步难行，法力无比的孙悟空也不能带他渡河，更不用说带他上天入地了。《到陕西长者妻杀儿处第十七》也是法师要食大鱼，才使得痴那获救。在明人杨景贤的杂剧中还有"玄奘打坐片时，大雨三日"。百回本《西游记》中的"车迟国斗法"等也正是玄奘具有法力的残迹。由此推测，玄奘取经故事在这一阶段被演义应该是对他本人法力的神话。比如他能够降妖、祈雨、赌胜等，他由一位普通的僧人变成了具有超凡能力的"神人"了。

总之，玄奘取经本是佛教徒朝圣的真实故事。佛教人士为了宣扬佛法、扩大影响而不断演绎这一故事。他们把玄奘取经故事化，随之又进行神话化。此当为西天取经故事流传的第一个阶段，也是《西游记》故事的最早源头。

二、玄奘取经故事与猴子故事的融合及其文人化

刘克庄《释老六言十首》其四云："一笔受楞严义，三书赠大颠衣。取经

---

① 朱一玄、刘毓忱：《西游记资料汇编》，南开大学出版社，2002年版，第32页。
② 朱一玄、刘毓忱：《西游记资料汇编》，南开大学出版社，2002年版，第48页。
③ 朱一玄、刘毓忱：《西游记资料汇编》，南开大学出版社，2002年版，第47页。

烦猴行者，吟诗输鹤阿师。"①可知玄奘取经故事与猴子的故事在宋代已经结合在一起了。这两个故事最先是如何产生联系并结合起来的，我们今天已经无法确知。从现存的资料来看，猴子故事与玄奘取经故事本来没有关系。元明之际杂剧《二郎神锁齐天大圣》中，齐天大圣的"自报家门"说："广大神通变化，腾云驾雾飞霞。三天神鬼尽皆夸，显辉千般恶咤。不怕天兵神将，被吾活捉活拿。金睛闪烁怒增加，三界神祇惧怕。吾神乃齐天大圣是也。我与天地同生，日月并长，神通广大，变化多般。闲游洞府，赏异卉奇花；闷绕清溪，玩青松桧柏。衣飘惨雾，袖拂狂风。轻舒猿臂起春雷，举步频那轰霹雳。天下鬼神尽归降，盖世邪魔闻吾怕。吾神三人，姊妹五人。大哥哥通天大圣，吾神乃齐天大圣，姐姐是龟山水母，妹子是铁色猕猴，兄弟是耍耍三郎。"齐天大圣只是一个本事不凡，能降妖捉怪的人物。他有自己独立的故事，也不叫孙悟空，更与玄奘取经故事没有任何关系。如果做合理推测，当时人们选择他的故事与玄奘取经故事相嫁接的缘由可从两方面臆测：从发生学方面来看，玄奘确有其人，他的事迹也已被许多人所熟知。人们不大相信他能够腾云驾雾、降妖捉怪等神化的说法。但说书人等艺人又不甘心丢掉场面热闹的降妖伏怪故事，就想法为他找个徒弟，把这些故事合情合理地按在他的头上。既热闹人们又十分喜爱的猴子就很自然地成为玄奘徒弟的最佳人选。就这样，为了使原来的故事更加丰富，更加吸引人，有意识地吸纳了十分热闹的猴子故事。从文化原因来说，不断加工《西游记》故事的虽最先可能是说书艺人，但最终起到关键作用的肯定还是读书人。鲁迅先生在论述宋元旧话本与明代拟话本的区别时指出："宋元小说要在娱心，明代拟话本却多说教。"②《西游记》的成书过程也是如此。重视"文以载道"的文人的加工，在保持原有故事的热闹的同时，要掺进一些"主义"———佛教的教义和儒家的政治文化因素。尤其是要建立儒家的尊卑秩序，就要为玄奘找一个徒弟。加之猴子在心学、佛教、全真教等中隐喻，文人们自然乐意把猴子说成主人公的徒弟。重要的是，我们从现有资料可以看到：儒家教育的读书人的染指，在丰富玄奘取经故事的同时，的确把这个故事儒家化了，把原有的僧侣故事佛教理论化了。

先说玄奘取经故事的佛教理论化。对玄奘取经故事的加工，如果在前一

---

① 刘克苏：《中国佛教史话》，河北大学出版社，1999年版，第206页。
② 刘克苏：《中国佛教史话》，河北大学出版社，1999年版，第206页。

个阶段主要是以吸引人为目的，对它进行神话，在这一阶段则借其来宣传佛教教义。在《大唐西域记》所记只不过是各地的伽蓝、僧侣数和信教情况。如《揭职国》载："伽蓝十馀所，僧徒三百馀人，并学小乘教说一切有部。"①只是客观记载所见所闻，并不露骨地宣扬什么。至《大唐三藏取经诗话》就不同了。其中鼓吹《多心经》说"此经上达天宫，下管地府，阴阳莫测，慎勿轻传。"传经的情形也很神奇："此经才开，毫光闪烁，鬼哭神号，风波自息，日月不光。"②对佛国也进行了形象描述："佛天无四季，红日不沉西。孩童颜不老，人死也无悲。寿年千二百，饭长一二围。"在杨景贤的杂剧《西游记》中，唐僧师徒取经的结果已是"数年得到西天，今日功成行满，方才正果朝元。"③也就是说，玄奘取经故事不再是一个佛教信徒朝圣的故事，而已经发展为取经人追求成佛作祖的修炼故事。因而，其中说教成分已很明显。如通过唐僧师徒的成佛的过程来说明佛性。即人人都有佛性，无论是根基钝如猪八戒者，还是平庸无能如唐僧者，佛国的大门为人人敞开着，人人可以成佛。又如许多论者所说的宣扬"佛法无边"，因果轮回等等。这些在后来的《西游记》中表现得很充分，所以就不必过多的说明了。接下来，我们主要探讨玄奘取经故事的儒家化。

第一，正如任继愈先生论述早期佛教时所指出的"然而佛教的全部思想，它的世界观和宗教观念，同维护宗法血缘关系的孝道很不相容。它要牢固地扎根于中国封建社会，不求得同'孝'的封建道德妥协是根本不可能的。因此，佛教在传入中国以后不断地迎合和吸收儒家思想是十分自然的。"④《西游记》成书过程也是如此。其在流传过程中不断地在迎合和吸收儒家思想，比如"忠"、"孝"的观念。陈玄奘自己也认为取经是"冒越宪章"，在元人吴昌龄的杂剧《唐三藏西天取经》中，他的个人行为却变成了奉旨西行，当时长安众百姓及王公大臣都来饯行送别，唐僧乘"幢幡宝盖"，何等气魄！唐僧自白"我与众僧修佛力"，老回回却肯定他是"与唐王修佛力"。并唱〔沽美酒〕说："与唐王修佛力，与唐王修佛力，与俺那众僧们得这发慈悲。师傅你便取

---

① 朱一玄、刘毓忱：《西游记资料汇编》，南开大学出版社，2002年版，第2页。
② 朱一玄、刘毓忱：《西游记资料汇编》，南开大学出版社，2002年版，第59页。
③ 朱一玄、刘毓忱：《西游记资料汇编》，南开大学出版社，2002年版，第108页。
④ 刘克苏：《中国佛教史话》，河北大学出版社，1999年版，第242页。

经到俺那西天得这西夏国,小回回你想波!咱师傅他怎肯来到俺这里,行了些没爹娘的歹田地。"说明了唐僧的忠心。玄奘法师的生平经历可由《大唐大慈恩寺三藏法师传》得知。宋元戏文《陈光蕊江流和尚》和《西游证道书》所增第九回"陈光蕊赴任逢灾,江流僧复仇报本"等故事凭空为他增添了这一经历。它可能由《乾!子·陈义郎》改写而成。"报本"的内涵就是不忘生身之恩,尽为人子之孝道。在百回本《西游记》中,不仅唐僧常常引用《论语》、《孝经》等儒家经典,就连无父无母的孙悟空也拿孝道来劝人。可见,儒家伦理道德对小说的渗透。

第二,玄奘取经故事儒家化的主要表现在对儒家政治因素的吸纳。中国本是一个泛神论的民族,动植物甚至是石头都能成为神仙精怪,人更不用说了。因而,在中国民间信仰中,具体有多少神仙,很难说得清,要给他们排个"座次",分个大小就更加困难了。在杨景贤的杂剧《西游记》也有许多道教神仙,但是却没有明显的大小尊卑之分。百回本《西游记》却就不同了,无论是道教还是佛教的神仙佛祖菩萨职位的大小高低,都说得头头是道。譬如道教的天庭,就全然一个人间王朝。最高统治者是玉皇大帝,他还有一个夫人———王母娘娘。他还有其他亲戚,如二郎神杨戬就是他的外甥。完全如同人间帝王。大家都熟知,老子是道教的创始人,按理来说神阶应该最高,可他还得为王母娘娘的蟠桃会炼丹。其他神仙都受玉皇大帝支配,甚至还要到灵霄宝殿去上朝。这不就是把人间王朝搬到了天上吗?佛教也一样,如来佛占据着佛教的最高职位。其他佛、菩萨、罗汉都听其调遣,还要不时来到他的洞府听讲说法。就取经队伍中,师父与徒弟、师兄与师弟,等级分明,徒弟中有管开路的、挑担负责行礼的、牵马管后勤的,分工明确,只有师父是坐享其成。取经队伍的结构既像一个封建家庭,也类似于一个封建朝廷,各有执掌,也有尊卑等级。简单地说,《西游记》编织的神佛世界实际上是对人间王朝政治的照搬,是玄奘取经故事在流传过程中对儒家政治因素的吸纳,是其被儒家化的表现。

第三,玄奘取经故事的儒家化还表现在佛教故事中却以儒家的伦理是非为评判事物的准则。佛教自有是非功过,如行善、打坐、化缘等,但《西游记》故事中却同样崇尚儒家的"仁义礼智信"。如同上文所说在元人吴昌龄的杂剧中,主要表现了唐僧对唐王的忠心;在《大唐三藏取经诗话》中还以

"遇""入""过""到"为标目，如"行程遇猴行者处""入香山寺""过狮子林及树人国"等，还具有明显的游记特征，即猎奇、尚奇的痕迹。到明人杨景贤的杂剧《西游记》中，却开始转化为猴行者降妖伏怪故事了。由此，玄奘取经故事与英雄侠义故事相结合，孙行者在其中的主人公地位更显主要。如果说杂剧中的降妖故事宗教色彩还很浓厚的话，到百回本小说中，许多降妖伏怪故事已经变成了出于"仁义"之心的援手相助。最为明显的是以"仁义礼智信"来评判人物的是非曲直。如，常常评价孙悟空是"有仁有义"的美猴王。给唐僧也冠之以"忠心赤胆大阐法师"。孙悟空斥责"南山大王"说："这个大胆的毛团！你能有多少的年纪，敢称南山二字？李老君乃开天辟地之祖，尚坐于太清之右；佛如来是治世之尊，还坐于大鹏之下；孔圣人是儒教之尊，亦仅呼为夫子。你这个孽畜，敢称什么南山大王，数百年之放荡！"（八十六回）正如拙作《试论〈西游记〉中的三教合一》所说，《西游记》虽然具有明显的三教合一倾向，但其中儒、释、道三家并非平分秋色，而是"儒为立本"，其中无处不渗透了儒家的文化精神。儒家的是非标准也就是《西游记》中评判人、事的是非标准。[①]

总而言之，玄奘取经故事在流传过程中，文人的染指使其与猴子的故事联系在一起，使得情节更加丰富热闹；同时，也是他们将佛教教义、儒家的政治与文化诸因素带了进来，使它被赋予了"主义"，更好地发挥说教作用。至此，玄奘取经故事已发展为"西游记"故事，也文人化了。

三、"三教圆润"与道教教义的渗入

明人袁于令《西游记题词》中说："余谓三教已括于一部，能读是书者，于其变化横生之处而引伸之，何境不通？何通不洽？而必问玄机于玉匮，探禅于龙藏，乃始有得于心哉？"[②]清人张含章在《西游正旨后跋》中也说"窃拟我祖师托相作《西游》之大意，乃明示三教一源"[③]说明清人早就提出《西游记》表现"三教圆润"或者"三教合一"的说法。但在清代，人们一度把《西

[①] 刘克苏：《中国佛教史话》，河北大学出版社，1999年版，第29页。
[②] 朱一玄、刘毓忱：《西游记资料汇编》，南开大学出版社，2002年版，第223页。
[③] 朱一玄、刘毓忱：《西游记资料汇编》，南开大学出版社，2002年版，第339页。

游记》的著作权归于邱处机,到今天还有许多人极力证明它是道士之作。从而出现了邱处机的徒弟说;"华阳洞天主人"考证出来的陕西籍道士说等等[①]。总之,许多人认为《西游记》的最后作者肯定是道门中人。他们似乎都考证严密,言之凿凿。事实上,所谓考证也都不过是以意逆志。我们认为《西游记》中一切道教人物与故事都是猴子故事带来的。当然,最早的猴子故事似乎也与道教没有多少关系。在《大唐三藏取经诗话》中,记述很简单:

行经一国已来,偶于一日午时,见一白衣秀才从正东而来,便揖和尚:"万福,万福!和尚今往何处?莫不是再往西天取经否?"法师合掌曰:"贫僧奉敕,为东土众生未有佛教,是取经也。"秀才曰:"和尚生前两回去取经,中路遭难;此回若去,千死万死。"法师云:"你如何得知?"秀才曰:"我不是别人,我是花果山紫云洞八万四千铜头铁额猕猴王。我今来助和尚取经。此去百万程途,经过三十六国,多有祸难之处。"法师应曰:"果得如此,三世有缘。东土众生,获大利益。"当便改呼为猴行者。

对猴行者的经历语焉不详,只说他是"花果山紫云洞八万四千铜头铁额猕猴王",下文也只说"历过世代万千",再就是《入王母池之处第十一》有:"我因八十年代百风时,偷吃十颗,被王母捉下,左肋判八百,右肋判三千铁棒,配在花果山紫云洞。至今肋下尚痛。我今年定是不敢偷吃也。"有偷蟠桃的事,却无具体经过。但已与道教人物发生了联系。在《二郎神锁齐天大圣》杂剧中,"大闹天宫"的内容则更加具体:"我听知的太上老君,炼九转金丹,食之者延年益寿。吾神想来,我摇身一变,化作一个看药炉的仙童,扳倒药炉,先偷去金丹数颗,后去天厨御酒局中,再盗了仙酒数十馀瓶,回到于花果山水帘洞中,大排筵会,庆赏金丹御酒,岂不乐哉!不怕天符玉帝差,吾身忿怒夯胸怀。"在此剧中,除了主角二郎神外,还提到了元始天尊、乾天大仙、驱邪院主、巨灵神、梅山七圣、天丁神、鬼力等道教神仙。即是说,该剧完全是一部道教故事。相同之处仅仅是猴行者和齐天大圣都是猴子精。

正如上文所说,说书艺人或染指玄奘故事的文人为了丰富故事情节、吸引听众读者,将两个不相干的故事嫁接在一起,逐渐成为一个故事。从而,它就与道教人物、道教故事联系在一起了。猴子及其相关的道教故事也就成为玄奘

---

① 刘克苏:《中国佛教史话》,河北大学出版社,1999年版。

收取经故事的一部分。不一定要作者是道士才能加入道教人物与故事。

接下来要解决的问题却比较棘手,即百回本《西游记》中所出现的大量道教术语及部分诗词是从哪里来的?小说的最后编定者为什么要在佛教故事中加进道教的教义?这位编定者莫非真是道士?

事实上,今天人做出道士猜测的依据主要是作者的知识结构。即只有道士才熟悉道教相关知识,并推崇道教的神仙。但是,知识结构并不能说明一个人的身份,在明清之际三教合一思想盛行的时代,尤其是这样。翻阅道教史,我们很容易注意到明代龙门派的柳华阳。如果最初还是由"华阳洞天主人"联想,再进一步细究他的思想,也会发现:柳华阳原是僧人,后拜伍冲虚为师,著有《金仙证论》《慧命经》。他提倡仙佛合宗,曾以道释佛,以金丹释禅宗。①这些的确还符合《西游记》作者的知识结构及思想的要求。但是,在没有其他确证的情况下,我们还不能如此轻率地下结论说柳华阳就是《西游记》的最后改定者。相反,柳存仁等使用《西游记》中的道教术语来考证它与全真教的关系的推理②,我们却能找出许多反证。试举一二例说明:

(一) 前三三与后三三

的确,这是《周易参同契》《悟真篇》等道教经典中的常用术语。但是,就宋元明三朝的文人、僧侣著作中也十分常见。如宋人邹浩诗云:"红柿鸟残无此意,前三三与后三三。"③叶梦得诗云:"平生术九九,晚识前三三。"④释真净诗云:"未能真与佛同龛,且向途中息草庵。勿谓无心便休去,前三三有后三三。"⑤耶律楚材诗云:"抛梁南底个,因缘冣好参,试问助缘多少众,前三三与后三三。"⑥僧圆胜诗云:"抛梁南瓶钵,生涯共一

---

① 刘克苏:《中国佛教史话》,河北大学出版社,1999年版,第345页。
② 柳存仁:《全真教和小说西游记》,见《明报月刊》,1985年;王国光:《西游记别论》学林出版社,1990年版。
③ [明]宋邹浩,示仁仲:《道经乡集》卷十四,文渊阁四库全书本。
④ [宋]叶梦得:《游南峰寺诗并序》,见曹学佺《石仓历代诗选》卷二二八,文渊阁四库全书本。
⑤ 释真净:《滁州全椒塔院鉴上人邀宿草庵》,见曹学佺《石仓历代诗选》卷二二八,文渊阁四库全书本。
⑥ [金]耶律楚材:《万寿寺创建厨室浪著上梁文六首其二》,见《湛然居士集》卷十三,文渊阁四库全书本。

鼋。试问龙蛇今几种？前三三与后三三。"①另外，《东坡全集》《五灯会元》等都多次使用过"前三三与后三三"。这些诗人都非道士，我们由此可以说该术语并非道教专用术语。

（二）铅汞龙虎

它们是道教内丹术的核心术语。同样，它也出现在宋元明三朝的文人、僧侣著作中。《朱子语类》就有"譬如修养家之铅汞龙虎，皆是我身内之物，非外在也。"②《鹤林集》卷二十七《答游景仁书》中说："读谷神赋如龙虎要诀、铅汞密旨。"③最像道教之作的是《东坡全集》中的一段话："知此则知铅汞龙虎之说矣。何谓铅？凡气之谓铅。或趋或蹶或呼或吸或执或击，凡动者皆铅也。肺实出纳之肺为金、为白虎，故曰铅，又曰虎。何谓汞？凡水之谓汞。唾、涕、浓、血、精、汗、便利，凡湿者皆汞也。肝实宿藏之肝为木、为青龙，故曰汞，又曰龙。古之真人论内丹者曰：'五行颠倒术，龙从火里出，五行不顺行，虎向水中生，世未有知其说者也。'方五行之顺行也，则龙出于水，虎出于火，皆死之道也。"④元人陈栎说："坎离水火铅汞龙虎，虽互换有异名，实只精气二者而已。"⑤龚璛诗曰："泥途久甲子，铅汞方既济。"⑥明人郑善夫诗云："爵服既不情，铅汞亦我诬。"⑦元释念常在《佛祖通载》对龙虎、婴儿、姹女、铅汞、丹炉等都有自己的解释。难道这些著作都是道教著作？这些文人、和尚都是道士？

（三）黄婆与刀圭

在《西游记》中，黄婆与刀圭都代表沙僧。它们也都是道教炼丹术语。但是，在宋元明的著作中同样常见。《竹友集》卷二有："玉石落落不满房，黄婆居中补四方。"⑧陈渊诗云："阳明连络四友中，胃气由来处处通。但使

---

① 僧圆胜：《崇安寺重修三门上梁文》，见[金]李俊民《莊靖集》卷十一，文渊阁四库全书本。
② [宋]黎靖德：《朱子语类卷九》，文渊阁四库全书本。
③ [宋]吴泳：《答游景仁书》，见《鹤林集卷》二十七，文渊阁四库全书本。
④ [宋]苏轼：《续养生论》，见《东坡全集》，文渊阁四库全书本。
⑤ [元]陈栎：《月鼎衍义》，见《定宇集》卷五，文渊阁四库全书本。
⑥ [元]龚璛：《赋圆荷分韵得细字》，见《存悔斋稿》，文渊阁四库全书本。
⑦ [明]郑明善：《须溪除日》，曹学佺《石仓历代诗选》卷四八三，文渊阁四库全书本。
⑧ [宋]谢迈：《吴民载弃意堂》，见《竹友集》卷二，文渊阁四库全书本。

黄婆能饱饭，客邪端的不须改。"①元人吴澄《寄题医士陈氏意齐》诗云："百千万变十三科，泥古方书奈病何？看取慈亲求赤子，有如姹女籍黄婆。重轻按举精思巧，加减称停居法多。此妙不传君独得，可能纸外觅机佗。"②要是没有题目的提醒，这几句诗的确容易被当成道教炼丹诗。事实上，黄婆与刀圭在医书中使用更普遍，无须一一引证。还是在文人和佛家著作中进行举证。沈周《白云山樵歌》："……凡火不能燥，却使火龙水虎相煅炼，黄婆鼎中七七始成齐。"③李梦阳《寿见图歌》有云："丹砂我炼寻黄婆。"④王志庆《殷尧藩中元日看诸道士步虚诗》云："倘若赐刀圭药，还留不死名。"⑤宋释赞宁《进高僧传表》中有："或示刀圭，执南箕而簸扬。"⑥这些诗文也说明了黄婆、刀圭并非道教所独有的专用术语。

我们以上列举当然也不能直接说明《西游记》的最后改定者就不是道士，但是，它们却能够说明宋元明时的文人的知识结构。即，在"三教合一"已成为当时显眼的文化思潮时，无论是文人还是和尚来改编《西游记》，都不会出现对道教内丹术知识欠缺的现象。因而，在玄奘取经故事与猴子的故事联姻，道教故事已成为它的一部分后，受"三教合一"思潮影响，这位改写者按照中国古典小说的习惯，对玄奘取经故事使用道教某些术语评论是很自然的；有时还直接引用道教诗歌来做小说的留文或回首回末诗，这都不应有所奇怪。这些文字有时明显牵强附会，与正文故事不相容，它们也不能改变《西游记》故事的性质——以和尚取经故事为主的佛教小说。因此，我们认为《西游记》中的道教内容是最后附加上去的。它应该是对《西游记》的最后的加工。

结　语

《西游记》是在历史事实的基础上演义成为故事，又在民间长期广泛流传最后才定型成书的。因为它的故事原形正是一个宗教行为，它从开始就蕴涵着

---

① [宋]陈渊：《三绝句寄几先》，见《默堂集》卷七，文渊阁四库全书本。
② [元]吴澄：《寄题医士陈氏意齐》，见《吴文正集》卷九十五，文渊阁四库全书本。
③ [明]沈周：《白云山樵歌》，见《石田诗选》卷四，文渊阁四库全书本。
④ [明]李梦阳：《寿见图歌》，见《空同集》卷二十二，文渊阁四库全书本。
⑤ [明]王志庆：《殷尧藩中元日看诸道士步虚诗》，见《古俪府》卷八，文渊阁四库全书本。
⑥ [宋]释赞宁：《进高僧传表》，见《宋高僧传》，文渊阁四库全书本。

丰富的宗教文化。所以，这个历史事实在故事化的过程中，不断有宗教教义渗透。它们渗透的轨迹正好与小说的成书过程相对应。也就是说，小说原形玄奘取经故事本是佛教事迹，它被故事化以后，它本身所已蕴含了佛教的教义被有意识的突现。尤其是文人染指，强化说教意图，儒家文化全方位地渗透。道教故事的加盟是从玄奘取经故事与猴子故事联姻开始的，道教教义的渗透却是三教圆润思潮的结果，应当最晚。因此，佛、儒两家文化与小说故事已是水乳交融，不露痕迹，道教教义却只在留文与回首回末出现，与故事不大相容，往往穿凿附会，附加的痕迹明显。它便呈现为我们今天所看到的百回本。

（本文发表于《江淮论坛》2005年第3期）

兰拉成，1966年生，2006年毕业于在陕西师范大学文学院，文学博士，师从霍有明教授，现为宝鸡文理学院中文系教授。

论明清女性作家戏曲创作之艺术建构

刘军华

内容摘要：明清女性作家戏曲创作在戏曲传统艺术表现上既有继承又有突破。女剧作家们延续了明清以抒情为主流的戏曲传统，但在戏曲叙事的架构内却以其自身扮演之行动主体作为其抒情叙事的主要表现形式，不注重表现人物之间的戏剧冲突，而多利用舞台空间的虚拟转化，以舞台独白的方式来推动剧情，构建曲折有致的情节结构。在沿用梦、画、仙等舞台意象之男性戏曲创作传统时，也并不仅止于蹈袭，而从女性视角出发，赋予了此类舞台意象不同的表现内涵和审美理想。

关键词：明清戏曲；女性作家；戏曲艺术

历来对明清女性戏曲创作有一些评论，有的认为女性创作胜过男子，如王端淑评梁孟昭《相思砚》云："情深而正，意切而韵，虽梁伯龙、沈青门辈复出，亦当让一头地。"[1]又如张藻评王筠《繁华梦》云："天公翻样轻才藻，不付男儿付女儿"，"啭喉怪底谐宫徵，玉茗天池学步难。"[2]认为其戏曲创作还要高于汤显祖和徐渭。沈自徵评叶小纨《鸳鸯梦》云："绸甥作其俊语，韵脚不让酸斋、梦符诸君，即其下里，尚犹是周宪王金梁桥下之声，实可与

---

[1] [清]王端淑：《名媛诗纬初编》卷十二，见《正雅十》，清康熙刊本。
[2] [清]张藻：《繁华梦》，"毕太夫人题词"，清乾隆刻本。张藻是毕沅的母亲。

语此道者。"①赞赏了叶小纨在文字格律上的匠心独运。又如许兆桂论吴兰徵《绛蘅秋》云："虽游戏之作，亦必有一种幽娴澹远之致，溢乎行间，不少留脂粉香奁气。"②齐彦槐评吴藻《乔影》云："一卷离骚酒百杯，自调商徵写繁哀。红妆抛却浑闲事，正恐须眉少此才。"③赞赏了吴藻戏剧创作的才识。俞樾对刘清韵《小蓬莱仙馆传奇》的情节结构评云"虽传述旧事，而时出新意；关目节拍，皆极灵动"。④而今人徐扶明指出："明清女剧作家长于北曲的比较多，因为北曲适于抒发悲愤的感情，合乎她们写戏的需要；她们的剧作可供案头阅读，不适宜场上演出等。"⑤另外，叶长海认为女剧作家由于"并无沽名钓誉之愿，故而在反映某些个体情绪时，受社会污染较浅，其作品之情感就显得较为清淳、真朴而较少扭捏作态状"。⑥这些评论从一个角度反映了明清女性戏曲创作的特点，而今天我们该如何评价女性戏曲创作在明清戏曲史上的艺术成就呢？

一、"传述旧事，时出新意"的叙事艺术

明清戏曲创作中，作品呈现更多的是许多传统的思想情趣，诸如"发乎情，止乎礼义""洞房花烛夜，金榜题名时""朝为田舍郎，暮为金玉堂""文死谏，武死战""运去黄金失色，时来顽铁生辉""善恶到头须有报，只争来早与来迟"等等，这些思想仍然广为流行，为文人曲家津津乐道。因此一些戏曲结构陈套往往根深蒂固，经久不变，如风情剧中的"公子落难，一见钟情；后园相约，私订终身；小人作祟，颠沛流离；一举成名，婚庆团圆"；文人剧中的"出身贫穷，屡受凌辱；辗转失意，备尝辛苦；才华显耀，建功立业"；历史剧中的"权奸篡政，内乱外患；忠臣廷谏，贬谪边陲；前仆后继，重整朝纲"等等，无

---

① [明]沈自徵：《鸳鸯梦·小序》，见[明]叶小纨《鸳鸯梦》，明崇祯丙子序刻本。
② [清]许兆桂：《绛蘅秋·序》，见阿英编《红楼梦戏曲集》，中华书局，1978年版，第349页。
③ 郑振铎：《清人杂剧二集》，香港龙门书店，1969年影印版，第289页。
④ [清]俞樾：《小蓬莱传奇·序》，清光绪庚子上海藻文书局石印本。
⑤ 徐扶明：《明清女剧作家和作品初探》，见《元明清戏曲探索》，浙江古籍出版社，1986年版，第275页。
⑥ 叶长海：《明清戏曲与女性角色》，见《戏剧艺术》，1994年第4期，第83页。

不流露出浓厚的传统思想情趣。①但是考察现存的女性剧作，不论如王筠《繁华梦》《全福记》等二十几出的长篇，还是如吴藻《乔影》等一、二出的短制，每一部戏曲作品在选材、构思、布局等方面都并不完全循常规，而出人意表地以表达女性自我思想情趣为创作目的来结构剧作的情节与人物。

戏曲不同于诗文，其作为一种叙事艺术，首先要讲说一个故事，并以人物与事件构成不可或缺的文体要素。戏曲的叙事方式包括两个方面：一是如何构置生动感人的故事情节，二是如何展开曲折有致的情节结构。②明清女戏曲家的戏曲作品中，从其戏曲故事的本事来看，基本有三种来源。

一是来源于正史杂传、传闻野史。如马守真《三生传》，"此系马湘兰编王魁故事"③。梁小玉《合元记》、张令仪《乾坤圈》写黄崇嘏女扮男装中状元之事。姚氏与朱凤森合著《才人福传奇》④、程琼《风月亭》，演述司马相如与卓文君的爱情故事。⑤刘清韵《镜中圆》写南楚材与薛氏、赵小姐的大团圆故事，故事本于《安徽通志·烈女才媛卷》中所记薛氏之事。⑥《千秋泪》剧写县令宋兆和与名士沈嵊间的特殊情谊，而剧本源于陆次云的《沈孚中传》。⑦

二是来源于笔记、话本、小说。如张令仪《梦觉关》系据清小说《归莲梦》所编写。张令仪在《梦觉关题辞》中云："予偶阅稗官家所谓《归莲梦》者，见其痴情幻境，宛转缠绵，几欲随紫玉成烟，白花飞蝶。忽而明镜尘空，澄潭心彻，借老僧之棒，挽情女之离魂，得证无上菩提，登彼觉岸。于是芟其芜秽，编为剧本，名之曰《梦觉关》。"⑧吴兰徵《绛蘅秋》系据曹雪芹《红

---

① 郭英德：《明清传奇戏曲文体研究》，商务印书馆，2004年版，第353页。
② 郭英德：《明清传奇戏曲文体研究》，商务印书馆，2004年版，第228页。
③ [明]胡文焕编：《群音类选》卷十八，中华书局，1980年版，第929—933页。
④ [清]米凤森：《韫山六种曲》，见《才人福传奇》题词，嘉庆二十三年（1818）刻本，国家图书馆古籍部藏。
⑤ 徐扶明：《明清女剧作家和作品初探》，见《元明清戏曲探索》，浙江古籍出版社，1986年版，第271页。
⑥ 李志宏：《戏曲女作家刘清韵生平、著作考述》，见《艺术百家》，1997年第2期，第95页。
⑦ 严敦易：《刘古香的〈小蓬莱传奇十种〉》，见《元明清戏曲论集》，中州书画社，1982年版，第340页。
⑧ [清]张令仪：《梦觉关题辞》，《蠹窗文集》卷十四，清乾隆刊本，国家图书馆古籍部藏。《归莲梦》十二回，题"苏庵主人新编"，清初刻本，见《古本小说集成》，上海古籍出版社，1990年影印本。内容叙述女子白莲岸从白猿仙翁得天书，创白莲教，后助其心爱书生王昌年与未婚妻香雪团聚，自己皈依佛门之始末。

楼梦》所编写的宝黛爱情故事。刘清韵的几部剧作中，《英雄配》系据清代黄钧宰笔记小说《金壶遁墨·奇女子》所编写的杜宪英和周孝故事；①《鸳鸯梦》系据明代黄周星话本小说《张灵崔莹合传》改编；②而《丹青副》《天风引》《飞虹啸》则是据《聊斋志异》的《田七郎》《罗刹海市》《庚娘》改编。

三是出自于作家编撰。如叶小纨《鸳鸯梦》，阮丽珍《燕子笺》，林以宁《芙蓉峡》，王筠《繁华梦》，《全福记》传奇，吴藻《乔影》，何珮珠《梨花梦》，刘清韵《炎凉券》。更有一些剧作是以作家身边发生的人和事以及作家本人入戏，如有张蘩《双扣阍》③，刘清韵《黄碧签》《拈花悟》《望洋叹》三种。

明清女性戏曲创作以此为本事，然而，其故事情节并不遵循于时间推进的线性戏曲结构形式，而以空间的客观叙述性来陈述、推进故事演变过程，以追求戏曲舞台上的生活的真实。明清女性戏曲创作更多是从剧作家个人的主体性出发，敷衍和建构了戏剧情节和人物，忽略戏剧情节演进的冲突性与矛盾性，而特别注重以舞台空间的灵活转换来自由安排剧情，主要通过剧中人物的独白与动作表达人物的情感变化，揭示人物的内心世界；而女性剧作家细腻的笔法以及将自我融入剧中的表现方式，更又深切的给观众呈现了剧作角色，甚至于女作家个人隐秘的真情实感和女性的精神世界。在明清女性剧作中，女剧作家们将戏曲作为自我自由而开放的想象空间，用角色替代自我演出，躲在虚构的人物背后，却真实而热情地表达了自身的情感欲求与价值理想。正如王瑷玲在《明清传奇艺术呈现中之主体性与个体性》一文中所说，戏曲是"做为美的体现形式，是创作主体面对生命存在，依据自身价值经验所能诠解，或所冀图诠解的世界图象，将某种特定意义之存在予以艺术转化的表现，建立为一可供他人以审美方式参与体验的符号世界"④。因而，明清女剧作家们实际是以自身扮演之行动主体作为其叙事的主要表现形式，以阐释自我的生命体验为创作目

---

① [清]黄钧宰：《金壶遁墨·奇女子》，见《金壶七墨》卷三，清同治癸酉本。
② 姚克夫：《刘清韵及其〈小蓬莱仙馆传奇〉——介绍江苏近代一位女作家》，见《徐州师范学院学报》（哲学社会科学版），1981年第1期，第69页。
③ [清]张蘩：《双扣阍·自序》，见杜颖陶《记玉霜簃所藏抄本戏曲》，《剧学月刊》第2卷，第3、4两期抽印本。
④ 王瑷玲：《明清传奇艺术呈现中之主体性与个体性》，见《明清戏曲国际研讨会论文集》上册，台北"中央研究院"中国文哲研究所，1988年版，第78页。

的来展开曲折有致的情节结构。

以吴藻的《乔影》为例。《乔影》是由"仙吕入双调南北合套"共十支曲子组成，由主角谢絮才一人主唱到底。这套曲子也收在她的《香南雪北词》中，题为"南北仙吕入双角合套·自题饮酒读骚图"并署"蘋香谱"三字。剧本与词集的曲文相同，但在剧作中，由于剧本加入了"角色行当""道白"与"介"的说明，而对人物的感情变化刻画得更淋漓尽致。剧作的叙事情节很简单，在剧情的发展上没有时间的线性推进，也没有戏剧的人物冲突，而完全依靠舞台空间的转换充分展现了人物的性格和精神情感世界。

剧本女主角谢絮才由"小生"扮演，出场以男性文士装扮，比一般由"旦"扮演女性着男装，在舞台上之性别表演具有不同的意义。剧作设计的第一个舞台空间场景就是在书斋看画饮酒。在这个场景中，人物仅是因为日前"改作男儿衣履"描了小影一幅，所以今日到书斋，"玩阅一番，借消愤懑"。剧作人物用较舒缓的曲调唱出了其内心的豪情无以抒发的郁闷与无奈。通过第一个场景的感情抒发，将人物的情绪推进一步，然后用一情绪激昂的独白过渡："啐！想我眼空当世，志轶尘凡。高情不逐梨花，奇气可吞云梦。何必顾影喃喃，作此憨态！且把我平生意气，摹想一番。（立中场做介）"这时剧作自然转入第二个舞台空间场景，主角站立于舞台中央，一手执《离骚》，一手持酒杯，独自面对观众，畅想平生意气。[北雁儿落带得胜令][南侥侥令][北收江南]三首曲子把剧作推向高潮，曲中还有女主角独白："似这等开樽把卷，颇可消愁，怎生再得几个舞袖歌喉，风裙月扇，岂不更是文人韵事！"此前，女主角仅只表达生为女儿身的禁闭感受，但在[北收江南]曲中她突然表露对美人做伴春宵的愿望、对女性的风流体贴"少不得忍寒半臂一齐抛"，以及对自身过去女性生活处境的摒弃"定忘却黛螺十斛旧曾调"，而这时，女主角之精神面貌与舞台形象及剧本读者的想象都很模糊，人物亦男亦女，究竟女主角是以女性身份遐想同性情谊？还是已在心理上变化为男性，幻想美人名士的风流？还是以间接的方式表达她对男性名士的思慕？甚至几种情况同时并存？

最后，剧作通过人物谢絮才的"大笑介"道"快哉！浮一大白"和随后的"痛苦介"来慢慢收束全剧，这些几乎很少出现于传统戏曲中闺秀人物的表情动作和情绪反应，一方面意涵着女主角陶醉于想象的快乐，另一方面也表现吴藻在虚拟的舞台空间中借女主角来抒发心声，使她成为众所瞩目之焦点，也给观众留下了宽广的自由想象空间。正是这样的情节结构对人物性别与情感的多层次呈现，成为《乔影》剧作演出成功的重要因素。《乔影》曾于道光乙酉年（1825）秋，由苏州男子顾兰洲在上海某广场演出，由于演出反响很大，促成了剧本的刊刻。据刊刻者吴载功所述，他乙酉年客居上海，友人（吴藻兄梦蕉之友）出示此剧，他"读之觉灵均香草之思犹在人间，而得之闺阁，尤为千古绝调"。适巧有顾兰洲"善奏缠绵激楚之曲"，他于是将剧本交付他"广场演剧"。演出时，顾生"曼声徐引，或歌或泣，靡不曲尽意态"。而观众的反映是"见者击节，闻者传钞，一时纸贵"，于是吴载功乃将《乔影》付梓。[①]我们可以想象，当戏台上演员顾兰洲以男性身体穿戴着巾服上场，以小生声口表现的却是女性谢絮才既为佳人又为名士的气质与情志，这在观众心中必然产生男女莫辨、扑朔迷离的感受，通过舞台空间的变化，跟随人物从多角度层面体味了人作为主体的多样性。

二、舞台另类空间意象的表现与突破

艺术上虚实结合的创作方法，是中国传统美学的重要思想。戏曲通过舞台，运用虚实相生的美学原则，"把相对稳定的舞台时间、空间和不断变化的舞台时间、空间结合起来，在同一场地组织起多重性时间、空间，把不同地点发生的事件同位扮演，以此表现冲突，刻划人物，取得深邃奇绝，多边的戏剧性的效果。"[②]而在这种多重舞台时空的设计中，舞台意象的制造是对剧情、人物的有效拓展与延伸。"戏剧形式向我们显示的是我们内部生活的各种形式，而我们对一个人内心生活的洞察，只有借助于感官直觉（视、听）。主体传达内心生活，固然可以借助自身的语言、形体动作、姿态等，但是当这种生活方式已经不能准确无误地传达最隐秘、最深层的内心生活，或者当主体并不想把它们形之于外的时候，甚至当主体自身都不能意识到这种内心生活的具体

---

① [清]吴载功：《乔影·跋》，见郑振铎编《清人杂剧二集》，香港龙门书店，1969年影印1934年刊本，第301页。
② 周莎白：《戏曲舞台时间、空间的魔变》，见《江汉大学学报》，1993年第5期，第64页。

内容时，剧作家只有借助于超越自然形态的方式去表现这种内心生活，这就出现了另一种象征——表现性的舞台意象。"①

中国戏曲自明代以来，剧作中大量出现的梦、画、仙等场景就是表现性的舞台意象，这种意象的舞台再现成为作家情感表达的重要方式，在戏曲的情节构制、心理描写、人物命运结局的暗示等方面都具有重要功能。正如汤显祖曾说过"因情成梦，因梦成戏"②。剧作家在超越现实时空及社会约束的内心愿望的驱使之下，通过梦境、画像、仙人仙界的表现方式，建构出逾越正统体制与礼教规范之个人精神情感相对自由的另类想象空间。

这个传统对明清女剧作家的创作也影响深远。明清女作家在沿用男性戏曲创作传统时，并不仅止于蹈袭，而是从女性的个体生命体验出发转化传统，借以舞台意象实现抒写女性主体性的愿望，从而给我们展现了时代女性真实的内在精神世界。

（一）梦

由于梦境不受时空的限制，可以给作家留下驰骋想象的广阔天地，故同其他描写手法相比，梦境描写最为自由。它可以超越时空、跨越生死，可以表现激烈的情感活动，写极喜极悲之事、可惊可俱之情，亦真亦假、时幻时奇，可以展现人物形象的深层心理，用幻化表现被理性观念抑控的思维的真实、情感的真实。清人王希廉在《红楼梦总评》中说："从来传奇小说，多托言于梦。如《西厢》草桥惊梦，《水浒》之英雄恶梦，则一梦而止，全部俱归梦境。《还魂》之因梦而死，死而复生；《紫钗》仿佛似之，而情事迥别。《南柯》《邯郸》，功名事业，俱在梦中，各有不同，各有妙处。"③ 中国古代戏曲对梦的描写，一般有两种情况：一是全剧皆为写梦或主要情节是写梦，并以梦作为剧名。如关汉卿《西蜀梦》《蝴蝶梦》，马致远《破幽梦孤雁汉宫秋》，李开先《园林午梦》，徐渭《玉禅师翠乡一梦》，范文若《梦花酣》等等。二是剧本题名虽无梦字，但其中却有关于梦的情节，有的甚至是关系全局的重要情节，如汤显祖《牡丹亭》、王实甫《西厢记》、白朴《唐明皇秋夜梧桐雨》、

---

① 谭需生：《戏剧本体论纲》，见《剧作家》，1989年第1期，第68页。
② [明]汤显祖著，徐朔方笺校：《汤显祖诗文集》卷四六《答孙俟居》，上海古籍出版社，1982年版，第1445页。
③ 黄霖、韩同文选注：《中国历代小说论著选》，江西人民出版社，1982年版，第562页。

宫天挺《死生交范张鸡黍》、朱素臣《十五贯》等等。明清女性戏曲创作中对梦的描写，基本也属于上述两种情况，如王筠《繁华梦》，何珮珠《梨花梦》，刘清韵《鸳鸯梦》《英雄配》等。

关于戏曲"写梦"这种结构图式的精心构制，郭英德先生从梦的寓意性、梦的虚幻性、梦的短暂性等特征，阐释并论证了戏曲梦境即梦幻思维与宗教思维有深刻的思想渊源。然而，审视戏曲梦幻思维，即写梦手法的内在形式及艺术构思，则不难发现，戏曲梦的意象的制作，要以其深刻的寓意给观众展现出赋予在人物身上的作家真实的情感体验和生命感悟。如生于乾隆年间的女戏曲家王筠，在其《繁华梦》剧作里，以剧中人物王梦麟为自我化身之自述，剖白了自己的心声："闺阁沉埋十数年，不能身贵不能仙。读书每羡班超志，把酒长吟李白篇。怀壮气，欲冲天，木兰崇嘏事无缘。玉堂金马生无分，好把心情付梦诠。"① "怀壮气，欲冲天"的理想与"闺阁沉埋"的现实之间，实在有天壤之别！而构成王氏达成理想阻碍的正是当时社会对女性的禁锢，所以在《繁华梦》中作者便借用了女主角化为男子身王梦麟的梦境，享受到当时男子所拥有的身体、行动与感情的自由，她的悒郁在梦中借由"换性"得到了暂时的舒解。剧作通过梦的意象的书写，抒发了女性对于人生理想之追求，以及对男尊女卑之性别差异现实的感喟，这是作家心灵的真实写照。清道光年间何珮珠《梨花梦》杂剧也同样通过梦的意象的设计，为我们展示了女性心灵深处幽微曲折的情感渴求。

《梨花梦》剧作女主角杜兰仙出场自述，就点出自己"一帘剩梦在梨花"，并说明，"因偕婿北上，一路以来，露幌风帘，餐辛茹苦。回忆邗江与东邻诸女伴，斗草评花，修云醉月，曾有愿余为男子身，当作添香捧砚者。今日春色阑珊，余情缱绻，戏为男装小坐"。她在怀想当年闺中密友的哀怨心情下入睡，在梦中，梨花仙子出现，她的心情因而获得慰藉。此出梦的场景设计，很类同于《牡丹亭·惊梦》。《惊梦》中柳梦梅在杜丽娘"情"的感发下，手持柳枝出现，请杜丽娘题咏，而此处梨花仙子也是在杜兰仙"情思困人"时，手持梨花一枝现身，求杜兰仙惠赐佳句。两剧的梦境都是由于"相思"而生，也都是"因情成梦，因梦成戏"，然而两剧中梦的意象所蕴含着的

---

① [清]王筠：《繁华梦》第二出《独叹》，乾隆刻本。

作家的审美理想却有很多不同,这也许正是男性剧作家与女性戏曲创作必然的审美区别。

《牡丹亭》的情感基调是"相思"与"钟情"。正因为相思及钟情而必具的至情,终使主人公陷入难以自拔的境地,久思成病,终化作情思痴想的极致,一种特殊的梦意象——"相思梦"的产生。"相思梦"意象并不要求梦境中一定有相思的内容,而是通过梦境把客观世界中种种具体可感的物象转化成为神奇多彩的幻影,且经过"移情作用"赋予各种物象以深刻的蕴意。正如弗洛伊德指出:"某些在梦内容中占重要篇幅的部分在梦思中却完全不是那么一回事。而相反的情形,也屡见不鲜,一些在梦思中位居核心的问题却在梦内容中找不到蛛丝马迹。而梦就是这般地无从捉摸,由它的内容往往不足以找出梦思的核心。"[①]关于"相思梦",王立先生从文学意象角度做了这样的解释:"相思梦模式的意义价值在于其根植于人们基本的生理和心理需求,极易触类兴感,激化与泛化人们对一切美好事物的理想化渴慕追恋。"[②]因而《牡丹亭》中的梦意象实际上就表现为"情爱梦",是对人的正常生理欲望的正视与肯定。梦境中主人公那种怜香惜玉的爱惜与温存,半推半就的腼腆和主动,以及刻骨铭心的极乐体验与感受,终让杜丽娘发出"这般花花草草有人恋,生生死死随人意,便酸酸楚楚无人怨"[③]的感喟。

不同于《牡丹亭》的是,《梨花梦》中梦者是"戏为男装"的女性,而所梦者"梨花仙子"也是女性。杜兰仙为小生扮演,从她与小旦(梨花仙子)在梦中深情款款,相互欣赏怜惜的描画来看,何珮珠无疑是在重复《牡丹亭》中以梦言情的模式,梦是情的结果、情的寄托、情的深化,也是剧中人此后借以对照现实、思考人生、体认自我的媒介。然而何珮珠也同时转化了汤显祖之异性相思、相恋的想象,呈现给观众的是中国戏曲史上少见的女性心灵景观,表现了女性对女性之幽折婉曲的爱慕怜惜心理,这完全不同于人的一般意义上的生理欲求,而是女性对两性关系之外的多元情感渴求,更加突出强调的是女性的情感特质。因而,杜兰仙梦醒后唱道:"人远香留,也抵得软玉怀中里。

[①] 【奥】弗洛伊德:《作家与白日梦》,见车文博主编,孙庆民译《弗洛伊德文集》第4卷,长春出版社,1998年版,第430页。

[②] 王立:《文学意象主题史研究》,上海学林出版社,1999年版,第329页。

[③] [明]汤显祖:《牡丹亭》,人民文学出版社,1984年版,第55页。

陡想起梦中呵,樱桃微绽香肩䯻。……只留下一点苦相思,阁住在小心窝,终日里。"①她对梦中人情意缠绵,不亚于杜丽娘,只不过她是一位"厌为红粉"、已婚,且对婚姻生活充满迷惘的女子,而她的梦中人也并非是今后能在现实生活中出现并带给她理想婚姻的男性。可见《梨花梦》中对梦的意象的书写,具有颠覆主流思想如婚姻制度的意涵。何珮珠《梨花梦》以梦的意象赋予女性情感的自由与独特性,在戏曲文本空间内建构出了女性自我的主体性,并借以其精神来对抗社会强加于女性的人生处境。

(二)画

明清女性剧作中借以"画"之表现性舞台意象表达作家的内心情感也很常见,"画"的表现方式最早出现在汤显祖《牡丹亭·写真》一出中,细腻表达了青春觉醒的女子杜丽娘的青春欲望。在明清女性戏曲剧作中,吴藻《乔影》和刘清韵《镜中圆》也书写了画像情景。两剧利用画像这一舞台表现,不仅仅表达女性对自我生命的重视,凸现出的是谢絮才与薛媛的女性的自信与自负。与男作家不同是,在女作家笔下,女性画像、评画的目的不再仅是把青春美貌的外形留给后人赏鉴,而是要使女性的旷世才华,女性的自尊与自信得到后人的认可,这里所隐含的对传统主流思想的颠覆是男剧作家很少能真切地体会和表达的。

在《乔影》剧中,谢絮才自绘"饮酒读骚图",这幅图她以女儿身却换穿男儿装的方式,刻意地避开当时文化中对女子的刻板想象,自我塑造出一个独特的形象。在她的自画像中,她亦男亦女,不像寻常画中女子般拈花弄草或抚弄裙带,而是身着巾服,一手执《离骚》,一手持酒杯,俨然是秉持着男性文人们所代表的文学传统。我们可以说,吴藻刻意创造出这幅"才女饮酒读骚"的图像,为我们建构了逾越正统体制与礼教规范之精神自由的另类舞台想象空间。似乎"异化"甚至颠覆了《世说新语》所谓"名士不必须奇才,但使常得无事,痛饮酒,熟读《离骚》,便可称名士"的传统。②换言之,这幅"饮酒读骚图"除了表现剧中女才子"闲愁借酒浇"与吟《离骚》以自遣的心境之外,更是传达出作者本人与男性文学传统对话,并为自己及中国历代其他才女

---

① [清]何珮珠:《梨花梦》卷二《忆梦》,清道光刊本。
② [南朝·宋]刘义庆撰,黄征、柳军晔注:《世说新语》,浙江古籍出版社,1998年版,第326页。

寻找文学传统内定位的欲望与意图。谢絮才将这幅图挂于场上,欣赏着画中人物:"玉树临风,明珠在侧,修美长爪,乌帽青衫,好洒落也!"于是图中人物便成为谢女情感抒发的对象,一边饮酒,一边高吟李青莲诗"花间一壶酒,独酌无相亲。举杯邀明月,对影成三人",而感叹"这画上人儿,怕不是我谢絮才第一知己?"①这幅画由此成为谢絮才也即吴藻精神世界内心真实情感的形象化写照。

除了吴藻《乔影》之外,刘清韵《镜中圆》第三出《图形》亦颇具代表性。此剧不同于《乔影》之自我叙写性质,而是传述古代女性旧事,但重点同样都涉及女性自绘图像与主体性建构的关系。剧作书写人物自绘画像并题诗这一舞台场景时,以画为中心利用一系列动作、语言细腻地刻画了人物的内心世界。作者特别注意抒写的是薛媛想要唤起丈夫对她以往的爱恋,但主因并非担心成为他人眼中的弃妇,而是强化了她对丈夫仍怀有深情:"他虽薄幸,争奈我自情深!"②她的图形写真,不单是表现对丈夫的思念和内心的哀怨,同时也在一笔一笔地细描慢绘中,审视自己,唤起内心对自我的重视与怜惜。薛媛的自负、自怜、自重,就在她画完画,由二婢一执镜、一提画,并立"高处",而她则远立看镜、看画、自看的曲文中充分而明显地流露。这一幕对人物来说,具有肯定自我、重新体认自我生命存在的心理意义。自画像如同她的替身,在展现人物真情实感中占据关键性的位置,它代表着弱势女子虽微小却又不容忘却的存在,颇有对抗强大社会势力的意味。刘清韵设计出"由一变三"即人、影、画的视觉图像,把薛媛的形象及时代弱势女性的地位放高加广,无疑在画的意象空间之内展现了女性的真实处境。这里透露出女剧作家重新诠释古典时,对塑造女性自我意识,并借此凸显女性主体性的深切关怀。

(三)谪仙

谪仙是明清女性剧作中最常见的形象,她以自我定义的方式构建了戏曲表现性舞台意象的虚拟空间和想象。日本学者松浦友久对谪仙有一个界定,他认为:"谪仙人"这一观念的意象结构非常复杂,但其主要属性可以集中在下面三点:一是才能上的超越性、超俗性;二是社会关系上的客体性、客寓性;三

---

① 郑振铎纂集:《清人杂剧二集》,香港龙门书店,1969年影印1934年刊本,第297页。
② [清]刘清韵:《镜中圆》第三出《图形》,见《小蓬莱仙馆传奇》,上海藻文书局石印本,光绪二十六年庚子三月。

是言论行动上的放纵性、非拘束性。这三者相互关联，因而正好具有结构性的品格，即欠缺了哪一个都难以形成典型的"谪仙人"的形象。在这一意义上，可以说哪一个都是不可或缺的基本属性。[1]正因为"谪仙"具有这样的属性，在中国古代文学中，作家们经常将那些身上具有诗才、慧眼、洞见和专情；有着那令古今须眉望尘莫及的灵慧清雅，却又因为才情横溢而命运多舛；身处当时现实而难以言及的苦楚以及深埋心底的热烈追寻理想的女性视为女仙。就像《红楼梦》中林黛玉这一形象的"世外仙姝"性质，不但构成了其悠久而丰富的文化内涵，而且通过"下凡"与"归仙"的一番演绎，更使其成为彼岸世界中终不可及的理想，这可能正是这一形象永恒魅力的一个要素。在明清女性剧作中，女作家们同样惯于将她们笔下的人物甚或自己拟想为"谪仙"，而且有着"谪仙人"的所有属性。一方面表现自己与众不同，超出凡俗，非一般人眼中泛泛女流之辈可比；另一方面，"谪仙"所预设的最终回归仙界的可能，又意味着可以无拘无碍，从现实社会的限制中永恒地解放出来。对一些明清女戏曲家而言，仙子身份的个体独立性与能动性实际上蕴含着弥补与对抗女性在现实中的欠缺之意。现实社会中的女性个体生命没有自主权，然而，人的生命是不能无所攀附的，因此对于那些灵慧清雅、才情横溢的才女而言，面对不能把握自身命运的慢慢求索路，把自我拟想为女仙也许是她们精神自由的最好选择。叶小纨在《鸳鸯梦》结尾就安排自己与年少早逝的姊妹（纨纨、小鸾）在仙界重聚，以对应人世无常，弥补现实之恨。女仙的想象也出现在宋凌云的《瑶池宴》剧中。清末女戏曲家刘清韵在《黄碧签》与《拈花悟》中也均以"玉虚仙子"作为自我身份认同。

《拈花悟》剧作属自传性质，与叶小纨、宋凌云借由"谪仙"解释现世所遭遇之离别苦难的情况相同，但是《黄碧签》剧中作者化身为仙的意义却颇为特殊：她将自己拟想成公理正义的权威，以及乡里福祉之所系，凭借上帝所赋予的权力起死回生，重建家园。在这部剧作中，刘清韵的济世安民的社会关怀之情感透过戏剧中自我"仙子"身份的塑造，得以转化为想象的行动。由此看来，刘清韵以戏曲"褒诛惩劝，与世道人心，实有裨益"的用心昭然若揭。刘清韵强调道德并嫉恶如仇的心态也可见一斑。

---

[1]【日】松浦友久著，尚永亮译：《"谪仙人"之称谓及其意义》，《荆州师范学院学报》，2000年第1期，第28页。

除了拟想自己为仙，明清女戏曲家亦喜为自己所欣赏赞佩或同情怜惜的女性人物安排成仙的结局。如叶小纨在《鸳鸯梦》中之于姊妹、张令仪在《乾坤圈》中之于才女黄崇嘏、林以宁在《芙蓉峡》中之于侠女小涛、刘清韵在《英雄配》中之于英勇贞义的杜宪英，以及在《拈花悟》中因婚姻不幸，服鸦片自杀的婢女等。另外，晚清"嬴宗季女"作《六月霜》剧写秋瑾，亦设想她前身系"芙蓉仙子"，因而决心下凡度世，不畏牺牲，被斩首后复归仙界。明清时代，女作家们面对封建末世的苍凉，面对女性在现实人生中实践自我的艰难，面对充满限制、拘束与挫败的客观事实，她们都不约而同地通过仙界"谪仙"的想象，或塑造自我认同，或彰显女性个体生命之不朽价值，一方面为现实补恨，另一方面也为自己寻求内心的慰藉。

总之，明清女剧作家在戏曲创作中，运用梦、画、仙等表现性舞台意象所蕴含的想象自由，在剧作中呈现了女性真实的内心世界。以梦、画、仙的另类现实书写，利用戏曲涵盖了现实社会的种种可能，并借此在精神上对抗并且超越各式社会与文化体制的约束，甚至于以女性自觉的对抗姿态表达了对人生本质的无常与限制的超越。梦、画、仙作为戏曲表现性的舞台意象，虽肇始于男性戏曲家所建立的传统，然而在女性剧作家的笔下，却更多地传达出了女性的梦想与心声，真实而细腻地呈现了女性的生存实况，这正是与男性戏曲家之重要不同之处。

三、"情深而正，意切而韵"的浓郁抒情

中国戏曲是"戏"与"曲"的组合。戏曲文本抒情趣味与叙事趣味的相互交织，相互渗透，从而孕育出戏曲独特的叙事方式。[①]崇祯年间袁于令曾生动而精辟地论述了戏曲艺术的抒情性特征："盖剧场即一世界，世界只一情人。以剧场假而情真，不知当场者有情人也，顾曲者犹属有情人也，即从旁之堵墙观听者，若童子、若瞽叟、若村媪，无非有情人也。倘演者不真，则观者之精神不动。然作者不真，则演者之精神亦不灵。"[②]在戏曲创作 — 表演 — 欣赏

---

① 郭英德：《明清传奇戏曲文体研究》，商务印书馆，2004年版，第228页。
② [明]袁于令：《玉茗堂批评焚香记序》，见[明]王玉峰《焚香记》卷首，古本戏曲丛刊编委会(1954)影印本。

这一过程中，情感的交流和感应始终占据着中心地位，抒发真情既是艺术表现的内容，又是艺术传达的媒介，更是艺术自身的灵魂。明清女性戏曲创作，也是继承明清以抒情为主流的戏曲传统，在戏曲叙事的架构内书写自我身世，或借他人酒杯，浇己之胸中块垒，从而寄托自我之幽微或强烈的情感。谭正璧先生在《中国女性文学史话》叙论中有过这样一个论断："每个著名的女作家的身世都带有浪漫的意味，仿佛她们本身就是一篇绝妙的文学篇章，而她们的作品又是她们身世的写照。"[①]女性剧作家们即是如此。她们笔下的女性人物往往就是她们自身形象、自身情感的外化。女性剧作家们通过其剧作抒发内心奔流不息的感情，在梦幻般的艺术思维的激发下，创造出了虚幻而神奇的抒情艺术境界，并在这种艺术境界里，凝聚着她们深厚的情感精神。

明清女戏曲家们的剧本创作总是带着这样浓郁的抒情表白着她们真实的情感和真实的生活，通过富有真情的形象体现着戏曲的思想内蕴，书写着她们的身世。《鸳鸯梦》中三才子昭綦成、蕙百芳、琼龙雕，就是叶纨纨（字昭齐）、叶小纨（字蕙绸）、叶小鸾（字琼章）三姊妹的化身。《梨花梦》中杜兰仙、梨花仙子、藕花仙子，就是作者何佩珠和她的两个姐姐浣碧、吟香的化身。《乔影》中的谢絮才，就是作者吴藻的化身。刘清韵的《黄碧签》中玉虚仙子，疑即其自寓，其夫则为守真子梦华。剧中夫妇的往来唱和不能不说就是刘清韵对自身平日生活的描摹。可见，女性剧作家们躲在人物的背后，化用剧中人物作为戏曲的抒情载体，抒发着自己的情感，表达着女性真实的生命体验。因而，明清女性剧作中利用剧中人物大段大段的唱词和独白来代作家立言的抒情方式，使剧作人物和作家的主观感情合一，从而淋漓尽致地表达了人内心的各种情感，造成强烈的审美效果。

以叶小纨《鸳鸯梦》为例，剧本创作深受吴江派戏曲家的影响，既合律依腔又情辞清丽。剧作时写仙道，时写梦境，时写雨中的思念，时写"兄弟"之间超越生死的感情，将现实与梦幻相结合，使情与景相交融，再加上她特有的女性的感伤多情与缠绵悱恻，使剧本具有较强的艺术感染力。在第一出中，小纨借蕙百芳之口，以浓郁的抒情、大段的唱词道出了三人相知相得、把酒言欢、无话不谈的场景，写得逸兴横飞，似乎是再现午梦堂姊妹的欢聚情形，为

---

① 谭正璧：《中国女性文学史话》，百花文艺出版社，1984年版，第21页。

下面悲剧情感的出现张本。在凤凰台上,作者让三位才子感发了与李白同调的慨叹,浮云蔽日,千古才士皆有宝剑尘埋、"有志难骋"的悲哀。这段吊古抒怀的感伤氛围,为下面琼、昭的悲剧结局做了铺垫。终于,西风吹断并蒂莲的噩梦应验了。在得知琼飞玖的死讯,作者悲伤的感情凝聚到不吐不快的程度,用大段唱词唱道:

[太平令]天不佑斯文年少,地偏埋玉树琼瑶,絮叨叨难诉天知道,眼盼盼逐一灵缥缈。心摇,气敲,泪飘,唤不应转添烦恼。

[七兄弟]想着你春朝,引酵,想着你秋雨话连宵,读书时并桌将灯照。常时千古共相嘲,从今一往谁同调?

[梅花酒]业数已难逃。多应天忌才高,使他颜回寿夭。我两眼羞将尘世瞧。对西风形影吊,赋楚些也难招。

[收江南]呀!你宗之潇洒俊丰标,风前张绪柳丝飘,今已后斜阳衰草卧荒郊。

无分暮朝,这凄凉幽恨几时消?①

四首套曲一气呵成,几乎没有用任何衬字,这在杂剧中是不多见的。接着第一首曲子的呼天抢地,作者连用两个"想着你"排比句式,不仅是抒发剧中人的哀情,更是小纨对姐妹突然亡故的沉痛哀悼。尤其是正在"想着你秋雨话连宵,读书时并桌将灯照",想着游赏凤凰台的聚会,正在憧憬着与兄弟"何当共剪西窗烛,却话巴山夜雨时"的时候,琼飞玖的噩耗就传来了。在剧中,他们没有共桌夜读书的场景,而是小纨对自我生活的回忆和留恋,写到忘情处,连作者也分不清哪里是剧情,哪里是人间真情了。

《鸳鸯梦》以其情感渲染的力度,可称为极工雅之抒情诗剧。吴梅先生在《中国戏曲概论》卷中评曰:"叶小纨《鸳鸯梦》寄情棣萼,词亦楚楚。惟笔力略孱弱,一望而知女子翰墨,第颇工雅。"②

谭正璧先生在《中国女性文学史话》中也指出了女性创作长于抒情的特点,"中国女作家偏富于艺术性、音乐性,诗体原本即是她们的思无障碍和最适性的书写方式。"③女剧作家们很自然地在作品中运用诗词淋漓尽致地抒

---

① [明]叶小纨:《鸳鸯梦》第三出,明崇祯丙子序刻本。
② 吴梅著,冯统一点校:《中国戏曲概论》,中国人民大学出版社,2004年版,第164页。
③ 谭正璧:《中国女性文学史话》,百花文艺出版社,1984年版,第20页。

情,这就使得她们的戏曲作品常常是抒情性多于戏剧性。如《繁华梦》中,王氏梦醒后感慨而作《满江红》词,酣畅淋漓地倾吐她的悲愤。

何佩珠的《梨花梦》卷四《悲秋》中,作者用了大段婉转蕴藉的独白抒发了女主角杜兰仙对梦中仙子的苦苦思念之情。但《梨花梦》的抒情特质,使剧作缺乏戏剧性特征,因而严敦易先生评价《梨花梦》云:"何珮珠《梨花梦》,这是一个白日梦,是一个纤弱细致的幻想,反映一个少妇内心的呻楚与哀愁,但不是一个故事,更不是一篇戏剧。"①

吴藻的《乔影》亦是如此。剧中只有谢絮才一个人物,既无故事,也无穿插,只是通过套曲充分抒情,呈现自我的内心世界。冯沅君在《记女曲家吴藻》一文中就指出,《乔影》"是作者的富有诗意的自白"②。其中最有名的[北雁儿落带得胜令]诸排句不仅豪放慷慨,而且跌宕有致,借用了历史上诸多奇人异士的想象和传说,看似远远脱离实际,但它们所代表的是到达极致的自由,充分展现了人物个性,具有强大的反传统的力量和深刻的哲理性。

由于女剧作家的剧作以抒情见长,作者在文辞上颇费工夫,从而使剧作诗化气息浓郁而文采焕然。她们或以豪放为风,如叶小纨、吴藻等长于北曲,抒发的多是悲愤之情;或以幽婉见长,如何珮珠《梨花梦》,缠绵悱恻,情致颇有不同。然而她们又都以自然为美。正如俞樾评刘清韵剧作所言:"至其词,则不以涂泽为工,而以自然为美,颇得元人三昧。视李笠翁《十种曲》,才气不及,而雅洁转似过之。"③

明清女剧作家多数把展现女性的心理世界和情感生活当作创作的直接目的,因而明清女性剧作多以其自然真切的文辞,以她们的细致深婉或豪放跳脱的抒情方式,为中国戏曲传统涂抹上一种别样的颜色。

刘军华,1971年生,2007年毕业于陕西师范大学文学院,文学博士,师从霍有明教授,现为陕西师范大学文学院副教授。

---

① 严敦易:《何珮珠的〈梨花梦〉》,见《元明清戏曲论集》,中州书画社,1982年版,第302页。
② 冯沅君:《记女曲家吴藻》,见《古剧说汇》,《民国丛书》第二编69,第377页。
③ [清]俞樾:《小蓬莱仙馆传奇·序》,光绪庚子上海藻文书局拓印本。

明清士人园林戏场与戏曲的生态变迁

董 雁

内容摘要： 自明代万历年间始，盛行于宋元的勾栏剧场归于沉寂，城市演剧转入私人化、小众化的园林戏场之中。士人园林戏场并非严格意义上的剧场，演剧场所可依观赏者的条件和要求随处作场，园林中的厅堂、庭院、露台、亭榭等胜境是士人观演戏曲的首选场所。明清士人园林虽为私人所有，但并非完全封闭，士人通过园林社交活动，超越了园林的空间限制，建立起一个属于士人自己的戏曲文化圈，这对明清戏曲的去俗复雅及其生态变迁意义重大。

关键词： 明清；士人；园林戏场；昆曲；文化生态

明清时期是中国戏曲继宋元之后又一个黄金时期。与宋元勾栏演剧不同的是，明清士人园林化为戏曲生态的资源和标记参与了戏曲艺术的构建，这一戏曲史景观有着值得追索的特殊意义。本文即探讨明清士人园林戏场的兴起、具体形态及其对戏曲生态变迁的意义，使园林添设于戏曲史的价值与作用获得一种学术性的解读与阐释。

一、勾栏剧场的沉寂与园林戏场的兴起

宋元时期，中国戏曲进入到成熟阶段，北方的杂剧首当其冲，最为引人注

目。随着城市商业文化的勃兴，勾栏经营者开始运作杂剧的创作与演出，于是杂剧有了专门化的演出场所——勾栏剧场，北杂剧正是在宋元时期的勾栏剧场中成长壮大起来的。

最早的勾栏剧场是在北宋汴京、洛阳一带的"瓦舍"（或称"瓦肆""瓦市""瓦子"）之中。"瓦舍"之意，据南宋耐得翁《都城纪胜》载："瓦者，野合易散之意也。"[1]吴自牧《梦梁录》做了进一步的解释："瓦舍者，谓其'来时瓦合，去时瓦解'之义，易聚易散也。"[2]瓦舍内设有若干勾栏，供来自四方的艺人卖艺作场之用，其中包括杂耍、魔术、角抵、马戏、歌舞、说唱、戏曲等民间伎艺。孟元老《东京梦华录》中提到，北宋汴京城中东角楼街巷一带"最是铺席耍闹"，也是瓦舍最为集中的地区，"其中大小勾栏五十余座"。[3]除了汴京，其他城邑的瓦舍中亦是勾栏荟萃，十分热闹。据元夏庭芝《青楼集志》载"内而京师，外而郡邑，皆有所谓勾栏者，辟优萃而隶乐，观者挥金与之"。[4]

勾栏剧场为全封闭式棚木结构建筑。一面有门，供观者出入，门口贴有告示戏目的帖子、纸榜，勾栏内设戏台、戏房、神楼和腰棚。戏台通常高出地面，台口围以栏杆，戏台与戏房之间用板壁、屏风或台账相隔。从戏房通向戏台的上下场门称为"鬼门关"，意即"所扮者皆是以往昔人"[5]。观众席设在戏台的对面和两侧，三面围观，分别称为"神楼"和"腰棚"。元代无名氏《蓝采和》第一折写道："先生，你去那神楼上或腰棚上那里坐。"[6]这里的神楼指勾栏中设在戏台对面的看台，腰棚指戏台两旁的看棚。如此形制的勾栏，正可称为古代最早的剧场。

及至明初，于宋元时兴盛一时的勾栏剧场却日渐消歇，究其原因，应与明初官方戏曲政策的钳制有关。太祖朱元璋自开朝起，即承袭汉代以来的传统，

---

[1] [南宋]耐得翁：《都城纪胜》，见[南宋]孟元老《东京梦华录》，上海古典文学出版社，1956年版，第95页。

[2] [南宋]吴自牧：《梦梁录》卷十九，见[南宋]孟元老《东京梦华录》，上海古典文学出版社，1956年版，第298页。

[3] [南宋]孟元老：《东京梦华录》卷二，上海古典文学出版社，1956年版，第14页。

[4] [元]夏庭芝：《青楼集志》，中国戏剧出版社，1990年版，第43—44页。

[5] [明]朱权：《太和正音谱》，见《中国古典戏剧论著集成》第三集，中国戏剧出版社，1959年版，第54页。

[6] 隋树森：《元曲选外编》，中华书局，1959年版，第971页。

将维护质朴淳厚的社会风尚视为攸关兴亡之要事,对秽嫚鄙亵的胡元之俗以法律的形式加以严格限制。洪武六年（1373）二月,太祖发布了禁止优戏渎嫚圣贤的诏令:"诏礼部申禁教坊司及天下乐人,毋得以古圣贤帝王、忠臣义士为优戏,违者罪之。"[①]洪武三十年（1397）五月刊刻的《大明律》规定:"凡乐人搬做杂剧戏文,不许粧扮历代帝王、后妃、忠臣、烈士、先圣、先贤、神像,违者杖一百","凡官吏宿娼者,杖六十。媒合人,减一等。若官员子孙宿娼者,罪亦如之,附过,候荫袭之日,降一等,于边远叙用"[②]。这些律令不但特别强调民间搬演戏曲触犯律令时的刑责,同时警告那些士大夫之家不得狎妓留宿。另据顾起元《客座赘语》记载,永乐九年（1411）七月初一日,刑科署都给事中曹润等奏:"今后人民倡优装扮杂剧,除依律神仙道扮,义夫节妇,孝子顺孙,劝人为善,及欢乐太平者不禁外,但有亵渎帝王圣贤之词曲、驾头、杂剧,非律所该载者,敢有收藏传送、印卖,一时挈送法司究治。"[③]可以看出,直至永乐年间,明廷的戏曲政策仍十分苛刻,对演出内容有严格的限制。

明代中叶以后,随着明廷律令日渐松弛,搬演戏曲的情形大为改变。明人张瀚在《松窗梦语》中记录当时富贵之家搬演戏曲的情况:"二三十年间,富贵家出金帛,制服饰、器具,列笙歌鼓吹,招至十余人为队,搬演传奇。好事者竞为淫丽之词,转相唱和,一郡城之内,衣食于此者,不知几千人矣。……虽逾制犯禁,不知忌也。"[④]明人管志道提及当时士大夫之家演剧之风有伤风化,要求后代子孙家宴勿张戏乐,据其《深追先进遗风以垂家训议》载:"惟今之鼓弄淫曲,搬演戏文,不问贵游子弟,庠序名流,甘与徘优下贱为伍,群饮酣歌,俾昼作夜,此吴越间极浇极陋之俗也。而士大夫不以为怪,以为此魏晋之遗风耳。"[⑤]可见随着禁令的废弛,明中叶以后演剧之风已在士阶层普遍盛行,而对于律令所规限的演出内容,自然也会有所僭越。

然而,盛行于宋元的勾栏剧场进入明季却逐渐归于消歇,明代中叶以后有

[①] [明]姚广孝:《明太祖实录》第七十九卷,江苏国学图书馆传抄本。
[②] [明]刘惟谦:《大明律》,见《续修四库全书》史部政书类第862册,上海古籍出版社,2002年版,第601、597页。
[③] [明]顾起元:《客座赘语》卷十,中华书局,1987年版,第347页。
[④] [明]张瀚:《松窗梦语》卷七,上海古籍出版社,1986年版,第122—123页。
[⑤] [明]管志道:《从先维俗议》卷五,见《四库全书存目丛书》子部第88册,齐鲁书社,1997年版,第464—465页。

关勾栏剧场的记载今已难以见到,可见那时它已趋近绝迹,其绝迹的原因应与北杂剧的衰落有关。在明初官方戏曲政策的钳制之下,北杂剧一直未能再度复兴,取而代之的是南戏的崛起。明嘉、隆以后,随着新政权的巩固,中原正统意识逐渐淡化,人们改变了北方的文化风习,步趋南方文化,南戏凌而上之,大有取代北杂剧正统地位的趋势。明人王骥德所称"北词变为南曲,易忼慨为风流,更雄劲为柔曼,所谓地气自北而南"[①],代表明嘉、隆以后随着江南声华文物之发达,江南士人越来越具有文化上的自信。另一方面,江南士人在新政权中已渐居主要地位,他们的趣味与喜好带动整个社会文化的更新与流行。如撰于嘉靖三十六年(1557)的张羽《古本董解元西厢记序》云:"今之缙绅先生,既多南士,渐染流俗,异哉所闻,故率喜南调,而吴越之音靡靡乎不可止已。"[②]士人对南戏产生浓厚的兴趣,越来越多的士人涉猎传奇创作,"风声所变,北化为南,名人才子,踵《琵琶》《拜月》之武,竞以传奇鸣,曲海词山,于今为烈"[③],在士阶层演剧之风的主导下,明代中后期的剧坛呈现南戏声腔竞演和文人传奇创作日盛的局面。在勾栏日渐沉寂、戏园尚未形成的城市中,南戏诸腔大多在私家的华堂园林中搬演,商业闹市中的勾栏剧场自此渐行渐远,进而湮没不闻了。

二、明清士人园林戏场的具体形态

园林演剧异于其他演剧形态,体现了士阶层特有的戏曲审美和趣味,而此种审美和趣味,又是借士人园林这个空间得以实现。园林戏场并非严格意义上的剧场范畴,而是士阶层闲暇之余用来社交、庆典、雅玩、清赏的演剧场所。明清时期,士人兴造私家园林蔚成风气,园林建成后,他们常常选择园林中的厅堂、庭院、露台、亭榭等场所来度曲演剧,尽量避免在市肆酒楼与市井之人杂处,其中蕴含着士庶、雅俗有别的身份确认和文化认同。明人王骥德即言度

---

① [明]王骥德:《曲律·自序》,见《中国戏曲论著集成》第四集,中国戏剧出版社,1959年版,第49页。
② [明]张羽:《古本董解元西厢记序》,见朱平楚注译《西厢记诸宫调注译》,甘肃人民出版社,1982年版,第354页。
③ [明]沈宠绥:《度曲须知》,见《中国戏曲论著集成》第五集,中国戏剧出版社,1959年版,第198页。

曲演剧最理想的场所应是"华堂、青楼、名园、水亭、雪阁、画舫、花下、柳边"①，这代表了明清士人共有的生活情调与审美趣味。

（一）社交类：园林厅堂戏场

私家园林中的厅堂乃连接室内与室外的中间地带，带有接待宾客的社交性质，并不特意为演剧而造，但因其相对宽敞，且有景可借，若以小桥流水为远景，以亭台水榭为近景，不出厅堂即得山林之乐，故成为园林中最常见的顾曲演剧之所。像申时行乐圃中的"赐闲堂"、邹迪光愚公谷中的"蔚蓝堂"、祁彪佳寓山园中的"四负堂"、阮大铖石巢园中的"咏怀堂"、冒辟疆水绘园中的"寒碧堂"等，均为顾曲演剧的绝佳胜处。

因士人园林演剧常与社交娱宾相结合，故常常选择在华灯初上的夜宴上进行。园林厅堂式戏场的出现，为夜晚演剧提供了有利条件。明月之夜，于静谧的园林中，月光或照在窗棂石阶上，或泻在花林树梢上，加上园中富有美感的景观作为背景，于此胜境中观剧，自是一种别样的赏心乐事。演出时，于厅堂梁枋下悬挂大型宫灯，堂中灯火阑珊，堂外夜色深沉，主宾聚坐厅堂之上，视角均聚焦于伶人的表演，明与暗、闹与静、曲境与园境交融合一，让夜晚的演出平添了几分迷人的魅力。余怀《鹧鸪天·王长安拙政园宴集观家姬演剧》之二云："惊梦杳，舞灯明，疏桐缺月挂三更，温柔乡里神仙降，十斛真珠满地倾。"②陈维崧《望江南·寄东皋冒巢民先生并一二旧游》之三云："如皋忆，记坐得全堂。几缕椒鸡闲说饼，半罂花露静焚香。弦索夜怅怅。"③这些观剧诗词均描述了明月之夜园林厅堂演剧的独特情境。

园林厅堂没有戏台，演剧时可于堂中划出一方区域，地上铺上红色氍毹当作舞台。氍毹是一种有一定厚度、印有图案的地毯，伶人在地毯上进行表演，故而"氍毹"往往作为厅堂戏场的代称。清康熙年间孔尚任在其《桃花扇》第四出"侦戏"，借杨文骢的访问，描绘了阮大铖石巢园"咏怀堂"中的氍毹演剧：

---

① [明]王骥德：《曲律》卷四，见《中国戏曲论著集成》第四集，中国戏剧出版社，1959年版，第182—183页。

② [清]余怀：《玉琴斋词》，见《续修四库全书》集部第1724册，上海古籍出版社，2002年版，第80页。

③ [清]陈维崧：《迦陵词全集》卷一，见《续修四库全书》集部第1724册，上海古籍出版社，2002年版，第183页。

（末巾服扮杨文骢上）……（进介）这是石巢园，你看山石花木，位置不俗，一定是华亭张南垣的手笔了。（指介）【风入松】……"咏怀堂，孟津王铎书"……（下看介）一片红毹铺地，此乃顾曲之所。草堂图里乌巾岸，好指点银筝红板……①

"咏怀堂"内红氍毹铺地，正是阮大铖与宾客欣赏家乐表演的场所。万历刊本《麒麟记》《还魂记》、富春堂本《玉玦记》、墨憨斋重订《量江记》等均配有园林厅堂中氍毹式的戏曲表演的插图。

园林氍毹演剧典型地体现了中国戏曲表演随处做场的特点，直至清初仍十分流行。清康熙年间聚秀堂原刻《西堂余集》本中载有《草堂戏彩图》，图中九名伶人正在尤侗"看云草堂"氍毹上演出《钧天乐》传奇；清乾隆年间宫廷画家徐扬所画《姑苏繁华图》中绘有吴泰来"遂初园"轩厅聚宴演出名剧《白兔记》的场景，厅堂氍毹上正在上演《麻地》一出。可见，氍毹演剧实乃明清士人园居生活中习常的风雅艺事。

（二）庆典类：园林庭院戏场

园林厅堂虽可演剧，毕竟空间有限，场地较为促狭，故士人之家常常利用厅堂台阶下四合院的结构特点来扩大表演空间，以此满足较大规模的演剧需要。演出时，艺人在厅堂台阶下的庭院中表演，主宾则在厅堂里宴饮观剧，东西厢房可作为戏房或供家中女眷垂帘观戏。明崇祯刊本《荷花荡》传奇中有一幅"戏中戏"的插图，反映的即是园林庭院的演剧场景。《金瓶梅词话》第四十三回写道："阶下戏子鼓乐响罢，乔太太与众亲戚又亲与李瓶儿把盏祝寿。"②这亦是园林庭院戏场的演出情形。

遇到吉祥庆典或祀神还愿等隆重大型的宴会，士人之家还常常要在庭院里扎彩棚宴宾唱戏。《歧路灯》第七十七回谭绍闻添子，盛希侨吩咐管家"到明日扎彩台子，院里签棚张灯结彩，都是你老满的事"③。《金瓶梅词话》第六十三回写西门庆为李瓶儿办丧事，在院子里搭棚唱戏，吩咐人将厅堂外的院落变为搭有彩棚的宴宾演出场所，而厅上则垂下帘，用来安置家眷隔帘观

---

① [清]孔尚任，王季思、苏寰中校注：《桃花扇》，人民文学出版社，1958年版，第30—31页。

② [明]兰陵笑笑生，陈诏、黄霖注释：《金瓶梅词话》第四十三回，香港梦梅馆，1993年版，第527页。

③ [清]李绿园：《歧路灯》第七十七回，华夏出版社，1995年版，第504页。

剧。①这正是利用四合院的结构特点来演剧。

此外，利用正厅供主宾宴饮观剧，而把正厅对面的对厅拆去格子墙板作为戏场，也是园林庭院演剧的常见形式。《歧路灯》第十九回再现了此中情形："把箱筒抬在东院对厅，满相公叫把格子去了，果然只像现成戏台。"②《儒林外史》第四十九回写秦中书宴请万中书等人观戏，正坐于正厅往外看对厅里的表演，官府从对厅过来抓万中书，一时间"众人都疑惑：'《请宴》里从没有这个做法的！'"③在对厅里演出，对厅的一部分可作为戏房，紧邻对厅的厢房亦可作为戏房或供家中女眷坐观演剧。

"补园"中的园林庭院戏场被完整保存着。清末苏州儒商张履谦酷嗜昆曲，于拙政园西边的荒废之处建造"补园"，园中"亲仁堂"则是张履谦专门为顾曲演剧而设计建造的。据张岫云《补园旧事》记载："大厅前有天井，张履谦特意在中间部分加棚盖，并设有栏杆、地板，可兼作演出昆曲的舞台用。大厅两边楼上隔墙有可拆木板，演出时是最好的包厢。……大厅两边有一对小方厅，都是昆曲习曲的好场所。"④补园"亲仁堂"的例子表明，清代园林厅堂演剧已开始由随处作场走向场所固定化。

（三）雅玩类：园林露台戏场

园林中的露台也是较为常见的顾曲演剧之所。只要露台相对平整，能为观演者提供足够的空间，即可作为戏场来演剧，因此最能体现士人园林演剧随处作场的特色。园林露台的最大特色是处处有景可借，如拙政园"远香堂"前的露台，以"雪香云蔚亭"为背景，坐于堂中观剧，亭榭及四周景致可尽收眼底；留园"林泉耆硕馆"后的露台，也以"冠云峰"和"浣云沼"为背景来顾曲演剧。此外，网师园"殿春簃"、怡园"藕香榭"前的露台，亦可作为戏场。

明清园林演剧之风既盛，士人在建造露台时自然会考虑顾曲演剧的需要。许自昌"梅花墅"中，就专设露天石台供演剧之用，据钟惺《梅花墅记》记：

---

① [明]兰陵笑笑生，陈诏、黄霖注释：《金瓶梅词话》第六十三回，香港梦梅馆，1993年版，第826—830页。
② [清]李绿园：《歧路灯》第十九回，华夏出版社，1995年版，第132页。
③ [清]吴敬梓：《儒林外史》第四十九回，人民文学出版社，1958年版，第511页。
④ 张岫云：《补园旧事》，古吴轩出版社，2005年版，第67—69页。

"入得全堂,堂在墅中最丽。槛外石台可坐百人,留歌娱客之地也。"[1]李渔在其"芥子园"中也特设露天歌台,并题写一联"休萦俗事催霜鬓,且制新歌付雪儿",这歌台即是李渔用以教习家乐或闲常顾曲的场所。明万历顾曲斋刻本《古杂剧》中收录有《梧桐雨》露台式戏场插图,形象地记录了当年园林中露台戏场的形制及演剧场景。

士人造园以寄托雅兴,并非满足一时之需,故建造时多考虑到不同时令季节的审美需求。作为露天戏场,园林露台演剧于季节气候上颇有讲究。春季万物复苏,花木葱茏,易于滋生闲情逸致,最宜赏花雅聚,于花间樽前,自然少不了清歌妙曲的助兴。明人梁辰鱼有诗云:"泽国春深花事多,艳词都付雪儿歌。"[2]所写即是春日里在友人园林中赏花听曲的情形。秋季虽萧瑟清冷,然在秋高气爽之日,同样可在露台演剧。余怀《寄畅园闻歌记》所载即是秋日"寄畅园"露天戏场赏曲:"太史留仙则挟歌者六七人,乘画舫,抱乐器,凌波而至。会于寄畅之园。于是天际秋冬,木叶微脱;循长廊而观止水,倚峭壁以听响泉。"[3]冬季园林露台演剧亦颇有意境,清乾隆间彭启丰曾在"网师园"饮酒征歌,并赋有一诗:"试灯佳节卷晶莹,把盏征歌韵事兼。梅圃雪飘封玉树,冰池云散露银蟾。星桥乍架春初转,画舫新移景又添。漫听村南喧鼓吹,家家竹马驻茆檐。"[4]诗中所描述的即是冬季赏雪观剧的诗情画意。总之,士人园林四时皆有美景,露台四季皆可演剧,不同的风物景致随季节迁移变换着戏场的背景,观剧时可根据剧情需要,令曲境与园境达到最完美的交融合一。

(四)清赏类:园林亭榭戏场

尽管园林厅堂、庭院、露台方便实用,但它们仍不能满足士人戏曲审美的需要,士人往往利用水畔的亭榭来随处作场,顾曲演剧。园林中,亭榭兀立水中,四下曲水环流,林木掩映,是士人教习家乐、顾曲演剧的绝佳胜处。

---

[1] [明]钟惺著,李先耕、崔重庆标校:《隐秀轩集》卷二十一,上海古籍出版社,1992年版,第351页。

[2] [明]梁辰鱼:《春夜高瑞南宅赏牡丹听歌姬次韵三首》,见吴书荫编集校点《梁辰鱼集·鹿城诗集》卷二十八,上海古籍出版社,1998年版,第340页。

[3] [清]张潮:《虞初新志》卷四,文学古籍刊行社,1954年版,第57页。

[4] [清]彭启丰:《戊寅岁元夕网师园张灯合乐即事》其一,《芝庭诗稿》卷十一,见《四库未收书辑刊》集部第9辑第23册,北京出版社,2000年版,第707页。

王挺《冒巢民先生五十寿序》记冒辟疆"水绘园"的亭榭演剧："水绘庵之胜，林木掩映，亭榭参差，曲水环流，山亭独立，尝于其中高会名流，开樽张乐。"①晚清扬州"何园"四面为水环抱，园西水池中筑有水亭，水池四周建回廊，那水亭便是演剧的场所，而长廊则是观戏的看台。陈从周先生写扬州何园水亭戏场："池东筑水亭，四角卧波，为纳凉拍曲的地方。此戏亭利用水面的回音，增强音响效果，又利用回廊作为观剧的看台。"②于水畔建造亭榭乃江南士人园林的特色。江南自古乃水乡泽国，清澈灵秀的江南之水与士人在精神和艺术上追求的某种品格特别契合，故而水畔亭榭始终是士人理想的度曲演剧之所。朝飞暮卷之日，池中倒映的云霞翠轩甚为绚烂；雨丝风片之时，烟波水亭中游动着伶人袅娜的身姿。于此，园与曲、实与虚、景与情的交融合一得到完美展现。明人祁彪佳在赠予袁于令的诗中曰："一曲栏干傍水家，吴歈琢出付红牙。高鬟越女开帘听，湿尽新裁杏子纱。"③清周光炜《游瞿氏网师园》其二曰："翡翠楼三面，琉璃水一方。草熏栏槛碧，花晕管弦香……"④在此观剧赏曲，穿林渡水而来的不仅仅是清丽悠扬的乐音，还有林泉间的诗情画意，自然使观剧者心旷神怡。

"何必丝与竹，山水有清音"，园林中的流水之音即是自然的清音妙曲，且适宜乐音的传播。明清士人无疑深谙个中情趣，所以江南园林中常见临水的亭榭，在其立基时多少会考虑顾曲演剧的因素。李流芳记许自昌"梅花墅"的水榭戏场："暇则辟圃通池，树艺花竹，水廊山榭，窈窕幽靓，不减辋川平泉。而又制为歌曲传奇，令小队习之，竹肉之音，时与山水映发。"⑤补园"三十六鸳鸯馆"为昆曲戏场，与专门用来顾曲观剧的"留听阁"隔着一潭池水，其他像网师园的"濯缨水阁"也兼具演剧的功能。

综上所述可见，明清园林演剧的场所在选择上较为随意，可依观赏者的

---

① [清]冒襄：《同人集》卷二，见《四库全书存目丛书》集部第385册，齐鲁书社，1997年版，第52页。
② 陈从周：《扬州园林》，香港三联书店，1983年版，第6页。
③ [明]祁彪佳：《赠袁凫公》其二，《远山堂诗集》，见《续修四库全书》集部第1385册，上海古籍出版社，2002年版，第261页。
④ [清]周光炜：《红蕉馆诗钞》，清道光刻初印本。
⑤ [清]李流芳：《檀园集》卷九，见《文渊阁四库全书》集部第1295册，上海古籍出版社，1989年版，第375页。

条件和要求随处作场，演出规模亦可视具体情况进行选择与安排。相对而言，园林中的厅堂、庭院戏场较为正规，可配合庆典、宴宾的需求演出剧曲，追求的是奢华、热闹；而露台、亭榭戏场较为随意，可适应士人清赏的需要演唱清曲，讲究的是氛围、情调。从厅堂氍毹到庭院戏场，从露天戏台到水畔亭榭，丝竹之声、清歌妙曲流响于园林之中，与宛若自然的风物景观一道，构成了明清园林戏场的独特情致。由此，明清士人园林化为戏曲生态的资源和标记参与了戏曲艺术的构建，戏曲的嬗递演进深刻地融入士人园林文化之中。

三、士人园林戏场与戏曲的生态变迁

从勾栏剧场到园林戏场，从北杂剧到南戏，戏曲在其文化生态发生明显变化的同时，始终循着"去俗复雅"的趋向嬗递演进。由上述园林戏场的具体形态可以看出，与鸣鼓聒天、喧嚣热闹的市井勾栏不同，园林戏场拥有深厚的文化底蕴和高雅的艺术情境。借助园林戏场，明清士阶层不仅诠释了自己的戏曲美学，进而履践了自己的戏曲使命，推动了戏曲的雅化及生态变迁。

私人化、小众化的士人园林极为适合清俊绵邈的南戏于其中表演，南戏"四大声腔"中最有影响力的两种——海盐腔与昆山腔的起源均被追溯到士人的园林雅宴。关于海盐腔，一般认为其诞生于南宋贵胄张镃的私家园林之中。据明人李日华《紫桃轩杂缀》说，张镃"豪侈而有清尚，尝来吾郡海盐，作园亭自恣。令歌儿衍曲，务为新声，所谓'海盐腔'也"[①]。至于昆山腔，则出自元末著名的文人园林"玉山草堂"。据魏良辅《南词引正》称，元末文人顾坚精于南辞，与杨铁笛、顾阿瑛、倪元镇为友，这些文人正是"玉山雅集"的主要参与者，他们对这种南曲土腔有共同的兴趣，"发南曲之奥，故国初有昆山腔之称"。[②]张镃与玉山文人将南曲土腔与古曲雅乐相融合而创制"新声"，代表了士阶层要求"去俗复雅"的戏曲审美，也昭示了戏曲一旦进入士人园林，雅化即为必然的趋势。而在南戏与园林不断融合的进程中，士人势必

[①] [明]李日华：《紫桃轩杂缀》卷三，见《四库全书存目丛书》子部第108册，齐鲁书社，1995年版，第44页。

[②] [明]魏良辅：《南词引正》，见钱南扬《汉上宦文存》，上海文艺出版社，1980年版，第94—95页。

要以自身的审美趣味,对这种南曲提出进一步雅化的要求,明代的声腔发展,最终走向雅正一途,即是明证。嘉、隆年间,何良俊《四友斋丛说》称:"近世北曲虽郑卫之音,然犹古者总章,北里之韵,梨园、教坊之调,是可以证也。近日多尚海盐南曲,士夫禀心房之精,从婉娈之习者,风靡如一,甚者北士亦移而耽之,更数世后,北曲亦失传矣。"①万历年间,顾起元《客座赘语》载:"今又有昆山,较海盐又为清柔而婉折,一字之长,延至数息。士大夫禀心房之精,靡然从好,见海盐等腔,已白日欲睡。"②士人初尚北曲,次及海盐腔,其后便独钟情于"流丽悠远,出乎三腔之上"、又经魏良辅精心改造的昆山腔,其间的历程正印证了士阶层崇尚清雅的戏曲审美。

当昆曲完成雅化后,这种曲调即在园林遍地的江南唱响,令士阶层翕然向之。明中叶以后,士人对园林、昆曲的喜好,几乎可以"上下靡从""性命以之"来形容。其时,士人大多具备必要的音律修养,江南一带的士人尤其妙解声律。据沈德符《万历野获编》载:"近年士大夫享太平之乐,以其聪明寄之剩技。……吴中缙绅,则留意声律。"③如许自昌、屠隆、张岱、阮大铖、祁彪佳、冒辟疆、李渔等,他们皆谙熟音律并热衷于戏曲创作。这些士人在创作传奇新剧之后,通常会让家乐戏班先行排演,之后即令新剧于园林中正式上演。如许自昌撰写的传奇新剧《水浒记》《橘浦记》《报主记》等,就是由家乐在其"梅花墅"中首先上演的;阮大铖创作的《燕子笺》《十错认》《摩尼珠》等传奇新剧,亦是在教习家乐后于自家"石巢园"中演出。汤显祖并未蓄养家乐,且无私家园林,但他同宜伶保持着频繁的交往,悉心指导她们排演传奇新剧《牡丹亭》,而后在友人的园林中演出。其《帅从升兄弟园上作》一诗中记:"小园须着小宜伶,唱到玲珑入犯听。曲度尽传春梦景,不教人恨太惺惺。"④《牡丹亭》最早正是在同乡友人帅从升的私家园林中上演。清代传奇作家蒋士铨、金兆燕常年馆于江春的康山草堂"秋声馆",厉鹗半生寄食于马曰璐的"小玲珑山馆",他们皆专为扬州盐商编演昆曲,此即张岱所谓"他人

---

① [明]何良俊:《曲论》,见《中国古典戏曲论著集成》第四集,中国戏剧出版社,1959年版,第6页。
② [明]顾起元:《客座赘语》,中华书局,1987年版,第303页。
③ [明]沈德符:《万历野获编》卷二十四,中华书局,1980年版,第627页。
④ [明]汤显祖,徐朔方笺校:《汤显祖全集》(一)诗文卷十八,北京古籍出版社,1999年版,第786页。

之园亭，一生之别业也；他人之声伎，一生之家乐也"①。

除了演剧自娱，士人常于园林中以戏会友。士人闲常的园林雅集不乏戏曲演出，邹迪光罢归后居于"愚公谷"，"以其间疏泉架壑，征歌度曲，卜筑惠锡之下，极园亭歌舞之胜。宾朋满座，觞咏穷日，享山林之乐几三十载"②；邹迪光、屠隆等曾在无锡秦氏"寄畅园"观看《昙花记》，邹迪光《寄畅园诗三首》序云："五月二日，载酒要屠长卿暨俞羡长、钱叔达、宋明之、盛季常诸君入惠山寺饮秦氏园亭，时长卿命侍儿演其所制昙花戏，予亦令双童挟瑟唱歌，为欢竟日，赋诗三首。"③明清士人结社不仅出于学术和政治目的，许多社集中充满了风雅逸乐情调。名流高会园林之时，往往会开樽张乐，演戏唱曲。陈芹于万历初年卜筑"新林别业"，"于桃叶淮清之间，起邀笛阁，招延一时胜流，结青溪社……金陵文酒觞咏之席，于斯为盛"④；冒辟疆的"水绘园"亦是晚明复社文人往来相聚之胜地，宾主在园中"流连高咏，羽觞醉月，曲水歌风，花之朝，月之夕，擪管刻烛，杂以丝竹管弦之盛"⑤。明清士人雅集、社交的持续需求，推动戏曲于园林戏场频繁上演，促进了戏曲在士阶层的广泛影响。

由于园林戏场的持续繁荣，使戏曲发展不但积聚了相当能量，也产生了重大的效应，奠定了明清戏曲以昆曲为主流的雅化基调。昆曲"情正而调逸，思深而言婉"⑥，无论是艺术品性还是情感规范，均表现出士阶层以雅相尚的审美追求。士人不仅借助其文化修养提升了昆曲的文化品位，他们闲适的园林生活及其对戏曲美学的独特追求，也为昆曲注入了韵律舒缓、意境幽雅的艺术品性。加之士人内心所含有的对社会、人生的幽怨感伤，赋予了昆曲惆怅婉约的诗化情感，这使昆曲发展成为士阶层所推崇的"雅乐正声"。

昆曲与园林同为高雅的艺术部类，艺术品性上存在着天然的契合，都讲

---

① [明]张岱：《祭秦一生文》，见《琅嬛文集》卷六，岳麓书社，1985年版，第267页。
② [明]钱谦益：《列朝诗集小传》，上海古籍出版社，1983年版，第647页。
③ [明]邹迪光：《郁仪楼集》卷二十三，见《四库全书存目丛书》集部第158册，齐鲁书社，1997年版，第453页。
④ [明]钱谦益：《列朝诗集小传》，上海古籍出版社，1983年版，第460页。
⑤ [明]陈济生：《祝冒辟疆社盟翁先生双寿序》，冒襄《同人集》卷二，见《四库全书存目丛书》集部第385册，齐鲁书社，1997年版，第53页。
⑥ [明]曹含斋：《南词引正后叙》，见钱南扬《汉上宦文存》，上海文艺出版社，1980年版，第107页。

究品位与意境，因而最适宜在园林戏场中演出昆曲。昆曲最初诞生自元末玉山文人园林之中，在其发展过程中，园林也从未缺席，无论是演唱声腔的清音婉转、流丽悠扬，还是箫管弦索的冷逸孤傲、闲适自我，均是自士人园林中陶冶而出。园林的清幽与昆曲的清雅相得益彰——有了园林，昆曲才愈加清雅；有了昆曲，园林也更添清幽情致。明清士人无疑深谙此道，"园林""昆曲"俨然成为士阶层身份确认和文化认同的重要符号，它们的聚合构成一种强势的文化导向，形成并保持了昆曲清逸蕴藉、气韵淡雅的文化品格。

实际的情况是，昆曲发展到后来，与民间戏曲渐行渐远，其接受人群与文化空间不断缩小，不仅只有文人雅士方能欣赏，演出场所亦越来越趋向小众化的园林、华堂等私人空间。此种清俊绵邈的昆曲越来越不适宜于喧嚣的市井场合表演，却能于士人园林中游刃有余，这不能不说是士人园林熏染的结果。在士人园林的持续浸淫下，戏曲从宋元时期的质朴、粗鄙的民间形态，最终成长为渗透着士阶层审美理想的清雅之曲。

明清园林戏场推动戏曲的雅化及生态变迁，依托的是它深厚的文化底蕴和高雅的艺术情境。在士人园林漫长发展进程中，其中的文化艺术体系也日益臻于完善。以音乐、书法、绘画等艺术形式自觉表现士人情趣的风尚始于士人园林滥觞的晋代，这显然受到了晋代士阶层山水审美、园林文化的陶冶。晋代士人以他们的实践，确立了士文化艺术体系的基本框架和发展方向，尤其是以士的人格为核心，以园林为载体，把众多联系疏松的艺文形式聚合为一个统一的整体，并为这个整体中的所有艺术元素注入了不断趋于亲和致密的内在机制。

当这种机制形成并充分发挥以后，借着文化的约定俗成和潜移默化的强大惯性，日益趋于精致的士人园林不断被注入新的艺术形式，维系着士文化艺术体系的存在意义与价值。中唐以降，士人园林又陆续接纳了诗词、饮酒、品茗、莳花、爇香、搊琴、弈棋、品壶、论陶等诸种艺术形式，园林中的士文化艺术体系趋于高度完善。及至明清时期，士人通过闲常的园林雅集社交，又将日益臻于精致典雅的昆曲与园林中文学、音乐、书法、绘画等艺术形式整合于一个空间，使之相互濡染、陶冶，并渗入到士人日常的园林生活和雅集社交中。

至此，士人园林不仅是一个集片山池水、亭台楼榭、花草树木于一体的物理空间，而且是一个有深厚底蕴和高雅情境的文化空间，在此空间中，士阶层以他们的审美态度和能力去掌握传统、体现文化，通过迎送馨折的雅集、社交活动，建立起一个属于士阶层自己的戏曲文化圈，并力图证明此种文化的优越性。由此，园林戏场以昆曲为主流的雅化基调最终得以确立，戏曲完成了由勾栏剧场到园林戏场的生态变迁。

四、小结

明初，在明廷严格的管制之下，盛行于宋元的勾栏演剧归于沉寂。但戏曲艺术的独特魅力仍然吸引着社会各个阶层关注的目光，社火庙台为乡村百姓提供着一方观演的空间，城市的演剧则由喧嚣酣畅的勾栏剧场转入清幽绵邈的园林戏场之中。自明万历至清乾隆年间，士人园林声伎之风盛行，无论是闲赏自娱、雅集社交，还是节日庆典、奉亲娱乐，无不借助园林演剧来助兴。明清士人通过园林戏场中的度曲、教习、顾曲、演剧，不仅将戏曲的审美、娱乐、礼仪、孝亲等功能发挥得淋漓尽致，而且通过园林雅集与社交，建立起一个以士阶层为中心的戏曲文化圈，推动了明清戏曲的生态变迁。而明清戏曲在此种生态中不断得到雅化的同时，也日益远离市民大众，这预示着中国戏曲花雅争胜、雅俗嬗递的时代即将到来。

董雁，1969年生，2012年毕业于陕西师范大学文学院，文学博士，师从霍松林先生，现为陕西师范大学远程教育学院副教授。

辨两个傅汝舟之混淆与误用

王承丹 尚永亮

内容摘要：明代文学史上先后出现过两个叫傅汝舟的文人，一为明中期侯官傅汝舟，一为明晚期江宁傅汝舟。除姓名及作家身份相同外，二人字号、交游、著述等信息，各自分明，原不至于相混。明中叶文献及明末清初钱谦益、朱彝尊等人，对此均有较清楚的记载。至清代编纂《四库全书》时，侯官傅汝舟的名、字等开始出现错讹，至清后期郭柏苍编选《傅木虚集》，不仅混淆了两个傅汝舟的姓名及字号，误算了侯官傅汝舟的年寿，更将江宁傅汝舟之作品置于侯官傅汝舟名下。其后陈田在《明诗纪事》中延续着郭柏苍的错误，当代相关研究者在涉及两个傅汝舟时，亦往往不加辨析，将错误文献资料作为论据，其混淆误用已到了非常严重的程度，故亟须辨析纠正之。

关键词：侯官傅汝舟；江宁傅汝舟；混淆误用；辨正

据现有的文献资料考察，明代文学史上先后出现过两个同名傅汝舟的文人，其中一个是明代中叶的侯官傅汝舟，另一个为明末江宁傅汝舟。他们生活时代相隔有年，除姓名相同外，其他如字、号、生平、交游及作品等均存在明显区别。但是，自清以迄近代，特别是当下的文史研究领域，侯官傅汝舟和江宁傅汝舟的许多方面都被严重讹误混用，亟须得到辨析纠正。

一

首先，两个傅汝舟在生年上相差百年左右，仅从这一点看，即使两人偶有相似经历、作品等，但也不至于相互混杂到特别严重的程度。实际上，从明代文人俞宪、王慎中，以及稍后由明入清的钱谦益、朱彝尊等人的相关记载看，至迟在明末清初这段时间内，两个傅汝舟的生平经历、文学活动，以及相关情况，并没有出现混杂现象。

俞宪（1508—1572）历经明代的正德、嘉靖、隆庆及万历四朝，就其生年看，晚于侯官傅汝舟数十年的时间，二人应未谋面。据俞氏说，他过去为官时，听闻"宗藩中能文辞者，亟称'傅山人、傅山人'云，然未识其人也。"俞氏后来见到傅氏的诗作，"亦每亟称于人"。其后，俞宪又得到傅汝舟的诗选，读其诗，"具可想见其为人"。于是，"爰梓家塾，用垂不朽。黎氏选本已精，故不甚去取"。关于侯官傅汝舟的重要识别信息，俞宪的记载是："山人名汝舟，字木虚，别号丁戊，本闽邑人。其游迹遍吴会、荆、湘，以迄齐、鲁……素善养生之术，兼晓黄白，见者惊为异人，当不诬尔。"[①]

王慎中（1509—1559）生年与俞宪几乎同时，作为同乡人，他对侯官傅汝舟也有值得注意的记载，涉及相关信息，可与俞宪的载记相互参证，二者并无明显差异。王慎中说："……丁戊山人傅君汝舟，闽之侯官人也，其才智文采足以得意于仕进，独舍去而不好。其舍之尽至于乡井屋庐不复可居，而妻孥不足畜也。斯人也，倘有意乎列、庄所称之人之所葆乎？其亦慕近世高士较外物之清浊而为弃取也……余未及识君，而南衡童君好言傅丁戊之为人，又刻其诗以传之。……因南衡索序丁戊诗，略发其端，非以招丁戊也。"[②]与俞宪相似，王慎中也应未曾与侯官傅汝舟谋面，但同样对这位同乡多有留意，并记之于篇什。

虽然俞、王二人去侯官傅汝舟时代较近，但由于他们并未与傅氏本人晤面，而只是出于刊刻其诗集，或应请作序，才留下以上文字。因此，在俞、王的相关文字中，傅汝舟作为知名文人的具体情况并不周详。在对傅汝舟的记载方面，相对于俞宪和王慎中而言，同是由明入清的钱谦益和朱彝尊就更值得注意了。首先，钱、朱二人所处时代虽晚于俞、王，但时间并非久远，况且他们都是当时文坛中人，甚至一度成为文苑盟主，交游甚广，因此，能够获得更为

---

① [明]俞宪：《盛明百家诗·傅山人集》，见《四库全书存目丛书》集部第305册，齐鲁书社，1997年版。

② [明]王慎中：《丁戊山人诗集序》，见《遵岩先生文集》卷十六，上海古籍出版社，第760页。

详尽的信息；其次，钱、朱二氏亲身经历国破家亡的江山陵谷巨变，作为对故国的缅怀与回报，入清之后，他们皆以裒集、刊行前朝诗文及相关故事为己任，前者的《列朝诗集》，后者的《明诗综》，即为最好的例证，而二书中的部分内容，就涉及包括两个傅汝舟在内的众多明代文人的信息；第三，更为重要的是，钱谦益同时对侯官傅汝舟和江宁傅汝舟的记载，可被视为全面而又相对可信的原初佐证。

先看钱谦益对侯官傅汝舟的记载。钱氏曾为侯官傅汝舟作传，并引用当时文坛名宿王慎中、王世贞等人的评价，其中有云："汝舟，字木虚，一名丹，号丁戊山人，一曰磊老，侯官人。方颡碧目，小指有四印文。年十四，诵黄帝姚姒之书。二十，谢诸生，通天官、堪舆、涅槃、老、庄，属盘雅秦、汉语，古色苍黝，至不可句。少与高瀔并游郑继之之门，闽人语曰：'高垂股，傅脱粟，言断断，中歌曲。'继之且死，遗言曰：'诗文妻子，付高、傅二弟经理。'其气宜如此。中岁好神仙，增损其姓名，曰傅汝舟。轻别妻孥，棕鞯箬笠，求仙访道，遍游吴会、荆、湘、齐、鲁、河雒之间。王道思序其集曰……"①

再看朱彝尊的《明诗综》，其中收录傅汝舟诗三首，并说："汝舟字木虚，一名丹，号丁戊山人，一曰磊老，候（误，应为"侯"——作者注）官人。有《前丘生行己外篇》。"②与俞宪和王慎中相比，朱氏提到傅汝舟一名丹，一号曰磊老。在这点上，朱氏与年长他近50岁的钱谦益基本一致。

不难看出，在明末清初的钱谦益和朱彝尊那里，侯官傅汝舟的姓名字号，以及大致生平经历等，基本相同，因此可以采信。但是，值得注意的是，钱谦益又为另一个傅汝舟，即后于侯官傅汝舟的江宁傅汝舟作传，其中说："（傅秀才）汝舟，字远度，江宁人。家世颍国之后，隶籍京卫。幼孤，负至性，奇崛好古，读书能知大意，矢口辨驳，多有别解。好谭经济大略，矫尾厉角，人无以难也。天启三年，河西之役，守将罗一桂、监军高廷佐暨高之仆夫永皆死之。生与平湖马文治、武康茅元仪，为位于清溪黄侍中祠内，各为祭文，奠而哭之，酹酒哀恸，感恸路人。其忠义抑塞如此。为诗皆牛鬼蛇神，旁见侧出，有《唾心集》若干卷。余惜其价背大雅，未可以传后也，姑从文寺所论次，录其三首。"③

---

① [清]钱谦益：《列朝诗集小传》丙集，上海古籍出版社，1983年版，第331页。
② [清]朱彝尊：《明诗综》卷三十八，中华书局，2007年版，第1869页。
③ [清]钱谦益：《列朝诗集小传》丁集，上海古籍出版社，1983年版，第664页。

显而易见，钱谦益笔下两个傅汝舟的大致情况判然分明，不易相混；又因侯官傅汝舟去钱谦益生活的时代不远，江宁傅汝舟则不仅与钱谦益时代基本相同，地域相近，他们共同交游的文朋诗友更是不乏名动一时的人物。因此，钱谦益对两个傅汝舟的记载是可信的。

二

两个傅汝舟之混淆及误用，最迟始于清代乾隆年间《四库全书》的编纂之时，至清代后期的郭柏苍，以及稍后的陈田，便已积误难返了。

关于侯官傅汝舟，根据前述钱谦益和朱彝尊的记载，可知他早年名丹，号磊老；中年后增改其名为汝舟，字木虚；其另一别号丁戊山人，乃因其家乡山名而名之。

但是，稍后四库馆臣的说法已与此不符，《四库全书总目提要》谓："汝舟本名舟，字虚木，号丁戊山人，一曰磊老，侯官人。晚慕仙家服食之术，舍乡井遨游山水。其诗刻意学郑善夫，喜为荒怪诡谲之语。王世贞比之言法华作风语，凡多圣少。然奇崛处亦颇能独造，特旁门曲径，不入正宗耳。"[①]不难看出，与前述钱、朱的记载相较，这里的错误一是将侯官傅汝舟的本名"丹"改作"舟"；二是将其字"木虚"倒错为"虚木"。

晚清侯官人郭柏苍（1815—1890）是导致两个傅汝舟进一步混淆的关键人物。在其所撰《全闽明诗传》中，首先，将两个傅汝舟的名、字、号进一步混用。"光绪辛巳，苍借杨氏冠悔堂本重刻，为丁戊山人作补传：'傅汝舟，候（"候"字误——见前注）官人，初名舟，字远度，又字木虚，一字磊老，以家在丁戊山，自称丁戊山人。或称七幅庵主人，或称扶桑下臣、唾心道士，又称步天长、前邱生，时或自署为紫白仙人、箜篌主人，或曰江东傅汝舟，或曰中原傅汝舟。'"[②]以上文字中的"远度""七幅庵主人""唾心道士""箜篌主人"等，基本可以确定都是江宁傅汝舟的字或号，而与侯官傅汝

---

① 见[唐]永瑢、纪昀等《四库全书总目》卷一七八集部三一，别集类存目五，"《傅山人集》三卷"条。

② [清]郭柏苍：《全闽明诗传》卷十四"傅汝舟"条"丁戊山人补传"，光绪己丑侯官郭氏闽山沁泉山馆开镌，有"光绪十六年七十六叟侯官郭柏苍撰《序》"。本文依据福建师范大学图书馆古籍部珍藏本。

舟无涉。①其他如"扶桑下臣""步天长""紫白仙人"等，也不见此前相关记载，姑存疑。至于"江东傅汝舟""中原傅汝舟"的称谓，更与侯官傅汝舟混杂一起，说明郭氏本人对此已乏明辨。

其次，郭柏苍又混淆了两个傅汝舟的相关作品，如谓："（侯官傅汝舟）所著有：《前丘生行己外篇》《七幅庵草》《吴游记》《唾心集》《步天集》《英雄失路集》《拔剑集》《筌筴集》《口弆呓存卷》《弃存稿》《乌衣燕子》诸小集。所著历代诗选曰《桃都集》，文选曰《香案集》、《礼记》傅传、《君王将相书》、《古先生大英雄三异人五豪人》诸集。李维桢称其著作之富累万卷。"②上述作品集中，可以基本确定的是，《七幅庵草》《吴游记》《唾心集》《步天集》《英雄失路集》《拔剑集》《筌筴集》《口弆呓存卷》《弃存稿》《乌衣》《燕子》诸小集，以及《桃都集》《香案集》等，其作者都应是江宁傅汝舟，而非如郭柏苍所言为侯官傅汝舟。③

再次，郭柏苍笔下的侯官傅汝舟不仅家世可疑，其生卒年更是错得离谱。郭柏苍为侯官傅汝舟作补传时说："父大将军荆山公，常镇川蜀，母刘夫人，生兄三……"④在郭氏之前，笔者尚未见到对侯官傅汝舟家世的详细记载，但一般说来，如果他有如此显赫的身世背景，常见的文献资料应不至于遗漏不载。与此可资比照的是，钱谦益曾为卧芝山人傅汝楫作传，说他是傅汝舟之弟，"贫而博学"⑤；朱彝尊在提及傅汝楫时，也只是说"亦有诗名，时号'二傅'"。⑥因此，郭柏苍有关侯官傅汝舟家世的记述不可凭信，所涉及的具体内容，有待进一步考证。

郭柏苍的另一失误，是他所给出的侯官傅汝舟的年龄。郭氏以为，侯官

---

① 参见张慧剑编著《明清江苏文人年表》，上海古籍出版社，1986年版，第419、429、432、437、448、473、481、525页；及四库未收书辑刊编纂委员会编，《四库未收书辑刊》之"陆辑·二十六册"，北京出版社，2000年版，第257—419页。
② [清]郭柏苍：《全闽明诗传》卷十四"傅汝舟"条"丁戊山人补传"，光绪己丑侯官郭氏闽山沁泉山馆开镌，有"光绪十六年七十六叟侯官郭柏苍撰《序》"。
③ 参见四库未收书辑刊编纂委员会编《四库未收书辑刊》之"陆辑·二十六册"，北京出版社，2000年版，第257—419页。
④ [清]郭柏苍：《全闽明诗传》卷十四"傅汝舟"条"丁戊山人补传"，光绪己丑侯官郭氏闽山沁泉山馆开镌，有"光绪十六年七十六叟侯官郭柏苍撰《序》"。
⑤ [清]钱谦益：《列朝诗集小传》丙集，上海古籍出版社，1983年版，第332页。
⑥ [清]朱彝尊：《明诗综》卷三十八，中华书局，2007年版，第1870页。

傅汝舟"生于成化丙申,卒年八十余"。并进一步推论:"少谷子卒于嘉靖癸未,其序木虚《行己外篇》云:'岁乙亥,与予交。'所云乙亥,乃正德十年。木虚《百哀诗》云'乙卯之战北'。又《步天集小序》'乙卯秋风铩羽'。乙卯二十岁乃弘治八年也。以此计之,当生于成化丙申。木虚自序《七幅庵》末载'万历壬子闰月';杨名远跋《七幅庵》,乃万历癸丑;顾起元序《唾心集》,乃万历丙辰。自成化丙申,至万历丙辰,计已八十一岁。"①郭氏的混乱及失误主要体现在以下几个方面:

其一,若侯官傅汝舟果真如上所言"生于成化丙申(1476)",那么,至万历丙辰(1616),他应是140岁上下,而非"卒年八十余"。显然,郭柏苍在这里错算了一个甲子的时间。其二,郭氏所谓的"木虚自序《七幅庵》"、万历癸丑"杨名远跋《七幅庵》",以及万历丙辰"顾起元序《唾心集》",确有其事,但三个集子的作者都是江宁傅汝舟,把侯官傅汝舟当作它们的作者,只能导致混乱,并得出错误的结论。②第三,福建师范大学图书馆藏《傅木虚集》三册,题为"光绪辛巳沁泉山馆开镌",另有题署:"明侯官傅汝舟木虚著,邑后学郭柏苍青郎选,柏芗合亭校",这个作为侯官傅汝舟选集的本子,误在将江宁傅汝舟的作品当作了侯官傅汝舟的作品。实际上,只要看一下《傅木虚集》所选作品中出现的人物,如"梁父山人艾天启""石公""中郎""王季木""顾太初"等,都是晚明时期名重一时的文士,不可能出现在明代中期侯官傅汝舟的作品中。

郭柏苍之后,值得注意的是《明诗纪事》的作者陈田,他对两个傅汝舟的混淆也很严重。如谓:"汝舟字木虚,一名舟,侯官人。有《前邱生行已(应为"己"——作者注)外编》《七幅庵草》《吴游记》《唾心集》《步天集》《英雄失路集》《拔剑集》《箜篌集》《口舍呓存卷》《弃存稿》《乌衣》《燕子》诸集。"③其中关于字号及作品的错讹,前文已作辨析,兹不赘。其次,陈氏还混淆了两个傅汝舟的生活时代和交游:"丁戊山人诗初矜独造,晚遁荒诞,择其入

---

① [清]郭柏苍:《全闽明诗传》卷十四"傅汝舟"条"丁戊山人补传",光绪己丑侯官郭氏闽山沁泉山馆开镌,有"光绪十六年七十六叟侯官郭柏苍撰《序》"。
② 参见张慧剑编著《明清江苏文人年表》,上海古籍出版社,1986年版,第419、437页;四库未收书辑刊编纂委员会编《四库未收书辑刊》之"陆辑·二十六册",北京出版社,2000年版,第303—306页。
③ [清]陈田:《明诗纪事》卷十六,上海古籍出版社,1993年版,1385页。

格者录之，亦是幽絃孤调。山人享大年，具异才，谈佛谈仙，亦作北里中艳语。初与郑少谷游，晚乃与茅止生、卓去病、张文寺、文太青倡和，支离怪诞，无所不有。"①茅止生为明代散文家茅坤之孙，张文寺和文太青与茅止生为同时代人且多有交游，他们都生活于晚明时代，无论如何都不可能与明代中期的侯官傅汝舟有交往唱和的。其他错误尚有：把李维桢《大泌山房集》中评江宁傅汝舟"远度恒言，七子如徐、吴有气体神骨，近日袁中郎辈反是，娄江、历下，互有短长"的一段文字，归到侯官傅汝舟名下；把本是江宁傅汝舟的作品《送张文寺游西湖》，视为侯官傅汝舟所作；等等。

三

综上所述，最迟在《四库全书》编纂时，明代的两个傅汝舟已逐渐混淆，自兹以降而至当代，不仅旧有的症结依然如故，反而讹误相沿，以致积重不返。

徐朔方先生在其所著《汤显祖年谱》"万历四十四年丙辰（1616）"条中，提及汤显祖在其尺牍《与门人朱尔玉》中，将唐宜之、傅远度、卓左车称为"秣陵三珠树"，指出傅、卓本年有交往。年谱对傅汝舟的介绍是："傅汝舟字远度（1536—1623以后），侯官人。去年有《唾心集》，今年出《步天集》，后集有丙辰七夕自序。其卷一《寄汤若士》云……"又引《尺牍新钞》卷四卓发之《与汤海若先生》文，其中提到稍前及当时的文坛显赫人物，如王世贞、李攀龙、徐渭、袁宏道等，并加按语："《牡丹亭》万历三十三年始有刻本，《玉茗堂集》刊于万历三十四年，去年为秋试之期，书必今年作。时发之约二十五六岁。"②

由生卒年及《唾心集》《步天集》，特别是《寄汤若士》，以及所涉及的王世贞、李攀龙、徐渭、袁宏道诸人看，这里的傅汝舟只能是江宁傅汝舟，而非侯官傅汝舟（若此傅在世，其年龄当在140岁上下）。因此，万历四十四年（1616）与卓发之交往者，也基本排除了侯官傅汝舟的可能。

与此大致相似，陈广宏先生亦因循使用了相关资料。其《竟陵派研究》一书数次出现傅汝舟，以及与之有关的内容，如谓："傅汝舟，字木虚，一字远

---

① [清]陈田：《明诗纪事》卷十六"田按"，上海古籍出版社，1993年版，1386页。
② 徐朔方：《徐朔方集四》"汤显祖年谱"，浙江古籍出版社，1993年版，第463—464页。

度,号丁戊山人,侯官人。初与郑少谷游,奇崛好古,名列'鳌峰十才子'。晚居南京,与茅止生、卓去病、张文寺、文太青唱和,'为诗皆牛鬼蛇神,旁见侧出'。(原书此处加注,注明上面的引文出自《列朝诗集小传》丁集下《傅秀才汝舟》——作者注)有《唾心集》《步天集》《英雄失路集》《拔剑集》《箜篌集》等。汝舟属前辈诗人,为人颇自负,诗则出自性灵,是年在金陵,与钟、谭多有往来,可见性情中有所以投契者。"①

显而易见,在两个傅汝舟的字号、籍贯和著作权这些方面,陈先生也毫无例外地重复了前文一再提及的错误。此外,上引陈文中如下两个方面的问题更须引起注意:一是"晚居南京";二是"汝舟属前辈诗人"。这就是说,陈氏认为此位傅汝舟生长于福建侯官,同时又与晚明时期南京一带的文人学士交往唱和,由此忽略了江宁也有名傅汝舟者这样一个事实。与此相联系的是,陈氏可能还意识到,侯官傅汝舟在年龄上要长于当时江宁的文士们许多,因此又说他是"前辈诗人"。然而,若真如陈著所述,侯官傅汝舟万历己未(1619)年间还在南京,并与文朋诗友相聚晤酬唱的话,他至少已是150岁上下的老者了。在现实生活中,这种可能性恐怕微乎其微。

陈庆元先生所著《福建文学发展史》也出现了类似问题。如谓:"傅汝舟(1476—1555以后)(原书此处加注为:"据郭柏苍《傅汝舟补语》,汝舟生于成化丙申〈1476〉,卒年八十余。《全闽明诗传》卷十四引。"),初名舟,字远度,又字木虚,一字磊老,以家在丁戊山自称丁戊山人,又自称七幅庵主人、步天长前邱生等,侯官人……有《傅木虚集》(中收《前邱生行己外篇》《七幅庵草》等小集)。"②这里出现的,仍然是有关名、字的误用。在提及侯官傅汝舟作品《傅木虚集》时,说其中收"《前邱生行己外篇》《七幅庵草》等小集",也表现出对两个傅汝舟作品的混而不辨。以致在分析《英雄失路歌》这一作品时认为:"傅汝舟从大圣巨贤以至区区小臣的英雄失路中得到的结论是:'何不策步天衢、挥手风云,何空加一足吊虚名?'善夫忧愤时事,是积极入世的态度,汝舟悲歌失路,则希企超脱尘世事功的羁绊。"③殊不知,《英雄失路歌》的著作权并非侯官傅汝舟所有,而当归属江宁傅汝舟。

---

① 陈广宏:《竟陵派研究》,复旦大学出版社,2006年版,第276页。
② 陈庆元:《福建文学发展史》,福建教育出版社,1996年版,第316页。
③ 陈庆元:《福建文学发展史》,福建教育出版社,1996年版,第316—317页。

此外，陈先生对侯官傅汝舟生卒年判定的主要依据，是《全闽明诗传》中郭柏苍所撰的"傅汝舟补语"。由于郭氏的推断及结论存在着前述讹误，故以之为推论前提，也就只能得出违背事实的错误结论。

除上述混淆、错误之外，穆克宏、郭丹先生所撰《明诗话全编》中的"傅汝舟诗话"也存在讹误："傅汝舟，约一五四四年前后在世。本名舟，字虚木，号丁戊山人，又号磊老。侯官（今福州）人。"①这里虽然给出了傅汝舟在世的时间，却太过宽泛；编纂者虽将传主视为明中期侯官傅汝舟，但条目中全部五则辑录自清光绪沁泉山馆刊本《傅木虚集》的诗作，实际上皆为江宁傅汝舟的作品。至于诗话中出现的高孩之、王季木、卓玄（疑为"去"字之误——作者注）病、文长、卓老、袁中郎等声名卓著的晚明文士，也均与明中叶作家侯官傅汝舟无关。

综上所言，明代两个傅汝舟，从清代开始出现错误和混淆，一直到今天仍被误用。除上文所举诸例外，其他见诸传统纸本的方志文献，以及现代互联网上的相关信息，舛误亦不可一二数。本文对此略作辨析，稍正视听；至于对两个傅汝舟生卒年之考证，以及二人作品混淆原因及数量之考察，容另文详论。

（本文发表于《东南大学学报》〔哲学社会科学版〕2013年第3期）

王承丹，1965年生，2006年毕业于陕西师范大学文学研究所，文学博士，师从霍松林先生，现任教于波兰弗罗茨瓦夫大学。

---

① 吴文治主编：《明诗话全编》，江苏古籍出版社，1997年版，第3420页。

清代黔灵山诗文中之赤松法师形象略疏

杨锋兵

内容摘要：赤松法师是清代贵州著名佛教僧人，现存围绕黔灵山的诗文创作中对其形象多有描述。概括而言这些诗文中的赤松法师是一位立志苦行的修道者，是遍参大德的求法者，是筚路蓝缕的开山者，是讲求方便的弘法者，同时也是一片婆心的教化者。

关键词：黔灵山；诗文；赤松；形象

赤松是清代贵州佛教思想史上的一位著名僧人，法名道领，别号黔灵，赤松为其字。明末崇祯七年（1634）出生，清康熙四十五年（1706）圆寂。赤松法师一生寻师访道，参禅见性，创建名蓝巨刹，弘扬佛法，利济群生，悲深愿大，心坚行苦，深受当时海内佛教徒及社会人士的尊仰与钦敬。

从现存资料来看，围绕黔灵山展开的诗文创作在清代较为兴盛，遗留下来的关于黔灵山的诗文经统计约有200余篇，作者122人，作者身份主要包括入黔客籍文士，入黔官员，但主要以黔籍文人为主，此外还有佛门中的僧人，这些诗文当中有很多篇目论及赤松法师。本文以此为基础，分析归纳其中对赤松法师的形象定位。

一、立志苦行的修道者

现存黔灵山诗文中展现的赤松首先是一位立志苦行的修道者。

赤松，俗姓韩，名景琦，祖籍浙江，"次迁楚长沙，后移蜀潼川"[1]，在"蜀潼川东塔山青滕坝，历有数世"[2]，为当地名门望族，赤松即出生于此地，排行第五。后历父丧，家道中落，由其母亲和兄长"抚而教之"[3]，曾入私塾学习儒学。七八岁时，过继杜家。此时处于明末战乱之际，蜀中干戈四起，百姓纷纷入黔避难，赤松亦跟随杜氏夫妇"随戎入黔"[4]。由于赤松早年丧父，继为人子，随即置身战乱之中，颠沛流离，故而产生隐逸避世的思想，喜嗜佛学。

赤松年及十五，家中欲为其订婚，他执意不从，决心出家以探求人生的究竟。当时亲友劝其勿入佛门，赤松答道："凡夫不修，佛圣何来？……每思浮世转眼成空，做到临时，了归于何所？惟佛有不生不灭之理，人人可为，誓必修行讨个分晓。"[5]于是他立志斋戒，入山修行。

当地袁姓人家之子听闻此事，便与赤松同到息烽南望山结茅，修习苦行。将近百日，袁氏子无法忍受清修之苦，不辞而别，然赤松不改前志，独自进入深山之中，修习苦行，直至"骨瘦如柴，形象丑态"[6]。随后杜家父兄随袁氏子找到赤松，强劝其回家。到家之后又强令其破斋茹荤，但他仍然"苦身徒步，单罐煨食"[7]。杜氏夫妇无奈，只得听其自便。

---

[1] 贵州省历史文献研究会等编：《黔灵山志》，黔新彩出（96）内图资准字第043号，第5页。
[2] 王路平等著：《黔中禅林——黔灵山佛教文化探索》，中国言实出版社，2013年版，第21页。
[3] 王路平等著：《黔中禅林——黔灵山佛教文化探索》，中国言实出版社，2013年版，第22页。
[4] 王路平等著：《黔中禅林——黔灵山佛教文化探索》，中国言实出版社，2013年版，第22页。
[5] 王路平等著：《黔中禅林——黔灵山佛教文化探索》，中国言实出版社，2013年版，第22页。
[6] 王路平等著：《黔中禅林——黔灵山佛教文化探索》，中国言实出版社，2013年版，第22页。
[7] 王路平等著：《黔中禅林——黔灵山佛教文化探索》，中国言实出版社，2013年版，第22页。

二、遍参大德的求法者

佛教讲究参访大德，以获得印可。能得名师指点提携，是佛教修行获证的重要途径。赤松法师遍参名师，最终获得印可，他是遍参大德的求法者。

赤松首先参礼密云大师的弟子灵药和尚。灵药问其为何修道，赤松答道："和尚言年幼修持什么，弟子实为生死事大，斋戒多年，若不开导，何以行持？"①灵药因其诚心，开导他说："既为生死，将万缘放下，参个万法归一，勿重二念，行到水清月明处，看一归何处？"②随后为赤松披剃，取名道领，自此赤松正式成为佛门弟子。

同时在灵药的指引下赤松拜白云山西识和尚为师。此后赤松紧紧围绕"万法归一"的话头时时参悟，"每夜半之中，昏沉大重，站立不住，将身系索梁枋上吊著，以遣昏散。白日恐人打搅，令知己将门倒锁，至晚上才食。食毕入房上香危坐，众人谗忌，总不理论。如期三月有余，工夫稍见纯熟。……及至百余（日）后，工夫凝成一片，荡摇不散，总是一个话头现前，将天地万物、寂静悄然，俱收在一处。至一日晚上，单（独）危坐，恍然入定（自此方知去向真诠），一段真风历历明明，不出不入，自在快乐。……自此如御了千斤重担，始觉得身心快畅，做事有主，一切经书遇阅，心尽了然"③。经历一番艰苦磨炼，赤松终于悟道。

赤松悟道之后常以"悟道容易守道难，守道容易了道难"自励，到平越（今福泉）参拜燕居和尚，又至募役司（今关岭、紫云一带）紫竹寺参访印文禅师，得到大德时时提携，慧业日进。

随后赤松于北上入蜀途中在遵义参礼敏树和尚。敏树为"双桂"法系开山祖师破山禅师的门人，为临济宗第三十二代法嗣，赤松得以印证，成为敏树得法弟子，继其衣钵，成为临济宗第三十三世法嗣。离别之际，敏树嘱咐："老僧见汝远大之器，此去深隐，不可轻举妄动，隐深缘熟，自有龙天推出，莫强

---

① 贵州省历史文献研究会等编：《黔灵山志》，黔新彩出（96）内图资准字第043号，第5页。
② 贵州省历史文献研究会等编：《黔灵山志》，黔新彩出（96）内图资准字第043号，第6页。
③ 王路平等著：《黔中禅林——黔灵山佛教文化探索》，中国言实出版社，2013年版，第23—24页。

为也。"[①]敏树和尚以"远大之器"推崇赤松法师,并告诫他随缘而动。

三、筚路蓝缕的开山者

史料记载,三百多年前的黔灵山,原称"大罗木岭",其间茂林修竹,气象万千,人迹罕至。赤松和尚行脚至此,见群峰拥翠,万木参天,一径通幽,回峦四出,别具缥缈玄象之趣,而在层岩叠嶂之中,有一片开阔之处,周围之山恰似鼎之三足,此开阔地正位于鼎足之间。赤松详堪此地,见众峰环列,形如绽开莲瓣;岚气飘浮,天辟别一洞天;恰似飞来灵山,为欠宝刹一幢,是理想的选佛之场,因此决心在此驻锡,创建寺院,时维康熙十一年(1672)春。恰逢此地为佛教信士苗民罗妙德的祖地,他见赤松乃得道高僧,便施舍其地,给赤松和尚做道场。

赤松禅学修养深厚,佛学造诣精湛,当时已经闻名于黔中,而且他又与地方上层官员深相结纳,故而在创建弘福寺的过程中,得到了地方官员和僧俗信众的大力支持。时任贵州巡抚的曹申吉见赤松和尚乃法门龙象,率先捐资助建,并于一日在晤谈间问及此山名称,赤松答曰:"大罗木岭"。曹申吉以为山名太俗,宜另赋新名。赤松答曰:

老衲观此山外峥嵘而内秀慧,气象万千,境界灵奇,山后有圣泉,昼夜盈虚百度,毫厘不爽,此黔中万山灵奇所钟,拟名之以"黔灵"。[②]

于是黔灵山之名从此确定。在曹申吉的倡导下,其僚属赵景福、王国柱等人也纷纷解囊,遂建成大佛殿五间,左右厢房十楹。随后不久即准备筹建观音殿,此工程刚刚开始进行之时,吴三桂起兵反清,三藩作乱,而曹申吉本人亦被吴三桂处死,建造工程被迫中断,吴三桂叛乱平定后,在曹申吉夫人魏氏和赵景福的资助下,建成观音殿五间。随后地方官员诸如云贵总督蔡毓荣、贵州巡抚杨雍建、贵州提督侯袭爵、正黄旗都统翁萨赖、贵州市政使蒋寅、按察

[①] 贵州省历史文献研究会等编:《黔灵山志》,黔新彩出(96)内图资准字第043号,第7页。

[②] 贵州省历史文献研究会等编:《黔灵山志》,黔新彩出(96)内图资准字第043号,第57页。

使李之粹等相继捐资,建成了天王殿、毗卢殿、藏经楼、山门殿和一批附属房舍。至此,历时十八年而初具规模的黔灵山弘福巨刹最终落成。时任贵州学政赵景福在寺院山门题额"黔灵山",因为赤松和尚首名其山曰"黔灵",取"黔中万山灵奇所钟"之意;寺名弘福,彰"弘佛大愿,救人救世;福我众生,善始善终"之旨。

黔灵山弘福寺经过赤松和尚的创立和三十多年的培修扩建,直到康熙四十年(1701)才得以完成。忆及创寺经过,赤松说:

> 欣逢施主之发心,叠感宰官之乐助,初营大殿,继建经楼,香积僧寮,次第毕举,更为置田供众,铸像请经,引水凿池,栽松造塔。三十年来,荒烟寒雨之墟,化为清净庄严之域。①

当然黔灵山弘福寺的开创,虽有檀越之信施,亦赖赤松大师精诚之所感。赤松和尚"三十年来,同众甘苦,胁不至席,方成巨刹"②。

赤松法师筚路蓝缕的开创之功,后来之人没有忘记。梅溪在其诗《寿赤松和尚》中写道:

> 辟得黔灵逼太空,层山曲水尽依从。孤悬此日花飞雨,凭座当轩绕象龙。③

梅溪写诗为赤松法师祝寿,首先赞叹其开辟黔灵山的不朽之功,说他生日之时天雨飞花,龙象环绕,是佛门中难得的人才。

周起渭在《黔灵山志》序中先述黔灵山胜景,同时阐明黔灵山之出名皆因赤松法师创建之功。

> 况国于黔,才三百年耳,其灵境之湮灭不彰者,可胜数耶?始者,密云禅师卓锡天童,中兴临济宗旨,后憨山、紫柏大演法教,由吴越而海南,而楚蜀,遂遍行天下。今黔灵山赤松禅师,密公三世法派也。始来黔,厌城市之喧阗,思得空山缚茇习静,始望城西山之巅而异之,乃辟为禅堂。其山冈峦四合,自外睇之无所得,

---

① 贵州省历史文献研究会等编:《黔灵山志》,黔新彩出(96)内图资准字第043号,第132页。

② 贵州省历史文献研究会等编:《黔灵山志》,黔新彩出(96)内图资准字第043号,第57页。

③ 贵州省历史文献研究会等编:《黔灵山志》,黔新彩出(96)内图资准字第043号,第115页。

乃登陟至顶，而后千奇万变，刻画呈露。自师居山，士大夫日从之游，后先增饰，今则林木日以茂，游人日以众，丹檐叠嶂，日增而奇丽；飞楼涌殿，遍压山椒矣。①

作者列举诸例意在说明佳山水之出名皆因名人而扬名大江南北，就像雁荡山因为谢灵运，钴鉧潭西涧因为柳宗元，同样黔灵山因为赤松法师而出名。黔灵山能有此日景致，全赖赤松法师及诸护法居士之功。

赤松法师开创黔灵山使黔中佛法大兴，并使黔灵山声名鹊起。

兹山也，自师未居山前，黔人无知黔灵者；自师居山，而黔灵遂为黔山之冠，是师为谢康乐、柳柳州也。他日以师为西南宗教之祖可也。②

自从赤松法师开山建道场以后，黔灵山一跃而成为"黔山之冠"，法师亦成为西南贵州佛教之祖师。

四、讲求方便的弘法者

赤松在敏树和尚处得法，成为临济第三十三世法嗣，他以临济宗风接引学人，同时讲求方便法门，是讲求方便的弘法者。临济宗风在接引学人的过程中素以峻烈著称，此种宗风被称为"临济喝"，和著名的"德山棒"齐名。

临济宗风，全机大用，棒喝齐施，虎骤龙奔，星驰电掣，负冲天意气，用格外提持。卷舒纵擒，杀活自在。扫除情见，迥脱廉纤。以无位真人为宗，或棒或喝，或竖拂明之。③

作为临济传人的赤松禅师继承和发展了这一宗风。

这个和尚，尽有力量踢翻大地乾坤，单传正法眼藏，有纵有擒，有收有放，任是金刚汉子也与他三十拄杖。④

---

① 贵州省历史文献研究会等编：《黔灵山志》，黔新彩出（96）内图资准字第043号，第18页。

② 贵州省历史文献研究会等编：《黔灵山志》，黔新彩出（96）内图资准字第043号，第19页。

③ 吴言生：《禅宗诗歌境界》，中华书局，2001年版，第37页。

④ 贵州省历史文献研究会等编：《黔灵山志》，黔新彩出（96）内图资准字第043号，第3页。

赤松和尚驻锡弘福寺，亦是用此等方法接引学人，弘扬佛法，使参学者直下了悟。同时赤松法师多以参学者根基以方便法门提撕后学。

> 生平笃实厚重，故其说法，亦多切实务本之论，闻者随其根力各有所得，譬如盂之水方圆亦爽，春之雨高下俱沾也。①

民国高僧了尘和尚亦在诗歌《题赤松祖师遗像》中评价了赤松法师弘法中的特点，他在诗中写道：

> 庭前梅树绿参差，正是吾师说法时。罄欬不留筌网在，传心未许语言窥。金瓶击碎飞无雀，宝鉴虚悬图有龟。一宿永嘉成借借，来参玉版现须眉。②

诗歌起首即以庭前梅花来写，即有实指，同时化用赵州禅师"庭前柏树子"的公案，意在要学人去体悟眼前的活生生的存在，截断学人从别的途径寻觅佛法的思路。随后两句"罄欬不留筌网在，传心未许语言窥"，是在指赤松法师在扬眉瞬目，举手投足间接引学人。禅宗不立文字，教外别传；直指人心，见性成佛。强调不立文字，意在"不立名相"。禅宗所追求的是"一路所问，千圣不传"的第一义，这种义是离一切语言文字相的。语言文字只是作为所显义理的媒介，真正的义理是不可以语言文字来用表达的。故佛教提倡"依义不依语"，破除对语言文字上的执着。

赤松法师聚徒说法，殚精竭思，培养弟子，不遗余力，在黔灵山培养了一批在西南佛教史上有一定地位的临济禅宗弟子，如大拙净霞、云石明源、觉贤和尚、灵鹤唯亿等后来均成龙象之才。

赤松法师讲求方便的弘法方式亦被后世继承。《黔灵山志·凡例》云：

> 诸方开堂，有法可说；黔灵开堂，无法可说。既无可说，则着衣吃饭，本自圆成，运水搬柴，了无挂碍，又奚事棒喝交驰为？要之，随方接引。③

---

① 贵州省历史文献研究会等编：《黔灵山志》，黔新彩出（96）内图资准字第043号，第22页。

② 贵州省历史文献研究会等编：《黔灵山志》，黔新彩出（96）内图资准字第043号，第25页。

③ 贵州省历史文献研究会等编：《黔灵山志》，黔新彩出（96）内图资准字第043号，第5页。

五、一片婆心的教化者

赤松法师在贵州传教,"缘契天人,化行僧俗"①,把儒家的忠孝观念以佛法的名义呈现,并附之以佛教因果报应的理论,"是以宰官僧俗,信从者众,而遇合者多"②。出现上至当地官员,下至一般普通百姓,"罔不倾心,皆知合掌"③的局面。

清代巡抚贵州的于准,在康熙十四年(1675)为赤松大师鉴定《黔灵山志》,并作序文。文章意在表明黔灵山为赤松法师开创,其目的在于教化黔中。

> 黔于古为鬼方,以其椎髻侏儒,不通语言(人也而鬼矣),迨其后虽通于庄蹻,凿于唐蒙,相沿迄今,亦不过羁縻之而已。(然虽驯而易动,犷悍而嗜杀)其性然也。夫人性本善,习则远也。虽有凶顽,莫不各具觉性。佛者,先觉者也,以觉遇觉,自亲切而易化。是故临以刀锯鼎镬而不动念者,晓以佛法,未尝不改容起敬。则如胎卵湿化,各念佛性,此之谓也,而况于耳目口鼻、身体发肤(俨然而人者乎!)④

尽管人性本善,但贵州属于边鄙之地,中原文明对其影响甚少,受外界环境的熏习,以致人们的行为举止各异。尽管如此,人的本心本性并没有泯灭。佛陀是先觉至人,其万千法门尽为教化之法。

> 释祖具大慈大悲心,行大慈大悲法,智慧光明,普遍一切,顾感之者辄化。赤松了悟上乘,明通圆彻,如秋潭之月,如春海之云,乃体佛祖之意,欲行化黔灵。使吹笙跳月之辈,望金容而生欢喜心,听梵音而思离垢想,变凶悍而为礼义,易杀戮而为仁让,此则赤松志也,此则赤松辟黔灵意也。岂仅卜因缘胜地、暮鼓晨钟而

---

① 贵州省历史文献研究会等编:《黔灵山志》,黔新彩出(96)内图资准字第043号,第23页。
② 贵州省历史文献研究会等编:《黔灵山志》,黔新彩出(96)内图资准字第043号,第48页。
③ 贵州省历史文献研究会等编:《黔灵山志》,黔新彩出(96)内图资准字第043号,第67页。
④ 贵州省历史文献研究会等编:《黔灵山志》,黔新彩出(96)内图资准字第043号,第9页。

戋为祝圣法门乎哉！一片婆心，半生精力，尽在此山，宜其志之以为传灯也。[1]

赤松法师对佛教义理知之甚深，并能够做到"高高山上立，深深海底行"。他筚路蓝缕开创黔灵山，真正的用意就是"欲行化黔灵"，教化大众，让佛法广被众生，而赤松法师为此付出了半生精力，可谓"一片婆心，半生精力，尽在此山"。

观乎此，清代围绕黔灵山所创作的诗文作品，其中将赤松法师的形象描绘为立志苦行的修道者，遍参大德的求法者，筚路蓝缕的开山者，讲求方便的弘法者以及一片婆心的教化者。

（本文发表于《贵州民族大学学报》〔人文社科版〕2014年第6期）

杨锋兵，1980年生，2010年毕业于陕西师范大学文学院，文学博士，师从吴言生教授，现为贵州民族大学副教授。

---

[1] 贵州省历史文献研究会等编：《黔灵山志》，黔新彩出（96）内图资准字第043号，第9—10页。

龙绍讷之竹枝辞及其文化性格的文学人类学解读

吴玲玲

内容摘要：诗是人类感情表达的一种形式，人类将感情寄托于诗歌中。龙绍讷遗留竹枝辞十一首，其主要内容包括风土民俗、官场腐败、家庭生产生活和关怀人民疾苦等内容。本文运用文学人类学理论解读了龙绍讷遗著的内容，研究结果表明：龙绍讷是一个传统知识分子，他具有传统知识的特质即有着传统知识分子"修身齐家，治国平天下"的文化性格特征。

关键词：龙绍讷；竹枝辞；文化性格；苗族

弗莱在《批评的剖析》里说："情绪是感情的一个阶段，而感情则是用来表达趋于快感体验或美的沉思的精神状态的普通字眼。"①这种情绪的宣泄方式正如唐代诗人刘禹锡《竹枝自序》中所记录的："里中儿联歌竹枝，吹短笛，击鼓以赴节，歌者扬袂唯舞，以曲多为贤。"②这就是最初的竹枝辞③，一种民间流行的歌词，后来文人参与创作，成为一种诗体。弗莱继续他的观点："诗的意象不是在陈述或指出什么，二是通过互相映衬，暗示或唤起诗所

---

① 【加拿大】弗莱著，陈慧等译：《批评的剖析》，百花文艺出版社，1998年版，第73页。
② 王利器等辑：《历代竹枝词》，陕西人民出版社，2003年版，第2页。
③ 竹枝一般称为"竹枝词"，但本文龙绍讷在其文本中写之为"竹枝辞"，不好篡改，因此文中一律将"竹枝词"称之为"竹枝辞"。特此说明。

要表达的情绪。"弗莱总结成一句话："这就是说，它们表现或清晰地表达特定的情绪。"竹枝辞就承载了这种情绪，宋朝时候，竹枝辞开始以吟咏风土民俗，借此反映民间疾苦；明清时的题材有所变化，主要是吟咏风土时尚、讽议时政热点，比较贴近现实生活。根据竹枝辞不同的题材，周作人先生将竹枝辞一分为三：一是历史地理性质类；二是岁时风物类；三是风俗人情类。①并进一步指出："其以诗为乘，以史地民俗之资料为载。"唐圭璋先生则认为：宋元以降，竹枝辞"内容则以咏风土为主，无论通都大邑或穷乡僻壤，举凡山川胜迹，人物风流，百业民情，岁时风俗，皆可抒写。非仅诗境得以开拓，且保存丰富社会史料"②。

《龙氏迪光录》由龙绍讷组织编纂。这部八卷本的贵州黔东南亮寨司的土司族谱，不仅卷帙浩繁，且体例复杂，其中保存了大量的"案卷""谕""疏"等原始性文献。③《龙氏迪光录》第四卷是这位苗族学者的遗文，这部分篇幅最大，龙氏在开卷就将其编纂旨意明确提出："流连光景之篇，君子所不录。至如后人诗古文辞，苟表扬祖烈及先代所建祠庙有记序吟咏，可以感人心厚风俗者，往往一唱三叹绰有余音，是何可不录也。"以此为目的，龙绍讷创作了十一首竹枝辞，以此为文本，可以用来考察龙氏的性格特点。

一、龙氏竹枝辞的创作背景

作为少数民族地区的贵州，雍正时开始大力进行改土归流，以便使统治阶级进一步了解这块新开发的地区。如此，导致了苗疆地区各民族起义不绝，反抗不断，比如发生在雍正十三年（1735）二月的包利、红银起义，导致了清水江苗族的"群相附和"，很快，他们就占据了方圆千里，数万人参与，声势十分浩大，波及全省。发生在乾隆六十年（1795）的石柳邓起义，以设伏开始，杀死清总兵等官吏，并连克湘、川、黔的许多州县，使起义军声势大震。

---

① 吴平：《周作人民俗学论集》，上海文艺出版社，1999年版，第250页。
② 丘良任：《竹枝纪事诗》，暨南大学出版社，1994年版，第5页。
③ 朱泽坤：《苗族学者龙绍讷之竹枝词与清代苗侗社会》，见《原生态民族文化学刊》，2013年第2期。

为加强管理,统治者们急需了解当地风俗。为此,清世宗开始派大批文人实地考察,他们大多以一种新奇而陌生的眼神来看待这些从未见过的民俗民风,用竹枝辞①的方式来记录。——此时的竹枝辞多半由外来的官吏创作,而不是本地的赋闲文人。

清黎平府锦屏县亮寨司龙氏,自明洪武四年(1371)第一任长官龙政忠始,至清道光七年(1827)第二十任长官龙家谟止,亮寨司龙氏家族连续二十世、二十三人先后世袭亮寨蛮夷长官司正长官之职456年,经历明清两个封建王朝之二十二个朝代。龙绍讷(1792—1873)就是出生于这样一个土生土长的土司家族。

龙绍讷,字廷飏,号木斋,晚号竹溪。天资颖异,于道光十七年(1837)乡试高中,次年赴京会试,龙绍讷败北,并在此后持续落榜。为此,年过五旬的龙绍讷绝意仕途,在乡下开馆授徒,创作诗文。

二、龙绍讷竹枝辞内容

弗莱的认为"诗不是理性地描述事物,那么它一定是对一种感情的描绘。"②龙绍讷的竹枝辞共十一首,作于黎平有五首,作于榕城③有六首,大致包括如下内容,那么,我们来看看弗莱所说的诗歌的文字核心,是"由衷的呐喊"。

(一)风土民俗最为广泛

两首《黎平竹枝辞》、六首《榕城竹枝辞》写本地风土:

夕照初沉即便行,城中妇女最轻盈,

呼童作伴羞人面,携手前途月未明。(黎平竹枝辞之三)

榕树江边榕树多,老榕树老密枝柯。

爱榕人憩棠阴路,截竹编篱学唱歌。(榕城竹枝辞之一)

卓午亭亭拥盖来,逐墟人去趁虚开。

---

① 严奇岩:《〈八十二种苗图并说〉》的成书年代考证——以余上泗〈蛮峒竹枝辞〉为研究文本》,见《民族研究》,2010年第1期。

② 【加拿大】弗莱著,陈慧等译:《批评的剖析》,百花文艺出版社,1998年版,第74页。

③ 龙绍讷自注:"见黔之古州,黎平分府也。"见龙绍讷《龙氏迪光录·本支家乘迪光录卷四·遗文第六》,光绪四年刻本。

拖裳拽地无跟履,也有经营入市才。①（榕城竹枝辞之二）

滞穗留囷慎戒藏,朝餐不用宿舂粮。

鸡鸣欲爨先投杵,遗戒当年记武乡。（榕城竹枝辞之三）

归来星月一肩横,入夜人闲便学笙。

不用娲皇新制管,竹筒吹彻月三更。（榕城竹枝辞之四）

新装结伴赛缠头,盘瓠村村祝社秋。

男解蛮歌女解舞,锦绒铺背鬭肥牛。（榕城竹枝辞之六）②

这六首竹枝辞记述了树下唱歌、妇女夜行、夜闲学笙、欲爨先舂、午间逐墟、结社斗牛等民俗风气。③有如桃源一般,这里的生活十分舒爽。当然,在这里生活也不是没有一点烦心之事。比如第五首《榕城竹枝辞》:

株离耻学汉音艰,得句人谁语学蛮。

蛮府参军学不惯,瓯隅一笑破心颜。

唯一烦心之事就是接受汉文化之熏陶,苗疆地处蛮荒,世世代代都处于自己民族的乡音乡情之中,突然想要转而学习汉音,不能不说这实在是一件十分困难的事情,可是跟下面的事情相比较,语言的障碍实在是不值得一提的小事。

（二）揭露现实,展示对官场现状的态度

龙氏的这十一首竹枝辞中,仅此一首竹枝辞涉及官场的现状,但作者就用这简短的二十八个字,就把官衙小吏的盘剥嘴脸栩栩如生地刻画出来了:

规矩包儿裹在腰④,卓锥无地也丰饶。

八家名数分头目⑤,举箸擎杯惯骂苗。（黎平竹枝辞之五）

第一,因为人口增长的迅速,而官府衙门的正式官员编制却又十分有限,从现实需要出发,维持司法审判的正常运转,形成相对有效的社会控制,这些

---

① 龙绍讷自注:"城外有市值期洞妇最多。"见龙绍讷《龙氏迪光录·本支家乘迪光录卷四·遗文第六》,光绪四年刻本。

② 本文所引竹枝辞均出于龙绍讷《龙氏迪光录·本支家乘迪光录卷四·遗文第六》,光绪四年刻本。

③ 丘良任:《竹枝纪事诗》,暨南大学出版社,1994年版,第117页。

④ 龙绍讷自注:"告状者书差索钱谓之讲规矩。"见龙绍讷《龙氏迪光录·本支家乘迪光录卷四·遗文第六》,光绪四年刻本。

⑤ 龙绍讷自注:"黎平总役旧有八大家之名。"见龙绍讷《龙氏迪光录·本支家乘迪光录卷四·遗文第六》,光绪四年刻本。

都需要一定数目的衙役。第二，这些实际的执行者们——衙役，工作着，官府却并未给他们提供报酬，只是发给一定的伙食补贴，这个数额根本不能满足他们养家糊口之需，或者说是远远不够。据相关专家研究，明清时期的衙役，每年大概只有六到十二两①的伙食补贴，所以，为了一家生计，收受规费或者敲诈勒索等等的黑暗手段就成为他们不得不选择的途径了。第三，衙役体制本身存在的弊端，使得庞大的衙役群体没有足够的收入用来养家。②更严重的是，衙门常常办公经费不足，还要依靠"陋规"来进行补充。所以，甚至政府与衙役沆瀣一气，共同贪污。可见，在这种体制之下，衙役贪污的问题无法从根本上解决。想必，对此中内情十分熟悉的龙绍讷除了揭露，也无可奈何吧？这就是"一个精神紧张的生物的直白的呼号，此生物遭遇到某种需要做出感情反应的事情"。

（三）表露家族特点，显示特殊身份

在《黎平竹枝辞五首》的第二首中，龙绍讷如此描述：

> 土司也是一员官，老署萧条六月寒，
> 案牍簿书无一事，阶前青草自雕刊。

在文学史中，"知识比主观感情的显示更为原始。"③龙绍讷很骄傲自己是龙氏土司家族的一员，这从他所编纂的《龙氏迪光录》之内容可见一斑。比如龙绍讷在《龙氏迪光录》卷一收入了两篇清世宗在雍正二年（1724）颁布的严饬地方土官之谕令：一为"各处土司鲜知法纪，所属土民每年科派较有司征收正供不啻倍徙，甚至取其马牛，夺其子女，生杀任情，土民受其鱼肉，敢怒而不敢言"，清世宗要求"督抚提镇严饬土官，爱恤土民，毋得视为鱼肉，毋

---

① 一般来说，明清时期的五口之家，每月消费的口粮约是"大口小口，一月三斗"之谱，农户全面消费的口粮约是十八石。如果按照常年米价每石一两计算，一年合计十八两。其他日常费用，门头世债，以及婚丧诸事的花费，尚未计算在内。可见，如果衙役一年只有十两左右，显然不够养家。当然，如果没有农妇的副业收入，一个农夫也不能养家。关于明清时期的消费水准的分析，参见王家范《明清江南消费风气与消费结构描述》，《华东师范大学学报》，1988年第2期；徐浩《清代华北农民生活消费的考察》，《中国经济史研究》，1999年第1期；方行《清代江南农民的消费》，《中国经济史研究》，1996年第3期。

② 晚清李伯元曾说："要想他们毁家纾难，枵腹从公，恐怕走遍天涯，如此好人，也找不出一个。"见李伯元著《活地狱》，上海书店，1994年版，第1页。可见，官员对衙役进行道德上的批判，确实不得要领。

③【加拿大】弗莱著，陈慧等译：《批评的剖析》，百花文艺出版社，1998年版，第74页。

得乱行科派,如申饬之后不改前非,一有事犯,土司参革从重";另一则是关于贵州之黎平府的"五开卫守备李孝恣为不法,曲庇汉奸,任其出入苗地生事害民,莫可究诘",世宗责令"湖南总督杨宗仁、巡抚王朝恩明白回奏,将李孝革职交贵州巡抚毛文铨严审,定拟具奏"。龙绍讷将这样的谕文收录在龙氏族谱中,应该是别具深意的。时光荏苒,曾经历史的辉煌已不再现。龙绍讷的这首竹枝辞正符合"诗歌的真正核心是微妙的和闪烁其词的遇刺布局,它回避而不是去促成这种赤裸裸的陈述"。这种家族荣耀的陈述,龙绍讷一直到《龙氏迪光录》"署衙"条,[①]才明述出来:

> 土司之在今日,官为冷官,署为冷署,署可不志也。然门堂寝室与世之热官无以异,况自康熙雍正以来,诸长官类能自出心裁,绸缪牗户,非独甬道崇闳,亦且园林雅洁,一椽一柱布置得宜。

龙绍讷简短数言,即描述出署衙的格局及布置,表达出他的荣耀之心。在此之前,龙氏先客观地将土司世家之没落冷静陈述出来,仔细体会冷热对比,更能体会龙氏之寓意深刻。

(四)揭示百姓疲苦的作品

龙绍讷饱受汉文化熏陶,在这方面,与其他汉族文人无异,揭露得十分彻底:

> 疲苦人民最急公,输将米谷歉犹丰,
> 肩挑役及男和女,升斗何曾恕小童。(黎平竹枝辞之一)
> 大腹膨脖脚八叉,乔装乔扮站官衙。
> 官衙不识河阳宰,满县惟开皂隶花。(黎平竹枝辞之四)

这两首竹枝辞,一如晚唐时的皮陆讽刺诗,不动声色地在数语之间予以褒贬:首先,人民早已疲苦不堪,却仍然还在急"公"之所"急",将家中米谷输尽,内心还"丰"满歉意,将苗疆百姓把政府征调之令的认可提升到前所未有的高度。可反观政府,调令涉及男女小童,无一幸免地全民服役。同时,满衙的皂隶只顾着榨取民脂民膏,自己大腹膨脖,狐假虎威;全县不知道谁是县宰,只有无处不在的皂隶在盘剥百姓。读之,不忍深思。总之,龙绍讷在"把文学视作向心的语言布局"[②]之后,用诗的意象"通过互相映衬,暗示或唤起诗所要表达的情绪"。并且,龙绍讷确实做到了"表现或清晰地表达特定

---

① 龙绍讷:《龙氏迪光录》,光绪四年刻本。
② 【加拿大】弗莱著,陈慧等译:《批评的剖析》,百花文艺出版社,1998年版,第73页。

的情绪"。唐元结《春陵行》："朝餐是草根,暮食仍木皮。出言气欲绝,意速行步迟。追呼尚不忍,况乃鞭扑之!"①似乎过于血腥激烈,有失于"为尊者讳",与"温柔敦厚"不合。白乐天在《新乐府》之序中提出讽喻诗要"为君、为臣、为民、为物、为事而作"②。如白氏在《重赋》的最后希望发挥出对统治者的劝导:"夺我身上衣,买尔眼前恩;进入琼林库,岁久化为尘。"龙绍讷的竹枝辞用意明白,在《龙氏迪光录》卷四的序中表达明确:

> 家乘纪实,何取乎文?然文亦所以文其实也。流连光景之篇,君子所不录。……有记序吟咏,可以感人心厚风俗者,往往一唱三叹,绰有余音,是何可不录也?……凡在本支检阅家乘,载考艺文,知必有缠绵感发,油然而不能自已者,试思观陈琳草檄而头风忽愈,观公孙舞剑而草书顿进,况其为历代之嘉言懿行乎?以遗文殿,盖有深意存焉?

可见,龙绍讷创作竹枝辞,起于"缠绵感发,油然而不能自已",创作激情勃发了,只为了"感人心、厚风俗",不同于白氏。也许,这位世袭土司之家的学者早已明了白氏之主旨根本无法实现。反而,不如单纯地"一唱三叹,绰有余音",如此,更能冷静地直面现实,还有望他的文章能够达到"观陈琳草檄而头风忽愈,观公孙舞剑而草书顿进"。

弗莱说:"人的思维主要被论述性的文字所模仿,它做出一些具体的和特定的断言。思想是对思维的第二性模仿,是'模仿理想',即同典型的思维有关。"③"所有具有意义的语辞结构都是对那个被称为思维的难以捉摸的心理和生理过程的语言模仿。"这个过程"经过了同感情的纠缠、突然的非理性的确信、不自主的洞察的闪光"的阻塞,"最后抵达一种全然不可名状的直觉"。龙氏不采用诗歌的形式来揭示黑暗的现实,却使用民歌体裁的竹枝辞,就如他在序言中所说的"以遗文殿,盖有深意存焉?"龙氏之竹枝辞,以岁时风物及风俗人情作为全部内涵,跟其他汉族学者所作之讽喻诗相较而言,即使龙绍讷接受了汉文化,还是保留了他特有的民族包容情怀,不忍如罗隐、皮日休般尽情愤怒。"人类的接触与影响是普遍的;人类社会都不是封闭的系统,

---

① 聂文郁:《元结诗解》,陕西人民出版社,1984年版,第204页。
② 唐晓敏:《白居易讽喻诗的创作主旨》,见《北京第二外国语学院学报》,2000年第2期。
③ 【加拿大】弗莱著,陈慧等译:《批评的剖析》,百花文艺出版社,1998年版,第77页。

而是开放的系统；它们都不可避免地与其他或远或近的群体发生复杂的关系，共处在蛛网和网结般的联系之中。"①沃尔夫这话大概就是描述如汉夷文化间浸润的关系吧。

三、龙绍讷文化性格特点

饱受传统文化熏陶之中国传统文人，他们之中大多本着"修齐治平"的宏伟理想而进入社会。龙绍讷科场蹉跎至五旬，其意图不言自明。当然，龙绍讷也和其他大多数知识分子一样，最初的抱负及以后的遭遇使之变成尴尬对立的状态，最后想独善其身也不能了。上至屈原，经至阮籍，从之五柳，至行藏在我之乐天，从忧国忧民之子美，至醉饮狂歌之太白，从他们身上所显示之各异人格特征最后汇成一种似异实同的矛盾体：既耿介又世故，既狂放又拘谨，想兼善天下，终而沦为独善其身，满腔忠君报国，最后却沦至为己全性……种种矛盾，不一而足。张岱年曰："中国传统文化价值体系的确立……始终围绕着人生价值目标的提示，人的自我价值的实现、实践而展开。"②无疑，龙绍讷也有其人生价值：饱读诗书，深受孔孟熏陶，跻身于科场角逐，最后获得忠君报国之机会，不可谓不是龙氏之最初人生目标。只是与大多数饱受传统文化熏陶之文人一样，最终铩羽而归，疲惫身心。

（一）"士志于道"

在中国的伦理文化背景之下，传统文人的失意尤显突兀，这跟他们的人生选择和价值追求相连在一起。纵观千年历史，我们传统文人的人生理想有惊人的普遍性和相似性，概而言之如："学而优则仕"（《论语·子张》）、"君子谋道不谋食……君子忧道不忧贫"（《论语·卫灵公》）、"士志于道"（《论语·里仁》）。传统文人们实现人生价值的选择一旦失衡，则往往会心理失衡。余英时认为："'知识人'这个名词也是借用 intellectual 之日译……我想尽量恢复'intellectual'一词'人'之尊严，对于中国古代'士'更是如

---

① 【美】沃尔夫著，赵丙祥等译：《欧洲与没有历史的人民》，上海世纪出版集团，2006年版，第27页。

② 张岱年：《中国文化概论》，北京师范大学出版社，2004年版，第290页。

此。"①中国古代并没有纯粹的文学家，他们基本上属于失败的政治家。比如春秋、战国时之四方游历的"士"；发出"路漫漫其修远兮，吾将上下而求索"之叹息的屈大夫；秦汉后的以儒教为中心，将拯时济世作为己任的士大夫群体；唐时的"致君尧舜上，再使风俗淳"的子美；宋时"先天下之忧而忧，后天下之乐而乐"的范仲淹；明末"天下兴亡，匹夫有责"的顾炎武；近代"世界有穷愿无尽"的梁启超……②他们无不极其渴望功名，实现其人生理想，体现其社会价值。中国文化从春秋战国开始，就逐渐发展成了一种文化传统：重"道"。龙绍讷受"道"之熏陶，自然承担"道"之传承之历史使命，此乃其性格中之最初特点。

（二）"独善其身"

中国文化传统构造出中华民族独特的文化心理结构，体现在"天下有道则显，无道则隐"（《论语·泰伯》）、"达则兼济天下，穷则独善其身"（《孟子·尽心》）、"用舍由时，行藏在我"（苏轼《沁园春·赴密州，早行马上寄子由》），自我与现实之间总保持着一种若即若离之距离，体现出进退自由之圆通与包容。

创立自春秋的儒家思想体系，经过两汉和北宋的双改造，早已经趋于周密完备。饱读诗书的传统文人的第一抱负大多在政治理想上，而文人化官僚制度和以治人为基本内容之实用主义思想决定其热衷于从政，因此，其人生历程大多也即表现为一种仕途经历。为实现儒家规定之人生理想，出仕成为最佳途径，科场取胜则成为首要目标。龙绍讷同其他文人一样，在这条路上摸爬滚打，屡败屡战，希冀胜利曙光降临。直至年过五旬，方始清醒。所幸清醒之后，龙氏不像其他落第失意文人一般愤世嫉俗，酣畅淋漓地尖锐批判现实。儒家之"温柔敦厚"在龙绍讷身上得以完美体现，科场败北，但于龙氏遗文中并未发现如罗隐、皮日休辈之愤懑。而是平静于乡间开馆授徒，琢育后辈，成绩斐然。

（三）"仁人孝子"

道光二十五年（1845），龙绍讷开始在天柱厦村授徒，五年之久其门生成

---

① 余英时：《士与中国文化》，上海人民出版社，2003年版，第2页。
② 陈慧敏：《论宗教意识缺失对中国传统失意文人的影响》，见《安徽农业大学学报》（社会科学版），2011年第6期。

为秀才、举人的不胜枚举。闲暇之余，龙氏致力于诗文创作与学术研究，内容主要也在传承儒家文化，发掘家乡历史，考证古址，尤其耗费了几十年的心力，撰成家乘八卷，取名《龙氏迪光录》。"迪光"，意为"迪为前光"（《龙氏迪光录·龙氏家乘序》），语出《尚书》之《周书·君奭》："迪惟前人光，施于我冲子"。意谓自己不能成为家族表率，只能把前人的光荣传统加以推广，延续到子孙后代身上。至此，龙绍讷编纂《龙氏迪光录》之本旨，再明显不过了。有此旨意，《龙氏迪光录》自然在体例上也不会同于一般族谱。

在包罗万象的《龙氏迪光录》中，有一篇龙绍讷亲撰之《家乘序》：

> 生我者父，父父者何人？祖我者祖，祖祖者何人？知我之父，不知父之父，是谓无父；知我之祖，不知祖之祖，是谓无祖，无父无祖是谓无本，无本则无枝，故欲繁枝必先固本，或曰始亮寨者政忠，政忠无父乎？曰有，我知之，我得而记之，祖相承者启儒，启儒无祖乎？曰有，我知之，我得而记之。昔鬷国名，高阳氏之后叔安裔孙董父能畜龙，舜赐姓曰豢龙，龙氏所由始也。叔安以上又何人？曰：我不得而知之矣。然则心无尽而势有穷，奈何曰尽，吾心而已矣。今夫江之永也，蓄于梁汇于荆洩于扬其流几千里矣，溯其源者不过曰岷山而已，河之长也，兹长于雍委折于豫怒号于兖其流万余里矣，穷其源者不过曰昆仑而已，世已远代已湮，济江河而叹明德之远服杯棬而念先绪之遗，详其所可详，详之又详，以至于无可详，谓义，仁至义尽，先王之制也，譬之立庙太祖以上，百世不迁，太祖以下，五世则祧，五世之祖，祖之近者，近之故亲之，然则五世以上皆疏乎？非也，五世则亲尽，亲尽则义尽，义尽则心尽。先王立庙之止于五也，亦曰尽吾心而已，吾有父，吾知之，吾记之；吾有祖，吾知之，吾记之，亦曰尽吾心而已。虽然江有觞其泛之，河有槎其乘之，饮水知源，源有尽矣，而仁人孝子之心究何尝尽也哉。
>
> 大清道光二十二年岁次壬寅
裔孙绍讷沐手撰

通序之中，龙绍讷只表达一种意愿：龙氏脉络，须尽心记之，续其流扬其波，百世五世尽心尽孝。龙氏源于高阳，则起于华夏，从此序中可知，龙绍讷以华夏子孙自居，并未认为自己是蛮荒之地之少数民族，未受教化，而是与中原文明有源远流长之深源。可见其心态之一斑。尚永亮先生曰："困境对任何人来说都是一种真正之检验，在克服忧患、自我拯救之过程中，选择哪种意识倾向和行为模式，直接关系到自我拯救之效果和定位。"①龙绍讷科场失利，并不以此为由，认为自己被边缘化，儒家"治国"理想破灭，还有"齐家"，谁又能说龙氏致力于塾馆与学术，费尽心力编撰八卷家乘，不是以"齐家"为目标呢？即使晚年遭逢农民大起义，龙绍讷也是选择避处深山僻岭，不问世事，难道不能揣测其已将"治国"抱负彻底放下了么？"修齐治平"，龙氏只能履行前二，何不专心一志？以龙氏后之成就来看，确已尽心。

四、结语

美国菲利普·巴格比将"文化"定位为"以一个既定的方式反复出现于一个特定社会的大多数成员的行为中，并被理想化地推定能出现于该社会的全体成员中"。②具有此种"文化特质"之性格，即为文化性格。③龙绍讷虽为少数民族文人，但也受到汉以来的"罢黜百家、独尊儒术"之教化，更有隋以来的科举选士，使得中华民族大家庭中任何有志于仕途的才俊都梦寐以求可以科举出仕，龙绍讷也不例外。因此，在他早期性格中，明确表示出对功名的渴望和追求。

儒教和科举对中华民族之基本文化特质的形成起到最主要的影响作用，使得传统文人性格在道德伦理层面趋于同一。饱受传统文化浸淫的文人们逐渐将对功名的追求渗入意识，成为他们基本的个体行为规范，龙绍讷身上也体现了这种民族文明象征，将中国传统文人之经典风貌表现为对科举及第的追求，一旦失败，他们也有退路——"穷则独善其身"。龙绍讷晚年退居乡村，开馆授徒，根据先人经典，龙绍讷认为，此时他应该做好自己分内之事。因此，龙绍

---

① 尚永亮：《人生困境中的执著超越——对屈、贾、陶的接受态度看中唐贬谪诗人心态》，见《社会科学战线》，2001年第4期。
② 【美】菲利普·巴比格著，夏克、李天纲、陈江岚译：《文化·历史的投影——比较文明研究》，上海人民出版社，1987年版，第105页。
③ 沈家庄：《参与·超脱·民族文明——一论中国古代文人的文化性格》，见《广西师范大学学报》（哲学社会科学版），1993年第1期。

讷在竹枝辞中表现出一种温柔敦厚的性格特点。这就能解释,龙绍讷为什么在他的十一首竹枝辞中运用那些词汇,表达他复杂的心情。同时,也体现了他复杂的性格特征。

即便是失意文人,也已被烙上传统文化性格的标签的龙绍讷,仍然秉承传统"采风""美刺"观念,继承白居易《新乐府序》所提倡之"为君为臣为民为物为事而作"①之诗歌精神。这从他的行文风格即可看出,无论龙氏遗文,抑或《龙氏迪光录》,细观可发现,龙绍讷已将"治平"之遗憾倾向于传承祖辈之荣光,因此,在《龙氏迪光录》中,才会以一卷之篇幅来记载"君恩""祖德",将先辈"治国平天下"之功绩流传后世,来成全他仁人孝子的心愿。再以一卷的内容来记载遗文,表达自身"修身齐家"的实际行动。由此看来,龙氏十一首竹枝辞中无怪乎以岁时风物和风俗人情为主要内容。既以身家为目标,自然围绕身家而展开,记述周遭风物人情,偶有涉及"治平"内容,也是"怨而不怒",保持着"温柔敦厚"了。

还是弗莱说得好:"从文字而言,诗人有意要说的就是诗自身;他的意思就在所写的任何段落中,在诗歌各组成部分的文字意义中说了出来。"②从这十一首竹枝辞,我们确实看到了龙绍讷的性格特征,即"文字意义是变化的和模糊的"。

吴玲玲,1980年生,2016年毕业于陕西师范大学文学院,文学博士,师从傅绍良教授,现为贵阳学院贵州省山地民族研究协同创新中心特聘研究员。

---

① 谢思炜校注:《白居易诗集校注》,中华书局,2006年版,第267页。
② 【加拿大】弗莱著,陈慧等译:《批评的剖析》,百花文艺出版社,1998年版,第83页。

论清代《史记》文学阐释的特点

王晓玲

内容摘要：清代是中国古代《史记》研究的鼎盛时期。清人对《史记》文学方向的阐释做出了广泛而深入的研究，无论阐释理论、方法，还是研究深度与广度上都取得了前所未有的成就，许多结论笃实而新颖。清人深刻地探究了《史记》的文学特性，较历代有着更为深刻、公允、新颖的认识，对其文学地位给予了高度评价。在对《史记》的文学性探讨中，研究者注重理论性的指导，并发展、丰富了这些理论。不仅如此，清代《史记》文学阐释时代特点突出，重文本细读精读，重辨析、重感悟成为其重要特点之一。小说与《史记》文学性、创作动机以及写人叙事等艺术技巧的比较，强化了《史记》文学特质，这是清代《史记》文学阐释的另一特点。

关键词：清代；《史记》；文学阐释特点

清代是《史记》研究的兴盛时期。清人对《史记》的重视和喜爱超过以往任何一个朝代，他们在"通经汲古""复古守正"的文化旗帜下，将《史记》置于史宗、文宗的地位，或训诂笺释、探本辨伪、厘定体例，或探迹幽赜、品评人物、耽迷文法，甚至书法、绘画等艺术也莫不以之为圭臬。

就清代《史记》文学阐释而言，清人做出了广泛而深入的研究，许多结论笃实而新颖，发前人之未发。这些论述或存于《史记》研究专著、辑选辑评本中，对《史记》的文学性进行集中研究；或存于文集序跋、文人书信、笔记以及各种诗话、文话、书话、画传中，对《史记》某个方面、某个篇目展开论述；或存于小说评点、小说序跋、读法中，将小说与《史记》作以比较。虽然清人《史记》文学阐释的形式灵活，类属复杂，但整体上体现出了对《史记》文学性认识深入、重理论、重方法、重比较的研究特点，深刻地反映出清人在《史记》文学阐释的理论、方法、深度与广度上都取得了前所未有的成就。

一、清代对《史记》文学性、文学意义认识的深入性

清代对《史记》的文学性的认识较历代更为深刻、公允。在《史记》文学阐释中，清人强调了《史记》"文"的特点，深入挖掘了其文学特质，对其文学地位给予了前所未有的高度评价。这些认识笃实而新颖，成为清代《史记》文学阐释的重要特点之一，将古代《史记》文学研究推向了高峰。

《史记》的文学性是逐渐被认识的。汉魏以降，在《史记》的评述中虽有涉及其文学性，但终归是属于史学范畴的。绵延唐宋两朝的古文运动促使了《史记》文学研究的深入和拓展，尤其宋代对《史记》的文学性有了一定认识，如苏洵、马存、苏辙、洪迈等人对《史记》写人、叙事以及作家修养的认识，代表了《史记》研究的新方向和新成就，《史记》史学研究与文学研究出现逐渐分流的态势。明代是《史记》文学研究的深入期。明人文学复古的学术思潮和《史记》、小说的比较为《史记》文学性的探讨提供了文化语境。杨慎、唐顺之、茅坤、王慎中、归有光、钟惺等文学大家都对《史记》进行了深入的研究，对《史记》文学性认识更为深入、具体。明人认为"太史公书极有法度，草草读不知也"[1]。"法度"成为明代《史记》文学研究的核心词，在《史记》叙事、人物刻画、文章风格、语言以及与小说的关系等方面都做出了探讨。但清人对明代以"法度"来概括《史记》的文学特质表示极为不满，认为归、唐只是"得力于《史记》者，特其皮毛"[2]。

基于此，清代学者对《史记》的文学性研究倾注了更多的心力，强调对《史记》的研读，认为《史记》是读书人不可不读之书，姚苎田云：

<blockquote>
《史记》一书学者断不可不读，而亦至不易读者也。盖其文汪洋瑰丽，无奇不备，汇先秦以上百家六艺之菁英，罗汉兴以来创制
</blockquote>

---

[1] [明]归有光：《归震川评点本史记》第一册，光绪二年正月武昌张氏校刊，第4页b面。
[2] [清]章学诚著，叶瑛校注：《文史通义校注》，中华书局，1985年版，第287页。

显庸之大略，莫不选言就班，青黄篡组。如游禁籞，如历钧天，如梦前生，如泛重溟。①

《史记》"洸洋玮丽""无奇不备""汇百家六艺菁英"的特点使清人将之视为不可不读之书、不易读之书。如绵延清代二百多年的桐城派中人无不重视《史记》的研读，对《史记》的文学特性作了深入分析。清人认为除儒家经典之外，《史记》是当之无愧的古文正宗。清初文坛耆老钱谦益云："六经，文之祖也；左氏、司马氏，继别之宗也；韩、柳、欧阳、苏氏以迄胜诸家，继弥之小宗也。"②认为后世文章都是呈《左传》《史记》这条脉络而来，唐宋八大家如韩愈、柳宗元、欧阳修、苏东坡都是学习"左史"而成为"小宗"。徐邻唐《壮悔堂文集序》又云：

盖古文如《汉》，如《庄》《列》，如《管》《韩》，如《左》《国》《公》《谷》，如《石鼓文》《穆天子传》，法莫具于马迁。

前此之文，马迁不遗；后此之文，不能遗马迁。③

徐氏比钱谦益的论述更为具体，他"前此之文，马迁不遗；后此之文，不能遗马迁"之论显然将《史记》视为文宗，认为《史记》具备了全部的文法。晚清著名学者吴德旋在《初月楼古文绪论》亦云："《史记》如海，无所不包，亦无所不有；古文大家，未有不得力于此书者；正须极意探讨。韩文拟之，如江河耳。"④这些论述概括了清人对《史记》文学性的认识，表现出《史记》在清人心目中尊崇的文学地位。正因为如此，清代产生了大批有关《史记》文学性的专著，如吴见思的《史记论文》、李晚芳的《读史管见》、牛运震的《史记评注》、邵晋涵的《史记辑评》、姚苎田的《史记菁华录》、姚又朴的《史记七篇读法》等论著。许多大的文史论家其作品中对之无不涉及，如刘大櫆的《论文偶记》、章学诚的《文史通义》、刘熙载的《艺概》、曾国藩的《求阙斋读书录》等都极具代表性，还形成了两部著名的集评本，如王拯的《归方评点史记合笔》、程余庆《历代名家评注史记集说》。

---

① [清]姚苎田：《史记菁华录》，中华书局，2010年版，第174页。
② [清]钱谦益：《袁祈年字田祖说》，见《牧斋初学集》，上海古籍出版社，1985年版，第826页。
③ [清]徐邻唐：《壮悔堂文集序》，见《壮悔堂文集》，清抄本，卷首。
④ [清]吴德旋著，范先渊校点：《初月楼古文绪论》，人民文学出版社，1959年版，第24页。

更为重要的是，清人对《史记》的文学性有了更深刻而具体的表述。如吴伟业《北词广正谱序》云："士之困穷不得志、无以奋发于事业功名者，往往遁于山巅水湄，亦恒借他人之酒杯，浇自己之块垒。其驰骋千古，才情跌宕，几不减屈子离忧、子长感愤，真可与汉文、唐诗、宋词连镳并辔。"①这实质也就是是金圣叹对《史记》"以文运事"的概括。他认为："马迁之书，是马迁之文也。马迁书中所叙之事，则马迁之文之料也。"②揭示出《史记》创作性的特点。对此特点姚苎田论述更为清晰，他说："不知文者，常谓无奇功伟烈，便不足垂之青简，照耀千秋。岂知文章予夺，都不关实事。"③并明确地提出："《史记》之文，文也，不必以其事也。"④这说明清人对《史记》文学性的认识发前人之未发，提高到了前所未有的高度。另外，清人《史记》文学性的认知还体现在《史记》与小说的比较上。金圣叹、张竹坡、冯镇峦、孔广德、刘鹗等小说评点家以《史记》为坐标的小说艺术价值判断，在小说评点中，间接地、细致地分析了《史记》写人、叙事、语言、风格等方面的特点，从另一个层面强化了《史记》的文学性。

概言之，清人对《史记》文学性、文学意义把握的深入性成为清代《史记》文学阐释的重要特点。

二、清代《史记》文学阐释的理论性

文学理论是对文学规律的把握，文学实践是文学理论丰富和发展的前提和基础，尤其优秀的文学作品的创作和阅读实践对文学理论内涵的拓展和丰富有着重要的意义。同时，文学理论对作者创作动机、文本的隐藏意义、文本艺术技巧的挖掘有着指导性作用。清代学者对《史记》的文学性探讨注重理论性的把握，把"发愤著书"说、"文气"说、"义法"说作为解读《史记》的理论，全面而深入地探索了《史记》的文学特质，并丰富发展这些理论，进行了

---

① [清]吴伟业著，李学颖集评标校：《吴梅村全集》，上海古籍出版社，1990年版，第1214页。
② [清]金圣叹：《贯华堂第五才子书水浒传》上，见《金圣叹全集》，江苏古籍出版社，1985年版，第440页。
③ [清]姚苎田：《史记菁华录》，中华书局，2010年版，第81页。
④ [清]姚苎田：《史记菁华录》，中华书局，2010年版，第76页。

历史性总结。这成为清代《史记》文学阐释的重要特点之一。

司马迁认为古今名著"大抵贤圣发愤"之作,又云:"所以隐忍苟活,函粪土之中而不辞者,恨私心有所不尽,鄙没世而文采不表于后也。"①将隐忍抒愤与著述连接起来,"发愤著书"说成为中国古代文学理论中最为重要的命题之一,对中国古代文学的创作有着深远地影响,钱锺书《管锥编》说,"古代许多诗文"莫不滥觞于太史公'诗三百篇大抵发愤所作'一语"。②

明清易祚,为了消尽汉人的骨气和廉耻,清政权以铁血手段武功戡定,并强行剃发易服。同时,清政权为了争夺道统,控制文化的话语权,实行民族分离、民族压迫政策,造成了汉族及汉族知识分子的被排斥、被压抑的地位。出于对汉族的防猜、对文化的清洗、对汉人思想的钳制,绵延顺治、康熙、雍正、乾隆四朝一百多年的文字狱,造成了仕林萎靡,民众精神不振。整个清代科场失意、仕途蹭蹬成为极普遍的现象。清代特定的政治、社会环境为发愤著书理论提供了社会生活基础。"垒愤激讦,而后至文生焉"③成为清人最深刻的文学认识,也成为清代《史记》文学阐释的起点。

顾炎武、王夫之、陈子龙、归庄、曾国藩、沈德潜、陈廷焯等学者对"发愤著书"理论进行了更为具体、深刻的发掘。归庄"小不幸""大不幸"与诗之工与不工关系的探讨;曾国藩"瓮墉穷老而不得一篇之工亦常有之","盛世之诗不敌衰季,卿相不敌穷巷之士,是二者殆皆未为笃论已"④对"发愤著书"理论的片面极端的修正;沈德潜、陈廷焯客观理性地对"发愤著书"理论从创作层面的归纳。这些探讨厘清了"发愤著书"说的内涵和外延,使之更加完整、系统,认为"发愤著书"只是创作主体创作的内在驱力,它不等同于作品,具体到写作上还要靠创作主体的艺术修养和艺术技巧,要借助于艺术手法。并较为广泛深入地运用到《史记》小说的评述中。

清人认为司马迁将个体的情感与体悟融入《史记》之中,袁文典《读史记》云:"余读《太史公自序》而知《史记》一书,实发愤之所为作。"而且

---

① [汉]班固:《汉书》,中华书局,1962年版,第2733页。
② [清]钱锺书:《管锥编》,中华书局,1979年版,第936—937页。
③ [清]黄宗羲:《谢皋羽年谱游录注序》,见《黄宗羲全集》,浙江古籍出版社,1993年版,第32页。
④ [清]曾国藩:《云桨山人诗序代季师作》,见《曾国藩全集》,岳麓书社,1985年版,第227页。

这种垒愤之情使读《史记》者没有"不为之拍案叫绝废书而三叹也哉！"①也正是以此为起点，清代学者对于《史记》文本的解读，多以"发愤著书"理论为引导，对司马迁寓抒情于叙事的特点、《史记》在构思上的精妙、《史记》的文学手法，《史记》文本的深层意义进行阐释。黄淳耀《史记论略·淮阴侯列传》云：

> 大抵太史公于英雄贫困失路无门之日，皆极力摹写，发其孤愤，如苏秦、张仪皆见笑于其妻，陈涉见笑于耕者，陈平见笑于其嫂，黥布见笑于时人，此类甚多。至漂母饭信而不望报，是以信为沟壑也，其意盖深痛不忍读矣。②

显然，从"发愤著书"出发对《史记》的解读所得出的认识和结论是客观的、是符合司马迁创作的原意的，这对《史记》文化意义和文学意义的挖掘有着重要意义。

"文气"说是具有中国传统的思维模式和审美标准的文论范畴，成为中国古代艺术的创作、鉴赏、主体的人格建构重要艺术理论。经过历代以来的发展，清代的"文气"说既具备比较完整的体系，也具有一定的理论高度，同时也有着具体的可操作性。

清人崇尚文气十足的诗文，这与清人对历代创作实践与文学理论的总结，尤其是桐城诸子对《史记》的文本阐释有着密切的联系。方苞强调"理明""辞畅"，认为辞畅实为内在精神所外化之气。刘大櫆《论文偶记》"文之最精处""文之稍粗处"③和姚鼐"文之精""文之粗"的理论④，将历代所探讨的抽象的创作主体的"养气"具体为主体精神之气、文化之气、社会之气，即文之"神"；作家的精神气质与情感在文章中通过字句、音律表现出来即为"气"。这就将文气论具体化到文章的节奏与音律和文法之中，使抽象的"文气"体现在字法、句法、章法结构上。而这些认识正是他们经过对《史记》的探究而得出的，方苞说："古文气体，所贵清澄无滓。

---

① [清]袁文典：《读史记》，见《袁陶村文集》，清光绪间刻本，第19页a面。
② [清]黄淳耀：《史记论略》，见《陶庵集》，知服斋丛书，清光绪十八年顺德龙氏刻本，卷七，第33页。
③ [清]刘大櫆：《论文偶记》，人民文学出版社，1998年版，第6页。
④ [清]姚鼐著，王先谦选编：《正续古文辞类纂》，浙江古籍出版社，1998年版，第10页。

澄清之极,自然而发为光精,则《左传》《史记》之瑰丽浓郁是也。"①刘大櫆《论文偶记》亦云:"文贵大:道理博大,气脉洪大,丘壑远大;丘壑中,必峰峦高大,波澜阔大,乃可谓之远大。古文之大者莫如史迁。震川论《史记》,谓为大手笔。"②方、刘都认为《史记》的澄清、瑰丽浓郁与远大是司马迁善养气所至。因而,清代古文大家都以《史记》为圭臬,探索文气规律。如曾国藩,他认为:"十三经外所最宜熟读者莫如《史记》《汉书》《庄子》韩文四种。余生平好此四书,嗜之成癖,恨未能一一诂释笺疏,穷力讨治。"③他的日记常有对《史记》探索的感悟,如:"夜温古文《史记》数首。因忆余论作书之法,有'欲落不落,欲行不行'二语。古文吞吐断续之际,亦有欲落不落,欲行不行之妙,乃为蕴藉。"④曾国藩认为:

> 自汉以来,为文者,莫善于司马迁。迁之文,其积句也皆奇,而义必相辅,气不孤伸,彼有偶焉者存焉。⑤

曾国藩以文气对司马迁之文的解读,指出《史记》"积句也皆奇,而义必相辅,气不孤伸,彼有偶焉者存焉"的特点,来寻求古文"行气之短长,自然之节奏"⑥。显然,"文气"说对揭示《史记》的精神韵律、文学气象提供了理论工具,同时,也使文气理论得到丰富和发展。

"义法"说是清人《史记》阐释的重要理论发明。"义法"之说是方苞以《史记》为范本对史学、文学理论的认知,它使清代对《史记》的研究达到了前所未有的高峰,也成为桐城古文理论的大纲。桐城派前后相继于整个清代,涉及作家一千多名,著述几千种,足见"义法"说在清代《史记》阐释和文学实践中重大的影响。

---

① [清]方苞著,刘季高校点:《古文约选序例》,见《方苞集》,上海古籍出版社,1983年版,第614页。
② [清]刘大櫆:《论文偶记》,人民文学出版社,1998年版,第7页。
③ [清]曾国藩:《谕纪泽》,见《曾国藩全集》,岳麓书社,1985年版,第430页。
④ [清]曾国藩:《曾国藩全集》,岳麓书社,1985年版,第1024页。
⑤ [清]曾国藩:《送周荇农南归序》,见《曾国藩全集》,岳麓书社,1985年版,第162页。
⑥ [清]曾国藩:《复许振祎》,见《曾国藩全集》,岳麓书社,1985年版,第1971页。

方苞说:"《春秋》之制义法,自太史公发之"①,"序事之文,义法备于《左》《史》"。②他认为《史记》继承发挥了《春秋》的"义法",并将之解释为"言有物""言有序"。虽然方苞没有再直接展开论述,但他在《杨千木文稿序》中曰:"左丘明、司马迁、班固,志欲通古今之变,存一王之法,……凡此皆言有物者也。"③可见,他认为《史记》的"言有物"是司马迁"通古今之变,存一王之法"为坐标的价值判断。对于"言有序",可以解读为"义之法",在《书五代史安重海传后》,方苞云"《左传》《史记》各有义法,一篇之中,脉络灌输,而不可增损。然其前后相应,或隐或显,或偏或全,变化随宜,不主一道"。④这里他似乎将《史记》的脉络、照应、隐显、层次等文章组织能力称之为"言有序"。虽然。方苞对"义法"进行了较为深入的解读,但从其众多《史记》阐释的文章来看,更侧重于"求义之法",如《又书儒林传后》:

> 是书叙儒术至汉兴,首曰"于是喟然叹兴于学",继曰"天下学士靡然乡风",终曰"自此以来公卿大夫士吏斌斌多文学之士"。骤观其辞,若近于赞美,故废书而叹,皆以为叹六艺之难兴也。然其称叹兴于学也,承太常诸生之为选首;称学士乡风,承公孙弘以白衣为三公;称斌斌多文学之士,承选择备员。则迁之意,居可知矣!⑤

显然,方氏是要在脉络、照应、隐显之"法"的研究中探索出史公之"义",达成"迁之意,居可知"的"求义之法"。他的《史记》阐释文章多为此法,准确地把握了《史记》的内在精神,符合司马迁著史原意,是清代学者对《史记》最重要的贡献。日本学者内藤湖南认为方苞是"直到清代才出现

---

① [清]方苞著,刘季高校点:《又书货殖传后》,见《方苞集》,上海古籍出版社,1983年版,第58页。
② [清]方苞著,刘季高校点:《古文约选序例》,见《方苞集》,上海古籍出版社,1983年版,第615页。
③ [清]方苞著,刘季高校点:《杨千木文稿序》,见《方苞集》,上海古籍出版社,1983年版,第608页。
④ [清]方苞著,刘季高校点:《书五代史安重海传后》,见《方苞集》,上海古籍出版社,1983年版,第64页。
⑤ [清]方苞著,刘季高校点:《书五代史安重海传后》,见《方苞集》,上海古籍出版社,1983年版,第53页。

了对《史记》能够作出精密评论的人物"。①显然，内藤湖南是指方苞义法论对《史记》阐释的重要作用。也正因为如此，"义法"不仅成为清代《史记》阐释的"求义之法"，也成为桐城派写作的显义之法。

由以上可以看出，"发愤著书"说、"文气"说、"义法"论为清代《史记》文学阐释提供了理论依据，对《史记》的文化意义、创作动机、文学特点、艺术技巧的探索都有着重要意义。同时也是在对《史记》的阐释中，这些理论得到深化和发展。

三、清代《史记》文学阐释的时代性

"文变染采世情，兴废系乎时序"，②学术亦然。清代《史记》文学阐释时代特点突出，重文本细读精读、重辨析、重感悟是其重要特点之一。清人用传统的评点模式，对《史记》细读、精读，辨析文法章法，探幽入微，钩玄提要，重视文本的阅读与感悟。这和清人崇尚朴实之美，嗜古、怀古的审美思潮有关，和清代的评点学和文章学的发展有关。

宋明以来，复古思潮的文化语境和文人对科举八股制义的需求，促进了评点学和文章学的发展。明代把对诗文的评点方法运用到日见兴隆的小说之中，形成了小说评点的兴盛，也转化为《史记》研究的重要方式，出现了许多《史记》评点的著作，如杨慎的《史记题评》、唐顺之的《荆川先生精选批点史记》、茅坤的《史记钞》、归有光的《归震川评点史记》等以及凌稚隆的对历代大家对《史记》的大型集评《史记评林》。这些评点不再集中于对《史记》史学方面的考评，而是重于对《史记》法式的文章学、文学方向的研读。确如高津孝所言，明人"所看重《史记》的，并非汇集既定事实的史书的意义，而是极力发现和阐释其作为文章范本、作为文学的意义"③。尤其到了清代，清人出于对明季空疏学风的反思，学术上"厌倦主观的冥想而倾向于客观的考察"④，朴学实事求是、无征不信的原则几成为众学人共

---

① 【日】内藤湖南：《中国史学史》，上海古籍出版社，2008年版，第80页。
② [南朝·梁]刘勰著，范文澜注：《文心雕龙注》，人民文学出版社，1958年版，第675页。
③ 高津孝：《明代评点考》，见章培恒等编《中国文学评点研究论集》，上海古籍出版社，2002年版，第92页。
④ 梁启超：《中国近三百年学术史》，上海三联书店，2005年版，第1页。

同的信条。再者,"八股取士"促进了读书人对文法的探求,有识之士倡导以古文救时文之弊,一代文坛泰斗方苞说:"以求《左》《史》《公》《穀》《语》《策》之义法,则触类而通,用为制举之文,敷陈论、策,绰有余裕矣。"①另一方面,"文气"说、"义法"说等文学理论都是建立在对文本的细读、精读之上,没有反复的推敲、精慎的思考根本无法把握文之精粗、显义表义之法。基于以上原因,清人《史记》文章学、文学方向的阐释,从微观研究入手重视整体把握,以传统夹批、眉批、总批的评点为模式,较明代更为详尽、精深,形成了清代《史记》阐释的重要特点——重文本细读精读、重辨析、重感悟。

清代许多学者对《史记》都用力至深,如王又朴所言:"累年反复寻味,益得其要领,盖至今乃始确然,而有以深悉其意故也。"②正是这样"累年反复寻味",对《史记》的文本进行细读,许多专书都投入了研究者很大的精力,如吴见思的《史记论文》,几乎用其一生付出,乃成一百三十卷大书;汤谐的《史记半解》付四十年心血而成;牛运震苦心多年,数易其稿,方成《史记评注》十二卷;李晚芳《读史管见》成书不少于四年;郭嵩焘出使英国依然手不释卷,才成《史记札记》。这些著作对《史记》的字法、句法、章法、结构、写人、叙事无不重视,成为清代文本细读典范。不仅如此,清代出现了一大批有分量的《史记》辑选、集评本,前者如姚苎田选评的《史记菁华录》、邵晋涵的《史记辑评》等;后者如程余庆的《历代名家评注史记集说》、王拯的《归方评点史记合笔》。姚苎田的《史记菁华录》是其中最具代表性的辑评本,在清代流传较广。他掇《史记》精华五十一篇,并进行删节,使主线更清晰、情节更集中、人物性格更突出,而且还保持了《史记》的原貌。对选文进行了逐字逐句逐段的评点、篇末总评注重对立意、结构的总结,并时谈篇目意境及其影响。程余庆的《历代名家评注史记集说》是清代具有代表性的集评本,程氏不袭一家之说,集一百六七十家历代名家对于《史记》的注释、评语于一体,其中包括清代方苞、吴见思、汪越、牛运震等评注者的研究成果。另外值得一提的是方苞的弟子王又朴的《史记七篇读法》是清代《史记》读法唯

---

① [清]方苞著,刘季高校点:《古文约选序例》,见《方苞集》,上海古籍出版社,1983年版,第613页。
② [清]王又朴:《项羽本纪读法题词》,见《史记七篇读法》,康熙十九年诗礼堂刻本。

一的一部专著。王又朴认为《项羽本纪》《外戚世家》等七篇文字是最能代表司马迁水平的文字,他仿照金圣叹的小说读法的形式详批了七个篇目,并强调"一气读"能够"悉其本末意义,脉络通贯","分段细读""能得其顺逆、反正、隐显、断续、开合、呼应诸法"。①

概言之,清人无论是《史记》研究的专书、还是辑选本、集评本,以及读法都建立在精慎地《史记》文本细读之上,"抽挹菁华,批导窾隙",关注字法、句法、章法、结构、写人、叙事,是为了"使其天工人巧,刻削呈露,俾士之欲漱芳润而倾沥液者,滥翻胸次,而龙门之精神眉宇,亦郁勃翔舞于尺寸之际"②。因而,重视文本阅读与感悟,精读、细读文本,辨析字法句法,分析章法结构,探讨写人叙事艺术,并以钩稽史公微言大义。这成为清代《史记》文学阐释的又一特点。

四、清代《史记》与小说的比较

明清以降,中国古典小说的创作达到了高峰。这一时期的小说评点不仅担负着对小说文法、内容、情感的认识,还承担着对小说内在本质、艺术价值的判断,为小说争得文学领域的一席之地。对于史籍和小说的关系,小说评点家一直处于一种悖论之中,"史统散而小说兴"之说显然已把小说当作一种新兴文体对待,却又同时称小说"羽翼信史",甘附骥尾,为小说谋得正统。正是在这样的思路下,清人展开了小说与《史记》比较,一方面要借助于通过和拥有经史地位的《史记》的比较来抬高小说的地位,另一方面则想通过已有的《史记》文学性方向的认知以打破史学话语对小说评论的笼罩。从《史记》文学研究来看,这种比较则又强化了《史记》文学特质,这也成为清代《史记》文学阐释的另一重要特点。

清代小说评点家金圣叹、张竹坡、冯镇峦、潘德舆、但明伦、何守奇、脂砚斋、孔广德、戚蓼生以及李渔、朱缃、刘鹗等学者在小说的评点中或多或少的把《史记》与所批评的文本比较贯穿其中。这些比较主要集中在《史记》与小说的文学性的比较、创作动机的比较以及写人叙事等艺术技巧的比较上。

---

① [清]王又朴:《史记七篇读法》,康熙十九年诗礼堂刻本。
② [清]姚苎田:《题辞》,见《史记菁华录》,中华书局,2010年版,第1页。

清人通过小说与《史记》的比较，在文学性上找了共同点，认为它们具有同一性。清代评点大家金圣叹将《史记》与《庄子》《离骚》《杜诗》《西厢记》《水浒传》并称为"六才子书"，这六本书分属子部、史部、集部，包含散文、骚赋、律诗、词曲、小说等体裁，他以"才"为分类的标准，明显是建立在对这些不同种类作品文学性的把握上的。这种认识在西方学科体系尚未传入前，显然是超前的。清代另外一位著名评点家张竹坡在《杂录》《第一奇书金瓶梅趣谈》《第一奇书非淫书论》《竹坡闲话》《金瓶梅寓意说》《批评第一奇书金瓶梅读法》等文章以及具体的评点中始终把《金瓶梅》与《史记》的比较贯穿其中。他认为《金瓶梅》就是一部《史记》，云"会做文字的人读《金瓶》，纯是读《史记》"。①"凡人谓《金瓶》是淫书者，想必伊止知看其淫处也。若我看此书，纯是一部史公文字。"②从这些论述可以看出，清人已将《史记》从经史中划出，跨越了《史记》的史学文本意义，既强化了小说的文学地位，同时也强化了《史记》的文学特性，深化了清人对《史记》文学地位的理解和艺术特点的认知。

　　司马迁的"发愤著书"说在明代由李贽引入到小说的评点之中，到清代成为小说创作内驱力探索的最为重要的理论，贯穿了清代文学创作与批评的始终。金圣叹认为《水浒传》是施耐庵"不知其胸中有何等冤苦而为如此设言"③，而改称"怨毒著书"。张竹坡认为《金瓶梅》的作者与司马迁的经历与情感有相似性，他在《金瓶梅》第十七回中说："《金瓶梅》到底有一种愤懑的气象，然则《金瓶梅》断断是龙门再世。"将《史记》"发愤著书"的创作动机转化为《金瓶梅》的"苦孝"说。"奇酸志苦孝"之说成为张竹坡对《金瓶梅》文学、文化意义解读门径。其他评点家冯镇峦、脂砚斋、陈其泰、洪秋蕃同样认为《聊斋志异》《红楼梦》和《史记》一样具有"孤愤""泄愤"的创作动机。清人正是在对司马迁《史记》运用"曲笔"以"发愤"的"曲笔托愤"精神深入理解的基础上，认为小说继承了《史记》的"龙门家法"。这种阐释与比较为小说的解读拓宽了历史视野，为小说内在意蕴的挖掘提供了思路，同样对《史记》文化、文学意蕴的拓展有着重要意义。

---

① 黄霖：《金瓶梅资料汇编》，中华书局，1987年版，第83—84页。
② 黄霖：《金瓶梅资料汇编》，中华书局，1987年版，第80页。
③ [清]金圣叹：《贯华堂第五才子书水浒传》，江苏古籍出版社，1985年版，第28页。

对《史记》与小说的写人叙事等艺术技巧的比较是各位评点家探究的重点。每个评点家在序、读法和文中的总批、眉批、夹批中都把与《史记》的写人叙事手法进行了详尽的比较。金圣叹对两者艺术手法沟通之处有着深刻地感悟,认为:"《水浒传》方法,都从《史记》出来,却有许多胜似《史记》处。若《史记》妙处,《水浒》已是件件有。"①同时也认为小说与《史记》存在着"因文生事""以文运事"的差异。张竹坡也在小说的解读中,始终贯穿了小说与《史记》技法的比较,认为《金瓶梅》和《史记》一样有"化工"之妙,评点中充斥"龙门文字""龙门能事""龙门再世""又一龙门""逼真龙门"等评论。余集认为《聊斋志异》的"恍惚幻妄,光怪陆离,皆其微旨所存"是"亦岂太史公传刻之深心哉!"②冯镇峦《读聊斋杂说》说"《左传》、《史记》之文,无所不有,《聊斋》仿佛遇之"③。洪秋蕃则认为《红楼梦》对"龙门所谓于学无所不窥"④。这些结论的得出并非空穴来风,而是建立在认真的文本细读的基础上,从"泄愤"的思路出发,通过对小说与《史记》写人、叙事、语言的艺术技巧的感悟和深刻理解、比较,将《史记》作为小说美学价值的判断坐标,从艺术与精神的高度找到二者内在神韵的共性与幽通。而这种比较则进一步阐释了《史记》的文学性。

(本文发表于《西北大学学报》〔哲学社会科学版〕2013年第6期)

王晓玲,1972年生,2012年毕业于陕西师范大学文学院,文学博士,师从张新科教授,现为宝鸡文理学院文学与新闻传播学院副教授。

---

① [清]金圣叹:《读第五才子书法》,见《贯华堂第五才子书水浒传》,江苏古籍出版社,1985年版,第18页。
② [清]蒲松龄著,盛伟编校:《聊斋志异·余序》,见《蒲松龄全集》,学林出版社,1998年版,第952页。
③ 朱一玄:《聊斋志异资料汇编》,中州古籍出版社,1986年版,第587页。
④ 洪秋蕃:《红楼梦考证》,上海印书馆,1935年版,第2页。

报：侠义小说中的交往行为与人情法则

——以《三侠五义》为例

冯媛媛

内容摘要：本文以《三侠五义》为例，结合先秦的"游侠"传统以及侠义小说中"侠义精神"的变迁，着重探讨了晚清侠义小说中，侠客对清官之"依附"的主要原因，来自于中国文化中源远流长的"还报"传统，并在"报"中实现了其人格价值。"报"是一种交换行为和人情法则。具体到该小说中，这一"报"的交往理性是以"士为知己者死"为表现形式的，从而使得侠客们在投靠官府后仍能保持自己的独立人格而不沦为朝廷鹰犬。

关键词：《三侠五义》；游侠；报恩；交往理性

中国古代的侠义小说发展至晚清，一个最大的特点便是出现了侠士与官府的结合，即强化了侠客对官府的依附，诚如鲁迅先生所指出的那样："这等小说，大概是叙侠义之士，除盗平叛的事情，而中间每以名臣大官，总领一切。"[1]这些小说大多有一个叙事模式，即以某个清官为核心人物，同时又有一群侠客作为这个清官的保镖或助手，侠客既协助清官破获案件，平息叛盗，

---

[1] 鲁迅：《中国小说的历史的变迁》，见《鲁迅全集》第9卷，人民文学出版社，1981年版，第339页。

又负护卫清官之责,除此之外,这期间还依旧干些路见不平、拔刀相助的侠义之事。对此,有学者认为侠客这一"为王前驱"的行径,已使他们成为"名臣大吏"的鹰犬;他们"俯首皈依于'清官'所体现的皇权正统性",使侠文学"没落为奴才文学"。这种指斥侠客"奴才心理"的说法,乍看不无道理,但侠客对清官的依附能否因此被说成是对皇权正统性的皈依和奴性的表现?恐怕问题并不如此简单。如果我们抛开这种单一的政治斗争视角,从传统文化的角度入笔,从社会关系的交往准则着眼,或可更能窥探到他们行为的深层原因。

一

众所周知,"侠义小说"是描写侠客行侠仗义故事的小说类型,其中侠客的精神内核直接上承自历史上古老的"游侠"传统。尽管文学作品中的"侠客"不同于历史上的"游侠",但其精神上的传承却是有迹可循、有案可稽的,换言之,他们属于同一文化谱系。因此探讨侠义小说必须从历史上的"游侠"谈起。

历史上的"游侠"出现于战国晚期,最早提及"侠"之名称并对其做出定性的《韩非子·五蠹》篇曾云:"儒以文乱法,侠以武犯禁。"文中"游侠""私剑"并称。"侠"是"养士"之风盛行的产物,"为人臣者聚带剑之客,养必死之士以彰其威"。主人对"游侠"以礼相待,结以恩义,侠客则感念主人的知遇之恩而不惜以死相报。所以从一开始,"报"便成为游侠的行事原则,是构成他们交往关系的重要基础。杨联陞先生在"报"之观念的研究中就曾将儒家传统的"报"与"游侠"传统的"报"并列讨论,他敏锐地指出:"另外一个对'报'的观念产生影响的是武侠或游侠的传说。游侠的兴起是战国时代,那时封建势力衰落,传统的武士阶级丧失了他们的地位与爵衔,这些勇敢独立的武士,又吸收了来自低层阶级的壮士,他们分散于全国,向任何能够用他们的人贡献其服役(甚至他们的生命)。这些游侠的特点是绝对的可靠,他们视此为其职业道德,司马迁在史记中描写他们:'其言必信,其行必果,已诺必成,不爱其躯,赴士之困厄。'这就是还报那些真正赏识者的方式。他们的永远打抱不平的态度,使得他们成为那些复仇心切的人最得力的助手。"①历史上晋国的豫让,吴国的专诸,齐国的聂政,卫国的荆轲,即是显例。他们都有非常相似的经历:最初都是蛰伏民间下层的豪杰或游侠,后来受到某些权贵的赏识和敬重,于是他们为了报答知遇之恩而舍身行刺这些权贵的仇人。其中豫让的故事尤令人触目惊心。豫让因深受智伯尊宠而感恩在心,当赵襄子联合韩、魏谋灭智伯后,他抱定人以"国士遇我,我故国士报之"的还报宗旨,以"士为知己者死"的勇气,决意要为智伯报仇。先是以判刑服役之徒,改名换姓,混入赵府行刺未成,赵见其为故主报仇,义勇可嘉,就放了他。他继以漆涂身,使形如患疠疾者,吞炭伤喉,令嗓音变哑,行乞于市,埋伏于赵必经的桥下行刺。再次失败后,豫让知事已不成,便请求赵在处死自己前成全他的"死名之义",拔剑三跃,猛击赵的衣裳,在聊致报仇之意后伏剑自杀。这几人虽然在历史上更多地被称为刺客,但他们不图富贵、崇尚节义、知恩图报的行动,分明带有"侠义"的内涵和品格。进言之,这不是"经济交换"的行为,而是"道义交换"的行为,集中体现了中国最早期侠士的人格特征和关系取向——"士为知己者死"。因此司马迁称他们"立意较然,不欺其志"(《史记·刺客列传》),将其与那些纯粹受人雇佣,为财利而行杀戮之事的刺客区分开来。这些感于恩义,具有侠肝义胆的刺客与《游侠列传》对游侠所揄扬的精神是一致的。

侠客重义节、轻生死的行为尽管可以显扬其名,但有时不顾君臣大义、好逞私勇的行径,也直接构成对君权的威胁,因此自班固《汉书》以后,历代史家已经不再为游侠作传了,也就是说自汉代之后"游侠"就消失在了正统史家的视野之中,其活动也已不见载于正史。尽管"游侠"从这一角度来说退出了史家的文本叙述,但他们并未就此消失,而是以另一种姿态在文学创作中得以保存和延续,这一由历史记载向文学创作的转化,导致了"侠文学"的出现,其中的人物、情节已由纪实转向虚构,掺入作家想象的成分,其中的侠客形象,也分明烙有创作时代的印记,但"游侠"传统却始终贯穿其中。

唐代的侠义小说主要出现在唐传奇中,这一时期侠义小说中的侠客多效忠于私人家族,所做之事尽管有行侠仗义的特点,但指导他们行动的动因之一,仍是先秦游侠传统中的"还报"观念。如《昆仑奴》《聂隐娘》《红线》等,

---

① 杨联陞:《报——中国社会关系的一个基础》,见刘纫尼等译《中国思想与制度论集》,联经出版事业公司,1976年版,第353—356页。

均复如此,"他们都介入了藩镇之争,成为替某个藩镇效力的人,也即其本身成了藩镇的'私剑'。"①尽管这一在"还报"观念驱使下的行为,多少有些背离出于公心的侠义之道,但从中却可以看出在晚唐藩镇割据的历史背景下,"游侠"与"刺客"形象在文学作品中的融合,文人们通过这种融合试图使"侠客"的行为更具合理性与道义性,同时也可以看出"还报"这一观念作为中国传统文化中的一种交往理性,已经成为他们为人行事、待人接物的伦理原则。

由宋至明,是侠义小说发展过程中的一大转折,"侠义精神"出现了新变。究其原因,盖在于有宋一代,民族矛盾上升,内忧外患不绝,再兼之以文治国,理学兴盛,于是精忠报国、以天下为己任等思想就成为当时社会的主流意识。这一背景直接催生了"侠义精神"的升华,即侠文学在侠客们标举的"义"之上又添加了一个更高的价值理念——"忠"。因此,此后的侠客不仅仅是匡扶正义、路见不平的"游侠儿",而且成为心怀天下、精忠报国的"忠义之士"。至此,传统的"侠义观"一变而成为"忠义观"。侠客不仅保留着传统的江湖义气和民间精神,同时宋儒"先天下之忧而忧,后天下之乐而乐"的忧国忧民思想也赋予了他们强烈的道德责任感和庄严的历史使命感,这大大丰富了侠义精神的内涵,"私报"逐渐向"公报"(报国、报天下)转变。于是,自宋以降,侠文学开始描写侠客过问国事、保境安民的行径。这一侠义精神扩充最明显的例子,便是《水浒传》,其中改"聚义厅"为"忠义堂"的路线转变,招安的结局安排,便是对豪侠精神的文化洗礼,对豪侠行为的道德提升。这一转变也是游侠传统中"不轨于正义"向"轨于正义"的转变。将之转换为现代语言,套用金庸的话说,就是"为国为民,侠之大者"(《神雕侠侣》)。这种"大侠精神"就是侠义传统与儒家人格价值的完美结合。

清代侠义小说,在继承宋明以来"忠义观"的基础之上,又强化了侠客对官府的依归与投靠。《三侠五义》可作为这一时期的代表作。侠士们在结识某一清官之前,都是浪迹江湖、行侠仗义的豪侠之士。他们的处世格言是"天下人管天下事",他们的行动准则是"路见不平、拔刀相助"。他们投靠官府

---

① 章培恒:《从游侠到武侠——中国侠文化的历史考察》,《复旦大学学报》(社会科学版),1994年第3期。

后，其侠士的风格并未消失。这里，聚集侠士的"清官"至为重要，他不仅是官府的象征，同时必须也是侠士的"知己"，所以侠士与清官既是上下级关系，又是在"义"之统帅下的朋友关系。换言之，在"政统"上，他们是臣属关系；而在"道统"上，他们则是知己关系。他们依附官府，却不充当鹰犬，而是凭借自己的本领，通过扶助朝廷、平叛治乱而最终完成了"侠义小我"向"忠义大我"的升华，成就了"侠之大者"的人格价值。

二

上述对侠士行为的总体特点及其侠义精神的演变过程的简单勾勒，旨在说明晚清侠义小说中，侠客们"为王前驱"的行径存在着一个演变的历史背景和传承关系；同时，游侠精神中本就存在的"还报"传统也为这一行经奠定了文化基础。为了从理论上说明"报"这一个涉及面十分广泛的观念，这里还有必要稍作讨论，以便更清楚地认识《三侠五义》小说中，侠客依附清官的深层原因。

除过上引杨联陞先生对《报——中国社会关系的一个基础》有精深的论述之外，文崇一先生也指出："中国人通常把'恩将仇报'视为一种反常行为。正常的行为是有恩报恩，有仇报仇。所以报恩或复仇的行为，在历史上，一般都受到社会人士的鼓励，甚至受到法律的保护。"[①]这不仅是一种交换行为，"来而不往，非礼也；此仇不报，非君子。得了别人的好处，一定要报答，而报偿多半会比原来所得优厚些；有仇，也必须报复，可以同等待遇，也可以增减些"，而且也是一种伦理观念，是"基于道德价值的功能运作"的，"是中国传统社会道德价值的重要核心之一"。[②]知恩不报或有仇不报，都有悖于中国人的伦理观念，为人所不齿。金耀基先生也指出："'来而不往非礼也'，这个'交换'的观念之所以深入人心，不只是因为它是一套礼的仪式，实在是因为它是合乎人情之常的，亦可说是合乎'报'的观念的。实则，这不只是

[①] 文崇一：《报恩与复仇：交换行为的分析》，见杨国枢主编《中国人的心理》，江苏教育出版社，2006年版，第270页。

[②] 文崇一：《报恩与复仇：交换行为的分析》，见杨国枢主编《中国人的心理》，江苏教育出版社，2006年版，第290页。

在中国如此，在世界其他文化亦然。"①换言之，"报"不仅存在于游侠传统中，而且是一种"普遍存在于人类社会中的规范"，"是任何文化公认的基本道德律"，同时也是一种"人情法则"。②

一言以蔽之，我们完全可以把这种建立在"交互性原则"之上的"还报"行为，视为一种"交往理性"来看待。它在中国古代各种类型的小说中均有明显的体现，是指导和规范它们叙事的"文化文法"。

"还报"的行为大致而言，有"报恩"与"报仇"两大类。就"报恩"来说，"士为知己者死"是它的一种重要的也是最高的表现形式。前文提及的豫让、专诸、聂政等人，他们为报知己不惜殒命，成为千古歌颂的对象。而由此引申出的"知恩图报"思想也就成为"游侠"所必备的品质，是"义"之所以为"义"的集中体现。在继而产生的侠义小说中，这一"报恩"思想更是处处可见，尽管侠义小说在发展过程中，其侠义精神在不断演变，但这一点却是始终不变地被保留了下来。这里还须辨析的是，这种"还报"行为套用马克斯·韦伯的概念来说，是一种受"价值理性"导引的"价值合理性行动"，而不是受"工具理性"导引的"工具合理性行动"，因而它不是一种利用和被利用的关系。此外，从他们的行事方式看，更带有"情感性"的特征，这也是"侠客行"之所以感动人心的原因所在。乍看，这似乎是一种缺少理性考量的情感冲动，但按照韦伯的观点，"价值合理性行动"恰与"情感行动"存在着"亲和关系"。③是一种带有情感性特征的"价值合理性行动"。《水浒传》中"鲁智深拳打镇关西"就是一显例。我们常诟病《三国演义》中关羽华容道私释曹操和《水浒传》中武松为施恩夺取快活林是一种出于个人私恩的行为、是其"重义的局限性"所在。殊不知，"施恩必报"恰恰遵循的是"报"的伦理规范和人情原则。此正如毛宗岗所评："或疑关公之于曹操，何以欲杀之于

---

① 金耀基：《人际关系中人情之分析》，见杨国枢主编《中国人的心理》，江苏教育出版社，2006年版，第67页。

② 黄光国：《人情与面子：中国人的权力游戏》，见杨国枢主编《中国人的心理》，江苏教育出版社，2006年版，第236页。

③ 参见苏国勋《理性化及其限制——韦伯思想引论》，上海人民出版社，1988年版，第91页。另关于"情感性关系"与"工具性关系"的讨论，参见黄光国《人情与面子：中国人的权力游戏》一文，见杨国枢主编《中国人的心理》，江苏教育出版社，2006年版，第230—232页。另见黄光国《儒家关系主义——文化反思与典范重建》，北京大学出版社，2006年版。

许田，而不杀之于华容？曰：许田之欲杀，忠也；华容之不杀，义也。顺逆不分，不可以为忠；恩怨不明，不可以为义。"换言之，这些行为是遵循"价值理性"而来的，而我们的这些评论恰恰是按照"工具理性"立论的，其细微之处，不可不辨。

　　让我们先从《三侠五义》中的侠义之士依附清官的具体原因说起。其中的主要人物如南侠展昭、陷空岛五鼠、张龙、赵虎、王朝、马汉等人，并不因为包公是官府或皇权的象征而投靠他，更重要的是因他能够赏识众侠士，是他们千古难逢的知己，所以为报答知遇之恩，才自愿效力于他的麾下。书中在写展昭被钦封为四品戴刀护卫之后，路遇丁兆蕙，言及封职一事时，展昭表明自己更喜欢寻山觅水，不喜羁绊，封官一事"若非碍着包相爷一番情谊，弟早已的挂冠远隐了"。（《三侠五义》第二十九回）可见包公的情谊是展昭接受官职的根本原因，而情谊是构成知己关系的重要原因和基础。原来展昭是在包公上京赶考途中与之相识的，两人"一文一武，言语投机"（《三侠五义》第三回），在之后的接触中，包公欣赏展昭锄强扶弱的侠义行径和身手不凡的武艺，展昭更尊敬包公不畏权奸、刚正不阿的气魄，所以展昭一路暗中帮助包公，并接连数次搭救包公性命。就是在展昭受职之后，二人还是保持着这种惺惺相惜的知己之情。

　　而陷空岛五鼠对朝廷的归顺，也是基于包公的恩遇。卢方在行侠仗义时，无意中将恶霸严奇致死，当他被王朝带到开封府之后，上堂前自己要求披枷带锁，而包公却对王朝大声断喝道："本阁着你去请卢义士，如何用刑具拿到，是何道理？还不快快卸去。"当卢方要求判罪时，包公反而说："卢义士休如此迂直，花神庙之事，本阁尽知。你乃行侠尚义，济弱扶倾。"最后将其无罪释放。小说还通过卢方与其伴当的议论道出了对包公的尊敬与感激："包公相待甚好，义士长义士短的称呼，赐座说话。我便偷眼观瞧，相爷真好品貌，真好气度，实在是国家的栋梁，万民之福。"（《三侠五义》第四十五回）从包公和卢方二人的话语中，已经充分流露出两人的互相倾慕之情，这也是其后卢方带领其他三鼠归附包公的原因所在。这自然使我们想起《水浒传》中那些带兵征剿梁山泊的官兵头领如大刀关胜、霹雳火秦明、双枪将董平等人，之所以归附梁山，就在于受到宋江义气的感召，为"还报"这一义气，他们自愿投靠、甘心入伙。就《三侠五义》给我们印象最深的白玉堂来说，一向心高气傲、目中无人的他之所以对包公心悦诚服，投其麾下，究其原因，是为了还报包公的知遇之恩。这从他和蒋平的下列对话中，表露无遗："白玉堂道：'好一位为国为民的恩相。'蒋爷笑道：'你也知是恩相了。可见大哥（卢方）堪称是你我的兄长，眼力不差，说个知遇之恩，诚不愧也。'"（《三侠五义》第五十八回）此用毛宗岗的话说，正可谓知顺逆可以为"忠"，明恩怨可以为"义"。

从上举事例可以看出，将包公与众侠客联系在一起的是他们彼此之间的相知之情，依附包公是"士为知己者死"的交换原则和还报心态在他们身上的体现。因此与其说包公和众侠客是上下级关系，不如说他们是知己朋友更为贴切。正是由于侠客对官府的依附行为从根本上来源于传统的还报心态，所以他们仍能在归附朝廷后保持自己独立的人格而不沦为朝廷鹰犬。

其次，从上引白玉堂的话中，我们又可窥见，清官"为国为民"的行为原则，是他们甘愿归附的又一内在原因。因为"为国为民"的为官之道，恰与侠义之士奉行的"忠义"观念相合。这里"清官"这一形象至为重要，因为他不仅仅是一位官员，而且已成为"为国为民"的象征符号和集多种优秀品德于一身的人格载体。他的除奸惩恶和济贫扶危，不但与侠的行径相通，而且二者在匡扶正义的行为上，有着同仇敌忾的心理基础，所以我们可以说清官在文化谱系上带有"侠"的品格，是侠义之士的"法内"代言人。正因为如此，清官就为侠客与政府的结合找到了一条合情、合理、合法的途径，并基于个人的感召力，将侠客的侠义行为引向为国戡乱、为民申冤的大忠、大义境界。于是扶助忠良、护卫清官，就演变成了侠之为侠的基本行径和必备品格。同时，这种依附清官的出路安排，恐怕也是作者看到《水浒传》的悲惨结局之后，为侠义之士找到的一条更能显扬其存在价值也更为安全的通道。

概而言之，侠客依附清官，既是他们还报心理的实现，又是他们完成"忠义双全"人格的理想捷径；清官愿意招纳侠客，一方面可借此保护自己的人身安全，另一方面又可为政府吸收人才、消除隐患。这无疑是一种"双赢"的局面，也在一定程度上反映了下层民众理想的政治结构：清官廉明刚正、爱国爱民，代表伦常与法律；侠客抱打不平、敢作敢当，代表正义与力量。二者的结合能够保障国家太平、政治清明、百姓安宁。所以这一"清官"与"侠客"的结合模式，尽管没有现实的制度保障，明显出于虚构，但也分明不是所谓的

"侠义文学的堕落",而是充分表达了民众的意愿和心声。这种相互"妥协"的多元政治结构,或许比单纯的排斥更具有借鉴的意义和价值。司马迁之所以为游侠立传,就在于他们"实在是走投无路的人要求人间正义的最后一丝希望",他"一面显扬了游侠的地位,一面也显露了他在非理性的政治势力之外,要求有多元的社会势力以保障人生价值的宏识孤怀"。①《三侠五义》系列小说的"宏识孤怀",也值得我们抱着同情心态度去细心领会,而不应妄加罪名,动辄指责。

(本文发表于《明清小说研究》2008年第2期)

冯媛媛,1981年生,2009年毕业于陕西师范大学文学院,文学博士,师从赵望秦教授,现为陕西师范大学文学院中国古代文学专业教师。

---

① 林聪舜:《智与美的融合》,见刘岱总主编《中国文化新论·文学篇·抒情的境界》,三联书店,1992年版,第383页。

清末民国鼓词文献综述

孙鸿亮

内容摘要： 清末民国鼓词文献数量众多，流通版本繁杂。应首先厘清其概念的内涵和外延，并以此作为衡量、判断的标准，对现存作品进行科学合理的分类编目，摸清"家底"，在此基础上，编写清末民国鼓词总目提要。

关键词： 清末民国；鼓词文献

鼓词是清代说唱文学的大宗，流通范围广，现存作品数量多，是继敦煌讲唱文学、明成化词话之后，研究中国传统说唱文学、民间信仰、方言词汇乃至版本目录学等诸多方面课题的重要文献。清末民国时期，随着新的印刷术的传入，鼓词进入商业化运作，"新出（或旧本新印）的鼓词有如江潮的汹涌，雨后春笋的怒茁，几有举之不尽之概。差不多每一个著名些的故事，都已有了鼓词"。[1]当前学术界关于清末民国鼓词文献的叙述，多依附于弹词、宝卷等说唱文学文献的整体性介绍，尚未见专门论述。本文从晚晴民国鼓词文献的流通、收藏、编目和整理出版等方面做综合叙述，并检讨存在的问题和不足。

一、清末民国鼓词文献的流通情况

清末民国鼓词的流通形式经历了从坊刻本、手抄本到石印本、铅印本的演

---

[1] 郑振铎：《中国俗文学史》，见《郑振铎全集》第7卷，花山文艺出版社，1998年版，第596页。

变过程。

（一）坊刻本

清代康熙之后，由于社会稳定，经济发展，民间对于通俗文学读物的需求量增大，出现了大量专门印售通俗文学作品（包括戏曲、宝卷、鼓词、弹词等）的民间书坊。《扬州画坊录》卷十一记载："郡中剞劂匠多刻诗词戏曲为利……远及荒村僻巷之星货铺，所在皆有。"[①]又，据刘复（半农）、李家瑞《中国俗曲总目稿》统计，清末各地刻印俗文学作品的书坊共288家，仅北京就有88家。[②]

民间书坊为了赢利，一方面尽量降低印刷成本，绝大部分鼓词刻本的用纸、刻印极其粗糙；一方面则大量搜求民间说书人手头的"秘本"，或者邀请一些下层文人记录、整理、改编鼓词作品，然后在庙会、集市租售。

清代民间书坊刻印的鼓词大多数是64开或稍大的线装书（约16cm×10cm），中缝上部白口或书名，中部单黑鱼尾与部（卷）数，下部页码，扉页署刻印书坊和时间。有的还在卷末加入广告词和提醒他人不准翻印的文字。例如光绪甲辰（1904）德盛堂刊《天门阵鼓词》卷末云："吕洞宾再摆一座天门阵，穆桂英二打天门称英强。众明公若是待买下册看，高密县南关去找德盛堂。"[③]光绪刻本《迷仙阵鼓词》卷末云："若买小书知古今，抄写刻板费尽心。行中有人从[重]刻板，见书起义[意]是小人。"[④]从中也反映出各地民间书坊竞相刻印鼓词以求利益的情形。

（二）手抄本

手抄本鼓词有两种情况：一类是民间说书人的抄本，它们是说书人演唱的"台本"，有的仅是提纲。民间说书人的这类抄本多为"秘本"，师徒传授；另一类是为出售或出租的抄本。自乾隆年间始，在北京等北方城市出现了一些专门抄卖各种戏曲、小说和说唱文学（鼓词、子弟书、大鼓等）唱本的书铺，如百本堂（又称"百本张"）、别梦堂、乐善堂、聚卷堂等。它们抄卖的唱本封面多有长方形朱印戳记，如百本堂抄本的戳记"由乾隆年起至今，少钱

[①] [清]李斗：《扬州画坊录》，广陵古籍刻印社，1984年版，第254页。
[②] 刘水云、车锡伦：《清代说唱文学文献》，见《文献》，2007年第3期，第206页。
[③] 李豫、靳尚新等：《清代木刻鼓词小说考略》，三晋出版社，2010年版，第1528页。
[④] 李豫、靳尚新等：《清代木刻鼓词小说考略》，三晋出版社，2010年版，第837页。

不卖，别还价""住西直门内高井胡同张姓行二"。此类鼓词抄本多在庙会、集市摆摊出售，如爱新觉罗·奕赓（鹤侣氏）子弟书《逛护国寺》中说："至东碑亭百本张摆著书戏本，他翻扯了多时望着张大把话云：我定抄一部《施公案》，还抄一部《绿牡丹》，亚赛石玉昆。"[1]

清代北京的馒头铺（俗称"蒸锅铺"），兼营抄写、租赁手抄唱本，多是大部头的长篇说唱鼓词，如《三国志》，长达173本。它们多以"××斋"的名义，在出租的唱本上盖有长条章，如兴隆斋抄《大晋中兴鼓词》上的长章："本斋出赁抄本公案，言明一日一换，如半月不换，押账作本；一月不换，按天加钱。如有赁去将去哄孩，撕去书皮，撕去书编，撕纸使用，胡写胡画，胡改字者，是男盗女娼，妓女之子，君子一莫怪。"民国时期，中央研究院历史语言研究所收藏鼓词抄本40余种，都是出自这些馒头铺。其中可知的店铺有永隆斋、永和斋、兴隆斋、集雅斋、隆福斋、吉巧斋、聚文斋、鸿吉号、保安堂斋等，抄写的时间多在同治、光绪年间。

上述印售、抄卖、租赁说唱文学唱本，虽属商业行为，但满足了民众精神文化生活的需求，鼓词说唱文献也赖以得到保存。清末民国时期，西洋石印技术传入，上海等地书局广泛搜求北方鼓词刻本、抄本，稍稍变动或直接上石制成母板印刷，发售到全国各地。

（三）石印本

石印鼓词主要源自北方鼓词刻本和抄本，多冠以"新刻""绘图""绣像"字样。此外，上海各书局还聘请鼓词名家新编了大量时事鼓词，如《袁世凯皇帝梦鼓词》《绘图曹锟鼓词》《张作霖鼓词》《冯玉祥鼓词》《吴佩孚鼓词》《宣统二次登基鼓词》《东三省新近实事大剿女匪五龙队说唱鼓词》等。

石印本鼓词是清代鼓词的大宗，数量约2300种（现存960种）[2]，出版书局主要集中在上海，有江东茂记、大成、校经山房、锦章、广益、铸记等46家。民国时期，东北营口承文厚、山东烟台诚文信、奉天德和义等书局也出版了少量石印本鼓词。

除少量32开本外，石印鼓词统一是64开仿巾箱本袖珍线装书，4册或6册一

---

[1] 李家瑞：《清代北京馒头铺租赁唱本的概况》，见张静庐注《中国出版史料补编》，中华书局，1957年版，第134—138页。

[2] 据《中国鼓词总目》"传统鼓词总目"统计。

函,并配有函套装帧,函套、封面和扉页标明书题、印行书局和年月,中缝有书题、卷和页码。目录之后,插入数页人物绣像,其作用与绣像小说相同,主要参考戏剧生、旦、净、丑的各类扮相、脸谱及服饰,借戏剧人物造型使故事人物先行"亮相",帮助读者在翻阅之初就先行取得人物形象的塑造效果。个别石印本卷末有版权页,申明"版权所有,不得翻印",或者插有本局新出鼓词的广告。

从出版时间看,目前所见最早的石印鼓词是光绪八年(1882)上海书局出版的《绣像巧连珠》(北师大图书馆藏),最晚的至民国三十四年(1945),持续了半个多世纪,但主要集中在1921年至1930年的10年间,出现了同一种鼓词被多家书局竞相印刷出版的局面。这一方面反映出鼓词出版和五四"新文化运动"的联系,另一方面也说明鼓词已由口头说唱的"演本"形态衍化为案头"读本"形态,拥有了广大的读者群。

(四)铅印本

民国二十三年(1934),上海大新图书社开始铅印出版各种"新式标点"鼓词,至民国二十六年(1937),共出版48种。随后,上海民众书局、沈鹤记书局、云记书庄、新京广益书店也加入其中,直至新中国成立后,上海沈鹤记书局在1953—1954年间还出版了《说唱杨家将》《五女兴唐传》《说唱红风传》等20多种铅印本鼓词。

二、清末民国鼓词文献的收藏

从目前掌握的资料看,最早搜集、收藏清代鼓词的是清代戏曲家姚燮。姚燮(1805—1864),字梅伯,又字某伯、复翁,号二石、野樵、大梅山民、大梅上湖生等,浙江镇海人,著有《大梅山馆全集》《今乐考证》。天津图书馆藏近人金大本抄《大梅山馆藏书目》[①],其中"鼓词目"40种(原本已佚),皆清代同治以前本子。除了《彭公案》《德州府》《九更天滚钉板》《蜜蜂记》《金铃记》《铁邱坟》《双头马》《好逑传》《阴阳案》《三元记》《红绣鞋》外,其余29种皆不见后世著录,填补了清初至清代中期鼓词文献的空

---

① 张增元、郭治凤:《新发现的大梅山馆藏书目·鼓词目》,见《文献》,1993年第4期,第224—230页。

白,具有重要的史料价值。

清咸丰以后,车王府大规模抄藏各种戏曲和说唱文学作品。这批珍贵的曲本现藏于北京大学图书馆和首都图书馆,其中鼓词38种,从几十万字的巨制到二三万字的短篇不等,"尤以清道光至光绪间作品为最多","是一种最接近鼓书艺人说唱的本子,与北京地区清代流行的租赁本属同一系统",①其特点在于通俗化、口语化。

值得注意的是,清代南府与升平署(道光时改作此名)作为掌管宫廷戏曲演出活动的机构,除了编制宫廷大戏外,也抄录了大批通俗说唱文学作品。这批文献现存故宫博物院,2001年海南出版社影印出版,其中鼓词有《新编绘图三国志》、《抄本西汉演义》、《抄本东汉演义》、《绘图秦琼访友大闹太原府》(初至四集)、《绘图征东鼓词全传》、《绣像大西唐》、《绘图秦英征西》、《抄本绿牡丹》、《绣像说唱粉妆楼》、《绘图反唐鼓词全传》、《绣像十二寡妇征西》、《绣像杨家将》、《绣像天门阵》(初至五集)、《绘图杨文广征南》、《钞本呼家将》、《钞本宋史奇书》,共16种。它们和北方刻本、抄本以及清末民国石印本和铅印本鼓词文字基本上没有区别,属于同一个系统,应该是清代中期以后的作品。

20世纪二三十年代,刘半农(复)主持中央研究院历史语言研究所民间文艺组时,在北京开始集藏俗文学数据。这批资料的来源除北京外,还包括河北、江苏、广东、四川、福建、山东、河南、云南、湖北、安徽、江西、浙江、甘肃等地,除了清代作品外,也有民国时期的作品。1937年抗战开始后,这批数据曾运往四川,1949年又转运到台湾,现存台湾"中央研究院"历史语言研究所傅斯年图书馆。1973年,台湾大学曾永义主持,历时三年,为之整理、编目,其中鼓词约500多种。此外,一批研究俗文学的学者如郑振铎、阿英、赵景深也大量搜集清代鼓词。赵景深收藏236种,大部分捐赠复旦大学图书馆收藏。

国家图书馆、北大图书馆、北师大图书馆、复旦图书馆、沈阳图书馆、大连图书馆、吉林图书馆、辽宁图书馆等也藏有数量不等的清代鼓词文献,它们大多是20世纪50年代之后收集的。

---

① 李豫、李雪梅等:《中国鼓词总目》,山西古籍出版社,2006年版,第6页。

"文革"时期,大批清代鼓词被毁,但民间留存的数量也不少。近年来,一些学术研究机构和个人直接或通过网络从河北、山东、辽宁等地旧书市场收购清末民国鼓词。山西大学中国鼓词研究中心收藏最多,已收藏木刻本160多种、石印本500多种。台湾成功大学胡红波收藏清末民国石印鼓词130种。笔者个人收藏刻本、抄本鼓词54种、石印本302种、铅印本78种。

三、清末民国鼓词文献的编目、整理出版

除了前文提到的《大梅山馆藏书目》"鼓词目"外,20世纪二三十年代起便有学者对清代说唱文学文献整理编目,鼓词文献目录也附于其中,得以初步整理。

《中国俗曲总目稿》,刘复(半农)、李家瑞等编,1932年,以著录中央研究院历史语言研究所收藏为主,兼及当时北平图书馆、故宫博物院等单位的收藏,计编入"俗曲"(主要是各种形式的说唱文学文本)6000余种,按照作品标题的字数和笔画排列,每曲抄录开首两行,并注明版本情况和收藏者,其中长篇鼓词400多种。

《北京传统曲艺总录》,傅惜华编,中华书局1962年版。本书收录流传于北京地区的传统曲艺作品,卷七为"鼓词小段"。作者还编有《鼓词总录》,专收长篇鼓词,可惜未见出版,书前"引用书目"中有《大鼓书单》《大鼓书目录》《各样快书目录》等。

《车王府曲本全目及藏本分布》,仇江、张小莹编,见《车王府曲本研究》(广东人民出版社,2000年版),该文用表格的形式,分别注明各家所藏曲本版本情况。其中"曲艺"(说唱文学)分说唱鼓词(长篇,38种)、大鼓书(6种)、快书(17种)等,是目前最完备的车王府曲本目录。

《车王府曲本提要》,郭精锐等编,中山大学出版社,1989年版,是中山大学所藏车王府曲本复抄本的内容提要,多为戏曲类,鼓词仅7种。

以上都是说唱文献的综合性目录,与《子弟书总目》《弹词宝卷目》《弹词叙录》《木鱼歌潮州歌叙录》《宝卷综录》《中国宝卷总目》等相比,关于鼓词文献的专门目录出现的较晚,主要有:

台湾学者胡红波的《民初绣像鼓词刊本三十二种叙录》《清末民初绣像鼓

词百三十种综论》(《成功大学中文学报》2000年第8、11期）二文，主要介绍个人所藏鼓词的版本、卷帙、内容梗概，兼及清末民初绣像鼓词的来源、特色以及与弹词、大鼓书等说唱文学类别的关系。

李豫、李雪梅等《中国鼓词总目》（山西古籍出版社，2006年版），是第一部以鼓词为专门对象的总目性工具书，分为"传统鼓词总目""子弟书单唱鼓词总目""抗日解放战争时期鼓词总目""共和国时期鼓词总目"四部分。"传统鼓词总目"主要记录清代鼓词文献，共2355种，包括鼓词、鼓儿词、小段、大鼓书、影词等，每一目录均包含书名、出版情况、开本、装帧、卷数、收藏地、异名等内容。

李豫、尚丽新、李雪梅等《清代木刻鼓词小说考略》（三晋出版社，2010年版），著录164种清代木刻鼓词，涉及刻印时间、书坊、开本、分册（部、卷、回）、版式尺寸、行款、收藏地等，并对其内容梗概做了详细叙述。

早在1936年，赵景深《大鼓研究》中就指出："大鼓乃能与塞万提斯、果戈理、巴尔扎克、托尔斯泰、高尔基等辈并驾齐驱。"[①]因此，学术界对于清代鼓词文献的整理出版主要集中于大鼓书词，有下面几种：

《文明大鼓词》25册，尧封辑，北京中华印书局，1921—1927年陆续出版，除了大鼓书外，兼收牌子曲、快书、岔曲、琴腔等。

《鼓词汇编》1—4编，署名古瀛齐家笨选辑，北京中华印书局，1924年。按：该书初编序云："演大鼓著名者，只有刘宝全可谓前无古人、后少来者。现下一般鼓姬……以唱为工者，寥若晨星。此种曲本，市中尤少佳者。今齐君家本有见于斯，特广搜求于各名票友及老艺人之手中，而分为忠孝节义，订册成行。"书中取忠孝节义为四卷，收入《长坂坡》《武宁关》《鸿雁捎书》《古城相会》等大鼓书词29篇。

《鼓词选刊》《鼓词选刊续集》，匏安居士编选，上海经纬印刷公司，1929年。二书选大鼓书词30篇，《续集》附梅花大鼓曲词13篇。

《鼓词汇集》1—6集，沈阳市文学艺术工作者联合会编，内部数据，1957年，收东北大鼓传统短篇391篇、书帽170篇，除据说书艺人口述整理外，一多半出自原奉天东都石印局的旧本。

---

① 赵景深：《曲艺论丛》，中国曲艺出版社，1982年版，第127页。

《鼓词选》，赵景深编，上海古典文学出版社，1957年，序言"有关鼓词的资料"列举作者收藏鼓词236种，正文分为渊源编、鼓词编、大鼓编三部分，节选《蝴蝶杯》《绣鞋记》《秦琼打擂》《天门阵》《包公案》《三国志》等9种长篇鼓词的选段。

大规模地整理出版清代说唱文献是近十几年的事，特别是大陆和台湾分别影印出版《清车王府藏曲本》（学苑出版社，2008年版）、《故宫珍本丛刊》（海南出版社，2001年版）和《俗文学丛刊》（台北新文丰出版社，2002年版，已出5辑），使得清车王府曲本、南府与升平署以及台湾傅斯年图书馆藏说唱文献得以重新面世。《清末上海石印说唱鼓词小说集成》（上海人民出版社，2013年版）共10册，影印出版35种长篇鼓词，是目前最大规模的一部清代鼓词作品集。不过，与这些大型丛书数不菲的价格相比，对于大多数读者和研究者来说，单部长篇鼓词的整理本也许更实用些。但遗憾的是，截至目前这类鼓词文献出版得很少，只有《刘公案》（车王府曲本，人民文学出版社，1990年版）和《封神榜》（同上，1992年版）两种。

四、清末民国鼓词文献整理出版的检讨

编制清末民国鼓词文献目录和整理出版，是研究工作的基础。清末民国鼓词文献数量众多，种类繁杂，因此，必须首先厘清鼓词概念的内涵和外延，并以此作为衡量和判断的标准，对现存作品进行科学合理的分类编目。这一问题看似简单，但实际操作中却存在不少难度。李豫、李雪梅等《中国鼓词总目》将"传统鼓词"和"子弟书"分别著录，在概念上仍把"子弟书"视作鼓词。"传统鼓词总目"中不仅没有区分鼓词和鼓儿词、小段、大鼓书的不同，更是把韩小窗、罗小窗等"子弟书"作家创作的作品以及当代搜集整理的襄垣鼓儿词、南阳鼓词传统书目收入其中，难免造成鼓词文献目录的混乱，给研究者使用带来不便。其实，1957年赵景深早在《鼓词选》序言中指出：

> "鼓词"是流行在北方民间的讲唱文学，它的较早的称呼是"鼓子词"或"鼓儿词"。从"鼓子""鼓儿"的命名上，可见它是以鼓的伴奏而得名的。鼓词的体制，可以分为如下两种：一、有说有唱的成套的"大书"，习语称作"蔓子活"的，像《呼家将》

> 《回龙传》……这种当然是鼓词；二是只唱不说的"小段"，……一般称这为"大鼓"，以别于长篇的"鼓词"，但也有将这小段称作"鼓词"的。①

明确界定了鼓词的内涵和外延，即鼓词是流行在北方民间的讲唱文学，以鼓伴奏，这就使鼓词和南方的弹词、木鱼书等说唱形式区分开来，具有地域风格特征。从外延上说，鼓词有狭义和广义之分，狭义的鼓词即指长篇大书，有说有唱，广义的鼓词还包括短篇大鼓书，特点是只唱不说，子弟书是北方大鼓的支流，是一个特殊的种类。建议以此为依据，分类编制清代鼓词总目，尤其要突出长篇大书，进行专门编目。至于清代鼓词概念的时间界定，考虑到鼓词流通形式演变的继承性，可将民国石印本、铅印本纳入编目范围，命名为"清末民国鼓词总目"，避免重复。《中国鼓词总目》已为此项工作奠定了基础，近年来大批木刻本、石印本鼓词在网络旧书市场出现，被收藏者购买。如果纳入国家古籍整理规划，各收藏单位通力协作，借助网络的便利条件，补充遗漏，并把台湾傅斯年图书馆藏本列入其中，编制一部全面反映清代民国鼓词文献和存遗情况的总目，做起来并不困难。

清末民国鼓词文献的整理出版处于起步阶段，除了附属于《清车王府藏曲本》《故宫珍本丛刊》《俗文学丛刊》等综合性清代说唱文献外，国内图书馆、学术研究机构和民间收藏的大量鼓词文献至今未见整理出版。这些鼓词历经百余年和"文革"，尚存留千余种，不仅数量巨大，并且每种都在十多万字以上，也不乏如民国石印本《说唱天门阵》（20集）、《绣像济公传》（24集）、《绣像三省庄》（16集）等数百万字的鸿篇巨制。可以说，清代鼓词文献是尚待发掘的巨大的民间文学宝藏，全面整理出版清代鼓词文献是一项规模浩大的工程，需要投入大量人力、财力。在条件尚不具备的情况下，通过编目摸清鼓词存遗情况，首先整理出版其中的一些孤本，这带有"抢救"性质，是目前的当务之急。其次，现存清末民国鼓词在故事内容方面形成了几个大系列，尤以"三国""说唐""杨家将""呼家将""包公案"所包含的书目最多。例如："杨家将"故事有《说唱杨家将》（又名《杨七郎打擂》）、《八虎闯幽州》、《寇莱公审潘洪》、《牤牛阵》、《天门阵》、《大破洪州》、

---

① 赵景深：《鼓词选》，古典文学出版社，1957年版，第1页。

《杨宗英下山》、《洪羊洞》、《杨金花争帅印》、《杨文广征南》、《十二寡妇征西》、《迷仙阵》、《金陵府》、《归西宁》等；"说唐"系列更多，有《北平府》《贾家楼》《瓦岗寨》《破孟州》《太原府》《德州府》《南昌卫》《全寻亲》等40多种。这些故事源远流长，至今仍为民间说书人所演唱，对于研究传统说唱文学的发展和演变，都是不可缺少的文献，也应按题材系列分别整理出版。

上述鼓词文献编目、整理出版之外，还有一项急迫性工作，即编写"清末民国鼓词总目提要"，这也是当前学术研究的空白。前辈学者已有《弹词叙录》《木鱼歌潮州歌叙录》《宝卷提要》《车王府曲本提要》等类似著作，借鉴其体例，记叙每种鼓词的故事梗概，兼及其版本、收藏情况、本事来源、同题材文学作品、在当代民间说唱中的流变等。这类目录学著作不仅可弥补清末民国鼓词文献整理出版存在的不足，为研究者提供便利，也将有助于传统民间说唱文学的传承和发展。

（本文发表于《东亚汉学研究》2014年特别号）

孙鸿亮，1969年生，2005年毕业于陕西师范大学文学院，文学博士，师从霍松林先生，现为延安大学文学院教授。

论戏曲脸谱的美学特征与创构依据

陈 刚

内容摘要：脸谱是中国戏曲独有的，在舞台演出中使用的化妆造型艺术。这种艺术形式有其富于个性的美学特征与创构依据。脸谱艺术所具有的装饰性、夸张性的形式美，表现性、概括性与性格化的传神美，象征性、寓意性的意蕴美，构成了其最基本的美学特征。脸谱美的创造与构建，有其丰富和切实的多重审美依据，择其要者言之：现实的社会生活作为创作根源（植根于生活），各种艺术的"技"与"艺"的元素作为生成依据（涵养于艺术），中华哲学美学之大"道"作为内在灵魂（升华于大道），这诸种因素的合力作用成为戏曲脸谱美创构与实现的最重要的原材料、武器库与主心骨。

关键词：戏曲脸谱；美学特征；创构依据

"脸谱是一种中国戏曲内独有的、在舞台演出中使用的化妆造型艺术。从戏剧的角度来讲，它是性格化的；从美术的角度来看，它是图案式的。在漫长的岁月里，戏曲脸谱是随着戏曲的孕育成熟，逐渐形成，并以谱式的方法相对固定下来。"[1]作为一种造型艺术，脸谱具有色彩及图案的双重组合性；而从创作原则上看，脸谱具有象征和写实的复合性特点，或者说是双重意蕴倾向性。脸谱艺术特别注重突出人物的面貌与角色的性格，强化舞台形象，因此，又被称之为"构脸艺术"[2]。这种艺术形式有其独有的美学特征与创构依据。

---

[1] 张庚主编：《中国戏曲脸谱艺术》，江西美术出版社，1993年版。
[2] 吴晓铃纂集：《郝寿臣脸谱集》，中国戏剧出版社，1962年版。

一、戏曲脸谱的美学特征

（一）形式美：装饰性、夸张性

作为综合艺术的戏剧，其表演自然特别注重外部形式之审美，但东西方戏剧于此实现的具体手段却颇不相同。西方戏剧舞台人物的造型重写实，接近生活中人物本有的形貌，而中国戏曲舞台人物的造型不完全是写实。戏曲脸谱作为一种图案化很强的化妆艺术，也是一种变形极大的造型艺术，在直接意义上体现为以装饰性与夸张性为特质的形式美，亦即通过化妆扮演，以异于现实的夸张造型，把演员从相貌形式上转化为作品中的人物角色。

戏曲脸谱在表现皮肤颜色、面部状貌和肌肉纹理时，有一定的生活依据，同时又经过变形，实现与现实拉开距离的装饰、夸张的目的，创造出独特的形式美。变形主要包括"离形"与"取形"。"离形"就是不拘泥于生活的自然形态，借助夸张、装饰，"粉墨青红，纵横于面"[1]，与现实拉开一定的距离。脸谱与实际生活中人的脸形面貌有很大不同，但又来自现实，如通常说人"铁青着脸""白发鹤颜""白里透红""似有菜色"等，勾画脸谱时，就分别用相应的颜色显现出来，从而与人脸真实的肤色有了区别，这是色彩方面的"离形"。脸谱所绘的图案形象，相对于人脸真实的形状，夸饰、装扮（如男扮女装）、美化，则都是形状方面的"离形"。

"取形"是脸谱变形的另外一种形式。"取形"就是在对象自然形态之基础上，有所变化，使其图案化、装饰化，从而具备相应的象征意味。"取形"有其章法，把面部重要部位的色彩、线条，归结于一定的图案当中。借助"取形"实现"离形得似"。举例来说，戏曲脸谱中勾画眉窝，就是运用图案改变眉毛的本来形态，体现为较为强烈的装饰性。水白脸是脸谱中比较写实的一种，除肤色较为夸张外，眉、眼和各种表情纹的夸张幅度不算大，但也讲究"取形"，如京剧《群英会》中曹操印堂皱纹的画法，既要符合肌肉的自然纹理，又要有所夸大和美化，于是画一只黑色的斜飞蝙蝠（称斜蝠纹）。为了使得印堂有凸起的感觉并引起观众注意，还要点上朱红色，以作斜蝠纹的衬托。这样不但增强了表情的明显度，也使

---

[1] 焦循著：《花部农谭》，见中国戏曲研究院编《中国古典戏曲论著集成》第八集，中国戏剧出版社，1959年版。

表情纹样有了很强的形式美。

戏曲脸谱所体现出的这种以装饰性与夸张性为特质的形式美，具有相对独立的审美意义，在包括当代设计艺术、影视艺术、新媒体艺术在内的各种审美创造中都得到运用。

（二）传神美：表现性、概括性与性格化

戏曲脸谱"离形""取形"的图案化、装饰性美感特点，在直接意义上体现为愉悦视觉的形式美，在深层意义上则体现出富于表现性、概括性与性格化的传神美。"离形得似""遗貌取神""以形写神"；"形神兼备"，是中国古代有关人物造型的基本美学思想，意思是"神似"超越了"形似"，"形似"要服从于"神似"，为传神服务；为了"神似"，可以突破"形似"。这种审美观念，不仅在一般的造型艺术像绘画当中，而且也在戏曲艺术包括其脸谱设计上得到体现。戏曲脸谱之传神美涉及对人物形象本质特征的表现与概括，涉及人物形象的性格化，即要求表现出一种符合人物性格的基本神气与个性特征。脸谱的色彩、纹样富于表现性、概括性与性格化的传神美，再加上作品引人入胜的故事、演员精彩绝伦的演出，装饰性的脸谱才能最终充分发挥其表现力，才能尽可能地吸引观众，富于强烈的美感价值和艺术魅力。

换言之，"离形""取形"有一个比构形更高的目的，即传神。所谓传神就是要传人物之"精神"，即体现出人物的性格、气质、品德等本质的东西，因此，传神美所追求的是性格化，是表现性与概括性，是形神兼备。当然，脸谱的表现性、概括性与性格化，并非把人物性格全部描画在脸上。人物性格的独特性和复杂性，只有在情节发展中，通过表演才能充分显示出来。脸谱的表现性与性格化，就是要传达和体现出符合人物性格的精神气质，追求脸谱色彩、纹样等的整体效果，并非只以某种颜色对应某种性格。如同样以黑色为主的脸谱，由于具体纹样不同，就能表现出不同的神情，体现出人物不同的性格特征，像项羽的哭，张飞的笑，包拯的愁。一个脸谱能够达到性格化水平，富于表现性与概括性，往往需要经过漫长的积累，有一个从无到有、由简趋繁的演进过程。如包拯的脸谱，明代戏曲中勾两道直的白眉，强调其坦正；清代初期弋阳腔戏曲勾一对紧锁的白眉，突出其忧国忧民；道光咸丰年间的花部戏曲中，白眉进一步上扬，脑门出现月牙，显示其神明公正。由于脸谱是图案化的，可以把某种神情表现得非常鲜明、强烈，但同时又不适宜于用同一个脸谱表现人物神态的重大变化。因此，就自然出现一个人物形象的脸谱有多种描绘方法的情况。像京剧《霸王别姬》的项羽脸谱，用乱眉、低眼、哭鼻子，表现其穷途末路十分精彩，但表现其叱咤风云则有些不大合适。

（三）意蕴美：象征性、寓意性

脸谱的传神美，又是同丰富多样的寓意与象征、同深刻的意蕴美相结合的。在脸谱艺术的创造过程中，总是渗透着对人物形象的审美评价。脸谱形神兼备的审美创造，不仅使得人物形象神情鲜明、性格毕现、惟妙惟肖，同时也使得创作者和表演者的思想倾向与情感倾向强烈突出、爱憎分明。寄寓褒贬，分别善恶，富于象征性、寓意性的意蕴美，就成为脸谱艺术的另一重要特质。在这个意义上，可以说，脸谱是一种充满了较为深刻的象征意味的艺术形式和审美符号，是一种在外表上就已经暗示了要表达的思想内容的特殊符号[①]。作为这样一种象征符号，脸谱具有其无可置疑的意蕴美。戏曲脸谱的意蕴美，集中显现于"形"与"色"两方面。

先从"形"看。脸谱中的"离形"与"取形"，从根本上讲就是为了象征。也就是说，脸谱中的"形"，既是装饰手法，又是表现手法，同时还是象征手法。脸谱中常取某种自然形态的东西，来寄寓一定的意义，有勾画动植物形态的（像鸟兽、花卉等），也有把人的生理形态（像长相、年龄等）加以描绘的，还有把人物使用的工具（如兵器等）画出来的，更有直接把文字符号勾画到脸上的等。这样经过图案化、装饰化变形处理的脸谱形态，强调人物的个性特征，充满了较为强烈和富于个性的意蕴美。例如，京剧中所勾画的鲁智深脸谱，突出其螳螂眉，就特别形象生动而富于装饰性：即在显现其愤怒表情的同时，寄寓其好斗、勇为的个性。同样的，京剧中后羿的脸上勾画九日，寓其射日之壮举；郑子明年轻时为救人曾被猩猩伤脸，故勾成不对称的歪脸。昆曲中的娄阿鼠，于其脸上画只小白鼠，表情生动特别，同时又象征了其本质性的特点。作为象征元素的脸谱之"形"，大都有相对确定的所指，同时又有丰富的寓意，可做出不同的联想与解释。如许多剧种当中包拯的脸谱，在黑脑门上画白月牙，有多种解释：有的说象征他幼年放牧时被马踩过的伤痕，有的说象征他在阴阳两界主持公道之能力，还有的说象征在旧社会人们视包公犹如夜晚

[①] 【德】黑格尔著，朱光潜译：《美学》第2卷，商务印书馆，1959年版。

之明月一般等。①

一般言之，人的性格都是相对稳定的，但在不同的主客观条件下，会有不同的心理反应与所作所为，这导致了一个人物脸谱勾画的方法可能不止一种，如京剧艺术中，钱金福所绘的满含笑意的张飞脸谱，宜于演《芦花荡》；而尚和玉所勾画的猛张飞，演《战马超》则更适合。不同剧种所描绘的同一人物之脸谱，也可能不同，如义士专诸，京剧勾三块瓦脸，梆子腔勾碎花脸等。②

"色"是脸谱艺术的另一重要形式元素。每个民族都有对颜色的特定的理解和爱好，戏曲脸谱之设色与中华民族的文化传统、生活习惯密切相关，每种颜色都具有特定的象征意义。概而言之，表现赤胆忠心用红色或黑色，表现智勇刚义用紫色，表现骁勇善战用黄色，表现侠肝义胆而性格暴躁用绿色，表现刚直勇猛而桀骜不驯用蓝色，表现阴险奸诈用白色，表现神佛鬼怪用金色、银色等。同时，脸谱设色之象征意蕴，又可以灵活处理。如一般表现忠诚耿直用红色，但京剧《法门寺》里的刘瑾，也勾了红脸，之所以这样处理，意在表现其养尊处优的生活与权压朝臣的地位，而加上于眉部、眼部、嘴部等处所勾勒出的奸诈表情，就活脱脱塑造出了一位作威作福的奸佞之徒。

"色"与"形"结合，构成脸谱较为确定的象征意义，凸显出丰富的审美蕴涵，通过表现人物的性格特征、精神气质、道德品质，实现对人物的道德评价与审美评判。

在脸谱艺术中，写形是直接目的（体现为形式美），传神是间接的更高的目的（体现为传神美），象征则是最高的目的（体现为意蕴美）。写形、传神与象征只有结合起来才具有最为强烈的艺术魅力和审美意义。总体上看，脸谱艺术所具有的装饰性、夸张性的形式美，表现性、概括性与性格化的传神美，象征性、寓意性的意蕴美，构成了其最基本的美学特征。

二、戏曲脸谱美本体创构的三重审美依据

脸谱作为对戏曲人物相貌的规范化和艺术化处理，不是简单机械的描摹勾画，而是一种能动的再创造。人物形象的脸相、神气，以及人们对该形象的

---

① 吴晓铃纂集：《郝寿臣脸谱集》，中国戏剧出版社，1962年版。
② 栾冠桦著：《角色符号——中国戏曲脸谱》，生活·读书·新知三联书店，2005年版。

态度等多种因素融汇在一起，以夸张的图案化的形式描绘在演员的面部，即成为脸谱。中国戏曲与社会生活、与文学艺术、与传统文化的紧密关联，使得戏曲艺术的诸构成因素都不可避免地要受到种种主客观条件的影响，脸谱自然也不例外。脸谱艺术的绘制、创构（即创造构建）与客观现实、角色形象、故事情节、审美心理以及文化精神等都有重要关系，具有深刻的生活根源、丰富的艺术因子与博大的文化内涵，植根于中华民族深厚的生活、艺术与文化土壤。也就是说，脸谱作为一种艺术形式和审美现象，与中国人的社会生活，与中国文学艺术的审美追求，与中国传统文化的写意传神的美学思想都有着千丝万缕的联系。脸谱美本体的创构，有其丰富和切实的多重审美依据，体现在现实生活、艺术元素、哲学思想等多个层面。择其要者言之，现实的社会生活作为创作根源（植根于生活），各种艺术的"技"与"艺"的元素作为生成依据（涵养于艺术），中华哲学美学之大"道"作为内在灵魂（升华于大道），这诸种因素的合力作用成为戏曲脸谱美创构与实现的最重要的原材料、武器库与主心骨。

（一）脸谱美创构的现实美学依据：植根于生活

戏曲脸谱直接或间接受到了现实生活与劳动实践中人们面部装饰的影响，其创作的素材、观念和灵感很多都源于社会生活。有关文献记载中兰陵王扮面容以壮军威[1]、狄青戴面具冲锋陷阵[2]、南朝公主于脸上贴花黄以美容颜[3]，以及涉及扮演时的化妆[4]等材料，都证明了，脸谱的最初出现，与社会生活、与实际需要联系在一起。元杂剧《灰阑记》有段道白："我这嘴脸实是欠，人人道我能娇艳；只用一盆净水洗下来，倒也开的胭脂花粉店。"直到今天，一些剧种的旦角，还有勾脸的，如豫剧、晋剧中的钟无盐，京剧、秦腔中的妲己

---

[1] 相传兰陵王勇猛非常，但貌美如花，他觉得不足以威敌，于是用木头刻假面，临阵戴之，勇冠三军。人们为此编创了歌舞节目《兰陵王破阵乐》，其中演员所戴假面，被认为是脸谱的起源之一。

[2] 宋朝狄青因为面貌不够威武，每逢打仗，总戴面具，以威吓敌人，常常取胜。

[3] 古代有"粉白黛黑"的面饰风尚，谓之"靓妆"。相传南朝寿阳公主，一日休憩，鲜花飘落额上，留下花瓣印痕，格外娇艳。妇女纷纷效仿，脸贴花黄以美容颜，这种风尚在戏曲脸谱勾画中被吸收利用。

[4] 如先秦时期的优孟扮孙叔敖，令楚王以假为真，说明其在脸上肯定有涂抹。宋徽宗见嫠国人"傅粉墨"，"使优人效之以为戏"，足以证明已有脸部涂抹。可以视为脸谱的雏形。

等,当与此有联系。所以说,社会生活中人们的面饰(包括面具)可看作脸谱的早期形态和直接渊源。前面举过的包拯脸谱的例子,于黑脑门上画白月牙,有多种解释。这其实也正好表明了,脸谱美的创构,往往建立在深广的生活基础上,同时带有浓厚而丰富的民间想象成分。

从纹样来源也能看出脸谱创造与社会生活的关联。脸谱的纹样来源,主要包括象征性纹饰(前额上所画的象形图案,如龟精画龟,李靖画塔),彩陶纹饰(很多脸谱纹饰来源于彩陶纹样,如闻太师脸上的双勾菊花纹饰,廉颇两鬓和庞涓脸上的旋转纹饰),其他纹样。而戏曲脸谱的各种纹样,都与社会现实、劳动实践有着不可分割的联系。

脸谱的色彩构成同样是对生活经验的总结,如通常的说法,"晒得漆黑""吓得蜡黄""面如死灰""羞红了脸""气得脸都发绿""铁面无私",都是对生活经验的总结,其中无疑有夸张的成分,而运用到戏曲艺术中,就成为脸谱创构的色彩基础。

作为脸谱源于生活,取材于生活的另外一种情形,民间文化对脸谱形成的影响不容忽视。脸谱自民间文化中汲取了不少养分,脸谱的形成与许多民俗因素有所关联。简言之,脸谱的形成是远古纹身纹面、面具以及直接在脸上化妆等活动和方法共同作用的结果。在民俗精神的指引下,纹身、假面、化妆的方法相互借鉴、影响,最终形成脸谱。脸谱的构图多以社会生活与历史事实为蓝本,具有鲜明的现实感和强烈的民间色彩。如京剧等剧种中,钟馗额头绘制蝙蝠("福"的谐音),曹操的长眉、细眼、奸白脸、鼻子旁各有三把小刀(两面三刀),张飞的蝴蝶脸(笑脸)等等。戏曲所表现的人物原型来自民间,经过长期传播,人物的性格、行为具有强烈的生命力和感染力,其间蕴含了丰富的民众意识和浓烈的时代特征,脸谱艺术充分体现了这一特点。

戏曲产生于民间,与现实性、生活化特征异常显著的民间美术文化形式有着相当紧密的联系。民间美术中的木版年画、窗花剪纸、纸扎糖塑、服饰刺绣、泥人、葫芦雕刻、建筑彩绘和雕刻等,与戏曲艺术包括脸谱经常有密切的互动关系和互相取材表现的情形。戏曲艺术是民众重要的娱乐形式,其丰富的故事、优美的唱腔深入人心。民间艺人受到戏曲文化的影响,把自己亲身感受到的戏曲故事、人物,塑造在艺术作品中,呈现为戏曲舞台形象,长久地留在人们的生活中。像三国戏、水浒戏、西游戏、民间故事戏的人物形象,就经常出现在民间美术作品中。民间美术作品中的脸谱，与戏曲舞台上的脸谱基本一致，但有时也有不尽相同之处，这既是民间美术中创作主体感情自由发挥的结果，又是对戏曲艺术在理解基础上再创造的结果，很能传神写意。这样一来，脸谱与民间美术的关系就是相辅相成的。脸谱给民间美术提供了大量素材，民间美术又给脸谱提供了丰富的营养，而且民间美术为脸谱乃至整个戏曲艺术的传播起到了巨大的推动作用，使戏曲人物形象（包括脸谱）深入到民众生活的许多方面。

这一切都令人信服地显示了戏曲脸谱美的创构，植根于生活，来源于社会。

（二）脸谱美创构的艺术美学依据：涵养于艺术

脸谱美的创构，既根源于生活，又受到了各类艺术因素的影响，可谓涵养于艺术。脸谱创造所涉及的多种艺术的"技"与"艺"的因素成为其生成的基本依据。具体讲，脸谱美的创构包含了许多艺术因子：比如小说（作为造型的根据）、书法（作为造型的手法）、绘画（作为造型的直接参照）等。这些艺术因子在脸谱的生成过程中的作用相当显著。

小说：作为脸谱造型的根据。古典小说与戏曲的关联，是显而易见的。单就小说影响戏曲论，就有不少小说作品直接成为戏曲文本创作的原材料。不少戏曲作品，从故事情节到人物形象、艺术语言，都多受古典小说沾溉。同样的，小说中的有关人物性格、外貌描写，常常成为戏曲脸谱绘制的依据。特别是在社会各个阶层流传最为广泛的一些小说作品，如《三国演义》《水浒传》《西游记》《封神演义》等，其内容简直可以视为戏曲脸谱的武器库。

古代的不少小说，影响过戏曲，小说的有关人物性格和外貌等的描绘，为脸谱吸收借用。以京剧为例，三国戏多本自《三国演义》，其中人物脸谱采自小说描写者不少，像红脸关公、白脸曹操、小花脸蒋干、"豹头环眼，燕颔虎须"的张飞、"生有三根反骨"的魏延、以其善用的武器戟绘于脸上作表征的典韦、额头画红点表示箭疮的孙策。本自《西游记》题材的戏曲中，人物脸谱采用小说描写者也不少，像"尖嘴缩腮，金睛火眼"的"毛脸雷公"孙悟空、长着一副猪模样的八戒、面貌为牛头形的牛魔王。本自《封神演义》的戏曲人物脸谱，有多头的殷郊、喙形嘴的雷震子、脑门添画一小人头的申公豹，以及眼中长手、手中长眼的杨任。本自《残唐五代史演义》的戏曲中"左龙右凤"眼的李克用，源自《施公案》的戏曲中"五色脸"的窦尔墩等。

书法：作为脸谱造型的手法。中华民族特有的，兼有实用性与审美性的书法艺术，也被用于脸谱的创造，成为脸谱美创构的造型因素和手段。脸谱中的书法元素，常见于额、眉、颊等部位，涉及各种书体。篆书，由于组合匀称，规范整齐，接近花纹图案，多为脸谱采用，如常见的各种形状的篆书"寿"字，再如川剧《水漫金山》中哼哈二将，于脑门分别书写"哼""哈"两个篆字。楷书普遍用于脸谱，如川剧魁星额头书"斗"，牛皋额头书"牛"。隶书，偶然用之，如川剧《水漫金山》的火神脑门书"火"，《三返魂》的阎王脑门书"阎"，《高唐州》的李逵脑门书"李"。草书稀见，很多剧种有关杨七郎的戏，像《打潘豹》《李陵碑》，多采用变形处理的草书"虎"字作为其脸谱造型。脸谱的勾画和书法的创作有相似之处。书法是从一撇一捺的文字书写中产生的艺术样式，脸谱则是从一勾一抹的人物化妆中产生的艺术形式，两者在创作过程都表现出很强的程式化特征，都遵循"无法不成谱，有法不离谱"的创作规律。在用笔方式上，两者都讲究线条流畅而富于力度，节奏鲜明而神采飞扬。从某种意义上说，书法作为造型的手段进入脸谱，使其成为一种活动的造型艺术，或者说是一种动态的造型艺术。

绘画：作为造型的直接参照。戏曲艺术，综合了各种艺术形式，受到各门艺术美学思想的影响（如从诗歌中引进"意象""意境""趣味"，从绘画中引进"神似""形似""虚实"，从小说中引进"真假"等概念和范畴）。脸谱是写意与写实兼备的实用造型艺术，在本质上与中国传统绘画同属一类。绘画的艺术因子、审美形式和美学观念，成为戏曲脸谱在造型过程中所直接依凭的重要根据。如绘画注重"神似"的美学思想，就被充分运用到戏曲脸谱的创造当中，脸谱之"离形"（拉开与自然物象的距离）、"取形"（以变形的装饰化的手法取物象之形）、"传神"（传达人物的性格与神情），就是传统绘画"遗貌取神"、注重"神似"等美学思想的具体体现。脸谱的构图章法与传统绘画一样，讲究疏密、插穿、避让、虚实等。脸谱的勾画笔法也与传统绘画的笔法相通，强调浓淡、轻重、浅深、顿挫、急缓等。可以说，与传统国画一样，脸谱的创作有其特有的谱系法则。按照独特的艺术规律、美学程式所勾绘的戏曲脸谱，成为展现于戏曲人物角色面部的举世仅有的"构脸艺术",成为以演员面部为媒介、手段和载体的极其特别的绘画艺术,成为美的重要表现形式。

在这个意义上,可以说,脸谱丰富了包括绘画在内的造型艺术(即美术)的形式,扩大了造型艺术的表现领域,使得美术在综合性艺术戏曲当中扮演了独特而重要的"角色",成为艺术史上的一种了不起的创造。这种创造,具体地讲,一是以人脸作为艺术的物质材料,进行创作,使脸谱成为一种特殊的美术样式。也就是说,戏曲情节和人物性格给脸谱提出基本要求,演员面部成为艺术的材料、手段和载体,使得脸谱艺术在造型艺术的大家族中极富于特殊性。二是脸谱艺术通过在演员面部描画抽象的色块和造型,表现人物形象的性格特征,成为对造型艺术抽象思维的一大贡献。换言之,一张空间极其有限的人脸,用独特的极富于表现力的艺术方法进行创造,使得尽可能多的接受者能够欣赏和理解其所包含的丰富的意义,这对艺术创作无疑颇具启发。三是脸谱中包含了独特的美术元素。如表现性格和道德倾向的颜色,表现身份和地位的图样纹饰等。

(三)脸谱美创构的哲学美学依据:升华于大"道"(依循中华审美精神之大道)

脸谱艺术作为一种极具民族特色的艺术形式,其审美精神内核是绵延不息的中国传统审美文化之大道,其美学观念与审美理想涉及许多为中国传统美学所独有的概念、范畴与命题。

首先是意象交融、主客统一。所谓意象交融、主客统一即植根于生活的形与渗透着创造者主观的情、意的统一。写意性是戏曲艺术的基本审美特征,所谓写意即不以工细的描摹生活情状的方法来反映生活,而追求传神的非写实式的反映,其表现形态即使与生活的自然形态相去甚远也在所不辞。写意风格与写实风格迥然有别。以写实艺术的标准来要求,脸谱所表现的当然与人面的诸多实际情形不符合,然而,脸谱所呈现的人物的神情气韵和对创造者的审美情感的传达效果则不是写实戏剧化妆所能达到的。简而言之,西方绘画注重物理表象,中国绘画注重心理意象。与西方绘画的审美追求不同,作为中国绘画特殊类型的戏曲脸谱强调描绘意象,追求"得意忘象"。这种注重意象交融、主客统一的"意象"论,决定了中国文艺贵含蓄重写意的美学传统,反映于人物画,就是不重形似,而重神似,用墨不多,而人物神态毕现。无可置疑,脸谱在一定程度上，受到了这种"意象"论的沾溉和影响。所有的戏曲脸谱，从色彩到眉、眼、鼻、嘴窝的处理，都几乎舍弃了脸庞和五官的自然之"形"，而追求和体现为"离形得似"、以形写神、以形传神、形神兼备。

其次是平面造型，"山泉入镜"。就造型艺术的表现手法看，西方注重"体"，中国注重"线"和"面"。中国画不强调"光"和"影"，同时把远近转化为画面的高低，完全成为平面的造型。中国古典艺术，包括戏曲的舞台设计都追求平面造型，像各种饰以图案花纹的幕幔和近于"界画"的布城等，甚至于将演员解体为点、线、面等几何元素。传统戏曲舞台，可谓"线"的世界：演员从头到脚，盔头、戏衣、戏鞋，大都遍饰有线条组成的花纹，花纹的相似性，使得身穿戏衣的演员，往往都呈现为"平面"形象。脸谱同样如此。与话剧的化妆不同，戏曲脸谱不但不表现光和影，而且还尽可能的削平鼻子以至于鼻梁的高度。最典型的是京剧中项羽的脸谱，其鼻形与鼻高，竟然被转换成为黑三角与白圆点两种几何图形的平面构成关系，面部转平，呈现为平面化，而这在正面看来却具有最佳的审美效果。

再次是寓繁于简，"万以治一"。换言之，即万取一收，以少总多。中国传统美学认为，"一"是艺术创造的基因，各门艺术都是"一"的运化，因"一"而构成大千世界。艺术创造始于"一"，即具有鲜明生动个性的"一"。众所周知，戏曲艺术的一个重要特征是程式化，程式是包括脸谱在内的戏曲艺术的一种普遍的审美创造手段。所有程式，融合为"一"。这个"一"，表现为一个系统、一个单元或者一个模式，是一种包含了一个完整系统的"一"。由此，既可以归多为一，也可以以一为多（化一为多）。简而言之，这种"一"，体现在脸谱艺术中，就是什么人物形象的面部怎么装扮、怎么勾勒、怎么描画都有一定的规范、模式、样子，都有基本确定的程式。这种"一"，在其他传统艺术中同样有所体现，如诗词曲赋的格式，书法国画的笔法，建筑园林的格局等等。这种艺术程式的"一"，与传统哲学的"道生一，一生二，二生三，三生万物"（《老子》）、"通于一而万事毕"（《庄子·天地》）、"自一以分万，自万以治一。化一而成氤氲，天下之能事毕矣"[1]等，所包含的辩证思想，是相通的。"化一而成氤氲"从根本上讲也是

---

[1] 石涛：《石涛画语录》，人民美术出版社，1959年版。

"天人合一"的美学思想的体现。中国文艺史上，许多成功的艺术创造都自觉或者不自觉地渗透、体现和追求着这种高超的艺术辩证法。在包括脸谱美的创构在内的戏曲艺术实践中，更是充分体现了这一特点和规律。

最后就是天人合一，物我混成。天人合一是中国传统哲学的一大核心命题，其影响于传统美学与文艺实践者深刻而强烈。在这种观念的主导下，传统美学思想和文艺实践特别强调各种因素之间的协调与配合，尤其注重整体融通。就艺术真实与生活真实的关系言之，传统戏曲追求建立在演出整体基础上的，蕴含了多种关系，并能反映生活本质的合乎情理的真实。戏曲脸谱，与现实生活中的人的相貌，相去甚远，远离社会生活的自然形态。而每一个局部形象的不似，经过情与理的"化育"与"整合"，经过物我混成、不分主客的融通，却能获得总体表演效果的似，乃至于神似。相对于生活真实，脸谱等戏曲艺术的形式都是变形化的程式，它把生活的自然形态从根本上"融化"了，化为一个个表演、装扮的特殊样式。而经过"化育"与"整合"，艺术真实的内容被注入高度假定的审美形式当中。如此一来，这种艺术真实的内容不但得到充分的表达与实现，而且特别富于美感价值与艺术魅力。

要之，现实社会生活作为创作根源，多种艺术的"技"与"艺"的元素作为生成依据，中华哲学美学之大道作为内在灵魂，诸种因素的合力作用成为戏曲脸谱美创构与实现的最重要的原材料、武器库与主心骨，共同缔造和成就了个性独具、光华四射的中华脸谱艺术之大美。

（本文发表于《陕西师范大学学报》2012年第4期，被《中国社会科学文摘》2012年第12期全文转摘）

陈刚，1968年生，2006年毕业于陕西师范大学文学院，文学博士，师从王志武教授，现为陕西师范大学美术学院教授。

制度视域下的隐士群体

霍建波

内容摘要：大量历史事实证明，招隐制是客观存在的。作为非正式制度，它是在我国特殊的历史文化条件下形成的一种行动准则，并为历代统治者自觉执行。招隐行为具有顽强的生命力，绵延数千年，几与我国古代社会相始终，成为传统文化中一道独特的风景。故此，隐士虽是我国古代社会的边缘人，但却常常能借此走上政治舞台，对当时的统治秩序产生重要影响。先秦两汉是招隐制的酝酿与确立期，魏晋至宋元是招隐制的发展与繁荣期，明清是招隐制的变质与重建期。招隐制与隐士群体存在着双向互动的关联：招隐制对隐逸文化的发展起到了巨大的推动作用，隐士群体的大量存在也为招隐制的推行提供了客观条件。

关键词：招隐制；隐士群体；统治者；双向互动

西晋皇甫谧《高士传》序曾指出："然则高让之士，王政所先，厉浊激贪之务也。"[①]认为招揽那些高蹈谦让的隐士，是称王施政的首要任务，是厉浊激贪的重要举措。正因为如此，隐士虽是我国古代社会的边缘人，但作为一个特殊的社会群体，却常常会走上政治舞台，对现实的政治生活产生不可忽视的重要影响，这是和招隐制度分不开的。招隐制是在我国特殊的历史文化条件下形成的一种行动准则，并为历代绝大多数统治者（尤其开国君主）所自觉执行。招隐行为具有顽强的生命力，绵延数千年，几乎与我国古代社会相始终，

[①] [晋]皇甫谧撰，刘晓东校点：《高士传》，辽宁教育出版社，1998年版，第1页。

成为传统文化中一道独特的风景。下面结合典籍文献，详细论述之。

一、先秦两汉——招隐制的酝酿与确立

先秦两汉是招隐制度的酝酿与最终确立的时期。招隐的倡议，最初是由孔子提出来的，并得到后人的不断回应。《论语·尧曰》篇记载孔子话道："兴灭国，继绝世，举逸民，天下之民归心焉。"康有为注曰："《后汉书·逸民传论》注、《文选·两都赋》序、《为诸孙置守冢人表》两注、颜师古《汉书·外戚侯表》注引皆有'子曰'。"①在这里，孔子把"举逸民"作为使"天下之民归心"的三大举措之一，得到了后人的一致赞同，除上文康氏提及的诸书外，《高士传》《隋书》《北史》《新唐书》等也都直接引用此语。招隐的具体时间，则应当是在季春（并非一成不变）。《礼记·月令》篇云："季春之月……勉诸侯，聘名士，礼贤者。"郑玄注曰："名士，不仕者。"②孔颖达引蔡氏语云："名士者，谓其德行贞纯，道术通明，王者不得臣，而隐居不在位者也。贤者，名士之次，亦隐者也。名士优，故加束帛，贤者礼之而已。"③经学家把名士、贤者都理解为隐士。招隐使用的特殊礼品，则是束帛加璧。《礼记·礼器》篇云："束帛加璧，尊德也。"《周易·贲·六五》云："贲于丘园，束帛戋戋。"荀爽曰："艮山震林，山林之间为园圃，隐士之象。"薛综云："古者招士，必以束帛加璧于上。"④李士鉁以为："如贤人之在野，必以束帛聘于丘园……贤者邦家之光，聘贤者礼文之美……贤者固可以诚求，而不可以货取也。"⑤汉代开始，则常使用安车、玄纁来招聘隐士，其中玄纁是赠给隐士的礼品，安车是供隐士乘坐的交通工具。如汉光武帝聘请严光："帝疑其光，乃备安车玄纁，遣使聘之。三反而

---

① 康有为著，楼宇烈整理：《论语注》，中华书局，1984年版，第301页。
② [汉]郑玄注，[唐]孔颖达正义，吕友仁整理：《礼记正义》，上海古籍出版社，2008年版，第648页。
③ [汉]郑玄注，[唐]孔颖达正义，吕友仁整理：《礼记正义》，上海古籍出版社，2008年版，第649页。
④ 马振彪著，张善文整理：《周易学说》，花城出版社，2002年版，第231页。
⑤ 马振彪著，张善文整理：《周易学说》，花城出版社，2002年版，第232页。

后至。"①汉桓帝聘请徐稺、姜肱、韦著等人："桓帝乃以安车玄纁，备礼征之，并不至。"②招隐的方式，一般是先由下面向朝廷推荐，然后再由帝王亲自或委派使者前去聘请。

而招隐的实际行动，从传说时代就开始了。《庄子》一书曾描述了多位帝王的招隐、让王行为。如《逍遥游》篇中的"尧让天下于许由"，《让王》篇中的尧"又让于子州支父"，"舜让天下于子州支伯"，"舜以天下让善卷"，"舜以天下让其友石户之农"，"舜以天下让其友北人无择"，商汤拿王位"以让卞随"，"又让瞀光"，等等。皇甫谧《高士传》为把隐士传统系统化，"采古今八代之士，身不屈于王公，名不耗于始终，自尧至魏，凡九十余人"③编成《高士传》一书，既收录了上述说法，也补充了以前没有的故事，如舜帝让位蒲衣子，禹曾让位于伯成子高等。《韩非子》也描绘了周武王让位给伯夷、叔齐之事："古有伯夷、叔齐者，武王让以天下而弗受，二人饿死首阳之陵。"④尧、舜及三代开国君王让王之事，多是传说，未必可信。但这些处在我国历史文明形成期的典籍所记录的事迹，即使是编者的有意伪造，也会对后代产生不可忽视的重大影响，同时上古圣王的统治及其德望对我国后来的历史政治影响非常巨大，故而均会促成后代统治者礼敬隐士、招聘隐士的文化传统。

夏末商初，商汤征聘"处士"伊尹，先后五次才得成功；商末周初，姜尚隐居渭水垂钓，周武王"载与俱归，立为师"。这两件事虽有《史记》的记载，但司马迁却措辞模糊，且语焉不详。降及春秋战国，各诸侯国君也大力招聘隐士。如齐桓公五访小臣稷（详见《韩非子》），魏文侯招聘段干木（详见《吕氏春秋》），几任楚王曾先后招聘老莱子（详见刘向《列女传》）、陆通（详见《韩诗外传》）、陈仲子（详见《列女传》），楚威王招聘庄子（详见《史记》），鲁穆公招聘公仪潜（详见《孔丛子》），鲁恭公招聘黔娄先生（详见《列女传》，以上从小臣稷开始均又见《高士传》），鲁穆公求见泄柳（见《孟子》）等。这些故事真真假假，大概真假参半，难以彻底考证清楚。

---

① [南朝·宋]范晔撰，[唐]李贤等注：《后汉书》，中华书局，1965年版，第2763页。
② [南朝·宋]范晔撰，[唐]李贤等注：《后汉书》，中华书局，1965年版，第1747页。
③ [晋]皇甫谧撰，刘晓东校点：《高士传》，辽宁教育出版社，1998年版，第1页。
④ [东周]韩非子撰，秦惠彬校点：《韩非子》，辽宁教育出版社，1997年版，第36页。

到了西汉初期，则有汉代统治者招聘商山四皓的史实：先是汉高祖求之几年不得，后有吕后用张良计，终于聘请成功（详见《史记·留侯世家》）。东汉初年，汉光武帝不但数次招聘隐士，如严光、周党、王霸等人，还明确下诏，认可了隐士隐居不仕的合法性，为隐士出处的自由提供了法令条文，其诏书曰："自古明王圣主，必有不宾之士。伯夷、叔齐不食周粟，太原周党不受朕禄，亦各有志焉。其赐帛四十匹。"①袁宏《后汉纪》载光武帝"以范升奏示公卿诏"云："自古尧有许由、巢父，周有伯夷、叔齐，自朕高祖有商山四皓。自古圣王，皆有异士，非独今也。太原周党，不食朕禄，亦各有志焉。"②虽内容稍有不同，但主旨一致。对此，张立伟分析道："光武不同意范升要坐周党罪，并出了自己那个针锋相对的诏书，这个姿态传达出来的信息是，政府的权力不是无边的，政府的权力不得干涉'不宾之臣'的不合作。以天子之尊用诏书广示百官，对隐逸既不应指责又不得干涉，故我说，这个诏书标志着一项逆向行使的人权的确立——即不合作被确定为权利，被国家正式承认为'可以'，为'合法'。"③笔者认为，汉光武帝关于隐逸的诏书，既体现出朝廷以法令条文的形式，规定了隐士隐居的合法性，同时也标志着招隐制度的正式确立。此后，统治者招聘隐士的诏令，屡屡见于史籍。

二、魏晋至宋元——招隐制的发展与繁荣

汉光武帝之后，历代统治者都能明确认识到隐士对其统治的重要性，也都把招隐制度作为施政方针之一，努力贯彻下去，这促成了招隐制度的继续发展，并在唐宋时代达到繁荣。三国时期，曹操之所以能在诸侯混战中取得先机，和他多次发布唯才是举的命令有关。他所说之人才，其实相当一部分属于隐士，如其《求贤令》明确说："自古受命及中兴之君，曷尝不得贤人君子与之共治天下者乎……今天下得无有被褐怀玉而钓于渭滨者？又得无有盗嫂受金而未遇无知者乎？二三子其佐我明扬仄陋，唯才是举，吾得而用之。"④按照

---

① [南朝·宋]范晔撰，[唐]李贤等注：《后汉书》，中华书局，1965年版，第2762页。
② [清]严可均：《全后汉文》，商务印书馆，1999年版，第4页。
③ 张立伟：《归去来兮：隐逸的文化透视》，生活·读书·新知三联书店，1995年版，第93页。
④ [清]严可均：《全后汉文》，商务印书馆，1999年版，第17—18页。

上文孔颖达之说，贤士即隐士，那么求贤就是招隐。蜀汉的刘备，礼贤下士，三顾茅庐，为自己赢得了一位隐居民间的奇才诸葛亮："由是先主遂诣亮，凡三往，乃见。"①晋代"自典午运开，旁求隐逸"，如晋武帝招聘范粲、郭琦，晋惠帝、元帝、明帝聘请任旭等（详见《晋书·隐逸列传》），宋武帝征聘戴颙、宗炳、周续之等（详见《宋书·隐逸列传》），檀道济聘请陶渊明（详见《南史·隐逸传》），齐太祖招聘褚伯玉、明僧绍等（详见《南齐书·高逸列传》），梁武帝招聘何点、阮孝绪、陶弘景等（《梁书·处士列传》），北魏宣武帝招聘冯亮（详见《魏书·逸士列传》）。隋文帝也喜欢任用隐士，有《新唐书》卷九十六记载杜淹之语为证："上（指隋文帝）好用隐民，苏威以隐者召，得美官。"②晋末桓玄篡位，为了招揽民心，扩大声势，也在招隐制上大做文章，并由此做下一场传诵千古的闹剧："玄以历代咸有肥遁之士，而已世独无，乃征皇甫谧六世孙希之为著作，并给其资用，皆令让而不受，号曰高士，时人名为'充隐'。"③为了实施招隐制，没有隐士怎么办？桓玄的做法是制造隐士。由此极端例子亦可看出，招隐制在统治者心目中的地位是多么重要。

唐代统治者对招隐制度使用得更加纯熟，多次以此招揽隐士。士人们也心领神会，纷纷去做隐士，以退为进，从而走上仕途。帝王们为推行招隐制度，不遗余力："高宗天后，访道山林，飞书岩穴，屡造幽人之宅，坚回隐士之车。"④隐士们纷纷攘攘，走出山林，走进庙堂："然放利之徒，假隐自名，以诡禄仕，肩相摩于道，至号终南、嵩少为仕途捷径，高尚之节丧焉。"⑤此时，隐逸几乎完全成为文人出仕的一种手段，标志着传统隐逸精神的低落与迷失。新、旧《唐书》隐逸传所记载的隐士，绝大多数都有过出仕的经历，便是此点之明证。霍松林、傅绍良以为："如果说科举和军功最具有盛唐时代特色的话，那么'终南捷径'——隐逸则可谓是传统入仕方式在盛唐的发展……当时不少山林之士多以此为入仕之途，尽管这种身在江湖心在魏阙之举不足嘉，但作为一种生活方式和入仕手段，由隐而仕在当时产生的影响是不容低估

---

① [西晋]陈寿撰，[南朝·宋]裴松之注：《三国志》，中华书局，1982年版，第912页。
② [宋]欧阳修、宋祁：《新唐书》，中华书局，1975年版，第3860—3861页。
③ [唐]房玄龄等：《晋书》，中华书局，1974年版，第2593—2594页。
④ 后晋]刘昫等：《旧唐书》，中华书局，1975年版，第5116页。
⑤ [宋]欧阳修、宋祁：《新唐书》，中华书局，1975年版，第5594页。

的。"①五代虽是乱世，招隐制度仍未被抛弃，如五代后唐明宗招聘郑遨，后晋高祖聘请郑遨、张荐明、石昂等。（详见《新五代史·一行传》）

到了宋代，隐士大量出现，招隐之风也愈演愈烈。据统计，有宋三百年，见于各种典籍记载的隐士就有近四百人。仅《宋史》就专门设立了三篇列传，用来记载隐士。就正史记载隐士而言，《宋史》隐逸传所录隐士数量之多，超过了以前任何一个朝代。由于宋代统治者崇文抑武，和前代或者此后相比，他们尊隐、招隐的行为更加突出，这是招隐制度和隐士群体双向互动的自然结果。从《宋史·隐逸列传》的一段话，也可以大致看到宋代隐逸之风的盛行："宋兴，岩穴弓旌之招，叠见于史，然而高蹈远引若陈抟者，终莫得而致之，岂非二卦之上九者乎？种放之徒，召对大廷，亹亹献替，使其人出处，果有合于《艮》之君子时止时行，人何讥焉。"②宋代招隐的典型例子，有宋太宗优待陈抟、种放，宋真宗招聘种放、李渎、邢敦、林逋，宋仁宗礼聘高怿、黄晞等。（详见《宋史·隐逸列传》）金、元两朝虽是少数民族当权，但是统治者也没有丢弃招隐制。如金章宗聘请赵质（详见《金史·隐逸列传》），元世祖招聘杜瑛、张特立，元武宗、文宗、惠宗征召杜本等。（详见《元史·隐逸列传》）

三、明清——招隐制的变质与重建

历史的车轮推进到明朝，封建社会的腐败性和专制性也表现得越来越突出。明初，明太祖朱元璋为了迅速建立起新秩序，巩固统一的专制主义中央集权，也为了加强自己的权威，奴化民众，就高度重视立法建制，招隐制也因此受到牵连而变质，这主要体现在朱元璋对不仕者采取了非常严厉的高压手段。根据《明史》卷九十三《刑法志一》载，洪武十八年，朱元璋亲自制定的《大诰》中有十条规定，其中一条是"寰中士夫不为君用。其罪至抄劄。"③"次年复为《续编》《三编》，皆颁学宫以课士，里置塾师教之。囚有《大诰》

---

① 霍松林、傅绍良：《盛唐文学的文化透视》，陕西师范大学出版社，2000年版，第157—158页。
② [元]脱脱等：《宋史》，中华书局，1985年版，第13417页。
③ [清]张廷玉等：《明史》，中华书局，1974年版，第2284页。

者，罪减等。"①朱元璋并非做样子，他对那些敢于不仕者举起了屠刀。《明史》卷九十四《刑法志二》记载："贵溪儒士夏伯启叔侄断指不仕，苏州人才姚润、王谟被征不至，皆诛而籍其家。'寰中士夫不为君用'之科所由设也。"②杀了人，朱元璋还振振有词，为自己辩解："寰中士大夫不为君用，是自外其教者，诛其身而籍其家，不为之过。"（《大诰》二编）③从传说时代的尧、舜、禹、汤，到春秋战国时期各诸侯国的国君，从汉高祖、汉光武帝，到唐、宋、金、元的各代帝王，从来都是给士人以自由，尊重他们的选择：请你出仕，你可以接受，也可以拒绝，朝廷绝不为难，更不会滥施刑罚。但到了明代，朱元璋虽不废招隐制，继续"搜求岩穴，侧席幽人"，却以己意加于隐士，"对于不肯做官的人，也不放过……故有诏征不出而被杀者。高启之死，也和他坚决辞官大有关系"④。朱元璋举着屠刀征召隐士，招隐制因此变了味道，完全沦落为皇权的工具。士人没有了退路，只能入朝做官，否则就会受到迫害。当然，也有例外，也有隐士幸免于难，如杨引、吴海等拒绝朱元璋的聘任并没有被迫害。（详见《明史·隐逸列传》）但影响所及，朱元璋之后的明代皇帝，却仿佛对招隐制没了兴趣。

直到清朝建立，招隐制才又被重视起来。作为少数民族——满族来做汉族人的领导，清代统治者内心本就甚为忐忑不安。而逸民隐士又颇不安分，蠢蠢欲动，如《清史稿·遗逸列传》所说："天命既定，遗臣、逸士犹不惜九死一生以图再造，及事不成，虽浮海入山，而回天之志终不少衰。迄于国亡已数十年，呼号奔走，逐坠日以终其身，至老死不变，何其壮欤！"⑤为了笼络人心，稳固统治秩序，招隐是清代统治者祭出的一大法宝。如清朝曾两次特开博学鸿词科考试，令各级官员推荐学行兼优、文辞卓越之士，不论有无官职，一律到京考试。其中前来应试的，就有不少隐士。当然，这些"没有骨气"的隐士在当时就受到了辛辣的嘲笑。如王应奎《柳南续笔》卷二所载："鼎革初，诸生有抗节不就试者。后文宗按临，出示：'山林隐逸，有志进取，一体收录。'诸生乃相率而至。人为诗以嘲之曰：'一队夷、齐下首阳，几年观望好

---

① [清]张廷玉等：《明史》，中华书局，1974年版，第2284页。
② [清]张廷玉等：《明史》，中华书局，1974年版，第2318页。
③ 郭预衡主编：《中国古代文学史》四，上海古籍出版社，1998年版，第3页。
④ 郭预衡主编：《中国古代文学史》四，上海古籍出版社，1998年版，第3页。
⑤ [清]赵尔巽等：《清史稿》，中华书局，1977年版，第13815—13816页。

凄凉。早知薇蕨终难饱,悔杀无端谏武王。'及进院,以桌凳限于额,仍驱之出。人即以前韵为诗曰:'失节夷、齐下首阳,院门推出更凄凉。从今决意还山去,薇蕨堪嗟已吃光。'闻者无不捧腹。"①或如《清稗类钞·考试类》所载之讽刺诗:"圣朝特旨试贤良,一堆夷齐下首阳。家里安排新雀顶,肚中打点旧文章。当年深自惭周粟,今日翻思吃国粮。非是一朝忽改节,西山薇蕨已精光。"②讽刺归讽刺,但是从另一个侧面也可看出,清廷的招隐行为,对隐士还是有巨大诱惑力的。其实从皇太极开始,清廷就对汉人隐士相当宽容,"优礼志士之不屈者,所以励臣节,所以示恩容也"③,这几乎成为国策,一直延续到清代中期。由此可见,在明代变质的招引制度,到了清代又重新显示了其强大的生机。

四、招隐制与隐士群体的双向互动

上述大量历史事实足以证明,招隐制是客观存在的。作为非正式制度,它是在我国特殊的历史文化条件下形成的一种行动准则,并为历代统治者所自觉执行。在漫长的中国古代社会中,招隐制度的客观存在,大大刺激了隐逸文化的发展,并因而产生了数量众多的隐士。蒋星煜说:"自从巢父许由以下,一直到民国初年的哭庵易顺鼎辈,中国隐士不下万余人,即其中事迹言行历历可考者亦数以千计。"④杨朝云认为:"中国隐逸传统如果从传疑时代的巢父、许由算起,几乎可与中华文明史同源,隐士亦不下万余人,有文献记载,事迹可考的就有几千人。"⑤张南也说:"在传说的尧舜时代,就出现了许由、巢父等不愿担任公职的隐士,由此而下,中国古代的隐士层出不穷。其中有事迹可考者在数千人以上。"⑥中国古代到底产生了多少隐士?笔者没有做过专门研究,不敢贸然下结论。不过笔者曾对"二十六史"做过考察,认为正史中有

---

① [清]王应奎:《柳南随笔·续笔》,上海古籍出版社,2012年版,第109页。
② 郑天挺:《清史》上编,天津人民出版社,2011年版,第146页。
③ 萧一山:《清代通史》,华东师范大学出版社,2006年版,第113页。
④ 蒋星煜:《中国隐士与中国文化》,生活·读书·新知三联书店上海分店,1988年版,第1页。
⑤ 杨朝云:《中国隐逸文化史》,云南大学出版社,2004年版,第4页。
⑥ 张南:《隐士生涯·前言》,广西师范大学出版社,1998年版,第2页。

二十一种设有隐士传,共记载隐士三百多人,这个数量还是相当大的,也是较为可信的。

总之隐士数量众多,并且鱼龙混杂,真假并存,俨然形成了一个特殊的职业。对此,鲁迅先生所说很有道理。他在《且介亭杂文二集·隐士》一文中说:"登仕,是噉饭之道,归隐,也是噉饭之道。假使无法噉饭,那就连'隐'也隐不成了。"①把做隐士与做官并提,认为二者在本质上没有区别,都是为了谋生吃饭。既然做隐士是一种谋生的"职业",当然会由此获得些实际利益:"可见'隐'总和享福有些相关,至少是不必十分挣扎谋生,颇有悠闲的余裕。"②既然做隐士能够"和享福有些相关",自然会有不少人趋之若鹜了。除了能够获得实际利益,符号化的隐士,被人们当作是不事王侯、高尚其事、超越世俗名利的代名词,从而能够得到清高的美名。如蒋星煜说:"隐士在中国历史上始终扮演一种最受人家喝彩拍掌的角色。"③南怀瑾认为:"隐士思想,历来占据传统文化精神最崇高、最重要的地位……如果强大一点来说,隐士思想,与历史上的隐士们,实际上,便是操持中国文化的幕后主要角色。"④综上可知,做隐士常常是既能获得实际利益,又能得到高尚的美名,故士人们大多不会反对做隐士,招引制度对隐逸文化的发展起到了巨大的推动作用。

同时,也正是由于大量隐士的客观存在,才使得招隐制度能够赖以维持下去。如果社会中没有隐士存在,招隐自然就是一纸空文。虽然隐士队伍驳杂不纯,良莠不齐,但也有相当数量的品学俱优之士。这一点,从当代学者为隐士所做的定义中也能看出一二。韩兆琦《中国古代的隐士》说:"隐士是与官僚相对而言的,它的含义是说,这个人本来有道德、有才干,原是个做官的材料,但是由于某种客观或主观的原因,他没有进入官场;或者是本来做官做得好好的,后来由于某种客观或主观的原因而离开官场,找个什么地方'隐'起来了,这就叫'隐士'。"⑤高敏《中国历代隐士·序言》对隐士的定义和韩

---

① 朱正校注:《新版鲁迅杂文集》,浙江人民出版社,2002年版,第185页。
② 朱正校注:《新版鲁迅杂文集》,浙江人民出版社,2002年版,第186页。
③ 蒋星煜:《中国隐士与中国文化》,生活·读书·新知三联书店上海分店,1988年版,第6页。
④ 南怀瑾:《禅宗与道家》,复旦大学出版社,1991年版,第144页。
⑤ 韩兆琦:《中国古代的隐士》,商务印书馆,1996年版,第1页。

兆琦差不多："本文所论的'隐士'，是对我国古代社会里凡具有为官作吏条件的士人而不愿为官作吏者的总称。"[1]纳兰秋《隐士大风流·作者序》认为："简单地说，有才能、有学问、能够做官而不去做并且具有较高声望的人，才叫'隐士'。"[2]虽然他们的定义都不够精准，不能涵盖历史上所有的隐士，但他们都指出了隐士需要具备"为官作吏"的基本素质。古人以贤士、名士指代隐士，并非空穴来风，而是有现实根据的。考察隐士对政治的历史功绩以及对帝王声望的提高和美化，我们可以从姜子牙、商山四皓、严光、诸葛亮、陶弘景、田游岩、陈抟、种放等著名隐士身上，窥一斑而见全豹。

就功用而言，招隐制也能够为统治者带来巨大的实惠。通过招隐，如果得到了真正的品学兼优之士，定会有利于统治秩序的巩固；即使招不到，统治者也能博得求贤若渴、胸怀博大的美名；同时，还能用隐士的淡泊名利、清高自守等精神来激贪厉俗、澄清吏治。"一箭多雕"，真可谓有百利而无一害！历代统治者正是清楚地看到了这一点，才会大力推行招隐制，这就是为什么招隐行为具有顽强的生命力，能够绵延数千年而不绝的主要原因。

霍建波，1973年生，2005年毕业于陕西师范大学文学院，文学博士，师从霍松林先生，现为延安大学文学院副教授、古典文学教研室主任。

---

[1] 高敏：《中国历代隐士》，河南人民出版社，1994年版，第2页。
[2] 纳兰秋：《隐士大风流》，广西人民出版社，2007年版，第1页。

中国古典散文义味说

马茂军

内容摘要：义理审美是个美学难题，义味说恰是对义理的审美，且与佛教渊源深厚。魏晋玄学盛行时期，义味主要用于人物及文章的品评。宋代儒学推崇儒家经典，义味说带上浓郁的儒家经学气味。义味说的玩味理论深化了古文审美和古代阅读理论。

关键词：中国古典散文；魏晋玄学；儒学思想；古文义；阅读理论；文彦博；理论深化；玄学家；宋代理学家；妙悟

在探寻古文审美核心范畴的过程中，我们感到古文义味说是中国古代散文理论的精神命脉。在中国古代散文理论研究中，文道与义理，表现了散文创作对于思维内容、理性精神的重视，而将文道义理与审美体验相结合的义味说，则真正得古代散文创作的精髓。这一点至今学界还没有人论及。义理审美是个非常复杂的美学问题，需要我们深深寻绎。就学术而言，汉唐重注疏，晋宋重义理。宋诗有理趣说，而宋文有义理说与义味说。义理已经有较为清晰的阐释，至于义味说则源流隐晦、内涵复杂，未能得到充分的研究。是义和味，还是义的味？是重义，还是重味？是偏于理学，还是偏于美学？这一切都需要我们对义味说考辨源流，做出阐释。

一、义味说的佛学溯源

（一）义味之义论

1. 义味之义

从语源学的角度看，诗学中的义味说是佛教义味说中国化的产物，所以要深刻理解义味说，必须追溯它的佛学渊源。

义味说在佛教中首先具有普通的含义，即指一般的意义。"若减七岁不解好恶语义味，名为无知男子；虽过七岁不解好恶语义味，亦名无知男子。若七岁若过七岁，解好恶语义味，是名有知男子。"①（《摩诃僧祇律》卷十三）有知和无知是以是否知好语与恶语的义味划分。这里的义味是一般意义。

然而佛教义味说是对佛教义理的兴趣，主要是指对于深奥的佛教义理的品味。"喻人不能玄解义味，要须指事然后悟之也。"②（《杂譬喻经·比丘道略集》）深奥义理须玄解才能领悟。"如我今日，将护无数百千诸比丘僧。与诸大众，广说深法上中下善，义味微妙，具足清净修于梵行；如我今日，与诸大众广说深法上中下善，义味微妙，具足清净。"③（《出曜经》卷一）说的是深法，所以才能义味微妙，具足完满的清净。

义理微妙以至于成为秘密义。"秘密之义普得闻之受持不忘。善解字句及其义味。自说法时及听佛说。于是二事各无妨碍。于一字中说一切法。"④（《大方等大集经》卷四）强调秘密义，强调义味深奥，一字中说一切法，则近似咒语了。佛教的咒语，一句顶一万句，句句是真理的寄寓。"一一众生有十亿百千现诸佛国。一一佛国有十亿百千法句义味及诸佛法。一一法句义味之法。有十亿百千生诸经法炽然尘劳。乃至诸法定门亦复如是。一一诸法门中演出无量众智相貌不退转法。若干种智义味不同。"⑤（《十住断结经》卷七）以一种文学的夸张铺张，表现义味说中的一种宗教情感。

2. 义与味

佛教义理微妙，但其表达及接受过程却能使人心生欢喜，因此，义而具

---

① 《摩诃僧祇律》，见《中华大藏经》第36册，中华书局，1989年版，第702页。
② 《杂譬喻经》，见《中华大藏经》第52册，中华书局，1992年版，第33页。
③ 《出曜经》，见《中华大藏经》第50册，中华书局，1992年版，第583页。
④ 《大方等大集经》，见《中华大藏经》第10册，中华书局，1985年版，第40、41页。
⑤ 《十住断结经》，见《中华大藏经》第20册，中华书局，1986年版，第987页。

味。"是故应于世间技艺经书等无有疲厌。以堪受故能知义趣。作是念。世间经书以义为味。若人善知经书义味。则于世间法悉能通了。能通了故则能引导上中下众生。作是念。若人无有惭愧则不能令众生欢喜。"①(《十住毘婆沙论》卷九)义是本体,经书是以义为味,能够通达经书义味,明白经书中的道理,则能够通达世间法,就能够心生欢喜,能够自度,这是第一层喜悦。能通达佛法,则能引导众生,能够度他,这是第二层欢喜。义味关系,义味一体,以义为本。"谓义是所诠诸法之义。味是能诠诸法之教。"(《华严经探玄记》卷第四)魏国西寺沙门法藏述名号品第三解释最为明白:"味谓义,味即义,同也"。《止观辅行传弘决序》"味。义味之味,谓所诠之义味也。"《楞伽阿跋多罗宝经心印科文》味,是义之味。

义不仅仅是有味,而且是解脱第一义、第一法,故是第一味。这也是义味说的核心意蕴。"愚人乐世话,尽寿常空过。不如思一义,获利无有边。……智慧诸菩萨,能知世话过。常爱乐思惟,第一义功德。法味及义味,解脱第一味。谁有智慧者,心生不欣乐。是故应弃舍,无利诸言话。常乐勤思惟,殊胜第一义。如是第一法,诸佛所赞叹。是故明智人,当乐勤修习。"②(《大宝积经》卷九十二)这里是参禅的体悟,苦思冥想一个话头,体会人生的道理。道理想通了,就有了智慧,智慧而生快乐,这是一个合理的逻辑义之有味的推理过程。故言思维是解脱第一味。

(二)义味说之味

1. 甘蔗之喻:由义到味的审美快乐和审美转型

印度佛教义味说由义到味转型的非常重要的一个环节是甘蔗的比喻。"譬如甘蔗味,虽不离皮节;亦不从皮节,而得于胜味。皮节如世话,义理犹胜味。是故舍虚言,思惟于实义。"③(《大宝积经》卷九十二)印度的甘蔗之喻,皮节是虚言,义理如蔗汁,让人体会义理。道理想通了,就有了智慧,智慧而生快乐。这是甘蔗之喻。味既是义,谓甘蔗义味丰美,咀嚼出味。又如《发觉净心经》中"甘蔗茎干皮不坚,然彼心中味最上。不以压皮令有味,其味不离于甘蔗。如皮多言既如是,如汁思义亦复然,是故多言乐远离,思惟正

---

① 《十住毘婆沙论》,见《中华大藏经》第29册,中华书局,1987年版,第330、331页。
② 《大宝积经》,《中华大藏经》第9册,中华书局,1985年版,第201页。
③ 《大宝积经》,《中华大藏经》第9册,中华书局,1985年版,第201页。

义莫放逸。义味法味胜于众,解脱之味亦为妙,此是味中最上味,何故智者不独行?"①(《发觉净心经》卷下)甘蔗的比喻,皮为言,义为汁,蔗心部分味最上,汁水最多,汁如义味,汁不离于甘蔗(义理),咀嚼而有汁,才有味。义味不离于义理,玩味才有义味。味不是语言的味道,义味既法味,义味就是解脱之味,是智者之味,智慧之味,因而美。这是义味审美可能性的逻辑推理过程。

2. **义味的审美与快乐**

佛教义味说达到了很高的理论思辨水平。佛教理论体系中,不仅规定了义与味的各自内涵,而且规定义味关系,有义才有味,令人快乐才有味、才美。"第二句中义味深者名义为味。不同余处名字为味。义能津心令人爱乐,如世美味故名为味。与下文中譬如甘蔗数数煎煮得种种味。其义相似。"(《涅盘义记》卷第二,隋净影寺沙门释慧远述)义的特点是能够津心,产生甜蜜的快感,让人爱乐,如同甘蔗反复煎煮出甜味,义也是反复玩味出义味。"味谓义味即义同也。"(《止观辅行传弘决序》)"如《止观辅行补注》引显宗论以示其义味势等者味谓诸法滋味。"(《天台三大部补注》卷第四),通过甘蔗的比喻,我们认识到,味就是诸法的滋味,让人产生宗教审美的快感。

快乐与审美。"造广下三正造诸论二。初广论。谓甘蔗论。释中本楞伽经义味丰美。故立斯称。"②(《起信论疏笔削记》卷一)甘蔗义味丰美,让人快乐,这是宗教快感审美。"五乐闻语。丰诸味。令乐闻故。"(《法华玄赞摄释》卷第二)因为意味丰美,才让人喜闻乐见。"我又说言。过九部经有方等典。若有人能了知其义。当知是人正了经律。远离一切不净之物。微妙清净犹如满月。若有说言如来虽为一一经律演说义味如恒沙等。"③(《大般涅盘经》卷七)人能解义,则义味丰美,远离一切不净之物。达到微妙清净犹如满月的境界。这是一个美妙的比喻,表示达到很高的境界。也是宗教快乐的可能性、逻辑性。

义味说的快乐,不仅仅是个体幸福,不仅仅是自度,还有度他,体现一种社会幸福。"广开解义味者,显非浅近粗疏之学而已,直欲致广大而尽精

---

① 《发觉净心经》,见《中华大藏经》第9册,中华书局,1985年版,第778页。
② 《起信论疏笔削记》,见《中华大藏经》第92册,中华书局,1995年版,第825页。
③ 《大般涅盘经》,见《中华大藏经》第14册,中华书局,1987年版,第531页。

微也。开，是通达无碍。解，是契悟无疑。义，是经律事理。味，是其中奥妙。经律威仪，准能诠文字，习教行于身也。广解义味，据所诠圆妙，明理证于心也。以契悟经律之宗趣，通达义理之深味，然后利他。"（《佛说梵网经初津》卷六，清 古杭昭庆万寿戒坛传律沙门书玉述）佛教对义味说的要求很高，广开解义味，是追求义理致广大而尽精微。证悟方面是要通达无碍，契悟无疑。义，是事理。味，又是事理其中的奥妙。义味即要求能诠文字，又要求能够修行，能够习教行于身。广解义味，不仅要解释圆妙，不仅明理，还要能够证悟于心。做到上面几点，才能够契悟义理之宗趣，通达义理之深味，才能够自度，自度还是不够的，还要度他、利他。这是一套非常复杂的义味说。

义味说的审美价值在于它将义上升到味，味是滋味，有滋有味，让人欢喜。喜闻乐见。"一闻总持修多罗藏。亦持律藏。为诸众生常说法要。博识辩聪义味甚深。音声朗彻令人乐闻。得听法者心生欢喜。永即不复堕诸恶道。"①（《大宝积经》卷第一百零九）说法者博识辩聪，义味甚深。说法的外在形式是音声朗彻，令人乐闻。可见义味说还具有形式美。听法者获得的感性享受是心生欢喜，是一种神秘的审美感受。而不是抽象的灰色的令人厌烦的理论。说法听法的结果是获得清净和超脱，永即不复堕诸恶道。

3. 佛教禅宗是中国化的佛教宗派，禅宗将佛教义味说增添了对于言外之旨的追求

问：经教无闻。为诸佛子还宜以论明妙道。岂可如宗门把无义味话头令人提究。如栢树子、干屎橛、麻三斤之类。恐非佛意耳。

答曰：此实佛意也。（《会稽云门湛然澄禅师语录》卷之八，门人明凡录吴兴丁元公山阴祁骏佳编）

若是没量汉，闻下便脱然，其余诸人正好向一无义味句中拶身拶命捞将去。不期放下而自放下，管取呵呵大笑去也。（《建州弘释录序》）

义味发展到宋代后甚至推崇不立文字。法师曰："但取义味，不须究其文字，此罪唯僧能治，非一二三人故，名僧伽婆尸沙。"②（《善见毗婆沙律》

---

① 《大宝积经》，见《中华大藏经》第9册，中华书局，1985年版，第344页。
② 《善见毗婆沙律》，见《中华大藏经》第42册，中华书局，1990年版，第585页。

卷十二）

后期禅宗越来越重视妙悟，但取义味，不究文字，重视妙悟，重视言外之旨。

二、义味审美是从汉代事功与谶纬向魏晋玄学的审美转型

中华文化中的义味说，最早是对玄学人物的评价。如《三国志·蜀志》卷十五中："王文仪尚书，清尚劼行，整身抗志，存义味，览典文，倚其高风，好侔古人。"说王文仪尚书赞美玄学人物的精神世界之美。嵇康有《明胆》论一首："有吕子者，精义味道，研核是非，以为人有胆可无明，有明便有胆矣。"①对胆与明的关系进行思辨和推理，胆是物质的，明是精神的，有明才有胆，有胆依然可以无明，推崇一种人物的玄学思辨。"精义味道"，将义味提高到义味道的高度，推崇一种义理之美，思辨之美，玄学之美。这是中国哲学与印度哲学撞击的火花，引领中国哲学走向了思辨一路。昭明太子《与何胤书》："方今朱明受谢，清风戒寒，想摄养得宜，与时休适，耽精义味，玄理息嚣尘玩，泉石激扬，硕学诱接，后进志与秋天竞高，理与春泉争溢，乐可言乎，岂与口厌刍豢耳聆丝竹之娱者同年而语哉。"②推崇人物的志向与义理，以为义理的快乐高于"口厌刍豢耳聆丝竹之娱"，体现了义理审美的精神和以玄为美的价值取向。又《晋书》徐苗传："徐苗字叔胄……义理深厚……弱冠与弟贾就博士济南宋钧受业，遂为儒宗，作《五经同异评》。又依道家著《微论》前后所造数万言，皆有义味，性抗烈，轻财贵义，兼有知人之鉴。"（《晋书》卷九十一）徐苗世代儒家，以博士为业，受时代影响，吸收玄学义理，著《微论》，深有义理，皆有玄学义味。他身上体现了儒玄一体的倾向，这种倾向最终导致儒学的义理化。进入隋代士林仍然表现了高昂的义理兴趣，崇尚义味。《隋书》卷七十七徐则"先生履德，养空宗齐物，深明义味，晓达法门。"表扬徐则玄学、义理、

---

① [魏]嵇康：《嵇中散集》卷六，见文津阁《四库全书》第354册，商务印书馆，2005年版，第432页。

② [梁]萧统：《昭明太子集》卷四，见文津阁《四库全书》第354册，商务印书馆，2005年版，第536页。

道德一体的素养。依然以义味品评人物的精神境界之美。义味说起源于玄学发达的晋宋时期，汉代儒家美学以齐家治国平天下的事功美学为主，东汉美学又打上了谶纬迷信的烙印。魏晋玄学的意义在于从迷信走向理性的思考，从外在事功转型为对人物精神生活的关注。魏晋玄学的成就表现在两个方面，一是义理思辨的高度，一是人的觉醒。而能够代表这两方面成就的审美范畴恰恰就是义味说。

在玄佛大的社会思潮影响下，精通佛学的刘勰《文心雕龙·总术》第一次以义味评论文学创作。"若夫善奕之文，则术有恒数，按部整伍，以待情会，因时顺机，动不失正，数逢其极，机入其巧，则义味腾跃而生，辞气丛杂而至，视之则锦绘，听之则丝簧，味之则甘腴，佩之则芬芳，断章之功于斯盛矣。"①《总术》所论谋篇布局，目的仍然是"义味腾跃而生"，为了表达义理美的效果是：味之则甘腴，明显受到钟嵘滋味说的影响，以滋味讨论义理。

在魏晋时代，义味说主要是玄学审美。是中华民族审美向义理审美的深度掘进，玄学是汉民族思维水平的一次革命性突破，义理也因而具有了无限的深度和无穷义味，进而进入了审美视野。《隐居通议》评论郭象庄子注曰："郭象注庄子，议论高简，殊有义味，凡庄生千百言不能了者，象以一语了之，余尝爱其注混沌凿七窍一段，惟以一语断之曰，为者败之，止用四字，辞简意足，一段章旨无复遗论，盖其妙若此。"②认为郭象注庄子，议论高简，殊有义味，这里义味的表达是辞简意足，达到神妙境界。这种神妙境界是说清楚了庄子没有说清楚的问题，魏晋时代郭象对人类精神世界的认识无疑已经超越了庄子，达到了透彻了悟境界。

魏晋义味说一方面体现了一种理性主义的美、一种高扬的精神之美，从而超越了二汉的事功与政治品格之美。另一方面，清谈本身是一种感性的美的生活方式，因而具有美学价值。同时清谈的生命哲学内容更具备特别的美学价值。玄学是人的觉醒，玄学义味体现了对人类精神世界的终极关怀，关注人类的精神归依。玄学和义味说不是理念的感性显现，而是生命的理性显现，其中

---

① [南朝·梁]刘勰撰，范文澜注：《文心雕龙注》，人民文学出版社，1958年版，第656页。
② [元]刘埙：《隐居通议》卷十九，见文津阁《四库全书》第286册，商务印书馆，2005年版，第765页。

自有活泼的生命律动。魏晋玄学所展现出来越名教而任自然，无限与自由，有情与无情，形与神以及言、意、象等的形而上思辨中透露出来的古奥幽渺，无疑具有极致的义理之美，具有令人回味的韵味，具有无限的义味美。玄学义理是一种美，魏晋时期的义味主要就是玄味。

三、宋明理学语境下的古文义味说

宋明理学在关注义理，关注人物精神世界方面直接继承了魏晋玄学和隋唐佛学，唐宋儒学的大兴，义味说逐渐偏重于儒家文献的审美，义味说讨论的范围也以儒学经学为主。

（一）义味：文外重旨

宋元时期人们开始用义味说进行古文批评。元《文献通考》："《李文叔集》四十五卷，后村刘氏曰，李格非字文叔，济南人，诗文四十五卷，文高雅，条鬯有义味，在秦晁之上，诗稍不逮。"①认为李格非的文章高雅有义味。叶适《习学记言》："然（赋）自班固以后，不惟文浸不及，而义味亦俱尽然。"②认为汉以后赋词藻、义味俱无。

黄庭坚以义味说谈创作。"遂能使师旷忘味，钟期改容也，如足下之作，深之以经术之义味，宏之以史氏之品藻，合之以作者之规矩，不但使两川之豪士拱手也。"③黄庭坚强调味，强调文章的精神命脉在于经术的修养。黄庭坚强调读经，"庭坚顿首，昨日幸一参候，古器与山川之怪产，参然满前，可以清暑，此物辈殊胜，用心于博奕也，然要须以强学力行守之，所谓德之休明，虽小重也，不审今治何经，读何种史书，参其义味，有日新之功否。"④读经，参其义味，是一切的根本，其他皆是游戏。

随着儒释道三教的融合，儒学逐渐从经验哲学发展为义理哲学，追求义理

---

① [元]马端临：《文献通考》卷二百三十七，浙江古籍出版社，2000年版，第1886页。
② [宋]叶适：《习学记言》卷四十七，见文津阁《四库全书》第280册，商务印书馆，2005年版，第689页。
③ [宋]黄庭坚：《山谷集·山谷别集》卷十九，见文津阁《四库全书》第372册，商务印书馆，2005年版，第405页。
④ [宋]黄庭坚：《山谷集·山谷别集》卷十九，见文津阁《四库全书》第372册，商务印书馆，2005年版，第404页。

成了儒家学者的趋向。据《四库总目提要》称国朝张次仲"独以义理为宗"。"独以义理为宗者"的提法是符合宋明理学义理之学的实际的,儒门之中也出现了一批以义理为宗的经义探究者。深入发掘经典文字以外的义味,这是儒家义味说产生的学理基础。

刘勰、黄庭坚、叶适义味说语焉不详,我们讨论义味观,可能要结合《文心雕龙隐秀》篇,隐的不仅仅是情,义更是一个维度。所谓"隐也者,文外之重旨者也""隐以复意为工"谈的都是义之隐,由发现义之隐达到义之味,可见重旨、复意是义味说的重要维度。"夫隐之为体,义生文外……始正而末奇,内明而外润,使玩之者无穷,味之者不厌矣。"①夫隐之为体,义生文外。秘响旁通,伏采潜发是含蓄表达,义因为隐秀而具有玩味的滋味。赞曰:"文隐深蔚,余味曲包。"是对义味说的经典概括。

文外重旨首先让人想到的是春秋笔法,在文笔之外的春秋大义。刘埙《隐居通议》卷四《古赋一总评》:"古赋尤难,自班孟坚赋两都左太冲赋三都,皆伟赡巨丽,气盖一世,往往组织伤气骨,辞华胜义味……独吾旴傅幼安,自得深明春秋之学,而余事尤工古赋,盖其所习,以山谷为宗,故不惟音节激,而风骨义味,足追古作。"②他人辞华胜义味,独傅幼安的义味在于深明春秋之学,所以风骨苍劲,义味深长。将义味的本体指向了春秋大义。又《周易玩辞困学记》:"周用斋曰:以上临下而曰交,有敌己之思,以上取下而曰求,有惟恐不从之意,圣人下字之间,义味深矣,两与字一是党与之与,一是取与之与。"③这里有春秋笔法,尊王攘夷的儒家价值观,是推广一种主流的价值观,普通的言语被赋予了话语的权力,也体现了一种礼仪文化,言语的意义被扩大化、神圣化,而显得意味深长。所以"圣人下字之间义味深矣"。通过神化、圣人化,将儒学儒教化,借此挖掘微言大义,交、求之别,在于儒家礼乐文化而已。真德秀《咏古诗序》中以为诗乃"以诗人比兴之体,发圣人义理之

---

① [南朝·梁]刘勰撰,范文澜注:《文心雕龙注》,人民文学出版社,1958年版,第632页。
② [元]刘埙:《隐居通议》卷四,见文津阁《四库全书》第286册,商务印书馆,2005年版,第724页。
③ [明]张次仲:《周易玩辞困学记》卷十四,见文津阁《四库全书》第11册,商务印书馆,2005年版,第728页。

秘。"①字字玩味的是儒家文化。"诗人探见祸本，故不于如齐，刺之而于归鲁，刺之旨深哉，集传以归为归齐，既失考证，义味亦短。"②

汉儒喜欢以道德教化解释《诗经》，《诗经》在文本、文献的价值之外也被赋予了政治、伦理学的内涵，因此《诗经》就具有了文外之旨，因此最具义味。《钦定平定台湾纪略》卷首二："天眷耳近日以宫商三百，逐章餍饫其义，竟如幼年书室学诗之时，然彼时但知读其章句，而今则究其义味，因思《采薇》《出车》诸章，乃上之劳下，其义正斯为正雅，《祈父》《北山》诸什乃下之怨上，其义变斯为变雅。"认为《采薇》《出车》诸章，体现了等级制度，风俗民情，以及由此带来政治治乱的雅正、变雅的问题，也是文献背后的丰富的儒家文化。"何谓四灵，麟凤龟龙，谓之四灵，口石梁王氏曰：'四灵以为畜，衍至此无义味，太迂疏。'"（明胡广《礼记大全》卷九）义味说成了批评非儒学的依据。认为他们将深厚说成肤浅，则无义味。至此义味说与汉儒以德解诗互为合理的依据。诗合德，合乎理学，则有义味。

比较而言诗学批评家对文外之旨作了更加明确的表述。"盖兴者，因物感触，言在于此，而意寄于彼，义味乃可识，非若赋比之直言，其事也。"（《说郛》卷二十一下）言在于此，而意寄于彼，是义味和兴共同的表现方式，对义味的阐释非常到位。"足以尽颂之义乎，未也，盖颂有颂之体，其词则简，其义味则隽永而不尽也。"（《图书编》卷十一）其词则简，其义味则隽永而不尽，也是对义味的最佳表述。

（二）宋人义味说的义理审美机制探讨

1. 义味说与内圣之美

文外重旨揭示了义理美的现象，但也是儒家的自言自语，因为从主流美学来看，有形式审美、情感审美，而抽象的义理恰恰与审美是对立的、矛盾的。所以儒家的义理何以美，儒家义理审美的形成机制需要我们去探究。宋人用义味进行批评最多的是文学大家黄庭坚："要是读书数千卷，以忠义孝友为根本，更取六经之义味灌溉之耳。"③黄庭坚看来，义味是六经的义味，而六

---

① [宋]真德秀：《西山文集》卷二十七，见文津阁《四库全书》第392册，商务印书馆，2005年版，第354页。
② [清]陈启源：《毛诗稽古编》卷六，见文津阁《四库全书》第29册，第375页。
③ [宋]黄庭坚：《山谷集·山谷外集》卷十，见文津阁《四库全书》第372册，商务印书馆，2005年版，第315页。

经的根本是忠孝仁义。"声叔六侄得书,知同诸新妇侍奉不阙子职,牙儿长茂张士节佳士,想笔砚间益得讲学之乐,日月易失,官职自有命,但使腹中有数百卷书,略识古人义味,便不为俗士矣。"①"切观才器英特,可以尽心于古人远大之业。闭门读书,求心求已,渍润以古人义味深沉重厚,谢去少年戏弄之习,以副父兄之愿,岂不美哉。……闲斋清净,古器罗列,左右思古人不得见,诵其书,深求其义味,则油然仁义之气生于胸中,虑淡而其乐长,岂与频频之党喧哄作无义语之乐可同日哉。"②这里的古人义味是读书做人的道理,黄庭坚不是个政客,以为人生短暂,官职也自有命,他的人生理想是做古雅人格的佳士,他的快乐是要得笔砚间讲学之乐。而他的人格也难免受理学的影响,腹中有数百卷书,诵其书,深求其义味,他的义味是油然仁义之气生于胸中,虑淡而其乐长,体会儒家义理中的快乐,略识古人义味,不为俗士,是他做人的终极追求。这种儒家义理带来的幸福感,以仁义为义味,达成内圣之乐,有点宗教情感、宗教快乐的倾向。苏联美学家雅科夫列夫说:"艺术和宗教都诉诸人的精神生活,并且以各自的方式去解释人类生存的意义和目的。"③

义味说的以义为味,以道义为快乐,在宋代是一种社会思潮,其代表是对颜子之乐何乐的追问。据《宋史道学传》及吕大临《横渠先生形状》载,张载21岁上书范仲淹有意于兵事,范仲淹告知:"儒者自有名教可乐,何事于兵?"《程氏遗书》卷三程颢说:"某自再见茂叔后,吟风弄月以归,有'吾与点也'之意。"宋明理学家津津乐道的"孔颜乐处"。回也不改其乐,不是物质快乐,是精神快乐,是道义之乐。范仲淹在晚年制止子弟为其建豪宅,说:"人苟有道义之乐,形骸可外,况居室乎!"(《范文正公集·年谱》)宋人批评的唐人韩柳怨怨戚戚,是不能乐道义,只乐功名富贵。因此我提倡唐宋文之争,唐人是寒士之文,寒瘦的忧道之文;宋人是快乐之文,乐道之文。(见《论唐宋文之争》,《文学评论》2011年第3期)程颐作《明道先生行状》云:"先生为学,自十五六时,闻汝南周茂叔论道,遂厌科举之业,慨然有求道之志。"(《二程文集》卷十二)放弃科举,以求道为安身立命之本,

---

① [宋]黄庭坚:《山谷集·山谷外集》卷十,见文津阁《四库全书》第372册,商务印书馆,2005年版,第397页。
② [宋]黄庭坚:《山谷集·山谷外集》卷十,见文津阁《四库全书》第372册,商务印书馆,2005年版,第404页。
③ 【苏】雅科夫列夫:《艺术与世界宗教》,文化艺术出版社,1989年版,第7页。

为幸福和快乐，这需要宗教般的勇气和使命感。义味说本身的学理依据是，儒家的快乐哲学使儒家本身具备了追求个人幸福和社会幸福的内在机制。有意思的是，这种以道义为快乐，以道德自足为幸福的思想，不仅仅是东方特色，也存在于西方世界。古希腊的亚里士多德说："幸福就是合乎德性的现实活动"，"合乎德性的行为，就是自身的快乐"，"最美好、最善良、最快乐也就是幸福"①。将真善美结合在一起，他在这里说的"幸福""快乐"也可理解为"道义之乐"。

2. 义味说与外王之美

除了儒家内圣之学的义味说，我们还发现了大量的儒家外王之学的义味说材料。在儒家看来，道何以美，也是个外王的问题，是救世，是社会幸福的问题。牵涉到王圣一体，牵涉到拯救的话题。"文彦博进《尚书》《孝经》解，奏曰：臣伏以皇帝陛下间日御迩英阁，令讲官讲《尚书》，又阁之南壁张《孝经图》，出入观览，有以见陛下祖述尧舜，宪章文武，以至德要道孝治天下，臣今辄于《尚书》诸篇中节录十篇，及《孝经》诸章中节录六章进上，以备禁中清闲之暇，研究义味，或时令讲官节录疏义进入。"②《尚书》《孝经》的义味无非是忠孝仁义，文彦博希望帝王具有祖述尧舜，宪章文武的高标政治理想，以忠孝仁义的至德要道孝治天下，实现王朝的长治久安。这里有实用美学的味道，在儒家看来有道义，就有社会安定和幸福，就有味、就是美。宋代王安石以为文章的本体就是儒家的治教政令，务为有补于时，有用就是有义味的，就是美的。苏洵、苏轼的战国纵横家风是不切实际的，无补于治的，因而是不美的。

儒家作为帝王师的角色，知道寓教于乐的教学原理，知道枯燥的说教会引起帝王的反感，所以主张以义味诱导帝王，以义理之美感化帝王。"徽宗时左司谏江公望上言曰：义理者，有心之所同得刍豢者，有口之所同嗜口之悦，刍豢以得味也；心之悦义理，亦必得义味而已矣。学不得义味，淡薄而难向，勤

---

① 【古希腊】亚里士多德，苗力田译：《尼各马科伦理学》，中国人民大学出版社，2003年版，第14、15页。
② [明]杨士奇等：《历代名臣奏议》卷七，见文津阁《四库全书》第148册，商务印书馆，2005年版，第539页。

苦而不入。"①要让帝王能够体会到快乐，能够体会到义理的美味，如果经义本身没有义味，则不值得学习，虽有义味，学不得义味，淡薄而难向，勤苦而不入也没有吸引力。

更有儒家学者对义味说的阐释采取了直指人心的说法。《历代名臣奏议》载："及陛下有志于继述，愿以圣学为先讲读之，臣，陛下亲迩以求多闻者也，详延精义之学，切磋琢磨，疏沦心源，斟酌义味，王功帝绩，自此流出，法度政事，乃土苴尔。……盖义理之学，上以穷性命之下以达先王制作之美意，……要之不悖义乖理，以成治世之通法，真得所谓继述者也。"②将斟酌义味，与疏沦与心源结合起来，这里我们可以理解为，爱心即仁，仁爱即王道，王道即天下无敌，长治久安。宋代理学已经从心灵上找出路，精义之学，切磋琢磨，是从心灵流出的，所以要疏沦心源，斟酌义味，一切外在事功，王功帝绩，自此（仁爱心灵、理学）流出，法度政事，乃土苴、末节。外王从内圣来，内圣可以出事功。《历代名臣奏议》载："臣伏愿陛下讲学之际更留圣心，咨询考问，以尽臣下之情；反复研究，以求理道之要，磨礲渐渍，日累月积，疏沦其心源，斟酌于义味，自然德性成就，知虑开明，物来而能名，事至而能应以之，用人则邪佞者远，忠直者伸，以之立政则蠹弊日销，绩劾日着，何为而不成，何求而不获哉。"③这里的义味不仅仅是心灵，而且是德性的成就，希望帝王斟酌于仁爱的义味，成就圣王的德性，实现天下大治。一些儒家的经济之策，也被认为义味。朱子《宋名臣言行录》续集卷一江公望："累数百言，上称奇者数四，读终篇上曰卿文采甚奇，每进札子皆根义理，不唯文采过人也，他日又谓公曰，卿前所进札子禁中无事玩味不释手，句句义味，已令编入上等文字中，与卿流传不朽。"札子义理高妙有味，能够让帝王玩味不释手，这也是义味说的直接证据。

这种由内圣而外王的思想一直是中国社会的主流思想，影响直至今天。孙中山作三民主义之民族主义中第六讲题提到："我们现在要能够齐家、治国，

---

① [明]杨士奇等：《历代名臣奏议》卷八，见文津阁《四库全书》第148册，商务印书馆，2005年版，第547页。
② [明]杨士奇等：《历代名臣奏议》卷八，见文津阁《四库全书》第148册，商务印书馆，2005年版，第547页。
③ [明]杨士奇等：《历代名臣奏议》卷九，见文津阁《四库全书》第148册，商务印书馆，2005年版，第554页

不受外国的压迫，根本上便要从修身起，把中国固有知识一贯的道理先恢复起来，然后我们民族的精神和民族的地位才都可以恢复。"这是儒家修身的政治思想具有的现代性价值。

无独有偶，这种内圣外王的义味说，西方学界也有类似看法。颜回的道德自足是个人的自得之乐，帝王的仁爱可以让社会幸福，也是一种个人成就感的自得之乐的道德幸福。古希腊的伊壁鸠鲁派和斯多葛派"都不承认德行和幸福是至善中两个彼此无关的要素"。"伊壁鸠鲁派说：自觉到自己的准则可以获伊致幸福，那就是德行；斯多葛派则说：意识到自己的德行，就是幸福。"①康德认为"在把德行和幸福结合起来以后，才算达到至善。"②至善（义味）是中西圣人圣王都想体会的最高境界。

按康德的思路，儒家义味说我们理解为几层意思：1. 义味首先是个人幸福，体会道义之乐的幸福，道德可以快乐，是道义之乐的基础和可能性。2. 义味说具有实践性，我们将道义之乐付诸行动，帮助别人，齐家治国平天下，可以实现社会幸福，从而得到更大的快乐和满足，即康德所谓道德的"愉快感情"或"自得之乐"，至善，是人生的一种成功和满足感。这也是孟子所说的独乐乐和与民同乐的关系。

（三）具有东方特色的古文审美：玩味

1. 义味说是儒家经学高度发达的产物，义味说因而也有一套复杂的理论系统

义味说的话语背景是经学的神圣化，表达的词简意丰，隐而不发，深长可玩。从阅读的角度，义味说的核心范畴是玩味说，而玩味说的原型是孔子韦编三绝和朱子读书三纪的神话，《经义考》中"而义深读者未必遽了，非文王周公，故隐而不发也，开其端于言之中，而存其意于言之外，欲学者深思而自得之，则象所蕴蓄义味深长可玩而不可厌也，尼父生知之圣也，而读易韦编三绝，且曰加我数年，则于易道彬彬矣，十翼训释不惮辞费，学者岂得易言之哉"③。周琦《东溪日谈录》："朱子读通书三纪，方知义味，然后发其精

---

① 【德】康德：《实践理性批判》，广西师范大学出版社，2002年版，第106页。
② 【德】康德：《实践理性批判》，广西师范大学出版社，2002年版，第105页。
③ [明]周琦：《东溪日谈录》卷十二，见文津阁《四库全书》第237册，商务印书馆，2005年版，第423页。

蕴，盖三纪计三十六年，愚故谓读书不如古人多矣。"①从逻辑性的角度看，经学义味深厚不容易阅读，经义是深厚而神圣的，言外之意是指向无限的。读经者需要一种宗教情怀，需要虔诚的心。除了体会其中的义理，还要体会其中的宗教精神（学界以为儒教是一种准宗教），阅读的过程实际上也是修证的过程，悟道的过程，体道的过程，所以，后生小辈总是被批评不得义味。"小子相今年已十七，诵书虽多，终未能决得古人义味，近喜作古诗，他日或有一长尔，未可量也。"②《山谷集·别集》："辱手毕，喜承日用轻安示谕，读书甚喜，然须深探其义味，使不为诵古人之空文，乃有益也。"③

当然，既是宗教，肯定是让人读懂的，于是就有方便言说的理论。熊禾《孝经大义序》："其书为初学设，故其词皆明白而切实，熟玩之则义味精深，又有非浅见谀闻所能窥者。"④真正的阅读者也是体道者，能够在体道中获得类似宗教情怀的审美活动。陆龟蒙《复友生论文书》："辱示近年作者论文书二篇，使仆是非得失于其间，仆虽极顽冥，亦知愒息汗下，见诋诃之甚，难招祸怨之甚易也，况仆少不攻文章，止读古圣人书，诵其言思行其道而未得者也，每涵咀义味，独坐日昃，案上有一杯藜羹，如五鼎七牢馈于左右，加之以撞金石万羽龠也。"（陆龟蒙《笠泽丛书》卷二）儒者体道是如人饮水，冷暖自知。是个人体验，个性体验，只可意会不可言传。陆龟蒙体会到了"如五鼎七牢馈于左右，加之以撞金石，万羽龠也"的审美享受。又《周易玩辞困学记》卷一："爻词不过八字，文言释之，一句一字，俱有无穷义味，所以学易者，但向词中会文切理，逐字还他下落，便觉羲皇去人不远。"⑤认为文字是通圣的桥梁，经典意味深长，一句一字，俱有无穷义味。同时提出了文言释之，意味深长，可见文言文的简洁、含蓄之处。"便觉羲皇去人不远"其中还

---

① [清]朱彝尊：《经义考》卷二十七，中华书局，1998年版，第158页。
② [宋]黄庭坚：《山谷集·山谷别集》卷十八，见文津阁《四库全书》第372册，商务印书馆，2005年版，第400页。
③ [宋]黄庭坚：《山谷集·山谷别集》卷十九，见文津阁《四库全书》第372册，商务印书馆，2005年版，第404页。
④ [明]熊禾：《重刊熊勿轩先生文集》，宋集珍本丛刊第91册，线装书局，2004年版，第212页。
⑤ [明]张次仲：《周易玩辞困学记》卷一，见文津阁《四库全书》第11册，商务印书馆，2005年版，第604页。

有一种宗经、徵圣的宗教情怀。大抵"玄道在于妙悟，妙悟在于即真"①。玩味排除一切逻辑推理和语言论证，只注重人的感官的直觉运动。是直觉的体验式的，非理性的思辨，非分析的，是一种体验美学，是东方式审美。神秘的冥想与迷狂的宗教体验。

2. 玩味字句，精读文章，一种中国式的阐释美学

玩味说也可以看作是一种细读理论，宋人将它概括为朱子读书法，张洪《朱子读书法》"又曰读书须随章逐句子细研穷，方见义味，若只用粗心，但求快意，恐无以荡涤尘埃，划除鳞甲也"②。经学的根本不在章句，但是离不开章句，细读的重点是章句之学，从章句中见义理。《山谷集·山谷简尺》："庭坚顿首，辱手笔，喜承日用，轻安示谕，读书甚喜，然须深探其义味，使不为诵古人之空文，乃有益也，班固汉书最好读，然须依卷帙先后字字读过，久之使一代事参错在胸中，便为不负班固耳，周子发书，乱写置卷尾不成字也。"③强调读书要字字读过，深探义味，了然于胸。

玩味这种阐释法，有时会发展为过度阐释，汉儒将《诗经》经学化，将《春秋》经学化，就是例子，儒家文化喜好以比德说阐释一切。"后汉循吏传注引韩诗羔羊篇薛君章句云：素喻洁白，丝喻诎柔，紽数名也，诗人美贤人为大夫者，其德能称，有洁白之性，诎柔之行，进退有度，数也，此最有义味，可补毛郑之未及。"④汉儒将诗经经学化、政治化、神圣化，甚至神秘化、宗教化的倾向，受到后世疑经派的批评。杨简《慈湖诗传》："也是诗以螽斯羽喻子孙众多尔，毛传亦未尝言后妃不妒忌，惟序乃言不妒忌，序所以必推原及于不妒忌者，意谓止言子孙众多，则义味不深，故推及之，吁此正学者面墙之见。"⑤诗以螽斯羽喻子孙众多，是日常经验的解读，而序乃言后妃不妒忌，这是儒家诗教说阐释诗歌，在罢黜百家独尊儒术，普天之下，莫非儒教的时

---

① [后秦]释僧肇撰，[宋]释净源集解：《肇论中吴集解三卷》，见《续修四库全书》第1274册，上海古籍出版社，2000年版，第32页。
② [宋]张洪：《朱子读书法》卷三，见文津阁《四库全书》第235册，第774页。
③ [宋]黄庭坚：《山谷集·山谷简尺》卷下，见文津阁《四库全书》第372册，第418页。
④ [清]陈启源：《毛诗稽古编》卷二，见文津阁《四库全书》第29册，商务印书馆，2005年版，第354页。
⑤ [宋]杨简：《慈湖诗传》卷一，见文津阁《四库全书》第24册，商务印书馆，2005年版，第369页。

代,难免一切服从于儒家,一切服务于儒家,而陷入僵化的文化一元论。

结 论

通过对义味说的梳理,我们发现,义味说对义理的审美丰富了中国古代美学的内容,深化了美学思考,成为中国特色的古文美学观。但是义味说来源于宗教,而且由于儒教的准宗教特色,使儒家古文义味说带上了浓厚的经学色彩,古文义味说过于关注内圣外王之道,成了传道、体道、修证的宗教情怀和宗教美学。在儒家成为封建正统思想后,儒学获得了话语霸权,道义成了义味的主体,成了文学的主体,而古文作者的主体性也被消解了,作者死了,作者只能起到作者功能的作用,文章成了代圣贤立言,成为传教之文,徒有义之味,而乏人情之味。虽然体现了后世古文家宣扬的古文的精神命脉,却反证了古文的政教、准宗教的文章本体。

(本文发表于《文学评论》2013年第2期)

马茂军,1966年生,1995年毕业于陕西师范大学,文学博士,师从霍松林先生,现任华南师范大学文学院教授、中国古代散文学会副会长、中国周必大研究会副会长。

中国古代小说传"奇"的史传渊源及内涵变迁

何悦玲

内容摘要： 传"奇"作为中国古代小说本质特征，不论属性生成，还是内涵变迁，均与中国古代史传存在密切渊源联系。小说与史，"不尽同而可相通"，史之叙事基于"神道设教"目的对奇闻异事的采撷、基于传"义"目的对"文"的凭借，均对古代小说传"奇"提供了丰富艺术资源。"子不语怪力乱神"的历史正统观、史传编撰对"怪力乱神"的一般性排斥及对"文"的限制使用，既促成了中国古代小说传"奇"本质的生成，又促使小说传"奇"由"怪力乱神"向化奇入正、常中见奇、笔下生奇道路迈进。好奇异之事，喜谲怪之谈，能于常中见奇，笔下生奇，既是中国古代小说最大的民族特点，也是中国文化中一直遭受"雅正"文化压抑的"亚文化"或"第二文化"。本文目的就是要揭示这一历来被遮蔽和压抑的"第二文化"，以"去蔽"方式，还它们的本来面目。

关键词： 古代小说传"奇"；神道设教；常中见奇

小说与史，"不尽同而可相通"，史之叙事基于"神道设教"目的对奇闻异事的采撷、基于传"义"目的对"文"的凭借，均对古代小说传"奇"提供了丰富艺术资源。立足于中国古代小说创作的"大势"，其于不同时期、不同文体对史传"奇笔"给予的借鉴不尽相同。通过对其传"奇"的史传渊源及内涵变迁进行勾勒，不仅可以清楚看出中国古代小说脱离史传而致成熟的历史过程、其不同于"史"的面目与性格特征,也有助于理解中国"正典"文化所具有的强大统摄能力。

一、张皇鬼神,称道灵异

史传以"传信"为目的,但并不废止传奇述异。《尚书》对尧舜的记载,《春秋》对自然异象的陈述,皆已体现出传奇述异的编撰特征。不过,这些作品的传奇述异,还主要停留于自然异象记载,其中鲜有"怪力乱神"内容。到了《左传》《史记》等,"怪力乱神"内容明显增加,自然异象之外,出现了大量遇仙、预言、占卜、梦遇、鬼魂示警等内容记载。

史传中"怪力乱神"内容的存在,固然与古人"见天地万物,变异不常,其诸现象,又出于人力所能以上,则自造众说以解释之"的认识观紧密相关,[①]但更主要的却是出于"神道设教"目的。对此,晋代杜预心领神会,在其撰著《左传集解》中特为揭出曰:"隐恶非法所得,尊贵罪所不加,是以圣人因天地之变,自然之妖,以感动之。知达之主,则识先圣之情以自厉,中下之主,亦信妖祥以不妄。神道助教,唯此为深。"[②]

但另一方面,在传信、尚用观念影响下,史家对"怪力乱神"的过多记载,也并不特别鼓励。《左传记事本末》卷五十二专门辟出一条整理"春秋灾异",并总结说:"其间非无惊世骇俗更甚于此者,而圣人不书。"[③]《春秋》既为"史",亦为"经",其对"惊世骇俗更甚此者"的不书,作为一种叙事法则,对后世史书编撰产生了重要影响,以致史书中过于荒诞的内容,往往招致人们批评。《史通·书事第二十九》中,刘知几指出,"怪力乱神,宣尼不语;而事鬼求福,墨生所信",圣人于其间的态度,只是"若存若亡";在"事关军国,理涉兴亡"前提下,"若吞燕卵而商生,启龙漦而周灭,厉坏门以祸晋,鬼谋社而亡曹,江使返璧于秦皇,圯桥授书于汉相"记载,诚可起到"彰灵验""发挥盛德,幽赞明王"叙事效果,但这样的记载不宜过多;至于"其事非要,其言不经""非出理乱"的"州间细事,委巷琐言,聚而编

[①] 鲁迅:《中国小说史略》,上海古籍出版社,2000年版,第6页。
[②] [东周]左丘明,杜预集解:《左传》,上海古籍出版社,2007年版,第299页。
[③] 《四库全书》第369册,上海古籍出版社,1987年版,第554—555页。

之，目为鬼神传录"的述异，更为史书编撰的大忌，它会如"美玉之暇，白圭之玷"一般，给史著带来伤害。①作为史学大家，刘知几对"怪力乱神"的这一论述及价值倾向既兼顾了史著中"怪力乱神"的客观存在，又指明了取舍标准，基本代表了正统史学观念对此问题的一般看法。

"世俗之性，好奇怪之语，说虚妄之文"②，史传编撰对"怪力乱神"的限制使用，使"小说"这一不登大雅之堂的文体成为收容它们的最佳场所。这在与史传关系最为密切的志怪、杂录等笔记小说中表现尤为突出。晋太康年间从汲郡魏襄王墓中出土的《琐语》，明胡应麟将其看作是"诸国梦卜妖怪相书也"，并评价该书盖"古今纪异之祖""古今小说之祖"。③杨仪编纂的《高坡异纂》，《四库全书总目》评其"书中所记，往往诞妄。……真可谓齐东之语"④。笔记小说而外，后起的传奇、话本及章回小说，所传之"奇"尽管出现了由"怪力乱神"到"人间言动"的明显转变，但"怪力乱神"的内容并未完全消歇。《水浒传》中洪太尉误走妖魔、九天玄女授天书、《红楼梦》中贾宝玉神游太虚幻境、秦可卿鬼魂告诫等等，皆是这一内容的不时流露。章回小说中"神魔类"的兴盛，更是对这一内容的集中演绎。至此，我们可以肯定地说，中国古代小说有源远流长的"怪力乱神"书写传统，这一传统既由于其在史传中"被限制"而来，也成为中国古代小说区别于史传的一个重要特征。

这一特征彰显中，史著中"怪力乱神"的客观存在，又成为小说作家及评论家论证其书写"合理"的重要依据。这在唐宋以来的小说批评中表现尤为突出。《夷坚志》为宋人洪迈编撰，其中所记多为"神怪之说"。在该书《夷坚丁志序》中，"客"批评洪迈对"神怪"的记载，指出："《诗》《书》《易》《春秋》，通不赢十万言，司马氏《史记》上下数千载，多才八十万言。子不能玩心圣经，启瞯门户。顾以三十年之久，劳动心口耳目，琐琐从事于神奇荒怪，索墨费纸，殆半太史公书。曼澶支离，连犿丛酿，圣人所不语，扬子云所不读。有是书不能为益毫毛，无是书于世何所欠？"这里，"客"的

---

① [唐]刘知几，浦起龙通释，吕思勉评：《史通》，上海古籍出版社，2008年版，第166—167页。
② [东汉]王充：《论衡》，上海人民出版社，1974年版，第442页。
③ [明]胡应麟：《少室山房笔丛》，上海书店出版社，2009年版，第160、284、362页。
④ [清]永瑢等：《四库全书总目》，中华书局，2008年版，第1229页。

批评显然是从"子不语怪力乱神"的一般观念出发的,体现出对"怪力乱神"书写的否定。面对"客"的批评,洪迈即以史传中"怪力乱神"的存在为据,辩驳说:"六经经圣人手,议论安敢到?若太史公之说,吾请即子之言而印焉。彼记秦穆公、赵简子,不神奇乎?长陵神君、圯下黄石,不荒怪乎?……善学太史公,宜未有如吾者。"①

在此"合理"性证明中,小说作家及评论家进而表现出对"神道设教"观念的继承,普遍将"怪力乱神"的书写看成是实现世风教化的有效手段,这在唐宋以来的小说批评中也屡见不鲜。《夷坚志序》中,面对他人对"神怪"书写的否定,田汝成在对其"固仲尼之所存笔"论证基础上,进而提出"天人交辅"社会治理观点。在田汝成看来,社会的"治乱之轴",一者"握于人",一者"握于天"。"天乱其运"则以"人"治,人间的各种法律制度及赏罚规定皆由此而设;"人乱其经"则以"天"治,"翼于无形,呵于无声,锡夺其资基,而延缩其寿夭"的怪异呈现,皆为此而来。对一个社会来说,只有"天治"与"人治"交相为用,才能使"世故"得以维持,"彝伦"得以常存,"乾坤"赖以不毁。在此基础上,田汝成进而指出《夷坚志》"神怪"书写的积极意义,说:"夫人分量有限,而嗜望无涯。苦海爱河,比比沉泊。不慑之以天刑,而喻之以风赋,则觊觎者何观焉!故知忠孝节义之有报,则人伦笃矣;知杀生之有报,则暴殄弭矣;知冤对之有报,则世仇解矣;知贪谋之有报,则并吞者惕矣;知功名之前定,则奔竞者息矣;知婚姻之前定,则逾墙相从者恧矣。其他赈饥拯溺,扶颠拥孺,与夫医卜小技,仙释傍流,凡所登录,皆可以惩凶人而奖吉士,世教不无补焉。"在此之后,田汝成进而荡开《夷坚志》,指出洪迈之父洪皓"仗节使虏,不辱其身",其三子"伯仲竞朗,咸历清贯,名震一时","史氏以为忠义"之报。②这一论证中,田汝成从仲尼存笔说到"天人交辅",从"天人交辅"说到"世教不无补",再说到洪迈父子间"忠义之报",可谓"一唱三叹"。在此"三叹"中,田汝成旨在揭示《夷坚志》"神怪"书写教化功能的"一唱"可谓用心拳拳。在此拳拳用心中,《夷坚志》的"神怪"书写得到了积极肯定。这一肯定,既是对古已有之的"神道设教"观念的继承,也是对正统史学观念中"怪力乱神"限制使用的积

---

① [宋]洪迈,何卓点校:《夷坚志》,中华书局,2006年版,第537页。
② [宋]洪迈,何卓点校:《夷坚志》,中华书局,2006年版,第1834—1835页。

极认同。

　　一方面是正统史学观念对"怪力乱神"的限制使用,一方面是以史传中"怪力乱神"的存在为据来证明小说书写的合理,并使其统辖于教化的目的,两者的合力,既保证了中国古代小说"怪力乱神"书写的绵延不绝,又促使其书写走上化"奇"入"正"的创作道路。这里所谓的"正",是指获得正统观念支持的正当言说,它既可以指培育人的性情之正,也可以指资劝诫、别善恶、经纶天下的行文目的之正。在古代小说"怪力乱神"书写中,正贯穿着一种化"奇"入"正"的努力。这在宋元以降的小说创作中表现尤为明显。《情史》为晚明作家冯梦龙评辑,其中"情通""情化""情鬼""情妖"等卷故事充满了幻奇色彩。以正统史学观念来看,这样的记载显属荒诞不经。之所以对这样的故事进行评辑,固然与冯梦龙好"奇"的审美心理、对"情"的讴歌密切相关,但更主要的却是出于教化目的。此用冯梦龙《情史·龙子犹序》的话来说,即"是编分类著断,恢诡非常,虽事专男女,未尽雅训,而曲终之奏,要归于正"①,即通过这样的故事叙述,将读者拉向"忠孝节烈"的伦理正途。《觅灯因话》的创作亦复如此。该小说为明人邵景詹所撰,其中故事叙述不乏幻奇色彩。《觅灯因话小引》中,邵景詹自揭其创作动机说:"耳闻目睹古今奇秘,累累数千言,非幽明果报之事,则至道明理之谈;怪而不诬,正而不腐;妍足以感,丑可以思;视他逸史述遇合之奇而无补于正,逞文字之藻而不免于诬,抑亦远矣。"②这一自揭,也表现出对教化目的之正的自觉追求。事实上,不只上述两部作品,在宋元以后小说"怪力乱神"书写中,不论是作家的自我告白,还是他人的解读,都普遍将其从属于教化的正当目的。这一目的展现中,小说"怪力乱神"书写的媒介意义日渐突出,预示情节、传达主旨的价值功能日益彰显。

　　至此,我们可以说,"世俗之性,好奇怪之语,说虚妄之文",史传编撰对"怪力乱神"的限制使用,使小说这一不登大雅之堂的文体成为收容它们的最佳场所。中国小说自产生以来即具强烈的"史补"意识,补"史"以传"怪力乱神",既是中国古代小说"史补"的一个重要方面,也是其与

---

① [明]冯梦龙,周方、胡慧斌校点:《情史》,江苏古籍出版社,1993年版,第1页。
② [明]瞿佑等撰,周楞伽校注:《剪灯新话》外二种,上海古籍出版社,1981年版,第306页。

史传区别的重要所在。史传出于"神道设教"目的对"怪力乱神"的限制使用,"子不语怪力乱神"的历史正统观念,既促成了中国古代小说"怪力乱神"书写的绵延不绝,又促使其书写日益走上化"奇"入"正"的道路。古代史传对小说既支撑又限制规正的双重作用,在"怪力乱神"的书写中得到了明确体现。

二、辞客寄怀,彰显文采

"史之为务,必藉于文。"①史书编撰虽以实录为职责,以达"义"为要务,但并不满足行文叙事的平铺直叙。对史书编撰来讲,将已往的历史事件、历史人物叙述得生动传神,具备特别的感人魅力,同是追求的重要目标。这一目标,有待于叙事中"文"的使用。何谓"文"?昔昭明太子编选《文选》,一不取经书、子书,二不取史书,钟情的是"事出于沉思,义归乎翰藻",能让读者"情灵摇荡"的诗文。②以《文选》选择标准来看,所谓的"文",既指行文运笔的精巧与辞藻的华美,也指作品让人震撼、使人"情"动的内在魅力。

史书编撰对"文"的凭借,尤以《左传》《史记》最为突出。在这两部史学作品中,无论叙事材料的组织有法、人物形象刻画的生动传神,还是叙述语言的凝练含蕴,都体现出明显的"文"的追求。关于此,既可以从后世论者对其啧啧称叹看出,也可以从后世文人对其追步效法理解,此无须再赘。更重要的是,在这两部史学作品中,叙述者一改以往情感近乎为零的叙述态度,经常在叙事末尾或叙事过程中以"君子曰""太史公曰"等形式做出评判。这样的评判频频而出,使史书叙事带上鲜明的感情色彩。《史记·太史公自序》中,司马迁从《周易》至《史记》构筑起"发愤著书"的传统。③《汉文学史纲要》中,鲁迅评价《史记》为"史家之绝唱,无韵之离骚"④。诸如此

---

① [唐]刘知几撰,浦起龙通释,吕思勉评:《史通》,上海古籍出版社,2008年版,第131页。

② [南朝·梁]萧统著,李善注:《文选》,上海古籍出版社,2007年版,第3页。

③ [西汉]司马迁撰,[南朝·宋]裴骃集解,[唐]司马贞索隐,[唐]张守节正义:《史记》,中华书局,2006年版,第2491—2494页。

④ 鲁迅:《鲁迅全集》第9卷,人民文学出版社,1981年版,第420页。

类,皆是对这些史书作品抒情特征的明确说明。史书编撰以实录为职责,以达"义"为要务,"文"于史书编撰既不可或缺,也无可避免,好的史书作品当是"文""史"结合的产物。

史书编撰对"文"的凭借,究其实质来讲,又是对想象及虚构的肯定。《管锥编·左传正义》中,钱锺书认为《左传》"尤足为史有诗心、文心之证",并进而指出:"上古既无录音之具,又乏速记之方,驷不及舌,而何其口角亲切,如聆謦欬与?或为密勿之谈,或乃心口相语,属垣烛隐,何所据依?……盖非记言也,乃代言也,如后世小说、剧本中之对话独白也。……史家追叙真人实事,每需遥体人情,悬想事势,设身局中,潜心腔内,忖之度之,以揣以摩,庶几入情入理。盖与小说、院本之臆造人物、虚构境地,不尽同而可相通。"①这一论断,既说明史传与文学"不尽同而可相通"的文体关联,又说明想象、虚构于史书编撰中的重要作用。想象、虚构,正是"文"之成"文"的重要因素。

"文"于史书编撰不可或缺,但对史书编撰来讲,又不主张"文"的过分使用。这在正统的史学观念中表达尤为明确。《史通·论赞第九》中,刘知几对《左传》议论尚持肯定态度,但对《史记》及后世史书"辄设论以裁之"则极为反感,斥责它们"皆私徇笔端,苟炫文采,嘉辞美句,寄诸简册,岂知史书之大体,载削之指归者哉?"《史通·叙事第二十二》中,刘知几一方面认为"史之为务,必藉于文",一方面又认为"国史之美者,以叙事为工,而叙事之工者,以简要为主",批评"而今"史学著作"或虚加练饰,轻事雕彩;或体兼赋颂,词类俳优。文非文,史非史"②。这些论断中,刘知几对"文"的过分使用,始终抱以警惕态度。

刘知几对"文"的这一态度,在后世章学诚那里得到了进一步发挥。《文史通义·内篇五·史德》中,章学诚一方面认为"事必藉文而传,故良史莫不工文",另一方面又看到了"事"中蕴藏的"得失是非""盛衰消息"对"气积""情深"的反向激励作用。基于此,从史家修养出发,章学诚对"史家"之德提出两方面要求:一是要将"似公而实逞于私,似天而实

---

① 钱锺书:《管锥编》,中华书局,2010年版,第271—273页。
② [唐]刘知几撰,浦起龙通释,吕思勉评:《史通》,上海古籍出版社,2008年版,第59—60、122—131页。

蔽于人"的不平之气、不正之情排除于史书编撰之外，一是要不"溺于文辞以为观美之具"。①这两方面要求，同样体现出对史书编撰中"文"过分使用的否定。

刘知几、章学诚对"文"的这一态度，基本代表了正统史学观念对"文"的一般看法。以此为参照，古代小说传"奇"中"意在显扬笔妙"、表达作家个人情怀、富于想象与虚构的创作，正是对史家限制的一种冲决。这在唐代的小说创作中首先得到体现。魏晋南北朝时期，小说脱离史传未久，小说与"史"的界限并不十分清晰，此时小说虽然取得志怪、志人、博物的兴盛，但无论创作观念还是行文笔法，都深受史传影响，只是"粗陈梗概"，"意在显扬笔妙"及抒发作者个人情怀的作品鲜有出现。但到了唐代，小说创作这一情况发生了变化。唐时史学发达，视小说为"史"之流，以小说为"史"之补观念得到广泛认同。在此认同下，小说创作开始逐渐突破史传行文对"文"的限制，自觉走上逞才弄巧、情寄笔端、富于想象与虚构的道路。

这在唐代的传奇小说中得到了充分体现。《少室山房笔丛·二酉缀遗》中，明胡应麟评价唐人小说"如柳毅传书洞庭事，极鄙诞不根，文士亟当唾去"，并进而总结其与前代的不同指出："凡变异之谈，盛于六朝，然多是传录舛讹，未必尽幻设语。至唐人乃作意好奇，假小说以寄笔端。"②胡应麟这一论断，在后世鲁迅那里得到了进一步阐释。《中国小说史略》中，鲁迅指出："小说亦如诗，至唐代而一变"，唐代小说虽然"不离于搜奇记逸"，然"叙述宛转，文辞华艳"，与六朝小说之"粗陈梗概"相较，"演进之迹甚明"。更重要的是，此时小说是"有意"而为，"大率篇幅曼长，记叙委曲，时亦近于俳谐"，其源虽"出于志怪"，但却"施之藻绘，扩其波澜"，"其间虽亦或托讽喻以纾牢愁，谈祸福以寓惩劝，而大归则究在文采与意想"③。胡应麟、鲁迅立足于小说史对唐传奇的这一观照，正说明唐传奇以"文"取胜、因"文"出彩的传"奇"特征。

唐代志怪、杂录等笔记小说与前代相比，"文"的特征也很明显。《杜

---
① [清]章学诚著，叶瑛校注：《文史通义》，中华书局，2004年版，第266页。
② [明]胡应麟：《少室山房笔丛》，上海书店出版社，2009年版，第370、371页。
③ 鲁迅：《中国小说史略》，上海古籍出版社，2000年版，第44、45页。

阳杂编》为唐人苏鹗编撰。在该书序中，苏鹗自揭其成书"中仅繁鄙者，并弃而弗录；精实者，编成上中下三卷"，"谓稍以补东观缇缃之遗阙"，①实录目的显然可见。但尽管如此，该书叙事却带有鲜明"文"的特征，所以《四库全书总目》评其"铺陈缛艳，词赋恒所取材，固小说家之以文采胜者"②。《中国小说史略》中，鲁迅认为："他如武功人苏鹗有《杜阳杂编》，记唐世故事，而多夸远方珍异，参寥子高彦休有《唐阙史》，虽间有实录，而亦言见梦升仙，故皆传奇，但稍迁变。至于康骈《剧谈录》之渐多世务，孙棨《北里志》之专叙狭邪，范摅《云溪友议》之特重歌咏，虽若弥近人情，远于灵怪，然选事则新颖，行文则逶迤，故仍以传奇为骨者也。"③鲁迅这一论述，更从文体流变角度说明唐代志怪、杂录等笔记小说较之前代对"文"的开掘特征。

唐后，志怪、杂录、传奇等文言小说并行发展，其间虽然不乏"文彩无足观"的创作，但从总的趋势来说，却是"文"的进一步发扬。这在《聊斋志异》创作中表现尤为明显。《聊斋志异》所记多为花妖狐魅、鬼怪神异，从题材内容来讲，显属古代"志怪"一科。但在叙事中，该书却突破中国古代志怪"粗陈梗概"的特征，呈现出"传奇"的叙事追求。《聊斋志异》这一特征，清纪昀讥评之为"才子之笔，非著书者之笔"，认为"一书而兼二体，所未解也"，并进而批评说："小说既述见闻，即属叙事，不比戏场关目，随意装点。……今燕昵之词，媟狎之态，细微曲折，摹绘如生，使出自言，似无此理；使出作者代言，则从何而见闻，又所未解也。"④这一批评中，纪昀态度公允与否姑且不论，其对《聊斋志异》"一书而兼二体""随意装点""摹绘如生"的"文"特征的把握无疑是准确的。《聊斋志异》在后世之所以能独占鳌头，不断引起人们欣赏与好评，说到底，正是源于其"用传奇法，而以志怪"的叙事追求。文言小说从志怪、传奇的分途发展到《聊斋志异》的"一书而兼二体"，这一过程尽管极为漫长，但却显示出"文"的进步与发展。

---

① 丁锡根：《中国历代小说序跋集》，人民文学出版社，1996年版，第313—314页。
② [清]永瑢等：《四库全书总目》，中华书局，2008年版，第1209页。
③ 鲁迅：《中国小说史略》，上海古籍出版社，2000年版，第60页。
④ 朱一玄：《聊斋志异资料汇编》，南开大学出版社，2002年版，第484页。

与文言小说相比，白话小说是晚出的类型。一则来源于瓦肆勾栏的"说话"伎艺，一则以普通市民为接受对象，白话小说"敷演"的特征分外明显。在"敷演"中，白话小说对"文"追求的层面或许与传奇小说并不完全相同，但对于行文运笔的构思之巧、辞采之美及写人叙事生动形象的追求却是共同的。关于此，既可以从后世论者动辄以"奇书""才子书"相称看出，也可以从评点中对其"鬼斧神工"接连惊叹感受到。此留待下文详叙。除此而外，白话小说虽以娱乐为目标，以故事讲述为主，但故事讲述中蕴藏的"得失是非""盛衰消息"也会经常逗起作者的"不平之气""不正之情"，以致小说叙事呈现"诗"一样的抒情特征。小说叙事中诗词的引用、后人对《水浒传》"发愤"的解读、《红楼梦》"情而已"的告白、《儒林外史》末尾"看官！难道自今以后，就没一个贤人君子可以入得《儒林外史》的么？"的感喟，均是对白话小说"抒情"特征的明确说明。

"史之为务，必藉于文"，但又对"文"的过分使用持以否定态度。《读第五才子书法》中，金圣叹认为史书叙事是"以文运事"，"事"是主体，"文"是辅助，本末不可倒置；而小说叙事是"因文生事"，"文"是主体，"事"是产物。[①]小说叙事对"文"的发扬，正是对史传叙事对"文"限制的一种冲决。补"史"以传"文"既是中国古代小说不同于史传的面目所在，也是其"史补"的一个重要方面。古代小说"文"的彰显过程，也是其脱离史传而趋成熟的历史发展过程。

三、常中寓奇，笔下生奇

在中国，"子不语怪力乱神"观念深入人心，尽管古代小说有源远流长的"怪力乱神"书写传统，也有小说作家及评论家对其"实有"的竭力论证，但毕竟难以令人信服。在接连不断的质疑与责难中，小说一则将"怪力乱神"的书写逐渐统摄于"神道设教"目的，使其达"义"的媒介意义日渐突出，一则出现了所传之"奇"由"怪力乱神"到"人间言动"的渐次转变。

---

① [清]金圣叹著，文子生校点：《第五才子书施耐庵水浒传》，中州古籍出版社，1985年版，第18页。

这在魏晋南北朝的小说创作中已显端倪。魏晋南北朝时期，小说以"怪力乱神"记述为主，但并不意味着其中没有"人间言动"内容。《中国小说史略》中，鲁迅不仅断言"记人间事者已甚古，列御寇韩非皆有录载"，并说《世说新语》及其前后"语类"作品"或者掇拾旧闻，或者记述近事，虽不过丛残小语，而俱为人间言动，遂脱志怪之牢笼也"①。在为数不多"人间言动"记载中，此时小说往往抓住人物在特定状态下神情举止、精神风貌的一角给予展现，所表现的是一个特殊的镜头、一个瞬间的片段，究其本质，如胡应麟评价《世说新语》所云："以玄韵为宗，非纪事比。"②

唐时，国土统一，政治安定，社会整体洋溢着昂扬向上的气氛。唐政府对"史"文化建设极为重视，不仅以国家行政方式组织"史"的编撰，并对史籍人员的才、学、识进行有意规引。"子不语怪力乱神"的正统观念此时也获得史学界的理论总结。在此状况下，小说所传之"奇"出现了由"怪力乱神"向"人间言动"的明显转变。这从当时蓬勃发展的轶事小说可首先看出。唐轶事小说创作数量多达百余种，记录内容涉及朝野各类人物、各种逸闻趣事。在"作意好奇"时代背景下，此时轶事小说对"人间言动"的记载虽然不如《世说新语》等那样可靠，但在反映现实的广度及深度上，却超越了同类以往作品。如此之故，唐轶事小说中有关现实的许多记载，常为后世史书编撰及学术研究广泛征引。

轶事小说外，唐代的志怪与传奇也呈现出"人间言动"特征。《小说原理》中，晚清居士从小说史角度指出，唐前小说"收拾遗文，隐喻托讽，不指一人一事言之"，而唐人小说如"《霍小玉传》《刘无双传》《步非烟传》等篇，始就一人一事，纡徐委备，详其始末"③。在"一人一事"叙述中，唐人小说尽管不乏梦遇、鬼魂复仇等内容记载，但表现更多的却是"人间言动"内容。关于此，从《霍小玉传》可充分看出。《霍小玉传》中，李益始遇小玉欣喜若狂，追求小玉海誓山盟，缔结婚姻屈从家长意愿，筹措聘礼无奈忙碌，对小玉愧疚、躲避等等，皆使小说叙事呈现鲜明的纪实特征。阅读这样的小说，人们感动的不是"怪力乱神"之"奇"，而是情热到情冷的情变之奇，痴

---

① 鲁迅：《中国小说史略》，上海古籍出版社，2000年版，第37页。
② [明]胡应麟：《少室山房笔丛》，上海书店出版社，2009年版，第285页。
③ 黄霖、韩同文：《中国历代小说论著选》下，江西人民出版社，2000年版，第112—113页。

情付出遭遇无情回报的负情之奇。也正是在"奇"的这一生动展现中,《霍小玉传》获得动人的艺术魅力,以致胡应麟评其"尤为唐人最精彩动人之传奇"①。

唐传"奇"由"怪力乱神"到"人间言动"的明显转变,一则说明"子不语怪力乱神"正统观念的强大,一则说明古代小说传"奇"开始走上"传现实人事之奇"的道路。当然,这里要说明的是,此时小说对"人间言动"之奇的展现,还主要集中于帝王将相、才子佳人、文人墨客、豪侠隐逸等非同寻常人物身上,行文运笔也多带有"诗性"特征。小说传"奇"这一状况,能引起文人雅士喜爱,却难以取得普通观众认同。对普通观众来说,在熟知日常生活悲欢离合中,体验一惊一诧带来的震撼,远比阅读"诗性"的小说能获得更多乐趣。唐传"奇"这一特征,显然限制了它在普通大众间的广泛流播。

宋元以降,城市经济空前活跃,政治专制日益加强。传统文言小说之外,出现了白话小说。白话小说主要以普通市民为接受对象,强调故事通俗易懂及生动形象,注重作品娱乐与教化功能。"怪力乱神"书写,此时受到官方的明令禁止。《剪灯新话》为明初瞿佑所作,主要以"古今怪奇之事"为记述对象。书刊布后,引起人们广泛喜爱,效颦者随之出现。《剪灯新话》这一影响,引起正统人士不满,并由此拉开官方禁毁小说序幕。据顾炎武《日知录之余》载,正统七年(1442)二月辛未,国子监祭酒李时勉上书朝廷,指责这类作品"假托怪异之事,饰以无根之言","不唯市井轻浮之徒,争相诵习",就是"经生儒士"也"多舍正学不讲,日夜记忆,以资谈论",对此"若不严禁,恐邪说异端,日新月盛,惑乱人心"。对李时勉请求,朝廷最终"从之"②,公然以法律手段,对"怪力乱神"内容进行禁毁,充分说明正统观念对此记述的反感。

一方面顾及普通大众的审美需求,一方面迎合"子不语怪力乱神"的正统观念,二者的交合,促成了小说传"奇"由"怪力乱神"之"奇"到寻常

---

① 转引自汪辟疆《唐人小说·霍小玉传》叙录。据李剑国《唐五代志怪传奇叙录》,此语实出《唐小说荟·红线传跋》,南开大学出版社,1993年版,第289页。
② [明]顾炎武著,黄汝成集释,栾宝群、吕宗力校点:《日知录集释》,上海古籍出版社,2006年版,第1255—1256页。

百姓"人间言动"之"奇"的进一步转变。这主要体现在晚明以降的拟话本及世情小说创作中。《拍案惊奇自序》中,凌濛初批评时人"但知耳目之外,牛鬼蛇神之为奇,而不知耳目之内,日用起居,其为谲诡幻怪,非常理测者固多也"[①]。基于此,其《拍案惊奇》专以世俗社会人情百态为叙述对象,在"耳目前怪怪奇奇"展现中,传达出"拍案惊奇"的艺术效果。另如《今古奇观》,以"奇"标目,旨在传"奇"目的显然易见。书成后,笑花主人称其编撰"先得我心",并为之专门作序。在序中,笑花主人指出,"蜃楼海市,焰山火井,观非不奇;然非耳目经见之事,未免为疑冰之虫","天下之真奇者,未有不出于庸常者",在仁义礼智、忠孝节烈、善恶果报、圣贤豪杰等常心、常行、常理、常人中创造出"奇",不仅能让观众"或悲或叹,或喜或愕",并能"成风化之美"。[②]笑花主人这一见解,不仅说明《今古奇观》"常中出奇"的传"奇"特征,并且是对序者个人传"奇"观念的着意表达。

事实上,这样的表达在晚明以降拟话本及世情小说中频频再现。它们的大量出现既是当时小说传"奇"观念的集中体现,也是其时小说传"奇"特征的总体反映。《醉醒石跋》中,清江东老蟫指出"九流之外,别立小说一家,其原出于稗官,就街谈巷语之新,为人情风俗之考"[③]。《蜃楼志序》中,清罗浮居士认为小说"别乎大言言之也","其事为家人父子日用饮食往来酬酢之细故,是以谓之小,其辞为一方一隅男女琐碎之闲谈,是以谓之说","最浅易,最明白者,乃小说正宗也"[④]。理论与实践交互推动,小说与"史"相别的本质特征日益明显,补"史"以存"日常细故""人情风俗""琐碎闲谈"的题材取向日益突出,小说愈来愈接近现代小说的本质特征。

《水石缘序》中,清何昌森指出:"从来小说家言:要皆文人学士心有所触,意有所指,借端发挥以写其磊落光明之概。其事不奇,其人不奇,其遇不奇,不足以传。即事奇人奇遇奇也,而无幽隽典丽之笔以叙其事,则与盲人

---

① [明]凌濛初著,章培恒整理,王古鲁注释:《拍案惊奇》,上海古籍出版社,1985年版,第1—2页。
② [明]抱瓮老人著,廖东校点:《插图本今古奇观》,齐鲁书社,2003年版,第1页。
③ 丁锡根:《中国历代小说序跋集》,人民文学出版社,1996年版,第799页。
④ [清]庾岭劳人著,秦克、巩军标点:《蜃楼志》,上海古籍出版社,1996年版,第1页。

所唱七字经无异，又何能供赏鉴。"①《中国叙事学》中，浦安迪指出，"奇书"之"奇"，"既可以指小说的内容之奇，也可以指小说的文笔之奇"②。晚明以降小说的"常中出奇"，所表现的正是对内容之"奇"与文笔之"奇"两方面的开掘。

以内容方面而论，晚明以降小说"常中出奇"，就是要在日常生活、寻常关系展现中，表现出奇人、奇事与奇遇。《金瓶梅》中，西门庆"不甚读书，终日闲游浪荡"，只因头脑灵活，善于钻营，不几年间"家道营盛"。后因贪色纵欲，三十三岁"断气身亡"。西门庆的暴发、暴亡及两者间的迅即转换，既是奇事，也是奇遇。脂砚斋评《红楼梦》中贾宝玉"是我辈于书中见而知有此人，实未目曾亲睹者。又写宝玉之发言，每每令人不解；宝玉之生性，件件令人可笑；不独于世上亲见这样的人不曾，即阅今古所有之小说传奇中，亦未曾见这样的文字"③。宝玉之为人，诚为奇人。晚明以降小说"常中出奇"中，尽管佳作如林，所表现的事与人皆纷繁复杂，多不枚举，但细思起来，也都无非是在日常生活、寻常关系的生动展现中，塑造出特别的人物，叙述出特别的兴衰际遇、悲欢离合。这样的追求，用简约语言来表示，即是对奇事奇人奇遇的追求。

晚明以降小说"常中出奇"的第二个追求就是对作家"奇笔奇思"的继续开发，此用明人徐如翰评《云合奇踪》的话来说，即是"高皇帝千古奇造，英烈诸公振世奇猷，非文长奇笔奇笔奇思，又恶能阐发奇快如是乎哉！"④当然，这并不是说此前的小说创作不注重"奇笔奇思"。作为一种可见"史才，诗笔，议论"的文体，唐传奇不仅表现出明显的"文"的特征，并因此而形成其一代文坛之大观的独特地位。但尽管如此，唐传奇毕竟"专书一事始末"，⑤"虚加练饰，轻事雕彩"，"体兼赋颂，词类俳优"，"文采与意象"是其追求的主要目标。以"耳目之内，日用起居"为表现对象的小说却不完全一样。现实生活既纷繁复杂难以悉数表达，接受的对象又主要为文化水平普遍不高的普通市民，在此状态下，既要将现实生活

---

① 丁锡根：《中国历代小说序跋集》，人民文学出版社，1996年版，第1295页。
② 浦安迪：《中国叙事学》，北京大学出版社，1996年版，第23页。
③ 朱一玄：《红楼梦资料汇编》，南开大学出版社，2001年版，第303页。
④ [清]徐渭：《云合奇踪》，见《古本小说集成》，上海古籍出版社，1994年版，第1页。
⑤ [清]章学诚著，叶瑛校注：《文史通义》，中华书局，2004年版，第560页。

描摹得"生动逼真",又要让其传达出"新奇有趣"的味,自然意味着对作家"奇笔奇思"的更高要求。

这一要求,说到底,就是对作家叙事写人"文才"之"奇"的特别要求。晚明以降小说"常中出奇",所表现的正是对作家叙事写人之"奇才"的进一步开发。关于此,从晚明以降小说评点中动辄以"才子书"标目其评点作品即可看出。在中国,"才子"汉前主要指"有德之士",唐以后逐渐演变为文墨通达之士的泛称。元人辛云房为唐诗人作传,即将其书命名为《唐才子传》。明以后,以"才子"指称优秀文人更为流行,"吴中四才子""嘉靖八才子"的称谓,皆是在此意义上使用的。晚明以降小说评点成风,评点中,评点家往往以"才子书"标目其评点作品,《笠翁评阅绘像三国志第一才子书》《第一才子书——三国演义》《第五才子书施耐庵水浒传》等皆如此。这一使用,正显示出评点家对小说作家非凡文才的把握与折服。除此而外,在具体评点中,评点家对作品之"奇"的惊叹也往往与对其"才"的赞叹紧相连接。这一连接,也正说明此时小说"常中出奇"是以"奇思奇笔"的文才开发为基础的。

"子不语怪力乱神"的正统观念,促成了小说题材向"日常细故""人情风俗""琐碎闲谈"的转变。"常中出奇"的审美要求,又促成了小说"奇笔奇思"之"文才"的进一步开发。在此过程中,小说与"史"相别的题材领域日益明确,与"史"相异的传"奇"特征日渐分明,小说愈来愈具有自己的个性特征。

综上,传"奇"作为中国古代小说本质特征,不论属性生成,还是内涵变迁,均与中国古代史传存在密切渊源联系。小说与史,"不尽同而可相通",史之叙事基于"神道设教"目的对奇闻异事的采撷、基于传"义"目的对"文"的凭借,均对古代小说传"奇"提供了丰富艺术资源。"子不语怪力乱神"的历史正统观念、史传编撰对"怪力乱神"的一般性排斥及对"文"的限制使用,既促成了中国古代小说传"奇"本质的生成,又促使小说传"奇"由"怪力乱神"向"化奇入正、常中见奇、笔下生奇"的道路迈进。好奇异之事,喜谲怪之谈,能于常中见奇,笔下生奇,既是中国古代小说最大的民族特点,也是中国文化中一直遭受"雅正"文化压抑的"亚文化"或"第二文化"。①本文目的就是要揭示这一历来被遮蔽和压抑的"第二文化",以"去蔽"方式,还它们的本来面目。

（本文发表于《文艺理论研究》2013年第6期）

何悦玲,1971年生,2011年毕业于陕西师范大学文学院,文学博士,师从张新科教授,现为陕西师范大学文学院副教授。

---

① 余英时:《士与中国文化》,上海人民出版社,2003年版,第483页。

重写：文学文本的经典化途径

黄大宏

内容摘要：所谓文学经典，不一定是最有价值的，但一般是具有最强的传播力度，最广泛的接受群与最明显的接受效果的文学文本。文学经典在很大程度上是由持续的重写行为，也即持续的审美阐释及审美再创造行为所造就的，它是有效发挥文学的继承与发展关系，传播与接受效应的一个重要成果。重写观念认为，文学的创造与影响寓于文学的接受之中，以文学接受为前提的重写，融合创作、批评、传播、阐释方式于一体，并在中国古代文化背景下促成了雅文学成果的下移，是促成文学文本经典化的重要途径之一。

关键词：文学审美；文学经典；文本；经典化

———

一

在中国历史、文化及社会发展演变过程中，往往以托古为革新、发展、创造的起点与理据，事实上体现了人类普遍倾向于通过回顾、借鉴以获得创新动力与资源的思维习惯与实践方式。正如《文心雕龙·通变第二九》所说："夫设文之体有常，变文之数无方，何以明其然耶？凡诗赋书记，名理相因，此有常之体也；文辞气力，通变则久，此无方之数也。名理有常，体必资于故实；通变无方，数必酌于新声。故能骋无穷之路，饮不竭之源。然绠短者衔渴，足疲者辍涂，非文理之数尽，乃通变之术疏耳。"[①] 往圣先贤诸论既是破除"原

---

① [清]黄叔琳注，李详补注，杨明照校注：《增订文心雕龙校注》，中华书局，2000年版，第397页。

创神圣"观的不二法门,更是体悟文学经典生成途径的基础。这正是本文的目的,试图从文学创作的一种实践方式——审美再创造行为的角度,对文学的继承与发展关系的内涵略陈己见。

基于唐代小说与宋以后叙事文学题材的关联性及文体迁移性的研究,我曾强调"重写"概念的理论意义,即"重写"不仅是一种重要的文学创作方式,也是一种对于被重写对象的评论与传播方式,与所谓独立发生的文学原创行为具有同等重要的意义与价值。而且认为,只有结合原创与重写,才能更好地把握与描述文学史发展的动态状况。完整的中国小说史应是关于中国小说的创作史及其重写史的总和。一部完整的小说史既要体现小说以自身形态存在的历史,还要体现小说在不断重写中存在与发展的历史。研究小说重写现象,即作品间的派生关系,可以更全面、清晰地显示小说家及其作品产生影响与被接受的历史状况,从而科学地、全面地评价作家、作品,并有助于阐明文学史进程中的继承与发展的关系。[1]我希望这一观点同时能够适用于对整个叙事文学史的重建。事实上,这一观点并不孤立,其研究始终与对原创文学观的强调同时存在。1908年,法国诗人谢阁兰说:"神话不过是一些组合起来的词语,只有拆解神话,从中引出新的碰撞或新的和谐,它才有价值。"[2]这里的"神话"兼指狭义的神话与一个文化系统中的所有经典文本,其原创精神与典范性对于整个文化与文学具有深远影响,但它是可重写的对象,不断地重构与解构不但生成新的价值,而神话原本也是认识重写文本意义与价值的依据,因而它也是对文学构建方式的解释。20世纪以来,结构主义文论、接受反应文论等对文学文本的来源与构成、作家的创作方式与创作基础表达了强烈置疑。[3]T·斯达帕德(Tom Stoppard)在《滑稽模仿》(1975)中,让达达主义作家T·扎拉(Tristan Tzara)所扮演的角色时说道:"所有诗歌都是一组画片像洗牌般重新拼合,而所有诗人都是骗子。"借此阐明他所认识的创作本质:构成诗歌文本

---

[1] 黄大宏:《唐代小说重写研究》,重庆出版社,2004年版,第1页。
[2] 谢阁兰:《芒斯龙书信集》,法国色依出版社,1985年版,第257页。
[3] 民间文学研究普遍用"异文"——相对于原型的种种变体——概念描述口传故事文本的存在方式,这些异文与原型有一系列共同因素——主题、人物、情节等,因而同属一个故事类型,作品越是受到广泛喜爱,异文越多。异文不但在一个文化系统中持久承传,还共存于不同文化空间,中国的"白水素女""阿凡提"故事经历了长期的传承变化,"灰姑娘"故事在全世界有五百多种异文。比照这些概念来描述书面文本的流变,"原型"就是先前文本,"异文"即重写文本,这也是本论题的重要理论参照。

的词语和意象几乎没有什么是完全独特的，它们都是先于诗歌文本而存在的文化因子，每篇作品都是对其加以选择并排列组合的结果，因而人们总在不同的作品中遭遇故人。米歇尔·布托尔（Michel Butor）则言："作品从来就是集体的创作。"崇尚消解意义的早起后现代主义思想甚至把所有文本都视为由引文镶嵌成的产物。在以上表述的极端态度与夸饰风格背后，其实是说文学传统是作家在创新时不可抗拒的强大力量。俄国形式主义文论家普洛普1928年发表的《俄国民间故事形态学》则试图从文本构成角度揭示文学创造力的根源，因为全部俄国民间故事是由31种"功能"从不同角度"接续"起来的结果，所以创作是在不同叙述意图指引下，剪裁组合有限叙述单位的结果。①作为结构主义文论的基础，"功能"说不但解释了读者对不同文本感觉既熟悉又陌生的内在原因，也为从重写角度认识文学创作过程提供了理论依据。这一研究方法得到积极推广，其结论也在各个文化系统中得到验证。凡此种种都在提醒我们，当把重写视为一种重要的创作行为，以及对于文学文本的评论与阐释行为时，它同时也成为构建文学经典的一种重要方式。

二

何谓重写？D.佛克马对此略有说明，但没有给出一个系统的定义。②根据我的理解，可进行如下归纳："所谓重写，指的是在各种动机作用下，作家使用各种文体，以复述、变更原文本的题材、叙述模式、人物形象及其关系、意境、语辞等因素为特征所进行的一种文学创作。重写具有集接受、创作、传播、阐释与投机于一体的复杂性质，是文学文本生成、文学意义积累与引申，文学文体转化，以及形成文学传统的重要途径与方式。"③究其事实，在文学史意义上，几乎所有文本都同时具有以自身形态——原文本，及派生形态——文学传统中的一个环节而存在的两种属性，因为重写作为一个现象与创作实践

---

① 普洛普的"功能"概念相当于情节"叙述单位"，其数量是有限的；"接续"则指通过使各叙述单位形成因果关系，从而能够讲述一个故事的叙述性活动，其蕴含着叙述意图，变化是无穷的。因此，创作就是以设定的意图与动机结合两者的过程。
② 【荷兰】D.佛克马著，范智红译：《中国与欧洲传统中的重写方式》，见《文学评论》，1999年第6期。
③ 黄大宏：《唐代小说重写研究》，重庆出版社，2004年版，第79页。

方式是一个不可回避的事实，而重写的过程也是一个历时性与共时性并存的全方位互动过程。当先行文本仍在引发后人的重写愿望时，每个时代还会有一批新文本加入进来，受到当代及后人的追随摹仿，其本身往往也是重写产物。因此，出于重写传统中的文本属性是动态变化的。从历时性角度看来，重写是一条以连续滚动与时代累积为特征的文学创作洪流；从共时性角度看来，对一个文本的多次重写既可以独立发生，也可能是彼此触发、相互影响的结果，最终使文学史成为集历时性的文本多重叙述与共时性的文本接受互动于一体的复杂格局。用此历时性承传与共时性互动的演化视角把握文学史进程，应当比用单一线性视角连缀文学史历程更合乎文学发展的实际。当然，重写有一般意义上的成功与否之别，如清人袁枚所说："后之人未有不学古人而能为诗者也。然而善学者得鱼忘筌，不善学者刻舟求剑。"① 而关于重写的目的与动机，以及在特定文学发展背景下，重写及其成果形态能否为主流观念所接受的问题，都比较复杂，并非本文在此要说明的问题。

所以强调这一概念，是因为在百余年来中国古代叙事文学研究中，存在过于重视文本自身形态，而忽视对其派生文本以及这种文学派生意义进行深入探讨的现象，它是造成"重写文学史"愿望始终难以真正实现的一个主要理论障碍，虽然在操作上描述如此复杂的文学滚动进程也并不容易。对于古代叙事文学文本的本事钩沉，和对古代小说、戏曲的续作、改作、仿作等现象，以及对相关文本的题材、主旨、创作主旨历史性演变的追溯，类似《从××到××》式的专题研究亦不鲜见，但在"影响研究"的理论视野制约下，都属于文学文献学和主题学的范畴，使上述研究具有强烈的资料整理、现象描述属性，只是文学自身形态研究的附庸，因而是远远不够的。但是，以"重写"概念取代"影响"概念，作为描述审美再创造现象以及包含评论、阐释属性的通行术语，旨在将对文学的继承与发展关系的研究上升至"文学发生学"的层面，成为更深入把握文学发展史的基本理论视角。而在基本对象方面，则用此涵盖"改编、续作、仿作、拟作、缩写、扩写"等传统表述，表达再创作、派生、衍生、重述等一系列意义，以显示文本的派生关系及文本产生的若干途径，即使与重写行为有关的文本群比较清晰地从文学史的汪洋中浮现出来，也避免使

---

① [清]袁枚：《随园诗话》卷上，人民文学出版社，1960年版，第49页。

这一概念趋于泛化。①

　　这一理论视角所以关涉文学经典的生成机制问题，具有一种方法论的意义，在于它内在的基本属性，即文学的创造与影响寓于文学的接受之中。鉴于文学经典在产生机制上的复杂性，我们至少必须承认，所谓文学经典，不一定是最有价值的，但一定是具有最强的传播力度、最广泛的接受群与最明显的接受效果的文学文本。换言之，文学经典在很大程度上是由持续的审美再创造及审美阐释行为，即重写行为所造就的，它是有效发挥文学的继承与发展关系、传播与接受效应的一个重要成果。

　　首先，重写作为一种创作方式的特殊属性在于它比其他创作方式更强调接受的意义，派生文本与原文本的内在关联本身就是重写以接受为前提的有力证据。然就其发生机制看来，它是重写者以文学接受为前提的一种文学审美再创造方式。重写者作为派生行为的主动者以及派生文本的作者，同时具有以下三个特征：原文本的接受者、原文本的重写者、原文本的传播者与阐释者。它们凝聚在一个派生文本之中。把重写者称为派生文本的作者，只指出了它的一个特征，并且是一个笼统的说法，正如通常所说的作者是对叙述学意义上的作者，隐指作者与叙述者的一个未加分析的泛指一样。但分析显示，重写者是具有多重性的审美创造者，其首要属性在于，他一定是一个有经验的读者。如果他的接受最终引起一次相关的创作行为，那么，他在这一行为的开端所体现的正是这一特点。换言之，由于重写总以一个原文本为创作依据，因而当他一旦进入重写过程，必然以接受者为其首要身份，而接受是重写的第一阶段；表达接受感受既是重写动机所在，更为其重要目的。一言以蔽之，接受是重写之源，因而还可以补一句话，文学经典在更大的程度上是由持续的接受行为所造就的，只是这种行为要由一系列派生文本，即相应的创作行为来承载，而不仅仅止于个人审美体验。

　　一般来说，绝大多数重写者都有较高的文本读解能力，既能够从文本空白处与原作者沉默处开掘未尽之意与潜藏的内涵，发明隐文，敷演原作；又可与

---

① 作为例证，可参阅笔者《唐代小说重写研究》（重庆出版社，2004年版）附录《后世叙事文学重写唐代小说的实绩》。在一百页的篇幅中，笔者收录了与唐代小说故事有关的由宋至清小说、戏曲来派生文本的情况，其中绝大部分也可以从近百年来大量唐代小说本事研究成果中看到。

当下社会及个人情境相结合，从两者的契合点上建立新的主题，重构新篇。换言之，对一个有读解能力，又有一定创作经验的人，只要得到拿起笔来的一个理由，接受者就变成了重写者。

清康熙年间有钱酉山《西厢记》改本一种，名《雅趣藏书》，又名《绣像西厢》，曾经刊布。其改本自序重写缘起，为夫子自道的奇文。曰：

> 余尝于花朝月夕，酒后灯前，取所谓《西厢》者，恬吟蜜咏，而探索其所以然。因叹古之才人，触乎心，动乎情，发而为文章，其变幻离奇，不可方物，俨若天造地设，鬼斧神工，就此一时之妙境，撰成绝世之奇书；俾学者读之，心醉神怡，纵有锦心绣口，亦为之阁笔，而不能赞一词。余何如人，而复多赘乎哉？然捧读之下，觉隐隐然情不自禁，有若或迫之而然者，故不揣谫陋，而偶洩乎意中之所欲言，时而为诗歌，时而为词调，时而为八股制体。余非敢谓以此益《西厢》之艳，而传《西厢》之神，且亦极知劳笔费墨，放诞不稽，无关正理。第以才子佳人，未能多觏，风流佳话，亦足赏心。聊借此一时逸兴，为艺林另开生面耳。①

心有所触，意有所感，情不自禁，借端发挥，以一时逸兴泄意中所欲言，正是出自倾慕的接受感受导致重写实践的表白。钱序内容丰富，几为一篇重写创作论，且实为曲家共识。

其次，接受性重写本身不免渗透重写者的评论与阐释目的。确立重写作为一种批评方式的意义在于，它体现了派生文本与原文本之间互为镜像的对应关系。从创作角度而言，原文本是派生行为的参照物，派生文本与原文本之间的种种同异都体现着重写者的取舍态度，这无异于一种针对原文本的批评方式。从接受心理而言，对某一对象的接受，总是存在着与某种参照系的比较，派生文本的参照系往往由原文本以及与之相关的时代历史、文化及思想背景，同类型、同题材的创作成果构成，在历时性的关系上，它们必然与重写者的当下情境存在差距，从而自然地形成对照与比较。准确地说，比较的行为、过程，乃至结果都会影响到接受态度与倾向的形成，反映在新的文本之中；在这个评定优劣、决定取舍的接受过程中，充满着批评的意味。从批评本身的角度而言，

---

① 蔡毅：《中国古典戏曲序跋汇编》，齐鲁书社，1989年版，第704页。

存在从出关系的文本也是值得关注的评价对象,在基于表面的同异比较的背后,包含的是认识与把握对象本质的愿望,更使批评成为一种不可回避的认识活动,这实际上就是主题学的话语空间。事实上,重写者有时情不自禁地要对参照对象表明自己的态度,以此影响、干预公众的接受与批评倾向,这就更把三者结合于一体了。凡此种种,都使原文本具有作为批评依据的地位,从而成为一种评价尺度,这正是经典生成的主要原因。

重写的批评性的表现十分丰富,贯穿于重写原文本的各个环节之中,显示出原文本与重写之间以意义的重建与揭示为核心的互动关系。除了以内容复述为中心的接受性评论,以及在文本中通过扮演评论家角色进行的关于主旨与艺术的批评以外,以审美性的再创造表达自身观点,是重写作为一种评论与阐释方式的主要内涵。明祁彪佳《远山堂明曲品剧品》是研究古典剧、曲最重要的文献之一,其品第、著录剧曲677目,许多评论涉及剧目的创作缘起,其评凌濛初《颠倒姻缘》的产生曰:

> 凌波旧有《桃花庄》剧,以韵调未谐而中废。及晤陈眉公,言微之《会真记》,张负崔也。欲传此张女以崔舍人死,死而复生,盖报张也。凌大然之,因撺旧作一新之。人面桃花,崔张卒以合卺。张负崔,崔何尝负张哉。①

故所谓《颠倒姻缘》,就是用人面桃花故事对《会真记》进行改造,以完成所谓"张负崔,崔何尝负张哉"的意义重建。

大量出自重写者本人及友人的小说、戏曲序跋、题词都花费不少笔墨述及重写者在各种主观动机与友人怂恿下,借重写阐释原文本精神与故事的情况,姑以明虎耘山人《〈蓝桥玉杵记〉叙》所云杨之炯撰《蓝桥玉杵记》传奇缘由为例,以见一斑,叙曰:

> 余师谢迹尘嚣,怡情云水,久不作声闻想。适友人把玩《蓝桥胜事》,丐为传奇以风世。师咤之曰:"箕山之隐,闻风却飘,予遑为人间箫鼓吹乎?"友人复跽而请曰:"黄钟绝而雷岳鸣,郢曲高而知音寡,先生得无是虑邪?世有钟仪,伯牙未可辍操也。"师数辞不得,乃强取故传,稍加铅筛,表以羽曲,大都托人籁以鸣天

---

① [明]祁彪佳:《远山堂明曲品剧品校录》,上海古典文学出版社,1957年版,第156页.

籁，皆风世寓言也。倘观场君子能入耳而感衷，则李女之贞未始不足以继响《柏舟》；卢友之直未始不足以嗣音"伐木"。①

此剧将裴航遇仙故事演为一出神仙道化剧，是盛言仙道致堕迷障的明代士大夫从这一爱情故事中看到的个中三昧；所谓作以"风世"，实以指点世人迷津之责自任，即"彼烟火尘襟，欲深天浅者，宁能作是观耶"②之谓。故传之实为释之，即《凡例》云："本传原属霞侣秘授，撰自云水高师，首重风化，兼寓玄铨。阅者斋心静思，方得其旨。"③重写苦心可叹，重写者以阐释者自任的特点也由之可见。

话本小说对情节、人物、主题等的评价非常普遍，《初刻拍案惊奇》卷二十八《金光洞主谈旧迹玉虚尊者悟前身》的头回、正话乃杂取唐及唐前小说而成，评价触目皆是。头回叙一客下海飘至蓬莱，得道士导引，参谒白居易前生所驻之院；归去后，告知浙东观察使李稷，李氏书报居易，白氏写下二诗回赠李公事。④入话引诗后，叙述道：

> 白公看罢，笑道："我修净业多年，西方是我世界，岂复往海外山中去做神仙耶？"故此把这两首绝句回答李公，见得他修的是佛门上乘，要到兜率天宫，不希罕蓬莱仙岛之意。后人评论道："是白公脱屣尘埃，投弃轩冕，一种非凡光景，岂不是个谪仙人？海上之说，未为无据。但今生更复勤修精进，直当超脱玄门，上证大觉，后来果位，当胜今生，这是正理。"

商客所见谓白公前生为仙，白公却向往成佛，由此前生后世因果之事的矛

---

① 蔡毅：《中国古典戏曲序跋汇编》，齐鲁书社，1989年版，第1301页。
② 蔡毅：《中国古典戏曲序跋汇编》，齐鲁书社，1989年版，第1302页.
③ 蔡毅：《中国古典戏曲序跋汇编》，齐鲁书社，1989年版，第1302页。
④ 《初刻》记二诗曰："近有人从海上回，海山深处见楼台。终有仙童开一室，皆言此待乐天来。""吾学空门不学仙，恐君此语是虚传。海山不是吾归处，归即应归兜率天。"《太平广记》卷四十八题二诗作《答客浙东》，诗云："近有人从海上回，海山深处见楼台。中有仙笼开一室，皆言此待乐天来。"又曰："吾学空门不学仙，恐君此语是虚传。海山不是吾归处，归即应归兜率天。"故《初刻拍案惊奇》应以《太平广记》为本，只"笼"讹作"童"。《白氏长庆集》卷三十六题前诗作《客有说》，序云："客即李浙东也，所说不能具录其事。"诗云："近有人从海上回，海山深处见楼台。中有仙龛虚一室，多传此待乐天来。"题后诗作《答客说》，云："我学空门非学仙，恐君此说是虚传。海山不是吾归处，归即应归兜率天。"诗后注云："予晚年结弥勒上生业，故云。"《全唐诗》卷四五九由此录入。《逸史》成于大中时期，此事自应是借白诗所撰，而为《初刻》所袭。

盾引发了这一评论,依据的是白氏晚年崇信佛教的事实。这个故事出自唐《逸史》,见《太平广记》卷四十八《白乐天》,话本的敷演之迹自不必说,上述文字仍先出于《逸史》,原文写道:

> 先是,白公平生唯修上座业,及览李公所报,乃自为诗二首,以记其事。及答李浙东云:"……。"又曰:"……。"然白公脱屣烟埃,投弃轩冕,与夫昧昧者不同也,安知非谪仙哉。

这显然是《初刻拍案惊奇》的依据,而且《初刻拍案惊奇》在敷演中凭着叙述者的理解对原文进行了解释,对接受进行引导。但佛高于道的道理不易分说,这里沿袭了原文的含混,并在头回结束时,干脆将之融为一体,转入正话:

> 小子如今引白乐天的故事说这一番话,只要有好根器人,不可在火坑欲海,恋着尘缘,忘了本来面目!待小子说一个宋朝大臣,在当生世里,看见本来面目的一个故事,与看官听一听。

这段话直接点明了故事的题旨,并为正话叙述定下了基调,这是话本小说中非常普遍的叙述干预,是重写者通过评论影响接受的重要体现。

事实上,就重写者的主观动机而言,从倾诉怀抱自浇块垒、风化劝惩淘涉世人、刻意创新澗洗前陋、倾慕前作模拟重构等方面加以概括,例证不胜枚举。就客观动机而言,如原文本的成就与创作方式的启示、时代文化环境与条件的要求与影响、读者的接受需求、市场化的操作手法,乃至艺术投机目的等,可以涵盖大量文学经典的产生缘起。

再次,持续的重写行为导致原文本及其派生文本在更大范围内的传播与接受。《西湖二集》湖海士序说:"西湖经长公开浚,而眉目始备;经周子清原之画,而眉目益妩。然则周清原其西湖之功臣也哉!即白、苏赖之矣。"白、苏二公均修葺过西湖,也描绘过西湖,而传西湖之流风遗韵、古迹奇闻于牧竖之口,则阙如也。所谓"而独未有译为俚语,以劝化世人者",此周子之功,即白、苏二公亦赖以传名矣——"咄咄清原,西湖之秀气将尽于公矣。"湖海士之序正着眼于周清原《西湖二集》对西湖之美的传播之功。这应当被视为是一种以审美性阐释为中心的审美再创造行为。明宣德乙卯年(宣德十年,1435),江都丘汝乘为刘东生《金童玉女娇红记》所作序中也说:

> 元清江宋梅洞,尝著《娇红记》一编,事俱而文深,非人莫

能读，余每恨不得如《崔张传》，获王实甫易之以词，使途人皆能知也。①

能否长久停留在接受者的视野中，并且为大众所接受，是经典生成的重要条件，能满足这一条件的重要方式是重写。丘氏此语道出了重写对促进原文本流传所具有的重要意义：原文本在相当大的程度上是依靠派生文本，也即重写得以传播的。此点在文化层次复杂的中国尤其突出，通过研究可见，重写往往伴随着文体的迁移，即从文言载体向通俗载体的转化，使对读者群具有较高文化要求的"事俱而文深"的雅文化成果不断下移到世俗社会，从而使部分人的禁脔变成全民族的精神财富，这是重写对促成经典的全民化、普及化的重要贡献。

三

从机制的角度说，重写作为一种传播手段具有相互关联的三个要素，第一是重写者居于行为的核心，即指这种传播行为首先从创作角度得以体现，其义已略见上述。第二是派生文本，它是使传播作用达成的载体。通过重写，使原文本不仅以自身形态为传播载体，而且通过派生文本而获得更广阔的接受时空。第三是重写所选择的文体，当派生文本的文体相对于原文本发生变化时，也会对传播效果带来影响。通过这些要素的共同作用，可以延续原文本的艺术生命，稳固强化原文本的文学地位，并且充当跨文化交流的媒介，以及沟通古今时代与不同阶层文化的枢纽。

最后用明传奇《绣襦记》的产生缘起做一说明。据《静志居诗话》，薛近兖《绣襦记》是应秦淮诸妓的要求，为对抗郑若庸《玉玦记》的影响而作，文曰："中伯尝填《玉玦》词，以讪院妓，一时白门杨柳，少年无系马者，群妓患之。乃醵金数百，行薛生近兖作《绣襦记》以雪之。秦淮花月，顿复旧观。"《玉玦记》是一出著名的才子佳人风情戏，前半部分叙述秦淮妓女李娟奴与举子王商相恋，后王商因床头金尽被逐，这一情节结构当然渊源于《李娃传》。但《玉玦记》的结局出人意料，当李娟奴因杀客劫财而受审之时，正是

---

① 古本戏曲丛刊编辑委员会：《古本戏曲丛刊九集》初集，中华书局，1962—1964年版。

王商状元及第归来，亲审此案之日，李娟奴终伏法被诛。此戏上演之后，一个狠毒无情的恶妓形象与一个"以工丽见长"之作的结合令秦淮花月悄然无声。①但是，这一惨淡图景却因《绣襦记》的传唱而改观，《曲品》曰："闻有演《玉玦》而青楼绝迹，诸妓酿金构此曲，为红裙吐气，为荡子解嘲。"②台湾"中央图书馆"藏李卓吾《绣襦记》评本总评则说："《玉玦》主抑青楼，《绣襦》反之。相传薛君受青楼之赂，特为郑若庸反者也。"③清焦循《剧说》卷四引明末清初戏曲作家卓人月跋于《百宝箱》传奇之首的一段题语云："昔者《玉玦》之曲，风刺寓焉，刻画青楼，殆无人色。嗣赖汧国一事，差为解嘲。"诸说多出明世，尽可印合，可见是情义双兼的李娃为秦淮河重新赢得了信任。那么，秦淮诸妓是如何知道选择李娃故事以对抗《玉玦记》的呢？这显然与其故事的传播与接受途径有关。这是引起新一轮重写，使派生文本产生新意义的关键。宋赵令畤《商调蝶恋花》差可解此疑惑："至今士大夫极谈幽玄，访奇述异，无不举此（黄案指《会真记》）以为美话。至于娼优女子，皆能调说大略。"显然，杯觥交错之际述奇话异的环境是《会真记》的，也是《李娃传》的流传方式之一。又在《绣襦记》之前，《李娃传》系列的小说、戏曲作品已逾十部，兴盛的创作史背后隐藏着强大的传播与接受效果，连同无休止的讲话一起促成文学情境与社会文化的高度融合。秦淮妓女何幸，得此一雪冤的利器！这是文学创作干预社会生活的一个典型事例，也是体现重写价值的典型范例。更主要的是，包括《莺莺传》《李娃传》在内，《西厢》系列及《绣襦记》等作品都是中国叙事文学的经典之作，一再的重写实践不但使原文本的影响在历时性的接受过程中一再得到强化，一再以新的精神与内容更新旧作，努力达到新的艺术高度；并把文本始终置于受众视野，使受众怀着重温旧情的预期心态接受派生文本，挑动一轮又一轮的接受热情，最终形成良好的传播与接受互动。可发展性、可持续性不正是经典的基本特征吗？

在中国文化及文学环境中，也很容易理解《诗经》、《楚辞》、汉乐府与唐诗等文学经典在各个方面所产生的影响与所受到的追捧，而在叙事文学领域

---

① [明]祁彪佳著，《远山堂明曲品剧品校录》，上海古典文学出版社，1957年版，第21—22页。

② [明]祁彪佳著，《远山堂明曲品剧品校录》，上海古典文学出版社，1957年版，第254页。

③ 朱万曙：《"李卓吾批评"曲本考》，见《文献》，2002年第3期，第110页。

也一样。《左传》、魏晋小说、唐代小说等早期叙事文学的成果同样带给后世文学极大的影响,证据不胜枚举。更重要的是,不仅被重写的文本往往已成经典,而经典又因此源源而生,是一个双赢的局面。

(本文发表于《陕西师范大学学报》2006年第6期)

黄大宏,1969年生,2003年毕业于陕西师范大学,文学博士,师从马歌东教授,现为西南大学教授、期刊社副社长、《西南大学学报》副主编。

语言与文字之华："隐喻"·"比兴"

白晓东

内容摘要：西方传统的"隐喻"概念，与中国诗学范畴的"比""兴"有同有异，包含了中西文化的本质差异。目前，对这两方面的研究日渐深入。但将这三个概念放在一起，从其工作机制的角度加以分析，并与西方"象征"和中国"香草美人传统"参照起来对比，还没有什么人涉及。本文的目的就是从这个新的角度，对这些基本理论问题作一些有益的探讨。本文运用了跨学科、跨文化的比较方法，以问题为出发点和目的，提纲挈领地把握了各自的不同，得出了以下结论："隐喻""比""兴"三个概念虽共有类比性、暗示性，但"比"中的"源范畴"与"目标范畴"之间的关系较之"兴"更为显明并合乎逻辑，与西方"隐喻"范畴基本一致。相较于西方隐喻逻辑的、"两点一线"的认知功能，"兴"的工作机制呈现为多维的、并置呼应的直觉共鸣，反映出中国二元互动的有机思维特征。西方的"象征"虽然与汉字"立象以尽意"的原理相同，但因为"象"与所"征"之间是一一对应的约定俗成关系，和中国"香草美人传统"的手法类似，所以与"比"和"隐喻"的线性逻辑工作机制仍属同类。

关键词：隐喻；比兴；象征；线性逻辑；并置呼应

西方对隐喻的研究源远流长，有着两千多年的历史，从亚里士多德时期开始，大体经历了修辞学诗学、语义学、语言学哲学和当代认知学——多元研究四个阶段。这个过程中产生了四种不同的理论：亚里士多德的比较说，昆体连（Quintilian）的"替代说"，I. A.理查兹（I. A. Richards）的"互动论"和乔治·雷考夫和马克·约翰逊的"经验论"。亚里士多德提出的作为隐喻深层工作机制的"比较论"毫无疑问是第一个对隐喻的研究。亚氏的比较论基于隐喻的修辞含义，认为隐喻是用一种事物去说明另一种事物，"隐喻字是把属于别的事物的字，借来作隐喻，或借'属'作'种'，或借'种'作'属'，或借'种'作'种'，或借用类比字"[1]。以古罗马修辞学家昆体连为代表的"替代说"，指出修辞的价值在于美化日常语言，隐喻则是"点缀在风格上的高级饰物"。20世纪30年代理查兹的"互动论"对亚里士多德的比较论提出了质疑。他认为，比较论一味强调事物间的相似，忽视了隐喻中主旨和载体间因不对等产生的张力。隐喻产生与这种张力的互动而非两者的相似。隐喻研究发展到当代，最为引人注目的是美国的雷考夫和约翰逊提出的"经验论"。他们认为，隐喻在我们的日常生活中无处不在，不仅存在于语言中，而且存在于思想和行为中，我们用于思考和决定行动的常规概念系统在本质上是以隐喻为基础的，也就是说，人类对世界的看法可以用不同义域的观念表述，一个义域的概念可以被另一个义域的概念隐喻化[2]。人类的语言中充满了根隐喻，如上—下、内—外、起点—终点、中心—边缘等基本隐喻概念范畴，人类概念系统中的相当一部分是建立在这些基本概念之上的。由于概念隐喻的无所不在性和隐秘性，人们往往很难察觉其存在。然而，通过对隐藏着大量根隐喻的日常隐喻的研究可以反映并推论出人类认知的历史发展和生发过程。

综合上面四种观点我们可以看出，逻辑推理是西方隐喻学的共同思维支柱，也就是说，无论是"比较说""代替说"还是"互动论""经验论"，其背后的思维轨迹和表述机制都是由A到B或A、B互推的"两点一线"推理模式。也就是说，当雷考夫和约翰逊认为隐喻是人类思维模式的反映时，这里的思维模式指的是逻辑推理认知的线性思维模式。

中国的"隐喻"研究则更为复杂，自成一体，渗透了中国古典美学、诗学以及传统哲学的思维特性，在古典文论中被归结为"比兴"。"比兴"这一概

---

[1] 【古希腊】亚里士多德著，罗念生译：《诗学》第二十一章，中国戏剧出版社，1986年版，第47页

[2] Lakoff George, Mark Johnson. *Metaphors We Live By*. The University of Chicago Press, 1980:98.

念不但包括了线性认知的逻辑思维特点（比），还包含了非线性的多维互动思维模式（兴）。

西方的隐喻理论直到19世纪末才传入中国，近代结合隐喻，对"比兴"进行的研究也始于这个时期。著名学者如朱自清、闻一多、朱光潜和钱锺书等人都在引进西方隐喻理论的同时对中国传统的"比兴"做了积极、大胆的对照研究。闻一多认为，"隐"在《六经》中相当于《易》的"象"和《诗》的"兴"[1]，朱自清在清华讲学时也指出，后世"比兴"连称，"兴"往往就是"譬喻"或"比体"的"比"[2]，也就是说，把"比兴"统归为"比"。这些学者，包括后来国内诸多对"比兴"的研究虽然都意识到西方的隐喻和中国的"比兴"有同有异，但对两者之间的异同究竟在哪，仍未做出详尽的、令人信服的解释。本文就是想通过西方拼音语言和中国表意文字的不同，及由此带来的表述模式的差异，对此问题作一番尝试性的探讨。

一、现代西方"认知隐喻"的工作机制

在经历了"比较论""替代说"之后，20世纪50年代，西方的隐喻研究结合哲学和认知学等交叉学科，产生出"认知隐喻"这样一个崭新的概念，使隐喻研究达到了一个空前的高潮。这一概念的代表人物当推乔治·雷考夫和马克·约翰逊。之所以拈出乔治·雷考夫和马克·约翰逊的"经验论"及其"认知隐喻"这一概念作为西方隐喻学的代表进行考量，就是因为这种将隐喻与"认知"相关联的做法反映了西方隐喻理论最新取向，体现了以往隐喻研究最深层的思维图式。也就是说，"经验论"将隐喻与认知相连接，从认知层面上本质而深刻地体现了以往诸理论由A到B或A、B互推的"两点一线"的逻辑思维模式，是集以往诸理论之大成的必然结果。究其根本，乃西方拼音语言特性所致，这一点将在下面详细论述。

在乔治·雷考夫和马克·约翰逊两人合著的《我们赖以生存的隐喻》一书中，雷考夫和约翰逊将隐喻定义为一个认知的过程：一个概念（或概念范畴）通过另一个概念（或概念范畴）得到理解。他们把起模型作用的概念称为"源

---

[1] 闻一多：《神话与诗》，上海世纪出版集团，2006年版，第98页。
[2] 朱自清：《诗言志辩》，古籍出版社，1956年版，第117—119页。

范畴",把被"源范畴"解释的概念称为"目标范畴","目标范畴"由于"源范畴"的参照得以延展和实现。如果我们把"源范畴"比作行走时的第一步,"目标范畴"就是迈出的第二步,只有在第一步的支撑下,第二步才能在认知层面实现。这就是说,"目标范畴"由于"源范畴"的参与,意义得到了延伸和拓展,模糊、生疏的概念变得鲜活而具体,人类的认知因此更进一步。认知过程就是这种隐喻实现的过程,认知的脚步步步相连,人们沿着脚下已知的道路线性地朝着未知的认知目标前进。人们对世界的描述和认识就建立在这种"认知隐喻"模式之上。乔治·雷考夫和马克·约翰逊所说的语言中大量的"根隐喻"表明,语言本身是富含隐喻性的,而这种"语言的隐喻性"[①]指的就是我们思维中那种推理的、线性的运行轨迹。虽然隐喻大量、集中地出现在文学作品、特别是诗歌当中,但这种认知模式却渗透在所有日常语言之中,是我们赋予世界以意义的典型手段,其重要性归根结底在于对人类认知的推进。比如,在美国女诗人爱米莉·狄金森的诗句"生命是一场穿越时间的旅行"这个隐喻中,"旅行"是一个"源范畴",被比作"旅行"的"生命"是一个"目标范畴"。用旅途去阐释生命,读者很容易联想到生命所具有的类似旅途般的绵延与波折。诗歌中的这个隐喻虽然具有很强的诗学与修辞学价值,但其最深刻的意义还在于通过"旅行"这个"源范畴"对"生命"这个"目标范畴"在认知层面上的延伸和拓展,即与"绝对真理"或"逻格斯"的进一步贴近。这正符合西方文学作品"逼真"地反映"绝对真理"的审美要求。

正如西方哲学的终极目标自柏拉图和亚历士多德以来,是对"绝对真理"的靠近,西方拼音语言的本质,也是对"逻格斯"本身的肯定和追求(按照德里达的观点,"逻格斯"即语音。这一点下面会谈到)。关于艺术,柏拉图基于对理念世界的追求,曾提出著名的"三个床"的理论,认为理念层面上的床才是最完美最真实的,而艺术的"床"只是对模仿物——木匠制造的床的模仿;亚历士多德反对柏拉图轻视艺术的观点,试图提高艺术的地位,但依然认为艺术的价值在于它所表现的"必然性"或真理性上。如果用柏拉图的比喻解释亚历士多德,则艺术表现的是"必然"的"床",此"床"通过"必然性"与"理念世界"最终相接。至于语言,柏拉图和亚历士多德都认为语音及其所

[①] 束定芳:《隐喻学研究》,上海外语教育出版社,2003年版,第95页。

包含的语义才是第一位和最重要的，而语音的外形文字只是个空壳。柏拉图的《费德罗篇》就声称：话语是"活生生的，是更加本原的，而书面文字只不过是它的影像。"[①]亚历士多德在谈到口语时也说："口语是心灵的经验的符号，而文字则是口语的符号。"[②]可见，无论是柏拉图还是亚历士多德，都同时认为真理和语音是首要的，绝对真理和语音同时占据了最崇高的地位。这种对绝对真理和语音的执着，被后来的解构主义理论家德里达归结为对语音包含真理的"在场"的迷恋，即所谓"逻格斯中心主义"和"语音中心主义"。参照德里达解构主义的观点，我们可以窥见西方哲学传统中"逻格斯"和"语音"的紧密关系：二者相依相生，互为根据，形成了西方对逻辑真理的执迷。

为什么语音中语义的"在场"反映了真理的"在场"呢？这得从德里达解构主义理论的直接源头索绪尔的结构主义语言学说起。索绪尔在《普通语言学教程》一书中，把拼音语言的本质归结为两个主要特性：1.任意性；2.线性。由于"能指"和"所指"之间的关系是任意的，语义就建立在语音单位的"差异"上。cat之所以不同于rat，不是因为这两个词本身的发音本质地模仿了各自所指向的不同事物（这两个词的"能指"和"所指"的关系是"任意性"的），而是因为cat这个词以"k"这音开始，而rat这个词以"r"这个音开始。cat和rat的不同意义就建立在"k"和"r"这两个音的"差异性"上。这种因为"任意性"特征建立在"差异性"上的语义只有通过拼音语言的"线性"展开才能得以实现，而这种"线性"的延展所依据的是语言本身的系统逻辑，不是语音对外部世界的真实模仿。语音中的意义通过语言这个"差异性"的线性逻辑系统逐步展现，"线性"的逻辑系统成为拼音语言表意的基础与根据。在这种情形下，"逻格斯"就成了这一系统的支柱和中心，亦即思维的载体——语言的终极功能和目标。同时，虽然拼音语言中的"能指"和"所指"的关系是"任意性"的，但因为概念直接与语音连接，就存在于语音之中，而书写系统建立在语音之上，并不直接产生意义，所以语音仍是第一位的，是所有意义的真谛。文字只是语言的"仆从"，徒有其形。"能指"和"所指"、语言和语

---

① 【古希腊】柏拉图著，王晓朝译：《柏拉图全集》第二卷，人民出版社，2003年版，第197—199页。
② 【古希腊】亚里士多德著，方书春译：《范畴篇 解释篇》，商务印书馆，1959年版，第55页。

义之间由于缺省了文字这一维度，成为直接的线性关系，给人以意义时刻"在场"的印象，为"真理"的绝对存在奠定了基础。由此，"语音"与"真理"被画上了等号，"逻格斯中心主义"成了"语音中心主义"。

"认知隐喻"的工作机制也建立在这种"两点一线"、由A到B或A、B互推的逻辑推理之上，是线性的逻辑表述与认知模式的延展。"认知隐喻"也因此在乔治·雷考夫和马克·约翰逊那里被解释为人类认识真理的普遍规律。

二、中国"比兴"的工作机制

中国古典文论中的"比兴"被某些现代研究者当作英文"metaphor"（隐喻）的同义词，这是很不恰当的。在中国古典文论中，"比"和"兴"原本是两个不同的概念。《诗·大序》说："诗有六义焉：一曰风，二曰赋，三曰比，四曰兴，五曰雅，六曰颂。"[1]可见"比"和"兴"属于两种不同类别的"义"。后人有的将其连用，凸现了两者的相似，却忽略了它们本质上的差异。可以说"比"和"兴"都有类比、暗示的特点，但这两种"类比"的生发过程和表述模式毕竟不同。在所有古典的定义中，笔者认为朱熹的界定最为明晰准确："比"："以彼物比此物也"；"兴"："先言他物以引起所咏之词也"[2]。如果"比"仍然体现了西方隐喻的主要特点的话，那么"兴"就已经超出西方隐喻学的范畴之外了。闻一多在《神话与诗》一书中就指出，"隐"在《六经》中相当于《诗》的"兴"[3]。和刘勰一样，看到了"比显而兴隐"[4]的特点。"比"之所以"显"，是因为"比"和西方的隐喻一样，其"目标范畴"和"源范畴"之间的投射关系是线性和推理的，即由A到B或A、B互推类比。而"兴"之"隐"则源于一种更为复杂的互动呼应，其关系体现为一种多维的、曲折的应和。"他物"与"所咏之词"之间没有直接关系，两者的连接不靠线性推理来完成。如"关关雎鸠，在河之洲；窈窕淑女，君子好逑"，"雎鸠"和"淑女"没有逻辑上的联系，只在直觉和情感中得到应合。

---

[1] 陈洪、卢盛：《中国古代文学理论》，南开大学出版社，2004年版，第1页。
[2] [南宋]朱熹：《诗集传》，中华书局，1962年版，第2页。
[3] 闻一多：《神话与诗》，上海世纪出版集团，2006年版，第98页。
[4] [南朝·梁]刘勰著，周振甫今译，杨国斌英译：《文心雕龙》，外语教育与研究出版社，2003年版，第500页。

"比"和"兴"这两种"类比"模式在中文同时存在，应该和汉语兼有表意、表音功能有关。中国文字是象形的或表意的，而这种表意文字又建立在表音的语言之上，因此既在语言学的意义上具备了线性、逻辑性的表述功能，又在文字学的意义上造就了文字内部形符组件"并置呼应"、多维互动的表意特征，形成了"比兴"兼顾的表述传统。中国文字"形声同构"，"形""音""义"并举，意指形态呈现为一种三位一体的互动互兴，造就了中国哲学灵动的"二元互补"式辩证思维，使其有别于拼音语言"两点一线""二元对立"的逻辑模式。中国"比兴"传统中"兴"的产生，是汉语的语音——语义、"能指"——"所指"之外多了一维文字的表意功能所致。"两点一线"变成了"三点一面"。这"一面"中的空白处，就是表意文字之语义多维呼应的"兴"发场所。到目前为止，"比兴"之所以难于清晰地和西方拼音语言的隐喻区别开来，就是因为很少有人将"隐喻""比兴"的对比研究与西方语言学、汉字文字学的探讨同时联系起来。

中国文字的表意性就是"象"的表意特质，即"象"的"并置呼应"性和直觉情感特质，在这一点上它与西方的"象征"同理。黑格尔说："象征一般是直接呈现于感性关照的一种现成的外在事物，对这种外在事物并不直接就它本身来看，而是就它所暗示的一种较广泛普遍的意义来看……不管它的内容是什么；表现是一种感性存在或一种形象。""象"在与其所"征"之物的"并置"之中，通过人的直觉情感达到"呼应"，生成"象征"意。所谓："触类可为其象，合义可为其征"（王弼注《周易·系辞》）其实，一切"象"皆依主观与客观的这种"并置呼应"而生，中国的象形、象意文字就是这样："象"作为主客应合的产物，既有主观因素也有客观因素，却又非主非客、非非主非非客。它"似"而不"是"，以"不是"为"是"，有理据而不黏着，通过直觉情感传达一种灵动的奥义。

但是，既然西方"象征"的"象"性功能与汉字文字学意义上的表意功能同理，为何"象征"却没有"兴"那种"三点一面"的多维意蕴呼应呢？首先，西方"象征"的"取象"与其拼音语言相脱离，孤立地存在于语言之外，只是表意的一种辅助形式和一种基层的、简单的"取象"手法，难成气候。不似汉字，乃是一种"形声同构"，"形""音""义"并举的完备表意体系。更重要的是，"象征"的"象"和所"征"之间的关系是稳定的、约定俗成的,两者一一对应,含混不得(比如,"十"象征"基督教","♂"象征"男性","狮子"象征"勇敢",等等),约相当于中国古代"香草美人"的托喻手法。这种固定的关系把象性多维呼应的表意可能限制在"两点一线"的连接关系中,使之终究无法如"兴"那样飞动起来,生成多维多向、空灵无迹的意味呼应。事实上,当中国古代文人把《诗经》中所有"兴"的含义都按儒家观点解释之后,这种被固定解释所囿的"兴"就成为和"比"的工作机制相同的"象征"了。"他物"变成"象",而"所咏之词"则变成了所"证"之物,两者的关系由"三点一面"变成"两点一线",由多维呼应变成了线性逻辑。后世"比兴"连用、以"比"代"兴",原因就在于此。因此,"象征"的表意机制和"比"及"隐喻"一样,同属由A到B或A、B互推的"两点一线"的线性逻辑模式。正如朱光潜先生说的那样:"象征的定义可以说是:'寓理于象'。"[①]

三、"隐喻"与"兴"之工作机制的对比

雷考夫和约翰逊指出,隐喻在"源范畴"和"目标范畴"间建立起一种影射(Mapping)或投射的对应关系,这种关系在"恒定假设"(Invariance Hypothesis)理论下发挥作用并受其约束。"恒定假设"认为,"源范畴"中的"图式结构"(Schematic Structure)或图式关系(如整体—部分关系、中心—边缘关系等)同样适用于"目标范畴"。还以狄金森的诗句"生命是一场穿越时间的旅行"为例。诗句将"生命"比作"旅行",在二者间建立起一种影射对应关系,即"生命是旅行"。因为包含了直线型图式结构的"旅行"有"他到达了旅行的终点"的含义,那么根据"恒定假设"理论,这样的图式结构同样适用于"生命",所以我们同样可以说:"他到达了生命的终点"。同理,对于"理论是大厦"这个隐喻,由于我们可以说"建立一座大厦"或"摧毁一座大厦",所以有了"建立在这种观点之上的理论"和"这个理论被彻底摧毁了"的说法。雷考夫和约翰逊认为,既然隐喻中的这种影射对应关系可以将"源范畴"的认识转移到"目标范畴"上,那么隐喻就被赋予了一种认知功能,即用简单明了的、人们更为

[①] 朱光潜:《谈美》,见《朱光潜全集》第2卷,安徽教育出版社,1998年版,第64页。

熟悉的"源范畴"来比照、认识晦涩难懂的"目标范畴"。这样的认知功能导致了西方隐喻"两点一线"的推理特征。

"兴"则是在物象的"并置呼应"中（正如汉字意义的生成有赖于其内部形符、声符组件之间的"并置呼应"）达到直觉、情感的共鸣的。由于这种"并置呼应"所产生的"空白"——多维语义震荡是非逻辑的，无法靠推理实现，其意义的共鸣就只能由直觉和情感来体悟。所以说"兴"的这种侧重直觉情感的性质，体现的是中国古典"情志"传统的特色，与西方隐喻的逻辑推理、求真求实传统大相径庭。

对直觉和情感的重视，反映了中国古典哲学的人本主义思想，本是中国的"风雅""情志"等传统的内容与成因。然而，后世文人在儒家一统思想的影响下，"风雅""比兴"并举，有意将"比兴"等同于"香草美人"式的托物咏志，渐渐使"兴"的手法向"比"靠近，成为一种固定的、程式化的托喻。所谓："善鸟香草，以配忠贞；恶禽臭物，以比谗佞，灵修美人，以譬于君；宓妃佚女，以譬贤臣；虬龙鸾凤，以托君子；飘风云霓，以为小人。"（王逸《楚辞章句》）当"兴"与"所兴"的关系被程式化后，两者间便不再有原本那种多维多向的自由"呼应"，其关系变成一种"两点一线"的固定连接，与西方"象征""寓理于象"的托喻原理最终趋同，成为"比"或西方"隐喻"表意模式的同类。所以朱自清先生认为，后世"比兴"连称，将"兴"变成了"譬喻"或"比体"的"比"①。

然而就"兴"之原初手法而论，《诗经·关雎》可谓典型之作，不妨再拿来做例证："关关雎鸠，在河之洲。窈窕淑女，君子好逑。参差荇菜，左右流之。窈窕淑女，寤寐求之。求之不得，寤寐思服。悠哉悠哉，辗转反侧。参差荇菜，左右采之。窈窕淑女，琴瑟友之。参差荇菜，左右芼之。窈窕淑女，钟鼓乐之。"此诗中，雎鸠与淑女之间并没有直接的可比性，两者的关系无法靠逻辑推理完成，只能在直觉与情感的震荡中实现，即所谓"先言他物以引起所咏之词"是也。《毛传》也正因此评价道："兴也。"至于"兴"的特点，刘勰在《文心雕龙·比兴》中明确指出："故比者，附也；兴者，起也"；"比

---

① 朱自清：《诗言志辩》，古籍出版社，1956年版，第117—119页。

显而兴隐"①。"兴"就是直觉和情感的兴起和发动，即所谓"起兴"。若无视这里"起兴"的特色，强行将"淑女"直接比作河边的"雎鸠"，就会让人忍俊不禁。即便承认英国玄学派诗人"奇喻"的可能性会产生像多恩"爱人—圆规"那样的"淑女—雎鸠"的隐喻，该诗中也找不到多恩那种用逻辑推理逐步让读者信服此隐喻的阐释。这种贯穿于《诗》的空灵的"兴"法，相互之间的呼应似是而非，若有若无；"不著一字，尽得风流"。"兴"这样的手法，既有别于传统的"比"，更不等同于西方的隐喻（亦不同于"象征"），其实质是通过直觉与情感在"并置呼应"中"起兴"。诗人听见河边一唱一和的雎鸠，直觉地生发了一种情绪：几分思慕，几分神往，撩动了诗人对美丽贤淑的女子的渴望，透露出一种难以割舍的期盼与追求。在这里，雎鸠与淑女之间没有直接联系，而雎鸠的鸣声所兴发起的情绪却带动了诗人对淑女的渴慕与向往。这两种本无联系的事物在直觉与情感的作用下被结合在一起，同时进入感情遥相应和的"并置呼应"之中，被非线性、非逻辑性地打通了。这样的手法"隐"而不"显"、曲折动人，这就是"兴"。如果说"比"和"隐喻"（包括"象征"）重在通过阐释、推理达到线性的理解，那么"兴"就引而不发、"曲径通幽"，更依赖直觉和情感的体味来把握事物的隐秘关联，这也是中国古典诗歌美学所追求的一种混成玄妙的境界。

四、"源范畴""目标范畴"及"他物""所咏之词"之不同关系的对比

在"兴"中，"源范畴"与"目标范畴"之间的关系不是直线、推理的，二者没有明显的逻辑关联。与西方的隐喻不同，"兴"中的"他物"和"所咏之词"不是"两点一线"式的相互投射，"隐喻"式的含义被有意或无意地隐藏了，其中的互动呼应要靠直觉和情感来"破译"。"兴"的工作机制因而呈现出多维的性状。能量从A（他物），通过B（直觉情感），流向C（所咏之词）。A（他物）引发直觉情感B，最终达到对C（所咏之词）的体悟。这个过程就好似树上一粒熟透的榛子掉落在平静的湖面上，激起了层层涟漪，涟漪带

---

① [南朝·梁]刘勰著，周振甫今译，杨国斌英译：《文心雕龙》，外语教育与研究出版社，2003年版，第500页。

动漂在湖面的叶子。虽然叶子因榛子而摇荡，但榛子却始终没有碰到叶片。在"兴"的表述模式和生发过程中，榛子是"他物"，叶子是"所咏之词"，而层层的涟漪，则是直觉和情感在心中荡起的感受。"兴"中的"他物"和"所咏之词"之间没有直接关联，也没有逻辑关系，两者多维、互动的应和是靠人的直觉感受和情感共鸣来实现的。

相比之下，西方诗歌隐喻中的"源范畴"与"目标范畴"的关系则是单一的、"两点一线"式的，更着重于本身的认知功能。隐喻的能量直接从A（源范畴）流向B（目标范畴），流动过程没有中间环节（"象征"之中A与B即"象"与所"征"之间虽有直觉情感这一中间环节，但因为A、B的关系在理性层面上已经被公认和固定，只能是一维的，所以即便有直觉情感的参与，A也只能或许曲折地、仍须线性地流向B），到达B后也未产生多维的"并置呼应"，而是直接对B进行阐释，以达到拓展认知的目的。换个比方，这是以有效收集果实为目的，用石子投打榛子，直击目标。西方的"隐喻"（包括"象征"）与中国的"比兴"相较，其共同点在于类比性和暗示性。但"比"（"象征"亦然）中"源范畴"与"目标范畴"之间的关系较之"兴"更为明显、直接、合乎逻辑，与西方隐喻的特性基本一致。从这个意义上讲，西方诗歌的"隐喻"（包括"象征"）更接近"比"而有别于"兴"。"隐喻"秉承了西方哲学重逻辑的特征，在推理中明晓大意，感染读者，也是西方诗歌的要旨所在，体现了西方传统对"绝对真理"和"逻格斯"的追求。相反，"兴"更注重直觉感受的情感共鸣，着眼于意象间的相互作用。它与中国"情志传统"紧密相连，超出了逻辑推理的认知范围，体现了中国古典诗歌审美追求所特有的玄妙混成的境界。

五、结束语

总而言之，西方历史上"隐喻"的不同的理论，究其本质，离不开投射和对比两大特征，其共同特点都是由A到B或A、B互推的"两点一线"逻辑模式。这种逻辑模式的背后，是西方拼音语言的结构特点。乔治·雷考夫和马克·约翰逊的"经验论"和"认知隐喻"观，是这种语言模式和思维特点深刻而典型的反映。由于汉字是建立在汉语之上的表意文字，形成了语言文字的

"形声同构",使得汉语言文字兼有了西方语言学、中国文字学这两种意义上的双重功能,导致了中国古典"比兴"并举的悠久传统。这种表述传统既注重推理的类比(比),又强调多维的呼应(兴),形成了中国古典"比兴"研究自成一家的理论体系。由于"兴"的"他物"和"所咏之词"之间没有直接线性的联系,其关联靠直觉与情感的震荡来实现,所以"比兴"传统和"情志"传统紧密相连。"兴"作为中国文字学意义上的一种特殊功能,来源于汉字组字部件内部的"并置呼应"原则,超出了西方隐喻研究的逻辑认知的线性范畴,是中国二元互补的辩证思维的自然流露。它与西方以"隐喻"为特征的线性思维形成了鲜明的对比,是我们理解西方"隐喻"与中国"比兴"异同之关键所在。与此相关,西方的"象征"虽然与汉字象意的"并置呼应"原理相同,但因为"象征"没有同语言合体,同时"象"与所"征"之间是一一对应的约定俗成关系,所以其表述模式仍停留在"两点一线"的线性模式上,与"比"和"隐喻"的线性逻辑工作机制相同。

(本文发表于《西北大学学报》〔哲学社会科学版〕2008年第1期)

白晓东,1956年生,2008年毕业于陕西师范大学文学院,文学博士,师从马歌东教授,现为西安交通大学国际教育学院教授。

文学人类学视野下的谣言、流言及叙述大传统

李永平

内容摘要：和神话、诗学、民间故事一样，谣言是文化大传统的组成部分。从人类学诗学的观念出发，视野就会走出仅以叙述"真假"甄别谣言的窠臼，探寻群体行为背后的深层动力机制。从人类文化大传统看，谣言叙述从根本上说是一种以寻求意义，应对存在焦虑，进行自我疗救的广义叙述，虚构与否不是谣言和流言的分水岭。谣言叙述摆脱概念等形而上的桎梏，经验性、象征性地重回曾经的集体感。完整和统一的个体逐渐从原初轮廓中脱颖而出，完全归顺他的内在本质，他的灵魂（即自性）。因之，通过叙述参与，自我献祭给自性，现世的存在获得了意义，一切非本质的表面附加物完全脱落。

关键词：谣言；叙述；话语实践

引 言

后现代知识观念认为，所有族群的知识体系包括科学、叙述和灵感三种，[①]其中叙述知识是一个族群知识存在和传承的精神之所。经过近二十年的

[①] 参见【法】让-佛朗索瓦·利奥塔尔著，车槿山译《后现代状态：关于知识的报告》，三联书店，1997年版，第59—67页；赵旭东《灵、顿悟与理性：知识创造的两种途径》，《思想战线》2013年第1期。

现代性反思，文学研究迎来了影响深远的人类学转向。重新审视现代性背景中的思想启蒙，寻找失落的人类文化大传统，我们发现，人类学诗学视野下，叙述成为人类禳灾、疗救和恢复意义的重要手段。心理叙事学家马里萨·博尔托卢西和彼得·狄克逊认为："实际上，叙事以非此即彼的形式充斥着我们的社会及社会经验的所有方面。叙事形式普遍地存在于文学语境、对生活事件的回忆、历史文献和教材、对数据的科学解释、政治演讲、日常对话之中。"[1]谣言、流言、神话、民间故事、历史等叙述也都自然而然地成为人类叙述知识的组成成分。从后现代知识观念出发，我们视野就会走出仅以叙述"真假"甄别谣言、流言的窠臼，发现这一集体行为背后的深层动力机制。

把谣言和流言的分野界定在是否虚构这一点上，虽然给政府舆情控制提供了极具操作性的甄别控制谣言的标准，但也把谣言问题简单化。虚构与真相只是一个结果判断。在焦虑心态支配下，人们主观上急于改变叙述不充分的状态，群体中的个体如果知道某一种叙述为虚假陈述，其传谣的动机只能解释为有"造谣惑众"的先天偏好。正因为如此，谣言研究中最典型、最值得关注的是它如何滋生并弥漫性扩散、变异，再到逐渐消失的传播过程。谣言在传播过程中发生的转移或偏向，而"转移"或"偏向"是由听传者共同完成的。它具有明显的历史传统、现实境遇等意识形态属性。因此，谣言的界定应着眼于其叙述、传播、变异本身。谣言研究的社会意识形态背景和风险管控压力，容易使学者从动机角度区分谣言与流言，但这种区分现实操作难度大，也没有抓住问题的实质。

一、谣言的本质是文学人类学意义下的叙述，虚构与否不是谣言和流言的分水岭

谣言是伴随着人类历史存在的广义叙述的遗留物，其产生和人类的想象、叙述、求证能力相适应。文化传统中的口头叙述传统是人类文化分蘖之根，大传统视野下的叙述区分为两个阶段：一是前文字的口头叙述传统；二是与文字书写传统并行的口头叙述。尽管互联网压缩了谣言叙述历时性变形转换的时

---

[1] Bortolussi, Marisa and Peter Dixon. *Psychonarratology: Foundationsfor the Empirical Study of Literary Response*. Cambridge: Cambridge U.P., 2003: 1.

空,但其核心特点依然是口头形态,前文字时代开始的口耳相传的"歌谣"是谣言的"前世","没有事实根据的传闻"是谣言的今生。这一点从目前《词源》《辞海》《汉语大词典》等工具书的义项就能看出端倪。①

就像福柯探讨"精神病"产生史一样,在某种意义上,是医疗技术催生了"精神病人"。"谣言"语词意义生成也大致如此。信仰时代王权对信息的获取都需倚重"世界最古老的传媒"谣言。听谣、采诗、祝祷、告神之类的日常叙述活动,都是口传时代考查社会治理合法性的高级证据。儒家继承这一知识传统:"故天子听政,使公卿至于列士献诗,瞽献曲,史献书,师箴,瞍赋,蒙诵,百工谏,庶人传语,近臣尽规,亲戚补察,瞽史教诲,耆艾修之,而后王斟酌焉,是以事行而不悖。"②由于叙述媒介及证伪技术的局限,人类早期的以"谣言"形式存在的信息传递本身就难辨真伪,带有很大的不确定性。所以《辞海》在"谣言"条下,定义"谣言"为"民间流行的歌谣或谚语"。③

纵观信息传递的历史,真伪分野的知识传统产生是19世纪的事情。在此之前,包括历史也被认为是广义叙事。20世纪,对于历史表述的科学性,瓦莱里(Valery)、海德格尔(Heidegger)、萨特(Sartre)、列维-斯特劳斯(Levi-Strauss)、米歇尔·福柯(Foucault) 都持怀疑态度,直到新历史主义者格林布拉特(Stephen Greenblatt)和海登·怀特(Hayden White)把历史事实和历史表述区分开来。在怀特看来,历史文本表现为历史叙述,对历史的理解和连缀就使历史具有了一种叙述话语结构,这一结构的深层内容是诗学。谣言和流言的区别一样超越了虚构与事实的分野,区别主要体现在内容、发生语境和传播情境等方面。当谣言作为集体意识表现出来的时候,它鲜明却又隐讳地透露出它所针对的对象,整个传播过程就在这种透露中不断完型自己的叙述结构。④

---

① 1988年版《辞源》对"谣言"收有两条义项:1."民间流传评议时政的歌谣、谚语",并引《后汉书·刘陶传》:"兴和五年,诏公卿以谣言举刺史,二千石为民蠹言者";2."没有事实根据的传闻"。详见"谣诼"。

② 《周语上·邵工谏厉王弭谤》,见邬国义、胡果文、李晓璐《国语注译》,上海古籍出版社,1994年版,第6页。

③ 《辞海》,上海辞书出版社,1980年版,第399页。

④ 【法】弗朗索瓦丝·勒莫著,唐家龙译:《黑寡妇:谣言的示意及传播》,商务印书馆,1999年版,第126、157页。

国内有学者以动机"恶意""故意"与否来区分谣言和流言,①其实,卡普费雷在总结了汗牛充栋的谣言研究成果后直言不讳地告诫那些对谣言持有偏见的人:"我们已经证明这种负面观念是站不住脚的。一方面,它把对谣言的理解引上了一条死胡同……另一方面,这一观念似乎是由一心想教训人和教条的想法所驱使。"②

首先,流言和谣言伴随着人类历史,事实和虚构的判断却经历了一个由口头传播到书写传播两个阶段的意义迁转。在传播史上,信息以口耳相传的传播历史远远长于白纸黑字的书写传播。从有历史记载到春秋时期,《书·周书·金縢》《诗·大雅·荡》《礼记·儒行》都只有"流言"一词,而早期"谣"和"言"既连用又独立成词。"谣"一是指"无音乐伴奏的歌唱",二是指"民间流传评议时政的歌谣、谚语"。③《南史·梁武帝纪》中有"诏分遣内侍,周省四方,观政听谣,访贤举滞。"④,"谣言"并非贬义。考察两个词语在早期典籍中的记载,不难发现:从中性词"流言"到今天贬义的"谣言",有一个从口头传统向书写传统演变过程中的"层累构成"和意义的扭转。书写的话语霸权强调"白纸黑字"的实证,对口耳相传时代以"谣"为主的传播贬损并使之边缘化和"污名化"。此后口耳相传的信息传递成为不可靠信息的代名词,难登大雅之堂。从传播史看,人类从倚重口头大传统的"有口皆碑"到倚重书写小传统的"树碑立传",话语诉求发生根本变化。口头传统倚重口述及其信用,尊重"述而不作"(孔子、老子、耶稣、苏格拉底、佛陀等)的人文主义传统;书写小传统兴起后,这一传统遭受质疑,不得不靠自证清白的"证伪体系"。最终,新兴的小传统借助于文字暴力丑化、妖魔化口头大传统,攫得了话语权力。因之,"谣言"也由周礼以来儒家的"察谣听政"的知识传统,演变为执政者竭力妖魔化的"造谣惑众"。

其次,流言、谣言所叙述的事件要人相信,就不可能是虚构。这些关于现在或未来的叙述,像在线播报的消息,掺入了主观判断和感情色彩,甚至在昙

---

① 胡泳:《谣言作为一种社会抗议》,见《传播与社会学刊》2009年总第9期。
② 【法】让-诺埃尔·卡普费雷著,郑若麟译:《谣言:世界最古老的传媒》,上海人民出版社,1991年版,第287页。
③ 《词源》,商务印书馆,1988年版,第1583页。
④ 李延年:《南史·梁纪上·武帝上》,中华书局,1975年版,第185页。

花一现后隐匿遁形,其结果很难预先确定。但这类超越虚构、非虚构分野之上的"拟非虚构性"叙述,又常常"草蛇灰线,伏脉千里",具有强大的潜伏本领,伺机等待破茧化蝶式周期性爆发。之所以不称为"拟虚构性",是因为背后的叙述意图,绝对不希望接收者把它们当作虚构,不然它就丧失了受众,也失去了叙述动力。今人谓谣言是虚假的信息,仅仅是事后完全主观性质的价值判断。

谣言传播借助的是隐匿的权威,总在指代其他的、缺席的叙述者,引用并不在场的他人"有人"。①后现代主义语言观认为:"所有的感知都是被语言编码的,而语言从来总是比喻性(Figuratively)的,引起的感知永远是歪曲的,不可能确切。"②也就是说,语言本身的"不透明本质",使叙述的"事实"常常重重遮蔽。③况且,在现实生活中,谣言更多是以流动性极强的口头方式传播。口述的特点就是变化不定,不仅语言文本难以固定,而且口头讲述常常不是单一媒介叙述:不管是新闻广播,还是电视新闻,都附有许多"类语言因素",例如语气、场外音、伴奏、姿势等。马林诺夫斯基也说:"对于语词的真正理解,从长远看,总是产生于这些语词所指称的现实的那些方面中的活动经验。"④即是所谓的情境语境和文化语境,这二者都超出了语言的边界。还有,个体和集体的心理图像如白日梦中的形象,不一定能落在有形媒介上,它是非可感的"心像",我们日有所思或夜有所梦,主要由这些形象构成,把这一些记忆和传播过程的信息失真不能都归罪于信息本事的真实或是虚构。

最后,谣言传播的路径高度依赖社会心理和个体心理,在某种意义上谣言是一种个体、集体揣摩社会示意传播的幽灵。心理学家顿奈特提出:人的神经活动实际上是在不断地打"叙述腹稿",而人"心灵"的成熟和发展就是这

---

① Hans-Joachim Neubauer, *The Rumor: A Cultural History*, transChristian Braun, Free Association Books, 1999:121.

② Marie-Laure Ryan. *Postmodernism and the Doctrine of Panfictionality*. Narrative, 1997 (5): 165—187.

③ 赵毅衡:《广义叙述学:一个建议》,见唐伟胜主编《叙事》中国版(第二辑),暨南大学出版社,2010年版.

④ Bron Malinowski Routledge.*Coral Gardens and Their Magic*. London; Allen & Unwin.1935:58.

种能力的不断增长。①心思或梦境，哪怕没有说出来，没有形诸言咏，也已经是一种叙述。荣格干脆直接把谣言理解为一种"和梦一样的'潜意识中的口号'。……口号的产生首先是多层次、集体的语言运用过程"。②每个人的梦和心灵的映像，是一种现实情境的剪辑、嫁接、示意或象征，象征启用的都是旧有的素材，诉说的都是新的情境。所以，孤立地看没有什么特别之处的谣言，置之于特定的情境之中，其所指就格外的醒目。

在特定社会情境和历史文化传统下，谣言是社会意识和个体意识间的交互作用的群体性获得社会认知，规避社会风险的精神康复和意义建构活动。其表现为人际间摆脱孤立状态，形成、维持、改变或适应其社会关系的过程中的叙述话语。谣言没有时间的概念，也没有空间的关联，有的只是一个"召唤结构"，包含了许多"意义不确定性"和"意义空白"。它们在传播过程中由听传者集体给予确定和填充，并将谣言的内容转换为听传者心目中的内容。群体推理的特点是把彼此不同，表面上相似的事物搅在一起，并且立刻把具体的事物普遍化。③现实中，与故事、神话一样，谣言叙述把个体和集体、自我和他人、文化和自然、生者和死者联系起来，将个人整个世界连成一体，象征性地获得了与神齐一的神圣感，产生精神的疗救效果。④从社会效果上，谣言也为各种无法获得适当信息的人群集体地寻求理解提供了共享（包括相信和质疑、共识和冲突两个方面）的平台。换言之，谣言更多时候表现为一种积极的话语实践，在集体认同的压力驱使下，实现了对群体利益的影响。其现实效果表现为三个层面："协调一致、营造真实、强制规训"⑤。群体的立场一旦形成，便会凝固成"符号性的真理"和"治疗性的信念"。由于"沉默螺旋"的压力作

---

① Daniel Dunnett. *Kinds of Minds: Understanding Gonsciousness*, Basic Books, 1996.

② 转引自【德】汉斯—约阿希姆·诺伊鲍尔著，顾牧译《谣言女神》，中信出版社，2004年版，第227页。

③【法】古斯塔夫·勒庞著，冯克利译：《乌合之众：大众心理研究》，广西师范大学出版社，2007年版，第79页。

④ Joan Halifax. *The Fruitful Darkness: Reconnecting with the Body of the Earth*. Harper San Francisco, 1993:104.

⑤ 周铭：《"流言"的政治功能——波特的"故事"与"诗"》，见《外国文学评论》，2011年第2期。

用,这时候"信息流瀑"和"群体极化"两个规律的"虹吸"作用开始启动,迅速会产生巨大的倾向性优势。[1]所以,在某种意义上,人们之所以相信谣言,不在于它多么符合客观事实,而是谣言身后潜在的群体意图和他们的信仰立场相协同一致,他们既在立场上免于"少数人"的心理危机,又在组织上有群体归属感。所以,一旦深入研究谣言控制问题,我们立刻就闯入了谣言叙述的核心规律:即进入了个体和集体的精神信仰领域,而这完全是一个主观世界。

精神分析学的鼻祖弗洛伊德在70岁时谦虚地把无意识心理的真正发现者归为文学家,认为是小说的叙述揭示了深渊无比的人类内心世界。创立一个多世纪的精神分析学,在21世纪又呈现出回他的母胎文学艺术的倾向。[2]对谣言传播深层的精神动力解剖是文学人类学叙事治疗的范例。我们一般浅层次的文学叙述反映的社会生活的概念,对于潜藏在这些叙述背后的巨大精神医学能量,却浑然不觉。作为文化动物,叙述是人的精神生存的特殊家园。它对于调节情感、意志和理性之间的冲突和张力,消解内心生活的障碍,维持身与心、个人与社会之间的健康均衡关系,培育和滋养健全完满的人性,均有不可替代的作用。[3]

二、谣言、神话、民间故事等是集体无意识的历史和现实的叙述表征

从神话时代开始,谣言就和人类历史相始终。古希腊人将谣言视为神谕,谣言女神(法玛)的祭坛就修在雅典城的中心广场上。而罗马帝国奥古斯都大帝时代,诗人将女神的形态记载在诗篇中。奥维德在《变形记》中描绘了"谣言女神的家",她是"匿名的无处不在的传播媒介"[4]。

在任何社会文化环境里,人们日常生活中往往会卷入到流言蜚语中,原因

---

[1] 【美】卡斯·R·桑斯坦著,张楠迪扬译:《谣言》译者序,中信出版社,2010年版。
[2] 叶舒宪:《文学人类学教程》,中国社会科学出版社,2010年版,第254—255页。
[3] 叶舒宪:《文学与治疗:关于文学功能的人类学研究》,社会科学文献出版社,1999年版,第273页。
[4] 【德】汉斯-约阿希姆·诺伊鲍尔著,顾牧译:《谣言女神》,中信出版社,2004年版,第56、61页。

在于谣言来源于超越个体乃至民族、种族的人类普遍性的集体无意识。古斯塔夫·勒庞在《乌合之众》一书中指出，一些可以轻易在群体中流传的神话之所以能够产生，不仅是因为他们极端轻信，也是事件在人群的想象中经过了奇妙曲解之后造成的结果。"在群体众目睽睽之下发生的最简单的事情，不久就会变得面目全非。群体是用形象来思维的，而形象本身又会立刻引起与它毫无逻辑关系的一系列形象。"群体中个体的特点是"有意识人格的消失，无意识人格的得势，思想和情感因暗示和相互感染而转向一个共同的方向，以及把暗示的观念转化为行动的倾向"。①

谣言、故事、神话、传说看似不相关联，但其叙述的诗学的话语结构和编码规则有着惊人的一致性。它们重复讲述或预先讲述群体精神的焦点。"神话""传奇""民间故事""谣言"这种分类其实是将叙述形式和生成语境割裂开来的做法。谣言诗学将口头流传的传说、传奇、逸事按照简化、扩展、颠倒、替代、同化等诗学逻辑剪辑组装，与特定情境中的角色、环境、时间结合起来，形成一种社会性文本，通过叙述、言说、解释、表征一种存在，实现与现实权力的交往对话。"谣言的前世（幼虫阶段）是神话和集体记忆阶段。这一阶段里，谣言潜伏在各层结合部网络的毛细血管里。"②一些形象与符号之所以会在神话、民间故事、梦境、谣言中频繁出现，是因为它们烙在人类的思想中，表达了人类某种内在的思维模式，这就是原型意象（Archetypes），这些原型虽然经常处于变化状态，但其基本形式却没有改变。荣格所说原始意象，或曰集体无意识，实际上是指有史以来沉淀于人类心灵底层的、普遍共同的人类本能和经验遗存。这种遗存既包括了生物学意义上的遗传，也包括了文化历史上的文明的沉积，而正是这些社会文化肌体的基因编码决定了该肌体潜伏谣言的类型和数量，不同文化传统对不同谣言类型有选择性免疫效果。

我们以英雄诞生的故事情节来阐明神话、故事、历史、谣言之间的原型结构。爱德华·泰勒、约瑟夫·坎贝尔不约而同地指出，英雄神话通常都有统一的情节模式：英雄非凡诞生，被抛弃到陌生领域，然后被底层人或动物搭救，

---

① 【法】古斯塔夫·勒庞著，冯克利译：《乌合之众：大众心理研究》，广西师范大学出版社，2007年版，第59、51页。

② 【法】弗朗索瓦丝·勒莫著，唐家龙译：《黑寡妇：谣言的示意及传播》，商务印书馆，1999年版，第36页。

获得神力、长大后历尽考验，最后荣归故里娶亲并成为世界的主宰。[①]兰克在《英雄诞生神话》一书中认为，世界不同类型的英雄故事，都是俄狄浦斯希腊神话故事的转换变形，他列举了世界各地30个英雄诞生的神话，其中包括俄狄浦斯、吉尔伽美什、摩西（Moses）、萨尔贡（Sargon）、耶稣等人，英雄前半生的结构基本雷同。[②]

《西游记》中，玄奘的父亲（陈光蕊）为贼人所害，母亲（满堂娇）在玄奘出世后就把他放逐江中，取名"江流儿"的传说；包公出生时面目黧黑，被父母抛弃，最后由嫂子抚养成人的故事传说；《钢铁侠》新神话；羿与吉尔伽美什的英雄原型。这些都在叙述结构上和英雄神话有内在结构的一致性。从文学人类学的角度看，现代都市谣言"艾滋病扎针"和"盗肾传说"等则是这类原型的进一步置换变形。[③]

角色/出身	受孕	神谕	出世	经历1	经历2	结局
国王的儿子	触犯禁忌	凶兆	抛弃（追杀）	英雄被流放	底层人或动物抚养	成就伟业
江格尔	死亡威胁焦虑	骏马	西克锡力克加害	仙女帮助	神灵僻佑	建立宝木巴王国
布军（bima）	风神伐由之子		俱卢大战中获胜	古鲁的谋害1	古鲁的谋害2	布军悟道
农民工群体/性别隔阂	恐惧	告诫	进入陌生场域	诱惑	割肾/扎针	恐惧加深
幻游历险	宇宙吞没焦虑	幽闭恐惧意象	生育、脱胎意象	消解旧生命	净化、救赎	美与无限[④]
成年礼	不洁净的焦虑	禁闭	过渡仪式	考验1	考验2	新生/洁净

---

① 【英】爱德华·泰勒著，连树声译：《原始文化》，广西师范大学出版社，2005年，第227页。

② Otto Rank, *The Myth of the Birth of the Hero: A Psychological Exploration of Myth*. Baltimore; Md.: Johns Hopkins University Press, 2004:48.

③ 陌生的地方是阈限之限。从2002年开始，天津、内蒙古、新疆等地先后有传艾滋病患者用注射器抽取血液，在校园、公交车、公园等公共场合向陌生人扎针，注射传染艾滋病病毒的谣言。起源于拉丁美洲的盗肾传说，在五大洲广泛传播。从2006年开始，该传说变身为谣言，又在南京、杭州、东莞、四川等地改头换面，以求职、高校校园、浴缸等作为情境呈现。参见施爱东《盗肾传说、割肾谣言与守阈叙事》，《华南师范大学学报：社会科学版》，2012年第6期。

④ Stanislav Grof. *The adventure of self-Discovery*. State University of New York, 1988.

美国神话学家约瑟芬·方廷罗斯（Joseph Fontenrose）在论述神话概念时在某种意义上也揭示了神话、谣言和故事的内在关联："当一个故事与崇拜或仪式没有关联时，不论是从外部还是从内部来看，它都不是神话，而应该被称为传奇或民间故事"。[1]在神话学家威廉·巴斯克姆看来，神话、民间故事、传奇之间没有什么差异，都属于"散体叙述"（prse narrative）。"散体叙述本质是一种流传颇广且非常重要的口头艺术。"[2]这样看来，作为传统故事形态的神话就与史诗、民间传说、童话、传奇等联系在一起，它们之间存在一种基于人类叙述、想象及其显性表述的潜意识世界的一致性，只是在族群集体叙述的意识河流的某个阶段或意向上，表述的类型有所不同。

谣言和神话的共同之处在于深层意蕴和历史真实之间有某种关联。德国学者沃尔特·伯克特认为，"神话又是最为古老、流传最广的故事形式，它主要讲述遥远时代神明们的故事，其根基是口头传统"[3]。神话学家谢里曼、乌尔里克·维拉莫、欧文·罗德（Erwin Rohde）、爱德华多·迈耶（Eduardo Meyer）、卡尔·罗伯特（Carl Robert）等学者试图在神话与传说的底层探寻历史的真实性，其目的是确定神话的可信度、源头及其发展。如果神话叙述的一种原型在特定时期、特定地点出现，那么这就意味着神话叙述反映了特定的历史，诸如部落的迁移、城市的冲突、朝代的更替等。[4]

诺伊鲍尔论述谣言时，阐述了谣言的神话思维逻辑：

（谣言）还有"神话式"思维特殊、矛盾和模棱两可的逻辑，这种逻辑不断地抽取"神话"思想的逻辑解剖针。……我们不用指望牵扯到流言一纵即逝的言辞时这种神秘的大雾会散去。正相反，古典时代的谣言和听传现象正是具有这种双重的不明确

---

[1] Joseph Fontenrose, *Python: A Study of Delphic Myth and Its Origins*. NewYork: Biblo & Tannen Booksellers & Publishers, Inc.1974:434.

[2] Wiliam Bascom, The Forms of Folklore: Prose Narratives, in *Sacred Narrative: Reading in the Theory of Myth*, Alan Dundes, ed. University of California Press, 1984:7.

[3] Walter Burker, *Ancient Mystery Cults*. Cambridge, Massachusetts and London: Harvard University Press, 1987:73.

[4] 王倩：《20世纪希腊神话研究史略》，陕西师范大学出版总社有限公司，2011年版，第59—69页。

性。谣言在古典时期留下的大部分痕迹都是保存在对神话、战争和历史这些根本问题的探讨中……同时,"神谕"又一再以虚构人物的形象出现,说明了谣言与听传的影响力,就好像谣言和听传自己会说话一样。①

谣言、历史和神话的双向关联中,施爱东研究员基于网络谣言的深入解剖,生动地论及谣言、故事、历史关联中的一种类型:

谣言在其所经之处,如同昆虫产卵一样,在更多受众的记忆中投下了谣言的虫卵,这些虫卵如同潜伏的病毒,会在下一个适合的气候下,再次孵化,以一种崭新的姿态重现于世。反复发作的黑色谣言,经历了时间的漂白,它会慢慢沉淀为故事、掌故,成为疑案、野史,然后,由野史而渗入历史。②

谣言可以随着诠释不同而进入传说和历史,成为神话和历史。笔者认为,谣言、神话、历史还有第二种关联,主要表现为历史变成了故事传说。时过境迁,沧海桑田,传说再后来成为神话,解构历史。试以华佗的接受史为例加以说明:华佗外科手术的精湛技艺本有据可查,有史为证。但由于血缘、师徒间的人格化技艺传承观念局限和传播媒介不发达等原因,华佗在外科手术方面取得的巨大成就随其身亡,技术断裂失传。《千金翼方》序云:"元化(华佗字)刳肠而湔胃……晋宋方技,既其无继,齐梁医术,曾何足云。"③逐渐地,过了不足一千年,人们开始对华佗事迹真实性也产生怀疑,要么不信,要么神化。《宋史》卷四六二《方技·庞安时传》质疑华佗医术的真实性:"有问以华佗之事者,曰:'术若是,非人所能为也。其史之妄乎!'"名医庞安时也不相信这种手术出于人为。叶梦得《玉涧杂书》还专门从当时就颇为时兴的动手术伤元气的角度否定华佗手术医疗的理论基础。明末清初名医喻昌也不相信华佗事迹,他认为这是撰史者的虚妄,华佗的事迹遂成为民间传闻。华佗采药行踪所至,今江苏、山东、河南、安徽等省广大地区,方圆达数百平方公里都有华佗的传说故事。明孙一奎《医旨绪余》卷上把华佗本人神话化:"世

---

① 【德】汉斯·约阿希姆·诺伊鲍尔著,顾牧译:《谣言女神》,中信出版社,2004年版,第16页。
② 施爱东:《谣言的逆袭:周总理"鲍鱼外交"谣言史》,见《民族艺术》,2013年第3期。
③ [唐]孙思邈:《千金翼方》,上海古籍出版社,1999年版,第1页。

传华佗神目,置人裸形于日中,洞见其脏腑,是以象图,俾后人准之,为论治规范。"[1]华佗能"刳肠剖臆,刮骨续筋"是因为华佗"造诣自当有神"或有"神目"。华佗这个实际的历史的人物被涂抹上神话色彩。斯特莱森曾说:"历史可以是一种谣言","神话的某个方面可以变成当下的谣言"。[2]即便医学这样一个传统意义上的科学,其理解和接受从来也不能摆脱"神农家"本草思想观念和文化传统的拘牵,何况"历史""神话""传说""谣言"这些语词意义的建构生产。

从文学人类学的功能角度看:不同民族的叙事文类采用包括神话、史诗、圣史、传奇、民间传说、骑士故事、寓言、忏悔文、编年史、讽喻诗、小说、谣言、流言等很多种,每个体裁都有很多子体裁(sub-genres):口头与书面、诗体与散文体、历史题材与虚构。但是,无论风格、语气或情节的差异有多么大,每个故事的叙述都有一个共同的疗救功能。这一点,人类学家列维-施特劳斯与宗教学家米尔恰·伊利亚德已经证实:巫师与圣人最初的一个职责就是讲神话等象征性故事,用象征符号解决无法用经验解决的矛盾。[3]

三、流言、谣言的风险阈限关系到集体语境和现实情境

对个人私生活的闲言碎语的微观互动,变异扩大为对集体语境和危机情境的社会认知,谣言的意识形态就已经具备。谣言和大多数梦境一样,能指都善于伪装并启用旧有的素材,所指诉诸阐释的都是当下处境的"受伤的想象"。

食品安全问题近年来广受热议。三鹿奶粉、三聚氰胺、苏丹红、香蕉致癌等等,受众被包裹在此类氛围中,产生对食品质量和陌生人群过分的焦虑情绪和心理防御,这使得这些领域成为谣言叙述的策源地,微不足道的星星火源都会成"燎原之势"。具体的机制表现为:历时性的集体记忆和共时性的现实情境层累叠加,在特定语境中,相关群体的叙述就会像自来水沸腾,能量不断

---

[1] [明]孙一奎:《医旨绪余》第766册,见文渊阁《四库全书》影印本,上海古籍出版社,1987年版,第1088页。

[2] 【美】安德鲁·斯特拉森、【美】帕梅拉·斯图瓦德著,梁永佳、阿嘎佐涛译:《人类学的四个讲座——语言·想象·身体·历史》,中国人民大学出版社,2005年版,第109页。

[3] 【爱尔兰】理查德·卡尼著,王广州译:《故事离真实有多远》,广西师范大学出版社,2007年版,第14—17页。

累积，在焦虑心态和猜疑中容易把社会生活中偶然出现个别现象彼此联系、想象、夸张、渲染，最终结果是信息的变形扭曲。

正如上文所述，信息在集群环境的传递中容易产生"群体极化"（Group Polarization）现象：在信息不畅和群体区隔的环境下，理性诉求往往掩盖于应激心态中。一旦危机事件激活公众的不安心理，超出特定阈限，非理性的恐惧感就会在人际传递过程中波浪式扩散，从而形成群体的集体恐慌氛围。这种氛围容易因为媒体的辟谣报道复制和放大，导致风险传播的"蝴蝶效应"。从这个角度，不同民族的历史和现实环境，对谣言容忍的阈值是一个非常有价值的标志性数值。

历史、神话、故事传说总是以一种相似的结构不断重演，同样，谣言也是如此。"集体记忆，包括对过去谣言叙述的集体记忆会催生新的谣言。人们会将对过去事件的回忆融进对有关新的谣言的叙述。"[1]谣言所过之处，如同昆虫产卵，在更多受众的个体记忆中投下了"虫卵"，这些虫卵如同潜伏的病毒，伺机追寻合适的环境，再次孵化，以一种崭新的面目浮出世面。卡普费雷（Kapferer）说："谣言的反复出现取决于环境的偶然因素，这些因素放松了惯常的管制、抑制和疏导的做法，使潜伏的东西不再受到抑制。……它是一股地下水，只要有裂缝，水就会喷涌出来。"[2]

作为一个深藏于集体意识中的解释系统——谣言，曾经贵为儒家的政治传统。古代的传统社会，以人为媒介的人格化的信息生产占据主导地位，整个社会在场的人际互动频繁，日常交流和人格化交易增进了人际之间的信任程度，社会整合程度高，风险系数整体较小，谣言引发或转变为社会风险的阈值高，官方对谣言的防范意识较弱，于是谣言和现实的社会风险之间形成相互递减的螺旋结构。反观今天，我们生活在媒介的"拟态环境"和程度不一的"风险社会"之中，风险阈限较低，社会整合度低，谣言叙述的时间和空间在互联网世界被压缩，各种不确定因素的合力，容易使谣言迅速扩散转变成集体想像，外化为一种舆论压力，为群体性事件的爆发安装了引信。这客观上致使我们偏重

---

[1] Gary Alan Fine, *Veronique Campion-Vincent Chip Heath edit The Social Impact of Rumor and Legend: Rumor Mills*, P.141.

[2] 【法】让-诺埃尔·卡普费雷著，郑若麟、边芹译：《谣言：世界最古老的传媒》，上海人民出版社，1991年版，第125页。

于谣言的现实层面而忽视了它身后的历史传统。

德国学者诺伊鲍尔深刻的洞悉谣言背后深层大传统动力。他认为：谣言的修饰变异绝不是凭空臆造的，也不完全是邪恶的化身，而是历史的一部分，根源于民族集体无意识，并承载着历史的呼应，唤醒的是集体记忆。谣言的历史就是一部人文的历史。[①]这种理解真正揭示了谣言叙述背后的深层动力，也就是人类学诗学所论述的意义治疗和话语实践。只有故事叙述将个体时间从零碎的，与个人无关的状态消逝，向一种模式、情节、神话转变，从而将时间人格化。[②]每个人的一生都在找寻一种叙事。愿意也罢，不愿意也罢，我们都想将某种和谐引入到每天都不得脱身的不和谐与涣散之中。因此，我们也许会同意把叙事界定为消除心理混乱的一种方法。我们常说理越辩越明，其实是让在场的叙述逐渐获得了秩序和方向感，因为讲述故事的冲动是而且一直是追求某种"生命协调"[③]的愿望。

神秘文化传统浓厚的中国民间信仰，使中国谣言叙述自古以来和文化传统中的采生折割巫术、符咒、魅术、扶乩、神谕、谣谶、诗谶联系紧密，产生了神秘感和冥冥之中的力量感，并像梦魇一样会嫁接集体潜在的或显性欲求，形成零散的片段。应对不同情境时，"片段"进行不同"组装"。从"蕉癌"报道畸变为人吃香蕉致癌谣言，艾滋病扎针，叫魂[④]等都可以看出，文化大传统基因的谣言浸润性（易感性）起到了关键作用。

结　论

文学人类学视野下，"叙述知识"获得了再发现和重估的机会。和神话、诗学、民间故事一样，谣言诗学及其规律，是文化大传统的组成部分。蔽于舆论治理的视野，长期以来我们不能很好地索解谣言的本质，尤其不能解释谣言

[①]【德】汉斯－约阿希姆·诺伊鲍尔著，顾牧译：《谣言女神》，中信出版社，2004年版，第175页。

[②]【爱尔兰】理查德·卡尼著，王广州译：《故事离真实有多远》，广西师范大学出版社，2007年版，第13页。

[③] Paul Ricoeur, *Time and Narrative*, 3 vols, Chicago University Press, 1984, P.8.

[④]【美】孔飞力著，陈兼、刘昶译：《叫魂：1768年中国妖术大恐慌》，上海三联书店，1999年版。

传播的核心精神动力。放眼弗洛伊德、荣格、阿德勒以来的精神分析的最新发展,我们发现,叙述,特别是梦的情节、神话、民间故事、寓言、谣言、传奇、小说类叙述成为某种文学的医学志,甚至升格为跨界的新文类。①受伤害的个体摘下面具,舐舐疗伤,真正透露内心自我甚至本我欲望、情感与梦幻的文本,恰恰是我们视为"旁门左道"又虚荒诞幻的"小说"、"志怪"、谣言、寓言等叙述。由此人类叙述言说的文类偏好及其社会分层背后,耐人寻味地侧漏出人类这个庞大的群体自我调节和自我救援的潜意识自觉。就像民间故事所说的那样,尾随受伤的蛇就会发现传说中的灵芝草,因为蛇受伤后会本能地搜寻灵芝草疗伤。荣格反复强调:"受伤的医者才是最高明的疗伤者"。从这个意义上讲,谣言叙述的动力机制背后是脆弱个体受伤害的想象和主动地疗救、禳灾的主观努力。

在后萨满时代,人人都是自己的巫师。熟悉催眠治疗的人都明白,像萨满时代的巫师,通过叙述对话的暗示,把处于催眠状态中的个体引导,逐渐导向被压制记忆的路径那样,叙述治疗的功能如同靶向治疗中被X光机引导向病灶的伽马刀。由于语言叙述与文化传统中的集体记忆的禁忌和原型情结在结构上的一致,所以叙述的治疗作用和催眠师的搜索创伤记忆的治疗的机理一致。每个古老的文明中的人们都深深地了解词语和歌谣所蕴含的巨大能量,如今那些遥远的神话故事和传说部分地化身为谣言、流言、都市传说一代代地被讲述,它本身有带领族群穿越时空隧道,探寻并获得整个族群经验的治疗功能。②谣言叙述摆脱概念等形而上的桎梏,经验性、象征性地重回曾经的集体感。完整和统一的个体逐渐从原始轮廓中脱颖而出,完全归顺他的内在本质,他的灵魂(即自性)。因之,通过叙述参与,自我献祭给自性,现世的存在获得了意义,一切非本质的表面附加物完全脱落。③

我们过去对民间故事、话本、累积小说的卓越叙述有一句耐人寻味的概括:劳动人民集体智慧的结晶。殊不知这句话背后道出了惊天的秘密:当群体成千上万"喜大普奔"进行一种狂欢式叙事的时候,在场的时间感、空间感、

---

① 叶舒宪:《文学人类学教程》,中国社会科学出版社,2010年版。第258页。
② 叶舒宪:《文学人类学教程》,中国社会科学出版社,2010年版。第243—244页。
③ 【美】拉·莫阿卡宁:《荣格心理学与西藏佛教》,商务印书馆,1994年版,第69页。

群体感、力量感和归属感就会无限的放大。在古代社会如此，在互联网时代更是如此。像飞蛾扑火，个体由此象征性地获得了集体无意识的神圣性和崇高感。从这个意义上，我们说谣言叙述的力量背后还隐隐包涵了每个个体潜意识的"英雄情结"。

（本文发表于《思想战线》2014年第2期）

李永平，1970年生，2006年毕业于陕西师范大学文学院，文学博士，师从霍有明教授，现为陕西师范大学中外民族戏剧中心副主任、文学人类学中心主任。

战争空袭与诗歌叙事

——以李思纯《丁丑纪行诗二十首》为例

葛付柳

内容摘要：李思纯《丁丑纪行诗二十首》记录他1937年秋天在南京遭遇的两次日本战机空袭，同时记录了中国民众在日本侵华战争中仓皇逃亡的生活，具有杜甫诗歌"诗史"的价值，我们今日读来仍有身处战争风暴中无助悲苦的情绪。

关键词：战争；诗歌；日本空袭；南京；李思纯；丁丑纪行诗

李思纯（1893—1960），字哲生，四川成都人，早年与其父李毓华宦游滇省。27岁作为"少年中国学会"会员与李劼人、何鲁之等一同自费去法国留学，先在巴黎大学学习，获文学硕士学位；后转学德国柏林大学学习，与陈寅恪为同学，二人结下了终生的友谊。1923年回国，先后在国立东南大学、国立四川大学、国立浙江大学任教，历任国立四川大学文学院史学系主任、中华民国政府国大代表等职。他是四川民国学术史上重要的学者，著有《中国民兵史》《元史学》《江村十论》《大慈寺考》等，有《李思纯诗集》十六卷、《集外诗》一卷和《词集》一卷[①]。1937年秋

[①] 有关李思纯研究，可参见李思纯孙女李德琬《李思纯哲生小传》、《记陈寅恪遗墨》、《吴宓与李哲生》、《李思纯文集》之"附录"（陈廷湘、李德琬主编《李思纯文集》，巴蜀书社，2009年版，第1603—1640页）。又见陈廷湘、李德琬《留欧学人及其〈金陵日记〉》，《南京大学学报》（哲学人文社会科学版）2009年第1期，第95—93页；陈廷湘《政局动荡时期中国学人的生存样态——从李思纯〈金陵日记〉〈吴宓日记〉〈胡适日记〉中窥见》，《社会科学研究》2008年第4期，第145—156页。

天，李思纯在南京游历时遭遇日本军队对南京的两次空袭，有《丁丑纪行诗二十首》①诗歌叙述他南京之行前后"恍如隔世"的游赏喜乐与逃亡仓皇，并表现日本侵华战争中普通民众"坐视神州如累卵"②的无奈。

一、李思纯在南京遭遇的两次日本空袭

（一）1937年8月15日，日本战机对金陵的首次轰炸

1937年7月7日，日本军队在北平挑起"卢沟桥事变"，标志日本侵华战争的全面爆发。

1937年8月13日，日本军队在上海吴淞口轰击上海金山，挑起"淞沪会战"，中国军队和上海市民联合起来进行抗击。

1937年8月，李思纯应浙江大学礼聘，赴杭州任教，途经南京并在此地游览。南京之于李思纯是"故地"，此前他已有八次来游南京的经历，其中还有两次颇久的居住期：一次是1923年初到1924年初，李思纯从法国留学归来应吴宓教授之聘后执教于国立东南大学西洋文学系；另一次是1931年他被四川地方推举为国民代表，出席南京国民代表会议。

李思纯在南京期间，他和二子（李祖桓、李祖桢）泛舟玄武湖、访小仓山随园旧址、与朋友柳翼谋③饮酒、登金陵山阜、游雨花台、和朋友杨啸谷饮酒、在秦淮河夜泛，此行颇为愉悦。

不想，李思纯父子遭遇1937年8月15日南京首次被日本战机轰炸，他们由喜乐愉悦的旅行坠入"亡命天涯"的战争风暴之中，前后有"恍若隔世"之感。

1937年8月15日，日本战机首次空袭中华民国首都南京。日本海军中佐阿部信夫在《支那事变战记·海军航空战》"第一回渡洋爆击南京"中说：

这一天，在南京及苏州上空的空战中，确实击坠敌机9架。

这第一回空袭南京行动，无论是在我国的航空史上，还是在世

---

① 陈廷湘、李德琬主编：《李思纯文集》，巴蜀书社，2009年版，第1402—1405页。
② 李思纯：《金陵》，见陈廷湘、李德琬主编《李思纯文集》，巴蜀书社，2009年版，《李思纯文集》，第1406页。
③ 柳诒徵，字翼谋，时任国立东南大学教授，曾为李思纯同事。

界航空史上都具有划时代意义,是一大历史壮举。

然而,为了这个伟大的战果,我军也付出了出乎意料的巨大牺牲。昨天以来,我军损失了8架飞机,机上可贵的空中勇士也大部分阵亡了。

他们的牺牲,主要由于恶劣天气浓云密布,以及在对敌军事设施和机关目标实施超低空轰炸时,受到敌人防空炮火有力打击的结果。

这种掠过南京城头的英勇的超低空飞行令世人震惊!由于天气不好,有可能危害到非战斗员及第三国国民,我们从皇军的人道主义和国际影响出发,对此后果进行了认真考虑。①

8月15日南京天气不好,正在下雨,不适宜空中飞行。由于能见度不高,日本战机从韩国济州岛出发飞越太平洋,"超低空飞行",在上海、苏州一带受到中国军队高射炮和机枪的射击,损失较大。南京私立金陵女子文理学院教授美国人魏特琳女士《魏特琳日记》中也有相似的记载,当日下午2时来的第一次空袭,飞机在低空盘旋。于是,在街上的市民可清晰地看到敌机的身影:

下午,南京两次遭到空袭。这是南京首次遭到空袭,空袭异常猛烈。第一次空袭是在下午2时开始的。……2时警报就响了起来,飞机在低空盘旋。5时前又一次,城市的许多地方响起了隆隆的防空炮火声……由于这是第一次空袭,人们没有认识到应该离开街道躲藏起来。我们很难让工人呆在地下室里,他们想看正在发生的事……②

当日私立金陵大学教授陈中凡(1893—1988)有《初见敌机空袭首都》诗记录当时的情形云:

雷奔云卷敌机横,突报凄惶汽笛声。若为中原沉醉甚,纷飞弹雨解君醒。③

李思纯也目睹了日军低空袭击南京的情景,他有《八月十五十六日寇飞机

---

① 昭和四年(1939)大日本雄辩会讲谈社印行,高晓星编译,参考网址《侵华邮戳集:南京大空袭1937年8月15日》[2014-02-21]http://blog.sina.com.cn/s/blog_4d85a38101000anq.html。

② 张连红、杨夏鸣、王卫星等编译:《魏特琳日记》,见张宪文主编《南京大屠杀史料集》第14集,江苏人民出版社,2006年版,第8页。

③ 陈中凡著,柯夫编:《清晖集》,书目文献出版社,1987年版,第182页。

袭京》诗云：

> 排檐金铁挟悲风，九死忧疑父子同。万户无灯一孤月，真看粉碎出虚空。①

陈诗云"雷奔云卷敌机横"，李诗云"排檐金铁挟悲风"。可知，当时日本战机确实是超低空飞行几近屋檐，陈中凡和李思纯两位教授看到日本战机猖狂地低空飞行，并用诗句叙述了。难能可贵的是，李思纯的诗歌是叙写1937年8月15、16二日的情形，并有夜晚"南京市民为避免成为日本战机再次空袭的目标而取消夜间照明"的细节"万户无灯一孤月"，这是日本战机空袭时普通民众生活方式改变的记录。

李思纯《金陵》诗中云："丁丑七月来金陵，寂对钟山自仰偃。山川形胜固无改，稍惜斜阳歌吹满。十三年前若隔世，城市增华旧人鲜。……忽焉晴空下霹雳，飞鸢联翼血腥泫。垣颓屋赭枕骸胠，屠伯刀砧对鸡犬……"②在晴空下霹雳式的投弹过后，南京市民的房屋瘫倒，人民遭受血腥灾难，颓屋之下多死难者的尸骸头颅，民众若鸡犬般被凶残的侵略者无情地宰杀于砧板之上。

1946年8月13日，即日本战机首次空袭南京的八年后，中华国民政府"制宪国大"在南京召开期间，作为西康省议员的李思纯教授在参会之余，来到南京的大光新村，写下《访大光新村》诗云：

> 青溪古道走黄昏，梁燕惊巢梦有痕。
>
> 洪武西街留命处，沧桑换尽一身存。
>
> （访大光新村旧居，古名洪武西街，余昔日抗战中历险地也）

该诗云"洪武西街留命处"，又小注云"余昔日抗战中历险地也"，可知，他在昔日抗战中的南京大光新村历险，且得以保全性命。同日李思纯《金陵日记》有记录云：

> 1946年8月13日，晴……由中华路出中华门，昔为聚宝门，路西为铁路车站。忆丁丑与桓、桢二子黑夜于此登车往芜湖，避轰炸之难，不觉八年，念之黯然。③

---

① 李思纯：《丁丑（1937年）纪行诗二十首》其十，见陈廷湘、李德琬主编《李思纯文集》，巴蜀书社，2009年版，第1404页。
② 陈廷湘、李德琬主编：《李思纯文集》，巴蜀书社，2009年版，第1406页。
③ 陈廷湘、李德琬主编：《李思纯文集》，巴蜀书社，2009年版，第1177页。

此处明确表述为："忆丁丑（按：1937年）与桓、桢二子黑夜于此登车往芜湖，避轰炸之难，不觉八年，念之黯然。"1937年秋天，李思纯在南京遭遇轰炸之难，他与二子住在南京大光新村，后来黑夜中到车站登车去安徽芜湖，逃避空难。当时他的大儿李祖桓曾寓居于柏果街，李思纯《金陵日记》云：

> 1947年6月17日，晴……车经柏果街，九年前祖桓所寓居也。

（注：祖桓为李思纯大儿李祖桓。）①

此后他们父子曾离开南京，仓皇避难芜湖，李思纯对战争空袭之恐怖产生"死亡焦虑"。他有诗句云"只今魑魅满人间"②，无处不在的魑魅对人间生命肆行妄为；他们在昔日江南佳丽之地完全没有了赏玩的兴致，真真是"愁看杀气满层城"③，死亡的恐惧亦弥漫于南京城市上空。

李思纯父子避难芜湖后，并未得到多少安全，后来他们又回到南京，并订购船票拟返回蜀中，在南京下关码头等候上船。④

（二）1939年8月19日，日本战机对南京的轰炸

日本海军中佐阿部信夫在《支那事变战记·海军航空战》"痛快地发泄——第二回轰炸南京""回想南京美丽的夜景"：

> 现在，在某渡洋空袭部队士官室内听某大佐和官兵谈谈实战感受吧！"8月19日，K.T.H3队勇敢地出发了。H队包括I、Y2个分队。"某队长先讲了起来，"按计划在黄昏时轰炸，因提前出发，就在离南京有一段距离的空中盘旋，等太阳落山。不久，我们飞到南京上空。此时，所有防空炮火都朝我们射来，蓝的、红的，如同焰火四散，美得很！
>
> 高射炮弹"轰"地升起，霰弹"啪"地炸开，机枪射出的曳光

---

① 陈廷湘、李德琬主编：《李思纯文集》，巴蜀书社，2009年版，第1193页。
② 李思纯：《车过采石牛渚》，《丁丑纪行诗二十首》十一，见陈廷湘、李德琬主编《李思纯文集》，巴蜀书社，2009年版，第1404页。
③ 李思纯：《自芜湖返京车中感赋》，《丁丑纪行诗二十首》十三，见陈廷湘、李德琬主编《李思纯文集》，巴蜀书社，2009年版，第1404页。
④ 当时在南京逃亡的路线有两条：一为水路，从下关码头坐轮船沿长江往武汉等地撤退；二为陆路，因当时长江航运南京下关—芜湖水路船只已被政府征用，于是难民改从南京中华门外火车站坐车沿江南铁路到芜湖、安庆，然后再乘轮船向武汉等地撤退。详见齐邦媛《从南京逃到汉口》，《巨流河》，台湾天下文化出版事业公司，2011年版，第80—83页。

弹像金色水柱，比两国礼花晚会还绮丽。

8时许，发现了军官学校气派的建筑，随即投下了10枚炸弹，干得不错，很快地返回基地。

当时正好满月当空，眺望海上，景色优美。H队向国民政府和参谋本部投下10枚炸弹，也引起了大火灾，烧得很凄惨。"

说到这里，勇士们纷纷插话。

"那一夜的光景我一生难忘！"

"是啊，急射的炮弹不断在身边炸开，××公斤的炸弹落地爆炸，还从未见到如此美景呢！"①

当时李思纯与二子在南京下关旅馆等候返回四川的轮船时，又遭遇日本飞机的空袭。

李思纯《下关旅舍值寇飞机夜袭》诗云："赋命难窥造化权，暗陬危坐夜如年。乱离父子生穷薄，霹雳当头动九天。"《敌机夜袭下关》："金弹遥飞一串珠，修罗雨里血模糊。吴天平远长江阔，翻讶潜身片土无。下关舟居，寇飞机夜袭，飞弹相搏，作彩色照耀，奇观也。"②前一首诗中作者将他在飞机夜袭中的"命运难卜、度夜如年、生死无依、父子乱离"之复杂情绪表现出来。后一首诗中则将日寇飞机夜袭的空中所见表现出来，是一影像化的特写，半空中金色的炸弹一串串的抛下，正如佛世界中的修罗雨，红色夜空若血肉模糊。眉睫之间的吴天平远，而大江更加辽阔，先生在舟船上居住没有片土可以潜逃避难。其中的小注有云："寇飞机夜袭，飞弹相搏，作彩色照耀，奇观也。""飞弹相搏"，是地面的防空部队的对敌轰击，两相鏖战的飞弹在天上炸开，各种颜色照耀夜空，实在是奇观。对寓居南京下关舟船上的李思纯教授而言，他无处藏身之时，叙写了空袭中的飞弹相搏作彩色照耀的奇观，这是他第一次目击空战现场，于是产生惊异的感觉不足为奇。李思纯教授的描述与佐阿部信夫的战场报道如出一辙，可知当时的双方空战有多惨烈。可叹的是，抗战空袭中多少无知的民众惊异于空战时的新奇，丧命于流弹之中。我们上文讨

---

① 昭和四年(1939)大日本雄辩会讲谈社印行，高晓星编译，参考网址《侵华邮戳集：南京大空袭1937年8月15日》。[2014-02-21]http://blog.sina.com.cn/s/blog_4d85a38101000anq.html。

② 分别为《丁丑纪行诗二十首》十四、十五，见陈廷湘、李德琬主编《李思纯文集》，巴蜀书社，2009年版，第1404页、第1405页。

论的1937年8月15日日本飞机首次空袭南京时，市民即在街道上围观，他们是否免于灾难，抑未可知。

南京下关是鸦片战争时英国进攻的最后一个地点，在静海寺签订了《中英南京条约》（1842年）。1899年南京在下关开辟通商口岸，外商沿江开设怡和码头、太古码头、美最时码头和日清码头，以及英资和记洋行。1906年沪宁铁路通车，在下关建成下关火车站，下关成为全国性的水陆交通枢纽和南京市的新兴商业区。1937年秋冬季节，下关是日本战机空袭的重要目标之一。

1937年9月25日，一天之内，南京遭遇日本飞机三次空袭，时间分别为：上午8：45，中午12：45，下午3：00—4：00。魏特琳女士日记有当日市民传闻的被灾情况：

> 我们听说下关电厂、财政部、中央医院、卫生署和一个军事机关遭到轰炸，还不知道有多少人死亡……他们继续执行着转移计划。许多人担心月亮一出来，夜里就会有更多的轰炸。我多么想向你们提供伤亡人员的数字，但是现在提供准确的数字是不可能的。我们得知，今天上午轰炸电厂时，4名记者在扬子饭店里不仅看到了飞机，还拍摄了飞机扔炸弹的照片。我们还听说今天中午在中央医院，这几名记者在屋顶上拍摄到了日本飞机用100磅炸弹轰炸一所建筑的情形，该建筑的屋顶上有一巨大的红十字标记。他们拍摄了这次空袭的全过程。我想，这些图像是无法否认的。[1]

后来李思纯父子能够顺利在长江上乘船回到四川，离开行将沦陷的首都南京[2]。但日本战机的疯狂空袭是没有止境的，他们贪婪的以为用战略轰炸/无差别轰炸可以摧毁中国人抗战的信心，从而逼迫我国民政府投降。后来的事实证明，我国民政府与中国国民已抱有"决一死战，绝不投降"的信念，与日本军队作战。

李家父子在轮船行进到九江时，又遇到夜间空袭。《敌机夜袭九江》诗云："夜过匡庐不见山，数星渔火冷江关。阴阴鬼计浔阳浦，只有飞鸢带血

---

[1] 张连红、杨夏鸣、王卫星等编译：《魏特琳日记》，见张宪文主编《南京大屠杀史料集》第14集，江苏人民出版社，2006年版，第55—56页。

[2] 南京沦陷于1937年12月15日，日本军队实施了疯狂的南京大屠杀，中国近30万无辜民众被杀害。

还。舟过九江,寇飞机夜袭,寂无人声。"①如此这般,日本战机如同鬼魅一般与李思纯教授形影不离,让他无法得到保全性命的机会。

李思纯1937年秋天的南京之行,在希望与绝望之间起落、职业愿景可喜与生命存亡堪虞之摇摆,着实让人莫名感叹。庆幸的是他们毕竟安全地返回成都。李思纯在《抵家志感》诗云:"危巢袖手看神州,一事无成且自休。救赵却秦问何术,沧洲偃卧不胜愁。"②他对自己无法到杭州任职浙江大学已不再思虑;他念念不忘的是,国家在危难之中,自己却无传舍吏李同般的才智率领死难之士去抗击秦军(日本军队),拯救赵国(中华民国)。③

二、战争空袭与诗歌叙事

李思纯在《金陵》诗中表现处于战争和空袭阴影下的自己和普通难民"嗟叹艰困、命运乖舛、父子魂散、溯江悲苦、归来之喜、悲惜战事、哀哉掩泪、神州陆沉"的心态:

嗟余中岁历艰困,敢以瓦全思苟免。三人斗室聚父子,九死残魂卜长短。

回舟匆匆过楚峡,山灵对我笑以赧。倚阑披襟聊一振,强瞰奔江开病眼。

归来三径喜未荒,只惜蓬莱变清浅。淞滨黄浦报竹破,紫塞雁门悲席卷。

劳生进退失依据,天意微茫与乖舛。哀哉掩泪不成歌,坐视神州如累卵。④

日本军队在20世纪的侵华战争(1931—1945)中,使用飞机作为战略进攻手段,开始之早、延续之久、破坏之巨、违法之恶,在第二次世界大战史上是绝无仅有的。1931年9月18日,日本关东军以"皇姑屯事件"挑起中日战争。

---

① 李思纯:《丁丑纪行诗二十首》十七,见陈廷湘、李德琬主编《李思纯文集》,巴蜀书社,2009年版,第1405页。
② 李思纯:《丁丑纪行诗二十首》二十,见陈廷湘、李德琬主编《李思纯文集》,巴蜀书社,2009年版,第1405页。
③ "救赵却秦问何术"用典为李同故事,参见司马迁《史记·平原君列传》。
④ 陈廷湘、李德琬主编:《李思纯文集》,巴蜀书社,2009年版,第1406页。

同年10月8日日本关东军军用飞机轰炸辽宁锦州，这是近代以来中国首次遭遇的空袭，同时也是第一次世界大战以来国际战争中的首例无差别轰炸事件。[①]此后日本军队在侵华过程中，出动战机作为侵略轰炸之手段无日无之。1939年5月3日和4日两天连续对中华民国政府"战时首都"重庆的轰炸，则是对作战国非军事设施的民居、街道和市镇等的无差别轰炸，已公然违背《国际战争公约》，开启第二次世界大战以来对非军事设施和普通民众展开"无差别轰炸"的恶例。[②]自此，中华大地上的普通国民特别是抗战大后方（桂粤云贵川陕甘宁等地）将长期处于无差别空袭的阴影之下，空袭警报来时的惶恐、空袭投弹时的躲避、空袭残毁后的疮痍，让普通民众恨己方抗击能力之差，悲叹莫名；痛自家亲人亡故之殇，心毁形伤；叹国家山河破碎之劫，报国无门。

我们研读李思纯《丁丑纪行诗二十首》，为他们父子逃离战机空袭的南京惶恐不安中能够平安返回四川成都，多少松了一口气。但日本侵华战争的步伐并未停息，相反，中国民众被拖入战争的泥潭并长期处于空袭的阴影之下。李思纯教授和他的家人在日本战机空袭中遭遇了非常人所能忍受的苦难。其中，最为悲惨的遭遇是，日本战机在1941年7月27日的成都空袭中，李思纯教授的

[①] 详见【日】前田哲男著《从重庆通往伦敦东京广岛的道路：二战时期的战略大轰炸》，中华书局，2007年版。有关日军空袭辽宁锦州的研究，详见袁成毅《日军空袭锦州与国际社会反响再探讨》，《民国档案》2013年第4期，第100—106页。但日本也遭受了无差别空袭"始作俑者"之有力回击。1942年4月18日美国陆战队杜立特小组16架B2轰炸机空袭东京等地，日本遭受了极大的打击。参见郑伟勇《降落中国：杜立特突袭东京》，科学普及出版社，2016年版。第二次世界大战中，美军打击日本最猛烈的事是，美军于1945年8月前后将两枚原子弹投到广岛、长崎，日本国民伤亡惨重。

[②] 1922年华盛顿会议，美、英、日、法、意五国通过《关于航空与无线电用于战争的法规》的74项条文规定草案意图限制的空战，"第24条规定：合法的空中轰炸应只限于军事目标，即空中轰炸所导致的破坏或损伤只有在明显构成交战国军事利益的物体时方可得以施行。藏所、明显构成军火制造与供给的重要工厂、以军事目的而使用的交通与运输路线等。前款规定的合法轰炸主要限于军队、兵工厂、军用建筑物或对于不在战区附近的城市、村落、住宅、建筑物不得进行轰炸。前款所列的军事目标，如因其地理位置的关系，有不得不对于普通平民连带无差别轰炸时也不得轰炸。在陆战战区附近的城市、村落、住宅、建筑物必须限定为军事集中的地点，如果经合理推定认为有轰炸的必要时，必须顾到平民因此而受到的危险后才可以实施轰炸。交战国对于其军官或军队因违反本条规定造成损害人民生命或财产者应负赔偿之责。"详见郭长禄《论日本轰炸我国之违法》，中山文化教育馆，1938年版，第8页。转引自袁成毅：《日军空袭锦州与国际社会反响再探讨》，《民国档案》，2013年第4期，第105-106页。

弟弟和母亲同时遇难。[①]

　　李思纯教授在诗歌和日记中纪录他1937年秋天在南京遭遇的两次空难,将当时日本战机的超低空轰炸与夜晚轰炸时双方对抗的情景表现出来了,并还原了日本侵略者在攻陷国都南京前民众的逃难生活。他的诗歌是日本侵华战争中民众流亡逃难生活之写照,接续杜甫战争诗歌叙事的"诗史"实录传统,对我们了解日本战机空袭下的民众生活历史颇有助益。

　　葛付柳,1979年生,2009年毕业于陕西师范大学文学院,文学博士,师从马歌东教授,现为四川理工学院讲师。

[①] 李德琬《吴宓与李哲生》一文有详论。

论茅盾对中国古代文学的研究

钟海波

内容摘要： 茅盾是一位著名的作家，也是一位成就卓著的学者。他对中国古代文学有精深的研究，涉及范围也较广泛，有小说、诗歌、散文以及戏剧。他的研究有三方面主要特点：时代特色鲜明，崇尚现实主义文学，学术方法灵活多样。茅盾对中国古代文学研究具有极高的学术价值和意义。

关键词： 茅盾；古代文学；马克思主义；现实主义；学术方法

茅盾是一位著名的小说家，文艺评论家，同时也是一位成就卓著的学者。他不仅对外国文学的研究下过一番工夫，而且也对中国古代文学用功颇深，研究深入，见解精辟。他对中国古代文学的研究，涉及范围较为广泛，有小说、诗歌、散文以及戏剧，其研究也有鲜明的个性特点。

一、对古代文学各个门类的研究

（一）对古代小说的研究

茅盾对古代小说研究主要集中于几部名著。他对《水浒传》《红楼梦》《儒林外史》等作品作了认真分析研究，提出一些深刻独到的见解和看法。他的论文《谈〈水浒〉的人物和结构》①对《水浒》人物和结构安排作了细致深入的分析，并对这两方面的成就给予极高评价。对于《水浒》的人物塑造，他说：至少有一打以上的人物塑造十分成功，他们性格鲜明生动，"各有各的面

---

① 茅盾：《茅盾文艺评论集》上，文化艺术出版社，1981年版，第44页。

目"。茅盾以林冲、杨志、鲁达三人为例进行了比较分析,他说,这三人都曾是军官,最终落草,但落草的原因又颇不相同。林冲因遭人陷害,吃了冤枉官司,刺配沧州。面对这样的压迫,他尚不觉悟,逆来顺受,所以野猪林内,鲁达要杀了那个解差,林冲苦劝止住;到了沧州以后,也安心做囚犯,直到高俅派人火烧草料场,他才意识到斗争的残酷性,这才杀人报仇,走上反抗之路。杨志因失陷生辰纲,丢了官职,落魄卖刀,一怒之下杀了泼皮充军,又被梁中书看中,终因再失生辰纲,亡命江湖,落草了事。鲁达与林冲、杨志不同,他的落草是"主动"的。起初,他仗义救人,三拳打死了镇关西,军官做不成,做了和尚,后来又为仗义救人,连和尚都做不成,只好落草。茅盾说,《水浒》正是从三人不同的遭遇中刻画了他们的性格。文章进一步分析到,三人的不同遭遇源于三人不同的思想意识,而且,三人的不同思想意识又与他们不同的阶级出身有关。他说,杨志是"三代将门之后,五侯杨令公之孙",一心不忘做官,以图"封妻荫子",对统治阶级有强烈的依赖心理;林冲出自枪棒教师家庭,属于小资产阶级,他软弱动摇,对统治者有幻想;而鲁达一无所有,是典型的无产者,出身下层,颇有正义感,对统治者认识最清,反抗最强。茅盾以阶级斗争理论对人物进行分析,论断无疑是十分中肯、精辟。对《水浒》的人物描写,茅盾还从小说美学的角度进行论述。他说,小说描写人物时,主要运用描述性语言,而不是叙述语言,作家客观地描写人物以及他们身上发展的事件,让人物自身的语言行动来说明自身性格,因而人物写得引人入胜,非常生动。对《水浒》结构安排,茅盾也提出很好的看法。他认为《水浒》全书的整体结构不是有机的,它是由若干各自主要人物的故事组合而成,就每一个人物的故事而言,它又是有机的。而且,这些各自独立、自成整体的故事,在结构上有一些共同的特点。其一,故事的发展前后关联,一步紧一步,但又疏密相间,摇曳多姿;其二,善于运用变化错综的手法,避免平铺直叙。

对于《红楼梦》的研究,集中反映在《关于曹雪芹》[①]、《洁本〈红楼梦〉导言》[②]二文中。他在简要评析索隐派、自传体派的优劣得失之后,以历史唯物主义的观点对《红楼梦》作者的身世、性格、人生观及《红楼梦》成书过程作了精当概括。在分析曹雪芹的世界观对人物塑造的影响时,他说:从锦

[①] 茅盾:《茅盾文艺评论集》下,文化艺术出版社,1998年版,第596页。
[②] 茅盾:《茅盾专集》第一卷下,福建人民出版社,1985年版,第832页。

衣玉食忽然下降到"瓦灶绳床"的生活，给曹雪芹思想的影响一定很大，生活的巨变固然给曹雪芹的思想带来了积极的因素，同时，时代的局限性和阶级的局限性仍然在曹雪芹思想中留下消极的因素。这一点，异常鲜明地在贾宝玉的追求真理和要求个性解放的过程中看得出来。他说，贾宝玉离经叛道的言行是作品积极思想的体现，而他参禅悟道寻求解脱，又是作品消极思想的反映。他的《关于曹雪芹》一文对《红楼梦》的艺术成就也做了深刻总结。就《红楼梦》的结构而言，其完整与严密，不但超过《水浒》，也超过了《金瓶梅》。他高度赞美《红楼梦》的结构艺术，他说：《红楼梦》包举万象的布局，旁敲侧击，前呼后应的技巧，使全书成为巍然一整体，动一肢则伤全身。其成就是空前的。他说《红楼梦》中人物"凡四百余人"，其中较为活跃者不下百人，书中人物即使是一些次要人物经作者妙笔点画立即栩栩如生，跃然纸上，人物个性鲜明，绝无雷同。茅盾盛赞《红楼梦》的语言，他说，《红楼梦》的语言简洁典雅，干脆含蓄，人物对话或口角噙香，或气挟风雷，因人而异，因时而异，几乎隔房可辨其为何人口吻。作者既提炼了口语，又熔铸了文言，化腐朽为神奇。最后，茅盾还将《红楼梦》放置于世界文学史中考察，他得出这样的结论：在批判现实主义的巨著中，《红楼梦》是出世最早的，它比欧洲的批判现实主义整整早了一百多年。[①]他还从中国文学史的角度对《红楼梦》进行分析评价，他提出《红楼梦》是"个人著作"，是作者的生活经验，是一位作家有意识地应用了写实主义的作品。它的问世在中国小说史上具有里程碑式的意义。虽然它也是一部言情小说，但它与过去的言情小说有极大区别，作品中渗透了民主、平等观念，以往作品大多把男人作为主体，女子作为附属，写女子的窈窕温柔无非衬托出男子的"艳福不浅"罢了，而女人作为独立的个人来描写，始于《红楼梦》。作品对女性的描写来源于现实生活，而非作者凭空虚构或想象。

茅盾也对《儒林外史》给予极高评价。他说，这部作品影响深远，它无情地暴露了当时的封建统治阶层的腐朽和愚昧，辛辣地讽刺了当时在"八股制艺"下讨生活的文人，热情地赞美了来自社会底层富于反抗精神和创作才能的"小人物"。他赞扬《儒林外史》把人物，特别是下层"小人物"写得栩栩如

---

① 茅盾：《茅盾专集》第一卷下，福建人民出版社，1985年版，第1043页。

生。①他还称道《封神演义》《西游记》语言形式通俗易懂。②

（二）对古代诗歌的研究

茅盾对中国古代诗歌有精深的研究。他的不少文论涉及中国古代诗歌。《诗经》是我国诗史上第一部诗歌总集。茅盾从阶级性角度分析了《诗经》的内容。他认为《诗经》中的诗篇可分为两类。一类是前人所谓"变风""变雅"；另一类是全部的"颂"，小部分的"风"，以及大部分的"雅"。从创作倾向性上分析，二者明显不同。前者抒写下层劳动者的痛苦生活以及他们的思想感情，是有感而发，"为事""为人""有所为"之作；后一类是为奴隶主歌功颂德的作品。因创作目的不同，决定了两类诗歌表现形式的不同。第一类诗篇，多用"比""兴"，第二类多用"赋"。第一类诗篇虽以四言为主，但结构变化更多，重句叠句，反复咏叹；第二类诗歌篇章结构呆板。第一类诗篇多用清新活泼、音调和谐、色彩鲜明，近于口语的文学语言；第二类佶屈聱牙，苍白干枯。茅盾认为由于《诗经》有两类不同性质的诗歌，这决定它们表现形式不同；在创作方法上第一类是现实主义，第二类是非现实主义。③

论及《楚辞》，他认为楚辞源出神话而非《诗经》。在《〈楚辞〉（选注本）绪言》中，茅盾对《楚辞》做了比较全面的论析。他说：每一个民族在原始时期都有自己的神话。从文学的角度而言，神话就是原始人民的文学。进入文明社会，一个民族的神话就成为这一民族的文学源泉。"在我们中华古国，神话也曾为文学的源泉，从几个天才的手里发展成为了新形式的纯文艺作品，而为后人所楷式；这便是数千年来艳称的《楚辞》了。"④以往，由于受"尊孔"思想的影响，学者们认为孔子删定的《诗经》便是中国文学的始祖，硬派一切晚于《诗经》的作品都出于《诗经》。许多学者文人都把《楚辞》看作是受《诗经》影响产生的。其实，就文学性质而言，《诗经》是中国北方民间诗歌的总集；《楚辞》则为中国南方文学的总集。《楚辞》真正的源头是神话，而非北方文学的《诗经》。茅盾还对《楚辞》作者做了深入的辨析。王逸章句

---

① 茅盾：《茅盾文艺评论集》上，文化艺术出版社，1981年版，第44、137页。
② 茅盾：《茅盾专集》第一卷下，福建人民出版社，1985年版，第1043页。
③ 茅盾：《茅盾文艺评论集》下，文化艺术出版社，1998年版，第781页。
④ 茅盾：《茅盾专集》第一卷下，福建人民出版社，1985年版，第802页。

本《楚辞》共录作品十七篇，即《离骚经》《九歌》《天问》《九章》《远游》《卜居》《渔父》《九辩》《招魂》《大招》《惜誓》《招隐士》《七谏》《哀时命》《九怀》《九叹》《九思》等。自《离骚经》至《渔父》应是屈原作品；《九辩》与《招魂》应是宋玉作品；《大招》或认为是景差作，或认为是屈原作；《惜誓》无主名，或谓贾谊作。《招隐士》以下皆有作者主名。茅盾通过对大量文献进行考辨认为《九歌》是古代南方的宗教舞歌，每歌颂一神，其歌中便蕴藏了丰富的神话材料，它们经屈原加工而定型。其中含义皆属神话无关于君臣讽谏或自诉冤结。同样，他认为《天问》是屈原作品，但只不过是他在闲暇时所写的杂感——对于神话传说中不合理质素的感想和他的身世穷愁无关。对《九章》，他赞同朱熹的说法"屈原既放，思君念国，随事感触，辄形于声；后人辑之，得其九章，合为一卷，非必出一时之言也"。他认为《远游》《卜居》《渔父》可能都不是屈原的作品。对于《招魂》《大招》两篇作品的作者，他也做了认真考辨。茅盾对《楚辞》有极高评价。他说：《楚辞》是最早的文人文学，具有浪漫主义特色，它在中国文学史上具有划时代意义。它的重大意义有二：其一，它保留了大量神话材料；其二，它对神话材料的运用也值得借鉴。

在《中国文学不能健全发展之原因》一文中，他对"建安文学"也有较高评价。他说：这是反映时代的文学，是有价值的文学。王仲宣《七哀》诗曰："出门无所见，白骨蔽平原。路有饥妇人，抱子弃草间，顾闻号泣声，挥泪独不还，'未知身死处，何能两相完！'驱马弃之去，不忍听此言。……"而曹子建亦有"千里无人烟"之作。这些便是反映时代的文学。[①]他认为这一代的杰出诗人们，继承了汉"乐府诗"的现实主义精神，这是对当时形式主义宫廷文学的一次大扫荡，其意义与初唐诗对齐梁绮靡风气的冲击是一样的。

对于唐代诗歌，茅盾更为关注最具人民性的诗人——白居易、元稹的创作。茅盾之所以对"元白诗歌"有极高评价，在于"元白诗歌"体现了现实主义创作精神。从内容上看，他们的诗歌反映现实，暴露统治阶级的专制荒淫、无道无能以及劳动人民被剥削、被压迫的悲惨命运。在形式上，他们在继承前人优秀传统、吸收其精华的基础上更向前发展，大胆创造新的表现方法，采

---

① 茅盾：《茅盾文艺杂论集》上，上海文艺出版社，1981年版，第244页。

用"老妪能解"的文学语言。①关于诗歌的"新"与"旧"、内容与形式等问题，他均能用辩证唯物主义观点予以分析，见解深刻。谈到诗歌新旧性质时，他说："新旧云者，不带时代性质，美国惠特曼（Whitman）到现今有一百年了，然而他的文学仍是极新的，即如中国旧诗如'辛勤得茧不盈筐，灯下缫丝恨更长，着处不知来时苦，但贪身上绣衣裳'（蒋贻恭《蚕诗》《古今诗话》）又如'江上往来人，尽爱鲈鱼美；君看一叶舟，出没风涛里'（范希文诗）都是何等有意思。"②谈到诗歌"文言"与"白话"形式时，他说，诗歌之美不在"文言"与"白话"这种外在形式，"白话"也能写出好诗，他举王维的诗为例，加以说明"山中相送罢，日暮掩柴扉，春草年年绿，王孙归不归"他认为这首诗虽为白话，但很美。③

（三）对诸子散文的研究

茅盾对诸子散文研究，主要体现在对《淮南子》《庄子》的研究上。《〈淮南子（选注本）〉绪言》对《淮南子》一书作者及内容做了详细考辨。茅盾在旁征博引之后认为《淮南子》系淮南王招致宾客所撰。至于这些宾客《汉书》语焉不详，只是高绣在为《淮南子》所作注书的序言里说："……（淮南王）天下方术之士多往归焉；于是遂与苏飞、李尚、左吴、田由、雷被、毛被、伍被、晋昌等八人，及诸儒大山、小山之徒，共讲论道德，总统仁义而著此书。"④茅盾认为高绣的注书序言把合撰此书的人名，详细列举。然而，这八人中只有左吴、雷被、伍被史书有名。诸儒大山、小山，究为何人，高注并未说明。后人，也有人认为《淮南子》实出刘安之手，因为淮南王辩博善为文辞，史有明文。但茅盾考察《淮南子》一书内容，认为该书议论前后自相矛盾，甚至一篇之中也有矛盾，不像出自一人的手笔。如《精神》篇反复申明体道而无欲之旨，其议论颇像庄子，贯穿了道家思想，而《本经》篇又言礼乐本出人情之自然未可厚非，是儒家观点：同一著作中两篇文章互有冲突。《修务》篇开始论无为有为之辩，是老子的观点，终篇论学问之必要，与老子"绝学无忧"之说正相反对：一篇之中前后议论亦有矛盾。茅盾认为它的价值

---

① 茅盾：《茅盾文艺评论集》下，文化艺术出版社，1998年版，第738页。
② 茅盾：《矛盾论论文艺术》，郑州大学出版社，1979年版，第44—45页。
③ 茅盾：《茅盾文艺杂论集》上，上海文艺出版社，1981年版，第12页。
④ 茅盾：《茅盾文艺杂论集》上，上海文艺出版社，1981年版，第222页。

大概在于材料诡异和文辞奇丽罢了。茅盾作《〈庄子〉（选注本）绪言》一文对庄子主要作品的真伪作了考证。据《汉书》《艺文志》所载，《庄子》有五十二篇，但今存只有三十三篇，即内篇七，外篇十五，杂篇十一。茅盾说："五十二篇佚存三十三篇，似乎是极可惜的；但我们也要知道今传三十三篇中确实可信是真的，只有内篇七篇，其余外篇十五，杂篇十一，大半是假造的，至好亦不过是弟子们的追记。"①另外他对其思想做了分析，他说：独与天地精神往来，而不敖倪与物；不谴是非，以与世俗处；上与造物者游，而下与外死生无终始者为友。这几句话是庄子思想的概要。他说：庄子的哲学思想是虚无主义，政治思想近于近代的无政府主义，他的人生观是超出乎形骸之外的出世主义。

在《夜读偶记》中，他对唐宋八大家散文，尤其韩愈散文做了中肯分析评价，也对明前后七子的散文进行了论析。

（四）对古代戏剧的研究

《关于历史和历史剧》谈了茅盾对历史剧创作的一些观点和看法。这篇长达九万字的文章，内容涉及历史剧的许多问题，但有两方面内容尤为重要。其一，历史真实和艺术虚构相结合的问题；其二，历史剧的文学语言问题。关于第一点，茅盾认为历史剧的艺术虚构必须建立在历史真实的基础上，不能凭空捏造。如《卧薪尝胆》历史剧的创作，应依据详实的史料，"如史书所没有的，剧作家可以想象，可以虚构，但是必须从二千四百年前越国的现实基础上进行虚构，而不是从我们今天的现实基础上进行虚构。从我们今天的现实基础上进行虚构，势必发生一些令人啼笑皆非的描写：越王勾践不但会像我们的下放干部那样从事农业劳动，与人民'四同'，而且还有今天我们所理解的'以农业为基础'的观念；越国不但大兴水利，大搞农业，而且还大炼钢铁，还请了外国专家帮助铸造武器，改良农具；越王勾践不但自己卧薪尝胆，而且还搞三反运动……诸如此类的描写（或者说它们是艺术虚构）"②。另外，关于艺术虚构的夸张问题，他谈了这样的看法："我还打算承认艺术虚构不能不有所夸张，但是虚构和夸张都不能超越当时人物的思想水平和意识形态。"③茅盾

---

① 茅盾：《茅盾文艺杂论集》上，上海文艺出版社，1981年版，第231页。
② 茅盾：《茅盾文艺杂论集》下，上海文艺出版社，1981年版，第1006页。
③ 茅盾：《茅盾文艺杂论集》下，上海文艺出版社，1981年版，第1007页。

还分析了历史题材作品的虚构的几种方式。其一，真人假事；其二，假人真事；其三，人事两假。第二点是历史剧的文学语言问题。茅盾考察了中国历史剧发展的历史，他发现在文学语言运用上，历来存在问题。元杂剧以及明、清的杂剧和传奇，在用典故、成语上，都经常犯时代错误。那就是让古人说今人的话，至于职官名号、地名、服装、陈设，犯时代错误的，那就更多了。

二、研究特点

（一）鲜明的时代性

一代有一代的学术。学术随时代的进步而进步。中国传统治学讲究从义理、考据、辞章三方面入手，尤其注重考据。近现代之交，梁启超、王国维引入西方哲学、美学等学术理念，为中国学术带来清新的空气。胡适用实证主义进行一系列古代文学研究成绩卓著。五四以后，马克思主义得到广泛传播，马克思主义社会历史批评逐渐取得主导地位，从20世纪30—70年代，它是中国文学批评的主要方法。20世纪80年代以来，我国实行改革开发政策，由于思想解放、学术自由，西方的各种学术思潮、学术方法一齐涌入国门。我国学术研究呈多元化特点。

茅盾的学术活动主要集中在20世纪20—70年代，他的学术研究自然带着鲜明的时代特色。作为一个具有马克思主义信仰的学者，茅盾的学术思想无疑也受到马克思主义的影响，比如，他对古代文学的研究显然依据了马克思主义的一般原理。茅盾在研究古代文学现象时，他首先考察这种文学现象产生的社会历史背景，因为马克思主义哲学告诉我们经济基础决定上层建筑。文学作为上层建筑的一部分必然受制于经济基础。对《红楼梦》中贾宝玉思想性格的分析，他就紧密联系了那个产生这种思想性格的特定的时代环境。他说："18世纪上半期的中国，城市手工业和商业虽有发展，而封建经济仍然占支配地位，封建政权仍然很强大，而且利用政权工具，通过垄断性的官办手工业大工场，对城市手工业和商业进行多种多样的压迫和限制。在这样的情形下，商业资本家找到了一条风险较小的出路，即以高利贷形式剥削农民乃至中、小地主，进一步兼并土地，取得又是商人又是地主的双重身份。同时，大地主和官僚也放高利贷，也经营（且不说当时还有'皇商'呢），对小商人、个体手工业者和小作坊所有主进行剥削。这样，当时市民阶层的上层分子和封建地主、官僚集团，既有矛盾，又有勾结；而市民阶层的广大低层（小商人，个体手工业者和小作坊所有主）则经济力量薄弱，且处于可上可下的地位，对封建主义又想反抗又不敢，不能反抗到底。这就决定了当时市民阶层思想意识中的积极因素（要求废除封建特权，要求个性解放等等），从来是以鲜明的战斗姿态出现，这也决定了他们反封建不会彻底。"[①]在分析《水浒》人物时，茅盾从他们的阶级地位和出身出发，这体现出茅盾能够运用历史唯物主义的观点分析文学作品的学术方法和立场。茅盾运用马克思主义的立场、观点来考察中国古代文学，取得了大大超越前人的学术成就。

（二）崇尚现实主义文学

茅盾对中西文学都有深入研究，他考察西方的古典主义、浪漫主义、自然主义、现实主义和现代主义等文艺思潮及中国传统文学的发展历史之后，提出了文学为人生、为社会服务的主张。在中国古代文学的研究中，茅盾也把现实主义当作一种审美标准和文学价值观去衡量各个时代的作品。那些能够真正反映社会生活和忠实描写人生境况的作品，茅盾给予极高评价，相反，则遭受的他批评。他盛赞《诗经》中"变风""变雅"一类作品，他认为这类诗的创作是"为事""为人""有所为"而作，其事关联到最大多数的命运，其"人"是被压迫者、被损害者，而其"所为"则是告诉（暗示）读者（那时是听众）现状如此，不能再拖下去了。对汉"乐府诗"、建安文学，茅盾也十分赞赏。但他对汉赋颇为轻视。他认为汉赋这类文学主要描写帝王和贵族的奢侈豪华生活，夸张奇方异物，是专供帝王和贵族们消遣的极端形式主义的宫廷文学。同样，他对明代产生的"台阁体"也不屑一顾。他说：这种以阿谀粉饰为主题，以不疼不痒、平正肤郭为风格的文学，在那时，不但是文人们明哲保身的法宝，也是钻营进身的阶梯。

（三）研究方法灵活多样

茅盾对古代文学的研究主要以马克思主义的社会历史批评方法为主，同时也吸收了中国传统和其他西方较为先进的学术方法。比如，引经据典讲究考据是传统治学方法。茅盾在研究《庄子》中一些篇章的作者时，他就大量引证材

---

① 茅盾：《茅盾文艺评论集》下，文化艺术出版社，1998年版，第98页。

料，寻根溯源，用以辨明真伪，弄清是非，还文学历史以本来面目。关于《淮南子》《红楼梦》的作者，茅盾都引经据典、旁征博引，在大量可靠材料基础上，得出自己令人信服的结论。茅盾对古代文学的研究中还运用西方较为先进的研究方法，比如比较的研究方法。《白居易及其同时代的诗人》将白居易与同时代的诗人作了比较研究，赞扬白居易及同时代诗歌所具有的现实意义精神。文中甚至将白居易与元稹加以比较。两位诗人的诗作《长恨歌》与《连昌宫词》都以唐玄宗和杨贵妃的恋爱故事为主要内容，但他认为元稹的诗比白居易的诗现实主义精神更鲜明强烈。《谈〈水浒〉的人物和结构》一文将林冲、杨志、鲁达三人加以比较分析，提出《水浒》人物的思想性格与其阶级出身关系密切。

　　茅盾的古代文学研究在文学史上有重要的价值和意义。他对一些问题的看法颇具真知灼见，另外，他的研究方法和一丝不苟的研究精神也值得后人借鉴。

（本文发表于《文学与艺术》2007年第4期）

　　钟海波，1965年生，2005年毕业于陕西师范大学文学院，文学博士，师从张学忠教授，现为陕西师范大学副教授。